本書出版得到國家古籍整理出版專項經費資助

中國古典文學基本叢書

牧齋有學集詩注

上册

中華書局

圖書在版編目(CIP)數據

牧齋有學集詩注/(清)錢謙益著;(清)錢曾箋注;卿朝暉輯校. —北京:中華書局,2022.12
(中國古典文學基本叢書)
ISBN 978-7-101-15566-2

Ⅰ.牧… Ⅱ.①錢…②錢…③卿… Ⅲ.中國文學-古典文學-作品綜合集-清代 Ⅳ.I214.92

中國版本圖書館 CIP 數據核字(2021)第 275352 號

責任編輯:劉 明
責任印製:管 斌

中國古典文學基本叢書
牧齋有學集詩注
(全三册)
〔清〕錢謙益 著
〔清〕錢曾 箋注
卿朝暉 輯校
*
中 華 書 局 出 版 發 行
(北京市豐臺區太平橋西里 38 號 100073)
http://www.zhbc.com.cn
E-mail:zhbc@zhbc.com.cn
三河市宏盛印務有限公司印刷
*
850×1168 毫米 1/32 · 42⅜印張 · 6 插頁 · 877 千字
2022 年 12 月第 1 版 2022 年 12 月第 1 次印刷
印數:1-3000 册 定價:158.00 元

ISBN 978-7-101-15566-2

前言

一

有學集是錢謙益入清以後所作的詩文集，相比初學集而言，它内容更豐富，詩文成就也更高。錢謙益自己也認爲，有學集要遠遠勝過初學集〔一〕。錢謙益的思想和學術成就，研究者很多，這裡不再贅述，只重點談一談有學集版本以及詩注的一些情況。

先來説版本。順治十六年（一六五九），錢謙益因孫兒早夭，作桂殤組詩四十五首，詩出之後遭到鄉人指摘，氣憤之餘，他致書毛晉，信中説道：

> 桂殤詩實哀痛之餘，假此少遣鬱塞。又辱兄丹青妙筆，爲此兒傳神寫照。而此中頗有一二語爲傍人指摘者，殊非意中之事。然老年暮景，恐此詩一出，便有許多葛藤，卻生家庭中荆棘。此實一往哀傷，點檢不到，悔之莫及。今乞仁兄爲我將此刻收起，萬勿流布，待面時一訴委曲，然後知此詩之不可出也〔二〕。

桂殤詩在有學集卷九，我們可以推知，在錢謙益生年，他確有刊印有學集的打算。康熙三年甲辰（一六六四）五月，錢謙益病故。易簀之時，將有學集手訂稿交與弟子錢曾，囑其流布。十三年甲寅（一六七四），無錫鄒式金將全集刊印（簡稱鄒本），計五十卷，詩十三卷，無錢曾注，投筆集收詩八首，附在卷十一末。鄒式金之子鄒漪是錢謙益及門弟子，此本的來源還是可信的，只不過因爲受到文字獄的影響，塗改嚴重，原稿面貌全失；刻版後又屢次剜改，將序言「康熙甲寅陽月，梁溪後學鄒式金序」改作「康熙甲辰陽月，范陽後學鄒鎡序」、「康熙甲辰陽月，高陽後學李琯序」[三]等等，冒充錢謙益臨終之時遺留原稿，妄圖取信於人。馮班詩集有康熙八年戊申（一六六九）陸貽典序：

然而重有感者，牧翁生平慎以文章許人，特於定遠有國士之目，而先生岱宗之遊，亦且五年于茲矣。余不徒歎定遠之窮老，而於先生尤有哲人之痛，且不知有學遺編，何時起眢井而懸秦市，俾爲蚍蜉之撼者，睹大樹而亦稍衰息也[四]。

陸貽典是錢謙益晚年得意弟子之一，言必不虛。可知康熙三年（一六六四）刻本，絕對是子虛烏有。時人張貞也提到：

聞此書（即有學集）鈔本行世已久，每以不得一見爲恨。乙卯秋，予應試長安，偶過王阮亭先生邸舍，始見散帙于其案上。爾時雖以試期偪人，無暇借覽，而心竊喜其有刻本矣[五]。

尤可證有學集刊印在康熙十四年乙卯（一六七五）之前不久。

康熙二十四年乙丑（一六八五），無錫金匱山房主人秦潒原［園］〔六〕購得鄒氏原版，見它錯訛百出，不堪卒讀，閒暇之餘，特爲之重訂（簡稱金匱本）。此本版心有「金匱山房重訂」數字，詩文篇目略有增加，投筆集八首則鏟版不録。相對而言，金匱本比鄒本更接近錢謙益原稿，但仍有一些錯誤没有得到改正。在經過多次改版修訂後，乾隆間，秦潒原［園］曾孫秦洪緒等，將書版賣給蘇州書鋪趙鴻儒，趙鴻儒又轉賣給杭州書林林松年。乾隆三十四年（一七六九），書版被起獲禁燬〔七〕。

有學集詩另有錢曾箋注本，最爲人稱道。最早一刻大約在康熙四十四年（一七〇五），凌鳳翔、朱梅刻于廣東，即玉詔堂本（簡稱凌本）。此本對原詩、原注删改過當，但因爲是注本，當時頗受歡迎。初刻目録卷十二作投筆集，下註「闕」字，卷十三、卷十四作東澗集上下，後刻删去投筆集，改東澗集爲上中下。凌本也有很多翻刻本，如春暉堂本等。乾隆時，嘉興諸在林書鋪夥計勞武曾見廣東工價低廉，攜玉詔堂原書在廣東鏤版，書版寄回嘉興，又轉售給蘇州王宸尊書鋪，乾隆三十四年（一七六九）銷燬〔八〕。

鄒本、金匱本、凌本爲了避禍，删去了卷十二投筆集，給後人造成了很多困擾，誤認爲投筆集是單行本，不在有學集中，甚至將它改名爲苦海集。第一個收録投筆集全集的刻本，是康熙五十年（一七一一）桐鄉沈炘如所刻牧齋詩鈔，但由於它是節鈔本，又没有分卷，當時未能引起重視。清朝末年，反滿之風盛行，投筆集開始廣泛流傳，出現了多個版本，重要的有：光緒三十二年（一九〇六）國粹叢書本、宗舜年刻本（簡稱宗本）、宣統二年（一九一〇）邃漢齋錢謙益全集本（簡稱邃本）、宣統二年（一九一〇）鄧氏風雨樓鉛印本（簡稱鄧本）等等。可惜只有鄧本有錢曾注，尚不是全注。

二

再來説一下注本和無注本在詩歌編排上的一些區别。首先是收録篇數不同。如卷一丁亥夏爲清河公題海客釣鰲圖四首，注本只有三首；卷四石濤上人自廬山致蕭伯玉書於其歸也漫書十四絶句送之兼簡伯玉組詩，注本只有十二首；同卷奉常王煙客先生見示西田園記寄題十二絶句，注本只有八首；卷九秦淮花燭詞十二首爲蕭孟昉作，注本只有十首。試作一點分析：

石濤上人自廬山致蕭伯玉書於其歸也漫書十四絶句送之兼簡伯玉原作於順治八年辛卯（一六五一）三月，不久，蕭伯玉去世。順治十四年（一六五七），伯玉猶子孟昉爲伯玉遺文請序，錢謙益將此詩寫在扇頭贈給孟昉，和注本一樣，也没有第九、第十四首。第九首詠學陶、第十四首詠學仙，和蕭伯玉平生佞佛不類，正是錢謙益删去的原因，十二首應該是最終定本。又秦淮花燭詞十二首爲蕭孟昉作删去兩首，其七「十五盈盈比莫愁，將雛一曲倚箜篌。莫辭年少矜夫壻，珍重生兒字阿侯」、其十「春浮春色在花前，湯餅筵開抱送年。摩頂不須求寶誌，老夫斟雉是彭籛」，和卷十三梅村宫相五十生子賦浴兒歌十章其五「九子將雛未白頭，明珠老蚌正相求。蘭閨自唱河中曲，十六生兒字阿侯」、其十「麻姑曾約過初筵，笑擲丹砂助祝延。八百更邀斟雉叟，老夫權許當彭籛」，語意重複，删去也不難理解。再如丁亥夏爲清河公題海客釣鰲圖四首，其四「老馬爲駒氣似虹，行年八十未稱翁。勞山拂水雙垂釣，東海人稱兩太公」，注本未收。錢謙益、房可壯失節降清，爲士人不齒，而自稱太公，未免要落人口實，亦宜删去。

還有一些詩，注本有，無注本無，如卷七次韻答子建長君楚鴻、卷十三二月五日遵王第四郎試周饗余于述古堂喜而有作、遵王第五子名東周字思卜、嶺南黄生遺余酒譜釀荔枝酒伊人遵王各飲一觴伊人有詩率爾和之，大都與錢曾有關，可能是錢曾注釋時後增的。

其次是編排順序不同。如卷五虎丘舟中戲爲張五稺昭題扇，無注本在送吴梅村宫諭赴召後，繫年在順治十二年乙未（一六五五）秋，注本在甲午仲冬六日吴門舟中飲罷放歌爲朱生維章六十稱壽後，繫年在在順治十一年甲午（一六五四）冬。第二首首句「蕙質蘭心桃李年，袂衣迎臘未裝綿」，已明言在臘月之前，注本是。再如卷六題汴人趙澄臨趙子固棧道圖，注本在丙申春就醫秦淮寓丁家水閣浹兩月臨行作絶句三十首留别留題不復論次前，無注本移至含光法師過紅豆莊談華嚴十玄門石師潘老拈華嚴玄談四字分韻依次奉和四首後。考錢謙益行跡，順治十三年丙申（一六五六）春，錢謙益往南京就醫，寓丁氏水閣，并與周亮工相見，有贈詩。五月前後，返回紅豆莊。七月朔日，含光法師來訪。趙澄本是潁川人，常年寓居南京，與周亮工過從甚密，曾爲他作仿古圖二十餘幅〔九〕。可見，此詩繫年在丙申春，更合乎情理。

需要説明的是，不論是注本還是無注本，它們的編年都不是很嚴格、很準確。比如卷四絳雲餘燼集題「起辛卯，盡一年」，卻收順治七年庚寅（一六五〇）十月所作讀梅村宫詹豔詩有感書後四首；卷十三東澗集上「起壬寅，盡一年」，卻收康熙二年癸卯（一六六三）詩方生行送方爾止還金陵，卷十四東澗集下「起癸卯，盡一年」，卻收康熙三年甲辰（一六六四）元日詩兩首；吴偉業應召入京在順治十年（一六五三）秋，而卷五送吴梅村宫諭赴召，繫年卻在順治十二年（一六五五）秋等等，使用時，務必細加甄别〔一〇〕。

三

最後重點説一下錢曾有學集詩注。上文已經提到，在印本中，只有凌本和鄧本是有注的，但不是全注。要全面瞭解錢注，這就需要鈔本的幫助。舉幾個例子，來説明一下鈔本的重要性，以及凌本和鄧本的不足。

卷一禪關策進詩有示，錢謙益在詩中没有點明所示何人。陳寅恪先生考證：「若不爲剩和尚而作，則疑是爲黄介子而賦也。」〔一二〕不能確定。其實禪關策進一詩本事，錢曾是有注的，講的就是黄介子，只不過凌本删掉了。

又順治十五年（一六五八）冬，木陳和尚請錢謙益爲密雲禪師作塔上之銘。次年二月，文成，遭到靈巖弘儲和尚的激烈反對，錢謙益只好重寫，改易一百二十六字，文在有學集中，原稿則不得而知。卷十紅豆二集「墨兵」注，錢曾不僅詳細描述了此事的經過，還移録了原稿。此事是清初僧諍一項重要事件，凌本將它删除，是極不應該的。

又卷十二投筆集後秋興之三錢謙益、柳如是資助姚志卓組建軍隊之事，錢曾也是有注的，鄧本無。這條注釋非常重要，節録如下：

飲光錢澄之曰：……壬辰秋，有客款門，不通名字。問其地，曰杭州。予曰：「杭有姚子誠，予未之識。君神氣清正，一何似其尊人默仙翁也。」客驚，伏地哭，自陳實子誠，因謝葬先人而來。留之止宿，細述虞山公資其遠行，甫抵貴州，即回，不得至安隆，且述湖南戰功甚悉。質明别去。

子誠是姚志卓字，壬辰是順治九年（一六五二）。據陳寅恪先生考證，順治九年（一六五二）冬，錢謙益迎姚志卓、朱全古祀神於家，定入黔之舉。次年七月，姚志卓入貴筑行營上疏〔一二〕。而實際上姚志卓早已去過一次貴州，定謀應在順治八年辛卯（一六五一）夏，見彭士望耻躬堂詩自序：

辛卯……夏五月，游廣陵（邑人李、顧，寓公劉、瞿、佘、張、佘、秦），同虞山曚叟（錢名謙益）、三茅山道士（張仲符）、錢塘卓子（姚名志卓）、班荆野寺（主福緣庵僧德宗）〔一三〕。

錢謙益也有詩，見卷四廣陵登福緣佛閣四首。如果没有注釋，此事是很難發覆的。

其它被删除的注釋，有關當時史實的還有：弘光一年政權始末，萬元吉守贛，南雲和尚，瞿昌文、金堡、劉客生、柳敬亭、馮班傳等等。瞿式耜、左良玉兩傳，凌本雖然收録，但删節嚴重，兩人奏疏以及一些重要事件，如孫可望稱王、左良玉討馬士英等，都没有抄寫，非常可惜。

還有一些注釋，對理解錢詩非常有幫助，删除之後，讀者往往很難會意。例如卷十二投筆集後秋興之十三其六：「麻衣如雪白盈頭，六月霜飛哭九秋。兩耳也隨風雨劫，半人偏抱古今愁。地閒沮洳教魚鳥，天闊煙波養鷺鷗。誰上高臺張口笑？爲他指點舊皇州。」

頸聯「魚鳥」、「鷗鷺」兩詞，令人費解，鄧本無注。據鈔本：「魏明帝善哉行：權實豎子，備則亡虜。假氣游魂，魚鳥爲伍。」可知「魚鳥」即禽獸，是對佔領明朝領土滿族人的侮辱。「鷗鷺」則暗指海上義軍，化用杜甫詩「白鷗没浩蕩，萬里誰能馴」。

卷十四迎神曲其四：「歌舞閶闔換歲時，傳芭伐鼓漫傷悲。吴兒好唱迎神曲，一局楸枰千字詩。」「千字詩」，凌本作「十字詩」，無注。鈔本有注：

辛卯六月朔日，公哭留守相公詩一千一百字，書遺孝子伯申曰：「爲我曼聲朗誦，申告几筵，即焫而焚之。萇弘之血，三年化碧，此詩方可流播人間也。」

據此，「千字詩」是指卷四哭稼軒留守相公詩一百十韻凡一千一百字，作「十」非。所謂的「一局楸枰」，極有可能是瞿式耜報中興機會疏中提到的錢謙益「楸枰三局」的戰略計劃〔一四〕。

注中還保留了錢謙益的一些佚詩，如卷四金陵雜題絶句二十五首繼乙未春留題之作其六「南枝句」注收錢謙益萬曆三十七年己酉（一六〇九）北上應試，謁拜方孝孺墓絶句四首，這也是已知寫作年代較早的錢詩之一。

當然，錢注也並不一定準確。比如卷七徐武静生日置酒高會堂賦贈八百字「接跡承華貫，摳衣拜錦堂」注，錢曾用陳鴻長恨歌傳「叔父昆弟，皆列位清貴，爵爲通侯」來解釋

「華貫」，顯然是不正確的。但這畢竟是白璧微瑕，無損錢注的重大價值。

四

有學集詩注，錢仲聯先生已經做過整理。這次重訂，以上海圖書館藏清鈔本（簡稱上圖本）爲底本，詩歌部分主要校以下列各本：

一、牧齋有學集詩注十四卷，康熙凌鳳翔、朱梅刻本（簡稱凌本）；

二、牧齋有學集五十卷，康熙十三年（一六七四）鄒式金刻本（簡稱鄒本）；

三、牧齋有學集五十卷，康熙二十四年（一六八五）金匱山房重訂本（簡稱金匱本）；

四、牧齋有學集五十卷投筆集一卷，宣統二年（一九一〇）邃漢齋鉛印本（簡稱邃本）；

五、投筆集二卷，光緒三十二年（一九〇六）國粹叢書本（簡稱國粹叢書本）；

六、投筆集一卷，清宗舜年刻本（簡稱宗本）；

七、投筆集箋注二卷，宣統二年（一九一〇）鄧氏風雨樓鉛印本（簡稱鄧本）；

八、投筆集二卷，清鈔本，楊學詩跋（簡稱楊本）；

九、有學集未刻稿一卷，民國張炳翔鈔本（簡稱張本）。

此外，還參校了如下各本：

一、牧齋詩鈔不分卷，康熙五十年（一七一一）沈炘如刻本；
二、江左三大家詩畫合璧不分卷，民國有正書局影印本（簡稱合璧）；
三、鄒漪輯五大家詩鈔，康熙刻本；
四、鄧漢儀輯詩觀，康熙慎墨堂刻本；
五、顧有孝、趙澐輯江左三大家詩鈔，康熙六年（一六六七）刻本；
六、曾燦輯過日集，康熙十二年（一六七三）六松草堂刻本；
七、孫鋐輯皇清詩選，康熙二十九年（一六九〇）鳳嘯軒刻本；
八、陳維崧輯篋衍集，乾隆二十六年（一七六一）華綺刻本；
九、魏憲輯詩持，康熙枕江堂刻本；
十、魏憲輯百名家詩選，康熙枕江堂刻本；
十一、王士禛輯感舊集，乾隆十七年（一七五二）刻本；
十二、徐釚輯本事詩，乾隆二十二年（一七五七）半松書屋刻本；
十三、劉然輯詩乘初集，康熙玉穀堂刻本（簡稱詩乘）；
十四、陶煊、張燦輯國朝詩的，康熙六十一年（一七二二）刻本（簡稱詩的）；
十五、陳以剛輯國朝詩品，雍正十二年（一七三四）棣華書屋刻本（簡稱詩品）；

十六、余懷板橋雜記，康熙刻本。

爲節約篇幅，顯誤字以及避諱字徑改；通假字以底本爲是，餘皆不出校；底本有誤的，據别本改正，出校説明；參校本異文，擇要出校，不一一羅列。

注釋部分由於各本之間條目多寡不一，同一注釋文字長短不同，故不主一家，擇善而從，亦有據一本補足另一本者。注釋部分所用各本如下：

一、牧齋有學集詩注，清鈔本，上海圖書館藏；

二、牧齋有學集詩注，康熙凌鳳翔、朱梅刻本（簡稱凌本）；

三、上海圖書館藏牧齋有學集詩注，清鈔本，錢陸燦等批校；

四、國家圖書館藏牧齋有學集詩注，清鈔本；

五、上海圖書館藏牧齋有學集詩注，清鈔本，黄丕烈跋；

六、中國科學院圖書館藏牧齋有學集詩注，清鈔本；

七、周法高足本錢曾牧齋詩注，一九七三年影印本（簡稱周本）；

八、投筆集箋注，宣統二年（一九一〇）鄧氏風雨樓鉛印本（簡稱鄧本）。

總計注釋六千一百條，較凌本與鄧本多出一千四百五十條，補全注釋四百二十六條。

初學集、有學集還有一些佚詩，這次也作了搜集，主要依據下列各本：

一、國家圖書館藏牧齋外集清鈔本，朱彝尊舊藏（簡稱朱藏牧齋外集）；

二、國家圖書館藏牧齋外集清鈔本，丁祖蔭批校（簡稱丁校牧齋外集）；

三、錢謙益集外詩，光緒三十三年（一九〇七）佚叢甲集本（簡稱佚叢）；

四、有學集補遺一卷，宣統二年（一九一〇）邃漢齋鉛印本（簡稱邃本補遺）；

五、顧有孝、趙澐輯江左三大家詩鈔，康熙六年（一六六七）刻本。

有學集版本複雜，校勘難度大，加上本人學識有限，錯誤之處難免，還望大家批評指正。

本書在整理過程中，得到了中華書局劉明、中華書局朱兆虎、國家圖書館杜海華副研究員、浙江大學朱則傑教授、南京大學毛文鰲博士後、社科院圖書館孔青青博士、無錫圖書館歷史文獻部給予的幫助和指點，在此再次表示感謝。

甲午端午，卿朝暉識。

【箋注】

〔一〕錢澄之田間文集卷二十書有學集後，續修四庫全書（一四〇一），上海古籍出版社，頁二二八上。

〔二〕錢仲聯牧齋雜著（上），上海古籍出版社，二〇〇七年，頁三一三—三一四。

〔三〕李瑄序本參見莊吉發清高宗禁燬錢謙益著作考，大陸雜誌語文叢書第三輯第五册，一九七五年，頁九八。

〔四〕馮班鈍吟雜録附録三馮定遠詩序，中華書局，二〇一三年，頁一八五。

〔五〕張貞杞田集卷十四書錢牧齋有學集後，四庫未收書輯刊第七輯第二八册，北京出版社，頁七三九上。

〔六〕秦漆原即秦松期，秦松齡弟，家有金匱山房。

〔七〕參見莊吉發清高宗禁燬錢謙益著作考，頁九八。

〔八〕參見莊吉發清高宗禁燬錢謙益著作考，頁九九。

〔九〕參見周亮工讀畫録卷三趙雪江，西泠印社出版社，二〇〇八年，頁一六五。

〔一〇〕參見朱則傑清詩考證錢謙益牧齋有學集詩歌編年及錢謙益方生行送方爾止還金陵，人民文學出版社，二〇一二年，頁七七二—七八〇。

〔一一〕陳寅恪柳如是别傳(下)，生活·讀書·新知三聯書店，二〇〇一，頁九五七。

〔一二〕陳寅恪柳如是别傳(下)，頁一〇六二—一〇六三。

〔一三〕彭士望耻躬堂詩自序，清鈔本，上海圖書館藏。咸豐刻本删去「同虞山蒙叟(錢名謙益)」數字，不足據。

〔一四〕參見錢仲聯、嚴明錢謙益詩中的棋喻一文，中國文哲研究通訊，二〇〇四年第二期。此詩没有作解。

目録

卷三　夏五集起庚寅五月，盡一年

卷四　絳雲餘燼集起辛卯，盡一年

卷五 敬他老人集起甲午年，盡乙未秋

卷六　秋槐別集 起乙未冬，盡丙申春

卷七　高會堂詩集起丙申，盡一年

卷九　紅豆初集起戊戌，盡一年

卷十　紅豆二集起己亥，盡一年

卷十一　紅豆三集起庚子年，盡辛丑年

附録

卷一

秋槐詩集① 起乙酉年，盡戊子年

詠同心蘭四絕句 乙酉秋白下作②

新粧才罷採蘭時，忽見同心吐一枝。珍重天公〔一〕裁剪意，粧成斂拜喜盈眉。

【校勘記】

①凌本題作「秋槐集」。②凌本、鄒本、金匱本無此注。

【箋注】

〔一〕天公　山谷蠟梅詩：天公戲剪百花房，奪盡人工更有香。

其二

獨蒂攢花簇一心，紫莖〔一〕緑葉枉成林。花神〔二〕幻出非無謂，應與如蘭比斷金〔三〕。

【箋注】

〔一〕紫莖　屈原九歌：秋蘭兮青青，緑葉兮紫莖。

〔二〕花神　元遺山紫牡丹詩：更借花神巧剪裁。

〔三〕斷金　易繫辭：二人同心，其利斷金。同心之言，其臭如蘭。

其三

并頭容易共心難，香草真當目以蘭〔一〕。不似①西陵凡草木，漫將啼眼〔二〕引郎看。

【校勘記】

①金匱本作「比」。

【箋注】

〔一〕目以蘭　樂府臨高臺曲：江有香草目以蘭。

〔二〕啼眼　李賀蘇小小歌：幽蘭露，如啼眼。無物結同心，煙花不堪剪。

其四

花發秋心賽合歡〔一〕，秋蘭心好勝春蘭。花前倒掛〔二〕紅鸚䳇，恰比西方共命〔三〕看。

【箋注】

〔一〕合歡　崔豹古今注：青棠，合歡也。嵇康種之舍前。

〔二〕倒掛　李之儀詠倒掛詞自注云：此鳥以十二月來，好集美人釵上，謂之收香倒掛。

〔三〕共命 翻譯名義集：雜寶藏經云：雪山有鳥，名爲共命，一身二頭，識神各異，同共報命，故曰共命。

觀管夫人畫竹并書松雪公修竹賦敬題短歌①丙戌六月書於燕山桂邸行館②

仲姬寫竹如作書，八分篆籀相扶疏。金刀〔一〕屈鐵〔二〕應手出，頭白蕭郎〔三〕争得如？仲姬作書如寫竹，雨葉風枝〔四〕披簡牘。況復追趨松雪翁，兔起鶻落〔五〕誰能逐？白蓮花莊風日暘，鷗波亭〔六〕子翰墨香。仲姬放筆自斂衽，文敏展玩爲彷徨。天上人間此嘉③耦〔七〕，齊牢〔八〕共命兼師友。秖應贊嘆復頂禮，豈向④容⑤華論妍醜。多生願力然燈時，世人豔妬徒爾爲。卻笑吹簫〔九〕吾瞎子，諧謔空傳倒好嬉〔一〇〕。

【校勘記】

①五大家詩鈔題末有「於後」二字。②鄒本、金匱本無此注。③鄒本、金匱本作「佳」。④鄒本作「問」。⑤鄒本作「榮」。

【箋注】

〔一〕金刀 陶宗儀書史會要：南唐主作大字不事筆，卷帛而書，皆能如意，世謂撮襟書。復喜作顫掣勢，人又目其狀爲金錯刀。

〔二〕屈鐵 僧適之金壺記：舒元輿曰：長安會同里客有得李陽冰真跡，遺在六幅素上者，遂請歸家堂張之，見蟲蝕鳥步痕跡，若屈鐵石陷入屋壁焉。

〔三〕蕭郎　白樂天畫竹歌：蕭郎蕭郎老可惜，手戰眼昏頭雪色。

〔四〕雨葉風枝　山谷題子瞻畫竹石詩：風枝雨葉瘠土竹，龍蹲虎踞蒼蘚石。東坡老人翰林公，醉時吐出胸中墨。

〔五〕兔起鶻落　東坡文與可畫竹記：竹之始生，一寸之萌耳，而節葉具焉。自蜩腹蛇蚹以至于劍拔十尋者，生而有之也。今畫者乃節節而爲之，葉葉而累之，豈復有竹乎？故畫竹必先得成竹於胸中，執筆熟視，乃見其所欲畫者，急起從之，振筆直遂，以追其所見，如兔起鶻落，少縱則逝矣。

〔六〕鷗波亭　吴原博題子昂重江疊嶂圖：苕溪影落鷗波亭，王孫弄筆何曾停。

〔七〕嘉耦　左傳桓公二年：嘉耦曰妃，怨耦曰仇，古之命也。漢書五行志注曰：師古曰：本自古昔，而有此名。

〔八〕齊牢　真誥運象篇：紫薇夫人詩云：乘飆儔衾寢，齊牢攜絳雲。

〔九〕吹簫　宋潛溪吾衍傳：衍字子行，杭人也。居生花坊一小樓，客至，僮輒止之，通姓名，使其登乃登。衍左目眇，又跛右足，一俯一仰，嫵媚可觀。畜兩鐵如意，日持弄之，或倚樓吹洞簫數曲，超然如忘世者。

〔一〇〕倒好嬉　朱存理今古鈎玄：趙魏公夫人管道昇善書畫，吾子行嘗題其所畫竹石竹房，有一私印是「好嬉子」三字，即以此印倒用於跋尾，人皆以爲子行之誤，魏公見之曰：「此非誤也。這瞎子道婦人會作畫，倒好嬉子。」葉盛水東日記：吾子行嘗作一小印曰「好嬉子」，蓋吳中方言。魏國夫人作馬圖，傳至子行，爲題詩後，倒用此印，坐客莫曉。他日，文敏見之，罵曰：「箇瞎子，他道倒好嬉子耳。」

丙戌南還留別武安①故侯家妓人冬哥四絶句

繡嶺〔一〕灰飛金谷〔二〕殘，内人〔三〕紅袖淚闌干〔四〕。臨觴莫悵②青娥〔五〕老，兩見仙人泣露盤〔六〕。

【校勘記】

①「留別武安」，鄒本、金匱本作「贈別」。　②鄒本作「恨」。

【箋注】

〔一〕繡嶺　南部新書：繡嶺宫，明慶二年置，在硤石縣西三里，亦有御湯。

〔二〕金谷　水經注：金谷水出河南太白原東南，流歷金谷，謂之金谷水，東南流經石崇故居。

〔三〕内人　崔令欽教坊記：妓女入宜春苑，謂之内人，亦曰前頭人，常在上前頭也。其家猶在教坊，謂之内人家。少陵送郭中丞詩：内人紅袖泣。

〔四〕闌干　漢書息夫躬傳：涕泣流兮萑蘭。臣瓚曰：萑蘭，泣涕闌干也。少陵彭衙行：相視淚闌干。趙次公曰：闌干，淚連續不斷之貌。

〔五〕青娥　少陵一百五日夜對月詩：想像嚬青娥。

〔六〕泣露盤　李賀金銅仙人辭漢歌序：魏明帝青龍元年八月，詔宫官牽車西取漢孝武捧露盤仙人，欲立置前殿。宫官既拆盤，仙人臨載，乃潸然淚下。

其二

天樂荒涼禁苑〔一〕傾，教坊〔二〕淒斷舊歌聲。臨岐只合憎騰去，不忍聽他唱渭城〔三〕。

【箋注】

〔一〕禁苑　宋敏求長安志：禁苑在宫城之北，隋曰大興苑，開皇元年置。

〔二〕教坊　崔令欽教坊記：西京右教坊在光宅坊，左教坊在延政坊。東京兩教坊多在明義坊，而右在南，左在北也。

〔三〕渭城　樂府詩集：渭城一曰陽關，王維之所作也，本送人使安西詩，後遂被於歌。白居易對酒詩云：相逢且莫推辭醉，聽唱陽關第四聲。陽關第四聲，即「勸君更盡一杯酒，西出陽關無故人」也。渭城、陽關之名，蓋因辭云。

其三

虹氣〔一〕横天易水波，卷衣秦①女〔二〕淚痕多。吹篪〔三〕賸有侯家伎，記得邯鄲〔四〕一曲歌②。

【校勘記】

①詩觀、江左三大家詩鈔作「宮」。　②鄒本、金匱本、五大家詩鈔此詩作「虹氣橫天易水波，烏頭馬角事如何？卷衣宮女知多少，誰記邯鄲一曲歌。」

【箋注】

〔一〕虹氣　史記鄒陽傳：昔者荆軻慕燕丹之義，白虹貫日，太子畏之。如淳曰：烈士傳曰：荆軻發後，太子自相氣，見虹貫日不徹，曰：「吾事不成矣。」後聞軻死，事不立，曰：「吾知其然也。」

〔二〕卷衣秦女　樂府解題：秦王卷衣，言咸陽春景及宮闕之美，秦王卷衣以贈所歡也。唐李白有秦女卷衣。

〔三〕吹篪　洛陽伽藍記：河間王琛有婢朝雲，善吹篪。琛爲秦州刺史，諸羌外叛，屢討不降。琛令朝雲假爲貧嫗，吹篪而泣。諸羌聞之流涕，相率歸降。秦民語曰：「快馬健兒，不如老嫗吹篪。」

〔四〕邯鄲　太白邯鄲南亭觀妓詩：把酒顧美人，請歌邯鄲詞。

其四

師師〔一〕垂老杜秋〔二〕哀，暫別長離盡此杯①。惆悵落花時候去②，江南花發遲君來。

【校勘記】

①鄒本、金匱本此句作「金縷歌殘盡此杯」。　②鄒本、金匱本作「别」。

【箋注】

〔一〕師師　劉屏山汴京絶句：輦轂繁華事可傷，師師垂老過湖湘。縷衣檀板無顔色，一曲當時動帝王。

〔二〕杜秋　杜牧之杜秋詩序：杜秋，金陵女也。年十五爲李錡妾。後錡叛滅，籍之入宫，有寵於景陵。穆宗即位，命秋爲皇子傅姆。皇子壯，封漳王。鄭注用事，誣丞相欲去己者，指王爲根。王被罪廢削，秋因廢歸故鄉。

丙戌七夕有懷

閣道〔一〕垣牆〔二〕總罷休，天街〔三〕無路限旄頭①〔四〕。生憎銀漢②偏如舊，横放天河〔五〕隔女牛。

【校勘記】

①「限旄頭」，鄒本作「接清秋」，金匱本作「望樓頭」。　②鄒本作「漏」。

【箋注】

〔一〕閣道　史記天官書：紫宫後六星，絶漢抵營室，曰閣道。

〔二〕垣牆　三氏星經：長垣四星在少微西，南北列，主界城域邑牆，防胡夷入之，即今長城是也。
〔三〕天街　漢書天文志：畢昴間，天街也。街北，胡也。街南，中國也。
〔四〕旄頭　史記天官書：昴曰旄頭，胡星也。
〔五〕天河　小雅大東詩：維天有漢。毛萇傳曰：漢，天河也。正義曰：河圖括地象云：河精上爲天漢。楊泉物理論云：星者，元氣之英也。漢，水之精也。氣發而著，精華上浮，宛轉隨流，名曰天河，一曰雲漢。

丙戌初秋①燕市别惠房二老

白駒〔一〕未縶又離筵，北斗南箕〔二〕信可憐。璧馬〔三〕朝周才信宿〔四〕，金人辭漢已千年。房公鵝〔五〕爲清池好，惠子騾〔六〕因空谷傳。龍漢〔七〕劫中期後會，灞陵〔八〕回首重依然。

【校勘記】

①鄒本、金匱本無「丙戌初秋」四字。

【箋注】

〔一〕白駒　小雅白駒詩：皎皎白駒，食我場苗。縶之維之，以永今朝。
〔二〕北斗南箕　古詩：南箕北有斗，牽牛不負軛。良無磐石固，虚名復何益？
〔三〕璧馬　劉禹錫後梁宣明二帝陵詩：玉馬朝周從此辭。

〔四〕信宿　周頌有客詩：有客有客，亦白其馬。有萋有且，敦琢其旅。有客宿宿，有客信信。言授之縶，以縶其馬。毛萇傳云：一宿曰宿，再宿曰信。正義曰：微子代爲殷後，乃來朝而見於周之祖廟。詩人因其來見，述其美德而爲此歌焉。

〔五〕房公鵝　少陵賦房公池鵝詩：房相西亭鵝一羣，眠沙泛浦白於雲。鳳凰池上應回首，爲報籠隨王右軍。

〔六〕惠子騾　少陵聞惠二過東溪詩：惠子白駒瘦，歸溪唯病身。皇天無老眼，空谷滯斯人。

〔七〕龍漢　張君房雲笈七籤：靈寶畧記云：過去有劫，名曰龍漢。龍漢一運，經九萬九千九百九十九劫，氣運終極，天淪地崩，四海冥合，乾坤破壞，無復光明。經一億劫，天地乃開，劫名赤明。

〔八〕灞陵　王仲宣七哀詩：南登灞陵岸，回首望長安。

丁亥夏爲清河公①題海客釣鰲圖四首②

海客垂綸入渺茫，新添水檻攬扶桑〔一〕。崆峒仗〔二〕與羲和〔三〕杳③，安得乘槎漾日④旁〔四〕。

【校勘記】

①鄒本、牧齋詩鈔無「爲清和公」四字。②五大家詩鈔題作「題房海客釣鰲圖」。「四首」，上圖本、凌本作「三首」，無第四首，據金匱本補。③凌本、鄒本作「沓」。④鄒本作「水」。

【箋注】

〔一〕扶桑　屈原九歌：暾將出兮東方，照吾檻兮扶桑。王逸曰：東方有扶桑之木，其高萬仞，日出，下浴於湯谷，上拂其扶桑，爰始而登，照曜四方。日以扶桑爲舍檻，故曰「照吾檻兮扶桑」。

〔二〕崆峒仗　少陵洗兵馬：常思仙仗過崆峒。

〔三〕羲和　山海經：東南海之外，甘水之間，有羲和之國，有女子名曰羲和，方浴日於甘淵。郭璞曰：羲和，蓋天地始生，主日月者也。故堯因此而立羲和之官以主四時，其後世遂爲此國，作日月之象而掌之，沐浴運轉之于甘水中，以效其出入暘谷、虞淵也，所謂世不失職耳。

〔四〕漾日傍　王子年拾遺記：皇娥倚瑟而清歌曰：天清地曠浩茫茫，萬象廻薄化無方。浛天蕩蕩望滄滄，乘桴輕漾著日傍。當其何所至窮桑，心知和樂悅未央。

其二

貝闕〔一〕珠宮不可窺，六鰲〔二〕風浪正參差。釣竿〔三〕莫拂珊瑚樹，珍重鮫人〔四〕雨泣時①。

【校勘記】

①鄒本、金匱本此詩作「貝闕珠宮不可尋，六鰲風浪正陰森。桑田滄海尋常事，罷釣何須嘆陸沉」。

【箋注】

〔一〕貝闕　屈原九歌：魚鱗屋兮龍堂，紫貝闕兮朱宮。

〔二〕六鰲 列子湯問篇：龍伯之國有大人，一釣而連六鰲。

〔三〕釣竿 少陵送孔巢父詩：釣竿欲拂珊瑚樹。

〔四〕鮫人 任昉述異記：南海中有鮫人室，水居如魚，不廢機織，其眼能泣，則出珠。

其三

陰火〔一〕初銷黑浪遲，投竿錯餌〔二〕自逶迤。探他海底珠如月，恰是驪龍晝睡〔三〕時。

【箋注】

〔一〕陰火 木玄虚海賦：陽冰不冶，陰火潛然。

〔二〕錯餌 説苑政理篇：陽晝曰：「夫扱綸錯餌，迎而吸之者，陽鱎也。其爲魚薄而不美。若存若亡，若食若不食者，魴也。其爲魚也，博而厚味。」

〔三〕晝睡 莊子列御寇篇：河上有家貧恃緯蕭而食者，其子没於淵，得千金之珠。其父曰：「夫千金之珠，必在九重之淵而驪龍頷下，子能得珠者，必遭其睡也。使驪龍而寤，子尚奚微之有哉！」

其四

老馬爲駒氣似虹，行年八十未稱翁。勞山拂水雙垂釣，東海人稱兩太公。

丁亥夏初伏日別惠老兩絶句①

一別三千里，相看七十年。明②朝數行淚，霑灑各山川。

【校勘記】

①此二詩凌本無。鄒本、金匱本題作「別惠老兩絶句」。②皇清詩選、江左三大家詩鈔作「來」。

其二

頭白此爲別，忍聽班馬〔一〕鳴。但餘雙涕淚，零亂似平生。

【箋注】

〔一〕班馬　太白送友人詩：揮手自兹去，蕭蕭班馬鳴。

和東坡西臺詩韻六首并序①

丁亥歲②三月晦日，晨興禮佛，忽被急徵。鋃鐺〔一〕拖曳，命在漏刻。河東夫人沉痾卧蓐，蹶然而起，冒死從行，誓上書代死，否則從死。慷慨首塗〔二〕，無刺刺〔三〕可憐之語。余亦賴以自壯焉。獄急時，次東坡御史臺寄妻詩，以當訣別。獄中遏絶③〔四〕紙筆，臨風闠誦，飲泣而已。生還之後，尋繹〔五〕遺忘，尚存六章④。值君三十設④帨〔六〕之辰，長筵初啓，引滿〔七〕放歌，以博如皋〔八〕之一笑，並以傳眎同聲，求屬和焉。

【校勘記】

①鄒本、金匱本無「并序」二字。②鄒本、金匱本無「歲」字。③「遏絶」，鄒本、金匱本無「絶」字，江左三大家詩鈔作「歇絶」。④凌本作「懸」。

【箋注】

〔一〕鋃鐺　後漢書崔駰傳：董卓收烈付郿獄，錮之鋃鐺鐵鎖。説文：鋃鐺，鎖也。

〔二〕首塗　沈休文齊安陸昭王碑文：威令首塗。李善曰：首塗，猶首路也。

〔三〕刺刺　昌黎送殷侑員外序：今人適數百里，出門惘惘，有離別可憐之色。持被入直三省，丁寧顧婢子，語刺刺不能休。

〔四〕遏絶　後漢書張儉傳：覽遏絶章表，並不得通。

〔五〕尋繹　漢書黄霸傳：語次尋繹。師古曰：繹，謂抽引而出也。

〔六〕設帨　記内則：子生，男子設弧於門左，女子設帨於門右。鄭氏曰：帨，事人佩巾也。

〔七〕引滿　左太沖蜀都賦：合尊促席，引滿爲罰。

〔八〕如皋　左傳昭公二十八年：叔向曰：「昔賈大夫惡，娶妻而美，三年不言不笑，御以如皋，射雉獲之。其妻始笑而言。」

朔氣陰森夏亦淒，穹廬①〔一〕四蓋覺②天低。青春望斷催歸鳥〔二〕，黑獄聲沉報曉鷄〔三〕。慟哭臨江無壯子，徒③行赴難有賢妻。重圍不禁還鄉夢，卻過淮東又浙西。

【校勘記】

①鄒本、金匱本作「蒼」。②鄒本作「破」。③凌本作「從」。

【箋注】

〔一〕穹廬　漢書匈奴傳：匈奴父子乃同穹廬而卧。漢書音義曰：穹廬，旃帳。

〔二〕催歸鳥　惠洪冷齋夜話：昌黎贈同遊絶句：唤起窗全曙，催歸日未西。無心花裏鳥，更與盡情啼。山谷曰：吾兒時每哦此句而了不解其意，自入峽來，吾年五十八矣，時春曉，偶憶此詩，方悟之。唤起、催歸，二鳥名也。古人于小詩，用意精深如此。催歸，子規也。唤起，聲如絡絲，圓轉清亮，偏於春曉鳴，江南謂之春唤。

〔三〕報曉鷄　樂天示商玲瓏醉歌：黃鷄催曉丑時鳴。

其二

陰宫窟室〔一〕晝含淒，風色蕭騷白日低。天上底須論玉兔〔二〕，人間何物是金鷄〔三〕？肝腸迸裂題襟友〔四〕，血淚模糊織錦妻〔五〕。卻指恒雲望家室，滹沱河〔六〕北太行西。

【箋注】

〔一〕窟室　史記吳太伯世家：光伏甲士於窟室。杜預曰：掘地爲室也。

〔二〕玉兔　通鑑唐紀二十：武承嗣使人誣李孝逸自云「名中有兔，兔，月中物，當有天分」。太后以孝逸有功，十一月戊寅，減死除名，流儋州而卒。

〔三〕金鷄　封氏見聞記：國有大赦，則命衛尉樹金鷄於闕下。鷄以黃金爲首，建之於高橦之下，宣赦畢則除之。案金鷄魏晉以前無聞焉，或云始自後魏，亦云起自呂光。隋書百官志云：北齊尚書省有三公曹，赦則掌建金鷄。蓋自隋朝廢此官，而衛尉掌之。武成帝即位，大赦天下，其日設金鷄。宋孝王不識其義，問于光禄大夫司馬膺之，答曰：「按海中星占：天鷄星動，必當有赦。」由是王以鷄爲候。

〔四〕題襟友　文獻通考：漢上題襟集三卷。陳氏曰：唐段成式、温庭筠、崔皎、余知古、韋蟾、徐商等唱和詩什、往來簡牘，蓋在襄陽時也。

〔五〕織錦妻　晉書竇滔妻蘇氏傳：蘇氏名蕙，字若蘭。滔，苻堅時爲秦州刺史，被徙流沙。蘇氏思之，織錦爲廻文旋圖詩以贈滔，宛轉循環以讀之，詞甚悽惋，凡八百四十字。

〔六〕滹沱河　樂史寰宇記：滹沱河，源出代州繁峙縣東南孤阜山。後漢書注：在今代州繁峙縣東，流經定州深澤縣東南，即光武所渡處，今俗猶謂之危渡口。

其三

紂絶陰天〔一〕鬼亦淒，波吒〔二〕聲沸柝鈴低。不聞西市曾牽犬〔三〕，浪説東城再鬭鷄〔四〕。并命何當同石友〔五〕，呼囚誰與報章妻〔六〕？可憐長夜歸俄頃〔七〕，坐待悠悠白日〔八〕西。

【箋注】

〔一〕紂絶陰天　真誥闡幽微：羅酆山有六宮，第一宮名爲紂絶陰天宮，人初死，皆先詣紂絶陰天宮中受事。

〔二〕波吒　首楞嚴經：二習相陵，故有吒吒、波波、羅羅、青赤、白蓮、寒冰等事。長水疏曰：吒、波、羅等，忍寒聲也，即八寒地獄。

〔三〕牽犬　史記李斯傳：斯論斬，顧謂中子曰：「吾欲與若復牽黄犬俱出上蔡東門逐狡兔，豈可得乎？」

〔四〕鬭鷄　東坡蒙恩責授黄州團練副使詩：塞上縱歸他日馬，城東不鬭少年鷄。

〔五〕石友　晉書潘岳傳：岳被收，石崇已先出在市。岳後至，曰：「可謂白首同所歸。」岳金谷詩云：投分寄石友，白首同所歸。乃成其讖。

〔六〕章妻　劉向列女傳：王章爲鳳所陷，收繫下獄。章有小女，年十二，夜起號哭，曰：「平日坐獄上，聞呼囚數常至九，今八而止，我君素剛，先死者必我君也。」明日問之，果死。妻子皆徙合浦。

〔七〕俄頃　世説雅量篇：謝太傅與王文度共詣郗超，日旰未得前，王便欲去，謝曰：「不能爲性命忍俄頃？」

〔八〕白日　南史范曄傳：曄在獄中題扇云：去白日之昭昭，即長夜之悠悠。

其四

三人貫索〔一〕語酸淒，主犯災星僕運低。溲溺〔二〕關通真并命，影形〔三〕絆縶似連鷄〔四〕。夢回虎穴〔五〕頻呼母〔六〕，話到牛衣〔七〕更①念妻。尚説故山花信好，紅闌橋在畫樓西。余與二僕，共梏拲者四十日②。

【校勘記】

①鄒本、金匱本作「并」。　②「四十日」，鄒本、金匱本作「二十日」。

【箋注】

〔一〕貫索　隋書天文志：貫索九星，賤人之牢也。一曰連索，一曰連營，一曰天牢。

〔二〕溲溺　國語：少溲於豕牢。韋昭曰：溲，便也。史記范雎傳：賓客飲者醉，更溺雎。索隱曰：溺，即溲也。酈生傳：諸客冠儒冠來者，沛公輒解其冠，溲溺其中。

〔三〕影行　曹子建上責躬應詔詩表：形影相吊，五情愧赧。

〔四〕連鷄　戰國策：猶連鷄之不能俱止於棲之明矣。

〔五〕虎穴　漢書尹賞傳：賞修治長安獄，穿地方深各數丈，致令辟爲郭，以大石覆其口，名爲虎穴。

〔六〕呼母　史記屈原傳：人窮則反本，故勞苦倦極，未嘗不呼天也；疾痛慘怛，未嘗不呼父母也。顔氏家訓：人有憂疾，則呼天地父母，自古而然。

〔七〕牛衣　漢書王章傳：章爲諸生，學長安，獨與妻居。章疾病無被，卧牛衣中，與妻決，涕泣。妻曰：「疾病困阨不自激卬，乃反涕泣，何鄙也？」章爲京兆，欲上封事，妻止之曰：「人當知足，獨不念牛衣中涕泣時邪？」

其五

六月霜凝〔一〕倍①憯淒，骨消皮削首頻低。雲林永繞②離羅雉〔二〕，砧几相鄰待割鷄。墮落劫塵悲宿業，皈依法喜〔三〕媿山妻。西方西市原同觀，縣鼓〔四〕分明落日西。

【校勘記】

①凌本作「信」。②鄒本、金匱本作「絶」。

【箋注】

〔一〕霜凝　論衡感虚篇：傳書言：鄒衍無罪見拘於燕，當夏五月，仰天而嘆，天爲隕霜。

〔二〕離羅雉　國風兔爰詩：雉離於羅。毛萇傳曰：鳥網爲羅。

〔三〕法喜　維摩詰經：有菩薩問維摩詰言：「居士，父母妻子、親戚眷屬、吏民知識，悉爲是誰？」維摩詰以偈答曰：「智度菩薩母，方便以爲父。一切衆導師，無不由是生。法喜以爲妻，慈悲心爲女，善心誠寔男，畢竟空寂舍。」肇法師曰：法喜，謂見法生内喜也。世人以妻色爲悦，菩薩以法喜爲悦。

〔四〕懸鼓　觀經：當起想念，正坐西向，諦觀於日欲没之處，令心堅往，專想不移。見日欲没，狀如懸鼓。既見日已，閉目開目，皆令明了，是爲日想，名曰初觀。

其六

梏拲〔一〕扶將獄氣淒，神魂刺促〔二〕語言低。心長尚似拖腸鼠〔三〕，髮短渾如禿幘鷄〔四〕。後事從他攜手〔五〕客，殘骸付與畫眉〔六〕妻。可憐三十年來夢，長白山①〔七〕東遼水西。

【校勘記】

①「長白山」，鄒本作「長向山」。

【箋注】

〔一〕梏拲　周禮秋官司寇：凡囚者，上罪梏拲而桎。鄭司農云：拲者，兩手共一木也。

〔二〕刺促　樂府潘岳閤道謡：和嶠刺促不得休。

〔三〕拖腸鼠　許真君八十五化録：祖師升舉，鷄犬亦隨逐飛騰。有頃，墜下藥臼、車轂各一，又墜一鷄籠於宅之東南十餘里，並鼠數枚墜地，雖拖腸而不死，意其嘗得竊食仙藥也。

〔四〕秃幘鷄　搜神記：安陽城南有一亭，夜不可宿。有書生過，住此。夜半後，有一皂衣人來往户外，呼亭主曰：「亭中何人？」答曰：「書生。」既而又有冠赤幘者來，問答如前，既去寂然。書生即起詣問，效呼亭主：「黑衣來者誰？」曰：「北舍母豬也。」「冠赤幘來者誰？」曰：「西舍老雄鷄也。」「汝復誰？」曰：「老蠍也。」天明殺此三物，亭遂安静。

〔五〕攜手　李少卿與蘇武詩：攜手上河梁。

〔六〕畫眉　漢書張敞傳：又爲婦畫眉。

〔七〕長白山　葉隆禮契丹國志：長白山在冷山東南千餘里，蓋白衣觀音所居。其山禽獸皆白，人不敢入，恐穢其間。黑水發源於此，舊云粟末河。太宗破晉，改爲混同江。

金壇客座逢水榭故妓感嘆而作凡四絶句①

黄閣〔一〕青樓〔二〕盡可哀，啼粧〔三〕墮髻尚低回②。莫欺鳥爪〔四〕麻姑少③，曾見滄桑前度來。

【校勘記】

①鄒本、金匱本無「客座」二字，本事詩題作「戲贈陸姬孟珠」。②凌本作「垂」。本事詩此兩句作「辭漢金人淚滿腮，西園東閣已成灰」。③鄒本作「老」。

【箋注】

〔一〕黄閣　宋書禮志：朱門洞啓，當陽之正色。三公與天子禮秩相亞，故黄其閣以示謙也。

〔二〕青樓　曹子建美女篇：青樓臨大路，高門結重關。

〔三〕啼粧　後漢書梁統傳：冀妻孫壽色美，而善爲妖態，作愁眉、啼粧、墮馬髻、折腰步、齲齒笑。風俗通曰：愁眉者，細而曲折。啼粧者，薄拭目下若啼處。墮馬髻者，側在一邊。折腰步者，足不任體。齲齒者，若齒痛不忻忻。始自冀家所爲，京師翕然，皆倣效之。

〔四〕鳥爪　葛洪神仙傳：麻姑手爪不如人爪形，皆似鳥爪。

其二

剩水殘山〔一〕花信稀，瑣窗鸚鵡舊籠非。儂家十二珠簾外，可有尋常〔二〕燕子飛？

【箋注】

〔一〕剩水殘山　少陵遊何將軍園林詩：剩水滄江破，殘山碣石開。

〔二〕尋常　劉禹錫烏衣巷詩：舊時王謝堂前燕，飛入尋常百姓家。

其三

身輕渾欲出鶼籠，巾袖低徊光景中。還似他家舊樓館，吹簫解珮下屏風〔一〕。

【箋注】

〔一〕下屏風　楊太真外傳：玄宗以隋文帝所造屏風賜貴妃，屏上刻前代美人之形，才三寸許。妃歸衛公家，安於高樓上。國忠日午偃息，纔就枕，而屏風諸女悉皆下牀前，各通所號，有曰解佩人也、吹簫人也。

其四

春病春心〔一〕自攬持，道家裝束〔二〕也相宜。因緣莫話仙人子①〔三〕，腸斷花宮②欲嫁時。

【校勘記】

①鄒本、金匱本此句作「知君恰比仙人子」。　②「花宮」，鄒本、金匱本作「宮花」。

【箋注】

〔一〕春心　太白江夏行：憶昔嬌小姿，春心亦自持。

〔二〕道家裝束　薛能黃蜀葵詩：記得玉人春病後，道家裝束厭禳時。

〔三〕仙人子　白樂天龍華寺主家小尼詩：應似仙人子，花宮未嫁時。注曰：郭代公愛姬薛氏，幼嘗爲尼，小名仙人子。

籠鵝曲四首示水榭舊賓客

午夜花宫①絶命辭〔一〕，銅②籤聲急漏聲遲。書生一霎懵騰夢，恰似鵝籠〔二〕酒醒時。

【校勘記】

①「花宫」，鄒本、金匱本作「宫花」。　②鄒本作「鎖」。

【箋注】

〔一〕絶命辭　漢書息夫躬傳：息夫躬待詔，數危言高行，自恐遭害，著絶命辭。

〔二〕鵝籠　吴均續齊諧記：陽羨許彦，於綏安山行，遇一書生，求寄鵝籠中，都不覺重。前行息樹下，書生出籠，謂彦曰：「爲君薄設。」乃於口中吐一銅盤奩子，具諸肴饌。酒數行，又於口中吐一女子，共坐宴。俄而書生醉卧，女子曰：「向亦竊將一男子同行，暫唤之，願君勿言。」於口中吐出一男子，仍與彦敘寒温。書生卧欲覺，女子吐一錦行障遮書生。書生留女子共卧，男子又於口中吐一女子共讌酌，戲調甚久。聞書生動聲，男子取所吐女人，還内口中。須臾，書生處女出曰：「書生欲起。」乃更吞向男子。然後書生起，謂彦曰：「暫眠遂久，日已晚，便當與君别。」還復吞此女子，諸銅器悉内口中，留大銅盤可廣二尺餘與彦。張散看其題，云是漢永平三年所作也。

其二

籠窗〔一〕啼絶夜烏聲，珠履蕭條①翠袖行。惟有昔時陽羨路，鵝籠猶識舊書生。

【校勘記】

①凌本作「疏」。

【箋注】

〔一〕籠窗　樂府烏夜啼曲：籠窗窗不開，蕩户户不動。歡下葳蕤籥，交儂那得往。

其三

氍毹〔一〕月冷畫堂空，浪蘂〔二〕漂①花〔三〕一瞬中。錦帳金盤何處所？可憐贏得舊鵝籠。

【校勘記】

①鄒本、金匱本作「飄」。

【箋注】

〔一〕氍毹　風俗通：織毛褥謂之氍毹。

〔二〕浪蘂　昌黎杏花詩：浮花浪蘂鎮長有，纔開還落瘴霧中。

〔三〕漂花　李商隱吴宮詩：日暮水漂花出城。

其四

淺絳衣衫蓮葉巾，近前丞相〔一〕莫①須嗔。書生未省長眠②去，只爲鵝籠別有人。

【校勘記】

①鄒本作「不」。②鄒本作「瞑」。

【箋注】

〔一〕丞相　少陵麗人行：炙手可熱勢絶倫，慎莫近前丞相嗔。

吴門春仲送李生還長干

闌風伏雨〔一〕闇江城，扶病將愁起送行。煙月揚州如夢寐，江山建業〔二〕又清明。夜烏〔三〕啼斷門前柳，春鳥銜殘〔四〕花外櫻。尊酒前期〔五〕君莫忘，藥囊吾欲傍餘生。

【箋注】

〔一〕闌風伏雨　少陵秋雨嘆：闌風伏雨秋紛紛。趙次公曰：闌珊之風，沉伏之雨，言其風雨之不已也。闌如謝靈運「闌暑」之闌，伏如左傳「夏無伏陰」之伏，其久可知也。舊注非是。

〔二〕建業　王象之輿地紀勝：建康府，禹貢揚州之域。楚置金陵邑，秦改曰秣陵，漢改爲丹陽郡。吴大帝自京口徙此，因改爲建業，遂定都焉。

〔三〕夜烏　太白楊叛兒：何許最關情？烏啼白門柳。

〔四〕銜殘　王摩詰敕賜百官櫻桃詩：纔是寢園春薦後，非關御苑鳥銜殘。

〔五〕前期　沈約别范安成詩：生平少年日，分手易前期。

贈頂目禪人

曉日穹窿〔一〕法鼓〔二〕鳴，山茶樹上鵓鴣聲。渾身是眼〔三〕原非眼，有目①何須頂上生？

【校勘記】

①鄒本、金匱本作「眼」。

【箋注】

〔一〕穹窿　朱長文吴郡圖經續記：穹窿山，在吴縣西六十里。舊傳赤松子嘗於此山採赤石脂。吴都賦云「赤須蟬蜕而附麗」，蓋謂此也。

〔二〕法鼓　法苑珠林惰慢篇：釋氏震法鼓於鹿苑，夫子揚德音於陬魯，尚耳目所不聞，豈心識之能契也？

〔三〕渾身是眼　洪覺範林間録：元宵賜宴相國寺，觀俳優，王文公作偈曰：諸優戲場中，一貴復一賤。心知本自同，所以無欣怨。予嘗謂同學曰：「此老人通身是眼，瞞渠一點也不得。」五燈會元：道吾問雲巖曇晟禪師曰：「大悲千手眼，那箇是正眼？」師曰：「如人夜間背手摸枕子。」吾曰：「我會也。」師曰：「作麼生會？」吾曰：「遍身是手眼。」師曰：「道也太煞道，秖道得八成。」吾曰：「師兄作麼生？」師曰：「通身是手眼。」

廣陵舟中觀程端伯畫册戲爲作歌

大癡〔一〕仙人不肯人間住，萬里軍持〔二〕入煙霧。少年結隱虞山麓，把酒看山每日暮。西圖華嶽通箭括〔三〕，南寫匡廬掛瀑布〔四〕。千山萬壑擁現十指端，盤礴〔五〕皴染仍是家山釣遊處。平生熏①習老不忘，一重一掩〔六〕自吞吐。雪浪參差劍門石，煙嵐晻靄石城樹。我昔讀書此山中，丙舍〔七〕連山抱丘墓。每指虞山詩似人，此是大癡真畫具。自從喪亂走塵埃，拋擲家山比行路。風窗雲户歸渺茫，蟹舍漁莊傍沮洳。今日何日見此本，紙上煙巒忽盤互。重山複嶺看不足，浮嵐暖翠〔八〕喜重寤。嗟君如椽大手筆〔九〕，閒卻詞頭理毫素。厭看河陽玉堂〔一〇〕壁，夢落龍圖〔一一〕楚江渡。遊戲丹青學子久，意匠經營有神遇。疊山〔一二〕恐被葵丘嘲，臨本應爲石田妒。得非一峯〔一三〕老人今再來②，不然虞山粉本〔一四〕誰與交手付？是時薄遊廣陵歲云莫，邗江〔一五〕漠漠愁寒冱〔一六〕。蕃釐〔一七〕花殘但禾黍，隋堤柳禿無飛絮。笊籬灣頭萬樹雅，夏國墳〔一八〕荒何處駐？竹西〔一九〕歌吹又喧闐，對畫沉吟感情愫。歸與歸與勿猶豫，掃除茅茨守場圃。金鰲〔二〇〕夜半左股已失卻〔二一〕，還愁君家畫笥又捲虞山去。

【校勘記】

①上圖本、凌本作「董」，此從金匱本。　②鄒本、金匱本作「生」。

【箋注】

〔一〕大癡　海虞文苑張應遴虞山記云：黄子久號大癡，隱居山中。時攜酒浩歌飲湖橋上，瓶罄，即投之水中，至礙行舟。

〔二〕軍持　道誠釋氏要覽：根本百一羯磨云：水羅有五種。一方羅，二法瓶，三軍持，四酌水羅，五衣角羅。軍持，僧人舀水器也。

〔三〕箭括　少陵望嶽詩：車箱入谷無歸路，箭括通天有一門。

〔四〕瀑布　樂史寰宇記：瀑布在廬山東，亦名白水源，出高峯掛流三百許丈，遠望如疋布，故名瀑布。

〔五〕盤礴　莊子田子方篇：宋元君將畫圖，衆史皆至，受揖而立，舐筆和墨，在外者半。有一史後至者，儃儃然不趨，受揖不立。因之舍，公使人視之，則解衣盤礴，羸。君曰：「可矣，是真畫者也。」

〔六〕一重一掩　少陵嶽麓山道林二寺行：一重一掩吾肺腑，山鳥山花吾友于。

〔七〕丙舍　王羲之有墓田丙舍帖。

〔八〕浮嵐暖翠　大癡有浮嵐暖翠圖。

〔九〕椽筆　晉書王導傳：王珣夢人以大筆如椽與之。既覺，語人曰：「此當有大手筆事。」俄而帝崩，哀册謚議皆珣所草。

〔一〇〕玉堂　東坡郭熙畫秋山平遠詩：玉堂晝掩春日閒，中有郭熙畫春山。

〔一一〕龍圖　朱存理鐵網珊瑚：齊郡張紳跋燕龍圖楚江春曉卷云：燕龍圖在王府以德業自勵，後世乃以能畫稱，觀此足見其藝之不凡。吴郡張適識云：燕尚書在燕府侍書時，王求畫，一筆不肯與，故其畫罕見于世。夢菴識云：予於楚江晨夕飽覽奇勝，回首又二十年餘矣。今披此圖，恍若夢寐。

〔一二〕疊山　謝晉，字孔昭，號葵丘，吴縣人。工畫山水，嘗自戲爲謝疊山。吴寬原博有詩嘲之云：風流前輩杳難扳，謔語空傳謝疊山。

〔一三〕一峯　陶九成輟耕録：黄子久自號大癡，又號一峯，本姓陸，世居平江之常熟，繼永嘉黄氏，畫山水宗董、巨。

〔一四〕粉本　畫斷：玄宗天寶中，忽思蜀中嘉陵江山水，遂假吴生驛遞，令往寫貌，回日奏云：「臣無粉本，並記在心。」遣於大同殿圖之，一日而畢。

〔一五〕邗江　樂史寰宇記：昔吴王夫差將伐齊北霸中國，自廣陵城東南築邗城，城下掘深溝，謂之邗江，亦曰邗溝。

〔一六〕寒沍　張平子西京賦：涸陰沍寒。李善曰：左氏傳：申豐曰：「涸陰沍寒。」沍，胡故切。

〔一七〕蕃釐　王象之輿地紀勝：后土祠，今改蕃釐觀，有瓊花擅天下無雙之名，香如蓮花，清馥可愛。

〔一八〕夏國墳　公故人顧大猷，字所建，夏國公成之裔孫也。墓在笊籬灣。

〔一九〕竹西　杜牧之題禪智寺詩：誰知竹西路，歌吹是揚州。

〔二〇〕金鼇　沈周移席茅山東頂嘲徐永年避酒歌：憑我裁截筆作剪，信我包括詩爲胎。請君急急還來看怪事，金鼇左股昨夜安在哉？

〔二一〕失左股　東坡白水山佛跡巖詩：何人守蓬萊？夜半失左股。浮山若鵬蹲，忽展垂天羽。

次韻林茂之戊子中秋白門寓舍待月之作①

空階荇藻〔一〕影沉浮，管領清光兩白頭。條戒②〔二〕山河原一點〔三〕，平分〔四〕時序也中秋。

風前偏照千家淚，笛裏横吹萬國愁。無那金閶今夜月，雲鬟香霧〔五〕更悠悠。

【校勘記】

①五大家詩鈔題作「金陵客舍待月次友人韻」。　②鄒本作「界」。

【箋注】

〔一〕荇藻　卧遊録：東坡記承天夜遊云：元豐六年十月十二夜，解衣欲睡，月色入户，欣然起行，步至承天寺尋張懷民。相與步於中庭，庭中如積水空明，水中藻荇交横，蓋竹柏影也。何夜無月，何處無竹，但少閒人如吾兩人耳。

〔二〕條戒　書禹貢：導岍及岐。正義曰：地理志云：舊有三條之説。新唐書天文志：一行以爲天下山河之象，存乎兩戒。

〔三〕一點　少陵翫月詩：關山同一點。

〔四〕平分　宋玉九辨：皇天平分四時兮，竊獨悲此凛秋。

〔五〕雲鬟香霧　少陵月夜詩：香霧雲鬟濕，清輝玉臂寒。

次韻茂之戊子秋重晤有感之作

殘生猶在訝經過，執手衹應喚奈何〔一〕。近日理頭梳齒少，頻年洗面淚痕多。神争六博〔二〕其如我，天醉投壺〔三〕且任它。嘆息題詩垂白〔四〕叟①，重將老眼向關河。

【校勘記】

①「垂白叟」，凌本作「誰白叟」，鄒本作「垂句後」，金匱本作「垂白後」。

【箋注】

〔一〕喚奈何　世説任誕篇：桓子野每聞清歌，輒喚奈何。

〔二〕神争六博　韓非子外儲説左上篇：秦昭王令工施鉤梯而上華山，以松柏之心爲博，箭長八尺，棊長八寸，而勒之曰：「昭王嘗與天神博于此矣。」姚寬西溪叢話：古樂府陸瑜有仙人覽六箸篇：九仙歡會賞，六箸且娱神。戲石聞餘地，銘山憶舊秦。避敵情思巧，論兵勢重新。問取南皮夕，還笑拂棋人。初不曉何戲。西京雜記云：許博昌，安陵人。善陸博。竇晏好之，嘗與居處。法用六箸，或謂之究，以竹爲之，長六分。王逸解楚辭云：投六箸，行六棊，故爲六博。以篦簬作箸，象牙爲棋，麗而且好也。説文云：六箸，十二棋也。

〔三〕天醉投壺　仙傳拾遺：玉女投壺，每一投百二十梟。設有入不出者，天帝爲之嚽嘘。梟而脱悮不接者，天爲之笑。

〔四〕垂白　漢書杜周傳注：師古曰：垂白者，言白髮下垂也。

再次茂之他字韻

覆杯池〔一〕畔忍重過，欲哭其如淚盡〔二〕何？故鬼〔三〕視今真恨晚，餘生〔四〕較死不争多。陶輪世界〔五〕寧關我，鍼孔〔六〕光陰莫羨它。遲暮將離無别語，好將髮白①喻觀河〔六〕。

【校勘記】

①「髮白」，鄒本作「白髮」。

【箋注】

〔一〕覆杯池　六朝事蹟：覆杯池在今城北三里，西池是也。晉元帝中興，頗以酒廢政。丞相王導奏諫，帝因覆杯於池中以爲誡。楊修有詩云：金杯覆處舊池枯，此後還曾一醉無？東晉中興股肱力，元皇亦學管夷吾。

〔二〕淚盡　庾子山哀江南賦：蔡威公之淚盡，加之以血。

〔三〕故鬼　左傳文公二年：吾見新鬼小，故鬼大。

〔四〕餘生　謝靈運擬魏太子鄴中集詩：餘生幸已多。

〔五〕陶輪世界　維摩詰經：斷取三千大千世界如陶家輪，著右掌中，擲過恒沙世界之外。

〔六〕鍼孔　古文苑宋玉小言賦：經由鍼孔，出入羅巾。剽眇翩綿，乍見乍泯。

〔七〕觀河　首楞嚴經：波斯匿王言：「我生三歲，慈母攜我謁耆婆天，經過此流，爾時即知是恒河水。」佛言：「汝今自傷髮白面皺，其面必竟皺於童年。則汝今時觀此恒河，與昔童時觀河之見，有童耄不？」王言：「不也。」佛言：「皺者爲變，不皺非變。變者受滅，彼不變者，原無生滅。」

其二

殘書繙罷劫灰過，汗簡崔鴻〔一〕奈史何？貢矢〔二〕未聞虞服少，專車〔三〕長誦禹功多。荒唐浪説程生馬〔四〕，譌謬真成字作它〔五〕。東海揚塵〔六〕今幾度，錯將精衛〔七〕笑填河。

【箋注】

〔一〕崔鴻　北史崔鴻傳：鴻弱冠便有著述志，撰爲十六國春秋，勒成百卷，因其舊記，時有增損褒貶焉。

〔二〕貢矢　説苑辨物篇：有隼集於陳侯之庭而死，楛矢貫之，石砮，矢長尺而咫。陳侯使問孔子。孔子曰：「隼之來也遠矣，此肅慎氏之矢也。昔武王克商，肅慎氏貢楛矢石砮，長尺而咫。先王欲昭其令德之致，故銘其栝曰：肅慎氏貢楛矢，以勞太姬，配虞胡公，而封諸陳。分同姓以珍玉，展親也。分别姓以遠方職貢，使無忘服也。故分陳以肅慎氏之矢。試求之故府。」果得焉。

〔三〕專車　家語：吴伐越，隳會稽，獲巨骨一節，專車焉。使問孔子：「骨何爲大？」孔子曰：「昔禹致羣臣於會稽山，防風後至，禹殺而戮之，其骨專車。此爲大矣。」

〔四〕程生馬　列子天瑞篇：久竹生青寧，青寧生程，程生馬，馬生人。

〔五〕字作它　羅願爾雅翼：蛇字古但作它耳，從虫而長，象寃曲垂尾形。上古草居，患它，故相問「無它乎」。

〔六〕揚塵　葛洪神仙傳：方平曰：「聖人皆言海中行復揚塵也。」

〔七〕精衛　左太沖吴都賦：精衛銜石而遇繳。李善曰：北山經曰：發鳩之山有鳥，狀如烏，而文首白喙赤足，名精衛，其鳴自呼。赤帝之女，姓姜，遊於東海，溺而死，不反，常取西山木石以填東海。

其三

風輪火劫〔一〕暮年過，未死將如朽骨①〔二〕何？逐鹿〔三〕南公〔四〕車乘〔五〕少，操蛇北叟〔六〕子孫多。地更區脱②〔七〕徒爲爾，天改撐犁③〔八〕可耐④它。李賀漫歌辭漢淚，不知鉛水〔九〕已成河。

【校勘記】

①「朽骨」，鄒本作「朽貫」。②「更區脱」，鄒本作「更侯甸」，五大家詩鈔作「多卑温」。③「改撐犁」，鄒本作「改星辰」，五大家詩鈔作「有傾欹」。④鄒本作「任」。

【箋注】

〔一〕風輪火劫　首楞嚴經：九情一想，下洞火輪，身入風火，二交過地。長水疏曰：二交過地者，風火二輪交際之處。

〔二〕朽骨　老子：其人已死，其骨已朽。

〔三〕逐鹿　漢書蒯通傳：秦失其鹿，天下共逐之，高材者先得。

〔四〕南公　史記項羽紀：南公，楚人也，善言陰陽。

〔五〕車乘　左傳宣公十二年：欒武子曰：「其君之戎爲二廣。」杜預曰：十五乘爲一廣。司馬法：百人爲卒，二十五人爲兩，車十五乘爲大偏。今廣十五乘亦用舊偏法。復以二十五人爲承副。

〔六〕操蛇北叟　列子湯問篇：北山愚公年且九十，面山而居。懲山北之塞，出入之迂也，率子孫荷擔者三夫，叩石墾壤，箕畚運於渤海之尾。河曲智叟笑而止之。北山愚公曰：「我死有子存焉，子又生孫，孫又生子，子又生子，子又有孫，子子孫孫無窮匱也，而山不加增，何若而不平？」河曲智叟亡以應。操蛇之神聞之，告於帝。帝感其誠，命夸娥氏二子負二山，一厝朔東，一厝雍南。自此，冀之南，漢之陰，無隴斷焉。

〔七〕區脱　史記匈奴傳：東胡王與匈奴間中有棄地，莫居，千餘里，各居其邊爲區脱。韋昭曰：界上屯守處。服虔曰：區脱，土穴也。正義曰：按境上斥候之室爲區脱。

〔八〕撐犁　漢書匈奴傳：單于姓攣鞮氏，其國稱之曰撐犁孤塗單于。匈奴謂天爲撐犁，謂子爲孤塗。單于者，廣大之貌也，言其象天單于然也。

〔九〕鉛水　李賀金銅仙人辭漢歌：空將漢月出宮門，憶君清淚如鉛水。

其四

涼風摵摵凛秋過，枯樹婆娑奈爾何。遼鶴〔一〕定知同伴少，楚囚〔二〕剛道一身多。茫茫禹跡〔三〕今如此，憒憒天公〔四〕莫怨它。惆悵渡頭桃葉女〔五〕，板橋猶説舊①秦河。

【校勘記】

①凌本作「是」。

【箋注】

〔一〕遼鶴　續搜神記：遼東城門華表一日有白鶴歌曰：「有鳥有鳥丁令威，去家千歲今始歸。城郭猶是人民非，何不學仙冢纍纍？」

〔二〕楚囚　晉書王導傳：導曰：「當共戮力王室，克復神州，何至作楚囚相對泣耶？」

〔三〕茫茫禹跡　左傳襄公四年：於虞人之箴曰：茫茫禹跡，畫爲九州。

〔四〕憒憒天公　晉書天文志：元帝建康二年，歲星犯天關。安西將軍庾翼與兄冰書曰：「歲星犯天關，占云關梁當分。比來江東無他故，江道亦不艱難，而石季龍頻年再閉關，不通信使，此復是天公憒憒，無皂白之徵也。」

〔五〕桃葉渡　楊氏六帖補：桃葉渡在秦淮口。桃葉，王獻之愛妾名。其妹桃根，王曾臨此渡送。

其五

秋燈曖①壁暗蛩過，長夜[一]漫漫復幾何？騎雀②張翁[二]羅網少，豢龍劉累[三]牧芻多。問天[四]辭畢誰酬我，罵鬼[五]書成孰致它？夢噩酒悲頻慟哭，不因除館泣西河[六]。

【校勘記】

①上圖本、凌本、鄒本作「暖」，此從金匱本。　②鄒本作「鶴」。

【箋注】

[一]長夜　樂府甯戚商歌：長夜漫漫何時旦？

[二]張翁　段柯古酉陽雜俎：天翁姓張，名堅，字刺渴，漁陽人。少不羈，無所拘忌。嘗張羅得一白雀，愛而養之。夢天劉翁責怒，每欲殺之，白雀輒以報堅。堅設諸方待之，終莫能害。天翁遂下觀之，堅盛設賓主，乃竊騎天翁車，乘白龍，振策登天。天翁乘餘龍追之不及。堅既到玄宫，易百官，杜塞北户，封白雀爲上卿侯，改白雀之胤不産於下土。劉翁失治，徘徊五嶽作災。堅患之，以劉翁爲太山太守，主生死之籍。

[三]劉累　左傳昭公二十九年：陶唐氏既衰，其後有劉累，學擾龍於豢龍氏，以事孔甲，能飲食之。夏后嘉之，賜氏曰御龍氏，以更豕韋之後。

[四]問天　李賀公無出門歌：公看呵壁書問天。

〔五〕罵鬼　古文苑王延壽夢賦：臣弱冠嘗夜寢，見鬼物與臣戰，遂得東方朔與臣作罵鬼之書。

〔六〕泣西河　左傳昭公十三年：叔魚見季孫曰：「聞諸吏將爲子除館於西河，其若之何？」且泣。平子懼，先歸。惠伯待禮。

盛集陶次他字韻詩重和五首①

槍口刀尖取次過，銀鐺其奈白頭何。壯心〔一〕不分殘年少，悲氣從來秋士〔二〕多。帝②欲屠龍〔三〕愁及我，人思畫虎〔四〕笑由它。端居每作中流〔五〕想，坐看衝風〔六〕起九河。

【校勘記】

①鄒本、金匱本題作「見盛集陶次他字韻詩重和五首」。　②鄒本作「世」。

【箋注】

〔一〕壯心　樂府碣石篇：老驥伏櫪，志在千里。烈士暮年，壯心不已。

〔二〕秋士　淮南子繆稱訓篇：春女思，秋士悲。

〔三〕屠龍　莊子列御寇篇：朱泙𣶏學屠龍於支離益，殫千金之家，三年技成，而無所用其巧。

〔四〕畫虎　後漢書馬援傳：效季良不得，陷爲天下輕薄子，所謂畫虎不成反類狗者也。

〔五〕中流　晉書祖逖傳：逖爲豫州刺史，渡江，中流擊楫而誓曰：「不能清中原而復濟者，有如大江。」

〔六〕衝風　屈原九歌：與汝遊兮九河，衝風起兮水揚波。

其二

敗壁疏帷朔氣過，夢長休問夜如何。天心①象緯〔一〕依躔少，地角龍蛇〔二〕起陸多。楚奏鍾儀能忘舊，越吟莊舄〔三〕忍思它。西鄰象戲〔四〕秋燈外，抵几喧呶競渡河。

【校勘記】

①鄒本作「星」。

【箋注】

〔一〕象緯　晉書張華傳：豫章人雷焕，妙達緯象。

〔二〕龍蛇　陰符經：天發殺機，龍蛇起陸；人發殺機，天地反覆。

〔三〕鍾儀莊舄　王粲登樓賦：鍾儀幽而楚奏兮，莊舄顯而越吟。李善曰：左氏傳曰：晉侯觀於軍府，見鍾儀，問曰：「南冠而縶者，誰也？」有司對曰：「鄭人所獻楚囚也。」使稅之，問其族，對曰：「伶人也。」使與之琴，操南音。公曰：「樂操土風，不忘舊也。」史記：陳軫適楚，秦惠王曰：「子去寡人之楚，亦思寡人不？」陳軫對曰：「昔越人莊舄，仕楚執珪，有頃而病。楚王曰：亦思越不？對曰：凡人之思故，在其病也。彼思越則越聲，不思越則且楚聲。人往聽之，猶尚越聲也。今臣雖棄逐之楚，豈能無秦聲者哉？」

〔四〕象戲　藝文：周武帝造象戲。

其三

秋衾銅輦〔一〕夢頻過，四壁陰蟲聒謂何？北徙鵬〔二〕憂風力少，南飛鵲〔三〕恨月明多。杞妻崩雉〔四〕真憐汝，莒婦量城〔五〕莫甚它。卻笑玉衡〔六〕無定準，天街仍自限星河。

【箋注】

〔一〕銅輦　陸士衡赴洛詩：撫劍遵銅輦。李善曰：銅輦，太子車也。李賀還自會稽歌：臺城應教人，秋衾夢銅輦。

〔二〕北徙鵬　莊子逍遥遊篇：鵬之徙於南冥也，水擊三千里，摶扶摇而上者九萬里。

〔三〕南飛鵲　魏武帝短歌行：月明星稀，烏鵲南飛。繞樹三匝，無枝可依。

〔四〕崩雉　劉向列女傳：杞梁戰死，其妻枕其夫之屍於城下而哭。内誠動人，道路爲揮涕。十日，而城爲之崩。

〔五〕量城　左傳昭公十九年：齊伐莒，莒有婦人，莒子殺其夫，已爲嫠婦。及老，託於紀鄣，紡焉以度而去之。及師至，則投諸外。子占使師夜縋而登。莒共公懼，啓西門而出。

〔六〕玉衡　三氏星經：石申氏曰：北斗七星，天之諸侯，亦爲帝車。魁四星爲璿璣，柄三星爲玉衡，以齊七政者也。

其四

白翎雀〔一〕斷海青〔二〕過，蜀魄〔三〕啼如來路何？肅慎矢楛天棓〔四〕少①，支祈〔五〕神鎖地維〔六〕多。周占墨食〔七〕寧欺我，楚尹〔八〕狐疑莫問它。漫道張騫能鑿去聲空〔九〕，終將一葉〔一〇〕到天河〔一一〕。

【校勘記】

①鄒本、金匱本此句作「肅慎矢楛天柱少」，五大家詩鈔作「□□遥叢天柱短」。

【箋注】

〔一〕白翎雀　陶九成輟耕録：白翎雀者，國朝教坊大曲也。始甚雍容和緩，終則急躁煩促，殊無有餘不盡之意，竊嘗病焉。後見陳雲嶠云：白翎雀生於烏桓朔漠之地，雌雄和鳴，自得其樂。世祖因命伶人碩德閭製曲以名之。曲成，上曰：「何其末有怨怒哀嫠之音乎？」時譜已傳矣，故至今莫能改。

〔二〕海青　元楊允孚欒京雜詠：爲愛琵琶調有情，月高未放酒杯停。新腔翻得涼州曲，彈出天鵝避海青。注曰：海青拏天鵝，新聲也。葉奇草木子：海東青出於女真，遼國極重之，因是起釁，而契丹以亡。其物善擒天鵝，飛放時旋風羊角而上，直入雲際。能得頭鵝者，元朝官裏賞鈔五十錠。

〔三〕蜀魄　庚申外史：己亥至正十九年，居庸關子規啼。

〔四〕天棓　史記天官書：紫宫左三星曰天槍，右五星曰天棓。

〔五〕支祈　李肇國史補：楚州有漁人，忽於淮中釣得巨鐵鏁，挽之不絶，以告官。刺史李陽大集人力引之，鏁窮，有青獮猴躍出水，復没而逝。後有驗山海經云：水獸，好爲害。禹鏁於軍山之下，其名曰無支奇。

〔六〕地維　淮南子天文訓：共工與顓頊争爲帝，怒而觸不周之山，天柱絶，地維絶。

〔七〕墨食　書洛誥：乃卜澗水東，瀍水西，唯洛食。孔氏曰：卜必先墨畫龜，然後灼之，兆順食墨。

〔八〕楚尹　屈原卜居：往見太卜鄭詹尹曰：「余有所疑，願因先生決之。」

〔九〕鑿空　漢書張騫傳：騫鑿空。蘇林曰：鑿，開也。空，通也。騫始開通西域道也。師古曰：空，孔也。猶言始鑿其孔穴也。

〔一〇〕一葉　東坡夜雨宿浄行院詩：一葉虚舟寄渺茫。

〔一一〕天河　趙璘因話録：漢書載張騫窮河源，言其奉使之遠，實無天河之説。惟張茂先博物志説近世有人居海上，每年八月，見海槎來不違時，齎一年糧，乘之到天河，見婦人織，丈夫飲牛，遣問嚴君平，云某年某月某日客星犯牛斗，即此人也。寶曆中，余下第還家，于京洛途中逢官差遞夫舁張騫槎，先在東都禁中，今准詔索有司取進，不知是何物也。前輩詩往往有用張騫槎者，相襲謬誤久矣。

其五

八翼〔一〕摧殘六鷁〔二〕過，呼鷹躍馬意如何？天回鶉火〔三〕三精〔四〕在，地長龍沙〔五〕一柱〔六〕多。鵑識〔七〕北來仍喚汝，梟謀〔八〕東徙莫知它。夜來①一作闌②挹③酒朝南極，箕尾〔九〕芒銷爛絳河〔一〇〕。

【校勘記】

①凌本作「闌」。②凌本、鄒本、金匱本無此注。③凌本作「浥」，金匱本作「把」。

【箋注】

〔一〕八翼　晉書陶侃傳：侃少時夢生八翼飛而上天，見天門九重而登其八，唯一門不得入。閽者以杖擊之，因墮地折其左翼。

〔二〕六鷁　左傳僖公十六年：六鷁退飛過宋都，風也。

〔三〕鶉火　爾雅釋天：柳，鶉火也。疏曰：鶉火，柳之次名也。鶉即朱鳥也。火屬南方行也，因名其次爲鶉火。

〔四〕三精　後漢書光武紀贊：九縣飈回，三精霧塞。臣賢曰：三精，日月星也。

〔五〕龍沙　樂史寰宇記：龍沙在州北七里一帶，江沙甚白而高峻，左右居人，時見龍跡。按雷次宗豫章記云：北有龍沙，堆阜逶迤，潔白高峻而似龍形，連亙五六里。

〔六〕一柱　寰宇記：石柱在豫章郡分寧縣西南二百里郁江口。風俗相傳，呼爲山南神石。周廻二百五十步，四面如削成。柱下有神，頗靈驗。

〔七〕鵑讖　邵氏聞見録：康節治平間與客散步天津橋上，聞杜鵑聲，慘然不樂。客問其故，公曰：「天下將治，地氣自北而南。將亂，自南而北。今南方地氣至矣，禽鳥得氣之先者也。」

〔八〕梟謀　説苑談叢篇：梟逢鳩，梟曰：「我將東徙。」鳩曰：「何故？」梟曰：「鄉人皆惡我鳴，以故東徙。」鳩曰：「子能更鳴可矣，不能更鳴，東徙猶惡子之聲。」

〔九〕箕尾　新唐書天文志：尾、箕，析木津也。箕與南斗相近，爲遼水之陽，盡朝鮮三韓之地，在吴、越東南。

〔一〇〕絳河　王摩詰秋宵寓直詩：月迴藏珠斗，雲消出絳河。

觀棋絶句六首爲汪幼青作①

當局休論下子遲，争先一着有人知。由來國手超然處，正在推枰斂手時。

【校勘記】

①鄒本無「爲汪幼青作」五字。

其二

一局分明甲子①〔一〕期，餘尊尚湛日初移。局中敵對神仙手，輸與樵夫會看棋②。

【校勘記】

①「甲子」，鄒本、金匱本作「小劫」。 ②鄒本、金匱本此兩句作「人間多少樵薪子，努目仙人爲看棋。」

【箋注】

〔一〕甲子　許渾送宋處士歸山詩：世間甲子須臾事，逢著仙人莫看棋。

其三

黑白相持守壁門，龍拏虎攫〔一〕睹侵分。重瞳尚有烏江敗，莫笑湘東〔二〕一目人。

【箋注】

〔一〕龍拏虎攫　元遺山楚漢戰處詩：虎擲龍拏不兩存，昔年曾此賭乾坤。一時豪傑皆行陣，萬古山河自壁門。

〔二〕湘東　黃山谷弈棋詩：湘東一目誠甘死。青神史容曰：南史：王偉爲侯景謀主，偉作檄云：項羽重瞳，尚有烏江之敗；湘東一目，寧爲赤縣所歸？

其四

渭①津老手②解論兵，半局偏能讓後生。弈到將殘休戀③殺，花陰漏日轉楸枰〔一〕。

【校勘記】

①牧齋詩鈔作「方」。②鄒本、金匱本作「子」。③牧齋詩鈔作「論」。

【箋注】

〔一〕楸枰　蘇鶚杜陽雜編：大中中，日本國王子來朝，善圍棋。上敕顧師言爲對手。王子出如楸玉棋局、冷暖玉棋子，云：「本國之東三萬里有集真島，島上有凝霞臺，臺上有手談池，池中生玉棋子，不由製度，自然黑白分明。冬暖夏冷，故謂之冷暖玉。更產如楸玉，狀類楸木，琢之爲局，光潔可鑒。」師言與之敵手，至三十三下，停手凝目，方更落子，則謂之鎮神頭，乃是解兩征勢也。王子瞪目縮臂，已伏不勝。

其五

冠鷸〔一〕巾鴟〔二〕趁劫灰，西園諧價〔三〕笑喧豗。白身誰以羊玄保〔四〕，賭得宣城太守迴。

【箋注】

〔一〕鷸冠　左傳僖公二十四年：鄭子華之弟子臧出奔宋，好聚鷸冠。杜預曰：鷸，鳥名。聚鷸羽以爲冠。非法之服。

〔二〕鵰巾　周煇北轅録：金人所頂之巾，謂之蹋鵰巾。

〔三〕西園諧價　後漢書宦者張讓傳：當之官者，皆先至西園諧價，然後得去。臣賢曰：諧，謂平論定其價也。

〔四〕羊玄保　南史羊玄保傳：玄保善弈棋，品第三。文帝亦好弈，與賭郡。玄保戲勝，遂補宣城太守。

其六

疏簾清簟〔一〕楚江秋，剥啄〔二〕叢殘局未收。四句乘除〔三〕老僧在，看他門外水西流〔四〕。

【箋注】

〔一〕清簟　少陵題終明府水樓詩：楚江巫峽半雲雨，清簟疏簾看弈碁。

〔二〕剥啄　東坡觀棋詩：小兒近道，剥啄信指。勝固欣然，敗亦可喜。

〔三〕四句乘除　段柯古酉陽雜俎：一行本不解弈，因會燕公宅，觀王積薪碁一局，遂與之敵。笑謂燕公曰：「此但争先耳。若念貧道四句乘除語，則人人爲國手。」

〔四〕水西流　酉陽雜俎：一行至天台國清寺，見一院古松數十步，門有流水。聞院中僧布算，謂其徒曰：「今日有弟子求吾算法，已合到門。」即除一算，又謂曰：「門前水合卻西流，弟子當至。」一行承言而入，盡受其術焉，門前水舊東流，忽改爲西流矣。

金陵①後觀棋絶句六首

客舍蕭辰〔一〕看弈棋，秋風卷籜響枯枝。空庭落葉聲如掃，争似盤中下子遲。

【校勘記】

①鄒本、金匱本無「金陵」二字。

【箋注】

〔一〕蕭辰　殷仲文南州桓公九井詩：哲匠感蕭辰。李善曰：蕭辰，秋辰也。言秋景蕭索。

其二

一枰犖确競秋風，對局旁觀意不同。眼底三人皆國手，莫將鼎足〔一〕笑英雄。是日周老、姚生對弈，汪幼青旁看。

【箋注】

〔一〕鼎足　孫子荆爲石仲容與孫皓書：自謂三分鼎足之勢。

其三

寂莫枯枰響泬寥，秦淮秋老咽寒潮。白頭燈影涼宵裏，一局殘棋見六朝。

其四

飛角侵邊劫正闌，當場黑白尚漫漫。老夫袖手支頤看，殘局分明一着難。

其五

霜落鍾山物候悲，白門楊柳〔一〕總無枝。殘棋正似烏棲候，一角斜飛好向①誰？

【校勘記】

①鄒本、牧齋詩鈔作「問」。

【箋注】

〔一〕楊柳　樂府讀曲歌：暫出白門前，楊柳可藏烏。

其六

閱江樓〔一〕下草迷離，江水遥連淝水湄。傳語八公閑草木〔二〕，謝公無事但圍棋。

【箋注】

〔一〕閲江樓　太祖御製閲江樓記：宫城去大城西北將二十里，抵江干曰龍灣，有山蜿蜒如龍，連絡如接翅飛鴻，號曰盧龍，趨江而飲水，末伏於平沙，一峯突兀，淩煙霞而侵漢表。遠觀近視，實似狻猊之狀，故賜名曰師子山。洪武七年甲寅春，命工因山爲臺，構樓以覆山首，名曰閲江樓。姚福清溪暇筆：洪武初，欲於南京師子山頂作閲江樓。未造，太祖先令諸儒臣作記，即日文成，上覽之曰：「乏人矣！昔唐太宗繁工役，好戰鬭，宫人徐充容上疏諫止，今所答皆順其欲，則唐婦人過今儒者。」又曰：「樓竟不作，乃試作記者耳。」

〔二〕八公草木　晉書苻堅傳：堅入寇，會稽王道子以威儀鼓吹求助於鍾山之神，奉以相國之號。及堅北，望八公山上草木皆類人形，神若有力焉。水經注：淮南王劉安與八公登山埋金于地，白日升天，故即以八公爲目。

題石庢秋柳小景①

刻露巉巖山骨〔一〕愁，兩株風柳曳殘秋。分明一段荒寒景，今日鍾山古石頭。

【校勘記】

①鄒本、金匱本題作「題沈朗倩石庢秋柳小景」。

【箋注】

〔一〕山骨　石鼎聯句詩：巧匠琢山骨。

觀閩中林初文孝廉畫像讀徐興公傳書斷句詩二首示其子遺民古度

抗疏捐軀〔一〕世所瞻，裳衣戌削〔二〕貌清嚴。可知酌古〔三〕陳同甫，應有承家鄭所南〔四〕。

【箋注】

〔一〕抗疏捐軀　林章，字初文，福清人。世宗末，倭寇犯闕，章年十三，上書督府，求自試行間。萬曆元年舉於鄉，累上春官不第，僑寓金陵。南曹曲法斷梗陽之獄，君奮臂直之，繫獄三年始得出。關白亂，上書請出海上用奇兵剿賊，報聞而已。戊戌、己亥間，礦使四出，君抗疏請止礦稅，兼陳立兵行鹽之策。四明當政，希中人旨，密揭請逮治，即日下獄，暴疾而死。徐興公爲立傳傳之。興公名𤊹，閩縣人。初字惟起，後更字興公，故世之稱興公獨著。性喜蓄異書，藏弆至數萬卷。每見一奇本，輒典衣購之。或道旁小肆，蠹簡半殘，觸目即繙檢鬻去。居在鰲峯下，客從竹間入，環堵蕭然，而縹囊緗帙，盈箱插架，如在蓬山、芸閣也。

〔二〕戌削　相如子虛賦：揚袘戌削。張揖曰：戌，鮮也。削，衣刻除貌也。

〔三〕酌古　葉適龍川集序：同父文字行于世者，酌古論、陳子課藁、上皇帝四書最著者也。宋史陳亮傳：亮，字同父，永康人。嘗考古人用兵成敗之跡，著酌古論。隆興初，與金人約和，獨亮持不可，上中興五論，奏入不報。

〔四〕鄭所南　宋遺民録鄭所南傳：所南，字思肖，宋末太學生也。凡平日所作詩，多寓意於宋，若題鄭子封塾曰：天垂古色映柴門，千古傳家事具存。此世只除君父外，不曾重受別人恩。譏宋之臣子復仕於元也。

其二

文甫爲人陳亮是，與公作傳水心同。永康不死臨安〔一〕在，千古江潮恨朔風。

【箋注】

〔一〕臨安　公贈别施偉長序：宋行都在臨安，陳同甫訪辛稼軒，酒酣，抵掌縱談東南形勝。同甫需醉，解廄中駿騎馳去，不復執别。英雄聚首，歷落俊邁之氣，可以想見。

題金陵三老圖〔一〕

三老衣冠彼一時，畫圖省識起遐思。青鞋布韈〔二〕唐賢像，修竹清流〔三〕晉代詩。鳳去梧桐還有樹，烏啼楊柳已無枝。秦淮煙月經遊①處，華表歸來白鶴知。

【校勘記】

①詩的作「何」。

【箋注】

〔一〕金陵三老圖　圓沙居士錢陸燦書金陵三老圖後曰：戊子秋，先宫保牧齋族祖以告訐事下所司，待訊金陵，而予以試至，讀秋槐小集，有題金陵三老圖一詩，卒卒未暇問姓名。又二十三年庚戌秋，吾友黄俞邰始告予三老姓氏，相與感嘆而别。其秋，俞邰招予千頃齋，出其圖拜觀，如侍三先生焉。俞邰曰：「圖之上長松怪石，庭花爛發，窗几净潔，書帙紛而爐煙裊。坐而右，須麋俱白，雙手把卷者，先君海鶴先生。几之左，坐而上，須麋白轉遜先君，憑几指示卷中，若有所言者，薛先生千仞，諱岡。坐薛先生下，顔更少，執弟子禮，恭謹若佇而聽者，張先生玄著，諱肇。去先君數武，趨而後，髮覆額，緑衣朱履，即虞稷，時年十有幾齡矣。」予拜其像思其人，竊有感焉。是圖之作，蓋海鶴先生以「三壽作朋」題之者也，詎意七年而宫保遂以金陵三老圖賦詩也。其以金陵三老圖賦詩何也？黄先生閩人也，薛先生越人也，張先生吴人也。以閩、越、吴人胥會金陵者何也？黄先生罷牧伯，讀書談道，僑居金陵，故兩先生各爲師友來也。按圖之作在壬午，而薛先生之自序書年在甲申，黄先生八十有三，薛先生八十有四，張先生則六十，則必書甲申歲之年也。圖之左方宫保既題詩矣，又自注云：「有感而作。」其有感何也？夫甲申之金陵，異於壬午之金陵，諸先生或有未之見矣。六代風流吐内之地，前朝衣冠遊冶之鄉，生則詠歌於斯，没而魂氣無不之也。高山流水，乘雲化鶴，故冠以金陵，書感也。俞邰名虞稷，海鶴先生諱居中之仲子也。

〔二〕青鞋布韈　少陵劉少府新畫山水障歌：若耶溪，雲門寺，吾獨何爲在泥滓，青鞋布韈從此始。

〔三〕修竹清流　王羲之蘭亭序：此地有崇山峻嶺，茂林修竹。又有清流激湍，映帶左右。

贈濮仲謙①

滄海茫茫换劫塵，靈光〔一〕無恙見遺民。少將楮葉〔二〕供遊戲，晚向蓮花〔三〕結②淨因。杖底青山爲老友，窗前翠竹〔四〕似閑身。堯年甲子〔五〕欣③相並，何處桃源許卜鄰。君與余同壬午。

【校勘記】

①鄒本、金匱本題作「贈濮老仲謙」，佚叢題作「漫興」。②佚叢作「潔」。③佚叢作「應」。

【箋注】

〔一〕靈光　王延壽魯靈光殿賦序云：魯靈光殿者，蓋景帝程姬之子恭王餘之所立也。遭漢中微，盜賊奔突，自西京未央、建章之殿皆見隳壞，而靈光巋然獨存。庾子山哀江南賦：況復零落將盡，靈光巋然。

〔二〕楮葉　列子説符篇：宋人有爲其君以玉爲楮葉者，三年而成，鋒殺莖柯，毫芒繁澤，亂之楮葉中而不可别也。此人遂以巧食宋國。

〔三〕蓮花　道誠釋氏要覽：慧遠招賢士爲會，修西方浄業。因彌陀佛國以蓮華分九品次第接人，故稱蓮社。

〔四〕翠竹　大慧普説：古德云：青青翠竹，盡是法身。鬱鬱黄花，無非般若。

〔五〕甲子　元遺山題劉紫微堯民野醉圖詩：仙老曾經甲子年。注曰：堯甲子年，仙人張果事。

題丁家河房亭子在青溪、笛步之間

小蘭花①外市朝新，夢裏華胥〔一〕自好春。夾岸麯塵三月柳，疏窗金粉六朝人。小姑〔二〕溪水爲鄰並，邀笛〔三〕風流是後身。白首吴鈎〔四〕仍借②客，看囊一笑豈③長貧。

【校勘記】

①「小蘭花」，鄒本作「花邊柳」，牧齋詩鈔作「小園花」、詩持、詩乘作「花間柳」。②牧齋詩鈔作「惜」。③鄒本作「是」。

【箋注】

〔一〕華胥　列子黄帝篇：黄帝晝寢，而夢遊於華胥氏之國。

〔二〕小姑　樂府青溪小姑曲：異苑曰：蔣侯第三妹也。

〔三〕邀笛　王象之輿地紀勝：邀笛步在上元縣，乃王徽之遇桓伊吹笛之處。

〔四〕吴鈎　吴曾能改齋漫録：予按吴越春秋曰：闔閭命國中作金鈎，吴作鈎者甚衆，吴鈎始於此。左太沖吴都賦云：吴鈎越棘，純鈎湛盧。鮑照結客少年行云：錦帶佩吴鈎。杜子美後出塞云：少年别有贈，含笑看吴鈎。又送劉判官云：意氣逐吴鈎。李涉寄楊潛云：腰帶佩吴鈎。韓翃送王相公云：結束佩吴鈎。

〔五〕看囊　少陵空囊詩：囊空恐羞澀，留得一錢看。

和盛集陶落葉詩二首

寒林萬樹怨蕭騷，只爲中庭一葉〔一〕凋。波下洞庭〔二〕齊颯遝〔三〕，風高榆塞〔四〕總飄摇。平原縱獵〔五〕埋狐窟，空谷虚弦〔六〕應鳥巢。最是風流殷太守〔七〕，不堪惆悵自攀條。

【箋注】

〔一〕一葉　淮南子：一葉落而天下知秋。

〔二〕洞庭　宋玉九辨：洞庭波兮木葉下。

〔三〕颯遝　少陵熱詩：想見陰宫雪，風門颯沓開。

〔四〕榆塞　水經注：榆林塞，又謂之榆林山，即漢書所謂榆溪舊塞者也。自溪西去，悉榆柳之藪。王恢云：樹榆爲塞。謂此也。

〔五〕縱獵　史記信陵君傳：公子與魏王博，而北境傳舉烽，言趙寇至，且入界。魏王釋博，欲召大臣謀。公子止王曰：「趙王田獵耳，非爲寇也。」

〔六〕虚弦　戰國策：更羸與魏王處京臺之下，雁從東方來，更羸以虚發下之，曰：「此瘡未息而驚心未去也。聞弦者音，烈而高飛，故瘡隕也。」

〔七〕殷太守　庾子山枯樹賦：殷仲文風流儒雅，出爲東陽太守，常忽忽不樂，顧庭槐而嘆曰：「此樹婆娑，生意盡矣。」

其二

秋老鍾山萬木稀，凋傷總屬劫塵飛。不知玉露涼風〔一〕急，只道金陵王氣〔二〕非。倚月素娥〔三〕徒有樹，履霜青女〔四〕正無衣。華林〔五〕慘淡如沙漠，萬里寒空一雁歸。

【箋注】

〔一〕涼風　記月令：孟秋之月，涼風至，白露降。

〔二〕王氣　劉禹錫西塞山懷古詩：金陵王氣黯然收。

〔三〕素娥　謝希逸月賦：集素娥於後庭。

〔四〕青女　淮南子天文訓：至秋三月，青女乃出，以降霜雪。高誘曰：青女，青腰玉女，主霜雪也。

〔五〕華林　魏志文帝紀注：臣松之按：芳林園，即今華林園，齊王芳即位，改爲華林。

寒夜夢醒忽得二十八字似是早春宮詞①

小闌修竹綻②官梅，淑氣先從御柳回。二十五家春宴罷，不知何處是蓬萊。

【校勘記】

①五大家詩鈔題作「寒夜睡中口占早春宮詞」。②鄒本、金匱本作「綰」。

次韻答皖城盛集陶見贈二首盛與林茂之鄰居皆有目疾故次首戲之

枯樹婆娑隕涕〔一〕攀，衹餘蕭瑟〔二〕傍江關。文章已入滄桑録〔三〕，詩卷寧留天地間〔四〕？汗史血書〔五〕饑故簡，煙騷魂哭〔六〕怨①空山。終然商頌歸玄鳥〔七〕，麥秀〔八〕殘歌詎忍删？

【校勘記】

①鄒本作「愁」。

【箋注】

〔一〕隕涕　張景陽詠史詩：行人爲隕涕。李善曰：詩曰：心之憂矣，涕既隕之。

〔二〕蕭瑟　少陵詠懷古跡詩：庾信平生最蕭瑟，暮年詩賦動江關。

〔三〕滄桑録　吴萊桑海遺録序：龔開，字聖予，所作文宋瑞、陸秀夫二傳，類司馬遷、班固所爲，陳壽已下不及也。予故私列二傳以發其端，題曰桑海遺録，以待太史氏之采擇。

〔四〕天地間　少陵送孔巢父詩：詩卷長留天地間。

〔五〕血書　公羊哀公十四年注：何休曰：得麟之後，天下血書魯端門。子夏明日往視之，血書飛爲赤烏，化爲白書。孔子仰推天命，俯察時變，卻觀未來，豫解無窮，知漢當繼大亂之後，故作撥亂之法以授之。

〔六〕魂哭　宋遺民録：任士林謝皋羽傳：晚登子陵西臺，以竹如意擊石歌招魂之詞，歌闋，竹石俱碎，失聲哭，何其情之悲也。

〔七〕玄鳥　商頌玄鳥詩：天命玄鳥，降而生商。毛萇傳曰：玄鳥，鳦也。箋云：天使鳦下而生商者，謂鳦遺卵，娀氏之女簡狄吞之而生契，爲堯司徒，有功，封商。

〔八〕麥秀　史記宋微子世家：箕子朝周，過故殷虛，感宮室毀壞生禾黍，欲哭則不可，欲泣爲其近婦人，乃作麥秀之詩以歌詠之。其詩曰：麥秀漸漸兮，禾黍油油。彼狡僮兮，不與我好兮。

其二

有訾〔一〕鄰牆步屧〔二〕親，摩挲攬鏡笑看人。青盲〔三〕恰比曈曨日①，象罔〔四〕聊爲示現身。

並戴小冠希子夏〔五〕，長懸内傳配師春〔六〕。徐州好士〔七〕今無有，書尺②何當代爾申。

【校勘記】

①「曈曨日」，凌本作「曈矇目」。②牧齋詩鈔作「册」。

【箋注】

〔一〕有瞽　詩周頌：有瞽有瞽，在周之庭。

〔二〕步屧　少陵田父泥飲詩：步屧隨春風，村村自花柳。

〔三〕青盲　後漢書李業傳：是時犍爲任永及業同郡馮信，並好學博古。公孫述連徵命，待以高位，皆託青盲以避世難。

〔四〕象罔　張平子思玄賦：戫汩飂淚，沛以罔象兮。李善曰：皆疾貌。罔象，即仿像也。

〔五〕子夏　漢書杜欽傳：欽，字子夏，家富而目偏盲。茂陵杜鄴與欽同姓字，故衣冠謂欽爲盲子夏以相別。欽惡以疾見詆，乃爲小冠，高廣才二寸。由是京師更謂欽爲小冠杜子夏，鄴爲大冠杜子夏。

〔六〕師春　左傳集解後序：又別有一卷，純集疏左氏傳卜筮事，上下次第及其文義，皆與左傳同，名曰師春。師春似是抄書者人名。

〔七〕徐州好士　梁書江淹傳：淹起家南徐州從事，轉奉朝請。宋建平王景素好士，淹隨景素在南兗州，廣陵令郭彦文得罪，辭連淹，繫州獄。淹獄中上書。

歲晚過茂之見架上殘帙有感再次申字韻

地闊天高失所親，淒然問影尚爲人。呼囚〔一〕獄底奇餘物，黠鬼〔二〕場中雇賃身。先祖豈知王氏臘①〔三〕，胡人②不解漢③家春〔四〕。可憐野史亭〔五〕前叟，掇拾殘叢話甲申。

【校勘記】

①「王氏臘」，鄒本、金匱本作「新歲曆」。　②「胡人」，鄒本、金匱本作「邊人」。　③鄒本、金匱本作「故」。

【箋注】

〔一〕呼囚　劉向列女傳：王章爲鳳所陷，收繫下獄。章有小女，年十二，夜起號哭，曰：「平日坐獄上，聞呼囚數常至九，今八而止，我君素剛，先死者必我君也。」明日問之，果死。妻子皆徙合浦。漢書王章傳：平生獄上呼囚，數常至九，今八而止。張晏曰：平生，先時也。獄卒夜閲囚，時有九人，常呼問九人，今八人便止，知一人死也。

〔二〕黠鬼　張鷟朝野僉載：世稱王楊盧駱，楊之爲文，好以古人姓名連用，號爲黠鬼簿。

〔三〕王氏臘　後漢書陳寵傳：寵曾祖父咸，成、哀間以律令爲尚書。及莽篡位，閉門不出入，猶用漢家祖臘。人問其故，曰：「我先祖豈知王氏臘乎？」

〔四〕漢家春　樂府蔡琰胡笳十八拍：東風應律兮暖氣多，漢家天子兮布陽和。

〔五〕野史亭　金史元好問傳：構亭於家，著述其上，因名曰野史。

有喜三次申字韻示茂之①

忠驅義感爲君親，袒臂〔一〕横呼掃萬人。顛倒〔二〕裳衣徒有淚，飛騰〔三〕骨肉已無身。三秦駟鐵〔四〕先諸夏，九廟櫻桃〔五〕及仲春。硯北〔六〕老生欣草檄，腐毫拳指一齊申。

【校勘記】

①金匱本題作「三次申字韻示茂之」，五大家詩鈔題作「有喜次友人申字韻」。鄒本無此詩。

【箋注】

〔一〕袒臂　史記淮南王傳：陳勝、吴廣無立錐之地，千人之聚，起於大澤，奮臂大呼而天下嚮應，西至於戲而兵百二十萬。

〔二〕顛倒　少陵至日遣興詩：有時顛倒著衣裳。

〔三〕飛騰　吴越春秋：慶忌之勇，萬人莫當。走追奔獸，手接飛鳥，骨騰肉飛，拊膝數百里。

〔四〕駟鐵　國風駟鐵詩：駟鐵孔阜，六轡在手。

〔五〕櫻桃　記月令：仲夏之月，天子乃羞以含桃，先薦寢廟。

〔六〕硯北　張邦基墨莊漫録：晁以道感事詩：干戈難作牆東客，疾病猶存硯北身。用避世牆東王君公事，而硯北身乃漢上題襟集段成式書云：杯宴之餘，常居硯北。又云：筆下詞文，硯北諸生。蓋言几案南面，人坐硯之北也。

四次申字韻示茂之①

髡鉗〔一〕木索〔二〕見交親，乞食盤餐仰故人。怪我頭顱頻離頸，憐君目睫〔三〕不謀身。秦城北斗〔四〕廻新臘，庾嶺南枝〔五〕放早春。共笑腐儒鑽故紙〔六〕，兔園册〔七〕底頌生申〔八〕。

【校勘記】

①鄒本無此詩。凌本、金匱本題作「四次韻贈茂之」。

【箋注】

〔一〕髡鉗　漢書刑法志：當黥者，髡鉗爲城旦舂。

〔二〕木索　子長報任少卿書：其次關木索被箠楚受辱。

〔三〕目睫　史記勾踐世家：齊使者曰：「幸也越之不亡也，吾不貴其用智之如目見豪毛而不見其睫也。」後漢書班固傳論：固傷遷博物洽聞，不能以智免極刑，然亦身陷大戮。此古人所以致論於目睫也。

〔四〕北斗　三輔黄圖：初置長安城，本狹小，至惠帝更築之，高三丈五尺，下闊一丈五尺，上闊九尺。雉高三阪，周廻六十五里。城南爲南斗形，城北爲北斗形，至今人呼漢舊京爲斗城。

〔五〕南枝　少陵元日詩：秦城廻北斗，郢樹發南枝。

〔六〕鑽故紙　傳燈録：古靈禪師一日在窗下看經，蜂子投窗紙求出。師曰：「世界如許廣闊，不肯出，鑽他故紙。」

〔七〕兔園册　孫光憲北夢瑣言：劉岳與任贊偶語，見馮道行而復顧，岳曰：「定是忘持兔園册來。」北中村墅多以兔園册教童蒙，以是譏之。然兔園册乃徐庾之體，非鄙樸之談，但家藏一本，人多賤之也。

〔八〕生申　大雅崧高詩：惟嶽降神，生甫及申。

禪關策進〔一〕詩有示

漫天畫地鬼門同，禪板蒲團在此中。遍體鋃鐺能説法，當頭白刃解談空〔二〕。朝衣〔三〕東市三生定，懸鼓西方一路通。大小筆師〔四〕君會否？莫將醒眼夢春風。

【箋注】

〔一〕禪關策進　乙酉歲，江陰守城不下，黄介子毓祺起兵竹塘遥應之。事敗，亡走淮南。以官印印所往來書，爲人告變，捕繫江寧獄。以其所著小遊仙詩及圜中草授門人鄧大臨，坐脱而化。當事戮其屍。大臨守喪鋒刃中，贖其首，聯而含殮之，經紀其柩歸里。大臨，字起西，常熟鄧韍曾孫。

〔二〕談空　孔德璋北山移文：談空空於釋部。

〔三〕朝衣　史記鼂錯傳：上令錯衣朝衣斬東市。

〔四〕肇師　傳燈録：僧肇法師遭秦王難，臨刑説偈曰：「四大原無主，五藴本來空。將頭臨白刃，猶似斬春風。」玄沙云：「大小肇法師，臨死猶寱語。」

次韻那子偶成之作

妙湛〔一〕終歸不動尊，大空無現①轉輪〔二〕身。神焦鬼爛〔三〕人何有？地老天荒〔四〕我亦貧。春日田園新甲子，用謝皋羽月泉詩社事。歲寒燈火舊庚申〔五〕。明年定酌桃花酒〔六〕，慶爾平頭〔七〕七十人。

【校勘記】

①「大空無現」，鄒本、金匱本作「大無空現」。

【箋注】

〔一〕妙湛　首楞嚴經：妙湛總持不動尊。長水疏曰：佛有三身，謂法報應，今皆具嘆。妙湛，法身也。法身無相，湛然常寂，無作無爲，徧一切處，不生滅故。總持，報身也。謂無量劫修行諸度之所顯發，總攝一切無漏功德，盡未來際，任持不失，無有壞滅，酬彼因故。不動尊者，應身也。謂隨機感，厭求勝劣，衆生心中之所顯現，真如用相，名之爲應。謂佛體不動，無有作意，如月不降，百水不升，慈善根力，法爾如此。亦如鏡像，隨形所現，鏡且不動，故以不動爲應身也。又妙及尊字，通上通下，謂三身一體，不三而三。體相用法，具一切義，故名爲妙，是最究竟，極證所顯，故名爲尊。

〔二〕轉輪　首楞嚴經：如是乃至經微塵劫，相食相誅，猶如轉輪，互爲高下，無有休息。五燈會元：世尊臨入涅槃，文殊請佛再轉法輪。世尊曰：「吾四十九年住世，未曾説一字。汝請吾再轉法輪，是吾曾轉法輪邪？」

〔三〕神焦鬼爛　昌黎陸渾山火歌：神焦鬼爛無逃門。

〔四〕地老天荒　李長吉致酒行：天荒地老無人識。

〔五〕庚申　葉石林乙卯避暑録：道家有言三尸，或謂之三彭。以爲人身中皆有是三蟲，能記人過失。至庚申之日乘人睡去，而讒之上帝。故學道者至庚申日輒不睡，謂之守庚申。

〔六〕桃花酒　徐堅初學記：太清諸卉木方曰：酒漬桃花而飲之，除百病，好容色。

〔七〕平頭　白樂天除夜詩：火銷燈盡天明後，便是平頭六十人。

顧與治五十初度①

松下清齋五十時，道心畏路凛相持。全身②惟有長貧好，避俗差於小病宜。靈谷〔一〕梅花成昔夢③，蔣山〔二〕雲物起新思。開尊信宿嘉平臘〔三〕，洛誦〔四〕傳家德靖詩。與治曾祖英玉公與其兄東橋先生並有集傳于世④。

【校勘記】

①鄒本無此詩。 ②金匱本作「生」。 ③金匱本作「笑」。 ④「傳于世」，凌本作「傳世」，金匱本作「行世」。

【箋注】

〔一〕靈谷　徐一夔始豐藁敕賜靈谷寺碑：今上皇帝建大一統之業，定都於鍾山之陽，辨方正位，適與梁神僧誌公之塔寺密邇。僧仲義請得近地改建，上從之，命太師李某擇獨龍岡之東麓。天造地設，儼然祇園之境。義以圖進，上曰：「以此奉誌公爲宜。」建立之日，以十四年九月之吉。明年六月十有三日告成，上賜額曰靈谷禪寺。皇明寺觀志：靈谷寺在應天府鍾山東南，晉建。宋改太平興國寺。洪武年徙建於此。

〔二〕蔣山　王象之輿地紀勝：鍾山在上元縣東北十八里。漢末，秣陵尉蔣子文死事於此，吴大帝爲立廟。子文祖諱鍾，因改蔣山。

〔三〕嘉平臘　史記始皇本紀：三十一年十一月，更名臘月曰嘉平。

〔四〕洛誦　莊子大宗師篇：副墨之子聞諸洛誦之孫。

卷二

秋槐支集① 起己丑年，盡庚寅四月

己丑元日試筆二首

春王正月史仍書，上日〔一〕依然芳草初。白髮南冠〔二〕聊復爾，青陽左个〔三〕竟何如？三杯竹葉〔四〕朝歌後，一枕槐根〔五〕午夢餘。傳語白門楊柳色，桃花春水是吾廬。

【校勘記】

①鄒本、金匱本題作「秋槐詩支集」。

【箋注】

〔一〕上日　書舜典：正月上日。孔氏曰：上日，朔日。

〔二〕南冠　左傳成公九年：晉景公見鍾儀，問之曰：「南冠而縶者，誰也？」有司曰：「鄭人所獻楚囚也。」

〔三〕左个　記月令：孟春之月，天子居青陽左个。

〔四〕竹葉　張景陽七命：乃有荆南烏程，豫北竹葉。五臣曰：烏程、竹葉，酒名。

〔五〕槐根　異聞集：淳于棼家住廣陵，宅南有古槐樹一株，枝幹清永，清陰數畝。淳于生日與羣豪大飲其下。貞元七年九月，因沉醉致疾，歸家就枕，夢二紫衣使者曰：「槐安國王奉邀。」扶生上車，指古槐穴而去。夢中倏忽若度一世。

其二

頻煩襆被〔一〕卷殘書，顧影頽然又歲初。自笑羈囚牢户〔二〕熟，人憐留滯賈胡〔三〕如。淵明弱女〔四〕咿嚘①候，孺仲賢妻〔五〕涕淚餘。爲問烏衣〔六〕新燕子，銜泥何日到寒廬？

【校勘記】

①金匱本作「嘎」。

【箋注】

〔一〕襆被　白氏六帖：晉魏舒襆被而出。

〔二〕牢户　後漢書耿恭傳贊：耿亦終填牢户。

〔三〕賈胡　後漢書馬援傳：伏波類西域賈胡，到一處輒止。

〔四〕弱女　淵明和劉柴桑詩：弱女雖非男，慰情良勝無。

〔五〕賢妻　淵明告子儼等疏：余嘗感孺仲賢妻之言，敗絮自擁，何慚兒子。孺仲，漢王霸字。

〔六〕烏衣　劉禹錫烏衣巷詩：朱雀橋邊野草花，烏衣巷口夕陽斜。舊來王謝堂前燕，飛入尋常百姓家。

次韻答①盛集陶新春見②懷之作

暈碧裁紅〔一〕記往年，春盤〔二〕春日事茫然。澗瀍〔三〕洛下今何地？鄠杜〔四〕城南舊有天。夢裏士師〔五〕多訟獄，醉中國土〔六〕少崩騫。金陵見説饒新詠，佳麗〔七〕長懷小謝〔八〕篇。

【校勘記】

①鄒本、金匱本無「答」字。　②鄒本、金匱本作「東」。

【箋注】

〔一〕暈碧裁紅　元遺山春日詩：里社春盤巧欲争，裁紅暈碧助春情。注曰：歐陽詹春盤賦，裁紅暈碧，巧助春情爲韻。

〔二〕春盤　四時寶鏡：立春日，食蘆菔、春餅、生菜，號春盤。

〔三〕澗瀍　書洛誥：乃卜澗水東，瀍水西，唯洛食。

〔四〕鄠杜　東坡贈杜輿詩：如今尺五城南杜，欲問東坡學種松。施宿曰：韋曲杜鄠近長安。諺曰：城南韋杜，去天尺五。

〔五〕士師　列子周穆王篇：鄭人薪於野，遇駭鹿，擊斃之，藏諸隍中，覆之以蕉。俄而遺其所藏之處，以爲夢焉。順塗詠其事，旁有聞者，用其言而取之。薪者歸，其夜真夢藏之之處，又夢得之之主，旦案所夢而尋得之，遂訟而爭，歸之士師。士師請二分之，以問鄭君，鄭君曰：「噫，士師將復夢分人鹿乎？」

〔六〕國土　王無功醉鄉記：醉之鄉，去中國不知其幾千里也。其土曠然無涯，無丘陵阪險。其氣和平一揆，無晦明寒暑。其俗大同，無邑居聚落。

〔七〕佳麗　謝玄暉鼓吹曲：江南佳麗地，金陵帝王州。

〔八〕小謝　謝氏家録云：康樂每對惠連，輒得佳語。鍾嶸詩品：小謝才思富捷，工爲綺麗歌謡，風人第一。

林那子七十初度

孟陬〔一〕吾以降，七十古來稀。南國遺民在，東京昔夢非。夜烏啼舊樹，春燕語新衣。一醉滄桑裏，麻姑〔二〕有信歸。

【箋注】

〔一〕孟陬　離騷：攝提貞於孟陬兮，唯庚寅吾以降。王逸曰：孟，始也。正月爲陬。

〔二〕麻姑　葛洪神仙傳：王方平過蔡經家，召麻姑相問，有頃，信還。

寄題廣陵菽園

架構平臨邗水〔一〕涯，隋堤迎卻俯塵沙。南塘〔二〕路識將軍第，東閣〔三〕梅如水部銜。十里珠簾〔四〕叢腐草，二分明月〔五〕冷煙花。輕軒〔六〕奉母承平事，會有新詩補白華〔七〕。

【箋注】

〔一〕邗水　左傳哀公九年：吴城邗溝，通江、淮。杜預曰：今廣陵邗江是。

〔二〕南塘　少陵陪鄭廣文遊何將軍山林詩：不識南塘路，今知第五橋。

〔三〕東閣　少陵和裴迪登蜀州東亭送客逢早梅相憶見寄詩：東閣官梅動詩興，還如何遜在揚州。

〔四〕珠簾　杜牧之題贈詩：春風十里揚州路，捲上珠簾總不如。

〔五〕明月　洪邁容齋隨筆：唐世天下之盛，揚爲一而蜀次之。徐凝詩云：天下三分明月夜，二分無賴是揚州。其盛可知矣。

〔六〕輕軒　潘安仁閒居賦：太夫人乃御板輿，升輕軒。遠覽王畿，近周家園。

〔七〕補白華　李善文選注：王隱晉書曰：束晳，字廣微，嘗覽古詩，惜其不備，故作詩以補之。

題朱玉耶〔一〕畫扇

斷月拋雲去不還，舊圖小扇落人間。依稀記得前塵〔二〕事，愁絶雙蛾似①遠山〔三〕。

【校勘記】

①鄒本、金匱本作「倣」。

【箋注】

〔一〕朱玉耶　郭天中，字聖僕，其先莆田人。購畜古法書名畫，尤精篆隸之學。有二姬，一名朱玉耶，工山水，師董北苑。一名李柁那，工水仙，逼趙子固。鍾伯敬贈詩曰：姬妾道人侣，敦彝處士家。其人風致可想見也。

〔二〕前塵　首楞嚴經：若分別性，離塵無體。斯則前塵，分別影事。長水疏曰：若離前塵，無此分別。足顯分別，宛是妄想。自性本無，屬於前塵，故可名爲分別影事。

〔三〕遠山　伶玄趙飛燕外傳：合德爲薄眉，號遠山黛；施小朱，號慵來粧。

次韻答何寤明見贈寤明與孟陽交，故詩及之①

桃李〔一〕何曾怨不言，沅湘〔二〕憔悴自蘭蓀。劫灰蕩掃文章貴，星緯消沉處士尊。江左風流〔三〕餘汝在，襄陽耆舊〔四〕幾人存？新詩〔五〕攜去誇春社，一字須傾酒一樽。

【校勘記】

①鄒本、金匱本無此注。

【箋注】

〔一〕桃李　史記李廣傳贊：諺曰：桃李不言，下自成蹊。

〔二〕沅湘　離騷：濟沅湘以南征兮，就重華而敶詞。王逸曰：沅、湘，水名。

〔三〕江左風流　南史謝晦傳：謝琨風華，爲江左第一。

〔四〕襄陽耆舊　少陵遣興詩：昔者龐德公，未曾入州府。襄陽耆舊間，處士節獨苦。

〔五〕新詩　元遺山出東平詩：東園花柳西湖水，剩著新詩到處誇。

馮硯祥金夢蜚不遠千里自武林唁我白門喜而有作

踰冬〔一〕免死又經旬，四海相存兩故人。吴澥各天如嶺嶠，干戈滿地況風塵。燈前細認平時面，坐久頻驚亂後身。詹尹〔二〕朝來傳好語，可知容易有斯晨。

【箋注】

〔一〕踰冬　漢書劉向傳：僞鑄黃金，繫當死。上奇其材，得踰冬減死論。

〔二〕詹尹　屈原卜居：乃往見太卜鄭詹尹曰：「余有所疑，願因先生決之。」王逸曰：稽神明也。鄭詹尹，工師姓名也。

疊前韻送别硯祥夢蜚三首

愁霖震雹〔一〕苦踰旬，況復懵騰送故人。瀕死心懸舂碓杵，望歸目斷客車塵。殘生握别無多淚，亂①世遭逢②有幾身？從此前期〔二〕知不忘，鷄鳴如晦〔三〕記兹晨。

【校勘記】

①鄒本、金匱本作「末」。②「遭逢」，凌本作「過逢」。

【箋注】

〔一〕震雹　穀梁隱公九年：三月癸酉，大雨震雹。震，雷也。雹，霆也。

〔二〕前期　沈約别范安成詩：生平少年日，分手易前期。

〔三〕如晦　詩國風風雨：風雨如晦，鷄鳴不已。

其二

青春聚首不多旬，作伴還鄉恨少人。不分行時俱涕淚，正憐别後各風①塵。關心憔悴無過死，執手丁寧要此身。傳語故人應嘆息，對牀〔一〕風雨亦佳晨。

【校勘記】

①鄒本、金匱本作「煙」。

【箋注】

〔一〕對牀　韋應物示全真元常詩：寧知風雨夜，復此對牀眠。

其三

少別〔一〕千年近隔旬，勞勞亭①〔二〕畔盡勞人。誰家窟室〔三〕能逃世？何處巢車〔四〕可望塵？自顧但餘驚破膽②〔五〕，相看莫是③意生身〔六〕。童初〔七〕近有登真約，爲我從容扣侍晨〔八〕。

【校勘記】

①「勞勞亭」，鄒本、金匱本作「勞人亭」。②鄒本此句作「問字總歸沙數劫」，金匱本作「問事總歸沙數劫」。③「莫是」，鄒本、金匱本皆作「已屬」。

【箋注】

〔一〕少別　江淹別賦：暫遊萬里，小別千年。

〔二〕勞勞亭　太白勞勞亭詩：天下傷心處，勞勞送客亭。春風知別苦，不遣柳條青。

〔三〕窟室　左傳襄公三十年：鄭伯有耆酒，爲窟室。杜預曰：窟室，地室。史記吳太伯世家：光伏甲士於窟室。杜預曰：掘地爲室也。

〔四〕巢車　漢書陳勝傳注：師古曰：巢車者，亦於兵車之上爲樓以望敵也。

〔五〕驚破膽　南史王融傳：太學生會稽魏準以才學爲融所賞，既欲奉子良，而準鼓成其事。及融誅，召準入舍人省詰問，遂懼而死，舉體皆青，時人俱以準膽破。

〔六〕意生身　翻譯名義集：楞伽經明三種意生身。山家法華玄、淨名疏、輔行記伸明此義，其名互出。不揆庸淺，輒開二門。初釋通號，次辯別名。通號意生者，意謂作意，此顯同居之修因。生謂受生，此彰方便之感果。故曰安樂作空意，三昧作假意，自性作中意。又意者如意故，魏譯入楞伽經云：隨意速去，如念即至，無有障礙，名如意身。又意者意憶故，唐譯大乘入楞伽經（文有七卷）佛告大慧：意生身者，譬如意去，速疾無礙，名意生身。此即從譬號意生身，彼經兩義，釋此通名。初云大慧，譬如心意，於無量百千由旬之外，憶先所見種種諸物，念念相續，疾詣於彼，非是其身及山河石壁所能爲礙。意生身者，亦復如是。次云如幻三昧力，神通自在，諸相莊嚴，憶本成就衆生願故。猶如意去，生於一切諸聖衆中。輔行釋云：初云憶處，次云憶願，二義並是意憶生故，名爲意生。然此通名，先達釋云：生方便已，憶先同居所見凡境，智願熏修，作意求生，神通化物。今謂此解，違文失旨。且違文者，淨名疏云：三種意生身所不能斷，故生有餘，受法性身。是則祖師釋名，從下以生上，先達解義，自上而來下，顛倒談之，違逆文矣。其失旨者，經中憶先所見，本是喻文，先賢迷之而作法解，故知舊釋未善通名也。然智者疏稱意生身，以依宋譯楞伽故（楞伽阿跋多羅寶經文有四卷）。荆溪記中名意成身，以準唐譯楞伽故。雖二經名殊，而義歸一揆，以後譯經，取成就義，號意成身。故記主云：成之與生，並從果説。是則意之一字，乃順於因，生之一字，則從於果，故知此名因果雙立也。次辯別名者，初法華玄云：一安樂法意生身。此欲擬二乘人，入涅槃安樂意也。二三昧意生身，此擬通教出假化物，用神通三昧也。三自性意生身，此擬別教修中道自性意也。

〔七〕童初　真誥稽神樞：又有童初、蕭閒堂二，以處男子之學也。

〔八〕侍晨　松陵集陸龜蒙上元日道室焚修詩：執蓋冒花香寂歷，侍晨交珮響闌珊。注曰：執蓋、侍晨，皆仙之貴侶。

戲爲天公惱林古度歌①

己丑春王近寒食，陽和黯黮②春無力。嚴霜朔風割肌③骨，愁霖累月天容墨。撒空飛霰響飄騷，殷雷闐闐電光激。須臾冰雹交加下，亂打軒窗攢矢石。老夫④擁被向壁卧，如蠶縮繭鳥⑤塌翼。金陵城中有一老生林古度⑥，目眵頭運起太息。摩挲箱架繙玩占，彳亍〔一〕鄉鄰卜⑦蓍筴。對飯失箸寢失席，如魚吞鈎〔二〕掛胸臆。蛙怒〔三〕鼓腹氣彭彭，蚓悲穴竅〔四〕音唧唧。吟成五言⑧四十字，字字酸寒句結轖。一吟啼山魈，再吟泣木客，三吟四吟天吴罔兩紛來下。鍾山動摇石城戾，山神社鬼不敢寧居號咷愬上帝。帝遣六丁下搜獲，天公老眼慵識字，趣呼巫陽召李白。李白半醉心膽麤，曼聲〔五〕吟誦帝座側。天公傾聽罷，拍手笑啞啞〔六〕。女媧弄黃土〔七〕，摶作兩笨伯〔八〕。盧仝下賤臣，扣頭詛月蝕。林生韋布〔九〕士，雨雹恣訶⑨斥。天壤之間冥兀産二儒，使我低頭掩耳受鐫責。唐堯爲天子，倦勤而禪息。穆滿八駿歸，耄期乃登格。我爲天帝元會運世〔一〇〕八萬六千歲，安能老而不耄長久精勤⑩勿差忒。二十八宿糾連炁孛羅計四餘氣，控訴西曆〔一一〕頻變易。四餘刊一四氣孤，列宿失躔紊營室。籲呼真宰〔一二〕乞主張⑪，我爲一笑付閔默〔一三〕。由來世界怕劫塵，寧保穹蒼免黜陟。我甘名號改撐犁〔一四〕，女輩紛呶復奚恤？女勿苦霖雨⑫，不見修羅宮〔一五〕中雨下成戈戟。女勿苦雪霰，不見堯年牛目〔一六〕雪三尺。電胡爲而作？乃是玉女〔一七〕投壺失笑天眼折。雷胡爲而作？乃是東方小兒〔一八〕作使阿香〔一九〕掉雷車而扇霹靂。雹胡爲而作？乃是女媧⑬補天〔二〇〕之餘石，碎爲礮車任騰擲。春秋請高閣〔二一〕，鴻範仍屋壁〔二二〕。仲舒繁露誠大愚〔二三〕，劉向五行〔二四〕徒懇惻。鯫生〔二五〕捉鼻〔二六〕苦⑭吟縛衣帶，何用撼鈴伐鼓張皇置天䮍⑮。天公支頤倦欲卧，金童玉女擎觴進金液。此翁沾醉氍毹騎白雀，遥觀金陵城中吟詩之人夜分鼾睡殊燕適。擂鼓忽坐通明殿〔二七〕，號召玄冥〔二八〕豐隆〔二九〕諸神齊受職。火速趨赴金陵城，雪霰重飛雹再射。推敲蓬門穿甕牖，惱亂吟魂攪詩魄。是時午夜正昏黑，大家小户眠不得。眠不得，勿⑯驚嚇，乃是天公弄酒發性故與吟詩老生作戲劇。

此詩得之於江上丈人，云是東方曼倩來訪李青蓮於采石，大醉後放筆而作，青蓮激賞而傳之也。或云青蓮自爲之，未知然否。

【校勘記】

①鄒本無「歌」字。②凌本作「黯」。③鄒本作「肥」。④鄒本、金匱本作「人」。⑤鄒本、金匱本作「烏」。⑥「老生林古度」，鄒本作「老古度」。⑦凌本作「占」。⑧鄒本作「八」。⑨鄒本作「訴」。⑩鄒本作「神」。⑪「主張」，凌本作「張主」。⑫「霖雨」，五大家詩鈔作「甘霖」。⑬「女媧」，金匱本作「媧皇」。⑭鄒本作「善」。⑮「張皇置天駟」，凌本作「置天駟」，鄒本作「張皇天駟」，詩品、五大家詩鈔作「張皇置天驛」，此據金匱本。⑯鄒本、金匱本作「忽」。

【箋注】

〔一〕彳亍　潘安仁射雉賦：彳亍中輟。五臣曰：彳亍，行貌。

〔二〕魚吞鈎　昌黎赴江陵詩：歸舍不能食，有如魚掛鈎。東坡夜夢詩：怛然悸悟心不舒，起坐有如掛鉤魚。

〔三〕蛙怒　韓非子内儲説上篇：越王出見怒蛙，乃爲之式。

〔四〕蚓竅　石鼎聯句：時於蚯蚓竅，微作蒼蠅鳴。

〔五〕曼聲　葛洪西京雜記：東方生曼聲長嘯，輒塵落瓦飛。

〔六〕啞啞　易震卦：笑言啞啞。正義曰：啞啞，笑語之聲也。

〔七〕弄黄土　御覽：風俗通曰：俗説天地開闢，未有人民。女媧摶黄土作人，劇務，力不暇供，乃引繩於絙泥中，舉以爲人。故富貴者，黄土人也；貧賤者，絙人也。

〔八〕笨伯　晉書羊聃傳：豫章太守史疇以大肥爲笨伯。

〔九〕韋布　説苑奉使篇：唐且爲秦王曰：「大王嘗聞布衣韋帶之士怒乎？」

〔一〇〕元會運世　邵康節皇極經世書：日爲元，月爲會，星爲運，辰爲世。一元統十二會，一會統三十運，一運統十二世，一世統三十年。故一元之數得三百六十運，四千三百二十世，一十二萬九千六百年也。

〔一一〕西曆　西曆止有孛、羅、計，而無炁星，故云四餘刊一。二十八宿中顛倒觜、參爲參、觜，故云列宿失躔。千古一定之曆法，從無淆亂如西人者，公心非之，故詳見於此。

〔一二〕真宰　莊子齊物論：若有真宰，而特不得其朕。

〔一三〕閔默　樂天寄兄弟詩：閔默秋風前。

〔一四〕撐犁　漢書匈奴傳：單于姓攣鞮氏，其國稱之曰撐犁孤塗單于。匈奴謂天爲撐犁，謂子爲孤塗。單于者，廣大之貌也，言其象天單于然也。

〔一五〕修羅宫　華嚴經賢首品：阿修羅中雨兵仗，摧伏一切諸怨敵。

〔一六〕牛目　葛洪西京雜記：董仲舒曰：「雪至牛目，皆陰陽相蕩，而爲祲沴之妖也。」

〔一七〕玉女　東方朔神異經：東荒山中有大石室，東王公居焉。與一玉女投壺，設有入不出者，天爲之笑。

〔一八〕東方小兒　昌黎讀東方朔雜事詩：方朔乃豎子，驕不自禁訶。偷入雷電室，輷輘掉狂車。

〔一九〕阿香　續搜神記：義興人姓周，永和中出都。日暮，道邊有一新草小屋，一女子出門，望見周曰：「日已暮。」周求寄宿。一更中，聞外有一小兒唤：「阿香，官唤汝推雷車。」女乃辭去。夜遂大雷雨。明朝視宿處，乃一新冢耳。

〔二〇〕補天　淮南子覽冥訓篇：女媧煉五色石以補蒼天。許慎曰：三皇時，天不足西北，故補之。

〔二一〕高閣　昌黎寄盧仝詩：春秋五傳束高閣，獨抱遺經究終始。

〔二二〕屋壁　漢書劉歆傳：魯恭王壞孔子宅，欲以爲宫，而得古文於壞壁之中，逸禮有三十九篇，書有十六篇。

〔二三〕大愚　漢書董仲舒傳：遼東高廟、長陵高園殿災，仲舒居家推説其意，草稾未上，主父偃竊其書而奏焉。上召視諸儒，仲舒弟子吕步舒不知其師書，以爲大愚。

〔二四〕五行　漢書劉向傳：向集洪範五行傳論，奏之。天子心知向精忠，故爲鳳兄弟起此論也，然終不能奪王氏權。

〔二五〕鯫生　史記項羽紀：張良曰：「誰爲大王爲此計者？」曰：「鯫生。」徐廣曰：鯫，音土垢反。服虔曰：鯫，小人貌也。

〔二六〕捉鼻　世説排調篇：謝安捉鼻曰：「但恐不免耳。」

〔二七〕通明殿　王欽若翊聖保德傳：張守真朝禮玉皇大殿，觀其扁曰通明殿，不曉其旨，因焚香祈教。真君曰：「上帝常陞金殿，殿之光明照於帝身，身之光明照於金殿，光明通徹，無所不照，故爲通明殿。」

〔二八〕玄冥　山海經：北方禺彊，人面鳥身，珥兩青蛇，踐兩青蛇。郭璞曰：字玄冥，水神也。

〔二九〕豐隆　離騷：吾令豐隆乘雲。王逸曰：豐隆，雲師，一曰雷師。

新安汪氏收藏目録歌并序①

新安汪宗孝收藏金石古文法書名畫彝器古玉甚富，歿後散落人間，獨手書目録猶在，其子權奇裝潢成帙。余方有滄桑之感，爲作歌以志之。宗孝字景純，富而任俠。萬曆間，常卧病，夢②授命於文廟，遣治水江、淮間，七日而寤。楚人王同軌作耳譚，載其事③。

鴻朗八百應壽昌，斗匡〔一〕天府垂文章。東壁〔二〕圖書賁南④極，光晶下薄天子鄗〔三〕。金錢積氣久盤鬱，化爲羣玉紛璆琅。羽陵〔四〕宛委〔五〕吐靈異，瑶函雲笈差縹緗。晉書唐畫出秘閣，永和淳化羅墨莊。昭陵玉匣〔六〕誇購取，宣和金書〔七〕矜弆藏〔八〕。鄴侯萬籤〔九〕曾未觸，桓玄一廚〔一〇〕今不亡⑤。東觀詞人著跋尾〔一一〕，奎章學士〔一二〕書右方。軒轅〔一三〕丹鼎借光氣，天都草木增輝煌⑥。人間墨繪汗牛馬〔一四〕，敢與列宿分寒芒⑦。清閟之閣〔一五〕蕭閒堂〔一六〕，充棟插架聞古香。錯列几案峙彝鼎，鎮壓卷帙填珪璋。疏窗眼明見倉籀〔一七〕，棐几日暖流丹黄。主人好古復好事，千金豪取⑧如鍼芒。彈琴煮茗自欣賞，高僧詞客同平章。一青娥摩娑辨款識〔一八〕，紅袖拂拭焚都梁〔一九〕。淒涼不解雲煙録〔二〇〕，寒儉笑彼書畫航〔二一〕。一之帝所夢不返，高冠長劍從文皇。平泉〔二二〕花木旋改易，衛公器物非故常。雷劍〔二三〕一往誰⑨取去，楚弓〔二四〕人得知何方。茂先〔二五〕室有殘機杼，長吉家看古錦囊〔二六〕。一生嗜好存譜録，十載鐫鏤勞肺腸。遺墨宛然緗塵篋，厥子繙得重裝潢〔二七〕。鄭重有如獲拱璧，再拜⑩示我涕泗滂。君不見甲申⑪以來百六〔二八〕殃，飆廻霧塞何茫茫！昆明〔二九〕舊灰鑠銅狄，陸渾〔三〇〕新火炎崑岡。乘輿服御委糞土，武庫〔三一〕劍履歸昊⑫蒼。礮火蕩抛琬琰字，馬牛蹴踏金玉相〔三二〕。南城叢殘餘煨燼，北門矇瞽徒看詳⑬。神焦鬼爛偏泯滅，國亡家破同盡傷。寶玉大弓〔三三〕魯史在，玉魚金盌〔三四〕唐天長。漫云遺山〔三五〕譜器什，更與淵穎〔三六〕論滄桑。還君此册三太息，謁帝吾欲招巫陽〔三七〕。

【校勘記】

①鄒本、凌本無「并序」二字。②鄒本無「夢」字。③鄒本、金匱本句末有「焉」字。④凌本作「西」。⑤牧齋詩鈔、篋衍集作「忘」。⑥鄒本、金匱本作「光」。⑦「分寒芒」，鄒本、金匱本作「分焜煌」，牧齋詩鈔作「同寒芒」。⑧牧齋詩鈔、篋衍集作「擲」。⑨牧齋詩鈔、篋衍集作

「隨」。⑩鄒本、金匱本作「三」。⑪「甲申」，鄒本作「滄桑」。⑫牧齋詩鈔、篋衍集作「旻」。⑬凌本作「祥」。

【箋注】

〔一〕斗匡　史記天官書：斗魁戴匡六星，曰文昌宫。索隱曰：文耀鉤云：文昌宫爲天府。

〔二〕東壁　三氏星經：石申氏曰：東壁二星，文章圖書。星暗，王道衰，小人得用。

〔三〕天子鄣　山海經：三天子鄣山，在閩西海北。郭璞曰：今在新安歙縣東，今謂之三王山，浙江出其邊也。張氏土地記曰：東陽永康縣南四里，有石城山，上有小石城，云黄帝曾遊于此，即三天子都也。

〔四〕羽陵　穆天子傳：天子東遊，次於雀梁，暴蠹書於羽陵。

〔五〕宛委　吴越春秋：禹思聖人所記，在於九山東南天柱，號曰宛委。因夢見玄夷蒼水使者，登山發金簡之書。

〔六〕玉匣　尚書故實：太宗酷好法書，寶惜者大王蘭亭爲最。一日語高宗曰：「吾千秋萬歲後，與吾蘭亭將去。」及奉諱之日，用玉匣貯之，藏於昭陵。

〔七〕金書　趙希鵠洞天清録：徽宗御府所儲書，其前必有御筆金書小楷標題，後有「宣和」玉瓢御寶。

〔八〕弆藏　禮部韻畧：弆，藏也。丘吕反。

〔九〕萬籤　昌黎送諸葛覺詩：鄴侯家多書，插架三萬軸。一一懸牙籤，新若手未觸。

〔一〇〕一廚　晉書顧長康傳：愷之嘗以一廚畫糊題其前寄桓玄，皆其深所珍惜者。玄乃發其廚後，竊取畫，而緘閉如舊以還之，紿云未開。愷之見封題如初，但失其畫，直云妙畫通靈，變化而去，亦猶人之登仙，了無怪色。

〔一一〕著跋尾　陸友硯北雜志：王著，字知微，一字成象。太祖同時人，即模閣帖者。

〔一二〕奎章學士　曹士冕法帖譜系：大觀中，奉旨刻石太清樓，凡標題皆蔡京所書。

〔一三〕軒轅　黄山圖經：軒轅黄帝獲靈丹於浮丘公，遂思超溟渤，遊蓬萊。浮丘翁曰：「煉金爲丹，必假於山水。山秀水正，其藥乃靈。惟江南黟山，據得其中，神仙止焉。」黄帝遂命駕，與容成子、浮丘公同遊此山。

〔一四〕汗牛馬　柳子厚陸文通墓誌：其爲書，處則充棟宇，出則汗牛馬。

〔一五〕清閟閣　雲林遺事：雲林有清閟閣、雲林堂。清閟閣尤勝，客非佳流不得入。嘗有夷人聞瓚名，欲見之，以沈香百斤爲贄。瓚密令人開雲林堂使登焉，四周列奇石，東西設古玉器古鼎尊罍法書名畫。夷人方驚顧間，謂其家人曰：「聞有清閟閣，能一觀否？」家人曰：「此閣非人所易入，且吾主已出，不可得也。」其人望閣再拜而去。

〔一六〕蕭閒堂　松陵集陸龜蒙和懷華陽潤卿博士詩：火景應難到洞宮，蕭閒堂冷任天風。米芾蕭閒堂序：錢延叟過襄陽，米芾曰：「昨送李濟民渡江，與汪行之復會蕭閒堂，已徹幕，壁間有畫像，題曰權杭州觀察米元章像。楊之儀筆。楊之傑贊曰：君子之交，小人之讐，以今方人，叔度宜儔。」虞集題李溉之蕭閒堂絶句：受業蕭閒老，令人憶稼軒。高堂何處是？湖曲長蘭蓀。

〔一七〕倉籀　朱長文墨池編：韋續五十六種書曰：字有五易，倉頡變古文，史籀製大篆，李斯作小篆，程邈作隸書，漢作草是也。

〔一八〕款識　漢書郊祀志：掊視得鼎，鼎大異於衆鼎，文鏤無款識。韋昭曰：款，刻也。師古曰：識，記也。

〔一九〕都梁　段公路北户録：都梁香，荆州記：都梁縣有小山，山上清水淺，中生蘭草，俗謂之都梁，即以縣名焉。

〔二〇〕雲煙録　周密雲煙過眼録一卷。

〔二一〕書畫航　山谷戲贈米元章詩：滄江静夜虹貫月，應是米家書畫船。任淵曰：崇寧中，元章爲江淮發運，揭牌于行舸之上，曰「米家書畫船」。

〔二二〕平泉　康駢劇談録：李德裕東都平泉莊，去洛城三十里，卉木臺榭，若造仙府。遠方之人，多以異物奉之。有題平泉詩曰：隴右諸侯供語鳥，日南太守送名花。

〔二三〕雷劍　樂史寰宇記：雷煥爲豐城令，掘獄地得二劍，煥留一，其一進與張華。華遇害，劍飛入襄城水中。煥死，其子常以自隨。後經淺瀨溪，劍忽於匣中躍出，入水則爲龍。視之，二龍相隨而逝焉。

〔二四〕楚弓　家語：楚恭王出遊，亡烏皞之弓，左右請求之，王曰：「止。楚王失之，楚人得之，又何求之？」孔子聞之：「惜乎其不大也！不曰人遺弓，人得之而已，何必楚也？」

〔二五〕茂先　張茂先博物志：近世有人居海上，每年八月見海槎來，不違時。齎一年糧，乘之，到天河，見婦人織，丈夫飲牛。遣問嚴君平，云某年某月某日，客星犯牛斗。即此人也。後人相傳云得織女支機石，持以問君平。

〔二六〕錦囊　陸龜蒙書李賀小傳後：長吉常時旦日出遊，從小奚奴，背一古破錦囊，遇有所得，即書投囊中，暮歸足成其文。

〔二七〕裝潢　芥隱筆記：裝潢，染黄紙修治之名。唐百官志：熟紙裝潢匠八人。

〔二八〕百六　左太沖吴都賦：徇蹲鴟之沃，則以爲世濟陽九。劉淵林注：易無妄曰：災氣有九。陽阨五，陰阨四，合爲九。一元之中，四千六百一十七歲，各以數至陽阨，故云百六之會。

〔二九〕昆明　三輔黄圖：武帝初，穿昆明池，得黑土。帝問東方朔，朔曰：「西域胡人知。」乃問胡人，胡人曰：「劫燒之餘灰也。」

〔三〇〕陸渾　昌黎有和皇甫湜陸渾山火歌。

〔三一〕武庫　晉書張華傳：武庫火，累代之寶及漢高斬蛇劍、王莽頭、孔子履等盡焚焉。

〔三二〕金玉相　東坡仇池筆記：唐太宗購晉人書，自二王以下富千軸，皆在秘府。武后時，爲張易之兄弟所竊，遂流落，多在王涯、張延賞家。涯敗，軍人劫奪金玉軸而棄其書。

〔三三〕寶玉大弓　左傳定公九年：陽虎歸寶玉大弓。

〔三四〕玉魚金盌　少陵諸將詩：昔日玉魚蒙葬地，早時金盌出人間。

〔三五〕遺山　元遺山有故物譜。

〔三六〕淵穎　吴淵穎桑海遺録序：龔開，字聖予，所作文宋瑞、陸秀夫二傳，類司馬遷、班固所爲，陳壽以下不及也。予故私列二傳，以發其端，題曰桑海遺録，以待太史氏之采擇。淵穎，萊字也。

〔三七〕巫陽　宋玉招魂：帝告巫陽曰：有人在下，我欲輔之。魂魄離散，汝筮予之。

徐元嘆六十詩①

飄然領鶴駐高閒，石户雲房處處關。萬事總隨青鬢去，此身留得翠微間。隱將佛土逃三劫，貧爲詩人煉九還。若問少微星好在，鈎簾君自看西山。

【校勘記】

①鄒本、金匱本無「詩」字。

【箋注】

〔一〕三劫　法苑珠林劫量篇：夫劫者，大小之内，各有三焉，大則水火風而爲災，小則刀饉疫以成害。

〔二〕少微　漢書李尋傳：少微處士，爲比爲輔。孟康曰：少微四星，在太微西，主處士儒學之官。

次前韻代茂之①

誰於斯世得蕭閒？兩版衡門許閉關。老去風懷消浄業，窮來詩卷滿②人間。花深野老尋春至，月白林僧破夏〔一〕還。莫道靈光容易在，劫灰不盡有青山。

【校勘記】

①鄒本無此詩。金匱本題作「用原韻代茂之壽元嘆六十」，江左三大家詩鈔題作「元歎六十」。

②金匱本作「老」。

【箋注】

〔一〕破夏　五燈會元：義玄禪師半夏上黄檗山，住數日，乃辭。檗曰：「汝破夏來，何不終夏去？」

句曲逆旅戲爲相士題扇①

赤日紅塵道路窮②，解鞍一笑③柳莊〔一〕翁。誰知夭矯猶龍〔二〕貌，但指摧頽喪狗〔三〕容。運去英雄成畫虎〔四〕，時來老耄④應非熊〔五〕。人間天眼〔六〕應⑤難值，看取吾家石鏡〔七〕中⑥。

【校勘記】

①鄒本無此詩。②「道路窮」，邃本補遺作「旅店中」。③「解鞍一笑」，邃本補遺作「黃昏笑遇」。④邃本補遺作「禿」。⑤金匱本作「原」。⑥邃本補遺此兩句作：「塵埃物色須天眼，還訪張家白雀公。」

【箋注】

〔一〕柳莊　袁珙，字廷玉，鄞縣人。得相法於別古厓。洪武間，識長陵於潛邸。登極後，召拜太常寺丞，人稱柳莊先生。

〔二〕猶龍　史記老子傳：老子其猶龍乎？

〔三〕喪狗　家語：傫然如喪家之狗。

〔四〕畫虎　後漢書馬援傳：效季良不得，陷爲天下輕薄子，所謂畫虎不成反類狗者也。

〔五〕非熊　六韜：文王將田，史編布卜曰：「田於渭陽，將大得焉。非龍非彲，非熊非羆，兆得公侯，天遺汝師，以之佐昌，施及三王。」

〔六〕天眼　翻譯名義集：眼有五種，一肉眼，二天眼，三慧眼，四法眼，五佛眼。大品云：菩薩行般若時淨於五眼，肉眼淨見三千大千世界，天眼淨見十方，如恒河沙等，諸佛世界中衆生死此生彼。大論云：天眼有二種：一果報得，二修禪得。

〔七〕石鏡　王象之輿地紀勝：石鏡山，郡國志云：徑二尺七寸，其光照如鏡之鑑物，分毫不差。圖經云：武肅王幼時遊此，顧其形服冕旒如王者狀。唐昭宗改賜今名。

己丑歲暮讌集連宵於時①豪客遠來樂府駢集縱飲失日追懽忘老即事感懷慨然有作凡②四首

風雪填門噪晚鴉，翛翛書劍到天涯。何當錯比楊雄宅〔一〕，恰似相逢劇孟家〔二〕。夜半壯心廻起舞，酒闌清淚落悲笳。流年遒盡〔三〕那堪餞，卻喜飛騰〔四〕莫景斜。

【校勘記】

①鄒本、金匱本作「是」。②鄒本、金匱本無「凡」字。

【箋注】

〔一〕楊雄宅　少陵宅成詩：旁人錯比楊雄宅，懶惰無心學解嘲。

〔二〕劇孟家　漢書游俠傳：劇孟以俠顯，吳、楚反時，條侯至河南得劇孟，若一敵國。錢仲文逢俠者絕句：燕趙悲歌士，相逢劇孟家。

〔三〕遒盡　宋玉九辯：歲忽忽而遒盡兮，恐余壽之弗將。

〔四〕飛騰　少陵杜位宅守歲詩：四十明朝過，飛騰莫景斜。

其二

送客留髡〔一〕促席初，履交袖拂樂方舒。酒旗〔二〕星上天猶醉，燭炬風欹歲旋除。霜隔簾衣〔三〕春盎盎〔四〕，月停歌板夜徐徐。觥船〔五〕莫惜頻煩勸〔六〕，已是參横斗轉餘。

【箋注】

〔一〕留髡　史記滑稽傳：日暮酒闌，合尊促坐，男女同席，履舄交錯，杯盤狼藉。堂上燭滅，主人留髡而送客，羅襦襟解，微聞薌澤，當此之時，髡心最歡，能飲一石。

〔二〕酒旗　三氏星經：酒旗三星，在軒轅左角南。

〔三〕簾衣　草堂詩餘周美成浣溪紗詞：風約簾衣歸燕急，水摇扇影戲魚驚。

〔四〕盎盎　杜牧李賀歌詩序：春之盎盎不足爲其和也。

〔五〕觥船　杜牧之題禪院絶句：觥船一櫂百分空。

〔六〕頻煩勸　少陵送王十五判官還黔中詩：黔陽信使應稀少，莫怪頻煩勸酒杯。

其三

風光如夢夜如年，如此懽娱但可憐。曼衍魚龍〔一〕徒瞥爾，醉鄉日月〔二〕故依然。漏移警①鶴翻歌吹，霜壓啼烏殺管絃。曲宴〔三〕未終星漢改，與君堅坐〔四〕看桑田。

【校勘記】

①淩本作「驚」。

【箋注】

〔一〕曼衍魚龍　漢書西域傳贊：作巴渝都盧、海中碭極、漫衍魚龍、角抵之戲以觀視之。

〔二〕醉鄉日月　唐詩紀事：皇甫嵩著醉鄉日月三卷，自敘也。

〔三〕曲宴　嵇叔夜琴賦：華堂曲宴，密友近賓。蘭肴兼御，旨酒清醇。

〔四〕堅坐　少陵季秋江樓夜宴詩：老人因酒病，堅坐看君傾。

其四

扶風豪士〔一〕罄追歡，楚舞〔二〕吴歈〔三〕趁歲闌。銀箭〔四〕鼓傳人惝怳，金盤〔五〕歌促淚汍瀾。杯銜落日參旗動，炬散晨星劫火殘。明發昌門相憶處，兩牀〔六〕絲竹夜漫漫。

【箋注】

〔一〕扶風豪士　太白扶風豪士歌：扶風豪士天下奇，意氣相傾山可移。

〔二〕楚舞　史記留侯世家：上召戚夫人曰：「爲我楚舞，我爲若楚歌。」

〔三〕吴歈　宋玉招魂：吴歈楚謳。王逸曰：歈、謳，皆歌也。左太沖吴都賦：荆艷楚舞，吴歈越吟。

〔四〕銀箭　太白烏棲曲：銀箭金壺漏水多，起看秋月墜江波，東方漸高奈樂何！

〔五〕金盤　李賀金銅仙人辭漢歌：攜盤獨出月荒涼，渭城已遠波聲小。

〔六〕兩牀　才調集曹唐敘邵陵舊宴詩：今日卻懷行樂處，兩牀絲竹水樓中。

蜡日大醉席上戲示三王生三生樂府渠帥吳門白門人也

美人雜坐酒盈觴，雪虐〔一〕風饕避畫堂。卒歲世猶存八蜡〔二〕，當場我自看三王〔三〕。蘭膏〔四〕作樹昏如晝，竹葉〔五〕生花醒①亦狂。大笑吳猷愁失日〔六〕，漫漫長夜復何妨。

【校勘記】

①鄒本作「醉」。

【箋注】

〔一〕雪虐　昌黎祭河南張員外文：歲弊寒兇，雪虐風饕。

〔二〕八蜡　禮記郊特牲：天子大蜡八。鄭氏曰：蜡祭有八神。先嗇一，司嗇二，農三，郵表畷四，貓虎五，坊六，水庸七，昆蟲八。

〔三〕三王　昌黎新修滕王閣記：竊喜載名其上，詞列三王之次，有榮耀焉。

〔四〕蘭膏　宋玉招魂：蘭膏明燭。王逸曰：以蘭香練膏也。

〔五〕竹葉　張景陽七命：乃有荆南烏程，豫北竹葉。五臣曰：烏程、竹葉，酒名。

〔六〕失日　韓非子說林上篇：紂爲長夜之飲，懼以失日。問左右，盡不知。使問箕子，箕子曰：「爲天下而一國皆失日，天下其危矣。一國皆不知，而我獨知之，我其危矣。」辭以醉而不知。

賜蘭堂壽讌詩四首有序

金壇虞憲使兄來，初與余同舉丙午，少壯論交①，忽焉七十。呴濡〔一〕相存，哀榮無間。於其初度之日，爲長句以稱壽焉。閥閱箕裘之盛，園林讌賞之樂，鋪陳揚扢，畧盡一斑。而要歸於家恩國恤〔二〕，廻翔頫仰，感慨係之，蓋庶幾頌禱之義具焉，其不獨以比於彈絲竹、考鐘鼓而已。亦或以望吾兄從容燕喜之餘，爲停杯而三嘆也。夫虞之先世大理公謙爲永宣名臣，常拜宣廟禊帖之賜。賜蘭，其堂名也。

【校勘記】

①鄒本作「文」。

【箋注】

〔一〕呴濡　莊子大宗師篇：泉涸，魚相與處於陸，相呴以濕，相濡以沫，不如相忘於江湖。

〔二〕國恤　左傳襄公四年：在帝夷羿，冒于原獸，忘其國恤。

緑髮朱顏卻杖扶，行年七十似兒駒。一夔〔一〕端許諧虞石①，虞一子跛，故有一夔之戲②。羣鳳紛看集帝梧〔二〕。天漾酒旗星海動，地蟠燈樹月輪孤。華陽〔三〕大有登真燕③，得似長筵此會無？

【校勘記】

①鄒本、金匱本作「樂」。②「故有一夔之戲」，牧齋詩鈔作「故戲」。③凌本作「處」。

【箋注】

〔一〕一夔　呂氏春秋：哀公問於孔子曰：「夔一足，信乎？」孔子曰：「舜令重黎舉夔進之，以爲樂正。正六律，和五聲，而通八風，天下大服。重黎又欲益求人，舜曰：若夔者，一而足矣。故曰夔一足，非一足也。」

〔二〕帝梧　韓詩外傳：黃帝致齋於宮，鳳乃蔽日而至，止帝東國，集帝梧桐，食帝竹實，没身不去。

〔三〕華陽　真誥稽神樞：大天之内，有地中之洞天三十六所，其第八是句曲山之洞，周廻一百五十里，名曰金壇華陽之天。

其二

兩牀羅列十眉〔一〕俱，秉燭追歡似逐逋。句曲園林藏地肺〔二〕，茅家供饌出天廚〔三〕。經年摒擋春燈賞，按籍①規模夜燕圖〔四〕。欒土居然塵刦外，良常〔五〕日月未應誣。

【校勘記】

①「按籍」，鄒本、金匱本作「排日」。

【箋注】

〔一〕十眉　陶穀清異録：瑩姐，平康妓也。畫眉日作一樣，雖數十而未窮。唐斯立戲之曰：「西蜀有十眉圖，布之四方。汝眉癖若是，今可作百眉圖。更假以歲年，當率同志爲修眉史矣。」

〔二〕地胏　真誥稽神樞：句曲山其間有金陵之地，地方三十七八頃，是金陵之地胏也。

〔三〕天廚　葛洪神仙傳：茅君得道當去，衆皆來送。賓客既集，君言笑延接，一如常時。不見指使之人，但見金盤玉杯自到人前，奇殽異果，不可名字，美酒珍饌，賓客皆不能識。

〔四〕夜燕圖　宣和畫譜：韓熙載多好聲伎，專爲夜飲。李氏惜其才，置而不問，然欲見樽俎燈燭間觥籌交錯之態，乃命顧閎中夜至其第竊窺之，目識心記，圖繪以上，故世有韓熙載夜燕圖。周密雲煙過眼録：周文矩所畫韓熙載夜燕圖，紙本，長七八尺。前有蘇國老題字，内有題「不如歸去來，江南有人憶」二十字。此是廣濟庫物，先歸監賣官張運副，今復歸趙左丞矣。

〔五〕良常　真誥稽神樞：始皇登句曲北垂山，會羣臣，饗從駕，嘆曰：「巡狩之樂，莫過於山海，自今以往，良爲常也。」乃改句曲北垂曰良常之山。良常之意，從此而名。

其三

玉雪流風①奕葉垂②，大理公自號玉雪。丹青人物永宣時。蘭亭金匱〔一〕先朝賜，竹屋銀鈎〔二〕往喆詒。祝京兆東山竹屋記，爲大理公之子來鳳作也。見祝氏集。畫省堆牀〔三〕傳祖笏，高門列戟〔四〕閟宗彝。知君拜手稱觴日，輟舞停歌有所思。

【校勘記】

①「流風」，鄒本、金匱本作「風流」。　②五大家詩鈔此句作「玉雪流風奕世才」。

【箋注】

〔一〕金匱　漢書高帝紀：金匱石室。師古曰：以金爲匱，以石爲室，重緘封之，保慎之義。

〔二〕銀鈎　少陵陳拾遺故宅詩：灑翰銀鈎連。

〔三〕堆牀　新唐書崔琳傳：每歲時宴于家，以一榻置笏，猶重積其上。

〔四〕列戟　南部新書：張介然天寶中爲衛尉卿，因入奏曰：「臣今三品，合列棨戟。若列於帝城，鄉里不知。臣河東人也，請列戟於故鄉。」上曰：「所給可列故鄉，京城朕當別賜。」本鄉列戟，介然始也。

其四

英妙〔一〕才名京洛傳，黑頭兄弟兩皤然。夔龍〔二〕兕虎〔三〕看誰在，猿鶴沙蟲〔四〕劇可憐。金爵〔五〕觚稜紅燭裏，玉杯〔六〕繁露緑尊前。停觴①卻笑人間事，龍漢〔七〕魚河〔八〕復幾年？

【校勘記】

①鄒本作「斟」，金匱本作「杯」。

【箋注】

〔一〕英妙　潘安仁西征賦：終童山東之英妙，賈生洛陽之才子。

〔二〕夔龍　書舜典：伯拜稽首，讓於夔龍。孔氏曰：夔、龍，二臣名。

〔三〕兕虎　小雅何草不黄詩：匪兕匪虎，率彼曠野。箋云：兕虎，比戰士也。

〔四〕猿鶴沙蟲　抱朴子：周穆王南征，一軍皆化，君子爲猿爲鶴，小人爲蟲爲沙。

〔五〕金爵　班孟堅西都賦：上觚稜而棲金爵。李善曰：漢書音義：觚，八觚，有隅者也，音孤。說文：稜，柧也。三輔故事：建章宫闕上有銅鳳凰，然金爵則銅鳳也。

〔六〕玉杯　漢書董仲舒傳：説春秋事得失，聞舉、玉杯、繁露、清明、竹林之屬，復數十篇。

〔七〕龍漢　張君房雲笈七籤：靈寶畧記云：過去有劫，名曰龍漢。龍漢一運，經九萬九千九百九十九劫，氣運終極，天淪地崩，四海冥合，乾坤破壞，無復光明。經一億劫，天地乃開，劫名赤明。

〔八〕魚河　水經河水注：禹觀於河，有長人白面魚身，出曰：「吾河精也。」授禹河圖，言治水之事。

奉贈太傅崇明侯茂武杜公詩四首

光岳〔一〕貞符河洛形，扶桑〔二〕弧矢射青冥。三秦地塞留元老，太白芒寒護將星。起陸〔三〕龍蛇争渾沌，握奇〔四〕魚鳥叶神靈。衛公〔五〕舊有金天約①，戴斗〔六〕崆峒佇勒銘。

【校勘記】

①「金天約」，鄒本作「鈞天樂」。

【箋注】

〔一〕光岳　沈休文齊故安陸昭王碑文：公含辰象之秀德，體河嶽之上靈。

〔二〕扶桑　王明壽增廣類林：襄王遊蘭臺，謂左右曰：「能爲大言賦乎？」宋玉曰：「方地爲輿，圓天爲蓋。彎弓掛扶桑，長劍倚天外。」

〔三〕起陸　陰符經：天發殺機，龍蛇起陸。

〔四〕握奇　風后握奇經：天地之後衝爲飛龍，雲爲鳥翔，突擊之義也。龍居其中，張翼以進；鳥掖兩端，向敵而翔以應之。

〔五〕衛公　國史異纂：衛公李靖，始困於貧賤。因過華山廟，訴於神，且請告以位宦所至，辭色抗厲，觀者異之。佇立良久，乃出廟門，百許步，聞後有大聲曰：「李僕射好去。」顧不見人，後竟至端揆。

〔六〕戴斗　爾雅釋地：北戴斗極爲崆峒。郭璞曰：戴，值也。

其二

辛勤百戰爲山河，東馬〔一〕懸鋒鬢已皤。吴下諸生推杜預，公時教授崑山①。關西〔二〕老將憶廉頗。揮毫爛熳頭風檄〔三〕，擊缶蒼茫耳熱歌〔四〕。記取鷹揚非少壯，莫將芒角自鐫磨。

【校勘記】

①鄒本、金匱本無此注。

【箋注】

〔一〕東馬　後漢書段熲傳贊：段追兩狄，東馬縣鋒。紛紜騰突，谷静山空。

〔二〕關西　通鑑漢紀四十：虞詡言於張禹：「喭曰：『關西出將，關東出相。』」

〔三〕頭風檄　魏志王粲傳注：典畧曰：陳琳作諸書及檄草成，呈太祖。太祖先苦頭風，是日疾發，卧讀琳所作，翕肰而起，曰：「此愈我病。」

〔四〕耳熱歌　漢書楊惲傳：惲報會宗書：家本秦也，能爲秦聲。婦趙女也，雅善鼓瑟。奴婢歌者數人，酒後耳熱，仰天拊缶，而呼嗚嗚。

其三

申丹刑白〔一〕誓書垂，俄及河山①帶礪期。熊耳峯〔二〕前俘②耳日，馬鞍山〔三〕下據鞍〔四〕時。閒園種菜分戎壘，曲宴催花樹酒旗。春草青絲調伏櫪〔五〕，識途〔六〕終許荆令支③〔七〕。

【校勘記】

①「河山」，鄒本、金匱本作「山河」。②鄒本、金匱本作「馘」。③「荆令支」，鄒本作「是良眉」。

【箋注】

〔一〕申丹刑白　漢書功臣表：封爵之誓曰：「使黄河如帶，泰山若厲，國以永存，爰及苗裔。」於是申以丹書之信，重以白馬之盟。

〔二〕熊耳峯　水經注：洛水之北，有熊耳山。雙巒競舉，狀同熊耳。在宜陽西也。

〔三〕馬鞍山　高德基平江紀事：崑山在松江華亭縣治西北二十三里，崑山州以此山得名。後割山爲華亭縣，移州治於州北馬鞍山之陽。孤峯特秀，歷年久遠，人不知其故，即呼此爲崑山，而亡馬鞍山之名矣。

〔四〕據鞍　後漢書馬援傳：援據鞍顧眄，以示可用。

〔五〕伏櫪　樂府碣石篇：老驥伏櫪，志在千里。烈士暮年，壯心不已。

〔六〕識途　韓非子説林上篇：桓公伐孤竹，春往冬返，迷失道路。管仲曰：「老馬之智可用也。」乃放老馬而隨之，遂得道。

〔七〕令支　漢書郊祀志：齊桓公曰：「寡人北伐山戎，過孤竹；西伐，束馬縣車，上卑耳之山。」應劭曰：伯夷國也，在遼西令支。

其四

能以三明〔一〕並四夔〔二〕，惇詩説禮〔三〕古人爲。定襄〔四〕行卷經年富，魏國〔五〕奚囊盡①日隨。插架緑槍〔六〕依筆格，銜靴〔七〕霜刃〔八〕掛書帷。車攻願嗣清風〔九〕頌，自拓岐陽石鼓〔一〇〕碑。

【校勘記】

①鄒本、金匱本作「鎮」。

【箋注】

〔一〕三明　後漢書段熲傳：熲與皇甫威明、張然明並知名顯達，京師稱爲涼州三明。贊曰：山西多猛，三明儷蹤。

〔二〕四夔　南部新書：崔造、韓會、盧東美、張正則爲友，皆僑居上元，好談經濟之畧，嘗以王佐自許，時人號爲四夔。

〔三〕惇詩説禮　左傳僖公二十七年：楚子及諸侯圍宋。宋公孫固如晉告急。謀元帥，趙衰曰：「郤縠可。臣亟聞其言矣，説禮樂而惇詩書。詩書，義之府也；禮樂，德之則也；德義，利之本也。君其試之。」

〔四〕定襄　懷麓堂詩話：國朝武臣能詩者，莫過定襄伯郭元登，有聯珠集行于世。

〔五〕魏國　杜弢武全集序：徐中山王白馬之盟，蔚爲宗臣。每朝會，則令人囊書自隨。

〔六〕緑槍　少陵重過何氏詩：雨抛金鎖甲，苔卧緑沉槍。

〔七〕銜靴　新唐書李光弼傳：光弼將戰，内刀於韡曰：「戰危事，吾位三公，不可辱於賊，萬有一不捷，當自刎以謝天子。」

〔八〕霜刃　左太沖吴都賦：剛鏃潤，霜刃染。

〔九〕清風　大雅烝民：吉甫作誦，穆如清風。

〔一〇〕石鼓　程大昌雍録：岐陽石鼓文，元和志曰：在鳳翔府天興縣南二十里，石形如鼓，其數盈十，蓋記周宣王田獵之事，即史籀之跡也。

庚寅人日小集即事

縷金圖勝〔一〕總無情，佩劍〔二〕衝星黯未平。劫末乾坤餘七日，刀兵劫末度七日，方留人種。見法苑珠林①。行間〔三〕兵火已三生。梅花北户將春發，菜甲〔四〕東風〔五〕與歲更。強欲登高難舉目，草堂吟望淚縱横。

【校勘記】

①牧齋詩鈔無此注。

【箋注】

〔一〕縷金圖勝　荆楚歲時記：正月七日爲人日，剪綵爲人，或鏤金箔爲人，以貼屏風，亦戴之頭鬢。賈充李夫人典戒云：人日造華勝相遺，像瑞圖金勝之形，又取像西王母戴勝也。

〔二〕佩劍　少陵人日詩：佩劍衝星聊暫拔。

〔三〕行間　漢書吴王濞傳：諸賓客皆得爲將、校尉，行間候、司馬。師古曰：在行伍間。

〔四〕菜甲　荆楚歲時記：人日以七種菜爲羹，今北人猶有至人日諱食故歲菜，惟食新菜者。

〔五〕東風　元遺山春日書懷呈劉濟川詩：流年又見東風菜。注曰：東風菜，見本草菜部。

其二

蓂莢①〔一〕依然七葉〔二〕齊，文王喻復此應稽。李義山人日詩：文王喻復今朝是。亦知是日妨晴昊，是日陰霾竟日。未省爲人學犬鷄〔三〕。嶺海風煙回玉笛，羅浮〔四〕春色應金閨。開尊遺老忻談笑，明日看梅可杖藜。

【校勘記】

①鄒本、金匱本作「葉」。

【箋注】

〔一〕蓂莢　竹書紀年注：沈約曰：堯在位七十年，又有草莢階而生。月朔始生一莢，月半而生十五莢。十六日以後日落一莢，及晦而盡。月小則一莢焦而不落，名曰蓂莢，一曰曆莢。

〔二〕七葉　唐詩紀事：趙彦昭人日清暉閣應制詩：庭樹千花發，階蓂七葉新。

〔三〕犬鷄　荆楚歲時記：董勛問禮俗云：正月一日爲鷄，二日爲狗，三日爲羊，四日爲豬，五日爲牛，六日爲馬，七日爲人，以陰晴占豐耗。

〔四〕羅浮　龍城録：隋開皇中，趙師雄遷羅浮。一日，天寒日暮，在醉醒間，因憩僕車于松林間酒肆旁舍。見一女人淡粧素服出迓，時殘雪對月，色微明，師雄與之語，但覺芳香襲人。因扣酒家門，得數杯相與飲。少頃，有一緑衣童來，笑歌戲舞，亦自可觀。頃醉寢，師雄亦懵然。久之，東方已白，師雄起視，乃在大梅樹下，上有翠羽啾嘈。月落參横，但惆悵而已。

庚寅①人日示内二首

夢華〔一〕樂事滿春城，今日淒涼故國情。花熸〔二〕舊枝空帖燕〔三〕，柳燔新火不藏鶯。銀幡〔四〕頭上銜愁陣〔五〕，柏葉〔六〕尊前放酒兵。憑仗閨中刀尺〔七〕好，剪裁春色報先庚〔八〕。

【校勘記】

①鄒本無「庚寅」二字，金匱本「庚寅」二字在題下。

【箋注】

〔一〕夢華　孟元老東京夢華録序：避地江左，暗想當年節物風流，但成悵恨。古人有夢遊華胥之國者，僕今追念，豈非華胥之夢覺哉？

〔二〕熸　左傳襄公二十六年注：杜預曰：吴楚之間，謂火滅爲熸。子潛反。

〔三〕帖燕　荆楚歲時記：立春日，剪綵爲燕以戴之，帖「宜春」二字。綵燕即合歡羅勝。

〔四〕銀幡　東坡和子由除夜元日詩：頭上銀幡笑阿咸。

〔五〕愁陣　韓偓殘春旅舍詩：禪伏詩魔歸浄域，酒衝愁陣出奇兵。

〔六〕柏葉　少陵人日詩：尊前柏葉休隨酒。

〔七〕刀尺　宋之問立春日侍宴内殿出剪綵花詩：今年春色蚤，應爲剪刀催。

〔八〕先庚　易巽卦：九五，先庚三日，後庚三日。

其二

靈辰〔一〕不共劫灰沉，人日人情泥故林。黄口弄音嬌語澀，緑窗停梵佛香深。圖花卻喜同心蒂，學鳥〔二〕應師共命〔三〕禽。夢向南枝〔四〕每西笑〔五〕，與君行坐數沉吟。

【箋注】

〔一〕靈辰　李嶠人日春暉閣應制詩：三陽偏勝節，七日最靈辰。

〔二〕圖花學鳥　唐詩紀事：李適人日大明宫應制詩：賓帳金屏人已帖，圖花學鳥勝初裁。

〔三〕共命　少陵岳麓山道林二寺行：蓮花交響共命鳥。

〔四〕南枝　白氏六帖：大庾嶺上梅，南枝落，北枝開。

〔五〕西笑　桓譚新論：人聞長安樂，則出門西向而笑。

依韻奉和二首附　柳如是

春風習習轉江城，人日於人倍有情。帖勝似能欺舞燕，粧花真欲坐流鶯。銀旛囡戴忻多福，金剪儂收喜辟①兵。新月半輪燈乍穗，爲君酹②酒祝長庚。

【校勘記】

①凌本作「罷」。②凌本作「酹」。

其二

佛日初輝人日沉，綵旛清曉供珠林。地於劫外風光近，人在花前笑語深。洗罷新松看沁雪，行殘舊藥寫來禽。香燈繡閣春常好，不唱卿家緩緩吟。

贈黄若芷大家四絶句附

柳如是

節比青陵孝白華，齋心況復事毘耶。丹鉛點染從遊戲，只似諸天偶雨花。

其二

旃檀雲氣涌香臺，蓮漏初殘貝葉開。丈室掃除容寶座，散花天女故應來。

其三

暈碧圖黄謝物華，香燈禪版道人家。中庭只有寒梅樹，邀得仙人蕚緑華①。

【校勘記】

①「蕚緑華」，鄒本作「緑蕚花」。

其四

鷗波亭向絳雲開，沁雪虚庭絶點埃。墨竹數枝①香一縷，小窗留遲仲姬來。

【校勘記】

①淩本作「行」。

閩中徐存永陳開仲亂後過訪各有詩見贈次韻奉答四首

拂水分擕〔一〕手并①招，依然陳跡〔二〕已前朝。空傳父老摩銅狄〔三〕，無復宮人記洞簫〔四〕。覽②鏡頭憎三寸幘〔五〕，看花眼詫一重綃〔六〕。憑君話我餘生在，萬事叢殘爲領腰〔七〕。

【校勘記】

①鄒本、金匱本作「共」。　②鄒本、金匱本作「攬」。

【箋注】

〔一〕分擕　李商隱飲席戲贈同舍詩：洞中屐響省分擕。

〔二〕陳跡　蘭亭序：俛仰之間，已爲陳跡。

〔三〕摩銅狄　後漢書薊子訓傳：人于長安東霸城見子訓與一老翁共摩挲銅人，相謂曰：「適見鑄此，而已近五百歲矣。」

〔四〕記洞簫　漢書王褒傳：太子喜褒所爲甘泉及洞簫頌，令後宮貴人左右皆誦讀之。

〔五〕三寸幘　御覽：蔡邕獨斷曰：古幘無巾，王莽頭禿，乃始施巾。應劭漢官儀曰：幘本無巾，如今半幘而已。王莽無髮，因爲施巾，故里語曰：王莽頭禿施幘屋。

〔六〕一重綃　樂天眼病詩：蒙籠物上一重紗。

〔七〕領腰　記檀弓：文子曰：「是全要領以從先大夫於九京也。」

其二

休嗟小別似千年〔一〕，坐膝將車①〔二〕事顯然。契闊〔三〕共循頭上髮〔四〕，延緣〔五〕猶記葦間船。高人有福先歸地，野老無謀但詛天。最是臨分〔六〕多苦語，相期把卷白雲邊。存永侍其尊人興公訪余②拂水，屈指十二年矣。别時有山中讀書之約③。

右答徐④。

【校勘記】

①鄒本作「軍」。②凌本作「于」。③鄒本、金匱本此句作「興公别時有山中讀書之約」，牧齋詩鈔此作「尊人興公有山中讀書之約」。④鄒本、金匱本無此三字。

【箋注】

〔一〕千年　江文通别賦：暫游萬里，少别千年。

〔二〕坐膝將車　世説德行篇：陳太丘詣荀朗陵，貧儉無僕役，乃使元方將車，季方持杖後從。長文尚小，載著車中。既至，荀使叔慈應門，慈明行酒，餘六龍下食。文若亦小，坐著膝前。

〔三〕契闊　國風擊鼓詩：死生契闊，與子成説。毛萇傳曰：契闊，勤苦也。

〔四〕循髮　漢書李陵傳：任立政等三人至匈奴招陵，以言微動之。陵默不應，孰視而自循其髮，答曰：「吾已胡服矣。」

〔五〕延緣　莊子漁父篇：乃刺船而去，延緣葦間。

〔六〕臨分　東坡送歐陽推官詩：臨分出苦語，願子書之笏。

其三

交白〔一〕鬚眉學刺船，漁灣蒙密舊山川。櫻桃薦寢①〔二〕無消息，楊柳〔三〕車攻〔四〕有注箋。

南國〔五〕歌闌皆下淚②，山陽〔六〕詩讖倩誰傳？繙君家集真三嘆，遺策③猶存表餌④〔七〕篇。

開仲尊人磐生遺集中多籌邊語⑤。

【校勘記】

①「薦寢」，鄒本、金匱本作「寢薦」。②鄒本、金匱本作「泣」。③鄒本、金匱本作「卷」。

④「表餌」，鄒本作「忠孝」，金匱本作「流涕」，牧齋詩鈔作「六月」，五大家詩鈔作「曲突」。

⑤「籌邊語」，鄒本、金匱本作「籌時語」，五大家詩鈔作「憂時語」。

【箋注】

〔一〕交白　莊子漁父篇：有漁父者，下船而來，鬚眉交白，被髮揄袂。

〔二〕寢廟　少陵收京詩：歸及薦櫻桃。李綽歲時記：四月一日，內園進櫻桃，先薦寢廟。

〔三〕楊柳　小雅采薇詩：昔我往矣，楊柳依依。

〔四〕車攻　小雅車攻詩：我車既攻，我馬既同。

〔五〕南國　雲溪友議：李龜年曾于湘中採訪使筵上唱「紅豆生南國，秋來發幾枝？贈君多採擷，此物最相思」。歌闋，合座莫不望行幸而慘然。

〔六〕山陽　晉書向秀傳：秀經山陽舊廬，鄰人有吹笛者，發聲寥亮。秀乃作思舊賦。淵明述酒詩：「山陽歸下國，成名猶不勤。」韓子蒼曰：予反覆考之，見「山陽歸下國」之句，蓋用山陽公事，疑是義熙以後有所感而作也，故有「流淚抱中嘆」「平王去舊京」之語，淵明忠義如此。湯東澗曰：按晉元熙二年六月，劉裕廢恭帝爲零陵王。明年，以毒酒一甖授張偉使酖王，偉自飲而卒。繼又令兵人踰垣進藥，王不肯飲，遂掩殺之。此詩所爲作，故以述酒名篇。詩辭盡隱語，故觀者弗省。獨韓子蒼以「山陽下國」一語，疑是義熙後有感而賦。予反覆詳考，而後知決爲零陵哀詩也。

〔七〕表餌　漢書賈誼傳贊：施三表五餌以係單于。

其四

論交嵇呂〔一〕更誰如①，兵燹間關問索居〔二〕。沁雪〔三〕摩娑新拜石〔四〕，殺青〔五〕論勘舊藏書。卻看人世同巢幕〔六〕，共笑殘生出筐輿②〔七〕。莫訝和詩多讔謎，老來誕漫比虞初〔八〕。

右答陳③。

【校勘記】

①鄒本、金匱本作「知」。　②鄒本、金匱本此兩句作「共嗟昔夢連銅輦，自笑殘生出篗輿」。③鄒本、金匱本無此三字。

【箋注】

〔一〕嵇吕　世説簡傲篇：嵇康與吕安善，每一相思，千里命駕。

〔二〕索居　記檀弓：吾離羣而索居，亦已久矣。鄭氏曰：索，猶散也。

〔三〕沁雪　沈石田圖琴川錢氏沁雪堂石詩序：吴興趙文敏公鷗波亭前有二石，一曰沁雪，一曰垂雲。垂雲流落雲間，已不可考。沁雪在海虞縣治中，錢允言氏購得之，白石翁爲作圖，系之以詩。石上勒「沁雪」二字，是松雪翁八分書。

〔四〕拜石　石林燕語：米芾詼譎好奇，知無爲軍。初入州廨，見立石頗奇，喜曰：「此足以當吾拜。」遂命左右取袍笏拜之，每呼曰石丈。

〔五〕殺青　劉向列子序：皆以殺青書可繕寫。殷敬順釋文曰：謂汗簡刮去青皮也。

〔六〕巢幕　左傳襄公二十九年：吴公子札自衛如晉，將宿于戚，聞鐘聲焉，曰：「夫子之在此也，猶燕之巢於幕上。」文子聞之，終身不聽琴瑟。

〔七〕篗輿　史記張耳傳：廷尉以貫高事辭聞，上使泄公持節問之篗輿前。韋昭曰：如今輿牀，人輿以行。

〔八〕虞初　張平子西京賦：小説九百，本自虞初。

夏日讌新樂小侯於燕譽堂林若撫徐存永陳開仲諸詞①人並集二首

寶玦〔一〕相逢溝水頭，長衢交語路悠悠。西京甲觀〔二〕論新樂〔三〕，南國丁年〔四〕説故侯。春燕歸來非大廈〔五〕，夜烏啼處似延秋〔六〕。曾聞天樂梨園〔七〕裏，忍聽吴歈不淚流。

【校勘記】

①鄒本、金匱本作「同」。

【箋注】

〔一〕寶玦　少陵哀王孫：腰下寶玦青珊瑚，可憐王孫泣路隅。

〔二〕甲觀　漢書成帝紀：生甲觀畫堂。如淳曰：三輔黄圖云：太子宫有甲觀。師古曰：甲者，甲乙丙丁之次也。應氏以爲在宫之甲地，謬矣。

〔三〕新樂　天啓七年八月，上即位。上聖母劉貴妃爲孝純淵静慈順肅恭毗天鍾聖皇后，封孝純弟和陽衛正千户劉效祖爲新樂伯，劉繼祖授錦衣衛都指揮同知，姪劉文炳、劉文燿授錦衣衛指揮同知。

〔四〕丁年　李少卿答蘇武書：丁年奉使，皓首而歸。李善曰：丁年，謂丁壯之年。

〔五〕大廈　淮南子説林訓：大廈成而燕雀相賀。

〔六〕延秋　少陵哀王孫：長安城頭頭白烏，夜飛延秋門上呼。

〔七〕梨園　楊太真外傳：梨園法部所置，凡三十人，皆十五已下，於長生殿奏新曲。

其二

軟腳筵〔一〕開樂句〔二〕和，濯龍〔三〕吐鳳〔四〕客駢羅。雖無法部〔五〕仙音曲，也勝陰山敕勒歌①〔六〕。絲竹②凝③風腰鼓〔七〕急，釭花蕩影舞衫多。老夫苦憶平生④事，腸斷西遊趙李〔八〕過。

【校勘記】

①「陰山敕勒歌」，鄒本作「巴人下里歌」。②篋衍集作「管」。③金匱本作「迎」。④「平生」，牧齋詩鈔作「生平」。

【箋注】

〔一〕軟腳筵　新唐書楊國忠傳：帝臨幸，必徧五家，賞賚不訾計。出有賜，曰餞路，返有勞，曰軟腳。

〔二〕樂句　張端義貴耳集：韓愈、皇甫湜，一世龍門。牛僧孺攜所業謁之，其首篇説樂，韓見題，即掩卷而問曰：「且道拍板喚作甚？」牛曰：「樂句。」二公大稱賞之，因此名動京師。今之綽版也，見王元之詩。

〔三〕濯龍　後漢書馬后傳：馬太后過濯龍門上，見親戚車如流水馬如龍，甚不悦。

〔四〕吐鳳　葛洪西京雜記：楊雄著太玄經，夢吐鳳凰集玄之上。

〔五〕法部　樂府法曲：唐會要曰：文宗開成三年，改法曲爲仙韶曲。按：法曲起於唐，謂之法部。白居易傳曰：法曲雖似失雅音，蓋諸夏之聲也，故歷朝行焉。太常丞宋沇傳漢中王舊説曰：玄宗雖雅好度曲，然未嘗使蕃漢雜奏，天寶十三載，始詔道調法曲與胡部新聲合作，識者深異之。明年冬，而安禄山反。

〔六〕敕勒歌　樂府敕勒歌：樂府廣題曰：北齊神武攻周玉壁，士卒死者十四五，恚憤疾發，勉坐以安士衆，悉引諸貴，使斛律金唱敕勒歌，神武自和之。其歌本鮮卑語，易爲齊言，故其句長短不齊。

〔七〕腰鼓　樂府雜録：答鼓，即腰鼓也。

〔八〕趙李　阮嗣宗詠懷詩：平生少年時，輕薄好絃歌。西遊咸陽中，趙李相經過。

卷三

夏五集① 起庚寅五月，盡一年

歲庚寅之五月，訪伏波將軍於婺州。以②初一日渡羅刹江，自睦之婺，還憩於杭。往返將匝月，漫興口占，得七言長句三十餘首，題之曰夏五集。春秋書夏五，傳曰③：傳疑也。疑之而曰夏五，不成乎其爲月也。不成乎其爲月，則亦不成乎其爲詩。繫詩於夏五，所以成乎其爲疑也。易曰：或之者，疑之也。作詩者其有憂患乎？

【校勘記】

①鄒本題作「庚寅夏五集」，金匱本作「夏五詩集」。②凌本無「以」字。③鄒本、金匱本無「傳曰」二字。

早發七里灘

曈曈初旭〔一〕麗江干，淰淰〔二〕浮煙冪瀨灘。此地無風才七里，諺曰：無風七里，有風七十里。吾廬有日正三竿〔三〕。釣臺①〔四〕不爲沉灰改，丁水〔五〕猶餘折戟寒。欲哭西臺還未忍②，唳空朱噣響雲端。謝皋羽西臺慟哭記，即釣臺也。其招魂之詞曰：「化爲朱鳥兮，有噣焉食？」

【校勘記】

①「釣臺」，鄒本、金匱本作「釣壇」。②鄒本、金匱本作「得」。

【箋注】

〔一〕初旭　國風邶風匏有苦葉詩：旭日始旦。傳曰：大昕之時。正義曰：旭者，明著之名，故謂爲日出。昕者，明也，日未出已名爲昕矣，至日出益明，故言大昕也。

〔二〕浛浛　少陵放船詩：山雲浛浛寒。

〔三〕三竿　劉禹錫竹枝詞：日出三竿春霧消。

〔四〕釣臺　樂史寰宇記：嚴子陵釣壇，在桐廬縣南大江側，壇下連七里瀨。富陽縣赤亭里，即嚴子陵釣於此，有臺基存。

〔五〕丁水　杜牧睦州詩：疊嶂巧分丁字水。

五日釣臺舟中

緯繣〔一〕江山氣未開，扁舟〔二〕天地獨沿洄。空哀故鬼〔三〕投湘水〔四〕，誰伴新魂哭釣臺。五日纏絲〔五〕仍漢縷，三年〔六〕灼艾有秦灰。吴昌此際癡兒女，競渡〔七〕歡呶盡室①迴。

【校勘記】

①牧齋詩鈔作「日」。

【箋注】

〔一〕緯繣　離騷：忽緯繣其難遷。王逸曰：緯繣，乖戾也。

〔二〕扁舟　李商隱安定城樓詩：欲迴天地入扁舟。

〔三〕故鬼　左傳文公二年：吾見新鬼小，故鬼大。

〔四〕湘水　史記屈原傳：賈生爲長沙王傅，過湘水，投書以弔屈原。

〔五〕纏絲　吴均續齊諧記：漢建武中，長沙區曲白日忽見三閭大夫，謂曰：「聞君當見祭，但常年所遺，恒爲蛟龍所竊。今若有惠，當以楝葉塞其上，以彩絲纏之，此二物蛟龍所憚也。」曲依其言。今世人五月五日作粽，並帶楝葉及五花絲，皆汨羅水之遺風也。

〔六〕三年　孟子：求三年之艾。

〔七〕競渡　荆楚歲時記：五月五日競渡，俗爲屈原投汨羅日，傷其死所，故並命舟楫以拯之。

五日夜①泊睦州

客子那禁節物催，孤篷欲發轉徘徊。晨裝警罷誰驅去？暮角飄殘自悔來。千里江山殊故國，一坏〔一〕天地在西臺。遥憐弱女香閨裏，解潑蒲觴〔二〕祝我迴。

【校勘記】

①鄒本、金匱本無「夜」字。

【箋注】

〔一〕一坏　漢書張釋之傳：假令愚民取長陵一坏土，陛下且何以加其法乎？師古曰：坏，謂手掬之也。

〔二〕蒲觴　荆楚歲時記：五月五日謂之浴蘭節，採艾以爲人，懸門户上，以禳毒氣，以菖蒲或縷或屑以泛酒。

婺州懷古

礮車〔一〕猶並日車〔二〕紅，當道空傳一老熊〔三〕。謂故開府沛國公①。野鳥淒涼啼廢壘，纖兒〔四〕啁哳②笑行宫。開府謀改宋公署爲行宫，未就而罷，人多笑之。中天赤字〔五〕開皇③祖，皇④祖開省于婺，黄旗榜署，有山河日月之聯。午夜朱旗〔六〕閃越公。見宋太史⑤胡越公新廟碑。獨有鷗鷺如宿昔，雙溪〔七〕省識釣魚翁。

【校勘記】

①「沛國公」，鄒本、金匱本作「朱公」。　②鄒本、金匱本作「哳」。　③④鄒本、金匱本作「明」。

⑤「太史」，鄒本、金匱本作「公」。

【箋注】

〔一〕礮車　魏志袁紹傳：太祖發石車擊紹，樓皆破。紹衆號曰霹靂車。潘安仁閒居賦：礮石雷駭。李善曰：礮石，即今之抛石也。皆匹孝切。

〔二〕日車　莊子徐無鬼篇：若乘日之車而遊於襄城之野。

〔三〕老熊　北史王羆傳：神武遣韓軌、司馬子如襲羆，軌衆乘梯入城，羆袒身露髻徒跣，持一白棒，大呼而出，謂曰：「老羆當道卧，貉子那得過？」敵見驚退。

〔四〕纖兒　晉書陸納傳：納望闕嘆曰：「好家居，纖兒欲撞壞之耶？」

〔五〕赤字　劉辰國初事蹟：太祖克婺州，于城南豎大旗，上寫：山河奄有中華地，日月重開大統天。

〔六〕朱旗　宋景濂胡越公新廟碑：公既薨，敵人數擾我邊陲。公降祥異，或見夢于人，或覩靈火滿野，洶洶聞人馬聲。洎出師，輒大捷，似實有陰兵來助者。是則公之英魂烈爽，下上于星辰之間，固未嘗亡也。詩曰：維公顧綏，時著靈響。幽火東騖，鐵騎西上。赤幟一揮，無敵不殄。孰不生畏？孰不景仰？

〔七〕雙溪　大明一統志：雙溪在金華府城南，其源有二，一出東陽縣大盆山，一出處州縉雲縣，與東陽、義烏二溪合流，故名。

歸舟過嚴先生祠下留別

雙臺〔一〕離立釣魚壇①，香火〔二〕空江五月寒。林木〔三〕猶傳唐慟哭，皋羽記曰故人唐開府，謂宋爲唐也，故②從之。溪雲常護漢衣冠。蒼厓辣闥〔四〕春山老，白鳥褵褷〔五〕夏羽③殘。有約重來薦蘋藻，謹將心跡愬魚竿。

【校勘記】

①牧齋詩鈔作「灘」。②牧齋詩鈔作「今」。③鄒本、金匱本作「雨」。

【箋注】

〔一〕雙臺　祝穆方輿勝覽：釣臺在桐廬西南二十九里，東西二臺，各高數百丈。

〔二〕香火　潘德久題釣臺詩云：英雄陳迹千年在，香火空山萬木秋。

〔三〕林木　謝翱西臺慟哭記：有雲從西南來，渰浥浡鬱，氣薄林木，若相助以悲者。

〔四〕辣闥　項安世題釣臺絶句：辣闥山頭破草亭，只須此地了生平。崎嶇狹世纔伸足，又被劉郎賣作名。

〔五〕褵褷　韓偓訪虞部李郎中詩：門庭野水褵褷鷺，鄰里短牆咿喔鷄。

桐廬道中

定山①雲霧眇天涯，信宿廻舟興已賒。作客有詩頻削草〔二〕，涉江無事但尋花。蘭溪載花盈舟，越人笑之。蘭舟是處皆湘水，釣渚於今屬漢家。寄語②桐君〔三〕莫相笑，因君轉自愛蒹葭③。

【校勘記】

①「定山」，鄒本作「空山」。　②鄒本作「謝」。　③「蒹葭」，五大家詩鈔作「煙霞」。

【箋注】

〔一〕定山　樂史寰宇記：定山在錢塘縣西四十七里，突出浙江數百丈。又按郡國志云：濤至此輒抑聲，過此便雷吼霆怒。上有可避濤處，行者賴之，云是海神婦冢。謝靈運詩曰：朝發漁浦南，暮宿富春郭。定山霧杳杳，赤亭無淹泊。即此也。

〔二〕削草　漢書孔光傳：輒削草稿。

〔三〕桐君　皮日休元達上人種藥詩：藥名却笑桐君少。祝穆方輿勝覽曰：桐君山在嚴州，有人採藥結廬桐木下，指桐爲姓，故山得名。

留題湖舫二首①舫名不繫園

園以舟爲世所稀，舟名不繫〔一〕了無依。諸天宮殿隨身是，大地煙波瞥眼非。浄掃波心邀月駕〔二〕，平鋪水面展雲衣〔三〕。主人欲悟虛舟〔四〕理，只在紅粧與翠微。

【校勘記】

①鄒本、金匱本、凌本無「二首」二字。

【箋注】

〔一〕不繫　莊子列御寇篇：泛若不繫之舟。

〔二〕月駕　水經漾水注：秦岡山嶺紆曦軒，峯枉月駕。

〔三〕雲衣　少陵復愁詩：月生初學扇，雲細不成衣。

〔四〕虛舟　莊子山木篇：方舟而濟於河，有虛船來觸舟，雖有惼心之人不怒。

其二

湖上堤邊艤櫂〔一〕時，菱花〔二〕鏡裏去遲遲。分將小艇迎桃葉〔三〕，偏采新歌譜竹枝〔四〕。楊柳風流煙草在，杜鵑春恨夕陽知。憑闌莫漫多回首，水色山光〔五〕自古悲。

【箋注】

〔一〕艤櫂　漢書項籍傳：烏江亭長艤船待羽。服虔曰：艤，音蟻。如淳曰：南方人謂整船向岸曰艤。

〔二〕菱花　樂天湖上招客詩：慢牽好向湖心去，恰似菱花鏡上行。

〔三〕桃葉　樂府桃葉歌：桃葉復桃葉，渡江不用檝。但渡無所苦，我自迎接汝。古今樂録：桃葉，王子敬妾名也。緣於篤愛，所以歌之。

〔四〕竹枝　樂府：竹枝本出於巴渝，唐貞元中，劉禹錫在沅湘，以俚歌鄙陋，乃依騷人九歌作竹枝新辭九章，教里中兒歌之。由是盛於貞元、元和之間。楊維楨西湖竹枝詞序：予閒居西湖者七八年，與張貞居、郯九成輩爲唱和交，有竹枝之聲流布南北，屬和者無慮百家。道揚諷諭，古人之教廣矣。採風謡者，其可忽諸？

〔五〕水色山光　趙子昂岳王墳詩：莫向西湖歌此曲，水光山色不勝悲。

西湖雜感有序①

浪跡〔一〕山東，繫舟湖上。漏天〔二〕半雨，夏月②如秋。登登〔三〕版築，地斷吴根；攘攘煙塵，天分越角〔四〕。岳于雙表，緑字猶存。南北兩峯〔五〕，青霞如削。想湖山之佳麗③，數都會之繁華④。舊夢依然，新吾〔六〕安往？況復彼都人士，痛⑤絶黍禾〔七〕；今此下民，甘忘桑椹⑥〔八〕。侮食相矜，左⑦言〔九〕若性⑧。何以謂之，嘻其甚矣！昔者⑨南渡行都，憖遺南士⑩，西湖〔一〇〕隱跡，追抗西山。嗟地是而人非，忍憑今而弔古。叢殘長句，淒絶短章。酒闌燈灺，隔江唱越女〔一一〕之歌；風急雨淋，度峽下⑪巴人〔一二〕之淚。敬告同人，勿遺下體〔一三〕，敢附采風，聊資剪燭〔一四〕云爾。庚寅夏五，憩湖舫⑫凡六日，得詩二十首。是月晦日記於唐棲道中⑬。

【校勘記】

①鄒本、金匱本無「有序」二字。②牧齋詩鈔作「日」。③「佳麗」，鄒本、金匱本、合璧作「繁華」。④「繁華」，鄒本、金匱本、合璧作「佳麗」。⑤鄒本、金匱本作「感」。⑥「甘忘桑椹」，鄒本作「情深桑海」。⑦鄒本作「方」。⑧「況復彼都人士，痛絶黍禾；今此下民，甘忘桑椹。侮食相矜，左言若性」，五大家詩鈔作「況復彼都人士，感慨從前；今此下民，嬉遊茲日。春秋絲竹，晨夕笙歌」。⑨鄒本作「日」。⑩合璧作「市」。⑪合璧作「落」。⑫凌本作「航」。⑬合璧此句作「特倩梅村祭酒作圖以爲緣起」。

【箋注】

〔一〕浪跡　江文通雜體詩：浪迹無蚩妍。李善曰：戴逵栖林賦曰：浪迹潁湄，棲景箕岑。

〔二〕漏天　樂史寰宇記：邛都縣漏天，秋夏常雨，僰道有大漏天、小漏天。

〔三〕登登　大雅綿詩：築之登登。

〔四〕吳根越角　杜牧之樊川集昔事文皇帝詩：溪山侵越角，封壤盡吳根。

〔五〕南北峯　祝穆方輿勝覽：北高峯，在靈隱山後。南高峯，在南山石塢煙霞洞後。

〔六〕新吾　莊子田子方：雖忘乎故吾，吾有不忘者存。郭象曰：雖忘故吾，而新吾已至，未始非吾，吾何患焉？成玄英疏曰：雖失故吾，而新吾尚在，斯有不忘者存也。

〔七〕黍禾　史記宋微子世家：箕子朝周，過殷墟，感宮室毀壞生禾黍，欲哭則不可，欲泣爲其近婦人，乃作麥秀之詩以歌詠之。其詩曰：麥秀漸漸兮，禾黍油油，彼狡童兮，不與我好兮。

〔八〕桑椹　魯頌泮水詩：翩彼飛鴞，集於泮林。食我桑椹，懷我好音。箋云：鴞恆惡鳴，今來止於泮水之木上，食其桑椹。爲此之故，故改其鳴，歸就我以善音，喻人感於恩則化也。

〔九〕侮食左言　王元長三月三日曲水詩序：侮食來王，左言入侍。李善曰：漢書匈奴傳曰：壯者食肥美，老者食其餘，貴壯健，賤老弱也。古本作晦食。周書曰：東越侮食。揚雄蜀王本紀曰：蜀之先，人民椎髻左言。

〔一〇〕西湖　歐陽公歸田録：處士林逋居於杭州西湖之孤山。工書畫，善爲詩，爲士大夫所稱。自逋之卒，湖山寂寥，未有繼者。

〔一一〕越女　吳越春秋：采葛，越之婦人傷越王用心，乃作若何之歌曰：嘗膽不苦味若飴，令我采葛以作絲。

〔一二〕巴人　樂府巴東三峽歌：巴東三峽巫峽長，猿啼三聲淚沾裳。

〔三〕下體　國風谷風詩：采葑采菲，無以下體。

〔四〕剪燭　李商隱夜雨詩寄北作：何當共剪西窗燭，卻話巴山夜雨時。

板蕩〔一〕淒涼忍再聞，煙巒如赭〔二〕水如焚。白沙堤〔三〕下唐時草，鄂國墳〔四〕邊宋代雲。樹上黄鸝〔五〕今作友，枝頭杜宇〔六〕昔爲君。昆明劫〔七〕後鐘聲在，依戀湖山報夕曛。

【箋注】

〔一〕板蕩　劉孝標辨命論：自金行不競，天地板蕩。田汝成西湖遊覽志餘卷六題曰板蕩淒涼。

〔二〕如赭　史記始皇本紀：伐湘山樹，赭其山。東坡東湖詩：風物尤可慚，有山禿如赭。

〔三〕白沙堤　樂天錢塘湖春行詩：最愛湖東行不足，緑楊陰裏白沙堤。

〔四〕鄂國墳　陶九成輟耕録：岳武穆墓，在杭州棲霞嶺下，王之子雲祔焉。元初墳漸傾圮，江州岳士迪於王爲六世孫，與宜興州岳氏合力以起廢廟與寺，復完美。

〔五〕黄鸝　羅願爾雅翼：倉庚，齊人謂之摶黍，秦人謂之黄栗流，幽冀謂之黄鳥，一名黄鸝留，或謂之黄栗留，一名黄鶯。詩：伐木丁丁，鳥鳴嚶嚶。出自幽谷，遷于喬木。嚶其鳴矣，求其友聲。按禽經稱鶯鳴嚶嚶，則詩所言鳥殆謂此。故後人皆以鶯名之。黄鶯性好雙飛，故鸝字從麗。

〔六〕杜宇　李商隱井絡詩：堪嘆故君成杜宇，可能先主是真龍。

〔七〕昆明劫　三輔黄圖：武帝初，穿昆明池，得黑土。帝問東方朔，朔曰：「西域胡人知。」乃問胡人，胡人曰：「劫燒之餘灰也。」

其二

瀲灩〔一〕西湖水一方〔二〕，吴根越角兩茫茫。孤山〔三〕鶴去花如雪，葛嶺〔四〕鵑啼月似霜。油壁〔五〕輕車來北里，梨園〔六〕小部奏西廂〔七〕。而今縱會①空王〔八〕法，知是前塵〔九〕也斷腸。

【校勘記】

①合璧作「有」。

【箋注】

〔一〕瀲灩　東坡湖上絶句：水光瀲灔晴偏好，山色空濛雨亦奇。欲把西湖比西子，淡粧濃抹也相宜。

〔二〕一方　國風蒹葭詩：所謂伊人，在水一方。

〔三〕孤山　王象之輿地紀勝：孤山去錢塘舊治四里，湖中特立一峯，時人多留題。

〔四〕葛嶺　王象之輿地紀勝：葛塢，晏公類要云在靈隱山。圖經：在武林山，吴葛孝先偕葛洪居此。

〔五〕油壁　樂府蘇小小歌：我乘油壁車，郎乘青驄馬。何處結同心，西陵松柏下。

〔六〕梨園　楊太真外傳：小部者，梨園法部所置，凡三十人，皆十五以下。在長生殿奏新曲，未有名。會南海進荔枝，因以曲名荔枝香。

〔七〕西厢　茅元儀福堂寺貝餘：王元恪十三絶句大抵刺武廟之南巡，其一曰：賡歌千載盛明良，宸翰如今更煒煌。漫衍魚龍看未了，梨園新部出西厢。

〔八〕空王　觀佛三昧經：過去久遠，有佛出世，號曰空王。

〔九〕前塵　首楞嚴經：若分別性，離塵無體。斯則前塵，分別影事。長水疏曰：若離前塵，無此分別。足顯分別，宛是妄想。自性本無，屬於前塵，故可名爲分別影事。

其三

楊柳桃花應劫灰，殘鷗剩鴨觸舷①迴。鷹毛②占斷聽鶯樹〔一〕，馬矢③〔二〕平填放鶴臺〔三〕。北岸〔四〕奔騰潮又到，南枝〔五〕零落鬼空哀。争憐柳市高樓上，銀燭金盤博局〔六〕開。

【校勘記】

①合璧作「船」。　②「鷹毛」，五大家詩鈔作「綵舟」。　③「馬矢」，五大家詩鈔作「寶騎」。

【箋注】

〔一〕聽鶯樹　樂天寒食江畔詩：聞鶯樹下沈吟立。

〔二〕馬矢　左傳文公十八年：仲以君命召惠伯，殺而埋之馬矢之中。

〔三〕放鶴臺　沈括筆談：林逋隱孤山，蓄兩鶴。縱之則飛入雲霄，久之復入籠中。逋泛舟遊西湖諸寺，有客至則開籠縱鶴。逋即櫂小舟以歸，蓋嘗以鶴爲驗也。

〔四〕北岸　陶九成輟耕録：伯顏駐軍皋亭山，宋奉表及國璽以降。范文虎安營浙江沙滸，太皇太后望祝曰：「海若有靈，當使波濤大作，一洗而空之。」潮汐三日不至，軍馬宴然。天使之也。傳芳集：吴越王築捍海塘，繫箭射潮，詩曰：天分浙水應東溟，日夜波濤不暫停。千尺巨堤衝欲壞，萬人力禦勢難平。吴都地窄兵師廣，羅刹名高海衆獰。爲報龍神並水府，錢塘借我作錢城。

〔五〕南枝　陸容菽園雜記：嘗聞胡地草皆白色，惟王昭君葬處草青，故名青冢。朱温弑唐昭宗於椒蘭殿前，血漬地處，今生赤草。岳武穆墳，樹枝皆南向。前二事皆不可見，岳墳嘗往拜謁，南枝之樹乃親見焉。

〔六〕高樓博局　列子説符篇：虞氏者，梁之富人也。登高樓，臨大路，設樂陳酒，擊博樓上。俠客相隨而行，樓上博者射，明瓊張中，反兩㩉魚而笑，飛鳶適墜其腐鼠而中之。俠客相與言曰：「虞氏富樂久矣，乃辱我以腐鼠。請與若等戮力一志，必滅其家。」皆許諾。至期日之夜，積衆聚兵以攻虞氏，大滅其家。

其四

先王祠廟枕湖濆，墮淚〔一〕爭①看忠孝文。垂乳〔二〕尚傳天目識，射潮〔三〕猶②望水犀〔四〕軍。

千年肸蠁〔五〕然③陰火，盡日靈旗〔六〕卷暮雲。雙淚何辭濕階城〔七〕，羅平妖④鳥〔八〕正紛紜。

【校勘記】

①凌本作「曾」。　②鄒本、金匱本作「無」。　③鄒本作「傳」。　④鄒本、金匱本作「怪」。

【箋注】

〔一〕墮淚　東坡送表忠觀道士歸杭詩：墮淚行看會祠下，挂名争欲刻碑陰。

〔二〕垂乳　吴越備史：郭璞臨安地志云：天目山前兩乳長，龍飛鳳舞到錢塘。海門山起横爲案，五百年生異姓王。

〔三〕射潮　吴越備史：始築捍海塘，王因江濤衝激，命強弩以射濤頭，遂定其基。復建候潮、通江等城門。

〔四〕水犀　東坡觀潮詩：安得夫差水犀手，三千彊弩射潮低。

〔五〕肸蠁　左太沖蜀都賦：景福肸蠁而興作。

〔六〕靈旗　漢書郊祀志：以牡荆畫幡日月北斗登龍，以象太一三星，爲泰一鋒旗，命曰靈旗。

〔七〕階城　張平子西京賦：右平左城。薛綜曰：城，限也，謂階齒也。

〔八〕羅平鳥　吴越備史：董昌議立國號，倪德儒曰：「中和辰巳間，越中嘗有聖經云有羅平鳥主越人禍福，敬則福，慢則禍，於是民間悉圖其形以禱之。今觀大王署名，與當時鳥狀相類。」乃出圖示昌，昌欣然，遂以爲號。僭立之際，年月日時皆用卯，從妖言也。

其五

宰樹〔一〕豐碑〔二〕一水湄，金牌〔三〕終古事參差。于公被禍，亦有金牌迎立事①。欑宮〔四〕麥飯〔五〕無寒食，賜廟②〔六〕椒漿〔七〕有歲時。歌舞夢華〔八〕前代恨，英雄復漢③〔九〕後人思。青城〔一〇〕反覆如償博〔一一〕，只④恨幽蘭〔一二〕一燼遲⑤。

【校勘記】

①合璧無此注。②鄒本作「墓」。③鄒本、金匱本作「楚」。④金匱本作「莫」。⑤鄒本此兩句作「興亡今古如償博，可惜冬青緑滿枝」，五大家詩鈔作「英魂一樣纏喬樹，但異南枝與北枝」。

【箋注】

〔一〕宰樹　東坡潘推官母挽詞：暮雨連山宰樹春。

〔二〕豐碑　記檀弓：公室視豐碑。正義曰：豐，大也，謂用大木爲碑。

〔三〕金牌　土木之難，景皇帝監國，憲宗仍居儲位。即真後，廢爲沂王，立景帝子見濟爲皇太子，未幾卒，儲位久虚。英宗南還，景帝久疾不視朝，于公與羣臣屢疏奏立東宫，蓋請復憲宗也。羣小希富貴者，嚚議騰起，有白太后請金牌迎立襄王世子之論。南内復辟，徐有貞等嗾言官劾王文等迎立外藩，並陷于公，俱下詔獄。所司勘得金牌符敕見存禁中，別無徵。有貞、石亭言：「即無顯跡，意有之。」法司乃以意欲二字成獄辭。奏上，英宗曰：「于謙于社稷有大功。」有貞曰：「不殺謙，今日之事無名。」上意乃決。公與王文及都督范廣、太監王誠等俱被禍。

〔四〕欑宫　王明清揮麈前録：紹興初，昭慈聖獻皇后升遐，朝論欲建山陵，外祖曾公議以謂帝后陵寢今存伊洛，不日復中原，即歸祔矣，宜以欑宫爲名。僉以爲當，遂用之。

〔五〕麥飯　劉後村寒食詩：漢寢唐陵無麥飯，山蹊野徑有梨花。

〔六〕賜廟　湖山一覽録：旌功祠，故少保于肅愍公墓也，敕賜此祠，並春秋祀禮。陸容菽園雜記：成化二年，朝廷念于公之冤，遣行人諭祭，有「先帝已知其枉，而朕心實憐其忠」之語。鄉人爲立憐忠祠。弘治三年，又因言者之請，贈公太傅，謚肅愍，命有司立廟墓所，賜額旌忠。每歲春秋二祭，載在祀典。

〔七〕椒漿　屈原九歌：奠桂酒兮椒漿。崔塗屈原廟：獨醒人尚少，誰與奠椒漿？

〔八〕夢華　孟元老東京夢華録序：避地江左，暗想當年節物風流，但成悵恨。古人有夢遊華胥之國者，僕今追念，豈非華胥之夢覺哉？

〔九〕復漢　少陵謁先主廟詩：復漢留長策，中原仗老臣。

〔一〇〕青城　劉祁歸潛志：大梁城南五里號青城，乃金國初粘罕駐軍受宋二帝降處。當時后妃王族皆詣焉，因盡俘而北。天興末，二帝東遷，崔立以城降，北兵亦于青城下寨，而后妃内族復詣此地，多戮死，亦可怪也。

〔二〕償博　漢書陳遵傳：可以償博進矣。

〔三〕幽蘭　宇文懋昭大金國志：義宗傳位承麟之後，即閉閣自縊。遺言奉御絳山，使焚之，其自縊之所曰幽蘭軒。火方熾，子城陷。近侍皆走，獨絳山留，掇其餘燼，裹以敝衾，瘞於汝水之傍。

其六

昔叩于公拜緑章〔一〕，擬徵楛矢〔二〕靖①東②方。鴟夷〔三〕靈爽真如在，銅狄〔四〕災氛實告祥。地戛龍吟〔五〕翻水窟，天廻雷笑〔六〕閃湖光。殘燈仿佛朱衣語，夢斷潮聲夜殷牀〔七〕。萬曆己未歲，余肅謁于廟，以東事告哀。踰年，夢示靖康之兆，相抱慟哭。有祭廟文在初學集③。

【校勘記】

①鄒本、金匱本作「静」。　②鄒本作「諸」，金匱本作「遐」。　③鄒本、金匱本此注作「萬曆己未歲，余肅謁于廟，有祭廟文。」合璧無此注。

【箋注】

〔一〕緑章　李長吉有緑章封事詩，爲吴道士夜醮作。

〔二〕楛矢　家語：昔武王克商，肅慎氏貢楛矢，石砮，其長尺而咫。

〔三〕鴟夷　吴越春秋：子胥伏劍而死，吴王乃取子胥屍盛以鴟夷之器，投之江中，斷其頭置高樓上。越軍至吴，欲入胥門，望吴南城，見伍子胥頭巨若車輪，目若耀電，鬚髮四張，射於十里。越軍大懼。蠡、種肉袒拜謝，願乞假道。子胥乃與種、蠡夢曰：「吾知越之必入吴矣，故求置吾頭於南門以觀汝之破吴。吾心不忍，故爲風雨以還汝軍。然越之伐吴，自是天也。吾安能止哉？」

〔四〕銅狄　宋書五行志：魏明帝青龍中盛修宫室，西取長安金狄，承露槃折，聲聞數十里，金狄泣，於是因留霸城。此金失其性而爲異也。

〔五〕龍吟　馬融長笛賦：龍吟水中不見已。少陵灩澦詩：風雨時時龍一吟。

〔六〕電笑　白氏六帖：玉女投壺，天爲之笑則電。

〔七〕殷牀　少陵大雲寺贊公房詩：鐘殘仍殷牀。

其七

佛燈官燭古珠宫，二十年前兩寓公〔一〕。謂程夢陽、李長蘅。畫筆空濛山過雨，詩情淡蕩水微風。斷橋〔二〕春早波①吹緑，靈隱〔三〕秋深葉染紅。白鶴即看城郭是，歸來②華表〔四〕莫匆匆。

【校勘記】

①合璧作「苔」。②凌本作「家」。

【箋注】

〔一〕寓公　記郊特牲：諸侯不臣寓公。鄭氏曰：寓，寄也。

〔二〕斷橋　武林舊事：斷橋又名段家橋，萬柳如雲，望如裙帶。大明一統志：斷橋在西湖孤山側。

〔三〕靈隱　樂史寰宇記：靈隱山在錢塘縣西十五里，許由、葛洪皆隱此山，本號稽留山。今立寺焉。

〔四〕華表　續搜神記：遼東城門華表一日有白鶴歌曰：「有鳥有鳥丁令威，去家千歲今始歸。城郭猶是人民非，何不學仙冢纍纍？」

其八

西泠〔一〕雲樹六橋〔二〕東，月姊〔三〕曾聞下碧空。楊柳長條人綽約，桃花得氣句玲瓏。「桃花得氣美人中」，西泠佳句，爲孟陽所吟賞①。筆牀硯匣芳華裏，翠袖香車麗日中。今日一燈②方丈室〔四〕，散花〔五〕長侍浄名〔六〕翁。

【校勘記】

①牧齋詩鈔此注作「桃花得氣美人中，河東君句」，五大家詩鈔作「桃花得氣美人中，爲西泠佳句」。合璧無此注。②合璧作「來」。

【箋注】

〔一〕西泠　武林舊事：孤山路有西泠橋，又名西陵橋，又名西林橋，又名西村。

〔二〕六橋　武林舊事：元祐中，東坡守杭，築堤横截湖面，夾道雜植花柳，中爲六橋九亭。第一橋港通赤山教場，名映波。第二橋通赤山麥嶺路，名鎖瀾。第三橋通花家山港，名望山。第四橋通茆家步港，名壓堤。第五橋通麯院港，名東浦。第六橋通耿家步港，名跨虹。大明一統志：六橋在西湖蘇堤，曰映波、鎖瀾、望山、壓隄、東浦、跨虹，凡六。

〔三〕月姊　李商隱槿花詩：月裏寧無姊，雲中亦有君。

〔四〕方丈室　道誠釋氏要覽：唐顯慶年中，敕差外尉寺丞李義表前融州黄水令王玄策往西域充使至毗耶梨城東北四里許，維摩居士宅示疾之室，遺址疊石爲之。玄策躬以手板縱横量之，得十笏，故號方丈。

〔五〕散花　維摩詰經：時維摩詰室，有一天女，見諸大人，聞所説法，便現其身，即以天華散諸菩薩、大弟子上，華至諸菩薩即皆墮落，至大弟子便著不墮。

〔六〕浄名　僧肇注維摩經：維摩詰，秦言浄名也。

其九

堤走沙崩小劫移，桃花剺面柳攢眉。青山無復呼猿洞〔一〕，綠水都爲飲馬〔二〕池。鸚鵡改言從①韎鞨〔三〕，獮猴換舞學高麗②〔四〕。祇應鷲嶺峯〔五〕頭石，卻悔飛來竺國時。

【校勘記】

①金匱本作「重」。②鄒本此兩句作「善舞獮猴徒跳躉，能言鸚鵡亦支離」。

【箋注】

〔一〕呼猿洞　王象之輿地紀勝：呼猿洞，在武林山。有僧長嘯呼，猿即至。僧遵式白猿峯詩序云：西天僧慧理養白猿於靈隱寺，月明長嘯，清音滿室。裴休靈隱寺詩云：引水穿廊走，呼猿遶檻跳。

〔二〕飲馬　吴志甘寧傳注：江表傳曰：曹公出濡須，號步騎四十萬，臨江飲馬。孫子荆爲石仲容與孫皓書：思復翰飛，飲馬南海。

〔三〕韎鞨　洪皓松漠紀聞：女真即古肅慎氏國也，東漢謂之挹婁，元魏謂之勿吉，隋唐謂之韎鞨。

〔四〕高麗　新唐書楊再思傳：易之兄司禮少卿同休請公卿宴，酒酣戲曰：「公面似高麗。」再思欣然剪轂綴巾上，反披紫袍爲高麗舞。舉動合節，滿坐鄙笑。

〔五〕鷲嶺峯　東坡游靈隱寺詩：最愛靈隱飛來孤。施宿曰：十三州記：靈隱山青巖，晉咸和中有僧登之，嘆曰：「此是中天竺國靈鷲山之小嶺，不知何年飛來？」

其十

方袍〔一〕瀟灑角巾偏，纔上紅樓又畫船。修竹便娟〔二〕調鶴地，春風蘊藉養花天〔三〕。蝶過柳院①迎丹粉，鶯坐〔四〕桃蹊②候管絃。不③是承平好時節，湖山容易著神仙。

【校勘記】

①鄒本、金匱本作「苑」。②鄒本、金匱本作「堤」。③鄒本、金匱本作「可」。

【箋注】

〔一〕方袍　郝天挺鼓吹詩注：僧袈裟以方帛爲之，故曰方袍。

〔二〕便娟　楚辭東方朔七諫：便娟之修竹兮，寄生乎江潭。王逸曰：便娟，好貌。

〔三〕養花天　東坡次曹子方瑞香花詩：養花須晏陰。施宿曰：唐釋仲休花品：牡丹開月，多有輕陰微雨，謂之養花天。

〔四〕鶯坐　少陵遣悶呈路曹長詩：黄鶯並坐交愁濕，白鷺羣飛大劇乾。

其十一

匼匝湖山錦繡窠，腥①〔一〕風殺氣入偏多。夢兒亭〔二〕裏屯蛇豕②，教妓樓〔三〕前掣駱駝。粉蝶作灰猶似舞，黃鶯避彈不成歌。嘶風胡③馬中流飲，顧影相蹄④〔三〕怕緑波。

【校勘記】

①鄒本、金匱本作「血」。②「蛇豕」，鄒本、金匱本作「戈甲」。③凌本作「□」，鄒本作「渡」，金匱本作「朔」。④「相蹄」，鄒本、金匱本、牧齋詩鈔作「趍趄」，合璧作「分蹄」。

【箋注】

〔一〕夢兒亭　王象之輿地紀勝：夢兒亭在錢塘縣。按：謝靈運，晉時會稽人，世不宜子息，乃於錢塘杜明師舍寄養。時師夜夢東南有賢人相訪，及曉，靈運至，故有夢謝亭，亦曰客兒亭。

〔二〕教妓樓　白樂天餘杭形勝詩：夢兒亭古傳名謝，教妓樓新道姓蘇。

〔三〕相蹄　莊子馬蹄篇：怒則分背相踶。

其十二

豈獨湖山焚①突如〔一〕，珠林〔二〕寶網〔三〕亦丘墟。消沉幻泡②看金鯽〔四〕，六和塔池金鯽魚，滄浪、東坡詩所記也。池久涸不復存。警策浮生聽木魚〔五〕。藕孔〔六〕刀兵三劫〔七〕熾③，今説禪者皆波旬説，刀兵劫所種也④。蓮花刻漏〔八〕六時〔九〕疏。於今頂禮雲棲老，擁衛人天五百〔一〇〕餘。宗鏡開堂，余以彌陀疏抄一部爲施。此詩申言⑤之⑥。

【校勘記】

①鄒本作「笑」。②「幻泡」，鄒本、金匱本作「泡幻」。③合璧作「遲」。④凌本、合璧無此注。⑤凌本作「明」。⑥合璧無此注。

【箋注】

〔一〕突如　易離卦：突如其來如，焚如，死如，棄如。

〔二〕珠林　沈佺期遊少林寺詩：長歌遊寶地，徙倚對珠林。

〔三〕寶網　華嚴經入法界品：摩尼寶網，彌覆其上。

〔四〕金鯽　東坡復遊西湖詩：我識南屏金鯽魚，重來拊檻散齋餘。施宿曰：東坡志林云：舊讀蘇子美六和寺詩云：沿橋待金鯽，竟日獨遲留。初不喻此語，及爲錢塘倅，乃知寺後池中有此魚如金色也。昨日復游池上，投以餅餌，久之乃畧出，不食，復入，不可復見。

〔五〕木魚　東坡宿海會寺詩：木魚呼粥亮且清。施宿曰：劉斧摭遺：有一白衣問天竺長老曰：「僧舍悉懸木魚，何也？」答云：「用以警衆。」白衣曰：「必刻魚，有何因地？」長老不能答，遣僧問琅山悟卞師，師曰：「魚晝夜未嘗合目，亦欲修行者晝夜忘寐，思所以至於道也。」

〔六〕藕孔　觀佛三昧經：阿修羅王往攻帝釋，於虛空中有四刀輪自然而下，當阿修羅上，耳目手足，一時盡落。時阿修羅即便驚怖，遁走無處，入藕絲孔中。

〔七〕三劫　法苑珠林劫量篇：夫劫者，大小之内，各有三焉，大則水火風而爲災，小則刀饉疫以成害。

〔八〕蓮花漏　李肇國史補：越僧靈徹，得蓮花漏於廬山，傳江西觀察使韋丹。初，惠遠以山中不知更漏，乃取銅葉製器，狀如蓮花，置盆水之上，底孔漏水，半之則沉，每晝夜十二沉，爲行道之節。雖冬夏短長，雲陰月黑，亦無差者。慧皎高僧傳：遠有弟子慧要，亦解經律，而尤長巧思。山中無刻漏，乃於泉水中立十二葉芙蓉，因波流轉，以定十二時，晷景無差焉。

〔九〕六時　西域記：時極短者，謂刹那也。百二十刹那爲一呾刹那，六十呾刹那爲一臘縛，三十臘縛爲一牟呼栗多，五牟呼栗多爲一時，六時合成一日一夜。

〔一〇〕五百　傳燈録：道潛禪師，河中府人，姓武氏。初詣臨川謁浄慧。慧曰：「子向後有五百毳徒，而爲王侯所重。」後忠懿王命入府受菩薩戒，署慈化定慧禪師，建大伽藍，號曰永明，請居之。師坐永明大道場，常五百衆。

其十三

天地爲籠〔一〕信可哀，南屏〔二〕舊隱謫仙才。遺①廬尚有孤花在，弔客徒聞獨鶴迴。漬酒青𩌏褰宿莽②，題詩紅袖拂蒼③苔。草衣道人有詩弔太初，爲時所傳④。太平宰相曾招隱，矯首雲霞海上來。記費鉛山南屏訪太初事⑤。

【校勘記】

①合璧作「餘」。②合璧作「草」。③鄒本、金匱本作「荒」。④牧齋詩鈔此注作「草衣道人有詩弔太初」，合璧無此注。⑤合璧無此注。

【箋注】

〔一〕天地爲籠　莊子庚桑楚：一雀適羿，羿必得之，威也。以天下爲之籠，則雀無所逃。

〔二〕南屏　王元美藝苑巵言：孫太初寓居武林，費文憲罷相東歸，訪之。值其晝寢，孫故卧不起，久之乃出，又了不謝。送之及門，第矯首東望曰：「海上碧雲起，直接赤城，大奇大奇。」文憲出，謂馭者曰：「吾一生未嘗見此人。」

〔三〕獨鶴　張浩祭太白山人文：山人若鷄羣之鶴，獨立昂昂，將淩風以軒舉，聊斂翮而彷徨。蓋將結百年之知己，胡爲乎弔山人于草莽寂寞之場？

其十四

東海桑田〔一〕事豈誣？藏舟〔二〕夜壑本良圖。摸金〔三〕山欲移三竺〔四〕，蒸土〔五〕陂應決兩湖〔六〕。西湖有裏外湖，故云兩湖①。地媪〔七〕荒涼愁②竭澤〔八〕，波神刺促怨投珠〔九〕。不知繫纜江頭石〔一〇〕，曾見秦人築塞無？

【校勘記】

①合璧無此注。「故云兩湖」，鄒本、金匱本作「得云兩湖」。　②鄒本、金匱本作「憂」。

【箋注】

〔一〕桑田　葛洪神仙傳：麻姑自説接待以來，已見東海三爲桑田。

〔二〕藏舟　莊子大宗師篇：藏舟於壑，藏山於澤，可謂固矣。然而夜半有力者負之而趨，昧者不知也。

〔三〕摸金　陳孔璋爲袁紹檄操云：特置發丘中郎將、摸金校尉，所過隳突，無骸不露。周密癸辛雜識：至元二十二年乙酉八月，楊髡發陵之事，起於天長寺福僧聞號西山者，成於演福寺剡僧澤號雲夢者。初，天長乃魏憲靖王墳寺，聞欲媚楊髡，遂獻其寺。旋又發魏王冢，多得金玉，以此起發陵之想，澤一力贊成之。俾泰寧寺僧宗愷、宗允等，詐稱楊侍郎、汪安撫侵佔寺地，爲名告詞，出給文書，將帶河西僧及凶黨如沈照磨之徒，部令人夫發掘。時有中官陵使羅銑者，守陵不去，與之極力爭執，爲澤痛棰，脅之以刃，令人逐出，大哭而去。遂先啓寧宗、理宗、度宗、楊后四陵，劫取寶玉極多。惟理宗之陵所藏尤多。啓棺之初，有白氣亙天，蓋寶氣也。理宗之屍如生，其下皆籍以錦，錦之下承以竹絲細簟，一小廝攫取，擲地有聲，乃金絲所成。或云含珠有夜明者，乃倒縣其屍樹間，瀝取水銀。如此三日，竟失其首。或謂西番僧回回，其俗以得帝王髑髏可以厭勝致富，故盜去耳。事竟，羅陵使買棺製衣收斂，大慟垂絕，鄰里爲之感泣。是夕，聞西山皆有哭聲，凡晝夜不絶。至十一月，復發徽、欽、高、孝、光五帝陵，孟、韋、吴、謝四后陵。

〔四〕三竺　田汝成西湖遊覽志：下天竺寺坐靈鷲山麓，晉僧慧理建。中天竺寺在稽留峯北，隋開皇十七年僧寶掌建。上天竺寺晉天福間僧道翊結庵山中，得奇木，刻觀音大士像。吴越王夢感白衣人求緝其居，遂建天竺觀音看經院。

〔五〕蒸土　晉書載記：赫連勃勃以叱干阿利領將作大匠營起都城，阿利性殘忍，蒸土築城，錐入一寸，即殺作者而並築之。

〔六〕兩湖　西湖遊覽志：蘇公堤自南新路屬之北新路，横截湖中。宋元祐間，蘇子瞻守郡，濬湖而築之，自是湖分爲兩，西曰裏湖，東曰外湖。

〔七〕地媪　漢書禮樂志：郊祀歌：媪神蕃釐。李奇曰：媪神，地也。

〔八〕竭澤　記月令：毋竭川澤，毋漉陂池，毋焚山林。

〔九〕投珠　吕氏春秋八覽：宋桓司馬有寶珠，抵罪出亡。王使人問珠之所在，曰：「投之池中。」於是竭池而求之，無得，魚死焉。此言禍福之相及也。

〔一〇〕繫纜石　王象之輿地紀勝：武林山記云：自錢塘門至秦王纜船石，俗呼爲西石頭也。

其十五

冷泉〔一〕净寺〔二〕可憐生，雨血風毛〔三〕作隊行。羅刹江〔四〕邊人飼虎，女兒山〔五〕下鬼啼鶯。

漏穿夕塔煙烽焰①，飄瞥晨鐘鼓角聲。夜雨滴殘舟淅瀝，不須噩夢〔六〕也心驚。

【校勘記】

①鄒本、金匱本作「影」。

【箋注】

〔一〕冷泉　祝穆方輿勝覽：冷泉亭在飛來峯下，杭州刺史元藇建。

〔二〕淨寺　方輿勝覽：淨慈寺在暗門外湖上。周顯德年建，祥符改今名。寺有五百羅漢，各身高數尺，大數圍。又有大鐵鑊。

〔三〕雨血風毛　班孟堅西都賦：風毛雨血，灑野蔽天。

〔四〕羅刹江　王象之輿地紀勝：秦望山近東南，有大石崔嵬，横接江濤，商船海舶經此，多爲風浪所傾，因呼爲羅刹石，五代時爲沙所没。

〔五〕女兒山　樂史寰宇記：靈隱山南有一石，狀似人形，兩髻分明，俗謂之女兒山。

〔六〕噩夢　周禮春官宗伯：以日月星辰占六夢之吉凶，二曰噩夢。杜子春云：噩當爲驚愕之愕，謂驚愕而夢。

其十六

建業餘杭古帝丘〔一〕，六朝南渡盡風流。白公〔二〕妓可如安石，蘇小湖應並莫愁〔三〕。戎①

馬南來皆故國〔四〕，江山北望總神州〔五〕。行都宫闕荒煙裏，禾黍叢殘似石頭〔六〕。有人問建業，云「吴宫晉殿，亦是宋行都矣」。感此而賦②。

【校勘記】

①五大家詩鈔作「車」。②凌本、合璧無此注。

【箋注】

〔一〕帝丘　左傳襄公三十一年：衛遷於帝丘。杜預曰：古帝顓頊之墟，故曰帝丘。

〔二〕白公　樂天候仙亭同諸客醉詩：謝安山下空攜妓，柳惲洲邊只賦詩。争及湖亭今日會，嘲花詠水贈蛾眉。

〔三〕莫愁　應天府志：莫愁湖，在三山門外。

〔四〕故國　少陵出郭詩：故國猶兵馬，他鄉正鼓鼙。

〔五〕神州　世説輕詆篇：桓公登平乘樓，眺矚中原，慨然曰：「遂使神州陸沈，百年丘墟，王夷甫諸人不得不任其責。」

〔六〕石頭　樂史寰宇記：石頭城，楚威王滅越，置金陵邑，即此城也。後漢建安十七年，吴大帝乃加修理，改名石頭城，用貯軍糧器械。

其十七

珠衣寶髻燕湖濱〔一〕，翟茀貂蟬一樣新。南國元戎〔二〕皆使相〔三〕，上廳行首〔四〕作夫人〔五〕。

紅燈玉殿〔六〕催旌節，畫鼓金山〔七〕壓戰塵。粉黛至今驚毳帳①，可知豪傑不謀身。見周公謹、羅大經諸書，亦南渡西湖盛事②。

【校勘記】

①「毳帳」，鄒本作「夜帳」、五大家詩鈔作「戰伐」。　②合璧無此注。

【箋注】

〔一〕燕湖濱　宋史韓世忠傳：秦檜收三大將權，世忠上表乞骸，自此杜門謝客，絶口不言兵。時跨驢攜酒，縱飲西湖。平時將佐，罕得見其面。

〔二〕南國元戎　周密齊東野語：秦檜既主和議，懼諸將不從命，於是詔三大將入覲，問以克復之期。張、韓對曰：「前者提兵，直趨某地，請糧若干，率裁量不盡得。而退軍出，申請輒不報。常苦不能專力。」檜曰：「諸公今不過欲帶行一職事，足以誰何士大夫者，朝廷不靳也。」岳飛後至，意大畧同，而語加峻。檜領之。於是三樞密拜矣。三人累表辭謝，檜與上約，答詔視常時率遲留一二日。檜別下詔，三大屯皆改隸御前。三人以置銜漏挂兵權爲請，檜笑曰：「諸君知宣撫制置使乎？此邊官爾。諸公今爲樞庭官，顧不役屬耶？」三人悵悵而退，始悟失兵柄焉。

〔三〕使相　朱弁曲洧舊聞：凡以節度使兼中書令侍中同平章事，並謂之使相。唐制皆簽敕，五代以來，不預政事，敕尾存其銜而不簽，但注使字。漢初有假左丞相，曹參之徒悉嘗爲之，皆以將軍有功無以復賞，故假以宰相之名而不得居其位，是亦唐以來使相之比也。

〔四〕上廳行首　羅大經鶴林玉露：韓蘄王之夫人，京口娼也。嘗五更入府伺候賀朔，忽於廟柱下見一虎蹲卧，驚駭亟走出。已而人至者衆，復往視之，乃一卒也。因蹴之起，問其姓名，爲韓世忠。心異之，告其母，約爲夫婦。蘄王後立殊功，爲中興名將，遂封梁國夫人。蘄王嘗邀兀朮於黄天蕩，幾成擒矣，一夕鑿河遁去。夫人奏疏言世忠失機縱賊，乞加罪責。舉朝爲之動色。其明智英偉如此。

〔五〕夫人　茅元儀澄水帛：張浚有愛妾，錢塘妓張穠也。知書，浚文字穠皆典之。柘皋之役，浚書囑穠照管家事，穠報書引霍去病所云不問家事以堅浚之意。浚以其書繳進，高宗大喜，加封穠雍國夫人。今人皆知梁夫人，不知張夫人矣。又一小説云：一日諸大將之妻會湖上，皆翟衣佩玉。一書生窺之，則皆錢塘名妓。蓋諸將驟貴，各以其所歡正闔席耳。

〔六〕玉殿　宋史韓世忠傳：世忠妻梁氏及子亮，爲苗傅所質，朱勝非紿傅白太后，召梁氏入，封安國夫人，俾迓世忠，速其勤王。梁氏疾驅出城，一日夜會世忠於秀州。

〔七〕金山　宋史韓世忠傳：及金兵至，世忠軍已先屯焦山寺，約日大戰。梁夫人親執桴鼓，金人終不得渡。

其十八

冬青樹〔一〕老六陵秋，慟①哭遺民總②白頭。南渡衣冠非故國，西湖煙水是清流。早時朔漢翎彈怨〔二〕，它日居庸宇喚休〔三〕。白翎、杜宇，事具元史及草木子諸書。苦恨嬉春〔四〕楊鐵史，故宮詩句詠紅兜③。瞿佑詩話云：元廢宋故宮爲佛寺，西僧皆戴紅兜帽。故楊廉夫宋故宮詩用紅兜爲韻④。

【校勘記】

①合璧作「痛」。②合璧作「撫」。③鄒本此兩句作「苦恨嬉春鐵崖叟，錦兜詩報百年愁」，金匱本作「苦恨嬉春鐵崖叟，錦兜詩報故宮愁」，五大家詩鈔作「苦恨嬉春鐵崖叟，故宮詩句詠紅兜」。④鄒本、金匱本此注作「鐵崖嬉春詩，用錦兜押韻」。合璧無此注。

【箋注】

〔一〕冬青樹　金華張孟兼唐珏傳：珏，字玉潛，會稽人。至元戊寅，浮屠總統楊璉真伽利宋殯宮金玉，發之。珏獨懷痛憤，陰召諸惡少夜往收貯遺骸，瘞蘭亭山後，上種冬青樹爲識。翱與珏友善，爲作冬青樹引，讀者莫不灑泣。陶九成輟耕録：王筠菴示余唐義士傳，蓋雲溪羅先生所撰也，及見遂昌鄭明德所書林義士事蹟，有五詩，與前所録微不同。而詩中有雙匣字，則是收兩陵之骨，得非林義士詩，而羅雲溪以傳者之誤，而寫入傳中乎？但曰「移宋常朝殿冬青植所函土上而作冬青詩」，則會稽去杭，止隔一水，或者可以致之。若夫東、嘉相望千餘里，豈能容易持去？縱持去，又豈能不枯瘁耶？審如是，則又疑是唐義士詩矣。且葬骨一事，豈唐方起謀時，林已先得高、孝兩陵骨耶？抑得所易之骨耶？或各行其所志，不必知會，理固有之矣。

〔二〕翎彈怨　楊鐵崖宫詞：開國遺音樂府傳，白翎飛上十三絃。大金優諫關卿在，伊尹扶湯進劇編。

〔三〕宇唤休　葉奇草木子：至正十九年，元京子規啼。昔邵康節在洛陽天津橋聞之，已知宋室將亂，況元京視洛陽尤遠，非南方之鳥所至，地氣自南而北，又符康節天下將亂之語，豈非天數也哉？

〔四〕嬉春　顧阿瑛曰：鐵崖嬉春體，即以老杜「江上誰家桃李枝，春寒細雨出疏籬」爲新體也。先生自謂元代之詩人爲宋體所梏，故作此詩變之。

其十九

東風依舊起青蘋〔一〕，不爲紅①梅瀞北塵②。鼓篋③〔二〕儒生陳④玉曆〔三〕，開堂〔四〕禪子祝金輪〔五〕。青衣苦效侏離〔六〕語，紅粉欣看回鶻〔七〕人。他日西湖志風土，故應獨少宋遺民⑤。

【校勘記】

①金匱本作「江」。②鄒本此兩句作「茫茫禹跡有風塵，最喜杭州土俗淳」，牧齋詩鈔作「東風依舊起青蘋，最喜杭州土俗淳」。③「鼓篋」，鄒本作「閉户」。④鄒本、金匱本作「推」。⑤鄒本此兩句作「底事兩朝崇少保，高墳綽楔尚嶙峋。」

【箋注】

〔一〕青蘋　宋玉風賦：起於青蘋之末。

〔二〕鼓篋　記學記：入學鼓篋，孫其業也。鄭氏曰：鼓篋，擊鼓警衆，乃發篋出所治經業也。莊子人間世：鼓策播精，足以食十人。陸德明音義：崔云：鼓篋，揲蓍鑽龜也。

〔三〕玉曆　文獻通考：玉曆通政經三卷，陳氏曰：李淳風撰。亦天文占也。唐志無之。

〔四〕開堂　東坡夜至永樂文長老院詩：病不開堂道益尊。

〔五〕金輪　道宣續高僧傳：奘師謝表：玉毫降質，金輪御天。

〔六〕侏離　後漢書南蠻傳：衣裳斑蘭，言語侏離。臣賢曰：侏離，蠻夷語聲也。

〔七〕回鶻　新唐書回鶻傳：德宗御延喜門見回紇使者，是時可汗上書恭甚，請易回紇曰回鶻，言捷鷙猶鶻然。

其二十

罨畫〔一〕西湖面目非，峯巒側墮水争飛。雲莊〔二〕歷亂青荷老①，月地〔三〕傾頹金粟稀②。鶯斷音短③麯裳思舊樹，鶴髠丹頂悔初衣。今愁古恨誰銷得？只合騰騰放櫂歸④。

【校勘記】

①「青荷老」，鄒本、金匱本作「荷花盡」。②「金粟稀」，凌本作「金粟非」，鄒本作「桂子稀」。

③鄒本、金匱本無此注。④合璧末有「牧齋錢謙益初藁，并書於紅豆山莊之東榮」一句。

【箋注】

〔一〕罨畫　張師正倦遊録：罨畫，乃今之生色也。

〔二〕雲莊　東坡玉津園詩：斜陽寂歷鎖雲莊。

〔三〕月地　樂天桂華曲：月中若有閒田地，何不中央種兩株？

東歸漫興六首

經旬悔別絳雲樓，衣帶真成日緩〔一〕憂。入夢數驚嬌女大，看囊〔二〕長替老妻愁。碧香茗葉青磁〔三〕碗，紅爛楊梅白定〔四〕甌。此福天公知吝與，緑章〔五〕陳乞莫悠悠。

【箋注】

〔一〕日緩　古詩：相去日以遠，衣帶日以緩。

〔二〕看囊　少陵空囊詩：囊空恐羞澁，留得一錢看。

〔三〕青磁　曹昭格古要論：磁好者與定相類，但無淚痕，亦有劃花素者，價低於定器。

〔四〕白定　格古要論：古定器，土脈細，色白而滋潤者貴，外有淚痕者是真，劃花最佳，素者亦好，繡花者次之。宣和、政和間窯最好。

〔五〕緑章　元遺山步虚詞：緑章封事謝昇平。

其二

警枕〔一〕殘燈對小舟，闇將心曲語江流。昔遊歷歷歸青史，老眼明明貫白頭。鳩聚鵲喧〔二〕憑博局，龍拏虎擲①〔三〕倚神謀。長年〔四〕似與更籌約，啼絕荒鷄〔五〕發櫂謳。

【校勘記】

①金匱本作「攫」。

【箋注】

〔一〕警枕　程大昌續演繁露：吳越王在軍中，夜未嘗寢，倦極則就圓木小枕，或枕大鈴寐，熟則欹而寤，名曰警枕。

〔二〕鳩聚鵲喧　羅隱題潤州妙善寺前石羊詩：還有市廛沽酒客，雀喧鳩聚話蹄涔。

〔三〕龍拏虎擲　元遺山楚漢戰處詩：虎擲龍拏不兩存，當年曾此賭乾坤。

〔四〕長年　少陵夔州歌：長年三老長歌裏，白晝攤錢高浪中。陸游入蜀記：長讀如長幼之長，長年三老，梢工是也。

〔五〕荒鷄　焦氏説楛：鷄鳴不時爲荒鷄。

其三

棨戟〔一〕森嚴禮數寬，轅門〔二〕風静鼓聲寒。據鞍老將三遺矢〔三〕，分閫元戎一彈丸〔四〕。戲海魚龍呈變怪，燈①山〔五〕煙火報平安。腐儒篋有英雄傳，細雨孤舟永夜看。

【校勘記】

①鄒本、金匱本作「登」。

【箋注】

〔一〕棨戟　漢書杜詩傳：世祖召見，賜以棨戟。漢雜事曰：漢制，假棨戟以代斧鉞。崔豹古今注曰：棨戟，前驅之器也。以木爲之，後代刻僞，無復典刑，以赤油韜之，亦謂之油戟，亦曰棨戟。王公已下，通用之以前驅也。

〔二〕轅門　周禮天官冢宰：設車宮轅門。鄭玄曰：次車以爲藩，則仰車以其轅表門。

〔三〕三遺矢　史記廉頗傳：趙王使使者視廉頗尚可用否，郭開多與使者金，令毀之。使者既見廉頗，頗爲之一飯斗米，肉十斤，被甲上馬，以示尚可用。趙使還報王曰：「廉將軍雖老，尚善飯。然與臣坐，頃之三遺矢矣。」王以爲老，遂不召。

〔四〕一彈丸　庾子山哀江南賦：地惟黑子，城猶彈丸。

〔五〕戲海燈山　東京夢華録：元宵絞縛山棚，奇術異能，鱗鱗相切。更有猴呈百戲，魚跳刀門。面北悉以綵結山鬱，上皆畫神仙故事。横列三門，左右門上各以草把縛成戲龍之狀，用青幕遮籠，草上密置燈燭數萬盞，望之蜿蜒如雙龍飛走。通鑑隋紀：初，齊温公之世，有魚龍山車等戲，謂之散樂。

其四

林木池魚〔一〕灰燼寒，鴛湖〔二〕恨水〔三〕去漫漫。西華葛帔仍梁代，南史：任昉子西華流離不能自振，冬月著葛帔練裙。東市〔四〕朝衣尚漢官。白鶴歸無表柱①，金鷄〔五〕旋放少綸竿。招魂倘有巫陽〔六〕在，歷歷殘棋忍重看②。過南湖，望勺園，悼延陵君〔七〕而作。其子貧薄，故有任西華之嘆③。

【校勘記】

①「表柱」，鄒本、金匱本作「石表」。②鄒本此兩句作「舊棋解覆惟王粲，東閣西園一罫看」。③牧齋詩鈔無「其子貧薄，故有任西華之嘆」十一字。

【箋注】

〔一〕林木池魚　通鑑梁紀：東魏使軍司杜弼作檄移梁朝曰：侯景自生猜貳，遠託關隴，依憑姦僞，使其勢得容姦，時堪乘便，則必自據淮南，亦欲稱帝。但恐楚國亡猨，禍延林木。城門失火，殃及池魚。其後梁室禍敗，皆如弼言。廣韻池字注曰：有池仲魚，城門失火，仲魚燒死。故諺曰：城門失火，殃及池魚。五色線：火禍池魚。風俗通：城門失火，禍及池魚。案百家書曰：宋城門失火，因汲水以沃之，池水空竭，魚悉露死。喻惡之滋並中傷善良也。

〔二〕鴛湖　王象之輿地紀勝：鴛鴦湖在嘉興郡南，湖多鴛鴦，故以此爲名。

〔三〕恨水　少陵題鄭十八著作丈詩：第五橋東流恨水。

〔四〕東市　史記晁錯傳：上令錯衣朝衣斬東市。

〔五〕金鷄　五色線：晉書天文志：金鷄星見，必有大赦。自後京師肆赦，必立金鷄竿。

〔六〕巫陽　宋玉招魂：帝告巫陽曰：有人在下，我欲輔之。魂魄離散，汝筮予之。

〔七〕延陵子　勺園，吴來之之園也，故有延陵子之嘆。

其五

水跡雲蹤少滯留，拖煙抹雨一歸舟。雖無桃葉迎雙槳，婦囑買婢不得。恰有蘭花①載兩頭。古錦②裹將唐百衲〔一〕，買得張老頌琴〔二〕，蓋唐斲③也。行宫拾得宋羅睺〔三〕。宋景靈宫以七夕設摩睺羅，今市上猶鬻之。孺人稚子相勞苦，一握〔四〕歡聲萬事休。

【校勘記】

①江左三大家詩鈔作「香」。　②江左三大家詩鈔作「鏡」。　③凌本作「製」。

【箋注】

〔一〕百衲　劉賓客嘉話録：李汧公勉取桐絲之精者雜綴爲之，謂之百衲琴。

〔二〕頌琴　左傳襄公二年注：杜預曰：頌琴，琴名，猶言雅琴。

〔三〕羅睺　武林舊事：七夕前，修内司例進摩睺羅十桌，每桌三十枚，大者至高三尺，或用象牙雕鏤，或用龍涎佛手香製造，悉用鏤金珠翠。衣帽、金錢、釵鋜、佩環、真珠、頭髮及手中所執戲具，皆七寶爲之，各護以五色鏤金紗廚。制闔貴臣及京府等處，至有鑄金爲貢者。

〔四〕一握　易萃卦：初六，一握爲笑。

其六

不因落薄滯江干，那得歸來盡室歡？巷口家人呼解帶〔一〕，牆頭鄰①姥問加餐〔二〕。候門〔三〕栗里天將晚，秉燭〔四〕羌村夜向闌。簷鵲噪〔五〕乾燈穗結②，笑憑兒女話團圞〔六〕。

【校勘記】

①江左三大家詩鈔作「老」。②「穗結」，江左三大家詩鈔作「未絶」。

【箋注】

〔一〕解帶　世説文學篇：王逸少披襟解帶，流連不能已。

〔二〕加餐　古詩：努力加餐飯。

〔三〕候門　淵明歸去來辭：僮僕歡迎，稚子候門。

〔四〕秉燭　少陵羌村詩：鄰人滿牆頭，感嘆亦歔欷。夜闌更秉燭，相對如夢寐。

〔五〕鵲噪　葛洪西京雜記：燈火花得錢財，乾鵲噪而行人至。

〔六〕團圞　龐居士語録：有男不婚，有女不嫁。大家團圞頭，共説無生話。

感嘆勺園再作

曲池高館望中賒，燈火迎門笑語譁。今舊人情都論雨〔一〕，暮朝天意①總如霞〔二〕。園荒金谷〔三〕花無主，巷改烏衣〔四〕燕少家。惆悵夷門〔五〕老賓客，停舟應不是天涯。

【校勘記】

①牧齋詩鈔作「氣」。

【箋注】

〔一〕今舊雨　少陵秋述：杜子卧病長安旅次，多雨生魚，青苔生榻。常時車馬之客，舊雨來，今雨不來。

〔二〕暮朝霞　范石湖占雨詩：朝霞不出門，暮霞行千里。我豈知天道，吴農諺云爾。

〔三〕金谷　緑珠傳：石崇有别廬在河南金谷澗。澗中有金水，自太白源來。崇即川阜製園館。

〔四〕烏衣　劉禹錫烏衣巷詩：朱雀橋邊野草花，烏衣巷口夕陽斜。舊來王謝堂前燕，飛入尋常百姓家。

〔五〕夷門　史記魏公子傳：公子從車騎，虚左，自迎夷門侯生坐上坐，徧贊賓客，賓客皆驚。

麥歸以酒炙餉韓兄古洲口占爲侑

好事〔一〕何人問子雲，一甘〔二〕逸少與誰分？酒甜差可稱懽伯①〔三〕，炙美真堪遺細君〔四〕。大嚼〔五〕底②須回白首，淺斟〔六〕猶憶醉紅裙。兄高年，好談風懷舊事。晴③窗飯罷摩雙眼，硬紙〔七〕黄庭向夕曛。兄家藏楊、許黄庭楷書，日橅數紙。

【校勘記】

①鄒本此句作「酒甜未許輸香蜜」。 ②鄒本作「可」。 ③鄒本作「暗」。

【箋注】

〔一〕好事　漢書揚雄傳：時有好事者，載酒肴從游學。

〔二〕一甘　晉書王羲之傳：率諸子，抱弱孫。有一味之甘，割而分之，以娱目前。

〔三〕懽伯　焦氏易林：坎卦之兑：酒爲歡伯，除憂來樂。

〔四〕細君　漢書東方朔傳：歸遺細君，又何仁也？

〔五〕大嚼　曹子建與吴季重書：過屠門而大嚼，雖不得肉，貴且快意。

〔六〕淺斟　東坡和張郎中春晝詩：淺斟杯酒紅生頰。胡仔苕溪漁隱叢話：陶穀買得党太尉故姬，命掃雪烹茶，謂曰：「党家有此風味乎？」姬曰：「彼麄人，但知銷金帳内淺斟低唱，飲羊羔酒耳。」

〔七〕硬紙　東坡和秦觀見贈詩：硬黄小字臨黄庭。施宿曰：唐法帖用硬黄紙臨。

書夏五集後示河東君

帽簷〔一〕欹側漉囊〔二〕新，乞食〔三〕吹簫笑此身。南國今年仍甲子，西臺昔日亦庚寅。皋羽西臺慟哭，亦庚寅歲也①。聞鷄〔四〕伴侣知誰是，畫虎〔五〕英雄恐①未真。詩卷叢②殘芒角在，緑窗剪燭與君論。

【校勘記】

①牧齋詩鈔作「總」。　②過日集作「業」。

【箋注】

〔一〕帽簷　李商隱代官妓贈兩從事詩：舊主江邊側帽簷。

〔二〕漉囊　翻譯名義集：漉囊，此云濾水羅。會正記云：西方用上白氎，東夏宜將密絹。若是生絹，小蟲直過，可取熟絹四尺，捉邊長挽兩頭刺著，即是羅樣。兩角施帶，兩畔直怐（音寇，似鼎鉉也）。中安横杖尺六，兩邊繫柱，下以盆承。傾水時，罐底須入羅内，如其不爾，蟲隨水落，墮地墮盆，還不免殺。僧祇蟲細者三重漉，毘尼母應作二重漉水囊，若猶有應作三重。不得夾作，恐中間有蟲難出。當各作捲，逐重覆却，方護生也。

〔三〕乞食　御覽：春秋後語曰：伍子胥橐載而出昭關，夜行晝伏，無以糊其口，鼓腹吹簫，乞食于吴市。

〔四〕聞鷄　晉書祖逖傳：逖與劉琨同寢，中夜聞荒鷄鳴，蹴琨覺，曰：「此非惡聲也。」因起舞。

〔五〕畫虎　後漢書馬援傳：效季良不得，陷爲天下輕薄子，所謂畫虎不成反類狗者也。

卷四

絳雲餘燼集① 起辛卯，盡一年

湖上送孟君歸甘州二首

刮面寒風掠鬢絲，湖干尊酒不堪持。豈應滄海揚塵〔一〕日，重話蓬萊獻賦〔二〕時。君好談余制舉文字，故及之②。玉笥〔三〕班行空點鬼〔四〕，金甌〔五〕將相總輿尸〔六〕。靈光〔七〕一老頭如雪，映帶麻衣〔八〕泣路歧。

【校勘記】

①「絳雲餘燼集」，鄒本、金匱本作「絳雲餘燼集上」。②牧齋詩鈔無「故及之」三字。

【箋注】

〔一〕揚塵　葛洪神仙傳：方平曰：「聖人皆言海中行復揚塵也。」

〔二〕獻賦　少陵莫相疑行：憶獻三賦蓬萊宮，自怪一日聲輝赫。

〔三〕玉笥　孫光憲北夢瑣言：唐末朝士中有人物者，時號玉笥班。

〔四〕點鬼　張鷟朝野僉載：世稱王楊盧駱，楊之爲文，好以古人姓名連用，如張平子之畧談，陸士衡之所記，潘安仁宜其陋矣，仲長統何足知之，號爲點鬼簿。

〔五〕金甌　唐語林：玄宗將命相，皆先以御札書其名于案上。會太子入侍，上以金甌覆其名以告之：「此宰相名也，汝庸知其誰？射中，賜若巵酒。」肅宗曰：「非崔琳、盧從愿乎？」上曰：「然。」因舉甌以示。是時琳、愿皆有宰相望，上倚爲相者數矣，竟以宗族繁盛，附託者衆，不能用之。

〔六〕輿尸　易師卦：六三，師或輿尸，凶。

〔七〕靈光　庾子山哀江南賦：況復零落將盡，靈光巋然。

〔八〕麻衣　國風蜉蝣詩：麻衣如雪。

其二

才歌伐木〔一〕又驪駒〔二〕，執手懵騰雜涕洟〔三〕。奔赴見星〔四〕仍漢法，送歸臨水〔五〕亦湘纍〔六〕。别筵忍唱甘州曲〔七〕，故國誰看原廟〔八〕碑？爲我因風謝高掌〔九〕，莫隨河曲漫遷移。

【箋注】

〔一〕伐木　小雅伐木詩序：伐木，燕朋友故舊也。

〔二〕驪駒　漢書儒林列傳：歌驪駒。服虔曰：逸詩篇名也，見大戴禮。客欲去，歌之。文穎曰：其辭曰：驪駒在門，僕夫具存。驪駒在路，僕夫整駕。

〔三〕涕洟　記檀弓：垂涕洟。音義曰：自目曰涕，自鼻曰洟。

〔四〕見星　記奔喪：唯父母之喪見星而行，見星而舍。

〔五〕臨水　宋玉九辯：登山臨水兮送將歸。

〔六〕湘纍　揚雄反騷：欽弔楚之湘纍。李奇曰：諸不以罪死曰纍。屈原赴湘死，故曰湘纍也。

〔七〕甘州曲　大唐傳載：天寶中，樂章多以邊地爲名，若涼州、甘州、伊州之類是焉。其曲遍繁聲，名入破。後其地盡爲西蕃所没破，其兆矣。

〔八〕原廟　三輔黄圖：孝惠更于渭北建高帝廟，謂之原廟。

〔九〕高掌　張平子西京賦：綴以二華，巨靈贔屓，高掌遠蹠，以流河曲，厥跡猶存。

故司禮盧太監①盧舊官司禮，神宗時屬鄭貴妃名下。今管織造于杭②

列曜③由來帝座旁，星移斗轉卻輝煌。每餐絳雪〔一〕朝金母〔二〕，曾捧紅雲侍玉皇〔三〕。西北筐筐新組織，東南杼軸舊輸將〔四〕。知君補衮〔五〕心千縷④，并與山龍〔六〕貢尚方。

【校勘記】

①詩品、江左三大家詩鈔題作「故司理羅太監」。　②凌本無此注。詩品作「管織造於杭」，江左

三大家詩鈔作「羅舊官司禮，萬曆時屬鄭貴妃名下。今管織造于杭」。③鄒本、金匱本作「宿」。④鄒本作「里」。

【箋注】

〔一〕絳雪　漢武内傳：仙之上藥有玄霜絳雪。

〔二〕金母　真誥甄命授：漢初有四五小兒畫地戲，一兒歌曰：「著青裙，入天門。揖金母，拜木公。」時人莫知，惟張子房往拜之，乃東王公之玉童也。金母者，西王母也。木公者，東王公也。

〔三〕玉皇　東坡上元侍宴詩：一朵紅雲捧玉皇。

〔四〕輸將　漢書晁錯傳：輸將之費益寡。如淳曰：將，送也。

〔五〕補袞　大雅烝民詩：袞職有闕，維仲山甫補之。

〔六〕山龍　説苑修文篇：士服黻，大夫黼，諸侯火，天子山龍。

方庵詩爲心閑①長老作

方庵云何方？將無與圓耦。方庵如方器〔一〕，方空體非有。見方復見空，方空相雜蹂。譬如眼中②華，發青③瞪視久。方庵空堂宇，方器空尊卣。方以大小別，空有舒縮否？又如隙中人，窺日在户牖。築牆限虚空，虚空了不受。方器規作圓，圓方不相守。空體無方隅，逐彼方圓走。方空定何方？圓空向誰取？方空與圓空，天眼豈能剖？大地浮空水，浮沉判高厚。人生玄黄〔二〕中，方圓互擊掊。顛倒生分別，鼠穴〔三〕銜窶藪。佛言頻伽瓶〔四〕，塞空擊以手。持空餉遠國，攜取還相扣。貯空豈非愚？顛倒徒抖擻。瓶空一切空，君其問瓶口。我作方庵詩，用告方庵叟。無將大虚空，迷方〔五〕貯瓶缶。

【校勘記】

①鄒本作「函」。　②江左三大家詩鈔作「前」。　③鄒本、金匱本作「旹」。

【箋注】

〔一〕方器　首楞嚴經：佛告阿難：一切世間大小内外諸所事業，各屬前塵，不應説言見有舒縮。譬如方器，中見方空。吾復問汝：此方器中所見方空，爲復定方？爲不定方？若定方者，别安圓器空應不圓，若不定者，在方器中應無方空。汝言不知斯義所在，義性如是，云何爲在。阿難！若復欲令入無方圓，但除器方，空體無方，不應説言更除虚空方相所在。若如汝問，入室之時，縮見令小，仰觀日時，汝豈挽見齊於日面？若築牆宇能夾見斷，穿爲小竇寧無竇迹？是義不然。一切衆生，從無始來，迷己爲物，失於本心，爲物所轉，故於是中觀大觀小；若能轉物，則同如來，身心圓明不動道場，於一毛端遍能含受十方國土。

〔二〕玄黄　揚子雲劇秦美新：玄黄剖判，上下相嘔。李善曰：言天地既開，玄黄分判，故天地上下相與嘔養萬物也。易曰：天玄而地黄。

〔三〕鼠穴　漢書楊惲傳：真人所謂鼠不容穴銜窶數者也。師古曰：窶數，戴器也。

〔四〕頻伽瓶　首楞嚴經：譬如有人取頻伽瓶，塞其兩孔，滿中擎空，千里遠行，用餉他國，識陰當知亦復如是。

〔五〕迷方　少陵遠遊詩：賤子何人記？迷方著處家。

讀梅村宮詹豔詩有感書後四首有序①

余觀楊孟載論李義山無題詩，以爲②音調清婉，雖極其③穠麗，皆託於臣不忘君之意，因以深悟④風人之指⑤。若韓致堯⑥遭唐末造，流離閩越，縱浪香奩，蓋⑦亦起興比物，申⑧寫託寄，非猶夫小夫浪子沈湎流連之云也。頃讀梅村宮詹豔體詩，見其聲律妍秀，風懷惻愴，於歌禾賦麥之時，爲題柳看桃⑨之句。傍徨吟賞，竊有義山、致堯⑩之遺感焉。雨窗無俚⑪〔一〕，援筆屬和，秋蛩寒蟬，吟噪啁哳，豈堪與間關〔二〕上下〔三〕之音希風說響乎？河上之歌〔四〕，聽者將同病相憐。抑或以爲同牀各夢〔五〕，而輾然⑫一笑也。時歲在庚寅玄冥之小月二十有五日⑬。

【校勘記】

①凌本無「有序」二字。②凌本作「謂」。③鄒本、金匱本無「其」字。④「深悟」，鄒本作

「笑語」。⑤鄒本、金匱本作「旨」。⑥詩品作「光」。⑦鄒本、金匱本無「蓋」字。⑧鄒本作「中」。⑨鄒本、金匱本作「花」。⑩金匱本作「光」。⑪鄒本、金匱本作「侶」。⑫鄒本、金匱本作「爾」。⑬「小月二十有五日」，鄒本、金匱本作「小春十五日」。

【箋注】

〔一〕無俚　漢書季布傳贊：其畫無俚之至耳。晉灼曰：揚雄方言曰：俚，聊也。許慎曰：賴也。此爲其計畫無所聊賴。

〔二〕間關　樂天琵琶行：間關鶯語花底滑。

〔三〕下上　國風燕燕詩：下上其音。毛萇傳曰：飛而上曰上音，飛而下曰下音。

〔四〕河上歌　吴越春秋：子胥曰：「子不聞河上歌乎？同病相憐，同憂相救。」

〔五〕同牀各夢　山谷翠巖語録序：各夢同牀，不妨殊調。冷灰爆豆，聊爲解嘲。五燈會元：五雲悟禪師上堂：「月堂老漢道：行不見行，是箇甚麽？坐不見坐，是箇甚麽？著衣時不見著衣，是箇甚麽？喫飯時不見喫飯，是箇甚麽？山僧雖與他同牀打睡，要且各自做夢。」

上林珠樹〔一〕集啼烏，阿閣〔二〕斜陽下碧梧。博局〔三〕不成輸白帝〔四〕，聘錢〔五〕無藉貰黄姑〔六〕。投壺〔七〕玉女知①天笑，竊藥〔八〕姮娥爲月孤。淒斷禁垣芳草地，滴殘清淚到②蘼蕪。

【校勘記】

①鄒本作「和」。②鄒本作「殺」，感舊集作「灑」。

【箋注】

〔一〕珠樹　李商隱碧瓦詩：碧瓦銜珠樹，紅輪結綺寮。

〔二〕阿閣　沈約竹書紀年注：黄帝坐玄扈洛水之上，有鳳凰集，或止帝之東園，或巢於阿閣，或鳴于庭。

〔三〕博局　韓非子外儲説左上篇：秦昭王令工施鉤梯而上華山，以松柏之心爲博，箭長八尺，棊長八寸，而勒之曰：「昭王嘗與天神博于此矣。」

〔四〕白帝　蔡邕獨斷：白帝少昊，金行。少陵望嶽詩：稍待秋風涼冷後，高尋白帝問真源。洞天記：華山名太極總仙之天，即少昊，爲白帝，治西嶽。

〔五〕聘錢　荆楚歲時記：牽牛娶織女，借天帝二萬錢下禮，久不還，被驅在營室中。牽牛謂之河鼓，河鼓聲轉而爲黄姑。

〔六〕黄姑　玉臺集歌辭：黄姑織女時相見。

〔七〕投壺　東方朔神異經：東荒山中有大石室，東王公居焉。與一玉女投壺，設有入不出者，天爲之笑。

〔八〕竊藥　淮南子覽冥訓篇：羿請不死之藥於西王母，姮娥竊以奔月。高誘曰：姮娥，羿妻，奔入月中爲月精也。

其二

靈瑣〔一〕森①沉宮扇廻，屬車轣轆殷輕雷〔二〕。江長海闊②欺魚素〔三〕，地老天荒信鴆媒〔四〕。袖上唾看成③紺碧〔五〕，懷④中泣忍化⑤瓊瑰〔六〕。可憐銀燭風前⑥淚，留取胡⑦僧認劫灰〔七〕。

【校勘記】

①牧齋詩鈔作「深」。②「江長海闊」，鄒本、金匱本作「山長水闊」。③「看成」，鄒本作「成看」。④鄒本、金匱本作「夢」。⑤鄒本作「作」。⑥鄒本、金匱本作「添」。⑦鄒本、金匱本作「高」。

【箋注】

〔一〕靈瑣　離騷：欲少留此靈瑣兮，日忽忽其將暮。王逸曰：靈以喻君。瑣，門鏤也。文如連瑣，楚王之省閤也。

〔二〕殷輕雷　相如長門賦：雷殷殷而響起兮，聲象君之車音。

〔三〕魚素　僧適之金壺記：古詩：呼兒烹鯉魚，中有尺素書。古人蓋多書於絹也。

〔四〕鴆媒　離騷：吾令鴆爲媒兮，鴆告余以不好。漢書揚雄傳：反離騷：抨雄鴆以作媒兮，何百離而曾不壹耦？

〔五〕紺碧　伶玄趙飛燕外傳：后與婕妤坐，后誤唾婕妤袖。婕妤曰：「姊唾染人紺袖，正似石上華。」因號石華廣袖。

〔六〕瓊瑰　左傳成公十七年：聲伯夢涉洹，或與己瓊瑰食之，泣而爲瓊瑰盈其懷，從而歌之曰：「濟洹之水，贈我以瓊瑰。歸乎歸乎，瓊瑰盈吾懷乎。」

〔七〕胡僧劫灰　三輔黄圖：武帝初，穿昆明池，得黑土。帝問東方朔，朔曰：「西域胡人知。」乃問胡人，胡人曰：「劫燒之餘灰也。」慧皎高僧傳：漢武穿昆明池底，得黑灰。問東方朔，朔云：「問西域梵天。」後法蘭既至，衆人追問之。蘭云：「世界終盡，劫火洞燒，此灰是也。」

其三

擿①鼓〔一〕吹簫〔二〕罷後庭，書帷〔三〕别殿冷流螢。宮衣蛺蝶〔四〕晨風舉，畫帳梅花夜月停。

蝶衣梅帳，皆寓天寶近事。

銜璧金釭〔五〕憐旖旎，翻階紅藥〔六〕笑娉婷。水天閒話〔七〕天家事，傳與人間總淚零。

【校勘記】

①鄒本、金匱本作「撾」。

【箋注】

〔一〕擿鼓　漢書史丹傳：元帝好音樂，或置鼙鼓殿下，天子自臨軒檻上，隤銅丸以擿鼓，聲中嚴鼓之節，後宮及左右習知音者莫能爲。

〔二〕吹簫　漢書元帝紀贊：元帝多材藝，善史書，鼓琴瑟，吹洞簫。

〔三〕書帷　漢書東方朔傳：孝文皇帝之時，集上書囊以爲殿帷。

〔四〕蛺蝶　開元天寶遺事：開元末，明皇每至春月，旦暮宴於宮中，使妃嬪輩争插艷花，帝親捉粉蝶放之，隨蝶所止幸之。後因楊妃專寵，遂不復此戲也。

〔五〕金釭　班孟堅西都賦：金釭銜璧，是爲列錢。李善曰：漢書曰：趙昭儀居昭陽舍，其壁帶往往爲黄金釭，函藍田璧，明珠翠羽飾之。音義曰：謂壁中之横帶也。

〔六〕紅藥　謝玄暉直中書省詩：紅藥當階翻。

〔七〕水天閒話　李商隱水天閒話舊事詩。楊太真外傳：玉妃曰：「天寶十載，侍輦避暑驪山宮。秋七月，牽牛織女相見之夕，上憑肩而望，因仰天感牛女事，密相誓心，願世世爲夫婦。言畢，執手各嗚咽。此獨君王知之耳。」

其四

銀漢依然戒玉清〔一〕，竹①宫〔二〕香爐露盤〔三〕傾。石碑〔四〕銜口誰能語？棋局〔五〕中心自不平。禊日更衣〔六〕成故事，秋風紈扇〔七〕又②前生。寒窗擁髻〔八〕悲啼夜，暮雨殘燈識此情。

【校勘記】

①鄒本、金匱本作「行」。　②鄒本、金匱本作「是」，篋衍集作「憶」。

【箋注】

〔一〕玉清　獨異志：秦併六國時，太白星竊織女侍兒梁玉清逃入小仙洞，四十六日不出。天帝怒，命五岳搜捕太白歸位。玉清有子名子休，謫於北斗之下。子休配於河伯行雨。每至小仙洞，恥母淫奔之所，輒回，故其地少雨。

〔二〕竹宮　漢書禮樂志：正月上辛，用事甘泉圜丘，天子自竹宮而望拜。韋昭曰：以竹爲宮。

〔三〕露盤　漢書郊祀志：其後又作柏梁、銅柱、承露仙人掌之屬矣。蘇林曰：仙人以手掌擎盤承甘露。師古曰：三輔故事云：建章宮承露盤高二十丈，大七圍，以銅爲之，上有仙人掌承露，和玉屑飲之。蓋張衡西京賦所云「立修莖之仙掌，承雲表之清露，屑瓊蕊以朝餐，必性命之可度」也。

〔四〕石碑　樂府讀曲歌：石闕生口中，啣碑不得語。

〔五〕棋局　陸游筆記：吕進伯考古圖云：古彈棋局，狀如香爐，蓋謂其中隆起也。李義山詩云：玉作彈棋局，中心自不平。今人多不能解。以進伯之説，則粗可見，然恨其藝之不傳也。

〔六〕更衣　漢書外戚傳：帝祓霸上，還過平陽主。既飲，謳者進，帝獨説子夫。帝起更衣，子夫侍尚衣軒中，得幸。還坐驩甚，賜平陽主金千斤。主因奏子夫送入宫。

〔七〕紈扇　樂府解題：班婕妤，徐令彪之姑，况之女，美而能文。初爲帝所寵愛，後幸趙飛燕姊弟，婕妤見薄，退居東宫，作賦及紈扇詩以自傷悼。

〔八〕擁髻　伶玄趙飛燕外傳自序：通德占袖，顧視燭影，以手擁髻，淒然泣下。

京口渡江有寄

春陰和雨黯孤舟，歷歷津亭〔一〕抵夢游。芳草未知爲客意，暮雲偏領渡江愁。鷺沙〔二〕望裏蕪城賦，畫角〔三〕飄來萬歲樓〔四〕。寄語平山堂〔五〕上客，壺觴還似舊風流。

【箋注】

〔一〕津亭　東坡郭綸詩：日暮津亭閲過船。

〔二〕鷺沙　鮑照蕪城賦：鷺沙坐飛。

〔三〕畫角　杜牧潤州詩：畫角愛飄江北去。

〔四〕萬歲樓　樂史寰宇記：萬歲樓，京口記云：晉王恭爲刺史，改創西南樓名萬歲樓，西北名芙蓉樓，樓之最高也，至今傳焉。又按輿地志云：俗傳此樓飛向江外，以鐵鎖縻之方已。

〔五〕平山堂　祝穆方輿勝覽：平山堂，在揚州城西北大明寺側。慶曆八年二月，歐陽公來牧是邦，爲堂于大明寺庭之坤隅。江南諸山，拱立簷下，若可攀取，因目之曰平山堂。沈括作記。王荆公詩云：城北横崗走翠虬，一堂高視兩三州。淮岑日對朱欄出，江岫雲齊碧瓦浮。墟落耕桑公愷悌，杯觴談笑客風流。不知峴首登臨處，壯觀當時有此不？

廣陵登福緣佛閣四首

危樓切太空，塵壒〔一〕俯冥濛。度世香燈〔二〕裏，降魔應器〔三〕中。上方〔四〕三界〔五〕在，八表〔六〕一雲同。鈴鐸人天語，如聞替戾〔七〕風。

【箋注】

〔一〕塵壒　禮部韻略：壒，于蓋反，塵也。兩都賦：埃壒之混濁。

〔二〕香燈　劉禹錫嘉話録：江寧縣寺有晉長明燈，歲久火色變青而不熱。隋文帝平陳，已訝其古，至今猶在。

〔三〕應器　翻譯名義集：鉢多羅，此云應器。發軫云：應法之器也。放鉢經：文殊持鉢乞食，爲魔所逐。文殊以鉢安地，令魔舉之，不能離地。魔云：「我舉大山，遊于空中，因何此鉢而不能動，是菩薩力也。」伏膺而退。

〔四〕上方　金剛經：東方虚空可思量不？南西北方四維上下虚空可思量不？

〔五〕三界　翻譯名義集：界有二種，一者十界，二者三界。言十界者，所謂地獄、餓鬼、畜生、修羅、人、天，此名六凡。聲聞、緣覺、菩薩、佛，此名四聖。指月鈔：問：十界之名，有何顯據？答：大論云，衆生九道中受記，所謂三乘道、六趣道，是知九道即九界也，受記作佛，十界明矣。二三界者，一欲界，欲有三種：一飲食，二睡眠，三婬欲。於此三事，希須名欲，若有情界。從他化天，至無間獄，若器世界。乃至風輪，皆欲界攝。二色界者，形質清浄，身相殊勝，未出色籠，故名色界。三無色界者，於彼界中，色非有故。

〔六〕八表　淵明停雲詩：八表同昏。

〔七〕替戾　晉書佛圖澄傳：劉曜攻洛陽，勒將救之。澄曰：「相輪鈴音云：秀支替戾岡，僕谷劬秃當。此羯語也。秀支，軍也；替戾岡，出也；僕谷，劉曜胡位也；劬秃當，捉也。此言軍出捉得曜也。」

其二

黯黯經時雨，荒荒有漏天〔一〕。豈能霾日月？還與滁山川。一炬幽蘭〔二〕火，千門析木〔三〕煙。催歸松漠鳥〔四〕，啼到相輪〔五〕邊。

【箋注】

〔一〕漏天　樂史寰宇記：邛都縣漏天，秋夏常雨，僰道有大漏天、小漏天。

〔二〕幽蘭　宇文懋昭大金國志：義宗傳位承麟之後，即閉閤自縊。遺言奉御絳山，使焚之，其自縊之所曰幽蘭軒。火方熾，子城陷。近侍皆走，獨絳山留，掇其餘燼，裹以敝衾，瘞于汝水之旁。

〔三〕析木　大明一統志：析木廢縣，在海州衛，本漢望平縣地，遼改曰析木。

〔四〕松漠鳥　葉奇草木子：至正十九年，元京子規啼。昔邵康節在洛陽天津橋聞之，已知宋室將亂，況元京在洛陽北尤遠，非南方之鳥所至，地氣自南而北，又符康節天下將亂之語，豈非天數也？庚申外史：己亥至正十九年，居庸關子規啼。

〔五〕相輪　翻譯名義集：輪相者，僧祇云：佛造迦葉佛塔，上施槃蓋，長表輪相。經中多云相輪，以人仰望而瞻相也。

其三

獨有①層樓上，偏於象緯親。輪中〔一〕迴日月，規外〔二〕撫星辰。北户〔三〕風霜急，南柯〔四〕國土真。高高天眼在，憑攬析微塵〔五〕。

【校勘記】

①鄒本作「自」。

【箋注】

〔一〕輪中　法苑珠林三界篇：大鐵圍山，四周圍輪，并一日月晝夜迴轉照四天下。

〔二〕規外　祝穆方輿勝覽：交廣間，南極浸高，北極浸低。圓規度外星辰至衆，大如五曜者數十，皆不在星經。

〔三〕北户　爾雅釋地：觚竹北户。正義曰：北户，即日南郡也。

〔四〕南柯　異聞録：淳于棼夢入槐安國爲駙馬，守南柯郡二十年。

〔五〕析微塵　首楞嚴經：汝觀地性，粗爲大地，細爲微塵，至鄰虛塵。析彼極微，色邊際相，七分所成。更析鄰虛，即實空性。

其四

冥晦乾坤户，迷方〔一〕何去從？禪枝〔二〕迎怖鴿，鉢水〔三〕候眠龍。鐵浴〔四〕兵前雨，銅崩〔五〕劫後鐘。靈山〔六〕殊未散，清夜禮金容〔七〕。

【箋注】

〔一〕迷方　鮑明遠擬古詩：南國有儒生，迷方獨淪誤。

〔二〕禪枝　孟浩然東寺詩：禪枝怖鴿棲。

〔三〕鉢水　贊寧宋高僧傳：帝遣高力士召無畏祈雨，乃盛一鉢水，以小刀攪之，梵言數百。須臾有物如龍，其大如指，赤色，矯首瞰水面，復潛于鉢底。畏且攪且咒，有白氣自鉢而興，風雨驟至。

〔四〕鐵浴　通鑑：侯景請上幸西州，浴鐵數千，翼衛左右。上聞絲竹，悽然泣下。

〔五〕銅崩　世説文學篇：銅山西崩，洛鐘東應。

〔六〕靈山　大慧普説：天台智者大師因讀法華經，至藥王菩薩焚身處，云是真精進，是名真法供養如來。於此豁然，前後際斷，便證法華三昧。於三昧中，見靈山會上釋迦老子與百萬大衆儼然未散。東坡遊浄居院詩：靈山會未散，八部猶光輝。

〔七〕金容　太宗三藏聖教序：金容掩色，不鏡三千之光；麗象開圖，空端四八之相。

辛卯春盡歌者王郎北遊告别戲題十四絶句以當折柳贈别之外雜有託寄諧談無端譾謎間出覽者可以一笑也①

桃李芳年〔一〕冰雪身〔二〕，青鞋席帽走風塵。鐵衣毳帳三千里，刀軟弓欹爲玉人。

【校勘記】

①篋衍集題作「送歌者北上」，五大家詩鈔題作「送歌者北遊」。「託寄」，鄒本、金匱本作「寄託」。

【箋注】

〔一〕桃李年　御覽集柳中庸寒食戲贈詩：酒是芳菲節，人當桃李年。

〔二〕冰雪身　莊子逍遥遊篇：藐姑射之山有神人居焉，肌膚若冰雪，綽約若處子。

其二

官柳新栽輦路旁，黃衫走馬映鵝黃。垂金曳縷千千樹，也學梧桐待鳳凰〔一〕。時聞燕京郊外夾路栽柳。

【箋注】

〔一〕待鳳凰　晉書苻堅載記：堅滅燕，慕容沖姊爲清河公主，年十四，有殊色。堅納之。沖年十二，亦有龍陽之姿，堅又幸之。長安謡曰：「鳳凰鳳凰止阿房。」堅以鳳凰非梧桐不棲，非竹實不食，乃植桐竹數十萬株于阿房城以待之。沖小字鳳凰，終爲堅賊，入止阿房城焉。

其三

紅旗曳掣倚青霄，鄴水繁花未寂寥。如意館〔一〕中春萬樹，一時齊讓鄭櫻桃〔二〕。

【箋注】

〔一〕如意館　樂府李頎鄭櫻桃歌：繁花照耀漳河春，織成花映紅綸巾，紅旗掣曳鹵簿新。鳴鼙走馬接飛鳥，銅鈇琵琶隨去塵。鳳陽重門如意館，百尺金梯倚銀漢。

〔二〕鄭櫻桃　晉書載記：石季龍，勒之從子。勒爲聘將軍郭榮妹爲妻，季龍寵惑優僮鄭櫻桃而殺郭氏，更納清河崔氏女，櫻桃又譖而殺之。

其四

觱篥〔一〕休吹蘆管〔二〕喑，金尊檀板夜沉沉。莫言北①地無鸜鵒〔三〕，乳燕雛鶯到上林。

【校勘記】

①鄒本、金匱本作「此」。

【箋注】

〔一〕觱篥　段安節樂府雜録：觱篥，大龜兹國樂也，亦曰悲栗。德宗朝，有尉遲青，官至將軍。時青州有王麻奴者，善此伎，河北推爲第一手，恃其藝，倨傲自負。從事臺拜入京，臨岐把酒，請吹一曲相送。麻奴偃蹇以爲不可。從事怒曰：「汝藝亦不足稱，殊不知上國有尉遲將軍，冠絶今古。」麻奴怒，即到京訪尉遲青所居，求見青。青即席地令坐，因於高般涉調中吹勒部羝曲，曲終，汗浹其背。尉遲曰：「何必高般涉調也。」即自取銀字管，於平般涉調吹之。麻奴乃涕泣愧謝，自是不復言音律。

〔二〕蘆管　白氏六帖：笳者，胡人捲蘆葉吹之以作樂也。

〔三〕鸜鵒　淮南子原道訓篇：鸜鵒不過濟。許慎曰：故春秋傳：鸜鵒來巢。言非中國之禽，所以爲魯昭公之異也。

其五

多情莫學野鴛鴦〔一〕，玉勒金丸〔二〕傍苑牆。十五胡①姬燕趙女，何人不願嫁王昌〔三〕？

【校勘記】

①本事詩作「妖」。

【箋注】

〔一〕野鴛鴦　少陵陪李梓州泛江戲爲豔曲：使君自有婦，莫學野鴛鴦。

〔二〕金丸　葛洪西京雜記：韓嫣好彈，常以金爲丸，一日所失者十餘。長安爲之語曰：苦饑寒，逐金丸。京師兒童每聞嫣出彈，輒隨之，望丸之所落輒拾取焉。

〔三〕王昌　唐彥謙離鸞詩：聞道離鸞思故鄉，也知情願嫁王昌。

其六

壓酒〔一〕吴姬墜馬〔二〕粧，玉缸重碧〔三〕臘醅香。山梨易栗〔四〕皆凡果，上苑頻婆〔五〕勸客嘗。

【箋注】

〔一〕壓酒　太白金陵酒肆留別詩：白門柳花滿店香，吴姬壓酒勸客嘗。

〔二〕墜馬　崔豹古今注：倭墮髻，一云墮馬之餘形也。

〔三〕重碧　少陵宴楊使君東樓詩：重碧拈春酒，輕紅擘荔枝。

〔四〕山梨易栗　范成大良鄉絶句：紫爛山梨紅綴棗，總輸易栗十分甜。

〔五〕頻婆　環中迂叟象教皮編：頻婆，相思果也。

其七

閣道雕梁雙燕棲，小紅花發御溝西。太常莫倚清齋禁，一曲看他醉似泥〔一〕。王郎①云此行將倚龔太常。

【校勘記】

①「王郎」，五大家詩鈔作「歌者」。

【箋注】

〔一〕醉似泥　張邦基墨莊漫録：應劭漢官儀曰：周澤爲太常，齋，有疾，其妻憐其年老，闚内問之，澤大怒，以爲干齋，遂收送詔獄自劾，論者譏其詭激。時諺云：「居世不諧，爲太常妻，一歲三百六十日，三百五十九日齋，一日不齋醉如泥。」予觀稗官小説，乃得其説云：南海有蟲無骨，名曰泥，在水則活，失水則醉，如一堆泥。然又讀五國故事云：僞閩王王延慶爲長夜之飲，因醉屢殺大臣，以銀葉作盃，柔弱爲冬瓜片，名曰醉如泥。酒既盈，不可覆盃，唯盡乃已，蓋取此義也。

其八

可似①湖湘流落身，一聲紅豆〔一〕也霑巾。休將天寶淒涼曲，唱與長安筵上人。

【校勘記】

①鄒本、金匱本作「是」。

【箋注】

〔一〕紅豆　范攄雲溪友議：李龜年奔迫江潭，杜甫以詩贈之曰：岐王宅裏尋常見，崔九堂前幾度聞。正值江南好風景，落花時節又逢君。龜年曾於湘中採訪使筵上唱紅豆詞，合座莫不望行幸而慘然。

其九

邯鄲〔一〕曲罷酒人哀①，燕市〔二〕悲歌變柳枝。無復荆高②舊徒侶③，侯家一嫗老吹篪〔三〕。

以下三首寄侯家故妓冬哥④。

【校勘記】

①鄒本作「悲」。②鄒本作「齊」。③「無復荆高舊徒侶」，鄒本作「醉覓荆齊舊徒侶」，金匱本作「欲覓荆高舊徒侶」。④鄒本、金匱本此注在下一首末，作「以下共五首，寄侯家故妓冬哥」。

【箋注】

〔一〕邯鄲　太白邯鄲南亭觀妓詩：把酒顧美人，請歌邯鄲詞。

〔二〕燕市　史記刺客列傳：荆軻嗜酒，日與狗屠及高漸離飲於燕市。酒酣以往，高漸離擊筑，荆軻和而歌於市中相樂也。已而相泣，旁若無人者。

〔三〕吹篪　洛陽伽藍記：河間王琛，有婢朝雲，善吹篪。琛爲秦州刺史，諸羌外叛，屢討不降。琛令朝雲假爲貧嫗，吹篪而泣。諸羌聞之流涕，相率歸降。秦民語曰：「快馬健兒，不如老嫗吹篪。」

其十

憑將紅淚裹相思〔一〕，多恐冬哥没見期。相見只煩傳一語，江南五度落花時。

【箋注】

〔一〕裹相思　玉臺集江洪詠紅箋詩：且傳别離心，復是相思裹。

其十一

江南才子杜秋詩，垂老心情故國悲①。金縷〔一〕歌殘休悵恨，銅人〔二〕淚下已多時。

【校勘記】

①鄒本、金匱本作「思」。

【箋注】

〔一〕金縷　杜牧之杜秋詩：秋持玉斝飲，與唱金縷衣。

〔二〕銅人　李賀金銅仙人辭漢歌：空將漢月出宮門，憶君清淚如鉛水。

其十二

灰洞冥濛朔吹哀，離魂昔昔①〔一〕繞蘇臺〔二〕。紅香翠暖山塘〔三〕路，燕子楊花並馬回。范石湖云：涿北燕南，謂之灰洞。

【校勘記】

①「昔昔」，鄒本、金匱本作「嘿嘿」。

【箋注】

〔一〕昔昔　列子周穆王篇：周之尹氏，大治産。有老役夫，昔昔夢爲國君，尹氏昔昔夢爲人僕。

〔二〕蘇臺　吴處厚青箱雜記：蘇有姑蘇臺，故蘇州謂之蘇臺。相有銅雀臺，故相州謂之相臺。滑有測景臺，故滑州謂之滑臺。

〔三〕山塘　王賓虎丘志：少傅白公築虎丘山塘，民始免病涉之勞。又名白公堤，以識其惠。

其十三

春風作惡①楝花飛，清醥〔一〕盈觴照别衣。我欲②覆巾施梵咒，要他才去便思歸。

【校勘記】

①鄒本、金匱本、五大家詩鈔作「態」。　②「我欲」，鄒本作「欲我」。

【箋注】

〔一〕清醥　左太沖蜀都賦：觴以清醥。曹子建七啓：乃有春清縹酒，康狄所營。李善曰：毛詩曰：爲此春酒。鄭玄禮記注曰：清酒，今之中山冬釀，接夏而成也。醥，緑色而微白也。

其十四

左右風懷〔一〕老旋輕，捉花留絮漫多情。白頭歌叟今①禪老〔二〕，繡②佛燈前詛汝行。錫山雲間徐叟③。

【校勘記】

①鄒本、金匱本作「金」。　②鄒本、金匱本作「彌」。　③本事詩此注作「雲間徐叟」。

【箋注】

〔一〕左右風懷　方回瀛奎律髓：晏元獻類要有左風懷、右風懷二類，男爲左，女爲右。

〔二〕禪老　東坡再遊徑山詩：禪老但喜聞剥啄。

題金陵丁①老畫像四絶句

輦轂繁華雙鬢中，太平一曲舊春風。東城父老西園女，共識開元鶴髮翁〔一〕。

【校勘記】

①凌本作「一」。

【箋注】

〔一〕鶴髮翁　李洞繡嶺宫詩：繡嶺宫前鶴髮翁，猶唱開元太平曲。

其二

髮短心長〔一〕笑鏡絲，摩挲皤腹〔二〕帽簷〔三〕垂。不知人世衣冠異，只道科頭〔四〕岸接䍦〔五〕。

【箋注】

〔一〕髮短心長　左傳昭公三年：齊侯田於莒，盧蒲嫳見，泣且請曰：「余髮如此種種，余奚能爲？」公曰：「諾。吾告二子。」歸而告之。子尾欲復之，子雅不可，曰：「彼其髮短而心甚長，其或寢處我矣。」

〔二〕皤腹　左傳宣公二年：城者謳曰：睅其目，皤其腹。

〔三〕帽簷　李商隱飲席代官妓詩：舊主江邊側帽簷。

〔四〕科頭　趙與旹賓退録：俗謂不冠者曰科頭，科頭二字出史記張儀傳注，謂不著兜鍪入敵。

〔五〕接䍦　爾雅郭璞釋鳥注曰：白鷺翅上有長翰毛，江東取爲接䍦。竇苹酒譜：白接䍦，巾也。

其三

倚杖鍾山看落暉，人民城郭總依稀。閑揩老眼臨青鏡，可是重來丁令威〔一〕？

【箋注】

〔一〕丁令威　續搜神記：遼陽東城門華表一日有白鶴歌曰：「有鳥有鳥丁令威，去家千歲今始歸。城郭猶是人民非，何不學仙冢纍纍？」

其四

獨坐青溪照鬢絲，小姑〔一〕何處理蛾眉？畫師要著樊通德，難寫銀燈擁髻時。

【箋注】

〔一〕小姑　樂府清溪小姑曲：開門白水，側近橋梁。小姑所居，獨處無郎。異苑曰：青溪小姑，蔣侯第三妹也。

石濤上人自廬山致蕭伯玉書於其歸也漫書十四絶句送之兼簡伯玉①

兵火勾連問訊疏，浮囊〔一〕傳致比雙魚〔二〕。分明已歷塵沙劫〔三〕，還道人間隔歲書。

【校勘記】

①鄒本、金匱本無「十四絶句」及「兼簡伯玉」八字。上圖本、凌本無第九、第十四首及末尾詩序，據金匱本補。

【箋注】

〔一〕浮囊　翻譯名義集：五分云：自今聽諸比丘畜浮囊，若羊皮，若牛皮。傳聞西域渡海之人，多作鳥翎毛袋。或齎巨牛脬，海船或失，吹氣浮身。

〔二〕雙魚　古詩：客從遠方來，遺我雙鯉魚。

〔三〕塵沙劫　宗鏡録第三：從迷積迷，空歷塵沙之劫；因夢生夢，永昏長夜之中。

其二

兵塵不上七條衣〔一〕，刀劍輪邊錫杖飛〔二〕。五老〔三〕棲賢應有喜，昆明劫外一僧歸。

【箋注】

〔一〕七條衣　翻譯名義集：南山云：七條名中價衣。戒壇經云：五條下衣，斷貪身也，七條中衣，斷嗔口也，大衣上衣，斷癡心也。

〔三〕錫杖飛　贊寧宋高僧傳：鄧隱峯遊五臺山，路出淮西，屬吴元濟阻兵，違拒王命，官軍與賊交鋒。峯曰：「我去解其殺戮。」乃擲錫空中，飛身介兩軍陣過。戰士各觀，不覺抽戈匣刃焉。

〔三〕五老　東坡白石山房詩：五老蒼顔一笑開。施宿曰：棲賢寺東北有五老峯，廬山之勝此爲最也。

其三

白社〔一〕遺民〔二〕剩阿誰，顛仙〔三〕何處坐圍棋？天池御碣渾無恙，多謝天龍好護持。

【箋注】

〔一〕白社　釋氏通鑑：晉室微，天下奇才多隱居不仕。聞遠法師之道，皆來從之，同結白蓮社。

〔二〕遺民　釋氏通鑑：劉程之初依遠公，而桓玄、劉裕竝欲薦之，程之力辭。裕等以其志不可屈，議以遺民之號旌焉。

〔三〕顛仙　祝枝山九朝野記：上自製顛傳，命詹希原書碑，在天池寺中。或云道士初進藥，上未見。俄而召之，亡矣。遣行人走江州，令三司索之，入廬山。前道士忽至曰：「在竹林寺，與天眼道者較棋。」導之去，果見顛與道士對弈。行人取朝命，良久，賦詩一章畀之。又邀天眼同賦。行人持去，回顧寺無有也。

其四

五乳峯〔一〕前舊影堂，依稀蓮漏〔二〕六時香。若爲化作軍持〔三〕去，午夜隨師入道場。憨山大師舊住五乳，余之本師也。

【箋注】

〔一〕五乳峯　王象之輿地紀勝：南康城西，五峯如乳頭立城上，號五乳峯。

〔二〕蓮漏　李肇國史補：越僧靈徹，得蓮花漏於廬山，傳江西觀察使韋丹。初，惠遠以山中不知更漏，乃取銅葉製器，狀如蓮花，置盆水上，底孔漏水，半之則沉，每晝夜十二沉，爲行道之節。雖冬夏短長，雲陰月黑，亦無差者。

〔三〕軍持　翻譯名義集：軍持，此云瓶。寄歸傳云：軍持有二，若瓷瓦者是淨用，若銅鐵者是觸用。西域記云：捃稚迦，即藻瓶也，舊云軍持，訛略也。西域尼畜軍持，僧畜藻灌，謂雙口藻灌。事鈔云：應法藻灌。資持云：謂一斗已下。

其五

禪榻茶煙一病身，春風時爲掃凝塵。頻伽瓶裏無餘物，只合擎空餉遠人。

其六

多生無著與天親〔一〕，七日同爲劫外身。飽喫殘年〔二〕須努力，種民〔三〕天種不多人。

【箋注】

〔一〕無著天親　西域記：唐言無著，是初地菩薩，天親之兄。佛滅千年，從彌沙塞部出家。

〔二〕殘年　少陵病後過王倚飲贈歌：但使殘年飽喫飯，只願無事長相見。

〔三〕種民　法苑珠林劫量篇：是時劫末，唯七日。在於七日中，無量衆生死盡。時有一人，合集閻浮提内男女，唯餘一萬，留爲當來人種。唯此萬人，能持善行。諸善鬼神欲令人種不斷絶，故擁護是人以好滋味令入毛孔，以業力故，人種不斷。

其七

國土依然兵燹叢，清齋冥對落花風。陶輪世界〔一〕頻來往，只在維摩手掌中。

【箋注】

〔一〕陶輪世界　維摩詰經：斷取三千大千世界，如陶家輪，著右掌中，擲過恒沙世界之外。

其八

縹囊緗帙〔一〕劫灰中，火發瞿曇〔二〕報宅空。拋卻世①間文字海〔三〕，願隨龍樹〔四〕到龍宮。

伯玉囑上人問訊刻藏因緣，故云。

【校勘記】

①鄒本、金匱本作「此」。

【箋注】

〔一〕縹囊緗帙　昭明文選序：詞人才子，則名溢于縹囊；飛文染翰，則卷盈乎緗帙。

〔二〕瞿曇　道誠釋氏要覽：瞿曇，梵語正瞿答摩，又云瞿曇彌，此云地最勝。謂除天外，在地人類中最勝。

〔三〕文字海　清涼華嚴疏鈔序：雖忘懷於詮旨之域，而浩瀚於文義之海，蓋欲寄象繫之迹，窮無盡之趣矣。

〔四〕龍樹　龍樹菩薩傳：有一大士，始生之時，在于樹下，由龍成道，因號龍樹。獨處静室水晶房中，大龍菩薩接入大海，至其宮殿，開七寶函，以示諸方等深奥經典、無量妙法，授與龍樹。六十日中，通解甚多。翻譯名義集：輔行云：樹學廣通，天下無敵。龍接入宮，一夏但誦七佛經目，知佛法妙，因而出家，作三種論。一大悲方便論，明天文地理，作寶作藥，饒益世間。

二大莊嚴論，明修一切功德法門。三大無畏論，明第一義中觀論者，是其一品。大乘入楞伽云：大慧，汝應知善逝涅槃後未來世，當有持於我法者。南天竺國中大名德比丘，厥號爲龍樹，能破有無宗。世間中顯我無上大乘法，得初歡喜地，往生極樂國。

其九

紀曆何須問義熙？桃源春盡落英知。北窗大有羲皇地，閒和陶翁甲子詩。

其十

歌舞西園閟好春，春浮絲竹也生塵〔一〕。諸天宫殿皆灰燼，帝釋何年理①樂神〔二〕？春浮，伯玉家園名也。

【校勘記】

①「年理」，鄒本作「當喚」。

【箋注】

〔一〕生塵　劉越石答盧諶詩：澄醪覆觴，絲竹生塵。

〔二〕樂神　段柯古酉陽雜俎：永貞年，東市百姓王布，有女年十四五，艷麗聰悟，鼻兩孔各垂息肉，如皂莢子，其根如麻線，長寸許，觸之痛入心髓。其父破錢數百萬治之不瘥。忽一日，有梵僧乞食，問布：「知君女有異疾，吾能止之。」布見其女。僧取藥吹其鼻中，少頃，摘去之，出少黄水，都無所苦。僧乞此息肉，珍重而去。計僧去五六坊，復有一少年騎白馬叩門，曰：「適有胡僧到無？」布延入，具述胡僧事。其人吁嗟不悦，曰：「上帝失樂神二人，近知藏於君女鼻中。我奉命來取，不意此僧先取之，當獲譴矣。」布方作禮，舉首而失。

其十一

松圓長夜①〔一〕罷論詩，寂寞春暉舊履綦〔二〕。記取摩娑銅狄〔三〕處，洛城東見②未多時。伯玉往寓春暉園③，與④孟陽論詩累月。

【校勘記】

①鄒本、金匱本作「老」。②「洛城東見」，鄒本作「洛陽城北」，金匱本作「洛陽東見」。③鄒本、金匱本無「園」字。④鄒本、金匱本作「請」。

【箋注】

〔一〕長夜　阮瑀七哀詩：冥冥九泉室，漫漫長夜臺。

〔二〕履綦　記内則：履著綦。鄭氏曰：綦，履繫也。

〔三〕銅狄　後漢書薊子訓傳：人于長安東霸城見子訓與一老翁共摩挲銅人，相謂曰：「適見鑄此，而已近五百歲矣。」

其十二

滄海於今果横流〔一〕，誰憑快閣覽神州。三間老屋〔二〕東西住，儘著元龍〔三〕在上頭〔四〕。「還須憑快閣，極目攬神州」，此癸未歲别伯玉詩①。三間老屋，悠悠視蔭，我輩今日堪著元龍百尺樓下也②。

【校勘記】

①鄒本、金匱本作「詩句」。②「下也」，鄒本作「也」，金匱本作「下」。鄒本、金匱本句末另有「嗟嗟」二字。

【箋注】

〔一〕横流　范甯穀梁傳序：孔子覩滄海之横流。晉書王尼傳：尼常嘆曰：「滄海横流，處處不安也。」

〔二〕三間老屋　世説賞譽篇：蔡司徒在洛，見陸機兄弟住參佐廨中，三間瓦屋，士龍住東頭，士衡住西頭。

〔三〕元龍　魏志陳登傳：許汜與劉備並在劉表坐，汜曰：「陳元龍豪氣未除，昔遭亂過下邳，見元龍，無客主之意，久不相與語，自上大牀卧，使客卧下牀。」備曰：「如小人欲卧百尺樓上，卧君于地，何但上下牀之間耶？」

〔四〕上頭　才調集曹唐敘邵陵舊宴詩：三年身逐漢諸侯，賓榻容居最上頭。

其十三

回首東亭酒①重持，望衡對宇〔一〕定前期。呼鷹臺〔二〕畔頻寒食，可憶龐家上冢〔三〕時？

【校勘記】

①鄒本、金匱本作「首」。

【箋注】

〔一〕望衡對宇　水經注：沔水中有魚梁洲，龐德公所居。士元居漢之陰，在南白沙，司馬德操宅洲之陽，望衡對宇，歡情自接。

〔二〕呼鷹臺　水經注：沔水南有層臺，號曰景升臺，劉表所築。表盛遊于此，常所止憩。表性好鷹，嘗登此臺歌野鷹來曲。樂史寰宇記：呼鷹臺在襄陽鄧城縣東南一里，劉表所築。表往登之，鼓琴作樂，有鷹來集，因名。

〔三〕上冢　後漢書龐公傳注：襄陽記曰：司馬德操嘗詣德公，值其渡沔上先人墓。德操徑入其室，呼德公妻子，使作黍：「徐元直向云，當來就我與德公談。」其妻子皆羅拜于堂下，奔走共設。須臾，德公還，直入相就，不知何者是客也。

其十四

東海揚塵未暫停，餘杭新酒指銀瓶。蕭郎若肯攜家住，又是方平過蔡經。

石濤開士自廬山致伯玉書，於其歸，作十四絶句送之，兼簡伯玉。非詩非偈，不倫不次，聊以代滿紙之書，一夕之話。若云長歌當哭，所謂又是一重公案也。辛卯三月，蒙叟弟謙益謹上。

贈新建喻嘉言

公車不就幅巾徵〔一〕，有道通儒〔二〕梵行〔三〕僧。習觀湛如盈室〔四〕水，煉身枯比一枝藤。嘗來草〔五〕別君臣藥〔六〕，拈出花〔七〕傳佛祖燈。莫謂石城難①遯跡，千秋高獲是良朋。高獲遠遁江南，卒於石城②。見後漢書方技傳。

【校勘記】

①鄒本、金匱本作「還」。　②「石城」，鄒本、金匱本作「江南」。

【箋注】

〔一〕幅巾徵　後漢書韓康傳：康常採藥名山，賣於長安市，口不二價。博士公車連徵不至，桓帝乃備玄纁之禮，以安車聘之。亭長以韓徵君當過，方發人牛修道橋，及見康柴車幅巾，以爲田叟也，使奪其牛，康即釋駕與之。有頃，使者至，奪牛翁乃徵君也。

〔二〕通儒　後漢書杜林傳：林從張竦受學，博洽多聞，時稱通儒。

〔三〕梵行　法華經序品：具足清白梵行之相。

〔四〕盈室　首楞嚴經：月光童子白佛言：「我憶往昔恒河沙劫，我作水觀，室中安禪。有童子窺窗，唯見清水，取一瓦礫投之。我出定後，頓覺心痛。爾時童子來前，説如上事。我則告言：汝更見水，可即除去瓦礫。童子奉教，後入定時，開門除之。我後出定，身即如初。」

〔五〕嘗草　左太沖蜀都賦：神農是嘗，盧跗是料。李善曰：淮南子曰：神農乃始教人播種五穀，嘗百草之滋味。

〔六〕君臣藥　許渾贈王山人詩：君臣藥在寧憂病。

〔七〕拈花　五燈會元：世尊在靈山會上，拈花示衆。是時衆皆寂然，惟迦葉尊者破顔微笑。

送汪雲卿歸楚口占二首

與君頻作①別，此别最酸辛。率土無寧宇〔一〕，餘年少故人。老還期見面，窮豈忘交親？萬事愁眉外，長歌莫損神。

【校勘記】

①凌本作「此」。

【箋注】

〔一〕寧宇　周語：使各有寧宇。韋昭曰：寧，安也。宇，居也。

其二

自古荆襄①地，英雄互攫拏〔一〕。車徒推二廣〔二〕，子弟説長沙〔三〕。羊陸〔四〕名何有？孫劉〔五〕跡未賒。看君臏腳〔六〕在，垂老不須嗟。汪病足，不良於行，故有臏腳之戲②。

【校勘記】

①鄒本、金匱本作「湘」。②鄒本無此注，金匱本此注在題下。

【箋注】

〔一〕攫拏　張平子西京賦：熊虎升而拏攫。李善曰：拏攫，相搏持也。拏，奴加切。攫，居縛切。

〔二〕二廣　左傳宣公十二年：欒武子曰：「其君之戎爲二廣。」杜預曰：十五乘爲一廣。

〔三〕長沙　吕温題陽人城詩：忠驅義感即風雷，誰道南方乏武才？天下起兵誅董卓，長沙子弟最先來。

〔四〕羊陸　吴志陸抗傳注：晉陽秋曰：抗與羊祜推僑札之好。抗嘗遺祜酒，祜飲之不疑。抗有疾，祜饋之藥，抗亦推心服之。于時以爲華元、子反復見於今。

〔五〕孫劉　吴志周瑜傳注：江表傳曰：劉備之自京還也，權乘飛雲大船，與張昭、秦松、魯肅等十餘人共追送之，大宴會敘别。

〔六〕臏腳　子長報任少卿書：孫子臏腳，兵法修列。

簡陸二兆登問疾①

清齋服散〔一〕比如何？詩律書籤可折磨。庭葉喻身知幻在②，窗禽説法苦空多。落花風入茶煙細，擣藥聲依棋響和。自笑衰翁但求食〔二〕，中時頻欲詣維摩。

【校勘記】

①鄒本、金匱本題作「柬陸兆登二兄問疾」。②鄒本、金匱本作「少」。

【箋注】

〔一〕服散　世説言語篇：何平叔云：「服五石散，非惟治病，亦覺神明開朗。」

〔二〕求食　維摩詰經：須菩提白佛言：「憶念我昔，入其舍，從乞食，時維摩詰取我鉢盛滿飯，謂我言：若能於食等者，諸法亦等，諸法等者，於食亦等。如是行乞，乃可取食。」

哭稼軒留守相公詩一百十韻凡一千一百字①

師弟恩三紀，君臣誼百年。哀音騰粵地，老淚灑吴天〔一〕。殺氣南條〔二〕急，妖②氛北户〔三〕纏。行宫踰越嶠〔四〕，留守〔五〕限靈川〔六〕。已下敘失守殉難之事。倉卒閩風潰〔七〕，逡巡厝火〔八〕然。操戈乘内間〔九〕，解甲起中權〔一〇〕。捲土〔一一〕心仍壯，憑城誓益堅。喧呼齊辮髮〔一二〕，奮擊祇張拳〔一三〕。刀鋸徒爲爾，冠裳正儼然。歸元〔一四〕髯上磔，嚼齒〔一五〕爪中穿〔一六〕。荀偃含猶視〔一七〕，張巡起欲旋〔一八〕。揚揚神不亂，琅琅語争傳。徒抱銜鬚〔一九〕痛，誰能咶血〔二〇〕憐？已下敘訃聞爲位之事。傷心寢門〔二一〕外，爲位佛燈前。一慟營魂〔二二〕遠③，三號〔二三〕涕泗漣。修門〔二四〕歸漠漠，故國望姍姍。虞殯〔二五〕歌休矣，巫陽〔二六〕筮予④焉。吴羹〔二七〕悽象設〔二八〕，楚些〔二九〕愴蟬聯〔三〇〕。魂復新遺矢〔三一〕，神棲舊坐氈〔三二〕。靈衣〔三三〕風肅肅，幽嘯⑤〔三四〕雨濺濺。清夜前除〔三五〕酒，明燈近局〔三六〕筵。逢迎傷剪紙〔三七〕，送別忍燒船〔三八〕。黄鳥〔三九〕身其百，青龍〔四〇〕歲半千。四游〔四一〕餘渺莽，八翼〔四二〕罷騰騫。飛鐵〔四三〕兵輪重，爲銅〔四四〕物冶全。庚寅徵攙揆，辛卯應災躔。君生於庚寅甲子，一周而終，故引庚寅以降之詞⑥。其聞訃，辛卯夏也，故引朔日辛卯之詩，皆假借使之也。劍去〔四五〕梧宫⑦〔四六〕冷，刀投〔四七〕桂水〔四八〕煎。訓狐〔四九〕宵叫嘯⑧，嬰蜺⑨〔五〇〕晝連蜷。鬬澗〔五一〕龍傷血，崩崖蜃吐涎。是夏虞山有出蜃之異。已下敘其戊辰後歸田燕遊之事。拊心看迸裂，彈指省轟闐。攀⑩附龍門〔五二〕迥，追陪鶴蓋〔五三〕連。園林規⑪緑水〔五四〕，屋宇帶紅泉〔五五〕。一飯〔五六〕常留客，千金⑫不問田〔五七〕。以忙消磈壘〔五八〕，及暇⑬領芳妍。日落邀賓從，舟移沸管絃。丹青搜白石，杖屨⑭撰松圓。君好藏白石翁畫，于程丈孟陽⑮有師資之敬。已下敘其少壯授經之事。齒馬〔五九〕成吾老，童烏〔六〇〕憶汝賢。兔園〔六一〕温句讀〔六二〕，蛾子〔六三〕學丹鉛〔六四〕。枕膝〔六五〕應傳喜，登樓〔六六〕獨許玄。已下敘其登朝貶謫及牽連下獄之事。青春憑騕褭〔六七〕，白首托夔蚿〔六八〕。桃李〔六九〕西江宰，梧桐〔七〇〕左掖員。裂麻〔七一〕心膽赤，恤緯〔七二〕鬢毛宣。北寺〔七三〕偕書獄，西曹〔七四〕互橐饘〔七五〕。朱游〔七六〕和藥切，黄霸〔七七〕授經專。已下敘甲申喪亂之事。銅馬〔七八〕神州沸，金鷄〔七九〕密網〔八〇〕羂。甘陵〔八一〕録牒寢，元祐〔八二〕黨碑鐫。北闕驚傳火〔八三〕，東郊狎控弦〔八四〕。帝車〔八五〕俄運轉，天步〔八六〕久迍邅。余與君以甲申三月初十日同日賜環，邸報遂失傳⑯。鰲足〔八七〕傾三極，龍胡〔八八〕斷八埏〔八九〕。關山留北顧〔九〇〕，宗祏〔九一〕寄南遷。已下敘乙酉歲開府廣西遇亂擁立之事。江左朝廷小〔九二〕，交南節鉞偏。風雲〔九三〕天路偪，翼戴〔九四〕本支便⑰。宗澤迴鑾〔九五〕表，劉琨勸進〔九六〕箋。嶺邊求日月，規外别坤乾。翼軫〔九七〕開營壁，湘灕〔九八〕抵澗瀍。隻身支浩劫〔九九〕，赤手捧虞淵〔一〇〇〕。插羽〔一〇一〕鈎庸蜀，分茅〔一〇二〕餌益滇。黄農〔一〇三〕羅種⑱落，邕桂〔一〇四〕簇戈鋋〔一〇五〕。青犢〔一〇六〕烏仍合，紅巾〔一〇七〕螘並緣。反王〔一〇八〕收魏豹，别將〔一〇九〕置梅鋗。白象〔一一〇〕扶丹轂，烏蠻〔一一一〕曳綵旃。盧兒〔一一二〕宿衛直⑲〔一一三〕，廝養〔一一四〕徹侯〔一一五〕騈。書詔行營裏，除官御覽先。兩宮湯藥使，中禁洗兒錢。已下重敘庚申冬失守殉難之事。一旅〔一一六〕基將肇⑳，三分業未竣。連鷄㉑〔一一七〕惛蚌蛤，咥虎㉒〔一一八〕玩腥羶㉓。畫地翔河鳥〔一一九〕，嬰城墜紙鳶〔一二〇〕。執〔一二一〕冰嘻狒狒〔一二二〕，投縋〔一二三〕引蠕蠕〔一二四〕。履善〔一二五〕窮江表，庭芝〔一二六〕殉海堧。誓書㉔申決絶，望拜告精虔。目裂光如炬〔一二七〕，膂藏血化殷〔一二八〕。花縵㉕剺面〔一二九〕哭㉖，藤帽㉗〔一三〇〕枕尸〔一三一〕還。青草迎飛旐，黄茅擁過輴。虚祠包箬飯〔一三二〕，峒㉘祭卜筳篿〔一三三〕。故嶺㉙虞山似，桂林亦有虞山。新愁桂嶺牽。用張平子四愁桂林之語。丹心石路折，皓魄火雲鮮。盡説南朝李〔一三四〕，何慚東海田〔一三五〕。鑄金〔一三六〕身故在，刻木〔一三七〕首非隕㉚。烈烈㉛羞祈死，淹淹笑祝延。已下重言雜序，倣天問、大招之意㉜。葭灰〔一三八〕陽解駁，火井〔一三九〕燄浮煙。錯莫嘶泥馬〔一四〇〕，分明叫杜鵑〔一四一〕。朔方〔一四二〕唐故事，綸邑〔一四三〕夏前編。率土誠延佇，敷天忍棄捐。雲旗翻畢口〔一四四〕，星矢直狼肩〔一四五〕。壁壘分行陣，雷風合弭鞭。白山厓倒側，黑水〔一四六〕浪平填。鶉尾〔一四七〕南迴越，旄頭〔一四八〕北埽㉝燕㉞。誓師三后〔一四九〕所，飲御〔一五〇〕五車邊。改葬新班劍〔一五一〕，輿尸故馬韉〔一五二〕。羽林分㉟綟綬〔一五三〕，麟閣列貂蟬〔一五四〕。畫壁雕戈㊱動，祠堂兕甲縣。傳芭〔一五五〕歌沓沓，薦茘〔一五六〕鼓鼘鼘。宿列還箕尾〔一五七〕，其先人學憲公名字，皆取象傳説星也。星祠配女媊〔一五八〕。其夫人先歿于桂㊲。五陵〔一五九〕齊剪棘，雙廟〔一六〇〕並加籩〔一六一〕。督師侍郎張公同敞，故太師江陵文忠公之孫，以門蔭起家，抗罵不屈，同日被害㊳。已下結敘哀挽傷悼之詞㊴。後死身餘幾〔一六二〕？先生腹尚便〔一六三〕。不成升屋哭〔一六四〕，彌想對牀眠〔一六五〕。單子留形影〔一六六〕，淒涼度陌阡〔一六七〕。鷄窗〔一六八〕言髣髴，蛛匣〔一六九〕字蜿蜒。西第花猶發，東皋草欲芊。經過光景眩，識路夢魂顛。太息看梁棟，沉吟仰屋椽。移山〔一七〇〕誰負畚？蹈海〔一七一〕可乘艑。守器〔一七二〕紓奔問，餘皇〔一七三〕肆泝沿。祝余〔一七四〕雙淚涸，將伯〔一七五〕寸心痡。長夜〔一七六〕歌將闋，窮塵〔一七七〕恨始湔。蕩陰三士詠〔一七八〕，蜀國八公篇〔一七九〕。鄉夢憑温序〔一八〇〕，哀詞屬馬汧〔一八一〕。降神天意遠，養士國恩綿。汗竹〔一八二〕新書史，澆花〔一八三〕近掃阡。明明老眼在，拭目向空玄。

【校勘記】

①「凡」，凌本作「用」。鄒本、金匱本題作「哭稼軒一百十韻」。②鄒本、金匱本作「流」，五大家詩鈔作「塵」。③金匱本作「逝」。④鄒本、金匱本作「與」。⑤鄒本作「笑」。⑥鄒本、金匱本作「詩」。⑦「梧宮」，五大家詩鈔作「耶城」。⑧鄒本、金匱本作「笑」。⑨鄒本、五大家詩鈔作「紼」。⑩五大家詩鈔作「扳」。⑪鄒本、金匱本作「歸」。⑫五大家詩鈔作「門」。⑬凌本、鄒本作「夏」。⑭鄒本、金匱本作「履」。⑮「丈孟陽」，鄒本作「又」，金匱本作「孟陽」。⑯鄒本、金匱本無「邸報遂失傳」五字。「環」，凌本作「還」。⑰鄒本、金匱本作「綿」。⑱金匱本作「部」。⑲「宿衛值」，凌本作「留宿衛」。⑳牧齋詩鈔作「造」。㉑「連鷄」，金匱本作「列營」。㉒「咥虎」，金匱本作「緣戍」。㉓「腥羶」，鄒本、金匱本作「蠅蜓」。㉔鄒本、金匱本作「言」。㉕鄒本作「門」。㉖凌本作「改」，金匱本作「臨」。㉗鄒本、金匱本作「峽」。㉘凌本作「嗣」。㉙鄒本、金匱本作「壠」。㉚上圖本、鄒本、金匱本作「捐」，此據凌本。㉛「烈烈」，凌本作「列列」。㉜五大家詩鈔此注作「以下重言雜引，倣天問、大招之意而言」。㉝鄒本、金匱本作「指」。㉞五大家詩鈔此兩句作「鶉尾廻南野，旄頭照北躔」。㉟凌本作「頒」。㊱牧齋詩鈔作「弓」。㊲五大家詩鈔此注作「其夫人先歿於桂林官署」。㊳「抗罵不屈，同日被害」，鄒本、金匱本在「同敞」二字下，金匱本「罵」作「拒」。五大家詩鈔此注作「督

師侍郎張公名同敞，于同日死之，故太師江陵文忠之孫，以門蔭起者也」。㊴「哀挽傷悼之詞」，鄒本作「哀免悼之詞」，金匱本作「哀挽悼哭詞」，五大家詩鈔作「哀挽傷悼之意」。

【箋注】

〔一〕吴天　元遺山甲午除夜詩：空將衰淚洒吴天。

〔二〕南條　書禹貢：導岍及岐。正義曰：地理志云：禹貢北條荆山，在馮翊懷德縣南，南條荆山，在南郡臨沮縣東北，是舊有三條之説也。故馬融、王肅皆爲三條，導岍北條，西傾中條，嶓冢南條。鄭玄以爲四列，導岍爲陰列，西傾爲次陰列，嶓冢爲次陽列，岷山爲正陽列。鄭玄創爲此説，孔亦當爲三條也。

〔三〕北户　水經注：區粟建八尺表，日影度南八寸，自此影以南，在日之南，故以名郡。望北辰星，落在天際，日在北，故開北户以向日。

〔四〕越嶠　東坡送葉朝奉詩：夢裏吴山連越嶠。施宿曰：沈懷遠南越志：南越五嶠爲限，東走大庾，次騎田，次都龐，次熒萌渚，次越嶠。

〔五〕留守　公諱式耜，字起田，號稼軒，文懿公孫也。萬曆乙巳，年十六，受業牧齋先生之門。丙辰中進士，令吉之永豐，有治績。擢爲給諫，直聲著朝右。羣小畏而忌之，凡謀逐虞山者，以公爲職志，雄唱雌和，伏莽興戎，排笮不相容，貰其機牙，已有然也。崇禎元年戊辰，牧翁以閣訟去國，公亦掛冠歸里，樂志林泉，爲園曰春暉，曰東皋，與程孟陽諸君子相羊其中。好石田翁墨妙，搜訪殆遍。丁丑，烏程修舊隙于虞山，邑子應募，上書告訐，興牢修、朱並之獄，牽連及公，踰年而事始得解。甲申之變，聖安求舊。八月癸未，起公爲應天府丞，十二月壬午，升廣西巡撫。時朝政紊亂，柄國者蠅營狗苟，甚而遠之，惟恐去公之不速。公目擊時事之非，亦願遠引遐方以自效，卒能成仁取義，天竟畀之以完節，豈不有厚幸哉！乙酉五月，南都亡，聖安北狩。桂王在梧州，王諱常瀛，神宗第七子，實第五子，從同姓諸王表云第七子，萬曆二十九年封。天啓七年就國。崇禎十六年，張獻忠陷衡州，王之世子及四子泰定王、五子永興王俱受害，王與妃馬氏、王氏、次子安仁王由椶走永州。三子永明王諱由榔，爲賊所拘。焦璉時列閭伍中，殺守者，負之而趨，追及王，湖南巡按劉熙祚遣人護至粤西。未幾，桂王薨，葬于梧之長州，是爲興陵，後謚端皇帝。鄭鴻逵奉唐王聿鍵至閩，王爲高祖二十三子唐定王第八世也。七月内即帝位，改元隆武，詔福州府爲福京。八月，靖江王亨嘉拒命稱制，以楊國威爲興業伯，推官顧奕爲吏科給事中，部置桂之僚署，檄柳、慶、左右江四十五洞土狼獛勇。公在梧州，遥以大義啓之曰：兩京繼陷，大統懸于一髮，豪傑競思逐鹿。閩詔既頒，何可自興内難。密檄思恩參將陳邦傳設兵備變，又止狼兵勿應。靖藩怒，襲破梧州，執公至桂，囚之邸中。九月，陳邦傳兵薄城下，湖南列較焦璉時爲楊國威旗鼓，公以恩義結之，陰爲公用，因授以密計，令璉夜半縋城下，入邦傳軍，復與邦傳縋而登，守陴者皆璉兵，隨擒國威等。五鼓攻靖邸，獲王，諸黨與一昔就縛。度師枕上，閭閻不驚，公之謀也。變已定，制臣丁魁楚擁而上之，公之功隱而不言，獨傳公不撓之節。上命公爲兵部右侍郎。丙戌三月，駕至延平。八月，仙霞關陷，上倉黄西幸，駐蹕汀州。夜半追者至，上崩于福京。丁魁楚守雄，聞變還肇，公謂之曰：「公帶甲五嶺，豈可坐視顛危？國不可一日無君，桂王薨于梧，安仁相繼而殂，今永明王在，爲神宗嫡孫，序而賢，殆天之有意再造也。」時閣學大司馬吕大器亦自閣至，公遂與宗室朱容藩、詞林方以智、部郎周鼎瀚、肇守朱治憪等定策，迎王于梧，合辭勸進。王三讓，王太妃亦再讓，羣臣固請。十月初一日，永明監國肇慶，頒詔楚、滇、黔、蜀，命公以吏部右侍郎兼閣學掌銓事。時閩輔蘇觀生撤兵回廣州，諸公怒其棄江擅歸，致虔州不守，不與同議策立事。觀生恚，會唐、鄧諸王自閩航海至粵，鎮將林察迎于海上，觀生遂不奉新詔。十一月初二日，立思文弟聿鐭于廣州，號紹武。公等請上于十一月十八日正位端州，以明年丁亥爲永曆元年。遣兵垣彭曜責觀生曰：「大位已定，誰敢復争？且閩、虔繼歿，强敵引兵西下，不思戮力以衛社稷，而同室操戈，此譚尚之所以卒併曹瞞也。」觀生怒戮曜，構兵相攻。十二月初二日，廣州陷，紹武被擒，觀生自縊。丁亥正月，上以東粤盡亡，謀幸桂林。中人王坤迫脅上西避，公夜櫂小舟留駕，力争不得，請身留肇，亦不許。駕抵桂而肇已失矣。躪梧州，陷平樂，報至，王坤復要上幸楚。公上疏諫止，極言勝敗存亡、山川要害之勢，其畧曰：「海内幅員止此一隅，以全盛視西粤則一隅似小，而就西粤恢中原則一隅甚大。且半年之内，三四播遷，民心、兵心狐疑局促，我進一步則人亦進一步，我去速一日則人來速一日。」言甚切至，上不聽。二月，幸全州，詔公以兵部尚書文淵閣大學士留守桂林，賜尚方劍便宜行事，各路悉聽節制。公於掇拾之餘，整頓未了，老將宿兵，悉屯湖南北，掃地赤立，登陴乏負户之徒，盈野盡濡褐之衆，和門枹鼓未振，而敵人已臨境矣。焦璉駐兵黄沙鎮，公連檄召之，璉率所部星馳赴援，至甘棠渡，水漲浮橋斷，搜二漁舟次第得渡。三月初一日，敵破陽朔。初九日，至劉仙巖。初十日，璉始抵桂見公。敵哨騎已至城下，一偵卒張皇入報，氣嗔咽，舌結不能語，公笑曰：「敵至乎？」時數騎已乘虛突入文昌門，留守署在城樓下，敵騎窺城，樓上鳴鏑相聞，公披襟當之，弗懼也。璉發一矢，顛一騎，餘騎下城，短兵巷戰，門閉不得出。數騎復上城，跳而免。璉隨率三百人出，殊死戰，刀横箭直，殺人如草，如猋之迅，如潮之湧出，山喧海鬧，獸駭角崩。敵咋指引去，逐北十餘里，桂林得全。楚鎮劉承胤以迎鑾封安國公，移兵援桂，至則強敵已卻，縱軍士擊鬬掠市，公逐之去。五月，承胤與王坤關通擅命，奏奪毛壽登、劉湘客、吴德操、萬六吉四人之職，偪上移蹕武岡。二十五日，桂林復被圍。公嬰城誓衆，礮矢夾發，倒馬貫人，敵稍退。明日，璉出戰，公先令馬之驥駐兵隔江，敵分路從栗木嶺來，之驥設伏敗之。璉奮擊如前，截殺過當，一鼓而恢陽朔、平樂。叛將李明忠據潯以瞰柳，發劫降書脅惑士吏。至是自移往高州，敵亦退避廣城。并復梧州，粵西版圖盡歸疆索矣。上旌保桂功，封公爲臨桂伯，焦璉爲新興伯。公疏辭不允，再請返蹕全陽，上疏曰：「自二月十五日移蹕之後，以迄五月二十九日，凡百有六日矣。遇敵攻者二，遇兵變者一，備極危險，總辦一死字，亦遂不生恐怖，不起愁煩。惟是臣之病，不徒在身而在心，不徒在形而在神。身與形之病可療也，心與神之病不可醫也。臣所恃者皇上，上駐全猶有見天之日，駕復幸武，臣復何望哉？」疏上，亦不允。八月十四日，敵兵偪行在，劉承胤迎降，爲前導，尋爲敵所殺。十八日，錦衣馬吉翔奉上及三宮斬關出，參將謝復榮率健卒五百人扈駕，敵追躡，復榮斷後，抵死力戰，與其卒俱死王家堡。上徒步走三十里，追益急，危在漏刻。商丘伯侯性率師奄至，請上先發，自將鐵騎陣峽口，敵退去。是夜，上宿羅家店茅屋，土人具鷄黍。越四日，抵古坭。性預飭行宫，請上安蹕，凡尚方御用物皆陳設焕然，上下所需必備，咸大悦。太后言於上，晉封性爲祥符侯。公遣人請駕，間道由象州入桂。聞駕次柳，疏言柳州猺、獞雜處，地勢遠僻，不可久駐。十一月，還桂林。督師何騰蛟與宜章伯盧鼎、滇鎮總兵趙印選分道駐兵全州。南安侯郝永忠者，闖賊李自成之左營將也，即所謂郝摇旗也，受撫後不循約束，在桂與焦新興搆難。公調和主客，脣焦口呿。及壁興安，心豔桂之富庶，佯言爲敵所劫，撤兵歸省，撞搪呼號，恐喝乘輿，迫欲南幸。公曰：「督師警報未至，二百里外之風鶴，豈可遽使九五露處？且播遷無已，國勢愈削，兵氣愈難振。即使督師歸事果急，亦宜六飛臨戰，以厲介胄之士。若以走爲策，桂亡，柳又能獨存乎？」左右曰：「公欲上死社稷耶？」公泣下，欷歔自嘆。未明而駕已發矣，時戊子二月二十二日也。公晨起送駕，永忠遣人遮留之，令悍卒躪留守署，圖書箱簏，捆載而盡，屠燒邑屋，剽掠民財，城中煙火高於樓櫓。公放舟樟木港，傳檄朔、平間，令諸路移師上。郝兵去，公入城綏輯，鳩民修墻屋，人心始定。三月，敵以桂遭兵變，乘間來窺，突騎薄城。時督師與諸鎮皆提兵至桂，公與將士歃血申誓，晝則堅壁固守，夜則銜枚襲殺，視丁亥春，軍聲愈振。二十二日，督師分三路。胡一青領滇兵出拱極門（北門），周金湯、熊兆佐領楚兵出武勝門（西門），焦璉隨督師亦出拱極門，三路夾擊。璉橫矛衝陣，敵兵散而復合，璉被圍，適一青從東來，躍馬奮擊。一青每乘馬必剪其鬃，敵呼爲牛，遇之輒曰：「此騎牛蠻子不易當也。」潰圍走，璉與一青轉鬬而前，金湯、兆佐從旁橫擊，敵大敗，北渡甘棠遁去，西省賴以復存。上下璽書褒公，賜尚方銀爲飲食資，并精忠貫日金章。兩宮亦以紗緞賜公夫人，慰勞備至。四月，上駐南寧，李成棟遣舊臣洪天擢奉表輸款，請翠華東幸。六月，上臨肇慶府，晉封成棟惠國公。七月，定興侯何騰蛟率師攻永州。至十一月初一日，城始拔，殺鎮將余世忠、巡撫李懋祖。初五日，復寶慶。二十九日，督師露布至，乘勝又復衡州，直抵湘潭，軍聲大振。初，李自成敗逃，其衆尚十餘萬，過通城，止兵九功山下。自成單騎登山謁古祠，予金住僧，令炊食。僧疑其逃將，潛下山語村氓，競持鋤梃上，亂擊之至斃。解其服，内衣金龍衣，箭鏃集於其目，始知爲自成。乃梟其首，從間道報之。督師騰蛟據實奏聞。自成死，衆復推戴其兄子李錦同自成妻高氏竄居湖南，後乞降。督師因命巡撫堵胤錫撫定之，表其軍爲忠貞營，改錦名赤心，封高氏忠義夫人，賜高氏之弟一功名必正。湖南糧不能給，散駐之於施州衛。先是，思文時，湖南諸將如馬進忠、王進才、牛萬才等，皆賊帥中之驍勇者，咸就撫於督師，平日與胤錫均禮抗衡，胤錫意頗不能平。至是恃招撫功，欲倚忠貞兵出以制諸將。聞王師屢捷，旦暮計必復楚，乃陰檄忠貞兵由夔門出常德。常德，馬進忠駐兵地也，疑忠貞至爲襲己，一夕焚城東走。王進才駐寶慶，聞之亦棄城走。諸鎮將出不意，狼倉驚潰，盡失其地，奔赴長沙、湘潭間。督師疏云：「湖南千里一空。」此己丑正月事也。忠貞既下益陽、湘鄉、衡陽等縣，直抵長沙。督師親至其營，諭令自衡陽援江省，進忠等破長沙，下武昌，共會師於留都。是時長沙圍久，忠貞固請破之，以助軍實，然後出援。督師不得已，令進忠等兵暫退。兵多營不一，諸將未盡喻退兵指，妄謂忠貞與敵合而襲我也，遂大潰。忠貞見各鎮兵散，誤以爲敵至不可禦，亦潰。督師痛功垂成而敗，感憤誓死，從數騎入駐湘潭。駐守長沙將徐勇訶其故，夜率輕騎出探，至湘潭，偵知止督師一人在，劫歸長沙，不屈而死，詔贈中湘王，蔭其子文瑞爲中書舍人。中湘殉國，凡已復郡縣，從此再陷。行在公卿議所以代督師者，僉曰留守公聲威勞績，足以攝制諸將，誠欲招討湖南北，莫如公宜。上乃賜公彤弓鈇鉞，下詔招公曰：「楚事告急，朕爲宗社擇帥，莫良先生。從此沅、湘、永、寶、鄂、岳上下三軍之在行間者，先生皆得制之，生殺予奪，朕不中撓。先生卜日受事，鞠旅陳師，往，欽哉！」公以專征重任讓之。上不可，遂受新命。時南昌被圍，又積雨兼旬，城磚圮墮，敵發礮攻擊。豫國公金聲桓知不能守，闔門縱火自焚死。江西警報日至，諸鎮咸戴頭不肯出。李成棟忿而策兵獨進，行次信豐，夜半兵譟，成棟醉甚，倉黃上馬，無一從者。三日後，見一騎擐甲抱鞍，植立水中，始知成棟渡江溺死，賫志殁地。朝野惜之。己丑三月，孫可望遣舊撫臣楊畏知、原任職方龔彝詣行在，上書請封。可望爲張獻忠養子，僭稱東平王。獻忠亡，由貴州入雲南，乘黔國公沐天波與土司沙定洲劫殺相持，遂一舉而滅定洲，據有雲南，僭擬乘輿，威行六詔，然其意謂封爵出自天朝始爲真王，乃書署名而不臣，稱甲子而不稱年號。兵垣金堡引祖制異姓不得封王例力争之，朝議封可望爲景國公，賜名朝宗，遣大理寺少卿趙煜爲册封使，賫敕印與畏知等往。道經梧州，堵胤錫時已躐加制輔銜，先因誤忠貞，失湖南，喪督師，躪西粵，身獨入朝陛見，爲金堡力數其罪，疏痛詆之，不能容而出，銜恨次骨。及畏知等至梧，問知堡力阻封議，不王而公，因大罵曰：「朝廷事盡壞堡手，我奉有便宜行事，敕書專之可也。」遂换給敕印，矯詔封可望爲平遼王，不奏聞。時陳邦傳在潯州，其賓州、横州各屬皆爲忠貞所據，力不敵，思結强援於滇，詗知胤錫矯詔事，喜曰：「我亦奉有便宜，敕書獨不可以效彼乎？」與中軍胡執恭謀鑄秦王之寶，僞撰敕文，遣執恭以四年正月先至滇，擅封可望爲秦王，加父師等字。可望大喜，傳檄布告。受賀三日，而畏知等賫平遼王敕印始至，可望不受，畏知曰：「彼僞也。」拘執恭面質，執恭詞屈，曰：「彼亦僞也。」畏知受諸行在者，景國公敕印耳。可望大怒，囚畏知、執恭，别遣官請旨，曰：「某日接封秦王敕，某日又接封平遼王敕，莫知所從。」絶不及景國原敕并兩人矯詔事，意在必得秦，自是滇使接踵行在。黔督兵部尚書范鑛、匡國公皮熊交章論執恭罪狀，上手詔詢公。公上疏曰：「可望據有滇雲，方且夜郎自大，近者章表之來，啓而不奏，名而不臣，識者已爲寒心。皇上錫之上公，恩榮極矣，豈意執恭賣國入滇，在楊畏知、龔彝未到之前。人臣無境外交，執恭奉陳邦傳之旨，私通敵寇，外輸國情，觀其僞敕所稱，崇之以監國，是居攝之文也；許之以九錫，是遜位之漸也；推之以總理朝綱，節制天下文武兵馬，而事之以父師，是請降之書也。可望未通之先，其僭擬不過二字王號也，今反以一字尊之。其請内附也，亦明知戴天子耳，今反以監國讓之。可望拜命後，方欲納土請吏，戮力疆埸，而反以天下兵馬錢糧及文武官吏悉受其節制，則是爲可望勸進，而執恭即登壇奉璽之褚淵也。以律斷之，私行宜斬，亂祖宗法宜斬，破壞撫局宜斬，至於矯推監國，假以帝權，是叛也，是篡也，恐非赤族之誅不足示大逆之戒。」疏上，封王之議寢。己丑五月，滇營趙印選同胡一青、王永祚至桂林，部將與焦新興兵搆鬬，公推心告語，事雖解而釁已成，不得已，留滇兵守桂林，調新興壁陽朔。十一月，李赤心死。庚寅正月初六日，南雄、潮州相繼陷。初八日，上移蹕梧州。是時中涓柄政，每用强鎮之勢脅天子，復假天子之權制朝士。楚人袁彭年、丁時魁、蒙正發，秦人劉湘客，浙人金堡，皆一時賢俊，立朝侃侃，每持正論，中人側目，號爲五虎。户部侍郎吴貞毓、禮部侍郎郭之奇、兵部侍郎范鸋、程源，科道張孝起、李用楫、朱士鯤等十四人，以六飛播遷事公疏參害五人。駕幸梧，甫抵江岸，諸臣于龍舟請對。杖堡與時魁，復詔下堡等四人于錦衣獄，獨彭年以反正功幸免。輔臣嚴起恒率數臣跪沙濱諫，不允。公七疏申救，又具揭密封進呈皇太后，云：「乘輿震動，倉忙匆遽，一朝而逮治杖責諸臣於水次，褻國體而駭觀聽。皇上明明爲左右所播弄，豈不大爲聖德之累哉？臣一番擁戴，五載巖疆，近見朝廷舉動之乖張，不忍嘿嘿處此，惟望皇太后曲加旋挽。」俱不報。四人後分別戍配。夫當蹙地喪師之日，公所以節制諸勳鎮者，不過公朝廷之爵賞以爲激勸之資，今内則馬吉翔、吴貞毓諸臣，狙伺煬蔽，外則趙印選、陳邦傳諸將，猘噬扇朋，公疏救朝臣，佯置不省，勳鎮薦人，朝奏而夕可，是公之權反輕於下，其將何以威衆乎？且軍士所急，餉爲重務，焦餉六萬，半食桂林，灌陽入永國（曹志建），義寧入宜章（盧鼎），惟靈川、臨桂公得調發。自滇營餉絶，趙印選訴之於朝，司農牒二邑之糧與之，度支出入，公毫釐不得自專矣。焦新興爲公腹心爪牙，保障克敵，相倚如左右手，印選鬩而軋之出，驕帥悍卒，不用公命矣。内外盤互久矣，委公於敵，剪其翼，掣其肘，公一腔心血無處沾灑，祇辦一死以報國，又何待桂亡而後知公與俱亡也哉！十一月，敵入嚴關，武陵侯楊國棟、寧武伯馬養麟軍溶江，未見敵而奔。公檄趙印選守禦，印選與王永祚已先期逃去，疲民潰卒，鼠竄獸散。公危坐署中，胡一青勸公去，公不從。一青遁。司馬張同敞來，同敞，江陵諸孫也。公喜曰：「君至，我死不孤矣。」同敞亦慷慨願從公死，遂留，相與飲酒。致遠將軍戚良勳牽三馬至，跪而請曰：「公爲元老，係國安危，身出危城，尚可再圖恢復。」公曰：「四年忍死留守，我志久決矣。」家人環而泣，揮之使去。初五日黎明，城陷被擒，囚之别館四十二日，必欲降公。公堅不爲動，神色揚揚如平日。與司馬相對賦詩，今所傳浩氣吟是也。次月十七日，臨當授命，口誦一絶，凝眸整暇，正衣冠而受刑。公之定力如此，忠魂正氣，扈從三后，豈有遺憾哉？公殁後，曾幾何時，而東西粵盡亡矣。憶予童時，侍先大人謁公，迄今已三十年，聲音笑貌，顯顯然猶在目中。當今世而有信國其人者，於吾身親見之，又何必讀指南之集而後痛哭乎？

〔六〕靈川　大明一統志：靈川縣，在桂林府西北五十二里。本始安縣地，唐龍朔初，改置靈川縣，宋、元仍舊，本朝因之。編户五十里。

〔七〕聞風潰　晉書謝玄傳：苻堅敗于淝水，餘衆奔潰，聞風聲鶴唳，皆以爲王師至。

〔八〕厝火　漢書賈誼傳：夫抱火厝之積薪之下而寢其上，火未及燃，因謂之安。師古曰：厝，置也。

〔九〕内間　史記陳平世家：平曰：「大王誠能出捐數萬斤金，行反間，間其君臣，以疑其心。項王爲人，意忌信讒，必内相誅。漢因舉兵而攻之，破楚必矣。」

〔一〇〕中權　左傳宣公十二年：中權後勁。杜預曰：中軍制謀，後以精兵爲殿。

〔一一〕捲土　杜牧之烏江亭絶句：江東弟子多才俊，捲土重來未可知。

〔一二〕辮髮　漢書終軍傳：殆將有解編髮，削左衽，襲冠帶，要衣裳而蒙化者焉。師古曰：編，讀曰辮。

〔一三〕張拳　子長報任少卿書：更張空拳，冒白刃。李善曰：李登聲類云：拳，或作捲。此言兵已盡，但張空拳以擊耳。鹽鐵論曰：陳勝無將帥之兵，師旅之衆，奮空捲而破百萬之軍。何晏白起故事曰：起雖坑趙卒，向使豫知必死，則驅空卷猶可畏也，況二十萬被堅執鋭乎？顔師古曰：讀爲拳者謬矣。拳則屈指，不當言張。陵時矢盡，故張弩之空弓，非手拳也。李奇曰：拳，弩弓也。

〔一四〕歸元　左傳僖公三十三年：先軫免胄入狄師，死焉。狄人歸其元。

〔一五〕嚼齒　新唐書張巡傳：子琦謂巡曰：「聞公督戰大呼，輒眥裂血面，嚼齒皆碎，何至是？」答曰：「吾欲氣吞逆賊，顧力屈耳。」

〔一六〕爪穿　晉書卞壼傳：其後盜發壼墓，尸僵，鬢髮蒼白，面如生，兩手悉拳，爪甲穿達手背。

〔一七〕含猶視　左傳襄公十九年：荀偃癉疽，生瘍于頭。濟河，及著雍，病，目出。大夫先歸者皆反。士匄請見，弗内。請後，曰：「鄭甥可。」三月甲寅卒，而視，不可含。宣子盥而撫之曰：「事吴敢不如事主。」猶視。欒懷子曰：「其爲未卒事于齊故也乎？」乃復撫之曰：「主苟終，所不嗣事于齊者，有如河。」乃瞑受含。

〔一八〕起欲旋　昌黎張中丞傳後序：城陷，賊縛巡等數十人坐，且將戮。巡起旋。其衆見巡起，或起或泣。巡曰：「汝勿怖，死，命也。」巡就戮時，顔色不亂，陽陽如平昔。

〔一九〕銜鬚　後漢書温序傳：序爲隗囂别將苟宇所拘劫，大怒，叱宇等。宇曰：「此義士死節，可賜以劍。」序受劍，啣鬚於口，曰：「既爲賊所迫殺，無令鬚汙土。」遂伏劍而死。

〔二〇〕咶血　大唐傳載：李希烈跋扈蔡州時，盧杞爲相，奏顔魯公往宣諭，而謂顔曰：「十三丈此行，出自聖意。」顔曰：「公之先忠烈公面上血，是某親所咶，忍以垂死之年，餌於虎口。」杞聞之恨焉。盧杞是御史中丞奕之子。

〔二二〕寢門　記檀弓：朋友吾哭諸寢門之外。

〔二三〕營魂　後漢書寇榮傳：營魂識路之懷。臣賢曰：老子曰「載營魄」，猶營魂也。

〔二三〕三號　莊子養生主：老聃死，秦失弔之，三號而出。

〔二四〕修門　宋玉招魂：魂兮歸來，入修門些。

〔二五〕虞殯　左傳哀公十一年：公會吴子伐齊，將戰，公孫夏命其徒歌虞殯。杜預曰：虞殯，送葬歌曲。

〔二六〕巫陽　宋玉招魂：帝告巫陽曰：有人在下，我欲輔之。魂魄離散，汝筮予之。

〔二七〕吴羹　招魂：和酸若苦，陳吴羹些。

〔二八〕象設　招魂：象設君室，静閒安些。王逸曰：象，法也。

〔二九〕楚些　招魂洪興祖補注曰：些，蘇賀切。説文云：語詞也。沈括筆談云：今夔、峽、湖、湘及南北江獠人，凡禁咒句尾，皆稱些，乃楚人舊俗。

〔三〇〕嬋聯　楚辭劉向九嘆：余肇祖于高陽兮，惟楚懷之嬋連。王逸曰：嬋連，族親也。言屈原、懷王俱顓頊之孫，有嬋連之族親，恩深而義篤也。

〔三一〕新遺矢　記檀弓：邾婁復之以矢，蓋自戰於升陘始也。鄭氏曰：戰於升陘，魯僖二十二年秋也。時師雖勝，死傷亦甚，無衣可以招魂。正義曰：無衣可以招魂，故用矢招之也。必用矢者，時邾人志在勝敵，矢是心之所好，故用所好招魂，冀其復反也。

〔三二〕舊坐氈　晉書王獻之傳：有偷人入其室，盗物都盡，獻之徐曰：「青氈我家故物，可特置之。」

〔三三〕靈衣　屈原九歌：靈衣兮披披，玉佩兮陸離。

〔三四〕幽嘯　昌黎送窮文：屏息潛聽，如聞音聲，若嘯若啼，砉欻嘎嚶。

〔三五〕前除　少陵遊江東詩：清夜置酒臨前除。

〔三六〕近局　淵明歸田園居詩：漉我新熟酒，隻鷄招近局。

〔三七〕剪紙　少陵彭衙行：剪紙招我魂。

〔三八〕燒船　昌黎送窮文：燒車與船，延之上座。

〔三九〕黄鳥　國風黄鳥詩：如可贖兮，人百其身。

〔四〇〕青龍　後漢書曆法志：攝提遷次，青龍移辰，謂之歲。歲首至也，月首朔也。至朔同日謂之章，同在日首謂之蔀，蔀終六旬謂之紀，歲朔又復謂之元。

〔四一〕四游　張茂先勵志詩：天迴地游。李善曰：河圖曰：地有四游，冬至地上行北而西三萬里，夏至地下行南而東三萬里，春秋二分是其中矣。地常動不止，而人不知，譬如閉舟而行，不覺舟之運也。

〔四二〕八翼　晉書陶侃傳：侃少時夢生八翼飛而上天，見天門九重，已登其八，唯一門不得入。閽者以杖擊之，因墮地折其左翼。

〔四三〕飛鐵　漢書五行志：征和二年春，涿郡鐵官鑄鐵，鐵銷皆飛上去。此火爲變使之然也。

〔四四〕爲銅　賈誼鵩鳥賦：天地爲爐兮，造化爲工。陰陽爲炭兮，萬物爲銅。

〔四五〕劍去　吴越春秋：湛盧之劍，惡闔閭之無道也，乃去而出，水行如楚也。楚昭王卧而寤，得吴王湛盧之劍於牀。

〔四六〕梧宫　任昉述異記：梧桐園在吴宫，本吴王夫差舊園也，一名鳴琴川。語云：梧宫秋，吴王愁。

〔四七〕刀投　古今刀劍録：關羽爲先主所重，不惜身命，自採都山鐵爲二刀，銘曰萬人。及羽敗，羽惜刀，投之水中。

〔四八〕桂水　水經注：桂水出桂陽縣北界山。應劭曰：桂水出桂陽，東北入湘。

〔四九〕訓狐　段柯古酉陽雜俎：訓狐，惡鳥也。鳴則後竅應之。

〔五〇〕嬰蜺　屈原天問：白蜺嬰茀。王逸曰：蜺，雲之有色似龍者也。茀，白雲逶迤若蛇者也。言此有蜺茀氣逶迤相嬰。

〔五一〕鬬淵　朱長文吴郡圖經續記：破山有龍鬬淵，唐貞觀中，嫗生白龍，與一龍鬬于此而成此淵。

〔五二〕龍門　後漢書李膺傳：膺獨持風裁，士有被其容接者，名爲登龍門。

〔五三〕鶴蓋　劉孝標廣絶交論：鶴蓋成陰。李善曰：劉禎魯都賦曰：蓋如飛鶴，馬似游魚。

〔五四〕緑水　少陵遊何將軍山林詩：名園依緑水，野竹上青霄。

〔五五〕紅泉　謝靈運入華子岡是麻源第三谷詩：石磴瀉紅泉。

〔五六〕一飯　少陵解悶絶句：一飯未曾留俗客。

〔五七〕問田　魏志陳登傳：求田問舍，言無可采。

〔五八〕磈壘　世説任誕篇：阮籍胸中塊壘，故須酒澆之。

〔五九〕齒馬　公羊僖公二年：然吾馬之齒，亦已長矣。何休曰：以馬齒長戲之，喻荀息之年老。

〔六〇〕童烏　法言問神篇：育而不苗者，吾家之童烏乎？

〔六一〕兔園　五代史劉岳傳：兔園册者，鄉校俚儒教田夫牧子之所誦也。

〔六二〕句讀　昌黎師説：彼童子之師，授之書而習其句讀者也。

〔六三〕蛾子　記學記：蛾子時述之。

〔六四〕丹鉛　昌黎秋懷詩：不如覷文字，丹鉛事點勘。

〔六五〕枕膝　漢書儒林傳：孟喜從田王孫受易。喜好自稱譽，得易家候陰陽災變書，詐言師田生且死時枕喜膝，獨傳喜，諸儒以此耀之。

〔六六〕登樓　後漢書鄭玄傳：玄在馬融門下，三年不得見，乃使高業弟子傳授於玄。會融集諸生考論圖緯，聞玄善算，乃召見於樓上，玄因從質諸疑義，問畢辭歸。融喟然謂門人曰：「鄭生今去，吾道東矣。」

〔六七〕騕褭　穆天子傳：飛兔騕褭，日弛三萬里。司馬相如上林賦：羂騕褭。張揖曰：騕褭，馬金喙赤色，一日行萬里者。後漢書禰衡傳：孔融深愛其才，上疏薦之，曰：「若衡等輩，不可多得，激楚、揚阿，至妙之容，臺牧者之所貪，飛兔、騕褭，絶足奔放，良、樂之所急。」

〔六八〕夔蚿　莊子秋水篇：夔憐蚿。成玄英疏曰：夔是一足之獸，其形如鼓，足似人腳，而廻腫向前也。蚿，百足之蟲也。夔以少企多，故憐蚿也。

〔六九〕桃李　程大昌續演繁露：趙簡子謂陽虎曰：「唯賢者爲能報恩，不肖者不能矣。夫植桃李者，夏得休息，秋得其食。植蒺藜者，夏不得休息，秋得其刺焉。」今世通以所薦士爲桃李者，説皆本此。

〔七〇〕梧桐　少陵送賈閣老出汝州詩：西掖梧桐樹，空留一院陰。

〔七一〕裂麻　李肇國史補：陽城爲諫議大夫，德宗欲用裴延齡爲相。城曰：「白麻若出，吾必裂之而死。」德宗聞之，以爲難，竟寢之。

〔七二〕恤緯　左傳昭公二十四年：抑人亦有言曰：嫠不恤其緯，而憂宗周之隕。杜預曰：嫠，寡婦也。織者常苦緯少，寡婦所宜憂。

〔七三〕北寺　後漢書黨錮傳：帝愈怒，下膺等于黄門北寺獄。

〔七四〕西曹　漢書丙吉傳：西曹主吏白欲斥之。

〔七五〕橐饘　左傳僖公二十八年：甯子職納橐饘焉。杜預曰：橐，衣囊。饘，糜也。

〔七六〕朱游　漢書蕭望之傳：使者召望之，望之門下生朱雲勸其自裁。望之仰天嘆，字謂雲曰：「游，趣和藥來。」飲鴆自殺。

〔七七〕黄霸　漢書夏侯勝傳：丞相義、御史大夫廣明劾勝及黄霸，俱下獄，霸欲從勝受經，勝辭以罪死。霸曰：「朝聞道，夕死可矣。」勝賢其言，遂授之。

〔七八〕銅馬　後漢書光武紀：高湖、重連與銅馬餘衆合，光武復與大戰于蒲陽，悉破降之。

〔七九〕金鷄　新唐書百官志：中尚令供，赦日樹金鷄于仗南，竿長七丈，有鷄高四尺，黄金飾首，銜絳幡，長七尺，承以綵盤，維以絳繩，將作監供焉。擊掆鼓千聲，集百官父老囚徒。坊小兒得鷄首者，官以錢購，或取絳幡而已。

〔八〇〕密網　王元長永明九年策秀才文：傷秋荼之密網，惻夏日之嚴威。

〔八一〕甘陵　後漢書黨錮傳：初，桓帝爲蠡吾侯，受學于甘陵周福。及即帝位，擢福爲尚書。時同郡河南尹房植，有名當朝。鄉人爲之謡曰：天下規矩房伯武，因師獲印周仲進。兩家賓客互相譏揣，遂各樹朋黨，漸成尤隙。由是甘陵有南北部。黨人之議，自此始矣。

〔八二〕元祐　王偁東都事畧徽宗紀：崇寧三年，籍元祐奸黨，以司馬光爲首，凡三百九人，刻石于文德殿門之東壁。

〔八三〕傳火　史記匈奴傳：胡騎入代句注邊，烽火通于甘泉、長安。

〔八四〕控弦　漢書匈奴傳：控弦之士三十餘萬。師古曰：控，引也。控弦，言能引弓者。

〔八五〕帝車　後漢書天文志：斗爲帝車，運于中央，臨制四海。分陰陽，建四時，均五行，移節度，定諸紀，皆繫於斗。

〔八六〕天步　詩小雅白華篇：天步艱難，之子不猶。

〔八七〕鰲足　列子湯問篇：斷鰲之足，以立四極。

〔八八〕龍胡　史記封禪書：黄帝鼎成，有龍垂胡髯下迎帝。帝上騎，羣臣後宫從者七十餘人。餘小臣不得上，乃悉持龍髯。龍髯拔墮，墮黄帝之弓。百姓仰望，抱其弓與龍髯號。

〔八九〕八埏　漢書司馬相如傳：下泝八埏。孟康曰：埏，地之八際也。

〔九〇〕北顧　樂史寰宇記：潤州北固山在丹徒縣北一里。南徐州記云：城西北有别嶺陡入江，三面臨水，號曰北固。劉楨京口記云：回嶺入江，懸水峻壁。舊北顧作固字。梁高祖云：作鎮作固，誠有其語。然北望海口，實爲北觀。以理而推，宜改爲顧望之顧。輿地志云：天清景明，登之望見廣陵城如在雲霄中，相去鳥道五十餘里焉。

〔九一〕宗祏　左傳莊公十四年：先君桓公命我先人典司宗祏。杜預曰：宗祏，宗廟中藏主石室，言己世爲宗廟守臣。祏，音石。

〔九二〕朝廷小　胡銓上高宗封事：臣有赴東海而死耳，寧能處小朝廷求活耶？

〔九三〕風雲　後漢書二十八將傳論：咸能感會風雲，奮其智勇，稱爲佐命，亦各志能之士也。

〔九四〕翼戴　左傳昭公九年：翼戴天子而加之以共。

〔九五〕廻鑾　宋史宗澤傳：澤上疏言：士大夫之懷忠義者，莫不願陛下亟歸京師以慰人心。澤視師河北還，上疏請陛下回汴京，不報。復抗疏言京師二百年積累之基業，陛下奈何輕棄以遺敵國乎？

〔九六〕勸進　晉書劉琨傳：西都不守，元帝稱制江左，琨乃令長史温嶠勸進。于是河朔征鎮夷夏一百八十人連名上表。

〔九七〕翼軫　左太沖蜀都賦：翼軫寓其精。劉淵林曰：翼軫，楚分。

〔九八〕湘灕　祝穆方輿勝覽：灕水、湘水皆出海陽山而分源，南流爲灕，北流爲湘。漢討粵，戈船下將軍瀨，出零陵，下灕湘，即此。

〔九九〕浩劫　度人經：唯有元始浩劫之家，部制我界，繞乘玄都。

〔一〇〇〕虞淵　程大昌續演繁露：吕温贊狄仁傑曰：「取日虞淵，洗光咸池。」蓋言仁傑復辟，如取夜日而復諸晨朝也。

〔一〇一〕插羽　後漢書西羌傳論：羽書日聞。臣賢曰：羽書即檄書也。魏武奏事曰：邊有警急，即插羽以示急也。

〔一〇二〕分茅　潘元茂册魏公九錫文：錫君玄土，苴以白茅。李善曰：尚書緯曰：天子社東方青，南方赤，西方白，北方黑。上冒以黄土，將封諸侯，各取方土，苴以白茅以爲社。

〔一〇三〕黃農　譚掞邕筦溪峒雜記：邕州左右兩江溪峒，舊謂之四道農家，蓋波州、武勒州、思浪州、七源州四州皆農姓也。又謂之四道黃家，蓋安德州、歸樂州、田州、露城州，四州皆黃姓也。

〔一〇四〕邕桂　王象之輿地紀勝：秦併南越爲桂林縣地。漢平南越，改桂林爲鬱林郡。唐太宗改南晉州爲邕州，以州近邕溪，因以爲名。

〔一〇五〕戈鋋　班孟堅東都賦：戈鋋彗雲。李善曰：説文曰：鋋，小矛也。音澶。

〔一〇六〕青犢　後漢書光武紀：赤眉別帥與大彤、青犢十餘萬衆在射犬，光武進擊，大破之。青犢、赤眉賊入函谷關攻更始。

〔一〇七〕紅巾　元史順帝紀：至正十一年五月辛亥，潁州妖人劉福通作亂，以紅巾爲號，陷潁州。

〔一〇八〕反王　史記韓信傳：魏王豹反。漢與楚約和，信伏兵從夏陽以木罌缻渡軍，襲安邑。豹驚，引兵迎信，信遂虜豹。

〔一〇九〕別將　史記漢高祖紀：遇番君別將梅鋗，與偕攻析、酈。

〔一一〇〕白象　王象之輿地紀勝：象州城門畫一白象，郡西山白雲，狀如白象，移時不滅。象州自昔不遭兵革，凡有大盜，皆相戒以不宜犯象鼻。

〔一一一〕烏蠻　梁益州記：巂州巂山，其地接諸蠻部，有烏蠻、秋蠻。

〔一一二〕盧兒　漢書鮑宣傳：倉頭盧兒。孟康曰：諸給殿中者所居爲盧。倉頭侍從因呼爲盧兒。

〔一一三〕宿衛　漢書終軍傳：軍自請曰：「軍無横草之功，得列宿衛。」

〔一四〕 廝養　漢書陳餘傳：有廝養卒謝其舍曰：「吾爲二公説燕，與趙王載歸。」蘇林曰：廝，取薪者也。養，養人者也。

〔一五〕 徹侯　蔡邕獨斷：羣臣異姓有功封者，稱爲徹侯。武帝諱，改曰通侯，或曰列侯也。

〔一六〕 一旅　庾子山哀江南賦：孫策以天下爲三分，衆纔一旅。

〔一七〕 連鷄　戰國策：猶連鷄之不能俱止於棲亦明矣。

〔一八〕 咥虎　易履卦：六三，履虎尾，咥人，凶。

〔一九〕 河烏　隋書五行志：陳未亡時，有一足烏集於殿庭，以嘴畫地成文，曰：「獨足上高臺，盛草變成灰。」獨足者，叔寶獨行無衆之應。盛草成灰者，陳政蕪穢，被隋火德所焚除也。叔寶至長安，館於都水臺，上高臺之義也。

〔二〇〕 紙鳶　獨異志：梁武太清三年，侯景圍臺城。遠近不通。簡文與大器爲計，縛紙鳶飛空告急於外。侯景謀臣王褘謂景曰：「此必厭勝術，不然以事達於外。」令左右善射者射之，及墮，皆化爲禽鳥飛入雲中，不知所在。

〔二一〕 執冰　左傳昭公二十五年：公徒釋甲執冰而踞。杜預曰：言無戰心也。冰，櫝丸蓋。或云櫝丸是箭箙。其蓋可以取飲。

〔二二〕 狒狒　段柯古酉陽雜俎：狒狒力負千斤，笑輒上吻掩額，狀如獼猴。作人言如鳥聲，能知生死。

〔二三〕投縋　左傳昭公十九年：齊伐莒，莒有婦人，莒子殺其夫，已爲嫠婦。及老，託於紀鄣，紡焉以度而去之。及師至，則投諸外。子占使師夜縋而登。莒共公懼，啓西門而出。

〔二四〕蠕蠕　北史蠕蠕傳：蠕蠕，姓郁久閭氏。始神元之末，掠騎有得一奴，亡本姓名，其主字之曰木骨閭。木骨閭與郁久閭聲相近，故後子孫因以爲氏。木骨閭死，子車鹿會雄健，始有部衆，自號柔然。後太武以其無知，狀類於蟲，故改其號爲蠕蠕。

〔二五〕履善　龔開文宋瑞傳：丙子二月三十日，宋瑞夜同其客杜滸及廝役共十一人，以舟西走儀真。三月一日，入儀真城。後三日，郡守苗再興給宋瑞出境，經維揚，不見納，趨高沙道，歷七水寨，由泰至通州，遵海而南至温州，謁景炎新主。

〔二六〕庭芝　忠義集：襄帥呂文焕降，李庭芝再鎮揚州。至元十二年，伯顔既下沿江諸郡，乃留阿朮鎮瓜州，自以四月十三日入燕奏事。張世傑復常州，命劉師勇守之，自帥舟師由海道向金山，約庭芝自揚州出兵向瓜州，殿帥張彦自常州向鎮江，期以五月一日三路並進，與北師決死戰，奪江面以通淮、浙之脈。議已定，會連日西北風大作，庭芝疑海舟必乘風已至金山，以四月廿八日命姜才率步騎趨瓜州。世傑未至，才失勢，力戰不勝，還揚州。世傑如期至，則才兵已敗矣。獨彦爽約不出，淮事遂去。秋七月，才再出兵，又敗走，揚之精甲皆盡，關閉不出。會益王稱帝於福州，間道召庭芝爲右相。庭芝命淮東朱焕代帥，自與才將輕騎趨通、泰，謀泛海歸福州。甫出城，焕即以揚州降。北兵亟追，庭芝僅得入泰州，重兵圍城，知州孫泰臣開門降，庭芝及才被執，俱不屈。械至揚州，斬庭芝而臠才，淮東諸郡皆降。

〔一二七〕光如炬　南史檀道濟傳：上疾動，義康矯詔付廷尉，道濟見收，憤怒氣盛，目光如炬，脱幘投地曰：「乃壞汝萬里長城。」

〔一二八〕血化殷　莊子外物篇：萇弘死于蜀，藏其血，三年而化爲碧。

〔一二九〕剺面　後漢書耿秉傳：匈奴或至梨面流血。臣賢曰：梨即剺字。剺，割也。

〔一三〇〕花縵藤帽　東坡謝歐陽晦夫遺接䍦琴枕詩：白頭穿林要藤帽，赤腳渡水須花縵。施宿曰：番禺雜編：生黎人，用藤織裹頭，謂之麗穎子。西域記：西域國人首冠花縵，身衣纓絡。

〔一三一〕枕尸　左傳襄公二十五年：晏子立於崔氏之門外，門啓而入，枕屍股而哭。

〔一三二〕包箬飯　柳子厚柳州峒氓詩：青箬裹鹽歸峒客，緑荷包飯趁墟人。

〔一三三〕卜筳篿　離騷：索瓊茅以筳篿兮，命靈氛爲予占之。王逸曰：瓊茅，靈草也。筳，小折竹也。楚人名結草折竹以卜曰篿。五臣曰：筳，竹算也。

〔一三四〕南朝李　宇文懋昭大金國志：李若水將死，奮駡愈切。軍中相謂曰：「大遼之破，死義者十數，今南朝惟李侍郎者一人爾。」

〔一三五〕東海田　魏志田疇傳：劉虞爲公孫瓚所害，疇至，謁祭虞墓，哭泣而去。瓚大怒，購求獲疇。疇曰：「既滅無罪之君，又讐守義之臣，燕、趙之士，將皆蹈東海而死耳。」

〔一三六〕鑄金　吳越春秋：范蠡乘扁舟出三江，入五湖，人莫知其所適。於是越王乃使良工鑄金象范蠡之形，置之坐側，朝夕與之論政。

〔三七〕刻木　崖山志伍隆起傳：元張弘範入廣州，隆起力戰，累日不沮，潛爲其下謝文子所殺，以其首降元。陸秀夫遣人收遺骸，以木刻首續之，葬于文逕口山後。秀夫生募得文子戮之，祭隆起之墓。故今人猶名其墳爲釘頭墳，村爲釘頭村云。

〔三八〕葭灰　後漢書律曆志：候氣之法，爲室三重。户閉，塗釁必周，密布緹幔室中，以木爲案，每律各一，内庳外高，從其方位，加律其上，以葭莩灰抑其内端，案曆而候之。氣至者，灰去，其爲氣所動者，其灰散，人及風所動者，其灰聚。

〔三九〕火井　博物志：臨邛火井從廣五尺，深二三丈，投以竹木，可以取火。諸葛丞相往視之，其火轉盛。

〔四〇〕嘶泥馬　夷堅續志：宋高宗，徽宗第九子也。宣和二年封康王。靖康之變，康王嘗質金人軍中。金國太子與康王同出射，連發三矢皆中。金太子驚，默計曰：「宋太子生長深宮，鞍馬非其所長，今善射如此，意南朝特選宋室中長于武藝者冒名爲質，必非真也。留之無益，不如遣還。」高宗由是得逸，易服間道奔竄，足力疲困，假寐于崔府君廟階下，夢神報曰：「金人追將至，必速去之。已備馬門首，王急行，毋爲所及。」康王驚覺，則馬已在側，王踴躍上馬，疾馳而南，一日行七百里，渡河而馬不前，下視之，則泥馬也，始悟爲神助。臞仙史略：汴京陷，高宗遁。至磁州崔府君廟，馬斃，困睡，夢神人曰：「追者將至，有馬，可急行。」驚起乘之而去。至斜谷橋，馬不行，乃泥馬也。

〔四一〕叫杜鵑　少陵杜鵑詩：杜鵑暮春至，哀哀叫其間。我見常再拜，重是古帝魂。

〔四二〕朔方　通鑑：太子既留，莫知所適。建寧王倓曰：「殿下昔嘗爲朔方節度大使，將吏歲時致啓，倓略識其姓名。朔方道近，士馬全盛，裴冕衣冠名族，必無貳心。速往就之，徐圖大舉，此上策也。」

〔四三〕綸邑　左傳哀公元年：伍員曰：「少康逃奔有虞，虞思妻之以二姚，而邑諸綸。有田一成，有衆一旅，能布其德，而兆其謀，以收夏衆，撫其官職，使女艾諜澆，使季杼誘豷。遂滅過、戈，復禹之績。」

〔四四〕畢口　漢書天文志：熒惑初從畢口大星東東北往，數日至，往疾去遲。占曰：熒惑與歲星鬭，有病君飢歲。

〔四五〕狼肩　史記天官書：其東有大星曰狼，狼角變色，多盜賊。下有四星曰弧，直狼。

〔四六〕白山黑水　葉隆禮契丹國志：長白山在冷山東南千餘里，蓋白衣觀音所居。其山禽獸皆白。黑水發源于此。舊云粟末河，太宗破晉，改爲混同江。

〔四七〕鶉尾　新唐書天文志：星紀、鶉尾以負南海，其神主於衡山，熒惑位焉。

〔四八〕旄頭　史記天官書：昴曰旄頭，胡星也。

〔四九〕三后　大雅下武詩：三后在天。

〔一五〇〕飲御　小雅六月詩：飲御諸友。箋云：御，侍也。今飲之酒，使其諸友恩舊者侍之。

〔一五一〕班劍　王仲寶褚淵碑文：給節，加羽葆鼓吹，增班劍爲六十人。五臣曰：班劍，木劍無刃，假作劍形，畫之以文，故曰班也。

〔一五二〕馬韉　後漢書馬援傳：援曰：「男兒要當死于邊野，以馬革裹屍還葬耳。」

〔一五三〕綟綬　漢書百官公卿表：金璽盭綬。如淳曰：盭，音戾。盭，緑也，以緑爲質。晉灼曰：盭，草名也，似艾可染緑，因以爲綬名也。

〔一五四〕貂蟬　蔡邕獨斷：侍中常侍皆冠惠文，加貂附蟬。

〔一五五〕傳芭　屈原九歌：傳芭兮代舞。王逸曰：芭，巫所持香草名也。代，更也。言祠祀作樂而歌，巫持芭而舞訖，以復傳與他人更用之也。

〔一五六〕薦荔　昌黎柳州羅池廟碑：荔子丹兮蕉黄，雜肴蔬兮進侯堂。

〔一五七〕箕尾　莊子大宗師篇：傅説得之，以相武丁，奄有天下，乘東維，上箕尾，而比於列星。

〔一五八〕女媊　説文：媊，昨先切。甘氏星經曰：太白上公妻曰女媊。女媊居南斗，食厲，天下祭之，曰明星。

〔一五九〕五陵　傅季友爲宋公至洛陽謁五陵表：既開剪荆棘，繕修毁垣，職司既備，蕃衛如舊。

〔一六〇〕雙廟　南部新書：張巡、許遠，宋州立血食廟，謂之雙廟，至今歲列常禮。

〔一六一〕加籩　左傳昭公六年：季孫宿如晉，晉侯享之，有加籩。杜預曰：籩豆之數，多于常禮。

〔一六二〕身餘幾　左傳文公十七年：古人有言曰：畏首畏尾，身其餘幾？

〔一六三〕腹尚便　後漢書邊韶傳：韶曾晝日假寐，弟子私嘲之曰：「邊孝先，腹便便。懶讀書，但欲眠。」韶潛聞之，應時對曰：「邊爲姓，孝爲字。腹便便，五經笥。但欲眠，思經事。寐與周公通夢，静與孔子同意。師而可嘲，出何典記？」

〔一六四〕升屋哭　記禮運：升屋而號，告曰：皋，某復。

〔一六五〕對牀眠　韋應物示全真元常詩：寧知風雨夜，復此對牀眠。

〔一六六〕形影　曹子建上責躬應詔詩表：形影相吊，五情愧赧。

〔一六七〕陌阡　應劭風俗通：里語云：越陌度阡，更爲主客。

〔一六八〕鷄窗　羅隱題袁溪張逸人所居詩：鷄窗夜静開書卷。

〔一六九〕蛛匣　樂天東南行：書牀鳴蟋蟀，琴匣網蜘蛛。

〔一七〇〕移山　庾信哀江南賦：豈冤禽之能塞海，非愚叟之可移山。

〔一七一〕蹈海　史記魯仲連傳：魯仲連曰：「彼秦者，弃禮義而上首功之國也，權使其士，虜使其民，彼即肆然而爲帝，過而爲政于天下，則連有蹈東海而死耳，吾不忍爲之民也。」

〔一七二〕守器　左傳昭公七年：晉人來治杞田，季孫將以成與之。謝息爲孟孫守，不可，曰：「人有言曰：雖有挈瓶之知，守不假器，禮也。夫子從君而守臣喪邑，雖吾子亦有猜焉。」

〔一七三〕餘皇　左傳昭公十七年：吴伐楚，戰于長岸，大敗吴師，獲其乘舟餘皇。杜預曰：餘皇，舟名。

〔一七四〕祝予　公羊哀公十四年：子路死，子曰：「噫，天祝予！」何休曰：祝，斷也。

〔一七五〕將伯　小雅正月：載輸爾載，將伯助予。

〔一七六〕長夜　樂府甯戚商歌：長夜漫漫何時旦？

〔一七七〕窮塵　鮑明遠蕪城賦：埋魂幽石，委骨窮塵。

〔一七八〕三士詠　樂府諸葛亮梁父吟：步出齊城門，遥望蕩陰里。里中有三墳，纍纍正相似。問是誰家墓？田疆古冶子。力能排南山，文能絶地紀。一朝被讒言，二桃殺三士。誰能爲此謀？國相齊晏子。

〔一七九〕八公篇　少陵八哀詩序：傷時盜賊未息，興起王公、李公，嘆舊懷賢，終於張相國。八公前後存歿，遂不詮次焉。

〔一八〇〕温序　後漢書温序傳：序長子壽，夢序告之曰：「久客思鄉里。」壽即棄官上書乞骸骨歸葬。

〔一八一〕馬汧　潘安仁馬汧督誄注：李善曰：臧榮緒晉書：汧督馬敦，立功孤城，爲州司所枉，死於囹圄。岳誄之。

〔一八二〕汗竹　僧釋之金壺記：漢劉向，字子政，曰殺青竹簡書之。新竹有汗後皆蠹，故作者于火上炙乾以書之。

〔一八三〕澆花　南史何尚之傳：何點門世信佛，從弟遁以東籬門園居之。園有卞忠貞冢，點植花于冢側，每飲必酹之。

孟陽家孫念修自松圓過訪口占送别二首

松圓孫子見扶牀〔一〕，執手驚看似我長。有幾故人今宰木〔二〕，無多世界又滄桑〔三〕。何年漬酒〔四〕澆丘隴？舊日題詩〔五〕漫草堂。已悟前塵〔六〕知①影事，臨風收卻淚千行。

【校勘記】

①金匱本作「如」。

【箋注】

〔一〕扶牀　樂府焦仲卿妻：新婦初來時，小姑始扶牀。

〔二〕宰木　公羊僖公三十三年：宰上之木拱矣。何休曰：宰，冢也。

〔三〕滄桑　葛洪神仙傳：麻姑自説：「接待以來已見東海三爲桑田。」

〔四〕漬酒　劉孝標廣絶交論：門罕漬酒之彦。李善曰：謝承後漢書曰：徐穉有死喪，負笈赴弔，常於家預炙鷄一隻，一兩綿漬酒，日中曝乾以裹鷄，徑到所赴冢隧外，以水漬之，使有酒氣。升米飯，白茅藉，以鷄置前。醊酒畢，留謁即去，不見喪主。

〔五〕題詩　崇禎辛巳，公與孟陽訂黄山之遊，約以梅花時相尋于武林之西溪。踰月而孟陽不至，公遂挾吴去塵等以行。歸過長翰山中，訪松圓故居，題詩屋壁。舟抵桐江，始遇孟陽，推篷夜話而别。

〔六〕前塵　首楞嚴經：若分别性，離塵無體。斯則前塵，分别影事。長水疏曰：若離前塵，無此分别。足顯分别，宛是妄想。自性本無，屬於前塵，故可名爲分别影事。

其二

禪榻書窗面石城〔一〕，香燈茶椀記逢迎。朝陽有客尋聞詠〔二〕，落日何人看耦耕？碧血夜臺應面慰，絳雲灰劫定魂驚。千愁萬恨從鈎鎖，棖觸〔三〕今朝爲汝行。

【箋注】

〔一〕石城　公朝陽榭記：梁簡文帝招真治碑曰：「其峯則有石門、石城，虚峗自然，神功挺起。」予按姑蘇志云：過吴王廟五六里，有試劍石，又有三沓石，與石城、石門諸峯錯峙。乃知三沓石之東，試劍石下，石壁砑然中開，俗謂之劍門，即石門也。石之西，其崖如防如削，巨石錯列，如雉堞樓櫓，即石城也。簡文云「虚峗挺起」，信不誣也。舊志稱二峯在頂山西北，蓋未可信。

〔二〕聞詠　山莊舊有聞詠亭，取老杜「詩罷聞吴詠」之句得名。

〔三〕棖觸　謝惠連祭古冢文：以物棖撥之。李善曰：棖，杖也。南人以物觸物爲棖。

奉常王煙客先生見示西田園記寄題十二絶句①

天寶繁華愕夢長，西田茅屋擬②西莊〔一〕。最憐清夜禪燈畔，村犬聲如華子岡〔二〕。

【校勘記】

①上圖本、凌本題作「婁江王奉常西田圖詩八首」，無第四首、第六首、第十一首、第十二首，據金匱本補。②鄒本作「是」。

【箋注】

〔一〕西莊　少陵崔氏東山草堂詩：何爲西莊王給事，柴門空閉鎖松筠？雍録：輞川在藍田縣西南二十里，王維別墅在焉，本宋之問別圃也。

〔二〕華子岡　王摩詰山中與裴迪秀才書：夜登華子岡，輞水淪漣，與月上下。寒山遠火，明滅林外。深巷寒犬，吠聲如豹。村虛夜舂，復與疏鐘相間。

其二

竹暗花明斷劫灰，夕陽多處草堂開。湘簾蕩日春風捲，依舊烏衣〔一〕燕子來。

【箋注】

〔一〕烏衣　劉禹錫烏衣巷詩：朱雀橋邊野草花，烏衣巷口夕陽斜。舊時王謝堂前燕，飛入尋常百姓家。

其三

香稻菴前穲稏〔一〕香，秋原天外耦耕堂。閒來判斷人間事，只有爲農氣味長。

【箋注】

〔一〕穲稏　杜牧之郡齋獨酌詩：穲稏百頃稻，西風吹半黃。注曰：穲稏，稻名。

其四

池亭花木轉清鮮，玉石從教崑火燃。可是寂光長住土，不同變壞惱諸天。

其五

江岸縈廻籬落斜，相門何異故侯家？郊原初日①嘉賓會，自擷東陵子母瓜〔一〕。

【校勘記】

①鄒本、金匱本作「得」。

【箋注】

〔一〕子母瓜　阮嗣宗詠懷詩：昔聞東陵瓜，近在青門外。連畛距阡陌，子母相鉤帶。五色耀朝日，嘉賓四面會。

其六

縹囊玉軸亞朱闌，若①酒吴羹竟日歡。好事客來頻看畫，不將寒具列②盤餐。

【校勘記】

①朱藏牧齋外集作「滄」，佚叢作「昔」。　②朱藏牧齋外集作「到」。

其七

列檻虞山近可呼，野煙村火見平蕪。閒窗潑墨支頤坐，自寫秋槐①〔一〕葉落②圖。

【校勘記】

①鄒本、金匱本作「懷」。　②「葉落」，鄒本、金匱本作「落葉」。

【箋注】

〔一〕秋槐　明皇雜録：天寶末，賊陷西京。禄山大會凝碧池，梨園弟子歔欷泣下。樂工雷海青擲樂器，西向大慟，賊支解于試馬殿。王維拘于菩提寺，賦詩曰：「萬户傷心生野煙，百官何日再朝天？秋槐葉落空宫裏，凝碧池頭奏管絃。」

其八

閟閣香燈小築幽，金函神祖御書〔一〕留。吉祥雲海〔二〕茅茨裏，長涌①神光鎮斗牛。

【校勘記】

①凌本作「滿」。

【箋注】

〔二〕御書　奉常家藏神宗御劄。

〔三〕吉祥雲海　翻譯名義集：如來胸臆有大人相，形如卍字，名吉祥海雲。卍是西域萬字，謂吉祥萬德之所集也。

其九

滄海波如古井瀾，圯橋流水去漫漫。世人苦解人間事，家世紛紛説相韓〔一〕。

【箋注】

〔一〕相韓　史記留侯世家：悉以家財求客刺秦王，爲韓報仇，以大父、父五世相韓故。

其十

尚璽東華夢斷時，軟紅〔一〕塵土正迷離。藥欄大有翻階藥，留與春風印紫泥〔二〕。

【箋注】

〔一〕軟紅　東坡從駕景靈宮詩：軟紅猶戀屬車塵。坡公自注曰：前輩戲語：「西湖風月，不如東華軟紅香土。」

〔二〕紫泥　葛洪西京雜記：中書以武都紫泥爲璽室，加緑綈其上。

其十一

緑水紅蓮即鳳池，朝陽刷羽競長離。梧桐百尺饒鷄樹，要宿從他揀一枝。

其十二

標峯置嶺看參差，幻甚①丹青畫裏詩。還向右丞參半偈，水窮雲起坐行時。

【校勘記】

①朱藏牧齋外集作「出」。

京口觀棋六絶句爲梁谿弈師過百齡作

國手今看①袖手時，三山秋老鬢成絲。明燈相照渾如夢，空局〔一〕悠然未有期。

【校勘記】

①鄒本、金匱本作「觀」。

【箋注】

〔一〕空局　樂府子夜歌：明燈照空局，悠然未有期。

其二

八歲童牙〔一〕上弈壇，白頭旗纛許誰干？年來覆〔二〕盡楸枰〔三〕譜，局後方知審局①難。

【校勘記】

①金匱本作「勢」。

【箋注】

〔一〕童牙 後漢書崔駰傳：甘羅童牙而報趙。臣賢曰：童牙，謂幼小也。

〔二〕覆局 廣川畫跋：祕閣有覆局圖，畫法甚古。余爲書曰：此宋文帝碁圖也。羊玄保爲會稽太守，帝遣褚思莊入東與玄保戲，因製局圖，還於帝前覆之，即此圖也。

〔三〕楸枰 蘇鶚杜陽雜編：大中中，日本國王子來朝，善圍棋。上敕顧師言爲對手。王子出如楸玉棋局，冷暖玉棋子，云：「本國之東三萬里有集真島，島上有凝霞臺，臺上有手談池，池中生玉棋子，不由製度，自然黑白分明。冬暖夏冷，故謂之冷暖玉。更産如楸玉，類楸木，琢之爲局，光潔可鑒。」師言與之敵手，至三十三下，停手凝目，方更落子，則謂之鎮神頭，乃是解兩征勢也。王子瞪目縮臂，已伏不勝。

其三

烏榜〔一〕青油載弈師，東山太傅許追隨。風流宰相〔二〕清平世，誰識防①邊一著棋？記福清葉文忠公事。

【校勘記】

①鄒本、金匱本作「沿」。

【箋注】

〔一〕烏榜　東坡寒食至湖上詩：烏榜紅舷早滿湖。

〔二〕風流宰相　南史王曇首傳：王儉嘗謂人曰：「江左風流宰相，唯有謝安。」蓋自況也。

其四

渭津方罫〔一〕擅長安，紗帽〔二〕褒衣〔三〕揖漢官。今日向君談故事，也如司隸〔四〕舊衣冠。

【箋注】

〔一〕方罫　韋弘嗣博弈論：所務不過方罫之間。李善曰：桓譚新論曰：下者守邊，趨作罫，自生於小地，猶薛公之言黥布反也。

〔二〕紗帽　中華古今注：武德九年十一月，太宗詔曰：自今已後，天子服烏紗帽，百官士庶，皆同服之。

〔三〕褒衣　漢書雋不疑傳：褒衣博帶。師古曰：褒，大裾也。

〔四〕司隸　後漢書光武紀：更始將北都洛陽，以光武行司隸校尉。時三輔吏士見諸將過，皆冠幘而服婦人衣，諸于繡裾，皆非笑之。及見司隸僚屬，皆歡喜不自勝，老吏或垂涕曰：「不圖今日復見漢官威儀。」

其五

狠石〔一〕千年局已陳，孫劉只合賭侵分。不過幾著粗能了，賺殺人間看弈人〔二〕。

【箋注】

〔一〕狠石　東坡甘露寺詩：狠石卧庭下，穹窿如伏羱。施宿曰：潤州類集輿地志：石羊巷在城南，吴時孫氏隧道也。劉備詣孫權，權與俱獵，因醉，各據一羊。羅隱石羊詩：紫髯桑蓋此沈吟，狠石猶存事可尋。

〔二〕看弈人　段柯古酉陽雜俎：近有盜發蜀先主墓，見兩人張燈對弈，一人顧曰：「爾飲乎？」乃各飲以一杯，兼乞與玉腰帶數條。盜出外，口已漆矣，帶乃巨虵也。視其穴，已如舊。

其六

金山戰罷鼓桴停，傳酒争誇金鳳瓶〔一〕。此日江山紆白髮，一枰殘局兩函經。

【箋注】

〔一〕金鳳瓶　李幼武名臣言行録别集：韓世忠與兀朮相持于黄天蕩，世忠以海艦進泊金山下。

虜不得渡，乃求與世忠語，世忠酬答如響，時於所佩金鳳瓶傳酒縱飲示之。

寄懷嶺外四君詩

金道隱使君①〔一〕金投曹溪爲僧。

朔氣②横吹銅柱〔二〕殘，五溪〔三〕雲物淚汍瀾。法筵臘食〔四〕仍周粟，壞色條衣〔五〕亦漢官。畢落禪枝〔六〕除鴿怖〔七〕，多羅佛鉢〔八〕護龍蟠。菰蘆〔九〕一老香燈畔，遥祝金輪〔一〇〕共夜闌。

【校勘記】

①五大家詩鈔題作「寄友人」。②鄒本作「雪」。

【箋注】

〔一〕金使君　金使君道隱，名堡，浙之仁和人。崇禎庚辰進士，授山東臨清州知州。甲申之變，棄官歸里。丙戌二月至閩，思文補任户部主事，尋改禮科，繼而流寓西粤。戊子十月，趨赴端州行在，補兵科左給事，敢言直諫，朝著憚□。與總憲袁彭年、宫詹劉湘客、吏掌印科丁時魁、兵科蒙正發四人交最厚。己丑九月，馬吉翔門下士吕爾璵冒入臺班，道隱糾罷之。忌者指疏有「昌宗之裘」語，爲騰謗兩宫憾焉。庚寅正月初六日，庚關失守。初八日，上移蹕梧州。道隱隨駕至梧。二月，吴貞毓等十四人以六飛播遷事公疏參袁彭年、劉湘客、丁時魁、金堡、蒙正發把持朝政，號爲五虎，袁爲虎頭，劉爲虎皮，丁爲虎鬚，金爲虎爪，蒙爲虎倀。駕甫抵江岸，即奉旨下錦衣衛拿問。袁獨以反正功得免，輔臣嚴起恒率詞官錢秉鐙等數人跪沙濱申救，不允。理臣張鳳鳴迎合兩宮意，杖道隱百，受刑獨慘，瀕死，與時魁同論戍。湘客、蒙正發俱贖徒。貞毓等意猶未慊，時忠貞營勳國公高必正入覲，貞毓諸人郊迎四十里，極言朝事壞于五虎，爲之主者，嚴起恒也，公入朝宜清君側。必正頷之。次日請封水殿，高與劉遠生同鄉，其晨先過遠生舟飯，湘客爲遠生胞弟，同彭年出晤，必正正色責之，且極詆嚴公。錢秉鐙適至，詢何以知之，因出科臣雷德復揭斥嚴爲賊，論其二十大罪。鐙曰：「諸君之惡嚴公者，爲救五虎死也。在坐袁、劉，即五虎之二，去歲五虎攻嚴公不遺餘力，而嚴公不乘機報復，反跪沙濱力救，此爲正人乎？匪人乎？」必正大悟，至上前極論起恒公忠，并言金堡清直，貞毓等慚恚而罷。一日，上召對羣臣，忽問曰：「金堡畢竟是君子是小人？」在廷無有對者，秉鐙次早上疏云：「臣昨侍班，未聞皇上問及金堡，而廷臣之惡堡者皆在，咸不對，則良心難昧，堡爲君子可知。且堡受刑獨重，左腿已折，孑然殘廢之軀，遠戍極邊，去必不到，到亦必死，伏乞量改以全堡命。」得旨改清浪衛。時清浪不入職方，無路可達，遂依留守公于桂，祝髮城北之茅坪庵，法名性因，號澹歸，別號借山，後名今釋。是冬，桂林陷，留守與張公別山同殉難，澹歸上書定南，求爲殮葬。甲午至虞山晤牧翁于東皐，隨往廬山棲賢寺。後駐錫雷峯，開堂于韶州仁化縣之丹厓。己未秋，留吴門半塘寺，其冬逝于平湖陸氏之別墅，世壽六十六，僧夏三十。和留守公浩氣吟詩并序文，俱載虞山集中。

〔二〕銅柱　水經注：俞益期牋曰：馬文淵立兩銅柱于林邑北岸，山川移易，銅柱今復在海中。林邑記曰：建武十九年，馬援樹兩銅柱于象林南界，與西屠國分漢之南疆也。

〔三〕五溪　御覽：十道志曰：故老云：楚子滅巴，巴子兄弟五人流入黔中。漢有天下，名曰酉、辰、巫、武、沅等五溪，爲一溪之長，故號五溪。

〔四〕臘食　翻譯名義集：西天以佛從天降下王宮之日，供養佛食，名佛臘食。

〔五〕條衣　薩婆多論：大衣分三品：九條十一條十三條，兩長一短名下品；十五條十七條十九條，三長一短名中品；二十一條二十三條二十五條，四長一短名上品。

〔六〕畢落禪枝　翻譯名義集：畢利叉，亦名畢落叉，此云高顯。佛于下降，誕則爲高勝，名顯人天，故曰高顯。本行經云：是時摩耶夫人立地，以手執波羅叉樹枝，即生菩薩。庾信安昌寺碑：禪枝四静，慧窟三明。少陵遊修覺寺詩：禪枝宿衆鳥。

〔七〕鴿怖　大智度論釋初品中：舍利弗因緣佛在祇洹住，晡時經行，舍利弗從。有鷹逐鴿，鴿飛來佛邊住，佛影覆鴿，鴿身安隱，怖畏即除。後舍利弗影到，鴿便作聲，鸇怖如初。舍利弗白佛言：「佛及我身，俱無三毒，以何因緣佛影覆鴿，鴿便無聲，不復恐怖，我影覆上，鴿便作聲，顫慄如故？」佛言：「汝三毒習氣未盡，以是故，汝影覆時，恐怖不除。」

〔八〕多羅佛鉢　長水金剛經纂要刊定記：梵語鉢多羅，此云應量器。是過去維衛佛鉢，龍王將在宮中供養。釋迦成道，龍王送至海水上，四天王欲取，化爲四鉢，各得一鉢以奉如來。如來受已，重疊四鉢在於左手，以右手按合成一鉢。

〔九〕菰蘆　建康實録：殷禮與張温使蜀，諸葛亮見而嘆曰：「江東菰蘆中，生此奇才！」

〔一〇〕金輪　永明壽禪師心賦：大業機關，金輪種族。注曰：釋迦佛是金輪王之種。一鉢和尚歌云：萬代金輪聖王子，祇這真如靈覺是。

劉客生詹端①〔一〕

桑蓋〔二〕童童②捧日年，橫經演誥〔三〕已流傳。叔皮〔四〕河隴推符③命，越石幽燕④抗表⑤箋。蜀國有煙嘘火井〔五〕，秦庭無淚灑冰天〔六〕。鍾山舊日追遊地，金粟堆〔七〕前叫杜鵑。

【校勘記】

①五大家詩鈔題作「寄劉客生」。②「童童」，鄒本作「重重」。③「推符」，鄒本作「虚推」。④鄒本、金匱本作「并」。⑤「抗表」，鄒本作「枉抗」。

【箋注】

〔一〕劉詹端　劉詹端客生，名湘客，陝西宜川人。其兄即戎政兵部尚書遠生也。遠生初名廣胤，避劉承胤之嫌，遂以字行。客生多讀書，能詩古文詞。少以明經拔選，應授司理。甲申冬，史公題補淮安府推官兼軍前監紀贊畫。思文朝，陞兵部職方司主事。時遠生開府江西，方圖恢援吉、贛，俄而閩、汀告變，思文正位端州，留守公以少宰署部事，題改湘客爲御史。丁亥四月，上自全州駐蹕武岡，劉承胤與司禮王坤交關搆扇，封承胤爲安國公，御史吴德操、毛壽登糾之。湘客與科臣萬六吉同時上疏力争，王坤脅上廷杖四人，羣臣論救得免。上御經筵，方以智爲中允，奏改湘客翰林院編修，充日講起居注官。己丑，上蹕端州，以資深陞左坊庶子，洊歷掌詹少宗伯。庚寅二月，爲吴貞毓等所糾，留守公七疏申救，薄議奪官。七月至桂林，留守殉節後，避難陽朔剪刀原，轉徙流移。癸巳六月，病殁于平樂賀州里松筒，年四十九。平生著述甚富，撰留守公傳甚佳，史官有採焉。

〔二〕桑蓋　蜀志先主傳：舍東南角籬上，有桑樹生，高五丈餘，遥望見童童如小車蓋。

〔三〕横經演誥　漢書劉向傳：詔向領校中五經秘書，向見尚書洪範箕子爲武王陳五行陰陽休咎之應，乃集合上古以來歷春秋六國至秦、漢符瑞災異之記，推迹行事，連傳禍福，著其占驗，比類相從，各有條目，凡十一篇，號曰洪範五行傳論，奏之。

〔四〕叔皮　後漢書班彪傳：彪字叔皮，隗囂擁衆天水，乃避難從之。彪既疾囂言，又傷時方艱，乃著王命論，以爲漢德承堯，有靈命之符，王者興祚，非詐力所致，欲以感之，而囂終不寤。

〔五〕火井　左太沖蜀都賦：火井沈熒於幽泉，高爓飛煽於天垂。劉淵林曰：蜀郡有火井，在臨邛縣西南。火井，鹽井也。欲出其火，先以家火投之。須臾許，隆隆如雷聲，爓出通天，光輝十里，以筒盛之，接其光而無炭也。

〔六〕冰天　江文通雜體詩：聲教燭冰天。李善曰：淮南子：八紘，北方爲積冰。高誘曰：北方寒冰所積，因以爲名積冰也。

〔七〕金粟堆　少陵韋諷宅觀曹將軍畫馬歌：金粟堆前松柏裏，龍媒去盡鳥呼風。長安志：明皇泰陵在蒲城東北三十里金粟山。

姚以式侍御〔一〕

論交真①并紀羣〔二〕看，隔歲音書蠟紙殘。捧②日君能依北户，臨風我自滯南冠。三湘〔三〕天轉紅雲近，八桂〔四〕風迴白簡〔五〕寒。衰晚尚期持斗酒，屬車塵〔六〕下候回鑾。

【校勘記】

①鄒本、金匱本作「直」。②凌本作「指」。

【箋注】

〔一〕姚侍御　姚侍御以式名端，浙江仁和人。父奇胤，字有僕，崇禎庚辰進士，授廣東南海令，以式隨任遊庠。戊子夏，以選貢授兩殿中書。己丑春考選御史，監滇、焦兩勳鎮軍務，久依留守公于桂林。庚寅十一月，避亂梧、潯間，尋削髮于柳州佛寺者三年，後不知所終。

〔二〕紀羣　魏志陳羣傳：魯國孔融才高倨傲，年在紀、羣之間，先與紀友，後與羣交，更爲紀拜，由是顯名。

〔三〕三湘　顏延年北使洛詩：三湘淪洞庭。

〔四〕八桂　山海經：桂林八樹，在番禺東。郭璞曰：八桂而成林，言其大也。

〔五〕白簡　任彦昇奏彈曹景宗文：謹奉白簡以從。

〔六〕屬車塵　少陵傷春詩：豈無嵇紹血，霑灑屬車塵。

詠東皋新竹寄留守孫翰簡①〔一〕

筍根苞②粉尚離離，裂石穿雲③嶺外知。祖幹雪霜催老節，孫篁煙靄護新枝。紫泥汗簡〔二〕連編綴，青社〔三〕分符奕葉垂。昨夜春雷喧北户，老夫欣賦籜龍④〔四〕詩。

【校勘記】

①五大家詩鈔題作「詠東皋新竹卻懷壽明翰簡」。　②凌本作「包」。　③凌本作「霄」。　④鄒本作「生」。

【箋注】

〔一〕留守孫翰簡　瞿昌文，字壽明，戊子臘月朔孑身棄家入粤，兩親不知也。由浙航海抵閩，又從閩航海抵廣，間關半載，歷遍水陸艱危，始達桂林見乃祖，時己丑六月十九日也。留守隨疏奏聞，蒙恩循蔭例授中書舍人。庚寅五月，赴梧州行在，面對稱旨，特諭吏部從優議敘，改翰林簡討。留守再疏控辭，謂祖制可循，清華非任子宜列。上不允。在廷諸臣僉云皇上特恩，而留守慎名器，應倣去年考錢秉鐙、李來、温溥知、楊在等詞員例臨軒面試。隨于十一月初五日御定試題親考，初七日上傳以新銜供職。初十日晚，聞桂林陷，即辭上行，其後事詳粵行小紀中。

〔二〕汗簡　劉向列子序：皆以殺青書可繕寫。殷敬順釋文曰：謂汗簡刮去青皮也。

〔三〕青社　蔡邕獨斷：封東方諸侯，則割青土，藉以白茅，授之以立社，謂之茅土。

〔四〕籜龍　盧仝寄抱孫詩：竹林吾最惜，新筍好看守。萬籜苞龍兒，攢迸溢林藪。黄佐革除遺事：練安，字子寧，以字行，臨江新淦人。幼從竹莊先生遊，命賦水竹村居，有「千山暮雨石泉通，一夜春雷籜龍長」之句，竹莊甚奇之。

嘉禾梅溪訪①大山禪人四絶句

虎落〔一〕横斜瓜豆繁，望窮竹②徑始知門。若非亭午〔二〕齋鐘出，錯認陶家栗里村。

【校勘記】

①「梅溪訪」，鄒本、金匱本作「訪梅溪」。②凌本作「行」。

【箋注】

〔一〕虎落　漢書晁錯傳注：師古曰：虎落者，以竹篾相連遮落之也。

〔二〕亭午　孫興公遊天台山賦：羲和亭午。五臣曰：亭，至也。

其二

一坐依然小劫〔一〕成，蓮花漏裏六時更。石林〔二〕盡日看花雨，才到人間是甲兵。

【箋注】

〔一〕小劫　太白遊昌禪師山池詩：一坐度小劫，觀空天地間。

〔二〕石林　王象之輿地紀勝：石林，在烏程縣卞山，葉夢得所居。

其三

殘生何意款禪扉，白犬青猿〔一〕昔夢違。鄒魯冠裳凋落盡，此中還有七條衣。

【箋注】

〔一〕白犬青猿　五燈會元：千歲寶掌和尚晚居浦江寶巖，與朗禪師友善。師以白犬馳書，朗以青猿爲使令，故題朗壁曰：白犬銜書至，青猿洗鉢回。

其四

青青竹色覆窗棱，相對閒看穴紙①蠅〔一〕。莫怪機鋒〔二〕都未接，老夫元是啞羊僧〔三〕。

【校勘記】

①「穴紙」，鄒本、金匱本作「紙穴」。

【箋注】

〔一〕穴紙蠅　東坡次定慧欽長老見寄詩：鈎簾歸乳燕，穴紙出癡蠅。

〔二〕機鋒　楊億傳燈録序：機緣交激，若拄於箭鋒。智藏發光，旁資於鞭影。

〔三〕啞羊僧　大智度論釋初品中：共摩訶比丘僧，是僧四種：有羞僧，無羞僧，啞羊僧，實僧。持戒不破，身口清浄，能別好醜，未得道，是名有羞僧。破戒，身口不浄，無惡不作，是名無羞僧。雖不破戒，鈍根無慧，不別好醜，不知輕重，不知有罪無罪；若有僧事，二人共諍，不能斷決，默然無言。譬如白羊，乃至人殺，不能作聲，是名啞羊僧。若學人，若無學人，住四果中，行四向道，是名實僧。

吴巨手卍齋詩

嘉禾〔一〕城頭陣雲黑，宣公橋〔二〕上飛霹靂〔三〕。南湖春水漲緑波，骨拒骸枝血流赤。人民城郭總萋迷，華觀瓊臺長蒺藜。幾家高户無蛛網？是歲空梁少燕泥。吴生卍齋只尋丈〔四〕，卍字闌干獨無恙。取次縹囊結古香，依然墨沼翻雲浪。人言兵燹旁午〔五〕時，簾閣欄楯光陸離。即看雲物常虧蔽，或有天龍好護持。我聞如來妙心海〔六〕，吉祥卍字〔七〕雲靉鬉。放光〔八〕長使地獄空，閲世何憂市朝改。君觀胸中卍字無？摩醯〔九〕三眼認天樞。天上應無逃劫地，人間那得辟兵符〔一〇〕？

【箋注】

〔一〕嘉禾　水經注：檇李之地。秦始皇惡其勢王，令囚徒十餘萬人汙其土，表以汙惡名，改曰囚卷，亦曰由卷也。吴黄龍四年，有嘉禾生於其地，故曰禾興。太子後諱禾，改名嘉興。

〔二〕宣公橋　祝穆方輿勝覽：東萊吕祖謙記云：陸贄，蘇州嘉興人。今城東橋有以宣公名者，相傳即公所生地也。

〔三〕霹靂　魏志袁紹傳：太祖發石車擊紹，樓皆破。紹衆號曰霹靂車。

〔四〕尋丈　周語：其察色也，不過墨丈尋常之間。韋昭曰：五尺爲墨，倍墨爲丈。八尺爲尋，倍尋爲常。

〔五〕旁午　漢書霍光傳：使者旁午。如淳曰：旁午，分布也。師古曰：一縱一横爲旁午，猶言交横也。

〔六〕心海　清涼華嚴疏鈔世主妙嚴品第一之二：衆生藏識，皆名心海。

〔七〕吉祥卍字　翻譯名義集：如來胸臆有大人相，形如卍字，名吉祥海雲。卍字是西域萬字。華嚴音義云：案卍字，本非是字。大周長壽二年，主上權制此文，著於天樞，音之爲萬。謂吉祥萬德之所集也。苑師云：此是西域萬字，佛胸前吉祥相也。

〔八〕放光　法華經序品：爾時佛放眉間白毫相光，照東方萬八千佛土，靡不周徧，下至阿鼻地獄，上至阿迦尼吒天。華嚴經入法界品：或復見其處閻羅界，放大光明，救地獄苦。

〔九〕摩醯　清涼華嚴疏鈔世主妙嚴品第一之一：大自在者，梵云摩醯首羅是也，於三千界最自在故。智論第二云：此天有八臂三目，乘白牛，執白拂，一念之間，能知大千雨滴。

〔一〇〕辟兵符　抱朴子：辟五兵之道，以五月五日作赤靈符著心前。

朱五兄①藏名酒肆自號陶然余爲更之曰逃禪戲作四小詩

茫茫持耳翁，落落攢眉〔一〕友。欲逃東林②禪，聊止南村酒。

【校勘記】

①凌本無「兄」字。②鄒本、金匱本作「鄰」。

【箋注】

〔一〕攢眉　釋氏通鑑：陶淵明時訪遠公，公愛其曠達，招之入社。陶性嗜酒，謂許飲即來。遠許之。陶入山久之，以山無酒，攢眉而去。

其二

布袋〔一〕爲世界，米汁〔二〕是好友。會逃彌勒禪，肯醉聲聞酒〔三〕。

【箋注】

〔一〕布袋　傳燈録：布袋和尚者，未詳氏族，常以杖荷一布囊，凡供身之具，盡貯囊中。梁貞明二年，師將示滅，於嶽林寺東廊下，端坐磐石，而説偈曰：彌勒真彌勒，分身千萬億。時時示時人，時人自不識。偈罷，安然而化。其後他州有人見師，亦負布袋而行。

〔二〕米汁　少陵飲中八仙歌：蘇晉長齋繡佛前，醉中往往愛逃禪。黄鶴千家注曰：蘇晉學浮屠術，嘗得胡僧慧澄繡彌勒佛一本，晉寶之，嘗曰：「是佛好飲米汁，正與吾性合，吾願事之，他佛不愛也。」彌勒佛即布袋和尚，嘗於市中飲酒，食豬首，時人無識之者。

〔三〕聲聞酒　王摩詰胡居士卧病詩：既飽香積飯，不醉聲聞酒。

其三

投壺笑玉女，採花嗔惡友。且逃天宫禪，莫釀修羅酒〔一〕。

【箋注】

〔一〕修羅酒　翻譯名義集：出雜寶藏。法華疏云：阿修羅採四天下華，醖於大海，龍魚業力，其味不變。嗔妬誓斷，故言無酒。

其四

金粟是前①身，青蓮亦好友。長逃酒肆禪〔一〕，誰沽夜臺酒〔二〕？

【校勘記】

①鄒本、金匱本作「爾」。

【箋注】

〔一〕酒肆禪　太白答湖州迦葉司馬詩：青蓮居士謫仙人，酒肆逃名三十春。湖州司馬何須問，金粟如來是後身。

〔二〕夜臺酒　太白哭善釀紀叟詩：紀叟黄泉裏，還應釀老春。夜臺無李白，沽酒與何人？

胥山草堂詩爲徐次桓作

我嘆嘉禾徐亦于，書生口欲吞玄菟〔一〕。蠅頭〔二〕自寫犁庭①〔三〕策，牛背偏懸長白〔四〕圖。一朝旅病無端死，自笑身亡克②汗喜。陰符蛛篋殉泉臺，秋卷牛腰〔五〕付兒子。有子長貧手一編，腰鐮負米〔六〕婁江邊。每循伍員〔七〕耕時野，自種要離墓〔八〕畔田。胥山草堂困沮洳，墨瀋〔九〕書簽氣軒翥〔一〇〕。批風抹月〔一一〕時出游，兒啼婦呻且歸去。胥江水接語溪③〔一二〕湄，家祭④〔一三〕無忘劍渭〔一四〕思。莫將鼓角風雲氣，銷與香奩金粉詩。

【校勘記】

①「犁庭」，鄒本、金匱本作「治安」。②鄒本、金匱本作「合」。③「語溪」，鄒本、金匱本作「浯

溪」。④「家祭」，鄒本、金匱本作「每飯」。

【箋注】

〔一〕玄菟　樂史寰宇記：遼東，戰國時燕地。而帶方、真番、玄菟皆漢之郡，後皆爲東夷之地矣。

〔二〕蠅頭　東坡次韻黄魯直赤目詩：書成自寫蠅頭表。

〔三〕長白　段柯古酉陽雜俎：長白山，相傳古肅慎山也。

〔四〕犁庭　漢書匈奴傳：楊雄上書曰：「固已犁其庭，掃其閭，郡縣而置之，雲徹席卷，後無餘菑。」

〔五〕牛腰　太白贈王歷陽詩：書禿千兔毫，詩裁兩牛腰。

〔六〕負米　家語：子路曰：「昔者由也，事二親之時，常食藜藿之實，爲親負米百里之外。」

〔七〕伍員　史記吴太伯世家：子胥退而耕于野，以待專諸之事。

〔八〕要離墓　後漢書梁鴻傳：鴻至吴，依皋伯通。及卒，伯通等爲求葬地于要離冢旁，咸曰：「要離烈士，伯鸞清高，可令相近。」

〔九〕墨瀋　山谷初春書懷詩：半池墨瀋臨章草。

〔一〇〕軒翥　劉勰文心雕龍辨騷篇：固已軒翥詩人之後，奮飛辭家之前。

〔一一〕批風抹月　東坡和何長官六言絶句：貧家何以娱客？但知抹月批風。施宿曰：禪宗有「薄批明月，細抹清風」之語。

〔二〕語溪　大明一統志：語溪，在崇德縣東南，一名語兒中涇。

〔三〕家祭　放翁示兒絶句：死去原知萬事空，但悲不見九州同。王師北定中原日，家祭無忘告乃翁。

〔四〕劍渭　陸放翁有劍南、渭南二集。

贈盧子繇

雲物關河報歲更，寒梅逼坐見平生。眉間白髮垂垂下，巾上〔一〕青天故故明。老去閉門①聊種菜〔二〕，朋來參語〔三〕似班荆〔四〕。楞嚴第十應參②遍，已悟東方鷄後鳴〔五〕。

【校勘記】

①「閉門」，鄒本作「閒行」，金匱本作「閒門」。　②鄒本作「三」。

【箋注】

〔一〕巾上　司馬圖修史亭絶句：烏紗巾上是青天。

〔二〕種菜　蜀志先主傳注：胡沖吴歷曰：曹公數遣親近密覘諸將，備時閉門，將人種蕪菁。曹公使人闚門，既去，備謂張飛、關羽曰：「吾豈種菜者乎？」開後栅，與飛等俱輕騎去。

〔三〕參語　漢書楊敞傳：敞夫人與延年參語許諾。師古曰：三人共言，故云參語。

〔四〕班荆　左傳襄公二十六年：班荆相與食，而言復故。杜預曰：班，布也。布荆坐地，共議歸楚事。

〔五〕鷄後鳴　首楞嚴經：於涅槃天，將大明悟，如鷄後鳴，瞻顧東方，已有精色。長水疏曰：如鷄後鳴者，鷄第二鳴，天將曉也。五陰在，如全夜，陰都盡，如大明。色受二陰破，如鷄初鳴。天全未變，今想行又除，唯有識陰。明悟在近，即如鷄後鳴，天有精色。

雲將老友納妾

詩人〔一〕常爲燕鶯忙，暖老初知燕玉〔二〕良。松柏同心〔三〕憐夜永①，桃花結子〔四〕愛春陽。含嚬〔五〕只益蛾眉好，搔背〔六〕何妨鳥爪長。劇喜籛翁〔七〕年八百，尚餐雲母媚紅粧。

【校勘記】

①「夜永」，鄒本作「永夜」。

【箋注】

〔一〕詩人　石林詩話：張子野居錢塘，年八十餘猶蓄聲伎。子瞻贈以詩，有「詩人老去鶯鶯在，公子歸來燕燕忙」之語，全用張氏故事戲之。

〔二〕燕玉　少陵獨坐詩：暖老須燕玉。趙傁曰：燕玉，婦人也。古詩：燕趙多佳人，美者顔如玉。宋人仍襲，多用燕玉，實不知其何出。

〔三〕同心　樂府蘇小小歌：何處結同心？松陵松柏下。

〔四〕結子　王建宮詞：自是桃花貪結子，錯教人怨五更風。

〔五〕含嚬　太白效古詩：自古有秀色，西施與東鄰。蛾眉不可妬，況乃效其嚬。

〔六〕搔背　葛洪神仙傳：麻姑手爪不如人爪形，皆似鳥爪。蔡經心中私言：「若背大癢時，用此爪以爬背當佳也。」方平已知，即使人牽經鞭之。

〔七〕籛翁　葛洪神仙傳：彭祖姓籛名鏗，善補養導引之術，服水桂雲母粉麋鹿角，常有少容。去殷時，年七百七十歲，非壽終也。

壯遊贈顧南金

餘生殘劫共悽惶，彈鋏〔一〕欣然笑束裝。鐵鎖沉沙〔二〕論虎鬭〔三〕，樓船削柹認龍驤〔四〕。前期〔五〕客有班荆好，首路〔六〕人誰贈策〔七〕長？三國江山猶赤壁，扣舷爲我問周郎〔八〕。

【箋注】

〔一〕彈鋏　戰國策齊語：馮諼寄食孟嘗門下，彈其鋏而歌。

〔二〕沉沙　杜牧之赤壁詩：折戟沉沙鐵未銷。

〔三〕虎鬭　史記春申君傳：上書説秦昭王曰：「天下莫强於秦、楚，今聞大王欲伐楚，此猶兩虎相與鬭，而駑犬受其弊。」

〔四〕龍驤　晉書王濬傳：武帝謀伐吴，詔濬修舟艦。濬造船于蜀，其木柹蔽江而下。尋以謡言，拜濬爲龍驤將軍。吳人于江險磧要害之處，並以鐵鎖橫截之，又作鐵錐暗置江中，以逆距船。濬乃作大筏先行，筏遇鐵錐，錐輒著筏去。又作火炬，灌以麻油，遇鎖，燃炬燒之，須臾鎔液斷絶，船無所礙。

〔五〕前期　沈約別范安成詩：生平少年日，分手易前期。

〔六〕首路　顔延年北使洛詩：首路跼險艱。

〔七〕贈策　左傳文公十三年：晉人患秦之用士會，使魏壽餘僞以魏叛者，以誘士會。繞朝贈之以策，曰：「子無謂秦無人，吾謀適不用也。」

〔八〕周郎　吳志周瑜傳：瑜時年二十四，吳中皆呼爲周郎。

東皋老僧

春深花柳隱東皋，獨抱軍持護寂寥。一室香燈塵刹〔一〕在，六時梵唄劫輪〔二〕銷。枝頭怖鴿依林木，鉢裏眠龍應海潮。天眼〔三〕定中常不昧，金輪〔四〕時見鬼神朝。

【箋注】

〔一〕塵刹　華嚴經世主妙嚴品：十方刹海微塵數。

〔二〕劫輪　法苑珠林四洲篇：大地依水輪，水依風輪，風依空輪，空無所依。

〔三〕天眼　劉禹錫和宣上人放榜詩：借問至公誰印可？支郎天眼定中觀。

〔四〕金輪　首楞嚴經：彼金寶者，明覺立堅。故有金輪，保持國土。

七十答人見壽辛卯①

七十餘生底自嗟，有何鱗爪〔一〕向人誇？驚聞窸窣牀頭蟻〔二〕，羞見彭亨〔三〕道上蛙。著眼空花〔四〕多似絮，撐腸〔五〕大字〔六〕少於瓜。三生悔不投胎處，罣飯僧坊賣餅家〔七〕。

【校勘記】

①凌本無「辛卯」二字。

【箋注】

〔一〕鱗爪　唐詩紀事：長慶中元微之、劉夢得、韋楚客同會樂天舍，各賦金陵懷古詩。劉滿飲一杯，飲已即成。白公覽詩曰：「四人探驪龍，子先獲珠，所餘鱗爪何用耶？」即于是罷唱。

〔二〕牀頭蟻　世説紕繆篇：殷仲堪父病虚悸，聞牀下蟻動，謂是牛鬬。

〔三〕彭亨　石鼎聯句詩：豕腹漲彭亨。

〔四〕空花　圓覺經：譬彼病目見空中花。

〔五〕撐腸　東坡虔州吕倚承事詩：飢來據空案，一字不堪煮。枯腸五千卷，磊落相撐拄。

〔六〕大字　辛卯余月，公題浣花閒話小引云：絳雲一炬，萬卷成灰，并腹笥中西瓜大十許字，亦被六丁收去，此中空無所有，便作結繩以前人矣。

〔七〕賣餅家　傳燈録：澧州龍潭崇信禪師，本渚宫賣餅家子也。初悟和尚居天皇寺，師家於寺巷，常日以十餅饋之，悟受之。每食畢，常留一餅，曰：「吾惠汝，以蔭子孫。」師自念曰：「餅是我持去，何返遺我？」造而問焉，悟曰：「是汝持來，復汝何咎？」師聞之，頗曉玄旨，因請出家。

癸巳春日送趙秋屋遠遊①

萬里歸如②莽蒼休，空箱摺蹇便成游。每探玉鏡過鶉尾，頻解金鈴繫虎頭。吹笛江山餘赤壁，推蓬日月自神州。相期細酌餘杭酒，共話蓬萊清淺流。

【校勘記】

①淩本、鄒本、金匱本無此詩。邃本補遺作「趙秋屋遠遊」，五大家詩鈔、佚叢題作「送趙秋屋遠遊」。②邃本補遺作「來」。

卷五

敬他老人集①起甲午年，盡乙未秋

和墨香秋興卷二首有序②

成化中，嘉興姚侍御公綬爲許進士廷冕題墨菊卷，周桐村鼎、沈石田周、張給事寧皆有詩屬和。吕太常憲二律尤佳。太常諸孫天遺從市人購得，寄示③索題。敬次諸公韻二首，以識仰止。追盛世，懷君子，采苓〔一〕風雨〔二〕，良有感託④云耳。

【校勘記】

①「敬他老人集」，鄒本、金匱本作「絳雲燼餘集下」。②淩本、鄒本、金匱本無「有序」二字。③鄒本、金匱本作「字」。④鄒本作「話」。

【箋注】

〔一〕采苓　國風簡兮詩：山有榛，隰有苓。云誰之思？西方美人。

〔二〕風雨　國風風雨詩序云：風雨，思君子也。亂世則思君子，不改其節度焉。

白石〔一〕桐村〔二〕舊作家〔三〕，叢殘香墨似飛花。流連文酒風心〔四〕在，想像承平劫夢賒。南國〔五〕詞人矜麗藻，東城〔六〕父老説繁華。百年天地留詩卷，極目雲煙過晚鴉。

【箋注】

〔一〕白石　啓南晚年自號白石翁。

〔二〕桐村　周鼎，字伯器；姚綬，字公綬，天順末進士，俱嘉善人。張寧，字静之，海寧人，景泰五年進士。伯器以掾曹得官，沭陽伯金忠辟置幕下，從征閩寇。晚年遨遊三吴，賣文爲活，以老壽終。門人史鑑用柳文例志其墓，曰桐村藺室紀蓋石文。

〔三〕作家　盧氏雜記：王縉好與人作碑誌，有送潤毫，誤叩王維門，維曰：「大作家在那邊。」

〔四〕風心　玉臺集沈約雜詠：風心動燕姬。

〔五〕南國　雲溪友議：李龜年曾於湘中採訪使筵上唱「紅豆生南國，春來發幾枝？贈君多採擷，此物最相思」，合座莫不望行幸而慘然。

〔六〕東城　陳鴻東城老父傳：老人姓賈名昌，長安宣陽里人。開元元年癸丑生，元和庚寅已歲九十八矣。語太平事，歷歷有聽。

其二

綈几〔一〕奚囊〔二〕賞鑒家〔三〕，横窗卷軸對黄花。即看殘夢争言好，自詫千金未許賒。先友成弘同石表〔四〕，秋容籬落異年華。奉常佳句君能詠①，一看南山色似鴉。是奉常詩落句。

【校勘記】

①鄒本作「説」。

【箋注】

〔一〕綈几　葛洪西京雜記：天子玉几，冬則加綈錦其上，謂之綈几。

〔二〕奚囊　李商隱李賀小傳：恒從小奚奴騎距驢，背一古破錦囊，遇有所得，即書投囊中。

〔三〕賞鑒家　陶九成輟耕録：自昔鑒賞家分品有三：曰神，曰妙，曰能。又米元章謂好事家與賞鑒家自是兩等，家多資力，貪好名勝，遇物收置，不過聽聲，此謂好事。若鑒賞則天資高明，多閲傳録，或自能畫，或深畫意，每得一圖，終日寶玩，如對古人，不能奪也。

〔四〕石表　柳子厚先君石表陰先友記注：東坡云：子厚記其先友六十七人於其墓碑之陰，考之於傳，卓然知名者蓋二十人。

天遺家籬菊盛開邀諸名士作黄花社奉常公墨菊卷適歸几上諸子倚原韻賦詩題曰東籬秋興而屬余和之

占斷秋光是汝家，清尊雅奏爲籬花。佳賓自至何煩約，笑口常開不用賒。酒盞潤如分露液，墨池燥即起雲華。吟成卻指疏桐樹，不宿黄昏接翅鴉〔一〕。

【箋注】

〔一〕接翅鴉　何遜詩：城陰度塹黑，昏鴉接翅歸。少陵復愁詩：昏鴉接翅歸。

其二

版屋衡門故相家，義熙時節種陶花。東籬視昔依然好，白髮於今没處賒。小築楯闌香國土，平分月令晚芳華。劇憐半樹梧桐影，池上離褷噪晚①鴉。吕爲故相文懿公後，故有池上鳳毛之嘆。

【校勘記】

①凌本作「亂」。

題僧卷

雪被冰牀〔一〕雲水限，死關坐①斷不曾開。驀然豆子爐中爆〔二〕，笑撥星星一點灰。

【校勘記】

①鄒本、金匱本作「生」。

【箋注】

〔一〕雪被冰牀　隋釋灌頂大涅槃經疏：菜食水齋，冰牀雪被。孤居獨處，夢抽思乙。

〔三〕豆子爆　傳燈録：佛日和尚参夾山，問：「與什麽同行？」師曰：「木上坐。」遂取拄杖擲于夾山面前。夾山曰：「從天台得來否？」師曰：「非五嶽之所生。」曰：「從須彌山得來否？」師曰：「月宫亦不逢。」曰：「恁麽即從他人得也。」師曰：「自己尚是冤家，從人得，堪作什麽？」曰：「冷灰裏有一粒豆子爆。」張無盡付百丈山丐者流通海眼經偈：歸命新經願力深，決知一字直千金。驀然豆子灰中爆，莫笑先生錯用心。

甲午春日觀吴園次懷人詩卷愴然有感次韻二首

誰憑龍漢〔一〕問編年？轉眼分明浩劫〔二〕前。無藉〔三〕每思邀帝博〔四〕，長貧只合貫天錢〔五〕。石言〔六〕晉國寧非濫，鶴語〔七〕堯時①劇可憐。渡海踰河都未了，不如拔宅〔八〕去登仙。

【校勘記】

①金匱本作「年」。

【箋注】

〔一〕龍漢　張君房雲笈七籤：靈寶略記云：過去有劫，名曰龍漢。龍漢一運，經九萬九千九百九十九劫，氣運終極，天淪地崩，四海冥合，乾坤破壞，無復光明。經一億劫，天地乃開，劫名赤明。

〔二〕浩劫　度人經：唯有元始，浩劫之家。部制我界，統乘玄都。

〔三〕無藉　少陵送韋書記赴安西詩：白頭無藉在。趙次公曰：謂無人復慰藉也。

〔四〕帝博　韓非子外儲説左上篇：秦昭王令工施鈎梯而上華山，以松柏之心爲博，箭長八尺，棊長八寸，而勒之曰：「昭王嘗與天神博于此矣。」

〔五〕天錢　荆楚歲時記：牽牛娶織女，借天帝二萬錢下禮，久不還，被驅在營室中。河鼓、黄姑，牽牛也，皆語之轉。

〔六〕石言　左傳昭公八年：石言于晉魏榆。晉侯問于師曠，對曰：「石不能言，或馮焉。不然，民聽濫也。」

〔七〕鶴語　白氏六帖：異苑曰：晉太康二年，南州人見二鶴語曰：「今兹寒不減堯崩年。」

〔八〕拔宅　廣卓異記：許真君舉家四十二口拔宅上昇，錦帳自雲中墮于故宅。

其二

銅人〔一〕流淚自何年，歷歷開元在眼前。海上浪傳千歲藥〔二〕，民間猶使五銖錢〔三〕。繰絲有繭春蠶老，曲樹無條尺蠖〔四〕憐。脈望〔五〕只應乾死盡，莫將食字學神仙。

【箋注】

〔一〕銅人　宋書五行志：魏明帝青龍中盛修宫室，西取長安金狄，承露槃折，聲聞數十里。金狄泣，於是因留霸城。此金失其性而爲異也。

〔二〕千歲樂　史記封禪書：自威、宣、燕昭使人入海求蓬萊、方丈、瀛州，此三神山者，其傳在渤海中，諸仙人及不死之藥皆在焉。

〔三〕五銖錢　漢書食貨志：莽罷錯刀、契刀及五銖錢，而更作金銀龜貝錢布之品。百姓憒亂，其貨不行，民私以五銖錢市買。

〔四〕尺蠖　爾雅疏：蠖，一名蚇蠖。郭云：今蝍蝛。方言云：蠀蝛謂之蚇蠖。郭云：又呼步屈。説文云：蠖，屈伸蟲也。易繫辭云「尺蠖之屈，以求信」者是也。宗鏡録卷第四十二：如尺蠖尋條，安前足而進後足；似癡猴得樹，放高枝而捉低枝。

〔五〕脈望　段柯古續酉陽雜俎：何諷嘗買得黄紙古書，卷中得髮卷，規四寸，如環無端。何因絶之，斷處兩頭滴水升餘，燒之作髮氣。諷嘗言於道者，吁曰：「蠹魚三食神仙字，則化爲此物，名曰脈望。夜以規映當天中星，星使立降，可求還丹，取此水和而服之，即時换骨上賓。」因取古書尋義讀之，皆神仙字。諷方哭伏。

丁繼之七十初度借廣陵詩卷韻倚和爲壽四首①

左右風懷〔一〕寄暮②年，花枝酒海〔二〕鏡臺前。每憑青鳥〔三〕傳書信，不欠黄姑下聘錢。無事皺眉常自慰，有人擁髻〔四〕正相憐。笑他丁令〔五〕千年後，化鶴來歸③勸學仙。

【校勘記】

①鄒本、金匱本題作「壽丁繼之七十四首」。②「寄暮」，鄒本作「七十」。③「來歸」，鄒本、金匱本題作「歸來」。

【箋注】

〔一〕左右風懷　方回瀛奎律髓：晏元獻類要有左風懷、右風懷二類，男爲左，女爲右。

〔二〕酒海　樂天就花枝詩：就花枝，移酒海。今朝不醉明朝悔。

〔三〕青鳥　顧況梁廣畫花歌：紫書分付與青鳥，却向人間求好花。

〔四〕擁髻　伶玄趙飛燕外傳自序：通德占袖，顧視燭影，以手擁髻，淒然泣下。

〔五〕丁令　續搜神記：遼陽東城門華表一日有白鶴歌曰：「有鳥有鳥丁令威，去家千歲今始歸。城郭猶是人民非，何不學仙冢纍纍？」

其二

龍漢分明劫外年，清淮流水①赤欄前。琴尊自可爲三友〔一〕，花月何曾費一錢〔二〕？留客恰宜邀笛步〔三〕，當歌最愛想夫憐②〔四〕。案頭老蠹休相笑，食字〔五〕春蟲③豈作④仙？

【校勘記】

①「清淮流水」，鄒本作「燈樓酒舫」。②「想夫憐」，鄒本作「相夫憐」。③鄒本、金匱本作

「蠶」。④鄒本、金匱本作「是」。

【箋注】

〔一〕三友　元次山丐論：古人鄉無君子，則與雲山爲友；里無君子，則與松竹爲友；坐無君子，則與琴酒爲友。

〔二〕一錢　太白襄陽歌：清風明月不用一錢買，玉山自倒非人推。

〔三〕邀笛步　王象之輿地紀勝：邀笛步，在上元縣，乃王徽之遇桓伊吹笛之處。

〔四〕想夫憐　吴競樂府古題解：相府蓮者，王儉爲南齊相，一時所辟皆才名之士，時人以入儉府爲蓮花池，謂如紅蓮映緑水，今號蓮幕者自儉始。其後語訛爲想夫憐。樂苑曰：想夫憐，羽調曲也。白居易詩曰：玉管朱絃莫急催，客聽歌送十分杯。長愛夫憐第二句，倩君重唱夕陽開。王維右丞詞云「秦川一半夕陽開」是也。

〔五〕食字　漢書五行志：昭帝時，上林苑中大柳樹斷仆地，一朝起立生枝葉，有蟲食其葉成文字。

其三

曲踊〔一〕横奔倚①少年，金丸〔二〕玉勒②萬人前。淳于〔三〕正合傾三斗，程尉〔四〕何曾值一錢？片語拂衣〔五〕還自笑，千金擲帽〔六〕不知憐。老來俠骨偏騰上〔七〕，不作頑仙〔八〕作③

劍仙④。

【校勘記】

①凌本、金匱本作「敵」。②鄒本作「劍」。③牧齋詩鈔作「即」。④鄒本、金匱本後四句作「望眼刀頭青鏡在，吞聲江曲白頭憐。知君不羨還丹訣，俠骨飛騰即劍仙」。

【箋注】

〔一〕曲踊　左傳僖公二十八年：魏犨距躍三百，曲踊三百。杜預曰：百，猶勱也。勱，音邁。

〔二〕金丸　葛洪西京雜記：韓嫣好彈，常以金爲丸，一日所失者十餘。長安爲之語曰：「苦饑寒，逐金丸。」京師兒童聞嫣出彈，輒隨之，望丸之所落輒拾焉。

〔三〕淳于　史記滑稽列傳：淳于髡曰：臣飲一斗亦醉，一石亦醉。

〔四〕程尉　漢書灌夫傳：夫行酒至灌賢，賢方與程不識耳語，又不避席。夫罵賢曰：「平生毁程不識不值一錢，今日長者爲壽，乃效女曹兒呫囁耳語。」

〔五〕拂衣　世説方正篇：王子敬數歲，嘗覩諸門生樗蒱，見有勝負，因曰：「南風不競。」門生輩輕其小兒，廼曰：「此郎亦管中窺豹，時見一斑。」子敬瞋目曰：「遠慚荀奉倩，近愧劉真長。」遂拂衣而去。

〔六〕擲帽　晉書袁耽傳：桓温少時游于博徒，資産俱盡，求濟於耽。耽在艱，變服懷布帽，隨與債主戲。耽素有藝名，債者不相識，謂之曰：「卿當不辦作袁彦道也。」遂就局，十萬一擲，直上百萬。耽投馬絶叫，探布帽擲地曰：「竟識袁彦道不？」

〔七〕騰上　新唐書馬周傳：岑文本曰：「馬君鳶肩火色，騰上必速，恐不能久。」

〔八〕頑仙　張彦遠法書要録：陶隱居與梁武帝啓云：每以爲得作才鬼，亦當勝于頑仙。

其四

白下〔一〕藏名七十年，笛牀〔二〕燈舫博樓前。襟懷天下三分月〔三〕，囊篋開元半字錢〔四〕。蔭藉金張〔五〕那可問，經過趙李〔六〕總堪憐。麻姑送酒〔七〕拼同醉，且作人間狡獪〔八〕仙①。

【校勘記】

①鄒本、金匱本此詩作「白下藏名七十年，博場酒肆笛牀前。傳來建業三臺曲分月，留得開元半字錢。蔭藉金張那可問，經過趙李總堪憐。繫腰莫笑吾衰甚，雲母餐來共作仙」。

【箋注】

〔一〕白下　樂史寰宇記：唐武德九年，改金陵縣爲白下縣。貞觀九年，改白下爲江寧。

〔二〕笛牀　少陵陪李梓州泛江戲爲豔曲：白日移歌袖，清霄近笛牀。

〔三〕三分月　容齋隨筆：唐世天下之盛，揚爲一而蜀次之也。徐凝詩云：天下三分明月夜，二分無賴是揚州。其盛可知矣。

〔四〕半字錢　沈括筆談：毗陵郡士人家有一女，姓李氏，方年十六歲，頗能詩，有拾得破錢詩云：半輪殘月掩塵埃，依稀猶有開元字。想得清光未破時，買盡人間不平事。」

〔五〕金張　左太沖詠史詩：「金張藉舊業，七葉珥漢貂。」

〔六〕趙李　阮嗣宗詠懷詩：「西遊咸陽中，趙李相經過。」

〔七〕麻姑送酒　李肇國史補：李泌以虛誕自任，有人遺美酒一榼，會有客至，乃曰：「麻姑送酒來，與君同傾。」言未畢，閽者云：「某侍郎取榼子。」泌命倒還之，略無作色。

〔八〕狡獪　葛洪神仙傳：麻姑擲米成真珠。方平笑曰：「姑故少年，吾老矣，不喜作此狡獪變化也。」

次韻贈趙友沂四首

楚史〔一〕三墳博，胡威〔二〕再世廉。文心呈浩蕩，詩律鬭①精嚴。道以緌爲紀〔三〕，交將素比縑〔四〕。看君躍馬意，寂寞笑郎潛〔五〕。

【校勘記】

①鄒本、金匱本作「闡」。

【箋注】

〔一〕楚史　家語：楚靈王汰侈，右尹子革侍坐，左史倚相趨而過，王曰：「是良史也，是能讀三墳五典八索九丘。」

〔二〕胡威　晉書胡威傳：威父子清慎，武帝謂威曰：「卿孰與父清？」威曰：「臣父清恐人知，臣清恐人不知，是臣不及遠也。」

〔三〕緵爲紀　葛洪西京雜記：公孫弘爲賢良，鄒長倩書題遺之曰：「夫人無幽顯，道在則爲尊。五絲爲鑷，倍鑷爲升，倍升爲緎，倍緎爲紀，倍紀爲緵，倍緵爲襚。此自少之多，自微至著也。士之立功勳，效名節，亦復如之。勿以小善不足修而不爲也，故贈君素絲一襚。」

〔四〕素比縑　大唐傳載：李素替杜兼時，韓吏部愈自河南令除職方員外郎，歸朝問前後之政如何，對曰：「將縑來比素。」古樂府棄婦篇：將縑來比素，新人不如故。

〔五〕郎潛　漢武故事：武帝輦過郎署，見顏駟曰：「叟何時爲郎？何其老矣。」對曰：「臣文帝時爲郎。文帝好文臣好武，景帝好老臣又少，陛下好少臣已老，是以三世不遇。」張平子思玄賦：尉厖眉而郎潛兮，逮三葉而遘武。

其二

長懷天育馬〔一〕，肯坐騎奴韉〔二〕？籌策紆三表①〔三〕，論詩只數篇〔四〕。連城〔五〕歸白璧，清廟〔六〕叶朱絃。信宿〔七〕猶爲客，休嗟入洛〔八〕年。

【校勘記】

①鄒本、金匱本作「嘆」。

【箋注】

〔一〕天育馬　少陵天育驃騎歌：遂令大奴守天育。舊注曰：天育，天子廄名。

〔二〕騎奴韉　史記田叔傳：任安、田仁爲衛將軍舍人，衛將軍從此兩人過平陽主，主家令兩人與騎奴同席而食，此二子拔刀列斷席别坐。主家皆怪而惡之，莫敢呵。

〔三〕三表　漢書賈誼傳贊：施五餌三表以係單于。師古曰：賈誼書謂：愛人之狀，好人之技，仁道也。信爲大操，常義也。愛好有實，已諾可期，十死一生，彼將必至。此三表也。

〔四〕數篇　少陵解悶絶句：數篇今見古人詩。

〔五〕連城　盧子諒覽古詩：連城既僞往，荆玉亦真還。

〔六〕清廟　記樂記：清廟之瑟，朱絃而疏越，一倡而三嘆，有遺音者矣。

〔七〕信宿　周頌有客詩：有客有客，亦白其馬。有萋有且，敦琢其旅。有客宿宿，有客信信。毛萇傳云：一宿曰宿，再宿曰信。正義曰：微子代爲殷後，乃來朝而見於周之祖廟。詩人因其來見，述其美德而爲此歌焉。

〔八〕入洛　臧榮緒晉書：機少襲領父兵，爲牙門將軍。年二十而吴滅，退臨舊里，與弟雲勤學。積十一年，與弟雲俱入洛。

其三

擇木偏宜讓〔一〕，名泉亦取廉〔二〕。斷金資臭味〔三〕，沉水證香嚴〔四〕。世變謀衷甲〔五〕，天寒惜被縑〔六〕。滄江嗟歲晚，一任老夫潛〔七〕。

【箋注】

〔一〕讓木　任昉述異記：黃金山有楠樹，一年東邊榮，西邊枯；後年西邊榮，東邊枯。年年如此。張華云：交讓樹也。段柯古酉陽雜俎：白雉山有木名交讓，衆木敷榮，後方萌芽，亦更歲迭榮也。

〔二〕廉泉　南史胡諧之傳：范柏年，本梓潼人。見宋明帝，帝言次及廣州貪泉，因問柏年：「卿州復有此水不？」答曰：「梁州唯有文川、武鄉、廉泉、讓水。」又問：「卿宅在何處？」曰：「臣所居廉、讓之間。」

〔三〕臭味　易繫辭：二人同心，其利斷金。同心之言，其臭如蘭。

〔四〕香嚴　首楞嚴經：香嚴童子白佛言：「見諸比丘燒沈水香，香氣寂然來入鼻中。我觀此氣，非木非空，非煙非火，去無所著，來無所從。由是意銷，發明無漏。如來印我，得香嚴號。塵氣倏滅，妙香密圓。我從香嚴，得阿羅漢。」

〔五〕衷甲　左傳襄公二十七年：楚人衷甲。杜預曰：甲在衣中。

〔六〕被縑　後漢書鍾離意傳注：蔡質漢官儀曰：尚書郎入直臺中，官供新青縑白綾被。

〔七〕老夫潛　王符作潛夫論。少陵晚晴詩：時聞有餘論，未怪老夫潛。

其四

峻堞飛鳶紙〔一〕，崇山積馬韉〔二〕。乾坤三壞①劫〔三〕，詞賦七哀篇〔四〕。才老精金〔五〕冶，心危促柱〔六〕絃。壯遊人所羡，冠劍是丁年〔七〕。

【校勘記】

①鄒本作「外」。

【箋注】

〔一〕鳶紙　獨異志：梁武太清三年，侯景圍臺城，遠近不通。簡文與大器爲計，縛紙鳶飛空告急於外。侯景謀臣王褘曰：「此必厭勝術，不然以事達於外。」令左右善射者射之，及墮，皆化爲禽鳥飛入雲中，不知所在。

〔二〕馬韉　漢書韓安國傳：安國曰：「高皇帝嘗圍於平城，匈奴至者，投鞍高如城者數所。」

〔三〕三壞劫　法苑珠林劫量篇：劫有四種，一別劫，二成劫，三壞劫，四大劫。

〔四〕七哀篇　曹子建七哀詩注：五臣曰：謂痛而哀，義而哀，感而哀，怨而哀，耳目聞見而哀，口嘆而哀，鼻酸而哀也。少陵垂白詩：甘從千日醉，未許七哀詩。

〔五〕精金　山谷與王觀復書：古之爲文章者，真能陶冶萬物。雖取古人之陳言入于翰墨，如靈丹一粒，點鐵成金也。

〔六〕促柱　左太沖蜀都賦：起西音于促柱。

〔七〕丁年　温庭筠蘇武廟詩：去時冠劍是丁年。李陵答蘇武書：丁年奉使。

次韻贈別友沂

餘生老無徒，彳亍〔一〕困行旅。髡鉗疑薙削〔二〕，壞服〔三〕覓儔侶。昔游謝王貢〔四〕，末契〔五〕結嵇吕〔六〕。夙心薄因依，涼温①〔七〕越書敘。未遑撫塵跡②〔八〕，先期扞牧圉〔九〕。元龍〔一〇〕豪湖海，子光〔一一〕暗河渚。即事不相爲，遥集互矜許。小劫混器界〔一二〕，大圜〔一三〕易端緒③。志士惜雲雷④〔一四〕，古義敦贈處〔一五〕。一翁〔一六〕輕少陽，男子〔一七〕重文舉。中和〔一八〕叶神聽，孤子倚天與。吾子視後鞭〔一九〕，老夫識退茹〔二〇〕。愧無繞朝〔二一〕策，投筆返村墅。

【校勘記】

①「涼温」，鄒本、金匱本作「温涼」。②「塵跡」，凌本作「遺塵」。③凌本無「即事不相爲，遥集互矜許。小劫混器界，大圜易端緒」四句。④凌本此句作「即事生雲雷」。

【箋注】

〔一〕彳亍　潘安仁射雉賦：彳亍中輟。五臣曰：彳亍，行貌。

〔二〕薙削　周禮秋官司寇：薙氏。鄭玄謂薙讀如鬀小兒頭之鬀。

〔三〕壞服　四分律：一切上色染衣不得畜，當壞作迦沙色。

〔四〕王貢　劉孝標廣絶交論：「王陽登則貢公喜。」

〔五〕末契　陸士衡嘆逝賦：「託末契於後生，予將老而爲客。」

〔六〕嵇吕　世説簡傲篇：「嵇康與吕安善，每一相思，千里命駕。」

〔七〕涼温　陸士衡門有車馬客行：「拊膺攜客泣，掩淚敘温涼。」

〔八〕撫塵跡　楊慎丹鉛總録：北堂書鈔載東方朔與公孫弘書云：「同類之遊，不以遠近爲故。士大夫相知，何必以撫塵而遊，垂髮齊年，偃伏以日數哉？」撫塵謂童子之戲，若佛書所謂聚沙也。

〔九〕扞牧圉　左傳僖公二十八年：甯武子曰：「不有行者，誰扞牧圉？」杜預曰：「牛爲牧，馬爲圉。」

〔一〇〕元龍　魏志陳登傳：許汜曰：「陳元龍湖海之士，豪氣未除。」

〔一一〕子光　東皋子仲長先生傳：「子光開皇末始菴河渚間以息焉，守令至者皆親謁，先生辭以瘖疾。」

〔一二〕器界　翻譯名義集：「世界有二種，一衆生世界，是正報。二器世界，是依報。器世界乃至風輪，皆欲界攝。」

〔一三〕大圜　吕氏春秋序意篇：「大圜在上，大矩在下。」高誘曰：「圜，天也。矩，地也。」

〔一四〕雲雷　易屯卦：「象曰：雲雷屯，君子以經綸。」

〔一五〕 贈處　記檀弓：子路去魯，謂顏淵曰：「何以贈我？」謂子路曰：「何以處我？」

〔一六〕 一翁　李白贈潘侍御論錢少陽詩：雖無二十五老者，且有一翁錢少陽。

〔一七〕 男子　後漢書楊震傳：操託彪與術婚姻，誣欲圖廢置。奏收下獄，劾以大逆。孔融聞之，不及朝服，往見操曰：「横殺無辜，海内觀聽，誰不解體？孔融魯國男子，明日便當拂衣而去，不復朝矣。」操不得已，遂理出彪。

〔一八〕 中和　小雅伐木詩：神之聽之，終和且平。

〔一九〕 後鞭　莊子達生篇：善養生者，若牧羊然，視其後者而鞭之。

〔二〇〕 退茹　首楞嚴經第七：長水疏曰：雪山牛乳，純是醍醐，所有茹退，最爲香潔。

〔二一〕 繞朝　左傳文公十三年：晉人患秦之用士會，使魏壽餘僞以魏叛者以誘士會。士會行，繞朝贈之以策，曰：「子無謂秦無人，吾謀適不用也。」

爲友沂題楊龍友畫册①

楊生倜儻權奇者，萬里驍騰渥洼〔一〕馬。雙耳朝批貴竹②〔二〕雲，四蹄夕刷令支〔三〕野。空坑師潰縉雲山，流星飛兔③〔四〕不可還。即看汗血歸天上，肯餘翰墨汙人間。人間翰墨已星散，十幅流傳六丁④嘆。披圖磵岫幾重掩，過眼煙嵐⑤尚凌亂。楊生作畫師巨然〔五〕，隱囊〔六〕紗帽如列仙。大兒聰明添樹石，侍女窈窕皴雲煙。一⑥昔〔七〕龍蛇〔八〕起平陸，奮身拚⑦施烏鳶〔九〕肉。已無丹燐並黄土，況乃牙籤與玉軸。趙郎藏弆〔一〇〕緗帙新，摩挲看畫如寫真。每於剩粉殘縑裏，想見刳肝〔一一〕化碧⑧人。趙郎趙郎快⑨收取，長將石壓〔一二〕並手撫。莫令匣近親身⑩劍〔一三〕，夜半相將作風雨。

【校勘記】

①牧齋詩鈔題作「楊龍友畫册歌爲友沂作」。②「貴竹」，鄒本、金匱本作「貴筑」。③牧齋詩鈔作「渡」。④「六丁」，牧齋詩鈔作「亦可」。⑤牧齋詩鈔作「雲」。⑥鄒本、金匱本作「憶」。⑦詩觀作「拌」。⑧「刳肝化碧」，詩觀作「擎拳透爪」，篋衍集作「刳丹化碧」。⑨牧齋詩鈔作「慎」。⑩「匣近親身」，牧齋詩鈔作「親近匣中」。

【箋注】

〔一〕渥洼　漢書禮樂志：郊祀歌：太乙況，天馬下，霑赤汗，沫流赭。志俶儻，精權奇。籋浮雲，晻上馳。體容與，迣萬里。今安匹，龍爲友。元狩三年馬生渥洼水中作。

〔二〕批竹　少陵房兵曹胡馬詩：竹批雙耳峻，風入四蹄輕。

〔三〕令支　漢書郊祀志：齊桓公曰：「寡人北伐山戎，過孤竹；西伐，束馬縣車，上辟耳之山。」應劭曰：伯夷國也，在遼西令支。師古曰：令音郎定反，支音神祇之祇。

〔四〕流星飛兔　陳孔璋答東阿王箋：譬猶飛兔流星，越山超海，龍驤所不敢追，況于駑馬可得齊足哉？

〔五〕巨然　宣和畫譜：僧巨然，鍾陵人。善畫山水，深得佳趣。沈括夢溪筆談：江南中主時，有北苑使董源善畫，尤工秋嵐遠景，多寫江南真山，不爲奇峭之筆。其後建業僧巨然祖述源法，皆臻妙理。大體源及巨然畫筆皆宜遠觀，其用筆甚草草，近視之幾不類物象，遠觀則景物粲然，幽情遠思，如覩異境。如源畫落照圖，近視無工，遠觀村落杳然深遠，悉是晚景，遠峯之頂，宛有反照之色，此妙處也。

〔六〕隱囊　顔氏家訓：梁朝盛時，貴遊子弟，坐棋子方褥，憑斑絲隱囊。

〔七〕一昔　左傳哀公四年：爲一昔之期。

〔八〕龍蛇　陰符經：天發殺機，龍蛇起陸。

〔九〕烏鳶　莊子列御寇：在上爲烏鳶食，在下爲螻蟻食，奪彼與此，何其偏也。

〔一〇〕藏弆　漢書陳遵傳：性善書，與人尺牘，主皆臧弆以爲榮。師古曰：弆，亦臧也。音丘吕反，又音舉。

〔一一〕刳肝　劉向新序義勇篇：衛懿公有臣曰弘演，遠使未還，狄人攻衛，追懿公於榮澤，殺之，盡食其肉，獨捨其肝。弘演至，報使，自刺其腹，納懿公之肝而死。

〔一二〕石壓　張彦遠名畫記：絹素彩色，不可擣理，紙上白畫，可以砧石妥帖之。

〔一三〕親身劍　少陵聞故房相公靈櫬歸葬詩：劍動親身匣，書歸故國樓。

武陵觀棋六絶句①

簾閣蕭閑看弈時，初桐清露又前期。急須試手翻新局②，莫向③殘燈覆④舊棋。

【校勘記】

①金匱本題下另有「示福先姪孫」五字。②鄒本、金匱本此句作「且看試手思新著」。③凌本、金匱本作「對」。④鄒本、金匱本作「悔」。

其二

滿盤局面若爲真？賭賽乾坤〔一〕一番新。有客旁觀須著眼，不衫不履①〔二〕定何人？

【校勘記】

①「不衫不履」，鄒本作「先知審局」。

【箋注】

〔一〕賭乾坤　昌黎過鴻溝絶句：龍疲虎困割川原，億萬蒼生性命存。誰勸君王迴馬首，真成一擲賭乾坤。

〔二〕不衫不履　虬髯客傳：虬髯與李靖偕詣劉文静，詐稱善相，求見太宗。文静奇其人，致酒，延太宗至，不衫不履，裼裘而來，神氣揚揚，貌與常異。虬髯見之心死。他日又與一道士同靖共謁文静，時方弈棋，文静飛書請文皇看棋，俄而文皇來，道士一見慘然曰：「此局全輸矣。」

其三

黑白分明下子時，局中兩兔已雄雌。世間國手知誰是？鎮日看棋莫下棋。

【箋注】

〔一〕雄雌　韋弘嗣博弈論：當其臨局交争，雌雄未決。

其四

一著先人更不疑，侵邊飛角欲何之？鴻溝赤壁多前局，從右①元無自在棋。

【校勘記】

①鄒本、金匱本作「古」。

其五

水榭①賓朋珠履〔一〕多，後堂棋局應笙歌。可知今日鵝籠〔二〕裏，定有樵人爛斧柯〔三〕。弈者吕生，陽羨之客也，故有鵝籠斧柯之感②。

【校勘記】

①「水榭」，鄒本作「小謝」。②鄒本、金匱本無此注。

【箋注】

〔一〕珠履　史記春申君列傳：其上客皆躡珠履以見趙使。

〔二〕鵝籠　吴均續齊諧記：陽羨許彦，于綏安山行，遇一書生，求寄鵝籠中，都不覺重。

〔三〕爛斧柯　任昉述異記：信安縣石室山，晉時王質入山伐木，見童子數人弈棋而歌，因聽之。童子以一物與質，如棗核，令質食之，不覺飢。俄頃，童子謂質曰：「何不去？」質起視，斧柯爛盡。既歸，無復時人。

其六

太白芒寒秋氣澄，楸枰〔一〕剥啄閃殘燈。袖中老手還拏撇，只合秋原去臂鷹〔二〕。

【箋注】

〔一〕楸枰　蘇鶚杜陽雜編：大中中，日本國王子來朝，善圍棋。上敕顧師言爲對手。王子出如楸玉棋局，冷暖玉棋子，云：「本國之東三萬里有集真島，島上有凝霞臺，臺上有手談池，池中生玉棋子，不由製度，自然黑白分明。冬暖夏冷，故謂之冷暖玉。更産如楸玉，類楸木，琢之爲局，光潔可鑒。」師言與之敵手，至三十三下，停手凝目，方更落子，則謂之鎮神頭，乃是解兩征勢也。王子瞪目縮臂，已伏不勝。

〔二〕臂鷹　元遺山還冠氏詩：少日鶱飛掣臂鷹，只今癡鈍似秋蠅。

寄湖州官使君兼簡聖野

白蘋洲〔一〕水浄琉璃〔二〕，正是亭皋〔三〕葉下時。午夜〔四〕使君能對客，癸亭〔五〕才子共題詩。清苕〔六〕風物宜茶事〔七〕，下若〔八〕戈鋋似酒旗〔九〕。擬傍玄真〔一〇〕青箬笠〔一一〕，鷗波〔一二〕先與託微詞。

【箋注】

〔一〕白蘋洲　樂天白蘋洲五亭記：湖州城東南二百步抵霅溪，連汀洲，洲一名白蘋。梁吴興守柳惲於此賦詩云：「汀洲採白蘋。」因以爲名。

〔二〕浄琉璃　搜玉集沈佺期春閨詩：池水琉璃浄，園花玳瑁斑。

〔三〕亭皋　梁書柳惲傳：惲少工篇什，爲詩云：亭皋木葉下，隴首秋雲飛。琅琊王融見而嗟賞，因書齋壁及所執白團扇。

〔四〕午夜　緗素雜記：午夜者，謂半夜時，如日之午也。

〔五〕癸亭　皎然和顔使君與陸處士登妙喜寺三癸亭詩：繕亭歷三癸，疏址臨什寺。王象之輿地紀勝：三癸亭，顔真卿爲處士陸羽造。

〔六〕清苕　樂史寰宇記：苕溪，在烏程縣南五十步，大溪是也。西從浮玉山，東至興國寺，以其兩岸多生蘆葦，故曰苕溪。

〔七〕茶事　松陵集皮日休茶中雜詠序：自周已降，及于國朝茶事，竟陵子陸季疵言之詳矣。

〔八〕下若　十道記：輿地志云：村人取若下水以釀，酒醇美，俗傳若下酒。張協七命：乃有荆南烏程，豫北竹葉。即此是也。

〔九〕酒旗　三氏星經：酒旗三星在軒轅左角南。

〔一〇〕玄真　新唐書隱逸傳：張志和居江湖，著玄真子，亦以自號。

〔一一〕青箬笠　樂府張志和漁父詞：青箬笠，緑蓑衣，斜風細雨不須歸。

〔一二〕鷗波　吴原博題趙子昂重江疊嶂圖：苕溪影落鷗波亭，王孫弄筆何曾停。

伏波弄璋歌六首

天上張星照海東，扶桑〔一〕新涌日車〔二〕紅。尋常弧矢那堪掛，自有天山〔三〕百石弓。

【箋注】

〔一〕扶桑　王明壽增廣類林：宋玉大言賦曰：「方地爲輿，圓天爲蓋。彎弓掛扶桑，長劍倚天外。」

〔二〕日車　莊子徐無鬼篇：若乘日之車而遊於襄城之野。

〔三〕天山　樂府薛將軍歌：將軍三箭定天山，壯士長歌入漢關。少陵投贈哥舒翰詩：天山早掛弓。

其二

釃酒〔一〕椎牛壁壘開，三軍大嚼殷如雷。百年父老爭讙笑，曾喫誰家湯餅來？

【箋注】

〔一〕釃酒　後漢書臧宫傳：陳兵大會，擊牛釃酒。臣賢曰：釃，所宜反。説文曰：下酒也。詩注云：以筐曰釃也。

其三

汗血名駒蹴踏行，白眉〔一〕他日笑書生。虎龍變化誰能料？玉雪〔二〕家兒似北平。

【箋注】

〔一〕白眉　蜀志馬良傳：良兄弟五人並有才名，鄉里爲之諺曰：馬氏五常，白眉最良。良眉中有白毛，故以稱之。

〔二〕玉雪　昌黎馬少監墓誌銘：姆抱幼子立側，眉眼如畫，髮漆黑，肌肉玉雪可憐，殿中君也。當是時，見王於北亭，猶高山深林，龍虎變化不測，傑魁人也。

其四

開天金榜〔一〕豁鴻濛，越國旌旗〔二〕在眼中。百萬婺①民齊合掌，玉皇香案〔三〕與金童。

【校勘記】

①凌本作「黎」。

【箋注】

〔一〕開天金榜　劉辰國初事蹟：太祖克婺州，于城南豎大旗，上寫「山河奄有中華地，日月重開大統天」。

〔二〕越國旌旗　宋景濂胡越公新廟碑：公既薨，敵人數擾我邊陲。公降祥異，或見夢於人，或覩靈火滿野，洶洶聞人馬聲。洎出師，輒大捷，似實有陰兵來助者。是則公之英魂烈爽，下上於星辰之間，固未嘗亡也。詩曰：維公顧綏，時著靈響。幽火東騖，鐵騎西上。赤幟一揮，無敵不殄。孰不生畏？孰不景仰？

〔三〕玉皇香案　道山清話：黄庭堅八歲時，有鄉人欲赴南宮賦試，庶率同舍餞飲，作詩送行。或令庭堅亦賦，頃刻而成，有云：君到玉皇香案前，若問舊時黄庭堅，謫在人間今八年。

其五

龍旗交戛①矢頻懸，繡褓金盆笑脅騈〔一〕。百福千祥銘漢字，浴兒仍用五銖錢。

【校勘記】

①鄒本、金匱本作「曳」。

【箋注】

〔一〕脅駢　左傳僖公二十三年：曹共公聞其駢脅，欲觀其裸浴，薄而觀之。杜預曰：駢脅，合幹。

其六

充閭〔一〕佳氣溢長筵，孔釋分明抱送〔二〕年。授記不須尋寶誌〔三〕，老夫摩頂是彭箋①。

【校勘記】

①「彭箋」，凌本作「神仙」。

【箋注】

〔一〕充閭　晉書賈充傳：充，字公閭。父逵，晚始生充，言後當有充閭之慶，故以爲名字焉。

〔二〕抱送　少陵徐卿二子歌：孔子釋氏親抱送，並是天上麒麟兒。

〔三〕寶誌　陳書徐陵傳：陵年數歲，寶誌手摩其頂曰：「天上石麒麟也。」

馮雲將八十壽詩①

湖山安隱〔一〕鹿麋羣〔二〕，快雪堂②〔三〕前夜壑〔四〕分。耆舊仍推鄉祭酒，其尊人故祭酒公也。風流猶説小馮君〔五〕。笙歌北里尊前月，松柏西陵夢裏雲。灰劫相存贏得在〔六〕，白頭祇合醉紅裙。

【校勘記】

①凌本無此詩二首。鄒本、金匱本題作「壽馮雲將八十」。②「快雪堂」，鄒本、金匱本作「映雪堂」。

【箋注】

〔一〕安隱　宗鏡録第三十四：安隱快樂者，則寂静妙常。世事永息者，則攀緣已斷。

〔二〕鹿麋羣　劉孝標絶交論：歡與麋鹿同羣。潘岳關中記：辛孟年七十，與麋鹿同羣遊，世謂之鹿仙。

〔三〕快雪堂　馮祭酒夢禎，字開之，秀水人。萬曆丁丑會元。築室孤山之麓，家藏快雪時晴帖，名其堂曰快雪。

〔四〕夜壑　莊子大宗師篇：藏舟于壑，藏山于澤，可謂固矣。然而夜半有力者負之而趨，昧者不知也。

〔五〕小馮君　樂府上郡歌：大馮君、小馮君，兄弟繼踵相因循，聰明賢知惠吏民。政如魯衛德化鈞，周公康叔猶二君。

〔六〕贏得在　羅隱錢塘見芮逢詩：今日與君贏得在，戴家灣里兩皤然。

其二

八十長筵燕笑時，烏紗巾〔一〕下剩鬚眉。平生心跡爲雲將〔二〕，老去風懷倚雪兒〔三〕。紅藥鬭鷄金距〔四〕在，青樓①拊馬〔五〕玉鈎知。投竿大有飛熊想，莫訝斯干吉夢〔六〕遲。

【校勘記】

①牧齋詩鈔作「絲」。

【箋注】

〔一〕烏紗巾　司空圖修史亭絶句：烏紗巾上是青天。

〔二〕雲將　莊子在宥篇：雲將東遊，過扶搖之枝而適遭鴻濛。

〔三〕雪兒　孫光憲北夢瑣言：雪兒，李密之愛姬，每見賓僚文章有奇麗入意者，付雪兒叶音律以歌之。

〔四〕金距　左傳昭公二十五年：季、郈之鷄鬭，季氏介其鷄，郈氏爲之金距。

〔五〕拊馬　漢書張敞傳：以便面拊馬。

〔六〕吉夢　小雅斯干詩：吉夢維何？維熊維羆，維虺維蛇。維熊維羆，男子之祥；維虺維蛇，女子之祥。

題孟陽畫扇①

相逢馬上人，眉間帶晉楚。勒馬指前林，欲共班荆語。

【校勘記】

①凌本無此詩。

送吴興公遊下邳兼簡李條侯

落花飛雨攪〔一〕邗溝〔二〕，襆被〔三〕奚囊感薄游〔四〕。寶劍千金〔五〕吴季子，長城半壁〔六〕漢條侯。高榆耕壘連滄海〔七〕，深柳書堂枕碧流〔八〕。共話①老夫應失笑，春深冒絮〔九〕尚蒙頭。

【校勘記】

①鄒本、金匱本作「語」。

【箋注】

〔一〕攪　姚寬西溪叢語：陳克子高詩云：鳥聲妨客夢，花片攪春心。句甚佳。唐杜審言詩云：

啼鳥驚殘夢，飛花攪獨愁。下句爲工也。子美詩云：樹攪離思花冥冥。亦有所自矣。

〔二〕邗溝　樂史寰宇記：昔吴王夫差將伐齊北霸中國，自廣陵城東南築邗城，城下掘深溝，謂之邗江，亦曰邗溝。

〔三〕襆被　晉書魏舒傳：襆被而出。

〔四〕薄游　夏侯孝若東方朔畫贊：以爲濁世不可以富貴也，故薄游以取位。

〔五〕千金　樂府徐人歌：延陵季子兮不忘故，脱千金之劍兮帶丘墓。

〔六〕半壁　史記吴王濞列傳：條侯至淮陽，問父絳侯故客鄧都尉曰：「策安出？」客曰：「莫若引兵東北，壁昌邑，以梁委吴，吴必盡鋭攻之。將軍深溝高壘，使輕兵絶淮泗口，塞吴饟道。彼吴、梁相敝而糧食竭，乃以全彊制其罷極，破吴必矣。」條侯曰：「善。」從其策，遂堅壁昌邑南，輕兵絶吴饟道。

〔七〕滄海　史記留侯世家：良常學禮淮陽，東見倉海君。如淳曰：秦郡縣無倉海，或曰東夷君長。

〔八〕碧流　太白經下邳圯橋懷張子房詩：唯見碧流水，曾無黄石公。

〔九〕冒絮　史記周勃世家：太后以冒絮提文帝。晉灼曰：巴蜀異物志：謂頭上巾爲冒絮。師古曰：冒，覆也。老人所以覆其頭。

寄贈下邳李條侯二首

青箱〔一〕白袷〔二〕道衣閒，滿月〔三〕雕弓手自彎。蠟屐遠尋婁敬洞〔四〕，開窗近對子房山〔五〕。

白連滄海雲千疊，碧浸①圯橋水一灣。書劍溪堂鞍馬客，夜深燈火射潮還。

【校勘記】

①鄒本、過日集作「漫」。

【箋注】

〔一〕青箱　宋書王淮之傳：彪之博聞多識，練悉朝儀，自是家世相傳。並諳江左舊事，有纂述，緘之青箱，世謂之王氏青箱學。

〔二〕白袷　晉書五行志：初，魏造白袷，横縫其前以別後，名之曰顔袷。永嘉之間，稍去其縫，名無顔袷。

〔三〕滿月　少陵呈元曹長詩：胡馬挾雕弓，鳴弦不虚發。長鈚逐狡兔，突羽當滿月。

〔四〕婁敬洞　泰山志：婁敬洞，在嶽頂西首百里，漢婁敬隱地。旁一洞出硝石。

〔五〕子房山　史記留侯世家：子房始所見下邳圯上老父與太公書者，後十三年，從高帝過濟北，果見穀城山下黄石，取而葆祠之。

其二

下邳橋水漫①黄沙，授履傳書〔一〕跡未賒。按部〔二〕風聲餘草木，雜耕〔三〕心血長桑麻。畢箕〔四〕夜雨悲烏屋〔五〕，閶闔〔六〕春風恥燕家〔七〕。衰老不堪牀下卧，爲君西笑〔八〕向天涯。

【校勘記】

①鄒本作「浸」。

【箋注】

〔一〕授履傳書　史記留侯世家：良嘗閒從容步游下邳圯上，有一老父，衣褐，至良所，直墮其履圯下，顧謂良曰：「孺子，下取履！」良長跪履之。曰：「孺子可教，後五日平明與我會此。」良往，父已先在，怒。後五日，鷄鳴往，父又先在，復怒。後五日未夜半往，有頃，父亦來，喜，出一編書，曰：「讀此則爲王者師矣。」

〔二〕按部　王維魏郡太守苗公德政碑：凡邦伯到郡，詔使按部。後漢書蘇章傳：順帝時，遷冀州刺史。故人爲清河太守，章行部，按其姦贓。

〔三〕雜耕　少陵謁先主廟詩：雜耕心未已，嘔血事酸辛。

〔四〕畢箕　白氏六帖：春秋緯曰：月離于箕，風必揚沙。詩云：月離于畢，俾滂沱矣。

〔五〕烏屋　小雅正月詩：瞻烏爰止，于誰之屋？

〔六〕閶闔　史記律書：閶闔風居西方。閶者，倡也。闔者，藏也。言陽氣道萬物，闔黄泉也。

〔七〕燕家　劉禹錫烏衣巷詩：舊時王謝堂前燕，飛入尋常百姓家。

〔八〕西笑　桓譚新論：人聞長安樂，則出門西向而笑。

李太公壽詩①

甲子〔一〕題詩歲月長，遺民杖屨道人裝。鷄豚近約東西社〔二〕，湖海平分上下牀〔三〕。酌酒開顔看梓漆〔四〕，停杯蒿目〔五〕嘆滄桑。赤松〔六〕黄石〔七〕皆仙侣，進履橋邊問子房。

【校勘記】

①鄒本無「詩」字。

【箋注】

〔一〕甲子　南史陶潛傳：潛自以曾祖晉世宰輔，耻復屈身後代，自宋武王業漸隆，不復肯仕，所著文章，皆題其年月，義熙以前，明書晉氏年號。自永初以來，唯云甲子而已。

〔二〕鷄豚社　昌黎南溪始泛詩：願爲同社人，鷄豚燕春秋。東坡次曹九章見贈詩：鷄豚異日爲同社。

〔三〕上下牀　魏志陳登傳：許汜與劉備並在劉表坐，汜曰：「陳元龍湖海之士，豪氣未除。昔過下邳見元龍，無客主之意，久不相與語，自上大床卧，使客卧下床。」備曰：「如小人欲卧百尺樓上，卧君于地，何但上下床之分？」

〔四〕梓漆　詩國風定之方中：椅桐梓漆，爰伐琴瑟。

〔五〕蒿目　莊子駢拇篇：今世之仁人，蒿目而憂世之患。

〔六〕赤松　史記留侯世家：願棄人間事，從赤松子游耳。

〔七〕黄石　李蕭遠運命論：張良受黄石之符，誦三略之説。李善曰：黄石公記序曰：黄石者，神人也，有上略、中略、下略。

袁節母七十壽詩①

疏籬敗壁凜風霜，彤管〔一〕烏頭〔二〕姓字香。母以斷機〔三〕成孺子，兒能煮字〔四〕養高堂。數莖白髮羞椎髻〔五〕，百歲丹心表鞠裳〔六〕。碣石〔七〕已鐫銅狄徙，天留一媼挽頹綱。

【校勘記】

①鄒本無此詩，金匱本無「壽詩」二字。

【箋注】

〔一〕彤管　後漢書列女傳贊：區明風烈，昭我彤管。

〔二〕烏頭　程大昌演繁露：登州義門王仲昭六代同居，其旌表有廳事步欄，前列屏樹、烏頭，正門閥閲一丈二尺，二柱相去一丈，柱端安瓦桶墨染，號爲烏頭。築雙闕一丈，在烏頭之南三丈七尺，夾街十有五步，槐柳成列。李自倫義居七世，準敕旌表門閭，于所居之前，高其外門，門安綽楔。門外左右各建一臺，高一丈二尺，廣狹方正，稱臺之形，圬以白泥，四隅染赤。

〔三〕斷機　劉向列女傳：孟子之少也，既學而歸，孟母方績，問曰：「學何所至矣？」孟子曰：「自若也。」母以刀斷其織曰：「子之廢學，若吾斷斯織也。」孟子懼，旦夕勤學，師事子思，遂成天下之名儒。

〔四〕煮字　東坡虔州吕倚承事詩：饑來據空案，一字不堪煮。枯腸五千卷，磊落相撑拄。

〔五〕椎髻　後漢書梁鴻傳：乃更爲椎髻，著布衣，操作而前。鴻大喜曰：「此真梁鴻妻也。」

〔六〕鞠裳　記月令：鄭氏注：鞠衣，黄桑之服。

〔七〕碣石　御覽：地理志云：大碣石山在右北平驪城西南，王莽改曰揭石也。有石如埇道數十里，當山頂大石如柱形，往往而見立於海之中，潮水大至及潮波退，不動不没，不知深淺，世名之天橋柱也。狀若人造，亦非人力所就。韋昭亦指此以爲碣石也。

爲戒香小師題扇

蕭寺僧雛髪初剪，風味惺忪意婉孌。未曾燈火課法華，乍向書窗讀文選。文選中多月露詞，何當撓亂小沙彌〔一〕？休耽宋玉江淹①賦，且記頭陀古寺碑〔二〕。

【校勘記】

①鄒本、金匱本作「南」。

【箋注】

〔一〕沙彌　翻譯名義集：南山沙彌別行篇云：沙彌，此翻息慈。謂息世染之情，以慈濟羣生也。又云：初入佛法，多存俗情，故須息惡行慈也。寄歸傳云：七歲至年十三者，皆名驅烏沙彌。十四至十九，名應法沙彌。若年二十已上，皆號名字沙彌。

〔二〕頭陀寺碑　姓氏英賢録：王中，字簡棲，爲頭陀寺碑，文詞巧麗，爲世所重。李善曰：天竺言頭陀，此言斗藪，斗藪煩惱，故曰頭陀。中音徹。

吴期生金吾生日詩二首

繞膝才稱八十觴，長筵羅列又成行。先朝第宅尚書塢〔一〕，小弟班聯御史牀〔二〕。甲子〔三〕趨庭隨絳縣，庚申〔四〕侍寢直丹房。樵陽屢趣登真會，定在蘭亭禹廟旁。

【箋注】

〔一〕尚書塢　樂史寰宇記：尚書塢，在會稽縣南三十三里，宋尚書孔稚珪之山園也。

〔二〕御史牀　寰宇記：御史牀，在州東南四里，虞翻爲長沙桓王所禮，設此牀以表賢。翻仕漢至御史，故梁元帝玄覽賦云：御史之牀猶在，都護之門不修。

〔三〕甲子　左傳襄公三十年：絳縣人或年長矣，有與疑年，使之年，曰：「臣生之歲，正月甲子朔，四百有四十五甲子矣，其季於今三之一也。」

〔四〕庚申　段柯古酉陽雜俎：庚申日，伏尸言人過。一居人頭中，令人多思欲，好車馬，其色黑；一居人腹，令人好食飲恚怒，其色青；一居人足，令人好色喜煞。七守庚申，三尸滅；三守庚申，三尸伏。

其二

錦衣闕下請纓①〔一〕時，表餌②家傳玉帳〔二〕奇。馬沃市場餘苜蓿〔三〕，婢膏胡③婦剩燕支〔四〕。劍花芒吐耶溪〔五〕曉，箭竹風生射的〔六〕知。春酒酌來成一笑，黃龍〔七〕曾約醉深巵。

【校勘記】

①「請纓」，鄒本作「靖行」，金匱本作「請行」。②「表餌」，鄒本、金匱本作「秘策」。③鄒本作「北」。

【箋注】

〔一〕請纓　漢書終軍傳：軍自請願受長纓，必羈南越王而致之闕下。

〔二〕玉帳　新唐書藝文志：兵家有玉帳經一卷。

〔三〕苜蓿　史記大宛列傳：宛以葡萄爲酒，馬嗜苜蓿。漢使取其實來，離宫别館旁盡種苜蓿、葡萄極望。

〔四〕燕支　崔豹古今注：燕支出西方，土人以染名爲燕支，中國人謂之紅藍，以染粉，爲美人色，謂爲燕支粉。今人以重絳爲燕支，非燕支花所染也。燕支花所染，自爲紅藍爾。舊謂赤白之間爲紅，即今所謂紅藍也。

〔五〕耶溪　越絶書：薛燭對越王曰：「若耶之溪涸而出銅，古歐冶子鑄劍之所。」

〔六〕射的　樂史寰宇記：射的山，在會稽縣東南一十五里。孔曄會稽記云：射的山半有石室，是仙人射堂。東高巖有射的石，遠望的的如射侯，形圓，視之如鏡。土人常以占穀食貴賤，射的明則米賤，射的暗則米貴。諺云：射的白，斛一百。射的玄，斛一千也。

〔七〕黄龍　宋史岳飛傳：飛語其下曰：「直抵黄龍府，與諸君痛飲耳。」

陳子木母曹氏壽詩四首①

玉雪蘭風轉畫屏，彩衣廻薄柘枝〔一〕停。斗南〔二〕共指賢人聚〔三〕，芒翼都依婺女星〔四〕。

【校勘記】

①凌本題作「陳子木母曹氏壽」。鄒本、金匱本題作「陳子永母曹氏壽詩」。

【箋注】

〔一〕柘枝　樂府雜録曰：健舞曲有柘枝，軟舞曲有屈柘。樂苑曰：羽調有柘枝曲，商調有屈柘枝，此舞因曲爲名，用二女童，帽施金鈴，抃轉有聲，其來也，於二蓮花中藏，花坼而後見，對舞相占，實舞中雅妙者也。一説曰：柘枝本柘枝舞也，其後字訛爲柘枝。

〔二〕斗南　新唐書狄仁傑傳：狄公之賢，北斗以南一人而已。

〔三〕賢人聚　世説德行篇注：檀道鸞續晉陽秋曰：陳仲弓從諸子姪造荀父子，于時德星聚，太史奏五百里賢人聚。

〔四〕婺女星　左太沖吴都賦：婺女寄其曜，翼軫寓其精。劉淵林曰：越、楚地皆割屬吴，故言婺女，翼、軫寄曜寓精也。

其二

玉山金母樹槐〔一〕新，花月亭〔二〕前遠戰塵。身坐寂光〔三〕安隱土，十年劫火不知聞。

【箋注】

〔一〕樹槐　穆天子傳：天子遂驅升于弇山，乃紀迹于弇山之石，而樹之槐，眉曰西王母之山。

〔二〕花月亭　王象之輿地紀勝：花月亭在倅廳花園，取「雲破月來花弄影」之意。

〔三〕寂光　宗鏡録第八十一：常寂之境，發于真智。真智所依佛土，即常寂光土也。

其三

長筵繞膝話熙朝，晚院花磚光景遥。最是日華〔一〕仙掌露，萬年枝上不曾消。

【箋注】

〔一〕日華　謝玄暉直中書省詩：風動萬年枝，日華承露掌。李善曰：晉宫闕名曰：華林園有萬年樹十四株。漢書曰：日華曜宣明。又曰：武帝作柏梁、銅柱、承露盤仙人掌也。

其四

鴛湖〔一〕水并①月波〔二〕清，映望江天河鼓〔三〕明。拜罷壽筵朝太乙〔四〕，五雲多處祝昇平。

【校勘記】

①鄒本、金匱本作「净」。

【箋注】

〔一〕鴛湖　王象之輿地紀勝：鴛鴦湖在嘉興郡南，湖多鴛鴦，故以此爲名。

〔二〕月波　王象之輿地紀勝：月波樓，在秀州之西北城上，下瞰金魚池。元祐甲午，知州令狐挺立。又一甲午，知州毛滂修樓城，置酒其上，爲之記云：令狐君爲此樓以名月波，意將攬取二者于一樓之上也。

〔三〕河鼓　史記天官書：河鼓大星，上將；左右，左右將。

〔四〕太乙　屈原九歌：穆將愉兮上皇。王逸曰：上皇，謂東皇太乙也。

龔孝升四十初度附詩燕喜凡二十二韻

一氣〔一〕乘箕〔二〕裏，三辰〔三〕戴斗〔四〕邊。上卿〔五〕占月省，執法〔六〕麗星躔。獨坐〔七〕中台肅，雙藤〔八〕闔户懸。黑頭〔九〕三事〔一〇〕少，白筆〔一一〕四聰〔一二〕專①。報曉鷄人〔一三〕罷②，成陰鶴蓋〔一四〕聯。游河五緯並，降昴〔一五〕一神偏。天老〔一六〕論塵數〔一七〕，靈椿〔一八〕記小千〔一九〕。上尊〔二〇〕挏③馬湩〔一九〕，御席列駝筵。地餅〔二二〕光常照，天廚〔二三〕器自然。小紅花破臘，重碧酒如泉。洞府徵嘉會，靈簫〔二四〕倚宿緣。眉傳京兆嫵〔二五〕，曲奏想夫憐④〔二六〕。鳥命頻伽〔二七〕共，花心雜苑〔二八〕駢。珠林香馥郁，玉樹月⑤嬋娟。閣道紅牆近，天街碧落連。霜生焚草筆〔二九〕，春發夢刀篇〔三〇〕。鳳爲棲鸞好，蟾於顧兔圓。耳璫〔三一〕嗔放日，壺矢〔三二〕笑連天。婉孌將雛母〔三三〕，參差上樹仙〔三四〕。即看金作礪〔三五〕，還以⑥玉爲田〔三六〕。燕賀⑦紆迢遞，嚶鳴附祝筵。終期饗斠雉〔三七〕，甲子〔三八〕度堯年。

【校勘記】

①鄒本、金匱本作「占」。　②皇清詩選此句作「報罷鷄人曉」。　③皇清詩選作「傾」，江左三大

家詩鈔作「共」，牧齋詩鈔作「司」。④「想夫憐」，鄒本、金匱本作「相夫憐」。⑤鄒本作「自」。⑥鄒本、金匱本作「似」。⑦鄒本、金匱本作「駕」。

【箋注】

〔一〕一氣　潘安仁西征賦：化一氣而甄三才。

〔二〕乘箕　莊子大宗師篇：傅説得之，以相武丁，奄有天下，乘東維，上箕尾，而比於列星。

〔三〕三辰　沈休文齊故安陸昭王碑文：昭昭若三辰之麗於天。李善曰：傅子：二漢之臣，爛如三辰之附長天。

〔四〕戴斗　爾雅釋地：北戴斗極爲空桐。郭璞曰：戴，值也。

〔五〕上卿　書洪範：卿士惟月，師尹惟日。

〔六〕執法　史記天官書：南宮衡，太微，三光之廷。匡衛十二星，藩臣。西，將；東，相；南四星，執法。晉書天文志：左執法，廷尉之象。右執法，御史大夫之象。

〔七〕獨坐　後漢書宣秉傳：光武特詔御史中丞與司隸校尉、尚書令會同，並專席而坐，故京師號曰「三獨坐」。

〔八〕雙藤　祝允明九朝野記：永樂末，都御史顧公剛嚴爲朝紳冠，時謂今之包公。每待漏朝房，諸僚無一人與同坐。或過門，見有雙籐外立，知是公也，趨而避之。

〔九〕黑頭　晉書王導傳：王珣爲桓温敬重，嘗曰：「王掾當作黑頭公。」

〔一〇〕三事　書周官：三事暨大夫，敬爾有官。

〔一一〕白筆　崔豹古今注：白筆，古珥之遺象也。腰帶劍、首珥筆，示君子文武之備焉。

〔一二〕四聰　書舜典：明四目，達四聰。

〔一三〕鷄人　王維和賈舍人早朝詩：絳幘鷄人送曉籌。

〔一四〕鶴蓋　劉孝標廣絶交論：鶴蓋成陰。

〔一五〕游河降昴　任彦昇宣德皇后令：五老游河，飛星入昴。李善曰：論語比考讖：仲尼曰：「吾聞帝堯率舜等升首山，觀河渚，乃有五老游渚。五老曰：河圖將浮，龍銜玉苞，刻版題命可卷，金泥玉檢封書成，知我者重瞳黄姚。視五老飛爲流星上入昴。」注曰：入昴宿，則復爲星。

〔一六〕天老　博物志：黄帝問天老曰：「天地所生，豈有食之令人不死者乎？」天老曰：「太陽之草，名曰黄精。餌而食之，可以長生。」

〔一七〕塵數　法華經授記品：如人以力磨，三千大千土，復盡磨爲塵，一塵爲一劫。此諸微塵數，其劫復過是。

〔一八〕靈椿　莊子逍遥遊篇：楚之南有冥靈者，以五百歲爲春，五百歲爲秋。上古有大椿者，以八千歲爲春，八千歲爲秋。

〔一九〕小千　長阿含經：如一日月周行四天下，光明所照，如是千世界，有千日月、千須彌山王、千閻羅王、千忉利天、千梵天，是爲小千世界。

〔二〇〕上尊　漢書平當傳：賜上尊酒十石。如淳曰：律，稻米一斗得酒一斗，爲上尊。稷米一斗得酒一斗，爲中尊。粟米一斗得酒一斗，爲下尊。師古曰：稷即粟也，中尊者宜爲黍米，不當言稷。

〔二一〕挏馬湩　漢書禮樂志：奏給大官挏馬酒。李奇曰：以馬乳爲酒，揰挏乃成。師古曰：挏音動。馬酪味如酒，而飲之亦可醉，故呼馬酒也。顔氏家訓：挏馬酒，李奇注以馬乳爲酒也，揰挏乃成。二字並從手，揰挏此謂撞擣挺挏之，今爲酪酒亦然。向學士又以爲種桐時，太官釀馬酒乃熟，其孤陋遂至於此。

〔二二〕地餅　法苑珠林成劫篇：地味稍歇，又生地皮，狀如薄餅。

〔二三〕天廚　長阿含經：忉利天食，衆味具足。其土常有自然釜鍑，有摩尼珠，名曰焰光，置於鍑下，飯熟光滅，不假樵火，不勞人功。

〔二四〕靈簫　真誥運象篇：九華真妃賜姓安，名鬱嬪，字靈簫。

〔二五〕京兆嫵　漢書張敞傳：長安中傳張京兆眉嫵。

〔二六〕想夫憐　李肇國史補：于司空以樂曲有想夫憐，其名不雅，將改之。客有笑者曰：「南朝相府曾有瑞蓮，故歌相府蓮，自是後人語訛，相承不改耳。」

〔二七〕頻伽　環中迂叟象數皮編：迦陵，一名頻伽，比翼鳥也。又云共命鳥，又名妙聲鳥。釋迦譜序云：馥薝蔔而無異，鳴迦陵而不殊。

〔二八〕雜苑　法苑珠林三界篇：依順正理論云：帝釋所都大城，城外四面，四苑莊嚴。是彼諸天共游戲處。一衆車苑，謂此苑中，隨天福力，種種車現。二麤惡苑，天欲戰時，隨其所須，甲仗等現。三雜林苑，諸天入中，所玩皆同，俱生勝喜。四喜林苑，極妙欲塵，雜類俱臻，歷觀無厭。

〔二九〕焚草筆　新唐書馬周傳：周疾甚，取所上章奏悉焚之，曰：「管、晏暴君之過，取身後名，吾不爲也。」少陵晚出左掖詩：避人焚諫草，騎馬欲鷄棲。

〔三〇〕夢刀篇　唐詩紀事：元稹聞西蜀薛濤有辭辯，及爲監察使蜀，嚴司空潛知其意，每遣薛往。洎登翰林，以詩寄曰：錦江膩滑峨嵋秀，生出文君與薛濤。言語巧偷鸚鵡舌，文章分得鳳凰毛。紛紛詞客多停筆，箇箇君侯欲夢刀。別後相思隔煙水，菖蒲花發五雲高。

〔三一〕耳璫　長阿含經：阿修羅大有威力，而生念言：「此忉利天王及日月諸天行我頂上，誓取日月以爲耳璫。」

〔三二〕壺矢　東方朔神異經：東荒山中有大石室，東王公居焉。與一玉女投壺，設有入不出者，天爲之笑。

〔三三〕將雛母　玉臺集隴西行：鳳凰鳴啾啾，一母將九雛。

〔三四〕上樹仙　葛洪神仙傳：樊夫人者，劉綱妻也。綱爲上虞令，有道術。與夫人較術事，不勝。

將昇天，縣廳側有大皂莢樹，綱昇樹數丈，方能飛舉。夫人平坐牀上，冉冉如雲氣之舉，同昇天而去。

〔三五〕金作礪　書説命：若金，用汝作礪。

〔三六〕玉爲田　水經注：搜神記曰：雍伯，洛陽人。至性篤孝，父母終殁，葬之于無終山。山高八十里，而上無水，雍伯置飲焉。有人就飲，與石一斗，令種之，玉生其田。北平徐氏有女，雍伯求之，要以白璧一雙。媒者致命，伯至玉田，求得五雙，徐氏異之，遂即嫁焉。陽氏譜敘言：翁伯是周景王之孫，愛仁博施，天祚玉田。其碑文云：居于縣北六十里翁同之山，後路徙于西山之下，陽公又遷焉，而受玉田之賜。情不好寶，玉田自去，今猶謂之爲玉田陽。干寶曰：「于種石處，四角作大石柱，各一丈，中央一頃之地，名曰玉田。」

〔三七〕斟雉　屈原天問：彭鏗斟雉，帝何饗？王逸曰：彭鏗，彭祖也。好和滋味，善斟雉羹，能事帝堯，堯美而饗食之。

〔三八〕甲子　元遺山汾亭古意圖詩：白雲亭上秋風客，不比仙翁甲子年。注曰：神仙張果生堯甲子年，詩家亦傳習用之。

郭河陽溪山行旅圖爲芹城館丈題

曾厓鐵樹闇①江關，破墨沉沙尺幅間。記得承平有嘉話，玉堂〔一〕深處看春山。

【校勘記】

①凌本作「間」。

【箋注】

〔一〕玉堂　東坡郭熙秋山平遠詩：玉堂晝掩春日閒，中有郭熙畫春山。

題柳枝春鳥圖

婀娜黃金縷，春風上苑西。靈禽能嘯①侶，先揀一枝棲。

【校勘記】

①鄒本、金匱本作「笑」。

甲午十月二十夜宿假我堂夢謁吳相伍君延坐前席享以魚羹感而有述

天荒地老夢鴟夷，故國精靈信在茲。青史不刊忘①郢志〔一〕，白頭猶記退耕時〔二〕。簫吹〔三〕江上商飆發，潮涌〔四〕胥門朔氣移。鄭重吳宮魚膾〔五〕饗，寒燈一穗閃朱旗。

【校勘記】

①感舊集作「亡」。

【箋注】

〔一〕忘郢志　史記伍子胥傳：太史公曰：方子胥窘於江上，道乞食，志豈嘗須臾忘郢邪？故隱忍就功名，非烈丈夫孰能致此哉？

〔二〕退耕時　史記吳太伯世家：伍員知光有他志，乃求勇士專諸見之。光喜，乃客之。子胥退而耕於野，以待專諸之事。

〔三〕吹簫　御覽：春秋後語曰：伍子胥橐載而出昭關，夜行晝伏，無以餬其口，鼓腹吹簫，乞食于吳市。

〔四〕潮涌　吳越春秋：吳王乃取子胥屍，盛以鴟夷之器，投之於江中。子胥因隨流揚波，依潮來往，蕩激崩岸。

〔五〕魚鱠　吳越春秋：吳王聞三師將至，治魚爲鱠，過時不至，魚臭。須臾，子胥至，闔閭出鱠而食，不知其臭。王復重爲之，其味如故。吳人作鱠者，自闔閭之造也。

聖野攜妓夜飲淥水園戲題四絕句

銀燭明眉鬬夜光〔一〕，喧喧〔二〕笑語坐生香。春風十月花叢裏，閑殺烏啼半夜霜。

【箋注】

〔一〕夜光　博雅釋天：夜光謂之月。

〔二〕喧喧　元微之觀心處詩：滿座喧喧笑語頻。

其二

糺酒〔一〕頻將羅袖揮，觥船薌澤指橫飛。主人大有留髡〔二〕意，若箇瞢瞪①不醉歸？

【校勘記】

①「瞢瞪」，鄒本、凌本作「瞪瞢」。

【箋注】

〔一〕糺酒　陸游老學庵筆記：蘇叔黨政和中至東都，見妓稱録事，太息語廉宣仲曰：「今世一切變古，唐以來舊語盡廢，此猶存唐舊爲可喜。前輩謂妓曰酒糺，蓋謂録事也。」

〔二〕留髡　史記滑稽列傳：淳于髡曰：「主人留髡而送客，羅襦襟解，微聞薌澤，當此之時，髡心最歡，能飲一石。」

其三

百罰觥籌敢訴①遲，只憑眉語〔一〕判深巵。吴宫我欲重教戰〔二〕，要領吴娃作隊師。

【校勘記】

①「敢訴」，鄒本作「敢數」，凌本作「莫訴」。

【箋注】

〔一〕眉語　玉臺集劉孝威都縣遇見人織率爾寄婦詩：窗疏眉語度，紗輕眼笑來。

〔二〕吴宫教戰　吴越春秋：孫子試兵法，以王之寵姬二人爲軍隊長，告以軍法，隨鼓進退。宫女皆掩口而笑。孫子乃三令五申，其笑如故。孫子大怒，執法曰：「斬。」乃令斬隊長二人，即吴王之寵姬也。

其四

喚作梨雲〔一〕夢不真，折花傾酒對窮塵〔二〕。道人自向諸天笑，還有橫陳〔三〕執手〔四〕人。

【箋注】

〔一〕梨雲　張邦基墨莊漫録：東坡梅花詞云：高情已逐曉雲空，不與梨花同夢。注云：唐王建有夢看梨花雲詩。予求王建詩，行世甚少，唯印行本一卷，乃無此篇。後得之於晏元獻類要中，後又得建全集七卷，乃得全篇。題云夢看梨花雲歌：薄薄落落霧不分，夢中喚作梨花雲。瑶池水光蓬萊雪，青葉白花相次發。不從地上生枝柯，合在天頭遶宫闕。天風微微吹不破，白豔却愁春涴露。玉房綵女齊看來，錯認仙山鶴飛過。落英散粉飄滿空，梨花顔色同不同。眼穿臂短取不得，取得亦如從夢中。無人爲我解此夢，梨花一曲心珍重。或誤傳爲王昌齡，非也。

〔二〕窮塵　鮑明遠蕪城賦：埋魂幽石，委骨窮塵。

〔三〕橫陳　首楞嚴經：于橫陳時，味如嚼蠟。古文苑宋玉諷賦：主人之女，又爲臣歌曰：「内怵惕兮徂玉牀，横自陳兮君之旁。」

〔四〕執手　起世經：夜摩諸天，執手成欲；兜率陀天，憶念成欲；化樂諸天，熟視成欲；他化自在天，共語成欲。

冬夜假我堂文宴詩有序

嗟夫！地老天荒，吾其衰矣；山崩〔一〕鐘應，國有人焉。於是淥水名園，明燈宵集；金閨〔二〕諸彦，秉燭夜談。相與惻愴窮塵，留連永夕。珠囊金鏡〔三〕，攬衰謝於斯文。紅藥〔四〕朱櫻〔五〕，感昇平之故事。杜陵箋注，刊削豕魚〔六〕；晉室陽秋，鐫除島索①〔七〕。三爵既醉，四座勿諠。良夜漸闌，佳詠繼作。悲涼甲帳〔八〕，似拜通天；霑灑銅盤〔九〕，如臨渭水。言之不足，慨當以②慷。夜烏咽而不啼，荒鷄喔其相舞。美哉吴詠〔一〇〕！諸君既斐然成章，和以楚聲〔一一〕。賤子〔一二〕亦慨然而賦，無以老耄而舍我，他人有心，悉索敝賦〔一三〕以致師，則吾豈敢？歲在甲午陽月二十有八日③。客爲吴江朱鶴齡長孺、崑山歸莊玄恭、嘉定侯玄泓④研德、長洲金俊明孝章、葉襄聖野、徐晟禎起、陳島⑤鶴客，堂之主人張奕綏子。拈韻徵詩者袁駿重其，余則虞山錢謙益也。

【校勘記】

①「島索」，五大家詩鈔作「蛙紫」。②「當以」，牧齋詩鈔作「以當」。③鄒本、金匱本此句在詩序末尾，作「甲午陽月二十八日」。④「侯玄泓」，鄒本作「侯汸」，金匱本作「侯泓」。⑤「陳島」，金匱本作「陳三島」。

【箋注】

〔一〕山崩　世説文學篇：銅山西崩，靈鐘東應。

〔二〕金閨　江文通別賦：金閨之諸彦。李善曰：金閨，金馬門也。

〔三〕珠囊金鏡　孔穎達易經正義序：秦亡金鏡，未墜斯文。漢理珠囊，重興儒雅。

〔四〕紅藥　謝玄暉直中書省詩：紅藥當階翻。

〔五〕朱櫻　少陵解悶絶句：炎方每續朱櫻獻，玉座應悲白露團。

〔六〕豕魚　續顔氏家訓音辭篇：晉史三豕過河，子夏曰：「己亥歲。」古語曰：事歷終古，以魚爲魯。故謂文字訛舛爲亥豕魚魯。陸法言曰：魯魚盈貫，晉豕成羣。

〔七〕島索　續顔氏家訓書諠篇：南呼北爲索虜，大抵呼後魏，指其實也。蓋北齊、後周，享國日淺。北呼南爲島夷以相報復，甚無謂也。

〔八〕甲帳　南史沈炯傳：炯行經漢武通天臺，爲表奏之曰：甲帳珠簾，一朝零落。茂陵玉盌，遂出人間。

〔九〕銅盤　李賀金銅仙人辭漢歌：攜盤獨出月荒凉，渭城已遠波聲小。

〔一〇〕吴詠　少陵夜宴左氏莊詩：詩罷聞吴詠，扁舟意不忘。

〔一一〕楚聲　左傳成公九年：晉侯觀于軍府，見鍾儀，使與之琴，操南音。杜預曰：南音，楚聲。

〔一二〕賤子　漢書樓護傳：王邑稱賤子上壽。少陵奉贈韋左丞詩：丈人試静聽，賤子請具陳。

〔一三〕悉索敝賦　左傳襄公八年：蔡人不從，敝邑之人，不敢寧處，悉索敝賦，以討于蔡。杜預曰：索，盡也。

分得魚字二首①

奇服〔一〕高冠競起余〔二〕，論文説劍漏將除。雄風〔三〕正喜鷹搏兔〔四〕，雌霓〔五〕應憐獺祭魚〔六〕。故壘三分荒澤國〔七〕，前潮半夜打②姑胥〔八〕。古③時北郭〔九〕多才子，結隱相將帶月鋤。

【校勘記】

①鄒本、金匱本無「二首」二字。　②五大家詩鈔「打」下另注「鼎」字。　③過日集作「舊」。

【箋注】

〔一〕奇服　屈原九章：余幼好此奇服兮，年既老而不衰。帶長鋏之陸離兮，冠切雲之崔嵬。

〔二〕起余　昌黎量移袁州詩：先惠高文謝起余。

〔三〕雄風　宋玉風賦：故其清涼雄風，則飄舉升降。

〔四〕鷹搏兔　通鑑唐紀二十六：侍御史楊孚，彈糾不避權貴，權貴毀之。上曰：「鷹搏狡兔，須急救之。不爾，必反爲所噬矣。御史繩奸慝亦然，苟非人主保衛之，則亦爲奸慝所噬矣。」

〔五〕雌霓　南史王曇首傳：沈約著郊居賦示筠草，筠讀至「雌霓連蜷」，約撫掌欣忭，曰：「僕嘗恐人呼爲霓。」霓，五的反。

〔六〕獺祭魚　孔毅父談苑：李商隱爲文多檢閱書册，左右鱗次，號「獺祭魚」。

〔七〕澤國　少陵秋日夔府詠懷詩：澤國遶迴旋。趙次公曰：言地多陂澤，故云澤國。

〔八〕姑胥　范成大吴郡志：姑蘇山，一曰姑胥，一名姑餘，連横山之北，古臺在其上。

〔九〕北郭　高啓送唐肅序：余世居吴之北郭，同里友善者惟王止仲一人。十餘年來，徐幼文自毗陵，高士敏自河南，唐處敬自會稽，余唐卿自永嘉，張來儀自潯陽，各以故來居吴，而皆與余鄰，於是北郭之文物遂盛矣。

其二

歲晚顛毛〔一〕共惜余，明燈促席坐前除〔二〕。風煙①極目無金虎〔三〕，霜露關心有玉魚〔四〕。

草殺緑蕪悲故國，花殘紅燭感靈胥〔五〕。退耕自昔能求士，慚愧荒郊②自荷鋤。

【校勘記】

①淩本作「塵」。②牧齋詩鈔作「江」。

【箋注】

〔一〕顛毛　元遺山題碩人在澗橫軸詩：幾回攬鏡惜顛毛。

〔二〕前除　少陵遊江東詩：清夜置酒臨前除。

〔三〕金虎　陸廣微吴地記：虎丘山在吴縣西北九里二步。吴越春秋云：闔閭葬虎丘，十萬人治葬。經三日，金精化爲白虎蹲其上，因號虎丘。

〔四〕玉魚　程大昌續演繁露：杜詩：昨日玉魚蒙葬地。韋述兩京記：含元殿成，每夜有鬼云：「我是漢楚王戊太子，葬於此。死時天子殮我以玉魚一雙。」改葬，果得玉魚。

〔五〕靈胥　左太沖吴都賦：狎翫靈胥。劉淵林曰：靈胥，吴子胥神也。

和朱長孺用來韻①

天寶論詩志豈誣？蠹魚〔一〕箋注笑侏儒。西郊尚記麻鞋〔二〕往，南國猶聞石馬〔三〕趨。事去金甌〔四〕悲鑄鐵〔五〕，恩深玉匣〔六〕感鱗珠〔七〕。寒風颯拉霜林暮，愁絶延秋頭白烏〔八〕。長孺方箋注杜詩。

【校勘記】

①鄒本、金匱本無「用來韻」三字。

【箋注】

〔一〕蟲魚　昌黎書皇甫湜園池詩後詩：爾雅注蟲魚，定非磊落人。

〔二〕麻鞋　少陵述懷詩：今夏草木長，脱身得西走。麻鞵見天子，衣袖露兩肘。

〔三〕石馬　安禄山事蹟：潼關之戰，我軍既敗，賊將崔乾祐領白旂引左右馳突。我軍視之，狀若神鬼。又見黄旂軍數百隊，官軍潛謂是賊，不敢逼之。須臾，又見與乾祐鬭，黄旂軍不勝，退而又戰者不一。俄不知所在。後昭陵奏是日靈宫前石人馬汗流。

〔四〕金甌　南史朱异傳：武帝嘗夙興，至武德閤口，獨言：「我國家猶若金甌，無一傷缺。」

〔五〕鑄鐵　孫光憲北夢瑣言：羅紹威剪滅牙軍，漸爲梁祖凌制，謂親吏曰：「聚六州四十三縣鐵，打一箇錯不成也！」

〔六〕玉匣　葛洪西京雜記：漢帝送死皆珠襦玉匣，匣形如鎧甲，連以金鏤。武帝匣上皆鏤爲蛟龍鸞鳳龜麟之象，世謂蛟龍玉匣。

〔七〕鱗珠　吕氏春秋：家彌富，葬彌厚，含珠鱗施。高誘曰：含珠，口實也。鱗施，施玉於死者之體，如魚鱗也。

〔八〕頭白烏　少陵哀王孫：長安城頭頭白烏，夜飛延秋門上呼。

和歸玄恭用來韻①

樗櫟餘生倚不材〔一〕，老顛風景〔二〕只堪哀。已判②身是溝中斷〔三〕，未省心③同劫後灰〔四〕。何處青蛾供④乞食〔五〕，幾多紅袖解憐才〔六〕？後堂絲竹〔七〕知無分，絳帳〔八〕還應爲爾開。

是日有⑤女郎欲至，戲以玄恭道學辭之。來詩⑥以腐儒自解，故有此⑦答。

【校勘記】

①鄒本、金匱本無「用來韻」三字。②鄒本、金匱本作「拚」。③凌本作「身」。④鄒本作「俱」。⑤鄒本、金匱本無「有」字，牧齋詩鈔無「是日有」三字。⑥「來詩」，凌本上有「君」字。⑦凌本、鄒本、金匱本作「斯」。

【箋注】

〔一〕不材　莊子人間世：匠石之齊，至乎曲轅，見櫟社樹，曰：「是不材之木也。」

〔二〕風景　東坡和趙郎中見戲詩：醉顛只要裝風景，莫向人前自洗磨。

〔三〕溝中斷　莊子天地篇：百年之木，破爲犧樽，青黄而文之，其斷在溝中，比犧樽於溝中之斷，則美惡有間矣。

〔四〕劫後灰　三輔黄圖：武帝初，穿昆明池，得黑土。帝問東方朔，朔曰：「西域胡人知。」乃問胡人，胡人曰：「劫燒之餘灰也。」

〔五〕乞食　孫光憲北夢瑣言：裴休留心釋氏，師圭峯密禪師。常被毳衲，於歌妓院持鉢乞食，自言曰：「不爲俗情所染，可以説法爲人。」

〔六〕憐才　僧文瑩續湘山野録：孫僅與魏野敦縞素之舊，尹京兆日，寄野詩，野和之，其末有「見説添蘇亞蘇小，隨軒應是佩珊珊」之句。添蘇，長安名姬也。孫以野所和詩贈之，添蘇喜如獲寶，求善筆札者大署其詩于堂壁。未幾，野有事抵長安，好事者密召過添蘇家，不言姓氏。閒暇野忽舉頭見壁所題，乃索筆于其側別紀一絶曰：「誰人把我狂詩句，寫向添蘇繡户中。閒若將紅袖拂，還應勝得碧紗籠。」添蘇始知是野，大加禮遇。

〔七〕後堂絲竹　漢書張禹傳：禹内奢淫，後堂理絲竹管絃。弟子彭宣、戴崇二人異行，禹親愛崇，敬宣而疏之。崇每候禹，將崇入後堂飲食，婦女相對，極樂乃罷。宣之來也，禹見之于便坐，講論經義，賜食不過一肉巵酒，未嘗得至後堂。兩人皆聞知，各自得也。

〔八〕絳紗　後漢書馬融傳：融教養諸生，常坐高堂，施絳紗帳。前授生徒，後列女樂。

和金孝章用來韻①

故國過從意倍親，天涯北郭昔時人。文章溝壑存洪筆〔一〕，戎馬江山剩角巾〔二〕。四壁霜風如浩劫，一窗燈火話窮塵。寒梅破墨欣相贈，珍重②南枝早放春。孝章詩後畫墨梅一枝，意有託也③。

【校勘記】

①鄒本、金匱本無「用來韻」三字。②「珍重」，鄒本、金匱本作「笛裏」。③「意有託也」，牧齋詩鈔作「意蓋有託也」。

【箋注】

〔一〕洪筆　世説賞譽篇：以洪筆爲鋤耒。

〔二〕角巾　晉書王濬傳：范通謂濬曰：「卿旋旆之日，角巾私第，口不言平吴之事。」

和葉聖野用來韻①

躍馬〔一〕聞鷄〔二〕心事違，相期畹晚〔三〕定因依〔四〕。五湖蝦菜春來好，三月鶯花亂後稀。語沸緑尊波作浪，談深紅燭淚霑衣。包山〔五〕即是仙源路，莫漫緣溪悵怏歸。時有卜居包山之約②。

【校勘記】

①鄒本、金匱本無「用來韻」三字。②五大家詩鈔此注作「時約卜居包山」。

【箋注】

〔一〕躍馬　左太沖蜀都賦：公孫躍馬而稱帝。

〔二〕聞鷄　晉書祖逖傳：祖逖與劉琨同寢，中夜聞荒鷄鳴，蹴琨覺，曰：「此非惡聲也。」因起舞。

〔三〕晼晚　宋玉九辨：白日晼晚其將入兮。王逸曰：年時欲暮，才力衰也。洪興祖補注曰：晼，音宛，景昳也。

〔四〕因依　孟郊弔盧殷詩：河南韓先生，後君作因依。

〔五〕包山　陸廣微吴地記：包山有石穴，其深莫知其極，即十大洞天之第九林屋洞天也。范成大吴郡志：吴地記云：包山在吴縣西一百三十里，中有洞庭，深遠世莫能測。吴王使靈威丈人入洞穴，十七日不能盡，因得玉葉，上刻靈寶經三卷。使示孔子，云禹之書也。

和徐禎起用來韻①

老學依然炳燭〔一〕時，杜詩韓筆〔二〕古人師。崑岡玉石〔三〕吾何有〔四〕？東海滄桑〔五〕某在斯〔六〕。草野不忘油素〔七〕約，蕉園〔八〕終見汗青〔九〕期。請看典午〔一〇〕陽秋〔一一〕例，載記②分明琬琰〔一二〕垂。時諸君共商史事，故及之③。

【校勘記】

①鄒本、金匱本無「用來韻」三字。②「載記」，五大家詩鈔作「筆削」，牧齋詩鈔作「紀載」。③五大家詩鈔此注作「時共商史事」。

【箋注】

〔一〕炳燭　説苑建本篇：晉平公問於師曠曰：「吾年七十，欲學恐已暮矣。」師曠曰：「臣聞之，少而好學，如日出之陽；壯而好學，如日中之光；老而好學，如炳燭之明。炳燭之明，孰與昧行乎？」

〔二〕杜詩韓筆　陸游老學庵筆記：南朝詞人謂文爲筆，故沈約傳云：謝玄暉善爲詩，任彦昇工於筆，約兼而有之。又庾肩吾傳：梁簡文與湘東王書，論文章之弊曰：詩既若此，筆又如之？又曰：謝朓、沈約之詩，任昉、陸倕之筆。任昉傳又有「沈詩任筆」之語。老杜寄賈至嚴武詩云：賈筆論孤憤，嚴詩賦幾篇。杜牧之亦云：杜詩韓筆愁來讀，似倩麻姑癢處抓。亦襲南朝語爾。

〔三〕玉石　書胤征：火炎崑岡，玉石俱焚。

〔四〕吾何有　論語：何有于我哉？鄭玄曰：人無有是行于我，我獨有之也。

〔五〕滄桑　吴萊桑海遺録序：龔開，字聖予，所作文宋瑞、陸秀夫二傳，類司馬遷、班固所爲，陳壽以下不及也。予故私列二傳，以發其端，題曰桑海遺録，以待太史氏之采擇。

〔六〕某在斯　史記太史公自序：先人有言：「自周公卒，五百歲而有孔子，孔子卒後，至於今五百歲，有能紹明世，正易傳，繼春秋，本詩書禮樂之際？」意在斯乎，意在斯乎，小子何敢讓焉？

〔七〕油素　揚子雲答劉子駿書：雄常把三寸弱翰，齎油素四尺，以問其異語，歸即以鉛摘次之於槧。

〔八〕蕉園　歷朝實録成，焚藁于太液池之蕉園。

〔九〕汗青　劉子玄上蕭至忠書：首白可期，而汗青無日。

〔一〇〕典午　蜀志譙周傳：巴郡文立見周，周語次，因書板示立曰：「典午忽兮，月酉没兮。」典午者，謂司馬也。月酉者，謂八月也。

〔一一〕陽秋　晉書孫盛傳：盛著晉陽秋，詞直而理正，咸稱良史。

〔一二〕琬琰　後漢書竇憲傳論：士有懷琬琰以就煨塵者，亦何可支哉？

簡侯研德兼①示記原用歌字韻②

當饗休聽暇豫歌〔一〕，破巢完卵〔二〕爲銅駝〔三〕。國殤〔四〕何意存三户〔五〕？家祭〔六〕無忘告兩河〔七〕。擊筑〔八〕淚從天北至，吹簫〔九〕聲向日南多。知君恥讀王裒傳，但使生徒廢蓼莪〔一〇〕。

【校勘記】

①鄒本、金匱本作「并」。②鄒本、金匱本無「韻」字。

【箋注】

〔一〕暇豫歌　國語：優施飲里克酒，中飲，優施起舞，謂里克妻曰：「主孟啗我，我教子暇豫事君。」乃歌曰：「暇豫之吾吾，不如鳥烏。人皆集于菀，己獨集于枯。」

〔二〕破巢完卵　世説言語篇：孔融被收時，融兒大者九歲，小者八歲，融謂使者：「二兒可得全否？」兒徐進曰：「豈見覆巢之下復有完卵乎？」箋曰：嘉定侯公峒曾，字曰廣成，以提學分守家居。弘光時，召爲左通政，不赴。乙酉五月，南都失守。六月，李成棟掠地吳下。公與同邑進士黄淳耀蘊生聚兵堅守，邀成棟而擊之，一敗之于羅店，再敗之于倉橋。成棟恚甚，益修攻具。圍急，城中矢盡。七月三日，大雨，城崩一角。四日，雨益澍，城遂陷，公從容赴池水死，侯幾道、侯雲俱以兵死。黄公與弟淵耀相對同縊于僧舍。

〔三〕銅駝　晉書索靖傳：靖知天下將亂，指洛陽宫門銅駝嘆曰：「會見汝在荆棘中耳。」

〔四〕國殤　屈原九歌注：王逸曰：國殤，謂死於國事者。小爾雅曰：無主之鬼謂之殤。

〔五〕三户　史記項羽紀：楚南公曰：「楚雖三户，亡秦必楚。」索隱曰：楚人怨秦，雖三户猶足以亡秦也。韋昭以爲：三户，楚三大姓昭、屈、景也。正義曰：服虔云：三户，漳水津也。孟康云：後項羽果渡三户津，破章邯軍，降章邯，秦遂亡。是南公之善讖云。

〔六〕家祭　陸放翁示兒絶句：死去元知萬事空，但悲不見九州同。王師北定中原日，家祭無忘告乃翁。

〔七〕兩河　宋史宗澤傳：澤憂憤，疽發于背，無一語及家事，但呼「過河」者三，卒。

〔八〕擊筑　戰國策：荆軻客高漸離以擊筑見秦皇帝，而以筑擊秦皇帝爲燕報仇，不中而死。

〔九〕吹簫　御覽：春秋後語曰：伍子胥橐載而出昭關，夜行晝伏，無以糊其口，鼓腹吹簫，乞食于吴市。

〔一〇〕廢蓼莪　晉書王裒傳：裒隱居教授，廬於墓側，讀詩至「哀哀父母，生我劬勞」，未嘗不三復流涕。門人受業者，並廢蓼莪之篇。

贈陳鶴客兼懷朱朗詣用真字韻

雀喧鳩鬧〔一〕笑通津，横木〔二〕爲門學隱淪〔三〕。名許詩家齊下拜〔四〕，姓同孺子亦長貧〔五〕。風前剪燭尊無酒，雪後班荆道少人。卻憶西陵有羈客，荒鷄何處警①霜晨？

【校勘記】

①江左三大家詩鈔作「驚」。

【箋注】

〔一〕雀喧鳩鬧　羅隱題潤州妙善寺前石羊詩：還有市廛沽酒客，雀喧鳩聚話蹄涔。

〔二〕横木　漢書韋玄成傳注：師古曰：衡門，横一木于門上，貧者之所居也。

〔三〕隱淪　顏延年五君詠：尋山洽隱淪。李善曰：桓譚新論曰：天下神人五，一曰神仙，二曰隱淪。

〔四〕下拜　王定保摭言：李洞慕賈閬仙爲詩，鑄銅像其儀，事之如神。

〔五〕長貧　史記陳丞相世家：張負隨平至其家，家乃負郭窮巷，以弊席爲門，然門外多有長者車轍。張負歸，謂其子仲曰：「吾欲以女孫予陳平。」張仲曰：「平貧不事事，一縣中盡笑其所爲，獨奈何予女乎？」負曰：「人固有好美如陳平而長貧賤者乎？」卒與女。里中社，平爲宰，分肉食甚均。父老曰：「善，陳孺子之爲宰乎！」

贈張綏子 用真字韻①

名園緑水履綦〔一〕新，取次盤飧〔二〕笑語真。戴笠〔三〕經過看老客，荷衣〔四〕出拜記留賓。十年宿草〔五〕猶今雨〔六〕，半壁殘燈似故人。莫訝心期托年少，通家〔七〕孔李更誰親？往過泌園，異度攜綏子出拜，故有遺山荷衣之感②。

【校勘記】

①「用真字韻」，鄒本、金匱本作「前韻」。　②鄒本、金匱本此注在第四句下，作「往過異度泌園，綏子尚羈貫，故有遺山荷衣出拜之感」。

【箋注】

〔一〕履綦　記内則：履者綦。鄭氏曰：綦，履繫也。

〔二〕盤飧　左傳僖公二十三年：乃饋盤飧，寘璧焉。釋文曰：飧，音孫。説文云餔也。

〔三〕戴笠　樂府越謠歌：君乘車，我戴笠，他日相逢下車揖。君擔簦，我跨馬，他日相逢爲君下。

〔四〕荷衣　元遺山高平道中望陵川詩：書郎零落頭今白，腸斷荷衣出拜時。

〔五〕宿草　記檀弓：曾子曰：「朋友之墓，有宿草而不哭焉。」鄭氏曰：宿草，謂陳根也。

〔六〕今雨　少陵秋述：常時車馬之客，舊雨來，今雨不來。

〔七〕通家　後漢書孔融傳：李膺不妄接士賓客，融造門曰：「我是李君通家子弟。」門者言之，膺請融見。融曰：「先君孔子與君先人李老君，同德比義而相師友，則融與君累世通家。」衆坐莫不嘆息。

歸自吴門重其復來徵詩小至日止宿劇談喜而有贈①

一編詩足張去聲②吾軍〔一〕，旣毹〔二〕沉吟每夕曛。豈有地深戎馬〔三〕劫，翻令天焕帝車〔四〕文。早時嶺放梅枝雪，明日臺書長至雲。莫以儒生笑袁虎〔五〕，策③功毛穎〔六〕許誰分？

【校勘記】

①鄒本無此詩。金匱本題作「歸自吴門重其復來徵詩小至日止宿寒舍劇譚論文喜而有贈」。五大家詩鈔題作「贈袁重其兼示吴門諸君子時甲午小至日」。②金匱本無「去聲」二字。③五大家詩鈔作「筆」。

【箋注】

〔一〕張吾軍　昌黎醉贈張祕書詩：阿買不識字，頗知書八分。詩成使之寫，亦足張吾軍。

〔二〕旣毹　祝誠蓮堂詩話：東坡與潘三失解後飲酒詩：顧我自爲都旣毹。趙彦仲云：摭言載唐進士失解醉飽者，謂之打毷氉。今坡句云「顧我自爲都毷氉」，則以不獨潘三失解，爲有毷氉之愁，而我所爲失意，無一不是毷氉矣。

〔三〕戎馬　子長報任少卿書：深踐戎馬之地。

〔四〕帝車　王勃益州夫子廟碑：帝車南指，遁七曜于中階。

〔五〕袁虎　世説文學篇：袁虎少貧，嘗爲人傭載運租。注曰：虎，袁宏小字。

〔六〕毛穎　李肇國史補：韓愈撰毛穎傳，其文尤高，不下史遷，真良史才也。

甲午①仲冬六日吴門舟中②飲罷放歌爲朱生維章六十稱壽

吴門朱生朱亥〔一〕儔，行年六十猶敝裘。生來長不滿六③尺，胸中老氣〔二〕横九州。朝虀暮鹽心不省，春花秋月身自由。席門懸薄〔三〕有車轍，臂鷹盤馬多俠游。是時金閶全盛日，鶯花夾道連虎丘。柳市金盤耀白日，蘭房銀燭明朱樓。時時排場恣④調笑，往往借面〔四〕裝俳優。觀者如牆敢發口，梨園〔五〕弟子⑤歸相尤。就中張老⑥燕筑最骯髒〔六〕，横襟奮袂⑦髯戟〔七〕抽。鄰翁掃松痛長夜，相國寄子哀清秋。金陵丁老繼之誇矍鑠，偷桃竊藥筋力遒。月夜⑧劉唐尺八腿〔八〕，見癸辛雜誌⑨。扠衣闊步風颼飀⑩。王倩公秀，張老之壻⑪〔四〕。張五穉昭並婀娜，迎風拜月相綢繆。玉樹⑫交加青眼眩，鸞篦〔九〕奪得紅粧愁。朱生奡兀作狡獪，黔面鬘髻〔一〇〕衣臂韝〔一一〕。健媪行媒喧剥啄，小婢角口含咿嘔。矮郎背弓擔賣餅，牧豎口笛牽⑬蹊牛。鬟絲頰毛各有⑭態，摇頭掉舌誰能侔？吁嗟十載遭喪亂，寄命旦⑮夕同蜉蝣〔一二〕。天地翻覆戲場在，干戈剥换顛毛留。老顛風景仍⑯欲裂，對酒歌哭庸何郵？瞥眼會見千載事⑰，當筵翻哂⑱隔夜憂。亦朱生演劇⑲。何方⑳使君呼八騶〔一三〕，是日周元亮適至㉑。跨坊〔一四〕綠幘〔一五〕戴紅兜。下馬忽漫開口笑，解貂參預秉燭遊。吴娃㉒錦瑟〔一六〕許共醉，鄂君〔一七〕翠被邀同舟。雜坐何當禁執手，一笑豈惜傾纏頭〔一八〕？商女〔一九〕歌殘燭花冷，仙人〔二〇〕淚㉓下鉛水稠。夜烏拉拉散列炬，村鷄荒荒催酒籌。午夜前期問櫪馬〔二一〕，明朝樂事歸爽鳩〔二二〕。朱生朱生且罷休，爲爾酌酒仍長謳。張丁二叟㉔齊七十，老夫稍長亦輩流。天上踆烏〔二三〕不相放，人世沙蟲〔二四〕難與謀㉕。且揄王倩長舞袖，更囀張五清歌喉。熨斗〔二五〕眉頭〔二六〕展舊皺，漉囊〔二七〕甕面〔二八〕開新篘。清商〔二九〕一部娱燕幕，紅粉兩隊分鴻溝。急須伴我醉鄉醉，安用笑彼囚山〔三〇〕囚㉖。

【校勘記】

①「甲午」二字，鄒本、金匱本爲題下小注。②鄒本、金匱本「中」下有「夜飲」二字。③金匱本作「三」。④鄒本、金匱本作「縱」。⑤「弟子」，鄒本、金匱本作「子弟」。⑥鄒本、金匱本作「叟」。⑦鄒本、金匱本作「袖」。⑧淩本作「下」。⑨鄒本、金匱本無此注。⑩鄒本、金匱

本作「颸」。⑪五大家詩鈔無「張老之壻」四字。⑫鄒本作「相」。⑬鄒本、金匱本作「尋」。⑭淩本、金匱本作「弄」。⑮鄒本、金匱本作「朝」。⑯淩本作「尚」。⑰鄒本、金匱本此句作「瞥眼會過千歲劫」。⑱鄒本、金匱本作「笑」。⑲鄒本、金匱本無此注。⑳鄒本、金匱本作「妨」。㉑鄒本、金匱本無此注。㉒鄒本、金匱本作「姬」。㉓淩本作「泣」。㉔「張丁二叟」，鄒本作「張叟老丁」，金匱本作「張叟丁老」。㉕鄒本此二句作「兔烏天上不相待，鷄蟲人世難與謀」，金匱本作「兔烏天上不相待，沙蟲人世難與謀」。㉖鄒本、金匱本卷末有注，作「次日篝燈泊舟吴塔，呵凍漫稿」。

【箋注】

〔一〕朱亥　史記信陵君傳：侯生謂公子曰：「臣所遇屠者朱亥，此子隱者，世莫能知，故隱屠間耳。」

〔二〕老氣　少陵送韋十六評事詩：子雖軀幹小，老氣横九州。

〔三〕懸薄　莊子達生篇：有張毅者，高門懸薄，無不走也。成玄英疏曰：懸薄者，垂簾也。

〔四〕借面　後漢書禰衡傳：衡曰：「文若可借面弔喪。」

〔五〕梨園　李上交近事會元：皇帝弟子又云梨園弟子，以置近院於林苑之梨園也。

〔六〕骯髒　後漢書趙壹傳：骯髒倚門邊。臣賢曰：骯髒，高亢婞直之貌。

〔七〕髯戟　南史褚彦回傳：山陰公主謂彦回曰：「君鬚髯如戟，何無丈夫氣？」

〔八〕尺八腿　周密癸辛雜誌：龔聖予宋江三十六贊劉唐贊曰：將軍下短，貴稱侯王。汝豈非夫，腿尺八長。

〔九〕鸞篦　李賀秦宫詩：鸞篦奪得不還人，醉卧氍毹滿堂月。

〔一〇〕髽髻　五代史前蜀世家：衍後宫皆戴金蓮花冠，衣道士服，酒酣免冠，其髻髽然。

〔一一〕臂韝　史記淳于髡傳：帣韝鞠𦜕。注曰：韝，臂捍也。

〔一二〕蜉蝣　國風蜉蝣詩：蜉蝣之羽，衣裳楚楚。毛萇傳曰：蜉蝣，朝生夕死。

〔一三〕八騶　南齊書王融傳：行遇朱雀桁開，路人填塞，乃搥車壁曰：「車中乃可無七尺，車前豈可乏八騶？」

〔一四〕跨坊　東坡次李邦直感舊詩：騶騎傳呼出跨坊。舊注：跨坊，乃籠街之義。

〔一五〕緑幘　漢書東方朔傳：董君緑幘傅韝。師古曰：緑幘，賤人之服。

〔一六〕錦瑟　少陵曲江值雨詩：暫醉佳人錦瑟傍。

〔一七〕鄂君　玉臺集越人歌序：楚鄂君子晳者，乘青翰之舟，張翠羽之蓋，榜枻越人悦之，擁楫而越歌，以感鄂君，歡然舉繡被而覆之。其辭曰：「今夕何夕？褰舟中流。今日何日？與子同舟。」

〔一八〕纏頭　御覽：舊俗賞歌舞人以錦綵置之頭上，謂之纏頭。

〔一九〕商女　杜牧之泊秦淮絶句：商女不知亡國恨，隔江猶唱後庭花。

〔二〇〕仙人　李賀金銅仙人辭漢歌：空將漢月出宫門，憶君清淚如鉛水。

〔二一〕櫪馬　少陵杜位宅守歲詩：盍簪喧櫪馬，列炬散林鴉。

〔二二〕爽鳩　左傳昭公二十年：齊侯飲酒樂，公曰：「古而無死，其樂若何？」晏子對曰：「古者無死，爽鳩氏之樂，非君所願也。」

〔二三〕踆烏　淮南子精神訓：日中有踆烏。高誘曰：踆，趾也。謂三足烏也。

〔二四〕沙蟲　抱朴子：周穆王南征，一軍皆化，君子爲猿爲鶴，小人爲蟲爲沙。

〔二五〕熨斗　趙德麟侯鯖録：晁次膺詩：去日玉刀封斷恨，見來金斗熨愁眉。黄昏飲散歌闌後，懊惱水邊樓上時。容齋詩話：近見吴歌有云：剪刀兒，剪不斷我心上愁。熨斗兒，熨不斷我眉間皺。語亦有致。

〔二六〕眉頭　庾子山愁賦：攲眠眼睫未嘗摻，强戲眉頭那得伸？

〔二七〕漉囊　南史陶潛傳：郡將嘗候之，值其釀熟，取頭上葛巾漉酒，漉畢，還復著之。

〔二八〕甕面　張彦遠法書要録：蕭翼見善才，宿設堈面酒。江東云堈面，猶河北稱甕頭，謂初熟酒也。

〔二九〕清商　樂天池上閒詠詩：一部清商聊送老。

〔三〇〕囚山　柳柳州囚山賦：誰使吾山之囚吾兮滔滔？

虎丘舟中戲爲張五穉昭題扇得絶句八首稚昭少年未娶不肯席帽北遊故詩及之①

便面〔一〕風流柳市〔二〕知，春心顧影問腰支。緑沉漆管〔三〕餘蛾緑〔四〕，漫與東家〔五〕畫十眉〔六〕。

【校勘記】

①江左三大家詩鈔題作「虎丘舟中戲爲張五探昭題扇」，牧齋詩鈔題作「虎丘戲爲張五題扇」，佚叢題作「贈王子嘉四首」。

【箋注】

〔一〕便面　漢書張敞傳：敞爲京兆，時罷朝會，過走馬章臺街，自以便面拊馬。又爲婦畫眉。師古曰：便面，扇之類也。不欲見人，以此自障面，則得其便，故曰便面。

〔二〕柳市　少陵八哀詩：京兆空柳市。游俠傳：城西柳市。師古曰：漢宫闕疏云：細柳倉有柳市。三輔黄圖：長安大俠黄子夏居柳市。

〔三〕緑沉漆管　蘇易簡文房四譜：王羲之筆經云：有人以緑沉漆竹管及鏤管見遺，録之多年，亦可愛玩。

〔四〕蛾緑　隋遺録：吴絳仙善畫長蛾眉，殿腳女争效之，司宫吏日給螺子黛十斛，號爲蛾緑。螺子黛出波斯國，每斛值十金。

〔五〕東家 宋玉登徒子好色賦：天下之佳人，莫若楚國。楚國之麗者，莫若臣里。臣里之美者，莫若臣東家之子。

〔六〕十眉 陶穀清異録：瑩姐，平康妓也。畫眉日作一樣，雖數十而不窮。唐斯立戲之曰：「西蜀有十眉圖，布之四方。汝眉癖若是，今可作百眉圖。更假以歲年，當率同志爲修眉史矣。」

其二

蕙質〔一〕蘭心①桃李年〔二〕，裌衣迎臘未裝綿。儂家舊住②天河③〔三〕上，不比牽牛會貰錢〔四〕。

【校勘記】

①佚叢作「芳」。 ②佚叢作「在」。 ③江左三大家詩鈔作「吴」。

【箋注】

〔一〕蕙質 江文通雜體詩：明月入綺窗，髣髴想蕙質。

〔二〕桃李年 御覽集柳中庸寒食戲贈詩：酒是芳菲節，人當桃李年。

〔三〕天河 樂府徐陵雜曲：張星舊在天河上，由來張姓本連天。

〔四〕貰錢 荆楚歲時記：牽牛娶織女，借天帝二萬錢下禮，欠不還，被驅在營室中。

其三

輕紅〔一〕攬袴拂廬〔二〕眠，蘆酒〔三〕朝醺夜數錢〔四〕。紙帳梅花檀板月，夢魂不到黑山邊。

【箋注】

〔一〕輕紅　玉臺集簡文變童詩：攬袴輕紅出。

〔二〕拂廬　舊唐書吐蕃傳：其國都城，號爲邏些城。屋皆平頭，高者至數十尺。貴人處於大氊帳，名爲拂廬。

〔三〕蘆酒　少陵送從弟亞赴河西判官詩：黄羊飫不羶，蘆酒多還醉。舊注曰：穈穀醖成，可撥醅，取不醉也。但力微，飲多即醉。

〔四〕數錢　玉臺集漢桓帝時童謡歌：車班班，入河間。河間姹女能數錢。

其四

歐骨虞筋〔一〕寫硬黄〔二〕，白團紈①扇〔三〕墨花②香。笑他弱腕奴書〔四〕子，簇簇簪花〔四〕學女郎。

【校勘記】

①佚叢作「黄」。　②鄒本作「衣」，佚叢作「痕」。

【箋注】

〔一〕歐骨虞筋　朱長文墨池編：徐浩書法論曰：鍾善正書，張稱草聖，右軍行法，小令破體，皆一時之妙。近古以來謂虞得其筋，褚得其肉，歐得其骨，當矣。

〔二〕硬黄　張世南游宦紀聞：硬黄謂置紙熱熨斗上，以黄蠟塗匀，儼如枕角，毫釐畢見。

〔三〕白團扇　古今樂録：晉王珉捉白團扇，與嫂婢謝芳姿有愛，嫂捶撻婢過苦，王東亭聞而止之。芳姿素善歌，嫂令歌一曲當赦之，應聲歌曰：「白團扇，辛苦五留連，是郎眼所見。」珉聞，更問之，芳姿即改云：「白團扇，顦顇非昔容，羞與郎相見。」

〔四〕奴書　僧釋之金壺記：歐陽詢曰：「學而不變，謂之奴書。」

〔五〕簪花　張彦遠法書要録：袁昂古今書評云：衛恒書如插花美女舞笑鏡臺。

其五

紅袖青衫匼匝時，鶯喧①花妥〔一〕燕差池〔二〕。人中張五看誰是，玉樹〔三〕臨風只一枝。

【校勘記】

①鄒本、金匱本作「揎」。

【箋注】

〔一〕花妥　少陵重過何氏詩：花妥鶯捎蝶。三山老人曰：花妥，即花墮也。

〔二〕差池　詩燕燕章：差池其羽。箋云：謂張舒其尾翼。

〔三〕玉樹　少陵飲中八仙歌：皎如玉樹臨風前。

其六

霜風午夜静寒林，何處柔和轉妙音？五百仙人〔一〕齊省記，多生於此失禪心①。

【校勘記】

①牧齋詩鈔篇末另有注：「雪山池中甄陀女歌聲，柔軟清淨，五百仙人皆心逸不自持」。

【箋注】

〔一〕五百仙人　法苑珠林唄讚篇：有一緊那羅，名頭婁磨，琴歌諸法實相以讚世尊。時須彌山及諸林樹皆悉震動，迦葉在座不能自安，五百仙人心生狂醉，失其神足。

其七

昵枕羅衣袖許長，餘甘傳得口脂香。從君暖老思燕玉〔一〕，只合温柔是此鄉〔二〕。

【箋注】

〔一〕燕玉　少陵獨坐詩：暖老須燕玉。趙傁曰：燕玉，婦人也。古詩：「燕趙多佳人，美者顔如玉。」宋人仍襲，多用燕玉，實不知其所出。

〔二〕温柔鄉　飛燕外傳：后進合德，帝大悦，以輔屬體，無所不靡，謂爲温柔鄉，曰：「吾老是鄉矣，不能效武皇帝求白雲鄉也。」

其八

一剪金刀〔一〕滿鏡愁，青春和髮水東流。明年娶①得桃花女〔二〕，十五盈盈并②上頭〔三〕。張五每自笑十三剃髮，待明年娶婦，好並上頭也。

【校勘記】

①江左三大家詩鈔作「妻」。②凌本作「最」。

【箋注】

〔一〕一剪金刀　元遺山紫牡丹詩：金刀一剪腸堪斷，緑鬢劉郎半白生。

〔二〕桃花女　温庭筠會昌丙寅豐歲歌：村南娶婦桃花紅。

〔三〕上頭　花蕊夫人宫詞：年初十五最風流，新賜雲鬟便上頭。

贈盛子久

鏡裏顛毛笑汗青，浮雲心事鶴身形。金光〔一〕共室常清浄，玉斧〔二〕尋真未①杳冥。白氎〔三〕鶩僧分竹杖〔四〕，絳紗〔五〕鹿女〔六〕問蓮經。家山只在柴門外，梵罷香銷看翠屏〔七〕。

【校勘記】

①鄒本作「自」。

【箋注】

〔一〕金光　付法藏經：昔過去九十一劫，毘婆尸佛入涅槃後，四部弟子，起七寶塔。塔中佛像，面上金色，少處缺壞。有一貧女，遊行乞丐，得一金珠。見像面壞，欲傅像面。迦葉爾時作鍛金師，女即持往，倩令修造。金師歡喜，用補像面。因共立願，願我二人常爲夫婦，身真金色，恒受勝樂。最後託生第七梵天。時摩竭國有婆羅門，巨富無量，而無兒息。梵天命終，即來託生。顔貌端正，金光赫奕，照四十里。至年十五，欲爲娉妻。唯有一女，軀體金色，端正殊好，即是往日施金女也。此女既到，金色光明，婆羅門見，即爲娉得。既到夫家，夫婦相對，各皆清潔，了無欲意。啓辭父母，俱共出家。來至佛所，佛爲説法，即於坐上得阿羅漢。

〔二〕玉斧　真誥翼真檢：許長史小男名翽，字道翔，小名玉斧，修業精勤。

〔三〕白氎　翻譯名義集：西來梵僧，咸著布氎。釋守倫法華經注：摩騰、法蘭二梵僧，齎白氎畫釋迦像，并四十二章經，以白馬負至洛陽。

〔四〕竹杖　西域記：有婆羅門，聞釋迦佛身長丈六，常懷疑惑，未之信也，乃以丈六竹杖，欲量佛身。恒於杖端出過丈六，如是增高，莫能窮實，遂投杖而去。桂苑叢談：甘露寺僧，道行孤高，李德裕以方竹杖一枝贈焉。方竹出大宛國，實堅而正，方節，眼鬚牙四面對出，衛公之所賓也。及再見，問杖無恙否，曰：「已規圓而漆之矣。」公嗟惋彌日。

〔五〕絳紗　晉書韋逞母傳：就宋氏家立講堂，置生員百二十人，隔絳紗幔而受業，號宋氏爲宣文君。

〔六〕鹿女　西域記：昔有仙人，隱居巖谷。仲春之月，鼓栧清流，麀鹿隨飲，感生女子，姿貌過人，唯脚似鹿。仙人見之，收而養焉。足所履地，迹皆有蓮華。任昉述異記：貞山在毘陵郡，梁時有村人韓文秀見一鹿産一女子在地，遂收養之。及長，與凡女有異，遂爲女冠。梁武帝爲别立一觀，號曰鹿娘。後死入棺，武帝致祭，開棺視之，但聞異香，不見骸骨，蓋尸解也。

〔七〕翠屏　少陵覃山人隱居詩：悵望秋天虚翠屏。孫興公遊天台賦：搏壁立之翠屏。

燈屏詞十二首爲龔孝升顧夫人作①

天河横轉酒旗斜，月駕青銀〔一〕駐絳紗。歌闋落梅〔二〕人未醉，碧桃何事旋開花？

【校勘記】

①鄒本、金匱本題作「燈屏詞十二首」，題下另有注：「贈龔大中丞。」箧衍集題作「燈屏詞爲龔芝麓作」。江左三大家詩鈔題作「燈屏詞十二首贈龔大中丞」。

【箋注】

〔一〕月駕青銀　起世經：月天宮殿，純以天銀、天青琉璃，而相間錯。二分天銀，清淨無垢，無諸滓穢，光甚明曜；餘之一分天青琉璃，亦甚清淨，表裏映徹，光明遠照。亦有一大輦，青琉璃成，月天子身，與諸天女，在此輦中，隨意而行。

〔二〕落梅　吴競樂府古題要解：古横吹曲，有名梅花落者。

其二

神索風傳臺柏枝，天街星傍火城〔一〕移。袖中籠得朝天筆，畫①日〔二〕歸來便畫眉。

【校勘記】

①鄒本作「盡」，江左三大家詩鈔作「晝」。

【箋注】

〔一〕火城　李肇國史補：元日、冬至立仗，大官皆備珂傘列燭，有至五六百炬者，謂之火城。宰相火城將至，則衆火皆撲滅以避之。

〔二〕畫日　五代史唐六臣傳：蘇循又獻晉王畫日筆三十管。

其三

御席駝羹宣賜稀，金盤行酒著珠衣。笑他寒餓東方朔，自拔鸞刀〔一〕割肉〔二〕歸。

【箋注】

〔一〕鸞刀　小雅信南山詩：執其鸞刀，以啓其毛，取其血膋。

〔二〕割肉歸　漢書東方朔傳：伏日詔賜從官肉，大官丞日晏不來，朔獨拔劍割肉，謂其同官曰：「伏日當早歸，請受賜。」即懷肉去。

其四

換徵移宫樂句〔一〕和①，玉簫風急渡銀河。星娥〔二〕月姊驚相語②，天上何人竊九歌〔三〕？

【校勘記】

①鄒本、金匱本作「多」。　②鄒本、金匱本作「詰」。

【箋注】

〔一〕樂句　張端義貴耳三集：韓愈、皇甫湜一世龍門，牛僧孺攜所業謁之，其首篇説樂，韓見題即掩卷而問曰：「且道拍板唤作甚？」牛曰：「樂句。」二公大稱賞之，因此名振京師。

〔二〕星娥　李商隱聖女祠詩：星娥一去後，月姊更來無？

〔三〕竊九歌　山海經：夏后氏開上三嬪于天，得九辨與九歌以下。郭璞曰：皆天帝樂名也。開登天而竊以下用之也。

其五

絡角〔一〕星河不夜〔二〕天，花開花合〔三〕不知眠。小紅一片才飛卻，驚怪人間又隔年①。

【校勘記】

①鄒本此句作「卻怪人間又一年」，金匱本、江左三大家詩鈔作「驚怪人間又一年」。

【箋注】

〔一〕絡角　羅隱七夕詩：絡角星河菡萏天。

〔二〕不夜　五色線：不夜城，蓋古有日夜出于境，故萊子立此城，以不夜爲名。

〔三〕花合　清涼華嚴疏鈔世子妙嚴品第一之一：須夜摩天，須者，善也，妙也。夜摩，時也。具云善時分天。論云：隨時受樂，故名時分天。又大集經：此天用蓮華開合，以明晝夜。又云：赤蓮華開爲晝，白蓮華開爲夜，故云時分也。

其六

油壁〔一〕青驄莫浪猜，飆輪〔二〕倒景〔三〕坐徘徊。香風卻載紅雲下，忉利新看香市〔四〕回。

【箋注】

〔一〕油壁　樂府蘇小小歌：我乘油壁車，郎乘青驄馬。何處結同心，西陵松柏下。

〔二〕飆輪　真誥稽神樞：茅山天市壇，昔東海青童君曾乘獨飈飛輪之車按行此山，埋寶金白玉于市石四面，飈輪之迹，今故分明。

〔三〕倒景　沈休文游道士館詩：一舉凌倒景，無事適華嵩。司馬相如大人賦：貫列缺之倒景。服虔曰：列缺，天閃也。人在天上，下向視日月，故景倒在下也。

〔四〕香市　法苑珠林三界篇：忉利天有七市，第一穀米市，第二衣服市，第三衆香市，第四飲食市，第五華鬘市，第六工巧市，第七婬女市。處處並有市官，是諸市中天子天女，往來貿易。具市廛法，以爲戲樂。

其七

潑墨崇蘭〔一〕泛曉霞，石城玉雪漾平沙。騷人香草休題品，此是西天稱意花〔二〕。

【箋注】

〔一〕崇蘭　宋玉招魂：光風轉蕙，汎崇蘭些。

〔二〕稱意花　翻譯名義集：須曼那，或云須末那，又云蘇摩那，此云善攝意。又云稱意花。其色黄白而極香，樹不至大，高三四尺，下垂如蓋。須曼女生於須曼花中。

其八

青瑣丹梯〔一〕詰曲廻，燈花交處見樓臺。仙禽梵鳥紛如織，不涌身雲〔二〕不入來。

【箋注】

〔一〕丹梯　謝靈運擬鄴中集詩：躧步陵丹梯，竝坐侍君子。

〔二〕身雲　華嚴經入法界品：或見諸菩薩入變化三昧，各於其身一一毛孔，出於一切變化身雲，或見出一切衆生身雲。

其九

陽翟〔一〕新聲換竹枝，秋風紅豆又離披。囀喉車子〔二〕當筵唱，恰①是②儂家絶妙詞。

【校勘記】

①江左三大家詩鈔作「卻」。　②鄒本、金匱本作「似」。

【箋注】

〔一〕陽翟　樂府詩集：西涼樂曲陽翟新聲、神白馬之類，皆出於胡戎歌，非漢魏遺曲也。

〔二〕車子　繁休伯與魏文帝箋：頃諸鼓吹，廣求異妓。時都尉薛訪車子，年始十四，能喉轉引聲，與笳同音。

其十

璧月珠簾共一堂，繁星列宿正低昂〔一〕。只嫌舞袖弓腰①〔二〕闊，尚是人間百戲場。

【校勘記】

①江左三大家詩鈔作「鞋」。

【箋注】

〔一〕低昂　傅休奕雜詩：繁星依青天，列宿自成行。蟬鳴高樹間，野鳥號東廂。纖雲時髣髴，渥露沾我裳。良時無停景，北斗忽低昂。

〔二〕弓腰　段成式酉陽雜俎：元和初，有一士人醉卧廳中，醒見古屏上婦人悉于牀前踏歌。歌曰：「長安女兒踏春陽，無處春陽不斷腸。舞袖弓腰渾忘却，蛾眉空帶九秋霜。」其中雙鬟者問曰：「如何是弓腰？」歌者笑曰：「汝不見我作弓腰乎？」乃反首髻及地，勢如規焉。士人驚懼叱之，忽然上屏。

其十一

醉鄉麯部〔一〕總華胥〔二〕，喝①月〔三〕催花〔四〕建鼓②旗。贏得夜珠〔五〕簾幕外③，諸天春④雨細如絲。

【校勘記】

①鄒本、金匱本作「唱」。　②凌本作「酒」。　③凌本作「好」。　④鄒本作「如」，凌本作「風」。

【箋注】

〔一〕麴部　雲仙雜記：汝南王璡取雲夢石甃泛春渠以蓄酒，作金銀龜魚浮沉其中爲酌酒具，自稱釀王兼麴部尚書。

〔二〕華胥　列子黄帝篇：黄帝晝寢，而夢遊華胥氏之國。

〔三〕喝月　李賀秦王飲酒歌：酒酣喝月使倒行。

〔四〕催花　唐語林：玄宗洞曉音律，尤愛羯鼓。嘗遇二月初，時宿雨始晴，景氣明麗，殿庭柳杏將坼，上曰：「對此景物，豈得不爲他判斷乎？」左右將令備酒，獨高力士遣取羯鼓，上臨軒縱擊一曲，名春光好。及顧柳杏，皆已發坼，指而笑曰：「不喚我作天公可乎？」

〔五〕贏得夜珠　鐵崖樂府賭春曲：鬬草歸來後，開筵又賭春。階前撒珠戲，獨是得雙人。粧樓記：洛陽有樂姓者，撒真珠爲戲，厚盈數寸，以班螺命妓女酌之，仍各具數，以得雙者爲勝。得雙，妓乃作雙珠宴以勞主人。

其十二

三月煙花玉蕊〔一〕遥，文章江左〔二〕倚靈簫。不知誰度燈屏曲？唱遍揚州廿四橋〔三〕。

【箋注】

〔一〕玉蕊　春明退朝録：揚州后土廟有瓊花一株，或云唐時所植，即李衛公所謂玉蘂花也。

〔二〕江左　徐昌穀名句云：文章江左家家玉，煙月揚州樹樹花。

〔三〕廿四橋　祝穆方輿勝覽：二十四橋，隋置，并以城門坊市爲名。後韓綽省築州城，分布阡陌，別并橋梁，所謂二十四橋者，或存或廢，不可得而考。杜牧之寄韓判官詩：二十四橋明月夜，玉人何處教吹簫？

次韻贈張叟燕筑二首①

碧雲紅樹②夢迢遥，那有閑情付卻要〔一〕？曾向天家偷擫③笛〔二〕，親從嬴女教吹簫〔三〕。一生花月張三影〔四〕，兩鬢滄桑郭四朝〔五〕。多謝東風扶素髮，春來吹動樹頭瓢④〔六〕。

【校勘記】

①鄒本、金匱本題作「次韻贈張燕筑」，五大家詩鈔題作「壽張燕筑七十」。②凌本作「葉」。③鄒本作「壓」，五大家詩鈔作「擘」。④「樹頭瓢」，鄒本、金匱本作「樹頭飄」，五大家詩鈔作「樹須飄」。

【箋注】

〔一〕卻要　皇甫遵美三水小牘：觀察使李庚之女奴，名卻要，美容止，善辭令。

〔二〕偷擫笛　元微之連昌宮詞：李謩擫笛傍宮牆，偷得新翻數般曲。

〔三〕教吹簫　劉向列仙傳：蕭史善吹簫，秦穆公女弄玉好之，公遂以妻焉。日教弄玉作鳳鳴。

〔四〕張三影　道山清話：張先，字子野，有文章，尤長於詩詞。其詩有「浮萍斷處見山影，小艇歸時聞櫂聲」之句，膾炙人口。又有「雲破月來花弄影」、「隔牆送過鞦韆影」之詞，人目爲張三影。

〔五〕郭四朝　真誥稽神樞：郭四朝，燕國人也，兄弟四人並得道。四朝是長兄，司三官，六百年無違，遷九宮左仙公，領玉臺執蓋郎。今茅山下有地名曰郭干者，是四朝使人種植處。

〔六〕樹瓢　白氏六帖：許由以瓢掛樹，風吹瓢有聲，由以爲煩，取而捐之。

其二

曲江野老〔一〕復何爲？調笑排場顧影時。地上白毛〔二〕如短髮，天邊青鏡與長眉。秦淮明月金波〔三〕在，靈谷梅花玉笛〔四〕知。繡嶺宮〔五〕前歌一曲，春風鶴髮太平期。

【箋注】

〔一〕曲江野老　少陵哀江頭：少陵野老吞聲哭，春日潛行曲江曲。

〔二〕白毛　元史五行志：元統二年六月，彰德雨白毛，俗呼云老君髯。

〔三〕金波　漢書禮樂志：郊祀歌：月穆穆以金波。師古曰：月光穆穆，若金之波流。

〔四〕玉笛　崔櫓梅花詩：未落先愁玉笛吹。

〔五〕繡嶺宮　李洞繡嶺宮詩：繡嶺宮前鶴髮翁，猶唱開元太平曲。

贈張坦公

中朝①九伐〔一〕勒殊勳，父老牽車拜使君。藉草定追蘇白詠②，澆花應酹③岳于墳。西陵古驛連殘燒，南渡行宫入亂雲。注罷金經卧簾閣，諸天春雨自④繽紛。

【校勘記】

①金匱本作「原」。②五大家詩鈔此句作「藉草好尋蘇尹跡」。③凌本作「酧」。④五大家詩鈔作「正」。

【箋注】

〔一〕九伐　周禮夏官司馬：以九伐之法正邦國。

其二

中書行省古杭都，曾有尚書曳履無？暫借頭①廳居左轄，且抛手版領西湖。懷中日月韜龍節，匣裏風雷閟虎符。攜得岱宗雲滿袖，好將膚寸雨菰蘆②。

【校勘記】

①各本皆作「願」，此據朱藏牧齋外集。②凌本無此詩。

林若撫挽辭①

硯滴交騰穀洛〔一〕波，星占不分少微訛〔二〕。即看大曆詩人〔三〕盡，更許貞元朝士〔四〕多。乞食〔五〕饑詞兼冪兀，醉吟韻語雜婆和〔六〕。落花行卷〔七〕誅茅宅〔八〕，好事〔九〕知誰②載酒過？

【校勘記】

①鄒本無此詩。②「知誰」，金匱本作「誰知」。

【箋注】

〔一〕穀洛　漢書五行志：魯襄公二十三年，穀、洛水鬭，將毀王宮。劉向以爲近火沴水也。

〔二〕少微訛　晉書謝敷傳：初，月犯少微，少微，一名處士星，占者以隱士當之。時戴逵有美才，人或憂之。俄而會稽隱士敷死。故會稽人士以嘲吳人云：「吳中高士便是求死不得死。」

〔三〕大曆詩人　皎然詩式：大曆中詞人多在江外，皇甫冉、嚴維、張繼素、劉長卿、朱嘉祐、朱放，竊占青山白雲春風芳草以爲己有。詩道初喪，正在於此。大曆末年，諸公改轍，蓋知前非也。

〔四〕貞元朝士　劉禹錫聽舊宮中樂人穆氏唱歌絶句：休唱貞元供奉曲，當時朝士已無多。

〔五〕乞食　淵明乞食詩：飢來驅我去，不知竟何之。行行至斯里，叩門拙言辭。

〔六〕婆和　禪林僧寶傳：寶鏡三昧詞：婆婆和和，有句無多。

〔七〕行卷　唐詩紀事：唐舉子先投所業於公卿之門，謂之行卷。裴説只行五言十九首，至來年秋賦，復行舊卷。人有譏之者，説曰：「只此十九首苦吟，尚未有人見知，何假別行卷哉？」識者以爲知言。

〔八〕誅茅宅　庾子山哀江南賦：誅茅宋玉之宅。

〔九〕好事　漢書揚雄傳：時有好事者載酒肴從游學。

芥閣詩次中峯蒼老①原韻四首

讀書何似識拳頭？老宿當機背觸〔一〕幽。一粒須彌〔二〕應著眼，百城煙水〔三〕好維舟。拂衣〔四〕石盡憑誰數？彈指〔五〕門開不用謀。賸欲披襟〔六〕談此事，明燈落月正遲留。

【校勘記】

①凌本無「老」字。

【箋注】

〔一〕背觸　惠洪冷齋夜話：寶覺禪師見學者必舉手示之曰：「唤作拳是觸，不唤拳是背。」莫有契之者，叢林謂之觸背關。張丞相見之，乃作偈曰：「久嚮黄龍山裏龍，到來只見住山翁。不知背觸拳頭外，別有靈犀一點通。」

〔二〕須彌　維摩詰經：以須彌之高廣，内芥子中而不迫窄。

〔三〕煙水 華嚴經入法界品贊：福城東際，童子南詢，百城煙水渺無垠。

〔四〕拂衣 樓炭經：有一大石，方四十里，百歲諸天來下，取羅縠衣拂石，盡劫猶未窮。

〔五〕彈指 華嚴經入法界品：爾時善財童子敬繞彌勒菩薩，合掌白佛言：「惟願大聖開樓觀門，令我得入。」彌勒菩薩即彈右指，門自然開。善財即入，入已，還閉。

〔六〕披襟 大慧杲答孫知縣書：長水參琅琊廣照禪師，於言下大悟，後方披襟自稱座主。

其二

人世喧豗鏡裏頭，閒園小閣貯深幽。翻風踧浪分千海，暖日香雲隱一舟。于野鶴鳴將子和〔一〕，定巢燕乳①爲孫謀〔二〕。笑②他世上長年者，白晝攤錢〔三〕自滯留。

【校勘記】

①凌本作「語」。 ②鄒本作「哭」。

【箋注】

〔一〕子和 易中孚：九二，鶴鳴在陰，其子和之。

〔二〕孫謀 大雅文王有聲詩：貽厥孫謀，以燕翼子。

〔三〕攤錢 少陵夔州歌：長年三老長歌裏，白晝攤錢高浪中。陸游入蜀記：長讀如長幼之長，長年三老，梢工是也。攤錢，博也。梁冀能意錢之戲，注云：即攤錢也。

其三

舫齋平繫子城頭，穴壁穿櫺架搆幽。返照閃紅翻雉堞〔一〕，垂楊搓緑影漁舟。盪雲決鳥〔二〕從吾好，駐月紆嵐①〔三〕與目②謀。騁望即應同快閣〔四〕，奔星〔五〕飛彴③任勾留。

【校勘記】

①鄒本、金匱本作「風」。②鄒本作「自」。③鄒本作「約」。

【箋注】

〔一〕雉堞　鮑明遠蕪城賦：板築雉堞之殷。李善曰：鄭玄周禮注：雉長三丈，高一丈。杜預左氏傳注：堞，女牆也。

〔二〕盪雲決鳥　少陵望嶽詩：盪胸生層雲，決眥入歸鳥。

〔三〕駐月紆嵐　水經漾水注：秦岡山嶺紆曦軒，峯枉月駕。

〔四〕快閣　大明一統志：快閣在泰和縣治東澄江之上，以江山廣遠，景物清華，故名。宋黄庭堅詩：癡兒了却公家事，快閣東西倚晚晴。落木千山天遠大，澄江一道月分明。

〔五〕奔星　爾雅釋天：奔星爲彴約。郭璞曰：流星。

其四

公車不肯赴綃頭〔一〕，簾閣疏窗事事幽。清曉卷書如繫纜，當風放筆似行舟。遺民共作悲秋〔二〕語，禪侶長爲結夏〔三〕謀。衰老不忘求末契，憑欄真欲爲君留。

【箋注】

〔一〕綃頭　後漢書周黨傳：建武中，徵爲議郎，以病去職。復被徵，不得已，乃著短布單衣，穀皮綃頭，待見尚書。及引見，自陳願守所志，帝乃許焉。

〔二〕悲秋　宋玉九辯：悲哉秋之爲氣也。

〔三〕結夏　荆楚歲時記：四月十五日，僧尼就禪刹掛塔，謂之結夏，又謂之結制。

題京口避風館詩爲淮南李小有作

橫江樓館面金山，白浪粘天如等閒。恰是四禪〔一〕清浄地，毘嵐風〔二〕起不相關。

【箋注】

〔一〕四禪　白樂天答閒上人問風疾詩：欲界凡夫何足道，四禪天始免風災。注曰：色界四天，初禪具三災，二禪無火災，三禪無水災，四禪無風災。

〔二〕毘嵐風　翻譯名義集：毘嵐，亦云隨藍，此云迅猛風。大論云：八方風不能動須彌山，隨嵐風至，碎如腐草。

其二

天吳〔一〕颶母〔二〕互争雄，萬斛〔三〕千帆簸蕩中。魚鱉吐涎還失笑，何由①平地起龍宮？

【校勘記】

①鄒本、金匱本作「因」。

【箋注】

〔一〕天吳　左太沖吴都賦：揖天吳與陽侯。劉淵林曰：山海經曰：朝陽之谷，神爲天吳，是水伯。

〔二〕颶母　李肇國史補：南海人言海風四面而至，名曰颶風。颶風將至，則多虹蜺，名曰颶母。

〔三〕萬斛　少陵三韻詩：蕩蕩萬斛船，影若揚白虹。

其三

吹浪江豚向晚多，夕陽酤酒聽漁歌〔一〕。長年共指檣竿笑，少向①鯨魚〔二〕口裏過。

【校勘記】

①鄒本、金匱本作「日」。

【箋注】

〔一〕聽漁歌　李燾續資治通鑑：唐介南行渡淮，中流大風，舟人恐不免，介兀坐吟詩：聖宋非狂楚，清淮異汨羅。平生仗忠信，今日任風波。夕濟南岸，復繼其韻云：舟楫顛危甚，魚龍出没多。斜陽幸無事，沽酒聽漁歌。

〔三〕鯨魚　翻譯名義集：摩竭，此云鯨魚。雄曰鯨，雌曰鯢，大者長十餘里。大論云：五百賈客入海採寶，值摩竭魚王開口，船去甚疾。船師問樓上人何所見，曰：「見三日及大白山，水流奔趨如入大坑。」船師云：「三日者，一是實日，二是魚目，白山是魚齒，水奔是入魚口，我曹死矣。」時船中人共稱南無佛。是魚先世曾受五戒，得宿命智，聞佛名字，即自悔責，魚便合口，衆人命存。

其四

未便江風彈指開，浮囊〔一〕謹護且徘徊。老僧省記①多生事，曾叱②河神小婢〔二〕來。

【校勘記】

①鄒本作「得」。　②鄒本作「記」。

【箋注】

〔一〕浮囊　翻譯名義集：五分云：自今聽諸比丘畜浮囊，若羊皮，若牛皮。傳聞西域渡海之人，多作鳥翎毛袋。或齎巨牛脬，海船或失，吹氣浮身。

〔二〕河神小婢　大智度論釋初品中婆迦婆：長老畢陵迦婆蹉常患眼痛，是人乞食，常渡恒水，到恒水邊彈指呰言：「小婢住莫流！」水即兩斷而過。恒神訴佛，佛令懺謝，合手語恒神言：「小婢莫瞋！今懺謝汝！」大衆笑之：「云何懺謝而復罵耶？」佛語恒神：「當知非惡，此人五百世生婆羅門家，常自驕貴，本習如此。」

其五

咫尺横江濁浪腥，新添水檻限青冥。臨流莫唱公無渡〔一〕，恐有人從魚腹〔二〕聽。

【箋注】

〔一〕公無渡　崔豹古今注：霍里子高晨起刺舟，有一白首狂夫被髮提壺亂流而渡，其妻止之不及，遂墮河死。于是援箜篌而作公無渡河之曲，聲甚悽愴，曲終亦投河而死。高還，語其妻麗玉，玉傷之，引箜篌寫其聲，以其曲傳鄰女麗容，名之曰箜篌引。

〔二〕魚腹　付法藏經：拘羅生婆羅門家，其母蚤亡，父更娉妻。拘羅年幼，後母瞋忿，擲置河中。值一大魚，即便吞食。以福緣故，猶復不死。有捕魚師，捕得此魚，詣市賣之。薄拘羅父，見即隨買，持來歸家。以刀破腹，兒在魚腹，出聲唱言：「願父安庠，勿令傷兒。」父開魚腹，抱兒而出。年漸長大，求佛出家，得阿羅漢果。

其六

朔風吹動九①天昏，四壁燈明②笑語温〔一〕。可嘆爰居〔二〕無屋止，避風常向魯東門。

【校勘記】

①鄒本作「幾」。②「燈明」，鄒本、金匱本作「明燈」。

【箋注】

〔一〕笑語温　元遺山超然王公哀挽詩：一夕西庵笑語温。

〔二〕爰居　國語：海鳥曰爰居，止于魯東門之外三日。展禽曰：「今兹海有災乎？夫廣川之鳥獸，恒知而避其災也。」是歲也，海多大風，冬暖。

其七

佛火經聲〔一〕出浪堆，蝦鬚水母〔二〕莫相催。齋時得食江神喜，約束龍魚受戒〔三〕迴。

【箋注】

〔一〕經聲　報應紀：唐有一富商，恒誦金剛經，每以經卷自隨。嘗賈販外國，夕宿於海島，衆商利其財，共殺之，盛以大籠，加巨石并經卷沉於海。平明，衆商船發。而夜來所泊之島，乃有僧院。其院僧每夕則聞人念金剛經聲，深在海底。僧大異之，因命善泅者沉於水訪之，見一老人在籠中讀經，乃牽挽而上。僧驚問其故，云被殺沉於海，不知是籠中，忽覺身處宫殿，常有人送飲食，安樂自在也。衆僧聞之，普加讚嘆，蓋金剛經之靈驗。遂投僧削髮，出家於島院。

〔二〕水母　郭璞江賦注：李善曰：水母，東海謂之蛇，正白，濛濛如沫，生物有智，無耳目，故不知避人。常有蝦依隨之，蝦見人則驚，此物亦隨之而没。蛇，音蜡，並除嫁切。

〔三〕受戒　清涼華嚴疏鈔世主妙嚴品第一之一：而龍受三歸者，菩薩處胎經：佛自説：昔爲金翅鳥，時入大海求龍爲食，時彼海中有化生龍龍子。八日十四日十五日受如來齋八禁戒法，時鳥銜龍出海，金翅鳥法，若食龍時，先從尾吞。求尾不得，已經日夜。明日龍出尾示金翅鳥云：我若不持八關齋法者，汝可食我，我奉齊戒，汝屈滅我。金翅聞已，悔過自責云：佛之威神甚深難量。請龍入宫。龍即隨入，乃請龍受八戒。松陵集皮日休題支山南峯僧詩：池裏羣魚曾受戒，林間孤鶴欲參禪。

其八

三界風輪蕩不旋，避風小築倚江天。知君突兀〔一〕千間屋，未是經營斷手〔二〕年。

【箋注】

〔一〕突兀　少陵茅屋爲秋風所破歌：何時眼前突兀見此屋？吾廬獨破受凍死亦足。

〔二〕斷手　少陵寄題江外草堂詩：經營上元始，斷手寶應年。趙次公曰：斷手字，晉、魏以來之語。齊民要術言：種小豆，初伏斷手爲中時，中伏斷手爲下時。本朝淳化法帖中載唐高宗敕云：使至，玄堂已成。不知諸作早晚，總得斷手。凡營造了當言斷手者矣。

題鄒臣虎畫扇

大癡吹笛〔一〕度秦關，鄒子仙遊又不還。破墨煙巒餘黯淡，夕陽粉本在虞山①。

【校勘記】

①「虞山」，鄒本作「關山」。

【箋注】

〔一〕吹笛　公題石谷子畫卷：黄子久居烏目西小山下，坐湖橋，看山飲酒。飲罷，投其瓶于橋下，舟子刺篙得之，至今呼黄大癡酒瓶。晚年遊華山，憩車箱谷，吹仙人所遺鐵笛，白雲滃起足下，擁之而去。昔人言子久畫山頭必似拂水，叔明畫山頭必似黄鶴。二公胸中有真山水，以腹笥爲粉本，故落筆輒似。

其二

浮嵐暖翠〔一〕失連城，漂墮今爲糞上①英〔二〕。一角〔三〕雲山留數點，爲君懷袖伴孤清。

【校勘記】

①鄒本、金匱本作「土」。

【箋注】

〔一〕浮嵐暖翠　大癡有浮嵐暖翠圖。

〔二〕龔上英　石季倫王明君辭：昔爲匣中玉，今爲糞上英。

〔三〕一角　圖畫見聞志：郭從義鎮岐下，每延郭忠恕止山亭，張素設粉墨於傍。經數月，忽乘醉就圖之一角，作遠山數峯而已。郭氏甚珍惜之。

乙未秋日許更生扶侍太公邀侯月鷺翁于止路安卿登高莫釐峯頂口占二首①

粘天震澤〔一〕妥飛濤，雲物平臨散鬱陶②〔二〕。郤訝③人間還有地，信知今日是登高。點空晴嶼開眉目〔三〕，銜岫陽烏見羽毛。眼④底三吳〔四〕腥腐〔五〕界⑤，滿城風雨定蕭騷。

【校勘記】

①牧齋詩鈔題作「乙未秋日許更生扶侍太公邀登高莫釐峯頂」，五大家詩鈔題作「九日同友人登高莫釐峯」。②鄒本此兩句作「盪胸雲氣挾波濤，彈指層湖萬頃遥」。③「郤訝」，金匱本作「訝許」。④鄒本作「眠」，五大家詩鈔作「脚」。⑤「腥腐界」，鄒本、金匱本作「塵土界」，五大家詩鈔作「歸一覽」。

【箋注】

〔一〕震澤　樂史寰宇記：震澤，今州西六十里太湖是也。

〔二〕鬱陶　書五子之歌：鬱陶乎予心。孔安國曰：鬱陶，言哀思也。

〔三〕眉目　樂天沃州山禪院記：東南山水，越爲首，剡爲面，沃州、天姥爲眉目。

〔四〕三吴　朱長文吴郡圖經續記：漢永建四年，分會稽爲吴郡，以浙江中流爲界。晉、宋、齊、梁、陳之間，雖頻割地而不改，與吴興、丹陽號爲三吴。

〔五〕腥腐　鮑明遠升天行：啄腐共吞腥。

其二

五十流年昔夢中，吾與許翁别五十年矣①。登高錯莫御秋風。整冠那得雙蓬鬢，吹帽休嗟兩秃翁。九日茱萸殘劫火，百年藜杖倚晴空。夕陽橘社〔一〕龍歸處，笑指紅②雲接海東〔二〕。

【校勘記】

①五大家詩鈔此注作「屈指昔遊已五十年」。②凌本作「絲」。

【箋注】

〔一〕橘社　范成大吴郡志：洞庭東山有柳毅井。小説載毅傳書事，或以爲岳之洞庭。以其説有橘社，故議者以爲即此洞庭山耳。

〔二〕海東　少陵晴詩：紅見海東雲。

游東山雨花臺次許起文韻

拂石登臺坐白雲，重湖浦漵似迴文。夕陽多處暮山好，秋水波時木葉聞〔一〕。玄墓煙輕一點出，吴江靄重片帆分。高空卻指南來雁，知是衡陽〔二〕第幾羣？

【箋注】

〔一〕木葉聞　少陵曉望詩：天清木葉聞。

〔二〕衡陽　應德璉建章臺集詩：朝雁鳴雲中，音響一何哀。問子遊何鄉？戢翼正徘徊。言我塞中來，將就衡陽棲。

路易公安卿置酒包山官舍即席有作二首①

緑酒紅燈簇紙屏，臨觴三嘆話晨星〔一〕。刊章〔二〕一老餘頭白，抗疏〔三〕千秋託汗青。龍起蒼梧懷羽翼〔四〕，鶴歸華表佇儀型。撐腸磈礧〔五〕須申寫，放筯捫胸拉汝聽。

【校勘記】

①五大家詩鈔題作「乙未秋日易公安卿二世兄置酒包山寓舍感舊撫今即席有作兼與席上更生月

鷺于止諸君屬和」。

【箋注】

〔一〕晨星　東坡任師中挽詞：相看半作晨星没，可憐太白與殘月。

〔二〕刊章　後漢書孔融傳：山陽張儉爲中常侍侯覽所怨，覽爲刊章下州郡，以名捕儉。臣賢曰：刊，削也，謂削去告人姓名。

〔三〕抗疏　路文貞公按吴，公罷枚卜里居，爲奸民告訐，次及給事瞿公。烏程票嚴旨逮繫，文貞爲公抗疏申辨，且曰：「冤家自有對頭，是非豈無公議？」兩言刺中烏程陰事。烏程亦爲慚恚氣奪。

〔四〕懷羽翼　唐王以違禁越奏，錮鳳陽高牆。崇禎癸未，路公總漕涖任，謁鳳陽祖陵，憫然念天潢子孫，賙以銀米。國變後，文貞護之出至南中。乙酉，聖安北狩，鄭鴻逵奉唐王入閩。七月，即帝位于福州，改元隆武。下詔求公，曰：「振飛於朕有舊恩，今攜家蘇之洞庭山，有能爲朕致之者，官五品，賞千金。」公偕次子澤濃，間行入閩。十一月，詣行在，拜太子太保、吏部尚書，兼兵部尚書、文淵閣大學士。澤濃改名太平，官職方司員外郎。丙戌三月，上幸延平，公居守建寧。八月，仙霞關陷，上倉皇西幸，命公視師安關。公趨赴延平，與乘輿相失，航海走廣州。廣州復陷，依國姓于廈門。戊子六月，上御極端州，手詔召公。公力疾赴命，道卒於順德。詔贈左柱國、特進、光禄大夫、太傅，謚文貞。蔭一子中書舍人。

〔五〕魂礧　世説任誕篇：阮籍胸中魂壘，故以酒澆之。

其二

霜鬢飄蕭念舊恩，郎君東閣〔一〕重相存。饑來美饌忘偏勸①〔二〕，亂去清歌〔三〕記斷②魂。故國湖山禾黍日，秋風賓客孟嘗門〔四〕。燈前戰壘經③吴越，范蠡船頭好共論。

【校勘記】

①鄒本、金匱本此句作「饑來羹饌偏忘勸」。②凌本作「旅」。③凌本作「分」。

【箋注】

〔一〕東閣　孫光憲北夢瑣言：李商隱，令狐綯父楚之故吏也，殊不展分，商隱憾之，因題聽閣，落句云：郎君官貴施行馬，東閣無因得再窺。

〔二〕偏勸　少陵姜七少府設鱠歌：偏勸腹腴愧年少。

〔三〕清歌　昌黎韶州留别張使君詩：清歌緩送感行人。

〔四〕孟嘗門　王摩詰送岐州源長史詩：秋風正蕭索，客散孟嘗門。

朱内翰開宴二首

飛樓縹緲面湖光，罨畫青山枕畫廊。内史舊分丹漆筆〔一〕，嫖姚新試緑沉槍〔二〕。聽殘金鑰〔三〕談因夢，焚卻銀魚〔四〕入戲場。四者難并〔五〕君自惜，肯辭絲肉①出中堂。

【校勘記】

①鄒本、金匱本作「竹」。

【箋注】

〔一〕丹漆筆　崔豹古今注：牛亭問曰：「彤管何也？」答曰：「彤者，赤漆耳。史官載事，故以彤管，赤心記事也。」

〔二〕緑沉槍　少陵重過何氏詩：雨抛金鎖甲，苔卧緑沈槍。

〔三〕金鑰　少陵春宿左掖詩：不寢聽金鑰，因風想玉珂。

〔四〕焚銀魚　少陵柏學士茅屋詩：碧山學士焚銀魚，白馬卻走身巖居。

〔五〕四者難并　謝靈運擬魏太子鄴中集詩序：天下良辰、美景、賞心、樂事，四者難并。

其二

十眉〔一〕環列飲秋光，未了寒暄趣命觴。拍岸湖波翻緑醑〔二〕，銜山日影逗紅粧。看花禁平聲①奪繙經眼，徵燭防賒惱客腸。惜別且攜殘夢去，瞪瞢歸路若爲長？

【校勘記】

①鄒本、金匱本無此注。

【箋注】

〔一〕十眉　東坡聞丘江君二家雨中飲酒詩：十眉環列坐生光。

〔二〕緑醑　樂天戲招諸客詩：黄醅緑醑迎冬熟，絳帳紅爐逐夜開。

送吴梅村宫諭赴召

清秋①黄葉滿平蕪，月駕星軺肅首塗〔一〕。病起恰逢吴八月〔二〕，賦成還比漢三都〔三〕。香爐煙合朱衣〔四〕在，宫扇雲開玉佩〔五〕趨。花院槐廳〔六〕多故事，蚤傳音信到菰蘆〔七〕。

【校勘記】

①鄒本、金匱本作「和」。

【箋注】

〔一〕首塗　沈休文齊安陸昭王碑文：威令首塗。李善曰：首塗，猶首路也。

〔二〕吴八月　枚乘七發：楚太子有疾，吴客往問之，太子有起色。客曰：「將以八月之望，與諸侯遠方交遊兄弟，并往觀濤于廣陵之曲江。」

〔三〕漢三都　晋書左思傳：左思作三都賦，搆思十年，門庭藩溷，皆著紙筆。賦成，皇甫謐爲其賦序，張載注魏都，劉逵注吴、蜀，豪貴之家，競相傳寫，洛陽爲之紙貴。初，陸機入洛，欲爲此賦，聞思作之，撫掌而笑，與弟雲書曰：「此間有傖父欲作三都賦，須其成，當以覆酒甕耳。」及思賦出，機絶嘆伏，以爲不能加也。

〔四〕朱衣　新唐書儀衛志：朝日，殿上設黼扆、躡席、薫爐、香案，御史大夫領屬官至殿西廡，從官朱衣傳呼，促百官就班。

〔五〕玉佩　昌黎和盧曹二公元日朝回詩：金爐香動螭頭暗，玉佩聲來雉尾高。王維酬郭給事詩：晨摇玉珮趨金殿，夕奉天書拜瑣闈。

〔六〕槐廳　趙璘因話録：都堂南門東道，有古槐垂陰至廣。相傳夜深聞絲竹之聲，省中即有入相者，俗謂之音聲樹。祠部呼爲冰廳，言其清且冷也。

〔七〕菰蘆　建康實録：殷禮與張温使蜀，諸葛亮見而嘆曰：「江東菰蘆中，生此奇才。」

郁離〔一〕公五十壽詩①

蕭然寄跡五湖湄，爾祖曾爲帝者師。忍以浮雲〔二〕看世代，悲將流水照鬚眉〔四〕。玉衣〔五〕廟出晨常蚤，石馬陵趨夜竟遲。飲御〔六〕來歸②期盡醉，祝延③〔七〕先與酹④深巵。

【校勘記】

①鄒本無此詩。金匱本題作「青田子五十」。②「來歸」，金匱本作「歸來」。③金匱本作「筵」。④淩本作「酧」。

【箋注】

〔一〕郁離　徐一夔郁離子序：郁離子者，誠意伯劉公在元季時所著之書。郁離者何？離爲火，文明之象，用之，其文郁郁然，爲盛世文明之治，故曰郁離子。

〔二〕帝者師　劉辰國初事蹟：太祖克婺州，聞劉基、章溢、葉琛皆國士也，特遣宣使樊觀賫帛禮徵聘基等。到京，授基中丞、溢中丞，授琛洪都知府。基知天文，太祖常以國師先生稱之，後封誠意伯。

〔三〕浮雲　高仲武中興間氣集：杜誦詩調不失，如「流水生涯盡，浮雲世事空」，得生人始終之理，故編之。

〔四〕鬚眉　莊子天道篇：水静則明燭鬚眉。

〔五〕玉衣　少陵行次昭陵詩：玉衣晨自舉，石馬汗常趨。

〔六〕飲御　詩小雅六月篇：飲御諸友。箋云：御，侍也，使其諸友恩舊者侍之。

〔七〕祝延　漢書外戚傳昭儀傳：宫人左右，飲酒酹地，皆祝延之。師古曰：祝延，祝之使長年也。

中國古典文學基本叢書

牧齋有學集詩注

中册

中華書局

卷六

秋槐別集起乙未冬，盡丙申春

乙未小至日宿白塔寺與介丘①師兄夜話辛卯秋憩友蒼石門院扣問八識規矩屈指又五年矣感而有作二首②

朔風殿角語琅璫〔一〕，方丈挑燈拜飲光〔二〕。堂供大迦葉像③。月扇雲衣〔三〕辭熱惱〔四〕，冰牀雪被〔五〕借清涼。王于一約看女戲，不果。空門〔六〕夜共三冬冷，佛日朝添④一線〔七〕長。話到報恩塵刹〔八〕事，殘缸炷焰吐寒芒。

【校勘記】

①鄒本、金匱本、凌本、邃本補遺作「立」。②邃本補遺題作「題某寺」，牧齋詩鈔題作「宿白塔寺與介立師兄夜話」。③鄒本、金匱本作「佛」。④鄒本、金匱本作「依」。

【箋注】

〔一〕琅璫：少陵大雲寺贊公房詩：夜深殿突兀，風動金鋃璫。西域傳注：琅璫，長鎖，若今之禁繫人鎖。今殿塔皆有之。

〔二〕飲光　翻譯名義集：迦葉波，此云飲光。文句曰：迦葉身光亦能映物。真諦翻光波，古仙人身光炎涌，能映餘光。

〔三〕月扇雲衣　少陵復愁詩：月生初學扇，雲細不成衣。

〔四〕熱惱　雷庵正受首楞嚴經合論：婬心煩燒，名爲熱惱。婬事穢濁，名爲欲泥。

〔五〕冰牀雪被　隋釋灌頂大涅槃經疏緣起：菜食水齋，冰牀雪被。孤居獨處，夢抽思乙。

〔六〕空門　道誠釋氏要覽：凡寺院有開三門者，只有一門，亦呼爲三門者，何也？佛地論云：三解脱門，謂空門、無相門、無作門。今寺院是求至涅槃人居之，故由三門入也。

〔七〕一線　荆楚歲時記：冬至日量日影，按晉魏間宮中以紅線量日影，冬至後日影添長一線。

〔八〕塵刹　首楞嚴經偈讚：將此深心奉塵刹，是則名爲報佛恩。華嚴經光明覺品：見佛世尊坐蓮華藏師子之座，十佛刹微塵數菩薩所共圍遶。

其二

細雨諸天灑梵林，石門昔夢静思尋。三人互剪繙經燭，八識〔一〕初輪①看論金。烏②集〔二〕長干多劫淚，鷄鳴〔三〕後夜五更心③。官梅④東閣〔四〕垂垂發，陽長方知佛力深。

【校勘記】

①「八識初輪」，遼本補遺作「一雨初收」。②鄒本、金匱本作「鳥」。③遼本補遺作「砧」。④「官梅」，遼本補遺作「梅花」。

【箋注】

〔一〕八識　翻譯名義集：第八識如磁毛石，一刹那間，便攬而住。攝論云：世尊説法，凡有三種。一染污分，二清净分，三染污清净分。譬如金藏土中有三，一地界，二金，三土輪。以地譬依他性，具染净二分，此八識。以土譬分别性，爲生死染分，此七識。以金譬真實性，爲涅槃净分，此九識。

〔二〕烏集　樂府讀曲歌：暫出白門前，楊柳可藏烏。

〔三〕鷄鳴　首楞嚴經：如鷄後鳴。長水疏曰：鷄第二鳴，天將曉也。

〔四〕東閣　少陵和裴迪逢早梅見寄詩：東閣官梅動詩興，還如何遜在揚州。

寶應舟次寄李素臣年姪

津亭何處不滄桑，况復淮南指白楊。冠劍丁年〔一〕唐進士〔二〕，泥塗亥字〔三〕魯靈光〔四〕。吴航原作榜〔五〕雁起殘更火，楚幕烏〔六〕啼半夜霜。容貌恐君難識我，且憑音響撼倉琅〔七〕。

【箋注】

〔一〕冠劍丁年　温庭筠蘇武廟詩：去時冠劍是丁年。

〔二〕唐進士　通鑑梁紀：依政進士梁震，唐末登第，歸蜀過江陵，高季昌愛其才識，留之。欲奏爲判官，震曰：「震素不慕榮官，但以白衣侍樽俎可也。」季昌許之，震終身止稱前進士。

〔三〕泥塗亥字　左傳襄公三十年：絳縣人或年長矣，有與疑年，使之年曰：「臣生之歲，正月甲子朔，四百有四十五甲子矣，其季于今三之一也。」師曠曰：「是歲也，魯敗狄于鹹，七十三年矣。」史趙曰：「亥有二首六身，下二如身，是其日數也。」趙孟召之而謝過焉，曰：「武不才，使吾子辱在泥塗久矣。」以爲絳縣師。

〔四〕魯靈光　庾子山哀江南賦：況復零落將盡，靈光巋然。

〔五〕吴榜　屈原九章：齊吴榜以擊汰。王逸曰：吴榜，船櫂也。

〔六〕楚幕烏　左傳莊公二十八年：楚師夜遁，鄭人將奔桐丘，諜告曰：「楚幕有烏。」乃止。

〔七〕倉琅　漢書五行志：木門倉琅根，謂宫門銅鍰。師古曰：門之鋪首及銅鍰也。銅青色，故曰倉琅。鋪首銜環，故謂之根。

題黄甫及舫閣

文練〔一〕縈窗香篆遲，舫齋恰似艤舟〔二〕時。垂簾每讀淮陰傳，卷幔長懷漂母祠。落木雲旗〔三〕開楚甸〔四〕，夕陽日珥〔五〕抱鍾離〔六〕。鄂君繡被〔七〕歌誰和？且試燈前一局棋。

【箋注】

〔一〕文練　少陵劉顥宅宴飲醉歌：照室紅爐促曙光，縈窗素月垂文練。

〔二〕艤舟　左太沖蜀都賦：試水客，艤輕舟。劉淵林曰：艤，正也。南方俗謂正船廻濟處爲艤。

〔三〕雲旗　相如上林賦：拖蜺旌，靡雲旗。

〔四〕楚甸　謝玄暉和伏武昌登孫權故城詩：鵲起登吴山，鳳翔陵楚甸。

〔五〕日珥　漢書天文志：抱珥虹蜺。孟康曰：抱，氣向日也。珥，形點黑也。如淳曰：凡氣在日上爲冠爲戴，在傍直對爲珥，在旁如半環向日爲抱。

〔六〕鍾離　清類天文分野書：鳳陽府，春秋時爲鍾離子國。聖朝啓運，爲興王之地。吴元年，改臨濠府。洪武三年，改中立府，定爲中都。九月，改中立府爲鳳陽府。

〔七〕繡被　説苑善説篇：榜枻越人擁楫而歌，鄂君子皙舉繡被而覆之。

題陳階六振衣千仞岡小像

偶向咸池〔一〕沐髮還，須彌盧①〔二〕頂瞰人寰。笑他一摑修羅掌〔三〕，規取雙輪作耳環②〔四〕。

【校勘記】

①鄒本、金匱本作「羅」。　②鄒本、金匱本作「鬟」。

【箋注】

〔一〕咸池　屈原九歌：與汝沐兮咸池，晞汝髮兮陽之阿。

〔二〕須彌盧　西域記：須彌盧山，由寶合成，在大海中，據金輪上。日月之所迴薄，諸天之所遊舍。

〔三〕修羅掌　翻譯名義集：羅睺長八萬四千由旬，舉手掌障日月，世言日月食。

〔四〕耳環　長阿含經：阿修羅大有威力，而生念言：「此忉利天王及日月諸天行我頭上，誓取日月以爲耳璫。」

寄淮上閻再彭眷西草堂

西向依風笑①，南枝擇木〔一〕謀。艱難仍有步，眷顧②〔二〕豈無頭？策賜金天〔三〕醉，盤辭渭水〔四〕愁。美人紆③萬舞〔五〕，山隰思悠悠。

【校勘記】

①鄒本作「嘆」。②「眷顧」，鄒本、金匱本作「顧眷」。③鄒本作「行」。

【箋注】

〔一〕擇木　左傳哀公十一年：孔文子之將攻太叔也，訪于仲尼。仲尼曰：「簠簋之事，則嘗學之矣。甲兵之事，未之聞也。」退，命駕而行，曰：「鳥則擇木，木豈能擇鳥？」

〔二〕眷顧　蜀志秦宓傳：張温來聘，百官往餞。宓至，温問曰：「天有頭乎？」宓曰：「有之。詩曰：乃眷西顧。以此推之，頭在西方。」温曰：「天有耳乎？」宓曰：「天處高而聽卑。詩云：鶴鳴九皋，聲聞于天。若其無耳，何以聽之？」温曰：「天有足乎？」宓曰：「有。詩云：天步艱難，之子不猶。若其無足，何以步之？」温大敬服。

〔三〕金天　張平子西京賦：昔者大帝説秦穆公而覲之，饗以鈞天廣樂，帝有醉焉，乃爲金策，錫用此土，而剪諸鶉首。

〔四〕渭水　李賀金銅仙人辭漢歌：移盤獨出月荒凉，渭城已遠波聲小。

〔五〕萬舞　國風簡兮詩：簡兮簡兮，方將萬舞。三章：山有榛，隰有苓。云誰之思？西方美人。

其二

長淮南紀〔一〕水，滔蕩汩窮塵〔二〕。故絳〔三〕真吾土，陶唐〔四〕自古民。周詩太原什，晉問柳州文。他日論都賦，東西定主賓〔五〕。

【箋注】

〔一〕南紀　小雅四月詩：滔滔江漢，南國之紀。

〔二〕窮塵　鮑明遠蕪城賦：埋魂幽石，委骨窮塵。

〔三〕故絳　左傳成公六年：晉人謀去故絳。杜預曰：晉復命新田爲絳，故謂此故絳。

〔四〕陶唐　左傳襄公二十九年：爲之歌唐曰：思深哉！其有陶唐氏之遺民乎？不然何憂之遠也。

〔五〕主賓　班孟堅西都賦：有東都賓問於西都主人。

竹谿草堂歌爲竇應李子素臣作

君不見唐家中葉壽命昌，帝降八寶〔一〕鎮楚方。光氣鬱郁天市牆，昭回天漢連維揚。仙李〔二〕盤根告厥祥，長庚〔三〕散翼垂寒芒。三壬〔四〕羅腹貯三倉〔五〕，天心月脅〔六〕穿肺腸。九琮〔七〕五玉〔八〕森珪璋，佇俟①上帝開總章〔九〕。海青〔一〇〕高飛翎雀〔一一〕翔，觚稜〔一二〕塵碎金雀傷。羅睺暾日〔一三〕陽烏忙，炎風朔雪成灰場。白虹〔一四〕繚②天朔吹狂，薄游擊筑燕市旁。卷衣秦女〔一五〕辭宮粧，歌殘漏月〔一六〕音惻愴。龍胡〔一七〕上天不我將，呼風鳥〔一八〕啼金粟岡。龍蟠空曲熊羆〔一九〕藏，玉泉朱魚〔二〇〕鱗鬣揚。腐③儒瘦馬淚漬裳，回瞻佳氣〔二一〕行傍徨。歸來散髮箕山〔二二〕陽，射陽湖〔二三〕畔築草堂。箕山隋蜀〔二四〕周如防，掛瓢飲犢〔二五〕猶相望。風吹樹瓢響倉琅，披襟抱膝思虞唐。名園菉竹如南塘〔二六〕，綠雲百畝欺篔簹〔二七〕。高梧深柳矗隊行，前迎後卻朝竹王〔二八〕。白毛〔二九〕布地血雨創，此中白日睎④上皇。蕭晨⑤清夜開竹房，晉賢〔三〇〕唐逸〔三一〕來命觴。碧鮮⑥綠影壓書牀，紅鐙一滴蘭膏光。涼風蕭閑吹縹緗，明玕〔三二〕

屋角鳴笙簧。清商〔三三〕一部廻簷廊，玉魚劍佩交鏗鏘。主人洛誦何琅琅⑦，金春玉應〔三四〕參宫商。捎雲〔三五〕交響雙鳳凰，和以發明並幽昌〔三六〕。摇風獵獵萬籟張，長竿擊戛紛旗槍。王良〔三七〕策馬萬騎⑧驤，雲旃〔三八〕羽纛影頡頏。瓦振帛裂天低昂，奔濤跋浪撼屋梁。退飛六鷁叫鶬鶬，迅掃塵壒廻滄浪。少焉明月生東廂，得風而笑〔三九〕竹亦忘。斫青削玉〔四〇〕開珠囊〔四一〕，丹青⑨汗⑩簡〔四二〕手勘量，大書甲子〔四三〕依柴桑。載記黑白標朱黄，千年⿱竹鉤竹新粉香。抽空直⑪筆淩秋霜，端門寶書〔四四〕今不亡。春秋素臣竹素〔四五〕長，吁嗟素臣竹素長⑫，老夫耄矣吾子強。

【校勘記】

①鄒本、金匱本作「候」。②鄒本、金匱本作「潦」。③淩本作「瘦」。④鄒本作「思」，上圖本、淩本作「晞」，此據金匱本。⑤淩本作「辰」。⑥金匱本作「蘚」。⑦「琅琅」，淩本作「浪浪」。⑧「萬騎」，鄒本、金匱本作「騎龍」。⑨淩本、金匱本作「書」。⑩鄒本作「翰」。⑪鄒本作「擲」。⑫鄒本無此句。

【箋注】

〔一〕八寶　樂史寰宇記：唐楚州刺史鄭輅撰得寶記：開元中，有李氏女子嫁賀若氏，既寡，爲尼，名真如，家于鞏縣。天寶元年七月七日，有五色雲自東方而來，雲中有人引手授以一囊，令實之。天寶末，真如流寓安宜縣，肅宗元年建子月十八日夜，真如忽見皂衣二人引去東南，奄至一城，樓觀嚴飾，見天帝謂曰：「下界喪亂，殺氣腥穢，達于諸天，莫若以神寶壓之。」乃授以第二寶，復謂真如曰：「前所授汝小囊，有寶五段，人臣可得見之。今者八寶，惟王者所宜見。」真如具以聞官，建巳月上達，肅宗方疾，視寶，促召代宗，謂曰：「汝自楚王爲太子，今上天示寶于楚，天祚汝也。」自改號寶應元年，升楚州爲上州，縣爲望縣，改安宜縣爲寶應。真如所居之地得寶，河壖高敞，境物潤茂，後爲六合縣尉崔琨所居。兩堂之間，西域胡人過，嘗望而瞻禮也。八寶一曰如意寶珠，二曰紅靺鞨，三曰琅玕珠，四曰玉印，五曰皇后採桑鉤二枚，六曰雷公石二枚。其五寶一曰玄黃天符，二曰玉鷄，三曰穀璧，四曰王母玉環二枚。

〔二〕仙李　少陵玄元皇帝廟詩：仙李盤根大，猗蘭奕葉光。

〔三〕長庚　新唐書李白傳：白之生，母夢長庚星，因以命之。

〔四〕三壬　魏志管輅傳：背有三甲，腹無三壬，此皆不壽之徵。

〔五〕三倉　僧適之金壺記：漢賈魴撰滂熹篇，以倉頡爲上篇，訓纂爲中篇，滂熹爲下篇，謂之三倉焉。

〔六〕天心月脅　皇甫持正顧況詩集序：逸歌長句，駿發踔厲，往往若穿天心，出月脅。

〔七〕九琮　舊唐書王播傳：起充禮儀詳定使，創造禮神九玉，奏議曰：謹案周禮：以蒼璧禮天，黃琮禮地，青圭禮東方，赤璋禮南方，白琥禮西方，黑璜禮北方。又云：四圭有邸以祀天，兩圭有邸以祀地，圭璧以祀日月星辰。凡此九器，皆禮神之玉也。

〔八〕五玉　書舜典：五玉三帛。

〔九〕總章　三輔黄圖：明堂所以正四時，出教化，天子布政之宫也。黄帝曰合宫，堯曰衢室，舜曰總章，夏后曰世室，殷人曰陽館，周人曰明堂。

〔一〇〕海青　葉奇草木子：海東青出於女真，在遼國已極重之，因是起變，而契丹以亡。其物善擒天鵝，飛放時旋風羊角而上，直入雲際。能得頭鵝者，元朝官裏賞鈔五十錠。

〔一一〕翎雀　陶九成輟耕録：白翎雀者，國朝教坊大曲也。雀生於烏桓朔漠之地，雌雄和鳴，自得其樂。世祖因命伶人碩德閭製曲以名之。曲成，上曰：「何其末有怨怒哀嫠之音乎？」時譜已傳矣，故至今莫能改。

〔一二〕觚稜　班孟堅西都賦：上觚稜而棲金爵。李善曰：漢書音義：觚，八觚，有隅者也。音孤。説文曰：稜，柧也，柧與觚同。三輔故事曰：建章宫闕上有銅鳳皇，然金爵即銅鳳也。

〔一三〕噉日　師教釋宗百詠：羅睺阿修羅王，此番障持，身長八萬四千由旬，口廣千由旬，寶飾嚴身，要觀天女。日放光明爍其眼，故不容看。有怒時，手障蔽日月無光。世人有言日月蝕也。

〔一四〕白虹　鄒陽獄中書：昔者荆軻慕燕丹之義，白虹貫日，太子畏之。

〔一五〕秦女　樂府解題：秦王卷衣，言咸陽春景及宫闕之美，秦王卷衣以贈所歡也。唐李白有秦女卷衣。

〔一六〕漏月　楊慎禪林鈎玄：漏月事見燕丹子，漏月傳意于秦王，果脱荆軻之手，相如寄聲于卓氏，終獲文君之身，皆絲桐傳心也。秦王爲荆軻所持，王曰：「乞聽琴聲而死。」琴女名漏月者，彈音曰：「羅縠單衣，可掣而絶。三尺屏風，可超而越。鹿盧之劍，可負而拔。」王如其言，遂斬荆軻。

〔一七〕龍胡　史記封禪書：黄帝鼎成，有龍垂胡髯下迎帝。帝上騎，羣臣後宫從者七十餘人，餘小臣不得上，乃悉持龍髯。龍髯拔墮，墮黄帝之弓。百姓仰望，抱其弓與龍髯號。

〔一八〕呼風鳥　少陵韋諷宅觀曹將軍畫馬歌：金粟堆前松柏裏，龍媒去盡鳥呼風。

〔一九〕熊羆　少陵重經昭陵詩：陵寢蟠空曲，熊羆守翠微。

〔二〇〕玉泉朱魚　武林舊事：玉泉浄空院，泉色清澈，蓄大金魚，有龍王祠。

〔二一〕佳氣　後漢書光武紀：望氣者蘇伯阿至南陽，遥見春陵，喟曰：「氣佳哉！鬱鬱葱葱然。」

〔二二〕箕山　樂史寰宇記：箕山，在寶應縣東六十里。

〔二三〕射陽湖　元和志：射陽湖，在山陽縣東八十里，與寶應、鹽城分湖爲界。

〔二四〕隋蜀　爾雅釋山：獨者屬。郭璞曰：蜀亦曰孤獨。又曰：如防者盛。郭璞曰：防，隄也。又曰：巒山墮。郭璞曰：謂山形長狹者，荆州謂之巒。詩曰：墮山喬嶽。

〔二五〕掛瓢飲犢　白氏六帖：許由以瓢掛樹，風吹瓢有聲，由以爲煩，取而捐之。御覽：古今樂録曰：許由隱箕山，夏則巢居，冬則穴處，無杯榼，每以手奉水而飲，人以瓢遺之，由受，以操飲畢，輒掛于樹上，風吹瓢摇動，歷歷有聲，以爲煩擾，取而棄之。由以清節聞，堯遣使以符璽禪爲天子。由以使者言爲不善，乃臨河洗耳。樊堅問之：「有何垢乎？」由曰：「無垢。聞惡語耳。」堅曰：「何等語？」由曰：「堯聘吾爲天子。」堅方飲牛，聞其言而去，恥飲之下流。

〔二六〕南塘　少陵遊何將軍山林詩：不識南塘路，今知第五橋。名園依緑水，野竹上青霄。

〔二七〕篔簹　左太沖吴都賦：其竹則篔簹林箊，桂箭射筒。劉淵林曰：異物志曰：篔簹生水邊，長數丈，圍一尺五六寸，一節相去六七尺，或去一丈。廬陵界有之。林菸，是袁公所與越女試劍竹者也。

〔二八〕竹王　水經注：漢武帝時，竹王興於豚水，有一女子浣於水濱，有三節大竹流入女子足間，推之不去。聞有聲，持歸破之，得一男兒，遂雄夷濮，氏竹爲姓，所捐破竹，於野成林。地有祠祀竹王。

〔二九〕白毛　天文異畧：地生毛則天下亂。京房曰：地生毛則百姓勞苦。五行傳曰：金失其性，則地生毛，亡國之徵也。物象通占：梁武帝大同二年，地生白毛，長三尺。唐武后垂拱元年九月，淮南地生毛，或蒼或白，長者尺餘，遍居人牀下，揚州尤甚，大如馬鬣，焚之臭如燎毛。占曰：兵起，民不安。

〔三〇〕晉賢　水經注：七賢祠東，左右筠篁列植，冬夏不變貞萋。魏步兵校尉陳留阮籍、中散大夫譙國嵇康、晉司徒河内山濤、司徒琅邪王戎、黄門郎河内向秀、建威參軍沛國劉伶、始平太守阮咸等同居山陽，結自得之遊，時人號之爲竹林七賢也。

〔三一〕唐逸　新唐書李白傳：白與孔巢父、韓準、裴政、張叔明、陶沔居徂徠山，日沈飲，號竹溪六逸。

〔三二〕明玕　竹坡詩話：士大夫學淵明作詩，往往故爲平澹之語，而不知淵明制作之妙已在其中矣。如讀山海經云：亭亭明玕照，落落清瑶流。豈無雕琢之功？明玕謂竹，清瑶謂水也。

〔三三〕清商　樂天早夏曉興贈夢得詩：一部清商一壺酒。

〔三四〕金春玉應　昌黎獻鄭相公詩：金春憾玉應，厥臭劇蕙鬱。

〔三五〕捎雲　左太沖吴都賦：梢雲無以踰，嶰谷弗能連。劉淵林曰：漢書天文志曰：見梢雲。其説梢如樹也。

〔三六〕發明幽昌　説文：五方神鳥，東方曰發明，南方曰焦明，西方曰鷫鷞，北方曰幽昌，中央曰鳳凰。

〔三七〕王良　史記天官書：漢中四星曰天駟，旁一星曰王良。王良策馬，車騎滿野。

〔三八〕雲旓　張平子西京賦：棲鳴鳶，曳雲旓。

〔三九〕得風而笑　説文：笑字本闕，臣鉉等案：孫愐廣韻引説文云：喜也，從竹，從大。而不述其義。今俗皆從犬。又按李陽冰刊定説文，從竹，從夭，義云：竹得風其體陽夭屈，如人之笑。未知其審。

〔四〇〕斫青削玉　李賀昌谷北園新筍絶句：籜落長竿削玉開，君看母筍是龍材。又曰：斫取青光寫楚辭，膩香春粉黑離離。

〔四一〕珠囊　孔穎達易經正義序：秦亡金鏡，未墜斯文。漢理珠囊，重興儒雅。

〔四二〕汗簡　劉向列子序：皆以殺青，書可繕寫。殷敬順釋文曰：謂汗簡刮去青皮也。

〔四三〕甲子　南史陶潛傳：潛自以曾祖晉世宰輔，耻復屈身後代，自宋武王業漸隆，不復肯仕，所著文章，皆題其年月，義熙以前，明書晉氏年號。自永初以來，唯云甲子而已。

〔四四〕端門寶書　公羊哀公十四年注：何休曰：得麟之後，天下血書魯端門。子夏明日往視之，血書飛爲赤烏，化爲白書。孔子仰推天命，俯察時變，卻觀未來，預解無窮，知漢當繼大亂之後，故作撥亂之法以授之。

〔四五〕竹素　張景陽雜詩：遊思竹素園，寄辭翰墨林。風俗通：劉向爲孝成皇帝典校書籍，皆先書竹，爲易刊定，可繕寫者以上素也。今東觀書，竹素也。

長干送松影上人楚游兼柬楚中郭尹諸公二首時嘉平二十四日①

吴頭〔一〕楚尾一軍持〔二〕，斷取陶輪〔三〕右手移。四鉢〔四〕尚擎殷粟米，七條〔五〕還整漢威儀。

毘藍風〔六〕急禪枝②定，替戾聲〔七〕長咒力悲。取次莊嚴華藏界〔八〕，護龍河〔九〕上落花時。

【校勘記】

①鄒本、金匱本無「時嘉平二十四日」七字。　②鄒本作「交」。

【箋注】

〔一〕吴頭　祝穆方輿勝覽：豫章之地，爲楚尾吴頭。

〔二〕軍持　道誠釋氏要覽：根本百一羯磨云：水羅有五種。一方羅，二法瓶，三軍持，四酌水羅，五衣角羅。

〔三〕陶輪　維摩詰經：斷取三千大千世界，如陶家輪，著右掌中，擲過恒沙世界之外。

〔四〕四鉢　長水金剛經纂要刊定記：梵語鉢多羅，此云應量器。是過去維衛佛鉢，龍王將在宫中供養。釋迦成道，龍王送至海水上，四天王欲取，化爲四鉢，各得一鉢以奉如來。如來受已，重疊四鉢在於左手，以右手按合成一鉢。

〔五〕七條　翻譯名義集：南山云：七條名中價衣。戒壇經云：五條下衣，斷貪身也，七條中衣，斷嗔口也，大衣上衣，斷癡心也。

〔六〕毘藍風　翻譯名義集：毘藍亦云隨藍，此云迅猛風。

〔七〕替戾聲　晉書佛圖澄傳：劉曜攻洛陽，勒將救之。澄曰：「相輪鈴音云：秀支替戾岡，僕谷劬秃當。此羯語也。秀支，軍也；替戾岡，出也；僕谷，劉曜胡位也；劬秃當，捉也。此言軍出捉得曜也。」

〔八〕華藏界　華嚴經華藏世界品：彼須彌山微塵數風輪，最在上者，名殊勝威光藏能持普光摩尼莊嚴香水海。此香水海有大蓮華，名種種光明蘂香幢。華藏莊嚴世界海，住在其中。

〔九〕護龍河　應天府志：護龍河，宋鑿，即舊子城外三面濠。今自昇平橋達于上元縣，後至虹橋西南，出大市橋而止。

其二

孤篷微①霰浪花堆，眉雪茸茸抖擻〔一〕來。跨海金鈴〔二〕依振錫〔三〕，緣江木柹〔四〕襯浮杯〔五〕。九疑〔六〕旭日扶頭見，三户〔七〕沉灰②按指〔八〕開。喚起吕仙〔九〕横笛過，岳陽梅柳蚤時催。

【校勘記】

①鄒本、金匱本作「散」。　②「三户沉灰」，鄒本、金匱本作「三楚浮雲」。

【箋注】

〔一〕抖擻　樂天寄山僧詩：會擬抽身去，當風抖擻衣。

〔二〕金鈴　孫興公遊天台山賦：振金策之鈴鈴。李善曰：金策，錫杖也。鈴鈴，策聲。

〔三〕振錫　釋氏通鑑：鄧隱峯之五臺，道由淮右，屬吴元濟祖兵蔡州，與官軍戰，師曰：「吾當少解其患。」乃振錫空中，飛身而過，兩軍仰觀嘆異，鬭心頓息。

〔四〕木柹　晉書王濬傳：濬造船于蜀，其木柹蔽江而下。

〔五〕浮杯　慧皎高僧傳：杯渡者，不知姓名。常乘木杯渡水，因而爲目。至孟津河，浮木杯於水，憑之渡河，不假風櫂，輕疾如飛，俄而及岸。

〔六〕九疑　水經注資水注：九疑山磐基蒼梧之野，峯秀數郡之間，異嶺同勢，遊者疑焉，故曰九疑。

〔七〕三户　史記項羽紀：楚南公曰：「楚雖三户，亡秦必楚。」索隱曰：楚人怨秦，雖三户猶足以亡秦也。韋昭以爲：三户，楚三大姓昭、屈、景也。正義曰：三户，漳水津也。孟康云：後項羽果渡三户津，破章邯軍，降章邯，秦遂亡。是南公之善讖云。

〔八〕按指　首楞嚴經：如我按指，海印發光。

〔九〕吕仙　范致明岳陽風土記：岳陽樓上有吕先生留題，云：朝遊北越暮蒼梧，袖裏青蛇膽氣麤。三入岳陽人不識，朗吟飛過洞庭湖。先生名巖，字洞賓，河中府人。唐禮部尚書渭之孫。渭四子，温、恭、儉、讓。讓終海州刺史，先生海州出也。會昌中，兩舉進士不第，即有棲隱之志。去遊廬山，遇異人授劍術，得長生不死之訣。多遊湘、潭、鄂、岳間，或賣紙墨於市以混俗，人莫之識。

乙未除夕寄内

頽尾〔一〕勞勞浪播遷，長干禪榻伴僧眠。魚龍〔二〕故國猶今夕，鷄犬〔三〕新豐又一年。瓦注臘醅村舍酒，柴門松火佛前錢。團圞〔四〕兒女應流涕，老大〔五〕家翁若箇邊？

【箋注】

〔一〕赬尾　國風汝墳詩：魴魚赬尾。毛萇傳曰：赬，赤也，魚勞則尾赤。

〔二〕魚龍　水經注：汧水東北流，歷澗注以成淵，出五色魚，俗以爲靈，因謂是水爲魚龍水。

〔三〕鷄犬　葛洪西京雜記：高帝既作新豐，并移舊社。衢巷棟宇物色唯舊，士女老幼相攜路首，各知其室。放犬羊鷄鴨于通塗，亦競識其家。匠人胡寬所營也。移者皆悦其似而安之。

〔四〕團圞　龐居士語録：有男不婚，有女不嫁。大家團圞頭，共説無生話。

〔五〕老大　龐居士語録：居士問靈照云：「古人道：明明百草頭，明明祖師意。你作麽生？」照云：「老老大大，作這箇語話。」

長干偕介丘道人守歲

明燈度歲守招提〔一〕，去殿宫雲入夢低。怖鴿有枝依佛影〔二〕，驚烏無樹傍禪棲〔三〕。塔光雪色恒河象〔四〕，天醒霜空午夜鷄。頭白黄門〔五〕熏寶級，香爐曾捧玉皇西。

【箋注】

〔一〕招提　增輝記：招提者，梵言拓鬬提奢，唐人四方僧物。後人傳寫，以拓爲招，又省鬬奢二字，止稱招提，即今十方住持寺院是也。

〔二〕佛影　傳燈録：鷂子趁鴿子，飛向佛殿闌干上顫。有人問僧：「一切衆生，在佛影中，常安常樂。鴿子見佛，爲什麽顫？」

〔三〕禪棲　孟浩然東寺詩：禪枝怖鴿棲。

〔四〕恒河象　水經注：恒水又東，逕藍莫塔。塔邊有池，池中龍守護之。阿育王欲破塔作八萬四千塔，悟龍王所供，知非世有，遂止。此中空荒無人，羣象以鼻取水洒地，若蒼梧、會稽象耕鳥耘矣。

〔五〕黄門　杜佑通典：凡禁門黄闥，故號黄門。其官給事於黄闥之内，故曰黄門。

丙申元日①

朝元顛倒舊衣裳〔一〕，肅穆花宫②〔二〕禮梵王〔三〕。佛日東臨輝象設〔四〕，帝車〔五〕南指滌文章。秋衾〔六〕昔夢禪燈穩，春餅殘牙〔七〕粥鼓香。誓以丹鉛迴法海〔八〕，三千牀席〔九〕劫初長。

【校勘記】

①凌本作「旦」。　②「花宫」，鄒本、金匱本作「宫花」。

【箋注】

〔一〕衣裳　少陵至日遣興詩：有時顛倒著衣裳。

〔二〕花宫　太白秋夜宿龍門香山寺詩：玉斗生網户，銀河耿花宫。

〔三〕梵王　師教釋宗百詠：四禪十八梵天王，梵字翻離欲，此天名色界，離下欲界欲情，亦名高净。

〔四〕象設　宋玉招魂：象設君室，静閒安些。王逸曰：象，法也。道宣續高僧傳序：象設焕乎丹青，智則光乎油素。

〔五〕帝車　王勃益州夫子廟碑：帝車南指，遁七曜于中階。

〔六〕秋衾　李賀還自會稽歌：臺城應教人，秋衾夢銅輦。

〔七〕春餅殘牙　葉石林乙卯避暑録：唐御膳以紅綾餅餤爲重。昭宗光化中，放進士榜，得裴格等二十八人，以爲得人。會燕曲江，乃令大官特作二十八餅餤賜之，盧延讓在其間。後入蜀爲學士，既老，頗爲蜀人所易，延讓作詩云：莫欺零落殘牙齒，曾喫紅綾餅餤來。王衍聞知，遂命供膳，亦以餅餤爲上品，以紅羅裹之。至今蜀人工爲餅餤，而紅羅裹其外，公厨大燕，設爲第一。

〔八〕法海　僧佑竟陵王世子撫軍巴陵王法集序：世諦善論，法海所總。嚴飭文辭，初位是攝。華嚴經世主妙嚴品：得智慧光，照普門法，隨順諸佛，所行無礙，能入一切辨才法海。

〔九〕三千牀席　大論：假使頂戴經塵劫，身爲牀座徧三千，若不傳法度衆生，畢竟無能報恩者。

王式之參軍五十①

烏衣燕子繞庭除，昔日王郎鬢未疏。玉匣〔一〕長臨修禊帖，銀鈎〔二〕戲草嚇蠻書〔三〕。薄寒殘醉催絲管，微雨新晴御板輿〔四〕。淥酒紅樓春旋②好，落梅歌發落燈初。

【校勘記】

①淩本無「五十」二字。②鄒本、金匱本作「漸」。

【箋注】

〔一〕玉匣　尚書故實：太宗酷好法書，大王書蹟寶惜者，惟蘭亭爲最。一日語高宗曰：「吾千秋萬歲後，與吾蘭亭將去。」及奉諱之日，用玉匣貯之，藏於昭陵。

〔二〕銀鈎　僧釋之金壺記：晉索靖字幼安，草書勢曰：宛若銀鈎，飄若驚鸞。

〔三〕嚇蠻書　范傳正李公新墓碑：天寶初，召見于金鑾殿，論當世務，草答番書，辨如懸河，筆不停輟。

〔四〕板輿　潘安仁閒居賦：微雨新晴，六合清朗。太夫人乃御板輿，升輕軒，遠覽王畿，近周家園。

爲康小范題李長蘅畫

李生才思如春①雲，信腕潑墨皆有文。雲山每拂紅樓壁，章草〔一〕常②書〔二〕白練裙。此圖點染聊復爾，老筆槎牙劈生紙〔三〕。已皴數樹接煙嵐，更著扁舟破春水。舟中一老澹鬚眉，鶯脰湖〔四〕邊問渡時。橘花寒食横塘路，絳淺紅輕蕩槳遲。

【校勘記】

①鄒本、金匱本作「青」。②淩本、鄒本、金匱本作「嘗」。

【箋注】

〔一〕章草　書斷：章草，漢黄門令史游所作也。衛恒、李誕並云：漢初而有草法，不知其誰。蕭子良云：章草者，漢齊相杜操始變藁法。非也。王愔云：漢元帝時，史游作急就章，解散隸體，麤書之也。漢俗簡墮，漸以行之是也。

〔二〕白練裙　書斷列傳：王子敬入羊欣齋，欣著新白絹裙晝眠。子敬乃書其裙幅及帶。欣覺，歡樂，遂寶之。後以上朝廷。

〔三〕生紙　陶九成輟耕録：作畫用墨最難，但先用淡墨積至可觀處，然後用焦墨濃墨分出畦徑遠近，故在生紙上有許多滋潤處。

〔四〕鶯脰湖　盧熊蘇州志：鶯脰湖，南去吴江四十五里，平望南，舊以湖形似鶯脰，故名。

放歌行贈櫟園道人游武夷

礪君吴剛〔一〕斫月之玉斧，揚君魯陽〔二〕指日之戈殳。飲君邯鄲〔三〕一曲之美酒，贈君繞朝〔四〕臨行之策書。憶君去年歸畫繡〔五〕，高①堂燕②喜身垂魚〔六〕。雕軒列戟候③門屏，金章玉軸照座隅。詞人油素〔七〕獻歌頌，肩輧踵汗仍口呿〔八〕。青陽〔九〕逼除才隔歲，南冠顧影行次且〔一〇〕。秋風〔一一〕吹散孟嘗客，廉公〔一二〕市門日旰虛。老夫銜寒走問訊，罨頭冰雪膠髭鬚。溺人〔一三〕但一笑，越吟〔一四〕多囁嚅。班荆〔一五〕過逢④桑下〔一六〕語，倉皇執手臨交衢。且勿賦河梁〔一七〕，且勿歌驪駒〔一八〕。聽我放歌行，請言造化初。厥初空界〔一九〕二十劫〔二〇〕，毗嵐〔二一〕橐風吹復噓。金藏興雲〔二二〕雨如軸〔二三〕，金剛〔二四〕界結胎堪輿〔二五〕。清水升天〔二六〕澱濁地〔二七〕，七金四洲〔二八〕高下殊。光音天〔二九〕人福報薄，地餅⑤食竭林藤枯。身光彫落器界暗，四輪墨穴游昏塗。寶音諸地起慈愍，化現日月天子星宮俱。開張兩儀布二曜，二十八宿磊落排空居。梵王口腹臍輪各種族，欲界障持善現相封屠。修羅蕩腳波海水〔三〇〕，生憎頭上蹴踏雙兔蜍。手障日〔三一〕輪口噉月〔三二〕，日月怖匿〔三三〕天嗟吁。此方蚩尤兄弟〔三四〕亦徒黨，銅頭鐵額興蝥弧。共工〔三五〕觸頭折天柱，後羿〔三六〕矯矢摧陽烏。三王五伯迭整頓，君臣將相羣拮据。撐天拄地定八極，爲此衣冠禮樂爭寰區。東門〔三七〕嘯戎索〔三八〕，北落移天樞〔三九〕。躶衣〔四〇〕笑神禹，好冠〔四一〕詫勾吳〔四二〕。退飛未許傍宋鷁〔四三〕，避風何地追鶢鶋〔四四〕？天地爲籠〔四五〕逝安適？身藏藕孔〔四六〕難卷舒。移眉下目吁可怪，閉口⑥捕舌誰能逋？劾君以彈甘蕉〔四七〕之封事，案君以覆鄭鹿〔四八〕之追胥。誤君以知雀語〔四九〕之公冶，責君以辨牛鳴之葛盧〔五〇〕。淳于冠纓〔五一〕大笑絶，舍人寠藪尻暑〔五二〕呼。崑山抵鵲〔五三〕用良玉，泉客〔五四〕灑涕成明珠。心驚蟻牀〔五五〕自急擣，夢入鼠穴〔五六〕仍拱趨。斗間干將〔五七〕會須出，山頭廷尉〔五八〕當何如？荷鼓〔五九〕大星正芒角，横海〔六〇〕兵氣連無諸〔六一〕。蛟門〔六二〕水立鳥不渡，子陵灘頭斷釣漁⑦。老夫已辨⑧千日醉〔六三〕，吾子慎愛千金軀〔六四〕。扁舟東下值元夕，紅燈緑酒停姑蘇。皋橋〔六五〕銀箏裏紅淚，遲君拂拭追歡娱。玄墓梅花衆香國〔六六〕，西泠紅雨桃千株。巾車蠟屐聊復爾，何用轣轆催奔車？武夷〔六七〕之君吾遠祖，相見遥祝傳區區。曾孫面皺頭髮禿，何當念我詒⑨乾魚〔六八〕。酌君酒，攬子袪。我欲竟此曲，此曲煩且紆。嚨胡〔六九〕噑囈〔七〇〕如夢魘，宫商失次無疾徐。征馬爲躑躅，僕御亦踟躕。烏⑩啼鴉散君且發⑪，玉壺酒暖還須臾。放歌行還須臾⑫，東方顧瞻已精色〔七一〕，晨鷄喔喔鳴前除。

【校勘記】

①鄒本作「堂」。②鄒本作「暫」。③上圖本、凌本、鄒本作「侯」，此據金匱本。④鄒本作「蓬」。⑤過日集作「肥」。⑥凌本作「門」。⑦鄒本、金匱本、過日集作「魚」。⑧凌本作「辨」。⑨鄒本作「治」。⑩金匱本作「烏」。⑪鄒本無「發」字。⑫鄒本、金匱本無此句。

【箋注】

〔一〕吴剛　段柯古酉陽雜俎：月中有桂，一人常斫之，樹創隨合。人姓吴名剛，西河人，學仙有過，謫令伐樹。

〔二〕魯陽　淮南子覽冥訓篇：魯陽公與韓搆難，戰酣，日暮，援戈而撝之，日爲之反三舍。

〔三〕邯鄲　太白邯鄲南亭觀妓詩：把酒顧美人，請歌邯鄲詞。

〔四〕繞朝　左傳文公十三年：晉人患秦之用士會，使魏壽餘僞以魏叛者，以誘士會，繞朝贈之以策，曰：「子無謂秦無人，吾謀適不用也。」

〔五〕晝繡　魏志張既傳：出爲雍州刺史，太祖謂既曰：「還君本州，可謂衣繡晝行矣。」

〔六〕垂魚　程大昌演繁露：今之魚袋，本唐制也。所以明貴賤，應宣召，左二右一，其飾有玉、金、銀三等。魚飾之下，有黑韋渾裹方木，附身以垂，書其官姓名於木，中分爲二。

〔七〕油素　揚子雲答劉子駿書：常把三寸弱翰，齎油素四尺。

〔八〕口呿　莊子秋水篇：公孫龍口呿而不合。成玄英疏曰：呿，開也。

〔九〕青陽　爾雅釋天：春爲青陽。郭璞曰：氣清而温陽。

〔一〇〕次且　易夬卦：九四，其行次且。正義曰：次且，行不前進也。

〔一一〕秋風　王摩詰送岐州源長史詩：秋風正蕭索，客散孟嘗門。

〔一二〕廉公　沈休文詣世子車中詩：廉公失權勢，門館有虚盈。李善曰：潛夫論曰：魏其之客，流于武安。長平之利，移于冠軍。廉頗、翟公，再盈再虚。

〔一三〕溺人　左傳哀公二十年：溺人必笑。杜預曰：猶溺人不知所爲而反笑。

〔一四〕越吟　王仲宣登樓賦：莊舄顯而越吟。

〔一五〕班荆　左傳襄公二十六年：班荆相與食，而言復故。杜預曰：班，布也。布荆坐地，共議歸楚事。

〔一六〕桑下　蜀志龐統傳：司馬徽清雅有知人鑒，統弱冠往見徽，徽採桑於樹上，坐統于樹下共語，自晝至夜。徽甚異之，稱統當爲南州士之冠冕。

〔一七〕河梁　李少卿與蘇武詩：攜手上河梁，遊子暮何之？

〔一八〕驪駒　漢書儒林列傳：歌驪駒。服虔曰：逸詩篇名也，見大戴禮。客欲去，歌之。文穎曰：其辭云：驪駒在門，僕夫具存；驪駒在路，僕夫整駕。

〔一九〕空界　俱舍頌：空界大風起，傍廣數無量，厚十六洛叉，金剛不能壞。此名持界風。空界者，前界壞劫之後第二十空劫也。洛叉，此云億，謂此風輪厚十六億。阿毗曇論云：世界空二十劫後，將成之時，乃有毗嵐風鼓之，以爲風輪最居其下，厚九億六萬由旬，廣十二億三千四百五十由旬。雖數量小有不同，大抵皆同。風輪居下也，風力大，故金剛不壞。此名一句結，風名也。此風有持界之用，持界即風，持業可知。

〔二〇〕二十劫　新婆沙論：經二十中劫，世間成。二十中劫，成已住。此合名成劫。經二十中劫，世間壞。二十中劫，壞已空。此合名壞劫。總八十中劫，合名大劫。成已住中二十中劫，初一唯減，後一唯增，中間十八亦增亦減。

〔二一〕毗嵐　大論云：八方風不能動須彌山，隨嵐風至，碎如腐草。

〔二二〕金藏雲　俱舍頌：光明金藏雲，布及三千界。雨如車輪下，風遏不聽流，深十一洛叉，始作金剛界。雲色如金，注水無窮，故曰金藏雲，升至光音天也。北山云：大雲升空，降雨如軸，積風輪上，結爲水輪。水輪最上，堅凝爲金。如乳停膜，是爲金輪。

〔二三〕雨如軸　觀佛三昧經：劫欲成時，火乃自滅。更起大雲，漸降大雨，滴如車軸。是時此三千大千刹土，水遍其中。

〔二四〕金剛　長阿含經：佛告比丘：「此四天下，有八千天下圍遶其外，復有大海水周匝圍遶八千天下，復有大金剛山遶大海水。金剛山外復有第二大金剛山。二山中間，窈窈冥冥，日月神天，有大威力。」

〔二五〕堪輿　揚子雲甘泉賦：屬堪輿以壁壘。張晏曰：堪輿，天地總名也。

〔二六〕清水升天　俱舍頌：次第金藏雲，注雨滿其内。先成梵王界，乃至夜摩天。風鼓清水，成須彌、七金等。此明器界成立之相。北山云：三輪既成，雨自空飛注金輪上，滴如車軸。風吹此水，清者上升，自上至下，先成色界梵王天及欲界空居四天。須彌、七金等，在清濁之間。

〔二七〕溷濁地　俱舍頌：滓濁爲山地，四洲及泥犁。鹹海外輪圍，方名器界立。滓，溷也。謂稠泥之屬結爲土石諸山及平地也。四洲居須彌四畔，鹹海之中。外輪圍者，即鐵圍山，此等皆前滓濁所成。總明一大化佛所王一三千界，同時成立。

〔二八〕七金四洲　西域記：須彌山在大海中，七山七海，環峙環列，山間海水，具八功德。七金山外，乃鹹海也。海中可居者，大畧有四洲焉。東毗提訶洲、南贍部洲、西瞿陀尼洲、北拘盧洲。金輪王乃化被四天下。

〔二九〕光音天　長阿含經：賢劫初成，未有日月。是時光音天人下生，皆有身光，飛行自在，無有男女尊卑親疏之别。食自然地味，因食此物，乃身光滅，神通亡，貪心始萌，復生地餅地膚地脂之味食。乃諸惡湊集，男女始形。沙門義浄南海寄歸傳序：曁乎浄天下降，身光自隨。因餐地肥，遂生貪著。林藤香稻，轉次食之。身光漸滅，日月方現。夫婦農作之事興，君臣父子之道成。

〔三〇〕波海水　觀佛三昧經：修羅攻帝釋，立大海水，踞須彌山頂。九百九十九手，同時倶作，撼善見城，摇須彌山，四大海水，一時波動。

〔三一〕障日　長阿含經：帝釋前軍，先放日光射修羅眼，令不見天衆，故彼以手障之。

〔三二〕噉月　大智度論釋初品中十方諸菩薩來之餘：一時羅睺羅、阿修羅王欲噉月，月天子怖，疾到佛所。佛説偈言，羅睺羅即疾放月。

〔三三〕日月怖匿　增阿含經：爾時，世尊告諸比丘：「受形大者，莫過阿須倫王，形廣長八萬四千由旬，其口縱廣千由旬。往日月前，日月王見已，各懷恐怖，以形可畏故，不復有光明。」

〔三四〕蚩尤兄弟　任昉述異記：蚩尤氏兄弟七十二人，銅頭鐵額，食鐵石。軒轅誅之於涿鹿之野。

〔三五〕共工　列子湯問篇：共工氏與顓頊争爲帝，怒而觸不周之山，折天柱，絶地維。

〔三六〕後羿　淮南子：堯時十日並出，草木焦枯。堯令羿仰射十日，中其九日。九烏皆死，墮其羽翼。

〔三七〕東門　晉書載記：石勒年十四，隨邑人行販洛陽，倚嘯上東門。王衍見而異之，顧謂左右曰：「向者胡雛，吾觀其聲視有奇志，恐將爲天下之患。」馳遣收之，勒已去。

〔三八〕戎索　張端義貴耳三集：周索戎索。索，法也。書序云：九丘八索。即此索也。

〔三九〕天樞　三氏星經：石申氏曰：北極五星，又名北辰。其小星爲天之樞也。第一星主月，太子也。第二星主日，帝王也。第三星主五行，又主五星，庶子也。第四星主後宫，嬪御妾妃也。星亡，天下大亂，八年内主國無君。

〔四〇〕躶衣　淮南子原道訓：禹入裸國，解衣而入，衣帶而出，因之也。

〔四一〕好冠　穀梁哀公十三年：吴王夫差曰：「好冠來。」孔子曰：「大矣哉！夫差未能言冠而欲冠也。」

〔四二〕勾吴　史記吴太伯世家：太伯奔荆蠻，自號勾吴。

〔四三〕宋鷁　左傳僖公十六年：六鷁退飛，過宋都，風也。

〔四四〕鶢鶋　國語：海鳥曰爰居，止于魯東門之外三日。展禽曰：「今兹海其有災乎？夫廣川之鳥獸，恒知而避其災也。」是歲也，海多大風，冬暖。

〔四五〕天地爲籠　莊子庚桑楚篇：一雀適羿，羿必得之，威也。以天地爲之籠，則雀無所逃。

〔四六〕藕孔　觀佛三昧經：修羅驚怖，遁走無處，入藕絲孔中。

〔四七〕甘蕉　藝文：沈約修竹彈甘蕉文曰：長兼淇園貞幹臣修竹稽首，切尋蘇臺前甘蕉一叢，擢本盈尋，垂蔭含丈。階緣寵渥，銓衡百卉。而予奪乖爽，高下在心。每叨天功，以爲己力。今月某日，有臺西階澤蘭萱草，到園同訴，甘蕉攢莖布影，獨見障蔽。臣謂偏辭難信，登攝甘蕉左近，杜若江蘺，依源辨覆。兩草各處，異列同款，既有證據，羌非風聞。切尋甘蕉非有松柏後凋之心，蓋闕葵藿向陽之識，妨賢敗政，孰過于此？而不除戮，憲章安用？請徙根剪葉，斥出臺外。庶懲彼將來，謝此衆屈。

〔四八〕鄭鹿　列子周穆王篇：鄭人薪于野，遇駭鹿，擊斃之，藏諸隍中，覆之以蕉。俄而遺其所藏之處，以爲夢焉，順塗詠其事。旁有聞者，用其言而取之。薪者歸，其夜真夢藏之之處，又夢得之之主，旦案所夢而尋得之，遂訟而争，歸之士師。士師請二分之，以問鄭君，鄭君曰：「嘻，士師將復夢分人鹿乎？」

〔四九〕雀語　白氏六帖：公冶長解雀語免罪。

〔五〇〕葛盧　左傳僖公二十九年：介葛盧聞牛鳴，曰：「是生三犧，皆用之矣，其音云。」問之而信。

〔五一〕冠纓　史記滑稽列傳：淳于髡仰天大笑，冠纓索絶。

〔五二〕尻礐　漢書東方朔傳：上令倡監榜舍人，舍人不勝痛，呼礐。朔笑之曰：「咄！口無毛，聲謷謷，尻益高。」鄧展曰：謷音瓜瓟之瓟。師古曰：謂痛切而叫呼也。

〔五三〕抵鵲　鹽鐵論：崑崙之下，以玉璞抵鵲。

〔五四〕泉客　左太沖吴都賦：淵客慷慨而泣珠。

〔五五〕蟻牀　世説紕繆篇：殷仲堪父病虚悸，聞床下蟻動，謂是牛鬭。

〔五六〕鼠穴　世説文學篇：衛玠問樂令夢，樂云：「是想。」衛曰：「形神所不接，而夢豈是想耶？」樂云：「因也。未嘗夢乘車入鼠穴，擣齏噉鐵杵，皆無想無因故也。」

〔五七〕干將　晉書張華傳：報焕書曰：「詳觀劍文，乃干將也。莫邪何以不至？雖然天生神物，終當合耳。」

〔五八〕山頭廷尉　晉書蘇峻傳：峻勒兵自守，朝廷遣使諷諭之。峻曰：「我寧山頭望廷尉，不能廷尉望山頭。」

〔五九〕荷鼓　爾雅：荷鼓謂之牽牛。郭璞曰：今荆楚人呼牽牛星爲擔鼓。擔者，荷也。

〔六〇〕横海　漢書武帝紀：遣横海將軍韓説、中尉王温舒出會稽。

〔六一〕無諸　太平寰宇記：福州，古閩越也。漢高帝立無諸爲閩越王，國都于此。

〔六二〕蛟門　胡翰謝翱傳：西入鄞，過蛟門，臨大海，所至欷歔流涕。晚愛睦州山水，浮七里瀨，登嚴光釣臺，北面舉酒，以竹如意擊節歌曰：「魂歸來兮何極，魂去兮關水黑，化爲朱鳥兮，有咮焉食？」歌已，失聲哭，人莫詰其誰。

〔六三〕千日醉　博物志：劉玄石飲酒，一醉千日。

〔六四〕千金軀　漢書爰盎傳：千金之子不坐堂，百金之子不騎衡。少陵哀王孫：豺狼在邑龍在野，王孫善保千金軀。

〔六五〕皋橋　范成大吴郡志：閶門内有皋橋，即漢皋伯通居此橋以得名，梁鴻賃舂之所。

〔六六〕衆香國　維摩詰經：上方界分過四十二恒沙佛土，有國名衆香，佛號香積。今見其國香氣，比於十方諸佛世界人天之香，最爲第一。

〔六七〕武夷　祝穆方輿勝覽：建安志云：俗傳玉帝與太姆魏真人、武夷君建幔亭，綵屋數百間，施紅雲裀、紫霞褥，宴鄉人男女千餘人于其上，皆呼爲曾孫。酒行，命奏賓雲之曲。

〔六八〕乾魚　史記封禪書：祠武夷君，用乾魚。

〔六九〕嚨胡　後漢書五行志：桓帝初童謡：請爲諸君鼓嚨胡。鼓嚨胡者，不敢訟言，私咽語。

〔七〇〕啽囈　列子周穆王篇：眠中啽囈呻呼，徹旦息焉。

〔七一〕精色　首楞嚴經：顧瞻東方，已有精色。

丁家水亭再别櫟園

燈暈離筵酒不波，同雲〔一〕釀雪暗秦河。人於患難心知少，事值間關眉語多。鼓角三更莊舄〔二〕淚，殘棋半局魯陽戈。荔枝醞熟鱸魚美，醉倚銀筝續放歌。

【箋注】

〔一〕同雲　小雅信南山詩：上天同雲，雨雪雰雰。

〔二〕莊舄　史記：陳軫適楚，秦惠王曰：「子去寡人之楚，亦思寡人不？」陳軫對曰：「昔越人莊舄，仕楚執珪，有頃而病。楚王曰：亦思越不？對曰：凡人之思故，在其病也。彼思越則越聲，不思越則楚聲。使人往聽之，猶尚越聲也。」

人日得沈崑銅書詒我滇連心紅卻寄

人日緘詩①寄老翁，封題意與古人同。憐予味螫黄連〔一〕苦，顧子心殷朱粉紅。磨勵寸丹〔二〕迴白首，滌除雙碧向青銅。滇雲萬里通勾漏〔三〕，職貢遥遥問乙鴻〔四〕。

【校勘記】

①鄒本、金匱本作「書」。

【箋注】

〔一〕黄連　本草：黄連一名王連，味苦寒。

〔二〕寸丹　少陵遇鄭廣文詩：白髮千莖雪，丹心一寸灰。

〔三〕勾漏　晉書葛洪傳：聞交趾出丹，求爲勾漏令。

〔四〕乙鴻　南齊書顧歡傳：昔有鴻飛天首，積遠難亮，越人以爲鳧，楚人以爲乙。人自楚、越，鴻常一耳。

催粧詞二首邀紀伯紫同作

秦淮水照燭花紅，滿面新粧出鏡中。窮袴〔一〕不須重護惜，珠衣約體正當風。

【箋注】

〔一〕窮袴　楊氏六帖：古樂府：護惜加窮袴，隄防託守宫。

其二

太乙燈〔一〕迴閶闔風〔二〕，渡頭桃葉轉新紅。白團扇〔三〕子休遮面，臉際芙蓉似守宫〔四〕。

【箋注】

〔一〕太乙燈　王子年拾遺記：劉向校書天禄閣，夜有老人着黄衣，植青藜杖，登閣而進，吹杖端煙然，因以照向。向問姓名，云是太乙之精，天帝聞金卯之子有博學者，下而觀焉。

〔二〕閶闔風　史記律書：閶闔風居西方。閶者，倡也。闔者，藏也。言陽氣道萬物，闔黄泉也。

〔三〕白團扇　古今樂録：晉王珉捉白團扇，與嫂婢謝芳姿有愛，嫂捶撻婢過苦，王東亭聞而止之。芳姿素善歌，嫂令歌一曲當赦之，應聲歌曰：「白團扇，辛苦五留連，是郎眼所見。」珉聞，更問之，芳姿即改云：「白團扇，顦顇非昔容，羞與郎相見。」王建宫中調笑詞：團扇團扇，美人病來遮面。

〔四〕守宫　博物志：蜥蜴，或云蝘蜓，以器養之，食以朱砂，體盡赤。所食滿七斤，治擣萬杵，點女人肢體，終身不滅。唯房室事則滅，故號守宫。傳云東方朔語漢武帝，試之有驗。

左寧南〔一〕畫像歌爲柳敬亭〔二〕作

何人踞坐戎帳中？寧南徹侯崑山公。手指抨彈出獅象，鼻息呼吸①成虎熊〔三〕。帳前接席柳麻子，海内説書妙無比。長揖〔四〕能令漢祖驚，摇頭〔五〕不道楚相死。是時寧南大出師，江湘千里連軍麾。每當按甲休兵日，更值椎牛饗士時。夜營不諠角聲止，高座張燈拂筵几。吹脣芒角生燭花，掉舌波瀾沸江水。寧南聞之鬚蝟張〔六〕，欲飛〔七〕櫪馬俱騰驤。誓剜心肝〔八〕奉天子，拼灑毫毛布戰場。秦灰燒殘漢幟靡，嗚呼寧南長已矣。時來將帥長頭角，運去英雄喪首尾。倚天劍〔九〕死②親身匣〔一〇〕，垂斃③猶興晉陽甲〔一一〕。數升赤血噴餘皇〔一二〕，萬斛青蠅〔一三〕掩牆翣〔一四〕。白衣殘客哭江天，畫像提攜訴九泉。舌端④有鍔腸堪斷，泣下無珠血可憐。柳生柳生吾語爾，欲報恩門仗牙齒。憑將玉帳〔一五〕三年事，編⑤作金陀〔一六〕一家史。此時笑噱比傳奇〔一七〕，他日應同汗竹垂。從來百戰青燐血，不博三條紅燭〔一八〕詞。千載沈埋國史傳，院本〔一九〕彈詞萬人羨。盲翁〔二〇〕負鼓趙家莊，寧南重爲開生面〔二〕。

【校勘記】

①「呼吸」，鄒本、金匱本作「吸呼」。②凌本作「老」。③鄒本、金匱本作「敝」。④牧齋詩鈔作「頭」。⑤牧齋詩鈔作「漏」。

【箋注】

〔一〕寧南 左良玉，字崑山，臨清人。少從軍，以功至遼東都司。長身頳面，善左右射，以驍勇聞。嘗與丘磊同坐法當斬，丘請以身獨任罪，良玉得免死，去事昌平督治侍郎侯恂。凌河圍急，有詔調昌平軍赴援。總兵尤世威以護陵不得行，恂謀可將者，世威曰：「無如左良玉。顧其人方列行伍中，奈不爲諸將所重何？」恂曰：「果能將，我當重其權。」即夜遣世威諭意。良玉聞世威至，大懼，以爲將捕己也，曰：「得毋丘磊事發乎？」匿牀下。世威直前引之出，曰：「君無恐，富貴至矣。」告以故。良玉錯愕跪，世威亦跪，而掖之起。恂繼至，相與參語爲定。詰朝，大集諸將於轅門，以三千金送良玉行，賜以巵酒三，令箭一，曰：「酒三巵者，以三軍屬將軍也。令箭如我自行，爾位諸將上。軍士其聽左將軍之命，毋忽。」良玉出，以首觸轅門，誓以死報。已而戰捷有功，實授總兵官。自列校以至元戎，首尾僅歲餘。恂之推恩良玉，雖古大將不是過也。自後良玉蕩寇剿賊，力矢報國，無他心。在懷慶，與督撫議不合，始圖綏追養寇，收降者以自重。張獻忠之畏良玉也，始於南陽之役。獻忠嘗駐兵南陽之東關，僞稱官軍，以詐圖取宛城，門未啓而良玉兵適至，前驅喝問爲誰，獻忠倉皇走，良玉同副將羅岱追射之，矢著其額，又射貫其左手中指于弓檠上。馬尾相啣，良玉抽刀揚削，拂獻忠之面，創未深，比再下而馬已逸矣。獻忠在穀城指其瘢痕語人曰：「此左將軍南陽時創我也。」良玉請於熊文燦曰：「賊利野戰，不利城守。今在穀城，彼兵有駭心，糧無後繼，急擊之必拔。」文燦不從。崇禎十二年，獻忠焚穀躪房，竄入鄖竹山中，羅汝才九營并起應之。汝才者，即賊中所謂曹操也，與獻忠同時起。河北之謡曰：「鄴臺復鄴臺，曹操再出來。」故汝才取此爲軍號。熊文燦欲追之，良玉不可，曰：「箐薄深阻，前逃後伏，彼非絶地也。二叛九營，同惡氣盛，彼非窮竄也。我師負米入山，顛頓厓谷，十日糧盡，馬疲士飢，不敗而何？」文燦又不從。七月，良玉追至房縣，賊設伏羅猴山，果敗績。事聞于朝，良玉具條前後與理臣争者上之。中樞楊嗣昌諱言文燦失策，又知過不在左，故于其督師也，特表良玉爲平賊將軍，俾刷孟明、曹沬之恥。十三年閏正月，嗣昌檄諸道進兵。良玉于二十四日合諸軍擊賊于枸坪關，獻忠敗走，我師追之于蜀。嗣昌欲良玉駐軍興平，别遣偏師追剿，移檄良玉曰：「將軍今從漢陽西鄉入川，萬一賊從舊路折回，疾趨平利，仍入竹、房，將用何兵禦之？不則走寧昌以入歸、巫，與曹操合，我以大將尾追，趣賊入楚，非策也。」良玉報曰：「逆獻被創入川，則有糧可因。回鄖則無地堪掠，非萬分窘急，必不復竄楚境。鄭嘉棟前報折回吉家莊者，此桿子手，乃老狪狪、一斗粟之殘賊，嘉棟誤以爲獻耳。夫兵合則強，分則弱。今已留劉國能、李萬慶守鄖，若再分三千入蜀，即駐興平，兵力已薄，逆賊折回，能遏絶之耶？良玉所統乃勦兵，非守兵，若主兵不出戰，而戰兵又代爲守，賊將何時盡乎？今日惟當盡鋭疾攻，賊自瓦解，縱使折回房、竹間，人跡俱斷，彼且何從得食？況鄖兵阨之于前，秦撫在秭、興抄之于後，何能狂逞？若寧昌、歸、巫，險而且遠，曹、獻兩不相下，如獻窮歸曹，其中必有相并者，可無慮也。」二月朔，良玉引兵徑趨大竹，監軍萬元吉深以進退自主，不相禀承爲言，嗣昌曰：「良玉書詞慷慨，爲敵是求，宜降心曲從之。」於時獻忠營太平縣之大竹河，良玉駐軍漁溪渡，秦督鄭崇儉亦引兵來會。獻忠移營九滚坪，見瑪瑙山峻險，據之以決勝。左兵、秦兵以初四日至九滚坪，不見賊。初七日，始抵瑪瑙山，賊方乘高鼓噪，其氣轉盛。良玉下馬，披荆榛，相險易，周覽久之，曰：「我知所以破敵也。」分兵爲三，左當其二，秦當其一。左所部兵或衝其中，或衝其右，令賀人龍、李國安二將從左路夾擊。賊置陣堅，不可動。我師奮勇戰，賊潰墮崖澗，逐北四十餘里。左兵斬首二千二百八十有七，内有掃地王曹威、白馬鄭天王等十六級，皆賊將首。獻忠妻妾九人，擒其七。獲僞金印一、鏤金龍棒一、僞令旗令箭八、卜卦金錢二、馬驘千餘頭、甲仗軍資以數千計，陣降賊三百三十八人。秦兵斬首一千三百三十有三，降賊將三十五人。人龍所將卒，獲上賜熊文燦準撫獻忠敕書，别將收獻忠大刀，上鏤「天賜飛刀」四字。是役也，良玉功第一，人龍功次之。然實成于嗣昌之委曲信從，俾良玉機宜自便，故卒取全勝焉。夫合楚、蜀之事觀之，羅猴山良玉以爲不可戰者也，文燦違之而致敗。瑪瑙山良玉以爲不可不戰者也，嗣昌從之以就功。彼其老于行間，制勝決敵，誠有大過人者，非當時諸將所能及也。初，良玉受平賊將軍印，浸驕，心易嗣昌，頗不奉其所下方畧。嗣昌亦慮其難制，會賀人龍屢破賊，私許以賀代左職，賀大喜過望。已而良玉有瑪瑙山之捷，督師敬禮左將軍如故，謂賀且需後命，賀更大恚，具以前語告之左，左亦心憾焉，後竟九調而九不至，以此故也。良玉破獻忠，勢張甚，收其士馬大半，分所部爲三十六營，營一副將主之，軍勢幾與李自成相埒。十五年，自成復圍開封，上出故尚書侯恂于獄，以兵部侍郎代丁啓濬爲督師，上意蓋欲借恂之舊恩以用良玉，不料恂未至而良玉已敗于朱仙鎮矣。左之在朱仙鎮也，賊營于西，我軍營于北。天大雨數日，良玉夜集諸將計事，至辨色猶未散。隱隱見營南有山若雲者，衆愕視，左舉刀槊地，曰：「唉，此必瞎賊築土山立礮臺打我矣。」探之信然。左命中軍亦立臺應之。賊更番迭休不能支，乃拔營去。自成曰：「左健將，此來必死鬭，慎無與戰，俟其佚而襲之可也。」先穿巨塹于前，深廣各二尋，環而繞者幾百里。左兵戰且走，自成率百萬衆遮其後擊之。軍亂，倉卒渡溝，後人跐踵前人之顛，賊從而蹂躪之，遂大敗。恂至軍，上命距河圖賊，令良玉以兵來會。良玉新敗，無意北行，遣將軍金聲桓以五千人從。久之，汴亡。上怒恂，罷其官，以吕大器代。恂解任，至中途，即被逮下獄。左知其以己故得罪，有鞅鞅心。每事與大器齟齬，時良玉壁于樊城，大造戰艦。賊將惠登相、常國安、馬進忠、馬士秀、杜應金、吴學禮皆附之，士卒滋衆，舟艦蔽江而下，自漢口達蘄州，軍聲喧喧沸江水者二百餘里。然親軍愛將，強半死亡，降人多不奉約束。良玉氣漸衰，多病，不復能與自成戰矣。自成破汴後，謀據襄陽，乘勝攻左。左引舟師，左步右騎而下武昌，全軍南潰，所過掠殺。艨艟隱天，江流中斷。留都文武大吏，驚愕無策。李公邦華時拜北掌院，道出湖口，聞警，草檄告良玉，以大義責之，又用其親信李猶龍、胡以寧輩開陳曉暢，許以力爲保全功名，釋中山箱篋之疑，專元侯弓矢之寄。飛書皖撫，發九江庫銀十五萬補六月糧。良玉感泣，具櫜鞬禮謁李公。公辭之，引見慰勞甚至，軍心大定，南都始解嚴。良玉息肩于皖。八月至武昌，立軍府，以旗志招百姓，出軍船所掠下江之貨物，賤其估以通市，遣將次第收袁、岳，而江西、湖南署定。十七年正月，上封良玉爲寧南伯，賜其子夢庚平賊將軍印，俾功成後世守武昌，仍下特詔催戰。良玉乃條日月進兵狀，爲疏以聞，曰：「臣以十六年八月復武昌，聞江西有警，遣副將吳學禮於十月十三日復袁州，糧絶兵回，賊乘間再據。臣乃定計水師徐發，先遣副將馬進忠率騎兵由陸十一月二十七日再復袁州，十三日復萍鄉，十二月初二日復萬載，過此即入楚境。初五日復醴陵，二十六日等復長沙、湘潭、湘陰等處，擒僞守道以下尹先民等官。次遣副將馬士秀等率所部由水趨湖南，十六年十一月二十四日復岳州、復臨湖，十七年正月十六日復監利，二十二日復石首，二月十一日復公安。臣先以密調副將惠登相率所部由均州東下。十七年正月二十四日登相協同副將毛顯文復惠安，二十六日復隨州。計期三月，復府州縣一十四。臣與監軍職方司主事李猶龍先後馳報，疏在御前可按也。」時道路梗塞，騎置稽緩，疏入未報，而北都陷賊之信至矣。寧南聞先帝升遐，率三軍縞素發喪。繼而南中立君，五月甲辰，詔以寧南伯進爵爲侯，蔭一子錦衣衛正千户。自成新敗于關門，楚西境稍可乘，寧南以其間復荆州、德安、承天。何騰蛟爲楚撫，袁繼咸爲江督，共以忠義相勸勉。時左兵八十萬，號百萬，前營爲親軍，後營爲降軍，諸將頗驕玩，營中歌舞達旦。寧南既老而被病，惟塊然一榻。柳生敬亭者，善談笑，軍中呼爲柳麻子，摇頭掉舌，詼諧雜出。每夕張燈高坐，談説隋、唐間遺事。寧南親信之，出入卧内，未嘗頃刻離也。阮大鋮以奄黨廢，歸德侯方域嘗移書罵之。方域，侍郎恂之次子也。湖口兵潰，方域留寓金陵，大鋮訟言良玉爲賊，以方域爲同黨，寧南知而恨之。比大鋮附馬士英起用，陰忌左之他日爲己難，結黄靖南爲掎拄計。甲申十二月戊辰，築蕪磯、板子磯二堡防西，寧南嘆曰：「西今復何防？直防我耳。」未免有東下之志矣。朝事償錯，楚餉久不至。御史黄澍以觸忤士英，遣金吾逮治，寧南留而不遣。諸軍憤憤曰：「以清君側爲請。」無何王之明之事起，中外讙呶不止，楚西陲警寇日急，寧南意猶未決。中一將拂衣起，曰：「疑事無成，若主帥必不動，某等請自行，不能鬱鬱久居此矣。」寧南不得已從之，遂于乙酉四月初二日傳檄討馬士英，舟艦蔽江而下，自漢口達蘄州，軍聲喧喧沸江水者二百餘里。至九江，袁繼咸相見于舟中，别去，城中即火起。時亂人降卒攫利散走，左固不能禁約諸軍，諸軍亦不受左之禁約矣。寧南見火光，知城破，椎胸浩嘆曰：「予負袁公。」時病已革，嘔血數升，召諸將謂曰：「吾不能報效朝廷，汝輩又不甚用我法制，故憤懣以至於此。自念二十年來酸辛，戮力以成此軍。我歿之後，出死力以扞封疆，上也；守一地以自效，次也；若散而走險，不惟負國，且羞吾軍矣。」是夜，卒於舟中。諸將哭之哀，後營總兵惠登相拔佩劍横膝上誓衆曰：「今後有不服副元帥號令者，齒此劍。」諸將皆諾。副元帥，夢庚也。登相即降寇過天星，感寧南恩次骨，故重其末命，欲報之於身後。諸軍沿流下，惠以黑旗軍殿。舟師行不旁岸，頗有紀律，而前鋒、中軍大亂，自彭澤以下皆陷，夢庚不能制。登相悵諸將剽掠，撤其軍返。夢庚見黑旗船往往西上，索輕舸追之，登相一見大慟，然終以夢庚不足事，竟絶江去。初，丘磊坐斬，繫刑部獄十三年。良玉歲捐萬金救之，得不死。侯恂之再爲督師也，奏以爲山東總兵，與劉澤清不相得，搆以罪。甲申十一月丁酉，馬、阮命撫臣田仰斃之于淮南獄中。或曰良玉東下，蓋亦因磊死故云。

〔二〕柳敬亭　敬亭，曹氏子，揚之泰州人。少無賴，年十五，犯法當死，亡命走盱眙，變姓柳，學説書于市上，浮蹤浪跡，流轉無定所。雲間莫後光見而謂之曰：「騁子機變，足鳴于世。説書雖小道，要必如優孟摇頭而歌，使負薪者以封，然後伎可成名。」柳生退而揣摩久之，三就後光以徵其藝之所至，始出而遊于公卿大人之門。華堂綺席，危坐奏伎，梯几抵掌，各肖其人之音聲笑貌，謦欬詼諧以發諸口，聽者咸謂唐人一枝花話不是過也。寧南東下，招之幕府，參預帷幄，往往移日分夜，行間飛書走檄，文士設意修辭都不當寧南意，柳生銜口而談，雜以委巷俚語，輒爲劃然心開。聖安南渡，啣命至陪京，朝士争相結納，或以寧南故，上坐稱柳將軍，敬亭安之自如也。曩時儕輩從道旁竊窺而笑：「此固昔日與我同説書相爾汝者，一旦榮貴至此乎？」未幾，寧南死、國亡，流落蕭條，故吾彳亍無俚，一段淒涼情況，仍寄之平話中。蓋其在軍中久，驕帥悍卒、遷客旅人，無日不與同遊，兼之殊方俗尚，鄉音異地，羈魂殘魄，仳離遇合，寤嘆飄零之景像，一一雜然于胸次，故其衍説故事，或如鐵騎刀鎗埩鏦悲壯，或如傷禽倦羽躑躅哀鳴，令聞之者可興可怨。神哉伎乎！予昔同梅村先生聽説秦叔寶元夜觀燈、魯達三拳打鎮西兩段話，若奔雷掣電之過我前，東崖倒峽之墮我後，爲之悄然以恐，有關隴歌殘、家山曲破之感。壬申寒夜偶讀牧翁寧南畫像歌，殘燈剔焰，特呵凍追記之，亦不忍使其無傳也。

〔三〕虎熊　孫光憲北夢瑣言：王庭湊使河陽回，酒困，寢于路隅。駱山人過，熟視之曰：「貴當裂土，非常人也。」庭湊寤而馳問之，云：「向見君鼻中之氣，左如龍而右如虎，龍虎氣交，王在今秋。」是年果爲三軍扶立爲留後。

〔四〕長揖　史記酈生傳：酈生至，入謁，沛公方距牀，使兩女子洗足，酈生入，則長揖不拜。

〔五〕摇頭　史記滑稽傳：優孟摇頭而歌，負薪者以封。

〔六〕鬚蝟張　晉書桓温傳：劉惔稱之曰：「温眼如紫石稜，鬚作蝟毛磔。」

〔七〕佽飛　漢書宣帝紀：及應募佽飛射士。師古曰：取古勇力人以名官，熊渠之類是也。亦因取其便利，輕疾若飛，故號佽飛。

〔八〕心肝　少陵觀安西兵過赴關中待命詩：談笑無河北，心肝奉至尊。

〔九〕倚天劍　宋玉大言賦：長劍耿耿倚天外。

〔一〇〕親身匣　少陵聞房相公靈櫬歸葬詩：劍動親身匣，書歸故國樓。

〔一一〕晉陽甲　公羊定公十三年：晉趙鞅取晉陽之甲討君側之惡。

〔一二〕餘皇　左傳昭公十七年：吴伐楚，戰于長岸，大敗吴師，獲其乘舟餘皇。杜預曰：餘皇，舟名。

〔一三〕青蠅　小雅青蠅詩：營營青蠅，止於樊。豈弟君子，無信讒言。

〔一四〕牆翣　記檀弓：周人牆置翣。鄭氏曰：牆，柳衣也。

〔一五〕玉帳　張淏雲谷雜記：玉帳乃兵家壓勝之方位，謂主將于其方置軍帳則堅不可犯，猶玉帳然。其法出于黄帝遁甲，以月建前三位取之，如正月建寅，則巳爲玉帳，主將宜居。

〔一六〕金陀　宋岳珂撰鄂國金陀粹編二十八卷，續編三十卷。

〔一七〕傳奇　陳後山詩話：范文正公爲岳陽樓記，用對語説時景，世以爲奇。尹師魯讀之曰：「傳奇體爾。」傳奇，唐裴鉶所著小説也。

〔一八〕三條燭　程大昌演繁露：唐試連夜，以燭三條爲限。白樂天集曰：試許燒木燭三條，燭盡不許更續。

〔一九〕院本　陶九成輟耕録：唐有傳奇，宋有戲曲、唱諢、詞説，金有院本、雜劇，其實一也。國朝院本、雜劇始釐而二之。院本則五人：一曰副淨，古謂之參軍。一曰副末，古謂之蒼鶻。鶻能擊禽鳥，末可打副淨，故云。一曰引戲，一曰末泥，一曰孤裝，又謂之五花爨弄，或曰宋徽宗見爨國人來朝，衣裝鞵履巾裹，傅粉墨，舉動如此，使優人效之以爲戲。又有豔段，亦院本之意，但差簡耳，取其如火燄易明而易滅也。

〔二〇〕盲翁　陸放翁小舟遊近村絶句：斜陽古柳趙家莊，負鼓盲翁正作場。死後是非誰管得？滿村聽説蔡中郎。

〔二一〕生面　少陵丹青引：凌煙功臣少顔色，將軍下筆開生面。

題汴人趙澄臨趙子固棧道圖

蜀山崔嵬去天尺〔一〕，千峯萬嶂攢列戟。奔濤坼①峽鬭雷霆，削鐵層層梯絶壁。青天鳥道瞰窅冥，終古蠶叢〔二〕見開闢。地縮千盤〔三〕雲棧重，天廻四游〔四〕閣道窄。牛車絡繹不斷頭，飛走淩兢罕接翼。輪鞅②犖确如有聲，人鳥夤緣共一跡。穴穿重掩身入霤，登頓巉巖足上壁。此圖瑰璚畫者誰？似爲昇平寫物色。天漢〔五〕津梁扼關隴，沃野〔六〕輿圖跨梁益。參旗横拂東井〔七〕深，褒斜〔八〕鈎連子午〔九〕直。邛竹蒟醬〔一〇〕來東西，滇僰冉駹〔一一〕走阡陌。何煩力士挽金牛〔一二〕，是處戎王貢瑤碧〔一三〕。郫筒〔一四〕好酒車郄載〔一五〕，織成錦段〔一六〕馬薦席。烝徒〔一七〕猶拜古帝魂〔一八〕，學士能銘劍閣石〔一九〕。嗚呼此圖不易得，全盛方輿真可惜。丹青如閲華陽志，衣裳不爲左擔③〔二〇〕易。何物氈車掣槖駝，況乃窮廬蓋服匿④〔二一〕。卧龍躍馬〔二二〕定誰是？錦江玉壘〔二三〕還自昔。雪江老人頭雪⑤白，吮筆經營口嚄唶〔二四〕。畫師有心人不識，老夫看畫長嘆息。

【校勘記】

①淩本作「圻」。②鄒本、金匱本作「鞍」。③「左擔」，鄒本作「時裝」。④鄒本、金匱本無此二句。⑤金匱本作「盡」。

【箋注】

〔一〕去天尺　太白蜀道難：連峯去天不盈尺。

〔二〕蠶叢　左太沖蜀都賦：兆基于上世。劉淵林曰：揚雄蜀王本紀：蜀王之先，名蠶叢、柏濩、魚鳧、蒲澤、開明，是時人皆椎髻左言，不曉文字，未有禮樂。從開明上到蠶叢，積三萬四千歲，故曰兆基于上代也。

〔三〕千盤　東坡送范景仁遊洛中詩：去年行萬里，蜀道走千盤。

〔四〕四游　爾雅釋天：正義曰：二十八宿之外，上下東西各有萬五千里，是爲四游之極。又：地與星辰，俱有四游升降。

〔五〕天漢　爾雅釋天：箕斗之間，漢津也。郭璞曰：箕，龍尾。斗，南斗。天漢之津梁。

〔六〕沃野　蜀志秦宓傳：蜀有汶阜之山，江出其腹。帝以會昌，神以建福，故能沃野千里。

〔七〕東井　蜀都賦曰：岷山之精，上爲井絡。劉淵林曰：言岷山之地，上爲東井維絡。

〔八〕褒斜　班孟堅西都賦：右界褒斜隴首之險。李善曰：梁州記：萬石城泝漢上七里，有褒谷，南口曰褒，北口曰斜，長四百七十里。

〔九〕子午　長安志：漢書曰：子午道從杜陵直絶南中，徑漢中。今京城直南山有谷通梁漢道者，名子午谷。風土記：王莽以王后有子，通子午道，從杜陵直抵終南。

〔一〇〕邛竹蒟醬　史記西南夷列傳：建元六年，使番陽令唐蒙風指曉南越。南越食蒙蜀蒟醬，蒙問所從來，曰：「道西北牂柯，牂柯江廣數里，出番禺城下。」元狩元年，博望侯張騫言居大夏時見蜀布、邛竹杖，使問所從來，曰從東南身毒國，可數千里，得蜀賈人市。蜀都賦：邛杖傳節於大夏之邑，蒟醬流味於番禺之鄉。樂史寰宇記：蒟醬如今之大蓽撥。

〔一一〕滇僰冉駹　史記西南夷列傳：西南夷君長以什數，夜郎最大；其西靡莫之屬以什數，滇最大；自筰以東北君長以什數，冉駹最大。正義曰：今益州南戎州北臨大江，古僰國。寰宇記：茂州，禹貢梁州之域。禹貢曰「岷山導江」，發跡於此。本冉駹之國，漢以爲郡。

〔一二〕金牛　華陽國志：秦惠王作石牛五頭，預瀉金其後，曰牛便金。蜀人悦之，使使請石牛。惠王許之，乃遣五丁迎石牛。既不便金，怒遣還之，乃嘲秦人曰東方牧犢兒。秦人笑之曰：「吾雖牧犢，當得蜀也。」

〔一三〕瑶碧　山海經：章莪之山，多瑶碧。郭璞曰：碧亦玉屬。

〔一四〕郫筒　少陵將赴成都草堂先寄嚴鄭公詩：酒憶郫筒不用沽。成都記：成都府西五十里，因水標名曰郫縣。以竹筒盛美酒，號曰郫筒。華陽風俗録：郫縣有郫筒池，池旁有大竹，郡人刳其節，傾春釀於筒，苞以藕絲，蔽以蕉葉，信宿馨達于林外，然後斷之以獻，俗號曰郫筒酒。李商隱詩「錦石爲棋子，郫筒當酒壺」是也。

〔一五〕車郄載　戰國策：淳于髡曰：「今求柴胡桔梗於沮澤，則累世不得一焉。及之睪黍梁父之陰，則郄車而載耳。」高誘曰：言饒多，故曰郄車載也。

〔一六〕錦段　左太沖蜀都賦：貝錦斐成，濯色江波。劉淵林曰：譙周益州志云：成都織錦既成，濯于江水，其文分明，勝于初成。他水濯之，不如江水也。

〔一七〕烝徒　左太沖魏都賦：習習冠蓋，莘莘烝徒。

〔一八〕古帝魂　少陵杜鵑詩：我見常再拜，重是古帝魂。

〔一九〕劍閣石　臧榮緒晉書：張載父收爲蜀郡太守，載隨父入蜀，作劍閣銘。益州刺史張敏見而奇之，乃表上其文。世祖遣使鐫石記焉。

〔二〇〕左擔　少陵愁坐詩：左擔犬戎存。任豫益州記：江由左擔道。案圖在陰平縣北，于成都爲西。其道至險，于北來者，擔在左肩，不得度擔也。鄧艾束馬懸車之處。華陽國志：庲降賈子，左擔七里。

〔二一〕服匿　漢書蘇建傳：賜武馬畜服匿穹廬。孟康曰：服匿如罌，小口大腹方底，用受酒酪。

晉灼曰：河東北界人呼小石甖受二斗所曰服匿。

〔二〕躍馬　蜀都賦：公孫躍馬而稱帝。

〔三〕玉壘　樂史寰宇記：玉壘山，湔水所出。郭璞江賦「玉壘作東別之標」是也。李膺益州記云：在沈黎郡，去蜀城南八百里，在導江縣西北二十九里。

〔四〕嚄唶　史記信陵君傳：晉鄙嚄唶宿將。索隱：嚄唶，謂多詞句也。正義曰：聲類云：嚄，大笑。唶，大呼。

丙申春就醫秦淮寓丁家水閣浹兩月臨行作絶句三十首留別留題不復論①次②

數莖短髮倚東風，一曲秦淮曉鏡中。春水〔一〕方生吾速去，真令江表笑曹公。

【校勘記】

①金匱本作「倫」。②牧齋詩鈔題作「秦淮丁家水閣留題」，江左三大家詩鈔題作「留題秦淮丁家水閣」。

【箋注】

〔一〕春水　吳志吳主傳注：吳歷曰：權爲箋與曹公，説：「春水方生，公宜速去。」

其二

秦淮城下即淮陰，流水悠悠知我心。可似①王孫輕一飯，他時報母只千金。

【校勘記】

①金匱本作「是」。

其三

舞榭歌臺羅綺叢〔一〕，都無人跡有春風。踏青〔二〕無限傷心事，併入南朝落照中。

【箋注】

〔一〕羅綺叢　東坡答陳述古詩：小桃破萼未勝春，羅綺叢中第一人。

〔二〕踏青　李綽歲時記：上巳錫宴曲江，都人于江頭禊飲，踐踏青草，曰踏青。

其四

苑①外楊花待暮潮，隔溪桃葉〔一〕限紅橋。夕陽凝望春如水，丁字〔二〕簾前是六朝。

【校勘記】

①牧齋詩鈔作「院」。

【箋注】

〔二〕桃葉　楊氏六帖補：桃葉渡在秦淮口。桃葉，王獻之愛妾名。其妹桃根。王常臨此渡送之。

〔三〕丁字　唐詩紀事：雲陽公主下降，陸暢爲儐相，詩詠行障曰：碧玉爲竿丁字成，鴛鴦繡帶短長馨。強遮天上花顔色，不隔雲中笑語聲。

其五

夢到秦淮舊酒樓，白猿紅樹蘸清流。關心好夢誰圓〔一〕得？解道新封是拜侯。

【箋注】

〔一〕圓夢　鄭文寶南唐近事：徐幼文能圓夢，馮僎詣徐請圓之。

其六

東風狼藉不歸軒，新月盈盈自照門。夢中得二句①。浩蕩〔一〕白鷗能萬里，春來還没舊潮痕。

【校勘記】

①江左三大家詩鈔此注作「二句夢中得」。

【箋注】

〔一〕浩蕩　仕學規範：東坡曰：近世人輕以意改書。杜子美云：白鷗没浩蕩，萬里誰能馴？蓋滅没於煙波間耳。而宋敏求謂余云：鷗不解没，改作波。改此一字，覺一篇神氣索然也。

其七

後夜〔一〕繙經燭穗低，首楞第十重開題〔二〕。數聲喔喔江天曉，紅葉〔三〕階前舊養鷄。

【箋注】

〔一〕後夜　禪林僧寶傳：明教嵩禪師偈：後夜月初明，吾今獨自行。不學大梅老，貪聞鼯鼠聲。

〔二〕開題　贊寧宋高僧傳：惟慤受舊相房公融宅請，出經函云：「相公在南海知南銓，預其翻經，躬親筆受首楞嚴經一部留家供養。今筵中正有十僧，每人可開題一卷。」

〔三〕紅藥　謝玄暉直中書省詩：紅藥當階翻。

其八

多少詩人墮劫灰，佺期今①免治長災〔一〕。阿師狡獪還堪笑，翻攬沙場作講臺。從顧與治問祖心千山語録。

【校勘記】

①鄒本、金匱本作「令」。

【箋注】

〔一〕冶長災　沈佺期嘆獄中無燕詩：争如黄雀語，能免冶長災。

其九

牛刀小邑〔一〕亦長編，朱墨紛披意惘然。要使世間知甲子，攤①書先署丙申年。乳山道士修志溧水。

【校勘記】

①鄒本作「擁」。

【箋注】

〔一〕牛刀小邑　東坡送歐陽主簿赴官韋城詩：讀遍牙籤三萬軸，卻來小邑試牛刀。

其十

夢我迢遥黄閣居〔一〕，真成鼠穴〔二〕夢乘車。宵來我夢師中樂，細柳〔三〕營繙貝葉〔四〕書。茂之書來，元旦夢余登拜。

【箋注】

〔一〕黄閣　南史蕭摩訶傳：舊制，三公黄閣聽事置鴟尾。後主特詔摩訶開黄閣，門施行馬，聽事寢堂，並置鴟尾。

〔二〕鼠穴　世説文學篇：衛玠問樂令夢，樂云：「是想。」衛曰：「形神所不接，而夢豈是想耶？」樂曰：「因也。未嘗夢乘車入鼠穴，擣虀噉鐵杵，皆無想無因故也。」

〔三〕細柳　史記孝文本紀：河内守周亞夫爲將軍，居細柳營。

〔四〕貝葉　王摩詰贈苑舍人詩：蓮華法藏心懸悟，貝葉經文手自書。

其十一

虚玄自古誤乾坤，薄罰聊司洞府門。未省吴剛〔一〕點何易，月中長守桂花根。薛更生敘易解云：王輔嗣解易未當，罰作洞府守門〔二〕童子。

【箋注】

〔一〕吴剛　段柯古酉陽雜俎：月中有桂，一人常斫之，樹創隨合。人姓吴名剛，西河人，學仙有過，謫令伐樹。

〔二〕守門　廣異記：辰州麻陽縣村人有猪食禾，人怒持弓矢射中猪，猪走數里，入大門。有一老翁問人：「何得至此？」人云：「猪食禾，因射中之，隨逐而來。」老人命至廳，與酒飲。又至一所，有數十牀，牀上各坐一人，持書狀如聽講。久之，却至翁所。翁責守門童子曰：「何以開門令猪得出入？」乃謂人曰：「此非真猪，君宜出去。」因命向童子送之。人問：「老翁爲誰？」童子云：「此河上公，上帝使爲諸仙講易耳。」又問：「君復是誰？」童子云：「我王輔嗣也，受易已來向五百歲，而未能通精義，故被罰守門。」人去後，童子蹴一大石遮門，遂不復見。

其十二

天上羲圖講貫殊，洞門猶抱韋編〔一〕趨。沈沈紫府真人〔二〕座，曾受希夷〔三〕一畫無？更生云：吾注易成，將以末後句問紫府真人，紫府真人傳是韓魏公也①。

【校勘記】

①「紫府真人」，凌本作「洞府真人」，且無「紫府真人傳是韓魏公也」十字。

【箋注】

〔一〕韋編　史記孔子世家：讀易韋編三絶。

〔二〕紫府真人　趙與旹賓退録：孫勉晝卧，夢吏來逮。行若百里，見道左宮闕甚壯，問吏何所。曰：「紫府真人宮也。」「真人爲誰？」曰：「韓忠獻也。」

〔三〕希夷　張端義貴耳三集：濮上陳摶以先天圖傳种放，放傳穆修，修傳李之才，之才傳邵雍；

放以河圖、洛書傳許堅，堅傳范諤昌，諤昌傳劉牧；修以太極圖傳周敦頤，敦頤傳二程。濂溪得道于異僧壽涯，晦庵亦未然其事，以異端疑之。

其十三

欹斜席帽五陵稀，六代江山一布衣。望斷玉衣〔一〕無哭所，巾箱自摺蹇驢歸〔二〕。重讀紀伯紫黷叟詩。

【箋注】

〔一〕玉衣　少陵行次昭陵詩：玉衣晨自舉，石馬汗常趨。

〔二〕摺蹇驢　明皇雜録：張果常乘一白驢，日行數萬里。休則重疊之，其厚如紙，置于巾箱中。乘則以水噀之，還成驢矣。

其十四

鍾山倒影浸南溪，静夜欣看紫翠齊。小婦粧成①無箇事，爲憐明月坐花西。寒鐵道人余懷古②居面南溪，鍾山峯影下垂。杜詩云「半陂以南純浸山」③也。

【校勘記】

①鄒本、金匱本作「殘」。　②鄒本、金匱本無「古」字。　③凌本「山」下有「是」字。

其十五

河岳英靈〔一〕運未徂，千金一字〔二〕見吾徒。莫將摶黍〔三〕人間飯，博换君家照夜珠〔四〕。澹心方有採詩之役。

【箋注】

〔一〕河岳英靈　唐詩紀事：鄭谷不喜高仲武間氣集，而喜殷璠河嶽英靈集，嘗有詩云：殷璠鑒裁英靈集，頗覺同才得旨深。何事後來高仲武，品題間氣未公心。

〔二〕千金一字　鍾嶸詩品：古詩十九首，驚心動魄，幾乎一字千金。

〔三〕摶黍　吕氏春秋：今以百金與摶黍以示兒子，兒子必取摶黍矣。以和氏之璧與百金以示鄙人，鄙人必取百金矣。以和氏之璧、道德之至言以示賢者，賢者必取至言矣。

〔四〕照夜珠　東坡送歐陽推官赴華州詩：仲也珠徑寸，照夜光如月。

其十六

麥秀〔一〕漸漸哭早春，五言麗句琢清新。詩家軒翥〔二〕今誰是？至竟離騷屬楚人。杜于皇近詩多五言今體。

【箋注】

〔一〕麥秀　史記宋微子世家：箕子朝周，過殷故墟，感宫室毁壞生禾黍，欲哭則不可，欲泣爲其近婦人，乃作麥秀之詩以歌詠之。其詩曰：麥秀漸漸兮，禾黍油油，彼狡童兮，不與我好兮。

〔二〕軒翥　劉勰文心雕龍辨騷篇：自風雅寢聲，莫或抽緒。奇文鬱起，其離騷哉！固已軒翥詩人之後，奮飛辭家之前。豈去聖之未遠，而楚人之多才乎？

其十七

著論峥嶸準過秦〔一〕，龍川〔二〕之後有斯人。滁和自昔興龍〔三〕地，何處巢車〔四〕望戰塵？于皇弟蒼署挾所著史論游滁、和間。

【箋注】

〔一〕準過秦　左太沖詠史詩：著論準過秦，作賦擬子虛。

〔二〕龍川　葉適龍川集序：陳同父文字行於世者，酌古論、陳子課稾、上皇帝四書最著者也。

〔三〕興龍　孔安國尚書序：漢室龍興。

〔四〕巢車　漢書陳勝傳注：師古曰：所謂巢車者，亦于兵車之上爲樓以望敵也。

其十八

掩户經旬春早①齊，盈箱傍架自編題。卞家墳〔一〕上澆花了，閒聽東城説鬬鷄〔二〕。胡静夫好閉關。

【校勘記】

①淩本作「蚤」。

【箋注】

〔一〕卞家墳　南史何尚之傳：何點門世信佛，從弟遁以東籬門園居之。園有卞忠貞冢，點植花于冢側，每飲，必酹之。

〔二〕鬭鷄　陳鴻東城父老傳：賈昌爲五百小兒長，衣鬭鷄服，會玄宗於温泉，當時號爲神鷄童。上生於乙酉鷄晨，使人朝服鬭鷄，兆亂于太平矣。

其十九

青谿孫子美瑜環〔一〕，也是朱衣抱送還。盛世公卿猶在眼，方頤四乳〔二〕坐如山。倪燦闇公，文僖、文毅之諸孫，相見每述祖德。

【箋注】

〔一〕瑜環　昌黎馬君墓誌銘：幼子娟好静秀，瑶環瑜珥。

〔二〕四乳　祝允明九朝野記：倪文毅公頎躬廣顙，腹大十圍，體有四乳。初，厥考文僖公在翰林，御命祀北岳，其配姚夫人夢緋袍神人入室，語之曰：「吾知汝無子，鑒汝夫齋祀之誠，令以此子乞汝。」因指捧香合童子示之，乃寤。果得文毅。文僖因以岳名之。倪文僖公，名謙，字克讓，江寧人。方頤巨顙，目光如電，體有四乳。正統四年，一甲第三人。倪燦曰：「天順復辟，文僖公奉旨祭北嶽，禱于神以求子。夜夢嶽神指旁一神語之曰：吾以彼爲汝子，止爲爾繼書香，不爲爾傳子孫。後姚夫人夢緋袍神抱一子納諸懷中，遂生文毅公，因名曰岳，清溪其別號也。祝允明九朝野記載捧香盒童子託生事，蓋傳聞之誤也。見馬鈞陽先生像贊并家傳。」

其二十

一矢〔一〕花磚没羽新，諸天塔廟正嶙峋。長干昨夜金光涌①，手捧香爐拜相輪〔二〕。康孝廉小范偶談清江公守贛〔三〕故事。讀南霽雲碑②。

【校勘記】

①鄒本、金匱本作「誦」。②凌本無「讀南霽雲碑」五字。

【箋注】

〔一〕一矢　昌黎書張中丞傳後序：雲知賀蘭終無出師意，即馳去，抽矢射佛寺浮圖，矢著其上甎半箭，曰：「吾歸破賊，必滅賀蘭，此矢所以志也。」

〔二〕相輪　翻譯名義集：輪相者，僧祇云：佛造迦葉佛塔，上施槃蓋，長表輪相。經中多云相輪，以人仰望而瞻相也。

〔三〕守贛　留都失守，左夢庚降，其總兵金聲桓乘虛襲取江西，獨南贛未下。臨江楊廷麟、吉安劉同升、郭維京破家起兵，恢復臨、吉兩府，捷奏思文，楊、劉加閣部，郭進少宰，皆内召。劉尋以病歿，適趙印選、胡一青等提滇兵至。滇兵者，先帝時命中書張同敞用牙牌調發，未集而京師陷，聖安南渡，仍敕雲南巡按陳藎督之來抵江省，而陪京又陷，因留吉安，期乘勝共復武昌。虔撫萬元吉以大司馬總督全省軍務代楊，郭應召入閩。初，楊公等舉義諸將皆鄉曲無統屬，即滇營亦以客將待之，故上下主客同心，每戰必捷。元吉尊視己，至則一切繩以軍法，俾將士禀其節制，犯者無赦，義兵頗不樂，元吉遂思專倚滇營矣。先是，汀、贛之間，峒賊數萬出没，剽掠害民甚，號閻羅總。其後有李春、張安者，出請撫，寧都曾應遴遣子傳燦入營招之，聞於朝，授以職，號爲龍武營，令刻期赴吉安。萬督聞之，喜，謂滇營將初而驕，復思專倚龍武營，而滇兵與義兵并解體矣。丙戌春，臨江破，義兵潰。吉安破，滇兵亦潰。萬督扁舟駐皂口，致書楊、郭二公，極論滇兵棄城罪。兩公時尚留贛，以故滇兵至，聽之趨嶺南，無留之者，蓋共恃有新撫之閻羅總也。二月，李春、張安兵始至贛，劫掠如故，禁民不得與抗，抗則云壞撫局，贛人大恨，羣起毁應遴之室。時江撫劉遠生無地開府，寄居嶺北道署中，令中軍張琮率所募閩兵二千出寧都趁撫、建，不虞敵人乘勝突至，萬督棄皂口入城，城守者不滿數百人，遠生連檄召琮回救，未至而警報急，自往雩都趣之，歸則敵已列營水西，領兵者，高進庫也。合城所倚爲保障，惟琮與鎮將趙源符兵三千人。楊公方入閩，舟至雩都，聞警止不行。兵垣楊文薦奉命往湖南，見敵臨贛，願留守城。敵匿其精鋭，示吾以弱，遠生約隔河新撫兵過河會戰，至梅林不見敵，争前趨利，伏發，敗北，新撫者皆散去。遠生憤甚。越旬日，親率家丁衝鋒，思得一當，人無鬭志，遂被擒。然敵雖勝，而贛守益堅。上流舟運餉陸續至，敵不能邀而禁之也。楊公從雩都回，同爲固守計，相持者七閲月。至秋盡，忽聞閩變，人心惶遽，敵圍更急，餉道更斷。十月，糧盡，夜雨雪，守者皆凍餒，敵登城不能禦，城遂陷。楊、郭二公赴池死，嶺北道彭期生衣冠自經于公署，御史姚奇胤縊死文廟，職方主事周瑚罵敵被殺，同知王明汲、吏部主事龔芬、兵部主事黎遂球、候補推官胡紞皆不屈死，城中屠戮殆盡。萬公出城，登舟嘆曰：「我何忍獨存？」巾幘赴水死。楊公文薦病卧弗能起，敵捉之送南昌，絶粒而殞。

其二十一

江草宫花灑淚新，忍將紫淀〔一〕謚遺民。舊京〔二〕車馬無今雨〔三〕，桑海茫茫兩角巾。張二嚴季筏爲其兄文峙①請誌。

【校勘記】

①鄒本作「寺」。

【箋注】

〔一〕紫淀　張可仕，字文峙，家于鍾山之陽。後以字行，改字曰紫淀。

〔二〕舊京　傅季友爲朱公至洛陽謁五陵表：將届舊京，威懷司雍。盧子諒贈崔温詩：南望舊京路。

〔三〕今雨　少陵秋述：常時車馬之客，舊雨來，今雨不來。

其二十二

龍子千金〔一〕不治貧，處方先許别君臣〔二〕。懸蛇〔三〕欲療蒼生病，何限刳腸〔四〕半腐人。余就醫于陳古公。

【箋注】

〔一〕龍子千金　段柯古酉陽雜俎：孫思邈隱終南山，與宣律和尚相接。時大旱，西域僧請於昆明池結壇祈雨，凡七日，縮水數尺。忽有老人夜詣宣律和尚求救，曰：「弟子昆明池龍也。無雨久，匪由弟子。胡僧利弟子腦將爲藥，欺天子言祈雨，命在旦夕，乞和尚法力加護。」宣公辭曰：「貧道持律而已，可求孫先生。」老人因至思邈石室求救。孫謂曰：「我知昆明龍宫有仙方三十首，爾傳與予，予將救汝。」老人曰：「此方上帝不許妄傳，今急矣，固無所恡。」有頃，捧方而至。孫曰：「爾第還，無慮胡僧也。」自是池水忽漲，數日溢岸，胡僧羞恚而死。孫復著千金方三十卷，每卷入一方，人不得曉。

〔二〕君臣　本草：藥有君臣佐使。

〔三〕懸蛇　後漢書華佗傳：佗嘗行道，見有病咽塞者，令取三升蓱虀飲之，立吐一蛇，乃懸於車而候佗。時佗小兒戲於門中，逆見曰：「客車邊有物，必是逢我翁也。」及客進，顧視屋壁北，懸蛇以數十。

〔四〕刳腸　華佗傳注：佗別傳曰：有人病腹中半切痛，十餘日鬚眉墮落。佗曰：「是脾半腐，可刳腹養療也。」佗使飲藥令卧，破腹，視脾半腐壞，刮去惡肉，以膏傳瘡，飲之以藥，百日平復也。

其二十三

五行祥異總無端，九百虞初〔一〕亦飽看。清曉家人報奇事，小兒指椀索朝餐。閩人黃帥先博學奇窮，戲之亦紀實也。

【箋注】

〔一〕九百虞初　張平子西京賦：小說九百，本自虞初。李善曰：漢書曰：虞初周說，九百四十三篇。初，河南人也。

其二十四

寒窗簷掛一條冰，灰陷香爐對病僧。話到無言①清不寐，暗風山鬼〔一〕剔殘燈。乙未除夕、丙申元旦②元夜，皆投宿長干，與介丘師兄同榻。

【校勘記】

①鄒本作「生」。②鄒本、金匱本作「日」。

【箋注】

〔一〕山鬼　少陵客館詩：山鬼吹燈滅。

其二十五

風掩籬門壁落穿，道人風味〔一〕故依然。莫拈瓠子冬瓜〔二〕印，印卻俱胝一指禪〔三〕。曾波臣之子薙髮住永興寺。

【箋注】

〔一〕風味　少陵呈陸宰詩：西河共風味。昌黎答李方古書：慕仰風味，未嘗敢忘。

〔二〕瓠子冬瓜　大慧語録：天台智者大師讀法華經，至「是真精進，是名真法供養如來」，悟得法華三昧，見靈山一會，儼然未散。山僧常愛老杲和尚，每提唱及此，未嘗不歡喜踊躍，以手搖叟曰：「真箇有恁麽事？不是表法。你每冬瓜瓠子，那裏得知？」

〔三〕一指禪　五燈會元：俱胝和尚初住庵時，山神告曰：「將有肉身菩薩來爲和尚説法也。」逾旬，天龍和尚到庵，師迎禮。天龍竪一指示之，師大悟，自是凡有學者參問，唯舉一指，無別提唱。有一供果童子，每見人問事，亦竪指祇對。師一日潛袖刀子，問童曰：「聞你會佛法，如何是佛？」童竪指頭，師以刀斷其指，童叫痛走出。師召童子，童回首。師曰：「如何是佛？」童舉手不見指頭，豁然大悟。師將順世，謂衆曰：「吾得天龍一指頭禪，一生受用不盡。」

其二十六

荒庵梅老試花艱，酹酒①英雄去不還。月落山僧潛掣淚，暗香枝掛返魂〔一〕幡。城南廢寺老梅三株，傳是國初孫炎手植。

【校勘記】

①凌本作「將」。

【箋注】

〔一〕返魂　東坡岐亭道上見梅花詩：返魂香入嶺頭梅。

其二十七

子夜〔一〕烏啼〔二〕曲半訛，隔江人唱後庭〔三〕多。籬邊兀坐村夫子，端誦尚書五子歌〔五〕。歌者與塾師比鄰，戲書其壁。

【箋注】

〔一〕子夜　唐書樂志：子夜，晉曲也。晉有女子名子夜造此聲，聲過哀苦。

〔二〕烏啼　教坊記：烏夜啼者，彭城王義康有罪放逐，行次潯陽。江州刺史衡陽王義季留連飲宴。帝聞，怒而囚之。會稽公主與帝宴，流涕言。帝指蔣山爲誓，因遂宥之。使未達潯陽，衡陽家人扣二王所囚院曰：「昨夜烏夜啼，官當有赦。」少頃使至，二王得釋，故有此曲。

〔三〕後庭　杜牧之泊秦淮絶句：商女不知亡國恨，隔江猶唱後庭花。

〔四〕五子歌　樂天與元九書：聞五子洛汭之歌，則知夏政之荒矣。

其二十八

粉①繪〔一〕楊亭與盛丹，黄經古篆逼商盤〔二〕。史癡〔三〕畫笥②徐霖〔四〕筆，弘德風流尚未闌。

【校勘記】

①鄒本作「朴」。②鄒本作「史」。

【箋注】

〔一〕粉繪　少陵存殁口號：鄭公粉繪隨長夜。注曰：鄭虔善畫山水。

〔二〕商盤　李商隱韓碑詩：湯盤孔鼎有述作，今無其器存其辭。

〔三〕史癡　史忠，字廷直，自號癡翁，金陵人，善畫山水樹石。家有樓，近冶城，扁曰卧癡。姬何玉仙，號白雲道人。聰慧解篆書，居常以文字相娛樂，甚適也。嘗過吴門訪沈石田，值他出，堂中有素絹，便潑墨成山水巨幅，不通姓名而出。石田曰：「必金陵史癡也。」要之歸，留三月而别。年八十，自知死期，預命發引，命親朋歌虞殯，相攜出聚寶門，謂之生殯。至期，無疾而逝。

〔四〕徐霖　徐霖，字子仁，其先蘇州人，徙居金陵。畫松竹花草蕉石，常得篆法於異人，精研六書。築快園于城東。武宗南巡，伶人臧賢進其詞翰，因得召見。上嘗月夜幸其家，夫婦倉皇出拜。上命置酒，無供具，以蔬筍鮭菜進御。上大喜，爲之滿引。已而數幸其家，嘗晚御静閣垂釣，得一金魚，宦官爭買之。上大笑，失足落池中，御衣沾濕。快園中有宸幸堂、御龍池，紀其遇也。

其二十九

旭日城南法鼓〔一〕鳴，難陀〔二〕傾聽笑瞢騰。有人割取乖龍耳〔三〕，上座先醫薛更生。旭伊法師演妙華于普德，余頗爲卷荷葉所困，而薛老特甚。

【箋注】

〔一〕法鼓　法苑珠林惰慢篇：釋氏震法鼓於鹿苑，夫子揚德音於陬魯，尚耳目所不聞，豈心識之能契也？

〔二〕難陀　首楞嚴經：跋難陀王無耳而聽。

〔三〕乖龍耳　龍城録：吴綽神鳳初採藥華陽洞口，見一小兒，手把大珠三顆，戲於松下。綽詢之，奔入洞中。綽從之，行不三十步，見兒化作龍形，一手握三珠填左耳中。綽以藥斧斸之，落左耳，而三珠亦失所在，龍亦不見。

其三十

寇家姊妹總芳菲，十八年來花信違。今日秦淮恐相值，防他紅淚一霑衣。

崑崙山人〔一〕扇子歌吴江王君采崑崙山人子幻①介孫也屬沈雪樵寄扇來索詩

崑崙山人騎鯨〔二〕去莫挹，遺扇親身在箱笈。扇面題年標丙申，周冕寫生如雨裛。是歲六十開長筵，誕孫彌月呱呱泣。孫今白首又丙申，甲子周廻百又廿。山人壯年濯足〔三〕長安市，詩酒才名憑陵②動京邑。禁苑洞簫〔四〕宮女誦，仙舟翠羽〔五〕佳人拾。拂袖高卧松江濱，醉後逃禪呼米汁〔六〕。小弟薊門顧開府，驛騎邀迎戴箬笠。候人傳箭簇弓刀，大帥帕首著袴褶。漁陽〔七〕突騎八郡雄，迤北邊巡就維縶。山人手摇摺扇閲虜③營，笑指列帳蜂屯與蟲蟄。銜尾〔八〕不聞馬獵獵，崩角但見羊濈濈〔九〕。胡④婦琵琶倚醉聽，名一作君⑤王湩酒〔一〇〕供鯨吸〔一一〕。是時九邊並保塞，遼海貢車款關〔一二〕入。呼韓〔一三〕昆邪請解辮〔一四〕，何況挹婁〔一五〕并奚霫〔一六〕。歸來高詠燕歌行，鐃歌欲嗣平胡⑥什。山人仙去後五十，指顧高深變原隰。天傾地昃日月暈，此扇依然保什襲。裂紈殘墨猶寶愛，遺弓故劍誰收緝？魏公笏〔一七〕在世所羡，荆人弓〔一八〕失何嗟及。山人之孫寄扇索我題，令我把翫瞪瞢百憂集。荒村四月仍嚴寒，冒絮蒙頭〔一九〕倚柱立。巡簷扶杖哦此詩，放筆沈吟淚霑濕。還君扇子囑君莫放歌，昨夜江鄉滿天風雨急。

【校勘記】

①鄒本、金匱本作「幼」。②鄒本、金匱本無「憑陵」二字。③鄒本、金匱本作「行」。④鄒本、金匱本作「少」。⑤鄒本、金匱本、凌本無此注。⑥鄒本、金匱本作「邊」。

【箋注】

〔一〕崑崙山人　王叔承，吴江人，初名光胤，以字行，更字承甫，晚更字子幻，號崑崙山人。爲詩天才爛發，最爲王元美兄弟所推服。謝榛、鄭若庸爲趙王客，子幻遊鄴，鄭言之于王，山人不屑長跪稱王臣以見，謝弗往也。東至齊、魯，北入燕，客于淮南少師。日從相君直所，得縱觀西苑南内之勝，作漢宫詞數十曲，流傳禁中。子幻量可一石，醉不及亂，或戲之曰：「子貌類胡僧，多笑而好飲，豈布袋和尚分身耶？」吴興范伯禎、梁溪陳貞父、海陵顧益卿與子幻定交于長安，子幻皆弟蓄之。益卿名養謙，南通州人。倜儻任俠，以邊才自負。兄事子幻，老而益虔。子幻謝相君歸，奉母佞佛，不能戒酒，詭其母曰：「佛所謂米汁也。」益卿開府漁陽，要之塞上，意氣雄駿，作嶽遊編而返，遂不復出。年六十五而卒。

〔二〕騎鯨　少陵送孔巢父詩：若逢李白騎鯨魚，道甫問訊今何如？

〔三〕濯足　定命録：馬周西至新豐，宿旅次，主人惟供設諸商販人，而不顧周。周遂命酒，獨斟獨酌。所飲餘者，便脱靴洗足。主人竊奇之。

〔四〕洞簫　漢書王褒傳：太子喜褒所爲甘泉及洞簫頌，令後宫貴人左右皆誦讀之。

〔五〕翠羽　少陵秋興：佳人拾翠春相問，仙侣同舟晚更移。

〔六〕米汁　少陵飲中八仙歌：蘇晉長齋繡佛前，醉中往往愛逃禪。黄鶴千家注曰：蘇晉學浮屠術，嘗得胡僧慧澄綉彌勒佛一本，晉寶之，嘗曰：「是佛好飲米汁，正與吾性合，吾願事之，他佛不愛也。」彌勒佛即布袋和尚，嘗於市中飲酒，食豬首，時人無識之者。

〔七〕漁陽　後漢書吴漢傳：漁陽上谷突騎，天下所聞也。

〔八〕銜尾　漢書匈奴傳：如遇險阻，銜尾相隨。師古曰：銜，馬銜也。尾，馬尾也。

〔九〕濈濈　小雅無羊詩：爾羊來思，其角濈濈。

〔一○〕湩酒　元楊允孚灤京雜詠：内宴重開馬湩澆。注曰：馬湩，馬妳子也。每年八月，開馬妳子宴。

〔一一〕鯨吸　少陵飲中八仙歌：飲如長鯨吸百川。

〔一二〕款關　漢書宣帝紀：百蠻向風，欵塞來享。應劭曰：欵，叩也。皆叩塞門來服從也。

〔一三〕呼韓　漢書宣帝紀：呼韓邪單于欵五原塞，願奉國珍。

〔一四〕解辮　漢書終軍傳：殆將有解編髮，削左衽，襲冠帶，要衣裳而蒙化者焉。丘希範與陳伯之書：夜郎、滇池，解辮請職。

〔一五〕挹婁　後漢書東夷傳：挹婁，古肅慎之國也。在夫餘東北千餘里，東濱大海，南與北沃沮接，不知其北所極。土地多山險，人形似夫餘，而言語各異。

〔一六〕奚霫　樂史寰宇記：庫莫奚聞於後魏及後周，其先東部鮮卑，宇文之别種也。其後欵附，至隋代號曰奚。其部落并在柳城郡東北二千餘里。又白霫國，匈奴之别種也。在拔野古東，與靺鞨爲鄰。

〔一七〕魏公笏　孫光憲北夢瑣言：唐文宗問魏謩曰：「卿家有何圖書？」謩曰：「家書悉無，唯有文貞公笏在。」文宗令進來。鄭覃在側曰：「在人不在笏。」文宗曰：「卿渾未曉，但甘棠之義，非要勿也。」

〔一八〕荆人弓　家語：楚共王出遊，亡烏嘷之弓，左右請求之。王曰：「止！楚王失弓，楚人得之，又何求之？」孔子聞之，曰：「惜乎其不大也。不曰人遺弓，人得之而已，何必楚也？」

〔一九〕冒絮　程大昌演繁露：薄太后以冒絮提文帝。晉灼曰：巴蜀異物志謂頭上巾爲冒絮。冒，音陌。師古曰：老人以覆其頭。應劭曰：陌，額絮也。詳其所用，當是以絮爲巾蒙冒老者額頟也。冒之義如冒犯鋒刃之冒，其讀如墨，則與陌音冒義皆相近矣。漢官舊儀：皇后親蠶繅絲絮，自祭服神服外，皇帝得以作縷縫衣，皇后得以作巾絮而已。以絮爲巾，即冒絮矣。北方寒，故老者絮蒙其頭，始得温暖，地更入北則虜中，貂冠狼頭帽，皆其具矣。

贈侯商丘若孩四首①

殘燈顧影見蹉跎，十五年來小劫〔一〕過。曾捧赤符〔二〕廻日月②，遂刑③白馬〔三〕誓山河。閒門④菜圃〔四〕英雄少，朝日瓜疇〔五〕賓客多。掛壁龍淵〔六〕慚繡澀⑤，爲君斫地〔七〕一哀歌。

【校勘記】

①詩觀作「贈侯月鷺」。②「廻日月」，詩觀作「開瘴癘」。③「遂刑」，詩觀作「即看」。④各本皆作「閒門」，鄒本作「閒來」，疑作「閉門」。⑤詩觀此句作「自嘆老懷如古井」。

【箋注】

〔一〕小劫　法華經：六十小劫，身心不動。

〔二〕捧赤符　後漢書光武紀：光武先在長安時同舍生彊華自關中奉赤伏符曰：「劉秀發兵捕不道，四夷雲集龍鬭野，四七之際火爲主。」羣臣因復奏符瑞之應。於是即皇帝位。

〔三〕刑白馬　丘希範與陳伯之書：並刑馬作誓，傳之子孫。李善曰：漢王即皇帝之位，論功而封之，申以丹書之信，重以白馬之盟。

〔四〕菜圃　蜀志先主傳注：胡沖吳歷曰：曹公數遣親近密覘諸將，備時閉門，將人種蕪菁。曹公使人闚門，既去，備謂張飛、關羽曰：「吾豈種菜者乎？」開後柵，與飛等輕騎俱去。

〔五〕瓜疇　阮嗣宗詠懷詩：昔聞東陵瓜，近在青門外。連畛距阡陌，子母相鉤帶。五色曜朝日，嘉賓四面會。

〔六〕龍淵　太白獨漉篇：雄劍挂壁，時時龍鳴。不斷犀象，繡澀苔生。國耻未雪，何由成名？

〔七〕斫地　少陵短歌行：王郎酒酣拔劍斫地歌莫哀。

其二

三十登壇鼓角喧，短衣結束署監門〔一〕。吹簫〔二〕伍員〔三〕求新侣，對酒曹公念舊恩〔四〕。五嶺蒙茸餘剩髮，九疑綿亘誤招魂。與君贏得頭顱在，話到驚心手共捫。

【箋注】

〔一〕監門　史記陳餘傳：秦滅魏，購求有得張耳千金，陳餘五百金，乃變名姓俱之陳，爲里監門以自食。

〔二〕吹簫　御覽：春秋後語曰：伍子胥槖載而出昭關，夜行晝伏，無以糊其口，鼓腹吹簫，乞食于吴市。

〔三〕伍員　吴曾能改齋漫録：春秋左氏傳「伍奢子員」，陸德明釋文音云平聲。然唐員半千十世祖凝之，本彭城劉氏，仕宋，後奔元魏，以忠烈自比伍員，因改姓員。唐書音釋音王問切。竇苹音訓曰：唐人讀半千姓皆作運，未詳何據。按前涼録已有金城員敞，此姓似不始於凝之。予按唐張嘉貞薦苗延嗣、吕太一、員嘉靖、崔訓，皆位清要，日與議政事。故當時語曰：令君四俊，苗、吕、崔、員。然則以員爲運，其來久矣。

〔四〕念舊恩　魏武帝短歌行：契闊談讌，心念舊恩。

其三

蒼梧〔一〕雲氣尚蕭森，八桂〔二〕風霜散羽林。射石〔三〕草中猶虎伏，戛金〔四〕壁外有龍吟〔五〕。夢廻芒角生河鼓〔六〕，醉後旌旗拂井參〔七〕。莫向夷門〔八〕尋舊隱，要離〔九〕千載亦同心。

【箋注】

〔一〕蒼梧　謝朓新亭渚别范零陵詩：雲去蒼梧遠，水還江漢流。

〔二〕八桂　山海經：桂林八樹，在番禺東。郭璞曰：八桂而成林，言其大也。

〔三〕射石　漢書李廣傳：廣出獵，見草中石，以爲虎而射之，中石没矢，視之石也。他日射之，終莫能入矣。

〔四〕戛金　皎然戛銅碗爲龍吟歌序：唐故太尉房公，早歲嘗隱終南山峻壁之下，往往聞龍吟，聲清而静，滌人邪想。時有好事僧潛戛之，以三金寫之，唯銅聲酷似。他日房公偶至山寺，聞林嶺間有此聲，乃曰：「龍吟復還于此矣。」僧因出其器以告公，公命戛之，驚曰：「真龍吟也。」大曆十三祀，秦僧傳至桐江，予使童兒戛金倣之，亦不減秦聲也。緇人或有譏者，曰：「此達僧之事，可以嬉禪，爾曹無以瑣行自拘。」因賦龍吟歌以見其意。

〔五〕龍吟　太白獨漉篇：雄劍挂壁，時時龍鳴。不斷犀象，繡澁苔生。國耻未雪，何由成名？

〔六〕河鼓　史記天官書：河鼓大星，上將；左右，左右將。

〔七〕井參　史記天官書：參，益州。東井、輿鬼，雍州。

〔八〕夷門　史記信陵君傳：侯嬴年七十，家貧，爲大梁夷門監者。

〔九〕要離　後漢書梁鴻傳：鴻至吴，依皋伯通。及卒，伯通等爲求葬地于要離冢旁，咸曰：「要離烈士，伯鸞清高，可令相近。」

其四

橘社傳書〔一〕近卜鄰，龍宮破陣樂章新。蒼梧野外三衣〔二〕衲，廣柳〔三〕車中七尺〔四〕身。世事但堪圖鬼魅〔五〕，人間只解楦麒麟〔六〕。相逢未辨中山酒〔七〕，且買黃柑醉凍春〔八〕。

【箋注】

〔一〕傳書　異聞集：柳毅於涇陽見婦人泣曰：「妾洞庭龍君小女也。嫁涇川次子，而夫壻日以厭薄。聞君將還吳，以尺書託寄。洞庭之陰，有大橘樹，鄉人謂之社橘。君解帶舉樹三發，當有應者。」毅還家，訪於洞庭，取書進之。龍君覽畢，宮中皆慟哭。有赤龍長萬餘尺，飛去，俄而涇水之囚人至矣。明日，宴毅于凝碧宮，張廣樂，舞萬夫于其右。中有一夫前曰：「此錢塘破陣樂。」復舞千女于其左，中有一女前進曰：「此貴主還宮樂。」龍君大悅。明日，毅歸，贈遺珍寶，怪不可述。

〔二〕三衣　西域記：沙門法服，唯有三衣及僧却崎、泥縛些那。三衣裁製部執不同，或緣有寬狹，或葉有小大。僧却崎，此言掩腋也，覆左肩，掩兩腋，左開右合，長裁過腰。泥縛些那，此言裙也。既無帶襻，其將服也，集衣爲襵，束帶以絛。襵則諸部各異，色乃黃赤不同。

〔三〕廣柳　漢書季布傳：迺髡鉗季布，衣褐衣，置廣柳車中。

〔四〕七尺　陸士衡輓歌：昔爲七尺軀，今成灰與塵。

〔五〕圖鬼魅　淮南子氾論訓上篇：今夫圖工好畫鬼魅，而憎圖狗馬者，何也？鬼魅不世出，而狗馬可日見也。

〔六〕楦麒麟　張鷟朝野僉載：盈川縣令楊炯恃才簡傲，目朝官爲麒麟楦。人問之，曰：「今假弄麒麟者，刻畫頭角，修飾皮毛，覆之驢上。及脱去，還是驢耳。無德而衣朱紫，與此何異？」

〔七〕中山酒　左太沖魏都賦：醇酎中山，流湎千日。

〔八〕凍春　李肇國史補：酒有滎陽之土窟春，富平之石凍春，劍南之燒春。

與姚將軍茂之話舊有贈

故國青齊賜履〔一〕遥，東平遺壘荻蕭蕭。海雲尚起田横島〔二〕，漳水仍流豫讓橋〔三〕。劍去衡星〔四〕黄土①〔五〕在，歌沉漏月〔六〕白虹驕。知君未忘聞鷄〔七〕約，髀肉〔八〕如今消未②消？

【校勘記】

①鄒本、金匱本作「石」。　②牧齋詩鈔作「不」。

【箋注】

〔一〕賜履　左傳僖公四年：管仲曰：「賜我先君履。」杜預曰：履，所踐履之界。

〔二〕田横島　北齊書楊愔傳：愔變易姓名，潛之光州，因東入田横島，以講誦爲業。樂史寰宇記：萊州即墨縣田横島在縣東北百里，横之衆五百餘人俱死於此。島四面環海，去岸二十五里，可居千餘處。

〔三〕豫讓橋　寰宇記：汾橋架汾水，在并州平晉縣東一里，即豫讓欲刺趙襄子，伏於橋下，襄子解衣之處。橋長七十五步，廣六丈四尺。

〔四〕衝星　少陵人日詩：佩劍衝星聊暫拔。

〔五〕黄土　内閣書抄：雷焕別傳曰：張華夜見異氣起牛斗，焕曰：「此寶劍氣。」乃以焕爲豐城令。至縣，移獄掘得雙劍。取南昌西山黄白土拭劍，光艷照耀。

〔六〕漏月　楊慎禪林鉤玄：秦王爲荆軻所持，王曰：「乞聽琴聲而死。」琴女名漏月者，彈音曰：「羅縠單衣，可掣而絶。三尺屏風，可超而越。鹿盧之劍，可負而拔。」王如其言，遂斬荆軻。

〔七〕聞鷄　晉書祖逖傳：逖與劉琨同寢，中夜聞荒鷄鳴，蹴琨覺，曰：「此非惡聲也。」因起舞。

〔八〕髀肉　蜀志先主傳注：九州春秋曰：備住荆州數年，嘗于表坐，起至廁，見髀裏肉生，慨然流涕。還坐，表怪問備，備曰：「平嘗身不離鞍，髀肉皆消。今不復騎，髀裏肉生。日月若馳，老將至矣，而功業不建，是以悲耳。」

讀新修滕王閣詩文集重題十首①

翼軫星連箕尾雄，飛樓幻出化人宫〔一〕。夜深南斗龍光起，不爲干將在獄中。

【校勘記】

①鄒本、金匱本題作「丙申閏五月十又四日讀新修滕王閣詩文集重題十絶句」，五大家詩鈔題作

「題新修滕王閣」。

【箋注】

〔一〕化人宮　列子周穆王篇：王執化人之袪，騰而上者，中天乃止，暨及化人之宮。化人之宮，搆以金銀，絡以珠玉，出雲雨之上。王實以爲清都紫微，鈞天廣樂，帝之所居。

其二

南戒〔一〕山河列樹眉，雕甍畫戟閃朱旗。鐃歌競奏昇平樂，莫記星移物換〔二〕時。

【箋注】

〔一〕南戒　新唐書天文志：貞觀中，淳風撰法象志，因漢書十二次度數，始以唐之州縣配焉。而一行以爲天下山河之象，存乎兩戒。北戒自三危、積石負終南地絡之陰，東及太華，踰河，並雷首、砥柱、王屋、太行，北抵常山之右，乃東循塞垣，至濊貊、朝鮮，是謂北紀，所以限戎狄也。南戒自岷山、嶓冢負地絡之陽，東及太華，連商山、熊耳、外方、桐柏，自上洛南逾江漢，攜武當、荆山，至于衡陽，乃東循嶺徼，達東甌、閩中，是謂南紀，所以限蠻夷也。故星傳謂北戒爲胡門，南戒爲越門。

〔二〕星移物換　王子安秋日宴滕王閣詩：閒雲潭影日悠悠，物換星移幾度秋。

其三

尊俎湖①山對坐隅，壺觴燕笑盛文儒。落霞孤鶩〔一〕真堪畫，還似滕王〔二〕蛺蝶圖。

【校勘記】

①鄒本作「吴」。

【箋注】

〔一〕落霞孤鶩　吴曾能改齋漫録：江淹赤虹賦云：霞晃朗而下飛。張説晚景詩云：霞彩映江飛。皆謂之雲霞之霞。王勃滕王閣序曰：落霞與孤鶩齊飛。土人云非雲霞之霞，蓋南昌秋間有一種飛蛾，當七八月之間墜於江中，江魚每食之，土人謂之霞，故勃取以配鶩耳。予又按孔穎達曰：野鴨曰鳧，家鴨曰鶩。鶩不能飛騰，故鄭康成注宗伯云：鶩，取其不飛遷。李巡亦云：鳧，野鴨名；鶩，家鴨名。然則鶩本不能飛耳，論文雖不當如此，要之作文者亦不可不察也。

〔二〕滕王　段柯古酉陽雜俎：一日紫極宫會，秀才劉魯封云：「嘗見滕王蜂蝶圖，有名江夏班、大海眼、小海眼、村裏來、菜花子。」

其四

隆福〔一〕東朝出禁錢，龍興〔二〕遺事北庭傳。柳城亦是文章伯〔三〕，光岳休論五百年。

【箋注】

〔一〕隆福　虞集重修滕王閣記：昌黎韓文公記之後五百四十九年，當我朝之至元三十有一年，省臣以兹郡貢賦之出隸屬東朝，乃得請隆福皇太后賜錢而修之。記其事者，柳城姚文公也。

〔二〕龍興　姚燧新滕王閣記：龍興即唐之洪都，宋之隆興，世祖賜今名以封裕王者也。

〔三〕文章伯　少陵贈秦少翁短歌：同心不減骨肉親，每語見許文章伯。

其五

飛閣行營御仗排，燒燈午①夜似秦淮。只今蒼頂西山鹿〔一〕，猶掛天家放免牌〔二〕。

【校勘記】

①鄒本、金匱本作「五」。

【箋注】

〔一〕西山鹿　大明一統志：太祖至南昌，嘗宴于閣上，令儒臣賦詩，放陳友諒所蓄鹿于西山。

〔二〕放免牌　明皇雜録：玄宗狩於咸陽，獲一大鹿，稍異常者。張果見之曰：「此仙鹿也，已滿千年。昔漢武元狩五年，臣嘗侍從畋于上林時，生獲此鹿。既而放之。武帝以銅牌誌于左角下。」遂命驗之，果獲銅牌二寸許，但文字凋暗耳。沈周客座新聞：景泰中，口外進一鹿，頂上懸銀團牌，書北宋年號，此鹿乃獵者于山中網獲。至我朝，又益一銀牌，亦書本朝年號而放之。

其六

問訊金陵估客航，雲帆盡處指滕王。老夫自駕樵風便，不許江神送馬當〔一〕。

【箋注】

〔一〕馬當　大明一統志：都督閻伯嶼重修滕王閣，因九日宴僚屬於閣上，欲誇其壻吴子章能文，令宿搆之。時王勃省父，次馬當，去南昌七百餘里。水神告其故，且助風，天明而至。與宴，果請諸賓爲序，皆辭之。至勃不辭，閻不樂，密令吏得句即報。至「落霞與孤鶩齊飛，秋水共長天一色」，矍然曰：「此天才也。」其壻慚而退。

其七

八百分明著籍仙，樵陽名記石函〔一〕鐫。珠簾正面龍沙樹〔二〕，記取垂垂拂檻前。

【箋注】

〔一〕石函　彭幼朔九日登高寄懷虞山錢太史詩：石函君已鐫名久，有約龍沙共放歌。幼朔注曰：近有人發許旌陽石函記，虞山太史官地具載，其當在樵陽八百之列無疑，故落句及之。

〔二〕龍沙樹　白玉蟾許真君傳：真君攝伏巨蛇，有小蛇自腹中出，弟子請追戮之。真君曰：「五百年後，若爲民害，吾當復出誅之。以吾壇前松柏爲驗，其枝拂地，乃其時也。」又預讖云：

「吾仙去後一千二百四十年間，五陵之内，當出弟子八百人。其師出于豫章，大揚吾教。郡江心忽生洲掩過沙井口者，是其時也。」

其八

吴楚風煙接上游〔一〕，憑欄極目總神州。吴兒愛説韓襄毅，題破江西第一樓①〔二〕。

【校勘記】

①「江西第一樓」，鄒本、金匱本作「江南第一樓」。

【箋注】

〔一〕上游　漢書項籍傳：古之王者，地方千里，必居上游。文穎曰：居水之上流也。師古曰：游即流也。

〔二〕第一樓　陳頎閒中今古：頃赴江西，暇日問所謂滕王閣，則已爲我鄉韓永熙改創爲西江第一樓矣。韓襄毅傳：公諱雍，字永熙，蘇之長洲人。中正統壬戌進士。嘗即滕王閣故址造樓居，每登高懷古，慨然有安天下之志，作江西第一樓詩。

其九

拍肩羣瞽説文章，大樹蚍蜉①可自量。珍重袁州韓刺史，欣將名姓次三王〔一〕。

【校勘記】

①「蚍蜉」，鄒本、金匱本作「蜉蝣」。

【箋注】

〔一〕次三王　昌黎新修滕王閣記：十三年冬，移刺袁州。太原王公來爲邦伯，以書命愈曰：「爲我記之。」竊喜載名其上，詞列三王之次，有榮耀焉。王象之輿地紀勝：王勃，字子安，爲滕王閣記。王緒爲賦。貞元元年，王仲舒爲連州司户，爲修閣記。

其十

四韻俱成勝餞收，江神也爲采詩愁。詞壇無復臨川叟，點筆新裁攬秀樓〔一〕。

【箋注】

〔一〕攬秀樓　臨川湯義仍攬秀樓賦序：歲戊之申月，日之九，岳伯嘉禾陸公偕四明丁公、永春李公，觴予此樓。諸公燦然而笑曰：「子爲我賦之。」一言均賦，敢居王子之先；九日登高，辱在大夫之後云爾。

含光法師過紅豆莊談華嚴十玄門石師潘老拈華嚴玄談四字分韻依次奉和四首①

伊蒲盛饌〔一〕只茶瓜〔二〕，執麈〔三〕摇松〔四〕影未斜。片滴〔五〕味全諸海水，十玄〔六〕門具一蓮華。經函日照分龍鬣〔七〕，團扇風清起象牙〔八〕。身在普光明殿〔九〕裏，無容讚嘆手頻叉。

【校勘記】

①鄒本題作「七月朔日含光法師駐錫紅豆村談玄累日石師潘老賦聽法詩拈華嚴玄談四字爲韻如次奉和」，金匱本作「七月朔日含光法師駐錫紅豆村談玄累日石師潘老賦聽法詩拈華嚴玄談四字爲韻依次奉和」，江左三大家詩鈔題作「含光法師駐錫紅豆莊談玄累日臨行贈以長句用華嚴玄談四字爲韻」，牧齋詩鈔題作「用華嚴玄談四字爲韻贈含光法師」，五大家詩鈔題作「贈含光法師」。

【箋注】

〔一〕伊蒲盛饌　後漢書楚王英傳：詔報曰：楚王誦黄、老之微言，尚浮圖之仁祠。其還贖以助伊蒲塞桑門之盛饌。臣賢曰：伊蒲塞，即優婆塞也。中華翻爲近住，言受戒行，堪近僧住也。

〔二〕茶瓜　少陵巳上人茅齋詩：枕簟入林僻，茶瓜留客遲。

〔三〕執麈　道誠釋氏要覽：鹿之大者曰麈，羣鹿隨之，皆看麈所往，隨麈尾所轉爲準。今講者執之，象彼蓋有所指麾故。

〔四〕摇松　楊氏六帖補：南朝棲霞寺大朗法師每談論，手執松枝以爲談柄。南史張譏傳：後主嘗幸鍾山開善寺，召從臣坐於寺西南松林下，敕譏竪義，時索麈尾未至，後主敕取松枝，手以屬譏曰：「可代麈尾。」

〔五〕片滴　清凉國師華嚴經疏序：炳然齊現，猶彼芥瓶。具足同時，方之海滴。演義曰：具足同時，方之海滴者，第四同時具足相應門，如大海一滴，即具百川之味，十種之德故。隨一法，攝無盡法故。及下九門，以此一門爲總故。同時則明無先後，具足則所攝無遺矣。

〔六〕十玄　華嚴玄談：周徧融通，即事事無礙。且依古德，顯十玄門。一同時具足相應門，二廣狹自在無礙門，三一多相容不同門，四諸法相即自在門，五祕密隱顯俱成門，六微細相容安立門，七因陀羅網境界門，八託事顯法生解門，九十世隔法異成門，十主伴圓明具德門。此之十門，同一緣起，無礙圓融，隨其一門，即具一切。

〔七〕龍鬣　宋濂日本瑞龍山重建轉法輪藏禪寺記：予聞七佛尊經，實貯龍宫海藏。在昔龍樹尊者嘗入其中，睹華嚴經上中下三本，因記下本，以歸西土。

〔八〕象牙　慧皎高僧傳明律論曰：迦葉因命持律尊者優波離比丘使出律藏，波離乃手執象牙之扇，口誦調御之言，滿八十反其文乃訖，於是題之樹葉，號曰八十誦律。

〔九〕普光明殿　華嚴經如來名號品：爾時，世尊在摩竭提國阿蘭若法菩提場中，始成正覺，於普光明殿坐蓮華藏師子之座。

其二

清齋燕處得香嚴〔一〕，落落圓音〔二〕解縛黏。兩鏡金容〔三〕光互攝，千珠帝網〔四〕影交兼①。一作銜②。披襟〔五〕浄月常懸座，憑几涼風自捲簾〔六〕。會③一作重④向雪山餐藥樹〔七〕，始知食蜜〔八〕未爲甜⑤。

【校勘記】

①鄒本、金匱本作「拈」，牧齋詩鈔作「銜」。②④凌本、鄒本、金匱本無此注。③鄒本、金匱本作「重」，牧齋詩鈔作「不」。⑤牧齋詩鈔此句作「寧知五教味時兼」。

【箋注】

〔一〕香嚴　首楞嚴經：香嚴童子即從座起，頂禮佛足，而白佛言：「我聞如來教我諦觀諸有爲相，觀香悟道，得童真位，名爲童子。初佛總教，觀有爲相，不的言香，如云一切有爲法如夢幻泡影，如露亦如電，應作如是觀。二依教修觀三，一標觀境。我時辭佛，宴晦清齋，見諸比丘燒沈水香，香氣寂然來入鼻中。」

〔二〕圓音　首楞嚴經：願佛哀愍，宣示圓音。長水疏曰：言圓音者，以佛一一語言徧窮生界，而其音韻常不雜亂，如起信疏解。彼疏云：圓音一演異類等解，一音及圓音者有二，一如來説一切法無不顯了，故名圓音。華嚴云：如來於一語言中演出無邊契經海。二如來同一切音，故云圓音。華嚴經：一切衆生語言法，一言演説盡無餘。以一切音即一音，故云一音，一音即一切音，故云圓音。若音不徧，則是音非圓。若音等徧失其韻曲，則是圓非音。今不壞曲而等徧，不動徧而差韻，此是如來圓音，非是識心思量境界。清涼華嚴經疏序：圓音落落，該十刹而頓周。主伴重重，極十方而齊唱。

〔三〕兩鏡金容　華嚴玄談演義鈔曰：周徧法界者，是相入門，如兩鏡相照，東鏡動時，鏡中之影亦動。宗鏡録第一百：昔曾瑩兩面鏡，鑒一盞燈，置一尊容。而重重交光，佛佛無盡見。

〔四〕千珠帝網　清涼國師華嚴經疏序：重重交映，若帝網之垂珠。念念圓融，類夕夢之經世。永明壽禪師心賦：帝網而重重交映，非一非多。注曰：此是十玄門中第七因陀羅網境界門，如天帝殿，珠網覆上，一明珠内，萬象俱現。諸珠盡然。又互相現影，影復現影，重重無盡。故千光萬色，雖重重交映，而歷歷區分，亦如兩鏡互照，重重涉入，傳輝相寫，遞出無窮。此況一心真如無盡之性，流出萬法，影現法界，無盡無窮。

〔五〕披襟　大慧杲答孫知縣書：長水參瑯琊廣照禪師，于言下自悟，後方披襟，自稱座主。

〔六〕捲簾　五燈會元：長慶慧稜禪師參靈雲，問佛法大意。雲曰：「驢事未去，馬事到來。」師往來雪峯、玄沙二十年間，坐破七箇蒲團，不明此事。一日捲簾，忽然大悟。

〔七〕藥樹　華嚴經如來出現品：如雪山頂有藥王樹，名無盡根。宗鏡録第三十七：喻如雪山，雖復成就種種功德，多生諸藥，亦有毒草。諸衆生身，亦復如是。雖有四大毒蛇之種，其中亦有妙藥大王。

〔八〕食蜜　四十二章經：學佛道者，佛所言説，皆應信順。猶如食蜜，中邊皆甜。吾經亦爾。

其三

鴦伽六術並三玄〔一〕，穴紙〔二〕分明見大千〔三〕。世界蓮花〔四〕咸法爾〔五〕，手中葉物〔六〕總茫然。身雲〔七〕坐向千光涌，心月〔八〕行依百器圓。藺蕩花鍼〔九〕誰拾取①？莫將翳②眼〔一〇〕説隨緣。

【校勘記】

①鄒本、金匱本作「得」。②鄒本作「瞖」。

【箋注】

〔一〕三玄　惠洪臨濟宗旨：汾陽昭禪師示衆曰：「先聖云：一句語須具三玄門，一玄門須具三要。」

〔二〕穴紙　傳燈録：古靈禪師一日在窗下看經，蜂子投窗紙求出。師曰：「世界如許廣闊，不肯出，鑽他故紙。」東坡次定慧欽長老見寄詩：鈎簾歸乳燕，穴紙出癡蠅。

〔三〕大千　法華經：佛以恒河沙等三千大千世界爲一佛土。

〔四〕蓮花　華嚴經蓮華世界品：有世界名寶蓮花莊嚴，形如半月，依一切蓮花莊嚴海住，一切寶華雲彌覆其上。

〔五〕法爾　華嚴玄談：言法爾者，王道坦坦，千古同規。一乘玄門，諸佛齊證。故一切佛法爾皆於無盡世界常轉如是無盡法輪，令諸衆生返本還源，窮未來際，無有休息。

〔六〕葉物　首楞嚴經：是諸大衆，各各自知心徧十方，見十方空，如觀手中所持葉物。長水疏曰：向執心在身中，謂言是我真性。今知空在心内，如片物持於掌間。

〔七〕身雲　華嚴經如來出現品：欲以正法教化衆生，先布身雲彌覆法界，隨其樂欲爲現不同。

〔八〕心月　五燈會元：靈默禪師上堂：「夫心月孤圓，光吞萬象。光非照境，境亦非存。光境俱亡，復是何物？」宗鏡録第十六：其猶並安千器，數步而千月不同；一道澄江，萬里而一月孤映。

〔九〕薗蔔花鋮　傅大士頌：薗蔔拾花鋮。永明壽禪師心賦：食薗蔔而眼布華鋮。注曰：大涅槃經云：如人食薗蔔子，眼見鋮花，并況不達一心，妄生境界。

〔一〇〕翳眼　首楞嚴經：若無見者，出既翳空，旋當翳眼。長水疏曰：既從目出，去翳虚空，歸目之時，應合翳眼。

其四

浮生如聽魘人談，雪頂方依除饉男〔一〕。身座肉〔二〕燈思往劫，紙皮墨骨〔三〕誓新參。日光〔四〕定處天宫〔五〕上，煙水〔六〕行時古廟〔七〕南。彈指即看樓閣啓〔八〕，宵來彌勒與同龕①〔九〕。

【校勘記】

①凌本作「宵來彌勒本同龕」，鄒本、金匱本作「宵來彌勒許同龕」，江左三大家詩鈔作「夜來彌勒許同龕」。

【箋注】

〔一〕除饉男　道誠釋氏要覽：康僧會注法鏡經云：凡夫貪著六塵，猶餓夫貪食，不知厭足。今聖人斷除貪愛，除六情飢饉，故號除饉。翻譯名義集：衆生薄福，在因無法自資得報，多所饉乏。出家戒行是良福田，能生物善，除因果之饉乏也。

〔二〕身座肉　大智度論釋初品中檀相義：釋迦文佛本爲菩薩，爲大國王時，世無佛、無法、無比丘僧，是王四出求索佛法，了不能得。時有一婆羅門言：「我知佛偈，供養我者，當以與汝。」王即問言：「索何等供養？」答言：「汝能就汝身上，破肉爲燈炷供養我者，當以與汝。」王唤旃陀羅徧割身上，以作燈炷，以白氎纏肉，酥油灌燒，乃與一偈。異相：慈利王爲求法故，帝釋化爲婆羅門，令王剜身千處成瘡，點燈千炬，供養方爲説法。永明壽禪師心賦：任身座與肉燈，用海墨而山筆。注曰：如法華經中提婆達多以身爲牀座，轉輪聖王剜身千燈。

〔三〕紙皮墨骨　金藏經：佛曾爲最勝仙人，求法不倦。魔王惱之曰：「能剥皮爲紙、血爲墨、骨爲筆者，方爲説法。」仙人曰：「我無量生死，虚喪身命，未曾得法。今我爲之。」魔滅佛現，身瘡即愈也。洛陽伽藍記：王城南一百餘里，有如來剥皮爲紙、析骨爲筆處。宋景濂血書華嚴經讚序：昔者樂法比丘，當無佛時，欲聞佛語，了不能得，乃信婆羅門言，以皮爲紙，以骨爲筆，以血爲墨，願書一偈。

〔四〕日光　華嚴經夜摩宮中品偈讚品：「譬如孟夏月，空淨無雲翳。赫日揚光暉，十方靡不充。其光無限量，無有能測知。」

〔五〕天宮　西域記：無著菩薩夜昇覩史多天宮，於慈氏菩薩處受瑜伽師地等論，晝則下天爲大衆講受妙理。金剛經疏記懸判：天竺有無著菩薩，如日光定，上昇兜率，親詣彌勒，禀受八十行偈，又將此偈轉授天親，天親作長行解釋，成三卷論，約斷疑執以釋，無著又造兩卷論，約顯行位以釋。

〔六〕煙水　華嚴經入法界品贊：福城東際，童子南詢，百城煙水渺無垠。

〔七〕古廟　華嚴經入法界品：爾時文殊師利菩薩漸次南行，經歷人間，至福城東，住莊嚴幢娑羅林中往昔諸佛教化衆生大塔廟處。

〔八〕樓閣啓　華嚴經入法界品：爾時善財童子敬繞彌勒菩薩，合掌白言：「惟願大聖開樓觀門，令我得入。」彌勒菩薩即彈右指，門自然開。善財即入，入已，還閉。

〔九〕彌勒同龕　東坡金山放船至焦山詩：自言久客忘鄉井，只有彌勒爲同龕。施宿曰：法帖褚遂良書：久棄塵滓，與彌勒同龕。一食清齋，六時禪誦。

雲陽姜氏壽讌詩

團團三竿日〔一〕，照我衡茅裏。老人住鷄窠〔二〕，頻申〔三〕睡方美。朱方〔四〕人扣門，尺書報燕喜。索我一篇詩，登歌侑筵几。遥遥太岳後，華胄〔五〕布南紀。祭酒鳴鳳阿〔六〕，雲孫〔七〕誕麟趾。論詩殷璠〔八〕繼，評畫董逌〔九〕比。玉衡〔一〇〕應秋縣，牙花〔一一〕奮雷起。齊牢〔一二〕攜令妻〔一三〕，佩觿〔一四〕咡收子①〔一五〕。銅駝〔一六〕已荆棘，金馬〔一七〕仍蘭錡〔一八〕。長筵設弧帨〔一九〕，壽觴薦芳旨。積金〔二〇〕術應長，良常〔二一〕酒初釃。童初〔二二〕會高真，易遷集仙姊。跳脱〔二三〕贈猶新，靈簫〔二四〕和相倚。神芝〔二五〕光似月，火棗〔二六〕啖成綺。百歲忻駐顔〔二七〕，千年笑洗髓〔二八〕。有客前致詞，停觴誦天咫〔二九〕。壞劫埋沉灰〔三〇〕，災星流枉矢〔三一〕。四海血湯湯，九閽〔三二〕角嶷嶷。束身付豺狼，擇肉信犬豕。藍風〔三三〕摧②丘山，震雷殷階戺。橐饘〔三四〕除昔殃，沃洗〔三五〕奉新祉。光風泛蘭蕙，化日轉桑梓。寒盡星③紀〔三六〕廻，春生土膏〔三七〕薿。夢醒噩何有？創鉅〔三八〕痛良已。惙惙擣撞胸，依依戰擊齒。我聞觀自在〔三九〕，天竺古大士。大慈度含識，深悲及蟲豸。刀劍壞吹光〔四〇〕，桁楊折畫水。以茲仁孝種，感彼求化理。譬如兒飛乳〔四一〕，又如母嚙指〔四二〕。潮音〔四三〕不失時，吉雲自加被④。若非無畏〔四四〕力，誰能撈漉此？西竺〔四五〕亦非遥，朱方亦非邇。念彼觀音力，如臂屈信爾。清衆爲眷屬，法筵存篚篋。飲食與燕樂，天人所遊履。南陔戒善養〔四六〕，南山詠樂只〔四七〕。隨順世間法，慧命自茲始。善哉祝嘏〔四八〕客，斯言神所使。我作介壽詩，讚嘆亦如是。

【校勘記】

①「咠收子」，淩本作「囁收子」，鄒本、金匱本作「咠牧子」。②鄒本、金匱本作「吹」。③鄒本、金匱本作「暑」。④淩本作「彼」。

【箋注】

〔一〕三竿日　韓鄂歲華紀麗：日上三竿。注曰：劉禹錫詩：日出三竿春霧消。

〔二〕鷄窠　錢希白洞微志：太平興國中，李守忠奉使南方，過海至瓊州界，道逢一翁，自稱楊遐舉，年八十一，邀詣所居。見其父叔連，年一百二十二，其祖宋卿，年一百九十五。語次，見梁上一鷄窠中有一小兒頭下視，宋卿曰：「此吾九代祖也。不語不食，不知其年。朔望取下，子孫列拜而已。」

〔三〕頻申　記大傳：侍坐于君子，君子欠伸。鄭氏曰：伸，頻伸也。

〔四〕朱方　樂史寰宇記：丹陽縣本漢曲阿縣地，舊名雲陽。按輿地志，屬朱方南徐之境也。

〔五〕華胄　顏氏家訓雜藝篇：王褒地胄清華，才學優敏。

〔六〕鳳阿　竹書紀年注：沈約曰：黃帝坐玄扈洛水之上，有鳳凰集，或止帝之東園，或巢於阿閣，或鳴於庭。

〔七〕雲孫　爾雅釋親：仍孫之子爲雲孫。郭璞曰：言輕遠如浮雲。

〔八〕殷璠　唐詩紀事：潤州、延陵有包融、儲光羲，曲阿有丁仙芝、緱氏主簿蔡隱丘、監察御史蔡希周、渭南尉蔡希寂、處士張彦雄、張朝、校書郎張暈、吏部常選周瑀、長洲尉談戭，句容有殷遥、硤石主簿樊光、横陽主簿沈如筠，江寧有右拾遺孫處玄、處士徐延壽，丹徒有江都主簿馬挺、武進尉申堂構，十八人皆有詩名，殷璠次爲丹陽集。

〔九〕董逌　文獻通考：廣川藏書志二十六卷書跋十卷畫跋五卷。陳氏曰：徽猷閣待制東平董逌彦遠撰。以其家藏書，考其本末而爲之論説，及於諸子而止，蓋本意專爲經設也。

〔一〇〕玉衡　少陵寄裴施州詩：冰壺玉衡懸清秋。

〔一一〕牙花　陸佃埤雅：象牙生花，必因雷聲。

〔一二〕齊牢　真誥運象篇：紫薇夫人詩云：乘飆儔衾寢，齊牢攜絳雲。

〔一三〕令妻　魯頌閟宫詩：魯侯燕喜，令妻壽母。箋云：令，善也。

〔一四〕佩觿　國風芄蘭詩：童子佩觿。毛萇傳曰：觿，所以解結，成人之佩也。

〔一五〕收子　左傳文公元年：叔服曰：「穀也食子，難也收子。」杜預曰：收子，葬子身也。

〔一六〕銅駝　晉書索靖傳：靖知天下將亂，指洛陽宫門銅駝嘆曰：「會見汝在荆棘中耳。」

〔一七〕金馬　陸韓卿答内兄希叔詩：屬叨金馬署，又點銅龍門。

〔一八〕蘭錡　張平子西京賦：武庫禁兵，設在蘭錡。薛綜曰：錡，架也。

〔一九〕弧帨　記内則：子生，男子設弧于門左，女子設帨于門右。鄭氏曰：帨，事人之佩巾也。

〔二〇〕積金　真誥稽神樞：大茅山、中茅山相連，長阿中有連石，古時名爲積金山。

〔二一〕良常　真誥稽神樞：始皇登句曲北垂山，會羣臣，饗從駕，嘆曰：「巡狩之樂，莫過於山海，自今以往，良爲常也。」乃改句曲北垂曰良常之山。良常之意，從此而名。

〔二二〕童初　真誥稽神樞：洞中有易遷館、含真臺，皆女子之宫也。又有童初、蕭閒堂二名，以處男子之學也。

〔二三〕跳脱　真誥運象篇：蕚緑華夜降羊權，贈權金玉跳脱各一枚。

〔二四〕靈簫　真誥運象篇：李夫人少女道成，署爲九華真妃，賜姓安，名鬱嬪，字靈簫。

〔二五〕神芝　真誥稽神樞：華陽洞有五種夜光芝，良常山有螢火芝，大如豆形，紫華，夜視有光。得食一枚，心中一孔明，食七枚，七孔明，可夜書。

〔二六〕火棗　真誥運象篇：真妃手中握三枚，色如乾棗而形長大，内無核，亦不作棗味，有似于梨味耳。

〔二七〕駐顔　太白短歌行：北斗酌美酒，勸龍各一觴。富貴非所願，與人駐顔光。

〔二八〕洗髓　别國洞冥記：東方朔游鴻濛之澤，有黄眉翁告朔曰：「吾三千歲一返骨洗髓，二千歲一剥皮伐毛。生來已三洗髓，五伐毛矣。」

〔二九〕天咫　楚語：是知天咫，安知民則？韋昭曰：咫，言少也。此言少知天道耳。

〔三〇〕沉灰　法苑珠林劫量篇：六年華觀，終焚煬於沈灰。千梵瓊臺，卒漂淪於驟雨。

〔三一〕枉矢　漢書天文志：枉矢，狀類大流星，虵行而蒼黑，望如有毛目然。

〔三二〕九閽　宋玉招魂：虎豹九關，啄害下人些。

〔三三〕藍風　翻譯名義集：毘藍亦云隨藍，此云迅猛風。大智度論：八方風不能動須彌山，隨藍風至，碎如腐草。

〔三四〕鐘橐　左傳僖公二十八年：甯子職納橐饘焉。杜預曰：橐，衣囊；饘，糜也。

〔三五〕沃洗　家語：少長以齒，終於沃洗者焉。

〔三六〕星紀　爾雅釋天：星紀，斗、牽牛也。郭璞曰：日月五星之所終始，故謂之星紀。

〔三七〕土膏　國語：虢文公曰：「太史順時視土，農祥晨正，土乃脈發。太史乃告稷曰：土膏其動。」韋昭曰：脈，理也。膏，土。

〔三八〕創鉅　記三年問：創鉅者，其日久；痛甚者，其愈遲。

〔三九〕觀自在　龍舒淨土文：觀世音菩薩本結跏趺坐，其神通變化自在，故云觀自在。今人作翹足搭手坐謂自在觀音者，訛也。

〔四〇〕壞吹光　首楞嚴經：能令衆生臨當被害，刀段段壞，使其兵戈猶如割水，亦如吹光，性無搖動。

〔四一〕兒飛乳　水經注：一國王小夫人生肉胎，大夫人妬之，言不祥，盛以木函，擲恒水中。下流有國王遊觀，見木函開看，見千小兒端正殊好，王取養之，長大甚勇健，欲伐父王本國。王大憂愁，小夫人言：「勿愁，但于城西作高樓。賊來，我能却之。」王如是言。賊到，小夫人于樓上語賊云：「汝是吾子，若不信者，盡張口仰向。」小夫人即兩手捋乳，乳作五百道，俱墜千子口中。賊知是母，即放弓杖。父母作是思惟，皆得辟支佛。贊寧宋高僧傳：無畏講毗盧於突厥之庭，安禪定於可敦之樹，法爲金字列在空中。時突厥宫人以手按乳，乳爲三道飛注畏口，畏乃合掌端容曰：「我前生之母也。」

〔四二〕母嚙指　後漢書周磐傳：磐同郡蔡順，字君仲，養母求薪。客至，母望順不還，母乃嚙指，順心動，棄薪歸。母曰：「有急客來，吾嚙指以悟汝耳。」

〔四三〕潮音　首楞嚴經：發海潮音，徧告同會。長水疏曰：海潮無念，要不失時。

〔四四〕無畏　普門品：於怖畏急難之中，能施無畏，故此娑婆世界皆號之爲施無畏者。

〔四五〕西竺　西域記：天竺之稱，異議糾紛。今從正音，宜云印度。印度者，唐言月，良以其土聖賢繼軌，導凡御物，如月照臨，由是義故，謂之印度。

〔四六〕善養　毛詩南陔小序：孝子相戒以養也。有其義而亡其辭。

〔四七〕樂只　小雅南山有臺詩：南山有臺，北山有萊。樂只君子，邦家之基。樂只君子，萬壽無期。

〔四八〕祝嘏　記禮運：祝以孝告，嘏以慈告。

悼郁離〔一〕公子①

腥風吹浪海天昏，蹙縮鯨波戰血渾。萬里龍城沉水府，一身魚腹〔二〕答君恩。下從乃祖良無愧，上對高皇②定有言。南斗朱旗〔三〕應在眼，不勞楚些〔四〕與招魂。

【校勘記】

①鄒本無此詩。金匱本題作「追悼劉生」。②「高皇」，金匱本作「先皇」。

【箋注】

〔一〕郁離　徐一夔郁離子序：郁離子者，誠意伯劉公在元季時所著之書。郁離者何？離爲火，文明之象，用之，其文郁郁然，爲盛世文明之治，故曰郁離子。

〔二〕魚腹　史記屈原傳：寧赴常流而葬乎江魚腹中耳，又安能以皓皓之白而蒙世之温蠖乎？

〔三〕朱旗　少陵諸將詩：曾閃朱旗北斗殷。

〔四〕楚些　洪興祖招魂補注曰：些，蘇賀切。説文云：語詞也。沈存中云：今夔、峽、湖、湘及南北江獠人，凡禁咒句尾皆稱些，乃楚人舊俗。

卷七

高會堂詩集起丙申，盡一年

高會堂酒闌雜詠①有序

不到雲間十有六載矣！水天閒話，久落人間。花月新聞，已成故事。漸臺〔一〕織女，機石〔二〕依然；丈室〔三〕維摩，衣花〔四〕不染。點難陀之額粉〔五〕，尚指高樓〔六〕；被慶喜〔七〕之肩衣〔八〕，猶看汲井〔九〕。頃者菰蘆故國，兵火殘生；衰晚重游，人民非昔。朱門〔一〇〕賜第，舊燕不飛；白屋〔一一〕人家，新烏誰止？兒童生長於別後，競指鬚眉；門巷改換於兵前，每差步屧〔一二〕。常中逵〔一三〕而徙倚，或當饗而欷歔。若乃帥府華筵，便房曲宴。金釭銀燭，午夜之砥室〔一四〕生光；檀板紅牙，十月之桃花欲笑。橫飛拇陣〔一五〕，倒捲白波〔一六〕；忽發狂言〔一七〕，驚迴紅粉。歌間敕勒②〔一八〕，祇足增悲；天似穹廬③〔一九〕，何妨醉倒④。又若西京⑤宿好，耳語〔二〇〕慨慷；北里新知，目成〔二一〕婉孌。酒闌燈灺，月落烏啼。雜夢囈以興謠〔二二〕，蘸杯盤而染翰〔二三〕。口如啣轡，常思⑥吐吞；胸似碓舂，難明⑦上下。

語同讔謎〔二四〕，詞比俳優〔二五〕。傳⑧云惟食忘憂〔二六〕，又曰溺人〔二七〕必笑，我之懷矣，誰則知之？是行也，假館於武靜之高會堂，遂以名其詩，亦欲使此邦同人摳衣〔二八〕傾蓋〔二九〕者，相與繼響〔三〇〕，傳爲美談〔三一〕云爾。歲在⑨丙申陽月十有一日蒙叟錢謙益⑩書於青浦舟中。

【校勘記】

①凌本無此題。②「問敕勒」，上圖本作「聞敕勒」，鄒本、金匱本作「聞宛轉」，此據凌本。③「穹廬」，鄒本、金匱本作「高寬」。④「醉倒」，鄒本、金匱本作「既醉」。⑤鄒本、金匱本作「宗」。⑥鄒本、金匱本作「見」。⑦鄒本、金匱本作「名」。⑧鄒本、金匱本作「語」。⑨鄒本、金匱本無「歲在」二字。⑩鄒本、金匱本無「蒙叟錢謙益」五字。

【箋注】

〔一〕漸臺　隋書天文志：織女東之四星曰漸臺，臨水之臺也。

〔二〕機石　荆楚歲時記：張騫尋河源，得一石，示東方朔。朔曰：「此石是天上織女支機石，何至于此？」

〔三〕丈室　道誠釋氏要覽：唐顯慶年中，敕差外尉寺丞李義表前融州黄水令王玄策往西域充使至毗耶梨城東北四里許，維摩居士宅示疾之室，遺址疊石爲之。玄策躬以手板縱横量之，得十笏，故號方丈。

〔四〕衣花　維摩詰經：時維摩詰室，有一天女，見諸大人，聞所説法，便現其身，即以天華散諸菩薩、大弟子上，華至諸菩薩即皆墮落，至大弟子便著不墮。

〔五〕額粉　雜寶藏經：佛在迦毗羅衛國，入城乞食，到孫陀羅難陀舍，會值難陀與婦作粉香塗眉間，聞佛至門中，欲出外看。婦共要言：「出看如來，使我額上粉未乾頃便還入來。」

〔六〕高樓　宋師教釋宗百詠：難陀之妻，名孫陀利，極大端正美貌，與難陀食息不離。忽一日，難陀與妻居高樓上共食，佛往門下，放光照之。難陀覩光，乃知佛來，欲下樓見佛。妻曰：「以吐濕汝頭，未乾即回共食。」難陀云：「如所約。」即下見佛。

〔七〕慶喜　傳燈録：阿難姓刹利帝，父斛飯王，實佛之從弟也。梵語阿難陀，此云慶喜。

〔八〕肩衣　大智度論釋初品中：共摩訶比丘僧阿難端正清淨，女人見之，欲心即動。是故佛聽阿難著覆肩衣。

〔九〕汲井　雜寶藏經：難陀持鉢逐佛，至尼拘屢精舍。佛敕剃髮，不敢不剃。雖得剃髮，恒欲還家。佛常將行，不能得去。後於一日，次當守房，而自歡喜：「待佛衆僧都去之後，我當還家。」佛入城後，作是念言：「當爲汲水，令滿澡瓶，然後還歸。」尋時汲水，一瓶適滿，一瓶復黏，如是經時，不能滿瓶。

〔一〇〕朱門　晉書麴允傳：與游氏世爲豪族，西州爲之語曰：「麴與游，牛羊不數頭。南開朱門，北望青樓。」

〔一一〕白屋　韓詩外傳：周公踐天子之位，窮巷白屋先見者四十九人。漢書蕭望之傳注：師古曰：白屋謂白蓋之屋，以茅覆之，賤人所居。

〔一二〕步屧　南史袁粲傳：嘗步屧白楊郊野間。

〔一三〕中逵　國風兔罝詩：施於中逵。毛萇傳曰：逵，九達之道。

〔一四〕砥室　宋玉招魂：砥室翠翹，絓曲瓊些。王逸曰：「砥，石名。」

〔一五〕拇陣　雲間袁福徵著拇陣十六篇。

〔一六〕捲白波　元曹紹安雅堂酒令：古有白波賊，擒之如捲席。用以爲酒令，沉湎意乃釋。賊徒飲酒，必無揖讓之名。滿斟快飲如捲白波入口，故酒令名「捲白波」，得令者如此法飲一杯。

〔一七〕狂言　唐闕史：杜牧分務洛陽，李愿大開筵席，牧願與斯會。時女妓百餘人，皆絶藝殊色。牧云：「聞有紫雲者孰是？」李指示之。牧曰：「名不虛得，宜以見惠。」李俯而笑，諸妓亦皆廻首破顔。牧自飲三爵，朗吟而起曰：「華堂今日綺筵開，誰喚分司御史來？忽發狂言驚滿座，兩行紅粉一時廻。」

〔一八〕敕勒　樂府敕勒歌：樂府廣題曰：北齊神武攻周玉璧，士卒死者十四五，恚憤疾發，勉坐以安士衆，悉引諸貴，使斛律金唱敕勒歌，神武自和之。其歌本鮮卑語，易爲齊言，故其句長短不齊。

〔一九〕穹廬　樂府敕勒歌：天似穹廬，籠蓋四野。

〔二〇〕耳語　漢書灌夫傳：行酒次至臨汝侯灌賢，賢方與程不識耳語。師古曰：附耳小語也。

〔二一〕目成　屈原九歌：滿堂兮美人，忽與予兮目成。

〔二二〕興謡　記曲禮：客若降等，執食興辭。

〔二三〕染翰　潘安仁秋興賦：於是染翰操紙，慨然而賦。李善曰：翰，筆毫也。

〔二四〕讔謎　程大昌演繁露：古無謎字，若其意制，即伍舉、東方朔謂之爲隱者是也。隱者，藏匿事情不使暴露也。至鮑照集則有井謎矣，玉篇亦收謎字，釋云「隱也」，即後世之謎也。鮑之井謎曰「一八五八，飛泉仰流」，仰流也者，垂綆取水而上，故曰仰流也。一八者，井字八角也；五八者，析井字而四之，則其字爲十者四也，四十即五八也。他謎皆倣此。

〔二五〕俳優　通鑑漢紀四十九：蔡邕上封事曰：下則連偶俗語，有類俳優。樂府俳歌辭：一曰侏儒導，自古有之，蓋倡優戲也。説文曰：俳，戲也。穀梁曰：魯定公會齊侯於夾谷，罷會，齊人使優施舞於魯君之幕下。范甯云：優，俳。施，其名也。樂記：子夏對魏文侯問曰：「新樂進俯退俯，俳優侏儒，獶雜子女。」王肅云：俳優，短人也。則其所從來亦遠矣。古今樂録曰：梁三朝樂第十六，設俳技，技兒以青布囊盛竹篋，貯兩踒子，負束寫地歌舞。小兒二人，提沓踒子頭，讀俳云：見俳不語，言俳澀所。俳作一起，四坐敬止。馬無懸蹄，牛無上齒。駱駝無角，奮迅兩耳。半拆薦博，四角恭跱。

〔二六〕忘憂　左傳昭公二十八年：諺云：惟食忘憂。吾子置食之間，三嘆何也？

〔二七〕溺人　左傳哀公二十年：吴王曰：「溺人必笑。」杜預曰：猶溺人不知所爲而反笑。

〔二八〕摳衣　記曲禮：將即席，容毋怍，兩手摳衣去齊尺。

〔二九〕傾蓋　家語：孔子之郯，遭郯子于途，傾蓋而語終日，甚相悦。

〔三〇〕繼響　記學記：善歌者使人繼其聲，善教者使人繼其志。

〔三一〕美談　公羊傳閔公二年：魯人至今以爲美談。

雲間諸君子肆筵合樂饗余於武静之高會堂飲罷蒼茫欣感交集輒賦長句二首①

授几〔一〕賓筵大饗同，秋堂文讌轉光風。豈應江左龍門客〔二〕，偏記開元鶴髮翁〔三〕。酒面尚依袍草〔四〕緑，燭心長傍劍花〔五〕紅。他年屈指衣裳會〔六〕，牛耳〔七〕居然屬海東。

【校勘記】

①牧齋詩鈔題作「高會堂飲罷欣感交集」，五大家詩鈔題作「讌徐武静高會堂」。

【箋注】

〔一〕授几　大雅行葦詩：或授之几。箋云：老者加之以几。

〔二〕龍門客　世説德行篇：李元禮高自標持，後進之士有升其堂者，皆以爲登龍門。

〔三〕鶴髮翁　李洞繡嶺宫詩：繡嶺宫前鶴髮翁，猶唱開元太平曲。

〔四〕袍草　羅鄴芳草詩：似袍顔色正蒙茸。

〔五〕劍花　唐詩紀事：衛象古詞：「鵲血琱弓濕未乾，鸊鵜新染劍花寒。」

〔六〕衣裳會　穀梁僖公七年：秋七月，公會齊侯、宋公、陳世子款、鄭世子華，盟於寧母。衣裳之會也。

〔七〕牛耳　左傳定公八年：晉師將盟衛侯於鄟澤，衛人請執牛耳。杜預曰：尊者涖牛耳，主次盟者。

其二

重來華表〔一〕似①前生，夢裏華胥〔二〕又玉京〔三〕。鶴唳秋風新谷水〔四〕，雉媒春草昔茸城〔五〕。尊開南斗〔六〕參旗動，席俯東溟〔七〕海氣更。當饗可應三嘆息，歌鐘二八〔八〕想昇平。

【校勘記】

①牧齋詩鈔作「是」。

【箋注】

〔一〕華表　續搜神記：遼東城門華表一日有白鶴歌曰：「有鳥有鳥丁令威，去家千歲今始歸。城郭猶是人民非，何不學仙冢纍纍？」

〔二〕華胥　列子黃帝：黃帝晝寢，而夢遊于華胥氏之國。

〔三〕玉京　元遺山紫牡丹詩：夢裏華胥失玉京，小闌春事自昇平。

〔四〕谷水　王象之輿地紀勝：華亭谷水，行三百里入松江。

〔五〕茸城　松陵集陸龜蒙和襲美吴中書事詩：五茸春草雉媒嬌。注曰：五茸，吴王獵所，草各有名。

〔六〕南斗　左太沖吴都賦：仰南斗以斟酌，兼二儀之優渥。少陵留别章使君詩：掛席上南斗。

〔七〕東溟　顔延之侍遊蒜山詩：元天高北列，日觀臨東溟。

〔八〕歌鐘二八　左傳襄公十一年：鄭人賂晉侯，凡兵車百乘，歌鐘二肆，及其鎛磬，女樂二八。晉侯以樂之半賜魏絳，曰：「子教寡人和諸戎狄，以正諸夏，請與子樂之。」

席間觀李素心孫七歲童子草書歌①

杜陵九齡②〔一〕書大字，李郎七齡③筆陣強。身長未及等書④案，負劍〔二〕卻立短凳傍。凝睇雙瞳剪秋水〔三〕，梯⑤几〔四〕拂紙⑥神揚揚。須臾筆下龍蛇出，折釵〔五〕倒薤〔六〕紛旗槍。拳如繭栗不盈握，放筆直欲隳堵牆〔七〕。力如藍田射伏虎〔八〕，飲羽穿石激電光。勢如衛公夜行雨〔九〕，風鬃霧鬣不可當。書罷安閒妥衫⑦袖，斂手拱揖歸輩行。肩隨〔一〇〕兄弟舒雁〔一一〕立，懷鉛畫槧〔一二〕森琳琅。荀氏⑧八龍〔一三〕見其四，一龍奮爪先開張。當筵觀者皆老蒼，捋鬚奮袂徒驚惶。老夫頓足自激昂，安得抱之貢玉堂〔一四〕。君不見昔年⑨李長沙〔一五〕，天子加膝坐御牀。

【校勘記】

①五大家詩鈔無「席間」二字，鄒本、金匱本題作「席間觀李素心督學孫七歲童子草書歌」。②牧齋詩鈔作「歲」。③鄒本、金匱本作「歲」。④上圖本、凌本作「身」，此從金匱本。⑤鄒本作「綈」。⑥凌本、鄒本作「拭」。⑦鄒本、金匱本作「彩」。⑧鄒本、金匱本作「家」。⑨江左三大家詩鈔作「日」。

【箋注】

〔一〕九齡　少陵壯游詩：七齡思即壯，開口詠鳳凰。九齡書大字，有作成一囊。

〔二〕負劍　記曲禮：負劍辟咡詔之。鄭氏曰：負謂置之於背，劍謂挾之於旁。

〔三〕秋水　五色線：賀知章見李泌曰：「此稺子目如秋水，必拜卿相。」

〔四〕梯几　山海經：西王母梯几而戴勝杖。郭璞曰：梯謂憑也。

〔五〕折釵　姜堯章續書譜：用筆如折釵股，欲其曲折，圓而有力。

〔六〕倒薤　陶宗儀書史會要：仙人務光，殷湯時避天下于清泠之淵，植薤而食，清風時至，見其積葉倒偃，爲倒薤書。晉王愔云：倒薤書，小篆法也。

〔七〕隳堵牆　少陵莫相疑行：集賢學士如堵牆，觀我落筆中書堂。

〔八〕射伏虎　史記李廣傳：廣家與故潁陰侯孫屏野居藍田南山中射獵，匈奴入，殺遼西太守，敗韓將軍。天子乃召拜廣爲右北平太守。廣出獵，見草中石，以爲虎而射之，中石没鏃，視之石也。因復更射之，終不能復入石矣。

〔九〕行雨　李復言續玄怪録：李衛公微時，射獵霍山中，會暮迷路，至朱門大第，叩門請宿。夜半，聞叩門聲急，曰：「天符報大郎行雨。」夫人曰：「兒子二人未歸，當如之何？」因請公相見，曰：「此龍宫也，適奉天符行雨，欲奉煩頃刻。」遂敕黄頭被青驄馬來，又命取雨器，乃一小瓶子，繫于鞍前，誡曰：「郎乘馬信其行，取瓶中水一滴滴馬鬉上，慎無多也。」于是上馬，隨所躩輒滴之。俄頃雨畢，復歸。

〔一〇〕肩隨　記曲禮：五年以長，則肩隨之。

〔一一〕舒雁　記内則：舒雁翠。鄭氏曰：舒雁，鵝也。翠，尾肉也。

〔一二〕鉛槧　葛洪西京雜記：楊子雲常懷鉛提槧，訪殊方絶域語以爲裨補。

〔一三〕八龍　後漢書荀淑傳：淑有子八人，並有名稱，時人謂八龍。

〔一四〕貢玉堂　少陵寄韓諫議詩：焉得置之貢玉堂？

〔一五〕李長沙　廖道南殿閣詞林記：李東陽四歲能作大書，景帝召見，抱置膝上，賜上林珍果。六歲八歲，復兩召之，試講尚書大義，命肄京庠。

海上贈姚方伯時年九十有四

玄髮方瞳〔一〕始百年，滄江龍卧地行仙〔二〕。酒香白墮〔三〕騰騰醉〔四〕，飯熟黄粱〔五〕栩栩眠〔六〕。南極〔七〕一星占斗分①，東瀛〔八〕三變②看桑田。雉羹〔九〕亦有傳家譜，願乞刀圭〔一〇〕助祝延〔一一〕。

【校勘記】

①「斗分」，鄒本作「北斗」。　②鄒本、金匱本作「遍」。

【箋注】

〔一〕方瞳　王子年拾遺記：老聃居反景石室之山，有黄髮老叟五人，耳出於頂，瞳子皆方，面色玉潔。手握青筇杖，與聃共談天地之數。陶隱居内傳：先生晚歲，眸子忽爾正方。

〔二〕地行仙　首楞嚴經：彼諸衆生，堅固服餌而不休息，食道圓成，名地行仙。

〔三〕白墮　洛陽伽藍記：河東人劉白墮善能釀酒，飲之香美而醉，經月不醒。

〔四〕騰騰醉　羅隱春日題禪智寺詩：思量只合騰騰醉，煮海平陳盡夢中。

〔五〕黄粱　異聞集：道者吕翁經邯鄲道上邸舍，中有盧生與翁接席，自嘆其困。言訖思寐，時主人方炊黄粱，翁乃探囊中枕授之，曰：「枕此榮適如志。」枕兩端有竅，生就枕卧，舉身入竅，遂富貴五十年，老病卒。欠伸而寤，主人蒸黄粱尚未熟。翁笑曰：「人世之事，亦如是矣。」

〔六〕栩栩眠　莊子齊物論篇：莊子夢爲胡蝶，栩栩然胡蝶也。

〔七〕南極　史記天官書：狼北地有大星曰南極老人，老人見，治安；不見，兵起。常以秋分時候之于南郊。

〔八〕東瀛　葛洪神仙傳：麻姑自説：「接待以來已見東海三爲桑田。」

〔九〕雉羹　屈原天問：彭鏗斟雉，帝何饗？王逸曰：彭鏗，彭祖也。好和滋味，善斟雉羹，能事帝堯。帝堯美而饗食之。

〔一〇〕刀圭　本草：凡散藥有云刀圭者，十分方寸匕之一，準如梧子大也。方寸匕者，作匕正方一寸，抄散取不落爲度。昌黎寄周循州詩：金丹别後知傳得，乞取刀圭救病身。

〔一一〕祝延　漢書外戚傳昭儀傳：宫人左右飲酒酹地，皆祝延之。師古曰：祝延，祝之使長年也。

次韻答雲間張洮侯投贈之作

自從兵塵暗四國，盡裂書囊〔一〕裁矢服〔二〕。文昌東壁〔三〕横旄弧，織女漸臺荒杼軸。近來南國興文章，雲間筆陣〔四〕尤堂堂〔五〕。何人吐鳳〔六〕非書府？是處棲鸞盡女牀①〔七〕。新詩雄風發胸臆，令我殘軀生八翼〔八〕。歌罷蒼茫看牛斗，劍鍔芙蓉〔九〕湛如拭。始信出門交有功〔一〇〕，横眉豎目皆駿雄。卻憐雪頂逃禪客，折腳鐺〔一一〕邊未有②窮。

【校勘記】

①「女牀」，鄒本作「筆牀」。　②鄒本作「足」，金匱本作「是」。

【箋注】

〔一〕書囊　山谷送王郎詩：書囊無底談未了。

〔二〕矢服　小雅采薇詩：象弭魚服。毛萇傳曰：魚服，魚皮也。箋云：服，矢服也。正義曰：夏官司弓人職曰：仲秋獻矢服。注云：服，盛矢器也，以獸皮爲之，是矢器謂之服也。

〔三〕東壁　三氏星經：石申氏曰：東壁二星，文章、圖書。星暗，王道衰，小人得用之時也。

〔四〕筆陣　王羲之題衛夫人筆陣圖：紙者，陣也。筆者，刀稍也。墨者，鍪甲也。水硯者，城池也。心意者，將軍也。本領者，副將也。

〔五〕堂堂　孫子：毋擊堂堂之陣。

〔六〕吐鳳　葛洪西京雜記：楊雄著太玄經，夢吐鳳凰集玄之上。

〔七〕女牀　山海經：女牀之山，有鳥狀如翟，而五彩文，名曰鸞鳥。

〔八〕八翼　晉書陶侃傳：侃少時夢生八翼飛而上天，見天門九重而登其八，唯一門不得入。閽者以杖擊之，因墮地折其左翼。

〔九〕芙蓉　太白古風：寶劍雙蛟龍，雪花照芙蓉。

〔一〇〕交有功　易隨卦：初九，出門交有功。

〔一一〕折腳鐺　五燈會元：惟儼禪師謂雲巖曰：「與我喚沙彌來，我有箇折腳鐺子，要他提上挈下。」

雲間董得仲投贈三十二韻依次奉答

藍風〔一〕吹地軸，墨穴閉星躔。庭矢〔二〕踰沙絶，池灰〔三〕積劫傳。州移中土九〔四〕，路失下牢千〔五〕。歷歷開元事，明明萬曆年。左言〔六〕馴保塞〔七〕，南食〔八〕慄重泉〔九〕。橫軾〔一〇〕眉常見，盈車〔一一〕骨獨專。籌邊據尺組〔一二〕，斷國引長編。紫塞儲胥〔一三〕脆，丹墀部黨〔一四〕堅。瘋憂〔一五〕殊悄悄，蟻鬬〔一六〕正悁悁。但倚三精〔一七〕在①，寧思九鼎〔一八〕遷②。垣牆〔一九〕隳閣道〔二〇〕，鉤盾〔二一〕廢天田〔二二〕。季葉絲方棼〔二三〕，殘生繭自③纏。堯年〔二四〕鶴語苦，亳社〔二五〕鳥譆然。退鷁〔二六〕希風定，枯魚〔二七〕泣水漣。黄雲埋地底，黑浪過山巔。室掩三陽瑄〔二八〕，牀揞六月綿〔二九〕。鋤頭〔三〇〕誰對秉？車耳〔三一〕正高懸。草喜霜前蔓，花驕日及妍。羽毛〔三二〕紆往古，腰領〔三三〕信時賢。悻直祈神與，孤危仗佛憐。論牀師子座〔三四〕，梵衆象王筵〔三五〕。貝葉探三藏〔三六〕，蓮花講十玄〔三七〕。雪④鴻〔三八〕隨浪跡，雲⑤鶴捧瑶篇。積玉光猶映，長離〔三九〕翼必聯。哀音傷變徵⑥〔四〇〕，法曲〔四一〕豔登仙。錯莫三年笑〔四二〕，迷離千日眠〔四三〕。豈應漁父檝，得共鄂君〔四四〕船？隼擊高秋健，鷄鳴後夜偏。日愁夸父〔四五〕逐，石畏祖龍〔四六〕鞭〔四七〕。夢裏褒衣〔四八〕疊，循來蒜髮〔四九〕芊。歌風還駁還〔五〇〕，醉月⑦且嬋娟〔五一〕。自笑窮禪客，枯心爲汝騫。

【校勘記】

①五大家詩鈔作「蝕」。②淩本作「還」。③鄒本、金匱本作「日」。④鄒本作「雲」。⑤鄒本作「雪」。⑥五大家詩鈔另有注：「上聲。」⑦鄒本、金匱本作「目」。

【箋注】

〔一〕藍風　翻譯名義集：毘藍亦云隨藍，此云迅猛風。大智度論：八方風不能動須彌山，隨藍風至，碎如腐草。

〔二〕庭矢　説苑辨物篇：有隼集於陳侯之庭而死，楛矢貫之，石砮矢長尺而咫。陳侯使問孔子。孔子曰：「隼之來也遠矣，此肅慎氏之矢也。昔武王克商，肅慎氏貢楛矢石砮，長尺而咫。先王欲昭其令德之致，故銘其栝曰：肅慎氏貢楛矢，以勞太姬，配虞胡公，而封諸陳。分同姓以珍玉，展親也。分別姓以遠方職貢，使無忘服也。故分陳以肅慎氏之矢。試求之故府。」果得焉。

〔三〕池灰　三輔黄圖：武帝初，穿昆明池，得黑土。帝問東方朔，朔曰：「西域胡人知。」乃問胡人，胡人曰：「劫燒之餘灰也。」

〔四〕中土九　史記孟子列傳：中國名曰赤縣神州，赤縣神州内自有九州，禹之序九州是也。

〔五〕下牢千　少陵秋日夔府書懷詩：道里下牢千。趙次公曰：下牢關，在峽州。

〔六〕左言　左太沖魏都賦：或椎髻而左言，或鏤膚而鑽髮。李善曰：楊雄蜀記曰：蜀之先代人，椎結左語，不曉文字。

〔七〕保塞　漢書匈奴傳：保塞蠻夷。師古曰：謂本來屬漢，而居邊塞自保守。

〔八〕南食　昌黎有初南食詩。

〔九〕重泉　晉書裴頠傳：欲收重泉之鱗，非偃息之所能獲也。

〔一〇〕横軾　穀梁文公十一年：長狄僑如弟兄三人，佚宕中國，瓦石不能害。叔孫得臣善射，射其目，身横九畝。斷首而載之，眉見於軾。

〔一一〕盈車　家語：吴伐越，隳會稽，獲巨骨一節專車焉。使問孔子：「骨何爲大？」孔子曰：「昔禹致羣臣于會稽山，防風後至，禹殺而戮之，其骨專車焉，此爲大矣。」

〔一二〕尺組　柳子厚唐鐃歌鼓吹曲：縻以尺組，啖以秩。

〔一三〕儲胥　揚子雲長楊賦：木擁槍纍，以爲儲胥。李善曰：顔師古曰：胥，須也。言有儲畜以待所須也。韋昭曰：儲胥，藩落之類也。

〔一四〕部黨　後漢書史弼傳：詔書疾惡黨人，旨意懇惻。青州六郡，其五有黨，近國甘陵亦考南北部。

〔一五〕癙憂　正月詩：哀我小心，癙憂以痒。毛萇傳曰：癙、痒，皆病也。

〔一六〕蟻鬭　陸佃埤雅：蟻善鬭，力舉等身鐵。鬭輒酣戰，不解有行列隊伍。

〔一七〕三精　後漢書光武帝紀贊：九縣飆回，三精霧塞。臣賢曰：三精，日月星也。

〔一八〕九鼎　戰國策：秦興師臨周而求九鼎，顔率東借救於齊而秦兵罷。齊將求九鼎，顔率曰：「不識何塗之從，敝邑遷鼎以待命。」

〔一九〕垣牆　三氏星經：長垣四星在少微西，南北列，主界城域邑牆，防胡夷入之，即今長城是也。

〔二〇〕閣道　史記天官書：紫宫後六星，絶漢抵營室，曰閣道。

〔二一〕鈎盾　漢書昭帝紀：上耕於鈎盾弄田。

〔二二〕天田　三氏星經：天田九星，在牛東南，主天子畿内之田，隴畝農業之事。

〔二三〕絲棼　左傳隱公四年：衆仲曰：「臣聞以德和民，不聞以亂。以亂，猶治絲而棼之也。」

〔二四〕堯年　徐堅初學記：劉敬叔異苑曰：太康二年冬，大寒，南州人見一白鶴于橋下曰：「今兹寒不減堯崩年。」於是飛去。

〔二五〕亳社　左傳襄公三十年：或叫于宋大廟曰：譆譆出出。鳥鳴于亳社，如曰譆譆。

〔二六〕退鷁　左傳僖公十六年：六鷁退飛，過宋都，風也。

〔二七〕枯魚　樂府雜曲歌辭：枯魚過河泣，何時悔復及？作書與魴鱮，相教慎出入。

〔二八〕三陽琯　漢書翼奉傳：曆中甲庚，律得三陽。晉灼曰：木數三，寅在東方，木位之始，故曰三陽也。

〔二九〕六月綿　雲仙散録：沈休文多病，六月猶綿帽温爐，食薑椒飯，不爾則委頓。

〔三〇〕鋤頭　黄山谷再答吉老詩：我愧疲氓欲歸去，麥田春雨把鋤頭。

〔三一〕車耳　中華古今注：車耳，古重較也。文官青耳，武官赤耳。

〔三二〕羽毛　少陵詠懷古跡詩：萬古雲霄一羽毛。

〔三三〕腰領　戰國策：恐其不忠於下吏，自使有要領之罪。

〔三四〕師子座　大智度論初品中：問云：何以名師子坐？爲佛化作，爲實師子，爲金銀木石作耶？答云：是號師子坐，非實也。佛爲人中師子，凡佛所坐，若牀若地，皆名師子座。譬如今者國王坐處，亦名師子座。復次，王呼健人，亦名人師子；人稱國王，亦名人師子。又如師子四足獸中，獨步無畏，能伏一切；佛亦如是，於九十六種外道，一切人天中，一切降伏無畏，故名人師子。

〔三五〕象王筵　五燈會元：圓鑑禪師上堂，顧視左邊曰：「師子之狀，豈免嚬呻。」顧右邊曰：「象王之儀，寧忘回顧。」

〔三六〕三藏　道宣續高僧傳：奘師謝表：給園精舍，並入提封。貝葉靈文，咸歸册府。搜揚三藏，盡龍宫之所儲；研究一乘，窮鷲嶺之遺旨。翻譯名義集：三藏者，一經藏，二律藏，三論藏。經藏則刊定因果，窮究性相。律藏則垂範四儀，嚴制三業。論藏則研真顯正，覈僞摧邪。同出一音，異隨四悉，用顯圓明之理，式開解脱之門，致立三藏之教也。

〔三七〕十玄　師教釋宗百詠：智儼法師依杜順法界觀，講晉翻譯華嚴，出十玄義，製疏解之。

〔三八〕雪鴻　東坡和子由詩：人生到處知何似，應似飛鴻踏雪泥。泥上偶然留指爪，鴻飛那復計東西。

〔三九〕長離　相如大人賦：前長離，後裔皇。如淳曰：長離，朱鳥也。

〔四〇〕變徵　史記刺客列傳：高漸離擊筑，荆軻和而歌，爲變徵之聲。

〔四一〕法曲　唐會要：文宗開成三年，改法曲爲仙韻曲。

〔四二〕三年笑　左傳昭公二十八年：叔向曰：「昔賈大夫惡，娶妻而美。三年不言不笑，御以如皋，射雉獲之。其妻始笑而言。」

〔四三〕千日眠　東坡和海州石室詩：當時醉卧動千日。

〔四四〕鄂君　説苑善説篇：鄂君子晳乘青翰之舟，榜枻越人擁楫而歌曰：「今日何日兮，得與王子同舟？」

〔四五〕夸父　列子湯問篇：夸父不量力，欲追日影，逐之於隅谷之際，渴欲得飲，赴飲河渭，河渭不足，將走北飲大澤。未至，道渴而死。棄其杖，尸膏肉所浸，生鄧林，鄧林彌廣數千里焉。

〔四六〕祖龍　史記秦始皇本紀：使者從關東夜過華陰平舒道，有人持璧遮使者曰：「爲吾遺滈池君。」因言曰：「今年祖龍死。」蘇林曰：祖，始也。龍，人君象，謂始皇也。

〔四七〕鞭石　任昉述異記：秦始皇作石橋於海上，欲過海觀日出處。有神人驅石，去不速，神人鞭之，皆流血。今石色猶赤。

〔四八〕褎衣　漢書雋不疑傳：褎衣博帶。師古曰：褎，大裾也。

〔四九〕蒜髮　本草：孟詵云：蔓菁壓油塗頭，能變蒜髮。慕容紹宗曰：「吾數年有蒜髮，昨來忽盡，吾算盡乎？」未幾投水死。

〔五〇〕駁還　潘安仁笙賦：又駁還而繁沸。

〔五二〕嬋娟　李商隱月詩：姮娥無粉黛，只是逞嬋娟。

次韻答宋子建

憭慄華亭鶴唳音，十年重與盍朋簪〔一〕。陸機夕秀〔二〕文偏老，宋玉誅茅〔三〕宅可尋。官燭〔四〕史成藏汗簡〔五〕，用宋子京事。錦樓〔六〕序就比兼金〔七〕。宋宣獻公爲吾家序吳越傳芳集。吾衰自笑風心〔八〕盡，莊舄叢殘但越吟〔九〕。

【箋注】

〔一〕盍朋簪　易豫卦：九四，朋盍簪。王逸曰：盍，合也。簪，疾也。

〔二〕夕秀　陸士衡文賦：謝朝華于已披，啓夕秀于未振。

〔三〕誅茅　庾子山哀江南賦：誅茅宋玉宅。水經注：宋玉宅在鄢城南。

〔四〕官燭　魏泰東軒筆録：宋子京晚年知成都府，帶唐書於本任刊修。每宴罷盥漱畢，開寢門，垂簾，燃二椽燭，媵婢夾侍，和墨伸紙。遠近觀者皆知尚書修唐書矣。

〔五〕汗簡　後漢書吳祐傳：恢欲殺青簡以寫經書。臣賢曰：殺青者，以火炙簡令汗，取其青易書，復不蠹，謂之殺青，亦謂汗簡。

〔六〕錦樓　宋郊傳芳集序：惇史所記，乃有文穆王之錦樓、忠懿王之政本二集録焉。

〔七〕兼金　昌黎晚次宣溪酬張使君詩：兼金安足比清文。

〔八〕風心　玉臺集沈約雜詠：風心動燕姬。

〔九〕越吟　王仲宣登樓賦：鍾儀幽而楚奏兮，莊舄顯而越吟。

次韻答子建長君楚鴻①

朱鸞〔一〕南國有遺音，玄圃〔二〕光華照夜深。千里〔三〕兒駒騰汗血〔四〕，九皋〔五〕子鶴和鳴陰〔六〕。文期尅骨須攻玉〔七〕，詩許追魂要鍊金〔八〕。指點雄風〔九〕看作賦，快哉吾欲一披襟〔一〇〕。

【校勘記】

①鄒本、金匱本無此詩。五大家詩鈔題作「次韻答宋楚鴻」。

【箋注】

〔一〕朱鸞　潘安仁爲賈謐贈陸機詩：英英朱鸞，來自南岡。

〔二〕玄圃　晉書陸機傳：葛洪著書稱機文猶玄圃之積玉，無非夜光。

〔三〕千里　漢書楚元王傳：路叔少時數言事，召見甘泉宫，武帝謂之千里駒。

〔四〕汗血　東方朔神異經：西南大宛之丘，有良馬日行千里，至日中而汗血。

〔五〕九皋　小雅鶴鳴詩：鶴鳴于九皋，聲聞于天。

〔六〕鳴陰　易中孚：九二，鶴鳴在陰，其子和之。

〔七〕攻玉　小雅鶴鳴詩：他山之石，可以攻玉。

〔八〕煉金　元遺山寄嵩前故人詩：黄金煉出相思句，寄與同聲别後看。

〔九〕雄風　宋玉風賦：此大王之雄風也。

〔一〇〕披襟　宋玉風賦：有風颯然而至，王迺披襟而當之。

丙申重九海上作四首①

秋聲海②氣互喧豗，倦睫濛濛溟漲〔一〕開。乍見天吴〔二〕離浪立，卻看地軸〔三〕拔潮廻。蹄涔〔四〕突兀驅狼石〔五〕，蟻垤〔六〕盤旋戲馬臺〔七〕。臏欲登臨更無那，天高陵谷〔八〕易悲哀。

【校勘記】

①詩觀題作「丙申雲間九日作」，篋衍集題作「雲間九日作」。②詩觀作「瀣」、五大家詩鈔作「爽」。

【箋注】

〔一〕溟漲　東方朔十洲記：蓬萊島别有圓海，水色正黑，謂之冥海。謝靈運遊赤石進帆海詩：溟漲無端倪。

〔二〕天吴　山海經：朝陽之谷，神曰天吴，是爲水伯。虎身人面，八尾八足，皆黄青色。

〔三〕地軸　木玄虚海賦：又似地軸挺拔而争迴。李善曰：地下有四柱，廣十萬里，有三千六百軸。

〔四〕蹄涔　淮南子氾論訓下篇：夫牛蹄之涔，不能生鱣鮪。許慎曰：涔，雨水也。滿牛蹄跡中者，言其小也。

〔五〕驅狼石　樂史寰宇記：登州文登縣，有秦始皇石橋。伏琛齊記：始皇造橋，欲渡海觀日出處，海神爲之驅石豎柱。

〔六〕蟻垤　國風東山詩：鸛鳴于垤。毛萇傳曰：垤，蟻塚也。揚雄方言：垤，封場也。楚郢以南，蟻土謂之垤。垤，中齊語也。晉書王湛傳：湛曰：「此馬任重方知之，平路無以别也。」於是當蟻封内試之。

〔七〕戲馬臺　樂史寰宇記：戲馬臺在彭城縣南三里，項羽築。宋武帝北征至彭城，遣長史王虞等立第舍於項羽戲馬臺。重九日公引賓佐登此臺，會將佐百僚，賦詩以觀志，作者百餘人，獨謝靈運詩最工。

〔八〕陵谷　小雅十月之交詩：高岸爲谷，深谷爲陵。

其二

黄浦〔一〕横流絶大荒〔二〕，巡①簷依約指扶桑。銷沉鮫室〔三〕餘窮髪〔四〕，磨滅龍宫向夕陽。故國屢經滄海②變，吾家猶説射潮〔五〕强。登高莫漫誇能賦〔六〕，四海空知兩鬢〔七〕霜。

【校勘記】

①鄒本、金匱本作「迎」。②「滄海」，五大家詩鈔作「亡社」。

【箋注】

〔一〕黄浦　王象之輿地紀勝：黄浦，一名黄蘗澗，在烏程二十八里。吴興記曰：春申君黄歇于吴墟西南立菰城縣，青樓延十里。後漢司隸校尉黄向於此築陂溉田。鮑照有黄浦亭黄浦橋送别詩。

〔二〕大荒　左太沖吴都賦：出於大荒之中，行乎東極之外。劉淵林曰：大荒，謂海外也。

〔三〕鮫室　木玄虚海賦：天琛水怪，鮫人之室。

〔四〕窮髪　莊子逍遥遊篇：窮髪之北有冥海者，天池也。李云：髪，猶毛也。北極之下無毛也。崔云：北方無毛地也。

〔五〕射潮　吴越備史：始築捍海塘，王因江濤衝激，命强弩以射濤頭，遂定其基。復建候潮、通江等城門。

〔六〕能賦　韓詩外傳：孔子遊于景山之上，曰：「君子登高必賦。」左太沖三都賦序：升高能賦者，頌其所見也。李善曰：毛萇詩傳曰：升高能賦，可以爲大夫。

〔七〕兩鬢　石林詩話：劉季孫爲杭州鈐轄，子瞻作守，深知之。後嘗以詩寄子瞻云：四海共知霜鬢滿，重陽曾插菊花無？子瞻大喜，在潁州和季孫詩，所謂「一篇向人寫肝肺，四海知我霜鬢須」，蓋記此也。

其三

去歲登高莫釐頂，杖藜落落覽吴洲。洞庭雁過猶前旅，橘杜〔一〕龍歸又一秋。颶母〔二〕風欺天四角，鮫人〔三〕淚盡海東頭。年年風雨懷重九，晴昊〔四〕翻令日莫愁。

【箋注】

〔一〕橘社　范成大吴郡志：洞庭東山有柳毅井。小説載毅傳書事，或以爲岳之洞庭。以其説有橘社，故議者以爲即此洞庭山耳。

〔二〕颶母　李肇國史補：南海人言海風四面而至名曰颶風。颶風將至，則多虹蜺，名曰颶母。

〔三〕鮫人　任昉述異記：南海中有鮫人室，水居如魚，不廢機織。其眼能泣而出珠。

〔四〕晴昊　少陵簡薛華醉歌：亂插繁華向晴昊。

其四

故園今日也登高，萸熟茶香〔一〕望我勞。嬌女指端裝菊枕，稚孫頭上搭花糕〔二〕。含珠〔三〕夜月生陰火〔四〕，擁劍〔五〕霜風長巨螯。歸與山妻繙海賦，秋燈一穗掩蓬蒿。

【箋注】

〔一〕茶香　皎然九日與陸羽賞茶詩：俗人泛萸酒，誰解助茶香？

〔二〕搭花糕　周守忠養生月覽：九月九日天欲明時，以片糕搭兒頭上，乳保祝禱云：「百事皆高也。」

〔三〕含珠　揚雄蜀都賦：蚌含珠而擘裂。

〔四〕陰火　木玄虛海賦：陽冰不冶，陰火潛燃。

〔五〕擁劍　左太沖吴都賦注：劉淵林曰：擁劍，蟹屬，從廣二尺許，有爪，其螯偏大，大者如人大指，長二寸餘，色不與體同，特正黄而生光明。常忌護之如珍寶，以利如劍，故曰擁劍。其一螯尤細，主取食。

陸子玄置酒墓田丙舍妓彩生持扇索詩醉後戲題八首

霜林雲盡月華稠，雁過烏棲暮欲愁。最是主人能慰客，緑尊紅袖總宜秋。

其二

金波〔一〕未許定眉彎，銀燭膏明對遠山〔二〕。玉女壺①〔三〕頭差一笑，依然執手〔四〕似人間。

【校勘記】

①「玉女壺」，鄒本、金匱作「阿耨池」。

【箋注】

〔一〕金波　漢書禮樂志：郊祀歌：月穆穆以金波。師古曰：月光穆穆，若金之波流。

〔二〕遠山　伶玄飛燕外傳：合德爲卷髮，號新髻。爲薄眉，號遠山黛。施小粧，號慵來粧。

〔三〕玉女壺　西崑酬唱集楊億七夕絶句：玉女壺傾笑電頻。

〔四〕執手　起世經：夜摩諸天，執手成欲；兜率陀天，憶念成欲；化樂諸天，熟視成欲；他化自在天，共語成欲。

其三

釭花〔一〕欲笑漏初聞①，白足〔二〕禪僧也畏君。上座嵬峨〔三〕許給事，緇衣偏喜醉紅裙。

【校勘記】

①「漏初聞」，鄒本、金匱作「酒顔醺」。

【箋注】

〔一〕釭花　李賀十二月樂詞：釭花夜笑凝幽明。

〔二〕白足　慧皎高僧傳：前魏太武時，沙門曇始，甚有神異。常坐不卧，五十餘年，足不躡席，跣行泥穢中，奮足便浄，色白如面，俗號曰白足阿練也。李商隱天平公座中詩：白足禪僧思敗道，青袍御史擬休官。

〔三〕嵬峨　廣記：談藪：盧思道常曉醉於省門，見從姪賁，賁曰：「阿父何處飲來？凌晨嵬峩。」思道曰：「長安酒二百，價可嵬峩，我不可嵬峩爾。」

其四

殘粧池畔映餘霞，漏月〔一〕歌聲起暮鴉。枯木寒林①〔二〕都解語〔三〕，海棠十月夜催花。

【校勘記】

①鄒本、金匱本作「蟬」。

【箋注】

〔一〕漏月　楊慎禪林鈎玄：漏月事見燕丹子。漏月傳意於秦王，果脱荆軻之手。相如寄聲於卓氏，終獲文君之身，皆絲桐傳意也。秦王爲荆軻所持，王曰：「乞聽琴聲而死。」琴女名漏月，彈音曰：「羅縠單衣，可掣而絶。三尺屏風，可超而越。鹿盧之劍，可負而拔。」王如其言，遂斬荆軻。

〔二〕枯木寒林　傳燈録：大梅山法常禪師偈曰：摧殘枯木倚寒林，幾度逢春不變心。樵客遇之猶不顧，郢人那得苦追尋。

〔三〕解語　開元天寶遺事：太液池有千葉白蓮數枝盛開，帝與貴戚宴賞，左右皆嘆羨，帝指貴妃曰：「争如我解語花？」

其五

口脂眉黛並氤氳，酒戒今宵破四分〔一〕。莫笑老夫風景裂，看他未醉已醺醺。

【箋注】

〔一〕四分　竇苹酒譜：釋氏之教，尤以酒爲戒。故四分律云：飲酒有十過失。

其六

銀漢紅牆〔一〕限玉橋，月中田地〔二〕總傷凋。秋燈依約霓裳〔三〕影，留與銀①輪伴寂寥。

【校勘記】

①牧齋詩鈔作「冰」。

【箋注】

〔一〕紅牆　李商隱代應詩：本來銀漢是紅牆，隔得盧家白玉堂。誰與王昌報消息？盡知三十六鴛鴦。

〔二〕月中田地　樂天桂華詩：月中若有閒田地，何不中央種兩株？

〔三〕霓裳　沈括夢溪筆談：劉禹錫詩云：三鄉陌上望仙山，歸作霓裳羽衣曲。王建詩云：聽風聽雨作霓裳。鄭愚津陽門詩注云：葉法善嘗引上入月宫聞仙樂，及上歸，記其半，遂於笛中寫之。會西涼府都督楊敬述進婆羅門曲，與其聲調相符，遂以月中所聞爲散序，用敬述所進爲其腔，而名霓裳羽衣曲。諸説各不同，今蒲中逍遥樓楣上有唐人横書，類梵字，相傳是霓裳譜，字訓不通，莫知是非。

其七

老眼看花不耐春，裁紅綴緑若爲真？他時引鏡臨秋水，霜後芙蓉憶美人。

其八

交加履舄①韈塵〔一〕飛，蘭澤〔二〕傳香惹道衣。北斗横斜人欲别，花西落月送君歸。

【校勘記】

①鄒本作「錫」。

【箋注】

〔一〕韈塵　曹子建洛神賦：凌波微步，羅韈生塵。

〔二〕蘭澤　宋玉神女賦序：沐蘭澤，含若芳。李善曰：以蘭浸油澤以塗頭也。

霞城丈置酒同魯山彩生夜集醉後作

滄江秋老夜何其〔一〕，促席行杯但愬①遲〔二〕。喪亂天涯紅粉在，友朋心事白頭知。朔風悽緊〔三〕吹歌扇，參井微茫拂酒旗。今夕②且謀千日醉③〔四〕，西園〔五〕明月與君期。

【校勘記】

①鄒本作「數」。②鄒本、金匱本作「日」。③鄒本、金匱本作「酒」。

【箋注】

〔一〕夜何其　小雅庭燎詩：夜如何其，夜未央。

〔二〕愬遲　王仲宣公讌詩：合坐同所樂，但愬杯行遲。李善曰：愬，與訴同。

〔三〕悽緊　殷仲文南州桓公九井詩：風物自悽緊。李善曰：緊，猶實也。

〔四〕千日醉　博物志：劉玄石飲酒，一醉千日。

〔五〕西園　曹子建公讌詩：清夜游西園，飛蓋相追隨。明月澄清景，列宿正參差。

徐武静生日置酒高會堂賦贈八百字

昔在嘉隆際，姬周曆壽昌。東朝虛黼扆，西内挹軒皇。授籙〔一〕詒謀〔二〕遠，登遐〔三〕厭世〔四〕長。金天〔五〕龍驃眇，銀海〔六〕雁微茫。拱默存當宁〔七〕，攀號動萬方。華亭遺一老，定策媲三楊〔八〕。綈几〔九〕遺言在，黄麻〔一〇〕詔紙張。柱擎〔一一〕天八極，車運〔一二〕斗中央。離照〔一三〕開蒙翳，膚雲〔一四〕布濊汪。秀眉〔一五〕謹策杖，侮食〔一六〕讋窮荒。高廟邀①靈福，神功答昊蒼。但修唐六典，不改漢三章。新鄭〔一七〕徒軒輊，成都與頡頏。已上記文貞相業。朝家隆輔弼，閥閲稱旂常。豹尾〔一八〕金吾〔一九〕使，螭頭〔二〇〕玉璽郎。含飴〔二一〕銜廩禄，勝拜〔二二〕珥貂璫。琬琰刊新録，枌榆〔二三〕蔭舊鄉。賜金分左藏〔二四〕，治第列康莊〔二五〕。蘭錡森相直，簷牙屹互望。廟堂崇宰木〔二六〕，鄉黨敬維桑〔二七〕。接跡承華貫②〔二八〕，摳衣拜錦堂。天書迴日珥，宸翰抱虹光。玉札珍金碧，珠函閟縹緗。星河環禁楄〔二九〕，龍虎拱雕梁。遺像瞻清肅，修容接濟蹌。丹青猶婉婉，劍佩欲將將。豐芑〔三〇〕根滋大，澧蘭〔三一〕葉愈芳。長離仍夭矯，二遠並翱翔。視草〔三二〕徵家集，探花嗣國香。已上記徐氏閥閲之盛，次述板蕩淒涼。時危人草草，運往淚浪浪。喪亂嗟桑梓，分攜泣杕棠〔三三〕。午橋〔三四〕虚緑野，甲第〔三五〕裂倉琅。毳帳③圍壥里，穹廬④埒⑤堵牆。上楹殘網户〔三六〕，遥集〔三七〕儼堂皇〔三八〕。藻井〔三九〕欹中霤，交疏〔四〇〕斷兩厢。駱駝銜燕寢，雕鷲撲迴廊。緑水供牛飲〔四一〕，青槐系馬枊⑥〔四二〕。金扉雕綺繡，玉軸剔裝潢。篳篥吹重閣，胡笳亂洞房。重來履道里〔四三〕，旋憶善和坊〔四四〕。滅没如前夢，低廻⑦對夕陽。老夫殊毾㲪〔四五〕，吾子賸飛揚〔四六〕。已上述武静生日置酒。奕葉違東閣，誅茅背北邙。賜書〔四七〕傳鼓篋，遺笏〔四八〕貯牙牀。著作推徐幹〔四九〕，交游説鄭莊〔五〇〕。駕從千里〔五一〕命，諾許片言〔五二〕償。故國魚龍冷，高天鴻雁涼。撫心惟馬角〔五三〕，策足共羊腸〔五四〕。上四語兼懷闇公。四十年華盛，三千〔五五〕風力強。開筵千日酒，初度九秋霜。上客題鸚鵡〔五六〕，佳兒蠟鳳凰〔五七〕。寒花宜晚節，淡月似初陽。且共謀今夕〔五八〕，相將抗樂方〔五九〕。鐃歌喧枉渚〔六〇〕，鼓吹溢餘皇〔六一〕。于時有受降之役。積氣噓陽燄〔六二〕，衝風決土囊〔六三〕。紛紛争角觝〔六四〕，往往捉迷藏〔六五〕。身世雙樊籠，乾坤百戲場。拔河〔六六〕羣作隊，蹀蹐〔六七〕巧相當。蹀蹐，拋磚戲也。粤祝〔六八〕刀頭沸，侲僮橦末〔六九〕忙。倒投應共笑，殞絶又何妨？丸劍紛跳躍，虵蛇莽陸梁〔七〇〕。雉媒〔七一〕聲呃喔，鷄距〔七二〕羽飄颺。蚊翼〔七三〕飛軍檄，龜毛〔七四〕算土疆。蟻酣牀下鬬，鼠怯穴中僵。左角〔七五〕封京觀〔七六〕，南柯〔七七〕缺斧戕〔七八〕。西垣餘落日，東牖湛清觴。鶉首⑧〔七九〕天還醉⑨，旄頭⑩〔八〇〕角尚芒。楚弓〔八一〕亡自得，鄭璧〔八二〕假何常？頌德牛腰〔八三〕重，横經馬肆〔八四〕詳。有本事，詳在自注中。酒兵天井動，飲器月氏〔八五〕良。噩夢難料理，前塵費忖量。糟牀營壁壘，茗椀揀旗槍〔八六〕。乍可歌鸜鵒〔八七〕，寧辭典驌驦〔八八〕。持籌徵緑醑〔八九〕，約法聽紅粧。笑口燈花爛，灰心燭淚行。有言多謬誤，無處愬顛狂〔九〇〕。授色〔九一〕流眉睩⑪〔九二〕，傳杯齧口肪。漏殘河黯淡，舞罷斗低昂。班馬宵喧櫪〔九三〕，鄰鷄曉奮吭〔九四〕。莫嫌相枕藉，旭日漸煌煌。

【校勘記】

①鄒本、金匱本作「徹」。②鄒本作「胄」。③「毳帳」，鄒本、金匱本作「兵氣」，五大家詩鈔作「弧矢」。④「穹廬」，鄒本、金匱本作「車塵」，五大家詩鈔作「旌旗」。⑤五大家詩鈔作「列」。⑥凌本作「椿」。⑦鄒本、金匱本作「徊」。⑧「鶉首」，鄒本、金匱本作「河漢」。⑨鄒本、金匱本作「□」。⑩「旄頭」，鄒本、金匱本作「星辰」。⑪鄒本作「眼」。

【箋注】

〔一〕授籙　張平子東京賦：高祖膺籙受圖。薛綜曰：膺籙，謂當五勝之籙。受圖，卯金刀之語。

〔二〕詒謀　大雅文王有聲詩：貽厥孫謀，以燕翼子。

〔三〕登遐　記曲禮：天王登假。音義曰：假音遐。

〔四〕厭世　莊子天地篇：華封人謂堯曰：「千歲厭世，去而上仙，乘彼白雲，至於帝鄉。」

〔五〕金天　張平子思玄賦：顧金天而嘆息兮，吾欲往乎西嬉。李善曰：金天，少昊位也。

〔六〕銀海　漢書劉向傳：始皇帝葬於驪山之阿，下錮三泉，上崇山墳，其高五十餘丈，石槨爲游館，人膏爲燈燭，水銀爲江海，黄金爲鳧雁。

〔七〕當宁　記曲禮：天子當宁而立。

〔八〕三楊　殿閣詞林記：廖道南曰：「予觀國史，謂溥與士奇、榮相繼入相，時號三楊。士奇有相業，榮有相才，溥有相度。雖兒童婦女，咸知三楊之名。」

〔九〕绨几　葛洪西京雜記：天子玉几，冬則加綈錦其上，謂之綈几。

〔一〇〕黄麻　宋敏求春明退朝録：唐日曆云：貞觀十年十月，詔始用黄麻紙寫詔敕。

〔一一〕柱擎　屈原天問：八柱何當？東南何虧？王逸曰：言天有八山爲柱。

〔一二〕車運　史記天官書：斗爲帝車，運于中央。

〔一三〕離照　易離卦：明兩作離，大人以繼明照於四方。

〔一四〕膚雲　公羊僖公三十一年：觸石而出，膚寸而合，不崇朝而徧雨乎天下者，惟泰山爾。何休曰：側手爲膚，按指爲寸，言其觸石理而出，無有膚寸而不合。

〔一五〕秀眉　揚子雲方言：眉，老也，東齊曰眉。郭璞曰：言秀眉也。

〔一六〕侮食　王元長三月三日曲水詩序：侮食來王，左言入侍。李善曰：漢書匈奴傳曰：壯者食肥美，老者食其餘，貴壯健，賤老弱也。古本作晦食。周書曰：東越侮食。

〔一七〕新鄭　于慎行穀山筆麈：分宜罷，華亭柄政，新鄭高拱入樞府，即與争權。隆慶改元，新鄭自以御日登極，圖議政體，即從旁可否，華亭積不能容。廣平齊康者，新鄭門人也，上疏劾華亭，極其醜詆，時新鄭勢甚孤，且康言多謬，於是舉朝具疏劾新鄭及康，而爲華亭解請，凡二十八疏，上不得已，罷新鄭。

〔一八〕豹尾　漢書揚雄傳：在屬車間豹尾中。服虔曰：大駕屬車八十一乘，作三行，尚書御史乘之。最後一乘縣豹尾，豹尾以前，皆爲省中。

〔一九〕金吾　程大昌演繁露：揚子雲執金吾箴：「吾臣司金，敢告執璜。」則知金吾者，以金飾其兩末也。今管軍官入朝所執之杖，皆金釦其末也。漢志謂金吾爲鳥，非也。姚寬西溪叢話：漢書百官表：中尉，秦官。武帝太初元年更名執金吾。應劭曰：吾者，禦也。掌執金革以禦非常。師古曰：金吾，鳥名也，主辟不祥。天子出行，職主先導，以禦非常。故執此鳥之象，因以名官。崔豹古今注云：金吾，棒也。以銅爲之，金塗兩末，謂之金吾。二説不同。

〔二〇〕螭頭　李肇國史補：兩省諫起居郎爲螭頭，以其立近石螭首也。

〔二一〕含飴　世説排調篇：或口如含膠飴。

〔二二〕勝拜　史記三王世家：能勝衣趨拜。

〔二三〕枌榆　張平子西京賦：豈伊不懷歸於枌榆。薛綜曰：枌榆，豐社，高祖所起也。

〔二四〕左藏　通鑑：寶曆二年六月壬辰，宣索左藏見在銀十萬兩、金七千兩，悉貯内藏，以便賜與。

〔二五〕康莊　爾雅釋宫：四達謂之衢，五達謂之康，六達謂之莊。史記孟子列傳：自如淳于髡以下皆命曰列大夫，爲開第康莊之衢，高門大屋尊寵之。

〔二六〕宰木　公羊僖公三十三年：宰上之木拱矣。何休曰：宰，冢也。

〔二七〕維桑　詩小雅小弁章：維桑與梓，必恭敬止。

〔二八〕華貫　陳鴻長恨歌傳：叔父昆弟，皆列位清貴，爵爲通侯。

〔二九〕禁椳　何平叔景福殿賦：爰有禁椳，勒分翼張。李善曰：椳，署也。扁從户册者，署門户也。扁，與楄同。

〔三〇〕豐芑　大雅文王有聲詩：豐水有芑，武王豈不仕？詒厥孫謀，以燕翼子。

〔三一〕澧蘭　屈原九歌：沅有芷兮澧有蘭，思公子兮未敢言。

〔三二〕視草　樂天東南行：入視中樞草。

〔三三〕杕棠　曹植求通親親表：中詠棠棣，匪他之誡。

〔三四〕午橋　新唐書裴度傳：度治第東都集賢里，沼石林叢，岑繚幽勝。午橋作别墅，具燠館涼臺，號緑野堂。

〔三五〕甲第　漢書高帝紀：詔列侯食邑者賜大第室，吏二千石受小第室。孟康曰：甲乙次第，故曰第也。

〔三六〕網户　宋玉招魂：網户朱綴，刻方連些。王逸曰：網户，綺文鏤也。

〔三七〕遥集　王延壽魯靈光殿賦：胡人遥集于上楹。

〔三八〕堂皇　漢書胡建傳：監御史與護軍諸校列坐堂皇上。

〔三九〕藻井　張平子西京賦：蔕倒茄于藻井。薛綜曰：藻井，當棟中交木方爲之，如井幹也。

〔四〇〕交疏　古詩：交疏結綺窗。李善曰：薛綜西京賦注：疏，刻穿之也。

〔四一〕牛飲　韓詩外傳：紂爲酒池，可以運船，糟丘足以望十里，而牛飲者三千人。

〔四二〕馬枊　説文：枊，馬柱。蜀志先主傳：縛督郵，杖二百，解綬繫其頸，著馬枊。

〔四三〕履道里　白樂天池上篇序：都城風土水木之勝在東南偏，東南之勝在履道里，里之勝在西北隅。西閈北垣第一第，即白氏叟樂天退老之地。

〔四四〕善和坊　范攄雲溪友議：崔涯、張祜齊名，每題詩於倡肆，譽之則車馬盈門，毁之則杯盤失錯。嘗嘲李端端，端端遥見二子，道旁再拜，又重贈一絶句粉飾之曰：覓得黄騮被繡鞍，善和坊裏識端端。揚州近日渾成異，一朵行雲白牡丹。於是賓客競臻其户。柳子厚謫永州，與許孟容書：家有賜書三千卷，尚在善和里舊宅。宅今已三易主，書存亡不可知者。

〔四五〕旣毵　東坡與潘三失解後飲酒詩：顧我自爲都旣毵。

〔四六〕飛揚　少陵贈李白詩：痛飲狂歌空度日，飛揚跋扈爲誰雄？

〔四七〕賜書　後漢書董祀妻傳：文姬曰：「昔亡父賜書四千許卷，流離塗炭，罔有存者。」

〔四八〕遺笏　唐語林：韓皋家自黄門以來，三世傳執一笏，經祖、父所執，未嘗輕授于僕人之手。歸則别置於卧内一榻，以示敬慎。

〔四九〕徐幹　魏文帝與吴質書：偉長著中論二十餘篇，成一家之言，辭義典雅，足傳于後，此子爲不朽矣。

〔五〇〕鄭莊　史記鄭當時傳：當時，字莊，孝景時爲太子舍人。每五日洗沐，常置驛馬長安諸郊。存諸故人，請謝賓客，夜以繼日，至其明旦，常恐不徧。其游知交皆其大父行，天下有名之士也。

〔五一〕千里　世説簡傲篇：嵇康與吕安善，每一相思，千里命駕。

〔五二〕片言　史記季布傳：楚人諺曰：得黄金百斤，不如得季布一諾。何晏論語集解：孔安國曰：片猶偏也，偏信一言。

〔五三〕馬角　風俗通：俗説燕太子丹質于秦，始皇欲殺之，言能致烏頭白、馬生角乃得生。

〔五四〕羊腸　樂史寰宇記：玄武縣覆船山，益州記云：中十五里有七里坂，一名羊腸坂，屈曲有壁立難昇之路。

〔五五〕三千　莊子逍遥遊篇：鵬之徙于南冥也，水擊三千里，摶扶摇而上者九萬里。

〔五六〕題鸚鵡　後漢書禰衡傳：黄祖時大會賓客，人有獻鸚鵡者，祖曰：「願先生賦之。」衡攬筆而作，文無加點，辭采甚麗。

〔五七〕蠟鳳凰　南齊書王僧虔傳：曇首兄弟集會諸子孫，弘子僧達，下地跳戲。僧虔年數歲，獨正坐採蠟燭珠爲鳳凰，弘曰：「此兒終當爲長者。」南史王僧虔傳：王氏子孫集戲，僧綽採蠟燭珠爲鳳凰。

〔五八〕今夕　左太沖蜀都賦：樂飲今夕，一醉累月。

〔五九〕樂方　古文苑宋玉舞賦：抗音高歌，爲樂之方。

〔六〇〕枉渚　屈原九章：朝發枉渚兮，夕宿辰陽。王逸曰：枉渚，地名。

〔六一〕餘皇　左傳昭公十七年：吴伐楚，戰于長岸，大敗吴師，獲其乘舟餘皇。杜預曰：餘皇，舟名。

〔六二〕陽談　華嚴經賢首品：諸有如夢如陽談，亦如浮雲水中月。

〔六三〕土囊　宋玉風賦：風生於地，浸淫谿谷，盛怒於土囊之口。李善曰：谷口也。

〔六四〕角觝　任昉述異記：冀州有樂，名蚩尤戲。其民兩兩三三，頭戴牛角而相觝。漢造角觝戲，蓋其遺製也。

〔六五〕迷藏　元微之雜憶詩：憶得雙文朧月下，小樓前後捉迷藏。

〔六六〕拔河　封氏聞見記：拔河，古謂之牽鉤。相傳楚將伐吴，以爲教戰。古用篾纜，今民則以大麻絙，長四五十丈，兩頭分繫小索數百條挂于前，分二朋兩向齊挽。當大絙之中，立大旗爲界，震鼓叫噪，使相牽引，以卻者爲勝，就者爲輸，名曰拔河。

〔六七〕蹀堉　楊慎曰：宋世寒食有抛堉之戲，兒童飛瓦石，若今之打瓦也。或云起於堯民之擊壤。

〔六八〕粤祝　張平子西京賦：東海黄公，赤刀粤祝。冀厭白虎，卒不能救。薛綜曰：東海有能赤刀禹步，以越人祝法厭虎者，號黄公。

〔六九〕侲童橦末　西京賦：侲童程材，上下翩翻。突倒投而跟絓，譬隕絶而復聯。百馬同轡，騁足並馳。橦末之伎，態不可彌。

〔七〇〕陸梁　西京賦：怪獸陸梁。薛綜曰：陸梁，東西倡佯也。

〔七一〕雉媒　潘安仁射雉賦：眄箱籠以揭驕，睨驍媒之變態。

〔七二〕鷄距　左傳昭公二十五年：季氏介其鷄，郈氏爲之金距。

〔七三〕蚊翼　東方朔神異經：南方蚊翼下有小蜚蟲焉，目明者見之。每生九卵，成九子，蜚而俱去。蚊遂不知。此蟲既細且小，因曰細蠛。

〔七四〕龜毛　干寶搜神記：殷紂時，大龜生毛而兔生角，是兵甲將興之兆。

〔七五〕左角　莊子則陽篇：有國于蝸之左角者曰觸氏，有國于蝸之右角者曰蠻氏，時相與争地而戰，伏尸數萬，逐北旬有五日而後反。

〔七六〕京觀　左傳宣公十二年：潘黨曰：「君盍築武軍而收晉尸以爲京觀？」杜預曰：積尸封土其上，謂之京觀。

〔七七〕南柯　異聞録：淳于棼夢入槐安國爲駙馬，守南柯郡二十年，後王命歸本里。生遂發寤，見斜日未隱于西垣，餘樽尚湛于東壁，夢中倏忽若度一世矣。

〔七八〕斧戕　詩國風破斧章：既破我斧，又缺我戕。

〔七九〕鶉首　張平子西京賦：昔者大帝説秦穆公而覲之，饗以鈞天廣樂，帝有醉焉，乃爲金策，錫用此土，而剪諸鶉首。

〔八〇〕旄頭　史記天官書：昴曰旄頭，胡星也。

〔八一〕楚弓　家語：楚恭王出遊，亡烏嘷之弓，左右請求之。王曰：「止！楚王失弓，楚人得之，又何求之？」孔子聞之，曰：「惜乎其不大也。不曰人遺弓，人得之而已，何必楚也？」

〔八二〕鄭璧　左傳桓公元年：鄭伯以璧假許田，爲周公、祊故也。

〔八三〕牛腰　陸游老學庵筆記：潘邠老贈方回詩云：詩束牛腰藏舊稾，書訛馬尾辨新讎。

〔八四〕馬肆　淵明示周掾祖謝詩：馬隊非講肆，校書亦已勤。

〔八五〕月氏　水經注：匈奴冒頓單于破月氏，殺其王，以頭爲飲器。

〔八六〕旗槍　葉夢得乙卯避暑録：草茶極品唯雙井、顧渚。其初萌如雀舌者謂之槍，稍敷而爲葉者謂之旗。

〔八七〕歌鸜鴿　世説任誕篇：語林曰：謝鎮西酒後於槃案間爲洛中市肆工鸜鴿舞，甚佳。

〔八八〕典鷫鸘　葛洪西京雜記：司馬相如初與卓文君還成都，居貧愁懣，以所著鷫鸘裘就市人陽昌貰酒，與文君爲歡。

〔八九〕緑醑　樂天戲招諸客詩：黄醅緑醑迎冬熟，絳帳紅爐逐夜開。

〔九〇〕顛狂　少陵江畔尋花絶句：江上被花惱不徹，無處告訴只顛狂。

〔九一〕授色　司馬相如上林賦：色授魂與。張揖曰：彼色來授，我魂往與接也。

〔九二〕眉睩　宋玉招魂：娥眉曼睩，目騰光些。王逸曰：曼，澤也。睩，視貌。

〔九三〕喧櫪　少陵杜位宅守歲詩：盍簪喧櫪馬，列炬散林鴉。

〔九四〕奮吭　左太沖蜀都賦：哢吭清渠。吭，胡浪反。

雲間諸君子再饗余①於子玄之平原北臯子建斐然有作次韻和答②四首③

松江蟹舍〔一〕接魚灣，箬笠拏舟信宿還。愛客共尋張翰酒〔二〕，開筵先酹④陸機山〔三〕。吹簫聲斷更籌急，舞袖風迴么⑤鼓閑。沉醉尚餘心欲擣，江城悲角隱⑥嚴關。

【校勘記】

①鄒本、金匱本作「予」，凌本無「余」字。②「次韻和答」，詩觀作「次答」。③牧齋詩鈔題作「次韻和雲間諸君子」。④詩觀作「酧」。⑤牧齋詩鈔作「腰」。⑥鄒本、金匱本作「殷」。

【箋注】

〔一〕蟹舍　張志和漁父詞：松江蟹舍主人歡，菰飯蒓羹亦共餐。楓葉落，荻花乾，醉泊漁舟不覺寒。

〔二〕張翰酒　晉書張翰傳：翰曰：「使我有身後名，不如即時一杯酒。」時人貴其曠達。

〔三〕陸機山　陸士衡贈從兄車騎詩：髣髴谷水陽，婉孌崑山陰。李善曰：吴地記：海鹽縣東北二百里有長谷，昔陸遜、陸凱居此。谷東二十里有崑山，父祖葬焉。大明一統志：機山在松江府城西北二十里，因葬機得名。山下有村曰平原，亦以機爲平原内史故也。

其二

徵歌〔一〕選勝〔二〕夢華年，裝點清平覺汝賢〔三〕。燈下戲車〔四〕開地脈〔五〕，優人演始皇築長城事。

尊前酒户占天田。吴姬卻愬從軍苦，禪客偏①拈贈妓篇。看盡秋容存老圃，莫辭醉倒菊花前。

【校勘記】

①鄒本、金匱本作「頻」。

【箋注】

〔一〕徵歌　太白紫宫樂：選妓隨雕輦，徵歌出洞房。

〔二〕選勝　樂天江南喜逢蕭九徹因話長安舊遊詩：選勝移銀燭。

〔三〕覺汝賢　少陵別王十二判官詩：含悽覺汝賢。

〔四〕戲車　漢書衛綰傳：綰以戲車爲郎。師古曰：戲車，若今之弄車之技。張平子西京賦：爾乃建戲車，樹修旃。薛綜曰：旃，謂幢也。建之於戲車上也。

〔五〕地脈　史記蒙恬傳：起臨洮，屬之遼東，城壍萬餘里，此其中不能無絶地脈哉。

其三

秋漏沉沉夜壑〔一〕移，餘杭新酒〔二〕熟多時。笙歌氣暖燈花早，宴語風和燭淚遲。上客紫髯依白髮，佳人翠袖倚朱絲。魯山公次余坐，彩生接席①。頻年笑口〔三〕真難得，黄色〔四〕朝來定②上眉。

【校勘記】

①鄒本、金匱本此注作「次余座者魯山公，接席者彩生也」。②鄒本作「自」。

【箋注】

〔一〕夜壑　莊子大宗師篇：藏舟于壑，藏山于澤，可謂固矣。然而夜半有力者負之而趨，昧者不知矣。

〔二〕餘杭酒　葛洪神仙傳：方平以千錢與餘杭姥，求其酤酒，須臾信還，得一油囊酒五斗許。

〔三〕笑口　莊子盜跖篇：人上壽百歲，中壽八十，下壽六十，除病瘐死喪憂患，其中開口而笑者，一月之中不過四五日而已矣。

〔四〕黄色　東坡侍邇英次子由詩：時看黄色起天庭。施宿曰：玉管照神書：黄色，喜徵。

其四

幾樹芙蓉伴柳條，平川對酒碧天①高。湘江曲調②傳清瑟〔一〕，漢代詞人謚洞蕭〔二〕。自有風懷銷磊塊，定無籌策到漁樵。停杯且③話千年事，黄竹〔三〕誰④傳送酒謡？席中宋子建作致語，有云：借箸風清，效伏波之聚米。非⑤道人本色。五六畧爲申辨，恐作千古笑端耳⑥。

【校勘記】

①鄒本作「山」。②「曲調」，鄒本作「一曲」。③鄒本、金匱本作「莫」。④鄒本、金匱本作

「虚」。⑤鄒本、金匱本「非」上有「殊」字。⑥鄒本、金匱本後二句作「恐作千古笑端也。末句署爲申辯，苦未能了，觀者詳之」。五大家詩鈔全注作「子建有云：借箸風清，效伏波之聚米。殊非道人本色，故辨之」。

【箋注】

〔一〕傳清瑟　唐詩紀事：錢起，吴興人。初從鄉薦，居客舍，聞吟于庭中，曰：「曲終人不見，江上數峯青。」視之無所見。明年崔暐試湘靈鼓瑟詩，起即用爲末句，人以爲鬼謡。

〔二〕謚洞蕭　王褒洞簫賦：幸得謚爲洞簫兮，蒙聖主之渥恩。

〔三〕黄竹　穆天子傳：天子筮獵苹澤，作黄竹詩三章以哀民。

霞老①累夕置酒彩生先别口占十絶句紀事兼訂西山看梅之約②

酒暖杯香笑語頻，軍城笳鼓促霜晨。紅顔白髮偏相殢③，都是昆明劫後人。

【校勘記】

①江左三大家詩鈔作「城」。②箧衍集題作「酒間别妓」。③鄒本作「滯」。

其二

兵前吴女解傷悲，霜咽琵琶戍鼓催。促坐不須歌出塞〔一〕，白龍潭〔二〕是拂雲堆〔三〕。

【箋注】

〔一〕出塞　葛洪西京雜記：高帝令戚夫人歌出塞、望歸之曲。洛陽伽藍記：後魏高陽王雍美人徐月華善彈箜篌，能爲明妃出塞之歌，聞者莫不動容。

〔二〕白龍潭　王象之輿地紀勝：白龍洞，在華亭縣橫雲山頂，下通澱山湖。每風雨夜，有龍出入洞中。張堯同嘉禾百詠有白龍潭詩，許尚亦有詩。

〔三〕拂雲堆　樂史寰宇記：拂雲堆，在榆林縣北百七十里。

其三

促別蕭蕭班馬〔一〕聲，酒波方①溢燭花生。當筵大有留歡曲〔二〕，何苦淒涼唱渭城〔三〕？

【校勘記】

①詩觀作「猶」。

【箋注】

〔一〕班馬　太白送友人詩：揮手自茲去，蕭蕭班馬鳴。

〔二〕留歡曲　羅隱寄竇尚書詩：樽酒留懽醉始歸。

〔三〕渭城　樂天南園試小樂詩：慢拽歌詞唱渭城。

其四

酒杯①苦語正淒迷，刺促渾如烏夜棲。欲別有人頻顧燭，憑將一笑與分攜〔一〕。

【校勘記】

①鄒本、金匱本作「悲」。

【箋注】

〔一〕分攜　李商隱飲席戲贈同舍詩：洞中屐響省分攜。

其五

會太匆匆別又新，相看無淚可霑巾。緑①尊紅燭渾如昨，但覺燈前少一人。河東評云：唐人詩：但覺尊前笑不成。又云：遍插茱萸少一人。合此二語，恰是此詩落句也②。

【校勘記】

①鄒本作「金」。②凌本無「合此二語，恰是此詩落句也」十二字。鄒本、金匱本無此注。

其六

漢宮遺事剪燈論，共指青衫〔一〕認淚痕。今夕驚沙滿蓬鬢，始①知永巷〔二〕是君恩。魯山贈詩，傷昔年放逐，有「千金不賣長門賦」之句②。

【校勘記】

①牧齋詩鈔作「方」，鄒本、金匱本作「才」。②鄒本、金匱本此注作「魯山贈詩，有千金不買長門賦，傷先朝遺事也」。

【箋注】

〔一〕青衫　樂天琵琶行：座中泣下誰最多，江州司馬青衫濕。

〔二〕永巷　漢書高后紀：幽之永巷。如淳曰：列女傳：周宣姜后脱簪珥，待罪永巷。後改爲掖庭。師古曰：永，長也。三輔黄圖：永巷，宫中之長巷，幽閉宫女之有罪者，武帝時改爲掖庭，置獄焉。

其七

漁莊谷水並①垂竿，烽火頻年隔馬鞍。從此音書憑錦字，小箋雲母〔一〕報平安。

【校勘記】

①鄒本、金匱本作「兩」。

【箋注】

〔一〕雲母　吕温上官昭容書樓歌：雲母擣紙黄金書。

其八

緇衣居士謂霞老①白衣僧自謂②，世眼相看總不應。斷送暮年多好事③，半衾暖玉〔一〕一龕燈。

【校勘記】

①②鄒本、金匱本無此注。③鄒本、金匱本此句作「消受暮年無个事」。

【箋注】

〔一〕暖玉　少陵獨坐詩：暖老須燕玉。趙傁曰：燕玉，婦人也。古詩：「燕趙多佳人，美者顔如玉。」宋人仍襲，多用燕玉，實不知其所出。

其九

國西營〔一〕畔暫傳杯，笑口懵騰噤半開。數上聲①日西山梅萬樹，漫山玉雪遲君來。

【校勘記】

①鄒本、金匱本無此注。

【箋注】

〔一〕國西營　少陵月詩：干戈知滿地，休照國西營。

其十

江村老屋月如銀，繞磵寒梅破①早春。夢斷羅浮〔一〕聽剥啄，扣門須拉縞衣〔二〕人。

【校勘記】

①鄒本作「綻」。

【箋注】

〔一〕羅浮　龍城録：隋開皇中，趙師雄遷羅浮。一日天大寒，日暮，在醉醒間，因憩僕車于松林間酒肆旁舍，見一女人淡粧素服出迓。時殘雪對月，色微明。師雄與之語，但覺芳香襲人。因扣酒家門，得數杯相與飲。少頃有一緑衣童來，笑歌戲舞，亦自可觀。頃醉寢，師雄亦懵然。久之東方已白，師雄起視，在大梅花樹下，上有翠羽啾嘈。月落參横，但惆悵而已。

〔二〕縞衣　東坡松風亭梅花詩：海南仙雲嬌墮砌，月下縞衣來扣門。

答贈沈生麟二首

玄圃熊熊賸夜光，機雲没後有文章。中原傖父〔一〕誰相問？長柄葫蘆〔二〕幾許長？

【箋注】

〔一〕傖父　晉書左思傳：陸機與弟雲書曰：此間有傖父，欲作三都賦，須其成，當以覆酒甕耳。

〔二〕長柄葫蘆　世說：陸士衡初入洛，詣劉道真。劉尚在哀制中，禮畢，初無他言，唯問：「東吳有長柄葫蘆，卿得種來不？」

其二

雲間名①士久知名，祭酒親題月旦評〔一〕。綿蕞〔二〕即今聞辟召，沈生何似魯諸生？生爲燕京吳祭酒②所知。

【校勘記】

①鄒本、金匱本作「多」。②鄒本、金匱本無「吳」字。

【箋注】

〔一〕月旦評　後漢書許劭傳：劭與從兄靖俱有高名，好共覈論鄉黨人物，每月輒更品題，故汝南俗有月旦評焉。

〔二〕綿蕞　史記叔孫通傳：爲綿蕞野外習之。如淳曰：蕞謂以茅剪樹地爲纂位，尊卑之次也。春秋傳曰：置茅蕝也。蕝與蕞同，並子悅反。

贈雲間顧觀生秀才有序①

崇禎甲申，皖督桂陽公②抗疏經畫東南，請身任大江以北援剿軍務。南參贊史公專理陪京，兼制上游，特命余開府江、浙，控扼海道。三方鼎立，聯絡策應，畫疆分閫③，綽有成算。拜疏及國門，而三月十九日④之難作矣。顧秀才觀生實在桂陽⑤幕下，與謀削藁，余游雲間，許玠孚爲余言，始知之。請與相見，扁舟將發，明燈相對，撫今追昔，慨然有作。讀余詩者，當憫余孤生皓首，亦曾闌入局中，備殘棋之一著。而桂陽⑥賓主苦心籌國，楸枰已往，局勢宛然，亦將爲之俯仰太息，無令泯没於斯世也。丙申陽月八日，漏下三鼓，書於白龍潭之舟中。

【校勘記】

①鄒本、金匱本無「有序」二字。②⑤⑥「桂陽」，鄒本、金匱本作「貴陽」。③鄒本、金匱本作「界」。④鄒本、金匱本無「日」字。

東南建置畫封疆，幕府〔一〕推君借箸〔二〕長。鈐索空教沉①鐵鎖〔三〕，泥丸〔四〕誰與奠金湯〔五〕？旌麾寂寞盈頭雪，書記蕭閒寸管霜。此夕明燈撫空局，朔風殘漏兩茫茫②。

【校勘記】

①鄒本「傳」。②詩觀此句作「朔風吹雨漏茫茫」。

【箋注】

〔一〕幕府　史記李廣傳：莫府省約文書籍事。索隱曰：案大顏云：凡將軍謂之莫府者，蓋兵門合施帷帳，故稱莫府。古字通用，遂作莫耳。小爾雅訓莫爲大，非也。

〔二〕借箸　説苑善説篇：張良曰：「臣請借前箸而籌之。」

〔三〕鐵鎖　晉書王濬傳：武帝謀伐吴，濬作大船連舫，方百二十步，受二千餘人，以木爲城，起樓櫓，開四出門，其上皆得騎馬往來。吴人于江險磧要害之處，並以鐵鎖横截之，又作鐵錐暗置江中，以逆距船。濬乃作大筏先行，筏遇鐵錐，錐輒著筏去。又作火炬，灌以麻油，遇鎖，燃炬燒之，須臾鎔液斷絶，船無所礙。

〔四〕泥丸　後漢書隗囂傳：囂將王元説囂曰：「請以一丸泥爲大王東封函谷關。」

〔五〕金湯　後漢書光武紀贊：金湯失險，車書共道。

茸城惜别思昔悼今呈雲間諸游好兼與霞老訂①看梅之約共一千字②

十六年來事，茸城舊話傳。千金〔一〕徵窈窕，百兩〔二〕豔神仙。谷水爲珠浦，崑山是玉田。仙桃〔三〕方照灼，人柳〔四〕正蹁躚③。月姊〔五〕行媒妁，天孫〔六〕下聘錢。銖衣〔七〕身綽約，鈿盒〔八〕語纏綿。命許迦陵〔九〕共，星占柳宿〔一〇〕專。香分忉利市〔一一〕，花合夜摩天〔一二〕。陌上催歸〔一三〕曲，雲間贈婦〔一四〕篇。銀河〔一五〕青瑣外，朱鳥〔一六〕緑窗前。繡水香車度，横塘〔一七〕錦纜牽。畫樓丹嶂埒，書閣絳雲編。小院優曇秘，閒庭玉蕊鮮。優曇室以雲林畫得名，玉蘂軒余有記④。新粧花⑤四照〔一八〕，昔夢柳⑥三眠。筍迸⑦茶山屋，魚跳蟹舍椽。餘霞三泖〔一九〕塔，落月⑧九峯〔二〇〕煙。忽忽星移紀，芒芒度失躔。三江分漢塞，一水限秦川。吴苑烏棲急，華亭鶴唳偏。音書沉撥剌〔二一〕，懷袖⑨裹潺湲〔二二〕。命促憑抽矢，身危寄絕絃〔二三〕。幕烏〔二四〕偷暇豫，舫雀〔二五〕信洄沿。揺落蕭辰候，蒼茫華表顛。蓴鱸〔二六〕風颯爾，稻蟹〔二七〕種依然。懸薄荒魚罶〔二八〕，重門疊馬韉〔二九〕。兔絲〔三〇〕迷舊陌，虎落〔三一〕記新阡。蘭錡羝羊觸，罘罳〔三二〕凍雀穿。左言〔三三〕童豎慣，右袒〔三四〕道塗便。蘆管聲啁哳⑩，穹廬帳接連。銅駝〔三五〕身有棘，金狄〔三六〕淚如鉛。元老周家重，恩波漢葉聯。長衢羅甲第，廣宅埒平泉。護敕黄麻拱⑪，天書碧落鐫。百年更棨戟〔三七〕，千騎〔三八〕駐⑫戈鋋。沙道〔三九〕堤翻覆，雲臺〔四〇〕像播遷。西園營外宅〔四一〕，東閣擁中權〔四二〕。伐豈牽羊〔四三〕後，班應詐馬〔四四〕先。只孫〔四五〕侔貙虎，怯薛〔四六〕領貂蟬。潼酒〔四七〕天廚給，駝羹御席駢⑬。百丸追彈發，單騎挾酋⑭還。横海紓⑮盤馬〔四八〕，長征哂跕鳶〔四九〕。河魴〔五〇〕嘉丙穴〔五一〕，宋子〔五二〕麗丁年〔五三〕。玉帳誇韜畧，金章頌聖賢。鸛鵝〔五四〕前隊戲，鶯燕〔五五〕後車憐。鼓吹浮闤闠，笙歌沸市廛。横陳〔五六〕皆二八〔五七〕，下走〔五八〕亦三千〔五九〕。茵席〔六〇〕常霑吐，歌鐘〔六一〕不解懸。縈窗〔六二〕文練没，銜璧〔六三〕夜光圓。改席粧頻换，移燈劇屢悛⑯。帖腰〔六四〕連鎖袴，墮髻〔六五〕倒弓纏。顧曲〔六六〕三杯闋，留賓〔六七〕百戲闐。星毬拋蹴踘，花絮颭鞦韆。橦末僮相值，竿頭烏⑰欲顛。刀鋒餘髮鬌〔六八〕，劍器〔六九〕亂花鈿。交刃重重雪，跳丸〔七〇〕步步蓮。滿堂頭掉運，四座笑便嬛。雁鶩排行列，魚龍角曼延〔七一〕。老夫叨上客〔七二〕，大饗重加籩〔七三〕。寡兀身如塑⑱，喧豗坐益堅。酒兵〔七四〕圍粉黛，拇陣鬬嬋娟。一發推⑲渠帥〔七五〕，三呼詫老拳〔七六〕。宫人聽教鼓〔七七〕，歌伎伏⑳加鞭〔七八〕。蹴踏風流陣〔七九〕，傾欹㉑玳瑁筵。睇㉒流俄失面，靨笑已承顴〔八〇〕。吐手〔八一〕拈紅袖，科頭〔八二〕散白顛〔八三〕。簾帷看嘖嘖〔八四〕，屋壁指悁悁〔八五〕。謬誤〔八六〕誠多矣，醒狂〔八七〕或有焉。可應眉見睫〔八八〕，常用耳爲瑱〔八九〕。明月〔九〇〕愁難掇，晨風〔九一〕發未遄。憂天〔九二〕良自哂，失日〔九三〕復何愆？狼角横弧矢，參旗曳帛㉓旃。風霜雙白鬢，天地一青氈。設版㉔〔九四〕臨河漢，誅茅〔九五〕卜澗瀍。楚醪〔九六〕徒爾爾，魯酒〔九七〕自戔戔。羈旅存王粲〔九八〕，諸㉕生禮服虔〔九九〕。鐵龍〔一〇〇〕新侣集，金馬〔一〇一〕昔游捐。岸谷非聊爾，耕桑各勉旃。招㉖邀傾緑醑，投贈劈紅牋。不分㉗彈翎雀〔一〇二〕，相將拜杜鵑〔一〇三〕。憂心風摵摵，壯節鼓鼘鼘。老大〔一〇四〕銀箏畔，華年〔一〇五〕錦瑟邊。班荆〔一〇六〕殊慷慨，贈藥〔一〇七〕重留連。許掾來何暮，徐孃〔一〇八〕髮未宣〔一〇九〕。華顛〔一一〇〕猶躑躅，粉面亦迍邅。月引歸帆去，風將別袂褰㉘。無言循鶴㉙髮，有淚託鷗絃〔一一一〕。身世緇塵〔一一二〕化，心期皓首玄㉚。魂由天筮予，命荷鬼生全。此日憂痟首〔一一三〕，何時笑拍肩〔一一四〕？臨行心癢癢，苦語淚濺濺。去矣思蝦菜〔一一五〕，歸歟老粥饘〔一一六〕。可知淪往劫，還許問初禪〔一一七〕。燕寢清齋並，明燈繡佛燃。早梅千樹發，索笑〔一一八〕一枝嫣。有美其人玉〔一一九〕，相攜女手卷〔一二〇〕。衡寒羅袖薄，照夜縞衣妍。領鶴巡荒圃，尋花上釣船。白頭香冉冉，素手月娟娟。搔首頻支策〔三二〕，長歌欲扣舷㉛〔三三〕。莫令漁父櫂，蘆雪獨貪緣〔三三〕。

【校勘記】

①「兼與霞老訂」，鄒本、金匱本作「兼訂霞老」。②「一千字」，五大家詩鈔作「一百韻」。③五大家詩鈔此句作「梅摽正蹁躚」。④鄒本、金匱本無此注。⑤五大家詩鈔作「宜」。⑥五大家詩鈔作「恰」。⑦鄒本作「送」。⑧金匱本作「日」。⑨凌本作「補」。⑩鄒本、金匱本作「哳」。⑪鄒本作「牿」。⑫鄒本、金匱本作「列」。⑬凌本作「軿」。⑭鄒本、金匱本作「俘」。⑮鄒本作「期」。⑯上圖本作「竣」，凌本作「朘」，牧齋詩鈔作「踆」，此從金匱本。⑰鄒本、金匱本作「馬」。⑱鄒本、金匱本作「睡」。⑲凌本作「摧」。⑳鄒本、金匱本作「仗」。㉑「傾欹」，鄒本作「傾歌」，五大家詩鈔作「欹傾」。㉒五大家詩鈔作「涕」。㉓鄒本作「白」，五大家詩鈔作「旐」。㉔鄒本作「計」。㉕鄒本、金匱本作「書」。㉖鄒本作「扣」。㉗金匱本作「問」。㉘鄒本、金匱本作「牽」。㉙鄒本、金匱本作「白」。㉚鄒本、金匱本作「懸」。㉛凌本作「船」。

【箋注】

〔一〕千金　王子年拾遺記：薛靈芸年至十五，容貌絶世。谷習出守常山郡，以千金寶賂聘之以獻文帝。

〔二〕百兩　國風鵲巢詩：之子于歸，百兩御之。毛萇傳曰：百兩，百乘也。

〔三〕仙桃　洛陽伽藍記：景陽山南百果園，有仙人桃，其色赤，表裏照徹，得霜乃熟。出崑崙山，一曰王母桃也。

〔四〕人柳　唐詩紀事：李商隱賦云：豈如河畔牛星，隔歲只聞一過。不及苑中人柳，終朝剩得三眠。注曰：漢武苑中有人形柳，一日三起三倒。

〔五〕月姊　李商隱槿花詩：月裏寧無姊？

〔六〕天孫　史記天官書：織女，天女孫也。

〔七〕銖衣　長阿含經：忉利天衣重六銖，焰摩天衣重三銖，兜率陀天衣重一銖半，化樂天衣重一銖，他化自在天衣重半銖。

〔八〕鈿盒　陳鴻長恨歌傳：玄宗得楊玄琰女，定情之夕，授金釵鈿合以固之。

〔九〕迦陵　翻譯名義集：迦陵頻伽，此云妙聲鳥。大論云：如迦羅頻伽鳥。在轂中未出，發聲微妙，勝於餘鳥。正法念經云：山名曠野，其中多有迦陵頻伽，出妙音聲。如是美音，若天若人，緊那羅等，無能及者，唯除如來音聲。

〔一〇〕柳宿　抒情詩：白樂天有妓樊素善歌，小蠻善舞。嘗爲詩曰：櫻桃樊素口，楊柳小蠻腰。年既高邁，而小蠻方豐豔，因爲楊柳詞以託意曰：一樹春風萬萬枝，嫩于金色軟于絲。永豐坊裏東南角，盡日無人屬阿誰？及宣宗朝，國樂唱是詞，命取永豐柳兩株植于禁中。白感上知其名，又爲詩一章，末云：定知此後天文裏，柳宿光中添兩星。

〔一一〕忉利市　法苑珠林三界篇：忉利天有七市：第一穀米市，第二衣服市，第三衆香市，第四飲食市，第五華鬘市，第六工巧市，第七婬女市。處處並有市官，是諸市中天子天女，往來貿易。具市廛法，以爲戲耳。

〔一二〕夜摩天　華嚴經疏：四須夜摩天。須者，善也，妙也；夜摩，時也。具云善時分天。論云：隨時受樂，故名時分天。又大集經：此天用蓮華開合，以明晝夜。又云：赤蓮華開爲晝，白蓮花開爲夜，故云時分也。

〔一三〕催歸　東坡陌上花歌序：吴越王妃每歲春必歸臨安，王以書遺妃曰：「陌上花開，可緩緩歸矣。」吴人用其語爲歌，含思宛轉，聽之淒然。

〔一四〕贈婦　陸士衡爲顧彦先贈婦詩注：李善曰：上篇贈婦，下篇答也。

〔一五〕銀河　少陵江月詩：銀河没半輪。

〔一六〕朱鳥　徐陵玉臺集序：青牛帳裏，餘曲既終；朱鳥窗前，新粧已竟。

〔一七〕繡水横塘　大明一統志：學秀堰在嘉興府城西南九里，舊名學繡，後訛今名。横塘在府城東南五里，劉長卿詩「家在横塘曲」是也。

〔一八〕四照　山海經：鵲山有木焉，其狀如穀而黑理，其華四照，其名曰迷穀，佩之不迷。

〔一九〕三泖　松陵集陸龜蒙和襲美吴中書事詩：三泖涼波魚蕝動。注曰：遠祖士衡對晉武帝以「三泖冬温夏涼」。

〔二〇〕九峯　一統志：松江府稱澤國，以九峯勝。

〔二一〕撥剌　古詩：呼兒烹鯉魚，中有尺素書。少陵漫成絶句：船尾跳魚撥剌鳴。

〔二二〕潺湲　古詩：置書懷袖中，三歲字不滅。少陵寄旻上人詩：封書寄與淚潺湲。

〔二三〕絶絃　李商隱曉坐詩：腸危高下絃。

〔二四〕幕烏　左傳昭公二十八年：楚師夜遁。鄭人將奔桐丘，諜告曰：「楚幕有烏。」乃止。

〔二五〕舫雀　張景陽七命：乘鳧舟兮爲水嬉。李善曰：穆天子傳曰：天子乘鳧舟。郭璞曰：舟爲鳧形制，今吴之青雀舫，此其遺象也。玉臺集焦仲卿妻詩：青雀白鵠舫。

〔二六〕蓴鱸　晉書張翰傳：翰見秋風起，乃思吴中菰菜、蓴羹、鱸魚膾，曰：「人生貴得適志，何能羈宧數千里以要名爵乎？」遂命駕而歸。

〔二七〕稻蟹　國語：稻蟹不遺種。韋昭曰：蟹食稻。

〔二八〕魚罶　小雅苕之華詩：三星在罶。毛萇傳曰：罶，曲梁也，寡婦之笱也。

〔二九〕馬韉　白氏六帖：蘇秦先貴，張儀來謁，坐于馬韉而食之。

〔三〇〕兔絲　古詩：兔絲生有時。李善曰：兔絲草蔓聯草上，黄赤如金。

〔三一〕虎落　漢書鼂錯傳注：師古曰：虎落者，以竹篾相連遮落之也。

〔三二〕罘罳　漢書文帝紀：未央宫東闕罘罳災。師古曰：罘罳，謂連闕曲閣也。以覆重刻垣墉之處，其形罘罳然，一曰屏也。罘音浮。

〔三三〕左言　王元長三月三日曲水詩：左言入侍。

〔三四〕右袒　漢書高后紀：爲吕氏右袒，爲劉氏左袒。師古曰：袒，脱衣袖而肉袒也。左右者，偏脱其一耳。

〔三五〕銅駝　晉書索靖傳：靖知天下將亂，指洛陽宫門銅駝嘆曰：「會見汝在荆棘中耳。」

〔三六〕金狄　宋書五行志：魏明帝青龍中盛修宫室，西取長安金狄，承露槃折，聲聞數十里。金狄泣，於是因留霸城。此金失其性而爲異也。

〔三七〕棨戟　後漢書杜詩傳：世祖召見，賜以棨戟。漢雜事曰：漢制，假棨戟以代斧鉞。崔豹古今注：棨戟，前驅之器也。以木爲之，後代刻僞，無復典刑，以赤油韜之，謂之油戟，亦曰棨戟。王公已下通用之以前驅也。

〔三八〕千騎　樂府陌上桑古詞：東方千餘騎，夫壻居上頭。

〔三九〕沙道　少陵遣興詩：府中羅舊尹，沙道尚依然。

〔四〇〕雲臺　後漢書中興二十八將論：永平中，顯宗追感前世功臣，乃圖畫二十八將於南宫雲臺。

〔四一〕外宅　袁郊甘澤謡：田承嗣募軍中武勇十倍者，得三千人，號外宅男。

〔四二〕中權　左傳宣公十二年：中權後勁。杜預曰：中軍制謀，後以精兵爲殿。

〔四三〕牽羊　左傳宣公十二年：楚子圍鄭，三月克之。鄭伯肉袒牽羊以逆。杜預曰：肉袒牽羊，示服爲臣僕。

〔四四〕詐馬　元楊允孚灤京雜詠：錦衣行處狻猊集，詐馬筵前虎豹良。特敕雲和罷絃管，君王有意聽堯綱。注曰：詐馬筵開，盛陳奇獸。宴享既具，必二三大臣稱青吉斯皇帝，禮撤，於是而後禮有文，飲有節矣。雲和署隸儀鳳司樂，掌天下樂工。葉奇草木子：北方有詐馬筵，其筵之盛也，諸王公貴戚子弟競以衣馬華侈相高。

〔四五〕只孫　陶九成輟耕録：只孫宴服者，貴臣見饗於天子則服之。今所賜縫衣是也。貫大珠以飾其肩背間，膺首服亦如之。周憲王宫詞：御前咸著只孫衣。周伯琦詐馬行序：只孫，華言一色衣也。皇甫録近峯聞署：元親王及功臣侍宴者，别賜冠衣，謂之只孫，今儀從所服團花只孫當是也。

〔四六〕怯薛　輟耕録：國朝有四怯薛太官。怯薛者，分宿衛供奉之士爲四番，番三晝夜。凡上之起居飲食諸服御之政令，怯薛之長皆總焉。草木子：仕途自木華黎王等四怯薛大根脚出身分任省臺外，其餘多是吏員，至於科目取士，止是萬分之一耳。

〔四七〕湩酒　廣雅：湩謂之乳。説文：湩，乳汁也。

〔四八〕盤馬　世説賞譽篇注：鄧粲晉紀：王濟好馬，因取督郵馬與湛所乘馬較步驟。湛曰：「今直行車路，何以别馬勝不？唯當就蟻封耳。」於是就蟻封，濟馬果倒踣。

〔四九〕跕鳶　後漢書馬援傳：援封新息侯，謂官屬曰：「吾在浪泊、西里間，虜未没之時，下潦上霧，毒氣薰蒸，仰視飛鳶跕跕墮水中，今紆佩金紫，且喜且慚。」

〔五〇〕河魴　國風橫門詩：豈其食魚，必河之魴？

〔五一〕丙穴　左太沖蜀都賦：嘉魚出於丙穴。劉淵林曰：丙穴在漢中沔陽縣北，有魚穴二所，常以三月取之。丙，地名也。

〔五二〕宋子　國風橫門詩：豈其娶妻，必宋之子？

〔五三〕丁年　李少卿答蘇武書：丁年奉使，皓首而歸。李善曰：丁年，謂丁壯之年。

〔五四〕鸛鵝　左傳昭公二十一年：鄭翩願爲鸛，其御願爲鵝。杜預曰：鸛、鵝，皆陳名。

〔五五〕鶯燕　瞿佑歸田詩話：前隊貔貅銜曉色，後車鶯燕雜春風。

〔五六〕橫陳　古文苑宋玉諷賦：主人之女，又爲臣歌曰：「内怵惕兮徂玉牀，横自陳兮君之旁。」

〔五七〕二八　宋玉招魂：二八侍宿，射遞代些。王逸曰：二八，二列也。

〔五八〕下走　漢書蕭望之傳：若管、晏而休，則下走將歸延陵之皋。應劭曰：下，走僕也。師古曰：下走者，自謙言趨走之役也。

〔五九〕三千　史記春申君傳：春申君客三千餘人，其上客皆躡珠履。

〔六〇〕茵席　漢書丙吉傳：馭吏嗜酒，嘗從吉出，醉歐丞相車上。西曹主吏欲白斥之，吉曰：「以醉飽之失去士，使此人將何所容？此不過汙丞相車茵耳。」

〔六一〕歌鐘　左太沖魏都賦：歌鐘析邦君之肆。

〔六二〕縈窗　少陵劉顥宅宴吟醉歌：照室紅爐促曙光，熒窗素月垂文練。

〔六三〕銜璧　班孟堅西都賦：金釭銜璧，是爲列錢。李善曰：漢書曰：趙昭儀居昭陽舍，其壁帶往往爲黄金釭，函藍田璧，明珠翠羽飾之。音義曰：謂璧中之横帶也。

〔六四〕帖腰　南史羊侃傳：姬妾列侍，窮極奢靡。有孫荆玉，能反腰帖地，銜得席上玉簪。

〔六五〕墮髻　風俗通：墮馬髻者，側在一邊。

〔六六〕顧曲　吴志周瑜傳：瑜少精意于音樂，雖三爵之後，其有闕誤，瑜必知之，知之必顧。故時人謡曰：曲有誤，周郎顧。

〔六七〕留賓　史記滑稽傳：淳于髡曰：「主人留髡而送客。」

〔六八〕髮鬄　國風君子偕老詩：正義曰：言編若今假紒者，編列他髮爲之，假作紒形，加於首上。次者，亦鬄他髮與己髮相合爲紒，故云「所謂髮鬄」。是編、次所以異也。

〔六九〕劍器　樂府雜録：健舞曲有稜大、阿連、柘枝、劍器、胡旋、胡騰。注曰：開元中，有公孫大娘舞劍器，僧懷素見之，草書遂長，蓋準其頓挫之勢也。

〔七〇〕跳丸　張平子西京賦：跳丸劍之揮霍。李善曰：揮霍，謂丸劍之形也。

〔七一〕曼延　漢書西域傳贊：作巴渝都盧、海中碭極、漫衍魚龍、角抵之戲以觀視之。

〔七二〕上客　戰國策：司空馬去趙，渡平原，平原津令郭遺勞而問：「上客從趙來？」高誘曰：上客，尊客。

〔七三〕加籩　左傳昭公六年：季孫宿如晉，晉侯享之，有加籩。杜預曰：籩豆之數，多于常禮。

〔七四〕酒兵　南史陳暄傳：江謐議有言：「酒猶兵也。兵可千日不用，而不可一日不備；酒可千日不飲，而不可一飲而不醉。」

〔七五〕渠帥　漢書吴王濞傳：膠西王、膠東王爲渠率。師古曰：渠，大也。

〔七六〕老拳　晉書載記：石勒引李陽臂笑曰：「孤往日厭卿老拳，卿亦飽孤毒手。」

〔七七〕教鼓　吴越春秋：孫子試兵法，以王之寵姬二人爲軍隊長，告以軍法，隨鼓進退。宫女皆掩口而笑。孫子乃三令五申，其笑如故。孫子大怒，執法曰：「斬。」乃令斬隊長二人，即王之寵姬也。

〔七八〕加鞭　唐語林：裴寬尚書罷郡西歸汴中，日晚維舟，見一人坐樹下，衣服故敝，召與語，大奇之，謂：「君才識自當富貴，何貧也？」舉船中錢帛奴婢與之，客亦不讓。語訖上船，奴婢偃蹇者鞭撲之。裴公益以爲奇，其人乃張建封也。

〔七九〕風流陣　開元天寶遺事：明皇與貴妃每至酒酣，使妃子統宫妓百餘人，帝統小中貴百餘人，排兩陣於掖庭中，目爲風流陣。以霞帔錦被張之爲旗幟攻擊相鬬，敗者罰之巨觥以戲笑。

〔八〇〕承顴　曹子建洛神賦：靨輔承權。李善曰：權，兩頰也。

〔八一〕吐手　芥隱筆記：隱太子建成傳云「唾手可決」，用九州春秋唾掌語。

〔八二〕科頭　賓退録：俗謂不冠者曰科頭，科頭二字出史記張儀傳注，謂不著兜鍪入敵。

〔八三〕白顛　爾雅釋畜：駒，顙白顛。

〔八四〕嘖嘖　禮部韻畧：嘖嘖，鳴也。左傳：嘖有煩言。杜預曰：嘖，至矣。

〔八五〕悁悁　王子淵洞簫賦：哀悁悁之可懷兮，良醰醰而有味。

〔八六〕謬誤　淵明飲酒詩：但恨多謬誤，君當恕醉人。

〔八七〕醒狂　漢書蓋寬饒傳：蓋寬饒曰：「無多酌我，我乃酒狂丞相。」魏侯笑曰：「次公醒而狂，何必酒也？」

〔八八〕眉見睫　莊子庚桑楚篇：向吾見若眉睫之間，吾因以得汝矣。

〔八九〕耳爲瑱　國語：其又以規爲瑱也。韋昭曰：規，諫也。瑱，所以塞耳也。而又以規諫爲之。

〔九〇〕明月　魏武帝短歌行：明明如月，何時可掇？憂從中來，不可斷絶。

〔九一〕晨風　李少卿送蘇武詩：欲因晨風發，送子以賤軀。

〔九二〕憂天　列子天瑞篇：杞國有人憂天地崩墜，身無所寄，廢寢食者。

〔九三〕失日　韓非子説林上篇：紂爲長夜之飲，俱以失日。問左右，盡不知。使問箕子，箕子曰：「爲天下而一國皆失日，天下其危矣。一國皆不知，而我獨知之，我見其危矣。」辭以醉而不知。

〔九四〕設版　左傳僖公三十年：許君焦、瑕，朝濟而夕設版焉。

〔九五〕誅茅　屈原卜居：寧誅鋤草茅以力耕乎？

〔九六〕楚醪　李商隱江陵途中寄獻尚書詩：不遣楚醪沈。

〔九七〕魯酒　莊子胠篋篇：魯酒薄而邯鄲圍。

〔九八〕王粲　魏志王粲傳：獻帝西遷，粲從至長安，以西京擾亂，乃之荆州依劉表。

〔九九〕服虔　後漢書儒林傳：服虔少以清苦建志，入太學受業，善著文。少陵秋日夔府書懷詩：諸儒引服虔。

〔一〇〇〕鐵龍　楊鐵崖琴操序：永嘉李季和曰：「楊廉夫，鐵龍精也。」

〔一〇一〕金馬　陸韓卿答内兄希叔詩：屬叨金馬署，又點銅龍門。

〔一〇二〕彈翎雀　陶九成輟耕録：會稽張思廉作白翎雀歌：摩訶不作兜率聲，聽奏筵前白翎雀。

〔一〇三〕拜杜鵑　少陵杜鵑詩：杜鵑暮春至，哀哀叫其間。我見常再拜，重是古帝魂。

〔一〇四〕老大　少陵秋日夔府書懷詩：哀筝傷老大。

〔一〇五〕華年　李商隱錦瑟詩：錦瑟無端五十絃，一絃一柱思華年。

〔一〇六〕班荆　左傳襄公二十六年：班荆相與食，而言復故。杜預曰：班，布也。布荆坐地，共議歸楚事。

〔一〇七〕贈藥　國風溱洧詩：伊其相謔，贈之以芍藥。

〔一〇八〕徐孃　梁書元帝徐妃傳：季江每嘆曰：「徐孃雖老，猶尚多情。」

〔一〇九〕宣髮　陸德明易説卦釋文：寡髮如字，本又作宣，黑白雜爲宣髮。

〔一一〇〕華顛　後漢書崔駰傳：唐且華顛以悟秦。臣賢曰：爾雅曰：顛，頂也。華顛，謂白首也。

〔一一〕鵾絃　樂府雜録：開元中，賀懷智琵琶，其樂器以石爲槽，鵾鷄筋作絃，以鐵撥彈之。

〔一二〕緇塵　陸士衡爲顧彦先贈婦詩：京洛多風塵，素衣化爲緇。

〔一三〕痟首　周禮天官冢宰：四時皆有癘疾，春時有痟首疾。鄭氏曰：痟，酸削也。首疾，頭痛也。

〔一四〕拍肩　郭璞遊仙詩：左挹浮丘袖，右拍洪厓肩。李商隱碧城詩：莫見洪厓又拍肩。

〔一五〕蝦菜　少陵贈韋七贊善詩：洞庭春色悲公子，蝦菜忘歸萬里船。

〔一六〕粥饘　家語：饘於是，粥於是，以餬其口。王肅曰：饘，糜也。

〔一七〕初禪　法苑珠林大三災部：雜心論云：彼初禪内有覺觀，火擾亂故，外爲火災燒。

〔一八〕索笑　少陵迎妻子到江陵詩：巡簷索共梅花笑，冷蘂疏枝半不禁。

〔一九〕其人玉　小雅白駒詩：其人如玉。

〔二〇〕女手卷　記檀弓：執女手之卷然。正義曰：女子之手卷卷然而柔弱。

〔二一〕支策　莊子齊物論：師曠之枝策也。

〔二二〕扣舷　郭景純江賦：詠採菱以扣舷。李善曰：楚辭漁父：鼓枻而去。王逸曰：扣船舷也。

〔二三〕夤緣　莊子漁父篇：乃刺船而去，延緣葦間。

沈雪樵行腳詩

西笑〔一〕休嗟道路窮，紙窗〔二〕穴外即長空。一瓢在手堪行雨〔三〕，兩腳隨身可御風〔四〕。槎泛〔五〕銀河淩①鵲駕，書傳〔六〕錦字抵龍宮。老夫局促鷄窠〔七〕裏，睡足三竿日〔八〕正紅。

【箋注】

〔一〕鄒本作「堪」。

【箋注】

〔一〕西笑 桓譚新論：人聞長安樂，則出門西向而笑。

〔二〕紙窗 傳燈録：古靈禪師一日在窗下看經，蜂子投窗紙求出。師曰：「世界如許廣闊，不肯出，鑽他故紙。」

〔三〕行雨 廣異記：潁陽里正乘醉還村，至少婦祠下，久之欲醒，聞有人擊廟門云：「所由令覓一人行雨。」門内曰：「舉家往嶽廟作客，今更無人。」云：「門下卧者亦得。」遂呼某起，隨至一處，濛濛悉是雲氣，有物如駱駝，其人抱某上駝背，以一瓶授之，誡令正抱無傾側，其物遂行。瓶中水紛紛然作點而下，時久亢旱，下視其居處，因爾傾瓶。行雨既畢，所由放還，至廟門見己屍在水中，乃前入便活。以傾瓶之故，其村爲水所漂。

〔四〕御風 莊子逍遥遊篇：夫列子御風而行，泠然善矣。贊寧物類相感志：陸機要覽云：列子御風，常以立春日歸乎八荒，立秋遊乎風穴，是風至則草木皆生，去則摇落，謂之離合風。

〔五〕槎泛 荆楚歲時記：舊説天河與海通，近世有人居海渚者，每年八月有浮槎去來，人齎糧乘槎去，十餘月至一處，遥望宫中有織婦，一丈夫牽牛渚次飲之。人問此是何處，答曰：「君還至蜀都訪嚴君平則知之。」竟不上岸。因還，問君平，君平曰：「其年某日有客星犯牽牛宿。」正此人到天河時也。

〔六〕書傳　異聞集：柳毅於涇陽見婦人泣曰：「妾洞庭龍君小女也。嫁涇川次子，而夫壻日以厭薄。聞君將還吴，以尺書託寄。洞庭之陰，有大橘樹，鄉人謂之社橘。君解帶擧樹三發，當有應者。」毅還家，訪於洞庭，取書進之。龍君覽畢，宫中皆慟哭。有赤龍長萬餘尺，飛去，俄而涇水之囚人至矣。明日，宴毅于凝碧宫，張廣樂，舞萬夫于其右，中有一夫前曰：「此錢塘破陣樂。」復舞千女於其左，中有一女前進曰：「此貴主還宫樂。」龍君大悦。明日毅歸，贈遺珍寶，怪不可述。

〔七〕鷄窠　程大昌演繁露：蘇易簡著本朝使人至西番，見有老人消縮如小兒，在梁上鷄窠中，乃其見存子孫九代祖也。

〔八〕三竿日　山谷次聞善韻詩：扶醉三竿日。任淵曰：南齊書：永明五年十一月丁亥，日出三竿，朱色黄色赤暈。

長至前三日吴門送龔孝升大憲頒詔嶺南兼簡曹秋岳左轄四首

陽生嶺表動吹葭〔一〕，使節迢遥出内家。可是飲冰〔二〕宣詔草，祇應銜雪看梅花。春前黄木〔三〕南雲近，臘後紅蕉〔四〕北户賒。同①在羅浮香夢裏，隨君吟嘯繞天涯。

【校勘記】

①凌本作「圓」。

【箋注】

〔一〕吹葭　少陵小至詩：吹葭六琯動飛灰。

〔二〕飲冰　莊子人間世篇：葉公子高將使於齊，問於仲尼曰：「今吾朝受命而夕飲冰。」

〔三〕黄木　昌黎南海神廟碑：扶胥之口，黄木之灣。

〔四〕紅蕉　段公路北户録：紅蝙蝠出瀧州，多雙伏紅蕉花間。

其二

夕陽弔古每停車，風度祠〔一〕前噪晚鴉。萬里珠崖〔二〕餘①幾郡，千秋金〔三〕鏡屬誰家？天南日月周廻迴，規外〔四〕星辰佈置賒。卻望蒼梧瞻蕩節〔五〕，依然三殿〔六〕領黄麻。

【校勘記】

①鄒本、金匱本作「開」。

【箋注】

〔一〕風度祠　祝穆方輿勝覽：張相國祠，在韶州郡東，墓在武臨原。

〔二〕珠崖　樂史寰宇記：漢武帝元鼎六年，平吕嘉，開南海，置珠崖、儋耳二郡，崖岸之邊出真珠，故曰珠崖。

〔三〕金鏡　劉孝標廣絶交論：蓋聖人握金鏡，闡風烈，龍驤蠖屈，從道汙隆。李善曰：洛書曰：秦失金鏡。鄭玄曰：金鏡，喻明道也。唐張曲江相公上千秋金鏡録。

〔四〕規外　方輿勝覽：交廣間，南極浸高，北極淩低。圓規度外星辰至衆，大如五曜者數十，皆不在星經。

〔五〕蕩節　周禮地官司徒：凡邦國之使節，山國用虎節，土國用人節，澤國用龍節，皆金也，以英蕩輔之。杜子春云：謂以函器盛此節。或曰：英蕩，畫函。

〔六〕三殿　少陵送張學士南海勒碑詩：詔從三殿去。程大昌雍録：李肇記曰：翰林院在少陽院南，其東當三院。韋執誼曰：在銀臺門内，麟德殿西，重廊之後。三殿者，麟德殿也。一殿有三面，故名三殿，亦曰三院。南部新書：大明宫中有麟德殿，在仙居殿之西北，此殿三面，亦以三殿爲名。

其三

回首春明〔一〕戰齒牙，重重嶺樹喜遮遮。清流〔二〕久①已沉灰劫，鉤黨〔三〕何當指漢家？樹叫鉤輈〔四〕魂刺促，穴銜窶藪〔五〕夢交加。分明一滴曹溪水〔六〕，莫向恒河〔七〕錯算沙。

【校勘記】

①凌本作「又」。

【箋注】

〔一〕春明　唐六典：京城東面三門，中曰春明，東曰興化，南曰延興。

〔二〕清流　歐陽修朋黨論：唐之晚年，漸起朋黨之論，及昭宗時，盡殺朝之名士，或投之黄河，曰：「此輩清流，可投濁流。」而唐遂亡矣。

〔三〕鈎黨　後漢書靈帝紀：侯覽諷有司奏鈎黨下獄。臣賢曰：鈎，謂相牽引也。

〔四〕鈎輈　段公路北户録：衡州南多鷓鴣，每啼連轉數音，其韻甚高。唯本草説鳴云鈎輈格磔者是。昌黎杏花詩：鷓鴣鈎輈猿叫歇，杳杳深谷攢青楓。

〔五〕窶藪　漢書楊惲傳：脛脛者未必全，真人所謂鼠不容穴銜窶藪者也。

〔六〕曹溪水　釋氏通鑑：梁天監初，天竺僧智藥自西來漢土，尋流上至韶州曹溪水口，聞其香，掬嘗其味曰：「此水上流有勝地。」尋之。遂開山創立寶林，乃云此去百七十年，當有無上法寶，在此演法。

〔七〕恒河　金剛經：「須菩提，如恒河中所有沙數，如是沙等恒河，於意云何？是諸恒河沙寧爲多不？」須菩提言：「甚多，世尊，但諸恒河尚多無數，何況其沙。」智論：問曰：「恒河中沙，爲有幾許？」答曰：「一切算數所不能知，唯有佛及法身菩薩能知其數。一切閻浮提中微塵生滅多少，皆能數知，何況恒河沙？」

其四

左官〔一〕才子似長沙〔二〕，杯酒相逢笑畫蛇〔三〕。崖蜜〔四〕盤中廻苦味，嶺梅〔五〕笛裏憶胡笳。肉身命禮三生石〔六〕，法眼〔七〕圖②披六葉花〔八〕。從此真依結香火，心香傳記到③南華。憨山大師真身漆供曹溪，屬孝升往頂禮，并約秋岳收其遺集。張燕公嘗託武平一附香禮曹溪，有詩曰：大師捐世去，空留法身在。願寄無礙香，隨心到南海。蘇子瞻亦云：不向南華結香火④，此生何處是真依？余之託二公者遠矣，故末章申言之。

【校勘記】

①鄒本作「邊」，金匱本作「吹」。②凌本作「圓」。③「記到」，凌本作「寄相」。④「結香火」，鄒本、金匱本作「結煙火」，凌本作「納香火」。

【箋注】

〔一〕左官　程大昌演繁露：古人得罪下遷者皆曰左遷，漢法，仕諸侯者名爲左官。

〔二〕長沙　史記賈誼傳：絳、灌、東陽侯、馮敬之屬短賈生，天子後亦疏之，乃以賈生爲長沙王太傅。

〔三〕畫蛇　戰國策：陳軫曰：「楚人飲酒，畫地爲蛇，先成者飲。一人蛇先成，引酒且飲，乃左手持巵，右手畫蛇曰：吾能爲之足。未成，一人之蛇成，奪其巵曰：蛇固無足，子安能爲之足？遂飲其酒。」爲蛇足者終亡其酒。

〔四〕崖蜜　本草：崖蜜，又名石蜜，別有土蜜木蜜。東坡橄欖詩：待得微甘回齒頰，已輸崖蜜十分甜。

〔五〕嶺梅　白氏六帖：大庾嶺上梅，南枝落，北枝開。

〔六〕三生石　袁郊甘澤謠：李源與圓澤爲忘形之友，同至三峽，次南浦，見一孕婦，圓澤曰：「此某託身之所。」與源遽別，約後十二年杭州相見。是夕果卒，而婦生一子。源如期至杭訪之，至天竺寺，忽聞葛洪井畔牧童歌竹枝，隔溪呼源，乃圓澤也。歌曰：三生石上舊精魂，賞月吟風不要論。慚愧情人遠相訪，此身雖異性常存。歌畢，翩然而去。

〔七〕法眼　傳燈録：佛告諸大弟子：「迦葉來時，可令宣揚正法眼藏。」五燈會元：祖顧慧可而告之曰：「如來以正法眼付迦葉大士，展轉囑累，而至於我。我今付汝，汝當護持。」

〔八〕六葉花　贊寧宋高僧傳：慧能弟子神會序宗脈，從如來下西域諸祖外，震旦凡六祖，盡圖繪其影，太尉房琯作六葉圖序。

丙申至日爲人題華堂新燕圖

主人簷①前海燕乳②，差池上下銜泥語。依約呢喃喚主人，主人開顔③笑相許。主人一去秋復春，燕子去作他家賓。新巢非復舊庭院，舊燕喧呼新主人。新燕頻更主人面，主人新舊不相見。多謝華堂新主人，珍重雕梁舊時燕。

【校勘記】

①鄒本、金匱本作「堂」。②「燕乳」，鄒本作「乳燕」。③「開顔」，鄒本作「聞歌」。

卷八

長干塔光集起丙申年，盡丁酉年

讀雲林園事畧追敘昔遊凡一千字有序①

園爲金壇于通判②潤甫别業，高皇帝駐師顧龍山，御製樂府，有「望雲林鬱鬱」之句，園以此立名。

昔與于潤甫，論交③定縞紵〔一〕。招邀游雲林，爲我道羅縷〔二〕。某水復某丘④，一池又一嶼。榆柳藏曲折，鶯花覆⑤沮洳。數步一指點，曠奥領其緒。名園依緑水，杜陵有詩譜。築堤截龍山，捍水作洲渚。林垌氣奔騰，隩隈〔三〕勢卻拒。水襲山亦屬，卜築乃得所。高樓臨層雲，平視諸山俯。方髻〔四〕擁墮鬟〔五〕，華陽〔六〕伏左股〔七〕。川陸相緯經，禽魚各儔伍。亭臺架雲居，梯隥穿地腑〔八〕。橋斷船孤泳，徑窄樹偏僂。疏窗間複道，方屋羃梁柱。宧窔〔九〕違陰陽，籬落隔涼暑。白水明夜山，赤日憺亭午〔一〇〕。篁幽不見天，梧陰半爲雨。老樹拏龍蛇，蒼藤竄鼯鼠。卻過交蘆館〔一一〕，曠然易天宇。天開水容鮮，波澄雲氣聚。菰蒲亂渚牙，蒹葭辨浦潊。鳧鷖占厓涘，鵝鴨割水滸。因思帶笭箵〔一二〕，便欲理篙艣。翼然墨光亭，映望如兩序。紫柏憨山師，巾瓶昔遊處。説偈音落落，留題字舉舉。奇哉天人師〔一三〕，曠矣雲林侶。交蘆蘆本空，墨光光正吐。至今松下風，謖如聽握麈〔一四〕。步櫩〔一五〕既周流，傑閣起廊廡。卻望園事窮，勝覽攝步武〔一六〕。岸樹一磔〔一七〕量，樓榭屈指數。江梅初服靚〔一八〕，桃李晨粧嫵。池滿青荷蓋，花稀丹楓補。碧暈淨如拭，紅芳濕可取。鶯捎簾外花，鶴梳鏡中羽。天然界畫畫〔一九〕，粉本〔二〇〕在爾許。憑欄指顧人，畫笥亦收貯。主人樂斯游，酌客笑煦煦。君爲南塘〔二一〕客，余忝東橋〔二二〕主。且聽醉後歌，共曳燈前舞〔二三〕。畫師〔二四〕誰鄭虔？點筆有杜甫。莫令何將軍，寂寞笑吾汝。死別踰星終〔二五〕，絶哭〔二六〕嘆宿莽。于公有收⑥子〔二七〕，跌碭〔二八〕不莽鹵。胸破千卷書，手張百石弩。撰述園亭記，甲乙次州部。開章⑦一兩行，標題頌皇祖。萬騎羽林軍，六飛〔二九〕龍山〔三〇〕塢。鬱鬱雲林句，天葩〔三一〕播樂府。樹眉〔三二〕署嘉名，大哉匪誇詡。神筆揮銀鉤〔三三〕，天戈〔三四〕劚玉斧〔三五〕。便殿虎文衣〔三六〕，吉日岐陽鼓〔三七〕。三嘆思整冠，循髪手空撫。攬筆淚綆縻〔三八〕，俛仰道今古。緬惟盛明世，乾爻正九五。東風恒入律〔三九〕，青雲上干呂。規矩用高曾〔四〇〕，輩行襲珪組〔四一〕。官營絳守居〔四二〕，私築平泉〔四三〕墅。草木咸清嘉，禽魚並安堵。藥欄引仙雞，花鈴語鸚鵡。流鶯助管絃，立鶴列童豎。良常醴不薄，于家酒方酺。食單〔四四〕先子鵝〔四五〕，偏勸〔四六〕取魴鱮〔四七〕。南食羅蠔鬻〔四八〕，盤筵鬬粔籹〔四九〕。燕賞窮朝昏，即事忘行旅。相期問東家〔五〇〕，惜别指南浦〔五一〕。嗚呼離亂餘，周道泣禾黍。六博〔五二〕天神負，一擲乾坤賭〔五三〕。駊騀須彌風〔五四〕，擺磨初禪炬〔五五〕。珠宫決罘罳，瓊臺掘柱礎。長楊罷誇胡⑧〔五六〕，御宿弛禁籞〔五七〕。所至喪枌榆〔五八〕，伊誰保桑土〔五九〕？金谷〔六〇〕無飛灰，玉山〔六一〕有焦土。砥室填屎糞⑨，雕欄擘⑩燒煮。芳蘭鋤作薪，嘉禾化爲櫓。幸哉雲林園，有子克幹蠱〔六二〕。華搆尚言言〔六三〕，文石更⑪楚楚。林鶯揀新枝，巢燕依舊乳。前榮〔六四〕列琴書，中堂考鐘虡。鷊⑫然七日〔六五〕後，寧非神所與？殘生感物化〔六六〕，撫卷獨延佇。昔夢掛眉睫，新愁攪腸肚。村居堂有桔〔六七〕，蓬門版爲户。窗鷄〔六八〕聊共談，牀蟻〔六九〕敢余侮？拳曲盤木根〔七〇〕，慵惰卧瓜窳。昏花眼褵褷，摇落齒齟齬。井愁繫腰〔七一〕觀，杖喜過頭〔七二〕拄。策足定無津，藏書或有褚⑬〔七三〕。因君記景物，使我念燕胥〔七四〕。流連鄭谷〔七五〕幽，惻愴周原〔七六〕膴。豐草卜⑭貢㘨〔七七〕，竹箭⑮徵集梏〔七八〕。但謀白墮〔七九〕醉，焉用實沈〔八〇〕詛。閒看鼠盜瓜，忙笑狙賦⑯芧〔八一〕。灌畦〔八二〕野人能，種菜〔八三〕英雄腐。懷哉燕鷄豚〔八四〕，及爾繼酒脯。莫笑溺人〔八五〕笑，還傷歌者〔八六〕苦。整齊北户録〔八七〕，摒當上林簿〔八八〕。它時重載筆，洛陽〔八九〕記園圃。

【校勘記】

①鄒本、金匱本無「有序」二字。②上圖本、凌本作「府」，此據金匱本。③鄒本、金匱本作

「文」。④鄒本作「山」。⑤鄒本、金匱本作「復」。⑥鄒本、金匱本作「令」。⑦鄒本、金匱本作「張」。⑧「誇胡」，鄒本、金匱本作「旌旗」。⑨「屎糞」，鄒本、金匱本作「糞壤」。⑩鄒本、金匱本作「髝」。⑪鄒本作「是」。⑫鄒本、金匱本作「巍」。⑬鄒本、金匱本作「楮」。⑭鄒本作「下」。⑮鄒本作「簡」。⑯鄒本、金匱本作「賊」。

【箋注】

〔一〕縞紵　左傳襄公二十九年：吴公子札聘於鄭，見子産，如舊相識，與之縞帶，子産獻紵衣焉。杜預曰：吴地貴縞，鄭地貴紵，故各獻己所貴。

〔二〕羅縷　謝靈運擬鄴中雜詩：羅縷豈闕辭。李善曰：王延壽王孫賦曰：羌難得而羅縷。羅，或爲覶。

〔三〕隩隈　爾雅釋丘：厓内爲隩，外爲隈。

〔四〕方髻　輿地紀勝：方山在上元東南七十里，秦鑿金陵以斷其勢。方石山垝，是所斷之處也。或云形如方印。

〔五〕擁墮鬟　山谷復次甯子興追和岳陽樓詩：山似樊姬擁髻鬟。

〔六〕華陽　真誥稽神樞：大天之内，有地中之洞天三十六所，其第八是句曲山之洞，周迴一百五十里，名曰金壇華陽之天。

〔七〕伏左股　東坡白水山佛跡巖詩：何人守蓬萊，夜半失左股？

〔八〕地腑　真誥稽神樞：金陵者，洞府之膏腴，句曲之地胏也。注曰：水至則浮，故曰地胏。

〔九〕宧窔　爾雅釋宫：東北隅謂之宧，東南隅謂之窔。

〔一〇〕亭午　孫興公遊天台山賦：羲和亭午。五臣曰：亭，至也。

〔一一〕交蘆　首楞嚴經：相見無性，同於交蘆。温陵曰：此根塵識，譬如束蘆，互相依倚。雖粗有相，其體全空。

〔一二〕笭箵　范成大吴郡志：吴中魚具尤多，所貯之器曰笭箵。

〔一三〕天人師　五燈會元：佛于二月八日明星出時成道，號天人師。

〔一四〕握塵　道誠釋氏要覽：鹿之大者曰麈，羣鹿隨之，皆看麈所往，隨麈尾所轉爲準。今講者執之象彼，蓋有所指麾故。

〔一五〕步櫩　相如上林賦：步櫩周流。李善曰：步櫩，步廊也。

〔一六〕步武　記曲禮：堂上接武。鄭氏曰：武，跡也。謝宣遠安城答靈運詩：跬步安步武。

〔一七〕一磔　翻譯名義集：一磔手。通俗文云：張申曰：磔，周尺。人一尺，佛二尺。唐於周一寸上增二分，一尺上增二寸，蓋周尺八寸也。賈逵曰：八寸曰咫，言膚寸者，四指曰膚，兩指曰寸。言一指者，佛指闊二寸。

〔一八〕服靚　左太沖蜀都賦：炫服靚粧。張揖曰：靚，謂粉白黛黑也。

〔一九〕界畫畫　畫斷：任安工界畫，每與山水賀真合手作圖軸。一日安先作横披，當中界樓閣，分布亭樹滿中，以困真。真止作坡岸於下，上則層巒疊嶂，出於屋杪，由是不能困。

〔二〇〕粉本　畫斷：玄宗天寶中，忽思蜀中嘉陵江山水，遂假吴生驛遞，令往寫貌，回日奏云：「臣無粉本，並記在心。」遣於大同殿圖之，一日而畢。

〔二一〕南塘　少陵遊何將軍山林詩：不識南塘路，今知第五橋。

〔二二〕東橋　少陵重過何氏詩：問訊東橋竹，將軍有報書。

〔二三〕燈前舞　少陵遊何將軍山林詩：自笑燈前舞，誰憐醉後歌？

〔二四〕畫師　少陵送鄭虔貶台州司户詩：鄭公樗散鬢成絲，酒後常稱老畫師。

〔二五〕星終　左傳襄公九年：晉侯曰：「十二年矣，是謂一終，一星終矣。」杜預曰：歲星十二歲爲一周天。

〔二六〕絶哭　陸士衡弔魏武帝文：覩陳根而絶哭。

〔二七〕收子　左傳文公元年：穀也食子，難也收子。杜預曰：收子，葬子身也。

〔二八〕跌碭　江文通恨賦：跌宕文史。李善曰：揚雄自敘：雄爲人跌宕。

〔二九〕六飛　漢書爰盎傳：今陛下騁六飛。如淳曰：六馬之疾若飛也。

〔三〇〕龍山　王象之輿地紀勝：龍山，九域志云：在江寧縣南四十里，舊名巖山，宋武帝改曰龍山，形似龍見。

〔三一〕天葩　昌黎贈張秘書詩：天葩吐奇芬。

〔三二〕樹眉　穆天子傳：天子遂驅升于弇山，乃紀迹于弇山之石，而樹之槐，眉曰西王母之山。

〔三三〕銀鉤　少陵陳拾遺故宅詩：到今素壁滑，灑翰銀鉤連。

〔三四〕天戈　昌黎石鼓歌：宣王憤起揮天戈。

〔三五〕玉斧　東坡贈寫御容妙善師詩：迎陽晚出步就坐，絳紗玉斧光照廊。

〔三六〕虎文衣　漢書王莽傳：杜陵便殿乘輿虎文衣廢臧在室匣中者出，自樹立外堂上，良久乃委地。

〔三七〕岐陽鼓　程大昌雍録：岐陽石鼓文，元和志曰：在鳳翔府天興縣南二十里，石形如鼓，其數盈十，蓋記周宣王田獵之事，即史籀之跡也。

〔三八〕綆縻　王仲宣詠史詩：臨穴呼蒼天，涙下如綆縻。

〔三九〕入律　東方朔十洲記：征和三年，武帝幸安定。西胡月支國王使者曰：「臣國去此三十萬里，國有常占，東風入律，百旬不休，青雲干呂，連月不散者，當知中國時有好道之君。」

〔四〇〕高曾　班孟堅西都賦：國藉十世之基，家承百年之業，士食舊德之名氏，農服先疇之畎畝，商循族世之所鬻，工用高曾之規矩。粲乎隱隱，各得其所。

〔四一〕珪組　江文通雜體詩：珪組賢君眄，青紫明主恩。

〔四二〕絳守居　董逌廣川書跋：絳守居園池記，文既怪險，人患難知。蓋紹述亦釋於後，自昔不知，故世不得考之。

〔四三〕平泉　康駢劇談録：李德裕東都平泉莊，去洛城三十里，卉木臺榭，若造仙府。遠方之人，多以異物奉之。有題平泉詩曰：隴右諸侯供語鳥，日南太守送名花。

〔四四〕食單　鄭望膳夫録：韋僕射巨源有燒尾宴食單。

〔四五〕子鵝　盧氏雜録：京都讌設愛食子鵝，每隻價值二三千。取鵝燖，去毛及五臟，入以肉及糯米飯，五味調和。取羊一口，亦燖，剥去腸胃，置鵝其中，縫合炙之，熟便去却羊，取鵝渾食之，謂之渾羊殁忽。又李詡戒菴漫筆：金壇子鵝擅江南之美，飼養有法，色白而肥。虞逋菴云：鵝性好潔，稻穀淘净，水渾，再易清者喂之乃佳耳。然市無鬻者，士大夫之家以此爲待賓上饌。

〔四六〕偏勸　少陵姜七少府設鱠歌：偏勸腹腴愧年少。

〔四七〕魴鱮　國風敝笱詩：敝笱在梁，其魚魴鱮。毛萇傳云：魴鱮，大魚。箋云：鱮似魴而弱鱗。

〔四八〕蠔鱟　昌黎初南食詩：鱟實如惠文，骨眼相負行。蠔相黏爲山，百十各自生。嶺表録異：蠔即牡蠣也，初生海島邊，如拳石，四面漸長，有高一二丈者。每一房内肉一片，隨其所生，前後大小不等。每潮來，諸蠔皆開房，伺蟲蟻入即合之。海夷盧亭者，以斧楔取殼，燒以烈火，蠔即啓房，挑取其肉，貯以小竹筐，赴墟市以易醎米。蠔肉大者醃爲炙，小者炒食。肉中有滋味，食之，即甚壅腸胃。段柯古酉陽雜俎：鱟雌常負雄而行，漁者必得其雙。南人列肆賣之。雄者少肉，舊説過海輒相積於背，高尺餘，如帆乘風遊行，今鱟殼上有物高七八寸如石珊瑚，俗呼爲鬣帆。至今閩嶺重鬣子醬。

〔四九〕粔籹　楚辭宋玉招魂：粔籹蜜餌，有餦餭些。王逸曰：餦餭，餳也。言以蜜和米麵熬煎作粔籹，擣黍作餌，又有美餳，衆味甘美也。

〔五〇〕東家　少陵遊何將軍山林詩：盡捻書籍賣，來問爾東家。

〔五一〕南浦　江淹別賦：送君南浦，傷如之何！

〔五二〕六博　韓非子外儲説左上篇：秦昭王令工施鈎梯而上華山，以松柏之心爲博，箭長八尺，棊長八寸，而勒之曰：「昭王嘗與天神博于此矣。」

〔五三〕乾坤賭　昌黎過鴻溝絶句：龍疲虎困割川原，億萬蒼生性命存。誰勸君王迴馬首？真成一擲賭乾坤。

〔五四〕須彌風　大智度論：八方風不能動須彌山，隨藍風至，碎如腐草。

〔五五〕初禪炬　法苑珠林大三災部：雜心論云：彼初禪内有覺觀，火擾亂故，外爲火災燒。

〔五六〕誇胡　揚子雲長楊賦：上將大誇胡人以多禽獸。

〔五七〕禁籞　揚子雲羽獵賦序：儲偫禁籞所營。應劭曰：籞，禁也，謂禁止往來。

〔五八〕枌榆　張平子西京賦：豈伊不懷歸於枌榆？薛綜曰：枌榆，豐社，高祖所起也。

〔五九〕桑土　國風鴟鴞詩：迨天之未陰雨，徹彼桑土，綢繆牖户。

〔六〇〕金谷　緑珠傳：石崇有別廬在河南金谷澗。澗中有金水，自太白源來。崇即川阜製園館。

〔六一〕玉山　山海經：玉山，西王母所居也。郭璞曰：此山多玉石，因以爲名。穆天子傳謂之羣玉之山。

〔六二〕幹蠱　易蠱卦：初六，幹父之蠱。

〔六三〕言言　大雅公劉詩：京師之野，于時處處，于時廬旅，于時言言，于時語語。

〔六四〕前榮　相如子虛賦：曝背南榮。郭璞曰：榮，屋南簷也。

〔六五〕七日　法苑珠林劫量篇：是時劫末，唯七日，在于七日中，無量衆生死盡。時有一人，合集閻浮提内男女，唯餘一萬，留爲當來人種。

〔六六〕物化　魏文帝與吴質詩：元瑜長逝，化爲異物。

〔六七〕有秸　昌黎剥啄行：空堂幽幽，有秸有莞。門以兩版，叢書于間。

〔六八〕窗鷄　白氏六帖：宋處宗買得一長鳴鷄，籠著窗間，忽作人語，與宗談論終日。

〔六九〕牀蟻　世説紕繆篇：殷仲堪父病虚悸，聞牀下蟻動，謂是牛鬭。

〔七〇〕盤木根　史記鄒陽傳：蟠木根柢，輪囷離詭。孟康云：蟠結之木也。晉灼云：槃柢，木根也。

〔七一〕繫腰　記纂淵海：東坡文曰：俗言彭祖觀井，自繫大木之上，以車輪覆井，而後敢觀。

〔七二〕過頭　少陵晚晴吴郎見過北舍詩：竹杖交頭拄。

〔七三〕有褚　左傳成公三年：荀罃之在楚也，鄭賈人有將寘諸褚中以出。既謀之，未行，而楚人歸之。

〔七四〕燕胥　大雅韓奕詩：侯氏燕胥。

〔七五〕鄭谷　少陵鄭駙馬宅宴洞中詩：自是秦樓壓鄭谷。

〔七六〕周原　大雅緜詩：周原膴膴。

〔七七〕貢匭　左傳僖公四年：齊侯以諸侯之師伐楚。管仲曰：「爾貢包茅不入，王祭不共，無以縮酒，寡人是徵。」

〔七八〕集楛　魯語：有隼集於陳侯之庭而死，楛矢貫之，石砮，其長尺有咫。仲尼曰：「此肅慎氏之矢也。」

〔七九〕白墮　洛陽伽藍記：河東人劉白墮善能釀酒，飲之香美，而醉經月不醒。

〔八〇〕實沈　左傳昭公元年：子産曰：「昔高辛氏有二子，伯曰閼伯，季爲實沈，居于曠林，不相能也，日尋干戈，以相征伐。后帝不臧，遷閼伯於商丘，主辰，商人是因，故辰爲商星。遷實沈于大夏，主參，唐人是因，以服事夏、商。」

〔八一〕賦芧　莊子齊物篇：狙公賦芧，曰：「朝三而暮四。」衆狙皆怒。曰：「然則朝四而暮三。」衆狙皆悅。名實未虧，而喜怒爲用，亦猶是也。

〔八二〕灌畦　莊子天地篇：子貢過漢陰，見一丈人將爲圃畦，鑿隧而入井，抱甕而出灌，用力多而成功寡。

〔八三〕種菜　蜀志先主傳注：胡沖吴歷曰：曹公數遣親近密覘諸將，備時閉門，將人種蕪菁。曹公使人闚門，既去，備謂張飛、關羽曰：「吾豈種菜者乎？」開後栅，與飛等輕騎俱去。

〔八四〕鷄豚　昌黎南溪始泛詩：願爲同社人，鷄豚燕春秋。

〔八五〕溺人　左傳哀公二十年：溺人必笑。杜預曰：猶溺人不知所爲而反笑。

〔八六〕歌者　古詩：不惜歌者苦，但傷知音稀。

〔八七〕北户録　唐萬年縣尉段公路纂北户録三卷。

〔八八〕上林簿　葛洪西京雜記：余就上林令虞淵得朝臣所上草木名二千餘種，隣人石瓊求借，一皆遺棄，今以所記憶列於篇右。

〔八九〕洛陽　李格非洛陽名園記序：洛陽之盛衰者，天下治亂之候也。園圃之廢興，洛陽盛衰之候也。名園記之作，予豈徒然哉？

秋日曝書得鶴江生詩卷題贈四十四韻生名高，金壇人

老夫①歸空門，沉心研内典。鈔解首楞嚴，目眵〔一〕指亦繭。詩筒〔二〕如束筍〔三〕，堆案不遑展。蟲蝕每成字，蛛網旋生蘚。今年中秋日，十軸灑告蕆〔四〕。暇日〔五〕理素書，秋陽曬殘卷。鶴江一編詩，宛然在篋衍〔六〕。快讀三四章，老眼霍如洗。得意手欲笑〔七〕，沉吟鬚盡撚〔八〕。君詩有遠體，拂拭忌膿腆。素心苦刻鏤，煩囂務裁②揃。詠懷多短章，雅談學古

選。么弦〔九〕叶孤桐，清音自婉轉。樂府懷諷諭〔一〇〕，定哀〔一一〕託微闡。將希長慶風，庶遵仲初撰。今體非繁芿，蓄意聊撥遣。望塵〔一二〕絶投獻，當筵謝酬餞。俗音忘平和，慆堙〔一三〕任乖舛。雪山妙歌聲〔一四〕，清浄復柔輭〔一五〕。藹藹春空雲，白衣〔一六〕見舒捲。蒼蒼蒹葭水，緑波正清淺。以此知其人，金寒〔一七〕澤有銑〔一八〕。董帷〔一九〕繁露滋，鄭圃〔二〇〕冷風善。徒步〔二一〕走秦州，單衣不裝襺。留滯嗤賈胡〔二二〕，高吟忘重趼〔二三〕。嘆息岐陽狩，悵望空同輦〔二四〕。臨洮牧馬驕，漁陽突③騎殄。原廟〔二五〕仰衣冠，新豐〔二六〕憶鷄犬。吟成嗌獨哽，歌罷淚雙泫。吁嗟十④年來，詩家熾壇墠。弇甲〔二七〕自言尊，跡亾〔二八〕互相踐。土龍〔二九〕矜⑤睒睗〔三〇〕，塗車〔三一〕逞靷韅〔三二〕。枝葉争挦⑥撦，糟醨⑦共沉湎。獨抱朱絲絃〔三三〕，被褐⑧〔三四〕甘偃蹇。視彼吹一⑨吷〔三五〕，豈惜知音鮮？嗟余老慵惰，詞場罷蒐獮。無能立赤幟，爲君署禁扁〔三六〕。吟賞徒自知，婞婳〔三七〕向舌本⑩〔三八〕。敢云過屠門，大嚼〔三九〕快永雋〔四〇〕。題詩刻苕華〔四一〕，聊用别瑶瑌〔四二〕。蕭辰⑪〔四三〕將戒寒，遺民在溝畎。新詩何用多，殘年共須勉。君如終念我，一水會乘艑。荒村紅豆莊，寒燈爲君剪。

【校勘記】

①鄒本、金匱本作「大」。　②凌本作「截」。　③凌本作「笑」。　④鄒本、金匱本作「千」。
⑤金匱本作「驚」。　⑥凌本作「恐」。　⑦凌本作「醴」。　⑧「被褐」，鄒本、金匱本作「褐被」。

⑨「吹一」，鄒本作「一吹」。⑩「舌本」，鄒本、金匱本作「誰辨」。⑪金匱本作「晨」。

【箋注】

〔一〕目眵　昌黎短燈檠歌：兩目眵昏頭雪白。

〔二〕詩筒　唐語林：白居易爲杭州刺史時，吴興守錢徽、吴郡守李穰悉生平舊友，日以詩酒寄贈。後元相積鎮會稽，參其酬唱，每以筒竹盛詩往來。

〔三〕束筍　昌黎贈崔立之評事詩：頻蒙怨句刺棄遺，豈有閒官敢推引？深藏篋笥時一發，戢戢已多如束筍。

〔四〕蕆　博雅：蕆，解也。敕輦切。

〔五〕暇日　王仲宣登樓賦：聊暇日以消憂。五臣曰：時天下喪亂，逼迫無暇，故假借此日登樓而四望也。

〔六〕篋衍　莊子天運篇：盛以篋衍。

〔七〕手笑　説文：歋歈，手相笑也。歋，音戈友反。歈，音踰，或音由。

〔八〕撚鬚　東坡和曹子方歐陽晦夫畫茅庵詩：應調折絃琴，自和撚鬚句。唐詩紀事：盧延讓苦吟詩：吟安一箇字，拈斷數莖須。

〔九〕么絃　陸士衡文賦：猶絃么而徽急，故雖和而不悲。

〔一〇〕諷諭　通鑑：白居易作樂府及詩百餘篇規諷時事，流聞禁中，上見而悦之，召入翰林爲學士。

〔一一〕定哀　史記匈奴列傳：太史公曰：孔氏著春秋，隱、桓之間則章，至定、哀之際則微，爲其切當世之文而罔褒，忌諱之辭也。

〔一二〕望塵　晉書潘岳傳：岳與石崇等諂事賈謐，每候其出，與崇輒望塵而拜。

〔一三〕慆堙　左傳昭公元年：煩手淫聲，慆堙心耳，乃忘平和，君子弗聽也。

〔一四〕妙歌聲　正法念經：山名曠野，其中多有迦陵頻伽，出妙音聲。如是美音，若天若人、緊那羅等，無能及者，唯除如來音聲。

〔一五〕柔輭　翻譯名義集：佛所出聲，以慈修口，故有八音：一極好音、二柔輭音、三和適音、四尊慧音、五不女音、六不誤音、七深遠音、八不竭音。

〔一六〕白衣　少陵可嘆詩：天上浮雲如白衣，斯須改變如蒼狗。

〔一七〕金寒　左傳閔公二年：晉獻公命申生伐戎，衣之尨服，佩以金玦。里克曰「金寒玦離」云云。晉語：玦之以金銑者，寒之甚也。

〔一八〕澤銑　爾雅釋器：絶澤謂之銑。郭璞曰：銑即美金，言最有光澤也。國語曰：玦之以金銑者，謂此也。

〔一九〕董帷　漢書董仲舒傳：下帷講誦，弟子傳以久次相授業，或莫見其面。蓋三年不窺園。

〔二〇〕鄭圃　列子天瑞篇：列子居鄭圃，四十年無人識者。

〔二一〕徒步　後漢書鄧禹傳論：鄧公嬴糧徒步，觸紛亂而赴光武。

〔二二〕賈胡　後漢書馬援傳：耿舒曰：「伏波類西域賈胡，到一處輒止。以是失利。」

〔二三〕重趼　莊子天道篇：百舍重趼而不敢息。成玄英疏曰：趼，脚生泡漿創也。

〔二四〕空同輦　少陵洗兵馬詩：常思仙杖過崆峒。

〔二五〕原廟　漢書禮樂志：至孝惠時，以沛宫爲原廟。師古曰：原，重也。言已有正廟，更重立之。

〔二六〕新豐　葛洪西京雜記：高帝既作新豐，并移舊社。衢巷棟宇物色唯舊，士女老幼相攜路首，各知其室。放犬羊鷄鴨于通塗，亦競識其家。匠人胡寬所營也。移者皆悦其似而安之。

〔二七〕弇甲　爾雅釋魚：龜俯者靈，仰者謝，前弇諸果，後弇諸獵，左倪不類，右倪不若。疏曰：云前弇諸果者，諸，辭也。注謂甲前長弇覆者名果。周禮東龜曰果屬是也。云後弇諸獵者，諸，亦辭也。注謂甲後長弇覆者名獵。周禮南龜曰獵屬是也。

〔二八〕跡厹　爾雅釋獸：貍狐貒貈醜，其足蹯，其跡厹。郭璞曰：厹，指頭處。疏曰：其指頭著地處名厹。音鈕。

〔二九〕土龍　山海經：旱而爲應龍之狀，乃得大雨。郭璞曰：今之土龍本此。

〔三〇〕睒晹　左太沖吴都賦：忘其所以睒晹。李善曰：説文曰：睒，暫視也。式冉切。晹，疾視也。式亦切。

〔三二〕塗車　記檀弓：塗車芻靈，自古有之。

〔三三〕韅靷　昌黎贈崔立之評事詩：余始張軍嚴韅靷。

〔三四〕朱絃　記樂記：清廟之瑟，朱絃而疏越，一倡而三嘆，有遺音者矣。

〔三五〕被褐　家語：子路曰：「有人于此，被褐而懷玉。」

〔三六〕一吷　莊子則陽篇：夫吹管也，猶有嗃也。吹劍首者，吷而已矣。堯、舜，人之所譽也。道堯、舜於戴晉人之前，譬猶一吷也。

〔三七〕禁扁　何平叔景福殿賦：爰有禁楄，勒分翼張。李善曰：扁，署也。扁從户册者，署門户也。扁，與楄同。

〔三八〕娦婀　昌黎石鼓歌：詎肯感激徒娦婀。

〔三九〕舌本　世説文學篇：殷仲堪云：「三日不讀道德經，便覺舌本間强。」

〔四〇〕大嚼　曹子建與吴季重書：過屠門而大嚼，雖不得肉，貴且快意。

〔四一〕永雋　漢書蒯通傳：通論戰國説士權變，亦自序其説，凡八十一首，號曰雋永。師古曰：雋，音字兗反。雋，肥肉也。永，長也。言其所論甘美而義深長也。

〔四二〕苕華　竹書紀年注：沈約曰：癸命扁伐山民，山民女於桀二人，曰琬，曰琰。后愛二人，斲其名于苕華之玉。苕是琬，華是琰。

〔四三〕瑻瑛　禮部韻畧：瑛，而宣切，珉也。亦作瑻。釋云：瑛，珉，士佩。

〔四三〕 蕭辰　殷仲文南州桓公九井詩：哲匠感蕭辰。李善曰：蕭辰，秋辰也，言秋景蕭索。

大觀太清樓二王法帖歌為山陰張爾唯作

神霄〔一〕天子恢皇綱，重鐫閣帖煥寶章〔二〕。干戈久忘熙陵勣①，圖書欲壓淳化藏。侍書著摹〔三〕換鈎搨，太師京識〔四〕新褫②裝。太清危樓切霄漢，乙夜〔五〕御覽廻虹光。大觀承平過星紀〔六〕，宣和板蕩垂靖康。聲明文物歸③松漠，翰林子墨〔七〕炎崑岡。駝載唐碑失定武〔八〕，氈裹〔九〕周鼓殘岐陽。冊府秘閣俱已矣，長沙〔一〇〕戲魚〔一一〕徒相望④。新絳燥⑤筆改東庫〔一二〕，亮字損本來榷⑥場〔一三〕。二府〔一四〕拜賜傳掌故，三館審定看堵牆。良常新銘〔一五〕不在世，羽陵〔一六〕舊蠹餘幾行？君從何處購此本，右軍墨蹟兼小王。續帖〔一七〕真成廿卷羨，萬籤何似二本良。墨華晶光出匱紙，筆陣〔一八〕折抹生鋒芒。晴窗臨摹挾飛動，棐几〔一九〕展翫鋪雲舫。裂文〔二〇〕木直非剥損，櫝痕銀錠〔二一〕誰低昂？從今鑒定歸米薛〔二二〕，不收慰問〔二三〕嗤梁唐。但看鸞翔與鳳翥〔二四〕，焉用冷金〔二五〕並硬黄〔二六〕。嗚呼此本不易得，摩挲使我神慘傷。自從京闕暗⑦戎馬，又使館閣淪滄桑。人間西清〔二七〕熸禁苑，天上東壁〔二八〕埋文昌。槖駝交跡踐竹素，牛馬漬汗沉⑧縹緗⑨。甲衣狼藉剔鈿錦，礮車迸裂窮琳琅。游家蘭亭〔二九〕填爨下，褚摹禊帖擲道旁。魯公孝經〔三〇〕麻姑字，兒童插標叫市坊。卷軸遑惜⑩三千〔三一〕富，款書寧數丈二〔三二〕長⑪。白麻何處博青縹〔三三〕，碧牋〔三四〕翻喜歸黄腸〔三五〕。奇哉一本獨完好，豈無六丁〔三六〕下取將？展卷俄驚標識改，開奩先嗅古墨香。印縫〔三七〕無煩辨分剪，破體〔三八〕仍與論偏傍⑫〔三九〕。何年瓦官閣鵐吻〔四〇〕，有客山陰搜屋梁〔四一〕。玉躞金題重閟惜⑬，褚妍歐怪〔四二〕空輝煌。已堪唐陵比玉匣〔四三〕，重許漢室開珠囊〔四四〕。傷心西昇〔四五〕失至寶，褚河南西昇經，余購得之新安，乙酉城陷失去。漫眼東觀〔四六〕欲發狂。吾家圓印銘忠孝，長依書史緘篋箱。米元章書史云：錢氏所收浩博帖，上有「希聖」字印，及「忠孝之家」圓錢印，併「錢氏書堂」印。作歌無才繼石鼓，閣⑭筆再⑮拜朝墨皇〔四七〕。

【校勘記】

①牧齋詩鈔作「蹟」。②金匱本作「裱」。③鄒本、金匱本作「掃」。④牧齋詩鈔作「忘」。⑤鄒本、金匱本作「澡」。⑥鄒本、金匱本作「摧」。⑦凌本作「睹」。⑧牧齋詩鈔作「污」。⑨感舊集無「橐駝交跡踐竹素，牛馬漬汗沉縹緗」二句。⑩鄒本、金匱本作「恤」。⑪感舊集無「卷軸遑惜三千富，款書寧數丈二長」二句。⑫「偏傍」，凌本作「篇旁」。⑬「重閟惜」，凌本作「閟惜重」。⑭鄒本、金匱本作「開」。⑮鄒本、金匱本作「載」。

【箋注】

〔一〕神霄　王偁東都事畧徽宗紀：政和七年，皇帝崇尚道教，號教主道君皇帝，改天下天寧觀爲神霄玉清萬壽宫。

〔二〕寶章　譚賓録：高宗謂鳳閣侍郎王方慶曰：「卿家合有書法？」方慶奏曰：「書共十卷見在。」上御武成殿，召羣臣取而觀之，仍令鳳閣舍人崔融作序，自爲寶章集，以賜方慶，朝野榮之。

〔三〕著摹　曹士冕法帖譜系：淳化法帖，熙陵以武定四方，載櫜弓矢，文治之餘，留意翰墨，乃出御府所藏歷代真蹟，命侍書王著模刻禁中，釐爲十卷。

〔四〕京識　法帖譜系：大觀中，奉旨刻石太清樓，字行稍高，而先後之次亦與淳化帖小異，其間有數帖，多寡不同，或疑用真蹟摹刻。凡標題皆蔡京所書。

〔五〕乙夜　緗素雜記：蔡質漢儀曰：衛士甲乙徼相傳，甲夜畢，傳乙夜，相傳盡五更。

〔六〕星紀　爾雅釋天：星紀，斗、牽牛也。郭璞曰：日月五星之所終始，故謂之星紀。

〔七〕翰林子墨　漢書揚雄傳：雄上長楊賦，聊因筆墨之成文章，故藉翰林以爲主人，子墨爲客卿以風。

〔八〕失定武　賓退録：蘭亭石刻，惟定武者得其真。蓋唐太宗以真蹟刻之學士院，朱梁徙置汴都。石晉亡，耶律德光輦而歸。德光道死，與輜重俱棄之中山之殺胡林，慶曆中爲土人李學究所得，韓魏公索之急，李瘞諸地中，而别刻以獻。李死，其子乃出之。宋景文公始買寘公帑。熙寧間，薛師正爲帥，其子紹彭又刻别本留公帑，攜古刻歸長安。大觀中，詔取寘宣和殿。靖康之變，虜襲以紅毯輦歸，今東南諸刻，無能彷彿者。

〔九〕氈裹　昌黎石鼓歌：氈苞席裹可立致，十鼓祇載數駱駝。

〔一〇〕長沙　法帖譜系：慶曆長沙帖，丞相劉公沆帥潭日，以淳化官帖命惠照大師希白模刻于石，寘之郡齋。增入傷寒、十七日、王濛、顏真卿等諸帖。

〔一一〕戲魚　法帖譜系：臨江戲魚堂帖，元祐間，劉次莊以家藏淳化閣帖十卷摹刻堂上，除去卷尾篆題，而增釋文。

〔一二〕東庫燥筆　法帖譜系：世傳潘氏析居，法帖石分而爲二，其後絳州公庫乃得其一，於是補刻餘帖，是名東庫本。字畫精神遒勁，亦自可愛。而衛夫人一帖及宋儋帖，頗多燥筆。

〔一三〕榷場損本　法帖譜系：太青樓帖，開禧以後有榷場中來者，已磨去亮字，無右邊轉腳，蓋避逆亮諱也。

〔一四〕二府　歐陽集古目録：太宗皇帝購募前賢真跡，集爲法帖十卷，鏤板而藏之。每有大臣進登二府，則賜以一卷。

〔一五〕良常新銘　黄長睿東觀餘論跋瘞鶴銘後：僕今審定，文格字法殊類陶弘景。弘景自稱華陽隱居，今曰真逸者，豈其別號歟？

〔一六〕羽陵　穆天子傳：天子東遊，次於雀梁，暴蠹書于羽陵。

〔一七〕續帖　法帖譜系：大觀中，刻石太清樓。又以建中靖國秘閣續帖十卷易其標題，去其歲月與官屬名銜，以爲後帖。又刻孫過庭草書譜及貞觀十七帖，總爲二十二卷。

〔一八〕筆陣　王羲之題衛夫人筆陣圖：紙者陣也，筆者刀矟也，墨者鍪甲也，水硯者城池也，心意者將軍也，本領者副將也。

〔一九〕棐几　晉書列傳：羲之嘗詣一門生家，見有一新棐几，至滑凈，王便書之，草正相半。門生送王歸郡，比還家，其父已刮削都盡，驚懊累日。

〔二〇〕裂文　法帖譜系：山谷論禁中板刻古法帖十卷，當時皆用歙州貢墨墨本賜羣臣。元祐中，親賢宅從禁中借板墨百本。分遺宫僚，但用潘谷墨，光輝有餘而不甚黟黑，又多木横裂文，士大夫不能盡别也。

〔二一〕銀錠　法帖譜系：御府拓者，多用匱紙，蓋打金銀箔者也。邇來碑工往往作蟬翼本，且以厚紙覆板上，隱然爲銀錠欐痕以惑人，第損剥，非復舊拓本之遒勁矣。

〔二二〕米薛　米元章書史：薛紹彭以書畫情好相同，嘗寄書云：「書畫間久不見薛米。」予答以詩云：「世言米薛或薛米，猶言弟兄與兄弟。四海論年我不卑，品定多知定如是。」

〔二三〕慰問　書史：薛書來云：新收錢氏子敬帖，「獻之」字上刮去兩字，以爲「孤子」。余以爲操之字俗，人恐以爲操之，故刮去，因寄詩爲梁唐不收慰問帖云：蕭李駃子弟，不收慰問帖。

〔二四〕鸞翔鳳翥　昌黎石鼓歌：鸞翔鳳翥衆仙下，珊瑚碧樹交枝柯。

〔二五〕冷金　米元章書史：王羲之玉潤帖，是唐人冷金紙上雙鈎摹。

〔二六〕硬黄　張世南游宦紀聞：硬黄謂置紙熱熨斗上，以黄蠟塗匀，儼如枕角，毫釐畢見。

〔二七〕西清　司馬相如上林賦：象輿婉僤于西清。師古曰：西清者，西廂清淨之處也。

〔二八〕東壁　三氏星經：石申氏云：東壁二星，文章、圖書。星暗，王道衰，小人得用。

〔二九〕游家蘭亭　長安兵火後，有豎子插稻草爲標，持宋榻蘭亭三十餘紙求售，胡井研以三十錢易之，乃游丞相家經進本也。公亦購得四紙，裝潢攜歸，燼于絳雲之火。

〔三〇〕魯公孝經　亂後公于燕京見顔魯公所書孝經真蹟，字畫儼如麻姑仙壇記。每章有吴道子圖畫，爲一朝士所得。御府之珍，流落人間，可勝惋惜。

〔三一〕三千　張彦遠法書要録：太宗皇帝購求二王書法，大王草有三千紙，率以一丈二尺爲卷，以貞觀兩字爲二小印印之。褚河南監裝背，率多紫檀軸首白檀身，紫羅縹織成帶。

〔三二〕丈二　書史：余收子敬范新婦唐摹帖，題詩曰：貞觀欸書丈二紙，不許兒奇專父美。何爲寥寥寶是似，遭亂真歸火兼水。千年誰人能繼趾，不自名家殊未智。嗟爾方來眼須洗，玉躞金題半歸米。

〔三三〕青縹　法書要録：唐武平一徐氏法帖記云：平一齠齔之歲，見育宫中，竊覩宫人出法書六十餘函於億歲殿曝之，多裝以鏤牙軸、紫羅褾，云是太宗時所裝。其中有故青綾褾、玳瑁軸者，云是梁朝舊跡，褾首各題篇目行字等數。至中宗神龍中，貴戚寵盛，御府之珍，多入私室。安樂公主於内出二十餘函，駙馬武延秀呼薛稷、鄭愔及平一評其善惡。諸人隨事答稱，爲上者登時去牙軸紫褾，易以漆軸黄麻紙褾。

〔三四〕碧牋　僧適之金壺記：晉楊曦書最工，不今不古，能大能細。兩本一黄牋，一碧牋。書史：劉瑗收碧牋王帖，上有「勾德元圖書記」「保合太和」印及題顯德歲。

〔三五〕黄腸　漢書霍光傳注：蘇林曰：以柏木黄心致累棺外，故曰黄腸。

〔三六〕六丁　昌黎調張籍詩：仙官敕六丁，雷電下取將。

〔三七〕印縫　書史：古帖多前後無空紙，乃是剪去官印以應募也。今人收貞觀印縫帖，若是黏著字者，更不復再入開元御府。蓋貞觀書武后時朝廷無紀綱，駙馬貴戚丐請得之。開元購時剪印，不去者不敢以出也。開元經安氏之亂，内府散蕩，乃敢不去開元印跋再入御府也。

〔三八〕破體　吴曾能改齋漫録：黄孝先工字學，常師右軍筆法，深得其妙，每曰：學書當先務真楷，端正停匀，而後饒得破體，破體而後饒得顛草。李商隱韓碑詩：文成破體書在紙。

〔三九〕偏傍　張參五經文字序：近代字樣多依四聲，傳寫之後，偏旁漸失。

〔四〇〕閣鴟吻　劉禹錫嘉話録：王右軍告誓文，今之所傳，即其藁本，不具年月日朔。其真本云：「維永和十年三月癸卯朔九日辛亥」，而書亦是真小文。開元初年閏月，江寧縣瓦官寺修講堂，匠人於鴟尾内竹筒中得之，與一沙門。至八年，縣丞李延業求得之，上岐王。岐王以獻帝，便留不出。或云後借岐王，一年王家失火，圖書悉爲煨燼，此書亦見焚。

〔四一〕搜屋梁　法書要録：唐何延之蘭亭記云：右軍所書蘭亭，珍愛寶重，留付子孫。至七代孫智永，永即右軍第五子徽之之後，捨家入道，年近百歲乃終。其遺書並付弟子辨才，辨才於所寢方丈梁上爲暗檻以貯蘭亭。太宗知此書在辨才所，敕追師入内方便善誘，竟靳固不出。上託蕭翼，私行過辨才院，談説甚得，飲酒賦詩，如此者數四。因論二王楷法，言及蘭亭，師自于屋樑上檻内出示翼。示後留置几案間。辨才出赴齋，翼私來房前，謂弟子曰：「遺卻帛子在牀上。」即爲開門，于案上取得蘭亭，至都進御。

〔四二〕褚妍歐怪　書史：薛書來云：「購得錢氏王帖。」余答以「李公炤家二王以前帖，宜傾囊購取。」寄詩云：歐怪褚妍不自持，猶能半蹈古人規。薛和有云：「古囊織褾可復得，白玉爲躞黄金題。」蓋謂子弟索重價難購也。

〔四三〕玉匣　尚書故實：太宗酷好法書，大王書蹟寶惜者，獨蘭亭爲最。一日語高宗曰：「吾千秋萬歲後，與吾蘭亭將去。」及奉諱之日，用玉匣貯之，藏於昭陵。

〔四四〕珠囊　孔穎達易經正義序：秦亡金鏡，未墜斯文。漢理珠囊，重興儒雅。

〔四五〕西昇　褚河南小楷西昇經真跡，壬寅冬日予以無意購得之，攜至貽仙閣呈正，牧翁摩挲嘆息云：「不意稀世墨寶得歸于汝，吾猶及親見之，亦一奇事也。」

〔四六〕東觀　後漢書和帝紀：十三年，帝幸東觀，覽書林，閲篇籍，博選術藝之士以充其官。

〔四七〕墨皇　書史：劉涇書來曰：「收唐絹本蘭亭。」予答以詩曰：「何時大叫劉子前？跽閲墨皇三復返。」君貽予詩，嘗曰：「祕笈墨皇猶敬識。」林希送予詩：「壺嶺共傾銀霅水，墨皇猶展玉樓風。」

題含光法師畫①像二首

蓮子峯〔一〕頭説法僧，青松骨格鶴儀形。何當兀坐看雲漢？應與虛空〔二〕共講經。

【校勘記】

①鄒本、金匱本無「畫」字。

【箋注】

〔一〕蓮子峯　范成大吳郡志：華山在吳縣西六十三里，父老云山頂北有池，上生千葉蓮華，服之羽化，因曰華山。

〔二〕虛空　法華經授記品：其佛常處虛空，爲衆説法。樂邦文類：平等覺經：無量清淨佛國，其諸菩薩、阿羅漢各自行道。中有在地講經，誦經坐禪者；有在虛空講經經行者。

其二

講罷清涼疏一迴，西堂趺坐陷爐灰。誰拈皷蚤〔一〕家常話？忽漫天花下講臺。

【箋注】

〔一〕皷蚤　宗鏡録第九十八：志公見雲光法師講法華經，感天花墜，云是皷蚤之義。

題畫

櫓背指青山，浪打船頭上。曼聲〔一〕時一嘯，聊答江濤響。

【箋注】

〔一〕曼聲　葛洪西京雜記：東方朔曼聲長嘯，輒塵落瓦飛。

燕子磯舟中作

輕寒小病一孤舟，送客江干問昔游。老有心情依佛火，窮無涕淚灑神州〔一〕。舞風磯燕如頳尾，吹浪江豚〔二〕也白頭。水闊天高愁騁望，尋思但是莫登樓。

【箋注】

〔一〕神州　世説輕詆篇：桓公登平乘樓，眺矚中原，慨然曰：「遂使神州陸沈，百年丘墟，王夷甫諸人不得不任其責。」

〔二〕江豚　許渾金陵詩：江豚吹浪夜還風。

金陵贈梁溪鄒生①

第二泉〔一〕流乳水〔二〕腴，跳珠漱石潤彫枯。讀書昔已過袁豹〔三〕，紬史〔四〕今當繼②董狐〔五〕。

金匱〔六〕舊章周六典〔七〕，玉衣〔八〕原廟漢三都〔九〕。冶城③〔一〇〕載筆霜風候，還與幽人〔一一〕拜鼎湖。

【校勘記】

①鄒本、金匱本題作「金陵寓舍贈梁溪鄒流綺」，五大家詩鈔作「贈鄒流綺」。②「當繼」，五大家詩鈔作「須嗣」。③「冶城」，五大家詩鈔作「石城」。

【箋注】

〔一〕第二泉　張又新煎茶水記：陸鴻漸言無錫惠山寺石泉水第二。東坡詩：獨攜天上小圓月，來試人間第二泉。

〔二〕乳水　東坡次完夫再贈詩：乳水君應餉惠山。

〔三〕袁豹　世説文學篇：殷仲文天才宏贍，而讀書不甚廣博。亮嘆曰：「若使殷仲文讀書半袁豹，才不減班固。」

〔四〕紬史　史記太史公自序：遷爲太史令，紬史記。徐廣曰：紬，音抽。

〔五〕董狐　左傳宣公二年：孔子曰：「董狐，古之良史也，書法不隱。」

〔六〕金匱　史記太史公自序：周道廢，秦撥去古文，焚滅詩書，故明堂石室金匱玉版圖籍散亂。

〔七〕周六典　張平子東京賦：建象魏之兩觀，旌六典之舊章。李善曰：周禮曰：太宰掌建邦之六典，一曰治典，二曰教典，三曰禮典，四曰政典，五曰刑典，六曰事典。

〔八〕玉衣　少陵行次昭陵詩：玉衣晨自舉。

〔九〕漢三都　世説文學篇：左太沖作三都賦初成，示張公，公曰：「此二京可三，然君文未重於世，宜以經高名之士。」思乃詢求於皇甫謐，謐見之嗟嘆，遂爲作序。於是先相非貳者，莫不斂衽讚述焉。

〔一〇〕冶城　樂史寰宇記：古冶城在上元縣西五里，本吳冶鑄之地，因以爲名。晉元帝大興初，以王導疾久，方士戴洋云：「君本命在甲申，地有冶，金火相鑠。」遂使范勝移冶于石城東骷髏山處。以其地爲園，多植林館。徐廣晉紀：成帝適司徒府，遊觀冶城之園。即此也。

〔一一〕幽人　少陵行次昭陵詩：壯士悲陵邑，幽人拜鼎湖。

櫂歌十首爲豫章劉遠公題扁舟江上圖

家世休論舊相韓〔一〕，煙波千里一漁竿。扁舟莫放過徐泗，恐有人從圯上〔二〕看。遠公，故相文端公之孫，尚寶西佩之子。

【箋注】

〔一〕相韓　史記留侯世家：悉以家財求客刺秦王，爲韓報仇，以大父、父五世相韓故。

〔二〕圯上　漢書張良傳：良嘗閒從容步游下邳圯上，有一老父衣褐，至良所，直墮其履圯下，顧謂良曰：「孺子下取履。」良愕然，欲毆之，爲其老，迺強忍，下取履，因跪進。父以足受之，笑去。

其二

卯金之子〔一〕有文章，太乙燃藜下取將。百道光芒吹不盡，散爲漁火照滄浪。

【箋注】

〔一〕卯金之子　王子年拾遺記：劉向校書天禄閣，夜有老人著黄衣，植青藜杖，登閣而進，吹杖端煙然，因以照向。向問姓名，云是太乙之精，天帝聞金卯之子有博學者，下而觀焉。

其三

吴江煙艇楚江潮，瀨上蘆中〔一〕恨未消。重過子胥行乞地，秋風無伴自吹簫〔二〕。

【箋注】

〔一〕瀨上蘆中　吴越春秋：伍員脱至江，漁父渡之。子胥曰：「請丈人姓字。」漁父曰：「何用姓字爲？子爲蘆中人，我爲漁丈人。」至吴，乞食溧陽，適會女子擊綿于瀨水之上，筥中有飯，謂曰：「可得一餐乎？」女子許之。子胥因餐而去。

〔二〕吹簫　御覽：春秋後語曰：伍子胥橐載而出昭關，夜行晝伏，無以糊其口，鼓腹吹簫，乞食于吴市。

其四

楚尾吴頭〔一〕每刺船，藏舟〔二〕夜半事依然。陰符〔三〕三卷篝燈讀，不及南華有内篇。

【箋注】

〔一〕楚尾吴頭　祝穆方輿勝覽：豫章之地，爲楚尾吴頭。

〔二〕藏舟　莊子大宗師篇：藏舟于壑，藏山于澤，可謂固矣。然而夜半有力者負之而趨，昧者不知矣。

〔三〕陰符　史記蘇秦傳：得周書陰符，伏而讀之。期年，以出揣摩。

其五

黯淡江山夜未晨，滿天風露罨吟身。祇應①牛渚舟中月，曾照千秋詠史人〔一〕。

【校勘記】

①鄒本、金匱本作「因」。

【箋注】

〔一〕詠史人　晉書袁宏傳：謝尚時鎮牛渚，秋夜乘月，微服泛江。會宏在舫中諷詠，遣問焉。答云：「是袁臨汝郎誦詩，即其詠史之作也。」尚升舟與之談論，申旦不寐。

其六

扁舟慣聽浪淘〔一〕聲，昨日危沙今日平。惟有江豚吹白浪，夜來還抱石頭城〔二〕。

【箋注】

〔一〕浪淘　劉禹錫浪淘沙詞：九曲黄河萬里沙，浪淘風簸自天涯。

〔二〕石頭城　王象之輿地紀勝：郡有石頭城，六朝以爲重鎮，元和郡縣志云即楚之金陵城，吴改爲石頭城。

其七

曾向潯陽溯上游〔一〕，錯將九派〔二〕恨江流。越江何事仍廻櫂？不分樵風趁兩頭。

【箋注】

〔一〕上游　漢書項籍傳：古之帝王，地方千里，必居上游。文穎曰：居水之上流也。師古曰：游即流也。

〔二〕九派　郭景純江賦：流九派乎潯陽。李善曰：應劭漢書注：江自廬江、潯陽分爲九也。漢書廬江郡有潯陽縣。

其八

一櫂延緣風露堆，洞庭木葉打頭來。隔船漁叟醉歌去，陪侍龍君夜宴〔一〕迴。

【箋注】

〔一〕龍君夜宴　異聞集：龍君宴柳毅於凝碧宮，縱酒極娱。明日，毅辭歸，洞庭君夫人别宴毅于潛景殿，宴罷辭别，滿宫悽然。

其九

東皇太乙〔一〕啓朝暉，望拜船頭露未晞。莫笑漁家無法服，隨身青箬緑蓑衣。

【箋注】

〔一〕東皇太乙　屈原九歌東皇太乙。五臣曰：太乙，星名，天之尊神。祠在楚東，以配東帝，故曰東皇。

其十

櫂歌聲斷楚江煙，襏襫〔一〕笭箵〔二〕倚足①眠。半夜讙呼看堠火，横江削柹〔三〕蕩漁船。

【校勘記】

①凌本作「定」。

【箋注】

〔一〕襏襫　國語：管子曰：「首戴茅蒲，身衣襏襫。」韋昭曰：襏襫，蓑襞衣也。

〔二〕笭箵　松陵集陸龜蒙漁具詩序：所載之舟曰舴艋，所貯之器曰笭箵。孫奕示兒篇：元次山集自釋曰：帶笭箵而畫船。注云上郎丁、下桑荒切，竹器也。故唐書音訓云：讀作郎桑，見結本集。音訓又音上力丁切、下息拯切，取魚籠也。蓋有平仄兩音。自釋云：能帶笭箵，全獨保生。其語雖協韻，然廣韻、集韻于庚、清、青三韻中不收此箵字，並于上聲迥字韻中收之。

〔三〕削柹　晉書王濬傳：濬造船于蜀，其木柹蔽江而下。

顧與治書房留余小像自題四絶句

崚嶒瘦頰隱燈看，況復撐衣骨相寒。指示傍人渾不識，爲他還著漢①衣冠。

【校勘記】

①鄒本、金匱本作「古」。

其二

蒼顏①白髮是何人，試問陶家形影神〔一〕。攬鏡端詳聊自喜，莫應此老會分身〔二〕。

【校勘記】

①鄒本、金匱本作「煙」。

【箋注】

〔一〕形影神　淵明有形贈影、影答形、神釋等詩。

〔二〕分身　傳燈録：布袋和尚偈曰：彌勒真彌勒，分身千萬億。時時示時人，時人自不識。

其三

數卷函書倚浄瓶，匡牀兀坐白衣僧。驪山老母〔一〕休相問，此是西天貝葉〔二〕經。

【箋注】

〔一〕驪山老母　集仙録：李筌至驪山下，逢一老母，敝衣扶杖，神狀甚異，爲説陰符之義。

〔二〕貝葉　首楞嚴經：隨國所生，樺皮貝葉，紙素白氎，書寫此呪，貯於香囊。

其四

褪①粉蛛絲網角巾，每煩樱拂〔一〕拭煤塵。淩煙褒鄂〔二〕知無分，留與書帷伴古人。

【校勘記】

①淩本作「褆」。

【箋注】

〔一〕棱拂　少陵棱拂子詩：棱拂且薄陋，豈知身效能。

〔二〕褒鄂　少陵丹青引：凌煙功臣少顏色，將軍下筆開生面。良相頭上進賢冠，猛將腰間大羽箭。褒公鄂公毛髮動，英姿颯爽來酣戰。

燕子磯歸舟作

不成送別不成游，腳氣〔一〕人扶下小舟。作惡〔二〕情懷思中酒，薄寒筋力〔三〕怯登樓。金波〔四〕明月如新樣，鐵鎖〔五〕長江是舊流。風物正於秋老盡，蘆花楓葉省人愁。

【箋注】

〔一〕腳氣　柳子厚答韋中立書：居南中九年，增腳氣病。

〔二〕作惡　世説言語篇：謝太傅語王右軍曰：「中年傷于哀樂，與親友別，輒作數日惡。」

〔三〕筋力　東坡次王庭老詩：上樓筋力強扶持。

〔四〕金波　漢書禮樂志：郊祀歌：月穆穆以金波。師古曰：月光穆穆，若金之波流。

〔五〕鐵鎖　劉禹錫西塞山懷古詩：千尋鐵鎖沉江底，一片降幡出石頭。

題畫

樾樾秋聲捲白波，青山斷處暮雲多。沉沙〔一〕折鐵①無消息，卧看千帆〔二〕掠檻過。

【校勘記】

①金匱本作「戟」。

【箋注】

〔一〕沉沙　杜牧之赤壁詩：折戟沉沙鐵未銷，自將磨洗認前朝。

〔二〕千帆　劉禹錫酬樂天見贈詩：沉舟側畔千帆過。

題許有介詩集

壇坫分茅異，詩篇束筍同。周溶東越絶，許友八閩風。世亂才難盡，吾衰論自公。水亭頻剪燭，撫卷意何窮。

水亭承鄧元昭致餽諸人偶集醉飽戲書爲謝

蓬池鱠〔一〕美①薦冰醪，食指〔二〕紛然動爾曹。三嘆〔三〕何曾知屬厭，八珍〔四〕空復羡淳熬。

腹腴〔五〕放箸煩偏勸，朐末〔六〕堆盤笑老饕〔七〕。明日洗廚重速客〔八〕，未愁蘿蔔〔九〕旋生毛。

【校勘記】

①「鱠美」，鄒本作「羹鱠」。

【箋注】

〔一〕蓬池鱠　李德裕述夢詩：荷静蓬池膾，冰寒郢水醪。注曰：每學士初上，賜食皆是蓬池魚膾。夏至後頒賜冰及燒香酒。以酒味稍濃，每和冰而飲。禁中有郢酒坊也。

〔二〕食指　左傳宣公四年：子公之食指動，以示子家曰：「他日我如此，必嘗異味。」杜預曰：第二指也。

〔三〕三嘆　左傳昭公二十八年：梗陽人有獄，魏戊不能斷，以獄上。其大宗賂以女樂，魏子將受之。魏戊謂閻没、女寬曰：「吾子必諫。」皆許諾。退朝，待於庭。饋入，召之。比置，三嘆。既食，使坐。魏子曰：「諺曰：唯食忘憂。吾子置食之間，三嘆何也？」同辭而對曰：「或賜二小人酒，不夕食。饋之始至，恐其不足，是以嘆。中置，自咎曰：豈將軍食之而有不足？是以再嘆。及饋之畢，願以小人之腹爲君子之心，屬厭而已。」獻子辭梗陽人。

〔四〕八珍　記内則：淳熬。孔氏曰：淳熬者，是八珍之内，一珍之膳名也。周禮天官：膳夫：珍用八物。鄭氏曰：珍謂淳熬、淳毋、炮豚、炮牂、擣珍、漬熬、肝膋也。

〔五〕腹腴　記少儀：腹右腴。鄭氏曰：腴，腹下也。説文：腴，腹下肥也。少陵姜七少府設鱠歌：偏勸腹腴愧年少。

〔六〕朐末　記曲禮：以脯修置者，左朐右末。鄭氏曰：便食也。屈中曰朐。音衢。

〔七〕老饕　東坡老饕賦：蓋聚物之夭美，以養吾之老饕。

〔八〕速客　易需卦：上六，有不速之客。

〔九〕蘿蔔　譚賓録：唐率府兵曹參軍馮光震入集賢院校文選，嘗注蹲鴟云：蹲鴟者，今之芋子，即是著毛蘿蔔也。聞者拊掌大笑。曾慥高齋漫録：東坡嘗謂錢穆父曰：「尋常往來，心知稱家有無。草草相聚，不必過爲具。」穆父一日折簡召坡食皛飯。及至，乃設飯一盂，蘿蔔一楪，白湯一盞而已。蓋以三白爲皛也。後數日，坡復召穆父食毳飯，穆父意坡必有毛物相報。比至，日晏，並不設食。穆父餒甚，坡曰：「蘿蔔湯飯俱毛也。」穆父嘆曰：「子瞻可謂善戲謔者也。」朱弁曲洧舊聞：東坡嘗與劉貢父言：「某與舍弟習制科，時日享三白，食之甚美，不復信世間有八珍也。」貢父問三白，答曰：「一撮鹽、一楪生蘿蔔、一盌飯，乃三白也。」貢父大笑。久之，以簡招坡過其家喫皛飯，坡不省憶嘗對貢父三白之説也，謂人云：「貢父讀書多，必有出處。」比至赴食，見案上所設惟鹽、蘿蔔、飯而已，乃始悟貢父以三白相戲笑。投匕箸食之，幾盡。將上馬，云明日可見過，當具毳飯奉待。貢父雖恐其爲戲，但不知毳飯所設何物，如期而往，談論過食時，貢父饑甚索食，坡云：「少待。」如此者再三，坡答如初。貢父曰：「饑不可忍矣。」坡徐曰：「鹽也毛，蘿蔔也毛，飯也毛，非毳而何？」貢父捧腹曰：

「固知君必報東門之役，然慮不及此也。」坡乃命進食，抵暮而去。世俗呼無爲模，又語訛模爲毛，常同音，故坡以此報之，宜乎貢父思慮不到也。

再讀許友詩①

數篇重咀嚼〔一〕，不愧老夫知。本自傾蘇涣〔二〕，何嫌説項斯〔三〕。解嘲〔四〕應有作，欲殺〔五〕豈無詞。周處臺〔六〕前月，常懸卞令祠〔七〕。時寓青溪水亭，介周臺、卞祠之間，故有落句。

【校勘記】

①鄒本無此詩。

【箋注】

〔一〕咀嚼　孟東野懊惱詩：好詩更相嫉，劍戟生牙關。前賢死已久，猶在咀嚼間。東坡送孫勉詩：吾詩堪咀嚼，聊送别酒嚥。

〔二〕傾蘇涣　少陵蘇大侍御訪江浦詩序：蘇大侍御涣，静者也。肩輿江浦，忽訪老夫，請誦近詩，肯吟數首。明日賦八韻記異，亦見老夫傾倒於蘇至矣。

〔三〕説項斯　南部新書：項斯以卷謁江西楊敬之，楊苦愛之，贈詩云：幾度見詩詩總好，及觀標格過於詩。平生不解藏人善，到處逢人説項斯。

〔四〕解嘲　漢書楊雄傳：或嘲雄以玄尚白，而雄解之，號曰解嘲。

〔五〕欲殺　少陵李生詩：不見李生久，佯狂真可哀。世人皆欲殺，吾意獨憐才。

〔六〕周處臺　六朝事蹟：府治東南，有故臺基，曰周處臺，今鹿苑寺之後。

〔七〕卞令祠　六朝事蹟：晉尚書令卞忠貞葬吴冶城，今天慶觀乃其地也。李氏有江南，建中正亭于其墓。葉公夢得來守是邦，即亭爲堂，圖公像，列之常祀，春秋祠焉。

有人拈聶大年燈花詞戲和二首①

蕩子朝朝信，寒燈夜夜花。也知虚報喜〔一〕，争忍②剔雙葩？

【校勘記】

①鄒本無此二詩。　②凌本作「認」。

【箋注】

〔一〕報喜　昌黎燈花詩：更煩將喜事，來報主人翁。

其二

燈花獨夜多，寂寞怨青娥。一樣銀①釭裏，無花又若②何？

【校勘記】

①金匱本作「青」。　②江左三大家詩鈔作「奈」。

橋山

萬歲橋山〔一〕奠永寧，守祧〔二〕日月鎮常經。青龍閣道〔三〕蟠空曲，玄武鈎陳〔四〕衛杳冥。墜地號弓〔五〕依寢廟，上陵帶劍〔六〕仰神靈。金輿〔七〕石馬依然在，蹴踏何人夙夜聽？

【箋注】

〔一〕橋山　史記五帝紀：黄帝崩，葬橋山。

〔二〕守祧　周禮春官宗伯：守祧，掌守先王先公之廟祧。鄭氏曰：廟謂大祖之廟，及三昭三穆。遷主所藏曰祧。

〔三〕閣道　張平子西京賦：於是鈎陳之外，閣道穹窿。

〔四〕鈎陳　班孟堅西都賦：周以鈎陳之位。服虔曰：甘泉賦注曰：紫宫外營，勾陳星也。然王者亦法之。

〔五〕號弓　廣黄帝本行記：黄帝乘龍昇天，從者七十二人。小臣不得上，攀斷龍髯拔墮，及墮帝弓。小臣抱弓而號。

〔六〕帶劍　水經注：漢武故事曰：帝崩後，見形謂陵令薛平曰：「吾雖失勢，猶爲汝君，奈何令吏卒上吾陵磨刀劍乎？自今以後，可禁之。」平頓首謝。因不見。推問，陵傍果有方石，可以爲礪。吏卒常盜磨刀劍。霍光欲斬之，張安世曰：「神道茫昧，不宜爲法。」乃止。故阮公詠懷詩曰：失勢在須臾，帶劍上吾丘。

〔七〕金輿　少陵玉華宮詩：當時侍金輿，故物唯石馬。

鷄人

鷄人〔一〕唱曉未曾停，倉卒〔二〕衣冠散聚螢〔三〕。執熱〔四〕漢臣①方借箸，畏炎胡②騎已揚舲〔五〕。乙酉五月初一日召對，講官奏胡③馬畏熱，必不渡江。余面叱之④。刺閨〔六〕痛惜飛章罷，余力請援揚〔七〕，上深然之。已而抗疏請自出督兵，蒙温旨慰留而罷⑤。講殿〔八〕空煩側⑥坐聽。腸斷覆杯池〔九〕畔水，年年流恨繞新亭〔一〇〕。

【校勘記】

①牧齋詩鈔作「官」。②凌本作「□」，鄒本、金匱本作「北」。③凌本作「□」，鄒本、金匱本作「北」。④金匱本無此注，鄒本無「余面叱之」，凌本作「余面叱之而退」。⑤金匱本無此注，鄒本作「余疏請援揚，自出督兵，慰留而罷」。⑥鄒本作「倒」。

【箋注】

〔一〕鷄人　樂府廣題曰：漢有鷄鳴衛士，主鷄唱宫外。舊儀，宫中與臺，並不得蓄鷄。晝漏盡，夜漏起，中黄門持五夜。甲夜畢傳乙，乙夜畢傳丙，丙夜畢傳丁，丁夜畢傳戊，戊夜是爲五更。未明三刻，鷄鳴，衛士起唱。

〔二〕倉卒　北警急，史公飛章上聞，士英唯票旨下部，南都寂然。四月乙亥，揚州破，大江無片帆往來，南北信問隔絶。至廿九日，兵部始得報，民間猶未知也。五月初九日庚寅，北師乘霧渡七里港，步兵潰散，鄭鴻逵航海走閩。報至，舉朝大恐。辛卯夜，上開通濟門倉遑出狩，奔太平府依黄得功。時百官無一人知者，但夜聞甲馬聲，次早入朝，見内臣四竄，方知上已出狩。士英擁兵自衛，亦走浙中。

〔三〕聚螢　少陵喜薛璩畢曜遷官詩：官忝趨棲鳳，朝回歎聚螢。

〔四〕執熱　少陵北風詩：執熱沉沉在，淩寒往往須。

〔五〕揚舲　傅季友爲宋公至洛陽謁五陵表：近振旅河湄，揚舲西邁。

〔六〕刺閨　樂府戴暠從軍行：長安夜刺閨，胡騎白銅鞮。

〔七〕援揚　四月初四日丙辰，左良玉傳檄討馬士英，悉兵東下，士英等大懼，盡檄勁兵以防左師，咸以救揚爲末議矣。良玉至九江，病死舟中，衆擁其子夢庚移兵東向，舟檝連亘百里。戊辰，廣西總兵黄斌卿敗左兵，焚舟百餘，獲其奏檄書牘甚衆，内得貽公書稾，中有廢置語，斌卿欲奏聞，恐爲公禍而止。夫公與寧南密書往返，必有成算，羣小疑而忌之，亦未爲無因。但其事秘，人莫得而知也。蔡奕琛疏云：有聞左兵之來，而欣欣有喜色者，有聞良玉之死，而愀然不樂者。此兩言實爲公而發，公于此時躬蹈駭機，側目切齒之徒咸思剸刃于公，惴惴恐不終日。公之疏請援揚，自願督兵者，意在求出國門，借此遠禍害，亦無聊不得已之謀也。

當日局勢，内則權臣專横，外則强藩跋扈，國祚將亡，如人之臟腑已穿，雖有上醫，亦袖手莫救矣。公如真欲援揚，兵何從調，餉何從支乎？時至河決魚爛，將以一掌塞其源，杯水救其涸，雖愚者不爲，而謂公爲之乎？耳食之徒，未知公當日情形危迫，身坐劍鋩，岌岌乎惟求去國爲幸，乃徒感慨于公之不得督師以展其老謀碩畫，此豈爲知公者哉？

〔八〕講殿　甲申七月壬子，初舉經筵，以公與管紹寧、陳盟充講官，張居爲講書官。

〔九〕覆杯池　六朝事蹟：覆杯池在今城北三里，西池是也。晉元帝中興，頗以酒廢政。丞相王導奏諫，帝因覆杯於池中以爲誡。王象之輿地紀勝：覆杯池，金陵覽古云即太初宫之西池是也。晉元帝中興，頗以酒廢政。丞相王導奏諫，帝因覆杯池中爲誡。

〔一〇〕新亭　通鑑：諸名士遊宴新亭，周顗嘆曰：「風景不殊，舉目有江河之異。」因相視流涕。導愀然變色曰：「當共戮力王室，克復神州，何至作楚囚對泣邪？」衆皆收淚謝之。

一年

一年天子①〔一〕小朝廷〔二〕，遺恨虚傳覆典刑〔三〕。豈有庭花〔四〕歌後閣，也無杯酒勸長星〔五〕。吹脣〔六〕沸地羣狐力，嫠面〔七〕呼風②羯③鬼靈。奸佞〔八〕不隨京洛盡，尚流餘毒螫丹青〔九〕。

【校勘記】

①「天子」，金匱本作「建號」。　②「嫠面呼風」，金匱本作「撲面含沙」。　③鄒本、金匱本作「蜮」。

【箋注】

〔一〕一年天子　甲申之變，神州鼎沸，鳳督馬士英移書南樞史可法，有擇賢共立之語，時公雖家居，常往來江上，兩入留都，與姜曰廣、吕大器諸公共議迎立潞王。王諱常淓，神宗姪也。辛巳正月，河南陷，福藩遇害。世子由崧播遷河北，疊遭寇亂，轉徙淮安。操倫序之説，王故應立，諸臣頗懷三案舊事，無翼戴意。士英素與大帥黄得功、劉良佐、高傑南遁，劉澤清至瓜州，士英又深相結納，四帥皆在士英籠絡中，至是遂借四帥兵威謀擅擁立之動，相與定策，立福世子。阮大鋮以逆案久廢，心冀燃灰，亦貽書士英，極力贊決。南都諸臣不知也，方列王失德事移文士英，蓋以前有立賢之論，謂馬必無異議，不意士英竟賣諸臣，決志立王，後更借此以爲口實矣。史公見勢不可争，具舟啓迎。四月丁亥，抵南都。五月戊子朔，謁孝陵。庚寅，福王監國。十五日壬寅，即帝位，詔以明年爲弘光元年。史公上疏，請分設四藩，其一淮揚，其一徐泗，其一鳳壽，其一滁和。轄淮揚者，屯駐於淮北，山陽、清河、桃源、宿遷、海州、沛縣、贛榆、鹽城、安東、邳州、睢寧十一州縣隷之，經理山東一帶招討事；轄徐泗者，屯駐於泗水，徐州、蕭縣、碭山、豐縣、沛縣、泗州、盱眙、五河、虹縣、靈璧、宿州、蒙城、亳州、懷縣十四州縣隸之，經理河北、河南、開歸二府一帶招討事；轄鳳壽者，或駐于壽州，或駐于臨淮，以鳳陽、臨淮、潁上、潁州、壽州、太和、定遠、六安、霍丘九州縣隸之，經理河南、陳、歸一帶招討事；轄滁和者，或駐于滁州，或駐於廬州，或駐于池河，以滁州、和州、全椒、來安、含山、江浦、六合、合肥、巢縣、無爲州十州縣隸之，經理各轄援勦事。凡進取事宜，總歸督師調遣。史公之意，以爲四鎮之設如舉棋者之佈置得宜，聯絡策應，進可以長驅恢復，直擣燕南；退可以分立屏翰，固守淮北。此亦次律、伯紀之良謨也。無如四帥驕悍，一開茅土，自以爲攀龍附鳳，其勢莫當，屢尋境内之干戈，遥分朝端之水火，寸矢未加，尺地莫展，坐而待其覆亡，窮塵終古，寧不恫乎有餘恨哉！甲辰，進黄得功爲靖南侯，封高傑爲興平伯，劉澤清爲東平伯，劉良佐爲廣昌伯，名曰四鎮。時江督袁繼咸入見，面奏曰：封爵以勸有功，今無功而伯，則有功者不勸，跋扈而伯，則跋扈者愈多。上亦然其言，而無如士英何也。又進左良玉爲寧南侯，專以上游之任委之。初，史公柄政，君側皆正人，一時雄駿之士覫首舉踵，咸思附會風雲，鼓朝氣以謀興復。癸卯，士英入輔。丁未，史公出鎮維揚。六月壬戌，士英特薦阮大鋮，從此讒蠅扇醜，訓狐呼朋，覆鼎敗轅之戒，識者先爲士英憂焉。五月庚戌，張慎言薦舊輔吴甡，勳臣劉孔昭、趙之龍輩，詬慎言于庭，聲徹殿陛，閣臣高弘圖解之，乃退。君子謂立國之始，禮亡綿蕞，可以卜其終矣。六月壬戌，劉良佐兵過臨淮，城閉，攻之不克，移駐壽州。癸亥，高傑至揚州，欲移兵入城，士民登陴固守，道臣馬鳴騄設禦甚備，時傑兵剽掠城外，進士鄭元勳親至高營調解。撫臣黃家瑞聞變來揚，百姓遮道訴狀，家瑞集衆共議，百姓乘元勳一言之誤，操戈殺之，碎其身首。傑怒，攻益力。史公至，居福緣菴，推誠解釋，疏劾撫臣道臣，以瓜州宅傑，維揚始免焚突之禍。丙寅，起公爲禮部尚書，協理詹事府。時阮大鋮已召對，姜曰廣疏奏：前見文武紛競，既慚無術調和，近見逆案掀翻，又愧無能預寢，遂使先帝十七年之定力，頓付逝波，皇上數日前之明詔，竟同覆雨。恐忠臣裹足，義士迴車。夫笑罵由人，好官自我，臣生來無此心臉，所惜者，朝廷典章，所畏者，千秋清議而已。嗣是詹兆恒、羅萬象、王孫蕃、吕大器、萬元吉等皆有疏争焉。萬象之疏有曰：輔臣以大鋮爲知兵，恐燕子箋、春燈謎，未見枕上之陰符，而袖中之黄石也。士英、大鋮爲諸臣所攻，忿甚，大鋮曰：「彼糾逆案，我作順案相對耳。」遂嗾士英參從逆諸臣，疏言：先帝末年，結黨行私，以致國事敗壞，闖賊入都之日，素號正人君子之流皆稽首賊廷，如光時亨力阻南遷之議，而身先迎賊，龔鼎孳降賊之後，每見人則曰：「我原要死，小妾不肯。」小妾者，其爲科臣時所娶秦淮娼顧媚也。他如陳名夏、項煜等，不可枚舉。其大逆之尤者，如庶吉士周鍾勸進未已，上書於賊，勸其早定東南。昨臣病中，東鎮劉澤清來，誦其勸進表一聯云：比堯、舜而多武功，邁湯、武而無慚德。臣聞之不勝髮指，宜加赤族之誅，以爲臣民之戒。又言投賊者實繁有徒，此其罪豈在阮大鋮之下，諸臣又何彈墨寥寥也？壬申，命嚴核從逆諸臣。癸酉，詹兆恒進欽定逆案，士英亦於是日進三朝要典。丁丑，吕大器乞致仕，左良玉遣内臣何志孔、巡按御史黄澍入賀，澍面奏馬士英不宜垂延綸扉，棄皇陵入朝；志孔亦助澍詆士英不休。司禮監韓贊周叱志孔退，將議處分，士英恐失良玉心，疏寬志孔。七月庚寅，遣左懋第、馬紹愉、陳洪範爲款北使。戊戌，士英以劉宗周疏糾之，乞休，不允。八月辛未，皇太后至南都。甲戌，劉澤清再劾劉宗周，言宗周勸往鳳陽，爲謀不忠，皇上新承大統，乃欲安頓烽火凶危之地，此必姜曰廣、吴甡合謀也，乞將三人拿送法司正罪。初，宗周以總憲召見，高傑與澤清縱兵騷擾維揚、瓜步間，殺人盈野，莫敢聲其罪者，首疏直糾二人，謂皆可殺。輔臣姜曰廣票優旨下史館紀録，澤清忿然，與姜、劉爲難，士英因而用之。四鎮皆合詞攻姜、劉，公疏獨疏，一疏再疏，其言狂悖，史公深爲不平，詰之四鎮，皆以不知對。史公據以入告，澤清又上疏攻史公，謂疏實其所上，因可法偶問及，故偶混答之耳。嗟乎，高駢擁兵江淮，上表僖宗，至以子嬰、更始軹道刮席爲比，僖宗報之曰：「天步未傾，皇綱尚整。三靈不昧，百度猶存。朕雖沖人，安得輕侮？」史稱駢自此威望頓減，陰謀自阻。僖宗之詞嚴氣正，遂足以奪高駢之魄。澤清上疏，語言凶悍，情形跋扈，亦不下于高駢，可謂無禮于其君至矣。而士英方快於借此以逐姜、劉，用大鋮，不思朝廷之法紀安在，徒使強藩跋扈，史公展布益難，豈非士英之罪哉？壬午，封鄭芝龍爲南安伯。癸未，起瞿式耜爲應天府丞。乙酉，内傳升阮大鋮爲兵部添設右侍郎。士英初以薦大鋮不爲清議所容，故爾中輟，至是又因安遠侯柳祚昌之薦，忽傳升焉。九月丙戌，高傑鋭意復開歸，請寄家揚州，黄得功謂督輔駐節地非諸鎮宜居，發牌争止。是日得功帥輕騎數百往高郵迎其宗弟黄蜚，傑將胡茂楨馳報瓜州，誤謂得功圖傑，傑倉遑發兵，邀得功於揚，又遣兵乘虚襲儀真，兵卒誤相殺傷，萬元吉諭以大義，兵始解。癸巳、甲午，姜曰廣、劉宗周相繼去國。庚子，命黄得功移駐廬州，高傑移駐徐泗。十月乙未，高弘圖乞休。戊辰，士英令楚鎮以鹽代餉，良玉上言鹽既不可爲粟，兵須轉而爲商，極論其不便，已隱隱與士英樹兵也。甲戌，内傳升張捷爲吏部尚書。士英之意在張國維，大鋮之意則在捷，以國維爲言官時，所糾薦者皆與己意刺謬也。内傳忽出，士英亦爲驚愕，自此頗心憚大鋮焉。丙子，有王裔者，僞稱定王守陵，内監谷應珍詰知其詐，聞于朝，命戮之。丁丑，大鋮疏糾雷縯祚，借擁立異心爲名。十一月丙戌，起蔡奕琛爲吏部左侍郎。會推之日，户科吴适曰：「此乃冢臣獨推，言官謹備畫題而已。」戊子，提問黄澍，士英修前隙也。良玉留澍軍中，諸將譁然，欲下南都索欠餉，保救澍，江督袁繼咸爲截留江漕十萬石、廣餉十三萬給之。且疏代澍申理，士英不得已，票免逮。丙申，史公痛陳時事，言：偏安者，恢復之退步，未有志在偏安而遽能自立者，大變之初，黔黎灑泣，紳士悲憤，猶有朝氣。今兵驕餉詘，文恬武嬉，竟成暮氣矣。比得北來塘報，知河北盡陷，水陸分佈，志在南窺。而我河上之防，百不料理，今即卧薪枕戈，合方州物力而破釜沉舟，猶恐未救。臣觀廟堂之作用，百執事之經營，殊有未盡然者。夫廟堂之志不奮，則行間之氣不鼓。夏少康不忘逃出自竇之事，漢光武不忘蔞蕪爇薪之時。臣願皇上爲少康、光武，不願左右贊御之臣，輕以唐肅、宋高之説進也。國家遭此大變，皇上嗣統，諸臣但有罪當誅，實無功可録。今恩外加恩紛紛未已，武臣腰玉直等尋常，名器濫觴，于斯爲極，以後尤宜慎重，以待真正戰功，庶使行間之猛將勁兵有所激厲。至兵行討賊，最苦無糧，裕餉之道，何術而可？豎子牧夫，荷戈無力，黄顔瘦骨，負甲不勝，是謂弱兵。弱兵宜汰也。綵服錦衣，蹁躚馬上，嬌童美女，酣樂營中，是謂奢兵。奢兵宜戢也。市人遊棍，見報驚心，潰卒逃軍，聞金色變，是謂怯兵。怯兵宜去也。紙上貔貅，按籍則有，陣中桓赳，核數則無，是謂虚兵。虚兵宜清也。乞嚴敕督撫鎮臣一一申飭，或開屯種足食，或散老弱歸農，毋以數百萬之餉爲不戰不守之兵坐耗而虚縻之也。史公此疏，大聲疾呼，其詞危，其慮迫，譬如船急中流，長年三老博求號咷，期吴越之相濟，而同舟之人若在厭寐中，争蠻角之微名，張牧兒之曲蓋，夢夢粥粥，瑱耳不聞，此可爲痛哭者也。庚戌，令許定國鎮守開封、江洛。十二月辛亥，令速結從逆諸臣案，以四議參六等。戊辰，北師陷海州。己巳，楊惟垣請將三朝要典宣付史館分别察議，逆案量與昭雪，皆從之。陳洪範使北歸，左懋第、馬紹愉被留，懋第後以不屈死。妖僧大悲者，徽人也。忽自稱先帝封之爲齊王，不受，又封吴王，令府部科道等官同法司會審。壬午，陞瞿式耜巡撫廣西。弘光元年乙酉正月乙未，高傑兵至歸德，招許定國不至。定國久據睢州，憚于他徙。傑同撫臣越其傑往睢促其行，定國迎之郊，傑心易之。縱馬同入城，飲酣，又促其十六日離睢，定國怒，夜半伏發，襲殺之。次日，傑兵攻下睢州，屠其城。定國走北。甲辰，蔡奕琛入閣辦事。二月戊午，加阮大鋮兵部尚書兼都察院左僉都御史，仍管巡閲江防。大鋮自受事以來，招權市寵，阻撓銓政，冢宰張捷拱手唯諾而已。丁丑，左良玉以御史黄耳鼎劾袁繼咸，疏救之，并言要典宜焚。三月乙酉，誅妖僧大悲。御史高允兹疏言：大悲一案，其狀似癲似狂，其言如夢如囈。先帝必無十二年封齊王之文，王豈有十五年過鎮江之事？且藩封貴重，寺人驕蹇，招内潞王下位迎接，與李承奉之叩首陪坐，正不知有風影與否？至如申紹芳、錢謙益現在宫詹卿貳，敢有異圖？且此何等事，而議之孔聖廟耶？會公與紹芳各具疏辯，上召對閣臣，皆請誅大悲以安反側，遂命棄之于市。丁亥，召勳臣朱國弼等、閣臣馬士英等、翰林劉正宗等入見武英殿，面諭令同府部九卿科道辨驗北來太子真僞。先是十二月間，鴻臚少卿高夢箕家蒼頭穆虎自北而南，中途遇一稚子，與之偕行，薄暮宿逆旅，解内衣燦然龍也。驚詢之，云是皇子。同抵京，望孝陵即伏地哭，夢箕留與深語，言及先帝先后，長號不已。詢及宫中事，輒刺刺語不休。夢箕信之，欲疏聞，恐係先帝胤出，或不免，密送之杭州。此子驕甚，每大言狂呼，夢箕姪高成不能禁，心懼之，以書達其狀。夢箕亦懼，命載送金華之浦江，然外人知者衆，不得已，于正月間疏聞。上命内臣馮進朝追之，至紹興始及。至是奉上諭令各官辨驗。士英先有揭言其必僞，謂講官方拱乾現在，當令大鋮密諭之往認。拱乾入，士英許以原官超擢。僞太子一見拱乾，即以爲此固講官也，方不敢應。時劉正宗、李景廉皆言太子眉長于目，且所言講讀事皆非實。辨認良久，閣臣王鐸首言其僞。李沾大聲呵叱，始供稱係王昺之孫王之明，非太子。遂據實奏聞。壬辰，革高夢箕職。先三日，傳旨訊僞太子一案，李沾循例委之御史張孫振、何綸、夏繼虞，先提至大理寺後堂鞫問。穆虎新自杭州至，未及見夢箕，卒被執，搜懷中得夢箕姪家書，内有二月三月往楚往閩等語，孫振挾爲羅織之端，亟奏聞，命集百官庭鞫。甫訊，忽黄得功提塘前，出所刊一疏，有先帝子即皇上子等語，由是人心愈惑。時得功疏實未上也。是時又有僞妃童氏之事，命内臣屈尚忠、錦衣衛馮可宗鞫問之。童氏初自河南至，謬云上之元妃，劉良佐令妻子迎候，詢其始末，言甚鑿鑿。良佐奉之如后儀，送至南都，下鎮撫拷問，乃云實係周王妃，誤聞周王作帝，故謬認耳。夫聖安朝之事，可怪可笑，求責卜于子輿，傳行籌于王母，疑誤觀聽，層見疊聞，遂使强藩興詣闕之思，叛帥啓泉鳩之痛，抑亦國祚將終，而人妖先以徵告乎？丙申，命黄斌卿鎮守廣西。庚子，命黄得功移鎮廬州，與劉良佐合兵爲拒守計。癸卯，覆審王之明。張振孫等堅欲窮究閩楚之語，大理卿葛寅亮曰：「公等度朝廷之力，能聲左良玉、鄭芝龍之罪而制其死命乎？設使夢箕供稱連染，含忍則無法，搜剔則激變矣。」孫振微悟，言之士英而止。時闖賊離襄陽至潛江渡口，警報日急，僞太子一案又喧傳楚地，左諸將皆以清君側爲言，良玉心惕于寇警而勢脅于羣情。戊申，遂興晉陽之甲，焚武昌東下。壬子，北師破潁州太和縣。四月丙辰，良玉兵至九江。江督袁繼咸初聞寇南渡，恐由岳犯長沙，則袁吉危，自領兵救袁吉，留鄧林奇、郝效忠、陳麟三將爲守。比聞良玉至，急還九江晤良玉，于舟中約以兵不入城。繼咸歸，是夜，郝效忠等與良玉部將約，潛吊其兵入城，縱火剽掠，良玉于舟中見火光，嘆曰：「予負袁公。」因嘔血而卒。衆將擁其子夢庚縱兵殘破州縣，士英命阮大鋮、劉孔昭會同黄得功共商滅左之策。庚申，決光時亨、周鍾、武愫于市，賜周鑣、雷縯祚自盡。縯祚之死，實以門户誅也。時北師已破泗州，分道南下。史公告急，不報，士英并欲調劉良佐兵過江南拒左。癸酉，大理少卿姚思孝、御史喬可聘、成友謙皆揚人也，面奏北師已逼，左兵稍緩，請無撤江北兵馬，固守淮揚，控扼潁壽。士英在御前戟手詈曰：「若輩東林，猶藉口防江，如北師至，尚可議款。左逆入犯，我君臣獨死耳。」不知是日北師已入瓜州，維揚南北皆敵矣。廿三日乙亥，揚州破，史公殉難，究竟不知死所。自史公之出鎮也，惎之者原以公爲孤注矣，隻身撑柱，無補累卵之危，赤手拮据，莫救陳焦之敗，卒至納肝未識其地，啣鬚難定其時，嗚呼痛哉！五月庚寅，北師渡江。辛卯，上出奔。壬辰，亂兵擁立王之明，士英等俱已跳而走矣。甲午，北師定南都，即遣兵襲追上，黄得功倉遑出戰，矢貫其喉而死。中軍田雄入上舟，挾上以降，尋北狩。

〔二〕小朝廷　胡銓上高宗封事：臣有赴東海而死耳，寧能處小朝廷求活耶？

〔三〕覆典刑　孟子：太甲顛覆湯之典刑。

〔四〕庭花　隋書五行志：禎明初，後主作新歌，辭甚哀怨，令後宫美人習而歌之。其辭曰：「玉樹後庭花，花開不復久。」時人以歌讖也，此其不久兆也。

〔五〕長星　世説雅量篇：太元末，長星見，孝武心甚惡之。夜華林園中飲酒，舉杯屬星云：「長星勸爾一杯酒，自古何時有萬歲天子？」

〔六〕吹脣　南史侯景傳：景將登太極殿，醜徒數萬，同共吹脣唱吼而上。資治通鑑齊紀七：魏主怒，以南陽小郡，志必滅之，遂引兵向襄陽，彭城王勰等三十六軍前後相繼，衆號百萬，吹脣沸地。

〔七〕剺面　後漢書耿秉傳：匈奴或至梨面流血。臣賢曰：梨即剺字。剺，割也。

〔八〕奸佞　陽羨再召，阮大鋮送之江干，陰以馬士英爲托，士英初爲王坤所參謫戍，陽羨還朝，即起之爲鳳督，士英心感大鋮，每思所以報之。聖安即位，遂以邊才特薦，且言：「臣至浦口與諸臣面商定策，大鋮從山中致書于臣及劉孔昭，謂當力掃邪謀，堅持倫序，臣甚韙之。但大鋮于天啓年間曾因爭缺與諸臣開隙，後遂牽入逆案，坐以陰行贊道。夫謂之贊道，已無實跡，且曰陰行，寧有確據？故臣謂其才可用，罪可宥也。」疏上，士英即自票旨，着大鋮冠帶來京陛見，舉朝爭之甚力。甲申八月乙酉，卒以中旨起爲少司馬。大鋮柄用，即翻逆案，閣臣姜曰廣、憲臣劉宗周先後疏爭不得，俱罷去。士英、大鋮内結中涓，外交強鎮，并收勳臣以爲助。時以擁立異心爲辭，傾軋朝士，攬權納賄，欲薦者予薦，應糾者免糾，超資越序，雖西園諧價未若是之甚也。十二月己巳，妖僧大悲之事起，楊維垣、袁弘勳、張孫振等欲借此以興大獄，羅織清流，遂傳有十八羅漢、五十三參之名，如公與徐石麟、徐汧、陳子龍、祁彪佳等咸屬焉。孫振審詞有大悲本是神棍，故作瘋僧，若有主使線索。又云豈是黎丘之鬼，或爲專諸之雄。語多挑激上怒，賴上不欲深究而止。當時文武大吏不計兵如何强，財如何理，唯曰門户，曰三案，曰要典，若醉若狂，説鬼説夢。及聖安下殿，士英、大鋮輩奉頭奔竄，竟委國而棄之。歐陽子曰：漢、唐之末，舉其朝皆小人也，而其君子者何在哉？真可爲之隕涕也。

〔九〕丹青　論衡佚文篇：極筆墨之力，定善惡之實。言行畢載，文以千數，傳流於世，成爲丹青，故可尊也。

蕉園

蕉園〔一〕焚藁總凋零，況復中州野史亭〔二〕。温室〔三〕話言移漢樹，長編月朔改唐蓂〔四〕。謏聞〔五〕人自謁三家〔六〕，曲筆〔七〕天應下六丁〔八〕。東觀西清何處所，不知汗簡〔九〕爲誰青？

【箋注】

〔一〕蕉園　歷朝實録成，焚藁于太液池之蕉園。

〔二〕野史亭　金史元好問傳：搆亭于家，著述其上，因名曰野史。

〔三〕温室　漢書孔光傳：光沐日歸休，兄弟妻子燕語，終不及朝省政事。或問：「温室省中樹皆何木也？」光嘿不應，更答以他語，其不洩如是。

〔四〕唐蓂　李燾長編序：臣竊聞司馬光之作資治通鑑也，先使其僚採摭異聞，以年月日爲叢目。叢目既成，乃修長編。唐三百年，范祖禹實掌之，光謂祖禹：「長編寧失於繁，無失於畧。」當時祖禹所修長編，蓋六百餘卷。光細刪之，止八十卷，今資治通鑑唐紀自一百八十五卷至二百六十五卷是也。

〔五〕謏聞　記學記：發慮憲，求善良，足以謏聞，不足以動衆。鄭氏曰：謏之言小也。

〔六〕三豕　家語：子夏見讀史記者云：「晉師伐秦，三豕渡河。」子夏曰：「非也，己亥耳。」問諸晉史，果曰己亥。

〔七〕曲筆　後漢書臧洪傳：南史不曲筆以求存。蘇易簡文房四譜：後魏世宗嘗敕廷尉游肇有所降恕，肇不從，曰：「陛下自能恕之，豈能令臣曲筆？」

〔八〕六丁　昌黎調張籍詩：仙官敕六丁，雷電下取將。

〔九〕汗簡　後漢書吴祐傳：恢欲殺青簡以寫經書。臣賢曰：殺青者，以火炙簡令汗，取其青易書，復不蠹，謂之殺青，亦謂汗簡。

丁酉長至宿長干禪榻

登臺無筆可書祥〔一〕，長至長干〔二〕拜履長〔三〕。佛日也應添一線〔四〕，歲華聊復記三陽〔五〕。

灰飛玉琯〔六〕吹禪火，月傍金輪助塔光。夜静花宫〔七〕喧鼓角，夢廻腸斷殿東廊。

【箋注】

〔一〕書祥　左傳僖公五年：春王正月，辛亥朔，日南至。公既視朔，遂登觀臺以望。而書，禮也。

凡分至啟閉，必書雲物，爲備故也。杜預曰：分，春秋分；至，冬夏至；啟，立春、立夏；閉，立秋、立冬。雲物，氣色災變也。

〔二〕長干　王象之輿地紀勝：長干是秣陵縣東里巷名，江東謂山隴之間曰干。金陵五里有山岡，其間平地，民庶雜居，有大長干、小長干、東長干，並是地名。

〔三〕履長　白氏六帖：玉燭寶典曰：冬至日極南，景極長，陰陽日月，萬物之始，律當黄鐘，其管最長，故有履長之賀。

〔四〕一線　荆楚歲時記：冬至日量日影，按晉魏間宫中以紅線量日影，冬至後日影添長一線。

〔五〕三陽　後漢書律曆志：陽以圓爲形，其性動。陰以方爲節，其性静。動者數三，静者數二。以陽生陰，倍之，以陰生陽，四之，皆三而一。

〔六〕玉琯　韓鄂歲華紀麗：冬至之日，舜吹玉琯，以定律吕。

〔七〕花宫　太白秋夜宿龍門香山寺詩：玉斗生網户，銀河耿花宫。

小至夜月食紀事①十一月十有六日

蟾蜍〔一〕蝕月報黄昏，冬至陽生〔二〕且莫論。飛上何曾爲玉鏡〔三〕，落來那得比金盆②〔四〕。朦朧自繞飛烏羽，昏黑誰招顧兔魂？晝盡爐灰不成③寐，一星宿火養微温。

【校勘記】

①金匱本題作「丁酉十一月十有六日小至是夜月蝕既詩以紀之」。②凌本作「盤」。③「不成」，鄒本、金匱本作「人不」。

【箋注】

〔一〕蟾蜍　太白古朗月行：蟾蜍蝕圓影，大明夜已殘。

〔二〕陽生　少陵小至詩：冬至陽生春又來。

〔三〕玉鏡　太白古朗月行：小時不識月，呼作白玉盤。又疑瑶臺鏡，飛在青雲端。

〔四〕金盤　少陵贈蜀僧閭丘詩：夜闌接軟語，落月如金盆。

至日作家書題二絶句

至日裁書報孟光，封題凍筆蘸冰霜。栴檀燈下如相念，但讀楞嚴①〔一〕莫斷腸。

【校勘記】

①凌本作「經」。

【箋注】

〔一〕讀楞嚴　洪覺範冷齋夜話：舒王女，吴安持之妻，蓬萊縣縣君工詩，有詩寄舒王曰：「西風不入小窗紗，秋氣應憐我憶家。極目江山千里恨，依然和淚看黄花。」舒王以楞嚴經新釋付之，和其詩曰：「青燈一點映窗紗，好讀楞嚴莫憶家。能了諸緣如幻夢，世間惟有妙蓮花。」

其二

松火柴門紅豆莊，稚孫嬌女共扶牀〔一〕。金陵無物堪將寄，分與長干寶塔光。

【箋注】

〔一〕扶牀　顧況棄婦詞：新婦初來時，小姑始扶牀。

丁酉仲冬十有七日長至禮佛大報恩寺偕石溪諸道人燃燈繞塔乙夜放光應願懽喜敬賦二十韻記①事

空門至日拜②空王〔一〕，肅穆爐煙玉几旁。是夜然燈多寶塔〔二〕，此心祈見白毫光〔三〕。鐘鳴圜繞高低級，梵罷低廻③左右廂。良久下方仍暗黑④，少時⑤東壁破⑥昏黃。科頭老衲驚呼急，禿袖中官⑦指顧詳。昱曜乍看銀色涌，晶熒諦視玉毫長。一重欄楯明初地〔四〕，半壁琉璃〔五〕映十方。鉤鎖金鋪連白道，瀰漫碧落隱紅牆。水晶宫〔六〕闕遥分影，天漢星文暗助芒。共説丹爐呈變幻，又言火樹漾低昂。似懸荔子銀青色，欲落蒲萄紫翠瓤。交絡倩誰排帝網〔七〕，鋪舒那得截雲肪。露盤瑩燭如移級，彫角搓挪欲差行。斫樹〔八〕不愁傷玉斧，先一夕月食既⑧。雨花〔九〕還喜見金牀。紅樓⑨〔一〇〕夜静香爲界，白氎〔一一〕僧歸月在廊。舍利冥心觀掌果〔一二〕，燈輪彈指斂毫芒。長依慧火消灰劫，但倚光嚴〔一三〕入道場。歡極身雲〔一四〕都涌現，歸來毛孔〔一五〕亦清涼。帝心鴻朗開⑩三寶〔一六〕，佛日弘明長一陽〔一七〕。大地何曾亡玉鏡？普⑪天還欲理珠囊。慈恩盛事人能記，乙夜齋宫每降香。

【校勘記】

①鄒本、金匱本「記」下有「其」字。②江左三大家詩鈔作「禮」。③鄒本、金匱本作「徊」。④「暗黑」，鄒本、金匱本作「黑暗」。⑤凌本、鄒本、金匱本作「焉」。⑥江左三大家詩鈔作「放」。⑦鄒本、金匱本作「宫」。⑧鄒本、金匱本作「記」。⑨鄒本作「綃」。⑩凌本作「聞」。⑪鄒本、金匱本作「並」。

【箋注】

〔一〕空王　觀佛三昧經：過去久遠，有佛出世，號曰空王。

〔二〕多寶塔　法華經寶塔品：多寶如來塔，聞説法華經，故從地涌出。

〔三〕白毫光　法華經：爾時如來放眉間白毫相光，照東方萬八千佛土，靡不週遍。

〔四〕初地　華嚴經：菩薩在於初地。

〔五〕琉璃　法華經譬喻品：國名離久，琉璃爲地。

〔六〕水晶宫　任昉述異記：闔閭搆水精舍，尤極工巧，皆出自水府。

〔七〕帝網　清涼國師華嚴經疏序：重重交映，若帝網之垂珠；念念圓融，類夕夢之經世。

〔八〕斫樹　段柯古酉陽雜俎：月中有桂，一人常斫之，樹創隨合。人姓吴名剛，西河人，學仙有過，謫令伐樹。

〔九〕雨花　維摩詰經：時維摩詰室，有一天女，見諸大人，聞所説法，便現其身，即以天華散諸菩薩、大弟子上，華至諸菩薩即皆墮落，至大弟子便著不墮。藝文：西域記曰：摩竭陀國正月十五日僧俗雲集，觀佛舍利放光雨花。涅槃經曰：如來闍維訖，收舍利罌置金牀上，天人散花奏樂，繞城步步燃燈十二里。

〔一〇〕紅樓　唐詩紀事：詔許廣宣上人居安國寺紅樓，以詩供奉。

〔一一〕白氎　翻譯名義集：西來梵僧咸著布氎。

〔一二〕掌果　首楞嚴經：而阿那律見閻浮提，如觀掌上庵摩羅果。

〔一三〕光嚴　維摩詰經：光嚴白佛言：「我昔出毗耶離大城，時維摩詰方入城，我即爲作禮而問言：居士從何所來？答我言：吾從道場來。」

〔一四〕身雲　華嚴經如來出現品：欲以正法教化衆生，先布身雲彌覆法界，隨其樂欲爲現不同。

〔一五〕毛孔　紀聞：洪昉禪師至天堂，天帝置食。食已，身上毛孔皆出異光。毛孔之中，盡能覩見異物。

〔一六〕三寶　寶性論：依彼六種相似對故，佛、法、僧説名爲寶。

〔一七〕一陽　杜牧之冬至日寄舍弟詩：他鄉正遇一陽生。

龔孝升求贈塾師戲題二絶句①

都都平丈〔一〕教兒郎，論語開章笑閧堂〔二〕。何似東村趙學究〔三〕，只將半部〔四〕佐君王。

【校勘記】

①鄒本無此二詩。

【箋注】

〔一〕都都平丈　田汝成西湖志餘：曹元寵題村學堂圖云：此老方捫虱，衆雛争附火。想當訓誨間，都都平丈我。語雖調笑，而曲盡社師之狀。杭諺言：社師讀論語「郁郁乎文哉」，訛爲「都都平丈我」。委巷之童，習而不悟。一日宿儒到社中，爲正其訛，學童皆駭散。時爲之語云：「都都平丈我，學生滿堂坐。郁郁乎文哉，學生盡不來。」曹詩蓋取此也。趙與旹賓退録：曹元寵名組，嘗賦紅窗迥百餘篇，皆嘲謔之詞，故掩其文名。世傳俚語，謂假儒不識字者，以論語授徒，讀「郁郁乎文哉」，作「都都平丈我」。元寵題梁仲叙所藏陳坦畫村教學詩云：此老方捫虱，衆雛亦附火。想見文字間，都都平丈我。

〔二〕閧堂　李肇國史補：合座皆笑，謂之閧堂。

〔三〕趙學究　王銍默記：太祖兵聚清流關，村人云：「有鎮州趙學究在村中教學，多智計。」太祖微服往訪之。學究者固知爲趙點檢也，迎見加禮。

〔四〕半部　羅大經鶴林玉露：趙普再相，人言普山東人，所讀者止論語。太宗以問普，普略不應，對曰：「臣平生所知，誠不出此者。昔以其半輔太祖定天下，今欲以其半輔陛下致太平。」

其二

魯壁〔一〕書傳字不譌，兔園〔二〕程課近如何？旅獒費誓權停閣，先誦虞箴五子歌〔三〕。

【箋注】

〔一〕魯壁　孔穎達書經序：魯共王好治宫室，壞孔子舊宅以廣其居。于壁中得先人所藏古文虞、夏、商、周之書，及傳論語、孝經，皆科斗文字。

〔二〕兔園　五代史劉岳傳：馮道世本田家，狀貌質野。旦入朝，任贊與岳在其後，道行數反顧。贊問岳：「道反顧何爲？」岳曰：「遺下兔園册耳。」兔園册者，鄉校俚儒教田夫牧子之所誦也，故岳舉以誚道。

〔三〕五子歌　樂天與元九書：聞五子洛汭之歌，則知夏政荒矣。

橘社吴不官以雁字詩見示凡十二章戲爲屬和亦如其數

刻畫蒼穹〔一〕入杳冥，縱横碧落〔二〕不曾停。廓填〔三〕地界成飛白〔四〕，點染〔五〕天池〔六〕付殺青〔七〕。竺國〔八〕西來翻舊譯，燕然〔九〕北去换新銘。行間〔一〇〕莫笑如烏合〔一一〕，風后親①傳鳥陣經〔一二〕。

【校勘記】

①凌本作「新」。

【箋注】

〔一〕蒼穹　爾雅釋天：穹蒼，蒼天也。郭璞曰：天形穹窿，其色蒼蒼，因名云。

〔二〕碧落　劉禹錫望賦：日轉黄道，天開碧落。李肇國史補：絳州有碑，篆字與古文不同，頗爲怪異。李陽冰見而寢處其下，數日不能去。驗其文，是唐初，不載書者姓名，碑上有「碧落」二字，人謂之碧落碑。僧釋之金壺記：唐李漢黄公記曰：絳州道士觀有碧落天尊像，琢石爲之。其背篆書六百三十九字，文是永隆中孝子李譔爲妣建也。蹤跡奇古，妙絶世傳。

〔三〕廓填　趙希鵠洞天清録：以紙加碑上，貼於窗户間，以游絲筆就明處圈却字畫，填以濃墨，謂之嚮搨。然圈隱隱猶存，其字亦無精采易見。

〔四〕飛白　張彦遠法書要録：漢靈帝熹平年，詔蔡邕作聖皇篇，篇成，詣鴻都門上。時方修飾鴻都門，伯喈見役人以堊帚成字，心有悦焉，歸而爲飛白之書。

〔五〕點染　少陵秦州見敕目詩：宮臣仍點染，柱史正零丁。

〔六〕天池　莊子逍遥遊篇：南溟者，天池也。

〔七〕殺青 劉向列子序：皆以殺青書可繕寫。殷敬順釋文曰：謂汗簡刮去青皮也。

〔八〕竺國 釋氏通鑑：唐貞觀十九年，玄奘奏西域所獲梵本經論六百五十七部，乞就嵩山少林寺爲國宣譯。帝曰：「弘福寺虚静，可就彼翻譯。」五月，奘入弘福寺譯經。

〔九〕燕然 後漢書竇憲傳：憲破單于，登燕然山，去塞三千餘里，刻石勒功，記漢威德，令班固作銘。

〔一〇〕行間 漢書吴王濞傳：諸賓客皆得爲將、校尉，行間候、司馬。師古曰：在行伍間。

〔一一〕烏合 後漢劉玄傳論：漢起，驅輕黠烏合之衆。臣賢曰：烏合，如烏鳥之羣合也。

〔一二〕鳥陣經 風后握奇經：天地之後衝爲飛龍，雲爲鳥翔，突擊之義也。龍居其中，張翼以進；鳥掖兩端，向敵而翔以應之。

其二

描畫虚空〔一〕自古難①，故應落筆便闌珊。問奇〔二〕直欲淩霄漢，運帚〔三〕真能刷羽翰。嘹唳〔四〕叫雲愁曳白〔五〕，連翩〔六〕映日喜書丹〔七〕。彌天布濩②〔八〕皆文字，篆刻雕蟲〔九〕任汝看。

【校勘記】

①鄒本作「歎」。②鄒本作「護」。

【箋注】

〔一〕虚空　婆娑論：欲畫虚空，令成五色，只益自勞。

〔二〕問奇　趙與旹賓退録：漢書揚雄傳云：劉棻嘗從雄學作奇字。韓文公題張十八所居詩云：端來問奇字，爲我講聲形。然傳但云學作奇字，不言問奇字。後來相承而用，蓋又以韓詩爲本。

〔三〕運帚　書斷列傳：羲之爲會稽，子敬出戲，見北館新白土壁白浄可愛，令取掃帚沾泥汁中以書壁，爲方丈一字，晻曖斐亹，極有勢好，日日觀者成市。

〔四〕嘹唳　謝惠連秋懷詩：蕭瑟含風蟬，嘹唳度雲雁。

〔五〕曳白　王定保摭言：天寶二年，吏部侍郎宋遥、苗晉卿等主試，禄山請重試，制舉人第一等人十無一二。御史中丞張倚之子奭，手持試紙，竟日不成一字，時人謂之曳白。

〔六〕連翩　朱長文墨池編：衛恒四體書勢曰：或引筆奮力，若鴻雁高飛，邈邈翩翩。

〔七〕書丹　洪适隸釋：石經，蔡邕自書丹，使工鐫刻。

〔八〕布濩　張平子東京賦：聲教布濩，盈溢天區。薛綜曰：布濩，猶散被也。

〔九〕雕蟲　法言吾子篇：「童子雕蟲篆刻。」俄而曰：「壯夫不爲也。」

其三

天門詄蕩〔一〕屢經過，鳳翥鸞翔〔二〕共揣摩。飛過碧空真跡〔三〕在，影留寒水草書〔四〕多。隨身八法〔五〕皆成永，破體雙鈎〔六〕慣學戈〔七〕。爲問世間摹搨〔八〕手，硯凹作臼①〔九〕欲如何？

【校勘記】

①鄒本作「凸」。

【箋注】

〔一〕詄蕩　漢書禮樂志：郊祀歌：天門開，詄蕩蕩。如淳曰：詄讀作迭。詄蕩蕩，天體堅青之狀也。

〔二〕鳳翥鸞翔　昌黎石鼓歌：鸞翔鳳翥衆仙下，珊瑚碧樹交枝柯。

〔三〕真跡　譚賓録：開元十六年五月，内出二王真跡及張芝、張昶等書，總一百六十卷，付集賢院，令集字搨兩本進，分賜諸王。

〔四〕草書　書斷列傳：按草書者，後漢徵士張伯英所造也。梁武帝草書狀曰：蔡邕云：昔秦之時，諸侯爭長，羽檄相傳，望烽走驛，以篆隸難不能救急，遂作赴急之書。今之草書是也。

〔五〕八法　法書苑：八法起于隸字，始自崔、張、鍾繇傳授。李陽冰云王逸少工書十五年，偏工永字，以其備八法之勢，能通一切字也。

〔六〕雙鈎　唐詩紀事：古之善書，鮮有得筆法者。陸希聲得之，凡五字：擫、押、鈎、格、抵。用筆雙鈎，則點畫遒勁而盡妙矣，謂之撥鐙法。

〔七〕學戈　沈作喆寓簡：唐文皇帝妙于墨翰，常病戈法難精，乃作戩字，空其右，而命虞永興填之以示魏鄭公，曰：「朕學世南，似盡其法。」鄭公曰：「天筆所臨，萬象不能逃其形，然唯戩字戈法乃逼真。」

〔八〕摹搨　張世南游宦紀聞：臨謂置紙在旁，觀其大小濃淡形勢而學之，若臨淵之臨。摹謂以薄紙覆其上，隨其曲折婉轉用筆曰摹。嚮搨謂以紙覆其上，就明窗牖間映光摹之。

〔九〕硯凹作臼　米芾硯史：今人有收得王右軍硯，頭狹四寸許，下闊六寸許，頂兩純皆綽慢，下不勒成痕，外如内之制，足狹長，色紫，類温巖，中凹成臼。又有收得智永硯，頭微圓，又類箕象，中亦成臼矣。

其四

蠅頭〔一〕蠆尾〔二〕正紛紜，點綴〔三〕天公賴有君。飛上高堂誰掣肘〔四〕，來逢①長至好書雲〔五〕。羽毛〔六〕向晚②援毫〔七〕懶，指爪〔八〕禁寒畫肚〔九〕勤。最後一行餘阿買〔一〇〕，八分聊可張吾軍。

【校勘記】

①鄒本作「遲」。　②淩本作「曉」。

【箋注】

〔一〕蠅頭　南史衡陽王道度傳：子鈞手自書寫五經，賀玠問曰：「自有墳素，復何須蠅頭細書？」答曰：「于檢閲既易，且一更手寫，則永不忘。」

〔二〕蠆尾　張彦遠法書要録索靖傳：張芝草書形異，甚矜其書，名其字勢曰銀鈎蠆尾。金壺記：書論曰：蠆尾勢者，謂駐鋒後趯也。

〔三〕點綴　世説言語篇：司馬太傅齋中夜坐，于時天月明净，都無纖翳。太傅嘆以爲佳，謝景重曰：「不如微雲點綴。」

〔四〕掣肘　吕氏春秋具備篇：宓子賤治亶父，請近吏二人於魯君，與之俱至於亶父。令吏二人書，吏方將書，子賤從旁掣摇其肘，吏書不善，子賤爲之怒，吏患而請歸。魯君曰：「宓子以此諫寡人也。寡人之亂子，而令宓子不得行其術，必數有之矣。」

〔五〕書雲　左傳僖公五年：春王正月，辛亥朔，日南至。公既視朔，遂登觀臺以望。而書，禮也。凡分至啟閉，必書雲物，爲備故也。杜預曰：分，春秋分；至，冬夏至；啟，立春、立夏；閉，立秋、立冬。雲物，氣色災變也。

〔六〕羽毛　南史蕭引傳：引善書，爲當時所重。宣帝嘗披奏事，指引署名曰：「此字筆趣翩翩，似鳥之欲飛。」引謝曰：「此乃陛下假其羽毛耳。」

〔七〕援毫　少陵客居詩：篋中有舊筆，情至時復援。

〔八〕指爪　僧適之金壺記：馮侃能書，以二指掐管而書，故每筆有二爪跡，可深二三分，斯書札之異也。

〔九〕畫肚　張懷瓘書斷：王紹宗云：「吴中陸大夫將予比虞君，以不臨寫故也。聞虞眠，布被中以手畫腹，與予正同。」東坡石鼓歌：細觀初似指畫肚，欲讀嗟如箝在口。

〔一〇〕阿買　昌黎醉贈張祕書詩：阿買不識字，頗知書八分。詩成使之寫，亦足張吾軍。

其五

陽九〔一〕文章黯劫灰，帝令陽烏〔二〕捧書來。筆過華頂〔三〕初驚落，文到衡陽〔四〕始卻迴。尺一詔〔五〕將凫乙〔六〕辨，三千牘〔七〕爲鶩行〔八〕裁。雲飛〔九〕莫嘆孤騫翼，鴻業〔一〇〕深資潤色才。

【箋注】

〔一〕陽九　曹子建王仲宣誄：會遭陽九，炎光中矇。李善曰：漢書曰：陽九厄日，初入，百六陽九。音義曰：易稱所謂陽九之厄，百六之會者也。

〔二〕陽烏　禹貢：陽烏攸居。孔氏曰：隨陽之鳥，鴻雁之屬。

〔三〕華頂　雲仙散録：李白登華山落雁峯，曰：「此山最高，呼吸之氣，可通帝座。恨不攜謝朓驚人詩來搔首問青天耳。」

〔四〕衡陽　應德璉建章臺集詩：朝雁鳴雲中，音響一何哀。問子遊何鄉？戢翼正徘徊。言我塞中來，將就衡陽棲。陸佃埤雅：舊説鴻雁南翔不過衡山，今衡山之旁有峯曰回雁，蓋南地極煥，人罕識雪者，故雁望衡山而止。

〔五〕尺一詔　白氏六帖：漢司隸校尉楊球爲太尉，敕尚書令召拜，不得稽留尺一詔書。後漢書陳蕃傳：尺一選舉，委尚書三公。臣賢曰：尺一，謂板長尺一以寫詔書也。

〔六〕鳧乙　南齊書顧歡傳：昔有鴻飛天首，積遠難亮，越人以爲鳧，楚人以爲乙。人自楚、越，鴻常一耳。

〔七〕三千牘　史記滑稽列傳：東方朔初入長安，至公車上書，凡用三千奏牘。人主從上方讀之，止，輒乙其處。讀之二月乃盡。

〔八〕鶩行　昌黎藍田丞廳壁記：文書行吏抱成案詣丞，雁鶩行以進，平立睨丞。

〔九〕雲飛　左太沖蜀都賦：木落南翔，冰泮北徂。雲飛水宿，哢吭清渠。

〔一〇〕鴻業　班孟堅兩都賦：潤色鴻業。李善曰：劇秦美新曰：制成六經，鴻業也。

其六

勁骨豐翰〔一〕信所如，長空匹練〔二〕任鋪舒。風批漢檄追飛將〔三〕，電抹邊塵插羽書〔四〕。錯落星文〔五〕行墨裏，整齊露布〔六〕翰林餘。可知是物關兵氣〔七〕，莫指金天〔八〕認魯魚〔九〕。

【箋注】

〔一〕豐翰　戰國策：秦王曰：「毛羽不豐滿者，不可以高飛。」

〔二〕匹練　後漢書虞延傳：延初生，其上有物若一匹練，遂上昇天，占者以爲吉。

〔三〕飛將　史記李廣傳：廣居右北平，匈奴聞之，號曰「漢之飛將軍」。

〔四〕羽書　漢書高帝紀：吾以羽檄徵天下兵，未有至者。師古曰：檄者，以木簡爲書，長尺二寸，用徵召也。其有急事，則加以鳥羽插之，示速疾也。魏武奏事云：今邊有警，輒露檄插羽。

〔五〕星文　僧適之金壺記：鍾繇隸書勢曰：焕若星陳，鬱若雲布。

〔六〕露布　封氏見聞記：露布，捷書之别名也。諸軍破賊，則以帛書建諸竿上，兵部謂之露布，蓋自漢以來有其名。所以名露布者，謂不封檢而宣布，欲四方速知，亦謂之露版。魏武奏事云「有警急輒露版插羽」是也。

〔七〕關兵氣　少陵歸雁詩：是物關兵氣，何時免客愁？

〔八〕金天　張平子西京賦：顧金天而嘆息兮，吾欲往乎西嫱。李善曰：金天，少昊位也。

〔九〕魯魚　抱朴子内篇遐覽第十九：諺曰：書三寫，魯爲魚，虚成虎。

其七

歲歲隨陽不畏冬，憑將咫尺〔一〕寫天容。蹠河〔二〕贔屭輸①高掌，障日〔三〕修羅避筆鋒。行布〔四〕偏傍〔五〕文歷歷，紆廻〔六〕剔抉語嚾嚾。虞羅〔七〕莫漫誇秦網，落翮還成大小峯〔八〕。

【校勘記】

①鄒本、金匱本作「輪」。

【箋注】

〔一〕咫尺　漢書韓信傳：奉咫尺之書。師古曰：八寸爲咫，咫尺者，言其簡牘或長咫，或長尺，喻輕率也。今俗言尺書，或言尺牘，蓋其遺語耳。

〔二〕蹠河　張平子西京賦：綴以二華，巨靈贔屓，高掌遠蹠，以流河曲，厥跡猶存。

〔三〕障日　翻譯名義集：羅睺，文句：「此云障持，化身長八萬四千由旬，舉手掌障日月，世言日月蝕。」成論云：譬如天日月，其性本明浄，煙雲塵霧等，五翳則不現等，取修羅故。佛誡云：「修羅修羅，汝莫吞月，月能破暗，能除衆熱。」

〔四〕行布　山谷次高子勉詩：行布佺期近。任淵曰：行布字本出釋氏，而山谷論書畫數用之。按釋氏言華嚴之旨曰：行布則教相施設，圓融乃理性即用。楞伽經曰：名身與句身及字身差別。解者曰：名者是次第行列，句者是次第安布。

〔五〕偏傍　姜堯章續書譜：假如立、人、挑、土、田、王、言、示，一切偏旁皆須令狹長，則右有餘地矣，在右者亦然。

〔六〕紆廻　朱長文墨池編：虞永興筆髓曰：既如舞袖揮拂而縈紆，又如垂藤樛盤而繚繞。

〔七〕虞羅　少陵王監請作鷹詩：虞羅自各虚施巧。隋魏彦深鷹賦：何虞者之多端？運横羅以羈束。

〔八〕大小峯　任昉述異記：王次仲變倉頡舊書爲隸書，秦始皇遣使徵之，不至。始皇怒，檻車囚之赴國。路次化爲大鳥，出車而飛去。至西山，乃落二翮，一大一小，遂名其落處爲大小翮山。

其八

龍漢〔一〕分明紀曆年，昭迴〔二〕文物上青天。紛紛折抹〔三〕違胡①地〔四〕，往往横斜〔五〕避虜②弦〔六〕。點畫盤拏〔七〕齊向日，畫圖羅縷〔八〕總淩煙〔九〕。浯溪〔一〇〕老筆誰能繼？片石磨厓待爾鐫。

【校勘記】

①鄒本、金匱本作「沙」，凌本作「□」。　②鄒本、金匱本作「箭」。

【箋注】

〔一〕龍漢　度人經：混元實録：老君于龍漢劫分身教化，出真文于中天大福堂國，南極赤溟國，東極浮黎國，西極西那國，北極鬱單國，五國之内，皆秉靈寶之教。

〔二〕昭迴　二王帖目録：米禮部贊破羌帖云：昭回于天垂英光，跨頡歷籀化大荒。煙華淡濃動彷徉，一噫萬古稱天章。鸞夸虬引鵠序翔，洞天九九通遼陽。茫茫十二小劫長，璽完神訶命芾藏。

〔三〕折抹　米元章書史：蘇耆家蘭亭，懷字内折筆抹筆，皆轉側編而見鋒。

〔四〕違胡地　少陵歸雁詩：欲雪違胡地。

〔五〕横斜　姜夔續書譜：横斜曲直鉤環盤紆，皆以勢爲主。

〔六〕避虜弦　杜牧之蚤雁詩：金河秋半虜絃開，雲外驚飛四散哀。

〔七〕盤拏　少陵李潮八分小篆歌：八分一字直百金，蛟龍盤拏肉屈強。

〔八〕羅縷　昌黎紀夢詩：夜夢神官與我言，羅縷道妙角與根。

〔九〕淩煙　南部新書：淩煙閣在西内三清殿側，畫像皆北面，閣中有中隔，隔内面北寫「功高宰輔」，南面寫「功高侯王」，隔外面次第功臣。

〔一〇〕浯溪　山谷書磨厓碑後詩：春風吹船著浯溪，扶藜上讀中興碑。任淵曰：浯溪在今永州。中興頌，元結次山所作，顔魯公書，磨崖鐫刻。蓋言安禄山亂，肅宗復兩京事。

其九

鴻濛一畫〔一〕梵天〔二〕初，雪後霜前散碧虚。絶塞〔三〕陣深戈〔四〕夭矯①，長門〔五〕燈暗磔〔六〕紆餘。鸛鴿頌〔七〕裏黄麻帖，孔雀屏〔八〕前紅錦書。故國飄零兄弟〔九〕盡，上林〔一〇〕尺素獨愁余。

【校勘記】

①「夭矯」，凌本作「矯夭」。

【箋注】

〔一〕一畫　梁庾肩吾書品：一畫加大，天尊可知。

〔二〕梵天　佛本行經：昔造書之主，凡有三人。長名曰梵，其書右行。次曰佉盧，其書左行。少者蒼頡，其書下行。梵、佉盧居于天竺，黄史蒼頡在於中夏。梵、佉取法於浄天，蒼頡因華於鳥跡。文書誠異，傳理則同矣。

〔三〕絶塞　盛弘之荆州記：雁塞東西嶺屬天無際，惟一處爲下，朔雁達塞，矯翼裁度。

〔四〕戈　王逸少筆陣圖：每作一戈，如百鈞弩發。

〔五〕長門　杜牧之蚤雁詩：長門燈暗數聲來。

〔六〕磔　朱長文墨池編：唐太宗筆法曰：爲波必磔，貴三折而遣毫。

〔七〕鶺鴒頌　宣和畫譜：唐明皇留心翰墨，鋭意作章草八分，議者言其豐茂英特，斯亦天禀。今御府所藏有行書鶺鴒頌。米元章書史：古篆於鶺鴒頌上見之，他處未嘗有。

〔八〕孔雀屏　舊唐書后妃傳：高祖后竇氏，隋定州總管毅之女。毅曰：「此女才貌如此，不可妄以許人。」乃於門屏畫二孔雀，中目者許之。高祖後至，兩發各中一目。毅大悦，遂歸之。

〔九〕兄弟　記王制：兄弟之齒雁行。

〔一〇〕上林　漢書蘇武傳：常惠夜見漢使，教使者謂單于言：「天子射上林中，得雁，足有繫帛書，言武等在某澤中。」使者如惠語。單于驚謝。

其十

班聯舊駐日華〔一〕東，退次頻驚鷁羽〔二〕風。飛入冥冥〔三〕常削牘〔四〕，愁來咄咄〔五〕亦書空〔六〕。銜蘆〔七〕大有揮戈興，謀稻〔八〕深慚識字功。鐵索〔九〕銀鉤〔一〇〕誰比並，千秋勒銘①五雲〔一一〕中。

【校勘記】

①「勒銘」，鄒本、金匱本作「銘勒」。

【箋注】

〔一〕日華　程大昌雍録：按六典：宣政殿前有兩廡，各自有門。其東曰日華，日華以東則門下省也。以其地居殿廡之左，故又曰左省也。凡兩省官繫銜以左者，如左散騎、左諫議、給事中皆其屬也。

〔二〕鷁羽　左傳僖公十六年：六鷁退飛過宋都，風也。

〔三〕冥冥　揚子雲法言問明篇：鴻飛冥冥，弋人何篡焉？

〔四〕削牘　漢書原涉傳：削牘爲疏。師古曰：牘，木簡也。

〔五〕咄咄　淳化帖：衛夫人書：衛有一弟子王逸少，甚能學衛真書，咄咄逼人，筆勢洞精，字體柔媚。

〔六〕書空　晉書殷浩傳：浩被黜，但終日書空作「咄咄怪事」四字而已。

〔七〕銜蘆　左太沖蜀都賦：候雁銜蘆。劉淵林曰：淮南子：雁銜蘆而翔，以備繒繳。中華古今注：雁自河北渡江南，瘠瘦能高飛，不畏繒繳。江南沃饒，每至還河北，體肥不能高飛，恐爲虞人所獲，常銜蘆長數寸以防繒繳。

〔八〕謀稻　少陵登慈恩寺塔詩：君看隨陽雁，各有稻粱謀。

〔九〕鐵索　昌黎石鼓歌：金繩鐵索鎖紐壯，古鼎躍水龍騰梭。

〔一〇〕銀鈎　僧適之金壺記：晉索靖，字幼安，草書勢曰：宛若銀鈎，飄若驚鸞。

〔一一〕五雲　温革分門瑣碎録：雲英、雲珠、雲液、雲母、雲沙，謂之五雲。

其十一

中天神筆〔一〕掃氤氲〔二〕，體勢蟬連詛楚文〔三〕。磊落數行前作隊，參差一旅後能軍。鈎挑白地黄沙斷，欄界烏絲〔四〕紫塞〔五〕分。下土臨池〔六〕皆侍從，不知誰策雁王勳？

【箋注】

〔一〕神筆　世説文學篇：魏朝封晉文王爲公，備禮九錫。司空鄭沖馳遣信就阮籍求文，籍時宿醉，扶起爲書札，無所點定付使。時人以爲神筆。

〔二〕氤氳　易繫辭：天地絪緼，萬物化醇。

〔三〕詛楚文　方勺泊宅編：予弟匋，字仁澤，博學好古。跋秦詛楚文曰：右秦告巫咸神碑，在鳳翔府學，又一本告亞駝神者，在洛陽劉忱家。書辭皆同，唯偏旁數處小異。按史記世家，楚子連熊爲名者二十二，獨無所謂熊相。楚自成王之後，未嘗與秦作難。及懷王熊槐十一年，蘇秦爲合從之計，六國始連兵攻秦，而楚爲之長，秦出師敗之。今碑云「熊相率諸侯之兵以加臨我」者，真謂此舉，蓋史記誤以熊相爲熊槐耳。

〔四〕烏絲　李肇國史補：宋、亳間有織成界道絹素，謂之烏絲欄。

〔五〕紫塞　崔豹古今注：秦所築長城，土色皆紫，漢亦然，故云紫塞。塞者，塞也，所以擁塞夷狄也。

〔六〕臨池　僧適之金壺記：張芝臨池學書，池水盡黑。

其十二

迢遥中竺〔一〕度恒沙〔二〕，名句身①〔三〕中形影賒。敢以羽羣從八部〔四〕，願將爪力演三車〔五〕。行行數墨〔六〕難②忘指〔七〕，字字迴文〔八〕欲貫花〔九〕。暫向曲江題塔〔一〇〕了，雨成池畔是吾家。十誦律云：波羅奈國城邊有池，名曰雨成，是五百雁王所治③。

【校勘記】

①鄒本、金匱本作「聲」。②鄒本、金匱本作「非」。③鄒本、金匱本「治」下有「之地」二字。

【箋注】

〔一〕中竺　水經注：竺法維曰：「迦衛國，佛所生天竺國也。三千日月萬二千天地之中央也。」康泰扶南傳曰：昔范旃時，有嘾楊國人家翔黎，嘗從其本國到天竺，展轉流賈至扶南，爲旃言：「天竺去此可三萬餘里，往還可三年餘。」及行，四年方返，以爲天竺之中也。

〔二〕恒沙　圭峯金剛經疏：恒河者，從阿耨池東面流出，周四十里，沙細如麪，金沙混流。佛多近此説法。

〔三〕名句身　翻譯名義集：瑜伽云：佛菩薩等是能説者，語是能説相，名句文身是所説相。成唯識論云：名詮自性，句詮差別，文即是字，爲二所依。此非色心，屬不相應行，名曰三假。婆沙：問云：「如是佛教，以何爲體？」答：「一云語業爲體。謂佛語言，唱詞、評論、語音、語論、語業、語表，是爲佛教。此語業師也。二云名等爲體。名身、句身、文身，次第行列。安布聯合，爲名句文。云何但以聲爲教體，此名句師也。」語業師難曰：「名句文但顯佛教作用，非是自體。」名句師難曰：「聲是色法，如何得爲教體？要由有名，乃説爲教。是故佛教體即是名，名能詮義，故名爲體。」二師異見，冰執不通，正理論中，雙存兩義。故正理鈔云：案上二説，各有所歸。諸論皆有兩家，未聞決判。西方傳説，具乃無虧。何者？若以教攝機，非聲無以可聽，若以詮求旨，非名無以表彰。故俱舍云：牟尼説法藴，數有八十千。彼體語或名，是色行藴攝。體即教體，語即語業，名謂名句。言是色行藴者，由聲屬乎不可見有對色，在色藴收，名句屬不相應行，在行藴攝。體既通於色行，則顯能詮之教，聲名句文四法，和合方能詮理。又復須知佛世滅後，二體不同。若約佛世八音、四辯、梵音、聲相，此是一實。名句文身，乃是聲上屈曲建立，此三是假。若約滅後衆聖結集，西域貝葉、東夏竹帛書寫，聖教其中所載，名句文身咸屬色法。此則從正别分。若乃就旁通説佛世，雖正屬聲，旁亦通色，如迦旃延撰集衆經要義，呈佛印可。斯乃通色，滅後正雖用色，旁亦通聲，以假四依，説方可解。作此區别，教體明矣。瑜伽論云：諸契經體，畧有二種，一文二義。文是所依，義是能依。十住品云：文隨於義，義隨於文，文義相隨，理無舛謬。方爲真教，此敍體竟。

〔四〕八部　佛本行經：仰尋先覺所説，有六十四書，鹿輪轉眼，筆制區分，龍鬼八部，字體殊式。維梵及佉盧爲世勝文，故天竺諸國謂之天書，西方寫經同祖梵文。

〔五〕三車　法華經：火宅喻三車：牛車、羊車、鹿車。

〔六〕數墨　大慧禪師答孫知縣書：座主多是尋行數墨，所謂依句而不依義。長水非無見識，亦非尋行數墨者。

〔七〕忘指　首楞嚴經：如人以手指月示人，彼人因指當應看月，若復觀指以爲月體，此人豈唯亡失月輪，亦亡其指。

〔八〕迴文　江文通別賦：迴文詩兮影獨傷。

〔九〕貫花　陶貞白建初寺瓊法師碑：東山北山之部，貫花散花之句，並編柳成簡，題蒲就業。華嚴玄談：線能貫花，經能持緯。

〔一〇〕題塔　李肇國史補：進士既捷，列書其姓名于慈恩寺塔，謂之題名。

秦淮水亭逢舊院小李大賦贈十二首①

不裹宮粧不女冠，相逢只作道人看。水亭十月秦淮上，作意西風打面寒。

【校勘記】

①凌本、鄒本、金匱本、牧齋詩鈔題作「秦淮水亭逢舊校書賦贈十二首」，鄒本、金匱本、牧齋詩鈔題下另有注：「女道士浄華。」

其二

粧閣書樓失絳雲，香燈繡佛對斜曛。臨風一語憑相寄，紅豆花前每憶君。

其三

旗亭〔一〕宮柳鎖朱扉，官燭膏殘別我歸。今日逢君重記取，橫波〔二〕光在舊羅衣。

【箋注】

〔一〕旗亭　張平子西京賦：旗亭五里。薛綜曰：市樓立亭于上。

〔二〕横波　傅武仲舞賦：目流睇而横波。李善曰：言目邪視，如水横流也。

其四

目笑〔一〕參差眉語〔二〕長，無風蘭澤〔三〕自然香。分明十四年來夢，是夢如何不斷腸？

【箋注】

〔一〕目笑　玉臺集劉孝威郗縣遇見人織率爾寄婦詩：窗疏眉語度，紗輕眼笑來。

〔二〕眉語　温庭筠詩：神交花冉冉，眉語柳毵毵。

〔三〕蘭澤　宋玉神女賦序：沐蘭澤，含若芳。李善曰：以蘭浸油澤以塗頭也。

其五

棋罷歌闌①抱影眠，冰牀雪被〔一〕黯相憐②。如今老去③翻惆悵，重對殘釭④憶昔⑤〔二〕年。

【校勘記】

①鄒本、金匱本作「殘」。　②「黯相憐」，鄒本、金匱本作「舊因緣」。　③牧齋詩鈔作「大」。

④牧齋詩鈔作「燈」。　⑤「憶昔」，鄒本、金匱本作「説往」。

【箋注】

〔一〕冰牀雪被　隋釋灌頂大涅槃經疏緣起：菜食水齋，冰牀雪被。孤居獨處，夢抽思乙。

其六

瘦沈〔一〕風狂不①奈何，情癡〔二〕只較一身多。荒墳那有相思樹〔三〕，半死枯松絆②女羅〔四〕。

【校勘記】

①鄒本、金匱本作「可」。②鄒本、金匱本作「伴」。

【箋注】

〔一〕瘦沈　李商隱寄酬韓冬郎兼呈畏之詩：爲憑何遜休聯句，瘦盡東陽姓沈人。

〔二〕情癡　世説紕漏篇：任育長過江失志，嘗行從棺邸下度，流涕悲哀，王丞相聞之曰：「此是有情癡。」

〔三〕相思樹　搜神記：宋大夫韓憑娶妻而美，王奪之。憑自殺。妻乃陰腐其衣，王與登臺，自投臺下，遺書於帶，願以尸骨賜憑合葬。王怒弗聽，使里人埋之，冢相望也。宿昔有交梓木生於二冢之端，旬日而大，屈體相就，根交于下。又有鴛鴦雌雄各一，恒棲樹上，交頸悲鳴。宋人哀之，遂號其木曰相思樹。任昉述異記：昔戰國時，魏國苦秦之難。以有民從征戍秦，久不返，妻思而卒，既葬，冢上生木，枝葉皆向夫所在而傾，因謂之相思木。

〔四〕女羅　小雅頍弁詩：蔦與女蘿，施於松上。古詩：與君爲新婚，兔絲附女蘿。

其七

鎖袴弓鞋總罷休，燭灰蠶死〔一〕恨悠悠。思量擁髻〔二〕悲啼夜，若箇情人不轉頭？

【箋注】

〔一〕燭灰蠶死　李商隱無題詩：春蠶到死絲方盡，蠟炬成灰淚始乾。

〔二〕擁髻　伶玄趙飛燕外傳自序：通德占袖，顧視燭影，以手擁髻，淒然泣下。

其八

金字經殘香母〔一〕微，啄鈴紅嘴語依稀。新裁道服蓮花〔二〕樣，也學①雕籠舊雪衣〔三〕。

【校勘記】

①凌本作「似」。

【箋注】

〔一〕香母　真誥運象篇：四鈞朗唱，香母奏煙。

〔二〕蓮花服　翻譯名義集：真諦雜記云：袈裟，是外國三衣之名。名含多義，或名離塵服，由斷六塵故。或名消瘦服，由割煩惱故。或名蓮花服，服者離著故。

〔三〕雪衣　樂史楊太真外傳：廣南進白鸚鵡，洞曉言詞，呼爲雪衣女。一朝飛上鏡臺自語：「雪衣女昨夜夢爲鷙鳥所搏。」上令妃授以心經，記誦精熟。後上與妃遊别殿，置雪衣女於步輦竿上同去。瞥有鷹至，搏之而斃。上與妃嘆息久之，遂瘞於苑中，呼爲鸚鵡冢。

其九

貝葉光明佛火青，貫花〔一〕心口不曾停。儂家生小能持誦，鸚鵡新歌①般若經。

【校勘記】

①「新歌」，鄒本、金匱本作「親歌」，凌本作「親過」。

【箋注】

〔一〕貫花　贊寧宋高僧傳：釋靈幽誦習惟勤，偶疾暴終。杳歸冥府，引之見王，問修何業，答曰：「素持金剛般若。」王令諷誦，畢，曰：「勘少一節文，何貫華之線斷耶？師且還人間，勸人受持斯典。其真本在濠州鍾離寺石碑上。」已而蘇。幽遂奏，奉敕令寫此經真本，添其句讀在「無法可説，是名説法」之後。

其十

高上青天低下泉，鄰家女伴似秋千。金經半卷①千聲佛，消得西堂一穗〔一〕煙。

【校勘記】

①「半卷」，凌本作「卷半」。

【箋注】

〔一〕一穗　五燈會元：鶴勒那説修多羅偈，忽覩異香成穗。

其十一

水沉煙寂妙香清，玉骨冰心水觀〔一〕成。彈指五千經藏轉，青蓮花〔二〕向舌根生。

【箋注】

〔一〕水觀　首楞嚴經：月光童子頂禮佛足，而白佛言：「我憶往昔恒河沙劫，有佛出世，名爲水天，教諸菩薩修習水觀，入三摩地。」

〔二〕青蓮花　贊寧宋高僧傳：僧遂端，質直清粹，不妄交遊。師授法華經，誦猶宿構，至乎老齒，勤而無懈。十二時間，恒諷不輟。咸通二年，忽結跏趺坐化，須臾口中出青色蓮花七莖，遠近觀禮。

其十二

投老〔一〕心期結淨瓶，自①消箋注講金經。諸天圍繞君應看，共向鍼鋒〔二〕列座聽。

【校勘記】

①鄒本作「目」。

【箋注】

〔一〕投老　後漢書仇覽傳：苦身投老。

〔二〕鍼鋒　法苑珠林三界篇：色界諸天下來聽法，六十諸天共坐一鋒之端，而不迫窄，都不相礙。大智度論：第三禪遍浄天，六十人坐一鍼頭而聽法，不相妨礙。

和普照寺純水僧房壁間詩韻邀無可幼光二道人同作

古殿灰沈朔吹〔一〕濃，江梅寂歷對金容〔二〕。寒侵牛目〔三〕冰間雪，老作龍鱗〔四〕燒後松。夜永一燈朝露寢〔五〕，更殘獨鬼哭霜鐘〔六〕。可憐漫壁横斜字，贘有三年碧血〔七〕封。

【箋注】

〔一〕朔吹　元遺山雪中過石嶺關詩：老天黯慘入平蕪，朔吹崩奔萬竅呼。

〔二〕金容　太宗三藏聖教序：金容掩色，不鏡三千之光；麗像開圖，空端四八之相。

〔三〕牛目　戰國策魏策：魏惠王死，葬有日矣，天大雨雪，至於牛目。葛洪西京雜記：董仲舒曰：「雪至牛目，皆陰陽相蕩，而爲祲沴之妖也。」

〔四〕龍鱗　王摩詰與裴迪訪吕逸人詩：種松皆老作龍鱗。

〔五〕露寢　張平子西京賦：正殿路寢，用朝羣辟。

〔六〕霜鐘　山海經：豐山有九鐘焉，是知霜鳴。郭璞曰：霜降則鐘鳴，故言知也。

〔七〕碧血　莊子外物篇：萇弘死于蜀，藏其血，三年而化爲碧。

水亭撥悶二首

不信言愁〔一〕始欲愁，破窗風雪①面淮流。往歌來哭悲鸜鵒〔二〕，莫雨朝雲樂爽鳩〔三〕。攬鏡每循宵茁②髮〔四〕，擁衾常護夜飛頭〔五〕。黄衫紅袖今餘幾，誰上城西舊酒樓？

【校勘記】

①鄒本、金匱本作「雨」。　②鄒本、金匱本「茁」下另有注：「先作朝薙。」

【箋注】

〔一〕言愁　晉書王湛傳：湛子承，字安期，去官東渡江。是時道路梗塞，人懷危懼。承每遇艱險，處之夷然。既至下邳，登山北望，嘆曰：「人言愁，我始欲愁矣。」

〔二〕鸜鵒　左傳昭公二十五年：鸜鵒來巢。師己曰：「童謠有之：鸜鵒鸜鵒，往歌來哭。」

〔三〕爽鳩　左傳昭公二十年：齊侯飲酒樂，公曰：「古而無死，其樂若何？」晏子對曰：「古者無死，爽鳩氏之樂，非君所願也。」

〔四〕宵茁髮　東坡補龍山文：戎服囚首，枯顱茁髮。

〔五〕夜飛頭　段柯古酉陽雜俎：嶺南溪洞中，往往有飛頭者，故有飛頭獠子之號。頭將飛一日前，頸有痕匝項如紅縷，妻子共守之。及夜，生翼飛去，曉卻還。

其二

瑣闈夕拜〔一〕不知繇，熱鐵〔二〕飛身一旦休。豈有閉脣能遁舌，更無穴頸可生頭。市曹新①鬼争②顱額，長夜冤魂怨骷髏③。狼籍革膠〔三〕供一笑，君王不替偃師愁。

【校勘記】

①鄒本、金匱本作「親」。②凌本作「多」。③「骷髏」，鄒本、金匱本作「髑髏」，另有注：「亦作骷髏。」

【箋注】

〔一〕夕拜　後漢書百官志注：衛宏漢舊儀曰：黄門郎屬黄門令，日暮入對青瑣門拜，名曰夕郎。

〔二〕熱鐵　首楞嚴經：歷思則能爲飛，熱鐵從空雨下。五燈會元：世尊説大集經，有不赴者，四天門王飛熱鐵輪追之令集。

〔三〕革膠　列子湯問篇：偃師造能倡者，穆王視之以爲實人也。與盛姬、内御並觀之，技將終，倡者瞬其目而招王之左右侍妾，王大怒，欲誅偃師。偃師立剖散倡者以示王，皆傅會革木膠漆白黑丹青之所爲，内則肝膽心肺脾腎腸胃，外則筋骨支節皮毛齒髮，皆假物也，而無不畢具者，合會復如初見。

讀建陽黄帥先小桃源記戲題短歌

未爲武夷遊，先得桃源記。小桃源在幔亭〔一〕旁，别館便房列仙治。黄生卜築才十年，七日〔二〕小劫彌烽煙。山神毷氉請廻駕〔三〕，洞口仍封小有天〔四〕。朅來〔五〕奔竄冶城左，手持①詩記揶揄我。選勝搜奇在尺幅，食指蠕動頤欲朵〔六〕。彭籛之後武夷君〔七〕，我是婆留〔八〕最小孫。包茅欲胙②乾魚〔九〕祭，卧榻〔一〇〕那容鼻鼾存？老夫不似劉子驥〔一一〕，仙源但仗漁人指。憑將此記作券書，設版焦瑕〔一二〕自今始。君不見三千鐵弩曾射潮〔一三〕，漢東③〔一四〕彈丸〔一五〕亦如此。

【校勘記】

①凌本作「指」。　②鄒本、金匱本作「作」。　③鄒本作「水」。

【箋注】

〔一〕幔亭　祝穆方輿勝覽：幔亭峯一名鐵佛嶂。建安志云：俗傳玉帝與太姆魏真人、武夷君建幔亭，綵屋數百間，施紅雲裀、紫霞褥，宴鄉人男女千餘人于其上，皆呼爲曾孫。酒行，命奏賓雲之曲。

〔二〕七日　法苑珠林劫量篇：是時劫末唯七日在，於七日中無量衆生死盡。時有一人合集閻浮提内男女，唯餘一萬留爲當來人種，唯此萬人能持善行，諸善鬼神欲令人種不斷絶故，擁護是人以好滋味令入毛孔，以業力故，人種不斷云。

〔三〕廻駕　釋氏通鑑：釋僧羣居羅江霍山，山有泉，羣飲之能不饑，因絶五穀。大守劉夔欲造其山乞水，天甚清霽，方渡海，忽風雨晦冥，竟不得往，嘆曰：「正爲山靈勒回俗駕耳。」

〔四〕小有天　樂史寰宇記：仙經云：王屋山有仙宫洞天，廣三千步，號小有清虚洞天。山高八千丈，廣數百里。太行、析山爲佐命，中條、古鍾爲輔翼。三十六洞，小有爲羣洞之尊。四十九山，王屋爲衆山之最。實不死之靈鄉，真人之洞境也。

〔五〕朅來　司馬相如大人賦：回車朅來兮，絶道不周。張景陽雜詩：朅來戒不虞。李善曰：劉向七言曰：朅來歸耕。

〔六〕朵頤　易頤卦：初九，觀我朵頤。王弼曰：朵頤者，嚼也。

〔七〕武夷君　武夷山志：武夷者，相傳昔有神人降此，自稱武夷君。又云籛鏗二子曰武曰夷，嘗隱于此，故以爲名。

〔八〕婆留　吴越備史：武肅王誕時，紅光滿室。皇考頗怪之，將棄于井。祖妣知非常人，故不許，因小字曰婆留，而井亦以名焉。

〔九〕乾魚　史記封禪書：祠武夷君用乾魚。

〔一〇〕卧榻　王偁東都事畧李煜傳：徐鉉乞緩兵，太祖曰：「天下一家，卧榻之側，豈容他人鼾睡耶？」

〔一一〕劉子驥　淵明桃源記：南陽劉子驥，高尚人也，聞之欣然欲往，未果。

〔一二〕設版焦瑕　左傳僖公三十年：許君焦、瑕，朝濟而夕設版焉。杜預曰：焦、瑕，晉河外五城之二邑。朝濟河而夕設版築以距秦，言背秦之速。

〔一三〕射潮　東坡觀潮詩：安得夫差水犀手，三千彊弩射潮低？

〔一四〕漢東　東都事畧錢俶傳：俶渡江襲位，漢授以東南面兵馬都元帥，錫以金印玉册，仍領鎮海、鎮東節度使。

〔一五〕彈丸　史記虞卿傳：此彈丸之地弗與。

示藏社介丘道人兼識乩神降語

長干藏社結長期，雪柱〔一〕冰稜扣擊時。横掃葛藤談滿字〔二〕，匡山雪藏韶師。細尋行墨問三伊〔三〕。普德勗伊闍師。並舟〔四〕分月人皆見，兩鏡〔五〕交光汝莫疑。珍重天宫催結集〔六〕，犍椎①〔七〕聲已報須彌。有神降乩云：速完經疏，天堂報汝。

【校勘記】

①鄒本、金匱本作「鎚」，另有注：「先作椎。」

【箋注】

〔一〕雪柱　劉乂冰柱詩：簷間冰柱若削出交加，或低或昂，小大瑩潔，隨勢無等差。

〔二〕滿字　出三藏記集梁僧佑法師梵漢譯經音義同異記：梵書製文有半字滿字，所以名半字者，義未具足，故字體半偏，猶漢文月字虧其旁也。所以名滿字者，理既究竟，故字體圓滿，猶漢文日字盈其形也。半字雖單，爲字根本。緣有半字，得成滿字。譬凡夫始於無明得成常住，故因字製義，以譬涅槃。梵文義奧，皆此類也。翻譯名義集：悉曇章是生字之根本，説之爲半，餘章文字具足，説名爲滿。又十二章，悉名爲半，自餘經書記論爲滿，類如此。方由三十六字母而生諸字。澤州云：梵章中有十二章，其悉曇章以爲第一。於中合五十二字，悉曇兩字是題章總名。餘是章體，所謂惡阿乃至魯流盧樓。

〔三〕三伊　翻譯名義集：章安疏云：言伊字者，外國有新舊兩伊，舊伊橫竪斷絶相離，借此況彼。橫如烈火，竪如點水，各不相續。不橫不同烈火，不竪不同點水，應如此方草下字相細畫相連，是新伊相。舊伊可譬昔教三德，法身本有，般若修成，入無餘已，方是解脱，無復身智。如竪點水縱而相離，又約身約智分得有餘解脱。橫一時有三法各異，如橫烈火各不相關。新伊者譬今教三德，法身即照，亦即自在。名一爲三，三無別體，故不是橫。非前非後，故是非縱。一即三如大點，三即一如細畫。而三而一，而一而三。不可一三説，不可一三思。故名不可思議。不可思議者，即非三非一，名祕密藏，如世伊字。谷響云：西方字有新舊，亦猶此土之篆隸也，莫不以篆爲舊，以隸爲新。

〔四〕並舟　宗鏡録第十六：三舟共觀，一舟停住，二舟南北。南者見月，千里隨南。北者見月，千里隨北。停者見月不移。是謂此月不離中流而往南北。設百千並觀，八方各去，則百千月各隨其去。

〔五〕兩鏡　宗鏡録第一百：昔曾瑩兩面鏡，鑒一盞燈，置一尊容。而重重交光，佛佛無盡見。

〔六〕結集　大論：大迦葉住須彌山，撾銅揵椎，而説偈言：「佛諸弟子，若念于佛。當報佛恩，莫入涅槃。」是揵椎音，大迦葉語，聲徧至三千大千世界，悉皆聞知。諸弟子得神通者，皆來集會，結集法會。

〔七〕揵椎　翻譯名義集：揵椎，音地。聲論翻爲磬，亦翻鐘。資持云：若諸律論，並作揵槌，或作揵椎，今須音槌爲地。又羯磨疏中直云揵地，未見椎字呼爲地也。後世無知，因茲一誤。至於鈔文，一宗祖教，凡揵槌字並改爲稚，直呼爲地。請尋古本及大藏經律考之，方知其謬。今須依律論，并作揵槌。至呼召時，自從聲論。增一云：阿難升講堂擊揵椎者，此是如來信鼓也。

臘月八日長干熏塔同介道人孫魯山薛更生黄舜①力盛伯含衆居士

白毫親見相輪〔一〕開，臘改嘉平〔二〕繞塔來。梵唄經聲籠栱角，栴檀香氣結樓臺。千燈昱耀然塵②刹，一雨霏微浣劫灰。共作四禪〔三〕天上侶，紫金光〔四〕裏首重迴。

【校勘記】

①淩本作「信」。②鄒本、金匱本作「羅」。

【箋注】

〔一〕相輪　翻譯名義集：輪相者，僧祇云：佛造迦葉佛塔，上施槃蓋，長表輪相。經中多云相輪，以人仰望而瞻相也。

〔二〕嘉平　葛洪神仙傳：秦始皇時也，有童謡曰：「神仙得者茅初成，駕龍上天昇太清，時下玄洲戲赤城。繼世而往在我盈，帝若學之臘嘉平。」其事載史紀詳矣。秦始皇方求神仙長生之道，聞謡言，以爲己姓符合謡讖，當得昇天，遂詔改臘爲嘉平，節以應之。

〔三〕四禪　首楞嚴經：此四勝流，一切世間諸苦樂境所不能動，雖非無爲真不動地，有所得心，功用純熟，名爲四禪。

〔四〕紫金光　首楞嚴經：不能發生勝浄妙明紫金光聚。

秦淮花燭詞四首

寶馬香車火樹〔一〕中，沉香甲煎〔二〕燎霜空。渡頭花燭催桃葉〔三〕，午夜秦淮一水紅。

【箋注】

〔一〕火樹　葛洪西京雜記：積草池中，有珊瑚樹一丈二尺，一本三柯，上有四百六十二條，是南越王趙佗所獻，號爲烽火樹，至夜光景常欲燃。

〔二〕沉香甲煎　紀聞：貞觀初，天下乂安。除夜，太宗設庭燎階下，其明如晝。延蕭后同觀之。帝問：「隋主何如？」蕭后曰：「每除夜，殿前諸院設火山數十，盡沈香木根。每一山焚沉香數車，火光暗則以甲煎沃之。焰起數丈，沉香甲煎之香，傍聞數十里。一夜之中，用沉香二百餘乘，甲煎過二百石。殿内房中不然膏火，懸大珠一百二十以照之，光比白日，盡明月寶、夜光珠。」太宗口刺其奢，而心服其盛。

〔三〕桃葉　樂府桃葉歌：桃葉復桃葉，渡江不用檝。但渡無所苦，我自來迎接。

其二

寶鏡臺前玉樹枝，綺疏朝①日曉粧遲。夢迴五色〔一〕江郎筆，一夜生花〔二〕試畫眉。

【校勘記】

①淩本作「前」。

【箋注】

〔一〕五色　南史江淹傳：淹夢一丈夫，自稱郭璞，謂淹曰：「吾有筆在卿處多年，可以見還。」淹乃探懷中得五色筆以授之。

〔二〕生花　開元天寶遺事：李白少時夢筆頭生花，後天才贍逸。

其三

冰絃三疊奏琴心，雙舞胎仙〔一〕和好音。莫鼓人間求鳳曲〔二〕，遠山〔三〕那得似青琴〔四〕。夫婦皆善琴。

【箋注】

〔一〕胎仙　黃庭内景經：琴心三疊舞胎仙。

〔二〕求鳳曲　玉臺集相如琴歌：鳳兮鳳兮歸故鄉，遨遊四海求其凰。

〔三〕遠山　葛洪西京雜記：文君姣好，眉色如望遠山，臉際常若芙蓉，肌膚柔滑如脂。

〔四〕青琴　相如上林賦：若夫青琴、宓妃之徒，絶殊離俗。索隱：伏儼曰：青琴，古神女也。

其四

繙罷陰符香篆闌，洞房銀燭辟輕寒。燈前壁上芙蓉色，總向金蓮①影裏看。

【校勘記】

①凌本作「門」。

丁菡生輓詩①

青簡封詒②手跡新，郵書訃告不盈旬。銅盤〔一〕辭去摧長夜〔二〕，玉札〔三〕傳來促侍晨③〔四〕。早歲夢松〔五〕成底事，千年化鶴〔六〕更何人？立亡坐脱〔七〕如彈指，童耄觀河〔八〕又一巡。菡生無病坐脱，故云。

【校勘記】

①鄒本無此詩。「輓詩」，金匱本作「挽詞」。②金匱本作「遺」。③金匱本作「宸」。

【箋注】

〔一〕銅盤　李賀金銅仙人辭漢歌：攜盤獨出月荒凉，渭城已遠波聲小。

〔二〕長夜　陸士衡輓歌詩：按轡遵長薄，送子長夜臺。

〔三〕玉札　李商隱李賀小傳：長吉將死時，忽晝見一緋衣人駕赤虬，持一版書，若太古篆或霹靂石文者，云：「上帝成白玉樓，立召君爲記。天上差樂，不苦也。」

〔四〕侍晨　真誥運象篇：必三事大夫，侍晨帝躬。

〔五〕夢松　吴志孫皓傳注：吴録曰：初，丁固爲尚書，夢松樹生其腹上，謂人曰：「松字十八公也。後十八歲，吾其爲公乎？」卒如夢焉。

〔六〕化鶴　續搜神記：遼陽東城門華表一日有白鶴歌曰：「有鳥有鳥丁令威，去家千歲今始歸。

城郭猶是人民非，何不學仙冢纍纍？」

〔七〕立亡坐脱　南部新書：志閑和尚早參臨濟，晚住灌溪。乾寧二年夏，忽問侍者曰：「坐死者誰？」曰：「僧伽。」「立死者誰？」曰：「僧會。」乃行七步，垂手而逝。後鄧隱峯倒立而化。

〔八〕觀河　首楞嚴經：波斯匿王言：「我生三歲，慈母攜我謁耆婆天，經過此流，爾時即知是恒河水。」佛言：「汝今自傷髮白面皺，其面必定皺于童年。則汝今時觀此恒河，與昔童時觀河之見，有童耄否？」王言：「不也。」佛言：「皺者爲變，不皺非變。變者受滅，彼不變者，原無生滅。」

金陵廻①過句容簡臨川李學使二首

珠衣玉簡出臺端，丹筆掄材最漢官。東箭〔一〕採揉輸貢盡，南金〔二〕冶鑄許身難。秦時臘爲茅家改，梁代雲〔三〕於嶺上看。駐節華陽冰雪候，朝元望拜七真壇〔四〕。

【校勘記】

①鄒本、金匱本作「歸」。

【箋注】

〔一〕東箭　爾雅釋地：東南之美者，有會稽之竹箭焉。

〔二〕南金　魯頌泮水詩：大賂南金。

〔三〕梁代雲　本事詩：梁高祖問弘景山中何所有，弘景賦詩曰：山中何所有？嶺上多白雲。只可自怡悦，不堪持贈君。

〔四〕七真　陸魯望和皮日休懷茅山廣文南陽博士詩：望三峯拜七真堂。注曰：三茅、二許、一陽、一郭爲七真。

其二

臨川詩①筆藻圖垂，才子於今擅總持。楮葉蓮花微妙理，王介甫詩：蓮花世界非關汝，楮葉工夫不計年②。紅泉玉茗〔一〕訂新詞。君將彙刻湯若士全集③。定林〔二〕舊隱霜筇老，片石寒山④劫燒遺⑤。賸欲過從論剪燭，冰車轣轆與君辭。

【校勘記】

①鄒本作「持」。②鄒本、金匱本、江左三大家詩鈔此注作「王介甫詩有：蓮花世界非關汝，楮葉工夫枉費年」。③「全集」，鄒本、金匱本、江左三大家詩鈔作「玉茗堂諸全集」。④鄒本作「泉」。⑤江左三大家詩鈔作「餘」。

【箋注】

〔一〕紅泉玉茗　臨川紫釵曲：點綴紅泉舊本，標題玉茗新詞。

〔二〕定林　王荆公定林詩：定林修木老參天，横貫東南一道泉。五月杖藜尋石路，午陰多處弄潺湲。

句容崇明寺登毗盧閣嘉平廿①三日

古寺嘉名金榜紋，毗盧傑閣瞰層雲。石城尚擁黄圖〔一〕勢，茅嶺仍回己②字〔二〕文。震旦〔三〕山河終自在，須彌〔四〕日月不曾分。憑欄欲聽人天語，樹網風鈴〔五〕已報聞〔六〕。

【校勘記】

①「廿」，凌本作「二十」。　②鄒本、金匱本作「卍」。

【箋注】

〔一〕黄圖　庾信哀江南賦：擁狼望於黄圖。

〔二〕己字　真誥稽神樞：句曲山，古人謂爲金壇之虚臺，天后之便闕。山形似己，故以句曲爲名焉。注云：今登中茅玄嶺，望諸峯壟，盤紆曲轉，狀如左書己字之形。

〔三〕震旦　翻譯名義集：琳法師云：東方屬震，是日出之方，故云震旦。華嚴音義翻爲漢地。此不善華言。樓炭經云：葱河以東名爲震旦，以日初出，耀於東隅，故得名也。

〔四〕須彌　西域記：蘇迷盧山，此言妙高山，舊曰須彌。四寶合成，在大海中，據金輪上，日月之所迴薄，諸天之所遊舍。

〔五〕風鈴　傳燈録：伽耶舍多聞風吹殿銅鈴聲，尊者問曰：「鈴鳴耶？風鳴耶？」師曰：「非風非鈴，我心鳴耳。」

〔六〕報聞　漢書東方朔傳：輒報聞罷。師古曰：報云已聞。

投宿崇明寺僧院有感二首

秋卷風塵在眼前，莽蒼①〔一〕回首重潸然。居停席帽曾孫在，驛路②氈車左擔〔二〕便。日薄冰山〔三〕圍大地，霜清木介〔四〕矗諸天。禪牀投宿如殘夢，半壁寒燈耿夜眠。

【校勘記】

①「莽蒼」，鄒本、金匱本作「蒼茫」。　②鄒本作「客」。

【箋注】

〔一〕莽蒼　莊子逍遥遊篇：適莽蒼者，三餐而返，腹猶果然。司馬云：莽蒼，近郊之色也。李云：近野也。崔云：草野之色也。

〔二〕左擔　白氏六帖：任豫益州記：江由左擔道，鄧艾束馬之處。

〔三〕冰山　段柯古酉陽雜俎：王天運伐勃律還，忽颶風四起，雪花如翼，風激小海，水成冰柱。四萬人一時凍死，唯蕃、漢各一人得還。玄宗命中使隨二人驗之，至小海側，冰猶峥嶸如山焉。

〔四〕木介　漢書五行志：長老名木冰爲木介。介者甲，甲兵象也。

其二

禾黍陪京〔一〕夕照邊，驅車霑灑孝陵煙。周郊昔嘆爲犧〔二〕地，薊子今論鑄狄〔三〕年。綸邑一成〔四〕人易老，華陽十賚〔五〕誥虚傳。顛毛〔六〕種種心千折，衹博僧窗一宿眠。

【箋注】

〔一〕陪京　張平子南都賦：陪京之南，居漢之陽。

〔二〕爲犧　左傳昭公二十二年：賓孟適郊，見雄鷄自斷其尾，侍者曰：「憚其犧也。」歸告王曰：「鷄其憚爲人用乎？人異于是，犧者實用人。人犧實難，己犧何害？」

〔三〕鑄狄　後漢書薊子訓傳：人于長安東霸城見子訓與一老翁共摩挲銅人，相謂曰：「適見鑄此，而已近五百歲矣。」

〔四〕一成　史記吴太伯世家：少康奔有虞，有虞思夏德，於是妻之以二女，而邑之於綸。有田一成，有衆一旅。後遂收夏衆，撫其官職，使人誘之，遂滅有過氏，復禹之績，祀夏配天。

〔五〕十賚　松陵集皮日休懷潤卿詩：他年欲事先生去，十賚須加陸逸沖。注曰：逸沖事陶隱居，隱居錫名棲静處士。十賚，猶人間九錫也。

〔六〕顛毛　子華子：顛毛種種，懼不任君之事，以爲司敗憂也。

金陵雜題絶句二十五首繼乙未①春留題之作

澹粉輕煙〔一〕佳麗名，開天營建記都城。而今也入煙花録②，燈火樊樓〔二〕似汴京。

【校勘記】

①案：「乙未」當作「丙申」，見卷六丙申春就醫秦淮寓丁家水閣浹兩月臨行作絶句三十首留別留題不復論次。②板橋雜記作「部」。

【箋注】

〔一〕澹粉輕煙　祝允明九朝野記：國初建妓館六樓于聚寶門外，名曰來賓、曰重譯、曰輕煙、曰淡粉、曰楊妍、曰柳翠。其時雖法憲嚴肅，諸司每朝退，相率飲於妓樓，羣婢歌侑，暢飲踰時，以朝無禁令故也。

〔二〕樊樓　劉屏山汴京紀事絶句：梁園歌舞足風流，美酒如刀解斷愁。憶得少年多樂事，夜深燈火上樊樓。

其二

一夜紅箋〔一〕許定情〔二〕，十年南部早知名。舊時小院湘簾下，猶記鸚哥〔三〕喚客聲①。

【校勘記】

①鄒本、金匱本、詩觀、本事詩、江左三大家詩鈔、牧齋詩鈔有注，作「舊院馬二，字鼉采」，板橋雜記作「舊院馬二娘，字鼉采」。

【箋注】

〔一〕紅箋　開元天寶遺事：長安有平康坊，妓女所居之地。每年新進士以紅箋名紙遊謁其中，時人謂此坊爲風流藪澤。

〔二〕定情　樂府解題：定情詩，漢繁欽作。言婦人不能以禮從人，而自相悦媚，乃解衣服玩好致之，以結綢繆之志。

〔三〕鸚哥　霍小玉傳：李十郎至勝業坊，鮑十一娘引入中門，庭間有四櫻桃樹，西北懸一鸚鵡籠，見生入來，鳥語曰：「李郎入來，急下簾者。」

其三

釧動花飛〔一〕戒未賒，隔生猶護舊袈裟。青溪〔二〕東畔如花女，枉贈親身半臂〔三〕紗。

【箋注】

〔一〕釧動花飛　名句文身録：色見聲聞，俱能證果。花飛釧動，盡可棲神。

〔二〕青溪　大明一統志：青溪有九曲，連綿數十里，通潮溝以泄玄武潮水，發源鍾山，接于秦淮。

〔三〕半臂　魏泰東軒筆録：宋子京多内寵，嘗宴于錦江，偶微寒，命取半臂。諸婢各送一枚，凡十餘枚。子京恐有厚薄之嫌，竟不服，忍冷而歸。

其四

惜別留歡①限馬蹄，勾闌〔一〕月白夜烏棲②。不知何與汪三③事，趣我懽娱伴我啼。新安汪逸，字遺民。

【校勘記】

①「留歡」，鄒本、金匱本作「歡留」。②板橋雜記作「啼」。③凌本作「王」。

【箋注】

〔一〕勾闌　楊慎曰：宋世名教坊曰勾闌。

其五

別樣風懷另酒腸，拌他薄倖耐他狂。天公要斷煙花〔一〕種，醉殺瓜州蕭伯梁。

【箋注】

〔一〕煙花　温庭筠醉歌：鶯歌巧作煙花主。

其六

抖擻征衫趂馬蹄，臨行漬酒雨花〔一〕西。于今墓草南枝句〔二〕，長伴昭陵石馬〔三〕嘶。己①酉歲計偕②北上，弔方希直先生墓，詩云：孤臣一樣南枝恨，墓草千年對孝陵。

【校勘記】

①鄒本、金匱本作「乙」。②凌本無「歲計偕」三字。

【箋注】

〔一〕雨花　王象之輿地紀勝：雨花臺，在江寧縣城南三里，據岡阜最高處，俯瞰城闉。舊傳梁武帝時，有雲光法師講經于此，感天雨賜花，故云。

〔二〕南枝句　公謁方希直墓祠四絶句：侍講祠堂歲享烝，西山遜帝隴誰升？忠臣一樣南枝恨，墓草千年對孝陵。一着麻衣哭太孫，孤臣十族死啣恩。燕王孫子今天子，珍重春秋祭墓門。冢中碧血不成灰，蕭瑟寒梅傍冢栽。悵望金川曾失守，忠魂怕上雨花臺。怯步何心門花雨，年年掛紙泣琵琶。行人尚説前朝事，女種依稀似鐵家。注曰：方家女事，見湯臨川集。

〔三〕石馬　少陵行次昭陵詩：玉衣晨自舉，石馬汗常趨。

其七

頓老〔一〕琵琶舊典型〔二〕，檀槽生澀響丁零。南巡法曲誰人問？頭白周郎掩淚聽。紹興周錫圭，字禹錫，好聽南院頓老琵琶，曰①：「此威武南巡所遺法曲也。」

【校勘記】

①鄒本、金匱本作「曰」上有「常對人」三字。感舊集「常對人」作「常語人」。

【箋注】

〔一〕頓老　武宗南巡，樂工頓仁隨駕至北京，學得金、元人雜劇詞，何元朗家小鬟盡傳之。頓老嘗言：「此曲懷之五十年，今供筵所唱皆是時曲，并無人問及此，不意垂老遇知音也。」

〔二〕舊典型　樂天聽都子歌：更聽唱到嫦娥字，猶有樊家舊典型。

其八

臨岐紅淚濺征衣，不信平時交語稀。看取當風雙蛺蝶，未曾相逐便分飛。已上雜記舊游。

其九

金陵惜別感秋螢，執手前期〔一〕鬢已①星。君去我歸分贈處，勞勞亭〔二〕是短長亭〔三〕。丁酉秋②，與龔孝升言別金陵。

【校勘記】

①鄒本、金匱本作「易」。　②鄒本、金匱本「秋」下有「日」字。

【箋注】

〔一〕前期　沈約別范安成詩：生平少年日，分手易前期。

〔二〕勞勞亭　太白勞勞亭詩：天下傷心處，勞勞送客亭。春風知別苦，不遣柳條青。

〔三〕短長亭　庾子山哀江南賦：十里五里，長亭短亭。

其十

叢殘紅粉念君恩，女俠誰知寇白門〔一〕？黄土蓋棺心未死，香丸〔二〕一縷是芳魂①。

【校勘記】

①本事詩未有注，作「寇白門，故保國朱公姬也」。

【箋注】

〔一〕寇白門　公初學集中有小至夜翁孝先兄弟拏舟相邀與寇白泥飲詩：白頭未可妨歡笑，紅粉猶能恕酒狂。

〔二〕香丸　任昉述異記：聚窟洲有返魂樹，伐其根心，於玉釜中煮取汁，又熬之令可丸，名曰驚精香，或名震靈丸，或名返生香，或名卻死香。死尸在地，聞氣即活。

其十一

水榭新詩贊①戒香〔一〕，橫陳嚼蠟〔二〕見清涼。五陵年少〔三〕多情思，錯比橫刀浪子腸。杜蒼署和詩有「衹斷橫刀浪子腸」之句。

【校勘記】

①鄒本作「是」。

【箋注】

〔一〕戒香　道誠釋氏要覽：妙香三種，謂多聞香、戒香、施香。此三種，逆風順風，無不聞之。

〔二〕橫陳嚼蠟　首楞嚴經：我無欲心，應汝行事。于橫陳時，味如嚼蠟。

〔三〕五陵年少　太白少年行：五陵年少金市東，銀鞍白馬度春風。

其十二

舊曲新詩壓教坊，縷衣〔一〕垂白感湖湘。閒開閏集教孫女，身是前朝鄭妥娘。鄭如英，小名妥，詩載列朝閨集中，今年七十二矣。

【箋注】

〔一〕縷衣　劉屏山汴京紀事絶句：輦轂繁華事可傷，師師垂老過湖湘。縷衣檀板無顔色，一曲當時動帝王。

其十三

人擬陽秋〔一〕家汗青〔二〕，天戈鬼斧付沉冥。赤龍重焰蕉園〔三〕火，燒卻元家野史亭〔四〕。

【箋注】

〔一〕陽秋　晉書孫盛傳：盛著晉陽秋，詞直而理正，咸稱良史。

〔二〕汗青　劉子玄上蕭至忠書：首白可期，而汗青無日。

〔三〕蕉園　歷朝實録成，焚藁于太液池之蕉園。

〔四〕野史亭　金史元好問傳：搆亭於家，著述其上，因名曰野史。元遺山學東坡移居詩：我作野史亭，日與諸君期。相從一笑樂，來事無庸知。

其十四

閩山桂海飽炎霜，詩史酸辛錢幼光〔一〕。束筍一編光怪甚，夜來山鬼守奚囊。

【箋注】

〔一〕錢幼光　幼光，名澄之，皖城人。後改字曰飲光。詩採入吾炙集中。

其十五

杜陵矜重數篇詩，吾炙〔一〕新編不汝欺。但恐旁人輕著眼，鍼師門有賣鍼兒〔二〕。

【箋注】

〔一〕吾炙　吾炙集序：每觀吴、越間名流詩，字句襞績，殊苦眼中金屑。秋燈夜雨，泊舟吴門。從扇頭得遵王新句，不覺老眼如月。因語郭指曰：「詩家之鋪陳攢儷，裝金抹粉，可勉而能也。靈心慧眼，玲瓏漏穿，本之胎性，出乎毫端，非有使然也。莫取琉璃籠眼界，舉頭争忍見山河。取出世間妙義，寫出世間感慨。正如忉利天宫殿樓觀，影現琉璃地上，殆亦所謂非子莫證，非我莫識也。」正欲摘取時人清詞麗句，隨筆鈔略，取次諷詠，以自娱樂，遂鈔此詩壓卷，名爲吾炙集。復戲二絶句于右：籠眼琉璃映望奇，詩中心眼幾人知？思公七尺屏風上，合寫吾家斷句詩。　高樓額粉笑如雲，還鉢休隨慶喜羣。大叫曾孫莫驚怖，老夫還是武夷君。丙申中秋十二日蒙叟題。

附：秋夜宿破山寺絶句　　　　　　　　　　　　　　　　　　　　　　　　　　錢後人　曾

禪房花木蕩窮塵，白髮觀河喻往因。省得浮生俱幻泡，山光潭影即前身。

曲徑荒涼石壁開，山風暗拂舊經臺。泠泠澗水清如磬，何處龍歸鉢裏來？
劫盡灰飛器界空，陶輪來往任飆風。寂光定處常無恙，樓閣依然右手中。
空庭月白樹陰多，崖石巉巖似鉢羅。莫取琉璃籠眼界，舉頭争忍見山河？
馴鴿西飛倦又還，石幢雲影度空山。世人不識陀羅臂，只在如來顛倒間。
空堂印火自然明，山鬼窗前踏葉行。十笏室中無語坐，松風吹落木魚聲。
古梁斜月照經函，忍草侵階悟舊參。彌勒夜深還一笑，長明燈下許同龕。
夢裏羣羊見負魚，金鈴羯語受風初。乳傍自有光明穴，夜夜幽窗照讀書。
疏牖斜開對病僧，閒看飢鼠嚙枯藤。馬兜門内依稀在，卻是無人喚百升。
三劫茫茫灰亂飛，蒲團錫杖且相依。飲光那肯閒來去，鷄足山頭守佛衣。
長廊盡處虎曾過，深嘆年光一擲梭。閒倚殿南瓔珞樹，頞乾有約笑難陀。
蓮華法界萬松西，静夜鐘聲解宿迷。便合洛陽城北住，閟來點筆記招提。

〔二〕賣鍼兒 公送方爾止序：「點定龕山詩，貯吾灸集中，爾止視而笑曰：『鍼師之門，故不妨有賣鍼兒也。』余益自信爲不誣矣。

其十六

于一摳衣請論文，高曾規矩只云云。老夫口噤如喑啞，夢語如何舉似君？南昌王猷定，字于一。

其十七

盧前王後〔一〕莫相疑，日下雲間〔二〕豈浪垂？江左〔三〕文章流輩在，何曾道有蔡充兒〔四〕。

【箋注】

〔一〕盧前王後　新唐書王勃傳：勃與楊炯、盧照鄰、駱賓王皆以文章齊名天下，稱王楊盧駱，號四傑。炯嘗曰：「吾媿在盧前，恥居王後。」議者謂然。

〔二〕日下雲間　世説排調篇：陸士龍、荀鳴鶴二人未相識，俱會張茂先座。陸舉手曰：「雲間陸士龍。」荀答曰：「日下荀鳴鶴。」

〔三〕江左　沈約宋書謝靈運傳論：降及元康，潘、陸特秀，遺風餘烈，事極江左。自建武暨乎義熙，歷載將百，遒麗之辭無聞焉爾。仲文始革孫、許之風，叔源大變太元之氣，爰逮宋氏，顔、謝騰聲。文獻雕龍：江左篇製，溺乎玄風。

〔四〕蔡充兒　世説輕詆篇：王丞相輕蔡公，曰：「我與安期、千里共遊洛水邊，何處聞有蔡充兒？」

其十八

帝車〔一〕南指豈人謀，河岳英靈〔二〕氣未休。昭代可應無大樹，汝曹何苦作蚍蜉〔三〕？以上六首，雜論文史。

【箋注】

〔一〕帝車　王勃益州夫子廟碑：帝車南指，遁七曜于中階。

〔二〕河岳英靈　唐詩紀事：鄭谷不喜高仲武間氣集，而喜殷璠河岳英靈集，嘗有詩云：殷璠鑒裁英靈集，頗覺同才得旨深。何事後來高仲武，品題間氣未公心。

〔三〕蚍蜉　昌黎調張籍詩：蚍蜉撼大樹，可笑不自量。

其十九

挾彈探丸輦轂雄，老胡望八臂生風。夜深占月高岡上，太白〔一〕今過第幾宫？金陵胡叟，號節軒。已下三叟，皆與余同壬午生，年①七十有六。

【校勘記】

①鄒本、金匱本「年」在「壬午」後。

【箋注】

〔一〕太白　段柯古酉陽雜俎：禄山反，太白製胡無人，言「太白入月敵可摧」。及禄山死，太白蝕月。

其二十

面似桃花盛茂開，隱囊〔一〕畫笥日徘徊。郎君會造逡巡酒〔二〕，數筆雲山酒一杯。盛叟，字茂開，子丹亦善畫，釀①百花仙酒以養叟。

【校勘記】

①鄒本、金匱本「釀」上有「常」字，江左三大家詩鈔「常」作「嘗」。

【箋注】

〔一〕隱囊　顔氏家訓：梁朝盛時，貴遊子弟，坐棊子方褥，凴斑絲隱囊。

〔二〕逡巡酒　唐詩紀事：周寶移鎮浙西，殷七七至，每醉吟曰：琴彈碧玉調，爐養白硃砂。解造逡巡酒，能栽頃刻花。

其二十一

江左英姿自處囊〔一〕，生兒亦號漢周郎。碧牋黄紙疏窗下，映日鈎摹大小王。周江左，名嘉胄，鑒古工書。子運庚，字西有，亦奇士。

【箋注】

〔一〕處囊　史記平原君傳：毛遂曰：「臣乃今日請處囊中耳，使遂蚤得處囊中，乃脱穎而出，非特其末見而已。」

其二十二

西佩心銜五世〔一〕悲，飾巾〔二〕祈死復何疑？天公趣召非聊爾，一箇唐朝宰相兒〔三〕。西佩，名斯瑋，南昌劉文端之次子，丁酉嘉平①歿于蕪湖旅舍。

【校勘記】

①「嘉平」，鄒本、金匱本作「冬月」。

【箋注】

〔一〕五世　漢書張良傳：良求客刺秦王，爲韓報仇，以大父、父五世相韓故。

〔二〕飾巾　後漢書陳寔傳：何進、袁隗欲特表以不次之位，寔謝曰：「寔久絶人事，飾巾待終而已。」

〔三〕宰相兒　少陵奉謝口敕放三司推問狀：竊見房琯以宰相子少自樹立，晚爲醇儒，有大臣體。

其二十三

被髮何人夜叫天〔一〕？亡羊臧穀〔二〕更堪憐。長髯銜口〔三〕填黄土，肯施維摩〔四〕結浄緣？

【箋注】

〔一〕被髮叫天　左傳哀公十七年：衛侯夢于北宫，見人登昆吾之觀，被髮北面而譟曰：「登此昆吾之墟，緜緜生之瓜。余爲渾良夫，叫天無辜。」

〔二〕臧穀　莊子駢拇篇：臧與穀二人相與牧羊，而俱亡其羊。問臧何事，則挾策讀書。問穀奚事，則博簺以遊。二人者，事業不同，而其于亡羊則均也。

〔三〕銜口　後漢書温序傳：序爲隗囂别將苟宇所拘劫，宇謂序曰：「子若與我并威同力，天下可圖也。」序曰：「受國重任，分當效死，義不貪生苟背恩德。」宇等復曉譬之，序素有氣力，大怒，叱宇等曰：「虜何敢迫脅漢將。」因以節撾殺數人。賊衆争欲殺之，宇止之曰：「此義士死節，可賜以劍。」序受劍銜鬚於口，顧左右曰：「既爲賊所迫殺，無令鬚汙土。」遂伏劍而死。

〔四〕施維摩　劉禹錫嘉話録：宋謝靈運鬚美，臨刑，因施爲南海祇洹寺維摩詰像鬚。寺人寶惜，初不虧損。中宗朝，安樂公主五日鬬草，欲廣其物色，令馳騎取之，又恐爲他所得，因剪棄其餘。今遂無。

其二十四

長干塔繞萬枝燈，白玉毫光涌玉繩〔一〕。鈴鐸〔二〕分明傳好語，道人誰是佛圖澄？

【箋注】

〔一〕玉繩　張平子西京賦：上飛闥而仰眺，正覩瑶光與玉繩。李善曰：春秋元命苞曰：玉衡北兩星爲玉繩。

〔二〕鈴鐸　晉書佛圖澄傳：劉曜攻洛陽，勒將救之。澄曰：「相輪鈴音云：秀支替戾岡，僕谷劬秃當。此羯語也。秀支，軍也；替戾岡，出也；僕谷，劉曜胡位也；劬秃當，捉也。此言軍出捉得曜也。」

其二十五

採藥虚無弱水〔一〕東，飆輪〔二〕仍傍第三峯。玉晨①〔三〕他日論班位，應次高辛展上公〔四〕。

過句曲，望三峯作。

【校勘記】

①鄒本作「辰」，金匱本作「宸」。

【箋注】

〔一〕弱水　抱朴子祛惑篇：蔡誕云：「五河皆出崑崙山隅，弱水遶之，鴻毛不浮，飛鳥不過，唯仙人乃得越之。」

〔二〕飆輪　真誥稽神樞：茅山天市壇，昔東海青童君曾乘獨飈飛輪之車按行此山，埋寶金白玉于市石四面，飈輪之迹，今故分明。

〔三〕玉晨　茅山志：玉晨觀，在雷平山北。高辛時展上公，周有郭四朝真人，秦巴陵侯姜叔茂，漢杜廣平，東晉楊真人、許長史父子，并于此得道。

〔四〕展上公　真誥稽神樞：昔高辛時，有仙人展上公者，今爲九宫内右司保，其常向人説：「昔在華山下食白李，味異美，憶之未久，而忽已三千年矣。」

卷九

紅豆初集① 起戊戌，盡一年

題程②孟陽倣大癡仙山圖

萬曆丁巳夏五月，余與孟陽棲拂水山莊。中峯雪厓師藏大癡仙山圖，相邀往觀。是日毒熱〔一〕，汗濯濯滴篼輿〔二〕上，日落乃返③。次日，孟陽憶之④〔三〕作圖，筆硯燥渴，點染作焦墨狀，至今猶可辨也。去畫時四十一年，孟陽仙去亦十五年矣。子羽偶從集上購得以示余。人世俛仰，不堪把翫〔四〕。孟陽每拈首楞⑤中前塵影事一語，念之惘然，因作歌題其上。

【校勘記】

①凌本題作「紅豆集」。②鄒本、金匱本無此字。③「乃返」，鄒本作「仍還」，金匱本作「乃還」。④「憶之」，凌本作「記憶」。⑤「首楞」，金匱本作「首楞嚴」。

【箋注】

〔一〕毒熱　少陵寄常徵君詩：開州入夏知凉冷，不似雲安毒熱新。

〔二〕篢輿　史記張耳傳：篢輿前。韋昭曰：如今輿牀，人輿以行。

〔三〕憶之　首楞嚴經：覽塵斯憶，失憶爲忘。長水疏曰：不了自心所現，見從外來，如憶夢中之事不得明了，故云覽塵斯憶，失憶爲忘也。

〔四〕把翫　柳子厚與李建書：前過三十七年，與瞬息無異，後所得者，其不足把翫，亦已審矣。

大癡老人遊華山〔一〕，白雲滃起〔二〕衫袖間。玉簫〔三〕聲①滿車箱谷〔四〕，抗手招邀竟不還。孟陽不樂人間住，燒松點墨天都〔五〕去。三十六峯雲海中，月白②吳吟〔六〕向何處？愛畫都於畫笥探，湖橋東畔石城南。每對山窗圖粉本，更從禪榻倣浮嵐。大癡有浮嵐暖翠圖。紙上流年去無跡，筆端白汗猶堪滴。故人風致剩殘縑，老我顛毛〔七〕比焦墨。楞嚴影事不吾欺，落卻前塵午夢遲。兩翁執手仙山裏，莫漫軒渠〔八〕笑我癡。

【校勘記】

①鄒本作「滿」。　②「月白」，鄒本、金匱本作「白月」。

【箋注】

〔一〕遊華山　公題石谷子畫卷：黄子久居烏目西小山下，坐湖橋，看山飲酒。飲罷，投其瓶于橋下，舟子刺篙得之，至今呼黄大癡酒瓶。晚年遊華山，憩車箱谷，吹仙人所遺鐵笛，白雲滃起足下，擁之而去。

〔二〕滃起　王子年拾遺記：昭王晝而假寐，忽夢白雲滃蔚而起。

〔三〕玉簫　吴江謝常，字彦銘，作簫杖曲，序曰：簫杖者，黄大癡之珍玩也。杖乃湘竹一枝，修不逾五尺，竅兩節間而吹之。提之出遊，以古錦囊蒙其首，人謂笻枝在握，不知爲簫管也。遇佳山水處，或當風清月白之夜，啓囊出弄，聞者有飄飄然仙舉之意。大癡晚遊華嶽山，不知所終。傳於松陵谷祥徐氏，余製曲贈之。

〔四〕車箱谷　樂史寰宇記：車箱谷一名車水渦，在華陰縣西南二十五里，去敷水谷七里，深不可測。祈雨者以石投之，其中有一鳥飛出，應時獲雨。

〔五〕天都　海内南經：三天子鄣山。郭璞曰：今在新安歙縣東，今謂之三王山。黄帝曾遊此，即三天子都也。

〔六〕吴吟　太白夜吟黄山聞殷十四吴吟詩：昨夜誰爲吴會吟？風生萬壑振空林。

〔七〕顛毛　元遺山曹壽之平水之行：關塞相望首重搔，相逢衰颯嘆顛毛。

〔八〕軒渠　後漢書薊子訓傳：軒渠笑悦，欲往就之。

和些菴和尚補山堂歌

牀頭雙劍匣龍虎〔一〕，嘯吟悲澀養毛羽①。宵來光怪横甲兵，彌天倒瀉修羅雨〔二〕。柴門白浪平江湖，天宫岠峨地極孤。閃電金蛇掣②如線，儻怳豈知天有無？有人用管量天咫〔三〕，我笑斯人夢夢〔四〕耳。山僧貽我補山歌，使我沉憂霍然起。南條〔五〕山③高嶺千疊，何人移置沙灣裏？長沙銅柱〔六〕不曾腐，規外〔七〕星辰九疑〔八〕補。東海揚塵未移日，剩水殘山何足數？眼前突兀〔九〕見此堂，摩空浴日開洪荒。長歌仰視天蒼蒼，河曲智叟〔一〇〕徒徬徨。

【校勘記】

①鄒本此句作「繡澀悲吟卷毛羽」，金匱本作「繡澀悲吟養毛羽」。②鄒本、金匱本作「裂」。③鄒本、金匱本作「天」。

【箋注】

〔一〕龍虎　殷芸小説：王子喬墓，在京茂陵。國亂時，有人盜發之，唯有一劍，縣在空中。欲取之，劍便作龍鳴虎吼，俄而飛上天。少陵蕃劍詩：虎氣必騰上，龍身寧久藏？

〔二〕修羅雨　華嚴經賢首品：修羅宫中雨兵仗，摧伏一切諸怨敵。

〔三〕天咫　楚語：是知天咫，安知民則？韋昭曰：咫，言少也。此言少知天道耳。

〔四〕夢夢　爾雅釋訓：夢夢、訰訰，亂也。郭璞曰：皆闇亂。

〔五〕南條　書禹貢：導岍及岐。正義曰：地理志云：禹貢北條荆山，在馮翊懷德縣南，南條荆山，在南郡臨沮縣東北，是舊有三條之説也。故馬融、王肅皆爲二條。導岍北條，西傾中條，嶓冢南條。鄭玄以爲四列，導岍爲陰列，西傾爲次陰列，嶓冢爲次陽列，岷山爲正陽列。鄭玄創爲此説，孔亦當爲三條也。

〔六〕銅柱　水經注：昔馬文淵積石爲塘，達于象浦，建金標爲南極之界。林邑記曰：馬援樹兩銅柱于象林南界，與西屠國分漢之南疆也。俞益期牋曰：馬文淵立兩銅柱于林邑岸北，山川移易，銅柱今復在海中。

〔七〕規外　元微之和樂天送客遊嶺南詩：規外布星辰。注曰：交、廣間，南極浸高，北極凌低。圓規度外星辰至衆，大如五曜者數十，皆不在星經。

〔八〕九疑　水經資水注：九疑山盤基蒼梧之野，峯秀數郡之間，異嶺同勢，遊者疑焉，故曰九疑。

〔九〕突兀　少陵茅屋爲秋風所破歌：何時眼前突兀見此屋，吾廬獨破受凍死亦足。

〔一〇〕河曲智叟　列子湯問篇：北山愚公年且九十，面山而居。懲山北之塞，出入之迂也，率子孫荷擔者三夫，叩石墾壤，箕畚運于渤海之尾。河曲智叟笑而止之。

送人還白門①

冒絮〔一〕支牀②老病身，閉門消煞二分春〔二〕。經殘自乞鄰家火，客到聊③除坐榻塵。流水故依垂釣叟，桃花但引捕魚人④。秦淮舊日追⑤遊侶，柳市⑥燈船念我頻。

【校勘記】

①江左三大家詩鈔題作「送周西有還金陵」。②「支牀」，江左三大家詩鈔作「蒙頭」。③江左三大家詩鈔作「煩」。④江左三大家詩鈔此二句作「流水偏能依釣叟，桃花只合引漁人」。

⑤鄒本、金匱本作「邀」，江左三大家詩鈔作「諸」。⑥「柳市」，江左三大家詩鈔作「煙柳」。

【箋注】

〔一〕冒絮　史記周勃世家：太后以冒絮提文帝。晉灼曰：巴蜀異物志謂頭上巾爲冒絮。師古曰：冒，覆也。老人所以覆其頭。

〔二〕二分春　東坡與歐育等六人飲酒詩：忽驚春色二分空，且看樽前半丈紅。

送蕭孟昉還金陵

鷄黍〔一〕交期雪涕〔二〕頻，相看不語且霑巾。鬚眉歷落如吾友，談笑分明見故人。草白金陵吳殿月，花開鐵柱〔三〕晉時春。西江朋舊如相問①，破屋秋風剩此身。

【校勘記】

①「如相問」，鄒本作「憐衰老」。

【箋注】

〔一〕鷄黍　白氏六帖：范巨卿、張元伯千里爲鷄黍之會，及期果至，登堂拜母。

〔二〕雪涕　李商隱重有感詩：早晚星關雪涕收。

〔三〕鐵柱　樂史寰宇記：吉州吉水縣懸潭，古來舡過者鑿山爲路避之，後有方士許遜入水與蛟龍鬪三日三夜，後出於嶺上，立鐵柱爲誓。今春夏亦有渦洑，不爲人害。都穆譚纂：南昌鐵柱宮，晉許真君鎮蛟之所。鐵柱在水中，徑尺餘，水退可見。昔有人移燈其上，水騰沸，急滅燈，乃已。蓋真君與蛟誓，鐵柱開花釋之。蛟見火，將謂柱開花也。池上至今不敢燃燈。

壽①六安黃夫人鄧氏

鐃歌鼓吹競芳辰，娘子軍〔一〕前喜氣新②。繡幰昔聞梁刺史〔二〕，錦車今見③漢夫人〔三〕。鬚眉男子原無幾，巾幗④〔四〕英雄自有真。還待麻姑擘麟脯〔五〕，共臨東海看揚塵⑤。

【校勘記】

①鄒本、金匱本、凌本無「壽」字。②鄒本此二句作「魚軒象服照青春，鼓吹喧闐壁壘新」。③鄒本、金匱本作「比」。④「巾幗」，鄒本作「粉黛」。⑤鄒本、金匱本此句作「笑看東海再揚塵」。

【箋注】

〔一〕娘子軍　南部新書：高祖第三女平陽公主初舉義兵於司竹園，號娘子軍，即柴紹之妻也。

〔二〕梁刺史　北史列女譙國夫人傳：高涼洗氏，世爲南越首領，部落十餘萬家。幼賢明，在父母家，能撫循部衆，壓服諸越。高涼太守馮寶聞其志行，聘爲妻。侯景反，都督蕭勃徵兵入援，遣李遷召寶。夫人疑其反，止之。後果反。寶卒，嶺表大亂，夫人懷集之，百越晏然。子僕尚幼，以夫人功，封信都侯。詔册夫人爲高涼郡太夫人，賫繡幰油絡、駟馬安車、鼓吹、麾幢旌節如刺史之儀。僕卒，百越號夫人爲聖母。

〔三〕漢夫人　漢書西域傳：初，楚主侍者馮嫽能史書，習事，嘗持漢節爲公主使，行賞賜於城郭，諸國敬信之，號曰馮夫人。爲烏孫右大將妻，右大將與烏就屠相愛，都護鄭吉使馮夫人説烏就屠，以漢兵方出必見滅，不如降，烏就屠恐，曰：「願得小號。」宣帝徵馮夫人，自問狀。馮夫人錦車持節，詔烏就屠詣長羅侯赤谷城，立元貴靡爲大昆彌，烏就屠爲小昆彌，皆賜印綬。破羌將軍不出塞還。

〔四〕巾幗　南史臨川静惠王宏傳：宏停軍不前，魏人知其不武，遺以巾幗，北軍歌曰：「不畏蕭娘與吕姥，但畏合肥有韋武。」

〔五〕擘麟脯　葛洪神仙傳：麻姑至蔡經家，擘脯而行酒，如松柏炙，云是麟脯。麻姑自説：「接待以來已，見東海三爲桑田，向到蓬萊，水又淺於往昔會時畧半也，豈將復還爲陵陸乎？」方平笑曰：「聖人皆言海中行復揚塵也。」

秦淮花燭詞十二首①爲蕭孟昉作

柳市春風蕩玉鉤，香車寶馬簇紅樓。玉②簫聲裏秦淮月，偏照唐家紫綺裘〔一〕。

【校勘記】

①案：「十二首」，上圖本、凌本作「十首」，無第七首、第十首，據金匱本補。②鄒本、金匱本作

「鳳」。

【箋注】

〔一〕紫綺裘　太白翫月金陵城西孫楚酒樓詩序：日晚乘醉，著紫綺裘、烏紗巾，與酒客數人櫂歌秦淮。

其二

花闔花開晝夜知，圓生香樹〔一〕長新枝。道人不解人間事，只道諸天花燭〔二〕時。

【箋注】

〔一〕圓生樹　翻譯名義集：波利質多羅，此云圓生。法華文句指此爲天樹王也。釋宗百詠：忉利天帝釋殿西南，有善法堂，每集諸天，講宣勝法。東北有圓生樹，高廣花香，故俱舍頌云東北圓生樹，西南善法堂。

〔二〕諸天花燭　纂異記：田璆、鄧韶，元和癸巳歲中秋，出建春門，有二書生揖之往，曰：「今夕中天羣仙會於兹岳，請以知禮導昇降。」言訖，見直北花燭亘天。書生命璆、韶拜，夫人各賜薰髓酒一杯。夫人問左右：「誰人召來？」曰：「衛符卿、李八百。」於是引璆、韶於羣仙之後。縱目乃有四鶴立於車前，載仙郎並相者侍者。仙女捧玉箱，托紅牋筆硯而至，請催粧詩。劉剛、茅盈、巢父詩入，即有玉女數十，引仙郎入帳，召璆、韶行禮。禮畢，夫人命符卿等引還人間。復出來時車門，握手告别。行四五步，杳失所在，唯有嵩山嵯峨倚天。及還家，已歲餘矣。

其三

桃葉初廻閶闔風〔一〕，圓璫方繡〔二〕奪春紅。都人傳説新粧好，髻鬌〔三〕分明出漢宫。

【箋注】

〔一〕閶闔風　史記律書：閶闔風居西方，閶者，倡也。闔者，藏也。言陽氣道萬物，闔黄泉也。

〔二〕圓璫方繡　玉臺集費昶華觀省中夜聞城外擣衣詩：圓璫耳上照，方繡領間斜。漢書景十三王傳：時愛爲去刺方領繡。晉灼曰：今之婦女直領也。繡爲方領，上刺作黼黻文。

〔三〕髻鬌　樂府羅敷行：頭上髻鬌髻。

其四

圓黄散黛〔一〕笑傾城〔二〕，眉嫵〔三〕何曾學畫成。十二珠簾春半捲，三山〔四〕天外①自盈盈。

【校勘記】

①鄒本、金匱本作「下」。

【箋注】

〔一〕散黛　玉臺集費昶詠照鏡詩：留心散廣黛，輕手約花黄。

〔二〕傾城　樂府李延年歌：一顧傾人城，再顧傾人國。

〔三〕眉嫵　漢書張敞傳：長安中傳張京兆眉憮。蘇林曰：憮，音嫵。師古曰：本以好媚爲稱。

〔四〕三山　太白登金陵鳳凰臺詩：三山半落青天外。

其五

潑墨攤書香母①〔一〕遲，鬬茶②〔二〕才了又徵詩。清心玉映堪題品，林下風流〔三〕更有誰？

【校勘記】

①鄒本作「每」。②鄒本作「爪」。

【箋注】

〔一〕香母　真誥運象篇：四鈞朗唱，香母奏煙。

〔二〕鬬茶　葉君謨茶録：建安鬬茶，以水痕先者爲負，耐久者爲勝，故較勝負之説，相去一水兩水。

〔三〕林下風流　世説賢媛篇：謝遏絶重其姊，張玄嘗稱其妹欲以敵之。有濟尼者，並遊張、謝二家，人問其優劣，答曰：「王夫人神情散朗，故有林下風；顧家婦清心玉映，故是閨房之秀。」

其六

香奩申旦〔一〕戒鷄鳴〔二〕，欲覓封侯〔三〕少婦情。敕斷〔四〕侍兒歌子夜〔五〕，洞房齊唱豫章行〔六〕。

【箋注】

〔一〕申旦　宋玉九辨：獨申旦而不寐。

〔二〕鷄鳴　趙景真與嵇茂齊書：鳴鷄戒旦，則飄爾晨征。

〔三〕封侯　王昌齡閨怨詩：閨中少婦不知愁，春日凝粧上翠樓。忽見陌頭楊柳色，悔教夫壻覓封侯。

〔四〕敕斷　後漢書向平傳：敕斷家事。

〔五〕子夜歌　新唐書樂志：子夜，晉曲也。晉有女子名子夜，造此聲，聲過哀苦。樂府解題曰：後人更爲四時行樂之詞，謂之子夜四時歌。又有大子夜歌、子夜警歌、子夜變歌，皆曲之變也。

〔六〕豫章行　晉傅玄豫章行云：苦相身爲女，卑陋難再陳。兒男當門户，墮地自生神。

其七

十五盈盈比莫愁，將雛一曲倚箜篌。莫辭年少矜夫壻，珍重生兒字阿侯。

其八

生兒〔一〕那可不如孫，璧月瓊枝總莫論。嬌小未知吴苑路，夢腸〔二〕何事繞閶門？

【箋注】

〔一〕生兒　吴志孫權傳注：吴歷：曹公曰：「生子當如孫仲謀，劉景升兒子，若豚犬耳。」

〔二〕夢腸　吴志孫破虜傳注：吴書曰：及母懷姙堅時，夢腸出繞吴閶門，寤而懼之，以告隣母。隣母曰：「安知非吉徵也？」

其九

繡佛旛前祝夢熊〔一〕，金光〔二〕夫婦宿因同。朝來鬒髮〔三〕臨粧鏡，早有明珠〔四〕現髻中。

【箋注】

〔一〕夢熊　小雅斯干詩：吉夢維何？維熊維羆，維虺維蛇。大人占之：維熊維羆，男子之祥；維虺維蛇，女子之祥。

〔二〕金光　付法藏經：昔過去九十一劫，毘婆尸佛入涅槃後，四部弟子，起七寶塔。塔中佛像，面上金色，少處缺壞。有一貧女，遊行乞丐，得一金珠。見像面壞，欲傅像面。迦葉爾時作鍛金師，女即持往，倩令修造。金師歡喜，用補像面。因共立願，願我二人常爲夫婦，身真金色，恒受勝樂。最後託生第七梵天。時摩竭國有婆羅門，巨富無量，而無兒息。梵天命終，即來託生。顔貌端正，金光赫奕，照四十里。至年十五，欲爲娉妻。唯有一女，軀體金色，端正殊好，即是往日施金女也。此女既到，金色光明，婆羅門見，即爲娉得。既到夫家，夫婦相對，各皆清潔，了無欲意。啓辭父母，俱共出家，來至佛所，佛爲説法，即於座上得阿羅漢。

〔三〕鬒髮　國風君子偕老詩：鬒髮如雲。毛萇傳曰：鬒，黑髮也。如雲，言美長也。

〔四〕明珠　西域記：那羅稽羅洲西孤島東崖有石佛像，高百餘尺，以月愛珠爲肉髻，月將回照，水即懸流。時有商侶，遭風飄浪，遂至孤島，海鹹不可以飲，渴乏者久之。時月十五日，像頂流水，衆皆獲濟。留停數日，每月隱高巖，其水不流。時商主曰：「嘗聞月愛珠，月光照即水流注，將非佛像頂上有此寶耶？」登崖視之，乃以珠爲像肉髻。

其十

春浮春色在花前，湯餅筵開抱送年。摩頂不須求寶誌，老夫斟雉是彭籛。

其十一

吾家歸佛長孫曾，名字都依日月燈〔一〕。最是兩家繁種姓，不妨齊作白衣僧。

【箋注】

〔一〕日月燈　法華經：日月燈明佛于六十一劫説是經已。首楞嚴經：有佛出世，名日月燈，我得親近，聞法修學。

其十二

詩老才人各擅場①〔一〕，紫簫紅錦〔二〕競催粧。衰翁自分如三老，花燭詩中祝弄璋〔三〕。

【校勘記】

①鄒本作「長」。

【箋注】

〔一〕擅場　李肇國史補：唐人宴集必賦詩，推一人擅場。

〔二〕紫簫紅錦　潛溪送張翰林歸娶詩：紅錦裁雲朝奠雁，紫簫吹月夜乘鸞。

〔三〕弄璋　小雅斯干詩：乃生男子，載寢之牀，載衣之裳，載弄之璋。

戊戌中元寓僧舍毒熱如坐甑中〔一〕偶見王孟端①畫竹漫題二首②

天地洪爐煅不休，赤烏夾日火雲流。誰將玉律迴殘紙，吹動琅玕〔二〕萬葉秋？

【校勘記】

①凌本「孟端」下有「舍人」二字。　②「二首」，鄒本、金匱本作「二絶」，凌本無。

【箋注】

〔一〕甑中　昌黎鄭羣贈簟詩：自從五月困暑濕，如坐深甑遭蒸炊。

〔二〕琅玕　樂天題盧秘書夏日新栽竹詩：拂肩摇翡翠，熨手弄琅玕。

其二

竹埤梧垣久陸沉〔一〕，舍人〔二〕潑墨尚蕭森。閒窗展卷如尋夢，遮眼猶餘①一院②陰。

【校勘記】

①鄒本作「然」。　②凌本作「畝」。

【箋注】

〔一〕陸沉　史記東方朔列傳：陸沉于俗。索隱曰：司馬彪云：謂無水而沉之。

〔二〕舍人　陳頎閒中今古：中書舍人王孟端紱，無錫人，善寫竹，筆意瀟灑，動有書法，論者謂其爲當代獨步。

次韻酬覺浪①

誰云花果〔一〕自然成？五百年來墮鬼精②〔二〕。師子野干〔三〕同説法，土梟水母〔四〕共③齊盟〔五〕。燈於半夜〔六〕傳時密，月向千江〔七〕落處明。自古崑岡〔八〕能辨玉，莫將燕石〔九〕誤題評。

【校勘記】

①鄒本、金匱本題作「次韻酬覺浪大和尚」。　②鄒本、金匱本作「坑」。　③鄒本、金匱本作「各」。

【箋注】

〔一〕花果　傳燈録：達摩偈曰：一花開五葉，結果自然成。

〔二〕鬼精　五燈會元：懷海禪師每上堂，有一老人隨衆聽法。一日衆退，唯老人不去，曰：「某非人也，于過去迦葉佛時，曾住此山。因學人問：大修行人還落因果也無？某對云：不落因果。遂五百生墮野狐身。今請和尚代一轉語，貴脱野狐身。」師曰：「汝問。」老人曰：「大修行人還落因果也無？」師曰：「不昧因果。」老人大悟，作禮曰：「某已脱野狐身，住在山後，乞依亡僧津送。」師白椎告衆，至山後巖下，以杖挑出一死野狐，乃依法火葬。

〔三〕師子野干　涅槃經：有所得，野干鳴。無得，師子吼。宗鏡録第三十六：不修頓悟，猶如野干隨逐師子，經百千劫修，不得成師子。五燈會元：潙山曰：禪子説禪，如獅子吼，驚散狐狼野干之屬。

〔四〕土梟水母　首楞嚴經：如土梟等，附塊爲兒。諸水母等，以蝦爲目。

〔五〕齊盟　左傳昭公元年：狎主齊盟，其又可壹乎？

〔六〕半夜　傳燈録：忍大師迨夜潛令人自碓坊召能行者入室，跪受衣法。

〔七〕千江　永明壽禪師心賦：用就體施，如玉兔攝千江之月。注曰：證道歌云：一月普現一切水，一切水月一月攝，一法遍含一切法，我性常與如來合。

〔八〕崑岡　書胤征：火炎崑岡，玉石俱焚。

〔九〕燕石　後漢書應劭傳：宋愚夫亦寶燕石，緹緭十重。

戊戌新秋日吴巽之持孟陽畫扇索題爲賦十絶句

長日繙經懺①昔因，西堂香寂對蕭辰〔一〕。前塵影事〔二〕難銷②卻，只有秋風與故人。

【校勘記】

①鄒本作「識」。　②鄒本、金匱本作「忘」。

【箋注】

〔一〕蕭辰　殷仲文南州桓公九井詩：哲匠感蕭辰。李善曰：蕭辰，秋辰也，言秋景蕭索。

〔三〕前塵影事　首楞嚴經：若分别性，離塵無體。斯則前塵，分别影事。長水疏曰：若離前塵，無此分别。足顯分别，宛是妄想。自性本無，屬於前塵，故可名爲分别影事。

其二

秋風廿載哭離羣，泉路交期〔一〕一葉〔二〕分。依約情人懷袖裏，每攜①秋扇感停雲〔三〕。

【校勘記】

①鄒本、金匱本作「移」。

【箋注】

〔一〕交期　少陵送鄭虔貶台州司户詩：便與先生應永訣，九重泉路盡交期。

〔二〕一葉　昌黎湘中酬張功曹詩：共泛清湘一葉舟。

〔三〕停雲　淵明停雲詩序：停雲，思親友也。罇湛新醪，園列初榮，願言不從，歎息彌襟云爾。

其三

斷楮殘縑價倍增，人間真①賞若爲憑？松圓遺墨君應記，不是緗雲即送僧。孟陽别妓有緗雲詩扇②。

【校勘記】

①鄒本、金匱本作「珍」。②鄒本作「書」。

其四

參錯交蘆〔一〕黯淡燈，扁舟風物似西興〔二〕。每於水闊雲多處，愛畫①袈裟乞食僧。

【校勘記】

①鄒本作「盡」。

【箋注】

〔一〕交蘆　首楞嚴經：相見無性，同於交蘆。温陵曰：此根塵識，譬如束蘆，互相依倚，羸有其相，其體全空。

〔二〕西興　水經注：浙江又逕固陵城北，今之西陵也。有西陵湖，亦謂之西城湖。會稽志云：西陵城在蕭山縣西十二里，謝惠連有西陵阻風獻康樂詩。吴越改曰西興。東坡詩「爲傳鐘鼓到西興」是也。浙江通志：西陵城，吴越改爲西陵驛。按白樂天答微之泊西陵驛見寄詩云：煙波盡處一點白，應是西陵古驛臺。則西陵舊有驛，至吴越始改西興耳。

其五

畫裏僧衣接水文，菰煙蘆雨白紛紛。看他皴染無多子〔一〕，只帶西灣幾片雲。

【箋注】

〔一〕無多子　東坡晚景詩：煙雲好處無多子，及取昏鴉未到間。

其六

細雨僧①樓墊角巾〔一〕，鬢絲香篆浄無塵。如今畫裹重看畫，又説陶家畫扇②〔二〕人。

【校勘記】

①鄒本、金匱本作「西」。　②鄒本作「裏」。

【箋注】

〔一〕墊角巾　後漢書郭泰傳：林宗嘗于陳、梁間行，遇雨，巾一角墊，時人乃故折巾一角以爲林宗巾。

〔二〕陶家畫扇　淵明集有扇上畫贊。

其七

落葉蕭疏破墨新，摩挲手跡話霑巾。廿年夜月秋燈下，無復停歌染翰〔一〕人。

【箋注】

〔一〕染翰　潘安仁秋興賦：於是染翰操紙，慨然而賦。李善曰：翰，筆毫也。

其八

輕鷗柔櫓①〔一〕羃江煙，櫓背三僧企脚〔二〕眠。只欠渡頭麾扇叟，岸巾〔三〕指點泛江船。

【校勘記】

①鄒本、金匱本作「艫」。

【箋注】

〔一〕柔櫓　少陵別王十二判官詩：柔櫓輕鷗外，含悽覺汝賢。

〔二〕企脚　世説容止篇：謝仁祖企脚北窗下彈琵琶。

〔三〕岸巾　東坡自淨土步至功臣寺詩：落日岸葛巾。

其九

春水桐江〔一〕訣別遲，孤舟搖曳斷①音短②前期。可憐船尾支頤者，還似江干招手時。

【校勘記】

①凌本作「話」。　②凌本、鄒本、金匱本無此注。

【箋注】

〔一〕桐江　辛巳春，公遊黄山，歸舟遇孟陽於桐江，篝燈夜話，質明分手，從此遂長別矣。

其十

一握齊紈〔一〕颺劫灰，封題鄭重莫頻開。祇應把向西臺〔二〕上①，遼海②秋風哭幾回。

【校勘記】

①「西臺上」，鄒本作「波濤裏」。②「遼海」，鄒本作「大海」，金匱本「東海」。

【箋注】

〔一〕齊紈　班婕妤怨歌行：新裂齊紈素，皎潔如霜雪。

〔二〕西臺　宋遺民録：任士林謝皋羽傳：晚登子陵西臺，以竹如意擊石歌招魂之詞，歌闋，竹石俱碎，失聲哭，何其情之悲也。

題呂天遺菊齡圖

青衫皂帽自盤桓〔一〕，老圃秋容相向寒。顧影不須嗟短鬢，黄花猶識晉①衣冠〔二〕。

【校勘記】

①鄒本、牧齋詩鈔作「古」。

【箋注】

〔一〕盤桓　淵明歸去來辭：撫孤松而盤桓。

〔二〕晉衣冠　方岳秋崖小藁九日集清涼佳處詩：老筆盤空墨未乾，最佳處與著危欄。江山分與諸賢管，風雨專爲九日寒。白髮自驚秋節序，黄花曾識晉衣冠。未須計較明年健，別做茱萸一等看。

其二

甲子〔一〕遷訛〔二〕記不真，東籬花是老遺民。茫茫典午①〔三〕山河裹，剩得陶家漉酒巾〔四〕。

【校勘記】

①「典午」，鄒本、金匱本作「四海」。

【箋注】

〔一〕甲子　南史陶潛傳：潛自以曾祖晉世宰輔，耻復屈身後代，自宋武帝王業漸隆，不復肯仕，所著文章，義熙以前，明書晉氏年號。自永初以來，唯云甲子而已。

〔二〕遷訛　沈休文恩倖傳論：歲月遷訛，斯風漸篤。

〔三〕典午　蜀志譙周傳：巴郡文立見周，周語次，因書板示立曰：「典午忽兮，月酉没兮。」典午者，謂司馬也。月酉者，謂八月也。

〔四〕漉酒巾　南史陶潛傳：郡將嘗候之，值其釀熟，取頭上葛巾漉酒，漉畢，還復著之。

其三

秋花愁絶朔風塵，飲露餐英蜕此身。近日東郊難著①籍，衆香國〔一〕裏作頑民。

【校勘記】

①鄒本、金匱本作「占」。

【箋注】

〔一〕衆香國　維摩詰經：上方界分過四十二恒河沙佛土，有國名衆香，佛號香積。今現在其國香氣，比於十方諸佛世界人天之香，最爲第一。

其四

柴門低亞插籬新，長爲寒花鎖緑筠。不比桃源在人世，春來勾引捕魚人〔一〕。

【箋注】

〔一〕捕魚人　淵明桃花源記：晉武陵人捕魚，忽逢桃花林，林盡水源，便得一山。其中有人，言先世避秦來此。

其五

碧梧枝下晚香花，風味依然故相家。嘆息五侯零落盡，南山〔一〕其豆邵平瓜〔二〕。

【箋注】

〔一〕南山　楊子幼報孫會宗書曰：田彼南山，蕪穢不治，種一頃豆，落而爲萁。

〔二〕邵平瓜　水經注：青門外舊出好瓜，昔廣陵人邵平爲秦東陵侯，秦破爲布衣，種瓜此門，瓜美，故世謂之東陵瓜。

其六

半樹梧桐小院陰，黄花幾朵照清襟。落英①〔一〕闇②淡人如菊，長向籬邊養道心。

【校勘記】

①鄒本、金匱本作「陰」。　②鄒本、金匱本作「閒」。

【箋注】

〔一〕落英　羅大經鶴林玉露：楚辭云：「餐秋菊之落英」，落，始也，如詩訪落之落，謂初英也。

題歸玄恭僧衣畫像四首

莫是佯狂老萬回〔一〕？壞衣〔二〕掩脛髮齊腮。六時問汝何功課？一卷離騷〔三〕酒百杯。

【箋注】

〔一〕老萬回　東坡次元長老詩：錦袍錯落真相稱，乞與佯狂老萬回。太平廣記：萬回兄戍役於安西，父母感念之。忽一日朝齎所備而往，夕返其家，告父母曰：「兄平善矣。」視之，乃兄迹也。一家異之。弘農抵安西萬餘里，故號曰萬回。

〔二〕壞衣　四分律：一切上色衣不得畜，當壞作迦沙色。

〔三〕離騷　世説任誕篇：王孝伯言：「名士不必須奇才，但使常得無事痛飲酒，熟讀離騷，便可稱名士。」

其二

周冕殷冔又劫灰，緇衣僧帽且徘徊。儒門亦有程夫子〔一〕，贊嘆他家禮樂來。

【箋注】

〔一〕程夫子　吴曾能改齋漫録：明道先生嘗至天寧寺，方飯，見趨進揖遜之盛，嘆曰：「三代威儀，盡在是矣。」卧龍山人王畿書百丈清規剩語：昔者明道先生見禪門行禮，嘆以爲三代威儀，僅見於此。

其三

紫殿公然溺正衙〔一〕，又從別室掉雷車。天公罰作村夫子〔二〕，點簡千文〔三〕與百家〔四〕。

【箋注】

〔一〕溺正衙　昌黎讀東方朔雜事詩：方朔乃豎子，驕不加禁訶。偷入雷電室，輷輘掉狂車。詆欺劉天子，正晝溺殿衙。

〔二〕村夫子　九朝長編紀事本末：章惇稱司馬光村夫子無能爲。

〔三〕千文　書斷列傳：梁周興嗣編次千字文，而有王右軍書者，乃梁武教諸王書，令殷鐵石于大王書中搨一千字不重者，每字片紙，雜碎無序。武帝召興嗣謂曰：「卿有才思，爲我韻之。」興嗣一夕編綴進上，鬢髮皆白，而賞賜甚厚。文獻通考：後村劉氏曰：嘗疑千字文世以爲梁散騎常侍周興嗣所作，然法帖中漢章帝已嘗書此文，殆非梁人作也。

〔四〕百家　王明清玉照新志：市井間所印百家姓，明清嘗詳考之，似是兩浙錢氏有國時小民所著。何則？其首云「趙、錢、孫、李」，蓋錢氏奉正朔，趙氏乃本朝國姓，所以錢次之。孫乃忠懿之正妃，又其次則江南李氏。次句云「周、吴、鄭、王」，皆武肅而下后妃，無可疑者。

其四

罵鬼[一]文章載一車[二]，嚇蠻書[三]檄走龍蛇。顛書[四]醉草①三千牘[五]，聖少狂多[六]言法華[七]。

【校勘記】

①鄒本、金匱本作「墨」。

【箋注】

[一]罵鬼　古文苑王延壽夢賦：臣弱冠嘗夜寢，見鬼物與臣戰，遂得東方朔與臣作罵鬼之書。

[二]一車　易睽卦：上九，載鬼一車。

[三]嚇蠻書　范傳正李公新墓碑：天寶初，召見于金鑾殿，論當世務，草答番書，辨如懸河，筆不停輟。帝嘉之。樂史李翰林集序：天寶中，召見金鑾殿，草和番書，思如懸河，帝嘉之。

[四]顛書　僧適之金壺記：張旭謁崔邈、顏真卿曰：「吾始觀公主擔夫争道，而得筆法之意，後見公孫氏舞劍器，得其神。」飲醉輒書，揮筆大叫，以頭揾水墨中，天下呼爲張顛。

[五]三千牘　史記滑稽列傳：東方朔初入長安，至公車上書，凡用三千奏牘。公車令兩人共持舉其書，僅然能勝之。人主從上方讀之，止，輒乙其處。讀之二月乃盡。

[六]聖少狂多　王元美詩評：傅汝舟如言法華作風語，凡多聖少。

〔七〕言法華　山樵暇語：雲麓漫抄云：古有風法華者，偶至人家，見筆硯便書，人目之爲怪。

吴江吴母燕喜詩

酒熟餘杭〔一〕燕喜初，春盤入饌鱠江魚〔二〕。閒居賦〔三〕裏長筵早，野史亭〔四〕前視膳餘。歲晚鷄豚存漢臘〔五〕，夜闌燈火續班書〔六〕。史家他日賢明傳，不道閶①門〔七〕即倚閭〔八〕。

【校勘記】

①鄒本作「閨」。

【箋注】

〔一〕餘杭　葛洪神仙傳：麻姑至蔡經家，方平以千錢與餘杭姥，求得一油囊酒五斗許。

〔二〕鱠江魚　後漢書列女傳：姜詩事母至孝，妻奉順尤篤。姑嗜魚鱠，又不能獨食，夫婦常力作供鱠，呼鄰母共之。舍側忽有涌泉，味如江水，每旦輒出雙鯉魚，常以供二母之膳。

〔三〕閒居賦　潘安仁閒居賦：太夫人乃御板輿，升輕軒，遠覽王畿，近周家園。體以行和，藥以勞宣，常膳載加，舊痾有痊。於是席長筵，列孫子，柳垂蔭，車結軌，陸摘紫房，水挂赬鯉，或宴於林，或禊於汜。昆弟班白，兒童稚齒，稱萬壽以獻觴，咸一懼而一喜。

〔四〕野史亭　金史元好問傳：搆亭於家，著述其上，因名曰野史。

〔五〕存漢臘　漢書元后傳：莽更漢家黑貂，著黄貂。又改漢正朔。伏臘日，太后令其官屬黑貂，至漢家正臘日，獨與其左右相對飲酒食。

〔六〕續班書　東坡蘇子容母陳夫人挽詞：他年太史取家傳，知有班昭續漢書。

〔七〕闖門　國語：公父文伯之母，季康子之從祖叔母也。康子往焉，闖門與之言，皆不踰閾。韋昭曰：闖，闢也。門，寢門也。

〔七〕倚閭　劉向列女傳：王孫母謂賈曰：「汝朝出而晚來，則吾倚門而望汝。汝暮出而不還，則吾倚閭而望汝。」

元昭太史約過村莊卻寄二首

承明〔一〕取次候花磚〔二〕，醉月行春樂事偏。金管〔三〕卻詒①分韻客，銀箏同上泛湖船。相如舊賦青琴〔四〕在，謝朓新詩紅藥〔五〕傳。辛苦玉堂諸學士，上陽東去即登仙。

【校勘記】

①金匱本作「遺」。

【箋注】

〔一〕承明　應休璉百一詩：三入承明廬。

〔二〕花磚　李肇翰林志：廳前階有花磚道，冬中日及五磚，爲日入值之候。李程性懶，好晚入，恒至八磚乃至，衆呼爲八磚學士。

〔三〕金管　孫光憲北夢瑣言：韓定辭曰：昔梁元帝爲湘東王時，好學著書，筆有三品，或金銀雕飾，或用斑竹爲管，忠孝雙全者用金管書之，德行精粹者用銀管書之，文章贍麗者用斑竹管書之，故湘東之譽振於江表。

〔四〕青琴　相如上林賦：若夫青琴、宓妃之徒，絶殊離俗。索隱曰：伏儼曰：青琴者，古神女也。

〔五〕紅藥　謝玄暉直中書省詩：紅藥當階翻，蒼苔依砌上。

其二

東山〔一〕絲①竹正駢羅，洛涘〔二〕閒居意若何？飛蓋〔三〕擁門停列炬〔四〕，高軒〔五〕夾巷候鳴珂〔六〕。詩成點筆羊何〔七〕和，舞罷移燈趙李〔八〕過。我有燭花新釀酒，遲君同醉莫蹉跎。

【校勘記】

①鄒本作「聯」。

【箋注】

〔一〕東山　世説識鑒篇：謝公在東山畜妓。

〔二〕洛涘　潘安仁閒居賦：退而閒居，于洛之涘。

〔三〕飛蓋　曹子建公讌詩：清夜遊西園，飛蓋相追隨。

〔四〕列炬　少陵杜位宅守歲詩：盍簪喧櫪馬，列炬散林鴉。

〔五〕高軒　王定保摭言：李賀年七歲，以長短之製名動京華。時韓文公與皇甫湜覽賀所作，奇之，因連騎造門求見。賀總角荷衣而出，二公命面賦一篇，賀欣然承命，操觚染翰，名曰高軒過。二公大驚，遂以所乘馬命聯鑣而還所居，親爲束髮。

〔六〕鳴珂　王摩詰與崔員外秋直詩：更慚衰朽質，南陌共鳴珂。通典：鵰入海化爲珬，可作馬勒，謂之珂。

〔七〕羊何　謝靈運登臨海嶠詩序：與從弟惠連可見，羊、何共和之。沈約宋書謝靈運傳：靈運東還，與族弟惠連、東海何長瑜、潁川荀雍、太山羊璿之，共爲山澤之游，時人謂之四友。

〔八〕趙李　阮嗣宗詠懷詩：平生少年時，輕薄好絃歌。西遊咸陽中，趙李相經過。

戲題付衣小師

宗門強盛教門微，講席荒涼聽衆稀。冷淡衙門圖熱鬧，他家付拂我傳衣。

婁江謠五首

赤丸宵伏白丸〔一〕藏，片檄橫飛不下堂。柳市高樓聞夜語，桓東〔二〕記取少年場。

【箋注】

〔一〕赤白丸　漢書尹賞傳：長安中姦猾浸多，閭里少年羣輩殺吏，受賕報讎，相與探丸爲彈，得赤丸者斫武吏，得黑者斫文吏，白者主治喪。師古曰：爲彈丸作赤、黑、白三色，而共探取之也。彈音徒旦反。其黨與有爲吏及他人所殺者，則主其喪事也。

〔二〕桓東　漢書尹賞傳：尹賞修治長安獄，穿地方深各數丈，致令辟爲郭，以大石覆其口，名爲虎穴。雜舉長安中輕薄少年惡子，無市籍商販作務。而鮮衣凶服被鎧扞持刀兵者，悉籍記之。分行收捕羣盜，内虎穴中，皆相枕籍死，便輿出，瘞寺門桓東。百日後，廼令死者家各自發取其尸。親屬號哭，道路皆歔欷。長安中歌之曰：「安所求子死？桓東少年場。生時諒不謹，枯骨後何葬？」

其二

退衙開卷一儒生，簾閣茶煙一縷清。官燭〔一〕夜闌鈴索静，銅籤遥應讀書聲。

【箋注】

〔一〕官燭　少陵臺上詩：何須把官燭，似惱鬌毛蒼。

其三

抆①衣〔一〕上馬絶飛埃，百石弓〔二〕弦霹靂〔三〕開。千騎跨坊〔四〕傳炬火，使②君海岸射潮〔五〕回。

【校勘記】

①凌本作「推」。　②凌本作「史」。

【箋注】

〔一〕扠衣　轂山筆麈：唐史：王凝及第，扠衣見崔彦昭。扠衣，便服也。今俗語猶然。

〔二〕石弓　通鑑唐紀五十七：韋雍謂軍士曰：「今天下太平，汝曹能挽兩石弓，不若識一丁字。」

〔三〕霹靂　梁書曹景宗傳：景宗曰：「我昔在鄉里，騎快馬如龍，與年少輩數十騎，拓弓弦作霹靂聲，箭如餓鴟叫，平澤中逐麞，數肋射之。」

〔四〕跨坊　東坡次李邦直感舊詩：騶騎傳呼出跨坊。舊注曰：跨坊乃籠街之義。

〔五〕射潮　吴越備史：始築捍海塘，王因江濤衝激，命強弩以射濤頭，遂定其基。復建候潮、通江等城門。

其四

英年白皙〔一〕氣如虹，下馬文章上馬弓。吴下兒郎應錯認，周郎〔二〕那復在江東。

【箋注】

〔一〕白皙　樂府陌上桑：三十侍中郎，四十專城居。爲人潔白皙，鬑鬑頗有鬚。

〔三〕周郎　吴志周瑜傳：瑜時年二十四，吴中皆呼爲周郎。

其五

皇天老眼〔一〕詎茫茫，誰把民謡達上蒼？天若可憐窮百姓，便陞州守做都堂。

【箋注】

〔一〕老眼　少陵聞惠二過東溪詩：皇天無老眼，空谷滯斯人。

石鏡

石鏡〔一〕塵埋錦樹①〔二〕空，珊瑚筆格②〔三〕卧牆東。山喧海鬧〔四〕籬門外，燕乳鶯啼環堵中。授簡〔五〕兒看玄草白〔六〕，饁耕〔七〕婦插野花紅。香蓮〔八〕扁豆催詩好，還許排年餉老翁。

【校勘記】

①牧齋詩鈔作「字」。　②牧齋詩鈔作「架」。

【箋注】

〔一〕石鏡　王象之輿地紀勝：石鏡山，郡國志云：徑二尺七寸，其光照如鏡之鑑物，分毫不差。圖經云：武肅王幼時遊此，顧其形服冕旒如王者狀。唐昭宗改賜今名。

〔二〕錦樹　五代史吴越世家：鏐遊衣錦城，宴故老，山林皆覆以錦，號其幼所嘗戲大木曰衣錦將軍。

〔三〕珊瑚筆格　歐陽公歸田録：錢思公有一珊瑚筆格，生平所珍惜，常置之几案。子弟有欲得錢者，竊而藏之。公即悵然自失，乃榜于家庭，以錢十千贖之。居一二日，子弟佯爲求得以獻，公欣然以十千賜之。他日有欲得錢者，又竊去。一歲中率五六如此，公終不悟也。

〔四〕山喧海鬧　隋釋灌頂大涅槃經疏緣起：運丁隋末，寇盜縱横，海鬧山喧，無處紙筆。匿影沃洲，陰林席薦，推度聖文。

〔五〕授簡　謝靈運雪賦：授簡於司馬大夫。

〔六〕玄草白　漢書揚雄傳：哀帝時，丁、傅、董賢用事，諸附離之者，或起家至二千石。時雄方草創太玄，有以自守，泊如也。人有嘲雄以玄之尚白，雄解之，號曰解嘲。

〔七〕饁耕　左傳僖公十三年：冀缺耨，其妻饁之，敬，相待如賓。杜預曰：野饋曰饁。

〔八〕香蓮　范成大吴郡志：紅蓮稻自古有之，陸龜蒙别墅懷歸詩云：遥爲晚花吟白菊，近炊香稻識紅蓮。唐人已貴此米，米粒肥而香。

送黄生達可歸嶺南

門盈蛛網榻盈塵，有客經過縛帚〔一〕新。種菜自憐秋圃晚，看花猶説曲江〔二〕春。文章金馬霜前淚，故舊銅駝〔三〕劫後人。記取荔枝香酒熟，盈尊寄我莫辭貧。

【箋注】

〔一〕縛帚　王褒僮約：縛帚裁盂。

〔二〕曲江　李肇國史補：進士大讌於曲江亭子，謂之曲江會。

〔三〕金馬銅駝　御覽：陸機洛陽記曰：洛陽有銅駝街，漢鑄銅駝二枚，在宫南四會道相對。俗語曰：金馬門外集衆賢，銅駝陌上集少年。

後送達可

秋水柴門執手辰，五羊〔一〕南望重霑巾。白楊蕭瑟多良友，碧血輪囷有故人。洗面〔二〕不堪䤈〔三〕老淚，濯纓〔四〕猶喜剩閒身。明年再釀荔枝酒，更與松醪〔五〕鬭小春。

【箋注】

〔一〕五羊　樂史寰宇記：廣州南海縣五羊城。按續南越志云：舊説有五仙人騎五色羊，執六穗秬而至，至今呼五羊城是也。

〔二〕洗面　王銍默記：李後主歸朝後，與金陵舊宫人書云：「此中日夕，只以眼淚洗面。」

〔三〕䤈　禮部韻畧：䤈，恭于切。詩大東挹酒注：挹，䤈也。釋云水斗。按隱義：容四升。

〔四〕濯纓　柳子厚别劉夢得詩：今朝不用臨河别，垂淚千行便濯纓。

〔五〕松醪　李商隱復至裴明府所居詩：賒取松醪一斗酒，與君相伴灑煩襟。

孟冬十六日偕河東君①自芙蓉莊泛舟拂水瞻拜先塋將有事修葺感嘆有贈效坡公上巳之作詞無倫次

世間虛名巧相左，南箕北斗〔一〕常欺我。村莊自昔號芙蓉，竊紅落紫無一朵。況復西風捲濁浪，水浸籬門潮打座。攤書仰屋百不耐②，與君聊鼓西山柁。我家丘壟拂水西，屏山鏡水天所貽。磵水懸流雲浪疊，堤樹廻合虹霓垂。喪亂奔波闕灑掃，負土〔二〕誓墓③〔三〕心參差。每驚秋風響松栝，常懷夜雨鳴棠梨。佳城〔四〕鬱鬱掩地肺〔五〕，草木升長禽魚滋。夷陵〔六〕沈灰息漂蕩，陸渾〔七〕新火回赫熹。玄武中天遣④環衛，神燈午夜懸靈旗。萬里黄山〔八〕在何許，清秋白露空嗟咨。與君瞻拜共霑灑，殘生贏得松楸在。憑君拮据理菟裘〔九〕，放我蕭閒居畏壘〔一〇〕。新豐枌榆〔一一〕剪椔翳〔一二〕，平泉〔一三〕花果護蓓⑤蕾。枝撐蟹舍傍滄浪，摒擋漁莊聽欸乃〔一四〕。癸亭〔一五〕夜月聞舊詠，丙舍〔一六〕朝陽發新彩。炊飯胡麻〔一七〕正好種，釀酒菊花旋應採。秋原落日耦耕孤，春野新晴饁相待。生涯於陵〔一八〕同灌園，世事麻姑〔一九〕問滄海。夫負妻戴〔二〇〕良可師，鷺侶〔二一〕鷗盟〔二二〕終不改。是時小春〔二三〕十月天，萬株紅滿千林巔⑥。白帝〔二四〕自誇冬藏富，青女〔二五〕不仗⑦春工妍。北斗朱旗〔二六〕互閃爍，炎光火傘〔二七〕相後先。衣錦城〔二八〕中花盡醉，將軍樹〔二九〕上枝欲燃。五百年〔三〇〕來漢東〔三一〕國，山川衣⑧繡仍依然。朱顏彌惜丹黄候，白頭肯受霜風憐。停車酌酒成一笑，坐覺妍暖回芳年。白雲丹楓晚逾好，夕陽重上西湖船。

【校勘記】

①「君」，凌本作「夫人」。②鄒本作「快」。③凌本作「衆」。④凌本作「偏」。⑤鄒本作「蔀」。⑥「林巔」，鄒本、金匱本作「株顛」。⑦金匱本、凌本作「伏」。⑧上圖本、鄒本、金匱本作「文」，此從凌本。

【箋注】

〔一〕南箕北斗　古詩：南箕北有斗，牽牛不負軛。良無磐石固，虚名復何益？

〔二〕負土　後漢書桓榮傳：榮奔喪九江，負土成墳。

〔三〕誓墓　晉書王羲之傳：羲之稱病去郡，于父母墓前自誓。

〔四〕佳城　葛洪西京雜記：滕公駕至東都門，馬跑地久之。使士卒掘地，入三尺所，得石槨，有銘焉，文字古異。叔孫通以今文寫之，曰：「佳城鬱鬱，三千年，見白日。吁嗟滕公居此室。」

〔五〕地胏　真誥稽神樞：金陵者，洞府之膏腴，句曲之地胏也。注曰：水至則浮，故曰地胏。

〔六〕夷陵　劉禹錫松滋渡望峽中詩：夷陵土黑有秦灰。

〔七〕陸渾　昌黎有和皇甫湜陸渾山火詩。

〔八〕黃山　少陵洞房詩：萬里黃山北，園陵白露中。趙次公曰：武帝微行而至黃山。晉灼曰：黃山，宮名，在槐里。蓋右扶風槐里縣。有黃山宮，孝惠二年所起。揚雄羽獵賦序：旁南山而西至長安五柞，北繞黃山，瀕渭而東。則黃山在南山之下矣，今公句則實道園陵在此地之北也。

〔九〕菟裘　左傳隱公十一年：公曰：「使營菟裘，吾將老焉。」

〔一〇〕畏壘　莊子庚桑楚篇：庚桑楚偏得老聃之道，以北居畏壘之山。

〔一一〕枌榆　西京雜記：高祖小時，常祭枌榆之社，及移新豐，亦還立焉。

〔一二〕椔翳　大雅皇矣篇：作之屏之，其椔其翳。毛萇傳曰：木立死曰椔，自斃曰翳。

〔一三〕平泉　康駢劇談録：李德裕平泉莊去洛城三十里，卉木臺榭，若造仙府。

〔一四〕欸乃　程大昌演繁露：柳子厚詩：欸乃一聲山水緑。欸，音奧。乃，音靄。世固共傳欸乃歌，不知何調何辭也。元次山集有欸乃歌五章，蓋全是詩，如竹枝、柳枝之類。其謂欸乃者，殆舟人於歌聲之外別出一聲，以互相其所歌也。

〔一五〕癸亭　皎然和顏使君與陸處士登妙喜寺三癸亭詩：繕亭歷三癸，疏址臨什寺。王象之輿地紀勝：三癸亭，顏真卿爲處士陸羽造。

〔一六〕丙舍　王羲之有墓田丙舍帖。

〔一七〕胡麻　抱朴子仙藥篇：苣勝一名胡麻，餌服之不老，耐風濕，補衰老也。

〔一八〕於陵　劉向列女傳：於陵仲子爲人灌園。

〔一九〕麻姑　葛洪神仙傳：麻姑自説：「接待以來，已見東海三爲桑田。」

〔二〇〕負戴　劉向列女傳：接輿躬耕，楚王使使聘之。夫負釜甑，妻戴紝器，變易姓名而遠徙。

〔二一〕鷺侶　昌黎城南聯句：浮跡侶鷗鶴。

〔二二〕鷗盟　山谷同子瞻韻寄定國詩：白鷗盟已寒。耆舊續聞：辛幼安作長短句，有用經語者。水調歌云：凡我同盟鷗鷺，今日既盟之後，來往莫相猜。亦爲新奇。

〔二三〕小春　荆楚歲時記：十月天氣和暖似春，故曰小春。

〔二四〕白帝　蔡邕獨斷：白帝，少昊，金行。

〔二五〕青女　淮南子天文訓：至秋三月，青女乃出，以降霜雪。高誘曰：青女，青腰玉女，主霜雪也。

〔二六〕朱旗　少陵諸將詩：曾閃朱旗北斗殷。

〔二七〕火傘　昌黎遊青龍寺詩：友生招我佛寺行，正值萬株紅葉滿。光華閃壁見神鬼，赫赫炎官張火傘。

〔二八〕衣錦城　吴越備史：天福元年，陞王所居衣錦營爲衣錦城，封石鏡山爲衣錦山，大官山爲功臣山。

〔二九〕將軍樹　吴越備史：王嘗憩後山，忽一石屹然自立。王志之，後建功臣精舍，遂以石爲佛坐，樹號衣錦將軍。

〔三〇〕五百年　東坡臨安三絶詩：五百年間異人出，盡將錦繡裹山川。

〔三一〕漢東　東都事畧錢俶傳：俶渡江襲位，漢授以東南面兵馬都元帥，錫以金印玉册，仍領鎮海、鎮東節度使。

採花釀酒歌示河東君有序①

戊戌中秋日，天酒告成，戲作採花釀酒歌一首，以詩代譜，其文煩，其詞錯，將以貽世之有仙才具天福者。非是人也，則莫與知而好，好而解焉。

昔從武烈〔一〕卜如響，許我美酒扶殘年。搜訪徵求越星紀〔二〕，出門西笑〔三〕終茫然。長干盛生〔四〕貽片紙，上清②仙客枕膝傳。老夫捧持逾拱璧，快如渴羌〔五〕得酒泉。歸來夜發枕中秘〔六〕，山妻按譜重注箋。卻從古方出新意，溲和齊量頻節宣。東風泛溢十指下，得甘露滅③〔七〕非人間。琬琰之膏〔八〕玄碧酒〔九〕，獨饗良恐欺人天。請從酒國〔一〇〕徵譜牒，爲爾羅縷〔一一〕辨聖賢〔一二〕。劫初地肥〔一三〕失已久，上天飲樹〔一四〕誰人取？糟醨熏酣沉世界，不解採花能釀酒。採花釀酒誰作法？終古修羅〔一五〕是元首〔一六〕。選擇名花代麯糵，攪翻海水歸尊卣。雲儀狄杜康〔一七〕非祖先，糟丘酒池〔一八〕等便溲。此方本出修羅宮，百花百藥爲酒母〔一九〕。

安〔二〇〕麯米縮柘漿〔二一〕，庀治酒材〔二二〕須四友。釀投次第應火候，揉和停勻倚心手。回潮〔二三〕解駁只逡巡，色香風味〔二四〕無不有。纔傾郁烈先飽鼻，未瀉甘旨已滑口。豈同醇酎〔二五〕待月旦〔二六〕，不用新豐〔二七〕算升斗。君不聞仙家燭夜花〔二八〕，花葉如瓶圓且窪。花中醖酒泫瑞露，折花傾盞飛流霞。又不聞西國蒲萄〔二九〕漿，散花供佛上妙香。狼藉萬石羨大宛〔三〇〕，珍重十斛輕西涼〔三一〕。漢家百末〔三二〕歌郊祀，楚人桂酒〔三三〕朝東皇。布蘭切桂總殊勝，索郎〔三四〕醽醁〔三五〕皆尋常。嗔妒不憂天帝責，業力更笑魚龍忙。他時雜林〔三六〕共遊戲，還邀舍脂〔三七〕醉一觴。是夕秋窗浄如掃，銀瓶酒香璧④月好。瓊漿〔三八〕已扣藍橋姝，油囊〔三九〕休貰餘杭媪。開竆勸我傾一盞，駐顔〔四〇〕薰髓〔四一〕胡不早？舉杯邀月〔四二〕復再拜，敬受天禄〔四三〕酹頌禱。君不見東坡先生昔南遷，羈窮好事劇可憐。黄州蜜酒〔四四〕惠州桂，再釀不就空流涎。雪寺松黄〔四五〕但湯液，羅浮鐵柱〔四六〕徒刻鐫。餅精麯良〔四七〕真⑤常語，擣香篩辣〔四八〕非真詮。爾時朝雲正侍側，袖手不與扶危顛。老饕〔四九〕餔歠聊復爾⑥，雲藍小袖〔五〇〕寧無愆？坡聞此語應噴飯〔五一〕，大笑索絶〔五二〕冠纓偏。

【校勘記】

①鄒本、金匱本、凌本無「有序」二字。②鄒本、金匱本作「請」。③「甘露滅」，鄒本、金匱本作「其甘露」。④鄒本、金匱本作「碧」。⑤鄒本、金匱本作「亦」。⑥「聊復爾」，鄒本、金匱本

作「復爾爾」。

【箋注】

〔一〕武烈　甲申夏，公卜武烈靈籤云：百藥之良，釀出美酒。扶衰養病，因介眉壽。歲樂年豐，醉飽何咎。

〔二〕星紀　爾雅釋天：星紀，斗、牽牛也。郭璞曰：日月五星之所終始，故謂之星紀。

〔三〕西笑　桓譚新論：人聞長安樂，則出門西向而笑。

〔四〕盛生　長干盛丹能釀百花仙酒，嘗以方寄公，公後轉授于予，其方具載燭花仙酒法中。

〔五〕渴羌　王子年拾遺記：姚馥常言渴於醇酒，羣輩常弄狎之，呼爲渴羌。

〔六〕枕中秘　漢書劉向傳：淮南有枕中鴻寶、苑秘書。師古曰：藏在枕中，不漏泄也。

〔七〕甘露滅　維摩詰經：始在佛樹力降魔，得甘露滅覺道成。

〔八〕琬琰膏　王子年拾遺記：穆王東巡大騎之谷，指春宵宮集諸方士仙術之要。時已將夜，西王母乘翠鳳之輦而來，薦清澄琬琰之膏以爲酒。

〔九〕玄碧酒　劉向神仙傳：安期生與神女會圓丘，酣玄碧之香酒。

〔一〇〕酒國　東坡答趙明叔和碧香酒詩：先生未出禁酒國，詩語孤高常近謗。

〔一一〕羅縷　謝靈運擬鄴中雜詩：羅縷豈闕辭？

〔一二〕聖賢　魏志徐邈傳：時科禁酒，邈私飲至於沉醉。校事趙達問以曹事，邈曰：「中聖人。」達白之太祖，太祖甚怒。鮮于輔進曰：「平日醉客謂酒清者爲聖人，濁者爲賢人，邈性修慎，偶醉言耳。」

〔一三〕地肥　法苑珠林劫量篇：付法藏經云：阿恕伽王自爲僧行食，時賓頭盧用酥澆飯，阿恕伽王白言：「酥性難消，能不爲疾？」尊者答曰：「佛在時，水與今酥等，是故食之，終不成病。」爾時尊者欲驗斯事，使手入地下至四萬二千餘里，即取地肥而示於王：「王今當知，衆生薄福，肥膩之味，皆流入地。是故世間福轉衰滅。」王供養已，歡喜而退。

〔一四〕飲樹　瑜伽第四：諸天受其廣大，形色殊妙，多諸適悦。復有飲樹，從此流出甘美之飲。

〔一五〕修羅　翻譯名義集：出雜寶藏。法華疏云：阿修羅採四天下華，醖於大海，龍魚業力，其味不變。嗔妬誓斷，故言無酒。

〔一六〕元首　班孟堅典引：歸功元首。

〔一七〕儀狄杜康　曹子建七啓：乃有春清縹酒，康狄所營。李善曰：博物志曰：杜康作酒。戰國策曰：梁王請爲魯君舉觴，魯君曰：「昔帝女儀狄作酒而美，進之於禹，禹飲而甘之，遂疏儀狄，乃絶旨酒。」

〔一八〕糟丘酒池　韓詩外傳：紂爲酒池，可以運舟。糟丘可以望十里，而牛飲者三千人。

〔一九〕酒母　大隱翁酒經：酴米，酒母也，今人謂之脚飯。

〔二〇〕雲安　少陵撥悶詩：聞道雲安麯米春，纔傾一盞即醺人。

〔二一〕柘漿　楚辭宋玉招魂：臑鼈炮羔，有柘漿些。王逸曰：取諸柘之汁爲漿飲也。

〔二二〕酒材　周禮天官冢宰：酒正掌酒之政令，以式法授酒材。鄭司農曰：授酒人以其材。

〔二三〕回潮　曹植酒賦：或雲沸潮涌，或素蟻浮萍。

〔二四〕色香風味　東坡洞庭春色詩序：安定郡王以黄柑釀酒，謂之洞庭春色，色香味三絶。

〔二五〕醇酎　招魂：挫糟凍飲，酎清涼些。王逸曰：酎，三重釀醇酒也。謝惠連雪賦：酌湘吴之醇酎。

〔二六〕月旦　後漢書許劭傳：劭與從兄靖俱有高名，好共覈論鄉黨人物，每月輒更品題，故汝南俗有月旦評焉。

〔二七〕新豐　王維少年行：新豐美酒斗十千。

〔二八〕燭夜花　纂異記：田璆、鄧韶遇二書生曰：「某有瑞露之酒，釀於百花之中。」命小童折燭夜一花，傾與二君子嘗。其花四出而深紅，圓如小瓶，徑三寸許。小童折花至，傾於竹葉中，凡飛數巡，其味甘香不可比狀。

〔二九〕蒲萄　博物志：西域有蒲萄酒，積年不敗，彼俗云可十年。飲之醉彌月乃解。西域記：若其酒醴之差，滋味流別，蒲萄甘蔗，刹帝利飲也，麴蘖醇醪，吠奢等飲也。

〔三〇〕大宛　史記大宛列傳：宛以蒲陶爲酒，富人藏酒至萬餘石，久者數十歲不敗。

〔三一〕西涼　北堂書鈔：燉煌張氏家傳云：扶風孟佗以蒲萄酒一斛遺張讓，即拜涼州刺史。

〔三二〕百末　漢書禮樂志：郊祀歌：百末旨酒布蘭生。師古曰：百末，百草華之末也。旨，美也。以百草華末雜酒，故香且美也。事見春秋繁露。

〔三三〕桂酒　楚辭屈原九歌：奠桂酒兮椒漿。王逸曰：桂酒，切桂置酒中也。

〔三四〕索郎　水經注：劉墮工釀，王公庶友牽拂相招者，每云索郎有顧，思同旅語。索郎反語爲桑落也，更爲籍徵之雋句、中書之英談。

〔三五〕醽醁　張景陽七命：乃有荆南烏程，豫北竹葉。李善曰：盛弘之荆州記曰：淥水出豫章康樂縣，其間烏程鄉有酒官，取水爲酒，酒極甘美，與湘東酃湖酒年常獻之，世稱酃醁酒。龍城録：魏左相能治酒，有名曰醽淥、翠濤。常以大金甖内貯盛，十年飲不敗，其味即世所未有。太宗文皇帝嘗有詩賜公，稱：「醽淥勝蘭生，翠濤過玉薤。千日醉不醒，十年味不敗。」蘭生，即漢武百味旨酒也；玉薤，煬帝酒名。公此酒本學釀於西胡人，豈非得大宛之法乎？

〔三六〕雜林　法苑珠林三界篇：依順正理論云：帝釋所都大城，城外四面四苑莊嚴，是彼諸天共游戲處。一衆車苑，謂此苑中隨天福力種種車現。二麁惡苑，天欲戰時，隨其所須甲仗等現。三雜林苑，諸天入中，所玩皆同，俱生勝喜。四喜林苑，極妙欲麈，雜類俱臻，歷觀無厭。

〔三七〕舍脂　法苑珠林三界篇：依起世經云：釋提桓因與阿修羅女舍脂共住，帝釋化身與諸妃共住。

〔三八〕瓊漿　傳奇：裴航與樊夫人同舟，夫人贈詩曰：「一飲瓊漿百感生，玄霜擣盡見雲英。藍橋便是神仙窟，何必崎嶇上玉清？」航覽之，不能洞達詩旨。後經藍橋驛，渴甚，揖老嫗求漿。嫗呼雲英。航憶夫人詩有雲英之句，深不自會。俄於葦箔之下出雙玉手捧瓷甌，航接飲之，真玉液也。因揭箔，覩一女子，姿容絶世，願納厚禮取之。嫗曰：「我有神仙靈藥，須玉杵臼擣之，汝求得，當與汝。」航至京國訪求，得虢州藥鋪卞老玉杵臼，挈抵藍橋，遂議姻好。

〔三九〕油囊　葛洪神仙傳：方平以千錢與餘杭姥，求其酤酒，須臾信還，得一油囊酒五斗許。

〔四〇〕駐顔　太白短歌行：北斗酌美酒，相勸各一觴。富貴非所願，與人駐顔光。

〔四一〕薰髓　纂異記：田璆、鄧韶各飲薰髓酒一杯，覺肌膚温潤，呼吸皆異香氣。

〔四二〕邀月　太白月下獨酌詩：舉杯邀明月，對影成三人。

〔四三〕天禄　漢書食貨志：酒者，天之美禄。

〔四四〕蜜酒　葉石林乙卯避暑録：東坡在黄州，作蜜酒，不甚佳，飲者輒暴下，蜜水之腐敗者耳。嘗一試之，後不復作。在惠州，作桂酒。予嘗問其二子邁、過，云亦一試之而止，大抵氣味似屠蘇酒。二子語及，亦自撫掌大笑。二方未必不佳，但公性不耐事，不能盡如其節度。好事者姑借以爲詩，故世傳之。

〔四五〕松黄　東坡遊羅浮道院及棲禪精舍詩：崎嶇拾松黄，欲救齒髮弊。

〔四六〕羅浮鐵柱　東坡酒頌曰：其法蓋刻石置之羅浮鐵橋之下，非忘世求道者莫至焉。

〔四七〕餅良麯精　東坡酒經：南方之氓，以糯與秔雜以卉藥而爲餅，嗅之香，嚼之辣，揣之枵然而輕，此餅之良者也。吾始取麵而起肥之，和之以薑液，蒸之使十裂，繩穿而風戾之，愈久而益悍，此麯之精者也。

〔四八〕擣香篩辣　東坡新釀桂酒詩：擣香篩辣入瓶盆，盎盎春溪帶雨渾。

〔四九〕老饕　東坡老饕賦：蓋聚物之大美，以養吾之老饕。

〔五〇〕雲藍小袖　東坡與蔡景繁書：至後杜門壁觀，雖妻子無幾見，然雲藍小袖者，近輒生一子，想聞之拊掌也。

〔五一〕噴飯　東坡文與可畫筼簹谷偃竹記：與可是日與其妻遊谷中，燒筍晚食，發函得詩，失笑噴飯滿案。

〔五二〕索絶　史記滑稽列傳：淳于髡仰天大笑，冠纓索絶。

勘讎憨大師夢遊集累夢曹溪僧攜卷册付囑感而有作

曹侯溪〔一〕下水瀠洄，一瓣心香〔二〕度劫灰。物象總憑九鼎〔三〕鑄，道場終待四依〔四〕開。明燈半夜言猶在，落月空江水不回。壞衲短衣殘夢裏，十年獵隊〔五〕看椎埋〔六〕。

【箋注】

〔一〕曹侯溪　曹溪舊志：曹溪故爲曹侯村，乃魏武帝玄孫曹叔良里也。以一水自東繞山而曲，故稱曹溪。

〔二〕心香　贊寧宋高僧傳：張燕公寄香并詩，附武平一禮曹溪，詩云：大師捐世去，空留法身在。願寄無礙香，隨心到南海。

〔三〕九鼎　説文：昔禹收九牧之金，鑄鼎荆山之下，入山林川澤，螭魅魍魎，莫能逢之。

〔四〕四依　首楞嚴經：如是世界十二類生，不能自全，依四食住。所謂段食、觸食、思食、識食。是故佛説一切衆生皆依食住。

〔五〕獵隊　六祖壇經：慧能後至曹溪，又被惡人尋逐。乃於四會避難獵人隊中，凡經一十五載，時與獵人隨宜説法。獵人常令守網，每見生命，盡放之。

〔六〕椎埋　史記酷吏列傳：王温舒少時椎埋爲姦。徐廣曰：椎殺人而埋之。

桂殤四十五首有序

桂殤，哭長孫也。孫名佛日，字重光，小名桂哥，生辛卯孟陬月，殤以戊戌中秋日。聰明勤敏，望其早成。毒痛凴塞，啜泣忍淚。擬作志傳，以詩代之，效東野杏殤之作，凡七言長句十二首，斷句三十三首。歲在屠維大淵獻，如月二十五日，蒙叟記。

七言長句之一①

銀輪丹桂剪枝枝，璧月新圓汝命虧。世上無如爲祖好，人間只有哭孫悲。踏②翻大地誰相報？叫斷高天竟不知。身似束柴〔一〕憐病叟，拾巢③〔二〕空復羨雅④兒〔三〕。

【校勘記】

①鄒本、金匱本、凌本無「七言長句之一」六字。②凌本作「蹈」。③鄒本作「柴」。④鄒本作「雛」，金匱本作「鴉」。

【箋注】

〔一〕束柴　孟郊杏殤詩：病叟無子孫，獨立猶束柴。

〔二〕拾巢　杏殤詩：哀哀孤老人，戚戚無子家。豈若没水鳧，不如拾巢鴉。浪鷇破便飛，風雛裊相誇。

〔三〕雅兒　説文：雅，楚鳥也，一名鸒，一名卑居，秦謂之雅。臣鉉等曰：今俗别作鴉，非是。五加切，又五下切。

其二

早知奄忽石麟〔一〕徂，抱送何煩孔釋〔二〕俱。七歲已看過項橐①〔三〕，九齡那得到揚烏〔四〕？錦樓〔五〕未許傳龍種〔六〕，石鏡〔七〕何曾照鳳雛？衰白〔八〕思公猶硯北〔九〕，空將禿筆架珊瑚〔一〇〕。

【校勘記】

①「項橐」，鄒本作「頂蠹」。

【箋注】

〔一〕石麟　陳書徐陵傳：陵年數歲，寶誌手摩其頂曰：「天上石麒麟也。」

〔二〕孔釋　少陵徐卿二子歌：孔子釋氏親抱送，并是天上麒麟兒。

〔三〕項橐　國策：甘羅曰：「夫項橐生七歲而爲孔子師。」

〔四〕揚烏　法言問神篇：育而不苗者，吾家之童烏乎？九齡而與我玄文。

〔五〕錦樓　宋綬傳芳集序：惇史所記，乃有文穆王之錦樓、忠懿王之政本二集録焉。

〔六〕龍種　李商隱小男阿衮詩：寄人龍種瘦，失母鳳雛癡。

〔七〕石鏡　山謙之吴興記：臨安縣東五里石鏡山，東有石鏡一所，徑二尺四寸，甚清亮。武肅王幼時遊此，照其形服冕旒如王者狀。王象之輿地紀勝：石鏡山，郡國志云：徑二尺七寸，其光照如鏡之鑑物，分毫不差。圖經云：武肅王幼時遊此，顧其形服冕旒如王者狀。唐昭宗改賜今名。

〔八〕衰白　嵇康養生論：積損成衰，從衰得白，從白得老。

〔九〕硯北　張邦基墨莊漫録：晁以道感事詩云：干戈難作牆東客，疾病猶存硯北身。用避世牆東王君公事，而硯北身乃漢上題襟集段成式書，云：杯宴之餘，常居硯北。又云：筆下詞文，硯北諸生。蓋言几案南面，人坐硯之北也。

〔一〇〕珊瑚架　歐陽公歸田録：錢思公有一珊瑚筆格，生平所珍惜，常置之几案。子弟有欲錢者，竊而藏之。公即悵然自失，乃榜于家庭，以錢十千贖之。居一二日，子弟佯爲求得以獻，公欣然以錢十千賜之。他日有欲錢者，又竊去。一歲中率五六如此，公終不悟也。

其三

杏殤那比桂殤悲，八桂〔一〕林摧最好枝。總是中原無獨角〔二〕，不應東國有長離〔三〕。驅烏〔四〕畫地標秦塞，騎竹〔五〕朝天習漢儀。臨穴正如哀奄息〔六〕，傷心豈獨爲家兒〔七〕？

【箋注】

〔一〕八桂　山海經：桂林八樹，在番隅東。郭璞曰：八桂而成林，言其大也。

〔二〕獨角　説苑辨物篇：麒麟圓頂一角，含仁懷義。

〔三〕長離　相如大人賦：前長離，後矞皇。如淳曰：長離，朱鳥也。

〔四〕驅烏　僧祇律云：阿難有親里二小兒孤露，阿難養畜之。佛問：「是二小兒，能作此驅烏未？」答：「能。」佛言：「聽作驅烏沙彌。」翻譯名義集：七歲至年十三者，皆名驅烏沙彌。

〔五〕騎竹　幽求子：五歲有鳩車之戲，七歲有竹馬之遊。

〔六〕奄息　國風黄鳥詩：誰從穆公？子車奄息。維此奄息，百夫之特。臨其穴，惴惴其慄。

〔七〕家兒　昌黎馬繼祖墓誌銘：蘭茁其芽，稱其家兒。

其四

紈袴〔一〕膏粱〔二〕事事無，筆牀硯匣與身俱。字裁破體〔三〕雙飛白〔四〕，書記他生〔五〕一串珠〔六〕。滿口阿嘔〔七〕皆諷誦，經心辟咡〔八〕每奔趨。寒窗避席〔九〕更端〔一〇〕處，燈火青熒閃①坐隅〔一一〕。兒好爲飛白書②，又③忽作雙飛白，鈎剔清整。少暇輒作數④紙，非肄業及之也。

【校勘記】

①鄒本作「向」。　②鄒本、金匱本作「文」。　③鄒本、金匱本無「又」字。　④鄒本、金匱本作「影」。

【箋注】

〔一〕紈袴　前漢書敘傳：班伯與王、許子弟爲羣，在于綺襦紈袴之間，非其好也。師古曰：紈，素也。綺，今細綾也。並貴戚子弟之服。

〔二〕膏粱　國語：欒伯請公族大夫，公曰：「夫膏粱之性難正也。」賈逵曰：膏，肉之肥者；粱，食之精者，言其食肥美者率驕放，其性難正也。晉書劉頌傳：古人有言：膏粱之性難正。

〔三〕破體　李商隱韓碑詩：文成破體書在紙。

〔四〕飛白　尚書故實：武帝謂蕭子雲曰：「蔡邕飛而不白，羲之白而不飛，飛白之間，在卿斟酌耳。」

〔五〕他生　李翱韓吏部侍郎行狀：及長讀書，能記他生之所習。

〔六〕串珠　記樂記：歌者纍纍乎端如貫珠。山谷以雙井茶送孔常父詩：要聽六經如貫珠。

〔七〕阿嘔　清涼華嚴經疏鈔世主妙嚴品第一之一：智論云：梵王昔有七十二字以訓於世，教化衆生，後時衆生福德轉薄，梵王因兹吞噉在口，兩角各留一字，是其阿優，亦云阿嘔，梵語輕重耳。

〔八〕辟咡　記曲禮：負劍辟咡詔之。鄭氏曰：負謂置之於背，劍謂挾之於旁，辟咡詔之，謂傾頭與語，口旁曰咡。

〔九〕避席　孝經：曾子避席。

〔一〇〕更端　記曲禮：侍坐于君子，君子問更端，則起而對。

〔一一〕坐隅　賈誼鵩鳥賦：止于坐隅。

其五

庠序〔一〕威儀長者同，佩觿〔二〕遷履①〔三〕好兒童。夙生種性之無〔四〕裏，稚齒光陰研削〔五〕中。舍北空閒反平聲②蹋〔六〕井，牆東辜負放鳶〔七〕風。可憐住世三千日，蠹死螢乾一老翁。

【校勘記】

①鄒本、金匱本作「履」。　②鄒本、金匱本無「平聲」二字，凌本無「聲」字。

【箋注】

〔一〕庠序　後漢書左雄傳：行有佩玉之節，動有庠序之儀。僧祐釋迦譜：威儀庠序，步若鵝王。

〔二〕佩觿　國風芄蘭詩：童子佩觿。傳曰：觿，所以解結，成人之佩也。

〔三〕遷屨　記曲禮：鄉長者而屨，跪而遷屨，俯而納屨。

〔四〕之無　白樂天與元微之書：僕始生六七月時，乳母抱弄於書屏下，有指無字之字示僕者，僕雖口未能言，心已默識。後有問此二字者，雖百十其試，而指之不差焉。則僕宿習之緣，已在文字中矣。

〔五〕研削　後漢書蘇竟傳：竟與龔書曰：走昔以摩研編削之才，與國師公從事出入，校定祕書。臣賢曰：削謂簡也。一曰削書刀。

〔六〕反蹋　蒙鈔枝末曰：年十二在大街井欄上反蹋蹀堶，一連五百。注云：蹋，音冒，拋磚戲也。堶，音陁。公云：反蹋，即今小兒拋瓦打水之戲。

〔七〕放鳶　續博物志：今之紙鳶，引絲而上，令兒張口望視，以洩内熱。

其六

鼠獄〔一〕雞碑〔二〕不鬭工，恰宜石室從文翁〔三〕。挑燈每自將膏續〔四〕，吞紙〔五〕何曾爲腹空。

要約鳳麟成伴侶，指麾飛走付沙蟲。鍼鋒細字叢殘紙，賸有寒芒上白虹〔六〕。兒讀孟子至鳳凰麒麟章，忽索筆疾書云「麒麟會走，凡獸也會走。鳳凰會飛，凡鳥也會飛」云云。不知何謂①。書已，多手裂，或自吞之。

【校勘記】

①鄒本作「爲」。

【箋注】

〔一〕鼠獄　史記酷吏列傳：張湯父爲長安丞，出，湯爲兒守舍。還而鼠盜肉，其父怒笞湯。湯掘窟得盜鼠及餘肉，劾鼠掠治，傳爰書，訊鞫論報，并取鼠與肉具獄磔堂下。其父見之，視其文辭如老獄吏，大驚。

〔二〕鷄碑　晉書戴逵傳：逵總角時，以鷄卵汁溲白瓦屑作鄭玄碑，又爲文而自鐫之，詞麗器妙，時人莫不驚嘆。

〔三〕文翁　華陽國志：文翁立文學精舍講堂，作石室，在城南安席。永初後，學堂遇火，太守陳留高眣更修立，又增造二石室。樂史寰宇記：文翁學堂，一名周公禮殿。姚寬西溪叢語：張崇文歷代小誌：文翁姓文，名黨，字仲翁。景帝時爲蜀郡太守。今漢書皆不載其名，姑録于此。

〔四〕膏續　昌黎進學解：焚膏油以繼晷。

〔五〕吞紙　顔氏家訓：義陽朱詹好學，家貧無資，累日不爨，乃時吞紙以實腹。

〔六〕白虹　山谷次韻楊明叔見餞詩：男兒生世間，筆端吐白虹。

其七

玉雪〔一〕肌膚額髮青，秋堂自伴讀書螢〔二〕。編摩楷正〔三〕憎塗乙〔四〕，嬉戲端詳恥琢丁〔五〕。頻窘塾師窮鳥跡〔六〕，自搜蠻語演禽經〔七〕。與玄卻羨楊家子，帝夢〔八〕居然畀九齡。兒讀大學，至「綿蠻黄鳥①」，即援筆注其上云：綿蠻，南蠻之聲也。製掌大小本，自爲箋疏，今亡矣。又一日問塾師：「一字臥則爲一，豎爲何字？再添一豎爲何字②？」塾師無以應。乃出字書爲塾師解之。親黨皆畏其辨難。

【校勘記】

①「黄鳥」，鄒本、金匱本作「章」。　②鄒本、金匱本無「再添一豎爲何字」七字。

【箋注】

〔一〕玉雪　昌黎馬少監墓誌銘：姆抱幼子立側，眉眼如畫，髮漆黑，肌肉玉雪可憐。

〔二〕讀書螢　晉書車胤傳：胤家貧，不常得油，夏日則練囊盛數十螢火以照書，以夜繼日焉。

〔三〕楷正　顔氏家訓雜藝篇：晉、宋以來，多能書者，故其時俗，遞相染尚，所有部帙，楷正可觀。

〔四〕塗乙　歐陽修詩譜補亡後序：凡補譜十有五，補其文字二百七，增損塗乙改正者八百八十三。

〔五〕琢丁　世説言語篇：孔融被收，時融兒大者九歲，小者八歲，故琢釘戲，了無遽容。

〔六〕鳥跡　孔穎達書經正義序：衛恒曰：倉頡造書，觀於鳥跡。因而遂滋，則謂之字。

〔七〕禽經　宋史藝文志：小説類：師曠禽經一卷，張華注。

〔八〕帝夢　記文王世子：文王曰：「女何夢焉？」武王對曰：「夢帝與我九齡。」

其八

月中田地〔一〕久荒蕪，顧兔〔二〕重生信有無？圓景〔三〕即看今夕滿，桂輪〔四〕先報一枝枯。紅牆銀漢〔五〕傾愁雨，碧落金波〔六〕瀉淚珠。豈但中秋荒讌賞，何曾見月不嗟吁？

【箋注】

〔一〕月中田地　白樂天桂華曲：月中幸有閒田地，何不中央種兩株？

〔二〕顧兔　屈原天問：夜光何德，死則又育？厥利維何，而顧兔在腹？

〔三〕圓景　曹子建贈徐幹詩：圓景光未滿。李善曰：圓景，月也。

〔四〕桂輪　中宗三藏聖教序：慧炬揚輝，澄桂輪而含影。注云：桂輪，月也。月中有丹桂，故稱爲桂輪。

〔五〕銀漢　李義山代應詩：本來銀漢是紅牆。

〔六〕金波　少陵一百五日夜對月詩：無家對寒食，有淚如金波。

其九

每憶扁舟出水村，牽衣挽袖笑迎門。聞呼阿唯〔一〕聲如響，問字摩娑膝尚温。閣筆棲牀留入家〔二〕，把書升屋〔三〕與招魂。小樓廚角封題在，蛛網橫斜澹墨痕。

【箋注】

〔一〕阿唯　記曲禮：父召，無諾。先生召，無諾。唯而起。陸容菽園雜記：諸司官御前承旨皆曰阿，其聲引長。老子云：唯之與阿，相去幾何？則阿爲應詞，其來遠矣。

〔二〕入家　僧適之金壺記：智永學書，舊筆頭盈數石，使埋之，自爲銘誌，目爲退筆家。

〔三〕升屋　記禮運：升屋而號，告曰：「皋！某復。」南史江泌傳：泌少貧，夜讀書，隨月光。光斜則握卷升屋，睡極墮地則更登。

其十

七十長筵燕喜新，充閭〔一〕先報石麒麟。多生欠汝千行淚〔二〕，此日抛余半箇身〔三〕。往往鳳凰傷短羽〔四〕，家家豚犬〔五〕競長春。呼天躃地〔六〕都無分，廻向〔七〕空王〔八〕證往因。

【箋注】

〔一〕充閭　晉書賈充傳：充，字公閭。父逵，晚始生充，言後當有充閭之慶，故以爲名字焉。

〔二〕千行淚　孟郊悼幼子詩：負我十年恩，欠爾千行淚。灑之北原上，不待秋風至。

〔三〕半箇身　樂天詠身詩：漢上羸殘號半人。

〔四〕短羽　張景陽七命：何異促鱗之游汀濘，短羽之棲翳薈？唐詩紀事：上幸東宮，見薛令之詩，索筆題曰：啄木口嘴長，鳳凰羽毛短。若嫌松桂寒，任逐桑榆暖。

〔五〕豚犬　吴志孫權傳注：吴歷：曹公曰：「生子當如孫仲謀，劉景升兒子，若豚犬耳。」

〔六〕蹦地　法華經信解品：悶絶蹦地。

〔七〕廻向　首楞嚴經：廻無爲心，向涅槃路。

〔八〕空王　觀佛三昧經：過去久遠，有佛出世，號曰空王。

其十一

佛日爲名本佛奴〔一〕，臨行大士數提呼。業山〔二〕宿昔從茲倒，淚海〔三〕今生爲汝枯。香像銜悲頻頂禮，金經捫泣重箋疏。筆端舍利〔四〕含桃許，憑仗光明度冥塗。

【箋注】

〔一〕佛奴　建康實録：陳後主乃自賣身于佛寺爲奴。

〔二〕業山　永明壽禪師心賦：業果隳於浄地，苦海收波。罪華籍於慈風，刀山落刃。注曰：心滅即是罪消時，自然罪山摧而業海枯，鑊湯息而銅柱冷矣。

〔三〕淚海　玄怪録：王敻遇太清真人，指生死海波曰：「四大海水半是吾宿世父母妻子别泣之淚。」

〔四〕筆端舍利　贊寧宋高僧傳：窺基，字洪道，姓尉遲氏，關輔語曰三車和尚。入大恩寺，躬事奘師。後得彌勒上生經，造疏通暢厥理，遂援毫次筆，鋒有舍利二七粒而隕，如吴含桃許大，紅色可愛，次零然而下者，狀如黄粱粟粒。

其十二

端正騎羊〔一〕委佩〔二〕紳，弓腰劍背肅稱臣。清除牀席鋪行殿，排設羅幯〔三〕拜主人。後夜①鷄鳴〔四〕催出日，早時龍馭〔五〕啓清塵。帝②車仙仗應憐汝，玉几先教傍侍晨③〔六〕。兒三四歲騎竹馬，稱娖〔七〕坐衙，指其頂曰：「他日要戴紗帽也。」

【校勘記】

①鄒本作「報」。②鄒本作「牽」。③金匱本作「宸」。

【箋注】

〔一〕騎羊　世説輕詆篇：妬記曰：王公密營别館，衆妾羅列，兒女成行。後元會日，夫人於青疏臺中觀望，見兩三小兒騎羊，皆端正可念。夫人遥見，甚憐愛之。

〔二〕委佩　記曲禮：立則磬折垂佩，主佩倚則臣佩垂，主佩垂則臣佩委。

〔三〕羅睺　祝穆方輿勝覽：平江人工於泥塑，七夕造摩羅睺，尤爲精巧。

〔四〕鷄鳴　首楞嚴經：如鷄後鳴。長水疏曰：鷄第二鳴，天將曉也。

〔五〕龍馭　王子年拾遺記：周穆王巡行天下，馭八龍之駿。

〔六〕侍晨　真誥運象篇：必三事大夫，侍晨帝躬。

〔七〕稱娖　後漢書中山簡王傳：今五國各官騎百人稱娖前行。臣賢曰：娖，音楚角反，稱娖，猶整齊也。行，音胡朗反。

七言斷句之一①

桂闕荒涼月輦〔一〕欹，銀輪天子眼迷離。不知誰弄吴剛〔二〕斧？砍斷中央桂一枝。

【校勘記】

①鄒本、金匱本、凌本無「七言斷句之一」六字。

【箋注】

〔一〕月輦　法苑珠林日月篇：如起世經云：彼月天子身分光明照彼青輦，其輦光明照月宫殿，宫殿光照四大洲。

〔二〕吴剛　段柯古酉陽雜俎：月中有桂，一人常斫之，樹創隨合。人姓吴名剛，西河人，學仙有過，謫令伐樹。

其二

老大〔一〕嫦娥掩素幃，蝦蟆金背〔二〕任騰飛。桂枝零落無人管，天上分明少月妃。

【箋注】

〔一〕老大　羅隱詠月詩：常娥老大應惆悵，倚泣蒼蒼桂一輪。

〔二〕金背蛤蟆　段柯古酉陽雜俎：有人夜見月光屬于林中如匹布，尋視之，見一金背蝦蟆，疑是月中者。

其三

兔泣〔一〕蟾愁天老〔二〕悲，月宮樹倒更攀誰？秋風從此無才思，不爲人間生桂枝。

【箋注】

〔一〕兔泣　李賀將進酒歌：老兔寒蟾泣天色。

〔二〕天老　黄帝傳：黄帝時有天老、五聖，以佐理化。

其四

扶頭側枕語流連，點漆〔一〕雙珠轉瞭然。執手一呼吾去也，可知少别〔二〕已千年。

【箋注】

〔一〕點漆　晉書杜乂傳：膚若凝脂，眼如點漆，此神仙中人也。

〔二〕少別　江文通別賦：暫游萬里，少別千年。

其五

阿婆手壓桂花漿，桂酒先期酌桂郎。酒熟可憐誰喚汝，開篘辜負滿瓶香。

其六

作意懵騰忍嘆吁，不禁①皺鼻又霑鬚。無多老淚宜珍惜，留取摩挲潤眼枯〔一〕。

【校勘記】

①凌本作「堪」。

【箋注】

〔一〕眼枯　少陵新安吏詩：莫自使眼枯，收汝淚縱橫。

其七

古字新書日幾番，一回瞥見一加餐。攢花簇錦徒遮眼〔一〕，贏得長時弔淚痕。

【箋注】

〔一〕遮眼　傳燈録：僧問藥山：「爲什麼看經？」師曰：「我只圖遮眼。」

其八

寒燈殘夢影徘徊，問汝何因①去不回？報導重湖限泉壤，孤魂無伴若爲來？

【校勘記】

①「何因」，鄒本、金匱本作「因何」。

其九

銅山〔一〕秋夜應霜鐘，玉石崑崗〔二〕餘燼同。蕙折芝焚〔三〕如殺菽〔四〕，空將白筆〔五〕訟西風〔六〕。

【箋注】

〔一〕銅山　世説文學篇：銅山西崩，靈鐘東應。東方朔别傳曰：孝武時，未央宫前殿鐘無故鳴，三日三夜不止，詔問王朔，言恐有兵氣。更問東方朔，朔曰：「臣聞銅者山之子，山者銅之母，以陰陽氣類言之，子母相感，山恐有崩弛者，故鐘先鳴，其應在後五日内。」居三日，南郡太守上書言山崩，延袤二十餘里。樊英別傳曰：漢順帝時，殿下鐘鳴，問英，對曰：「蜀峨山崩。山於銅爲母，母崩子鳴，非聖朝災。」後蜀果上言山崩，日月相應。

〔二〕崑岡　書胤征：火炎崑岡，玉石俱焚。

〔三〕芝焚　陸士衡嘆逝賦：信松茂而柏悦，嗟芝焚而蕙嘆。

〔四〕殺菽　漢書五行志：菽，草之難殺者也。言殺菽，知草皆死也。言不殺草，知菽亦不死也。

〔五〕白筆　崔豹古今注：白筆，古珥之遺象也。腰帶劍、首珥筆，示君子文武之備焉。

〔六〕訟西風　昌黎有訟風伯文。

其十

大野祥麟没網羅，破胎𣗳卵恨偏多。天公自放鉏商〔一〕手，反袂霑袍可若何？

【箋注】

〔一〕鉏商　家語：叔孫氏之車子鉏商獲麟焉。孔子往觀之，反袂拭面，涕泣沾衿。

其十一

桂子元從月地移，月圓如此桂何之？而今剪紙爲圓月〔一〕，便是招魂〔二〕背祝〔三〕時。

【箋注】

〔一〕紙月　張續宣室志：弘農楊晦之謁王先生，先生召其女七娘曰：「汝爲吾刻紙狀今夕之月，置於室東之垣上。」有頃七娘以紙月施於垣上，忽有奇光自發，洞照一室。段柯古酉陽雜俎：長慶初，山人楊隱之尋訪道者唐居士，留楊止宿，及夜呼其女曰：「可將一下弦月子來。」其女遂帖月於壁上，唐起祝曰：「今宵有客，可賜光明。」言訖，一室朗若張燭。

〔二〕招魂　少陵彭衙行：剪紙招我魂。

〔三〕背祝　楚辭宋玉招魂：工祝招君，背行先些。王逸曰：男巫曰祝。背，倍也。倍道先行，導以在前，宜隨之也。

其十二

黄鶴啣書便卻迴，金衣〔一〕喓喋暫徘徊。八年飲啄樊籠〔二〕裏，不是仙家肯下來？戊子歲，余在南京，夢黄鶴下半野堂庭際①，金衣爛然，身如長人，驚顧錯愕，先宫保抱持捉付後院，蓋生兒之祥②也。

【校勘記】

①鄒本、金匱本作「除」。　②「祥」，鄒本、金匱本作「祥瑞」。

【箋注】

〔一〕金衣　樂府漢昭帝黄鵠歌：黄鵠飛兮下建章，羽肅肅兮行蹌蹌，金爲衣兮菊爲裳。喓喋荷苻，出入蒹葭，自顧菲薄，媿爾嘉祥。

〔三〕樊籠　東坡惠勤初罷僧職詩：軒軒青田鶴，鬱鬱在樊籠。

其十三

肇錫嘉名自木公〔一〕，懸弧〔二〕便擬賦彤弓。桂宫迢遞丹枝剪，姓字①長留在月中。

【校勘記】

①鄒本、金匱本作「氏」。

【箋注】

〔一〕木公　續顔氏家訓養生篇：木公者，東華至尊之氣，萬神之先也。生於蒼靈之虚。

〔二〕懸弧　記内則：子生男子，設弧於門左。鄭氏曰：弧者，示有事於武也。

其十四

兔園〔一〕挾策詠綿蠻，寸管雕鎪便不閒。月脅天心〔二〕怕穿漏，可能容汝住人間？

【箋注】

〔一〕兔園　五代史劉岳傳：兔園册者，鄉校俚儒教田夫牧子之所誦也。

〔二〕月脅天心　皇甫持正顧況詩集序：逸歌長句，駿發踔厲，往往若穿天心，出月脅。

其十五

揮毫潑墨氣如虹，鸞鳳麒麟指掌中。笑殺細兒矜乳臭〔一〕，塗鴉〔二〕蟠蚓〔三〕號神童〔四〕。

【箋注】

〔一〕乳臭　漢書高帝紀：是口尚乳臭。師古曰：乳臭，言其幼小。

〔二〕塗鴉　盧仝示添丁詩：忽來案上翻墨汁，塗抹詩書如老鴉。

〔三〕蟠蚓　東坡孫莘老寄墨詩：晴窗洗硯坐，蛇蚓稍蟠結。

〔四〕神童　南史陸慧曉傳：雲公子瓊，幼聰敏，雲公受梁武帝詔校定碁品，瓊時年八歲，於客前覆局，都下號曰神童。

其十六

金天〔一〕醉後事如麻，稷下〔二〕雄談噪井蛙〔三〕。可惜吾家黄鷂子〔四〕，空餘爪嘴向黄沙。

【箋注】

〔一〕金天　張平子思玄賦：顧金天而嘆息兮，吾欲往乎西嬉。

〔二〕稷下　史記魯連傳：正義曰：魯仲連子云：齊辯士田巴，服狙丘，議稷下，毁五帝，罪三王，服五伯，離堅白，合同異，一日服千人。魯仲連年十二，往請田巴，巴終身不談。

〔三〕井蛙　莊子秋水篇：井鼃不可以語於海者，拘於虛也。後漢書馬援傳：援謂囂曰：「子陽，井底蛙耳。」

〔四〕黄鷂子　昌黎嘲魯連子詩：魯連細兒黠，有似黄鷂子。田巴兀老蒼，憐汝矜爪嘴。

其十七

征西堂搆倚孫枝，琬琰流傳述祖詩〔一〕。不道客兒〔二〕先短折〔三〕，八公〔四〕草木也淒其。

【箋注】

〔一〕述祖詩　李善文選注：謝靈運述祖德詩序曰：太元中，王父龕定淮南，負荷世業，尊主隆人。逮賢相徂謝，君子道消，拂衣蕃岳，考卜東山，事同樂生之時，志期范蠡之舉。

〔二〕客兒　鍾嶸詩品：謝靈運家以子孫難得，送靈運於杜治養之。十五方還都，故名客兒。

〔三〕短折　記曲禮：短折曰不禄。潘安仁楊仲武誄：如何短折，背世湮沈？李善曰：尚書曰：六極，一曰凶短折。

〔四〕八公　晉書苻堅傳：及堅北望，八公山上草木皆類人形。

其十八

抱子將孫晼晚〔一〕同，家兒〔二〕諧噱每匆匆。如今笑口翻嗚咽，誰復開顔唤阿翁〔三〕？

【箋注】

〔一〕畹晚　宋玉九辨：白日畹晚，其將入兮。王逸曰：年時欲暮，才力衰也。

〔二〕家兒　昌黎馬繼祖墓誌銘：蘭茁其芽，稱其家兒。

〔三〕阿翁　世説排調篇：張蒼梧是張憑之祖，嘗語憑父曰：「我不如汝，汝有佳兒。」憑時年數歲，斂手曰：「阿翁詎宜以子戲父？」

其十九

中年埋玉〔一〕涕霑巾，好友過從假喻頻。腸斷松圓今隔世，平分老淚與何人？

【箋注】

〔一〕埋玉　世説傷逝篇：庾文康亡，何揚州臨葬云：「埋玉樹著土中，使人情何能已已。」

其二十

神情秋水〔一〕貌春風，鄉里嗟吁羨聖童〔二〕。只有一般還甚汝，書淫〔三〕傳癖〔四〕類家公〔五〕。

【箋注】

〔一〕秋水　少陵徐卿二子歌：秋水爲神玉爲骨。

〔二〕聖童　後漢書任延傳：延年十二，爲諸生，顯名太學，學中號爲任聖童。

〔三〕書淫　晉書皇甫謐傳：謐耽翫典籍，忘寢與食，時人謂之書淫。

〔四〕傳癖　晉書杜預傳：預嘗稱王濟有馬癖，和嶠有錢癖。武帝問預：「卿有何癖？」對曰：「臣有左傳癖。」

〔五〕家公　顏氏家訓：昔侯霸之子孫，稱其祖父曰家公；陳思王稱其父爲家父，母爲家母；潘尼稱其祖曰家祖。古人之所行，今人之所笑也。

其二十一

衰年坐膝〔一〕愛兒駒〔二〕，掩口〔三〕摳衣〔四〕負劍初。不是讐書〔五〕並解字，何曾①輕挽阿翁鬚〔六〕？

【校勘記】

①鄒本作「爲」。

【箋注】

〔一〕坐膝　世説德行篇：文若亦小，坐著膝前。

〔二〕兒駒　北齊書楊愔傳：愔從父兄昱，特相器重，曾謂人曰：「此兒駒齒未落，已是我家龍文。更十歲後，當求之千里外。」

〔三〕掩口　記曲禮：掩口而對。

〔四〕摳衣　記曲禮：摳衣趨隅。

〔五〕讐書　御覽：劉向別録曰：讎校者，一人持本，一人讀書，若怨家相對，故曰讎也。

〔六〕挽鬚　少陵北征詩：生還對童稚，似欲忘飢渴。問事競挽鬚，誰能即嗔喝？

其二十二

臥牀猶自惜居諸〔一〕，宛宛呻吟洛誦〔二〕如。定是重來騶魯士〔三〕，送行惟①有七篇書。兒屬纊前，口誦孟子曹交一章，圓音落落，誦訖而逝②。

【校勘記】

①凌本作「猶」。　②凌本無此注。

【箋注】

〔一〕居諸　昌黎符讀書城南詩：豈不旦夕念，爲爾惜居諸。

〔二〕洛誦　元遺山贈利州侯神童詩：極知之無不足訝，更恐洛誦難爲功。

〔三〕騶魯士　莊子天下篇：其在於詩、書、禮、樂者，鄒、魯之士，縉紳先生，多能言之。

其二十三

童牙〔一〕勤苦傍燈檠，文字因緣宿世成。指點之無餘習氣，樂天猶自悔前生。

【箋注】

〔一〕童牙　後漢書崔駰傳：甘羅童牙而報趙。臣賢曰：童牙，謂幼小也。

其二十四

清明喘息一絲如，片紙親身自潔除。宋刻蒙求元學范〔一〕，叮嚀收拾幾編書。

【箋注】

〔一〕學范　趙謙，字古則，宋之宗室，世居越之餘姚，嘗築考古臺著書，人以考古先生稱之。洪武初，由中都國子監典簿得外補爲瓊山邑教，著學范六篇：一曰教，二曰讀，三曰點，四曰作，五曰書，六曰雜。其于教人之序，秩然不紊。正統丙辰，朱徽序之甚詳。元板正作學范，正統本已改刻學範矣。

其二十五

飛白雙鈎又八①分，丹鉛甲乙正紛紛。鍼鋒小字巾箱本〔一〕，狼藉僮奴滿陌焚。

【校勘記】

①鄒本作「不」。

【箋注】

〔一〕巾箱本　南史齊衡陽王道度傳：鈞嘗手自細書寫五經，部爲一卷，置于巾箱中。諸王聞而争效爲巾箱五經。巾箱五經自此始也。

其二十六

緑沉〔一〕湘管葬沉沙，五色〔二〕斑斕夢未賒。百道光華埋不得，冢中定有筆生花〔三〕。

【箋注】

〔一〕緑沉　蘇易簡文房四譜：王羲之筆經云：有人以緑沉漆竹管及鏤管見遺，録之多年，亦可愛玩。

〔二〕五色　南史江淹傳：淹夢一丈夫自稱郭璞，謂淹曰：「吾有筆在卿處多年，可以見還。」淹乃探懷中得五色筆以授之。

〔三〕筆生花　開元天寶遺事：李白少時夢筆頭生花，後天才贍逸。

其二十七

難字〔一〕分標朱墨行，俗書〔二〕鈎剔正偏傍〔三〕。天家也要三倉〔四〕學，召作修文〔五〕最小郎。

【箋注】

〔一〕難字 少陵漫成詩：讀書難字過。

〔二〕俗書 昌黎石鼓歌：羲之俗書逞姿媚，數紙尚可博白鵝。

〔三〕偏傍 張參五經文字序：近代字樣，多依四聲。傳寫之後，偏旁漸失。

〔四〕三倉 僧適之金壺記：漢賈魴撰滂憙篇，以倉頡爲上篇，訓纂爲中篇，滂憙爲下篇，謂之三倉焉。

〔五〕修文 少陵哭李尚書詩：修文將管輅。趙次公曰：王隱晉書載：鬼蘇韶見其弟，謂曰：「顔淵、卜商今爲地下修文郎。」修文郎有八人，韶自言其一也。趙與旹賓退録：顔淵、子夏爲地下修文郎，陶弘景爲蓬萊都水監，馬周爲素雪宫仙官。

其二十八

庚寅劫火六丁燃，緑①字丹書運上天。汝去箋天②應乞與，絳雲樓閣故依然。

【校勘記】

①鄒本作「綵」。　②金匱本作「書」。

其二十九

玉府飛璋理汗青〔一〕，緋衣〔二〕趣召看新銘。靈壇瓊笈〔三〕多多許，先問祇園〔四〕百卷經。

【箋注】

〔一〕汗青　劉子玄上蕭至忠書：首白可期，而汗青無日。

〔二〕緋衣　李商隱李賀小傳：長吉將死時，忽晝見一緋衣人駕赤虬，持一版，書若太古篆或霹靂石文者，云：「上帝成白玉樓，立召君爲記。天上差樂，不苦也。」

〔三〕瓊笈　漢武内傳：上元夫人語帝曰：「阿母今以瓊笈妙韞，發紫臺之文，賜汝八會之書。五嶽真形，可謂至珍且貴，上帝之玄觀矣。」

〔四〕祇園　金剛經：佛在舍衛國祇樹給孤獨園。

其三十

謫來塵壒〔一〕八星霜，歸去仍依香案〔二〕旁。驚怪滄桑比人世，玉樓新與①换良常〔三〕。

【校勘記】

①鄒本、金匱本作「記」。

【箋注】

〔一〕塵壒　離騷：溘吾遊此春宫兮。王逸曰：溘，一作壒。洪興祖補注曰：壒，塵也。

〔二〕香案　道山清話：黄庭堅八歲時，有鄉人欲赴南宫試，同舍餞飲，作詩送行。或令庭堅亦賦，頃刻而成，有云：君到玉皇香案前，若問舊時黄庭堅，謫在人間今八年。

〔三〕良常　真誥稽神樞：始皇登句曲北垂山，會羣臣，饗從駕，嘆曰：「巡狩之樂，莫過於山海，自今以往，良爲常也。」乃改句曲北垂曰良常之山。良常之意，從此而名。

其三十一

團桂〔一〕新宫月駕移，金樞〔二〕玉兔整威儀。白衣上直隨青輦，長把王孫第一枝。

【箋注】

〔一〕團桂　公少時夢卧月宫，視其扁曰團桂。

〔二〕金樞　木玄虚海賦：大明摭轡于金樞之穴。

其三十二

福城〔一〕解唱善財歌，纘息〔二〕熹微念補陀〔三〕。記取華嚴樓閣〔四〕好，三生〔五〕彈指一塵〔六〕過。

【箋注】

〔一〕福城　華嚴經入法界品：福城人聞文殊師利童子在莊嚴幢娑羅林中大塔廟處，無量大衆來詣其所。文殊師利觀察善財童子，安慰開諭，而爲演説一切佛法。

〔二〕纘息　劉孝標廣絶交論：纘所以屬其鼻息。李善曰：儀禮曰：屬纘以候氣。

〔三〕補陀　師教釋宗百詠：南方有山，號曰補陀洛迦，有菩薩在琉璃窟内旃檀林中磻陁石上，結跏趺坐，常爲衆生説法。

〔四〕華嚴樓閣　華嚴經入法界品：爾時善財童子敬遶彌勒菩薩，合掌言曰：「惟願大聖開樓觀門，令我得入。」彌勒菩薩即彈右指，門自然開。善財即入，入已，還閉。

〔五〕三生　東坡悼朝雲詩：傷心一念償前債，彈指三生斷後緣。

〔六〕一塵　法華經：如人以力磨三千大千國土，復盡抹爲塵，一塵爲一劫。

其三十三

花鍼〔一〕蘭藒拾來無，畫水①〔二〕殘生戀烏烏。會得昌黎問天語，也應再拜謝玄夫〔三〕。

【校勘記】

①「畫水」，鄒本作「畫小」。

【箋注】

〔一〕花鍼　傅大士頌：蘭藒拾花鍼。五燈會元：肯堂彦充禪師上堂：「三世諸佛，無中説有，蘭藒拾花鍼；六代祖師，有裏尋無，猿猴探水月。去此二途如何話會？」

〔二〕畫水　五燈會元：全斎禪師謂僧云：「祇如吾與麽又作麽生？」曰：「如刀畫水。」師便打。

〔三〕謝玄夫　昌黎孟東野失子詩：東野夜得夢，有夫玄衣巾。闖然入其户，三稱天之言。再拜謝玄夫，收悲以歡忻。

九十偕壽詩爲張秋紹大父振吴翁作①

元氣充盈在一堂，眼中稀見此禎祥。碧山尚齒前無輩，鴻案齊眉老益莊。合算耄期登二百，相攜子姓軼尋常。當筵何用譚軍國，良士惟賡蟋蟀章。翁好蟋蟀戲，故云。

【校勘記】

①上圖本、鄒本、凌本無此詩，據金匱本補。

九旬五代詩壽邵母錢太孺人①薪傳令祖母也

九十慈幃百歲臨，樹槐高竝玉山岑。郎官宿②葉孫枝茂，婺女星依壽母深。安樂一窩如地肺，陽和五葉見天心。高堂亦是彭鏗裔，燕喜吾應奉雉斟。

【校勘記】

①上圖本、鄒本、凌本無此詩，據金匱本補。朱藏牧齋外集題作「邵母錢太君九十壽詩」。②佚叢作「秀」。

卷十

紅豆二集 起己亥，盡一年

己亥正月十三日過子晉湖南草堂張燈夜飲追憶昔遊感而有贈凡四首①

彈指〔一〕經過十九年，持螯把酒菊花前。流光②冉冉看棋去，往事騰騰中酒眠。風伯訟〔二〕隨天醉判，井公博〔三〕與帝爭偏。夜闌秉燭非容易，開口何辭一笑顛。

【校勘記】

①凌本題作「己亥正月十三日過子晉湖南草堂追憶昔遊感而有贈四首」。　②凌本作「年」。

【箋注】

〔一〕彈指　翻譯名義集：俱舍云：壯士一彈指，六十五刹那。

〔二〕風伯訟　昌黎有訟風伯文。

〔三〕井公博　穆天子傳：天子北入于邴，與井公博，三日而決。

其二

書閣清齋初度〔一〕辰，祝延①〔二〕酧②酒最情親。貫花〔三〕貝葉繙長壽，炊飯香粳請應真〔四〕。席上半嗟揚觶〔五〕客，井邊偏笑繫腰〔六〕人。湖南舍北同春水，蕩槳相過肯③厭頻。辛巳九④月，余六十初度，避客南湖，子晉爲余開法筵，供貫休十六應真像⑤，爲余祝延⑥，坐客有戈莊樂、李孟芳、孫子長諸君，今失其半矣⑦。

【校勘記】

①⑥鄒本、金匱本作「筵」。②凌本作「酧」。③鄒本作「莫」。④凌本作「八」。⑤凌本無「像」字。⑦「今失其半矣」，鄒本、金匱本作「今同矍圃之觀人，去者半矣」。

【箋注】

〔一〕初度　離騷：皇覽揆余初度兮，肇錫余以嘉名。

〔二〕祝延　漢書外戚傳昭儀傳：宮人左右飲酒酹地，皆祝延之。師古曰：祝延，祝之使長年也。

〔三〕貫花　陶貞白建初寺瓊法師碑：東山北山之部，貫花散花之句，並編柳成簡，題蒲就業。華嚴玄談：綫能貫花，經能持緯。

〔四〕應真　孫興公天台山賦：應真飛錫以躡虚。李善曰：百法論曰：并及八輩應真僧。然應真謂羅漢也。

〔五〕揚觶　記檀弓：杜蕢洗而揚觶。公謂侍者曰：「如我死，則必無廢斯爵也。」

〔六〕繫腰　記纂淵海：東坡文曰：俗言彭祖觀井，自繫大木之上，以車輪覆井，而後敢觀。

其三

迎門屐齒走兒童，一握〔一〕歡聲笑語中。盤簇試燈春宴餅〔二〕，簾喧留客石尤風〔三〕。金杯臘後浮輕①碧，銀樹花前放早②紅。夢裏華胥〔四〕光景在，未應惱殺白頭翁。

【校勘記】

①「浮輕」，鄒本、金匱本作「輕浮」。②「放早」，鄒本、金匱本作「早放」。

【箋注】

〔一〕一握　易萃卦：初六，一握爲笑。

〔二〕春宴餅　四時寶鏡：立春日，食蘆菔、春餅、生菜，號春盤。

〔三〕石尤風　樂府宋武帝丁都護歌：願作石尤風，四面斷行旅。

〔四〕華胥　列子黃帝篇：黃帝晝寢，而夢遊于華胥之國。

其四

藍風〔一〕急①雨過蒼茫，安穩〔二〕南湖②舊草堂。玉府〔三〕珠林羅典籍，芝田蕙畝〔四〕長兒郎。

殘編③魚蠹春燈靜，近局〔五〕鷄豚社酒香。有約延緣〔六〕葦間櫂，莫令餘④子問滄浪⑤〔七〕。

【校勘記】

①鄒本、金匱本、凌本作「劫」。②「南湖」，江左三大家詩鈔作「湖南」。③凌本作「經」，江左三大家詩鈔作「宵」。④牧齋詩鈔作「漁」。⑤鄒本、金匱本詩後有另注：「飲罷歸舟，被酒不寐，申旦成詠。越七日迴舟過玉峯，捉筆書之，以貽子晉，聊博一笑，兼祈繼聲。」

【箋注】

〔一〕藍風　翻譯名義集：毘藍亦云隨藍，此云迅猛風。

〔二〕安隱　宗鏡録第三十四：安穩快樂者，則寂静妙常。世事永息者，則攀緣已斷。

〔三〕玉府　穆天子傳：羣玉山，先王藏書之所，謂之策府。

〔四〕芝田蕙畝　王子年拾遺記：崑崙山下有芝田蕙圃。

〔五〕近局　淵明歸田園居詩：漉我新熟酒，隻鷄招近局。

〔六〕延緣　莊子漁父篇：刺舟而去，延緣葦間。

〔七〕滄浪　屈原漁父篇：漁父莞爾而笑，鼓枻而去，乃歌曰：「滄浪之水清兮，可以濯我纓；滄浪之水濁兮，可以濯我足。」遂去，不復與言。

酒逢知己歌贈馮生硯祥

老夫老大①嗟龍鍾〔一〕，緑章促數箋天公〔二〕。天公憐我扶我老，酒經一卷搜取修羅〔三〕宫。

山妻按譜自溲和，瓶盎泛溢回東風。世人餔糟〔四〕歠醨百不解，南鄰〔五〕酒伴誰與同？昔年嘗酒別勁正〔六〕，南董②〔七〕獨數松圓翁。此翁騎鯨〔八〕捉月〔九〕去我久，懵瞢四③顧折簡〔一〇〕呼小馮。馮生經奇貧好事，癖王〔一一〕聱叟〔一二〕譽似儂。對酒開顔解欣賞，安詳舉杯徐俯躬。沾脣薄吮未忍嚥，吮咀風味防悤悤。妙香紆餘染藏府，餘甘次第回喉嚨。一盞沉吟逾食頃，三杯緩酌過日中。沈冥似殢④聲聞酒〔一三〕，頻申應記禪定〔一四〕功。旋觸冷雲灌香水，更收月魄開天容。停杯搵衣起再拜，賀我受天百禄徼神工。請君復坐三嘆息，酒中知己今遭逢。不惜倒⑤囊傳譜牒，重與促席論從頌〔一五〕。自從兵塵暗天地，人世猿鶴並沙蟲〔一六〕。糟丘〔一七〕一成廢舊築，酒泉〔一八〕列郡荒新封。上清玉册天廚醖，錫我送老仍送窮。老夫自笑⑥爲尊彝〔一九〕，吾子何妨號酒龍〔二〇〕？君不見宵來雲月何朣朧，旄頭〔二一〕畢口⑦〔二二〕俱濛濛。天駟〔二三〕光芒直南斗，酒星蕩漾臨江東。共犂天田〔二四〕種秫稻，長穿井絡〔二五〕傳郫筒〔二六〕。莫辭酒户小〔二七〕，莫放良夜終。玻璃小鍾更起數爲壽，天街酒旗正閃缸花紅。

【校勘記】

①凌本作「夫」。②鄒本、金匱本作「薰」。③「懵瞢四顧」，凌本作「懵瞢回顧」，金匱本作「懵瞢四顧」。④凌本作「滯」。⑤鄒本、金匱本作「側」。⑥鄒本、金匱本作「哂」。⑦「旄頭畢口」，鄒本、金匱本作「箕風畢雨」。

【箋注】

〔一〕龍鍾　東坡海市詩：豈知造物哀龍鍾。施宿曰：蘇氏演義：龍鍾，謂不昌熾、不翹舉，如藍鬖、拉搭之類。

〔二〕天公　高似孫緯畧：晉劉謐之與天公牋，宋吴道元與天公牋。

〔三〕修羅　翻譯名義集：出雜寶藏。法華疏云：阿修羅採四天下華，醖於大海，龍魚業力，其味不變。嗔妬誓斷，故言無酒。

〔四〕餔糟　楚辭屈原漁父：衆人皆醉，何不餔其糟而啜其醨？

〔五〕南鄰　少陵江畔獨步尋花絶句：走覓南隣愛酒伴，經旬出飲獨空牀。

〔六〕勁正　東坡酒經：勁正合爲四斗，又五日而飲，則和而力，嚴而不猛也。

〔七〕南董　新唐書王勣傳：無功嗜酒，追述焦革酒法爲經，又采杜康、儀狄以來善酒者爲譜。李淳風曰：「君，酒家南、董也。」

〔八〕騎鯨　少陵送孔巢父歌：若逢李白騎鯨魚，道甫問訊今何如？

〔九〕捉月　趙德麟侯鯖録：世傳李白過采石江，酒狂捉月。

〔一〇〕折簡　晉書宣帝紀：王凌曰：「公當折簡召凌，何苦自來耶？」帝曰：「以君非折簡之客故耳。」

〔一一〕癖王　玉川子自詠詩：物外無知己，人間一癖王。

〔一二〕聱叟　李肇國史補：元結至猗玗山，漁者呼爲聱叟。

〔一三〕聲聞酒　王摩詰贈胡居士詩：既飽香積飯，不醉聲聞酒。

〔一四〕禪定　翻譯名義集：安法師云：「世尊立教法有三焉：一者戒律，二者禪定，三者智慧。」什法師云：「持戒能折伏煩惱，令其勢微，禪定能遮煩惱，如石山斷流，智慧能滅煩惱，畢竟無餘。」五燈會元：圭峯禪源諸詮曰：衆生迷真合塵，即名散亂，背塵合真，方名禪定。

〔一五〕從頌　史記魯仲連傳：世以鮑焦爲無從頌而死者，皆非也。索隱曰：從頌，音從容。

〔一六〕猿鶴　抱朴子：周穆王南征，一軍皆化，君子爲猿爲鶴，小人爲沙爲蟲。

〔一七〕糟丘　南史陳瑄傳：速營糟丘，吾將老焉。

〔一八〕酒泉　少陵飲中八仙歌：恨不移封向酒泉。

〔一九〕尊蟻　張平子南都賦：酒則九醖甘醴，十旬兼清。醪敷徑寸，浮蟻若萍。

〔二〇〕酒龍　五色線：語林曰：蔡邕飲酒至一石，常醉在路上卧，人名曰：「酒龍何在此醉卧？」扶而歸也。

〔二一〕旄頭　史記天官書：昴曰旄頭，胡星也。

〔二二〕畢口　漢書天文志：熒惑初從畢口大星東東北往，數日至，往疾去遲。占曰：熒惑與歲星鬬，有病君飢歲。

〔二三〕天駟　松陵集皮日休酒中十詠：誰遣酒旗耀，天文列其位。彩微嘗似酣，芒弱偏如醉。唯憂犯帝座，只恐騎天駟。若遇卷舌星，讒君應墮地。

〔二四〕天田　三氏星經：天田九星，在牛東南，主天子畿内之田，隴畝農桑之事。

〔二五〕井絡　左太沖蜀都賦：遠則岷山之精，上爲井絡。

〔二六〕郫筒　華陽風俗録：郫縣有郫筒池，池旁有大竹，郡人刳其節，傾春釀於筒，苞以藕絲，蔽以蕉葉，信宿馨達林外，然後斷之以獻，俗號曰郫筒酒。李商隱詩：「錦石爲棋子，郫筒當酒壺」是也。

〔二七〕小户　樂天醉後絶句：猶嫌小户長先醒，不得多時住醉鄉。

乳山道士勸酒歌 道士，閩人林古度茂之也

乳山道士年八十，裋①褐〔一〕蒙茸鬚蕭颯。早時才筆緑沉管〔二〕，老去行藏青箬笠。亂後蹙蹙無歡娱，寱語行歌自啜泣。不爲老景戀桑榆〔三〕，不爲兒孫謀捃拾〔四〕。仰天指畫只書空，踏②地竛竮〔五〕每側立。南雲〔六〕北户〔七〕眼淚枯，細柳新蒲〔八〕衫袖濕。唐衢〔九〕哭世何夢夢，東方〔一〇〕駡鬼常嘖嘖。是時孟陬揆初度，祝延酌酒賓朋集。門生扶老舁籃輿〔一一〕，山僧好事送米汁〔一二〕。當頭荷鼓〔一三〕占角芒，掛壁龍泉〔一四〕看繡澀。勸君開口盡一觴，聽我長歌解於悒〔一五〕。君不見修羅〔一六〕釀海作酒漿，規取日月爲耳璫。手撼須彌尾掉海，擎雲把日孰敢當？刀輪飛空海水赤，五絲繫縛善法堂。藕絲孔中遁刺促，八臂千首③嗤強梁。又不

見太行王屋高萬仞，愚公〔一七〕面山苦其峻。子子孫孫誓削平，帝遣夸娥④助除糞。穆滿南征從此歸，翟道逕絶騁八駿〔一八〕。靈胡〔一九〕仙掌如等閒，河曲智叟空目瞋〔二〇〕。人生變化良緯繣〔二一〕，蛤水〔二二〕蜣丸〔二三〕量寸尺。夸父〔二四〕策杖追日輪，豎亥〔二五〕徒步算八極。魯連〔二六〕細兒黄鷊子〔二七〕，爪嘴雄誇⑤帝秦客。咸陽喑啞〔二八〕避赤符〔二九〕，天帝愕眙〔三〇〕寢金策〔三一〕。我昨東⑥遊浮洞庭〔三二〕，具區粘天社橘青。涇水瞥見征旗閃，朝那〔三三〕復報戰血腥。靈虚凝碧張廣樂，珠宫貝闕刊新銘。錢唐破陣樂舞闋，兩耳轟轟喧震霆。龍宫宴罷天欲白，回車卻過蔡經宅〔三四〕。天廚行酒正初筵，金盤麟脯取次擗。麻姑〔三五〕鳥爪向余笑，人世茫茫抵博易⑦。漫道東瀛已三變，又見蓬池淺於昔。勸君酒，聊從容，聽我長歌曲未終。長繩〔三六〕何當繫白日，漉囊〔三七〕那可盛春風？誰駕青牛〔三八〕逢富媪？誰騎白雀〔三九〕欺劉翁？蒼鵝⑧〔四〇〕崇朝起池水，杜宇〔四一〕半夜啼居庸。銅人〔四二〕休嗟冶新鑄，銅駝〔四三〕會洗塵再蒙。主稱未晞客既醉，蕙葉多碧桃花紅。鷄窠〔四四〕叟，鶴髪〔四五〕翁，且辦一醉莫惱公。伸腰坦腹春睡足，九陽〔四六〕旭日高禺中〔四七〕。

【校勘記】

①各本皆作「短」，此從注。　②凌本作「蹐」。　③鄒本、金匱本作「手」。　④凌本作「父」。
⑤凌本作「跨」。　⑥鄒本、金匱本作「南」。　⑦金匱本作「弈」。　⑧金匱本作「梧」。

【箋注】

〔一〕裋褐　漢書貢禹傳：裋褐不完。師古曰：裋者，謂僮豎所著布長襦也。褐，毛布之衣也。裋音豎。少陵冬日有懷李白詩：裋褐風霜入。揚雄方言：自關而西，謂襜褕短者謂之裋褕。

〔二〕緑沉管　蘇易簡文房四譜：王羲之筆經云：有人以緑沉漆竹管及鏤管見遺，録之多年，亦可愛玩。

〔三〕桑榆　後漢書馮異傳：失之東隅，收之桑榆。

〔四〕捃拾　後漢書范丹傳：遭黨人禁錮，遂推鹿車，載妻子，捃拾自資。

〔五〕竛竮　法華經信解品：竛竮辛苦五十餘年。

〔六〕南雲　太白大堤曲：淚向南雲滿。楊慎曰：詩人多用「南雲」字，不知所出。或以爲江總「心逐南雲去，身隨北雁來」爲始，非也。陸機思親賦云：「指南雲以寄欽，望歸風而效誠。」陸雲九愍云：「眷南雲以興悲，蒙東雨而涕零。」蓋又先于江總矣。

〔七〕北户　左太沖吴都賦：開北户以向日。

〔八〕細柳新蒲　少陵哀江頭：少陵野老吞聲哭，春日潛行曲江曲。江頭宫殿鎖千門，細柳新蒲爲誰緑？

〔九〕唐衢　李肇國史補：唐衢有文學，老而無成。唯善哭，每一發聲，音調哀切，聞者泣下。嘗遊太原，遇享軍，酒酣乃哭，滿坐不樂，主人爲之罷宴。

〔一〇〕東方　古文苑王延壽夢賦：臣弱冠嘗夜寢，見鬼物與臣戰，遂得東方朔與臣作駡鬼之書。

〔一一〕籃輿　昭明淵明傳：淵明有腳疾，使一門生二兒舁籃輿。

〔一二〕米汁　少陵飲中八仙歌：蘇晉長齋繡佛前，醉中往往愛逃禪。黄鶴千家注曰：蘇晉學浮屠術，嘗得胡僧慧澄綉彌勒佛一本，晉寶之，嘗曰：「是佛好飲米汁，正與吾性合，吾願事之，他佛不愛也。」彌勒佛即布袋和尚，嘗於市中飲酒，食豬首，時人無識之者。

〔一三〕荷鼓　史記天官書：河鼓大星，上將；左右，左右將。

〔一四〕龍泉　張華博物志：龍泉、太阿、工布三劍，皆楚王鑄。太白獨漉篇：龍泉掛壁，時時龍吟。不斷犀象，繡澀苔生。國恥未雪，何由成名。

〔一五〕於悒　揚雄反離騷：雖增欷以於邑兮。師古曰：於邑，短氣也。

〔一六〕修羅　長阿含經：阿修羅大有威力，而生念言：「此忉利天王及日月諸天行我頭上，誓取日月以爲耳璫。」即命舍摩梨、毘摩質多二阿修羅王及諸大臣各辦兵仗，往與天戰。時難陀、跋難陀二大龍王身繞須彌，周圍七匝，山動雲布，以尾打水，大海浪灌須彌。忉利天曰：「修羅欲戰矣。」四天王宫嚴駕攻伐，先白帝釋。帝釋命曰：「我軍若勝，以五繫縛毘摩質多阿修羅，將還善法堂，我欲觀之。」修羅亦曰：「我衆若勝，亦以五繫縛帝釋，還七葉堂，我欲觀之。」一時大戰，兩不相傷。於是帝釋現身，乃有千眼，執金剛杵，頭出煙焰。修羅見之乃退敗，即擒質多修羅，繫縛將還。觀佛三昧經云：毘摩質多羅阿修羅王母鬼食法，唯噉淤泥及渠藕根。其兒長大，即白母言：「人皆伉儷，我何獨無？」其母告曰：「香山有神，名乾闥婆。其神有女，容姿美妙，今爲汝娉。」一時阿修羅納彼女已，未久之間即便懷孕，經八千歲乃生一女，其女顔容端正挺特，天上天下更無有比。憍尸迦聞，求女爲妻。修羅聞喜，以女妻之。帝釋立字，號曰悦意。帝釋至歡喜園，共諸婇女入池遊戲，爾時悦意即生嫉妬，遣五夜叉往白父王：「今此帝釋不復見寵。」父聞此語，往攻帝釋，立大海水踞須彌山頂，九百九十九手同時俱作，撼善見城，摇須彌山，四大海水，一時波動。是時帝釋坐善法堂，燒衆名香，發大誓願，誦般若波羅蜜，是大明呪，於虚空中有刀輪自然而下，當阿修羅上。時阿修羅耳鼻手足一時盡落，令大海水赤如蜯珠。時阿修羅即便驚怖，遁走無處，入藕絲孔。

〔一七〕愚公　列子湯問篇：北山愚公年且九十，面山而居。懲山北之塞，出入之迂也，率子孫荷擔者三夫，叩石墾壤，箕畚運於渤海之尾。河曲智叟笑而止之。愚公曰：「我死有子，子又生孫，孫又生子，子又有子，子又有孫，子子孫孫無窮匱也，而山不加增，何若而不平？」智叟亡以應。操蛇之神聞之，告於帝。帝感其誠，命夸娥氏二子負二山，一厝朔東，一厝雍南。自此，冀之南，漢之陰，無壟斷焉。

〔一八〕八駿　博物志：周穆王八駿：赤驥、飛黄、白蟻、華騮、騄耳、騧騟、渠黄、盗驪。

〔一九〕靈胡　水經注：華岳本一山，當河，河水過而曲行，河神巨靈手盪腳踏，開而爲兩，今掌足之跡，仍存華岩。開山圖曰：有巨靈胡者，偏得坤元之道，能造山川，出江河，所謂巨靈贔屭，首冠靈山者也。

〔二〇〕目瞚　史記扁鵲傳：目眩然而不瞚。索隱曰：瞚，音舜。

〔二一〕緯繣　離騷：忽緯繣其難遷。王逸曰：緯繣，乖戾也。

〔二二〕蛤水　國語：趙簡子嘆曰：「雀入于海爲蛤，雉入于淮爲蜃。黿鼉魚鼈，莫不能化，唯人不能，哀夫！」

〔二三〕蜣丸　崔豹古今注：蜣螂一名轉丸，一名弄丸，能以土包屎，轉而成丸，圓正無料角。莊子所謂蛣蜣之智在于轉丸者也，故一名蛣蜣。

〔二四〕夸父　山海經：夸父與日逐走，渴，欲得飲。飲于河渭，不足，北飲大澤。未至，道渴而死。棄其杖，化爲鄧林。

〔二五〕豎亥　山海經：帝命豎亥步自東極至於西極，五億十選九千八百步。豎亥右手把筭，左手指青丘北。

〔二六〕魯連　史記魯連傳：正義曰：魯仲連子云：齊辯士田巴，服狚丘，議稷下，毀五帝，罪三王，服五伯，離堅白，合同異，一日服千人。魯仲連年十二，往請田巴，巴終身不談。

〔二七〕黃鷂子　昌黎嘲魯連子詩：魯連細兒黠，有似黃鷂子。田巴兀老蒼，憐汝矜爪嘴。

〔二八〕喑啞　史記淮陰侯列傳：項王喑啞叱咤，千人皆廢。

〔二九〕赤符　漢書高帝紀：嫗曰：「吾子，白帝子也。化爲蛇當道，今者赤帝子斬之。」應劭曰：秦襄公自以居西，主少昊之神，作西畤祠白帝。赤帝，堯後，謂漢也，殺之者，明漢當滅秦也。

〔三〇〕愕眙　班孟堅西都賦：猶愕眙而不能階。李善曰：愕，驚也，五各反。眙，驚貌也，敕吏反。音怡。

〔三一〕金策　張平子西京賦：昔者大帝説秦穆公而覲之，饗以鈞天廣樂，帝有醉焉，乃爲金策，錫用此土，而剪諸鶉首。

〔三二〕洞庭　異聞集：柳毅於涇陽見婦人牧羊于道，泣曰：「妾洞庭龍君小女也。嫁涇川次子，而夫壻爲婢僕所惑，舅姑愛子，毀黜以至此。聞君將還吴，密邇洞庭，以尺書寄託，可乎？」毅曰：「道途顯晦，不相通達，何術可導耶？」女曰：「洞庭之陰，有大橘樹焉，鄉人謂之社橘。君解帶舉樹三發，當有應者。」遂解書再拜以進。毅曰：「子之牧羊，何所用哉？」女曰：「非羊也。雨工也，雷霆之類。」毅别去，不數十步，女與羊俱亡所見矣。還家，訪於洞庭，果有橘樹，遂易帶向樹三擊，俄有武夫出，引毅進靈虚殿見王。毅取書進之，王覽畢，掩面而泣。須臾，宫中皆慟哭。王曰：「無使錢塘知。」毅曰：「何人？」王曰：「寡人愛弟也。」詞未畢，有赤龍長萬餘尺，千雷萬霆，激遶其身飛去，俄而涇水之囚人至矣。錢塘回告兄曰：「向者辰發靈虚，巳至涇陽，午戰於彼，未還於此。」王曰：「所殺幾何？」曰：「六十萬。」「傷禾稼否？」曰：「八百里。」「無情郎安在？」曰：「食之矣。」明日，宴毅于凝碧宫，張廣樂，舞萬夫于其右，中一夫前曰：「此錢塘破陣樂。」復舞千女於其左，中一女前進曰：「此貴主還宮樂。」龍君大悦。明日，毅辭歸，贈遺珍寶，怪不可述。

〔三三〕朝那　靈應傳：涇州之東有善女湫。鄉人立祠於旁，曰九娘子神。又州之西朝那鎮之北有湫神，因地而名曰朝那神。周寶在鎮日，視事之暇，昏然就枕，九娘子告謁，逡巡言曰：「妾普濟王之第九女也。笄年配於象郡石龍少子。良人殘虐，天譴絶嗣，唯妾獲免。父母抑遣再行，妾終違命，屏居兹土。近年爲朝那小龍以季弟未婚，潛行禮聘。通好家君，縱兵相逼，妾率家僮逆戰，衆寡不敵，幸以君之餘力，少假兵鋒，挫彼兇狂，存其鰥寡。」寶許諾，及寤，遣兵士一千五百人戍於湫廟之側。是月七日鷄初鳴，有一人於帷幌之間言曰：「某即九娘子之執事，蒙君假以師徒。幽顯事別，不能驅策，幸再思之。」注目視，悄無所見。寶選亡没者名，得馬軍五百人，步卒一千五百人，選押衙孟遠充行營都虞候，牒送善女湫神。十一日，抽回戍廟之卒。一甲士仆地暴卒，及明，寤。曰：「貴主云：孟遠才輕位下，反爲所敗，思一權謀之將，爾歸達我情愫。」寶遂差制勝關使鄭承符以代孟遠。十三日，牒請收營。關使暴卒。忽一夜，迅雷一聲，承符復蘇，曰：「見貴主令坐，俄聞朝那賊入界，貴主臨軒，給以兵符，余引軍殺伏，轉戰夾攻，彼軍敗績。朝那狡童，生寘麾下。大被寵錫，拜平難大將軍。余頗動歸心，許給假一月。俄聞震雷，醒然而寤。」承符以後事付妻孥，果經一月，無疾而終。

〔三四〕蔡經宅　范成大吴郡志：蔡經宅在朱明寺西。

〔三五〕麻姑　葛洪神仙傳：王方平過蔡經宅，遣人召麻姑。至，坐定，召進行廚，皆金玉杯盤無限也，餚膳多是諸花果。擘脯而行之，如松柏炙，云是麟脯也。麻姑自説：「接待以來，已見東海三爲桑田，向到蓬萊水又淺於往昔會時畧半也，豈將復還爲陵陸乎？」麻姑手爪不如人爪，形皆似鳥爪，蔡經中心私言：「若背大癢時，得此爪以爬背當佳也。」方平已知之，即使人牽經鞭之。

〔三六〕長繩　太白擬古詩：長繩難繫日，自古共悲辛。

〔三七〕漉囊　五燈會元：酒仙遇賢禪師偈曰：有不有，空不空，笊籬撈取西北風。

〔三八〕青牛　遼史地理志：相傳有神人乘白馬，自馬盂山浮土河而東，有天女駕青牛車，由平地松林泛潢河而下，至木葉山，二水合流，相遇爲配偶，生八子。其後族屬漸盛，分爲八部，各轄八方。

〔三九〕白雀　段柯古酉陽雜俎：天翁姓張，名堅，字刺渴，漁陽人。少不羈，無所拘忌。嘗張羅得一白雀，愛而養之。夢天劉翁責怒，每欲殺之，白雀輒以報堅。堅設諸方待之，終莫能害。天翁遂下觀之，堅盛設賓主，乃竊騎天翁車，乘白龍，振策登天。天翁乘餘龍追之不及。堅既到玄宮，易百官，杜塞北户，封白雀爲上卿侯，改白雀之胤不産於下土。劉翁失治，徘徊五嶽作災。堅患之，以劉翁爲太山太守，主生死之籍。

〔四〇〕蒼鵝　水經注：晉永嘉元年，洛陽東北步廣里地陷，有二鵝出，蒼色者飛翔沖天，白色者止焉。陳留孝廉董養曰：「步廣，周之翟泉，盟會之地，今色蒼，胡象矣，其可盡言乎？」後五年，劉曜、王彌入洛，帝居平陽。

〔四一〕杜宇　庚申外史：己亥至正十九年，居庸關子規啼。

〔四二〕銅人　水經注：魏明帝景初元年，徙長安金狄，重不可致，因留霸城南，人有見薊子訓與父老共摩銅人曰：「正見鑄此時，計爾日已近五百年矣。」

〔四三〕銅駝　晉書索靖傳：靖知天下將亂，指洛陽宮門銅駝嘆曰：「會見汝在荆棘中耳。」

〔四四〕鷄窠　程大昌演繁露：蘇易簡著本朝使人至西番，見有老人消縮如小兒，在梁上鷄窠中，乃其見存子孫九代祖也。

〔四五〕鶴髮　李洞繡嶺宫詩：繡嶺宫前鶴髮翁，猶唱開元太平曲。

〔四六〕九陽　後漢書仲長統傳：沆瀣當餐，九陽代燭。注曰：九陽，謂日也。

〔四七〕禺中　淮南子天文訓篇：日出于暘谷，浴于咸池，拂于扶桑，是謂晨明。登于扶桑，爰始將行，是謂朏明。至于曲阿，是謂旦明。至于曾泉，是謂蚤食。至于桑野，是謂晏食。至于衡陽，是謂禺中。

送南雲〔一〕和尚

鶉尾〔二〕旄頭道路艱，江干吹笛淚潸潸。芒鞵〔三〕露肘朝天去，敗絮〔四〕蒙頭乞食還。故國烏仍啼〔五〕楚幕，中原鹿正走〔六〕秦關。崆峒仙仗〔七〕無消息，萬里軍持〔八〕且未閒。

【箋注】

〔一〕南雲　錢嘏曰：南雲和尚者，長沙攸縣人也。戊戌秋，乞食吴中，予遇之于尚湖之濱，衲衣破帽，晤對無一言，酒酣耳熱，語刺刺不休，所言皆非當世事，拾紙爲詩，意隱怪。又以禿筆書，纍纍如枯藤亂葉，不可句讀者。或曰先生擬古詩，人多不解，彼亦不求人解也。牧齋先生題其詩曰：大慧禪師云予雖學佛者，然愛君憂國之念，與忠義士大夫等。紫柏老人讀李江州傳涕淚交下，侍僧有不哭者，便欲推墮萬丈深坑中。余觀南雲破衲如敗芭蕉葉，悠悠忽忽，不顛不狂，其爲詩，寄託超然，忠義之義蟠結於筆端，其亦今世之徑山、紫柏與？明年遊武林，復從吴還楚，謂予曰：「此行至滇池，過鷄足山，入五印度國，乃吾終老之處，與君相見無期矣。」别去數月，有楚人云見之于辰州，行未及滇而病卒。和尚姓陳氏，名五簋，字逸子，父孝廉公來學。崇禎丁丑臨藍賊陷攸縣，駡賊而死。死後七年而國變，和尚麻鞋走西粤，爲御史大夫。桂林破，與乘輿相失，薙髮爲僧，改名拾殘，南雲其别號也。

〔二〕鶉尾　新唐書天文志：星紀、鶉尾以負南海，其神主乎衡山，熒惑位焉。

〔三〕芒鞵　少陵述懷詩：麻鞋見天子，衣袖露兩肘。

〔四〕敗絮　淵明與子儼等疏：敗絮自擁。

〔五〕烏啼　左傳莊公二十八年：楚師夜遁，鄭人將奔桐丘，諜告曰：「楚幕有烏。」乃止。

〔六〕鹿走　史記淮陰侯傳：秦失其鹿，天下共逐之。張晏曰：以鹿喻帝位也。

〔七〕仙仗　少陵洗兵馬：常思仙仗過崆峒。

〔八〕軍持　翻譯名義集：軍持，此云瓶。寄歸云：軍持有二，若瓷瓦者是淨用，若銅鐵者是觸用。西域記云：薄句羅藥叉，山南石上，則有佛置捃稚迦，即藻瓶也。舊云軍持，訛畧也。西域尼畜軍持，僧畜藻灌，謂雙口藻灌。事鈔云：應法藻灌。資持云：謂一斗已下。

載花易書詩贈泰和楊弱生

載得名花換異書，章江〔一〕一櫂好春餘。花如姹女〔二〕辭金屋，書比黄衣〔三〕下玉除〔四〕。青鏡瑶芳〔五〕嗤換馬〔六〕，碧山芸草〔七〕唤焚魚〔八〕。新書塞屋花仍放，載酒〔九〕争過楊子居。

【箋注】

〔一〕章江　大明一統志：章江，在南昌府城西，一名贑江。

〔二〕姹女　漢書五行志：桓帝時童謡：河間姹女能數錢。藝文類聚：後漢桓帝時童謡：河間姹女能數錢。

〔三〕黄衣　張平子西京賦：小説九百，本自虞初。李善曰：虞初，洛陽人。武帝時，乘馬衣黄衣，號黄車使者。

〔四〕玉除　曹子建贈丁儀詩：凝霜依玉除。李善曰：玉除，階也。

〔五〕瑶芳　異聞集：淳于棼夢入槐安國，王曰：「令次女瑶芳奉事君子。」

〔六〕换馬　吴競樂府解題：愛妾换馬，淮南王所作。唐詩紀事：韋、鮑二生以妾换馬，云韋生下第東歸，同憩水閣。鮑有美妾，韋有良馬。鮑以夢蘭、小倩佐歡，飲酣停杯，閲馬軒檻。韋曰：「能以人换，任選殊尤。」鮑欲馬之意頗切，密遣四絃更衣盛粧。頃之而至，韋牽紫叱撥酬之。

〔七〕芸草　温革分門瑣碎録：古人藏書辟蠹用芸香草，今七里香是也。

〔八〕焚魚　少陵柏學士茅屋詩：碧山學士焚銀魚，白馬却走身巖居。

〔九〕載酒　漢書楊雄傳：時有好事者載酒肴從遊學。

贈同行康孝廉

青簾烏帽孝廉船〔一〕，載酒移花共泝沿。長日素華①憑几看，秋風湘袟對牀眠。衆香國〔二〕裏分香去，羣玉峯②〔三〕頭採③玉旋。煙櫂卻思④圖畫好，有人吟望指登仙〔四〕。

【校勘記】

①凌本作「車」。②凌本作「山」。③鄒本、金匱本作「插」。④鄒本、金匱本作「廻」。

【箋注】

〔一〕孝廉船　晉書張憑傳：張憑謁丹陽尹劉惔，惔留宿，明日乃還船。須臾，惔傳教覓張孝廉船。

〔二〕衆香國　維摩詰經：上方界分過四十二恒河沙佛土，有國名衆香，佛號香積。今見其國香氣，比於十方諸佛世界人天之香，最爲第一。

〔三〕羣玉山　穆天子傳：天子北征東還，乃循黑水，至于羣玉之山。羣玉山，先王藏書之所，謂之策府。

〔四〕登仙　後漢書郭太傳：林宗與李膺同舟共濟，衆賓望之，以爲神仙。

己亥夏五十有九日靈巖夫山和尚偕魚山相國静涵司農枉訪村居雙白居士確庵上座諸清衆俱集即事奉呈四首

四衆〔一〕諸天擁道場，迢然飛錫〔二〕指江鄉。茆堂忽漫移蓮座，老衲何曾下石牀。心月〔三〕有光都映澈，身雲〔四〕無地不清涼。新炊自罨田家飯〔五〕，應供〔六〕居然發衆香。

【箋注】

〔一〕四衆　法華經序品：四衆圍繞，供養恭敬，尊重讚嘆。釋守倫注曰：四衆者，舊言出家在家各二，合爲四衆。

〔二〕飛錫　道誠釋氏要覽：今僧遊行，嘉稱飛錫。此因高僧隱峯遊五臺，出淮西，擲錫飛空而往也。若西天得道僧，往來多是飛錫。

〔三〕心月　寒山詩：吾心似秋月，碧潭清皎潔。無物堪比倫，教我如何説。

〔四〕身雲　華嚴經如來出現品：欲以正法教化衆生，先布身雲彌覆法界，隨其樂欲爲現不同。

〔五〕罨飯　東坡答參寥書：某到貶所半年，大畧袛似靈隱天竺和尚退院後，却在一箇小村院子折足鐺中，罨糙米飯喫，便過一生也得。

〔六〕應供　翻譯名義集：阿羅訶，秦云應供。大論云：應受一切天地衆生供養。

其二

緇衣二老度清流，淡泊儒門〔一〕未許收。豈有豎拳訶李渤〔二〕，但聞開口唤裴休〔三〕。三災〔四〕風火留青鉢，七日〔五〕人天護白頭。十卷首楞消後夜，鷄鳴〔六〕新報五更籌。

【箋注】

〔一〕淡泊儒門　陳善捫虱新話：世傳王荆公問張文定公曰：「孔子去世百年生孟子，亞聖後絶無人，何也？」文定曰：「已有過孟子上者。」公問：「誰？」文定曰：「江西馬大師、汶陽無業禪師，雪峯、巖頭、丹霞、雲門是也。」公意不解，問：「何謂？」文定曰：「儒門淡泊，收拾不住，皆歸釋氏耳。」荆公欣然嘆服。

〔二〕訶李渤　傳燈録：江州刺史李渤問智常禪師云：「大藏教明得箇什麽邊事？」師舉拳示之云：「還會麽？」李云：「不會。」師云：「遮箇措大，拳頭也不識。」李云：「請師指示。」師云：「遇人即途中授與，不遇即世諦流布。」

〔三〕唤裴休　五燈會元：相國裴休守新安日，屬運禪師初於嶺南黄檗山入大安精舍。公入寺燒香，因觀壁圖畫。相公曰：「真儀可觀，高僧何在？」僧皆無對。公曰：「有禪人否？請來詢問。」於是尋師至。公舉前話，師朗聲曰：「裴休。」公應諾。師曰：「在什麽處？」公當下知旨，如獲髻珠，曰：「吾師真善知識也，示人尅的若是。」

〔四〕三災　長阿含經：三災上際云何？若火災起時，至光音天爲際。若水災起時，至遍浄天爲際。若風災起時，至果實天爲際。

〔五〕七日　法苑珠林劫量篇：是時劫末唯七日在，於七日中無量衆生死盡。時有一人合集閻浮提内男女，唯餘一萬，留爲當來人種。唯此萬人能持善行，諸善鬼神欲令人種不斷絶故，擁護是人，以好滋味令入毛孔，以業力故，人種不斷云。

〔六〕鷄鳴　首楞嚴經：如鷄後鳴。長水疏曰：鷄第二鳴，天將曉也。

其三

江村炎日法筵清，謖謖〔一〕松濤灑面生。忍草〔二〕隨風承語軟，蓮花〔三〕裁服著身輕。金輪〔四〕影裏烏三足〔五〕，寶月〔六〕光中鶴一聲。拂水靈巖雲似帶〔七〕，招尋那復限牛鳴〔八〕。

【箋注】

〔一〕謖謖　世説賞譽篇：世目李元禮謖謖如勁松下風。

〔二〕忍草　永明壽禪師心賦：覺華枝秀，忍草苗垂。

〔三〕蓮花　翻譯名義集：真諦雜記云：袈裟，是外國三衣之名。名含多義，或名離塵服，由斷六塵故。或名消瘦服，由割煩惱故。或名蓮華服，服者離著故。

〔四〕金輪　東坡韓太祝送遊太山詩：恨君不上東峯頂，夜看金輪出九幽。

〔五〕烏三足　藝文：五經通義曰：日中有三足烏。洞冥記：東方朔曰：「東北地有芝草，三足烏數下地食此草。羲和欲馭，以手揜烏目，不聽下，畏其食此草也。」

〔六〕寶月　華嚴經妙嚴品：光明遍浄如虚空，寶月能知此方便。

〔七〕雲似帶　陳舜俞廬山記：香爐峯孤峭特起，氣氤氲若香煙。天將雨，白雲冠峯，俗號山帶。

〔八〕牛鳴　西域記：拘盧舍者，謂大牛鳴聲所極聞。一拘盧舍爲五百弓。

其四

妙蓮花界自圓成〔一〕，法海〔二〕何因起墨兵〔三〕？少分〔四〕觀天知眼闊，多生持地〔五〕學心平。

蟭螟〔六〕地曠當街叫，蠻觸〔七〕人饒畫角争。放箸與君同①噴飯〔八〕，須彌盧頂一螢〔九〕明。

【校勘記】

①「與君同」，鄒本、金匱本作「同公與」。

【箋注】

〔一〕圓成　首楞嚴經：方行等慈，不擇微賤，發意圓成一切衆生無量功德。孤山云：方行等慈，謂平等行慈也。欲令净穢，皆趨菩提，故曰圓成等。

〔二〕法海　大智度論：佛法大海，信爲能入，智爲能度。永明壽禪師心賦：法海圓融，浩浩之波瀾一味。

〔三〕墨兵　温革分門瑣碎録：孫樵謂史書爲墨兵。戊戌冬，天童密雲禪師嫡子道忞具師行狀年譜，請公爲塔上之銘。己亥二月七日，公製塔銘成，末後著語云：裨販弘多，智惠輕薄。花箭突發于室内，疑網交絡于道旁。於是乎三玄三要辨析三幡，七書三録折衝四戰，狀稱相軋者，至爲狂詈，爲兇短折，爲吐紅光爛盡。斯則弓折矢盡，樹倒藤枯之明驗也。師不借彼之鋒鏑，則金翅之威神何由窮搜于海底；彼不犯師之彀率，則波旬之氣勢何由竭盡于藕絲？天其或者，倒用魔印，逆宣正法，於彼何尤？於師何有？公意蓋有所指。此文之原本然也。塔銘藁出，靈岩弘儲和尚爲漢月法嗣，見之急挽静涵司農兩致手札於公，力請删改，公不得已，爲易其文云：後五百年鬬諍牢固，機鋒激射，妨難弘多。師以慈心接之，以直道御之，以正理格之，以妙辯摧之，消有無于三幡，窮玄要於四戰，務使其霜降水涸，智訖情枯而後已。

初雖攝折多門，終乃鎔融大冶。事有激而相濟，理有倒而相資。非鐵石之鑽磨，則火光不發；非峽崖之束鬬，則水勢不雄。天其或者，假借碪錐，助揚水乳，用縱奪爲正印，化同異爲導師，於人何尤？於師何有？凡易一百二十六字，此文之改本然也。公再答靜涵書云：恭承慈命，再三紬繹，既不敢護短憑愚，亦未嘗改頭换面，黜筆之餘，恪與初心相合。再與木陳書云：所謂頰上三毛，傳神寫照未必不差勝于元文。詳公語句，鄭重命筆，不相假借如此。然公平生撰述，初非黨枯竹、仇朽骨，有私意存乎其間也。予編次有學集，于天童塔銘原本、改本并列之，而不敢逸其一者，蓋不忍負公手藁付囑之意，亦以見公點定之際，原無一字出入，初未嘗媕婀兩可，自犯歧舌之規。此文中眼目歷然，兩存以示後之知言者，亦公之志也。

〔四〕少分　華嚴經净行品：我今隨力説少分，猶如大海一滴水。

〔五〕持地　首楞嚴經：持地菩薩頂禮佛足，而白佛言：「我於爾時平地持佛，毗舍如來摩頂謂我：當平心地，則世界地一切皆平。」

〔六〕蟭螟　傳燈録：洪恩禪師執仰山手作舞云：「譬如蟭螟蟲，在蚊子眼睫上作窠，向十字街頭叫唤，云土曠人稀，相逢者少。」

畢陵伽婆蹉嘗渡恒河，咄恒河神爲小婢，住莫流水。佛令懺謝，合掌語恒河神：「小婢莫嗔。」大衆笑之云：「何爲懺謝耶？」眼闊心平，公安肯以墨兵佐鬬，當街之叫，畫角之争，殊不滿明眼人一笑耳。

〔七〕蠻觸　莊子則陽篇：有國于蝸之左角者曰觸氏，有國于蝸之右角者曰蠻氏，時相與争地而戰，伏尸數萬，逐北旬有五日而後反。

〔八〕噴飯　東坡文與可畫篔簹谷偃竹記：與可是日與其妻遊谷中，燒筍晚食，發函得詩，失笑噴飯滿案。

〔九〕一螢　大慧普覺禪師答汪狀元聖賜書：釋不云乎，以思惟心，測度如來圓覺境界，如取螢火燒須彌山，臨生死禍福之際都不得力，蓋由此也。

題荷花畫扇五首①

春風桃李花，盈盈在何許？荷花是可②人，作儂好伴侣。

【校勘記】

①凌本無「五首」二字。　②凌本作「何」。

其二

莫倚蓮花語，將儂去比他。只因①不解語〔一〕，人喚是蓮花。

【校勘記】

①鄒本、金匱本作「應」。

【箋注】

〔一〕解語 開元天寶遺事：太液池有千葉白蓮數枝盛開，帝與貴妃宴賞，左右皆嘆羨。帝指貴妃曰：「争如我解語花？」

其三

生年慣嬌疾，不記儂生日。五月荷花蕩，傾城爲儂出①。

【校勘記】

①鄒本作「去」。

其四

漫説蓮花國，蓮花國在西。生來並嬌小，同住若耶溪〔一〕。

【箋注】

〔一〕若耶溪 太白採蓮曲：若耶溪畔採蓮女，笑隔荷花共人語。

其五

鏡裏蓮花面，憑君自看取。蓮花不生鬚，那得生蓮子？

徐元嘆勸酒詞十首①

皇天老眼〔一〕慰蹉跎，七十年華小劫〔二〕過。天寶貞元詞客盡，江東留得一徐波。

【校勘記】

①感舊集題作「徐元嘆七十初度」。

【箋注】

〔一〕老眼　少陵聞惠二過東溪詩：皇天無老眼，空谷滯斯人。

〔二〕小劫　法華經：六十小劫，身心不動。

其二

項背交游異世塵，衣冠潦倒〔一〕筆花新。後生要識前賢面，元嘆今爲古老人〔二〕。

【箋注】

〔一〕潦倒　北史崔贍傳：自天保以後，重吏事。謂容止醞籍者爲潦倒，而贍終不改焉。

〔二〕古老人　譚賓録：李邕素聞名，後生不識，自滑州入計，京洛阡陌聚看，以爲古人。

其三

羣少驚才互擊摩〔一〕，美名〔二〕佳句竟如何？倡樓樂府傳多少？聽取雙鬟〔三〕第一歌。

【箋注】

〔一〕擊摩　國策：蘇秦説齊宣王曰：「臨淄之途，車轂擊，人肩摩。」

〔二〕美名　少陵寄高適詩：美名人不及，佳句法如何？

〔三〕雙鬟　薛用弱集異記：開元中，詩人王昌齡、高適、王涣之齊名，共詣旗亭小飲。忽有梨園伶官十數人登樓會讌，三人因避席以觀焉。俄有妙妓四輩續至，昌齡等私相約曰：「我輩各擅詩名，每不自定其甲乙，今觀諸伶所謳，若詩入歌詞之多者則爲優矣。」俄而一伶唱昌齡一絶句，又一伶謳昌齡一絶句，涣之自以得名久，因謂二人曰：「此輩潦倒樂官，所唱皆巴人下里之詞耳。」因指諸妓中之最佳者曰：「待此子所唱，如非我詩，即終身不敢與子争衡。」須臾召至，雙鬟發聲則曰：「黄沙遠上白雲間，一片孤城萬仞山。羌笛何須怨楊柳，春風不度玉門關。」涣之即揶揄二子，因大諧笑，飲醉竟日。

其四

半是哦詩半治魔，沉沉花漏轉星河。句中烹煅①焦牙種〔一〕，鍊出新篇當羯磨〔二〕。

【校勘記】

①鄒本、金匱本作「煉」。

【箋注】

〔一〕焦牙種　維摩詰經：二乘如焦芽敗種，不能發無上道心。

〔二〕羯磨　翻譯名義集：羯磨，南山引明了論疏翻爲業也。所作是業，亦翻所作。百論云：事也，若以義求，翻爲辦事，謂施造遂法，必有成濟之功焉。天台禪門翻爲作法。一切羯磨須具四法：一法，二事，三人，四界。第一法者，羯磨三種。一心念法，發心念境，口自傳情，非謂不言而辦前事。二對首法，謂各共面對，同秉法也。三衆法，四人已上，秉於羯磨。以三羯磨，通前單白，故云白。四分律云：若作羯磨，不如白法作白，不如羯磨法作羯磨，如是漸漸令戒毁壞，以滅正法，隨順文句，勿令增減。僧祇云：非羯磨地，不得行僧事。

其五

斷袖〔一〕分桃①〔二〕記嘯歌，沈侯懺謝〔三〕六時過。香消睡足温殘夢，比較人間好夢多。

【校勘記】

①鄒本作「挑」。

【箋注】

〔一〕斷袖　漢書董賢傳：賢嘗晝寢，偏藉上袖。上欲起，不欲動賢，廼斷袖而起。

〔二〕分桃　説苑雜言篇：彌子瑕愛於衛君，食桃而甘，不盡而奉君。

〔三〕沈侯懺謝　廣弘明集沈約懺悔文云：追尋少年，血氣方壯。習累所纏，事難排豁。淇水上宫，誠無云幾，分桃斷袖，亦足稱多。此實生死牢穽，未易洗拔者也。

其六

吴儂〔一〕每詫好冠〔二〕非，尋①約〔三〕偏嗟短髮稀。只有蓮花消瘦服〔四〕，秋來仍是芰荷衣〔五〕。

【校勘記】

①鄒本、金匱本作「循」。

【箋注】

〔一〕吴儂　山谷戲題巫山縣詩：吴儂但憶歸。任淵曰：類篇云：儂，我也。吴語。東坡樂府云：語音猶自帶吴儂。

〔二〕好冠　穀梁哀公十三年：吴王夫差曰：「好冠來。」孔子曰：「大矣哉！夫差未能言冠而欲冠也。」

〔三〕尋約　左傳哀公十一年：公孫揮命其徒曰：「人尋約，吳髮短。」杜預曰：約，繩也。八尺爲尋。

〔四〕消瘦服　如幻三昧經：無垢衣，又名忍辱鎧。又名蓮華衣，謂不爲欲泥染故。又名幢相，謂不爲邪所傾故。又名田相衣，謂不爲見者生惡故。又名消瘦衣，謂著此衣煩惱消瘦故。又名離塵服、去穢衣，又名振越。

〔五〕芰荷衣　王子年拾遺記：昭帝穿淋池，廣千步，中植分枝荷，一莖四葉，狀如駢蓋。日照則葉低蔭根，莖若葵之衛足，名曰低光荷。實如玄珠，可以飾佩。花葉離委，芬馥之氣徹十餘里。食之令人口氣常香，益人肌理。宮人貴之，每遊宴出入，必皆含嚼，或剪以爲衣，或折以蔽日。楚辭所謂「折芰荷以爲衣」，意在斯也。

其七

酒海〔一〕花枝夢斷餘，鮱魚枯削恐難如。冷淘〔二〕淨肉〔三〕家常飯〔四〕，不用門生議蟹鮔〔五〕。

【箋注】

〔一〕酒海　曹子建與吳季重書：願舉太山以爲肉，傾東海以爲酒。樂天就花枝詩：就花枝，移酒海，今朝不醉明朝悔。

〔二〕冷淘　朱翌猗覺寮雜記：大官令夏供槐葉冷淘，出唐六典。少陵有槐葉冷淘詩。

〔三〕净肉　首楞嚴經：我令比丘食五净肉。廣弘明集敘：梁武帝與諸律師唱斷肉律，先明斷十種不净肉，次令食三種净肉，末令食九種净肉。

〔四〕家常飯　羅大經鶴林玉露：范文正公云：常調官好做，家常飯好吃。

〔五〕議蟹鉏　南史何尚之傳：何胤侈於味，食必方丈。後稍欲去其甚者，猶食白魚鉏脯糖蟹。使門人議之，學生鍾岏曰：「鉏之就脯，驟于屈申。蟹之將糖，躁擾彌甚。仁人用意，深懷如怛。至于車螯蚶蠣，眉目内闕，慚渾沌之奇。獷殼外緘，非金人之慎。故宜長充庖廚，永爲口實。」釋行均龍龕手鏡：鉏，玉篇音善，蛇形魚也。郭迻又音蛆，古字。

其八

智井〔一〕荒臺愁殺儂，巢車〔二〕無那老扶①筇。新蒲近入靈巖社，共哭②山門日暮鐘〔三〕。

【校勘記】

①鄒本作「秋」。　②鄒本作「笑」。

【箋注】

〔一〕智井　左傳宣公十二年：目于智井而拯之。杜預曰：虚廢井。

〔二〕巢車　左傳成公十六年：楚子登巢車以望晉軍。杜預曰：巢車，車上爲櫓。

〔三〕日暮鐘　少陵大覺高僧蘭若詩：一老猶鳴日暮鐘。

其九

落木庵空紅豆貧，木魚風響貝多〔一〕新。長明燈〔二〕下須彌頂，雪北香南〔三〕見兩人。

【箋注】

〔一〕貝多　段成式酉陽雜俎：貝多樹出摩伽陀國，長六七丈，經冬不凋。此樹有三種，一者多羅婆力叉貝多，二者多梨婆力叉貝多，三者部婆力叉多羅多梨。並書其葉，部闍一色，取其皮書之。貝多是梵語，漢翻爲葉。貝多婆力叉者，漢言葉樹也。西域經書，用此三種皮葉。若能保護，亦得五六百年。

〔二〕長明燈　劉禹錫嘉話録：江寧縣寺有晉長明燈，歲久火色變青而不熱。隋文帝平陳，已訝其古，至今猶在。

〔三〕雪北香南　長水金剛經纂要記：北瞻部洲，從中向北，有九黑山，次有大雪山，次有香醉山。于雪北香南，有阿耨池。此云無熱惱，縱廣五十由旬，八功德水充滿其中。於中四面各出一大河，東名殑伽河，繞池一匝流入東海，南信渡河，西縛芻，北徙多，皆繞池一匝，如次入南西北海。今經恒河即殑伽也。言恒者，譯者譌也。五燈會元：僧問妙勝臻禪師：「金粟如來爲甚麽却降釋迦會裏？」師曰：「香山南，雪山北。」

其十

瓜圃秋風嘉會〔一〕成，鄰翁泥飲〔二〕欸柴荆。杯殘①冷笑人間事，白帝倉〔三〕空石鼓鳴〔四〕。

【校勘記】

①「杯殘」，金匱本作「殘燈」。

【箋注】

〔一〕嘉會　阮嗣宗詠懷詩：昔聞東陵瓜，近在青門外。連畛距阡陌，子母相鉤帶。五色曜朝日，嘉賓四面會。

〔二〕泥飲　少陵遭田父泥飲詩注：黄鶴曰：泥飲者，乃其醉如泥耳。

〔三〕白帝倉　後漢書公孫述傳：成都郭外有秦時舊倉，述改名白帝倉。自王莽以來常空，述即詐使人言：「白帝倉出穀如山陵。」百姓空市里往觀之，述乃大會羣臣問曰：「白帝倉竟出穀乎？」皆對言：「無。」述曰：「訛言不可信。」

〔四〕石鼓鳴　漢書五行志：成帝鴻嘉三年五月乙亥，天水冀南山大石鳴，聲隆隆如雷。石長丈三尺，廣厚畧等。旁著岸脅，去地二百餘丈。民俗名曰石鼓。石鼓鳴，有兵。水經注：洞庭旁有青山，一名夏架山，山有洞穴，潛通洞庭。山上有石鼓，長丈餘，鳴則有兵。樂史寰宇記：吴縣石城山南有石鼓，鼓鳴即兵起。

戲詠雪月故事短歌十四首有序①

謝康樂②言：天下良辰美景、賞心樂事，四者難並。中秋腳病，伏枕間，思良辰美景，無如雪月。此中樂事可以③快心極意者，古今亦罕。尋繹各得七事，系短歌以資調笑。若夫④山陰〔一〕、藍關〔二〕之雪，牛渚〔三〕、赤壁〔四〕之月，不免寒餓。雖可以⑤清神濯骨，今無取焉。庚子中秋十三夜書。

【校勘記】

①鄒本、金匱本無「有序」二字。②鄒本、金匱本無「謝」字。③鄒本、金匱本無「以」字。④鄒本、金匱本無「夫」字。⑤鄒本、金匱本無「以」字。

【箋注】

〔一〕山陰　世説任誕篇：王子猷居山陰，夜大雪，忽憶戴安道。時戴在剡，即便夜乘小舟就之。經宿方至，造門不前而返。人問其故，王曰：「乘興而來，興盡而返，何必見戴？」

〔二〕藍關　五色線：韓愈姪在外生，元和中忽歸。愈舍于書院，問其所長。曰：「能染花。」遂于後堂前染白牡丹一叢，自劚其根，買藥塗之，潛去。明年花開，每一萼花中書云：雲横秦嶺家何在？雪擁藍關馬不前。是歲，上迎佛骨，愈直諫忤旨，貶爲潮州刺史。至商山，泥滑雪深，忽見生至，拜勞曰：「師在此山，不得遠去。」揮淚而别。

〔三〕牛渚　世説文學篇注：續晉陽秋曰：「袁虎少孤而貧，以運租爲業。謝尚時鎮牛渚，乘秋佳風月，與左右微服泛江。會虎在運租船中諷詠，尚遺問訊。答曰：『是袁臨汝郎誦詩，即其詠史之作也。』尚佳其率有勝致，即遣要迎，談話申旦。自此名譽日茂。」

〔四〕赤壁　東坡紀年録：元豐五年壬戌，公在黄州。七月望，泛舟赤壁之下，作前赤壁賦。十月望復游，作後赤壁賦。十二月十九，東坡生日也，置酒赤壁磯下，呼李委吹笛作新曲，坐客皆引滿醉倒。

周武王

赤烏〔一〕横飛王屋爇①，流光化作十丈雪。祝融河伯〔二〕來會朝，共踏同雲〔三〕奉玉節。把旄仗鉞〔四〕誰最强？師臣百歲方鷹揚〔五〕。應憐風雪垂竿夜，獨守丹書〔六〕渭水旁。

【校勘記】

①鄒本、金匱本作「熱」。

【箋注】

〔一〕赤烏　竹書紀年沈約注曰：武王伐紂，度孟津。中流，白魚躍入王舟，王俯取魚，長三尺，目下有赤文成字，言紂可伐。王寫以世字，魚文消。燔魚以告天，有火自天止於王屋，流爲赤烏。烏銜穀焉。穀者，紀后稷之德。火者，燔魚以告天，天火流下，應以告也。

〔二〕祝融河伯　徐堅初學記：太公伏符陰謀曰：武王伐紂，都洛邑，天大陰寒，雨雪十餘日。甲子朝，五車騎止王門之外，欲謁武王。師尚父使人出北門而道之，曰：「天子未有出時。」武王曰：「諸神各有名乎？」師尚父曰：「南海神名祝融，北海神名玄冥，東海神名勾芒，西海神名蓐收，河伯名馮修。」使謁者各以名召之，神皆警而見武王。王曰：「何以教之？」神曰：「天伐殷立周，謹來受命，各奉其使。」武王曰：「予歲時亦無廢禮焉。」

〔三〕同雲　小雅信南山詩：上天同雲，雨雪雰雰。

〔四〕把旄仗鉞　史記齊太公世家：武王東伐，以觀諸侯集否。師行，師尚父左仗黃鉞，右把白旄以誓。論衡指瑞篇：師尚父爲周司馬，將師伐紂，到孟津之上，仗鉞把旄，號其衆曰：「倉光。」倉光者，水中之獸也，善覆人船。因神以化，欲令急渡。不急渡，倉光害汝。河中有此異物，時出浮揚，一身九頭，人畏惡之。尚父緣河有此異物，因以威衆。

〔五〕鷹揚　大雅大明詩：維師尚父，時維鷹揚。

〔六〕丹書　大戴禮踐祚篇：武王踐祚三日，召師尚父而問焉，曰：「昔帝顓頊之道存乎？意亦忽不可得見與？」師尚父曰：「在丹書。」竹書紀年注：沈約曰：文王將畋，史編卜之曰：將大獲，非熊非羆，天遺大師，以佐昌。臣太祖史疇爲禹卜畋，得皋陶，其兆類此。至于磻溪之水，呂尚釣於涯，王下趨拜曰：「望公七年，乃今見光景于斯。」尚立變名答曰：「望釣得玉璜，其文要曰：姬受命，昌來提，撰爾洛鈐報在齊。尚出游，見赤人自洛出，授尚書，命曰：

召佐昌者子。」

穆天子

黄臺〔一〕高丘夜飛雪，白雲西没瑶池〔二〕碣。苹①澤茫茫獵銀海〔三〕，萬里玉門斷車轍〔四〕。黄竹歌殘八駿〔五〕催，化人只解攬袪〔六〕回。還憑雪嶺〔七〕看西極②，卻上中天千仞臺〔八〕。

【校勘記】

①凌本作「萃」，鄒本、金匱本作「草」。②「西極」，凌本作「西樹」，鄒本作「兩極」。

【箋注】

〔一〕黄臺　穆天子傳：天子遊黄臺之丘，獵於苹澤。日中大寒，北風雨雪。天子作黄竹詩三章以哀人民。

〔二〕瑶池　穆天子傳：天子觴西王母于瑶池之上，西王母爲天子謡曰：「白雲在天，山陵自出。道里悠遠，山川間之。將子無死，尚能復來。」

〔三〕銀海　東坡正月一日雪中過淮詩：萬頃穿銀海。

〔四〕車轍　家語：昔周穆王欲肆其心，將巡行天下，使皆有車轍馬跡焉。

〔五〕八駿　王子年拾遺記：周穆王巡行天下，馭八龍之駿。一名絶地，足不踐土；二名翻羽，行越飛禽；三名奔宵，夜行萬里；四名超影，逐日而行；五名踰輝，毛色炳燿；六名超光，一形十影；七名騰霧，乘雲而奔；八名挾翼，身有肉翅。遍而駕焉，按轡徐行，以匝天地之域。

〔六〕攬祛　列子周穆王篇：王執化人之祛騰而上，中天迺止。暨及化人之宫，王居數十年，不思其國也。

〔七〕雪嶺　西域記：揭職國東南入大雪山，峯巖危險，風雪相繼，盛夏含凍，積雪彌谷，蹊遥難涉。行六百餘里，出覩貨邏國境，至梵衍那國。

〔八〕中天臺　列子周穆王篇：西極之國，有化人來。以爲王之宫室卑陋而不可處。穆王乃爲之改築，五府爲虚。臺始成，其高千仞，臨終南之上，號曰中天之臺。

宋太祖

香孩兒〔一〕占銀世界〔二〕，滕六〔三〕漫天作狡獪〔四〕。趙家點檢〔五〕席帽來，扶頭學究〔六〕迎門拜。江淮蕩掃閩廣灰，不敢銷寒酒一杯。最是五龍〔七〕甘①睡客，夢中失笑墮驢〔八〕迴。

【校勘記】

①鄒本、金匱本作「酣」。

【箋注】

〔一〕香孩兒　孔平仲談苑：藝祖載誕，營中三日香，人莫不驚異。夷堅續志：後唐天成二年丁亥，宋藝祖生于洛陽夾馬營。是時神光滿室，異香馥郁，經月不散，人因號香孩兒營。

〔二〕銀世界　詩話總龜：劉師道咏雪詩：「三千世界銀成色，十二樓臺玉作層。」

〔三〕滕六　玄怪録：蕭至忠將以臘日畋遊，玄冥使者宣帝命，羣獸請救，使者求術于嚴四兄，曰：「蕭使君每役人，必恤其飢寒。若祈滕六降雪，巽二起風，則不復遊獵矣。」

〔四〕作狡獪　葛洪神仙傳：方平曰：「吾老矣，不喜作此狡獪變化也。」

〔五〕點檢　李燾通鑑長編：建隆元年，契丹入寇。上領宿衛諸將禦之。部下讙言：「出軍之日，策點檢爲天子。」後上即位，數出微行，或過功臣之家。趙普每退朝，不敢脱衣冠。一夕大雪，普聞扣門聲異甚，亟出，則上立雪中。普惶恐迎拜。上曰：「已約吾弟矣。」已而開封尹光義至，即普堂設重裀地坐，熾炭燒肉，普妻行酒，上以嫂呼之。普從容問曰：「夜久寒甚，陛下何以出？」上曰：「吾睡不能着，一榻之外，皆他人家也。故來見卿。」普曰：「願聞成算所向。」上曰：「吾欲收太原。」普嘿然良久，曰：「太原當西北二邊，使一舉而下，則邊患我獨當之。留以俟削平諸國，彼彈丸黑子之地，將何所逃？」上笑曰：「吾意正爾，姑試卿耳。」於是用師荆湖，繼取西川。

〔六〕學究　王銍默記：太祖兵聚清流關，村人云：「有鎮州趙學究在村中教學，多智計。」太祖微服往訪之。學究者固知爲趙點檢也，迎見加禮。

〔七〕五龍　陳摶著五龍甘卧法一卷。

〔八〕墮驢　王偁東都事畧隱逸傳：陳摶嘗乘白驢，欲入汴。中途聞太祖登極，大笑墮驢，曰：

「天下于是定矣。」

蔡州夜捷

蔡州〔一〕夜雪嚴城閉，馬牛毛縮〔二〕賊徒醉。天兵半夜縛元兇，懸瓠城〔三〕中但愕眙。軍聲鵝鴨〔四〕總如雷，昭陵汗馬〔五〕蹴雪迴。相公振旅堂堂去，日照潼關〔六〕四面開。

【箋注】

〔一〕蔡州　昌黎平淮西碑：十月壬申，李愬用所得賊將，自文城，因天大雪，疾馳百二十里，用夜半到蔡，破其門，取元濟以獻，盡得其屬人卒。辛巳，丞相度入蔡。

〔二〕馬牛毛縮　葛洪西京雜記：元封二年，大寒，雪深五尺，野中鳥獸皆死，牛馬蜷跼如蝟。

〔三〕懸瓠城　舊唐書裴度傳：十月十一日，李愬襲破懸瓠城，擒吳元濟。樂史寰宇記：蔡州，禹貢豫州也。地形志云：謂之縣瓠城，亦名懸壺城。又注水經云：汝水周城，形如懸瓠，故取名焉。

〔四〕鵝鴨　通鑑：夜半雪愈甚，行七十里，至州城。近城有鵝鴨池，愬令擊之以混軍聲。

〔五〕汗馬　少陵行次昭陵詩：玉衣晨自舉，石馬汗常趨。

〔六〕潼關　昌黎次潼關寄張使君詩：荆山已去華山來，日出潼關四面開。刺史莫辭迎候遠，相公親破蔡州迴。

謝家詠雪

謝家庭除香雪灑，玉樹芝蘭〔一〕鬪佳冶。柳絮〔二〕因風絶妙詞，何煩絲竹〔三〕供陶寫？風流宰相〔四〕中年時，哀樂應防兒女知。擁爐閒話淮淝事，還想東山一局棋〔五〕。

【箋注】

〔一〕玉樹芝蘭　世説言語篇：謝太傅問諸子姪：「子弟亦何預人事，而正欲使其佳？」車騎答曰：「譬如芝蘭玉樹，欲使其生于階庭耳。」

〔二〕柳絮　世説言語篇：謝太傅寒雪日内集，俄而雪驟，公欣然曰：「白雪紛紛何所似？」兄子胡兒曰：「撒鹽空中差可擬。」兄女曰：「未若柳絮因風起。」公大笑樂。

〔三〕絲竹　世説言語篇：謝太傅語王右軍曰：「中年傷于哀樂，與親友別，輒作數日惡。」右軍曰：「年在桑榆，自然如此，正賴絲竹陶寫。恒恐兒輩覺，損欣樂之趣。」

〔四〕風流宰相　南史王曇首傳：王儉嘗謂人曰：「江左風流宰相，唯有謝安。」蓋自況也。

〔五〕一局棋　晉書謝安傳：安遣兄子玄討苻堅，玄入問計，安曰：「已別有旨。」既而寂然。玄令張玄重請，安命駕出山墅，親朋畢集，與玄圍棋賭別墅。安常棋劣于玄，是日玄懼，便爲敵手，而又不勝。

龍門賞雪

龍門〔一〕雪飛歸騎緩，相公傳呼且莫返。廚傳〔二〕煙中續續來，歌姬促坐燕玉〔三〕暖。花宫漏殘金縷歌〔四〕，此際重城鈴索過。瓊窗玉户沉沉處，三尺屏風樂事多。

【箋注】

〔一〕龍門　邵氏聞見録：謝希深、歐陽永叔官洛陽，時同游嵩山，自潁陽歸，暮抵龍門香山，雪作，登石樓望都門，各有所懷。忽於煙靄中有策馬渡伊水來者，既至，乃錢相遣廚傳歌妓至。吏傳公言曰：「山行良勞，當少留龍門賞雪，府事簡，無遽歸也。」錢相遇諸公之厚類此。

〔二〕廚傳　程大昌演繁露：宣帝元康二年詔曰：吏或擅興徭役，飾廚傳，以稱譽過客。按：廚、傳，兩事也。廚，庖也，以好飲食供過客，則爲飾廚也。傳者，驛也，具車馬資行役，則爲飾傳也。今人合廚傳爲一槩，謂豐饌爲廚傳，非也。

〔三〕燕玉　少陵獨坐詩：暖老須燕玉。趙傁曰：燕玉，婦人也。古詩：燕趙多佳人，美者顔如玉。宋人仍襲，多用燕玉，寔不知其所出。

〔四〕金縷歌　杜牧之杜秋詩：秋持玉斝飲，與唱金縷衣。

宋子京修史

玉堂夜雪清如水，麗豎遠山夾棐几。貂冠翠被宫錦袍，摩娑銀管修唐史〔一〕。燭花舒光墨涌波，暖寒雙進金叵羅〔二〕。回看青簡還自笑，蘭臺〔三〕蠶室〔四〕當如何？

【箋注】

〔一〕修唐史　朱弁曲洧舊聞：宋子京修唐書，嘗一日逢大雪，添帟幙，然椽燭一，秉燭二，左右熾炭兩巨爐，諸姬環侍。方磨墨濡毫，以澄心堂紙草某人傳，諸姬笑語，隨閣筆掩卷起，索酒飲之，幾達晨明。顧文薦負暄雜録：宋子京晚年知成都，帶唐書於本任刊修。每宴罷，閉寢門，垂簾，燃二椽燭，媵婢夾侍，和墨伸紙，觀者皆知尚書修唐史，望之如神仙。吴元中居翰苑，每草制誥，則使婢遠山磨墨，運筆措詞，宛若圖畫。二公俱有標緻者也。

〔二〕金叵羅　北史祖珽傳：神武宴寮屬，於坐失金叵羅。竇太令飲酒者皆脱帽，於珽髻上得之。

〔三〕蘭臺　後漢書班彪傳：固以彪所續前史未詳，乃潛精研思，欲就其業。既而有人上書告固私改作國史，有詔收固繫獄。固弟超詣闕上書，具言固所著述意。顯宗甚奇之，召詣校書部，除蘭臺令史。

〔四〕蠶室　子長報任少卿書：僕又佴之蠶室。

月宫遊

銀橋平砌金波〔一〕路，銀河一帶如繩度。太真卻妒竊藥人〔二〕，月宫〔三〕不肯多時住。霓裳拍序〔四〕慢廻波〔五〕，三郎〔六〕畫肚〔七〕記來多。月中天子莫懊惱，天上曾聞竊九歌〔八〕。

【箋注】

〔一〕金波　漢書禮樂志：郊祀歌：月穆穆以金波。師古曰：月光穆穆，若金之波流。

〔二〕竊藥人　淮南子覽冥訓篇：羿請不死之藥於西王母，姮娥竊以奔月。高誘曰：姮娥，羿妻，奔入月爲月精也。

〔三〕月宮　楊太真外傳：逸史云：羅公遠侍玄宗八月十五日夜宮中翫月，曰：「陛下能從臣月中游乎？」乃取一杖，向空擲之，化爲一橋，其色如銀，請上同登。約行數十里，至大城闕。公遠曰：「此月宮也。」有仙女數百，素練寬衣，舞于廣庭。上前問曰：「此何曲也？」曰：「霓裳羽衣也。」上密記其聲調，遂迴橋，卻顧，隨步而滅。旦諭伶官象其聲調，乃作霓裳羽衣曲。

〔四〕拍序　樂府：樂苑曰：鄭愚曰：玄宗至月宮聞仙樂，及歸，但記其半。會西涼府節度楊敬述進婆羅門曲，聲調相符，遂以月中所聞爲散序，敬述所進爲曲，而名霓裳羽衣曲。

〔五〕廻波　樂府：回波樂，商調曲。唐中宗時造。蓋出於曲水引流泛觴也。李上交近事會元：廻波樂、春鶯囀、烏夜啼之類，謂之軟舞。阿遼、柘枝、達摩支之屬，謂之健舞。

〔六〕三郎　唐詩紀事：鄭嵎津陽門詩：三郎紫笛弄煙月。注曰：内中皆以上爲三郎。

〔七〕畫肚　開元傳信録：玄宗嘗坐朝，以手指上下按其腹。朝退，高力士曰：「陛下以手指按腹，豈非聖體小有不安耶？」玄宗曰：「非也。吾昨夜夢遊月宮，諸仙娛奏以上清之樂，流亮清越，酣醉久之。合奏諸樂以送吾歸，杳杳在耳。吾回，以玉笛尋之，已盡得矣。坐朝之際，慮忽遺忘，故懷玉笛時，以手指上下尋之，非不安也。」力士再拜賀曰：「非常之事也。願陛下爲臣一奏之。」因爲奏之，其音寥寥然不可名言。玄宗曰：「此曲名紫雲迴。」遂載於樂章。

〔八〕竊九歌　山海經：夏后氏開上三嬪于天，得九辨與九歌以下。郭璞曰：皆天帝樂名也。開登天而竊以下用之也。

嵩嶽嫁女

仙家花燭世希有，書生相禮羣真後。嵩山移作桂輪宮，燭夜花傾數巡酒。莫道人間隔幾塵〔一〕，市朝陵谷頗相聞。開元天子〔二〕來何晚？爲敕龍神蕩祲氛。

【箋注】

〔一〕幾塵　廣異記：丁約謂韋子威曰：「郎君終當棄俗，尚隔兩塵。」子威曰：「何謂兩塵？」曰：「儒謂之世，釋謂之刧，道謂之塵。善堅此心，亦復遐壽。」

〔二〕開元天子　纂異記：田璆、鄧韶，元和癸巳歲中秋望夕，出建春門，望月于别墅。有二書生揖行，至一境，曰：「有瑞露酒，釀於百花之中。」謂小童折燭夜，傾於竹葉中，凡飛數巡。又東南行，至一門，引入。書生曰：「今夕中天羣仙會於兹岳，請以知禮導昇降。」言訖，見直北花燭亘天。書生命璆、韶拜，夫人各賜薰髓酒一杯。夫人問左右：「誰人召來？」曰：「衛符卿、李八百。」於是引璆、韶於羣仙之後。俄有一人駕鶴而來，曰漢朝天子。續有一人駕黃龍而下，王母曰：「李君來何遲？」曰：「爲敕龍神設水旱之計，作彌淮蔡，以殲妖逆。」書生謂璆、韶：「此開元、天寶太平之主也。」未頃，穆天子來，環坐而飲。俄有四鶴立於車前，載仙郎並相者侍者。仙女捧玉箱，托紅牋筆硯而至，請催粧詩。劉剛、茅盈、巢父詩入，玉女數十引仙郎入帳，召璆、韶行禮。禮畢，夫人命符卿等引還人間。折花傾酒，步步惜別。復出來時車門，行四五步，杳失所在，唯見嵩山嵯峨倚天。及還家，已歲餘矣。

西園公讌

鄴中公子〔一〕敬愛客，飛蓋追隨共茵席。丹霞〔二〕明月照羽觴〔三〕，良夜高吟戛金石。遊讌差池歲序驚，陳王多暇〔四〕最關情。魚山〔五〕月似西園好，獨向寥天寫梵聲。

【箋注】

〔一〕公子　曹子建公讌詩：公子敬愛客，終宴不知疲。清夜游西園，飛蓋相追隨。明月澄清景，列宿正參差。李善曰：公子謂文帝。時武帝在，謂五官中郎也。

〔二〕丹霞　魏文帝芙蓉池作：丹霞夾明月，華星出雲間。

〔三〕羽觴　程大昌演繁露：楚辭曰：瑤漿蜜勺實羽觴。張衡西京賦：羽觴行而無算。班婕好東宮賦曰：酌羽觴兮消憂。諸家釋羽觴皆不同。劉德曰：酒行疾如羽。如淳曰：以玳瑁覆翠羽於下，徹上可見。劉良曰：杯上插羽以速飲。皆非是。束皙論褉曰：逸詩云：羽觴隨波流。且以隨波之用證之。若果插羽，則流泛非便。至謂玳瑁翠羽相須爲麗，則太不經。惟李善引漢書音義曰「作生爵形」者是也。古飲器自有爵，真爲爵形。劉杳謂古尊彝皆刻木爲鳥獸，鑿頂及背以出酒者，即其制也。孟康釋班賦，亦曰：羽觴作生爵形，有頭尾羽翼。師古曰：孟説是也。第其制隨事取便，鑄銅爲之，則可堅久，於祭燕爲宜。若以流泛，即刻木爲之，可飲可浮，皆通便也。

〔四〕多暇　謝希逸月賦：陳王初喪應劉，端憂多暇。

〔五〕魚山　法苑珠林唄讚篇：陳思王曹植每讀佛經，輒流連嗟賞，以爲至道之宗極。遂製轉贊七聲，升降曲折之響。世之諷誦，咸憲章焉。嘗遊魚山，忽聞空中梵天之響，清雅哀婉，其聲動心。竊聽良久，乃摹其聲節，寫爲梵唄。撰文製音，傳爲後式。梵聲顯世始於此焉。其所傳唄，凡有六契。

庾公南樓

武昌城樓月如雪，庾公〔一〕高興〔二〕中宵發。城下江流照碧波，猶帶胡牀晉時月。南戒〔三〕江山半壁新，月華應不染胡①塵。晉陽夜月重圍候②，也有登樓清嘯〔四〕人。

【校勘記】

①鄒本、金匱本作「邊」。②鄒本作「後」。

【箋注】

〔一〕庾公　世説容止篇：庾太尉在武昌，秋夜佳景清勝，佐吏殷浩、王胡之之徒登南樓理詠。音調始遒，聞函道中有屐聲甚厲，定是庾公。俄而率左右十許人步來，諸賢欲起避之。公徐云：「諸君少住，老子于此處興復不淺。」因便據胡牀，與諸人詠謔，竟坐甚得任樂。

〔二〕高興　殷仲文南州桓公九井詩：獨有清秋日，能使高興盡。

〔三〕南戒　新唐書天文志：貞觀中，淳風撰法象志，因漢書十二次度數，始以唐之州縣配焉。而一行以爲天下山河之象，存乎兩戒。北戒自三危、積石負終南地絡之陰，東及太華，踰河，並雷首、砥柱、王屋、太行，北抵常山之右，乃東循塞垣，至濊貊、朝鮮，是謂北紀，所以限戎狄也。南戒自岷山、嶓冢負地絡之陽，東及太華，連商山、熊耳、外方、桐柏，自上洛南逾江漢，攜武當、荆山，至于衡陽，乃東循嶺徼，達東甌、閩中，是謂南紀，所以限蠻夷也。故星傳謂北戒爲胡門，南戒爲越門。

〔四〕清嘯　世説雅量篇：劉越石爲胡騎所圍數重，城中窘迫無計。越石每夕乘月登樓清嘯。胡騎聞之，皆悽然長嘆。中夜奏胡笳，人皆流涕，有懷土之思。向曉又吹之，賊并棄圍奔走。

洞庭採橘

龍頭畫船〔一〕載清醥〔二〕，李娟張態〔三〕歌喉少。迴塘十里接包山〔四〕，一曲霓裳〔五〕鋪未了。五宿〔六〕澄波皓月中，玻璃地〔七〕界水晶宫〔八〕。海山〔九〕深鎖君知否？近岸還防引去風〔一〇〕。

【箋注】

〔一〕龍頭畫船　樂天夜泛陽塢入明月灣詩：龍頭畫舸啣明月，鵲脚紅旗蘸碧流。

〔二〕清醥　左太沖蜀都賦：觴以清醥。曹子建七啓：乃有春清縹酒，康狄所營。李善曰：毛詩曰：爲此春酒。鄭玄禮記注曰：清酒，今之中山冬釀，接夏而成也。醥，緑色而微白也。

〔三〕李娟張態　樂天霓裳羽衣歌：李娟張態君莫嫌，亦擬隨宜且教取。注曰：娟、態，蘇妓之名。

〔四〕包山　廣輿記：洞庭一名包山。

〔五〕霓裳　樂天洞庭舟中詩：出郭已行十五里，唯銷一曲慢霓裳。

〔六〕五宿　范成大吴郡志：白居易因黄橘夜泛太湖，其詩云：十隻畫船何處宿？洞庭山脚太湖心。又自太湖寄元稹詩云：報君一事君應羨，五宿澄波皓月中。則是連五日夜在湖心泛舟。雖白公風格高邁，好事不宭束，亦當時文法網疏，不以爲怪。古今時異事異有如此者。

〔七〕琉璃地　法華經譬喻品：國名離垢，琉璃爲地。

〔八〕水晶宫　任昉述異記：闔閭構水晶宫，尤極工巧，皆出自水府。

〔九〕海山　唐逸史：會昌元年，有商客遭風漂蕩月餘，至一大山，有人迎問，引至一處。一道士坐大殿上，與語，曰：「此蓬萊山也。」遣左右引于宫内遊觀，院宇數十，皆有名號。至一院，扃鎖甚嚴，問之，答曰：「此是白樂天院，在中國未來耳。」客别歸至越，具白廉使李公，録以報白公，乃爲詩二首以記其事。及答李浙東云：近有人從海上來，海山深處見樓臺。中有仙龕虚一室，皆言此待樂天來。又曰：吾學空門不學仙，恐君此語是虚傳。海山不是吾歸處，歸即應歸兜率天。

〔一〇〕引去風　漢書郊祀志：三神山其傳在渤海中，未至，望之如雲。及到，三神山反居水下，至則風輒引船而去。

西廂記

由來張宿天河〔一〕下，鵲橋近倚蒲東舍。一聯花影拂牆詩，千秋明月西廂夜。雙文〔二〕薄命〔三〕莫咨嗟，至竟天公①不算差。縱②是楊妃會傾國〔四〕，何曾桃李〔五〕不開花？

【校勘記】

①鄒本、金匱本作「工」。　②淩本作「維」。

【箋注】

〔一〕天河　樂府徐陵雜曲：張星舊在天河上，由來張姓本連天。

〔二〕雙文　趙德麟侯鯖録：僕家有微之作元氏古艷詩百餘篇，詩中多言雙文，意謂二鶯字爲雙文也。

〔三〕薄命　陶九成輟耕録：余見陳居中所畫唐崔麗人圖，上題云：薄命千年恨，芳心一寸灰。西廂舊紅樹，曾與月徘徊。

〔四〕傾國　樂天長恨歌：漢王重色思傾國。

〔五〕桃李　長恨歌：芙蓉如面柳如眉，對此如何不淚垂？春風桃李花開夜，秋雨梧桐葉落時。

李牟煙竹笛〔一〕

老蛟橫笛山河斷，吹破李牟煙竹管。乖龍耳聾①鰲足僵，揚子江心月如瀞。餘音寥亮度吴關，白翎〔二〕海青〔三〕颯沓還。會須重截龍吟竹〔四〕，劈裂秋風木葉山〔五〕。

【校勘記】

①凌本作「聾」。

【箋注】

〔一〕煙竹笛　李肇國史補：李舟好事，嘗得村舍煙竹，截以爲笛，堅如鐵石，以遺李牟。牟吹笛天下第一，月夜泛江，維舟吹之，寥亮逸發，上徹雲表。俄有客獨立於岸，呼船請載。既至，請笛而吹，甚爲精壯，山河可裂，牟平生未嘗見。及入破，呼吸盤擗，其笛應聲粉碎，客散不知所之。舟著記，疑其蛟龍也。李牟秋夜吹笛于瓜洲，舟檝甚隘。初發調，羣動皆息。及數奏，微風颯然而至。又俄頃，舟人賈客皆有怨嘆悲泣之聲。

〔二〕白翎　元楊允孚灤京雜詠：鴛鴦陂上是行宫，又喜臨岐象馭通。芳草撩人香撲面，白翎隨馬叫晴空。注曰：白翎，草地所生。

〔三〕海青　王偁東都事畧附録：女真有俊禽曰海東青，次曰玉爪駿，俊異絶倫，一飛千里。延禧喜此二禽善捕天鵝，命女真國人搜取以獻。國人厭苦，遂叛。

〔四〕龍吟竹　馬融長笛賦：近世雙笛從羌起，羌人伐竹未及已。龍吟水中不可見，截竹吹之聲相似。

〔五〕木葉山　遼史地理志：永州有木葉山，上建契丹始祖廟。

續得本朝二事

威寧海

牙帳燭紅雪如許，打番夜卒〔二〕扠衣語。金杯玉勒賞未足，笑指雙鬟將勞汝。胡笳烽火公自誇，宵來背癢知誰爬？威寧海子新封好，重擁胡①姬醉雪花。

【校勘記】

①鄒本、金匱本作「妖」。

【箋注】

〔一〕打番夜卒　威寧伯王越，字世昌，濬縣人。在延鎮日，遇夜雪，張燈豪飲。小校偵虜事者，刺報甚悉。公喜，以金甌酌酒，坐而飲之，已，即以金甌予之。校得賞，益暢所欲言。公大喜，指女妓尤麗者曰：「以此予汝。」

棋盤街

天街白月浄如掃，元相〔一〕入朝銀燭早。停車嘯詠解朝衣，禁鐘欲動天門曉。閣道崩隤輦路傾，玉堂佳話感昇平。竹沙蘆月江村夜，歷亂漁燈似火城〔二〕。

【箋注】

〔一〕元相　王世貞藝苑巵言：崔子鍾嗜酒，每至五鼓，踏月長安街，席地而飲。時李文正以元相朝天，遥見之曰：「非子鍾耶？」崔趨至傍，曰：「入朝尚蚤，得少住乎？」文正曰：「佳。」便脱衣行觴。火城漸繁，始分手別去。

〔二〕火城　李肇國史補：元日、冬至立仗，大官皆備珂傘列燭，有至五六百炬者，謂之火城。宰相火城將至，則衆火皆撲滅以避之。

覺浪和尚挽辭八首有序①

予與浪上人②武林邂逅，契在忘言〔一〕。吴苑睽違，跡同交臂〔二〕。俄聞順世〔三〕，早已隔生〔四〕，嘆夜壑〔五〕之負趨，感晨鐘〔六〕而深省。剎竿〔七〕卻倒，智鏡〔八〕云亡。斯世同③長夜之熄燈，伊余如跛人之奪杖。未能免俗，敬製挽辭，以哭吾私，非誰爲慟云爾。

【校勘記】

①鄒本、金匱本、凌本無「有序」二字。②「上人」，鄒本作「杖人」，金匱本作「丈人」。③鄒本、金匱本作「如」。

【箋注】

〔一〕忘言　莊子外物篇：言者所以在意，得意而忘言。

〔二〕交臂　莊子田子方篇：仲尼謂顔回曰：「吾終身與汝交一臂而失之。」

〔三〕順世　道誠釋氏要覽：釋氏死謂涅槃、圓寂、歸真、歸寂、滅度、遷化、順世，皆一義也。隨便稱之，蓋異俗也。

〔四〕隔生　元微之僧展如詩：重吟前日他生句，豈料踰旬便隔生。

〔五〕夜壑　莊子大宗師篇：藏舟于壑，藏山于澤，可謂固矣。然而夜半有力者，負之而趨，昧者不知也。

〔六〕晨鐘　少陵遊龍門奉先寺詩：欲覺聞晨鐘，令人發深省。

〔七〕刹竿　五燈會元：阿難尊者一日問迦葉曰：「世尊傳金襴袈裟外，别傳箇甚麽？」迦葉曰：「阿難。」阿難應諾。迦葉曰：「倒卻門前刹竿著。」

〔八〕智鏡　宗鏡録第九十五卷：志求無上菩提，修持真實佛金剛聖性三摩地一切法者。一切法，即是一切有情心是也。爲有情衆生心地法藏，有煩惱種性。煩惱種性，則是菩提性者。有情心處，本性真浄，空無所得。是故有情心，是大圓鏡智心處是也。佛地論：圓鏡智者，正浄無垢，離客塵故。五燈會元：壽州智通禪師偈曰：大圓鏡智性清浄，平等性智心無病。妙觀察智見非功，成所作智同圓鏡。

雲心灑落鶴身輕，覿面真令水觀〔一〕成。莫道三生隔眉宇，琉璃白月〔二〕自分明。

【箋注】

〔一〕水觀　首楞嚴經：月光童子白佛言：「我憶往昔恒河沙劫，我作水觀，室中安禪。有童子窺窗，唯見清水，取一瓦礫投之。我出定後，頓覺心痛。爾時童子來前，説如上事。我則告言：汝更見水，可即除去瓦礫。童子奉教，後入定時，開門除出。我後出定，身即如初。」

〔二〕白月　禪家以初一至十五爲白月，十六至大盡爲黑月。

其二

石室分籌〔一〕了未曾？雀喧鳩鬧正懵騰。恰如墨穴①昏黄後②，吹滅龍潭一紙燈〔二〕。

【校勘記】

①「墨穴」，金匱本作「黑月」。②鄒本、金匱本作「候」。

【箋注】

〔一〕石室分籌　西域記：兔羅國城東五六里，巖間有石室，高二十餘尺，廣三十餘尺，四寸細籌填積其内。尊者近護，説法化導。夫妻俱證羅漢果者，乃下一籌。異室别族，雖證不記。

〔二〕龍潭紙燈　五燈會元：宣鑒禪師往龍潭棲止。一夕立次，潭曰：「更深何不下去？」師珍重便出，却回曰：「外面黑。」潭點紙燭度與師。師擬接，潭便吹滅。師於此大悟，便禮拜，曰：「從今向去，更不疑天下老和尚舌頭也。」

其三

踏翻大地攪長河〔一〕，一葦〔二〕横江也較多。解道廓然無聖〔三〕句，依然平地自生波。

【箋注】

〔一〕攪長河　百法鈔：十大菩薩變大地爲黄金，攪長河爲酥酪。

〔二〕一葦　釋氏通鑑：達摩至金陵，知機不契，遂去梁。折蘆北趨魏境，尋至洛邑，止嵩山少林寺，終日面壁而坐。

〔三〕廓然無聖　傳燈録：梁普通八年，師至金陵。武帝問聖諦第一義，師曰：「廓然無聖。」帝曰：「對朕者誰？」師曰：「不識。」帝不領悟。

其四

錫杖條衣掛影堂，西齋依舊一爐香。趙州〔一〕未會安閒法，尚倚山門見趙王。

【箋注】

〔一〕趙州　南部新書：真定帥王公，一日攜諸子入趙州院。坐而問曰：「大王會麽？」王曰：「不會。」師云：「自小持齋身已老，見人無力下禪牀。」王大加禮重。翌日，令客將傳語，師下禪牀受之。侍者問：「和尚見大王來，不下禪牀。今日軍將來，爲甚麽却下禪牀？」師云：「非汝所知。第一等人來，禪牀上接，中等人來，下禪牀接，末等人來，山門外接。」

其五

驟雨沈灰劫未窮，長干一夜起嵐風〔一〕。諸天比歲頻垂泣〔二〕，細雨如絲只爲公。

【箋注】

〔一〕嵐風　翻譯名義集：毘嵐，亦云隨藍，此云迅猛風。大智度論云：八方風不能動須彌山，隨嵐風至，碎如腐草。

〔二〕諸天垂泣　翻譯名義集：阿含説舍利弗涅槃時，無色界天，空中淚下，如春細雨。

其六

智海〔一〕波騰識浪奔，溪藤〔二〕海墨〔三〕總斕斒。扠衣辭衆跏趺〔四〕去，才顯①毘耶不二門〔五〕。

【校勘記】

①凌本作「識」。

【箋注】

〔一〕智海　華嚴經世主妙嚴品：智海於此湛然坐。疏鈔曰：特由内無識浪，故曰智海湛然。

〔二〕溪藤　李肇國史補：紙則有越之剡藤台箋。

〔三〕海墨　華嚴經入法界品：假使有人以大海量墨，須彌聚筆，書寫於此普眼法門，一品中一門，一門中一法，一法中一義，一義中一句，不得少分，何況能盡？

〔四〕跏趺　道誠釋氏要覽：結跏坐，毗婆沙論云是相圓滿安坐義。聲論云：以兩足趺加致兩髀，如龍盤結。脅尊者云是吉祥坐。念誦經云：全跏趺是如來坐，半跏趺是菩薩坐。

〔五〕不二門　維摩詰經：佛在毗耶離菴羅樹國。佛告文殊師利：「汝行詣維摩詰問疾。」文殊師利問維摩詰：「何等是菩薩入不二法門？」時維摩詰嘿然無言。文殊師利歎曰：「乃至無有文字語言是真入不二法門。」

其七

須彌拍碎信乾坤，曾向龍湖〔一〕徹底論。誰復夜闌聽①軟語？空餘落月〔二〕似金盆。

【校勘記】

①鄒本作「聞」，金匱本作「接」。

【箋注】

〔一〕龍湖　公松影和上報恩詩草序：予少喜讀龍湖李禿翁書。戊戌歲，與覺浪和上劇談，舉向在龍湖與梅長公諸人夜話笑語和上：「安所謂麻姑長爪爬我背癢耶？」戊戌孟夏，公遇覺浪和尚于武林，把臂快談，舉向在龍湖時與梅長公諸人夜語公案，長公嘗問和尚：「如此世界壞極，人心壞極，佛菩薩以何慈悲方便救濟？請明白提醒。」和尚以手作圓相曰：「國初時，如一錠大圓寶相似。這一錠銀十成足色，斬碎來用，卻塊塊是精的。人見其太好，乃過一爐火，摻一分銅，是九成了也。九成銀還好用，再過第二手，又摻下一分，是八成了。八成後摻到第三、第四，乃至第八、第九，到如今只見得是精鐵，無銀子氣矣。」長公曰：「然則如何處之？」和尚曰：「如此則天厭之，人亦厭之。必須一并付與大爐火烹煉一番，銅、鉛、鐵、錫都銷盡了，然後還他國初十分本色也。」長公曰：「如此則造物亦須下毒手也。」和尚曰：「不下毒手，則天地不仁，造物無功，而天地之心亦幾乎息矣。」長公與李、孟諸公相顧太息曰：「不知吾輩還能跳出此造物一番爐錘否？」

〔三〕落月　少陵贈蜀僧閭丘詩：夜闌接軟語，落月如金盆。

其八

宗眼相期訂汗青，五花重理五枝燈〔一〕。傷心僧寶憑誰續〔二〕，也似人間野史亭〔三〕。

【箋注】

〔一〕五枝燈　侯延慶禪林僧寶傳序：覺範曰：「自達摩之來，六傳至大鑒。鑒之後析爲二宗，其一爲石頭，雲門、曹洞、法眼宗之。其一爲馬祖，臨濟、潙仰宗之。是爲五家宗派。牧翁嘗云：昔者紫柏、海印二大師，謂五燈之傳不正，則慧命不續。予時易其語而未遑深究焉。癸酉人日，繙閱覺夢堂重校五家宗派，序云：曹溪下列爲兩派，一曰南嶽讓，讓出馬大師。一曰青原思，思出石頭遷。自兩派下又分五宗。馬大師出八十四員善知識，内有百丈海。海出黄蘗運大、潙祐二人，運下出臨濟玄，號臨濟宗。祐下出仰山寂，號潙仰宗。八十四人内又有天王悟，悟得龍潭信，信得德山鑑，鑑得雪峯存，存下出雲門偃，號雲門宗。存又得玄沙備，備出地藏琛，琛出清涼益，號法眼宗。次石頭遷出藥山儼天、皇悟二人。悟下得慧真，真得幽閒，閒得文賁，三世便絶。唯藥山得雲巖晟，晟得洞山价，价得曹山章，號曹洞宗。景德間，吴僧道原集傳燈録，收雲門、法眼兩宗歸石頭下，誤矣。此序出而五宗之派始定。我今夷考之，傳燈之誤，蓋誤于知有石頭下之天皇悟，而不知馬祖下之亦有天王悟也。即雲門、法眼兩家兒孫，亦因傳燈誤於前，而惠洪僧寶仍之，竟以爲出自青原，後久不知之辨矣。按道悟同時有二人，一住荆南城西天王寺，嗣馬祖，其下出龍潭信者；一住荆南城東天皇寺，嗣石頭者。何以明之？據唐正議大夫户部侍郎平章事荆南節度使丘玄素撰天王道悟禪師碑，云道悟，渚宫人，姓崔氏，子玉之後胤也。年十五依長沙寺曇翥律師出家，二十三詣嵩山受戒，三十參石頭，頻沐指示，曾未投機。次謁忠國師，三十四與國師侍者應真南還謁馬祖，祖曰：「識取自心，本來是佛，不屬漸次，不假修持，體自如如，萬德圓滿。」師於言下大悟。祖囑曰：「汝若住持，莫離舊處。」師蒙旨已，便返荆門。去郭不遠，結草爲廬。後因節使顧問，左右申其端緒，節使親臨訪道，見其路隘，車馬難通，極目荒榛，曾未修削。覩兹發怒，令人擒師抛于水中。旌旆纔歸，乃見偏衙火發，内外烘燄，莫可近之，唯聞空中聲曰：「我是天王神。」即便回心設拜，煙燄都息，宛然如初。遂往江邊，見師在水，都不濕衣。節使重申懺悔，迎請在衙供養，于府西造寺，額號天王。師常云快活快活，及臨終時叫苦苦。又云閻羅王來取我也。院主問曰：「和尚當時被節度使抛向水中，神色不動，如今何得恁麽地？」師舉枕子云：「汝道當時是，如今是？」院主無對。便入滅，當元和三年戊子十月十三日也，年八十二，坐六十三夏。嗣法一人，曰崇信，即龍潭也。又據協律郎符載撰城東天皇道悟碑云：道悟，姓張氏。婺州東陽人。年十四出家，依明州大德祝髮。二十五受戒於杭州竹林寺。初參國一，留五年。大曆十一年，隱於大梅山。建中初，謁江西馬祖。二年，參石頭，乃大悟。遂隱當陽紫陵山。後於荊南城東有天皇廢寺，靈鑒請居之。元和二年丁亥四月十三日，以背痛入滅。年六十，坐三十五夏。法嗣三人：曰慧真、曰文賁、曰幽閒。今荊南城東有天皇巷存焉。詳觀符碑所記，恰與景德傳燈合，故知道原誤認爲一，而不辨有二也。唐閭人歸登撰南嶽讓禪師碑，列法孫數人，後有天王道悟名。圭峯答裴相國宗趣狀，列馬祖法藏六人，首曰江陵道悟。權德輿撰馬祖塔銘，載弟子海慧等十一人，道悟其一也。宗派之鑿鑿若此，而歷來禪人無究心及此者，何也？吕夏卿、張無盡著書皆補道悟嗣馬祖，宗門反以爲誤，蓋相沿傳燈之謬，未獲見二碑所載與？予特推原公之深旨，詳考以俟後來修僧史者。悠悠千古，將使誰正而重理之乎？

〔二〕續僧寶　紫柏大師謂本朝單傳一宗，幾乎滅熄，傳燈未續，是出世一大負。公嘗以此言語浪丈人，囑其較正五家宗派，作録以繼傳燈，作傳以續僧寶，科揀綱宗，區別邪正，庶幾正法眼藏，不爲魔外之所嬈亂。今也浪老云亡，墨穴世界中狂禪横行，是非黑白將使誰正之？公能不爲之心傷乎？

〔三〕野史亭　金史元好問傳：構亭於家，著述其上，因名曰野史。

靈巖方丈遲静涵司農未至①

巖②扉春淺日初遲，接足〔一〕高僧晏坐時。丈室〔二〕祇應禪老共，琴臺③〔三〕曾④與片雲期。梅横縞袂〔四〕迎人笑，鶴戛⑤玄裳〔五〕入夢疑。吟⑥望空庭指頑石〔六〕，兩人心跡有君⑦知。

【校勘記】

①江左三大家詩鈔題作「靈巖方丈佇望司農張静菴未到」。②鄒本、金匱本作「台」。③「琴臺」，凌本作「詩臺」。④鄒本、金匱本作「只」。⑤鄒本、金匱本作「曳」。⑥鄒本、金匱本作「凝」。⑦江左三大家詩鈔作「誰」。

【箋注】

〔一〕接足　贊寧宋高僧傳：達摩掬多掌定門之秘鑰，佩如來之密印，顔如四十許，其實八百歲也。無畏投身接足，奉爲本師。

〔二〕丈室　道誠釋氏要覽：唐顯慶年中，敕差外尉寺丞李義表前融州黄水令王玄策往西域充使至毗耶梨城東北四里許，維摩居士宅示疾之室，遺址疊石爲之。玄策躬以手板縱横量之，得十笏，故號方丈。

〔三〕琴臺　范成大吳郡志：館娃宮即今靈巖寺，山有琴臺、西施洞、硯池、翫花池，山前有採香徑，皆宮之故跡。

〔四〕縞袂　東坡松風亭梅花詩：海南仙雲嬌墮砌，月下縞衣來扣門。

〔五〕玄裳　東坡後赤壁賦：適有孤鶴，横江而來。玄裳縞衣，戛然長鳴。

〔六〕頑石　五燈會元：文益禪師出嶺過地藏院，阻雪少憩。雪霽辭去，藏門送之，問曰：「上座尋常説三界唯心，萬法唯識」，乃指庭下片石曰：「且道此石在心内，在心外？」師曰：「在心内。」藏曰：「行脚人著甚麽來由？安片石在心頭。」師窘無以對。

靈巖呈夫山和尚二首

經年期約訪花宮〔一〕，一坐渾如小劫〔二〕終。厭寱語言殘夢後，欠呵情緒薄寒中。方嗟下界初禪火〔三〕，又感空門四樹風。感嘆天界浪老順世，兼有後五百年刹竿苦語。月落長明燈焰焰，夜闌猶①向屧廊〔四〕紅。

【校勘記】

①鄒本、金匱本作「獨」。

【箋注】

〔一〕花宮　太白秋夜宿龍門香山寺詩：玉斗生網户，銀河耿花宮。

〔二〕小劫　太白遊昌禪師山池詩：一坐度小劫，觀空天地間。

〔三〕初禪火　大智度論釋初品中三三昧：初禪中覺觀心動，二禪中大喜動，三禪中大樂動，四禪中無動。初禪火所燒，二禪水所及，三禪風所至，四禪無此三患。

〔四〕屧廊　范成大吴郡志：響屧廊在靈巖寺。相傳吴王令西施輩步屧，廊虚而響，故名。今寺中以圓照塔前小斜廊爲之。

其二

一入香林〔一〕與世分，杖藜侵曉過層雲。日光下塔穿嵐氣，池影摇窗劃浪紋。大地忽生〔二〕應置答，諸天退位〔三〕可相聞？片①雲只在琴臺畔，迎笑亭〔四〕前舉似君。

【校勘記】

①鄒本作「閒」。

【箋注】

〔一〕香林　東坡贈僧道通詩：香林乍喜聞薝蔔。

〔二〕大地忽生　五燈會元：秀州長水子璿講師聞琅琊道重當世，即趨其席。值上堂，次出問曰：「清浄本然，云何忽生山河大地？」琅琊憑陵答曰：「清浄本然，云何忽生山河大地？」師悟，禮謝曰：「願侍巾瓶。」琅琊謂曰：「汝宗不振久矣，宜厲志扶持，報佛恩德，勿以殊宗為介也。」

〔三〕諸天退位　禪林僧寶傳：雲門禪師文偃遊方過九江，有陳尚書飯偃，問衲僧行脚事。偃曰：「聞公常看法華經，經曰：治生産業，皆與實相不相違背。且道非非想天，有幾人退位？」又無以酬之。偃訶譏之而去。

〔四〕迎笑亭　靈巖山半有迎笑亭，儲和尚爲之記。

錫山雲間徐叟八十勸酒歌

此翁輕俠少無比，白馬黄衫賤紈綺。千金借客柳市中，一曲嬌歌笛牀〔一〕裏。老來入道學閉①關，縛屋看雲惠錫〔二〕間。看盡浮雲變蒼狗〔三〕，雲忙不似此翁閒。今年八十尚抖擻，百八數珠〔四〕不離口。僧窗打睡〔五〕鬭鷄人，佛火挑燈〔六〕臂鷹手。我亦明年釣渭期，爲君先唱壽筵詞。大家挣扎雙眉眼，看取蓬萊水淺〔七〕時。

【校勘記】

①凌本作「開」。

【箋注】

〔一〕笛牀　少陵陪李梓州泛江戲爲艷曲詩：白日移歌袖，青霄近笛牀。

〔二〕錫惠　大明一統志：錫山在無錫縣西七里，惠山東峯也。惠山舊名九龍山。

〔三〕蒼狗　少陵可嘆詩：天上浮雲如白衣，斯須改變如蒼狗。

〔四〕百八數珠　木槵子經：昔有國王，名波流梨，白佛言：「我國邊小，頻年寇疫，穀貴民困，我常不安。法藏深廣，不得遍行。唯願垂示法要。」佛言：「大王若欲滅煩惱，當貫木槵子一百八箇，常自隨身。志心稱南無佛陀、南無達摩、南無僧伽名，乃過一子。如是漸次，乃至千萬。能滿二十萬遍，身心不亂，除諂曲捨命，得生焰摩天。若復滿百萬遍，當除百八結業，獲常樂果。」王言：「我當奉行。」

〔五〕打睡　元遺山十二月十六日還冠氏十八日夜雪詩：慚愧南窗打睡僧。

〔六〕挑燈　司空圖修史亭詩：誰料平生臂鷹手，挑燈自送佛前錢。

〔七〕水淺　葛洪神仙傳：麻姑自説：「向到蓬萊水又淺于往昔，豈將復還爲陵陸乎？」

淮陰逢雷臣侍御五十生日爲壽二首①

臘醅重碧〔一〕泛深巵，花覆楸枰日未移。大好三分春色裏，恰逢千日〔二〕解酲時。安排星海懸棋局，錯列天街樹酒旗，緑柳乍眠鶯旋②囀，且扶殘醉挽③長眉。

【校勘記】

①鄒本無此二詩。金匱本題作「淮陰逢雷臣侍御五十壽詩二首」。②金匱本作「乍」。③鄒本、凌本作「調」。

【箋注】

〔一〕重碧　少陵宴楊使君東樓詩：重碧拈春酒，輕紅擘荔支。

〔二〕千日　博物志：劉玄石于中山酒家酤酒，酒家與千日酒，忘言其節度。歸至家，當醉，而家人不知，以爲死也，葬之。酒家計千日滿，乃憶玄石前來酤酒，醉向醒耳。往視之，云亡已三年。于是開棺，醉始醒。俗云：「玄石飲酒，一醉千日。」

其二

跨下橋〔一〕邊艤釣舟，持竿傲兀擬羊裘〔二〕。浮雲逝水秦炎火，芳草垂楊漢碧流〔三〕。静夜香燈明寶笈，諸天梵樂護銀鈎。雷臣日持誦金剛不輟①。蓮花世界〔四〕非關汝，肯向昆明笑白頭。

【校勘記】

①金匱本無此注。

【箋注】

〔一〕跨下橋　祝穆方輿勝覽：跨下橋，在淮陰縣，即韓信爲少年所辱之處。

〔二〕羊裘　後漢書嚴光傳：光隱身不仕，帝令以物色訪之。後齊國上言，有一男子披羊裘釣澤中，帝疑爲光，遣使聘之，三反而後至。

〔三〕碧流　太白經下邳圯橋懷張子房詩：唯見碧流水，曾無黄石公。

〔四〕蓮花世界　王介甫莫疑詩：蓮花世界非關汝，楮葉工夫枉費年。

淮陰舟中憶龔聖予遺事書贈張伯玉①

幕府遺民盡古丘〔一〕，長淮南北恨悠悠。龍媒畫②〔二〕得神應取，魚腹詩〔三〕成鬼亦愁。青史高文留劫火③，緑林激④贊〔四〕寄陽秋。對君滄海繙餘録，老淚平添⑤楚水流。

【校勘記】

①鄒本無此詩。　②金匱本作「盡」。　③金匱本作「灰」。　④金匱本作「微」。　⑤金匱本作「涯」。

【箋注】

〔一〕古丘　太白登鳳凰臺詩：晉代衣冠成古丘。

〔二〕龍媒畫　漢書禮樂志：郊祀歌：天馬徠，龍之媒。吴萊桑海遺録序：龔開，字聖予，嘗與秀夫同居廣陵幕府。及世已改，家益貧，立則沮洳，坐無几席。一子名浚，每俯伏榻上，就其背按紙作唐馬圖，風騣霧鬣，豪骭蘭筋，備盡諸態。一持出，人輒以數十金易得之，藉是故不飢。文章議論愈高古，所作文如宋瑞、陸秀夫兩傳，大率類司馬遷、班固所爲，陳壽以下不及也。予故私列二傳以發其端，題曰桑海遺録，且以待太史氏之採擇。

〔三〕魚腹詩　龔聖予輯陸君實挽詩序：聞公死事，悲悼不勝情，將以詩弔而不敢輕爲，懼傳聞之失實也。及其既久，有聞於鄉人尹應許，云得其詳於翟招討國秀，翟得之莘侍郎來。莘，公安藕池人，仕海上，目擊其事，可信無疑，然後成長句一首，並爲之序，寫示作者幸惠之詞，異時刊刻以傳，亦庶乎其可也。龔開詩：立事寧將敗事論，在邊難與在朝分。從來大地爲滄海，可得孤臣抱幼君。南北一家今又見，乾坤再造古曾聞。他年自有春秋筆，不比田横祭墓文。方回詩：亘古無斯事，于今有若人。龍綃同把手，鮫室共沉身。蹈海言能踐，憂天志不伸。曾微一坏土，魚腹葬君臣。方鳳詩：祚微方擁幼，勢極尚扶顛。鰲背舟中國，龍胡水底天。鞏存周已晚，蜀盡漢無年。獨有丹心皎，長依海日懸。

〔四〕緑林激贊　周密癸辛雜識：龔聖予作宋江三十六贊，并序曰：宋江事見於街談巷語，不足采著。雖有高如、李嵩輩傳寫，余欲存之畫贊，以未見信書載事實，不敢輕爲。及見東都事畧中侯蒙傳云：宋江三十六人横行河朔，其材必有過人。余然後知江輩真有聞於時者。於是即三十六人人爲一贊，而箴體具焉。

周安石七十

梵行儒風共一家，條衣〔一〕丈室似毘耶〔二〕。青蓮池養新含①蘂，紫柏林披舊貫花。長日經聲停院竹，清秋佛火净窗紗。壽觴且醉②油囊〔三〕酒，劫石③〔四〕何曾算歲華？

【校勘記】

①鄒本、金匱本作「函」。②鄒本作「碎」。③金匱本作「日」。

【箋注】

〔一〕條衣　薩婆多論：僧伽梨有三品：自九條十一條十三條名下品，衣皆兩長一短作；十五條十七條十九條名中品，衣皆三長一短作；二十一條二十三條二十五條名上品，衣皆四長一短作。釋氏要覽：僧伽梨，即大衣也。

〔二〕毘耶　維摩詰經：佛在毘耶離菴羅樹園。

〔三〕油囊　葛洪神仙傳：麻姑至蔡經家，方平以千錢與餘杭姥，須臾信還，還得一油囊酒五斗許。

〔四〕劫石　大智度論釋初品中菩薩功德：佛譬喻説：「四千里石山，有長壽人百歲過，持細輭衣一來拂拭，令是大石山盡，劫故未盡。」

奉祝本芝年丈古稀初度二首①

京洛聲華動玉階，飄然結隱寄青鞵。賦家白鳳新銜口，經學蒼龍舊入懷。雨屋明燈禪丈室，晴窗潑墨扁②蕭齋。閩天榕荔皆棠陰，處處豐碑瞰石厓。

【校勘記】

①鄒本、金匱本、凌本無此詩二首。邃本補遺題作「孫光甫七十二首」。丁校牧齋外集另有校云：集外詩題作「孫方伯七十二首」，一作「孫光甫七十」。②邃本補遺作「徧」。

其二

雲衣月扇列仙家，丹井銀筒路不遐。老眼光欺青簡雪，佳兒文并赤城霞。池魚泳①水閒吞墨，庭鶴梳風静煮茶。燕喜最憐吾谷好，丹楓長似碧桃花。

【校勘記】

①邃本補遺作「戲」。

中國古典文學基本叢書

牧齋有學集詩注

下册

中華書局

卷十一

紅豆三集起庚子年，盡辛丑年

辛丑二月四日宿遵王述古堂張燈夜飲酒闌有作四首①

神居仙治氣葱蘢，山響〔一〕雲興欄檻中。東夏衣冠餘白髮，宋宣獻傳芳集序云：武肅王奄有東夏②。西臺〔二〕堂構〔三〕又春風。架披湘竹標黄③白，杯壓蒲桃泛碧紅。從此經過無信宿〔四〕，書莊酒庫〔五〕總相同⑤。

【校勘記】

①鄒本、金匱本題作「辛丑二月四日宿述古堂張燈夜飲酒罷有作」，牧齋詩鈔題作「宿述古堂張燈夜飲酒罷有作」。②鄒本、金匱本無此注。③鄒本作「青」。④鄒本此二句作「從此吾家好風物，引杯燒竹與君同」。

【箋注】

〔一〕山響　梁昭明招真治碑：野寂雲興，琴繁山響。

〔二〕西臺　程大昌演繁露：趙璘因話録曰：高宗朝，改門下省爲東臺，中書省爲西臺，尚書省爲文昌臺。故御史呼爲南臺，南朝亦同。又曰武后朝御史有左右肅政之號，當時亦謂之左臺右臺，則憲府未嘗有東臺西臺之稱也。唯俗呼在京爲西臺，東都爲東臺。按此言之，御史唯一臺，别自因事加東西南三稱爲别耳。其謂俗呼在京爲西臺者，唐都長安于洛陽爲西，而洛陽亦有留臺，故長安名西臺，而洛陽爲東臺也。陸游老學菴筆記：唐人本謂御史在長安者爲西臺，言其雄劇，以别分司東都，事見劇談録。箋曰：先曾祖諱岱，字汝瞻，號秀峯。隆慶辛未進士，除廣州府推官，以卓異拜湖廣道監察御史，巡按山東、湖廣，再主鄉試。壬午闈事用竣而江陵殁，諸與江陵厚善者，皆詆謀先曾祖爲張黨，遂不復振。中年歸田，極園池聲伎之樂，家居四十餘年，卒于天啓壬戌五月，年八十二。

〔三〕堂構　書大誥：若考作室，既底法，厥子乃弗肯堂，矧肯構？

〔四〕信宿　漢書文帝紀注：臣瓚曰：一宿曰宿，再宿曰信，過信爲次。

〔五〕酒庫　白樂天自題酒庫詩：此翁何處富？酒庫不曾空。

其二

地雰天霧〔一〕晝冥冥，齋閣侵①晨拜五②經〔二〕。隱几新聲③干律吕〔三〕，縈窗〔四〕古字照丹青〔五〕。文蚩寫豕都疑亥〔六〕，學笑餐魚每食丁〔七〕。遵王方刊正西崑詩注④。慚愧師丹〔八〕老多忘，貝多〔九〕葉裏⑤讀書螢。

【校勘記】

①鄒本、金匱本作「清」。 ②鄒本、金匱本作「六」。 ③鄒本作「詩」。 ④鄒本、金匱本無此注。 ⑤凌本作「裹」。

【箋注】

〔一〕雺霧 爾雅釋天：天氣下地不應曰雺，地氣上天不應曰霧。

〔二〕拜五經 南齊書臧榮緒傳：榮緒惇愛五經，乃著拜五經序論，常以宣尼生庚子日，陳五經而拜之。

〔三〕律呂 元微之酬樂天餘思詩：律呂同聲我爾身，文章君是一伶倫。

〔四〕縈窗 少陵劉顥宅燕飲醉歌：縈窗素月垂文練。

〔五〕丹青 論衡佚文篇：極筆墨之力，定善惡之實。言行畢載，文以千數，傳流於世，成爲丹青，故可尊也。

〔六〕豕亥 家語：子夏見讀史記者云：「晉師伐秦，三豕渡河。」子夏曰：「非也，己亥耳。」問諸晉史，果曰己亥。

〔七〕魚丁 爾雅釋魚：魚枕謂之丁，魚腸謂之乙，魚尾謂之丙。

〔八〕師丹 方回瀛奎律髓宋元憲寄子京詩：老去師丹多忘事，少來之武不如人。

〔九〕貝多　翻譯名義集：多羅，舊名貝多，如此方棕櫚。西域記云：南印建那補羅國北有多羅樹林三十餘里，其葉長廣，其色光潤，諸國書寫，莫不采用。

其三

繁華第宅太平時，山滿高樓夜宴遲。山滿樓，是侍御汝瞻兄宴客處①。醉倒緑窗賓作主，笑喧紅袖祭爲尸。女伎演哭夫雜劇，醉坐靈牀，受其澆奠，故有爲尸之語②。重簾勸酒鸚哥語，促坐分甘〔一〕燕子窺。彈指〔二〕昔遊今四世，當筵引滿〔三〕復何辭？

【校勘記】

①②鄒本、金匱本無此注。

【箋注】

〔一〕分甘　晉書王羲之傳：有一味之甘，割而分之。

〔二〕彈指　翻譯名義集：僧祇云：二十念爲一瞬，二十瞬名一彈指。

〔三〕引滿　左太沖蜀都賦：合尊促席，引滿爲罰。

其四

春寒料峭〔一〕管絃清，坐看人間桑①海〔二〕更。樂闋龍宫〔三〕催急鼓，歌穿魚鑰〔四〕出重城。

電驍〔五〕雲北天舒笑，月轉花西帝解醒〔六〕。狂殺婆留〔七〕老孫子，醉看牛斗到參横〔八〕。

【校勘記】

①鄒本、金匱本作「滄」。

【箋注】

〔一〕料峭　韓魏公辛亥二月十五日詩：病骨不禁風料峭。

〔二〕桑海　葛洪神仙傳：麻姑自説接待以來，已見東海三爲桑田。

〔三〕龍宮　異聞集：洞庭龍君宴柳毅於凝碧宫，張廣樂，舞萬夫於其右，中有一夫前曰：「此錢塘破陣樂。」復舞千女於其左，中有一女進曰：「此貴主還宫樂。」龍君大悦。

〔四〕魚鑰　曹唐敘邵陵舊宴詩：木魚金鑰鎖重城，夜上紅樓縱酒情。

〔五〕電驍　白氏六帖：玉女投壺，天爲之笑則電。

〔六〕帝解醒　張平子西京賦：昔者大帝説秦穆公而覲之，饗以鈞天廣樂，帝有醉焉，乃爲金策，錫用此土，而剪諸鶉首。

〔七〕婆留　僧文瑩湘山野録：吴越王省塋隴，一鄰媪九十餘，攜壺漿角黍迎於道。王下車亟拜，媪撫其背，猶以小字呼之曰：「錢婆留，喜汝長成。」蓋初生時，光怪滿室，父懼，將沈於丫溪，此媪酷留之，遂以爲字焉。

〔八〕參横　少陵嚴侍郎仝登杜使君江樓詩：天横醉後參。

讀豫章仙音譜漫題八絶句呈太虚宗伯并雪堂梅公左①嚴計百諸君子②

重城〔一〕珠翠照邗溝〔二〕，玉樹〔三〕歌聲蕩玉鈎〔四〕。明月二分〔五〕都捲去，誤人殘夢到揚州。

【校勘記】

①鄒本、金匱本作「古」。②牧齋詩鈔題作「讀豫章仙音譜漫題」。

【箋注】

〔一〕重城　唐闕史：牛僧孺出鎮揚州，辟杜牧掌書記。揚州勝地也，每重城向夕，倡樓之上，常有絳紗燈萬數，輝羅耀列空中，九里三十步街，珠翠填咽，邈若仙境。牧常出没馳逐其間。

〔二〕邗溝　樂史寰宇記：昔吴王夫差將伐齊北霸中國，自廣陵城東南築邗城，城下掘深溝，謂之邗江，亦曰邗溝。

〔三〕玉樹　隋書樂志：陳後主于清樂中造黄鸝留及玉樹後庭花、金釵兩鬢垂等曲，與幸臣等製其歌詞，綺豔相高，極於輕薄，男女唱和，其音甚哀。

〔四〕玉鈎　王觀揚州賦：待玉鈎之初月。注曰：燕吴行役記：元和中，相國李夷簡以衙内每晚見初月於此，因建亭名玉鈎，皇甫湜爲作記。

〔五〕明月二分　容齋隨筆：唐世天下之盛，揚爲一，而蜀次之。徐凝詩云：天下三分明月夜，二分無賴是揚州。其盛可知。

其二

別去騰騰只醉眠，三杯天酒半龕禪。江風吹落仙音譜，似拂修羅琴〔一〕上絃。

【箋注】

〔一〕修羅琴　法苑珠林唄讚篇：大樹緊那羅王以己所彈琉璃之琴，在如來前善自調琴，一切凡聖，唯除菩薩不退轉者，其餘一切聞是琴聲及諸樂音，各不自安，從座起舞。

其三

牡丹亭苦唱情多〔一〕，其奈新聲水調〔二〕何？誰解梅村愁絶處？秣陵春〔三〕是隔江歌〔四〕。

【箋注】

〔一〕唱情多　張新建嘗語湯臨川云：「以君之才，握麈而登皋比，何詎出濂、洛、關、閩下，而逗漏於碧簫紅牙隊間？」臨川曰：「某與公終日講學，而人不解也。公講性，某講情。」新建無以應。臨川牡丹亭序云：情不知所起，一往而深，生者可以死，死者可以生。生而不可與死，死而不可復生者，皆非情之至也。夢中之情，何必非真，天下豈少夢中之人耶？

〔二〕水調　樂府水調歌：樂苑曰：水調，商調曲也。舊說水調河傳，隋煬帝幸江都時所製，曲成奏之，聲韻怨切。王令言聞而謂其弟子曰：「但有去聲而無回韻，帝不返矣。」後竟如其言。

〔三〕秣陵春 梅村作秣陵春傳奇于世，借南唐詞話故事寫教坊奏曲一段淒涼景色，令人殊有月明回首之悲。

〔四〕隔江歌 杜牧之泊秦淮絶句：商女不知亡國恨，隔江猶唱後庭花。

其四

雲藍小袖〔一〕盡傾城，逐隊燈前謝小名〔二〕。莫道掃眉才子〔三〕少，墨兵〔四〕酒海〔五〕正縱横。

【箋注】

〔一〕雲藍小袖 東坡與蔡景繁書：至後杜門壁觀，雖妻子無幾相見，然雲藍小袖者，近輒生一子，想聞之一拊掌也。

〔二〕謝小名 劉禹錫和楊師皋傷小姬英英詩：撚絃花下呈新曲，放撥燈前謝改名。

〔三〕掃眉才子 唐詩紀事：薛濤好製小詩，營妓無較書之號，韋南康欲奏之而罷，後遂呼之。胡曾詩曰：萬里橋邊女校書，枇杷花下閉門居。掃眉才子知多少，管領春風總不如。

〔四〕墨兵 温革分門瑣碎録：孫樵謂史書爲墨兵。

〔五〕酒海 樂天就花枝詩：就花枝，移酒海，今朝不醉明朝悔。

其五

舞豔歌嬌爛不收〔一〕，南朝從此果無愁〔二〕。笑他寂寞新亭客〔三〕，掩面悲啼作楚囚。

【箋注】

〔一〕爛不收　昌黎劉生詩：妖歌慢舞爛不收，倒心迴腸爲青眸。

〔二〕無愁　隋書樂志：北齊後主自能度曲，常倚絃而歌，别採新聲，爲無愁曲，自彈胡琵琶而唱之。

〔三〕新亭客　世説言語篇：過江諸人每至美日，輒相邀新亭，藉卉飲宴，周侯中坐而嘆曰：「風景不殊，正自有山河之異。」皆相視流淚，唯王丞相愀然變色曰：「當共戮力王室，克復神州，何至作楚囚相對？」

其六

紅箋緑酒競留春，鞲臂〔一〕弓鞋〔二〕一番①新。銀燭有花還解笑，風光偏賽白頭人。

【校勘記】

①金匱本作「樣」。

【箋注】

〔一〕鞲臂　漢書東方朔傳：董君緑幘傅鞲。韋昭曰：鞲，形如射鞲以縛左右手，於事便也。師古曰：鞲，即今之臂鞲也。

〔二〕弓鞋　道山新聞：李後主令宮嬪窅娘以帛繞脚令纖小，屈上作新月狀。由是人皆效之，以纖弓爲妙。

其七

花落花開祇一晨，判將嚼蠟〔一〕抵橫陳。九歌本是人間曲，天老①何曾愛二嬪〔二〕？

【校勘記】

①金匱本作「上」。

【箋注】

〔一〕嚼蠟　首楞嚴經：我無欲心，應汝行事。於橫陳時，味如嚼蠟。

〔二〕二嬪　山海經：夏后氏開上二嬪于天，得九辨與九歌以下。

其八

遊絲白日忽成嵐，柳絮春風故作憨。寄與多心經一卷，色空空色任君參。

孫郎請作①長筵勸酒歌

人間何處開笑口？憒悶試問黃衣叟〔一〕。烏黔鵠白〔二〕誰使然？鼻豎眉橫亦希有。君不見彭籛孫子八十翁，頭童鬢禿兩耳聾。客來稱壽百不應，反蹋堞堉〔三〕追兒童。又不見孫郎三十英妙年，藺成〔四〕射策争先鞭。華堂高會稱燕喜，撞鐘伐鼓開長筵。長筵錦繡裹吾谷，對酒西湖泛晴渌。褒衣〔五〕宿素〔六〕撰致語，小隊雲藍度新曲。主人燕客露未晞，千金爲壽徵歌詩。滿堂詞人齊授簡〔七〕，老翁曳杖前致詞。君家門第不可當，青油〔八〕暢轂〔九〕畫省②郎。邇來科名尤烜赫，夷亭③潮〔一〇〕來塔放光〔一一〕。毳帳前頭海子側，潼酒駝羹賜顔色〔一二〕。柏梁〔一三〕筆札傳拂廬〔一四〕，槐木〔一五〕音聲動鄉國。東門銅狄〔一六〕不相待，麻姑筵前見桑海。燕山馬角〔一七〕可憐生，揚州鶴背〔一八〕知誰在？天闕〔一九〕漢④口未通津，銀海〔二〇〕又報生埃塵。漁陽白雀〔二一〕自賓主，魚鳧杜宇〔二二〕猶君臣。江村夏冰冬起雹，東鄰田父額生角〔二三〕。詛神何用憑實沉〔二四〕，罵鬼祇應倩方朔〔二五〕。春光淡沱〔二六〕春寒輕，春女如花春酒盈。三⑤杯便可邀帝⑥醉〔二七〕，一笑何妨喝月〔二八〕行。如此郎君如此老，黄髪青春各言好。尋花長與燕鶯⑦羣，釀酒莫被魚龍〔二九〕惱。爲君長謡勸酒歌，老顛欲裂舞婆娑。即看紅豆花開候，恰是蟠桃一度過。

【校勘記】

①鄒本、金匱本無「請作」二字。　②「畫省」，鄒本作「尚書」。　③「夷亭」，鄒本、金匱本作「夷陵」。　④鄒本、金匱本作「海」。　⑤鄒本、金匱本作「一」。　⑥鄒本、金匱本作「常」。　⑦「燕

鶯」，金匱本、鄒本作「鶯燕」。

【箋注】

〔一〕黄衣叟　張平子西京賦：小説九百，本自虞初。李善曰：虞初者，洛陽人。武帝時，乘馬衣黄衣，號黄車使者。

〔二〕烏黔鵠白　莊子天運篇：夫鵠不日浴而白，烏不日黔而黑。黑白之朴，不足以爲辯。

〔三〕堞堉　蒙鈔枝末曰：年十二在大街井欄上反蹋蹀堉，一連五百。注云：蹋，音冒，抛磚戲也。堉，音陁。楊愼曰：宋世寒食有抛堉之戲、兒童飛瓦石之戲，若今之打瓦也，或云起于堯民之擊壤。

〔四〕蘭成　陸龜蒙小名録：庾信，小字蘭成，幼而俊邁，有天竺僧呼信爲蘭成，因以爲小字。作哀江南賦，有曰：王子洛濱之歲，蘭成射策之年。

〔五〕褒衣　漢書雋不疑傳：褒衣博帶。師古曰：褒，大裾也。

〔六〕宿素　後漢書鄭玄傳：宿素衰落。

〔七〕授簡　謝靈運雪賦：授簡於司馬大夫。

〔八〕青油　宋綬吴越錢氏傳芳集序：擁青油、驅暢轂者，靡不造次而服儒。

〔九〕暢轂　國風小戎詩：文茵暢轂。傳曰：暢轂，長轂也。

〔一〇〕夷亭潮　程大昌續演繁露：平江嘗有讖語曰：水到夷亭出狀元。傳聞日久，莫知所起。而夷亭本是港浦，水到之説，亦不可曉。淳熙庚子，浙西大旱，河港皆涸，海潮因得專泒捷上，直過夷亭。來年辛丑，黄由果魁多士。由，平江人也。人謂此讖已應矣。至甲辰年，衛涇薦魁焉，人大異之。予問夷亭何以名夷，雖其土人不能知也。偶閲陸廣微吴地記，而得其説。蓋吴闔閭時名之也。闔閭嘗思海魚而難於生致，迺令人即此地治生魚，鹽漬而日乾之，故名爲鮝。其讀如想。又玉篇、説文無鮝字，唐韻始收入。鮝即魚身，而其腸胃别名逐夷。爲此亭之嘗製此魚也，故以夷名之。吴地志仍有注釋云：夷即鮝之逐夷也。

〔一二〕塔放光　戊戌，孫承恩魁天下，里老云是春邑中有塔放光之異。

〔一三〕賜顔色　太白東武吟：君王賜顔色，聲價凌煙虹。

〔一四〕柏梁　程大昌雍録：漢元鼎二年起柏梁臺。三輔舊事云：以香柏爲之，香聞數十里。漢武作臺，詔羣臣二千石，能爲七言者乃得上。

〔一五〕拂廬　舊唐書吐蕃傳：其國都城，號爲邏些城。屋皆平頭，高者至數十尺。貴人處於大氊帳，名爲拂廬。

〔一五〕槐木　趙璘因話録：都堂南門道東，有古槐垂陰至廣。相傳夜聞絲竹之聲，省中即有入相者，俗謂之音聲樹。

〔一六〕銅狄　後漢書薊子訓傳：人于長安東霸城見子訓與一老翁共摩挲銅人，相謂曰：「適見鑄此，而已近五百歲矣。」

〔一七〕馬角　史記刺客列傳：太史公曰：世言荆軻其稱太子丹之命，天雨粟，馬生角也。索隱曰：燕丹求歸，秦王曰：「烏頭白，馬生角，乃許耳。」丹乃仰天嘆，烏頭即白，馬亦生角。

〔一八〕鶴背　王楙野客叢書：腰纏十萬貫，騎鶴上揚州。天下美事，安有兼得之理。

〔一九〕天關　隋書天文志：梁天監十三年二月景午，太白失行在天關。占曰：津梁不通，又兵起。

〔二〇〕銀海　漢書劉向傳：下錮三泉，水銀爲江海。

〔二一〕漁陽白雀　段柯古酉陽雜俎：天翁姓張，名堅，字刺渴，漁陽人。少不羈。無所拘忌。嘗張羅得一白雀，愛而養之。夢天劉翁責怒，每欲殺之，白雀輒以報堅。堅設諸方待之，終莫能害。天翁遂下觀之，堅盛設賓主，乃竊騎天翁車，乘白龍，振策登天。天翁乘餘龍追之不及。堅既到玄宮，易百官，杜塞北户，封白雀爲上卿侯，改白雀之胤不産於下土。劉翁失治，徘徊五嶽作災。堅患之，以劉翁爲太山太守，主生死之籍。

〔二二〕魚鳧杜宇　華陽國志：次王曰魚鳧。魚鳧王田於湔山，忽得仙道，蜀人思之，爲立祠。後有王曰杜宇，教民務農，一號杜主。

〔二三〕田父生角　去紅豆莊數里，地名鮎魚口。有一老人于乙未正月一日，鼻端忽生一角。

〔二四〕實沉　左傳昭公元年：昔高辛氏有二子，伯曰閼伯，季爲實沉，居于曠林，不相能也，日尋干戈，以相征伐。后帝不臧，遷閼伯於商丘，主辰。遷實沉于大夏，主參。

〔二五〕方朔　古文苑王延壽夢賦：臣弱冠嘗夜寢，見鬼物與臣戰，遂得東方朔與臣作駡鬼之書。

〔二六〕淡沱　吴曾能改齋漫録：杜子美醉歌行云：「春光淡沲秦東亭」，淡沲當是潭陁，見富嘉謨明水篇，曰：「陽春二月朝始暾，春光潭陁度千門，明水時出御至尊。」而富又本梁簡文和湘東王陽雲樓簷柳詩，曰：潭陁青帷閉，玲瓏朱扇開。第陁一字不同。選江賦：隨風猗萎，與波潭沲。李善曰：潭沲，隨波之貌。沲，徒我切。簡文與富皆本乎此。

〔二七〕帝醉　李商隱咸陽詩：自是當時天帝醉，不關秦地有山河。

〔二八〕喝月　李賀秦王飲酒歌：酒酣喝月使倒行。

〔二九〕魚龍　翻譯名義集：出雜寶藏。法華疏云：阿修羅采四天下華，醖於大海，龍魚業力，其味不變，嗔妒誓斷，故曰無酒。

吁嗟行走筆示張子石

君不見程孟陽，詩名粉繪〔一〕垂琳琅〔二〕。松圓一坏〔三〕掩寂寞，孫枝兩葉悲流亡。又不見程善長，布衣俠骨今無兩。傭保〔四〕雜作購童稚，新安江頭命孤①槳。是時春寒雨飄蕭，天容人意俱無憀。通眉長爪〔五〕猶在眼，陳根〔六〕絶哭不可澆。練川故人望眼勞，衝泥扶病來崇朝〔七〕。摩頂執手心鬱陶，口推脱粟〔八〕身解袍〔九〕。喜心翻倒〔一〇〕轉嗚咽，迷離老眼②隨風飆。吁嗟乎！丹陽朋舊不可得，勝華通子〔一一〕誰省識？白刃有客致③伯禽〔一二〕，青山〔一三〕無人吊太白④。老夫耄矣徒嘆息，天地兵塵尚偪塞。桃花照眼淚霑臆，且持村酒勸子石，一爲歌行歌主客〔一四〕。

【校勘記】

①凌本作「兩」。　②凌本作「淚」。　③鄒本、金匱本作「獻」。　④「太白」，凌本作「李白」。

【箋注】

〔一〕粉繪　少陵存殁口號：鄭公粉繪隨長夜。注曰：鄭虔善畫山水。

〔二〕琳琅　昌黎調張籍詩：平生千萬篇，金薤垂琳琅。

〔三〕一坏　張孟陽七哀詩：毁壤過一坏。李善曰：一坏，喻少也。

〔四〕傭保　漢書功臣表：皆出庸保之中。師古曰：庸，賣功庸也。保，可安信也。皆賃作者也。

〔五〕通眉爪長　新唐書李賀傳：賀爲人纖瘦通眉，長指爪，能疾書。

〔六〕陳根　陸士衡弔魏武帝文：覩陳根而絶哭。李善曰：鄭玄禮記注：宿草謂陳根也。

〔七〕崇朝　國風河廣詩：曾不崇朝。箋曰：崇，終也。行不終朝，亦喻近。

〔八〕脱粟　漢書公孫弘傳：食一肉，脱粟飯。師古曰：才脱穀而已，言不精鑿也。

〔九〕解袍　漢書韓信傳：解衣衣我，推食食我。

〔一〇〕喜心翻倒　少陵喜到行在詩：喜心翻倒極，嗚咽淚霑巾。

〔一一〕勝華通子　唐詩紀事：進士顔萱過張祜丹陽遺居，見其愛姬崔氏貧居荆榛下，有一子杞兒，求食汝墳，憫然作詩弔之。陸龜蒙和詩云：勝華通子共悲辛，荒逕今爲舊宅隣。一代交遊非不貴，五湖風月合教貧。魂應絶地爲才鬼，名與遺編在史臣。聞道平生偏愛石，至今猶泣洞庭人。

〔二〕致伯禽　太白贈武諤詩序：門人武諤，深於義者也。聞中原作難，西來訪余。余愛子伯禽在魯，許將冒胡兵以致之。

〔三〕青山　本事詩：太白放還，遊賞江表山水，卒於宣城之采石，葬於謝公青山。范傳正爲宣歙觀察使，爲之立碑以旌其隧。

〔四〕歌主客　少陵醉歌行：感君意氣無所惜，一爲歌行歌主客。

梅公司馬枉訪江村賦詩見贈奉答二首公以午節歸里爲遠山夫人稱壽故次首及焉

豹尾〔一〕追遊四十春，銅駝金馬〔二〕總成塵。誰憐短髪今宵客？還是長安舊雨〔三〕人。門第何須問豚犬〔四〕，衰殘無復畫麒麟〔五〕。公詩望犬子泥金〔六〕之信，且以皤溪相擬，皆非老人所樂聞也。荒村剪燭渾如夢，贏得天涯白首新〔七〕。

【箋注】

〔一〕豹尾　漢書揚雄傳：在屬車間豹尾中。服虔曰：大駕屬車八十一乘，作三行，尚書御史乘之。最後一乘縣豹尾，豹尾以前，皆爲省中。

〔二〕銅駝金馬　御覽：陸機洛陽記曰：洛陽有銅駝街，漢鑄銅駝二枚，在宮南四會道相對。俗語曰：金馬門外集衆賢，銅駝陌上集少年。

〔三〕舊雨　少陵秋述：常時車馬之客，舊雨來，今雨不來。東坡庚寅人日詩：舊雨來人不到門。

〔四〕豚犬　吴志孫權傳注：吴歷：曹公曰：「生子當如孫仲謀，劉景升兒子，若豚犬耳。」

〔五〕麒麟　漢書蘇建傳：上思股肱之美，迺圖畫其人於麒麟閣。

〔六〕泥金　開元天寶遺事：新進士每及第，以泥金書帖子附于家中，書至鄉曲，親戚例以聲樂相慶，謂之喜信也。

〔七〕白首新　漢書鄒陽傳：語曰：有白頭如新，傾蓋如故。

其二

石榴花綴柳纏絲〔一〕，暈碧裁紅燕喜時。五日宮中長命縷〔二〕，數峯江上遠山眉〔三〕。含桃〔四〕寫似朱唇色，萱草〔五〕描如翠黛姿。聞道麻姑約相過，餘杭媪〔六〕擬助天廚①〔七〕。夫人傳語内人，許他年相訪，故云。

【校勘記】

①鄒本作「釃」。

【箋注】

〔一〕柳繅絲　王荆公春日絶句：春風過柳緑如繅，晴日烝紅出小桃。

〔二〕長命縷　荆楚歲時記：以五綵絲繫臂，按孝經援神契曰：仲夏繭始出，婦人染練作日月星辰鳥獸之狀，文繡金縷，貢獻所尊。一名長命縷，一名續命縷，一名辟兵繒，一名五色絲，一名朱索，名擬甚多。

〔三〕遠山眉　伶玄飛燕外傳：合德爲薄眉，號遠山黛。施小粧，號慵來粧。

〔四〕含桃　李商隱贈歌妓詩：紅綻櫻桃含白雪，斷腸聲裏唱陽關。吕氏春秋十二紀：仲夏羞以含桃。高誘曰：含桃，櫻桃，鶯鳥所含食，故曰含桃。

〔五〕萱草　唐詩紀事：萬楚五月五日觀妓詩：眉黛奪將萱草色，紅裙妬殺石榴花。

〔六〕餘杭媪　葛洪神仙傳：麻姑至蔡經家，方平以千錢與餘杭姥，求其酤酒。須臾信還，得一油囊酒五斗許。

〔七〕天廚　葛洪神仙傳：方平語蔡經家人曰：「吾賜汝輩酒，此酒乃出天廚。」

爲陳伯璣題浣花君小影四首

嫁得東家〔一〕十五餘，莫愁湖〔二〕水浣花〔三〕如。薄裝〔四〕自製蓮花服〔五〕，禮罷金經伴讀書。

【箋注】

〔一〕東家　玉臺集歌辭：恨不嫁與東家王。

〔二〕莫愁湖　應天府志：莫愁湖在三山門外。吴融詩：莫愁家住石城西，月墜星沉客到迷。一院無人春寂寂，九原何處草萋萋。香魂未散煙籠水，舞袖休翻柳拂堤。蘭櫂一移風雨急，流鶯千萬莫長啼。

〔三〕浣花　大明一統志：成都府浣花溪，一名百花潭。唐妓薛濤家潭傍，以潭水造紙，爲十色箋。

〔四〕薄裝　宋玉神女賦序：嫷被服，侻薄裝。李善曰：侻，好也。與娧同。又侻，可也，言薄裝正相堪可。

〔五〕蓮花服　翻譯名義集：真諦雜記云：袈裟，是外國三衣之名。名含多義，或名離塵服，由斷六塵故。或名消瘦服，由割煩惱故。或名蓮華服，服者離著故。

其二

杜曲〔一〕湘蘭日暮雲，桃根〔二〕桃葉自殷勤。琴心三疊〔三〕將雛〔四〕曲，不唱前朝白練裙〔五〕。

【箋注】

〔一〕杜曲　程大昌雍録：樊川韋曲東十里有南杜、北杜，杜固謂之南杜，杜曲謂之北杜，二曲名勝之地。

〔二〕桃根　樂府桃葉歌：桃葉復桃葉，桃葉連桃根。相憐兩樂事，獨使我殷勤。

〔三〕三疊　黄庭内景經：琴心三疊舞胎仙。

〔四〕將雛　樂府隴西行：鳳凰鳴啾啾，一母將九雛。

〔五〕白練裙　鄭之文，字應尼，南城人。薄游長干，曲中馬湘蘭負盛名，頗不禮應尼。應尼與吴非熊輩作白練裙雜劇譏調之，聚子弟演唱，招湘蘭同觀，湘蘭爲之微笑而已。

其三

生來形影鎮相親，畫裏春風掌上人〔一〕。含睇分明又疑笑，休教錯莫喚真真〔二〕。

【箋注】

〔一〕掌上人　梁書羊侃傳：張静婉容色絶世，腰圍一尺六寸，時人咸推能掌上舞。

〔二〕真真　松窗雜録：唐進士趙顔於畫工處得一軟障，圖一婦人甚麗。工曰：「余神畫也，此名曰真真，呼其名百日，晝夜不歇，即必應之。應則以百家綵灰酒灌之必活。」顔如其言灌之，遂活。下步言笑，飲食如常。終歲，生一兒。兒年兩歲，友人曰：「此妖也，余有神劍可斬之。」其夕遺顔劍，纔及室，真真曰：「妾南嶽地仙也，爲人畫妾之形，君又呼妾名，既不奪君願，今疑妾，妾不可住。」言訖，攜其子却上軟障。覩其障，唯添一孩子，皆是畫焉。

其四

一擲丹砂〔一〕變海田，麻姑攕①手故依然。老來②梵志〔二〕餘長爪，傳語方平莫浪鞭。

【校勘記】

①鄒本、金匱本作「纖」。　②鄒本作「夫」。

【箋注】

〔一〕丹砂　顔真卿麻姑仙壇記：麻姑求少許米擲之，墮地即成丹砂。方平笑曰：「姑故年少，吾了不喜復作此曹狡獪變化也。」麻姑手似鳥爪，蔡經心中念言：「背大癢時，得此爪以爬背乃佳也。」方平已知，即使人牽經鞭之。

〔二〕梵志　大智度論緣起：舍利弗舅摩訶俱絺羅，與姊舍利論議不如，出家作梵志。至南天竺國，自作誓言：「我不剪爪，要讀十八種經書盡。」人見爪長，因號長爪梵志。

山陰王大家玉映以小影屬題敬賦今體十章奉贈玉映，故尚書季重之幼女也①

季重才名噪若耶，縹囊〔一〕有女嗣芳華。漢家若採東征賦〔二〕，彤管〔三〕先應號大家〔四〕。

【校勘記】

①鄒本、金匱本此注在第一首末。

【箋注】

〔一〕縹囊　昭明文選序：詞人才子，則名溢于縹囊。

〔二〕東征賦　李善文選注曰：子穀爲陳留長，大家隨至官，作此賦。

〔三〕彤管　後漢書列女傳贊：區明風烈，昭我彤管。

〔四〕大家　後漢書列女傳：曹世叔妻，同郡班彪之女。博學高才，兄固著漢書，其八表、天文志未竟而卒。和帝詔昭踵而成之。帝數召入宫，令皇后諸貴人師焉，號曰大家。

其二

劫火燒焚玉不枯〔一〕，鮫人〔二〕啜泣總成珠。居然掩縠垂羅女，寫入長康舉案圖〔三〕。

【箋注】

〔一〕玉不枯　淮南子俶真訓：鍾山之玉，炊以鑪炭，三日三夜而色澤不變。

〔二〕鮫人　任昉述異記：南海中有鮫人室，水居如魚，不廢機織，其眼泣則出珠。

〔三〕長康舉案圖　劉向列女傳：梁鴻賃舂爲事，妻每進食，舉案齊眉。錢功甫曰：顧愷之圖畫列女傳，蘇子容嘗見舊本于江南人家，其畫爲古佩服，而各題其頌像側。予家所藏列女傳，係内閣本，流落人家，爲予所得，恰是功甫所云長康圖畫本也。

其三

越絶〔一〕何人説掃眉？於今才子是西施。採蓮溪畔如花女，齊唱吟紅絶妙詞。吟紅，玉映詩名也。

【箋注】

〔一〕越絶　越絶書外傳本事篇：何謂越絶？越者，國之氏也。絶者，絶也。作此者，貴其内能自約，外能絶人也。

其四

臨河〔一〕殘帖妙通神，放筆能開桃李春。傳語山陰王逸少，王家自有衛夫人〔二〕。

【箋注】

〔一〕臨河　劉孝標世説企羨篇注：王羲之臨河敘：列序時人，録其所述，賦詩如左。

〔二〕衛夫人　張懷瓘書斷：衛夫人，廷尉展之女弟，恒之從女，汝陰太守李矩之妻也。鍾公、王右軍常師事之。陶九成書史會要：王曠，導從弟，與衛世爲中表，故得蔡邕書法于衛夫人，以授子羲之。

其五

鏡中金翠倩誰知？鏤月裁雲是畫師。西子湖〔一〕頭貌西子，纔看點筆已迷離。

【箋注】

〔一〕西子湖　東坡再次趙德麟新開西湖詩：西湖雖小亦西子，縈流作態清而丰。

其六

薄粧墮髻步遲遲，懷古巡簷自詠詩。忽漫漏天〔一〕風雨急，青藤舊館哭天池。玉映居①徐天池青藤書屋，有青藤爲風雨所拔歌。

【校勘記】

①鄒本、金匱本「居」下有「乃」字。

【箋注】

〔一〕漏天　樂史寰宇記：邛都縣漏天，秋夏常雨，僰道有大漏天、小漏天。

其七

過雨溪山潑墨濃，清琴徐拂半牀風。那知淺絳輕綃裏，身在陶家畫扇〔一〕中。

【箋注】

〔一〕畫扇　淵明有扇上畫贊。

其八

雙蛾横黛遠山偕①，引鏡雲霞蹙髻②釵。指點剡③中眉眼〔一〕在，老夫何用辨青鞋〔二〕。

【校勘記】

①鄒本作「皆」。②鄒本作「□」。③鄒本作「眼」。

【箋注】

〔一〕剡中眉眼　樂天沃洲山禪院記：東南山水越爲首，剡爲面，沃洲、天姥爲眉目。

〔二〕青鞋　少陵劉少府新畫山水障歌：若耶溪，雲門寺，吾獨何爲在泥滓？青鞋布韈從此始。

其九

老病傴衣再拜難，錦帷〔一〕初捲佩珊珊。如何省識春風面〔二〕，博一金錢〔三〕便與看？

【箋注】

〔一〕錦帷　李商隱牡丹詩：錦幃初卷衛夫人。注曰：典畧云：夫子見南子在錦幃之中。

〔二〕春風面　少陵詠懷古跡詩：畫圖省識春風面。

〔三〕金錢　孟子孫奭疏：史記：西施，越之美女。越王以獻之吳。每入市，人願見者，先輸金錢一文。

其十

雲容月魄許題名，健筆難誇老更成。拂拭霜紈憑授簡，敢將平視抵劉楨〔一〕。

【箋注】

〔一〕劉楨　魏志王粲傳注：典畧云：太子嘗請諸文學，酒酣坐歡，命夫人甄氏出拜。坐中衆人咸伏，而楨獨平視。太祖聞之，乃收楨，減死輸作焉。

爲范郎戲題妓館二首①

芊眠春草卧銀瓶〔一〕，一曲扶頭〔二〕酒②未醒。吴越山川誰管得？此中先築語兒亭〔三〕。女郎③將免身〔四〕，故有語兒之戲。

【校勘記】

①凌本題作「爲范郎戲」。　②凌本作「醉」。　③鄒本、金匱本作「兒」。

【箋注】

〔一〕臥銀瓶　吳曾能改齋漫録：東坡病中大雪詩：飲雋瓶屢臥。趙夔注云：歐陽詩：不覺長瓶臥。張籍詩：酒盡臥空瓶。

〔二〕扶頭　杜牧之醉題詩：醉頭扶不起，三丈日還高。

〔三〕語兒亭　陸廣微吳地記：嘉禾縣南一百里有語兒亭。勾踐令范蠡取西施以獻夫差，西施于路與范蠡潛通，三年始達于吳，遂生一子。至此亭，其子一歲，能言，因名語兒亭。

〔四〕免身　史記趙世家：朔婦免身生男。漢書外戚傳：顯曰：「婦人免乳大故，十死一生。今皇后當免身，可因投毒藥去也。」

其二

素手亭亭雪藕絲，荷風茗椀助催詩〔一〕。老懷自笑無憑準，昨日馮家哭畫眉。雲將有畫眉，被鷹傷之。

【箋注】

〔一〕催詩　少陵丈八溝納涼詩：公子調冰水，佳人雪藕絲。片雲頭上黑，應是雨催詩。

王玉映夫婦生日

織女黃姑〔一〕嘉會同，紅牆〔二〕銀漢本相通。共傳王母爲金母〔三〕，又説丁公似木公。條脱〔四〕贈來猶晉代，洞簫〔五〕吹出並秦宮。劉綱莫訝登仙晚，上樹〔六〕依然跨碧空。

【箋注】

〔一〕黄姑　玉臺集歌辭：東飛伯勞西飛燕，黄姑織女時相見。

〔二〕紅牆　李商隱代應詩：本來銀漢是紅牆。

〔三〕金母　真誥甄命授：漢初有四五小兒畫地戲，一兒歌曰：「著青裙，入天門。揖金母，拜木公。」時人莫知。唯張子房往拜之，乃東王公之玉童也。金母者，西王母也。木公者，東王公也。

〔四〕條脱　李商隱中元詩：羊權雖得金條脱，温嶠終虚玉鏡臺。

〔五〕洞簫　列仙傳：蕭史善吹簫，秦繆公女弄玉好之，公遂以妻焉。

〔六〕上樹　葛洪神仙傳：樊夫人，劉綱妻也。綱爲上虞令，有道術，與夫人較術，事事不勝。將昇天，縣廳側有大皂莢樹，綱昇樹數丈，方能飛舉，夫人即平坐牀上，冉冉如雲炁之舉，同昇天而去。

走筆贈祝子堅兼訂中秋煉藥之約

昔聞漢祝生〔一〕，厲節希史魚。抗論柱鹽鐵，彼哉桑大夫。子堅豈其後？席帽北上書。叫呶銀臺門〔二〕，奮臂叱庸奴。朝右〔三〕咸縮舌，投劾歸寒廬。讀書金華山，抱膝候皇虞。邂近古仙人，授①以青囊書〔四〕。採掇草藥精，烹煉投冰壺。壺中藥涓滴，可以蘇寰區。上醫在醫國〔五〕，何事公與孤？我老偪耄耋，藉子潤彫枯。蘭江一櫂來，十載舒鬱紆。飲我香草露，一酌炎歊〔六〕除。太息語子堅，火雲蒸八隅。天地爲②籠甑，雩舞〔七〕空嗟吁。我聞華元化，心孔察錙銖。脾腑或半腐〔八〕，處藥爲櫛梳。悲哉今世人，心脾爛無餘。車上徒懸蛇〔九〕，束手將何如？子堅向天笑，仰視飛鳥徂。相期八九月，訪我紅豆居。白月正中秋，玉盤承方諸〔一〇〕。我家虞山側，藥草多於蔬。自從虞仲〔一一〕來，採藥皆仙儒。我掃烏目雲，候子雙飛舄〔一二〕。庶彼淳于斟，於焉逢慧車〔一三〕。

【校勘記】

①鄒本作「校」。　②鄒本、金匱本作「如」。

【箋注】

〔一〕祝生　漢書公孫劉田諸傳贊：九江祝生，奮史魚之節，發憤懣，譏公卿，介然直而不撓，可謂不畏彊圉矣。桑大夫據當世，合時變，上權利之畧。不師古始，放於末利，果隕其性，以及厥宗。

〔二〕銀臺門　長安志：會慶亭東面左銀臺門，西面右銀臺門。程大昌雍録：學士自出院門而至右銀臺門，則皆步行。

〔三〕朝右　盧子諒贈劉琨詩：謬其疲隸，授之朝右。

〔四〕青囊書　晉書郭璞傳：郭公者，客居河東，精於卜筮，璞從之受業。公出青囊中書九卷與之。璞門人趙載嘗竊書，未及讀而爲火所焚。

〔五〕醫國　國語：晉平公有疾，秦景公使醫和視之。文子曰：「醫及國家乎？」對曰：「上醫醫國，其次疾人，固醫官也。」

〔六〕炎歊　張茂先厲志詩：歊蒸鬱冥。李善曰：張揖字詁：歊，氣上出貌。

〔七〕雩舞　論語：風乎舞雩。疏曰：雩者，祈雨之祭名。使童男女舞之，因謂其處爲舞雩。

〔八〕半腐　後漢書華佗傳注：陀別傳曰：有人病腹中半切痛，十餘日中，鬚眉墮地。佗曰：「是脾半腐，可刳腹養療也。」佗便飲藥令卧，破腹視，脾半腐壞，刮去惡肉，以膏傅創，飲之藥，百日平復也。

〔九〕懸蛇　後漢書華佗傳：佗嘗行道，見有病咽塞者，令取三升蒜虀飲之，立吐一蛇，乃懸於車而候佗。時佗小兒戲於門中，逆見曰：「客車邊有物，必是逢吾翁也。」及客進，顧視屋壁北，懸蛇以十數。

〔一〇〕方諸　淮南子俶真訓下篇：方諸見月，則津而爲水。許慎曰：方諸，陰燧大蛤也。熟摩拭令熱，月盛時以向月下，則水生，以銅盤受之，下水數滴。

〔一一〕虞仲　范成大吴郡志：史記武王封周章弟虞仲于周之北故夏墟，是爲虞仲。史記正義引周本紀云：古公有長子曰太伯，次曰虞仲。左傳云：太伯、虞仲，文王之昭。按：周章弟亦稱虞仲，當時周章弟名仲，初封于虞，號曰虞仲。然太伯弟仲雍，又稱虞仲者，當時周章弟封于虞，仲雍是其始祖，後代人以國配仲，故又號始祖爲虞仲。

〔二〕雙飛舄　後漢書王喬傳：喬爲葉令，有神術。帝怪其來數而不見車騎，密令太史伺望之。言其臨至，輒有雙舄從東南飛來。於是候舄至，舉羅張之，但得一隻舄焉。

〔三〕慧車　真誥稽神樞：淳于斟入吳烏目山中隱居，遇仙人慧車子，授虹景丹經。

爲嚴子①題家慶圖

嚴家門館〔一〕經遲暮，一彈指頃三世度。眠看嚴子②放鳶〔二〕時，膝前又列雙珠樹〔三〕。老人大父射游羣，歷歷遺蹤話日曛。此翁未便呼彭祖，也是人間李少君〔四〕。

【校勘記】

①②「嚴子」，鄒本、金匱本作「武伯」。

【箋注】

〔一〕門館　樂天高相宅絶句：永寧門館屬他人。

〔二〕放鳶　續博物志：今之紙鳶，引絲而上，令兒張口望視，以洩内熱。

〔三〕珠樹　新唐書王勃傳：勔、勮、勃，皆著才名，杜易簡稱三珠樹。

〔四〕李少君　漢書郊祀志：少君常從武安侯宴，坐中有年九十餘老人。少君迺言與其大父游射處，老人爲兒從大父，識其處。一坐盡驚。

遵王敕先共賦胎仙閣看紅豆花詩吟嘆之餘走筆屬和八首①

草木爲兵〔一〕記歲華，平泉〔二〕花木盡泥沙。未應野老籬前樹，涌出金輪〔三〕别種花。

【校勘記】

①凌本題作「遵王賦胎仙閣看紅豆花詩吟嘆之餘走筆屬和」，牧齋詩鈔題作「胎仙閣紅豆花詩」，詩觀題作「村莊紅豆花詩」。

【箋注】

〔一〕草木爲兵　通鑑：劉牢之渡江，苻秦水陸繼進，堅與融登壽陽城望之，見晉兵部陣嚴整，又望見八公山上草木，皆以爲晉兵。

〔二〕平泉　賈氏談録：贊皇公平泉莊，周迴十里，構臺榭百餘所，天下奇花異草、珍松怪石，畢置其間。

〔三〕金輪　首楞嚴經：彼金寶者，明覺立堅，故有金輪，保持國土。

其二

花房交絡帶香纓，竊白輕黄暈不成。記取中央花藏〔一〕處，流丹一點自分明。

【箋注】

〔一〕花藏　清涼華嚴疏鈔華藏世界品第五之一：華藏謂蓮華含子之處，目之曰藏。

其三

寂寂①香塵界畫簾，小闌綈几供香嚴〔一〕。笑他紅白閒桃李，都與兒郎插帽檐〔二〕。

【校勘記】

①凌本、鄒本、金匱本作「歷」，牧齋詩鈔作「寞」，篋衍集作「莫」。

【箋注】

〔一〕香嚴　首楞嚴經：香嚴童子白佛言：「見諸比丘燒沈水香，香氣寂然來入鼻中。我觀此氣，非木非空，非煙非火，去無所著，來無所從。由是意銷，發明無漏。如來印我，得香嚴號。塵氣倏滅，妙香密圓。我從香嚴，得阿羅漢。」

〔二〕帽檐　雲仙雜記：梁緒梨花時折花簪之，壓損帽檐，至頭不能舉。元遺山杏花絶句：眼看桃李飄零盡，更檢繁枝插帽簷。

其四

紅豆春深放幾枝？花神作意洗粧〔一〕遲。應知二十年渲染，只待催花數首詩。

【箋注】

〔一〕洗粧　雲仙雜記：洛陽梨花時，人多攜酒其下，曰爲梨花洗粧。

其五

香海〔一〕花依小劫賒，也將花劫算①塵沙。夜摩天〔二〕上人應笑，誰放人間頃刻花〔三〕？

【校勘記】

①凌本作「等」。

【箋注】

〔一〕香海　華嚴經華藏世界品：此香水海有大蓮華，名種種光明蘂香幢。

〔二〕夜摩天　華嚴疏：四須夜摩天，須者，善也，妙也；夜摩，時也，具云善時分天。論云：隨時受樂，故名時分天。又大集經：此天用蓮華開合，以明晝夜。又云：赤蓮華開爲晝，白蓮花開爲夜，故云時分也。

〔三〕頃刻花　沈玢續仙傳：殷七七詩：解醞逡巡酒，能開頃刻花。東坡詩：應是道人殷七七，不論時節便開花。

其六

金尊檀板落花天，樂府新翻紅豆篇。取次江南好風景，莫教腸斷李龜年〔一〕。

【箋注】

〔一〕李龜年　范攄雲溪友議：李龜年奔迫江潭，杜甫以詩贈之曰：岐王宅裏尋常見，崔九堂前幾度聞。正值江南好風景，落花時節又逢君。龜年曾於湘中採訪使筵上唱紅豆詞，合座莫不望行幸而慘然。

其七

老去羞花〔一〕嬾賦詩，拼將才盡爲君①嗤。東②中〔二〕大有司花女〔三〕，愁絶吟紅〔四〕閣筆〔五〕時。

【校勘記】

①鄒本、金匱本作「人」。　②金匱本作「車」。

【箋注】

〔一〕羞花　道山清話：山谷重九日登城樓作小詞云：花向老人頭上笑，羞羞，人不羞花花自羞。

〔二〕東中　晉書王羲之傳：羲之徧遊東中諸郡，窮諸名山，泛滄海，嘆曰：「我卒當以樂死。」

〔三〕司花女　隋遺録：長安貢御車女袁寶兒，帝寵愛之特厚。時洛陽進合蔕迎輦花，云得之嵩山塢中。會帝駕適至，因以迎輦名之。其香氣芬馥，嗅之令人多不睡。帝令寶兒持之，號曰司花女。

〔四〕吟紅　箋云：公在湖上書予紅豆絶句于扇頭，示玉映索和，不得，故有吟紅閣筆之句。吟紅，玉映詩名也。

〔五〕閣筆　魏志王粲傳注：典畧曰：粲才既高，鍾繇、王朗等皆閣筆，不能措手。

其八

卻恐明年花信遲，都將好句〔一〕定花期。春工解道能雕刻，一瓣應標一句詩。

【箋注】

〔一〕好句　元遺山紫牡丹詩：洗粧正要春風句，寄謝詩人莫漫來。

次和遵王飲貽仙閣看紅豆花八絶句兼呈牧翁①

陸貽典

禪燈齋閣見芳叢，的爍花房一點紅。廿載分明遲獻壽，碧桃管領醉春風。

其二

仙酒仙山鎮足誇，武夷端的是君家。閑人只向詩中賞，容易來看紅豆花。

其三

根株蟠覆向江天，東蓋從看草野煙。一朵輕紅歌一曲，的應愁絶李龜年。

其四

一花今昔總難陳，不飲真辜頭上巾。試問秋來南國句，相思畢竟爲何人？

其五

罨畫山光撲酒濃，醉鄉日月問無功。我來已是看花後，若木瑶華似夢中。

其六

璚英玉蕊即瀛寰，大小丹應驗九還。漢武不來金母去，歲星原自著人間。

其七

望裏山城粉堞斜，仙村遥破晚雲遮。要知白首繙經處，認取江村獨樹花。紅豆在村莊。胎仙閣，其城居也。

其八

瓊漿瀲灩泛瓊枝，笑指書堆未是癡。憶得紅紅曾記曲，多情只有好花知。

【校勘記】

①凌本、鄒本、金匱本無此八詩。

紅豆樹二十年不花今年夏五忽放數枝牧翁先生折供胎仙閣邀予同賞飲以仙酒酒酣命賦詩援筆作斷句八首①

錢曾

白檀濃炷緑雲叢，最愛當心一縷紅。應是花神高品格，不隨桃李嫁春風。

其二

弄雪攀枝未足誇，胎仙閣上即仙家。誰言廿四橋邊月，偏照揚州玉蘂花？

其三

奇種應栽忉利天，香雲涌出玉生煙。滄桑歲月何須記，一度花開二十年。

其四

天寶繁華跡已陳，淒涼往事欲沾巾。秋風南國多愁思，腸斷當筵唱曲人。

其五

燭夜花傾瑞露濃，仙人庀酒有奇功。憑將紅豆新開蘂，添入修羅釀法中。

其六

好風吹萼落塵寰，羣玉山頭覓往還。八百樵陽有名記，琪花先許到人間。

其七

書樓簾額夕陽斜，密葉層枝曲曲遮。衣錦城中春萬樹，光風久已屬吾家。

其八

天酒三杯花一枝，懵騰暫作有情癡。後時結得相思子，報與金籠鸚鵡知。

【校勘記】

①鄒本、金匱本無此八詩。

丁老行①送丁繼之還金陵兼簡林古度

西風颯拉催繁霜，江楓落紅岸草黃。丁老裹糧〔一〕自白下〔二〕，賀我八十來江鄉。干戈滿地舟艦斷，五百里如關塞長。闔閭城〔三〕上晝吹角，閟宮清廟〔四〕圍旗槍。腥②風愁雲暗天地，飛雁不敢過迴塘。況聞戍守③連下邑，塒鷄籬犬皆驚惶。江村別有小國土，嘉賓芳宴樂未央。撞鐘伐鼓將進酒，停杯三嘆非所當。漢東〔五〕孫子今爲庶〔六〕，羅平妖鳥〔七〕紛披猖。碧天〔八〕化日在何許？三千〔九〕那得花滿堂。丁老執杯勸我飲，請開笑口毋傍徨。我家添丁〔一〇〕號長耳，三歲只解呼爺娘。公今兒④女並玉立，開筵逐日分輩行。已看令⑤孫就東閣〔一一〕，更有快婿〔一二〕升東牀〔一三〕。維摩天女〔一四〕並瀟灑，木公金母相扶將。彭城老祖年八百，曾孫八十真兒郎。趙州明年始行腳，太公滿百方鷹揚〔一五〕。庭前紅豆旋結實，蟠桃一顆公初嘗。且垂雙眉覆塵壒，共撐⑥老眼看滄浪。我聞拊髀起稱善，大笑敬舉君之觴。酒酣摩腹訂要約，百歲未滿須放狂。古人置酒便稱壽，何待燕喜吹笙簧。老人⑦頑鈍未得死，南郊正報垂星芒。明年清秋再過我，扠衣拍手談滄桑。乳山道士八十一，頭童眼眵學力強。桐城方生年五十，詩兼數子格老蒼。二公過從約已宿，間阻正苦無舟航。歸攜此詩共抵掌〔一六〕，相顧便欲淩莽蒼。君如再鼓京江柁，方舟〔一七〕定載林與方。

【校勘記】

①「丁老行」，邃本作「吁嗟行」。　②鄒本、金匱本作「黑」。　③「戌守」，鄒本作「伐守」，金匱本作「守伐」。　④凌本作「男」。　⑤鄒本作「今」。　⑥凌本作「瞠」。　⑦鄒本、金匱本作「夫」。

【箋注】

〔一〕裹糧　大雅公劉詩：迺裹餱糧。

〔二〕白下　王象之輿地紀勝：白下城在上元縣界金陵鄉，有白下城，故基去城十八里。

〔三〕闔閭城　陸廣微吴地記：地名甄胥，水名通波，城號闔閭，臺曰姑蘇，隩壤千里，是號全吴。

〔四〕清廟　少陵壯游詩：嵯峨閶門北，清廟映迴塘。

〔五〕漢東　東都事畧錢俶傳：俶渡江襲位，漢授以東南面兵馬都元帥，錫金印玉册，仍領鎮海、鎮東節度。周煇清波雜志：歐陽公爲西京留守推官，事錢思公，思公貶漢東，王文康公晦叔爲代。

〔六〕爲庶　左傳昭公三十年：三后之姓，于今爲庶。

〔七〕羅平鳥　五代史吴越世家：董昌反，妖人獻鳥獸爲符瑞，牙將倪德儒曰：「曩時謠言有羅平鳥，主越人禍福，民間多圖其形禱祠之，視王書名與圖類。」因出圖以示昌，昌大悅，乃自稱皇帝，國號羅平。

〔八〕碧天　吴越王還鄉歌：碧天朗朗兮愛日暉。

〔九〕三千　唐詩紀事：貫休嘗以詩投吴越王，有「滿堂花醉三千客，一劍霜寒十四州」之句，王諭改爲四十州。休曰：「州亦難添，詩亦難改。閑雲孤鶴，何天不可飛？」遂入蜀。

〔一〇〕添丁　昌黎寄盧仝詩：去歲生兒名添丁，意令與君充耘耔。

〔一一〕東閣　漢書公孫弘傳：起客館，開東閣，以延賢人。

〔一二〕快壻　五色線：後魏郭瑀有女，欲求良偶，有心於劉延明。瑀嘗坐別設一席于前，召諸弟子曰：「吾欲求一快壻，誰坐此席者，吾當婚焉。」延明遂奮衣坐，曰：「延明其人也。」遂妻之。

〔一三〕東牀　晉書王羲之傳：郄鑒使門生求壻於王導，導令就東廂徧觀子弟。門生歸曰：「一人在東牀坦腹食，獨若不聞。」鑒曰：「正此佳壻耶。」訪之，乃羲之也。遂妻之。

〔一四〕天女　維摩詰經：時維摩詰室，有一天女，見諸大人，聞所説法，便現其身，即以天華散諸菩薩、大弟子上，華至諸菩薩即皆墮落，至大弟子便著不墮。

〔一五〕鷹揚　大雅大明詩：維師尚父，時維鷹揚。

〔一六〕抵掌　戰國策：蘇秦説趙王于華屋之下，抵掌而談。

〔一七〕方舟　爾雅釋水：大夫方舟。郭璞曰：併兩船。

讀方爾止龕山詩稿卻寄二十韻

桐城方爾止，能詩稱國手〔一〕。貽我龕山詩，聲價重瓊玖。束筍〔二〕多卷帙，插置架上久。寒宵偶攤書，光怪驚户牖。波瀾獨老成，健筆自抖擻。我欲起逐之，行間字飛走。良恐①病掉眩，定睛更扶首。未知詩人中，復有此②人否？來書許過我，風雅細分剖。子已辨春糧〔三〕，我亦戒剪韭〔四〕。老人苦昏耄，舊學忘誰某。恐如趙李徒，别字〔五〕剔我③醜。爾止魯遊詩彈趙子昂、李于麟二公，皆不識華不注不字，故云④。此罪亦易科，罰墨水〔六〕一斗。舉世扇俗學，足跡競蹯厹⑤〔七〕。吾衰苦無徒，單孑犯蠅醜〔八〕。誓將掃壇墠，屬子執尊卣。恐以我累子，讙呶起羣嗾。此詩亦戲耳，用意或不苟。未得會子面，請先指其口〔九〕。相見勿論文，但飲杯中酒。

【校勘記】

①鄒本作「久」。　②凌本作「斯」。　③鄒本、金匱本作「吾」。　④鄒本、金匱本此注在篇末。

⑤「蹯厹」，鄒本作「踏蹂」。

【箋注】

〔一〕國手　樂天贈劉禹錫詩：詩稱國手徒爲爾，命壓人頭不奈何。

〔二〕束筍　昌黎贈崔立之評事詩：頻蒙怨句刺棄遺，豈有閒官敢推引？深藏篋笥時一發，戢戢已多如束筍。

〔三〕春糧　莊子逍遥遊：適百里者宿春糧。

〔四〕剪韭　少陵贈衛八處士詩：夜雨剪春韭。

〔五〕別字　後漢書尹敏傳：帝令校圖讖，敏對曰：「讖書非聖人所作，其中多近鄙別字。」

〔六〕墨水　程大昌續演繁露：石林曰：晉之善書者，不自研墨，使人研之成漿，乃以斗供。其説不知何出。北齊試士，其惡濫者，飲墨水一升。在試而有墨水可及一升，則石林之言信矣。山谷次韻楊明叔見餞詩：睥睨紈袴兒，可飲三斗墨。

〔七〕蹯厹　爾雅釋獸：貍狐貒貈醜，其足蹯，其跡厹。郭璞曰：厹，指頭處。疏曰：其指頭著地處名厹。音鈕。

〔八〕蠅醜　爾雅：蠅醜扇。陸佃埤雅：蠅好交，其後足摇翅自扇，故爾雅曰蠅醜扇也。

〔九〕指其瀹　南齊書謝瀹傳：兄朏爲吴興守，瀹於征虜渚送別，朏指瀹口曰：「此中唯宜飲酒。」

古詩贈新城王貽上

風輪〔一〕持大地，擊颺爲風謠。吹萬〔二〕肇邃古，賡歌暘唐姚①。朱紘〔三〕汜漢魏，麗藻〔四〕沿六朝。有唐盛詞賦，貞符〔五〕彙元包。百靈〔六〕聽驅使，萬象〔七〕窮鎪②雕。千燈咸一光，異曲皆③同調。彼哉諓諓者，穿穴分科條。初盛④别中晚，畫地成狴牢。妙悟掠影響，指注闕⑤鼇毫。甕天〔八〕醯鷄覆，井月⑥〔九〕癡猿號。化爲劣詩魔，飛精入府焦。窮老蔽蔀屋〔一〇〕，不得瞻⑦泬寥。正始〔一一〕日以遠，詞苑⑧雜莠苗。獻吉才雄鷙，學杜〔一二〕餔醨糟。仲默俊逸人，放言訾謝陶〔一三〕。考辭〔一四〕競嘈囋〔一五〕，懷響歸浮漂。江河久⑨壅決，層滀〔一六〕亦騰躍。幺絃〔一七〕取偏張⑩，苦調搜啁噍。鳥空〔一八〕而鼠即〔一九〕，厥咎爲詩訞〔二〇〕。喪亂亦云膴，詩病不可瘳叶。譬彼膏肓疾，傳染非一朝。嗚呼杜與韓，萬古垂斗杓。北征〔二一〕南山〔二二〕詩，泰華爭岧嶢。流傳到於今，不得免慠嘲〔二三〕。況乃唐後人，嗤點誰能跳？窮子〔二四〕抵尺璧，凍人裂復陶〔二五〕。熠燿點須彌，可爲渠畧標。昌黎笑羣⑪兒〔二六〕，少陵訶汝曹〔二七〕。嗟我老無力，掩耳任叫呶。王君起東海，七葉〔二八〕光漢貂。騏驥奮蹴踏，萬馬喑不驕。識字函雅故⑫，審樂辨⑬簫韶。落⑭紙爲歌詩，絳雲卷青霄。自顧骨骼〔二九〕馬，創殘〔三〇〕卧東郊。敢云老識路〔三一〕，昏忘慚招邀。河源出星海〔三二〕，東流〔三三〕日滔滔。誰蹠巨靈掌〔三四〕？一手湮崩濤。古學喪根幹，流俗沸蜩螗〔三五〕。僞體〔三六〕不别裁，何以親風騷？珠林既深深，玉河復迢迢。方當剪榛楛，未可榮蘭茞。瓦釜〔三七〕正雷鳴，君其信所操。勿以獨角麟，媲彼萬牛毛⑮〔三八〕。伊余久歸佛，繙經守僧寮。根觸〔三九〕爲此詩，狂言放調刁〔四〇〕。無乃禪病〔四一〕發，放筆自抑搔。起挑長明燈，懺除坐寒宵。

【校勘記】

①鄒本作「堯」。②鄒本作「鐫」。③「異曲皆」，鄒本、金匱本作「異世咸」。④凌本作「唐」。⑤鄒本、金匱本作「闕」。⑥鄒本、金匱本作「穴」。⑦鄒本、金匱本作「穿」。⑧鄒本作「花」。⑨鄒本作「文」。⑩鄒本、金匱本作「長」。⑪鄒本作「窮」。⑫鄒本作「頌」。⑬鄒本、金匱本作「辨」。⑭鄒本作「蕩」。⑮詩品作「尾」。

【箋注】

〔一〕風輪　首楞嚴經：覺明空昧，相待成搖，故有風輪，執持世界。

〔二〕吹萬　江文通雜體詩：太素既已分，吹萬著形兆。李善曰：列子曰：太素者，質之始也。莊子：南郭子綦曰：「夫吹萬不同，而使其自已也。」司馬彪曰：言天氣吹噓，生養萬物，形氣不同也。

〔三〕朱絃　記樂記：清廟之瑟，朱絃而疏越，一倡而三嘆，有遺音者矣。

〔四〕麗藻　陸士衡文賦：遊文章之林府，嘉麗藻之彬彬。

〔五〕貞符　柳子厚貞符序：臣爲尚書郎時，嘗著貞符，言唐家正德受命於生人之意，累積厚久，宜享年無窮之義。

〔六〕百靈　少陵蘇侍御訪江浦記異詩：百靈未敢散，風破寒江遲。

〔七〕萬象　李商隱漫成絶句：李杜操持事畧齊，三才萬象共端倪。

〔八〕甕天　莊子田子方篇：孔子告顔回曰：「丘之於道也，其猶醯鷄與？微夫子之發吾覆也，吾不知天地之大全也。」郭象注曰：醯鷄者，甕中之蠛蠓。

〔九〕井月　法苑珠林愚戇篇：僧祇律云：佛告諸比丘：「過去世時，有城名波羅柰，國名伽尸。於空閑處，有五百獼猴游行林中，到一尼俱律樹下，有井，井中有月影現。時獼猴主見是月影，語諸伴言：月今日死，落在井中，當共出之，莫令世間長夜闇冥。共作議言，云何能出？時獼猴主言：我知出法。我捉樹枝，汝捉我尾，展轉相連，乃可出之。時諸獼猴即如主語展轉相捉。小未至水，連獼猴重，樹弱枝折，一切獼猴墮井水中。」

〔一〇〕蔀屋　易豐卦：上六，豐其屋，蔀其家。王弼曰：蔀，覆也。屋厚家覆，闇之甚也。

〔一一〕正始　世説賞譽篇：王敦鎮豫章，衛玠投敦，相見欣然，談話彌日。于時謝鯤爲長史，敦謂鯤曰：「不意永嘉之中，復聞正始之音。」

〔一二〕學杜　弘、正中，李夢陽字獻吉，負雄鷙之才，倡爲漢文杜詩之詩，信陽何景明仲默起而應之，舉世靡然從風，厥後齊吴迭興，江楚特起，奉盤覲以齊盟。北地之壇坫不改，而求所謂獻吉之杜，不過生吞活剥剽擬于字句之間而已。公每于詩文中痛言排擊不相假借者，良懼繆種流傳，俾下劣詩魔入人心腑，故不忍以文章得失隨之世運遷流也。嗟嗟，斯文流派如江河之行也，豈俗學終能蒙錮乎？伐穴者，必誅其根，灸病者，必原其本，詳考流毒而追咎於作俑之人，公豈好辨哉？

〔一三〕呰陶謝　景明之論曰：詩溺于陶，謝力振之；古詩之法亡于謝，文靡于隋，韓力振之；古文之法亡于韓。公云：淵明之詩，鍾嶸以爲古今隱逸之宗，昭明以爲跌宕昭彰，抑揚爽朗，横素波而旁流，干青霄而直上，評之曰溺，于義何居？運世遷流，風雅代變，西京不得不變爲建安，太康不得不變爲元嘉，康樂之興會標舉，寓目即書，内無乏思，外無遺物，正所謂暢漢、魏之飆流，革孫、許之風尚，今必欲希風枚、馬，方駕曹、劉，割時代爲鴻溝，畫晉、宋爲鬼國，徒抱刻舟之愚，自違捨筏之論，昌黎佐佑六經，振起八代，文亡於韓，又何援據？吾不知仲默所謂文者何文，所謂法者何法也。昔賢論仲默之刺韓，以爲大言無當，矯誣輕毁，箴彼膏肓，允爲篤論矣。

〔一四〕考辭　陸士衡文賦：然後選義按部，考辭就班。抱景者咸叩，懷響者畢彈。

〔一五〕嘈囋　陸士衡文賦：或奔放以諧合，務嘈囋而妖冶。徒悦目而偶俗，固高聲而曲下。

〔一六〕厬潏　爾雅釋水：水醮曰厬。郭璞曰：謂水醮盡也。又：人所爲爲潏。郭璞曰：人力所作也。

〔一七〕么絃　唐詩紀事：劉夢得曰：「詩僧多出江右，靈一導其源，護國襲之。清江揚其波，法振沿之。如么絃孤韻，瞥入人耳，非大音之樂。獨吳興晝公能備衆體，徹公承之。」

〔一八〕鳥空　華嚴經賢首品：我今于中説少分，譬如鳥跡所履空。

〔一九〕鼠即　宗鏡録：既亡其指，非唯不了自心之真妄，亦乃不識教之遮表，錯亂顛倒，莫辯方隅。

猶鳥言空，如鼠云即，似形影響，豈合正宗？

〔二〇〕詩妖　漢書五行志：君炕陽而暴虐，臣畏刑而拑口，則怨謗之氣發于歌謡，故有詩妖。

〔二一〕北征　少陵有北征詩。

〔二二〕南山　昌黎有南山詩。

〔二三〕慠嘲　昌黎薦士詩：俗流知者誰？指注競嘲慠？

〔二四〕窮子　荆楚歲時記：按金谷園記云：高陽氏子瘦約，好衣敝食糜，人作新衣與之，即裂破，以火燒穿着之，宫中號曰窮子。

〔二五〕復陶　左傳昭公十二年：雨雪，王皮冠，秦復陶，翠被豹舄，執鞭以出。杜預曰：秦所遺羽衣也。

〔二六〕羣兒　昌黎調張籍詩：李杜文章在，光燄萬丈長。不知羣兒愚，那用故謗傷？

〔二七〕汝曹　少陵戲爲六絶句：爾曹身與名俱滅，不廢江河萬古流。

〔二八〕七葉　左太沖詠史詩：金張藉舊業，七葉珥漢貂。

〔二九〕骨骼　少陵瘦馬行：東郊瘦馬使我傷，骨骼硉兀如堵牆。

〔三〇〕創殘　昌黎張中丞傳後序：將其創殘餓羸之餘，雖欲去，必不達。

〔三一〕識路　韓非子説林上篇：桓公伐孤竹，春往冬返，迷失道路。管仲曰：「老馬之智可用也。」乃放老馬而隨之，遂得道。

〔三二〕星海　元史地理志河源附録：河源在土番朵甘斯西鄙，有泉百餘泓，沮洳散涣，弗可逼視，方可七八十里。履高山下瞰，燦若列星，以故名火燉腦兒。火燉，譯言星宿也。

〔三三〕東流　昌黎進學解：障百川而東之，迴狂瀾於既倒。

〔三四〕巨靈掌　張平子西京賦：綴以二華，巨靈贔屓，高掌遠蹠，以流河曲，厥跡猶存。

〔三五〕蜩螗　大雅蕩詩：如蜩如螗，如沸如羹。

〔三六〕僞體　少陵戲爲六絶句：别裁僞體親風雅。

〔三七〕瓦釜　楚辭屈原卜居：瓦釜雷鳴。

〔三八〕牛毛　北史文苑傳序：學者如牛毛，成者如麟角。

〔三九〕棖觸　陸龜蒙笠澤叢書蠹化：橘之蠹，大如小指。人或棖觸之，輒奮角而怒。

〔四〇〕調刁　莊子齊物論篇：泠風則小和，飄風則大和，厲風濟，則衆竅爲虚。而獨不見之調調之刁刁乎？郭象曰：調調刁刁，動摇貌也。言物聲既異，形之動摇亦又不同，動雖不同，其得齊一耳，豈調調獨是而刁刁獨非乎？

〔四一〕禪病　圓覺經：大悲世尊，快説禪病。

贈寒山凝遠知安二僧兄弟也凝遠建華嚴長期而弟善畫凡四首①

徵君〔一〕寂寞北山空，小苑新堂〔二〕蔓草中。今日鐘魚相應答，夜深紺殿〔三〕一燈紅。

【校勘記】

①凌本無「凡四首」三字。鄒本無此四詩，金匱本僅前二首。

【箋注】

〔一〕徵君　後漢書郭太傳：庾乘徵辟並不起，號曰徵君。

〔二〕小宛堂　趙靈均隱于寒山，名其堂曰小宛，凝遠即其地爲庵以居，故有徵君寂寞之感。

〔三〕紺殿　太白宴興德寺南閣詩：紺殿臨江上，青山落鏡中。

其二

支遁〔一〕千年鶴不來，趙家馬鬣〔二〕傍香臺。寒山啁哳飢烏鵲，齊向齋時授食回。

【箋注】

〔一〕支遁　范成大吴郡志：支遁菴在南峯，古號支硎山。晉高僧支遁剜山爲龕，放鶴於此。今有亭基。

〔二〕馬鬣　記檀弓：馬鬣封之謂也。

其三

隔户青宵講誦聲，華嚴十地〔一〕最分明。重來此土繙經論，無著天親〔二〕弟與兄。

【箋注】

〔一〕十地　華嚴玄談：世親菩薩造十地論，釋十地品。魏朝勒那三藏及菩提流支各翻一本，光統奏請令二三藏參成一本，爲十二卷，即今現傳。

〔二〕無著天親　西域記：無著是初地菩薩天親之兄，佛滅千年，從彌沙塞部出家。

其四

老夫心與白雲閒，雲外閒僧共往還。更向巨然〔一〕求粉本〔二〕，秋窗自看過雲山。

【箋注】

〔一〕巨然　宣和畫譜：僧巨然，鍾陵人。善畫山水，深得佳趣。

〔二〕粉本　書斷：玄宗思蜀中嘉陵江山水，遂假吴生驛遞往寫，及回奏云：「臣無粉本，並記在心。」

送林枋孝廉歸閩葬親絶句四首

寢苫〔一〕揮戈十六年，麻衣如雪向閩天。松楸禾黍千行淚，並灑西風哭杜鵑。

【箋注】

〔一〕寢苫　記檀弓：子夏問曰：「居父母之仇如之何？」夫子曰：「寢苫枕干，不仕，雖除喪，居處猶若喪也。弗與共天下也，不可以並生。遇諸市朝，不反兵而鬭。」

其二

小舟如葉出嚴陵，突兀西臺許劍亭〔一〕。自是閩人多涕淚，招他故鬼哭冬青〔二〕。

【箋注】

〔一〕許劍亭　宋濂謝翱傳：初，翱以朋友道喪，盡吴越無掛劍者，思合同志氏名作許劍録勒諸石，未就。復爲建許劍亭於墓右，從翱志也。

〔二〕哭冬青　鄭元祐遂昌山人雜録：宋太學生東嘉林景曦，字霽山，當時楊總統發掘諸陵寢，林故爲丐者，背竹籮，手持竹夾，遇物即夾投籮中。鑄銀作兩許小牌百十繫腰間，取賄西番僧，果得高、孝兩廟骨，歸葬於東嘉。其詩有夢中十首，其一絶曰：一坏未築珠宫土，雙匣親傳竺國經。只有春風知此意，年年杜宇哭冬青。葬後林於宋常朝殿前掘冬青樹一株，植於兩函土堆上。

其三

負土〔一〕爲墳斬蒺藜，淚和畚鍤下成蹊①。更餘精衛〔二〕啼殘血，漬入泉臺築土泥。

【校勘記】

①鄒本作「溪」。

【箋注】

〔一〕負土　後漢書桓榮傳：桓奔喪九江，負土成墳。

〔二〕精衛　山海經：發鳩山有鳥名曰精衛，是炎帝之少女，名曰女娃。遊于東海，溺而不返，故爲精衛，常啣西山之木石以湮于東海。

其四

萬里黄山〔一〕白露園，清明麥飯黯銷魂。孤臣老淚空填咽，今日秋風又送君。

【箋注】

〔一〕黄山　少陵洞房詩：萬里黄山北，園陵白露中。趙次公云：武帝微行而至黄山，晉灼曰：黄山，宫名，在槐里，蓋右扶風槐里縣有黄山宫，孝惠二年所起。揚雄羽獵賦序：旁南山而西，至長楊、五柞，北繞黄山，瀕渭而東。則黄山在南山之下矣。今公句則實道園陵在此地之北也。

紅豆樹二十年復花九月賤降時結子纔一顆河東君遣僮探枝得之老夫欲不誇爲己瑞其可得乎重賦十絶句示遵王①更乞同人和之②

院落秋風正颯然〔一〕，一枝紅豆報鮮妍。夏梨弱棗〔二〕尋常果，此物〔三〕真堪薦壽筵。

【校勘記】

①鄒本、金匱本無「示遵王」三字。②牧齋詩鈔題作「紅豆樹二十年復花九月賤降時結子纔一顆河東君遣僮探枝得之重賦絶句」。

【箋注】

〔一〕颯然　宋玉風賦：有風颯然而至。

〔二〕夏梨弱棗　潘安仁閒居賦：張公大谷之梨，梁侯烏椑之柿。周文弱枝之棗，房陵朱仲之李。李善曰：廣志曰：洛陽北芒山有張公夏梨，甚甘，海内唯此一樹。西京雜記：上林苑有弱枝棗。廣志曰：周文王時，有弱枝之棗，甚美，禁之不令人取，置樹苑中。

〔三〕此物　王右丞相思詩：紅豆生南國，秋來發幾枝？贈君多採擷，此物最相思。

其二

春深紅豆數花開，結子經秋只①一枚。王母仙桃餘七顆〔一〕，争教曼倩不偷來？

【校勘記】

①牧齋詩鈔作「又」。

【箋注】

〔一〕七顆　博物志：王母降，漢武帝向王母索七桃，大如彈丸，以五枚與帝，母食二枚。帝欲以核種之，母笑曰：「此桃三千年一生實。」時東方朔從牖中窺母，母曰：「此小兒嘗三來盜吾桃矣。」

其三

二十年來綻一枝，人間都道子生遲〔一〕。可應滄海揚塵日，還記仙家下種時。

【箋注】

〔一〕子生遲　劉禹錫寄樂天詩：雪裏高山頭白蚤，海中仙果子生遲。

其四

秋來一顆寄相思，葉落深宮〔一〕正此時。舞輟歌移人既醉，停觴自①唱右丞詞。

【校勘記】

①鄒本、金匱本作「偏」。

【箋注】

〔一〕葉落深宫　明皇雜録：天寶末，賊陷西京。禄山大會凝碧池，梨園弟子欷歔泣下。樂工雷海青擲樂器，西向大慟，賊乃支解于試馬殿。王維拘于菩提寺，賦詩曰：「萬户傷心生野煙，百官何日更朝天？秋槐葉落空宫裹，凝碧池頭奏管絃。」

其五

朱噣〔一〕啣來赤日光，苞從鶉火〔二〕度離方〔三〕。寢園應並朱櫻獻，玉座〔四〕休悲道路長。

【箋注】

〔一〕朱噣　謝皋羽招魂詞：化爲朱鳥兮，有噣焉食？

〔二〕鶉火　左傳襄公九年：古之火正，或食於心，或食於咮，以出内火。是故咮爲鶉火，心爲大火。

〔三〕離方　張子壽荔枝賦：雖受氣於震方，實禀精于火離。

〔四〕玉座　少陵解悶絶句：炎方每續朱櫻獻，玉座應悲白露團。

其六

千葩萬蕊業①風凋，一捻猩紅〔一〕點樹梢。應是天家②濃雨露，萬年枝〔二〕上不曾銷。

【校勘記】

①鄒本作「葉」。②鄒本、金匱本作「街」。

【箋注】

〔一〕一捻紅　陳景沂全芳備祖：明皇有獻牡丹者，時貴妃匀面口脂在手，印于花上，詔于仙春館栽。來歲花開，上有指印紅迹，帝名爲一捻紅。

〔二〕萬年枝　葛洪西京雜記：上林苑有千年長生樹十株，萬年長生樹十株。

其七

齋閣燃燈佛日開，丹霞絳雪〔一〕壓枝催。便將紅豆興雲供〔二〕，坐看南荒地脈迴①。

【校勘記】

①鄒本作「培」。

【箋注】

〔一〕絳雪　漢武内傳：其次藥有玄霜絳雪。

〔二〕興雲供　華嚴經妙莊嚴品：諸菩薩各興種種供養雲。所謂一切摩尼寶華雲、一切蓮華妙香雲、一切寶圓滿光雲、無邊境界香焰雲、日藏摩尼輪光明雲、一切悦意樂音雲、無邊色相一切寶燈光焰雲、衆寶樹枝華果雲、無盡寶清浄光明摩尼王雲、一切莊嚴具摩尼王雲。如是等諸供養雲，有佛世界微塵數。彼諸菩薩，一一皆興如是供養雲。

其八

炎徼黄圖自討尋①，日南〔一〕花果重南②金〔二〕。書生窮眼疑盧橘〔三〕，不信相如賦上林。

【校勘記】

①凌本作「論」。　②凌本作「黄」。

【箋注】

〔一〕日南　爾雅釋地：觚竹北户。郭璞曰：觚竹在北，北户在南。疏曰：北户，即日南郡是也。

〔二〕南金　魯頌泮水詩：大賂南金。

〔三〕盧橘　左太沖三都賦序：相如賦上林，而引盧橘夏熟。揚雄賦甘泉，而陳玉樹青葱。班固賦西都，而嘆以出比目。張衡賦西京，而述以遊海若。假稱珍怪，以爲潤色。考之果木，則生非其壤。校之神物，則出非其所。於辭則易爲藻飾，於義則虚而無徵。

其九

旭日平臨七寶闌〔一〕，一枝的皪殷流丹。上林重記虞淵簿〔二〕，莫作南方草木〔三〕看。

【箋注】

〔一〕七寶闌　華嚴經入法界品：旃檀行樹周匝圍遶，七寶欄楯以爲莊嚴。

〔二〕虞淵簿　葛洪西京雜記：就上林令虞淵得朝臣所上草木名二千餘種，隣人石瓊求借，一皆遺棄，今以所記憶列於篇右。

〔三〕南方草木　宋史藝文志：農家類：嵇含南方草木狀三卷。

其十

紅葉闌干覆草萊，金盤火齊〔一〕抱枝開。故應五百年〔二〕前樹，曾裹儂家錦繡來。

【箋注】

〔一〕火齊　昌黎永貞行：火齊磊落堆金盤。

〔二〕五百年　東坡臨安詩：五百年間異人出，盡將錦繡裹山川。

東澗先生村莊紅豆樹二十年復花時當季秋結子一顆適八十懸弧之月有詩紀事奉和十首①

陸貽典

秋風南國綻新枝，正是長筵燕賞時。珍果衹應仙樹有，人間何事唱相思？

其二

小劫花期二十年，靈光終古自巋然。可知桃食千齡熟，未抵相思一顆圓。

其三

吴地名花似洛陽，疏秋一點發朱光。重疏草木南方狀，南極先看起角芒。

其四

桐君桂父莫相誇，奇樹常思洞裏花。大似麻姑曾擲米，還留一粒變丹砂。

其五

火中生樹本菩提，布葉連枝會有期。紅綻一枝遲度曲，人間盡道是摩尼。

其六

靈和柳色本相當，疏葉高柯覆苑牆。若入平泉花木譜，當時肯樹紫丁香？

其七

紅泉雙屐悟前因，應有靈鳥採食頻。檢點啄餘鸚鵡粒，莫憑香稻誤詩人。

其八

曾記思惟樹不凋，伽陀銀塔影岧嶢。依稀熾焰枝頭見，可待千牛乳汁澆。

其九

日服丹砂面似童，朱顏鶴髮似仙翁。憑將江上芙蓉色，染取梢頭一點紅。

其十

山中無曆不知時，頗訝花開結子遲。更待一回紅滿樹，何人不省是期頤？

【校勘記】

①凌本、鄒本、金匱本無此十詩。

奉和紅豆詩十首①

錢曾

苞含奇瑞應離明，似借丹砂點得成。留取他年記仙曲，瑶臺月下贈飛瓊。

其二

絳雪枝頭佳氣開，長筵光映紫霞杯。登真宴上羣真笑，不放良常日月催。

其三

佛燈禪室妙香薰，排日繙經到夜分。應供浄筵紅一點，諸天長護吉祥雲。

其四

萬國兵塵草木前，止留紅豆向江天。水村路與仙源接，花合花開不計年。

其五

南方花木竟如何？異卉奇葩浩劫過。録記紅蕉餘北户，日南天地已無多。

其六

葉落秋槐御苑西，江潭殘曲意萋迷。承平佳話難忘卻，紅藥春風印紫泥。

其七

桑海茫茫度劫遲，欲將歲月算花期。麻姑定指人間笑，三見前朝結子時。

其八

高枝遮護摘來難，仙果須應供玉盤。多事笑他劉子駿，上林草木借人看。

其九

秋院蕭晨香母微，疏窗佛日影暉暉。蓮花國土真無恙，一顆相思寄雪衣。

其十

異種流紅照坐隅，廿年一子世間無。若教修静當時見，寫入神仙芝草圖。

【校勘記】

①鄒本、金匱本無此十詩。

陳伯璣與程士哲有耦耕之約命畫史作圖戲賦短歌以贈

昔與程孟陽，築堂學耦耕。高人仙游陵谷改，此堂猶得留其名。圖中之人腰鐮〔一〕襏襫〔二〕者誰子？云是松圓宗子士哲生。身憑黄犢似席薦〔三〕，目光〔四〕激射牛背明。旁有一人荷鋤簣踞〔五〕足奇左，乃是陳生伯璣不是我。我今繙經皈佛成老僧，陳生代我學稼①爲農何不可？吁嗟乎，南山〔六〕之田蕪穢不可治，閉門種菜〔七〕盍歸歟？輟耕壟上〔八〕應使羣兒笑，牛角争教掛漢書〔九〕。

【校勘記】

①鄒本無「學稼」二字。

【箋注】

〔一〕腰鎌　鮑照東武吟：腰鎌刈葵藿，倚杖牧鷄豚。

〔二〕襏襫　白氏六帖：襏襫之衣，草衣以禦雨。

〔三〕席薦　釋名：薦，所以自薦藉也。席，釋也，可卷可釋也。

〔四〕目光　世説雅量篇：王夷甫在車中照鏡，語丞相曰：「汝看我眼光迺出牛背上。」

〔五〕箕踞　漢書陸賈傳注：師古曰：箕踞，謂伸其兩脚而坐。亦曰箕踞其形似箕。

〔六〕南山　漢書：楊惲報會宗書：其詩曰：田彼南山，蕪穢不治。淵明歸田園居詩：種豆南山下，草盛豆苗稀。晨興理荒穢，帶月荷鋤歸。

〔七〕種菜　蜀志先主傳注：胡沖吴歷曰：曹公數遣親近密覘諸將，備時閉門，將人種蕪菁。曹公使人闚門，既去，備謂張飛、關羽曰：「吾豈種菜者乎？」開後栅，與飛等輕騎俱去。

〔八〕壟上　史記陳涉世家：陳涉少時與人傭耕，輟耕之壟上，悵恨久之，曰：「苟富貴，無相忘。」傭者笑曰：「若爲傭耕，何富貴也？」涉太息曰：「嗟乎，燕雀安知鴻鵠之志哉。」

〔九〕掛漢書　新唐書李密傳：密聞包愷在緱山，往從之。以蒲韉乘牛，掛漢書一帙角上，行且讀。楊素適見于道，躡其後，問所讀。曰：「項羽傳。」因與語，奇之。

恤廬詩爲牧雲和上作也和上有懷二人將結廬祀奉以没其身作衘恤詩十章牧翁讀之而讚許焉故作是詩也

牧齋老人，紈綺〔一〕兒曹。少長祖第，縣東坊橋。循橋而東，地一牛鳴〔二〕。牧雲和上，於此誕生。兩牧之生，一僧一儒。虎子猧兒，墮地〔三〕各殊。牧翁瑣瑮，儒冠〔四〕誤我。仕宦冰炭，患難湯火。晚歸空門，繙誦呢喃。終守研削〔五〕，如抱繭蠶。牧雲昌昌，作僧中王。提天童印〔六〕，坐七道場。登堂説法，如雲如雨〔七〕。語録金篦，詩筆玉斧。草兵木刀〔八〕，界灰〔九〕劫①塵〔一〇〕。七日〔一一〕之後，餘此兩人。蔬筍盈盤，爐香霏微。如光音人〔一二〕，下食地肥。茫茫墨穴，皤皤白顛〔一三〕。杖錫來此，秋風颯然。裴徊身世，申②寫情愫。自悔禪林，文彩流布。風匪囊貯，水豈刀劃〔一四〕？净名〔一五〕無言，猶存一默。我觀雲老，形如木鷄〔一六〕。霜降水③涸，刊落膚皮。龍潭〔一七〕滅燈，俱胝〔一八〕斷指。望崖送公，自此遠矣。雲老告我，佛重生地〔一九〕。永懷二人，風聲雨涕。荒祠小築，於彼江皋。衡門兩版，蓋頭一茅。箴束肚皮〔二〇〕，搬柴運水〔二一〕。作老編氓，没身而已。我聞斯言，合掌嘆息。豈惟僧規，是亦④孝則。凡今之人，口實編蒲。霜雹利養〔二二〕，是究是圖。綃頭〔二三〕赴闕，乘傳〔二四〕葬母〔二五〕。弔送喧闐，官吏奔走。攫拏龍穴，黥椎山岡。南山之石，錮爲堵牆。昔有高僧，一擔兩邊。

左擔供佛，母坐下肩。逢母生日，挑長命燈。炊飯自⑤喫，爲娘齋僧〔二六〕。比陳尊宿〔二七〕，卻又瀟灑。蛣蜣〔二八〕轉丸，汝何爲者？我讀雲老，銜恤之什，有風肅然。望古遥集，不風不雅，作爲此詩。重扶木叉〔二九〕，錞于〔三〇〕訓辭。哀哀恤廬，唧唧苦音。我如秋蟲，伴彼秋吟。雖則秋吟，爲雷爲風。有傾聽者，三日耳聾⑥〔三一〕。

【校勘記】

①鄒本作「刹」。②凌本作「中」。③鄒本作「紅」。④「是亦」，鄒本、金匱本作「亦是」。⑤鄒本、金匱本作「是」。⑥鄒本、金匱本末有「歲在辛丑昜月望日，虞山白衣海印弟子錢某製」二句。

【箋注】

〔一〕紈綺　前漢書敘傳：與王、許子弟爲羣，在于綺襦紈袴之間，非其好也。師古曰：紈，素也。綺，今之細綾也。並貴戚子弟之服。

〔二〕一牛鳴　西域記：拘盧舍者，謂大牛鳴聲所極聞。一拘盧舍爲五百弓。大藏一覽：一牛鳴，其聲五里。

〔三〕墮地　東坡王大年哀詞：驥墮地走，虎生而斑。

〔四〕儒冠　少陵奉贈韋左丞詩：儒冠多誤身。

〔五〕研削　後漢書蘇竟傳：竟與龔書曰：「走昔以摩研編削之才，與國師公從事出入，校定秘書。」臣賢曰：削謂簡也，一曰削書刀也。

〔六〕提印　黄山谷雲峯悦禪師語録序：不受燃燈記别，自提三印正宗。任淵曰：宗門有三印，謂印空、印水、印泥。

〔七〕如雲雨　禪林僧寶傳：佛印元禪師嘗謂衆曰：「昔雲門説法如雲雨，絶不喜人記録其語，見必罵逐，曰：汝口不用，反記吾語，異時稗販我去。」

〔八〕草刀木兵　法苑珠林劫量篇：劫末七日中，手執草木即成刀仗，由此器仗，互相殘害。

〔九〕界灰　法苑珠林劫量篇：如是世界皆悉燒已，乃至灰墨及與餘影皆不可得，從此名爲器世間已壞。

〔一〇〕劫塵　華嚴經世主妙嚴品：十方刹海微塵數。

〔一一〕七日　法苑珠林劫量篇：是時劫末唯七日在，於七日中無量衆生死盡。時有一人合集閻浮提内男女，唯餘一萬留爲當來人種，唯此萬人能持善行，諸善鬼神欲令人種不斷絶故，擁護是人，以好滋味令入毛孔，以業力故，人種不斷云。

〔一二〕光音人　長阿含經：賢劫初成，未有日月。是時光音天下生，皆有身光，飛行自在，無有男女尊卑親疏之别。食自然地味，因食此物，乃身光滅，神通亡，貪心始萌。復生地餅地膚地脂之味，食乃諸惡湊集，男女始形。沙門義浄南海寄歸内法傳：暨乎浄天下降，身光自隨。因餐地肥，遂生貪著。林藤香稻，轉次食之。身光漸滅，日月方現。夫婦農作之事興，君臣父子之道成。

〔一三〕白顛　後漢蔡邕傳：釋誨：華顛胡老。臣賢曰：顛，頂也。華顛，謂白首也。

〔一四〕刀劃　首楞嚴經：如風吹光，如刀斷水，了不相觸。

〔一五〕净名　僧肇維摩經注：維摩詰，秦言净名也。

〔一六〕木鷄　莊子達生篇：紀渻子爲王養鬭鷄，望之似木鷄，其德全矣。

〔一七〕龍潭　五燈會元：宣鑒禪師侍龍潭棲止。一夕立次，潭曰：「更深何不下去？」師珍重便出，却回曰：「外面黑。」潭點紙燭度與師。師擬接，潭便吹滅。師於此大悟，便禮拜曰：「從今向去，更不疑天下老和尚舌頭也。」

〔一八〕俱胝　五燈會元：俱胝和尚初住庵時，山神告曰：「將有肉身菩薩來，爲和尚説法也。」逾旬，天龍和尚到庵，師迎禮。天龍竪一指示之，師大悟。自是凡有學者參問，唯舉一指，無別提唱。有一供果童子，每見人問事，亦竪指祇對。師一日潛袖刀子，問童曰：「聞你會佛法，如何是佛？」童竪指頭，師以刀斷其指，童叫痛走出。師召童子，童回首。師曰：「如何是佛？」童舉手不見指頭，豁然大悟。師將順世，謂衆曰：「吾得天龍一指頭禪，一生受用不盡。」

〔一九〕生地　大智度論釋初品中住王舍城：以報生地恩故，多住舍婆提，一切衆生皆念生地。

〔二〇〕篾束肚皮　五燈會元：藥山惟儼禪師，侍奉馬祖三年。一日，祖問：「子近日見處作麽生？」師曰：「皮膚脱落盡，唯有一真實。」祖曰：「子之所得，可謂協於心體，布於四肢。既然如是，將三條篾束取肚皮，隨處住山去。」

〔二一〕搬柴運水　傳燈録：龐居士初見石頭和尚，呈偈云：神通并妙用，運水及搬柴。石頭然之。

〔二二〕霜雹利養　大智度論：經云：已除利養名聞，説法無所悕望。是利養法如賊，壞功德本，譬如天雹，傷害五穀。利養名聞亦復如是，壞功德苗，令不增長。

〔二三〕綃頭　劉熙釋名：綃頭，綃鈔也，鈔髮使上從也。或曰陌頭，言其從後横陌而前也。齊人謂之幓，言幓斂髮使上從也。

〔二四〕乘傳　漢書高帝紀：乘傳詣洛陽。如淳曰：律：四馬高足爲置傳，四馬中足爲馳傳，四馬下足爲乘傳，一馬二馬爲軺傳。急者乘一乘傳。

〔二五〕葬母　庚子春，僧玉林應召赴闕，歸而葬母虞山之麓，緇白四衆，弔送填咽。公心非之，故此詩及焉。

〔二六〕爲娘齋僧　葉奇草木子：明首座，東南行脚僧也。有母八十餘，嘗負擔而行。至正間來遊雁蕩山，值母生日，以飯一盂、經一卷爲母之壽，而作偈曰：今朝是我娘生日，剔起佛前長命燈。自米自炊還自喫，與娘齋得一員僧。

〔二七〕陳尊宿　五燈會元：睦州陳尊宿，織蒲鞋以養母，故此有陳蒲鞋之目。

〔二八〕蛣蜣　莊子：蛣蜣之智，在於轉丸。

〔二九〕木叉　南部新書：佛臨涅槃，阿難問佛：「佛滅度後，以何爲師？」佛答阿難：「吾滅度後，以波羅提木叉爲師。」梵曰波羅提木叉，此云别解脱。傳燈録：五臺山祕魔巖和尚常持一木叉，每見僧來禮拜，即叉却頸云：「那箇魔魅教汝出家，那箇魔魅教汝行脚？道得也叉下死，道不得也叉下死。速道。」學僧鮮有對者。

〔三〇〕錞于　國語：宣子曰：「戰以錞于、丁寧，儆其民也。」韋昭曰：錞于，形如碓頭，與鼓角相和。丁寧者，謂鉦也。儆，戒也。唐尚書曰：「錞于，鐲也。」非也，鐲與錞于各異物。

〔三一〕三日耳聾　五燈會元：懷海禪師謂衆曰：「佛法不是小事，老僧昔被馬大師一喝，直得三日耳聾。」

懸蛇行贈周①茂廬

周君賣藥楓橋下，長身歷落氣瀟灑。要離伯鸞〔一〕古有之，悠悠末俗②誰知者？懸蛇〔二〕車上走兒童，剔胃刳腸一笑中。更看袖裏青蛇〔三〕在，元化由來即吕翁。

【校勘記】

①鄒本、金匱本無「周」字。　②凌本作「路」。

【箋注】

〔一〕要離伯鸞　後漢書梁鴻傳：鴻至吴，依皋伯通。及卒，伯通等爲求葬地于要離冢旁，咸曰：

「要離烈士，伯鸞清高，可令相近。」

〔二〕懸蛇　後漢書華佗傳：佗嘗行道，見有病咽塞者，令取三升蒜虀飲之，立吐一蛇，乃懸於車而候佗。時佗小兒戲於門中，逆見曰：「客車邊有物，必是逢我翁也。」及客進，顧視屋壁北，懸蛇以數十。

〔三〕青蛇　岳陽風土記：岳陽樓上有吕先生留題，云：朝遊北越暮蒼梧，袖裏青蛇膽氣粗。三入岳陽人不識，朗吟飛過洞庭湖。先生名巖，字洞賓。唐禮部尚書渭之孫。會昌中兩舉進士不第，遇異人授劍術，得長生不死之訣。

李榷部饋貂帽繭紬口占戲謝①

篷底冰稜午未消，漫勞弓劍〔一〕問蕭條。敝裘難稱歐絲〔二〕繭，禿髮羞看插鬢〔三〕貂。貰酒陽昌〔四〕何處典？彈冠貢禹〔五〕不堪招。緇衣〔六〕皂帽〔七〕真吾有，攬鏡依然慰老樵。

【校勘記】

①鄒本無此詩。

【箋注】

〔一〕弓劍　記曲禮：凡以弓劍、苞苴、簞笥問人者，操以受命，如使之容。

〔二〕歐絲　博物志：歐絲之野，其女子端跪，據樹而歐絲。北海外也。

〔三〕插鬢　晉書輿服志：侍中、常侍則加金璫附蟬爲飾，插以貂毛黄金爲竿，侍中插左，常侍插右。

〔四〕陽昌　葛洪西京雜記：司馬相如初與卓文君還成都，居貧愁懣，以所著鷫鷞裘就市人陽昌貰酒，與文君爲歡。

〔五〕貢禹　漢書王吉傳：吉與貢禹爲友，世稱王陽在位，貢禹彈冠。言其取舍同也。

〔六〕緇衣　國風緇衣詩：緇衣之宜兮。毛萇傳曰：緇，黑色。

〔七〕皂帽　魏志管寧傳：寧常著皂帽，布襦袴布裙，隨時單複。

題畫四君子圖①爲王異公②

右松

古人論畫松，磊砢喜直幹。當其放筆時，蓄意在霄漢。落落待歲寒，丈尺豈足算。

【校勘記】

①鄒本無此四詩。　②金匱本題下無注。

右蘭

糞穢塞穹壤，諸天爲掩鼻。芳蘭抱國香〔一〕，一枝自殊異。懷哉智井翁〔二〕，畫蘭不畫地〔三〕。

【箋注】

〔一〕國香　左傳宣公三年：鄭文公有賤妾名燕姞，夢天使與己蘭，曰：「以是爲而子。以蘭有國香，人服媚之如是。」

〔二〕智井翁　鄭所南著心史，藏之北禪寺井中，故目之謂智井翁。

〔三〕不畫地　宋遺民録鄭所南傳：所南善畫蘭，不畫土。人詢之，則曰：「一片中國地爲夷狄所得，吾忍畫耶？」

右竹

桃竹列几筵，次席重黼純〔一〕。剡之作箭簳〔二〕，弧矢〔三〕參星辰。允矣東南美〔四〕，君子貴其筠。

【箋注】

〔一〕黼純　周禮春官宗伯：凡大朝覲、大饗射，凡封國、命諸侯，王位設黼依。依前南鄉，設莞筵紛純。加繅席畫純，加次席黼純，左右玉几。鄭司農云：純，讀爲均服之均。純，緣也。次席，桃枝席，有次列成文。

〔二〕箭簳　家語：子路曰：「南山有竹，不揉自直。斬而用之，達于犀革。以此言之，何學之有？」孔子曰：「括而羽之，鏃而礪之，其入之不亦深乎？」

〔三〕弧矢　三氏星經：石申氏曰：弧矢九星，在狼星東南，天弓也。

〔四〕東南美　爾雅釋地：東南之美者，有會稽之竹箭焉。

右梅

梅爲南國花，寒香絶沙漠。所以穠①桃李，繁華遜綽約。媲彼嘉樹〔一〕頌，不辜后皇託。

【校勘記】

①金匱本作「濃」。

【箋注】

〔一〕嘉樹　屈原九章：后皇嘉樹，橘徠服兮。

題金孝章生挽册

人生喜祝壽，死則①製挽詩。祝生生不延，哭死死不知。徒然費紙墨，況乃滋點媸。陶潛一老翁，唱爲②生挽詞。死挽已多事，生挽復何爲？人生愛百年，生死爲大期。樂生本物情，怖死何足訾？生祝死則哭，委分亦所宜。哀樂〔二〕而樂哀，古人豈我③欺？生挽死重挽，生死皆傷悲。挽者亦有死，相挽無已時。吴門金孝章，褒衣稱人師。六十要生挽，趣我屬和之。我老諱哀挽，摇頭請固辭。赤羽滿天地，白毛生路逵。餘生剩兵間，頭顱天所私。西山萬樹梅，破臘放繁枝。缸面酒新熟，杖頭錢可持。何用雙眉皺？且喜兩膝隨。鸜鵒〔二〕遞歌哭，亳鳥〔三〕俄出譆。長風報吹萬〔四〕，過耳知爲誰？聊歌蟋蟀章〔五〕，請君頌鴟夷〔六〕。

【校勘記】

①鄒本作「有」。　②鄒本作「與」。　③凌本作「吾」。

【箋注】

〔一〕哀樂　左傳昭公二十五年：哀樂而樂哀，皆喪心也。心之精爽，是謂魂魄，魂魄去之，何以能久？

〔二〕鸜鵒　左傳昭公二十五年：鸜鵒來巢。師己曰：「童謡有之：鸜鵒鸜鵒，往歌來哭。」

〔三〕亳鳥　左傳襄公三十年：或叫于宋大廟曰：譆譆出出。鳥鳴于亳社，如曰譆譆。

〔四〕吹萬　謝靈運九日戲馬臺集送孔令詩：吹萬羣方悦。

〔五〕蟋蟀章　毛詩蟋蟀章：今我不樂，日月其除。

〔六〕鴟夷　竇苹酒譜：漢世多以鴟夷貯酒。揚雄爲之贊曰：鴟夷滑稽，腹中如壺。盡日盛酒，人復借沽。常爲國器，託於屬車。

卷十二

投筆集起己亥年，盡癸卯年

金陵秋興八首次草堂韻己亥七月初一日①作

龍虎新軍〔一〕舊羽林〔二〕，八公草木〔三〕氣森森。樓船〔四〕蕩日三江〔五〕涌，石馬〔六〕嘶風九域〔七〕陰。掃穴〔八〕金陵還地肺②〔九〕，埋胡紫塞〔一〇〕慰天心〔一一〕。太白樂府詩云：懸胡青天上，埋胡紫塞旁。長干〔一二〕女唱平遼曲，萬户〔一三〕秋③聲息擣碪。

【校勘記】

①宗本、國粹叢書無「日」字。 ②邃本作「脈」。 ③國粹叢書作「愁」。

【箋注】

〔一〕龍虎軍 程大昌雍録：左右龍武軍，睿宗時置，即太宗時飛騎。武者，虎也。唐祖諱虎，故曰龍武。龍武者，龍虎也，言其人材質、服飾有似龍虎。其軍皆中官主之。

〔二〕羽林 漢書宣帝紀：及應募佽飛射士、羽林孤兒。應劭曰：天有羽林大將軍之星。林，喻若林木之盛。羽，羽翼鷙擊之意。故以名武官焉。

〔三〕八公草木　晉書苻堅傳：堅入寇，會稽王道子以威儀鼓吹求助於鍾山之神，奉以相國之號。及堅北望八公山上，草木皆類人形，神若有力焉。

〔四〕樓船　漢書武帝紀：元封二年，遣樓船將軍楊僕、左將軍荀彘，將應募罪人擊朝鮮。應劭曰：樓船者，作大船，上施樓也。

〔五〕三江　水經注：江水奇分，謂之三江口。庾仲初揚都賦注曰：今太湖東注于松江，下七十里有水口分流，東北入海爲婁江，東南入海爲南江，與松江而爲三也。

〔六〕石馬　唐會要：上欲闡揚先帝徽烈，乃令匠人琢石，寫諸蕃君長十四人，列于陵司馬北門，又刻石爲常所乘破敵馬六匹于闕下也。安禄山事蹟：潼關之戰，我軍既敗，賊將崔乾祐領白旍，引左右馳突。我軍視之，狀若神鬼。又見黄旍軍數百隊，官軍潛謂是賊，不敢逼之。須臾，又見與乾祐鬬，黄旍軍不勝，退而又戰者不一。俄而不知所在。後昭陵奏是日靈宫前石人馬汗流。韋莊聞再幸汴梁詩：興慶玉龍寒自躍，昭陵石馬夜空嘶。

〔七〕九域　潘元茂册魏公九錫文：綏爰九域，罔不率俾。李善曰：韓詩：方命厥后，奄有九域。薛綜曰：九域，九州也。

〔八〕掃穴　漢書匈奴傳：揚雄上書曰：固已犂其庭，掃其閭，郡縣而置之，雲徹席卷，後無餘菑。

〔九〕地胏　真誥稽神樞：金陵者，洞府之膏腴，句曲之地胏也。注曰：水至則浮，故曰地胏。

〔一〇〕紫塞　崔豹古今注：秦所築長城，土色皆紫，漢亦然，故云紫塞。塞者，塞也，所以擁塞夷狄也。

〔一一〕天心　漢書董仲舒傳：以此見天心之仁愛人君而欲止其亂也。

〔一二〕長干　王象之輿地紀勝：長干是秣陵縣東里巷名，江東謂山隴之間曰干。金陵五里有山岡，其間平地，民庶雜居，有大長干、小長干、東長干，並是地名。

〔一三〕萬户　太白子夜歌：長安一片月，萬户擣衣聲。

其二

雜虜①〔一〕横戈倒載斜，依然南斗是中華。金銀舊識秦淮氣〔二〕，雲漢新通博望槎〔三〕。黑水〔四〕游魂〔五〕啼草地，白山〔六〕新②鬼〔七〕哭胡笳。十年老眼重磨洗，坐看江豚蹴浪花。

【校勘記】

①「雜虜」，牧齋詩鈔作「發矢」。②鄧本、張本作「戰」。

【箋注】

〔一〕雜虜　少陵收京詩：雜虜横戈數。

〔二〕秦淮氣　樂史寰宇記：金陵圖經云：昔楚威王見此有王氣，因埋金以鎮之，故曰金陵。秦并天下，望氣者言江東有天子氣，乃鑿地脈、斷連岡，因改金陵爲秣陵，屬丹陽郡。故丹陽記云：始皇鑿金陵方山，其斷處爲瀆，則今淮水，經城中入大江，是曰秦淮。

〔三〕博望槎　趙璘因話録：漢書載張騫窮河源，言其奉使之遠，實無天河之説。惟張茂先博物志説，近世有人居海上，每年八月見海槎來，不違時，齎一年糧，乘之到天河，見婦人織，丈夫飲牛，遣問嚴君平，云某年某月某日客星犯牛斗，即此人也。寶曆中，余下第還家，于京洛途中逢官差遞夫舁張騫槎。先在東都禁中，今准詔索有司取進，不知是何物也。前輩詩往往有用張騫槎者，相襲謬誤久矣。

〔四〕黑水　洪皓松漠紀聞：黑水發源于長白山，舊云粟末河，契丹德光破晉，改爲混同江。

〔五〕游魂　魏明帝善哉行：權實堅子，備則亡虜。假氣游魂，魚鳥爲伍。

〔六〕白山　葉隆禮契丹國志：長白山在冷山東南千餘里，蓋白衣觀音所居。其山禽獸皆白，人不敢入，恐穢其間，以致蛇虺之害。

〔七〕新鬼　少陵兵車行：新鬼煩冤舊鬼哭，天陰雨濕聲啾啾。

其三

大火〔一〕西流漢再暉，金風〔二〕初勁①朔聲②微。溝填羯肉③那堪臠，竿掛胡頭④豈解飛。高帝旌旂如在眼，長沙〔三〕子弟肯相違。名王俘馘生兵盡，敢道秋高牧馬〔四〕肥。

【校勘記】

①國粹叢書、鄧本作「逕」。②鄧本、張本、宗本作「風」。③「羯肉」，牧齋詩鈔作「死馬」。④「胡頭」，牧齋詩鈔作「翔烏」。

【箋注】

〔一〕大火　國風七月詩：七月流火。毛萇傳曰：火，大火也。流，下也。箋云：大火者，寒暑之候也。火星中而寒暑退，故將言寒先著火所在。

〔二〕金風　張景陽雜詩：金風扇素節。李善曰：西方爲秋而主金，故秋風曰金風也。

〔三〕長沙　吴志孫破虜傳注：江表傳曰：策見袁術，涕泣言曰：「亡父昔從長沙入討董卓，與明使君會於南陽，同盟結好。」

〔四〕牧馬　漢書趙充國傳：到秋馬肥，變必起矣。少陵留花門詩：高秋馬肥健，挾矢射漢月。

其四

九州一失算殘棋，幅裂〔一〕區分信可悲。局内正當侵劫〔二〕後①，人間都道爛柯〔三〕時。住山師子〔四〕頻申久，起陸龍蛇〔五〕撇捩〔六〕遲。殺盡羯奴②纔③斂手〔七〕，推枰何用更尋思？

【校勘記】

①張本作「候」。②「殺盡羯奴」，牧齋詩鈔作「短局拋殘」。③楊本作「方」。

【箋注】

〔一〕幅裂　魏志崔琰傳，琰曰：「今天下分崩，九州幅裂。」

〔二〕侵劫　御覽：陳留風俗傳：阮簡爲開封令，有劫賊外來曰甚急，簡方圍棋，長嘯曰：「局上有劫亦甚急。」

〔三〕爛柯　任昉述異記：信安縣石室山，晉時王質入山伐木，見童子數人弈棋而歌，因聽之。童子以一物與質，如棗核，令質食之，不覺餓。俄傾童子謂質曰：「何不去？」質起視，斧柯爛盡。既歸，無復時人。

〔四〕師子　大論：如師子王，清浄種中生，深山大谷中住。偃脊頻伸，以口扣地，現大威勢。

〔五〕龍蛇　陰符經：天發殺機，龍蛇起陸；人發殺機，天地反覆。

〔六〕撇捩　少陵留花門詩：千騎常撇捩。漢皋詩話：撇捩，疾貌。大食刀歌：鬼物撇捩辭坑壕。字義皆同。

〔七〕斂手　晉書杜預傳：帝與張華圍棋，預表適至，華推枰斂手。

其五

壁壘參差疊海山，天兵照雪〔一〕下雲間。生奴①八部②憂懸首〔二〕，死虜③千秋悔入關。僞四王子遺言戒勿入關，東人至今傳之④。箕尾〔三〕廓清還斗極，鶉頭〔四〕送喜動天顔。枕戈〔五〕席藁〔六〕

孤臣事，敢擬逍遥供奉〔七〕班。

【校勘記】

①「生奴」，牧齋詩鈔作「浪傳」。②遼本「部」下另有注：「一作百。」③「死虜」，牧齋詩鈔作「漫説」。④張本、牧齋詩鈔無此注。

【箋注】

〔一〕照雪　太白胡無人：天兵照雪下玉關。

〔二〕懸首　丘希範與陳伯之書：繫頸蠻邸，懸首藁街。

〔三〕箕尾　新唐書天文志：尾、箕，析木津也。箕與南斗相近，爲遼水之陽，盡朝鮮三韓之地，在吴、越東。

〔四〕鶉頭　廣雅釋天：東井謂之鶉首。

〔五〕枕戈　五代史劉詞傳：詞居暇日常被甲枕戈而卧，謂人曰：「我以此取富貴，豈可一日輒忘之？且人情易習，若一墮其筋力，有事何以報國？」

〔六〕席藁　史記范雎傳：任鄭安平，使將擊趙，鄭安平爲趙所困，急，以兵二萬人降趙。應侯席藁請罪。

〔七〕供奉　少陵至日遣興詩：憶昨逍遥供奉班，去年今日侍龍顔。唐語林：國朝中書舍人專掌詔誥，玄宗初，張説、陸堅、張九齡、徐安貞相繼爲之，改爲翰林供奉。

其六

戈船〔一〕十萬指吴頭〔二〕，太白芒寒入①月秋。太白胡無人云：太白入月敵可摧。是歲禄山果伏誅②。肥水共傳風鶴〔三〕警，臺城〔四〕無那紙鳶〔五〕愁。白頭應笑皆遼豕〔六〕，黄口〔七〕誰容作海鷗〔八〕。爲報新亭〔九〕垂涕③客，卻④收殘淚覽神州。

【校勘記】

①鄧本、邃本、楊本、張本、國粹叢書作「八」。②鄧本、宗本、張本、牧齋詩鈔、國粹叢書無此注。③鄧本、邃本、宗本、牧齋詩鈔、國粹叢書作「淚」。邃本另有注：「一作涕。」④宗本、國粹叢書作「好」，邃本作「聲」。

【箋注】

〔一〕戈船　漢書武帝紀：歸義越侯嚴爲戈船將軍。張晏曰：越人於水中負人船，又有蛟龍之害，故置戈於船下，因以爲名也。臣瓚曰：伍子胥書有戈船，以載干戈，因謂之戈船也。師古曰：以樓船之例言之，則非爲載干戈也。此蓋船下安戈戟以御蛟鼉水蟲之害。張説近之。

〔二〕吴頭　祝穆方輿勝覽：豫章之地爲楚尾吴頭。

〔三〕風鶴　晉書苻堅傳：堅軍敗遁，聞風聲鶴唳，皆謂晉師之至。

〔四〕臺城　洪邁容齋續筆：晉、宋間，謂朝廷禁省爲臺，故稱禁城爲臺城。劉夢得賦金陵五詠，故有臺城一篇。

〔五〕紙鳶　獨異志：梁武太清三年，侯景圍臺城，遠近不通。簡文與大器爲計，縛紙鳶飛空告急於外。侯景謀臣王禕曰：「此必厭勝術，不然，以事達於外。」令左右善射者射之，及墮，皆化爲禽鳥，飛入雲中，不知所往。

〔六〕遼豕　後漢書朱浮傳：浮爲幽州牧，以書責彭寵曰：往時遼東有豕，生子白頭，異而獻之。行至河東，見羣豕皆白，懷慚而退。

〔七〕黄口　家語：孔子見羅雀者所得皆黄口小雀。夫子問之，羅者曰：「大雀善驚而難得，黄口貪食而易得，黄口從大雀，則不得。大雀從黄口，亦不得。」

〔八〕海鷗　世説言語篇：佛圖澄與諸石遊，林公曰：「澄以石虎爲海鷗鳥。」

〔九〕新亭　世説言語篇：過江諸人每至美日，輒相邀新亭，藉卉飲宴。周侯中坐而嘆曰：「風景不殊，正自有山河之異。」皆相視流淚。唯王丞相愀然變色曰：「當共戮力王室，克復神州，何至作楚囚相對？」

其七

鈴索〔一〕驚①傳航海功，秋宵蠟炬井梧〔二〕中。馮夷怒擊前潮鼓〔三〕，颶母讙②催後鷁風〔四〕?·蛟吐陣煙掀③浪黑，猩④殷袍血射波紅。秦淮賣酒〔六〕唐時女，醉倒開元鶴⑤髮翁〔七〕。

【校勘記】

①國粹叢書作「經」。②上圖本、鄧本、張本作「誰」，此從邃本。③鄧本、張本作「吹」。④邃本作「狸」。⑤楊本作「白」，另有注：「白一作鶴。」

【箋注】

〔一〕鈴索　新唐書五行志：翰林院有鈴，夜中文書入，則引之以代傳呼。長慶中，河北用兵，夜輒自鳴，與軍中消耗相應。聲急則軍事急，聲緩則軍事緩。

〔二〕井梧　少陵宿府詩：清秋幕府井梧寒，獨宿江城蠟炬殘。

〔三〕馮夷鼓　曹子建洛神賦：馮夷鳴鼓。少陵玉臺觀詩：遂有馮夷來擊鼓。姚寬西溪叢語：唐河侯新祠頌，秦宗撰，云河伯姓馮名夷，字公子，潼鄉華陰人也。章懷傳注引聖賢冢墓記云：馮夷，弘農華陰潼鄉隄首里人，服石得水仙，爲河伯。又引龍魚河圖云：河伯姓呂，名公子。夫人姓馮，名夷。三説雖異，其實皆無所據。

〔四〕颶母風　李肇國史補：南海人言海風四面而至名曰颶風。颶風將至，則多虹蜺，名曰颶母。

〔五〕賣酒　杜牧之泊秦淮詩：煙籠寒水月籠沙，夜泊秦淮近酒家。商女不知亡國恨，隔江猶唱後庭花。

〔七〕鶴髮翁　李洞繡嶺宮詩：繡嶺宮前鶴髮翁，猶唱開元太平曲。

其八

金刀〔一〕復漢事逶迤，黄鵠俄傳反覆陂。鴻隙陂謡曰：反乎覆，陂當復。誰言者？兩黄鵠。武庫〔二〕再歸三尺劍〔三〕，孝陵重長①萬年枝〔四〕。天輪只傍丹心轉，日駕全憑隻手移。孝子忠臣看異代，少陵諸將入朝歌云②：周宣漢武今王是，孝子忠臣異代看。杜陵詩史〔五〕汗青〔六〕垂。

【校勘記】

①國粹叢書作「到」。　②鄧本、邃本、國粹叢書此句作「少陵詩云」。

【箋注】

〔一〕金刀　漢書王莽傳：劉之爲字，卯金刀也。

〔二〕武庫　晉書張華傳：武庫火，華懼因此變作，列兵固守，然後救之，故累朝之寶及漢高斬蛇劍、王莽頭、孔子履等盡焚焉。

〔三〕三尺劍　漢書高帝紀：吾以布衣提三尺取天下。師古曰：三尺，劍也。少陵重經昭陵詩：風塵三尺劍，社稷一戎衣。

〔四〕萬年枝　葛洪西京雜記：上林苑有千年長生樹十株，萬年長生樹十株。

〔五〕詩史　本事詩：杜逢禄山之難，流離隴蜀，畢陳於詩，推見至隱，殆無遺事，故當時號爲詩史。

〔六〕汗青　劉子玄上蕭至忠書：首白可期，而汗青無日。

後秋興八首之二八月初二日①聞警而作

王師横海〔一〕陣如林，士馬奔馳甲仗森。戒②備〔二〕偶然疏壁下，偏師〔三〕何意③潰城陰。憑將按劍〔四〕申軍令，更插韡刀〔五〕儆士心。野老更闌愁不寐，誤聽刁斗〔六〕作秋砧。

【校勘記】

①宗本、國粹叢書無「日」字。　②鄧本、張本作「戎」。　③鄧本作「竟」。

【箋注】

〔一〕横海　漢書武帝紀：遣横海將軍韓説、中尉王温舒出會稽。

〔二〕戒備　漢書周勃傳：夜，軍中驚，内相攻擊擾亂，至于帳下。亞夫堅卧不起。頃之，復定。吴奔壁東南陬，亞夫使備西北，已而其精兵果奔西北，不得入。

〔三〕偏師　左傳宣公十二年：韓獻子謂桓子曰：「彘子以偏師陷，子罪大矣。」

〔四〕按劍　後漢書傅燮傳：燮按劍叱衍曰：「若剖符之臣，反爲賊説邪？」

〔五〕韡刀　新唐書李光弼傳：光弼將戰，内刀于韡曰：「戰危事，吾位三公，不可辱于賊，萬有一不捷，當自刎以謝天子。」

〔六〕刁斗　史記李廣傳：不擊刁斗自衛。孟康曰：刁斗，以銅作鐎器，受一斗，晝炊飯食，夜擊持行，故名曰刁斗。

其二

羽檄〔一〕横飛建旆斜，便應一戰決戎華。戈船迅比追風驃①〔二〕，戎②壘高於貫月槎〔三〕。編户〔四〕争傳歸漢籍，死聲〔五〕早已入胡笳。江天夜報南沙〔六〕火，簇簇銀燈滿盞花。

【校勘記】

①邃本本作「騎」。②牧齋詩鈔作「戍」。

【箋注】

〔一〕羽檄　漢書高帝紀：吾以羽檄徵天下兵，未有至者。師古曰：檄者，以木簡爲書，長尺二寸，用徵召也。其有急事，則加以鳥羽插之，示速疾也。魏武奏事云：今邊有警，輒露檄插羽。

〔二〕追風驃　少陵徒步歸行：須公櫪上追風驃。中華古今注：始皇七馬，一曰追風。

〔三〕貫月槎　王子年拾遺記：堯登位三十年，有巨槎浮於西海，槎上有光，夜明晝滅。海人望其光，乍大乍小，若星月之出入。槎常浮繞四海，十二年一周天，周而復始，名曰貫月槎，亦謂挂星槎，羽人棲息其上。羣仙含露以漱，日月之光則如暝矣。虞夏之季不復記其出没，遊海之人猶傳其神偉也。

〔四〕編户　漢書高帝紀：諸將故與帝爲編户民。師古曰：編户者，言列次名籍也。

〔五〕死聲　左傳襄公十八年：楚師伐鄭，次於魚陵。涉於魚齒之下。甚雨及之，楚師多凍，役徒幾盡。晉人聞有楚師，師曠曰：「不害。吾驟歌北風，又歌南風，南風不競，多死聲。楚必無功。」

〔六〕南沙　吴志吴主傳注：庾闡揚都賦注曰：孫權時，合暮舉火于西陵，鼓三竟，達吴郡南沙。

其三

龍河〔一〕漢幟〔二〕散沈暉，萬歲樓〔三〕邊候火微。捲地〔四〕樓船横海去，射天〔五〕鳴鏑〔六〕夾江飛。揮戈不分旄頭〔七〕在，返旆其如馬首〔八〕違。囑指奔逃看靺鞨①〔九〕，重收魂魄飽甘肥〔一〇〕。

【校勘記】

①「看靺鞨」，牧齋詩鈔作「餘趼足」。

【箋注】

〔一〕龍河　應天府志：護龍河，宋鑿，即舊子城外三面濠。今自昇平橋達于上元縣後，至虹橋西南，出大市橋而止。

〔二〕漢幟 史記淮陰侯傳：拔趙幟，立漢赤幟。

〔三〕萬歲樓 樂史寰宇記：萬歲樓，京口記云：晉王恭爲刺史，改創西南樓爲萬歲樓，西北名芙蓉樓，樓之最高也，至今傳焉。又按輿地志：俗傳此樓飛向江外，以鐵鎖縻之方已。

〔四〕捲地 東坡望湖樓醉書絶句：捲地風來忽吹散，望湖樓下水如天。

〔五〕射天 戰國策：宋康王射天笞地，斬社稷而焚滅之。

〔六〕鳴鏑 漢書匈奴傳：冒頓乃作鳴鏑，習勒其騎射，令曰：鳴鏑所射而不悉射者斬。應劭曰：髐箭也。師古曰：鏑音嫡。

〔七〕旄頭 史記天官書：昴曰旄頭，胡星也。

〔八〕馬首 左傳襄公十四年：荀偃令曰：「鷄鳴而駕，塞井夷竈，唯余馬首是瞻。」欒黶曰：「晉國之命，未聞有是也。余馬首欲東。」乃歸。

〔九〕靺鞨 洪皓松漠紀聞：女真即古肅慎國也，東漢謂之挹婁，元魏謂之勿吉，隋、唐謂之靺鞨。

〔一〇〕甘肥 漢書匈奴傳：壯者食肥美，老者飲食其餘。

其四

由來國手算全棋，數子抛殘未足悲。小挫我當嚴警候，驟驕〔一〕彼是滅亡時。中心莫爲斜飛動，堅壁休論後起遲。換步移形〔二〕須著眼，棋於誤後轉堪思。

【箋注】

〔一〕驟驕　左傳宣公十二年：鄭皇戌使如晉師，曰：「鄭之從楚，社稷之故也，未有貳心。楚師驟勝而驕，其師老矣，而不設備。子擊之，鄭師爲承，楚師必敗。」

〔二〕换步移形　蜀志譙周傳：智者不爲小利移目，不爲意似改步。時可而後動，數合而後舉。故湯、武之師不再戰而克。

其五

兩戒〔一〕關河萬里山，京江〔二〕天塹〔三〕屹中間。金陵要莫南朝〔四〕鼎〔五〕，鐵甕〔六〕須争北顧〔七〕關。應以縷丸臨峻坂〔八〕，肯將傳舍〔九〕抵孱顔〔一〇〕。荷鋤父老雙含淚，愁見横江虎旅〔一一〕班。

【箋注】

〔一〕兩戒　新唐書天文志：貞觀中，淳風撰法象志，因漢書十二次度數，始以唐之州縣配焉。而一行以爲天下山河之象，存乎兩戒。北戒自三危、積石負終南地絡之陰，東及大華，踰河，並雷首、砥柱、王屋、太行，北抵常山之右，乃東循塞垣，至濊貊、朝鮮，是謂北紀，所以限戎狄也。南戒自岷山、嶓冢負地絡之陽，東及太華，連商山、熊耳、外方、桐柏，自上洛南逾江漢，攜武當、荆山，至于衡陽，乃東循嶺徼，達東甌、閩中，是謂南紀，所以限蠻夷也。故星傳謂北戒爲胡門，南戒爲越門。

〔二〕京江　樂史寰宇記：潤州，禹貢揚州之域。爾雅云：絶高爲京，其城因山爲壘，緣山爲境，因謂之京口。

〔三〕天塹　隋書五行志：孔範曰：「長江天塹，古以爲限隔南北。今日北軍豈能飛渡耶？」

〔四〕南朝　建康實録：建康者，本楚金陵邑，秦改爲秣陵，吴改爲建業。晉愍帝諱業，改爲建康。元帝即位，稱建康宫。五代仍之不改，故其書舉南朝之事。

〔五〕奠鼎　劉孝標辨命論：成王定鼎于郟、鄏。

〔六〕鐵甕　程大昌演繁露：潤州城古號鐵甕，人但知其取以喻堅而已。然甕形深狹，取以喻城，似爲非類。乾道辛卯，予過潤，蔡子平置燕於江亭。亭據郡治前山絶頂，而顧子城雉堞緣崗，彎環四合，其中州治諸廨在焉。圓深之形，正如卓甕。予始知喻以爲甕者，指子城也。時適有老校在前，呼問其故。校曰：「子城面面因山，門之西出而達於市者，蓋隧山置闉，故門道長而厚，不與常城等。郡治北面出水之瀆，兩旁斗起，峭峻如壁，仍更向北行十餘丈，乃趨窪地。以是知因山而城，故能深厚如此也。」予始信鐵甕者，專以子城言之。

〔七〕北顧　樂史寰宇記：潤州北固山在丹徒縣北一里。南徐州記云：城西北有別嶺陡入江，三面臨水，號云北固。劉楨京口記云：回嶺入江，懸水峻壁。舊北顧作固字。梁高祖云：作鎮作固，誠有其語。然北望海口，實爲北觀。以理而推，宜改爲顧望之顧。輿地志云：天景清明，登之望見廣陵城如在雲霄中，相去鳥道五十餘里焉。

〔八〕 峻坂　漢書蒯通傳：范陽令先下而身富貴，必相率而降，猶如坂上走丸也。師古曰：言乘勢便易。

〔九〕 傳舍　漢書酈食其傳注：師古曰：傳舍者，人所止息，前人已去，後人復來，轉相傳也。一音張戀反，謂傳置之舍也。

〔一〇〕 孱顔　司馬相如大人賦：放散畔岸，驤以孱顔。顔師古曰：孱顔，不齊也。

〔一一〕 虎旅　張平子西京賦：陳虎旅于飛廉。

其六

吴儂看鏡約梳頭①，野老壺漿潔早秋。營卒從諸酋者②，皆袖網巾氈帽，未及倒戈而還③。小隊誰教投刃去，胡兵④翻爲倒戈愁。争言殘羯⑤同江鼠，萬曆末年，有北鼠渡江之異。近皆啣尾而北。忍見遺黎〔一〕逐海鷗〔二〕。京口偏師初破竹〔三〕，蕩船木柹〔四〕下蘇州。

【校勘記】

①鄧本另有注：「約梳，一作笑飛。」「約梳頭」，邃本另有注：「一作笑飛頭」。②「酋者」，宗本作「酋」，張本作「胡者」，國粹叢書、鄧本作「首長」。③鄧本另有注：「首長一作□者，網巾氈帽一作□□□□。」牧齋詩鈔無此注。④「胡兵」，牧齋詩鈔作「長驅」。⑤「殘羯」，牧齋詩鈔作

「選卒」。

【箋注】

〔一〕遺黎　詩大雅雲漢章：周餘黎民，靡有孑遺。

〔二〕海鷗　南越志：江鷗一名海鷗，在漲海中隨潮上下，常以三月風至，乃還洲嶼。頗知風雲，若羣飛至岸必風。

〔三〕破竹　晉書杜預傳：今兵威譬如破竹，數節之後，迎刃而解。

〔四〕木柹　晉書王濬傳：濬造船于蜀，其木柹蔽江而下。

其七

十載傾心一旅〔一〕功，御槍〔二〕原廟〔三〕夢魂中。南内舊藏①高皇帝手御鐵槍。每思撒豆〔四〕添營壘，更欲吹毛〔五〕布雨風。淮水氣連天漢〔六〕白，鍾離〔七〕雲捧帝車〔八〕紅。南宮圖頌〔九〕丹鉛在，辜負秋窗老禿翁〔一〇〕。

【校勘記】

①鄧本、宗本、邃本、國粹叢書作「存」。

【箋注】

〔一〕一旅　李翺幽懷賦：當高祖之初起兮，提一旅之羸師。順天而用衆兮，竟掃寇而戡隋。

〔二〕御槍　高皇帝御用槍二，大者幾盈握，修可丈六尺，疑即用以步戰者也。小者修圍皆少殺四之一，疑所謂馬稍也。滁、和之間，蓋無日不親御焉。此槍樹之御座右，以示子孫勿忘王業艱難。太宗槍有號帶，在五鳳樓。

〔三〕原廟　漢書禮樂志：至孝惠時，以沛宫爲原廟。師古曰：原，重也。言已有正廟，更重立之。

〔四〕撒豆　晉書郭璞傳：璞取小豆三斗，繞主人宅散之。主人晨見赤衣人數千圍其家，就視卒滅。

〔五〕吹毛　班孟堅西都賦：風毛雨血，灑野蔽天。少陵送長孫漸詩：匣裏雌雄劍，吹毛任選將。

〔六〕天漢　隋書天文志：天漢起東方，經尾、箕之間，謂之漢津，乃分爲二道。其南經傳説、魚、天籥、天弁、河鼓，其北經龜、貫、箕下，次絡南斗魁、左旗至天津，下而合南道乃西南行。

〔七〕鍾離　太祖實録：高皇帝以天曆元年戊辰九月十八日誕降于鍾離。

〔八〕帝車　史記天官書：斗爲帝車，運于中央。臨制四海，分陰陽，建四時，均五行，移節度，定諸紀，皆繫于斗。

〔九〕南宫圖頌　後漢書中興二十八將論：永平中，顯宗追感前世功臣，乃圖畫二十八將於南宫雲臺。

〔一〇〕秃翁　漢書灌夫傳：田蚡召韓安國曰：「與長孺共一秃翁，何爲首鼠兩端？」

其八

艱難恢復勢逶迤，蟻穴〔一〕何當潰澤陂。駝馬〔二〕已臨迤北路，礮車〔三〕猶護向南枝〔四〕。雷驚犀象牙〔五〕方長，雨送蛟龍宅〔六〕屢移。最喜伏波能振①旅〔七〕，是役惟伏波殿後，全軍而返②。封侯印佩許雙垂。

【校勘記】

①鄧本、宗本、國粹叢書作「整」。②牧齋詩鈔無此注。

【箋注】

〔一〕蟻穴　淮南子人間訓：千里之堤，以螻蟻之穴漏，百尋之屋，以突隙之煙焚。

〔二〕駝馬　沈休文齊故安陸昭王碑文：偵諜不敢東闚，駝馬不敢南牧。

〔三〕礮車　魏志袁紹傳：太祖發石車擊紹，樓皆破。紹衆號曰霹靂車。潘安仁閒居賦：礮石雷駭，激矢虻飛。李善曰：礮石，即今之拋石也。皆匹孝切。

〔四〕向南枝　陸容菽園雜記：嘗聞邊地草皆白色，惟王昭君葬處草青，故名青冢。朱温弑唐昭宗於椒蘭殿前，血漬地處今生赤草。岳武穆墳，樹枝皆南向。前二事皆不可見，岳墳嘗往拜謁，南枝之樹乃親見焉。

〔五〕犀象牙　段柯古酉陽雜俎：象牙生理，必因雷聲。

〔六〕蛟龍宅　少陵又觀打魚歌：日暮蛟龍改窟穴。

〔七〕振旅　詩小雅采芑章：伐鼓淵淵，振旅闐闐。爾雅釋天：入爲振旅，反尊卑也。

後秋興之三八月初十日，小舟夜渡，惜别而作

負戴〔一〕相攜①守故林，翻經問織〔二〕意蕭森。疏疏竹葉晴窗雨，落落梧桐小院陰。白露園陵②〔三〕中夜淚，青燈梵唄六時心。憐君應是齊梁女，樂府偏能賦藁碪〔四〕。

【校勘記】

①張本作「依」，牧齋詩鈔作「移」。②鄧本、邃本、鄒本、國粹叢書作「林」。

【箋注】

〔一〕負戴　莊子讓王篇：夫負妻戴，攜子以入于海。成玄英疏曰：古人荷物，多用頭戴，如今高麗，猶有此風。

〔二〕問織　宋書沈慶之傳：慶之曰：「耕當問奴，織當訪婢。今論征伐，問白面書生，事何由濟？」

〔三〕園陵　少陵洞房詩：萬里黄山北，園陵白露中。

〔四〕藁碪　吴競樂府解題：「藁砧今何在」，藁砧，砆也，問夫何處也。「山上復有山」，重山爲出字，言夫不在也。「何當大刀頭」，刀頭有環，問夫何時當還也。「破鏡飛上天」，言月半當

還也。

其二

丹黄狼藉鬢絲斜，廿載間關歷歲華。取次鐵圍〔一〕同血①道，幾曾銀浦共仙②槎。吹殘別鶴三聲角，迸散棲烏半夜笳。錯憶③窮秋是春盡，漫天離恨攪楊花。

【校勘記】

①鄧本、邃本、國粹叢書作「穴」。②邃本、國粹叢書作「雲」。③鄧本、邃本、宗本、國粹叢書作「記」。

【箋注】

〔一〕鐵圍　永明壽禪師心賦：陷鐵圍而非損。

其三

北斗垣牆〔一〕闇赤暉，誰占朱鳥①〔二〕一星微？破除服珥裝羅漢，姚神武〔三〕有先裝五百羅漢之議，內人爲余盡橐以資之②，始成一軍③。滅損齏鹽餉佽飛〔四〕。娘子〔五〕繡旗營壘倒，張定西謂阮姑娘：「我當派汝捉④刀侍柳夫人。」阮喜而受命。舟山之役中流矢而隕，惜哉⑤！將軍鐵矟鼓音違。乙未八月，神武血戰，死崇明城下⑥。鬚眉男子皆臣子，秦越〔六〕何人視瘠肥？夷陵文相國來書云云⑦。

【校勘記】

①「朱鳥」，鄒本作「鶉鳥」。②鄒本、邃本此句作「內子盡橐以貲之。」③⑤⑥⑦鄒本、牧齋詩鈔無此注。④邃本、宗本、國粹叢書作「抱」。

【箋注】

〔一〕垣牆　三氏星經：長垣四星在少微西，南北列，主界城域邑牆，防胡夷入之，即今長城是也。

〔二〕朱鳥　爾雅釋天：咮謂之柳。郭璞曰：咮，朱鳥之名。疏曰：柳，南方之宿名。南方七宿，共爲朱鳥之形，柳爲朱鳥之口，故名咮。咮即朱鳥之口也。

〔三〕姚神武　飲光錢澄之曰：姚志卓，字子誠，錢塘人。乙酉秋同金道隱起義瓶窯山中，勇而健鬬，敵畏之，稱爲姚老馬。道隱入朝，奏拏勅奬諭，封神武伯，未至而兵潰，一門殲焉。獨其尊人默仙翁跳免奔閩。閩事壞，匿沙縣村中，予亦避跡于縣之北鄉砦，與翁謀一面即別去。度嶺之明年，翁至道隱署中，予爲書介之方密之，相與甚歡。未幾，翁死，密之葬之平西山中，立碑以表焉。辛卯冬，予歸里，息影江村。壬辰秋，有客款門，不通名字。問其地，則曰杭州。予曰：「杭有姚子誠，予未之識。君神氣清正，一何似其尊人默仙翁也。」客驚，伏地哭，自陳實子誠，因謝葬先人而來。留之止宿，細述虞山公資其遠行，甫抵貴州，即回，不得至安隆，且述湖南戰功甚悉。質明別去。君無家，有蔣生者，爲瓶窯同事死難之子，君撫之，已有室矣，變姓名寄居高郵。君即其家以家焉，爲土人告捕，君無地自容，值海上樓船大震，遂入張名振舟中。至崇明遇敵，君奮欲立功，揮刃登岸，恃勇深入，後無繼者，爲敵所圍，連砍數人，自刎死。

〔四〕佽飛　漢書宣帝紀：及應募佽飛射士。師古曰：取古勇力人以名官，熊渠之類是也。亦因取其便利輕疾若飛，故名佽飛。

〔五〕娘子　長安志：唐高祖第三女平陽公主舉兵於司竹園，號娘子軍。

〔六〕秦越　昌黎諍臣論：視政之得失，若越人視秦人之肥瘠，忽焉不加喜戚于其心。

其四

闤闠心懸海宇棋，每於方罫〔一〕繫歡悲。乍傳南國長驅日①，正是西窗對局時。漏點〔二〕稀憂兵勢老②，燈花落笑③子聲遲。還期共覆金山譜，桴鼓〔三〕親提慰我思④。

【校勘記】

①鄒本此句作「乍聞南國車攻日」，鄧本、邃本、國粹叢書作「乍傳南國長馳日」。②鄒本此句作「漏點傳稀更鼓急」。③「落笑」，鄒本作「駮落」。④鄒本此二句作「還期一著神頭譜，姑婦何人慰我思？」

【箋注】

〔一〕方罫　韋弘嗣博弈論：所務不過方罫之間。李善曰：桓譚新論曰：下者守邊，趍作罫，自生於小地，猶薛公之言黥布反也。

〔二〕漏點　楊慎曰：夜漏五五相遞爲二十五，李郢詩「二十五聲秋點長」、韓退之詩「鷄三號，更五點」是也。至宋世國祚長短，讖有「寒在五更頭」之忌，宫掖及州縣更漏皆去五更後兩點，又並初更去其二以配之，首位止二十一點，非古也，至今不改焉。

〔三〕桴鼓　宋史韓世忠傳：今金兵至，世忠軍已先屯焦山寺，約日大戰。梁夫人親執桴鼓，金人終不得渡。

其五

水擊〔一〕風摶山外山，前期〔二〕語盡一杯間。五更噩夢飛金鏡〔三〕，千疊愁心鎖玉關〔四〕。人以蒼蠅〔五〕汙白璧，天將市虎〔六〕試朱顏。衣珠①曳綺留都女，羞殺當年翟茀〔七〕班。

【校勘記】

①鄧本、邃本、宗本、國粹叢書作「朱」。

【箋注】

〔一〕水擊　莊子逍遥遊篇：鵬之徙于南冥也，水擊三千里，摶扶摇而上者九萬里。

〔二〕前期　沈約別范安成詩：生平少年日，分手易前期。

〔三〕金鏡　李白答高山人詩：太微廓金鏡，端拱清遐裔。

〔四〕玉關　漢書西域傳：阸以玉門、陽關。孟康曰：二關皆在燉煌西界。

〔五〕蒼蠅　陳子昂宴胡楚真禁所詩：青蠅一相點，白璧遂成冤。

〔六〕市虎　韓非子内儲上篇：龐蔥與太子質于邯鄲，謂魏王曰：「今一人言市有虎，王信之乎？」曰：「不信。」「二人言市有虎，王信之乎？」曰：「不信。」「三人言市有虎，王信之乎？」曰：「信之。」蔥曰：「夫市之無虎明矣，然三人言而成虎。今邯鄲之去魏也遠于市，議臣者過于三人，願王察之。」龐蔥從邯鄲反，竟不得見。

〔七〕翟茀　詩國風碩人章：翟茀以朝。毛萇傳曰：翟，翟車也。夫人以翟羽飾車。茀，蔽也。

其六

歸心共折大刀頭，别淚闌干〔一〕誓九秋。皮骨久拼①猶貫死，丁亥歲有和東坡西臺韻詩②。容顔減盡但③餘愁。摩天〔二〕肯悔雙黄鵠，貼水〔三〕翻輸兩白鷗。更有閒情攪腸肚〔四〕，爲余輪指算并州④。

【校勘記】

①鄧本、邃本、張本作「判」，鄒本、楊本作「拌」。　②鄒本無此注。　③楊本作「尚」。　④「并

州」，鄧本、鄒本作「神州」。

【箋注】

〔一〕闌干　少陵彭衙行：相視淚闌干。趙次公曰：闌干，淚連續不斷之貌。

〔二〕摩天　少陵寄題江外草堂詩：蛟龍無定窟，黄鵠摩蒼天。古來賢達士，寧受外物牽。

〔三〕貼水　惠洪冷齋夜話：山谷寄傲士林而意趣不忘江湖，其作詩曰：「夢作白鷗去，江湖水貼天。」又作演雅詩曰：「江南野水碧於天，中有白鷗似我閒。」

〔四〕腸肚　昌黎答孟郊詩：腸肚鎮煎熠。

其七

此行期奏濟河〔一〕功①，架海梯山〔二〕抵掌中。自②許揮戈〔三〕廻晚日，相將③把酒〔四〕賀春風。牆頭梅蕊疏④窗白，甕面葡萄〔五〕玉盞紅。一割〔六〕忍忘歸隱約，少陽〔七〕元是釣魚翁。

【校勘記】

①鄒本此句作「全軀亂世若爲功」。②鄒本作「漫」。③「相將」，鄒本作「幾時」。④遂本作「琉」、國粹叢書作「流」。

【箋注】

〔一〕濟河　左傳文公三年：秦伯伐晉，濟河焚舟。

〔二〕梯山　後漢書西域傳論：梯山棧谷繩行沙度之道，身熱首痛風災鬼難之域，莫不備寫。

〔三〕揮戈　淮南子覽冥訓篇：魯陽公與韓搆難，戰酣，日暮，援戈而揮之，日爲之反三舍。

〔四〕把酒　虬鬚客傳：虬鬚謂李靖曰：「此後十餘年，東南數千里外有異事，是吾得事之秋也。妹與李郎可瀝酒相賀。」

〔五〕葡萄　史記大宛列傳：宛以葡萄爲酒，富人藏至萬餘石，久者數十歲不變。

〔六〕一割　後漢書班超傳：超上疏請兵，曰：「昔魏絳列國大夫，尚能和輯諸戎，況臣奉大漢之威，而無鉛刀一割之用乎？」

〔七〕少陽　李白贈潘侍御論錢少陽詩：雖無二十五老者，且有一翁錢少陽。

其八

臨分執手語逶迤，白水〔一〕旌心視此陂。一別正思紅豆子，雙棲終向碧梧枝。盤周四角①〔二〕言難罄，局定中心〔三〕誓不移。趣覲兩宮②應慰勞，紗燈影裏淚先③垂。

【校勘記】

①鄒本、牧齋詩鈔作「曲」。　②「趣覲兩宮」，鄒本作「歸院金蓮」。　③國粹叢書作「雙」，宗本作「生」。

【箋注】

〔一〕白水　左傳僖公二十四年：所不與舅氏同心者，有如白水。

〔二〕四角　玉臺集傅玄盤中詩：今時人，智不足。與其書，不能讀。當從中央周四角。

〔三〕中心　陸游筆記：呂進伯作考古圖云：古彈棊局，狀如香爐。蓋謂其中隆起也。李義山詩云：玉作彈棊局，中心自不平。今人多不能解，以進伯之説觀之，則粗可見，然恨其藝之不傳也。

後秋興之四 中秋夜，江村無月而作①

淅淅斜風迴②隔林，悲哉秋氣倍蕭森。過禽啁哳銜兵氣，宿鳥離披逗③暝陰。人倚片雲投海角，天收圓月護江心。今宵思婦偏悽④緊〔一〕，幸少⑤清光〔二〕照夕碪。

【校勘記】

①牧齋詩鈔無此注。②各本皆作「廻」，此從邃本。③邃本作「逼」，另有注：「一作隔。」④牧齋詩鈔作「惻」。⑤張本作「有」。

【箋注】

〔一〕悽緊　殷仲文南州桓公九井詩：風物自悽緊。李善曰：緊猶實也。

〔二〕清光　少陵月夜詩：今夜鄜州月，閨中只獨看。又云：清輝玉臂寒。

其二

穴紙〔一〕江風吹面①斜，槿籬門内尚中華。蒼涼伍員蘆中〔二〕客，浩蕩張騫漢②上槎。紘急撞胸懸杵臼，火炎衝耳簇簫笳。刀尖劍吷〔三〕懵騰度，瞪目猶飛滿眼花。

【校勘記】

①宗本、國粹叢書作「雨」。②邃本、國粹叢書、宗本、牧齋詩鈔作「海」。

【箋注】

〔一〕穴紙　東坡次定慧欽長老見寄詩：鈎簾歸乳燕，穴紙出癡蠅。

〔二〕蘆中　吴越春秋：伍員脱至江，漁父渡之，視有飢色，曰：「爲子取餉。」漁父去後，子胥潛身深葦之中，漁父來不見，因歌而呼之曰：「蘆中人，蘆中人。」子胥乃出。食畢欲去，子胥曰：「請丈人姓字。」漁父曰：「何用姓字爲？子爲蘆中人，吾爲漁丈人，富貴莫相忘也。」

〔三〕劍吷　莊子則陽篇：吹劍首者，吷而已矣。

其三

牛背寒鴉〔一〕卸夕暉，夜烏啼罷暗蛩微。酒醒乍訝孤燈爆，夢斷猶驚折翼〔二〕飛。貝闕珠宫何處是？漁莊蟹舍與心違。祇應老似張丞相，捫摸殘骸①笑瓠②肥〔三〕。余身素瘦削，今年腰圍忽肥，客③有張丞相之誚④。

【校勘記】

①國粹叢書作「瓠」。②遼本、國粹叢書作「體」，宗本作「軀」。③遼本無「客」字。④楊本此注已下，注皆不録。

【箋注】

〔一〕寒鴉　吴正仲優古堂詩話：張芸叟詩「夕陽牛背無人卧，帶得寒鴉兩兩歸」，與東坡所記蘇叔黨詩「葉隨流水歸何處，牛帶寒鴉過别村」相類。

〔二〕折翼　晉書陶侃傳：侃少時夢生八翼飛而上天，見天門九重而登其八，唯一門不得入。閽者以杖擊之，因墮地折其左翼。

〔三〕瓠肥　漢書張蒼傳：蒼當斬，解衣伏質，身長大，肥白如瓠，時王陵見而怪其美士，乃言沛公，赦勿斬。

其四

身世渾如未了棋，桑榆〔一〕策足莫傷悲。孤燈削柹〔二〕丸書〔三〕夜，問道〔四〕吹簫〔五〕乞食時。雨暗①蘆中雙槳急，月明江上片帆遲。荒鷄〔六〕唤得誰人舞？只爲衰翁攪夢思。

【校勘記】

①「雨暗」，楊本、邃本、宗本、上圖本、牧齋詩鈔作「暮雨」，國粹叢書作「雨莫」，此從鄧本。

【箋注】

〔一〕桑榆　後漢書馮異傳：失之東隅，收之桑榆。

〔二〕削柹　顔氏家訓書證篇：後漢楊由傳云：「風吹削柹。」此是削札牘之柹耳，古者書誤則削之，故左傳云「削而投之」是也。或即謂札爲削，王褒僮約曰：書削代牘。蘇竟書云：「昔以摩研編削之才。」皆其證也。

〔三〕丸書　通鑑：顔真卿以蠟丸達表於靈武。以真卿爲工部尚書兼御史大夫，依前河北招討采訪處置使，并致赦書，亦以蠟丸達之。

〔四〕間道　漢書高帝紀：從間道走軍。師古曰：間，空也。從空隙而行，不公顯也。

〔五〕吹簫　御覽：春秋後語：伍子胥橐載而出昭關，夜行晝伏，無以餬其口，鼓腹吹簫，乞食於吳市。

〔六〕荒鷄　晉書祖逖傳：祖逖與劉琨同寢，中夜聞荒鷄鳴，蹴琨覺，曰：「此非惡聲也。」因起舞。

其五

石龜〔一〕懷海感崑山，一老因依板蕩〔二〕間。懷雲間許給事也。陸機詩：石龜尚懷海，我寧忘故鄉？蓋不忘宗國之詞①。最好竹枝歌一曲，共憐荷葉〔三〕限雙鬬。君與余皆苦耳聾，故云。三年章武〔四〕紆②殘淚，半字開元〔五〕慰別顏。攜手行宫〔六〕應有日，看君重點日華班〔七〕。

【校勘記】

①張本作「語」，遼本、國粹叢書作「意」。②牧齋詩鈔作「行」。

【箋注】

〔一〕石龜　任昉述異記：東北巖海畔有大石龜，俗云魯班所作，夏則入海，冬復止於山上。陸機詩云：石龜尚懷海，我寧忘故鄉？

〔二〕板蕩　劉孝標辨命論：自金行不競，天地板蕩。

〔三〕荷葉　楊慎禪林鈎玄：六根眼如蒲桃朵，耳如新卷荷，鼻如新垂瓜，舌如初偃月，身如腰鼓顙，意如幽室見。首楞嚴經：體如新卷葉。

〔四〕章武　蜀志後主傳：章武三年夏四月，先主殂於永安宫。五月，後主襲位於成都。大赦，改元。是歲魏黄初四年也。元遺山蜀昭烈廟詩：一縣山陽堯故事，三年章武魏長編。

〔五〕開元　沈括筆談：毗陵郡士人家有一女，姓李氏，方年十六歲，頗能詩。有拾得破錢詩云：半輪殘月掩塵埃，依稀猶有開元字。想得清光未破時，買盡人間不平事。南部新書：武德四年，廢五銖錢，行開元通寶錢。歐陽詢製文及書，回環讀之，其義皆通。初進錢樣，文德皇后掐一甲跡，故錢背上有一甲掐文。

〔六〕行宫　蔡邕獨斷：天子自謂曰行在所，猶言今雖在京師，行所至耳。巡狩天下，所奏事處皆曰宫。

〔七〕日華班　程大昌雍録：按六典：宣政殿前有兩廡，兩廡各自有門。其東曰日華，日華以東則門下省也。以其地居殿廡之左，故又曰左省也。凡兩省官繫銜以左者，如左散騎、左諫議、給事中皆其屬也。

其六

銀輪〔一〕祇在屋西頭，一掌〔二〕偏能障好秋。剪紙〔三〕不消人世暗，撥灰〔四〕難掃月宫愁。黑雲有壘迷烏鵲，金水〔五〕無波洗白鷗。最是三分明月〔六〕夜，二分應不屬揚州。是夕中秋無月，兼聞①揚州空國避②去。

【校勘記】

①鄧本「聞」後有「□」。②牧齋詩鈔作「而」。

【箋注】

〔一〕銀輪　起世經：月天子宫殿，純以天銀、天青琉璃而相間錯，二分天銀清浄無垢，光甚明曜；餘之一分天青琉璃，亦甚清浄，表裏映徹，光明遠照。

〔二〕一掌　翻譯名義集：羅睺長八萬四千由旬，舉手掌障日月，世言日月食。

〔三〕剪紙　張續宣室志：弘農楊晦之謁王先生，先生召其女七娘曰：「汝爲吾刻紙狀今夕之月，置於室東之垣上。」有頃，七娘以紙月施於垣上，忽有奇光自發，洞照一室。段柯古酉陽雜俎：長慶初，山人楊隱之尋訪道者唐居士，留楊止宿，及夜呼其女曰：「可將一下弦月子來。」其女遂帖月於壁上，唐起祝曰：「今夕有客，可賜光明。」言訖，一室朗若張燭。

〔四〕撥灰　淮南子覽冥訓：畫隨灰而月暈闕。許慎曰：有軍事相圍守則月暈，以蘆灰環，闕其一面，則月暈亦闕于上。

〔五〕金水　漢書禮樂志：郊祀歌：月穆穆以金波。師古曰：月光穆穆，若金之波流。

〔六〕三分明月　容齋隨筆：唐世天下之盛，揚爲一，而蜀次之。徐凝詩云：天下三分明月夜，二分無賴是揚州。其盛可知矣。

其七

幡沈竿折好論功，宋祖討盧循，將戰，麾竿折幡沈于水。笑曰：「覆舟之役亦如此，吾勝必矣。」①願借前籌〔一〕玉帳〔二〕中。夜度放螢然堠火，宵②征依鵲嘯檣風。鬢稀尚要千莖白，心折惟餘一寸〔三〕紅。莫忘指麾淮蔡語，天津橋〔四〕畔倚闌翁。

【校勘記】

①宗本、邃本、牧齋詩鈔、國粹叢書無此注。　②國粹叢書作「晨」。

【箋注】

〔一〕前籌　説苑善説篇：張良曰：「且請借前箸而籌之。」

〔二〕玉帳　張淏雲谷雜記：玉帳乃兵家壓勝之方位，謂主將于其方置軍帳則堅不可犯，猶玉帳然。其法出于黄帝遁甲，以月建前三位取之，如正月建寅，則巳爲玉帳，主將宜居。

〔三〕一寸　少陵遇鄭廣文詩：白髮千莖雪，丹心一寸灰。

〔四〕天津橋　康駢劇談録：裴晉公度微時羈寓洛中，嘗乘蹇驢上天津橋，有老人傍橋柱而立，語云：「蔡州用兵日久，未知何時得平定？」忽覩裴公，驚愕而退。有僕者後行，聞老人云：「適憂蔡州未平，須待此人爲將。」後公平淮西，入朝居廊廟。洎留守洛師，每話天津老人之事。

其八

菰鄉蘆渚路逶迤，竹杖迢迢度葛陂〔一〕。陌柳未紓①離別緒，庭梧先曳卻回枝。途危祇仗心魂過，路②劣纔容腳指〔二〕移。夢度險岸，劣容腳指。江鄉夜行，光景宛然。莫道去家猶未遠，朝來衣帶〔三〕已垂垂。

【校勘記】

①楊本、邃本、宗本、牧齋詩鈔、國粹叢書作「舒」。　②國粹叢書作「上」。

【箋注】

〔一〕葛陂　後漢書費長房傳：長房辭歸，翁與一竹杖，曰：「騎此任所之，則自至矣。既至，可以杖投葛陂中也。」長房乘杖，須臾來歸，即以杖投陂，顧視則龍也。

〔二〕腳指　南史胡藩傳：從征司馬休之，於馬頭岸渡江，江津岸峭，壁立數丈，無由可登。藩以刀頭穿岸，劣容腳指，於是徑上，隨之者稍多。

〔三〕衣帶　古詩：相去日已遠，衣帶日已緩。

後秋興之五中秋十九日，暫回村莊①而作

三匝〔一〕驚烏未出林，危柯荒楚〔二〕鬱蕭森。一區環堵〔三〕方朝雨，四野穹廬〔四〕尚夕陰。自喪亂來餘破膽，除君父外有何心？石城〔五〕又報重圍合，少爲愁腸緩急碪。

【校勘記】

①「村莊」，牧齋詩鈔作「邗江」。

【箋注】

〔一〕三匝　魏武帝短歌行：月明星稀，烏鵲南飛。繞樹三匝，無枝可依。

〔二〕荒楚　張景陽雜詩：荒楚鬱蕭森。説文：楚，叢木也。

〔三〕環堵　莊子庚桑楚篇：尸居環堵之室。成玄英疏曰：四面環各一堵，謂之環堵，所謂居丈

室也。

〔四〕穹廬　漢書蘇武傳注：孟康曰：穹廬，旃帳也。

〔五〕石城　左太沖吴都賦：戎車盈於石城。劉淵林曰：石城，石頭碣，在建業西，臨江。

其二

禾黍離離蘆荻斜，裹頭〔一〕遺老問京華。共傳淮水吹商律，卻指張星〔二〕望①漢槎。宛轉牛闌通夜柝，參差牧笛咽霜笳。濁醪更酌鄰鷄下〔三〕，掛壁〔四〕龍身②〔五〕夜吐花。

【校勘記】

①邃本、楊本作「問」。②楊本作「□」，邃本、國粹叢書作「泉」，張本作「虵」。

【箋注】

〔一〕裹頭　少陵兵車行：去時里正與裹頭。

〔二〕張星　樂府徐陵雜曲：張星舊在天河上，由來張姓本連天。

〔三〕鄰鷄下　少陵書堂飲絶句：遮莫鄰鷄下五更。

〔四〕掛壁　太白獨漉篇：雄劍掛壁，時時龍吟。不斷犀象，銹澀苔生。

〔五〕龍身　少陵蕃劍詩：龍身寧久藏。

其三

五嶺〔一〕三湘〔二〕皓①景暉，西方誰謂好音〔三〕微？烏瞻華屋謀重止，燕語雕梁悔別飛。妖鼠〔四〕浮江占地改，歲星〔五〕去國報天違。高曾奕葉恩波〔六〕在，忍忘乘軒②與策肥〔七〕。

【校勘記】

①上圖本、邃本、宗本、楊本、國粹叢書作「告」，此從鄧本。　②宗本作「堅」。

【箋注】

〔一〕五嶺　漢書陳餘傳：南有五嶺之戍。師古曰：嶺者，西自衡山之南，東窮於海，一山之限耳。而別標名，則有五焉。裴氏廣州記云：大庾、始安、臨賀、桂陽、揭陽，是爲五嶺。

〔二〕三湘　樂史寰宇記：湘潭、湘鄉、湘源，是爲三湘。

〔三〕好音　詩魯頌泮水章：食我桑椹，懷我好音。箋云：鴞恒惡鳴，今來止於泮水之木上，食其桑黮，爲此之故，改其鳴，歸就我以善音，喻人感於恩則化也。

〔四〕妖鼠　葉奇草木子：乙未年中，江淮間羣鼠擁集如山，首尾相啣渡江，過江東來。湖東羣鼠數十萬渡洞庭湖，望四川而去。夜行晝伏，路皆成蹊，不依人行正道，皆遵道側。其羸弱者，走不及，多道斃。

〔五〕歲星　史記天官書：歲星贏縮，以其舍命國。所在國不可伐，可以罰人。其趨舍而前曰贏，退舍曰縮。贏，其國有兵不復；縮，其國有憂，將亡，國傾敗。其所在，五星皆從而聚於一舍，其下之國可以義致天下。

〔六〕恩波　丘希範侍宴樂遊苑應詔詩：參差別念舉，肅穆恩波被。

〔七〕策肥　漢書食貨志：乘堅策肥，履絲曳縞。

其四

起手曾論一著棋，明燈空局〔一〕黯生悲。蕭疏齒髮凋殘日，突兀乾坤賭賽〔二〕時。海水怒飛龍起急，天梁〔三〕横截雁來遲。盤鍉〔四〕大有中原約，酹酒加餐慰爾思。

【箋注】

〔一〕空局　樂府讀曲歌：明燈照空局，悠然未有期。

〔二〕賭賽　昌黎過鴻溝絶句：龍疲虎困割川原，億萬蒼生性命存。誰勸君王回馬首？真成一擲賭乾坤。

〔三〕天梁　史記天官書：兩河、天闕間爲關梁。

〔四〕盤鍉　後漢書隗囂傳：奉盤錯鍉，遂割牲而盟。臣賢按：蕭該音引字詁「鍉即題，音徒啓反。」方言曰：宋、楚之間，謂盎爲題。據下文云「鍉不濡血」，明非盆盎之類。前書匈奴傳云：漢遣韓昌等與單于及大臣俱登諾水東山，刑白馬，單于以徑路刀、金留犁撓酒。應劭云：「留犁，飯匕也。撓，攪也。以匕攪血而歃之。」今亦奉盤措匙而歃也。以此而言，題即匙字。錯，置也。

其五

警蹕〔一〕遥聞出楚山，奮飛直欲詣行間〔二〕。荒墩木葉誰家戍？淺水蘆花何處關？未得星馳追御宿〔三〕，只憑①露布〔四〕涴愁顔。腐儒錯莫從人笑，遲暮猶論耿鄧〔五〕班。

【校勘記】

①楊本作「應」。

【箋注】

〔一〕警蹕　崔豹古今注：警蹕所以戒行徒也。周禮：蹕而不警。秦制出軍者皆警戒，入國者皆蹕止也，故云出警入蹕。一曰：蹕，路也，謂行者皆警于塗路也。

〔二〕行間　漢書吴王濞傳：諸賓客皆得爲將、校尉，行間候、司馬。師古曰：在行伍間。

〔三〕御宿　揚子雲羽獵賦序：御宿昆吾。三輔黄圖：御宿川在長安城南，武帝離宫别館。禁禦人不得往來，上宿其中，故曰御宿。

〔四〕露布　通鑑：李晟遣于公異作露布上行在，曰：「臣已肅清宫禁，祗謁寢園，鐘簴不移，廟貌如故。」上泣下，曰：「天生李晟，以爲社稷，非爲朕也。」

〔五〕耿鄧　少陵謁先主廟詩：功臨耿鄧親。

其六

頭白那禁更白頭，況逢秋月又添秋。本朝曆日，置閏在八月，今正是閏月也①。笛飛瓜步〔一〕空傳恨，刀剪吴淞〔二〕始去聲②斷上聲③愁。半壁東南餘④虎兕〔三〕，百年臣子總鳧鷗〔四〕。兔園〔五〕斷⑤爛芝麻鑑〔六〕，臨極猶聞起一州。村舍拾晉書元紀一紙，文云：光武以數縣稱名元皇，以一州臨極。余久不讀史，故以芝麻鑑自謔⑥。

【校勘記】

①邃本、鄧本、宗本、國粹叢書無「也」字。牧齋詩鈔無此注。②「去聲」，張本、鄧本作「去」，他本皆無。③「上聲」，張本作「上」，他本皆無。④張本作「留」。⑤張本、鄧本「斷」下有「去」字。⑥張本、上圖本有此注，他本皆無。張本無「元紀」二字。

【箋注】

〔一〕笛飛瓜步　李肇國史補：李牟秋夜吹笛於瓜洲，舟檝甚隘，初發調羣動皆息，及數奏，微風颯然而至。又俄頃，舟人賈客皆有怨嘆悲泣之聲。

〔二〕刀剪吴淞　少陵戲題山水圖歌：安得并州快剪刀，剪取吴淞半江水？

〔三〕虎兕　詩小雅何草不黄章：匪兕匪虎，率彼曠野。箋云：兕、虎，比戰士也。

〔四〕鳧鷗　屈原卜居：將泛泛若水中之鳧乎？

〔五〕兔園　五代史劉岳傳：兔園册者，鄉校俚儒教田夫牧子之所誦也。

〔六〕芝麻鑑　王錡寓園雜記：吴人愛以芝麻點茶，鬻者必以紙裹而授。有一鬻家藏舊書數卷，旋摘爲用，市人得其所授，積至數頁視之，乃通鑑也。其人取以熟讀，每爲人言。或扣其藴，則曰：「我得之芝麻紙上，僅此而已，餘非所知也。」故諺曰芝麻鑑。

其七

亂流〔一〕深惜濟川〔二〕功，静嘯悲吟土室〔三〕中。策杖卻追夸父日〔四〕，扁舟還載庶人風〔五〕。戎戎〔六〕山雨蒙頭白，颭颭漁燈過影紅。秋老夜深龍睡熟，河邊無恙緯蕭〔七〕翁。

【箋注】

〔一〕亂流　爾雅釋水：正絶流曰亂。郭璞曰：直横渡也。書曰：亂于河。

〔二〕濟川　書説命：若濟巨川，用汝作舟楫。

〔三〕土室　漢書匈奴傳：嗟土室之人，顧無多辭，令喋喋而佔佔，冠固何當！

〔四〕夸父日　博物志：夸父與日相逐，渴飲于河渭，不足，北飲大澤。未至，渴而死，棄其策杖，化爲鄧林。

〔五〕庶人風　宋玉風賦：故其風中人狀，直憞溷鬱邑，敺温致濕。中心慘怛，生病造熱，中脣爲胗，得目爲蔑，啗齰嗽獲，死生不卒。此所謂庶人之雌風也。

〔六〕戎戎　少陵放船詩：江市戎戎暗，山雲淰淰寒。

〔七〕緯蕭　莊子列御寇篇：河上有家貧恃緯蕭而食者，其子没於淵，得千金之珠。其父謂其子曰：「取石來鍛之！夫千金之珠，必在九重之淵而驪龍頷下，子能得珠者，必遭其睡也。使驪龍而寤，子尚奚微之有哉！」成玄英疏曰：葦，蘆也。蕭，蒿也。家貧織蘆蒿爲薄，賣以供食。

其八

孤篷信宿且逶迤，白水柴門返故陂。丹桂月舒新結子，蒼梧雲護舊封枝。歌闌長夜〔一〕秋方盛，語到胥閭〔二〕日每移。小飲折花〔三〕重剪燭，參旗長並酒旗〔四〕垂。

【箋注】

〔一〕長夜　樂府甯戚商歌：長夜漫漫何時旦？

〔二〕胥閭　穀梁成公元年：冬，十月。季孫行父秃，晉郤克眇，衛孫良夫跛，曹公子手僂，同時聘於齊。齊侯使秃者御秃者，使眇者御眇者，使跛者御跛者，使僂者御僂者。蕭同姪子處臺上而笑之。聞於客，客不説而去，相與立胥閭而語，移日不解。齊人有知之者曰：「齊之患，必自此始矣。」范甯集解曰：胥閭，門名。釋曰：即周禮二十五家也。

〔三〕折花　纂異記：田璆、鄧韶遇二書生曰：「有瑞露酒，釀于百花之中。」謂小童折燭夜花傾於竹葉中，凡飛數巡，其甘香不可比狀。

〔四〕酒旗　石氏星經：酒旗三星，在軒轅左角南。

後秋興之六 九月初六日①，泛舟吴門而作②

槎枒枯③枿矗平林，刺眼〔一〕渾疑戰戟森。朔氣亘天圍大陸〔二〕，金風掠地戰重陰。覆蕉〔三〕野鹿年年夢，啼枕吟蛩夜夜心。漏盡木魚聲策策，依然木葉響寒碪。

【校勘記】

①「六日」，楊本、張本、邃本、鄧本、牧齋詩鈔作「二日」。　②牧齋詩鈔無此句。　③鄧本、國粹叢書作「枯」。

【箋注】

〔一〕刺眼　少陵陪鄭駙馬韋曲詩：藤竹刺眼青。

〔二〕大陸　爾雅釋地：高平曰陸，大陸曰阜。

〔三〕覆蕉　列子周穆王篇：鄭人薪于野，遇駭鹿，擊斃之，藏諸隍中，覆之以蕉。俄而遺其所藏之處，以爲夢焉，順塗詠其事。旁有聞者，用其言而取之。薪者歸，其夜真夢藏之之處，又夢得之之主，旦按所夢而尋得之，遂訟而争，歸之士師。士師請二分之，以問鄭君，鄭君曰：

「噫，士師將復夢分人鹿乎？」

其二

愁心落雁共横斜，九月繁霜〔一〕罨鬢華。淮水尚沈①龍虎氣〔二〕，漢津猶隔斗箕②槎〔三〕。夜闌漁蟹篝中火，日夕牛羊隴上笳。徙倚東籬難撥悶〔四〕，判將竹葉〔五〕負黄花。

【校勘記】

①楊本作「流」。　②楊本、邃本、宗本、牧齋詩鈔、國粹叢書作「牛」。

【箋注】

〔一〕繁霜　詩小雅正月章：正月繁霜，我心憂傷。毛萇傳云：繁，多也。

〔二〕龍虎氣　少陵喜聞盜賊蕃寇總退口號：北極轉愁龍虎氣，西戎休縱犬羊族。

〔三〕斗箕槎　爾雅釋天：箕、斗之間漢津也。郭璞曰：箕，龍尾；斗，南斗。天漢之津梁。

〔四〕撥悶　東坡立春日邀安國詩序：僕雖不能飲，當策杖倚几于其間，觀諸公醉笑以撥滯悶也。少陵有撥悶詩。

〔五〕竹葉　張景陽七命：乃有荆南烏程，豫北竹葉。五臣曰：豫北竹葉，酒名。

其三

秋陽黯澹比寒暉，硯匣書牀生事微。簾幕霜前新燕去，窗櫺日隙凍蠅飛。吹葭〔一〕自候雷風動〔二〕，煉石〔三〕誰①措天水違〔四〕？躍馬揮戈竟何意？相逢應笑食言肥〔五〕。

【校勘記】

①宗本、國粹叢書、牧齋詩鈔作「難」。

【箋注】

〔一〕吹葭　後漢書律曆志：候氣之法，爲室三重。户閉，塗釁必周，密布緹幔室中，以木爲案，每律各一，内庳外高，從其方位，加律其上，以葭莩灰抑其内端，案曆而候之。氣至者，灰去，其爲氣所動者，其灰散，人及風所動者，其灰聚。

〔二〕風雷動　易恒卦：彖曰：雷風相與，巽而動。正義曰：雷之與風，陰陽交感，二氣相與，更互而相成。震動而巽順，所以可恒也。

〔三〕煉石　淮南子覽冥訓篇：女媧煉五色石以補蒼天。許慎曰：三皇時，天不足西北，故補之。

〔四〕天水違　易訟卦：象曰：天與水違行，訟。正義曰：天道西轉，水流東注，是天與水相違而行，象人彼此兩相乖戾，故致訟也。

〔五〕食言肥　左傳哀公二十五年：公宴於五梧，武伯爲祝，惡郭重，曰：「何肥也？」季孫曰：「請飲彘也。以魯國之密邇仇讎，臣是以不獲從君，克免於大行，又謂重也肥。」公曰：「是食言多矣，能無肥乎？」

其四

棋罷何人不說棋，閑窗覆較總堪悲。故應關塞蒼黄候，未是天公皂白時。宋天文志：庾翼與兄冰書云：歲星犯天關，江東無他故，而石虎頻年閉關，此復是天公憒憒無皂白之徵也①。火井〔一〕角芒長燄燄，日宫〔二〕車輦每遲遲。腐儒未諳楸枰譜，三局深慚厪帝思。

【校勘記】

①遼本、宗本、牧齋詩鈔、國粹叢書無此注。

【箋注】

〔一〕火井　欒史寰宇記：火井在臨邛縣故城八里。博物志云：臨卭火井，諸葛丞相往視之，後火轉盛，人以家火即滅，迄今不復然。蜀都賦云「火井沉熒於幽泉」是也。華陽國志云：人欲其火出，先以家火投之，頃許如雷聲，火井焰出，通燿數十里。又十道要記云：火井有水，郡人以竹筒盛之，將以照路。蓋似今人秉燭，即水中自有焰耳。

〔二〕日宫　起世經：日宫殿中，閻浮檀金以爲妙輦輿，高十六由旬，方八由旬，莊嚴殊勝，日天子身，及内眷屬，在彼輦中。

其五

十年戎馬暗青山，自竄江村水島間。錯置漁灣排信地，横栽虎落〔一〕抵重關。兵殘蝸①

角〔二〕頻搔首，樂闋龍宫〔三〕一破顔。倚杖〔四〕步檐②還失笑，天街畢昴〔五〕若爲班？

【校勘記】

①牧齋詩鈔作「蟻」。　②鄧本、宗本作「簷」。

【箋注】

〔一〕虎落　漢書晁錯傳：具藺石、布渠答，爲中周虎落。師古曰：虎落者，以竹篾相連遮落之也。

〔二〕蝸角　莊子則陽篇：有國于蝸之左角者曰觸氏，有國于蝸之右角者曰蠻氏，時相與争地而戰，伏尸數萬，逐北旬有五日而後反。

〔三〕龍宫　異聞集：洞庭龍君宴柳毅於凝碧宫，張廣樂，舞萬夫於其右，中有一夫前曰：「此錢塘破陣樂。」復舞千女於其左，中有一女進曰：「此貴主還宫樂。」龍君大悦。

〔四〕倚杖　少陵夜詩：步簷倚杖看牛斗，銀漢遥應接鳳城。

〔五〕畢昴　漢書天文志：畢、昴之間，天街也。街北，胡也。街南，中國也。

其六

黄葉紛飛溝水頭，白雲蕭瑟自高秋。餘年且問鷄豚社〔一〕，故國空餘稻蟹愁〔二〕。匣裏兵符憑語雀，鏡中衰髪亂羣鷗。荒陂誰惱眠鵝鴨？午夜喧聲似蔡州〔三〕。

【箋注】

〔一〕鷄豚社　東坡次曹九章見贈詩：鷄豚異日爲同社。

〔二〕稻蟹愁　國語：稻蟹不遺種。韋昭曰：蟹食稻。

〔三〕蔡州　通鑑：李愬夜引軍出門，曰入蔡州取吴元濟，時大風雪，人人自以爲必死。夜半雪愈甚，行七十里，至州城，近城有鵝鴨池，愬令擊之以混軍聲。四鼓，愬至城下。

其七

全軀〔一〕喪亂有何功？雇賃餘生大造〔二〕中。心似吴牛〔三〕猶喘月，身如魯鳥〔四〕每禁風。驚弓〔五〕旅雁先霜白，染血林楓背日〔六〕紅。閒向侏儒〔七〕論世事，欲憑長狄扣①天翁。是歲有長人起遼海，大掠而去。

【校勘記】

①宗本、楊本、宗本、張本、牧齋詩鈔、國粹叢書作「問」。

【箋注】

〔一〕全軀　子長報任少卿書：今舉事一不當，而全軀保妻子之臣，隨而媒孽其短。

〔二〕大造　左傳成公十三年：使吕相絶秦曰：「秦師克還無害，則是我有大造於西也。」杜預曰：造，成也。

〔三〕吴牛　世説言語篇：滿奮畏風，在晉武帝坐，北窗作琉璃屏，實密似疏，奮有難色。帝笑之，奮曰：「臣猶吴牛，見月而喘。」

〔四〕魯鳥　國語：海鳥曰爰居，止于魯東門之外三日。展禽曰：「今兹海有災乎？夫廣川之鳥獸，恒知而避其災也。」是歲也，海多大風，冬暖。

〔五〕驚弓　戰國策：更羸與魏王處京臺之下，雁從東方來，更羸以虚發下之，曰：「此瘡未息而驚心未去也，聞弦者音，烈而高飛，故瘡隕也。」

〔六〕背日　少陵涪城縣香積寺官閣詩：含風翠壁孤雲細，背日丹楓萬樹稠。

〔七〕侏儒　淮南子説山訓：侏儒問徑天高於修人，修人曰：「不知。」曰：「子雖不知，猶近之于我。」

其八

長吟坦腹〔一〕笑逶迤，清濁誰①量千頃陂〔二〕。馬櫪〔三〕可能隤莫齒？鷦棲〔四〕聊復揀深枝。班荆〔五〕地上秋風過，仆表〔六〕花間日影移。要勒涪溪〔七〕須老手，腰間硯削〔八〕爲君垂。

【校勘記】

①張本作「難」。

【箋注】

〔一〕坦腹　少陵江亭詩：坦腹江亭暖，長吟野望時。

〔二〕千頃陂　世説德行篇：林宗曰：「叔度汪汪如萬頃之陂，澄之不清，擾之不濁，其器深廣難測量也。」

〔三〕馬櫪　樂府碣石篇：老驥伏櫪，志在千里。烈士暮年，壯心不已。

〔四〕鷦棲　莊子逍遥遊篇：鷦鷯巢于深林，不過一枝。

〔五〕班荆　左傳襄公二十六年：班荆相與食而言復故。杜預曰：班，布也，布荆坐地。

〔六〕仆表　史記司馬穰苴傳：日中而賈不至，穰苴則仆表決漏。索隱曰：仆，音赴。仆者，卧其表也。

〔七〕浯溪　山谷書磨崖碑後詩：春風吹船著浯溪，扶藜上讀中興碑。任淵曰：浯溪在今永州。中興頌，元結次山所作，顔魯公書，磨崖鐫刻。蓋言安禄山亂，肅宗復兩京事。

〔八〕硯削　後漢書蘇竟傳：竟與龔書曰：「走昔以摩研編削之才，與國師公從事出入，校定秘書。」臣賢曰：削，謂簡也，一曰削書刀也。

後秋興之七 庚子中秋作①

八桂〔一〕盤根珠樹林，蜑〔二〕煙蠻〔三〕雨助蕭森。天高②星紀〔四〕連環衛〔五〕，日入神光〔六〕起燭陰〔七〕。交脛百夷齊舉踵〔八〕，貫胸〔九〕萬國總傾心。辛勤争似三桑女〔一〇〕，歐③盡機絲應擣碪。

【校勘記】

①「中秋作」，鄧本、張本作「中秋」字，楊本作「中秋日」字。牧齋詩鈔無此注。②楊本、牧齋詩鈔作「齊」。③邃本、國粹叢書作「謳」。

【箋注】

〔一〕八桂　山海經：桂林八樹，在番隅東。郭璞曰：八桂而成林，言其大也。

〔二〕蜑　范成大桂海虞衡志：蜑，海上水居蠻也。以舟楫爲家，採海物爲生，且生食之。入水能視。合浦珠池蚌蛤，惟蜑能没水探取，旁人以繩繫其腰，繩動摇則引而上。先炙毳衲極熱，出水急覆之，不然寒慄以死。或遇大魚蛟鼉諸海怪，爲鬐鬣所觸，往往潰腹折支，人見血一縷浮水面，知蜑死矣。陶九成輟耕録：廣東采珠之人，懸絙於腰，沉入海中。良久得珠，撼其絙，舶上人挈出之。葬於黿鼉蛟龍之腹者，比比有焉。有司名曰烏蜑户。蜑音但。

〔三〕蠻　桂海虞衡志：蠻，南方曰蠻。今郡縣之外羈縻州洞，雖故皆蠻地，猶近省民供税役，故不以蠻命之。過羈縻則謂之化外，真蠻矣。區落連亘接于西戎，種類殊詭，不可勝計，今志其近桂林者：宜州有西南蕃、大小張、大小王、龍石、滕謝諸蕃，地與牂牁接。人椎髻跣足，或著木屐，衣青花斑布，以射獵、讎殺爲事。又南連邕州南江之外者，羅殿、自杞等以國名，羅特、孔磨、白衣、九道等以道名，而𡿺州以西，別有酋長，所統屬者，蘇綺、羅坐、夜面、計利、流求、萬壽、多嶺、阿悟等蠻，謂之生蠻，酋自謂太保。大抵與山獠相似，但有首領耳。羅殿等處，乃或聚落，亦有文書公文，稱守羅殿國王。其外又有大蠻落，西曰大理，東曰交趾。大理，南詔國也。交趾，古交州，治龍編，又爲安南都護府。

〔四〕星紀　爾雅釋天：星紀，斗、牽牛也。郭璞曰：牽牛、斗者，日月五星之所終始，故謂之星紀也。

〔五〕環衛　史記天官書：環之匡衛十二星，藩臣。皆曰紫宮。

〔六〕神光　漢書武帝紀：祭后土，神光三燭。

〔七〕燭陰　山海經：鍾山之神名曰燭陰，視爲晝，瞑爲夜，吹爲冬，呼爲夏。不飲不食不息，息爲風，身長千里。

〔八〕舉踵　漢書司馬相如傳：南夷之君，西僰之長，常效貢職不敢惰怠，延頸舉踵，喁喁然皆鄉風慕義欲爲臣妾。

〔九〕交脛貫胸　山海經：貫胸國，其爲人胸有竅。交脛國，其爲人交脛。郭璞曰：言脚脛曲戾相交，所謂雕題、交趾者也。

〔一〇〕三桑女　山海經：歐絲之野，在大踵東，一女子跪，據樹歐絲，三桑無枝，在歐絲東。其木長百仞無枝。

其二

軒轅丘〔一〕畔矢欹斜，望盡窮山隱翠華〔二〕。卻喜九隆①〔三〕歸日御②〔四〕，誰從三保③〔五〕訪星槎〔六〕。願同筰馬〔七〕扶車輦，欲傍旄牛〔八〕聽鼓笳。清酒一鐘拚④醉倒⑤，恰⑥如重探杏園花〔九〕。

【校勘記】

①遼本作「龍」，另有注：「一作隆。」②楊本、遼本作「馭」。③「三保」，國粹叢書作「天寶」。遼本作「三室」，另有注：「一作天寶。」④楊本、牧齋詩鈔作「拌」。⑤「醉倒」，鄧本、國粹叢書作「倒醉」。⑥遼本、楊本作「卻」。

【箋注】

〔一〕軒轅丘　山海經海外西經：軒轅之國，在此窮山之際，其不壽者八百歲。在女子國北，人面蛇身，尾交首上，窮山在其北，不敢西射，畏軒轅之丘。郭璞曰：言敬畏黄帝威靈，故不敢向西而射也。

〔二〕翠華　相如上林賦：建翠華之旗。張揖曰：以翠羽爲葆也。李商隱詠史詩：終古蒼梧哭翠華。

〔三〕九隆　後漢書西南夷傳：哀牢夷者，其先有婦人名沙壹，居於牢山。嘗捕魚水中，觸沉木若有感，因懷妊，十月，産子男十人。後沉木化爲龍，出水上。沙壹忽聞龍語曰：「若爲我生子，今悉何在？」九子見龍驚走，獨小子不能去，背龍而坐，龍因舐之。其母鳥語，謂背爲九，謂坐爲隆，因名子曰九隆。及後長大，諸兄以九隆能爲父所舐而黠，遂共推以爲王。

〔四〕日御　離騷：吾令羲和弭節兮。王逸曰：羲和，日御也。

〔五〕三保　古今識鑒：内侍鄭和即三保也。雲南人。以靖難功授内官太監。永樂初，欲通東南夷，上以問三保領兵如何，忠徹對曰：「三保姿貌材智，内侍中無與比者，臣查其氣色，誠可任使。」遂令統督以往，所至畏服焉。

〔六〕星槎　庾子山哀江南賦：況復舟檝路窮，星漢非乘槎可上。

〔七〕筰馬　漢書西南夷傳：巴蜀民或竊出商賈，取其筰馬僰僮旄牛。

〔八〕旄牛　後漢書西南夷傳：冉駹夷有旄牛，無角，一名童牛，肉重千斤，毛可爲毦。

〔九〕杏園花　李綽秦中歲時記：進士杏園初宴謂之探花宴，差以少俊二人爲探花使，遍遊名園，若他人先折花，二使皆被罰。

其三

重華又報日重暉〔一〕，中路〔二〕何曾嘆式微。高廟肅將三矢〔三〕命，定陵快覩五雲〔四〕飛。即看靈武〔五〕收京早，轉恨①親賢授鉞〔六〕違。指甲申春李忠文監國分封之議②。翹首南天頻送喜，丹魚〔七〕紅蟹〔八〕亦争肥。

【校勘記】

①牧齋詩鈔作「眼」。 ②牧齋詩鈔無此注。

【箋注】

〔一〕重暉 崔豹古今注：漢明帝爲太子，樂人作歌詩四章以贊太子之德，其一曰日重光，其二曰月重輪，其三曰星重輝，其四曰海重潤。

〔二〕中路 詩國風式微章：微君之故，胡爲乎中路？

〔三〕三矢 五代史伶官傳：晉王之將終也，以三矢賜莊宗而告之曰：「梁，吾仇也，燕王吾所立，契丹與吾約爲兄弟，而皆背晉以歸梁。此三者，吾遺恨也。與爾三矢，爾其無忘乃父之志！」莊宗受而藏之於廟。其後用兵，則遣從事以一少牢告廟，請其矢，盛以錦囊，負而前驅，及凱旋而納之。

〔四〕五雲 少陵重經昭陵詩：再窺松柏路，還見五雲飛。

〔五〕靈武收京 少陵惜别行：肅宗昔在靈武城，指揮猛將收咸京。

〔六〕親賢授鉞 甲申二月，李忠文公邦華具疏請用成祖朝仁宗皇帝監國故事，急遣皇太子監國南京。越數日，又請分封永、定二王於江南，皆不報。少陵有感詩云：授鉞親賢往。

〔七〕丹魚 左太沖魏都賦：丹魚爲之生沼。樂史寰宇記：豐州丹水出丹魚，先夏至前十日夜伺之，魚浮水，有赤光上照如火。網而取之，割其血以塗足，可以步行水上。

〔八〕紅蟹　段公路北户録：儋州出紅蟹，大小殼上多作十二點深燕支色，亦如鯉之三十六鱗耳。

其四

破碎〔一〕江山①惜舉棋，斜飛一角總堪悲。可憐紙上楸枰局，便是軍前②畫笏〔二〕時。帳殿〔三〕咨嗟如宿昔，芒鞵〔四〕奔走③轉稽遲。誰將姑婦〔五〕中宵語，借箸從容啓睿思〔六〕。

【校勘記】

①「江山」，邃本作「山河」。　②楊本作「中」。　③國粹叢書作「命」，楊本、張本、邃本、鄧本作「赴」。

【箋注】

〔一〕破碎　少陵望慈恩寺塔詩：秦山忽破碎。

〔二〕畫笏　蘇鶚杜陽雜編：奉天尉賈隱林謁上於行在，上觀隱林氣宇雄俊，兼是忠烈之家，因延於卧内以探籌畧。隱林於御榻前以手板畫地，陳攻守之策，上甚異之。

〔三〕帳殿　少陵得家書詩：二毛趨帳殿，一命侍鑾輿。庾子山馬射賦：帷宮宿設，帳殿開筵。唐六典：尚舍奉御，凡大駕行幸，預設三部帳幕。皆烏氊爲表，朱綾爲覆，下有紫帷方座，金銅行牀，覆以簾，其外置排城以爲蔽捍。

〔四〕芒鞵　少陵述懷詩：今夏草木長，脱身得西走。麻鞵見天子，衣袖露兩肘。

〔五〕姑婦　薛用弱集異記：玄宗南狩，王積薪從焉。宿於山中孤姥之家，夜闌不寐，忽聞堂内姑謂婦曰：「良宵無以爲適，與子圍碁一賭可乎？」婦曰：「諾。」堂内素無燭火，婦姑各處東西室。俄聞婦曰：「起東五南九置子矣。」姑應曰：「東五南十二置子矣。」婦又曰：「起西八南十置子矣。」姑又應曰：「西九南十置子矣。」每置一子，皆良久思維。夜將盡四更，積薪一一密記，其下止三十六。忽聞姑曰：「子已敗矣，吾止勝九枰耳。」婦亦甘焉。積薪遲明問之孤姥，教以常勢。笑曰：「止此已無敵於人間矣。」自是積薪布所記婦姑對敵之勢，罄竭心力，較其九枰之勝，終不得焉。因名鄧艾開蜀勢。

〔六〕睿思　書洪範：思曰睿。

其五

扶桑高柱大荒山〔一〕，交會朱明〔二〕在此間。神向南條〔三〕迴地絡〔四〕，帝於北户①〔五〕啓天關〔六〕。雨疏象跡周嚴警，日射蛟涎〔七〕展御顔。五服諸侯休後至，司徒先領入朝〔八〕班。

【校勘記】

①牧齋詩鈔作「斗」。

【箋注】

〔一〕大荒山　山海經：大荒之中有山，名曰大荒之山。日月所入，是謂大荒之野。

〔二〕朱明　宋玉招魂：朱明承夜兮，時不可以淹。王逸曰：朱明，日也。乘，續也。

〔三〕南條　書禹貢：導岍及岐。正義曰：地理志云：禹貢北條荆山，在馮翊懷德縣南，南條荆山，在南郡臨沮縣東北，是舊有三條之説也。故馬融、王肅皆爲三條。導岍北條，西傾中條，嶓冢南條。鄭玄以爲四列，導岍爲陰列，西傾爲次陰列，嶓冢爲次陽列，岷山爲正陽列。鄭玄創爲此説，孔亦當爲三條也。

〔四〕地絡　新唐書天文志：東井居兩河之陰，自山河上流，當地絡之西北。輿鬼居兩河之陽，自漢中東盡華陽，與鶉火相接，當地絡之東南。

〔五〕北户　水經注：區粟建八尺表，日影度南八寸，自此影以南，在日之南，故以名郡。望北辰星，落在天際，日在北，故開北户以向日。

〔六〕天關　新唐書天文志：陽氣自明堂漸升，達於龍角，曰壽星。龍角謂之天關，於易，氣以陽決陰，夬象也。升陽進逾天關，得純乾之位。

〔七〕象跡蛟涎　柳子厚嶺南江行詩：山腹雨晴添象跡，潭心日暖長蛟涎。

〔八〕入朝　譚賓録：光弼自河中入朝，復拜太尉，出鎮臨淮。至徐州，史朝義退走，田神功遽歸河南，尚衡、殷仲卿皆懼其威名，相繼赴闕。

其六

星星斷①髮〔一〕不遮頭，霜鬢何須怨凜秋〔二〕。攬鏡頻過五嶺路，挽眉長綰九疑〔三〕愁。山家寨柵憑麋鹿，海户提封②〔四〕畫鷺鷗。莫指職方論徼③塞〔五〕，炎州〔六〕今日是神州。

【校勘記】

①楊本作「短」。　②「提封」，鄧本、張本、宗本、邃本、牧齋詩鈔作「封提」。　③國粹叢書、邃本作「邊」。

【箋注】

〔一〕斷髮　史記吴太伯世家：文身斷發，示不可用。

〔二〕凜秋　宋玉九辯：皇天平分四時兮，竊獨悲此凜秋。

〔三〕九疑　太白遠別離：九疑聯緜皆相似，重瞳孤墳竟何是？

〔四〕提封　漢書刑法志：提封萬井。李奇曰：提，舉也。舉四封之内也。

〔五〕徼塞　崔豹古今注：丹徼，南方徼，色赤，故稱丹徼，爲南方之極也。塞者，塞也，所以擁塞戎狄也。徼者，繞也，所以繞遮蠻夷，使不得侵中國也。

〔六〕炎州　劉禹錫經伏波神祠詩：筋力盡炎州。

其七

棧鐘〔一〕掘地報成功，王氣還占牛斗〔二〕中。入日自應歸出日〔三〕，朔風那許競①炎風〔四〕。連雲法從鰲身黑，照水神燈魚眼〔五〕紅。閒把竹書〔六〕論運命〔七〕，寒窗絶倒白頭翁。

【校勘記】

①牧齋詩鈔作「勁」。

【箋注】

〔一〕棧鐘　晉書郭璞傳：時元帝初鎮建鄴，導令璞筮之，遇咸之井，璞曰：「東北郡縣有武名者，當出鐸，以著受命之符。西南郡縣有陽名者，井當沸。」其後晉陵武進縣人於田中得銅鐸五枚，曆陽縣中井沸，經日乃止。及帝爲晉王，又使璞筮，遇豫之睽，璞曰：「會稽當出鐘，以告成功，上有勒銘，應在人家井泥中得之。繇辭所謂先王以作樂崇德，殷薦之上帝者也。」及帝即位，太興初，會稽剡縣人果於井中得一鐘，長七寸二分，口徑四寸半，上有古文奇書十八字，云「會稽嶽命」，餘字時人莫識之。璞曰：「蓋王者之作，必有靈符，塞天人之心，與神物合契，然後可以言受命矣。觀五鐸啓號於晉陵，棧鐘告成於會稽，瑞不失類，出皆以方，豈不偉哉！」

〔二〕牛斗　清類天文分野書：斗、牛爲星分之首者，日月五星起於斗宿，古之言天者，由斗、牛以紀星，故曰星紀。則星紀爲十二次之首，而斗、牛又二十八舍之首也。

〔三〕歸出日　後漢書西南夷傳：遠夷慕德歌詩曰：蠻夷所處，日入之部。慕義向化，歸日出主。

〔四〕炎風　少陵諸將詩：炎風朔雪天王地，只在忠臣翊聖朝。

〔五〕鰲身魚眼　王摩詰送秘書晁監還日本詩：鰲身映天黑，魚眼射波紅。

〔六〕竹書　任彦昇爲蕭揚州薦士表：竹書無落簡之誤。

〔七〕運命　李蕭遠運命論注：李善曰：運，謂五德更運，帝王所禀以生也。春秋元命苞曰：五德之運，各象其類，興亡之名，應籙以次相代。宋均曰：運，籙運也。春秋元命苞曰：命者，天下之命也。

其八

元戎師律整逶迤，誓旅先期度芍陂〔一〕。一柱〔二〕補天揞大廈〔三〕，九陽〔四〕浴日選高枝〔五〕。名王獻馘①圖新繪，叛帥焚屍櫬久移。薄海兒童知李令〔六〕，肯教唐史獨昭垂。

【校勘記】

①國粹叢書作「國」。

【箋注】

〔一〕芍陂　水經注：芍陂周一百二十許里，在壽春縣南八十里。楚相孫叔敖所造，魏太尉王淩與吴將張休戰于芍陂，即此處也。陂有五門吐納川流，西北爲香門，陂水北逕孫叔敖祠下，謂之芍陂瀆。又北分爲二水，一水東注黎漿水，東逕黎漿亭南。文欽之叛，吴軍北入，諸葛緒拒之于黎漿，即此水也。東注肥水，謂之黎漿水口。

〔二〕一柱　東方朔神異經：崑崙有銅柱焉，其高入天，所謂天柱也。

〔三〕大廈　文中子事君篇：大廈將顛，非一木所支也。

〔四〕九陽　後漢書仲長統傳：沆瀣當餐，九陽代燭。臣賢曰：九陽，謂日也。

〔五〕高枝　山海經：暘谷上有扶桑，十日所浴，在黑齒北，居水中。有大木，九日居下枝，一日居上枝。

〔六〕李令　李商隱復京詩：天教李令心如日。

後秋興之八 庚子陽月初一日①，拂水②拜墓作③

短櫂輕蓑黄葉林，天涯戰戟自森森。朝陽已躍南離〔一〕日，晝靄猶停北陸〔二〕陰。笛裏〔三〕關山牽昔夢，燈前〔四〕兒女負初心。遐荒④巡守⑤無消息，樹樹啼烏夜夜碪。

【校勘記】

①國粹叢書、鄧本無「日」字。③「拂水」，楊本、邃本作「拂水山莊」。③牧齋詩鈔無此注。

④鄧本、邃本、宗本、國粹叢書作「方」。⑤「遐荒巡守」，牧齋詩鈔作「遐方魚雁」。

【箋注】

〔一〕南離　淵明述酒詩：重離照南陸，鳴鳥聲相聞。秋草雖未黄，融風久已分。

〔二〕北陸　隋書天文志：日循黄道東行，一日一夜行一度，三百六十五日有奇而周天。行東陸謂之春，行南陸謂之夏，行西陸謂之秋，行北陸謂之冬。

〔三〕笛裏　少陵洗兵馬：三年笛裏關山月，萬國兵前草木風。

〔四〕燈前　黄山谷寄上叔父夷仲詩：兒女燈前語夜深。

其二

秋風摵摵帽簷斜，野老籬前數物華。青鏡百年〔一〕雙白鬢①，黄河〔二〕千里一孤槎。挽回兵氣霜前雁，吹動②雄心日莫笳。有客經過論漢史，西京曾記上林花〔三〕。

【校勘記】

①鄧本、宗本作「髮」。②牧齋詩鈔作「斷」。

【箋注】

〔一〕百年　少陵寄上漢中王詩：百年雙白鬢，一别五秋螢。

〔二〕黄河　庾子山枯樹賦：建章三月火，黄河萬里槎。

〔三〕上林花　劉歆西京雜記：余就上林，令虞淵得朝臣所上草木名二千餘種，隣人石瓊就余求借，一皆遺棄。今以所記憶列於篇右。

其三

故①國冥濛秋日暉，渚宮〔一〕行殿遠霏微。巡廻每嘆林烏宿，促數頻看社燕飛。戰決蟻封〔二〕多勝負，卜占鷄骨〔三〕少從違。頻年射獵無朋侶，贏得高原雉兎肥。

【校勘記】

①鄧本、張本、楊本作「水」。

【箋注】

〔一〕渚宮　左傳文公十年：王在渚宮。杜預曰：小洲曰渚。

〔二〕蟻封　北齊書神武紀：自東西魏搆兵，鄴下每先有黄黑蟻陣鬬，占者以爲黄者東魏戎衣色，黑者西魏戎衣色，人間以此候勝負。

〔三〕鷄骨　段公路北户録：南方皆殺鷄擇骨爲卜，傳古法也。龜圖：每取雄鷄一隻，以香米祝之，後即生折其腿，削去皮肉，或烹取之。卜男，左。卜女，右。看之其骨，有二竅或七八竅。左爲人，右爲鬼，取陰陽之理也。乃以竹簪刺於竅中而究其兆，如人在上鬼在下爲吉，人在下鬼在上爲兇；如人鬼頭相背，事遲緩；相就，事疾速。

其四

撼户秋聲①剥啄碁〔一〕，驚心局外②轉傷悲。每於典籍論終古，只道乾坤似昔時。已破關河③惆悵在，未招魂魄卻迴遲。長明燈上諸天近，時有空音答仰思。

【校勘記】

①牧齋詩鈔作「風」。②邃本、國粹叢書作「内」。③張本作「山」。

【箋注】

〔一〕剥啄碁　東坡觀棋詩：小兒近道，剥啄信指。勝固欣然，敗亦可喜。

其五

滄江茅屋舊家山，身與秋雲①共數間。三卷陰符留麥飯〔一〕，一丸〔二〕函谷掩柴關。黄沙馬革〔三〕羞垂涕②，白首鷹揚〔四〕笑駐顔。夢到紅雲深殿裏，玉皇新點侍宸〔五〕班。

【校勘記】

①鄧本、宗本、邃本、國粹叢書作「容」。②邃本、國粹叢書作「淚」。

【箋注】

〔一〕麥飯　集仙録：李筌取陰符至驪山下，逢一老母説陰符玄義，語畢，日已晡矣，曰：「吾有麥飯，相與爲食。」因袖中出一瓠，令筌取水。筌往谷中盛水，瓠忽重可百餘斤，力不能制，更沈于泉，隨覓不得，久而卻來，已失母所在。唯留麥飯一升，筌食而歸，漸覺不飢，氣力自倍於常。

〔二〕一丸　後漢書隗囂傳：元請以一丸泥爲大王東封函谷關。

〔三〕馬革　後漢書馬援傳：援曰：「男兒要當死于邊野，以馬革裹屍還葬耳。」

〔四〕鷹揚　詩大雅大明章：維師尚父，時維鷹揚。毛萇傳曰：鷹揚，如鷹之飛揚也。

〔五〕侍宸　真誥運象篇：必三事大夫，侍宸帝躬。

其六

溝水流離似隴頭〔一〕，疏籬斷彴〔二〕不禁秋。關心風月鈎牽恨，開眼江山挾帶愁。龍鬬〔三〕捎天悲穴鼠，鳶飛〔四〕跕水羨眠鷗。茫茫禹跡無憑準，自剔殘燈畫九州〔五〕。

【箋注】

〔一〕隴頭　樂府隴頭歌辭：隴頭流水，流離山下。念吾一身，飄然曠野。

〔二〕斷彴　東坡同王勝之遊蔣山詩：畧彴橫秋水。施宿曰：畧彴，獨木橋也。

〔三〕龍鬬　漢書彭越傳：兩龍方鬬，且待之。

〔四〕鳶飛　後漢書馬援傳：援封新息侯，謂官屬曰：「吾在浪泊、西里間，虜未没之時，下潦上霧，毒氣燻蒸，仰視飛鳶，跕跕墮水中。今紆佩金紫，且喜且慚。」

〔五〕九州　左傳襄公四年：於虞人之箴曰：茫茫禹跡，畫爲九州。

其七

配天列聖萬年功，弓劍〔一〕衣冠〔二〕覆載中。赤羽〔三〕九烏齊捧日〔四〕，白翎〔五〕一鳥亦呼風〔六〕。金山御氣千年紫，銀海〔七〕神燈乙夜〔八〕紅。看盡諸皋應拊手，官家終古屬劉翁。西陽諸皋記：天翁姓張名堅，漁陽人。蜀志：張温問秦宓曰：「天有姓乎？」宓曰：「姓劉。」温曰：「何以知之？」宓曰：「其子姓劉，故以知之。」

【箋注】

〔一〕弓劍　太白飛龍引：軒轅去時有弓劍，古人傳道留其間。

〔二〕衣冠　抱朴子内篇：按荆山經及龍首記，皆云黄帝服神丹之後，龍來迎之，羣臣追慕，或取其几杖，立廟而祭之；或取其衣冠，葬而守之。

〔三〕赤羽　家語：子路曰：「由願得白羽如月，赤羽如日。」

〔四〕捧日　錢起闕下贈裴舍人詩：霄漢長懸捧日心。

〔五〕白翎　陶宗儀輟耕録：白翎雀者，國朝教坊大曲也。始甚雍容和緩，終則急躁繁促，殊無有餘不盡之意，竊嘗病焉。後見陳雲嶠云：白翎雀生于烏桓朔漠之地，雌雄和鳴，自得其樂。

世祖因命伶人碩德閭製曲以名之。曲成，上曰：「何其末有怨怒哀嫠之音乎？」時譜已傳矣，故至今莫能改。

〔六〕呼風　少陵韋諷宅觀曹將軍畫馬歌：金粟堆前松柏裏，龍媒去盡鳥呼風。

〔七〕銀海　史記秦始皇本紀：以水銀爲百川江河大海，以人魚膏爲燭。

〔八〕乙夜　緗素雜記：蔡質漢儀：衛士甲乙徼相傳，甲夜畢，傳乙夜，相傳盡五更。

其八

江村隈隩〔一〕水逶迤，白首長吟憶渼陂〔二〕。籠鳥疏窗温漢語，林烏密葉揀南枝。狐鶩構火〔三〕鳴①呼數，犬値傳更〔四〕戍守移。莫笑牧兒思曲蓋〔五〕，夢闌腰帶有魚垂〔六〕。

【校勘記】

①張本、宗本、牧齋詩鈔、國粹叢書作「嗚」。

【箋注】

〔一〕隈隩　爾雅釋丘：崖内爲隈，外爲隩。

〔二〕渼陂　少陵渼陂行：岑參兄弟皆好奇，攜我遠來遊渼陂。天地黯慘忽異色，波濤萬頃堆琉璃。

〔三〕狐鶩構火　漢書陳勝傳：又間令廣之次所旁叢祠中，夜構火，狐鳴呼曰：「大楚興，陳勝王。」卒皆夜驚恐。

〔四〕犬值傳更　宋雷西吳里語：宋畢再遇嘗與敵對壘，度敵衆難與争鋒。一夕拔營去，慮再來追，乃留旗幟於所拔營，並縛生羊，置其前二足於鼓上，擊鼓有聲。敵不覺其空營，復相持竟日，始覺，欲追之，則已遠矣。

〔五〕牧兒曲蓋　東坡夢齋銘：人有牧羊而寢者，因羊而念馬，因馬而念車，因車而念蓋，遂夢曲蓋鼓吹，身爲王公。夫牧羊之與王公亦遠矣，想之所因，豈足怪乎？

〔六〕魚垂　程大昌演繁露：今之魚袋，本唐制也。所以明貴賤，應宣召。左二右一，其飾有玉、金、銀三等，魚飾之下有黑韋渾裹方木，附身以垂，書其官、姓名於木，中分爲二。

後秋興之九 庚子十月望日①

桂樹參差覆羽林，天容玉册〔一〕自森森。甘淵〔二〕自②有長生日，冥谷〔三〕終無不散陰。命將出車小雅頌，磨崖刻石老臣心。元和盛事③看④圖畫，鹵簿前頭夾斧碪〔四〕。

【校勘記】

①「望日」，楊本、邃本作「望日作」字。牧齋詩鈔無此注。　②楊本、宗本、邃本、國粹叢書作「定」。　③邃本、國粹叢書作「世」。　④牧齋詩鈔作「共」。

【箋注】

〔一〕玉册　少陵八哀詩：際會清河公，間道傳玉册。注曰：清河公，房琯也。時自蜀奉太上皇册命至。

〔二〕甘淵　山海經：東南海之外，甘水之間，有羲和之國。有女子名曰羲和，方浴日于甘淵。羲和者，帝俊之妻，生十日。

〔三〕冥谷　天問：日安不到？燭龍何照？王逸曰：言天之西北有幽冥無日之國，有龍銜燭而照之也。

〔四〕夾斧礎　昌黎元和聖德詩：解脱攣索，夾以斧礎。

其二

規外星辰〔一〕落落斜，參旗井鉞〔二〕建高華。洱河〔三〕北上通雲漢，遼水〔四〕東迴接海槎。嘯月〔五〕嶺猿催畫角，嘶風胡馬咽哀①笳。吴儂莫向天南笑，鐵樹〔六〕頻年已放花。吴人笑事難成者云鐵樹開花，不知南中實有之。

【校勘記】

①鄧本、宗本、國粹叢書作「悲」。

【箋注】

〔一〕規外星辰　元微之和樂天送客遊嶺南詩：規外布星辰。注曰：交廣間，南極浸高，北極淩低。圓規度外星辰至衆，大如五曜者數十，皆不在星經。

〔二〕參旗井鉞　新唐書兵志：武德三年，更以萬年道爲參旗軍，醴泉道爲井鉞軍。

〔三〕洱河　新唐書南蠻傳：爨蠻西有昆明蠻，一曰昆彌，以西洱河爲境，即葉榆河也。東坡題馮通直明月湖詩後詩：聞道牂江空抱珥。坡公自注曰：南詔有西珥河，即古牂牁江也，河影如月抱珥，故名之曰西珥云。

〔四〕遼水　水經注：遼山在玄菟高句麗縣，遼水所出。

〔五〕嘯月　趙璘因話録：李約，汧公之子也。琴道、酒德、詩調皆高絶，嘗得古鐵一片，擊之清越。又養一猿，名山公，嘗以之隨逐。月夜泛江，登金山擊鐵鼓琴，猿必嘯和。

〔六〕鐵樹　王濟日詢手鏡：吴浙間，嘗有俗諺云見事難成則云須鐵樹花開，余於横之馴象衛殿指揮貫家園中，見一樹高可四三尺，幹葉皆紫黑色，葉小類石楠，質理細厚。余問之，殷云：「此鐵樹也。」每遇丁卯年乃花，其花四瓣，紫白色，如瑞香，一開累月不凋，嗅之乃有草氣。

其三

開元三葉〔一〕正流暉，桂社梧封應紫微。追急稻畦鳩杖〔二〕指，寢甘榕殿鳥工〔三〕飛。五銖當復〔四〕神咸許，十世將興〔五〕帝不違。日角〔六〕共傳如烈祖，遐方遥喜御容肥。

【箋注】

〔一〕三葉　劉越石勸進表：三葉重光。

〔二〕鳩杖　水經注：風俗通曰：俗説高祖與項羽戰于京索，遁于蒲中，羽追求之。時鳩止鳴其上，追之者以爲必無人，遂得脱。及即位，異此鳩，故作鳩杖以扶老。

〔三〕鳥工　竹書紀年注：沈約曰：舜父母憎舜，使其塗廩，自下焚之，舜服鳥工衣服飛去。又使浚井，自上填之以石，舜服龍工衣自旁而出。

〔四〕五銖當復　後漢書公孫述傳：蜀中童謡言曰：黄牛白腹，五銖當復。好事者竊言，王莽稱黄，述自號白。五銖錢，漢貨也。言天下當並還劉氏。

〔五〕十世將興　鄭語：史伯曰：「臣聞之，天之所啓，十世不替。夫其子孫必光啓土，不可偪也。」羅大經鶴林玉露：宋靖康之亂，元祐皇后手詔曰：漢家之厄十世，宜光武之中興。獻公之子九人，唯重耳之尚在。讀之感動，蓋中興之一助也。

〔六〕日角　劉孝標辨命論：龍犀日角，帝王之表。李善曰：朱建平相書：額有龍犀入髮，左角日，右角月，王天下也。

其四

三陣凋殘御製棋〔一〕，宋太宗御製棋譜，三陣三勢，皆有深旨。祖宗眷顧不勝悲。可知仙杖〔二〕巡遊日，還是鈞天〔三〕謁請①時。八樹分茅朱噣〔四〕永，六龍〔五〕擁駕赤烏遲。殊方未及櫻桃〔六〕薦，寢廟應深白露思②。

【校勘記】

①「謁請」，邃本、國粹叢書作「請謁」。②張本、邃本作「悲」。

【箋注】

〔一〕御製棋　楊文公談苑：太宗作弈棋三勢，使内侍裴愈持以示館閣學士，莫能曉者。其一曰獨飛天鵝勢，其二曰對面千里勢，其三曰大海取明珠勢，皆上所製。上親指授愈，令語諸學士，始能曉之，皆嘆伏神妙。前後召待詔等衆對弈，多能覆局，爲圖藏于祕閣。古棋圖之法，以平上去入分四隅爲記，交雜難辨。徐鉉改爲十九字：一天、二地、三人、四時、五行、六官、七斗、八方、九州、十日、十一冬、十二月、十三閏、十四雉、十五望、十六相、十七笙、十八松、十九客。以此易古圖之法，甚爲簡便。

〔二〕仙杖　少陵洗兵馬：還思仙杖過崆峒。

〔三〕鈞天　史記趙世家：趙簡子疾，五日不知人。醫扁鵲視之，曰：「不出三日疾必閒，閒必有言也。」居二日半，簡子寤。語大夫曰：「我之帝所甚樂，與百神游於鈞天，廣樂九奏萬舞，不類三代之樂，其聲動人心。」

〔四〕朱噣　史記天官書：南宮朱鳥。正義：柳八星爲朱鳥味。謝皋羽招魂詞：化爲朱鳥兮，有噣焉食？

〔五〕六龍　楚辭劉向九嘆：維六龍於扶桑。洪興祖補注曰：春秋命曆序曰：皇伯登出扶桑日之陽，駕六龍以上下。

〔六〕櫻桃　少陵解悶絶句：炎方每續朱櫻獻，玉座應悲白露團。

其五

徼外行宫隔萬山，朱光〔一〕秖在兩河〔二〕間。可令末派黿魚種〔三〕，卻踞中原虎豹關〔四〕。槃木〔五〕日①來歌漢德，哀牢〔六〕先許識天顔。於今垣市無推步，雲漢遥占②鶉首〔七〕班。

【校勘記】

①邃本、宗本、國粹叢書作「自」。　②楊本、邃本作「瞻」。

【箋注】

〔一〕朱光　張夢陽七哀詩：朱光浮北陸。李善曰：朱光，日也。楚辭：陽杲杲其朱光。

〔二〕兩河　新唐書天文志：河源自北紀之首，循雍州北徼，達華陰，而與地絡相會，並行而東，至太行之曲，分而東流，與涇、渭、濟瀆相爲表裏，謂之北河。江源自南紀之首，循梁州南徼，達華陽，而與地絡相會，並行而東，及荆山之陽，分而東流，與漢水、淮瀆相爲表裏，謂之南河。故於天象，則弘農分陝爲兩河之會，五服諸侯在焉。

〔三〕黿魚種　新唐書天文志：自渤海、九河之北，得漢河間、涿郡、廣陽及上谷、漁陽、右北平、遼西、遼東、樂浪、玄菟，古北燕、孤竹、無終、九夷之國。尾得雲漢之末派，黿、魚麗焉。

〔四〕虎豹關　宋玉招魂篇：虎豹九關，啄害下人。

〔五〕槃木　後漢書西南夷傳：益州刺史梁國朱輔，宣示漢德，威懷遠夷。自汶山以西，白狼、槃木、唐菆等百餘國，舉踵奉貢，稱爲臣僕。

〔六〕哀牢　班孟堅東都賦：遂綏哀牢，開永昌。李善曰：東觀漢記：以益州徼外哀牢王率衆慕化，地曠遠，置永昌郡也。

〔七〕鶉首　新唐書天文志：五月一陰生，而雲漢潛萌於天稷之下，進及井鉞間，得坤維之氣，陰始達於地上，而雲漢上升，始交於列宿，七緯之氣通矣。東井據百川上流，故鶉首爲秦、蜀墟，得兩戒山河之首。月令：日月會于鶉首。後漢書：鶉首，秦分，辰在未。

其六

發兵〔一〕每嘆白人頭，況復艱危歷九秋。比景〔二〕即看成内地，瀾滄〔三〕能免爲他愁。衣冠未許羣羌僰〔四〕，國士終難寄海鷗。嘆息祖宗規畫遠，西南容易棄交州〔五〕。

【箋注】

〔一〕發兵　後漢書岑彭傳：敕彭書曰：每一發兵，頭鬚爲白。

〔二〕比景　水經注：比景縣，日中，頭上景當身下，與景爲比。如淳曰：故以比景名縣。闞駰曰：比讀廕庇之庇。景在身下，言爲身所庇也。林邑記曰：渡比景至朱吾。晉書地道記曰：朱吾縣，屬日南郡。

〔三〕瀾滄　華陽國志：孝武時，通博南山，渡瀾滄水，人歌之曰：「漢德廣，開不賓，度博南，越蘭津，渡瀾滄，爲他人。」

〔四〕羌僰　揚子雲長楊賦：羌僰東馳。服虔曰：僰，夷名也。

〔五〕棄交州　洪武二年，安南國王陳日煃率先歸化。永樂初，嗣王陳日焜爲其臣黎季犛所弒，更姓名胡一元，其子黎蒼曰胡奃，自謂爵系胡公滿之後，僭國號大虞，改元紹聖，僞稱陳氏絶嗣，奃爲其甥，表請權署國事。未幾，又請襲王爵。太宗不逆其詐，許之。二年，陳氏孫添平，從老撾遁至京師，愬其實。太宗遣使讓之，季犛僞請迎歸。四年春，命使者護送添平還國。至芹站，季犛伏兵并使者殺之。太宗震怒，命朱能爲帥，張輔副之。七月乙酉，親禡於龍江，誓師征討。十月庚子，朱能搆疾卒於軍，張輔代統其衆。五年五月，擒季犛父子，獻俘闕下。先是，輔等受命時，詔令求陳氏子孫立之。至是徧訪國中，咸稱爲黎賊殺戮已盡，無可繼承者，請依漢、唐故事，立郡縣如内地，以復古。輔疏聞，太宗從其請，乃於其地立交趾等處承宣布政使司、都指揮使司、按察使司。分其地爲十七府四十七州一百五十七縣。據其要害，設衛十一，守禦千户所三。又于交、廣分界處，如潼關衛例，設丘温衛及坡壘、隘留三守禦所，軍隸廣西，民屬交趾，以相制馭。命黃福掌交趾布政司事，董其政。策功行賞，晉封新城侯張輔爲英國公，其餘以次敘陞。已而其地數叛，張輔累討平之。自漢武元鼎五年廢南越置郡邑，設官分守，歷代因之。梁貞明中，土豪曲承美、楊廷藝、皎公羨、吳權相繼篡奪。宋初，丁部領與其子璉，遣使入貢。宋太祖封以王爵。交州土宇，從此不入中國版圖者四百四十六年。太宗神武天斷，誓旅成功，一旦復古郡縣，其威稜豈不度越元、宋哉！宣德元年，黎利叛，王通、柳升同沐晟討之，頗失利。三年，黎利僞稱陳氏三世嫡孫暠，表乞立爲陳氏後。宣宗示英國公輔，對曰：「此表出黎利詭譎，斷不可從。將士勞苦數年而得之，今當益發兵誅此賊耳。」尚書蹇義、夏元吉亦以爲與之無名，徒示弱于天下。宣宗召楊榮、楊士奇，出表示之，並諭以二人之言。榮曰：「永樂中費數萬人命，至今勞者未息。發兵之説不可。不若因其請而與之。」士奇亦曰：「求立陳氏後，乃太宗之初心。求而不得，故郡縣其地。昔漢棄珠崖，前史爲榮，何謂示弱？」宣宗意遂決，詔封暠爲安南王，俾復其國。使者至，詭云：「暠已死，今利權國事。」利遂僭號，改元天順。按是時交趾復爲中國有者幾二十年，雖交人狙詐數叛，然甚憚英國威名。使廟堂大臣能具卓識，議令英國開府交趾以鎮之，如黔國之在雲南，雖百黎利亦何能爲？乃計不出此，而徒藉口于珠崖之説，致捐已成之業，竟令祖宗規畫，棄於謀國者之片言，卒至豆田何在，飛走都窮，寧不遺恨於後日乎？

其七

麟閣〔一〕今誰第一功？康侯〔二〕三錫〔三〕在師中。洗兵〔四〕已驗軍前雨，仗鉞〔五〕先佔夢裏風。劍負斗文〔六〕芒氣白，香蟠心字篆煙紅。玄漿匏脯相徯〔七〕切，扶杖應憐未死翁。豫州父老歌祖逖云：「玄酒忘勞甘匏脯，何以咏思歌且舞？」

【箋注】

〔一〕麟閣　漢書蘇建傳：上思股肱之美，廼圖畫其人於麒麟閣。張晏曰：武帝獲麒麟時，作此閣。圖畫其象於閣，遂以爲名。師古曰：漢宮閣疏名云：蕭何造。

〔二〕康侯　易晉卦：康侯用錫馬蕃庶。正義曰：康者，美之名也。侯，謂昇進之臣也。臣既柔進，天子美之，賜以車馬，蕃多而衆庶。

〔三〕三錫　易師卦：九二，在師中，吉，無咎。王三錫命。

〔四〕洗兵　韓詩外傳：武王伐紂，至于邢丘，天雨三日不休。武王心懼，太公曰：「欲灑吾兵也。」姚寬西溪叢語：杜甫洗兵馬，左太沖魏都賦云：洗兵海島，刷馬江州。六韜：武王問太公：「雨輜車至軫，何也？」云：「洗甲兵也。」魏武兵要曰：大將將行，雨濡衣冠，是謂洗兵。

〔五〕仗鉞　史記齊太公世家：武王東伐，以觀諸侯集否。師行，師尚父左杖黃鉞，右把白旄以誓。

〔六〕斗文 晉書張華傳：斗牛之間常有紫氣，雷煥曰：「此寶劍之精上徹于天，當在豫章豐城。」華即補煥爲豐城令，煥到縣，掘獄屋基，得一石函，中有雙劍，一曰龍泉，一曰太阿。

〔七〕傒 廣韻：傒，待也。

其八

舊京〔一〕城闕勢逶迤，玄武湖〔二〕清皇子陂〔三〕。玉燕〔四〕龍宫將數子，金燈雁塔涌千枝。星依①御幄垣牆列，日按行營次舍〔五〕移。種柳〔六〕合圍同望幸，殘條秃鬢總交垂。

【校勘記】

①宗本、牧齋詩鈔、國粹叢書作「移」。

【箋注】

〔一〕舊京 盧子諒贈崔温詩：南望舊京路。

〔二〕玄武湖 樂史寰宇記：玄武湖在上元縣西北七里。徐爰釋問云：湖本桑泊，晉元帝太興中創爲北湖。輿地志云：齊武帝理水軍于此池中，號曰昆明池。宋元嘉末有黑龍見湖内，故改爲玄武湖。

〔三〕皇子陂 程大昌雍録：皇子陂在萬年縣西南二十五里，周七里。長安志曰：秦葬皇子，起冢於陂之北原，故曰皇子陂。

〔四〕玉燕　呂氏春秋音初篇：有娀氏有二佚女，爲之九成之臺，飲食必以鼓。帝令燕往視之，鳴若謚隘，二女愛而争搏之，覆以玉筐。少選，發而視之，燕遺二卵，北飛不反。二女作歌，始爲北音。

〔五〕次舍　左太沖魏都賦：次舍甲乙。

〔六〕種柳　元遺山爲鄧人作詩：攜槃渭水堪流涕，種柳金城已合圍。

後秋興之十 辛丑二月初四日①，夜宴述古堂，酒罷②而作

光風③忽漫轉寒林，歲旅重光氣蔚森。八極〔一〕地標銅柱〔二〕界，四游〔三〕天覆鐵橋〔四〕陰。關河夜採還宫曲，花鳥春回望帝〔五〕心。長白一山仍漢塞，卅④年松漠〔六〕怨秋碪。

【校勘記】

①「四日」，楊本作「二」。　②楊本無「酒罷」二字。　③鄧本、宗本作「陰」。　④楊本、牧齋詩鈔作「廿」。

【箋注】

〔一〕八極　漢書王褒傳：周流八極，萬里一息，何其遼哉！

〔二〕銅柱　水經注：鬱水又南自壽冷縣注於海。昔馬文淵積石爲塘，達于象浦，建金標爲南極

之界。俞益期牋曰：馬文淵立兩銅柱于林邑北岸，有遺兵十餘家不反，居壽泠岸南，而對銅柱。悉姓馬，自婚姻，今有二百户。山川移易，銅柱今復在海中。正賴此民以識故處也。林邑記曰：建武十九年，馬援樹兩銅柱于象林南界，與西屠國分漢之南疆也。土人以其流寓，號曰馬流，世稱漢子孫也。

〔三〕四游　張茂先勵志詩：天迴四游。李善曰：河圖曰：地有四游，冬至，地上行北而西三萬里。夏至，地下行南而東三萬里。春秋二分，是其中矣。地常動不止，而人不知；譬如閉舟而行，不覺舟之運也。

〔四〕鐵橋　竇滂雲南别録：劍川在苴咩西北十五日程，接吐蕃界，有鎮曰鐵橋，有城曰寧城，以禦吐蕃。

〔五〕望帝　左太沖蜀都賦：鳥生杜宇之魄。劉淵林曰：蜀記曰：昔有人姓杜名宇，王蜀，號曰望帝。宇死，俗説云宇化爲子規，子規，鳥名也。蜀人聞子規鳴，皆曰望帝也。

〔六〕松漠　遼史營衛志：遼起松漠，經營竟有唐、晉帝王之器，典章文物，施及潢海之區。

其二

閣道〔一〕新移鶉尾斜，朔南寰宇仰重華。星弧〔二〕日矢天王陣，鳳蓋龍舟〔三〕帝子槎。遼海〔四〕月明傳漢箭，榆關〔五〕秋老斷胡笳。而今建女無顔色，奪盡燕支〔六〕插柰花〔七〕。

【箋注】

〔一〕閣道　史記天官書：紫宮後六星，絶漢抵營室，曰閣道。

〔二〕星弧　揚子雲羽獵賦：熒惑司命，天弧發射。

〔三〕鳳蓋龍舟　班孟堅西都賦：登龍舟，張鳳蓋。李善曰：淮南子曰：龍舟鷁首，浮吹以虞。桓子新論曰：乘車，玉爪、華芝及鳳皇三蓋之屬。

〔四〕遼海　少陵後出塞詩：雲帆轉遼海。

〔五〕榆關　大明一統志：山海關，在撫寧縣東。其北爲山，其南爲海，相距不數里許，實險要之地。徐達移榆關于此，改今名。

〔六〕燕支　樂府匈奴歌：失我燕支山，使我婦女無顔色。失我祁連山，使我六畜不蕃息。

〔七〕柰花　晉書成恭杜后傳：三吴女子相與簪白花，望之如素柰。傳言天公織女死，爲之著服。至是而后崩。

其三

碧天朗朗見餘暉，武肅王還鄉歌云①：碧天朗朗兮愛日暉。把酒前除〔一〕酹太微〔二〕。梁燕睡翻新曲語，林烏棲趁急觴②〔三〕飛。津河絡角蓬星③〔四〕遠，牛斗光芒孛氣違。歌云：牛斗無孛人無欺。卻笑帝羓〔五〕成倒載，骷髏生草不能肥。

【校勘記】

①國粹叢書、牧齋詩鈔、邃本、宗本無「云」字。②「急觴」，邃本、國粹叢書作「忽雙」。③邃本、國粹叢書作「心」。

【箋注】

〔一〕前除　少陵遊江東詩：清夜置酒臨前除。

〔二〕太微　漢書翼奉傳：太微四門，廣開大道。孟康曰：太微，天之南宮也。

〔三〕急觴　謝靈運擬魏太子鄴中集詩：急觴蕩幽默。

〔四〕蓬星　漢書天文志：孝景中元年六月壬戌，蓬星見西南，占者曰：「必有亂臣。」

〔五〕帝羓　五代史四夷附録：德光行至欒城，得疾卒于殺胡林。契丹破其腹，去其腸胃，實之以鹽，載而北。晉人謂之帝羓焉。

其四

毳帳喧①呼夜賭棋，朝來剺面〔一〕枕屍〔二〕悲。那知霧塞飆回〔三〕候，乍見天開地裂〔四〕時。草外流人歡服匿〔五〕，御前和尚泣軍遲〔六〕。銜鬚引頸多元老，哭到②穹廬〔七〕輟③論思〔八〕。

【校勘記】

①牧齋詩鈔作「歡」。②邃本、宗本、楊本、張本作「倒」。③張本作「轉」，國粹叢書、宗本

作「罷」。

【箋注】

〔一〕 剺面 通鑑：甲寅，上皇崩，羣臣發喪於太極殿。蕃官剺面割耳者四百餘人。

〔二〕 枕屍 左傳襄公二十五年：晏子立於崔氏之門外，門啓而入，枕屍股而哭。

〔三〕 霧塞飆回 後漢書光武紀贊：九縣飆回，三精霧塞。

〔四〕 天開地裂 少陵劉顥宅飲散醉歌：天開地裂長安陌，寒盡春生洛陽殿。

〔五〕 服匿 南齊書陸澄傳：竟陵王子良得古器，小口方腹而底平，可將七八升，以問澄。澄曰：「此名服匿，單于以與蘇武。」子良後詳視器底，有字髣髴可識，如澄所言，人服其博。

〔六〕 軍遲 道誠釋氏要覽：根本百一羯磨云：水羅有五種。一方羅，二法瓶，三軍持，四酌水羅，五衣角羅。翻譯名義集：軍持此云瓶。寄歸傳云：軍持有二，若瓷瓦者是浄用，若銅鐵者是觸用。

〔七〕 穹廬 漢書匈奴傳注：師古曰：穹廬，帳也。其形穹隆，故曰穹廬。

〔八〕 論思 班孟堅兩都賦序：朝夕論思，日月獻納。

其五

雲①臺高築點蒼山〔一〕，異姓〔二〕勳名李郭間。整束交南新象馬，恢張遼左舊河關。蓬蒿芠舍〔三〕趨行在②，布帛衣冠〔四〕仰帝顔。鄭璧〔五〕許田須努力，莫令他日後周班〔六〕。

【校勘記】

①牧齋詩鈔作「靈」。　②國粹叢書作「伍」。

【箋注】

〔一〕點蒼山　竇滂雲南别録：閣羅鳳徙都苴咩城，倚點蒼山，臨西珥河。山甚高峻，水極深闊。

〔二〕異姓　少陵聞諸節度入朝歡喜口號：李相將軍擁薊門，白頭惟有赤心存。又曰：神靈漢代中興主，功業汾陽異姓王。

〔三〕茇舍　周禮夏官司馬：仲夏教茇舍。鄭氏曰：茇，讀如萊沛之沛。茇舍，草止之也。軍有草止之法。

〔四〕衣冠　左傳閔公二年：衛文公大布之衣，大帛之冠。杜預曰：大布，粗布。大帛，原繒。

〔五〕鄭璧　左傳桓公元年：鄭伯以璧假許田，爲周公、祊故也。

〔六〕周班　左傳桓公十年：齊人餼諸侯，使魯次之。魯以周班後鄭。

其六

辮髮〔一〕胡姬學裹頭，朝歌夜獵不知秋。可憐青冢〔二〕孤魂恨，也是幽蘭〔三〕一燼愁。銜尾〔四〕北來真似鼠，梳翎〔五〕東去不如鷗。而今好擊中流楫〔六〕，已有先聲達豫州。

【箋注】

〔一〕辮髮　左太沖魏都賦：纍纍辮髮。

〔二〕青冢　樂史寰宇記：青冢在金河縣西北，漢王昭君葬於此，其上草色常青，故曰青冢。

〔三〕幽蘭　宇文懋昭大金國志：義宗傳位承麟之後，即閉閤自縊。遺言奉御絳山，使焚之，其自縊之所曰幽蘭軒。火方熾，子城陷。近侍皆走，獨絳山留，掇其餘燼裹以敝衾，瘞于汝水之旁。

〔四〕銜尾　新唐書李密傳：密將敗，屯營，羣鼠相銜尾西北度洛，經月不絕。

〔五〕梳翎　東坡過何道士宗一問疾詩：病鶴不梳翎。

〔六〕擊楫　晉書祖逖傳：逖爲豫州刺史，渡江中流，擊檝而誓曰：「不能清中原而復濟者，有如大江。」

其七

旄頭摧滅豈人功，太白〔一〕新占應月中。掃蕩沈灰元夕火，吹殘朔氣早春風。揭空鐃鼓〔二〕催花白，攪海魚龍〔三〕避酒紅。從此撐犁〔四〕辭別號，也應飛盞賀天翁。

【箋注】

〔一〕太白　段柯古酉陽雜俎：祿山反，太白製胡無人，言「太白入月敵可摧」。及祿山死，太白蝕月。

〔二〕鐃鼓　樂府詩集：鼓吹曲一曰短簫鐃歌，軍樂也。黄帝岐伯所作，以建威揚德，風敵勸士也。

〔三〕魚龍　翻譯名義集：出雜寶藏。法華疏云：阿修羅采四天下華，醖於大海，龍魚業力，其味不變，嗔妒誓斷，故曰無酒。

〔四〕撑犁　漢書匈奴傳：單于姓攣鞮氏，其國稱之曰撑犁孤塗單于。匈奴謂天爲撑犁，謂子爲孤塗，單于者，廣大之貌也，言其象天單于然也。

其八

營巢抱繭〔一〕嘆逶迤，憑仗春風到射陂〔二〕。日吉①早時論北伐，月明今夕穩南枝。鞍因足弱攀緣上，檝②爲頭風〔三〕指顧移。傳語故人開笑口③，莫因晼晚嘆西垂。

【校勘記】

①楊本作「急」。②楊本作「札」。③「笑口」，邃本、鄧本、楊本、宗本、國粹叢書作「口笑」。

【箋注】

〔一〕抱繭　東坡石芝詩：老蠶作繭何時脱？夢想至人空激烈。

〔二〕射陂　樂史寰宇記：山陽縣射陽湖在縣東南八十里。漢書廣陵王胥有罪，其相勝之奏奪王射陂，即此也。今謂之射陽湖，與鹽城、寶應三縣分湖爲界。

〔三〕頭風　魏志王粲傳注：典畧曰：陳琳作諸書及檄，草成呈太祖。太祖先苦頭風，是日疾發，卧讀琳所作，翕然而起曰：「此愈我病。」

〔四〕晼晚　宋玉九辨：白日晼晚，其將入兮。王逸曰：年時欲暮，才力衰也。洪興祖補注曰：晼，音宛，景昳也。

〔五〕西垂　後漢書鄭玄傳：日西方暮，其可圖乎？

後秋興之十一　辛丑歲逼除作。時自紅豆江村①徙居半野堂絳雲餘②燼處

當風一葉戰層林，撫己③〔一〕孤懷抱鬱森。屋老空庭④籠壁響，窗疏鄴⑤紙劃燈陰。鷄豚〔二〕麥飯荒江淚，粔籹〔三〕椒盤故舊⑥心。噩夢驚回成獨語⑦〔四〕，誰於寒夜擣孤碪？

【校勘記】

①「江村」，國粹叢書、楊本、宗本作「村莊」。　②張本作「遺」。　③楊本、宗本、牧齋詩鈔、國粹叢書作「几」。　④鄧本、牧齋詩鈔、國粹叢書作「亭」。　⑤鄧本、邃本另有注：「一作裂。」　⑥邃本作「老」，另有注：「一作舊。」　⑦「獨語」，上圖本有目無注。

【箋注】

〔一〕撫己　太白古風：撫己忽自笑，沈吟爲誰故？

〔二〕鷄豚 昌黎南溪始泛詩：願爲同社人，鷄豚燕春秋。

〔三〕粔籹 宋玉招魂：粔籹蜜餌，有餦餭些。王逸曰：餦餭，餳也。言以蜜和米麵熬煎作粔籹，擣黍作餌，又有美餳，衆味甘美也。

〔四〕獨語

其二

分野條分①界畫斜，數行朱墨攬中華。小樓騁望②巢車〔一〕陣，故紙橫穿③鑿空〔二〕去聲槎。醉唱鐃歌當伐鼓④，閒拈蘆管壓吹笳⑤。竹窗永夜⑥猶焚誦，燈火青熒禮白花。

【校勘記】

①「條分」，國粹叢書、邃本作「分條」。 ②「小樓騁望」，鄧本、邃本另有注：「一作登樓不蔽。」 ③「故紙橫穿」，鄧本、邃本另有注：「一作穴紙頻穿。」 ④「當伐鼓」，鄧本、邃本另有注：「一作騰漢塞。」 ⑤鄧本、邃本此句另有注：「一作風吹畫角轉胡笳。」 ⑥「永夜」，楊本作「夜永」。

【箋注】

〔一〕巢車 漢書陳勝傳注：師古曰：所謂巢車者，亦於兵車之上爲樓以望敵也。

〔二〕鑿空 漢書張騫傳：騫鑿空。蘇林曰：鑿，開也。空，通也。騫始開通西域道也。師古曰：空，孔也。猶言始鑿其孔穴也。

其三

冬日荒①涼澹夕暉，晨光猶喜報熹微〔一〕。潛虬〔二〕自護滄江卧，退鷁〔三〕仍依故國飛。捫舌齒牙〔四〕驚互搰②，扶頭腰領〔五〕恐相違。隻鷄〔六〕近局關心處，卻羨僧園菜把〔七〕肥。

【校勘記】

①鄧本、邃本另有注：「一作蒼。」②張本作「猾」，邃本另有注：「一作擊。」「互搰」，鄧本另有注：「一作乍擊。」

【箋注】

〔一〕熹微　淵明歸去來辭：恨晨光之熹微。李善曰：聲類曰：熹，亦熙字也。熙，光明也。

〔二〕潛虬　左太沖蜀都賦：下高鵠，出潛虬。謝靈運登池上樓詩：潛虬媚幽姿。

〔三〕退鷁　左傳僖公十六年：六鷁退飛過宋都，風也。

〔四〕齒牙　晉語：齒牙爲猾。韋昭曰：猾，弄也。

〔五〕腰領　戰國策：恐其不忠於下吏，自使有腰領之罪。

〔六〕隻鷄　淵明歸園田居詩：漉我新熟酒，隻鷄招近局。

〔七〕菜把　少陵園官送菜詩：清晨蒙菜把，常荷地主恩。

其四

廿載光陰四度棋，流傳斷句〔一〕和人悲。冰凋木介〔二〕侵分候，霜戛風箏〔三〕決戰時。䚟竹〔四〕懸車多次舍〔五〕，皋蘭〔六〕輕騎尚逶遲。燈前歷歷殘棋在，全局悠然正可思①。

【校勘記】

①鄧本此詩另有注：「一作一年四度永觀棋，斷句流傳和者悲。姑婦未殘侵角勢，樵人已告爛柯時。千秋豪傑推枰早，一局乾坤劃紙遲。莫向老僧論四句，長明燈下攬殘思。」邃本注略同，惟「一年四度永觀棋」作「廿年四□觀詠棋」。

【箋注】

〔一〕斷句 皎然詩式第五格有古斷句。

〔二〕木介 漢書五行志：今之長老名木冰爲木介。介者，甲。甲，兵象也。

〔三〕風箏 李商隱燕臺曲：西樓一夜風箏急。高駢風箏詩：夜静絃聲響碧空，宫商信任往來風。依稀似曲才堪聽，又被移將别調中。

〔四〕䚟竹 爾雅釋地：䚟竹、北户。郭璞曰：䚟竹在北，北户在南。正義曰：北户，即日南郡是也。

〔五〕次舍 漢書吴王濞傳：治次舍，須大王。師古曰：次舍，止息之處也。

〔六〕皋蘭　漢書武帝紀：遣驃騎將軍霍去病出隴西，至皋蘭，斬首八千餘級。師古曰：皋蘭，山名也。霍去病傳云：過焉支山千有餘里，合短兵，鏖皋蘭下，即此山也。

其五

少日囊書坐北①山，輕狂自②喜試兵③閒。殘棋樓櫓思横海，卧④馬城闉説⑤散關。汗竹〔一〕紆⑥餘淹素髮⑦，寒松〔二〕孤直伴⑧蒼顏。白顛〔三〕未了⑨書生債⑩，昔夢長隨漆管〔四〕班。

【校勘記】

①國粹叢書作「白」。　②鄧本、邃本另有注：「一作便。」　③「試兵」，鄧本、邃本另有注：「一作踐行。」　④鄧本、邃本另有注：「一作竹。」　⑤鄧本、邃本另有注：「一作憶。」　⑥「汗竹紆」，鄧本、邃本另有注：「一作横檻嶺。」　⑦「淹素髮」，鄧本、邃本另有注：「一作新黛色。」　⑧「寒松孤直伴」，鄧本、邃本另有注：「一作推窗人改舊。」　⑨「白顛未了」，鄧本另有注：「一作遺經猶抱。」　⑩邃本此句另有注：「一作遺經猶抱端門命。」

【箋注】

〔一〕汗竹　僧釋之金壺記：漢劉向，字子正，曰殺青竹簡書之。新竹有汗後皆蠹，故作者于火上炙乾以書之。

〔二〕寒松　太白古風：松柏本孤直，難爲桃李顔。

〔三〕白顛　爾雅釋畜：駒顙白顛。

〔四〕漆管　蘇易簡文房四譜：王羲之筆經云：有人以緑沉漆竹管及鏤管見遺，録之多年，亦可愛玩。

其六

年年楚尾望吴頭，四序平分總是秋。赤羽黄塵〔一〕猶未净①，青陽〔二〕白髮不須愁。漏穿地脈〔三〕餘羣鼠，砥柱天吴〔四〕仗一鷗。倚②户③軍遲多老衲，憑將若箇問添州〔五〕？

【校勘記】

①鄧本、牧齋詩鈔、國粹叢書作「盡」。　②鄧本、楊本、張本、宗本、國粹叢書作「接」。鄧本另有注：「一作倚。」　③「倚户」，邃本另有注：「一作接户。」

【箋注】

〔一〕黄塵　張巡守睢陽，被圍時賦詩云：合圍伴月暈，分守效魚麗。屢厭黄塵起，時將白羽揮。

〔二〕青陽　漢書禮樂志：郊祀歌：青陽開動，根荄以遂。

〔三〕地脈　班叔皮北征賦：何夫子之妄説兮，孰云地脈而生殘？山海經：湘水入洞庭下。郭璞曰：洞庭，地穴也。穴道潛行水底，云無所不通，號爲地脈。

〔四〕天吴　山海經：朝陽之谷，神曰天吴，是爲水伯。虎身人面，八尾八足。背青黄色。

〔五〕添州　僧文瑩湘山野録：禪月貫休嘗以詩投吴越國王，有「滿堂花醉三千客，一劍霜寒十四州」之句，王愛其詩，遣客吏諭之曰：「教和尚改十四爲四十州，方與見。」休性褊介，謂吏曰：「州亦難添，詩亦不改。然閒雲野鶴，何天而不可飛耶？」遂飄然入蜀。

其七

開天牛斗首神功，分布星辰手掌中。八駿〔一〕未迴西極雪①，六龍仍②扈大江風③。南條日駕黿鼉〔二〕紫，北落④星摧魚鱉〔三〕紅。數卷殘⑤書遺石室〔四〕，犁眉翁〔五〕與⑥鐵冠翁〔六〕。

聖祖清類天文分野，始於牛斗⑦，終於⑧尾箕，無終、九嶷之地，居雲漢之末流，黿、魚麗焉⑨。

【校勘記】

①楊本作「雨」。　②邃本作「齊」。　③鄧本此四句另有注：「一作廓清誰比聖神功，一旅神堯牛斗中。萬馬並驅餘漢極，六龍齊扈大江風。」邃本注略同，惟「極」作「雪」，「齊」作「仍」。

④楊本作「陸」，張本作「極」，鄧本另有注：「一作極。」　⑤「數卷殘」，鄧本、邃本另有注：「一作獨守丹。」　⑥「犁眉翁與」，鄧本、邃本另有注：「一作百年誰記。」　⑦「牛斗」，宗本作「斗牛」。

⑧宗本無「於」字。　⑨邃本、國粹叢書無此注。

【箋注】

〔一〕八駿　王子年拾遺記：周穆王巡行天下，馭八龍之駿。一名絶地，足不踐土；二名翻羽，行越飛禽；三名奔宵，夜行萬里；四名超影，逐日而行；五名踰輝，毛色炳燿；六名超光，一形十影；七名騰霧，乘雲而奔；八名挾翼，身有肉翅。

〔二〕黿鼉　江文通恨賦：駕黿鼉以爲梁。

〔三〕魚鱉　三氏星經：石申氏曰：魚一星在箕星南河中，鱉十四星在斗南。

〔四〕石室　漢書高帝紀：金匱石室。師古曰：以金爲匱，以石爲室，重緘封之，保慎之義。

〔五〕犁眉翁　天文分野書相傳劉青田與鐵冠道人屬稿，青田自號犁眉公。

〔六〕鐵冠翁　都穆譚纂：鐵冠道人張景華精天文地理之術。太祖定鼎金陵，相地多出道人。後無故投大中橋水而死。後潼關守臣奏道人以某日出關，計之即投水之日也，蓋異人云。

其八

流年老去付逶迤，取次春生僕射陂〔一〕。才子朱絃歌絳雪〔二〕，佳人錦字問瓊枝〔三〕。一龕燈永魚聲静①，三疊〔四〕琴繁②鶴舞③移。莫爲牛衣〔五〕頻嘆息，與君容易鬢絲垂。

【校勘記】

①「永魚聲静」，鄧本、邃本另有注：「一作寂更方永。」　②邃本另有注：「一作煩。」　③「鶴舞」，

鄧本、邃本另有注：「一作日每。」

【箋注】

〔一〕僕射陂　李上交近事會元：後唐明宗天成二年十一月詔册故僕射李靖爲太保，改鄭州僕射陂爲太保陂。及後魏孝文賜僕射李沖，因以爲名，今改之誤也。羅隱送鄭州嚴員外詩：尚書磧冷鴻聲晚，僕射陂寒樹影秋。大明一統志：僕射陂在鄭州東南四里，魏孝文帝以此陂賜僕射李沖，後人因名。

〔二〕絳雪　漢武内傳：其次藥有玄霜絳雪。

〔三〕瓊枝　離騷：折瓊枝以繼佩。洪興祖補注曰：瓊，玉之美者。傳曰：南方有鳥，其名爲鳳，天爲生樹，名曰瓊枝。江文通雜體詩：願一見顔色，不異瓊樹枝。李商隱韓同年新居餞韓西迎家室戲贈詩：瘦盡瓊枝詠四愁。

〔四〕三疊　黄庭内景經：琴心三疊舞胎仙。

〔五〕牛衣　漢書王章傳：章爲諸生，學長安，獨與妻居。章疾病無被，卧牛衣中，與妻決，涕泣。妻曰：「疾病困阨不自激卬，乃反涕泣，何鄙也？」章爲京兆，欲上封事，妻止之曰：「人當知足，獨不念牛衣中涕泣時耶？」

後秋興之十二 壬寅三月二十三日以後，大臨無時①，啜泣而作②

滂沱〔一〕老淚灑空林，誰扣②滄浪〔二〕訴鬱森？總向沉灰〔三〕論早晚，空於墨穴〔四〕算晴陰。

皇天那有重開眼，上帝初無悔亂心。何限朔南新舊鬼，九疑山下哭霜碪。

【校勘記】

①楊本作「期」。②牧齋詩鈔無「以後大臨無時啜泣而作」十字。②張本、楊本作「和」，牧齋詩鈔作「念」。

【箋注】

〔一〕滂沱　詩國風澤陂章：涕泗滂沱。

〔二〕滄浪　古辭漁父歌：滄浪之水清兮，可以濯吾纓，滄浪之水濁兮，可以濯吾足。郭茂倩曰：清喻時明，可以振纓而仕；濁喻世亂，可以抗足而去。

〔三〕沉灰　三輔黄圖：武帝初，穿昆明池，得黑土。帝問東方朔，朔曰：「西域胡人知。」乃問胡人，胡人曰：「劫燒之餘灰也。」

〔四〕墨穴　佛祖統紀：自初禪梵世已下，世界空虚，猶如墨穴，無晝夜日月，唯有大冥。如是二十增減之久，名爲空劫。

其二

焦中〔一〕昏黑豆田〔二〕斜，猶望殷憂〔三〕啓帝華〔四〕。句町〔五〕路窮難渡馬，蜻蛉川〔六〕斷不通槎。關山月暗三年笛，草木風腥四面笳。庭際石榴〔七〕紅綻血，可憐猶是日南花。

【箋注】

〔一〕焦中　昌黎隴州節度使李公墓誌銘：惟簡從幸梁州，天黑失道，識焦中人聲，得見德宗於盩厔西。

〔二〕豆田　晉書愍帝紀：初，有童謡曰：「天子何在豆田中。」及帝如曜營，營實在城東豆田壁。

〔三〕殷憂　劉越石勸進表：或多難以固邦國，或殷憂以啓聖明。

〔四〕帝華　書舜典：重華協於帝。

〔五〕句町　後漢書杜篤傳：論都賦曰：南羈句町，水劍強越。臣賢曰：句町，西南夷也。音劬挺。

〔六〕蜻蛉　水經注：蜻蛉縣上承蜻蛉水，逕葉榆縣，又東南至邪龍入於僕水。樂史寰宇記：蜻蛉縣即雲南郡廢邑，有禹穴，穴内有金馬碧鷄，其光倏忽，人皆見之。漢王褒入蜀祀之。

〔七〕石榴　博物志：張騫使大夏得石榴。段柯古酉陽雜俎：南詔石榴子大，皮薄如藤紙，味絶於洛中。

其三

凌晨野哭抵斜暉，雨怨①雲愁老淚微。有地祇應②聞浪吼〔一〕，無天那得見霜飛〔二〕？廿年薪膽〔三〕心猶在，三局楸枰算已違。完卵〔四〕破巢何③限恨，啣泥梁燕正爭肥。

【校勘記】

①牧齋詩鈔作「暗」。②鄧本、宗本、國粹叢書作「因」。③楊本作「無」。

【箋注】

〔一〕浪吼　李商隱送崔珏往西川詩：一條雪浪吼巫峽，千里火雲燒益州。

〔二〕霜飛　江文通上建平王書：昔者賤臣叩心，飛霜擊於燕地。

〔三〕薪膽　王應麟困學紀聞：富文忠公使虜還，遷翰林學士、樞密副使，皆力辭，願思夷狄輕侮之恥，坐薪嘗膽，不忘修政。臞仙史畧：越勾踐保會稽，卧薪嘗膽。

〔四〕完卵　世説言語篇：孔融被收時，融二兒大者九歲，小者八歲，融謂使者：「二兒可得全否？」兒徐進曰：「豈見覆巢之下復有完卵乎？」

其四

百神猶護帝臺棊〔一〕，敗局今①成萬古悲。身許沙場横草〔二〕日，夢趨行殿執鞭〔三〕時。忍看末運②三辰〔四〕促，苦恨孤臣一死〔五〕遲。惆悵杜鵑〔六〕非越鳥〔七〕，南枝無復舊君思。

【校勘記】

①鄧本、宗本、牧齋詩鈔、國粹叢書作「真」。②遂本作「刦」。

【箋注】

〔一〕帝臺棊　山海經中山經：中次七經，苦山之首，曰休與之山。其上有石焉，名曰帝臺之棊，五色而文，其狀如鶉卵，帝臺之石，所以禱百神者也。郭璞注曰：帝臺，神人名。棊謂博棊也。

〔二〕横草　漢書終軍傳：軍無横草之功。師古曰：言行草中使草偃卧，故云横草也。

〔三〕執鞭　左傳僖公二十三年：其左執鞭弭，右屬櫜鞬，以與君周旋。

〔四〕三辰　左傳昭公十七年：三辰有災。杜預曰：三辰，日、月、星也。

〔五〕一死　王偁東都事畧范質傳：太宗嘗言：「近世輔弼循規矩，惜名器，持廉節，無與質比者，但欠世宗一死，爲可惜也。」

〔六〕杜鵑　少陵杜鵑行：古時杜宇稱望帝，魂作杜鵑何微細？

〔七〕越鳥　古詩：胡馬依北風，越鳥巢南枝。

其五

橘中何地有商山〔一〕？隻影孤拳蓋載間。十日〔二〕焚天人少種〔三〕，九幽〔四〕持地鬼爲關〔五〕。詰盤周誥封京觀〔六〕，雕琢淮①碑頌伯顔〔七〕。嘆息申胥重跰〔八〕後，報吴遺②策尚班班〔九〕。越語：勾踐語大夫曰：「申胥許我矣。」知亡吴之策，決于申胥也③。

【校勘記】

①遼本、國粹叢書作「韓」。　②鄧本作「異」。　③宗本、牧齋詩鈔、國粹叢書無此注。

【箋注】

〔一〕商山　玄怪録：巴邛人家有橘園，有兩大橘，如三四斗盎。摘下剖開，每橘有二叟相對象戲，身長尺餘，亦不驚怖。一叟曰：「橘中之樂不減商山，但不得深根固蒂，爲愚人摘下耳。」

〔二〕十日　淮南子：堯時十日並出，草木焦枯。堯令羿仰射十日，中其九日。九烏皆死，墮其羽翼。

〔三〕人少種　法苑珠林劫量篇：是時劫末，唯七日在。於七日中，無量衆生死盡。時有一人，合集閻浮提男女，唯餘一萬，留爲當來人種。唯此萬人，能持善行。諸善鬼神欲令人種不絶故，擁護是人，以好滋味，令入毛孔。以業力故，人種不斷。

〔四〕九幽　黄庭内景經：九幽日月洞虚元。

〔五〕鬼爲關　御覽：十道志曰：鬼門關在容州北流縣南三十里，兩石相對，狀若關形，闊三十餘丈。昔馬援討林邑經此，立碑，石碣猶存。昔時趨交趾皆由此，關以南尤多瘴癘，去者罕得生還，故諺曰：鬼門關，十人去，九不還。

〔六〕京觀　左傳宣公十二年：潘黨曰：「君盍築武軍，而收晉尸以爲京觀。」杜預曰：積尸封土其上，謂之京觀。

〔七〕伯顔　陶九成輟耕録：宋末下時，江南謡云：「江南若破，百雁來過。」當時莫喻其意，及宋亡，蓋知指丞相伯顔也。

〔八〕重趼　班孟堅幽通賦：申重趼以存荆。師古曰：吴師入郢，申包胥如秦乞師救楚。昭王反國，將賞包胥。包胥辭曰：「吾所以重趼，爲君耳，非爲身也。」逃不受賞。

〔九〕班班　後漢書趙壹傳：不敢班班顯言。臣賢曰：班班，明貌。

其六

飛走〔一〕都窮瘴海頭，而今人説國亡秋。食殘鬼母〔二〕方知苦，酒醒天公〔三〕亦解愁。戎①醜時來皆市虎，英雄運去總沙鷗。老人生角〔四〕君休誚，八百〔五〕終期啓汴州。

【校勘記】

①鄧本、張本、牧齋詩鈔作「奴」。

【箋注】

〔一〕飛走　左太沖吴都賦：籠烏兔於日月，窮飛走之棲宿。

〔二〕鬼母　任昉述異記：南海小虞山中有鬼母，能産天下鬼，一産千鬼，朝産之，暮食之。今蒼梧有鬼姑神是也，虎頭龍足，蟒目蛟眉。今吴越間防風廟土木作其形，龍首牛耳，連眉一目。

〔三〕天公　張平子西京賦：昔者大帝説秦穆公而覲之，饗以鈞天廣樂，帝有醉焉，乃爲金策，錫用此土，而剪諸鶉首。

〔四〕生角　去紅豆莊數里，地名鮎魚口，有一老人於乙未正月一日鼻端忽生一角。

〔五〕八百　永樂六年，姚廣孝奉旨勒碑于乾清宮之左廡，末云：敬他老人頭似雪，汴梁城中造宫闕。從此天下皆太平，周朝八百人重説。木猴年，青龍月，此碑一出天下裂。

其七

枕戈〔一〕坐甲〔二〕荷元功，一柱孤擎溟渤①中。整旅魚龍森束伍，誓師鶄鶴〔三〕肅呼風。三軍縞素〔四〕天容白，萬騎朱殷〔五〕海氣紅。莫笑長江空半壁，葦間〔六〕還有刺船翁。

【校勘記】

①「溟渤」，邃本、宗本、牧齋詩鈔、國粹叢書作「渤海」。

【箋注】

〔一〕枕戈　晉書劉琨傳：琨與親故書曰：「吾枕戈待旦，志梟逆虜。」

〔二〕坐甲　左傳文公十二年：秦軍掩晉上軍，趙穿追之不及。反，怒曰：「裹糧坐甲，固敵是求。敵至不擊，將何俟焉？」

〔三〕鶄鶴　左傳昭公二十一年：鄭翩願爲鸛，其御願爲鵝。杜預曰：鸛、鵝，皆陳名。

〔四〕縞素　漢書高帝紀：寡人親爲發喪，兵皆縞素。師古曰：縞，白素也。陸士衡漢高祖功臣頌：三軍縞素，天下歸心。

〔五〕朱殷　少陵諸將詩：曾閃朱旗北斗殷。

〔六〕葦間　莊子漁父篇：乃刺船而去，延緣葦間。

其八

夷山填海〔一〕莫逶迤，復漢争如丈尺陂？故國樓桑〔二〕圍羽蓋，上林仆柳〔三〕發條枝。坐看河鼓〔四〕雲旗①動，笑指漸臺〔五〕斗柄移。金粟堆〔六〕前空翠裹，金燈猶傍玉衣〔七〕垂。

【校勘記】

①邃本另有注：「一作旌。」

【箋注】

〔一〕夷山填海　庾子山哀江南賦：豈冤禽之能塞海，非愚叟之可移山。

〔二〕樓桑　樂史寰宇記：幽州安次縣樓桑村，即蜀先主劉備宅于此，村今有廟存。幽都記云：劉備幼時，宅中有桑樹如車蓋，云：「我當乘此寶蓋。」後果王蜀。

〔三〕仆柳　漢書五行志：昭帝時，上林苑中大柳樹斷仆地，一朝起立，生枝葉，有蟲食其葉，成文字，曰「公孫病已立」。後昭帝崩，立衛太子之孫，是爲宣帝。帝本名病已。

〔四〕河鼓　隋書天文志：河鼓三星，在牽牛北，主軍鼓，主鈇鉞。一曰三武，主天子三將軍。中央大星爲大將軍，左星爲左將軍，右星爲右將軍。所以備關梁而距難也。

〔五〕漸臺　漢書王莽傳：莽就車之漸臺，欲阻池水，猶抱持符命、威斗。

〔六〕金粟堆　少陵韋諷宅觀曹將軍畫馬歌：金粟堆前松柏裏，龍媒去盡鳥呼風。長安志：明皇泰陵在蒲城東北三十里金粟山。

〔七〕玉衣　少陵行次昭陵詩：玉衣晨自舉，石馬汗常趨。

吟罷自題長句撥悶二首 壬寅三月廿九日①

孤臣澤畔〔一〕自行歌，爛熳篇章費折磨。似讔似俳還似讖，非狂非醉又非魔。嘔心〔二〕自笑才華〔三〕盡，捫腹其如倔強〔四〕何？二祖歷②宗恩養士，幾人吟咀淚痕多？

【校勘記】

①「廿九日」，遼本、鄧本、牧齋詩鈔、國粹叢書作「二十九日」，宗本作「廿九」。　②張本作「列」。

【箋注】

〔一〕澤畔　屈原漁父：屈原既放，遊於江潭，行吟澤畔，顏色憔悴，形容枯槁。

〔二〕嘔心　李商隱李賀小傳：是兒要當嘔出心始已耳。

〔三〕才華　南史江淹傳：夢一丈夫自稱郭璞，謂淹曰：「吾有筆在卿處多年，可以見還。」淹乃探懷中得五色筆一以授之。爾後爲詩，絶無美句，時人謂之才盡。

〔四〕倔強　前漢書陸賈傳：乃欲以新造未集之越，屈強於此。師古曰：屈，音其勿反。屈強，謂不柔服也。

其二

不成悲泣不成歌，破硯還如墨盾〔一〕磨。判①以餘生供漫興，欲將禿筆掃羣魔。途窮日暮〔二〕聊爲爾，髮短心長〔三〕可奈何？賦罷無衣〔四〕方卒哭〔五〕，百篇號踊〔六〕未云多。

【校勘記】

①鄧本作「拌」。

【箋注】

〔一〕墨盾　北史文苑傳：荀濟謂人曰：「會楯上磨墨作檄文。」

〔二〕途窮日暮　吳越春秋：申包胥亡在山中，使人謂子胥曰：「子之報讎，其已甚乎？」子胥曰：「爲我謝申包胥曰，日暮路遠，倒行而逆施之於道也。」申包胥知不可，乃之秦求救。哭于秦庭七日七夜，日不絕聲。秦桓公大驚，爲賦無衣之詩，即出師而送之。

〔三〕髮短心長　左傳昭公三年：齊侯田於莒，盧蒲嫳見，泣且請曰：「余髮如此種種，余奚能爲？」公曰：「諾。吾告二子。」歸而告之。子尾欲復之，子雅不可，曰：「彼其髮短而心甚長，其或寢處我矣。」

〔四〕無衣　左傳定公四年：申包胥如秦乞師，秦哀公爲之賦無衣。

〔五〕卒哭　記曲禮：卒哭乃諱。

〔六〕號踊　記檀弓：辟踊，哀之至也。正義曰：拊心爲辟，跳躍爲踊。

後秋興之十三 自壬寅七月至癸卯五月，謳言繁興，鼠憂泣血，感慟而作，猶冀其言①之或誣也

地坼〔一〕天崩桂樹林，金枝玉葉〔二〕痛蕭森。衣冠雨絶②〔三〕支祈〔四〕鎖，閶闔〔五〕風淒③紂絶〔六〕陰。醜虜〔七〕貫盈〔八〕知有日，鬼神助虐〔九〕果④何心？賊臣萬古無倫匹，縷切〔一〇〕揮刀〔一一〕候斧碪。

【校勘記】

①「其言」，楊本無「其」字，張本無「言」字。　②楊本、牧齋詩鈔、國粹叢書、宗本、邃本作「集」。

③楊本作「師」。　④楊本作「更」。

【箋注】

〔一〕地坼　史記魯仲連傳：天崩地坼，天子下席。

〔二〕金枝玉葉　崔豹古今注：黄帝與蚩尤戰于涿鹿之野，常有五色雲氣，金枝玉葉止于帝上，有花葩之象，故因而作華蓋焉。

〔三〕雨絶　江文通雜體詩：雨絶無還雲，花落豈留英。李善曰：鸚鵡賦曰：何今日之雨絶？

〔四〕支祈　李肇國史補：楚州有漁人，忽于淮中釣得古鐵鏁，挽之不絶，以告官。刺史李陽大集人力引之，鏁窮，有青獮猴躍出水，復没而逝。後有驗山海經云：水獸，好爲害。禹鏁于軍山之下，其名曰無支祈。

〔五〕閶闔　史記律書：閶闔風居西方。閶者，倡也。闔者，藏也。言陽氣道萬物，闔黄泉也。

〔六〕紂絶　真誥闡幽微篇：羅酆山有六宫，第一宫名爲紂絶陰天宫，人初死，皆先詣紂絶陰天宫中受事。

〔七〕醜虜　詩大雅常武章：鋪敦淮濆，仍執醜虜。

〔八〕貫盈　左傳宣公六年：使疾其民以盈其貫，將可殪也。

〔九〕助虐　左傳昭公二年：無助天爲虐。

〔一〇〕縷切　潘安仁西征賦：雍人縷切，鸞刀若飛。

〔一一〕揮刀　昌黎元和聖德詩：揮刀紛紜，争刌膾脯。

其二

海角崖山〔一〕一線斜，從今也不屬中華。更無魚腹〔二〕捐軀地，況有龍涎〔三〕泛海槎。望斷關河非漢幟，吹殘日月是胡笳。姮娥①老大〔四〕無歸處，獨倚銀輪哭桂花。

【校勘記】

①「姮娥」，鄧本、國粹叢書作「嫦娥」。

【箋注】

〔一〕崖山　龔開陸君實傳：祥興繼立，兩軍相見於厓山。前鋒失利，波濤掀舞，部伍混亂。君實出倉卒，仗劍驅妻子先入海，號哭抱幼君，以匹練束如一體，君臣赴水而死。己卯歲二月六日癸未也。

〔二〕魚腹　龔聖予輯方回輓陸君實詩：曾微一坏土，魚腹葬君臣。

〔三〕龍涎　元汪涣章島夷志：龍涎嶼值天清氣和，羣龍遊戲，時吐涎沫於其上，故以得名。涎微有腥氣，用之合諸香，味尤清遠。此地前代無人居之，間有他番之人，用完木鑿舟，駕使以拾之，轉鬻於他國。

〔四〕老大　羅隱詠月詩：嫦娥老大應惆悵，倚泣蒼蒼桂一輪。

其三

庸蜀〔一〕經營付落暉，宫車〔二〕消息轉依微。空留赤血①從三后〔三〕，無復遺言詔六飛〔四〕。

馬角烏頭〔五〕期已誤，龍姿虎步〔六〕讖俱違。逆②臣送喜倡狂甚，趣與燃脂〔七〕照腹肥。

【校勘記】

①「赤血」，宗本、邃本、牧齋詩鈔作「丹血」，國粹叢書作「丹穴」。　②張本作「賊」。

【箋注】

〔一〕庸蜀　書牧誓：及庸蜀人。孔安國曰：庸，在江、漢之南。

〔二〕宮車　江文通恨賦：一旦魂斷，宮車晚出。

〔三〕三后　詩大雅下武章：三后在天。

〔四〕六飛　漢書爰盎傳：今陛下騁六飛。如淳曰：六馬之疾若飛也。

〔五〕馬角烏頭　博物志：燕太子丹質于秦，秦王遇之無禮。思欲歸，請于秦王。王曰：「令烏頭白，馬生角，乃可。」丹仰而嘆，烏即頭白；俯而嗟，馬生角。秦王不得已而遣之。

〔六〕龍姿虎步　宋史太祖紀：帝每對近臣言太宗龍行虎步，生時有異，他日必爲太平天子。

〔七〕燃脂　後漢書董卓傳：乃尸卓於市。天時始熱，卓素充肥，脂流於地。守尸吏然火置卓臍中，光明達曙，如是積日。

其四

自古英雄恥敗棋，靴刀引決更何悲？君臣鰲背〔一〕仍同國①一作開日②，生死龍胡肯後③時？

事去終嗟浮海誤，身亡猶嘆渡河〔二〕遲。關張〔三〕無命今猶昔，籌筆空煩異代思。

【校勘記】

①「同國」，宗本、牧齋詩鈔、國粹叢書作「開日」，邃本作「開國」。②上圖本有此注，各本無。③牧齋詩鈔作「及」。

【箋注】

〔一〕鰲背　陶九成草莽私乘：方鳳輓陸君實詩：祚微方擁幼，勢極尚扶顛。鰲背舟中國，龍胡水底天。鞏存周已晚，蜀盡漢無年。獨有丹心皎，長依海日懸。

〔二〕渡河　宋史宗澤傳：澤憂憤，疽發于背，無一語及家事，但呼「過河」者三卒。

〔三〕關張　李商隱籌筆驛詩：管樂有才終不忝，關張無命欲何如？

其五

夢廻猶傍五谿山，歷井捫參〔一〕唾①霧〔二〕間。卻指帝星〔三〕臨楚分，如聞王氣滿吴關。地翻黑水纔伸足〔四〕，天轉青城〔五〕始②破顔。辛苦蒼梧舊留守，忠魂常領百僚班。

【校勘記】

①鄧本作「吐」。②楊本、牧齋詩鈔作「恨」。

【箋注】

〔一〕歷井捫參　太白蜀道難：捫參歷井仰脅息，以手撫膺坐長嘆。

〔二〕唾霧　莊子秋水篇：子不見夫唾者乎？噴則大者如珠，小者如霧，雜而下者不可勝數。

〔三〕帝星　耆舊續聞：南渡後辛巳歲，洪容齋草親征詔曰：歲星臨於吴分，定成淝水之勳；鬭士倍於晉師，可決韓原之戰。是時，歲星在楚。

〔四〕伸足　通鑑唐紀四十：周智光曰：「此去長安百八十里，智光夜眠不敢舒足，恐踏破長安城。」

〔五〕青城　元遺山癸巳四月二十九日出京詩：興亡誰識天公意，留著青城閲古今。注曰：國初取宋，於青城受降。

其六

麻衣如雪白盈頭，六月霜飛哭九①秋。兩耳也隨風雨刼，半人〔一〕偏抱古今愁。地閒沮洳教魚鳥〔二〕，天闊煙波養鷺鷗。誰上高臺張口笑？爲他指點舊皇州。

【校勘記】

①邃本、牧齋詩鈔作「幾」，邃本另有注：「一作九。」

【箋注】

〔一〕半人　高僧傳：苻堅謂權翼曰：「朕以十萬之師取襄陽，唯得一人半。」翼曰：「誰耶？」堅曰：「安公一人，習鑿齒半人也。」樂天詠身詩：漢上羸殘號半人。

〔三〕魚鳥 魏明帝善哉行：權實竪子，備則亡虜。假氣游魂，魚鳥爲伍。

其七

踰沙軼①漠〔一〕百王功，二祖威稜②〔二〕浩劫中。高廟石龜〔三〕晴吐雨，長陵鐵馬夜呼風。南臨日駕千重紫，北伐霓旌〔四〕萬隊紅。葛藟〔五〕綿綿周祚遠，明神豈詎白頭翁？

【校勘記】

①宗本、邃本、國粹叢書作「越」。②牧齋詩鈔作「靈」。

【箋注】

〔一〕踰沙軼漠 顏延年曲水詩序：棧山航海，踰沙軼漠之貢。

〔二〕威稜 漢書李廣傳：威稜憺乎鄰國。李奇曰：神靈之威曰稜。憺，猶動也。

〔三〕石龜 沈周客座新聞：高廟造陵鍾山，誌公和尚舊穴也。發鑿時，見一石肖龜而左顧，令藏之寢廟，以黄袱覆之。皇明開創記曰：高皇帝陵寢，掘地見一石龜，令藏太廟。久晴而腹下有水則雨，久雨而腹下乾則晴。王同軌耳談：孝廟神廟旁供桌有石龜，大如卵，翠緑天然，貯以紅篋，可啓視。

〔四〕霓旌 相如上林賦：拖霓旌，靡雲旗。

〔五〕葛藟 詩大雅旱麓章：莫莫葛藟，施於條枝。豈弟君子，求福不回。

其八

蛟①宫螭窟勢逶迤，蹙浪排波似越陂。荷鼓虛危新氣象，白茅青社〔一〕舊孫枝。磨刀雨〔二〕過看兵洗，舶櫂風〔三〕來想檄②移。昨夜江天聊舉首③，寒芒二八〔四〕已昭④垂。

【校勘記】

①張本、楊本作「鮫」。②楊本作「札」。③楊本、牧齋詩鈔作「足」。④楊本、牧齋詩鈔作「西」。

【箋注】

〔一〕白茅青社　漢書武五子傳：皇帝使御史大夫湯廟立子閎爲齊王，曰：烏呼！小子閎，受茲青社。張晏曰：王者以五色土爲太社，封四方諸侯，各以其方色土與之，苴以白茅，歸以立社。

〔二〕磨刀雨　重編義勇武安王集：今吴俗相傳五月十三日爲侯生日，是日必有快雨，呼爲磨刀雨。

〔三〕舶櫂風　高德基平江紀事：梅雨之際，必有大風連晝夜，踰旬而止，謂舶櫂風。以此自海外來舶，船上禱而得之者，歲以爲常。鄉氓不知，訛此爲白草風，又曰拔草風云。

〔四〕二八　後漢書中興二十八將傳論：中興二十八將，前世以爲上應二十八宿，未之詳也。然咸能感會風雲，奮其智勇，稱爲佐命。

癸卯中夏六日重題長句二首

漫漫長夜獨悲歌，孤憤填胸肯自磨。敵對災星〔一〕憑①酒伯〔二〕，破除愁壘仗詩魔〔三〕。逢人每道君休矣，顧影還呵②汝謂何。欲共老漁開口笑，商量③何處水天④多。

【校勘記】

①楊本、牧齋詩鈔作「仍」。②邃本、鄧本、宗本、牧齋詩鈔、國粹叢書作「呼」。③「商量」，楊本作「帝星」。④楊本作「雲」。

【箋注】

〔一〕災星　陸游老學庵筆記：今人所道俗語皆唐以來人詩，「忍事敵災星」，司空圖詩也。

〔二〕酒伯　焦氏易林：坎卦之兑：酒爲歡伯，除憂來樂。

〔三〕詩魔　樂天閑吟絶句：惟有詩魔降未得，每逢風月一閒吟。韓偓殘春旅舍詩：禪伏詩魔歸淨域，酒衝愁陣出奇兵。

其二

百篇學杜擬商①歌〔一〕，墨瀋〔二〕頻將漬淚磨。世難相尋如鬼疰〔三〕，國恩未報是心魔〔四〕。

射潮〔五〕伯主吾衰矣，觀井〔六〕仙人奈老何？取次長謡〔七〕向空闊，江天雲物爲誰多？

【校勘記】

①楊本作「爲」。

【箋注】

〔一〕商歌　淮南子道應訓：甯越飯牛車下，望見桓公而悲，擊牛角而疾商歌。

〔二〕墨瀋　放翁初春書懷詩：半池墨瀋臨章草。

〔三〕鬼疰　南史徐嗣伯傳：尸疰者，鬼氣伏而未起，故令人沉滯。得死人枕投之，魂氣飛越，不得復附體，故尸疰可差。

〔四〕心魔　永明壽禪師心賦「受輪王之解髻」注：法華經云，譬如強力轉輪聖王，兵戰有功，賞賜諸物，如有勇健能爲難事，王解髻中明珠賜之，能戰心魔，心珠自現。

〔五〕射潮　吴越備史：始築捍海塘，王因江濤衝激，命强弩以射濤頭，遂定。其基復建候潮、通江等城門。

〔六〕觀井　記纂淵海：東坡文曰：俗言彭祖觀井，自繫大木之上，以車輪覆井，而後敢觀。

〔七〕長謡　趙景真與嵇茂齊書：梁生適越，登嶽長謡。

卷十三

東澗集上 起壬寅，盡一年

春初過嚴文靖公錦峯書院敬題十韻

宰相行春〔一〕地，承平百歲中。然燈祠太乙〔二〕，秘殿禮空同〔三〕。神將扶黄道〔四〕，靈旗〔五〕出紫宫〔六〕。弈棋〔七〕閒太傅，祖帳〔八〕藹羣公。接席鷄豚社〔九〕，隨車梨棗①童〔一〇〕。朱衣臨磵户，錦袖凴房櫳。桃李〔一一〕思吾祖，桑榆〔一二〕剩此翁。詞垣三組〔一三〕接②，閣道〔一四〕四星空。碧蘚依殘甃，紅蘢〔一五〕發故叢③。平泉〔一六〕舊花木，一一待光風。

【校勘記】

①江左三大家詩鈔作「栗」。②江左三大家詩鈔作「綬」。③江左三大家詩鈔此二句作「翠柏深苔砌，紅泉暗薄叢」。

【箋注】

〔一〕行春　李商隱聞河東公樂營置酒詩：聞置行春旆，中途賞物華。

〔二〕太乙　史記樂書：漢家祀太乙，昏時祀到明。漢武外傳：帝拜李少翁爲文成將軍，于甘泉宫中畫太乙諸神象祀之，歷年無應。

〔三〕空同　莊子在宥篇：黄帝聞廣成子在于空同之上，故往見之。

〔四〕黄道　晉書天文志：黄道，日之所行也。

〔五〕靈旗　漢書郊祀志：以牡荆畫幡日月北斗登龍，以象太一三星，爲泰一鋒旗，名曰靈旗。

〔六〕紫宫　淮南子天文訓：紫宫者，太乙之居也。

〔七〕弈棋　少陵别房太尉墓詩：對碁陪謝傅。

〔八〕祖帳　張景陽詠史詩：藹藹東都門，羣公祖二疏。朱軒曜金城，供帳臨長衢。

〔九〕鷄豚社　陸放翁春晝自娱詩：鷄豚雜還祈年社。方回瀛奎律髓：姜梅山奉天台祠禄詩：相呼時入鷄豚社，獨坐曾無雁鶩行。

〔一〇〕梨棗童　東坡迨作淮口遇風詩：何如陶家兒？遶舍覓梨棗？

〔一一〕桃李　程大昌演繁露：狄梁公既立中宗，五公皆出門下，外以爲一代之盛桃李也。箋云：公之祖諱順時，嘉靖乙卯舉于鄉，己未成進士，皆同里嚴文靖公爲主考。故事，會試填榜，先移十七名已下，通榜無常熟人，次移一名至十五名，文靖愠曰：「我在此而桑梓無一人中式，不如剥面皮矣。」至第十六名，則順時也，文靖公乃大喜。公于恩門桃李猶有餘思，附記於此，以徵吾錢之嘉話云爾。

〔二〕桑榆　曹子建贈白馬王彪詩：年在桑榆間，影響不能追。

〔三〕三組　漢書楊僕傳：懷銀黄，垂三組，夸鄉里，是三過也。師古曰：僕爲主爵都尉，又爲樓船將軍，并將梁侯。三印，故三組也。組，印綬也。

〔四〕閣道　史記天官書：紫宫後六星絶漢抵營室，曰閣道。

〔五〕紅蘢　爾雅釋草：紅蘢古，其大者蘬。疏曰：詩鄭風云：隰有遊龍。毛萇傳云：龍，紅草也。陸機云：一名馬蓼，葉大而赤，生水澤中，高丈餘，白色。

〔六〕平泉　賈氏談録：贊皇公平泉莊，周廻十里，構臺榭百餘所，天下奇花異草、珍松怪石，畢置其間。

一月〔一〕五日山莊作

老梅放繁花，廻此世界春。信知諸天樹，逆風〔二〕始香聞。日近山容鮮，氣至鳥語新。磵泉長前陂，懸流隔通津。花紅〔三〕來駐此，多謝桃源人。

【箋注】

〔一〕一月　新唐書武后紀：天授元年，改元曰載初，以十一月爲正月，十二月爲臘月，來歲正月爲一月。

〔二〕逆風　世説文學篇：林公曰：「白旃檀非不馥，焉能逆風？」成實論曰：波利質多天樹，其香則逆風而聞。

〔三〕花紅　王摩詰藍田精舍詩：笑謝桃源人，花紅復來覿。

六日述古堂文燕作

小築傍牆東〔一〕，收藏柱下〔二〕同。步櫩①〔三〕停薄雪，砥室〔四〕貯光風。屋扚②〔五〕巢書〔六〕架，窗規〔七〕散帙〔八〕通。縹囊〔九〕香黤䨿〔一〇〕，緑字〔一一〕古曈曨〔一二〕。歲酒新浮碧，春燈早試紅。舞傞萸柳〔一三〕簇，笛散落梅〔一四〕叢。坼餅〔一五〕飴孫子，抄匙〔一六〕飯老翁。夜如人意永，笑與漏聲終。越陌〔一七〕頻爲客，催歸〔一八〕會惱公。安知吾與汝，俱在一壺中〔一九〕？

【校勘記】

①鄒本作「欄」。　②鄒本、金匱本作「掛」。

【箋注】

〔一〕牆東　後漢書逢萌傳：王君公遭亂獨不去，儈牛自隱。時人謂之論曰：避世牆東王君公。

〔二〕柱下　漢書張蒼傳：秦時爲御史，主柱下方書。

〔三〕步櫩　相如上林賦：步櫩周流，長途中宿。李善曰：步櫩，步廊也。

〔四〕砥室　楚辭宋玉招魂：砥室翠翹，絓曲瓊些。王逸曰：砥，石名。

〔五〕扚　漢書元帝紀贊：分扚節度。蘇林曰：扚，度也。千木切。

〔六〕巢書　陸游渭南集書巢記：陸子既老且病，猶不置讀書，名其室曰書巢。或棲于櫝，或陳于前，或枕藉于牀，俯仰四顧，無非書者。間有意欲起，而亂書圍之，如積槁枝，或至不得行，則輒自笑曰：「此非吾所謂巢者耶？」

〔七〕規　廣韻：規，圓也。字統云：文夫識用，必合規矩，故規從夫也。

〔八〕散帙　謝靈運酬從弟惠連詩：散帙問所知。

〔九〕縹囊　昭明文選序：詞人才子則名溢于縹囊，飛文染翰則卷盈乎緗帙。

〔一〇〕馣薆　相如上林賦：馣薆咇茀。李善曰：説文曰：馣馤，香氣奄藹也。馣與晻，馤與薆，音義同。

〔一一〕緑字　五色線：尚書中候曰：堯沉璧于洛，玄龜負書出，背甲赤文緑字。

〔一二〕曈曨　陸士衡文賦：情曈曨而彌鮮。

〔一三〕荑柳　謝靈運北固應詔詩：原隰荑柳緑。李善曰：大戴禮夏小正曰：正月柳稊。稊者，發孶也。荑與稊，音義同。

〔一四〕落梅　程大昌演繁露：段安節樂府雜録：笛，羌樂也。古曲有落梅花。又許雲封説笛亦有落梅、折柳二曲，今其辭亡，不可考矣。然詞人賦梅用笛事率起此。

〔一五〕拆餅　晉書何曾傳：蒸餅上不拆作十字不食。

〔一六〕抄匙　昌黎贈劉師服詩：匙抄爛飯穩送之。

〔一七〕越陌　應劭風俗通：里語云：越陌度阡，更爲客主。

〔一八〕催歸　惠洪冷齋夜話：昌黎贈同遊絶句：喚起窗全曙，催歸日未西。無心花裏鳥，更與盡情啼。魯直曰：吾兒時每哦此句而了不解其意，自入峽來，吾年五十八矣，時春曉，偶憶此詩，方悟之。喚起、催歸，二鳥名也。古人于小詩，用意精深如此。催歸，子規也。喚起，聲如絡絲，圓轉清亮，偏於春曉鳴，江南謂之春喚。

〔一九〕壺中　後漢書費長房傳：市中有老翁賣藥，懸一壺於肆，頭市罷輒跳入壺中。長房覩之，異焉，因往再拜，奉酒脯。翁曰：「明日可更來。」旦日詣翁，翁與俱入壺中，唯見玉堂嚴麗，旨酒甘肴盈衍其中，共飲畢而出焉。

圯橋行爲下邳李叟作①

予方以八十衰老，戒人稱壽，卻破例作此詩。條侯長筵燕喜，歌之以侑一觴。聞條侯應玄纁之聘，觀國之光。老人俚語，不合時宜，爲一捧腹也②。

昔年題詩曾壽君，揮毫膹欲淩千軍〔一〕。婁敬洞〔二〕前雲不散，下邳橋下水如焚。十載流年如博弈③，白頭翁媼髮轉黑。老我拼爲種菜〔三〕人，郎君頻作看花客。早春忽接郎君書，鄭重江淮問索居〔四〕。鷄腿麻姑〔五〕間易栗〔六〕，充囊薏苡如明珠〔七〕。爛煮吴④羹和肉汁，新炊飽餐捫腹〔八〕急。放箸重爲介壽詩，香篆縈窗墨花濕。君不見日蝕〔九〕麒麟鬬幾回，榴花萱草又⑤相催。當歌若話滄桑事，便勸仙人酒〔一〇〕一杯。

【校勘記】

①鄒本、金匱本題作「圯橋行贈趨庭李太公夫婦八十燕喜」。②上圖本、淩本無小序，據金匱本補。③淩本作「易」。④鄒本、金匱本作「豆」。⑤鄒本、金匱本作「久」。

【箋注】

〔一〕淩千軍　少陵醉歌行：筆陣獨掃千人軍。

〔二〕婁敬洞　泰山志：婁敬洞，在嶽頂西百里，漢婁敬隱地，旁一洞出峭石。

〔三〕種菜　蜀志先主傳注：胡沖吴歷曰：曹公數遣親近密覘諸將，備時閉門，將人種蕪菁。曹公使人闚門，既去，備謂張飛、關羽曰：「吾豈種菜者乎？」開後柵，與飛等輕騎俱去。

〔四〕索居　記檀弓：子夏曰：「吾離羣而索居，亦已久矣。」鄭氏曰：索，猶散也。

〔五〕鷄腿麻姑　劉若愚酌中志畧：五臺出天花羊肚菜，鷄腿銀盤等麻姑。

〔六〕易栗　范成大良鄉絶句：紫爛山梨紅皺棗，總輸易栗十分甜。

〔七〕明珠　後漢書馬援傳：南方薏苡實大，援欲以爲種，以勝瘴氣，軍還載之一車。後梁松上書，譖之帝前，皆以爲明珠文犀。

〔八〕捫腹　樂天夏日作：飯罷盥漱已，捫腹方果然。

〔九〕日蝕　淮南子天文訓篇：麒麟鬭則日月蝕。

〔一〇〕仙人酒　葛洪神仙傳：方平語蔡經家人曰：「吾欲賜汝輩酒，此酒乃出天廚，其味醇醲，當以水和之，人飲一升許皆醉。」

題破山四高僧圖

伏虎〔一〕降龍〔二〕我未能，縫衣不學小乘僧〔三〕。禪房正對空潭〔四〕月，消得西齋一卷經。

【箋注】

〔一〕伏虎　盧知州琴川志：破山寺有四高僧祠。祠唐之懷述，字體如，吴人；常達，字文舉，邑人；朱梁彦偁，邑人；宋悟恩，邑人。其彦偁者，年九十九歲，戒行清苦。一夜登閣，有虎中箭，咆哮於地，師徐爲拔之。虎偃伏瞑目，舐血而去。至曉，獵師朱德者尋蹤至，師示以矢簇，朱感悟爲罷獵。有碑存焉。

〔二〕降龍　琴川志：唐貞觀中，有老僧在寺説法，常有白髯老人每旦必先至。一日，師問爲誰，曰：「某山中白龍也。」師願見其形，老人曰：「見我形時，當念摩訶經號，助我之威。」師怖，誤誦揭諦神咒。神以杵擊龍，龍銜山而去，遂成破澗。

〔三〕小乘僧　東坡次定慧欽長老見寄詩：崎嶇真可笑，我是小乘僧。

〔四〕空潭　常建題破山寺詩：山光悦鳥性，潭影空人心。

浮石和上偈二首

七十闍黎〔一〕法席開，拈椎豎拂吼如雷。十年飽喫籮邊飯，伴我腰包〔二〕行脚來。

【箋注】

〔一〕闍黎　道誠釋氏要覽：闍黎，寄歸傳云：梵語阿遮梨耶，唐言軌範。今稱闍梨，蓋梵音訛畧也。菩提資糧論云：阿遮梨夜，隋言正行。南山鈔云：能糾正弟子行故。

〔二〕腰包　大慧宗門武庫：顒華嚴，因喫攧有省，作偈曰：這一交，這一交，萬兩黄金也合消。頭上笠，腰下包，清風明月杖頭挑。洪覺範林間録：雲峯悦禪師見僧荷籠至，則曰：「未也，更三十年，定乘馬行脚。」法雲秀禪師聞包腰至者，色動顔面。彼存心於叢林，豈淺淺哉？

其二

福城〔一〕塔下善財歌，煙水茫茫南去多。爲問一尊無縫塔〔二〕，相輪幡影竟如何？

【箋注】

〔一〕福城　華嚴經入法界品贊：福城東際，童子南詢。百城煙水渺無垠。

〔二〕無縫塔　傳燈録：有兩僧各住一菴，尋常來往。偶旬日不會，一日上山相見，上菴主問曰：「多時不見，在什麼處？」下菴主曰：「只在菴裏造箇無縫塔子。」上菴主曰：「某甲也欲造箇無縫塔，就菴主借取樣子。」曰：「何不早道？恰被人借去也。」文琇增集續傳燈録：天童文禮禪師謁育王佛照光禪師，照問：「是風動是幡動，這僧如何？」師云：「物見主，眼卓竪。」又問：「不是風動不是幡動，甚處見祖師？」師云：「揭却腦蓋。」照喜其俊邁。師將入寂，問侍者曰：「誰爲我造無縫塔？」侍者云：「請師塔樣。」師云：「盡力畫不出。」怡然脱去。

燈樓行壬寅元夕賦示施偉長

長安元夕風景妍，夾路燈樓柳市邊。黄道日回春夜暖，碧空月壓看場圓。絡角〔一〕星河掛①人首，九華蓮燄枝如藕。側帽都簪内苑花，薄酲②猶帶昆明酒。千金〔二〕一刻買春陽〔三〕，十里珠簾曼睩〔四〕光。全疑月面爲人面，不辨衣香與坐香。當時我亦銅龍〔五〕客，朝回衝酒城東陌。銀燭遥連北里紅，金壺〔六〕不許東方白。如今老大鬢婆娑，土室〔七〕龕燈禮佛陀〔八〕。上元儋耳〔九〕歡娱少，燈火樊樓〔一〇〕涕淚多。憐君旅食〔一一〕山城下，鐘罷爐殘守僧舍。膠牙〔一二〕生菜粥不糜，蜇鼻村醅酒未笮。與君相去一牛鳴〔一三〕，便似蓬池話淺清〔一四〕。挑燈互③見闌珊影，倚户如聞嚘唶〔一五〕聲。月宫青④輦〔一六〕空相憶，金牀舍利〔一七〕無消息。綺陌兵殘玉露晞，紫姑卜〔一八〕罷銀河仄。寂寂秋衾卧冷雲，軟紅〔一九〕香霧想氤氲。夢迴歷歷華胥〔二〇〕國，折腳鐺〔二一〕邊説向君。

【校勘記】

①凌本作「拄」。②鄒本、金匱本作「醒」。③凌本作「五」。④詩品作「首」。

【箋注】

〔一〕絡角　羅隱七夕詩：絡角星河菡萏天。

〔二〕千金　丁謂公舍春日詩：千金莫惜買青春。

〔三〕春陽　段柯古酉陽雜俎：屏上婦人歌曰：「長安女兒踏春陽，無處春陽不斷腸。」

〔四〕曼睩　楚辭宋玉招魂：蛾眉曼睩，目騰光些。王逸曰：曼，澤也。睩，視貌也。

〔五〕銅龍　陸韓卿答内兄希叔詩：屬叨金馬署，又點銅龍門。

〔六〕金壺　太白烏棲曲：銀箭金壺漏水多，起看秋月墜江波，東方漸高奈樂何！

〔七〕土室　少陵夜宿贊公土室詩：土室延白光，松門耿疏影。

〔八〕佛陀　大智度論：秦言知者。知過去未來現在衆生數非衆生數，有常無常等一切諸法。菩提樹下了了覺知，故名爲佛陀。

〔九〕儋耳　東坡年譜：先生年六十三，在儋州。有過子上元夜赴郡會守舍作違字韻詩。六十四，在儋州。上元夜同數書生步城西，入僧舍，歸已三鼓矣。六十五，在儋州。至上元夜，又和戊寅違字韻詩。

〔一〇〕樊樓　劉屏山汴京絶句：梁園歌舞足風流，美酒如刀解斷愁。憶得少年多樂事，夜深燈火上樊樓。

〔一一〕旅食　少陵贈鄭諫議詩：旅食歲崢嶸。

〔一二〕膠牙　荆楚歲時記：膠牙者，堅固如膠也。

〔一三〕一牛鳴　翻譯名義集：拘盧舍，此云五百弓，亦云一牛吼地。

〔一四〕淺清　葛洪神仙傳：麻姑自説：「向到蓬萊水又淺于疇昔會時畧半也，豈將復還爲陵陸乎？」

〔一五〕嚄唶　史記魏公子列傳：晉鄙嚄唶宿將。索隱曰：嚄唶，謂多詞句也。

〔一六〕青輦　起世經云：月天宫殿，純以天銀、天青琉璃，而相間錯，二分天銀，清淨無垢，無諸滓穢，光甚明曜。餘之一分天青琉璃，亦甚清淨，表裏映徹，光明遠照。亦有一大輦，青琉璃成，月天子身，與諸天女，在此輦中，隨意而行。

〔一七〕舍利　西域記：摩訶菩提僧伽藍中，有如來舍利，每歲至如來大神變月滿之日，出示衆人。即印度十二月三十日，當此正月十五也。藝文：西域記：摩竭陁國正月十五僧俗雲集，觀佛舍利放光雨花。涅槃經曰：如來闍維訖，收舍利罌置金牀上，天人散花奏樂，繞城步步燃燈十二里。

〔一八〕紫姑卜　荆楚歲時記：正月十五日，其夕迎紫姑，以卜將來蠶桑，并占衆事。異苑云：紫姑本人家妾，爲大婦所妒，正月十五日感激而死，故世人作其形於厠邊或猪欄邊迎之，捉之覺重，是神來也。洞覽云：是帝嚳女，將死，云生平好樂，至正月半，可以衣見迎。又其事也。

〔一九〕軟紅　東坡從駕景靈宫詩：軟紅猶戀屬車塵。坡公自注曰：前輩戲語：「西湖風月，不如東華軟紅香土。」

〔二〇〕華胥　列子黄帝篇：黄帝晝寢，而夢遊于華胥氏之國。

〔二一〕折脚鐺　傳燈録：無蒙國師曰：「看他古德道人，得意之後，茅茨石室，向折脚鐺子邊煮飯，喫過三二十年。」

後觀棋絶句六首爲弈師吕小隱作①

弈棋二十早知名，七十于今老更成。拂袖登壇盡年少，争如宿將解論兵〔一〕。

【校勘記】

①鄒本、金匱本題作「後觀棋六絶句爲吕小隱作」。

【箋注】

〔一〕論兵　山谷弈棋詩：偶無公事客休時，席上談兵校兩棋。

其二

坐隱〔一〕渾如禪定人，世間象戲〔二〕自争新。笑他橘裏商山叟，老大猶誇賭①玉塵〔三〕。

【校勘記】

①鄒本作「睹」。

【箋注】

〔一〕坐隱　世説巧藝篇：王中郎以圍棊是坐隱，支公以圍棊爲手談。

〔二〕象戲　藝文：周武帝造象戲。

〔三〕賭玉塵　玄怪録：巴卭人家有橘園，有二大橘，如三四斗盎。摘下剖開，每橘有二老相對象戲，身長尺餘，亦不驚怖，但相與決賭。賭訖，一叟曰：「君輸我海龍王第七女髲髮十兩，智瓊額黄十二枚，紫絹帔一副，絳臺山霞實散二庾，瀛洲玉塵九斛，阿母療髓凝酒四鍾，阿母女態盈娘子躋虚龍縞襪八緉，後日于王先生青城草堂還我。」又一叟曰：「橘中之樂，不減商山。但不得深根固蔕，爲愚人摘下耳。」又一叟曰：「僕飢虚矣，當取龍根脯食。」袖中出一草根徑寸，如龍，因削食之，隨削隨滿。食訖，以水噀之，化爲一龍，四叟共乘之，足下雲起，須臾風雨晦冥，不知所在。

其三

初果〔一〕還來戒①水〔二〕清，枯棊〔三〕聲間木魚鳴。祇應姑婦〔四〕中宵語②，也是鄰牆環釧聲〔五〕。

【校勘記】

①鄒本作「界」。　②鄒本、金匱本作「話」。

【箋注】

〔一〕初果　涅槃經：五果，須陀洹、斯陀含、阿那含、阿羅漢、辟支佛所證之果也，謂此五人，經劫不等，斷盡煩惱，回心向大，證取菩提，故名五果回心。初果八萬劫回心，謂斷三結之惑而得此果，超四惡趣，於人天中七返受生，方斷諸苦，入於涅槃，過八萬劫，當得無上正等菩提，是名初果回心。二果斷欲界六品思惑，而得此果，於天人中一番受生，方斷諸苦，入於涅槃，過六萬劫，當得無上正等菩提，是名二果回心。三果斷五下分結而得此果，更不受生，過四萬劫，當得無上正等菩提，是名三果回心。四果永斷三界貪欲嗔恚愚癡之惑，而得此果，過二萬劫，當得無上正等菩提，是名四果回心。五果即辟支佛，過十千劫，當得無上正等菩提，是名五果回心。

〔二〕戒水　道誠釋氏要覽：戒果，優婆塞戒經云：戒果有二，一天樂，二菩提樂。智者應求菩提，不求天樂。正法念處經云：若持戒心，念天樂者，斯人污淨戒如雜毒水。以天樂無常，壽盡必退，當受大苦，是故當求涅槃。

〔三〕枯棋　韋弘嗣博弈論：枯棋三百，孰與萬人之將？

〔四〕姑婦　李肇國史補：王積薪棊術功成，自謂天下無敵。將遊京師，宿于逆旅。既滅燭，聞主人媼隔壁呼其婦曰：「良宵難遣，可棊一局乎？」婦曰：「諾。」媼曰：「第幾道下子矣。」婦曰：「第幾道下子矣。」各言數十，媼曰：「爾敗矣。」婦曰：「伏局。」積薪暗記，明日覆其勢，意思皆所不及也。

〔五〕環釧聲　傳燈録：浄慧問道潛禪師曰：「律中道隔壁聞釵釧聲即名破戒。見覩金銀合雜，朱紫駢闐，是破戒不是破戒？」師曰：「好箇入路。」葉石林乙卯避暑録：佛氏論持律，以隔牆聞釵釧聲爲破戒，人疑之久矣。蘇子由爲之説曰：「聞而心不動非破戒，心動爲破戒。」子由深於佛者，而言之陋，何也？夫婬坊酒肆，皆是道場。内外牆壁，初誰限隔？此耳本何所在？今見有牆爲隔，是一重公案。知聲爲釵釧，是一重公案，尚問心動不動乎？

其四

挑燈畫紙〔一〕已無妻，棋局袈裟伴杖藜。回首平津〔二〕開閤地，鵝籠〔三〕何處問鷄棲〔四〕？

【箋注】

〔一〕畫紙　少陵江村詩：老妻畫紙爲棋局。東晉李秀四維賦：四維戲者，衛尉摯侯所造，畫紙爲局，截木爲棊。

〔二〕平津　漢書公孫弘傳：元朔中，封丞相弘爲平津侯，其後以爲故事。至丞相封，自弘始也。

〔三〕鵝籠　吴均續齊諧記：陽羨許彦，於綏安山行，遇一書生，求寄鵝籠中。

〔四〕鷄棲　後漢書陳蕃傳：三府諺曰：車如鷄棲馬如狗，疾惡如風朱伯厚。

其五

皓首觀棋興未闌，青袍關尹肯休官。楚江〔一〕巫峽多雲雨，總向疏①簾一局看。

【校勘記】

①鄒本、金匱本作「珠」。

【箋注】

〔一〕楚江　少陵題終明府水樓詩：楚江巫峽半雲雨，青簟疏簾看弈棋。

其六

争先入①角勢匆匆，緑湛餘尊燭剪紅。覆罷殘棋何限笑②〔一〕，輸贏只在紙盤中。

【校勘記】

①鄒本作「一」。　②「無限笑」，鄒本作「無眼笮」，牧齋詩鈔作「無限弄」。

【箋注】

〔一〕何限笑　少陵存殁口號：玉局他年無限笑。

二月五日遵王①第四郎試周〔一〕饗余于述古堂喜而有作②

慶系〔二〕從籛後〔三〕，宗彝〔四〕勒澗東〔五〕。箕裘〔六〕傳袞袞〔七〕，弧矢〔八〕喜匆匆。棠杕〔九〕諱循周③燕，猗蘭〔一〇〕本漢宮。碧天明綺席，旭日麗雕櫳。甲子〔一一〕鮐文〔一二〕異，丁年〔一三〕雁序〔一四〕同。歌登三節〔一五〕什，舞應八都〔一六〕風。酒換鬢眉白，燈依笑語紅。顛毛〔一七〕殊鹿鹿，頭角〔一八〕正熊熊。錦繡〔一九〕山川外，丹青石鏡〔二〇〕中。若論調帝鼎〔二一〕，八百是家公〔二二〕。

【校勘記】

①「遵王」，江左三大家詩鈔作「族孫」。②鄒本、金匱本無此詩。③凌本作「州」。

【箋注】

〔一〕試周　顔氏家訓風操篇：江南風俗，兒生一朞爲製新衣，盥浴裝飾，男則用弓矢紙筆，女則刀尺鍼縷，並加飲食之物及珍寶服玩置之兒前，觀其發意所取，以驗貪廉愚智，名之爲試兒。親表聚集，致燕享焉。

〔二〕慶系　武肅王作大宗譜，文僖公繼録爲慶系譜。錢氏之譜肇於此。

〔三〕籛後　蘄春侯諱易，字希白，撰南部新書，自稱籛後人。

〔四〕宗彝　張平子東京賦：銘勳彝器，歷世彌光。薛綜曰：彝，常也。宗廟之器稱彝。

〔五〕澗東　吉州施偉長謁臨海先廟，見周成王饗彭祖三事鼎，鼎足篆「東澗」二字，蓋周公卜洛時，乃卜澗水東，瀍水西，故有此款識也。

〔六〕裘箕　記學記：良冶之子必學爲裘，良弓之子必學爲箕。

〔七〕袞袞　少陵徐卿二子歌：積善袞袞生公侯。

〔八〕弧矢　記内則：三日，卜士負之，吉者宿齊，朝服寢門外，詩負之。射人以桑弧蓬矢六，射天地四方。

〔九〕棠杕　小雅棠棣詩：棠棣之華，鄂不韡韡。箋云：喻弟以敬事兄，兄以榮覆弟，恩義之顯亦韡韡然。

〔一〇〕猗蘭　漢武内傳：景帝使王夫人移居崇芳閣，改爲猗蘭殿。旬餘，帝夢神女捧日以奉王夫人，夫人吞之，十四月而生武帝。

〔一一〕甲子　左傳襄公三十年：絳縣人或年長矣，有與疑年，使之年，曰：「臣生之歲，正月甲子朔，四百有四十五甲子矣，其季於今三之一也。」

〔一二〕鮐文　大雅行葦詩：黄耇台背。箋云：台之言鮐也，大老則背有鮐文。

〔一三〕丁年　李少卿答蘇武書：丁年奉使，皓首而歸。李善曰：丁年，謂丁壯之年。

〔一四〕雁序　記王制：兄之齒雁行。

〔一五〕三節　吳越備史：王親巡衣錦軍，製還鄉歌曰：三節還鄉兮掛錦衣，碧天朗朗兮愛日暉。功臣道上兮列旌旗，父老遠來兮相追隨。斗牛無孛兮民無欺，吳越一王兮駟馬歸。

〔一六〕八都　五代史吳越世家：董昌乃團諸縣兵爲八都，以鏐爲都指揮使。

〔一七〕顛毛　元遺山曹壽之平水之行詩：關塞相望首重搔，相逢衰颯嘆顛毛。

〔一八〕頭角　韓昌黎符讀書城南詩：年至十二三，頭角稍相疏。

〔一九〕錦繡　東坡臨安三絶句：五百年間異人出，盡將錦繡裹山川。

〔二〇〕石鏡　王象之輿地紀勝：石鏡山，郡國志云：徑二尺七寸，其光照如鏡之鑑物，分毫不差。圖經云：武肅王幼時遊此，顧其形服冕旒如王者狀。唐昭宗改賜今名。

〔二一〕調帝鼎　葛洪神仙傳：彭祖善養性，能調鼎，進雉羹于堯。堯封于彭城，歷夏經殷至周，年七百六十七歲而不衰。

〔二二〕家公　顏氏家訓風操篇：昔侯霸之子孫稱其祖父曰家公。

茸城弔許霞城

半生心事一哀〔一〕中，澹月疏燈照殯宮〔二〕。握手叮嚀餘我在，軒眉〔三〕談笑與誰同？看花無伴垂雙白，壓酒何人殢小紅。苦憶放翁家祭〔四〕語①，闇彈老淚向春風。

【校勘記】

①「家祭語」，鄒本、金匱本作「詩句在」。

【箋注】

〔一〕一哀　記檀弓：遇于一哀而出涕。

〔二〕殯宮　陸士衡挽歌詩：殯宮何嘈嘈，哀響沸中闈。李善曰：釋名曰：於西壁下塗之曰殯。儀禮曰：遂適殯宮。

〔三〕軒眉　孔德璋北山移文：爾乃眉軒席次，袂聳筵上。

〔四〕家祭　陸放翁示兒絶句：死去原知萬事空，但悲不見九州同。王師北定中原日，家祭無忘告乃翁。

遵王三月二日①生第五雛走筆馳賀

閶溢新春燕②，門懸浹歲弧。笑才看啞啞〔一〕，泣又聽呱呱〔二〕。繡褓綳方燥，金盤〔三〕浴尚濡。作花桃有實，落子桂爲株。戲逐鳩車〔四〕後，名將驃騎〔五〕俱。帶看圍寶玉〔六〕，架許攫珊瑚〔七〕。禖祝〔八〕詞頻削，麐書〔九〕錯屢摹。方當歌燕婉〔一〇〕，莫漫詑鳩荼〔一一〕。學士九男〔一二〕頌，尚書百子〔一三〕圖。預愁東澗老，名字盡（上聲）腸刳〔一四〕。

【校勘記】

①「遵王三月二日」，鄒本、金匱本作「三月二日遵王」。　②凌本作「喜」。

【箋注】

〔一〕啞啞　易鼎卦：笑言啞啞。正義曰：啞啞，笑語之聲也。

〔二〕呱呱　書益稷：啟呱呱而泣。大雅生民詩：后稷呱矣。

〔三〕繡褓金盤　搜玉集張謂三日岐王宅詩：金盆浴未了，綳子繡初成。

〔四〕鳩車　幽求子：五歲有鳩車之戲，七歲有竹馬之歡。

〔五〕驃騎　世説棲逸篇：何驃騎弟以高情避世，驃騎勸之仕，答曰：「予第五之名，何必減驃騎。」

〔六〕玉帶　五代史吴越世家：梁太祖嘗問吴越進表吏曰：「平生有所好乎？」吏曰：「好玉帶名馬。」太祖笑曰：「真英雄也。」乃以玉帶一匣、打球御馬十匹賜之。

〔七〕珊瑚架　歐陽公歸田録：錢思公有一珊瑚筆格，生平所珍惜，常置之几案。子弟有欲錢者，竊而藏之。公即悵然自失，乃榜于家庭，以錢十千贖之。居一二日，子弟佯爲求得以獻，公欣然以十千賜之。他日有欲錢者，又竊之。一歲中率五六如此，公終不悟也。

〔八〕禖祝　漢書武五子傳：使東方朔、枚皋作禖祝。師古曰：祝禖之祝辭。

〔九〕麞書　南部新書：李林甫寡學，中表有誕子者，以書賀之云：知有弄麞之慶。東坡賀陳述古弟章生子詩：甚欲去爲湯餅客，惟愁錯寫弄麞書。

〔一〇〕燕婉　蘇子卿詩：結髮爲夫婦，恩愛兩不疑。歡娱在今夕，嬿婉及良時。李善曰：毛詩：

燕婉之求。

〔一〕鳩荼　御史臺記：任瓌酷怕妻，杜正倫譏弄瓌。瓌曰：「婦當怕者三。初娶之時，端嚴若菩薩，豈有人不怕菩薩耶？既生養兒女，如養兒大蟲，豈有人不怕大蟲耶？年老面皺，如鳩盤荼鬼，豈有人不怕鬼耶？以此怕婦，亦何怪焉。」

〔二〕九男　陸游老學菴筆記：錢穆父風姿甚美，有九子。都下九子母祠，作一美丈夫，坐於西偏，俗以爲九子母之夫。故都下謂穆父爲九子母夫。東坡云：九子羨君門户壯。蓋戲之也。

〔三〕百子　忠獻王長子尚書冑，生男百餘。

〔四〕刳腸　莊子外物篇：神龜能見夢于元君，而不能避余且之網，知能七十二鑽而無遺筴，不能避刳腸之患。

遵王第五子名東周字思卜①

我命四子名，肇錫〔一〕本磵東。今名第五郎，寤嘆〔二〕念周宗。東周字思卜，卜以九鼎同。周書記卜洛，亦識瀍澗東。日來春多陰，未吹閶闔風〔三〕。卻似錢江上，月星殊晦蒙〔四〕。

【校勘記】

①鄒本、金匱本無此詩。

【箋注】

〔一〕肇錫　離騷：肇錫予以嘉名。

〔二〕寤嘆　國風下泉詩：愾我寤嘆，念彼京周。

〔三〕閶闔風　史記律書：閶闔風居西方。閶者，倡也。闔者，藏也。言陽氣道萬物，闔黄泉也。

〔四〕月星晦蒙　吴越備史：中和二年秋七月，漢宏遣弟漢宥、馬軍都虞候辛約率兵二萬，營於西陵，將圖浙西，兵勢甚盛。董昌遣王欒之。是月十二夜，將渡江，星月皎然。王祝曰：「願陰雲蔽月，以濟我師。」俄而雲霧四起，咫尺晦暝。王大喜，即先渡江，縱火斫其營。精兵繼至，破賊殆盡。東坡表忠觀碑：銘曰：仰天誓江，月星晦蒙。

春日送施偉長還蕪湖客舍

東澗老人老無那，送盡春光但孤坐。那堪送春復送客，執手無言淚交墮。乾坤擺蕩皆客居，盡日團團走推磨〔一〕。君歸又是客中客，馬方解鞍〔二〕芻未剉。浩浩之水育育魚〔三〕，東跳西沬何所作〔四〕？眼中之人吾老矣，世間甯戚有幾箇？

【箋注】

〔一〕推磨　晉書天文志：周髀家云：天旁轉如推磨而左行，日月右行，隨天左轉。故日月實東行，而天牽之以西没。譬之於蟻行磨石之上，磨左旋而蟻右去，磨疾而蟻遲，故不得不隨磨以左廻焉。

〔二〕解鞍　顔延年秋胡詩：嚴駕越風寒，解鞍犯霜露。

〔三〕育育魚　管子小問篇：桓公使管仲求甯戚，甯戚應之曰：「浩浩乎。」管仲不知，至中食而慮之。婢子曰：「詩有之：浩浩者水，育育者魚。未有室家，而安召我居？」

〔四〕何所作　少陵餞竇少尹詩：主人送客何所作？行酒賦詩殊未央。

拂水竹廊下有石城學人題壁云辛丑冬日過此追憶二十年舊遊口占二首牧翁先生見而和之勿令埋没苔蘚中也感其雅意依韻遥和他日以示茂之諸子①

落落天河〔一〕瀉不休，眼看拂水是懸流。巢車〔二〕撥霧開重幕，橐筆〔三〕書雲上小樓。盤馬草柔筋解凍，呼鷹風緊臂知秋。會須滿載如澠〔四〕酒，拂壁看君再紀遊。

【校勘記】

①牧齋詩鈔題作「和石城學人題壁」。

【箋注】

〔一〕天河　昭明招真治碑：瀑布懸流，雜天河而俱會。

〔二〕巢車　左傳成公十六年：楚子登巢車以望晉軍。杜預曰：巢車，車上爲櫓。

〔三〕橐筆　漢書趙充國傳：安世本持橐簪筆。張晏曰：橐，契囊也。近臣負橐簪筆，從備顧問，或有所紀也。師古曰：橐，所以盛書也。有底曰囊，無底曰橐。簪筆者，插筆于首。

〔四〕如澠　左傳昭公十二年：齊侯舉矢曰：「有酒如澠，有肉如陵。」

其二

轉蕙光風正發春，藤梢橘刺任他新。碧桃花外看三劫〔一〕，白酒〔二〕缸中記一塵〔三〕。劍動隨身〔四〕成羽翼，書藏複壁〔五〕當比鄰。東山莫話仙源事，漁父來時不是秦①。

【校勘記】

①金匱本詩末有注，作「詩云：寄語東山好避秦。」

【箋注】

〔一〕三劫　法苑珠林劫量篇：夫劫者，大小之内，各有三焉，大則水火風而爲災，小則刀饉疫以成害。

〔二〕白酒　王象之輿地紀勝：東林山在歸安縣，上有祇園寺，頂有浮圖，昔吕洞賓以石榴皮題壁，詩云：西鄰既富憂不足，東老雖貧樂有餘。白酒釀來緣好客，黄金散盡爲收書。即東林沈氏之故居也。

〔三〕一塵　廣異記：丁約謂韋子威曰：「郎君終當棄俗，尚隔兩塵。」子威曰：「何謂兩塵？」曰：「儒謂之世，釋謂之劫，道謂之塵。善堅此心，亦復遐壽。」

〔四〕隨身　少陵聞房相公靈櫬歸葬詩：劍動親身匣，書歸故國樓。

〔五〕複壁　漢書儒林傳：秦時禁書，伏生壁藏之。

附　石城學人題拂水竹廊原韻①

髫歲頻過樂未休，文壇綺席集名流。風前桃李花盈座，夜半笙歌月滿樓。問字人來留隔歲，乞詩僧到住經秋。繁華回首吾能記，二十年前是舊遊。

其二

堂閣蕭條鳥雀新，入門憶是舊時春。繞廊修竹筠粧減，傍户流泉礀道塵。四壁雲林誰是主，一庭香雪若爲鄰？斜陽秋水堪登眺，寄語東山好避秦。

【校勘記】

①凌本、鄒本、金匱本無此二詩。

壬寅三月十六日太倉太原王端士異公懌民虹友琅琊王惟夏次谷許九日顧伊人吴江朱長孺族孫遵王堉微仲集於小閣是日敬題煙客奉常所藏文肅公南宫墨卷論文即事欣感交并予爲斐然①不辭首作②

江村③草閣掩霏微，兩版衡門乳燕稀。好客恰宜來細雨，春風猶爲款荆扉〔一〕。鶯悲花盡差新樹，柳愛煙深漫舊磯。有約經過還載酒〔二〕，不辭破夏〔三〕解僧衣。次④日送春⑤。

【校勘記】

①凌本無「予爲斐然」四字。②牧齋詩鈔題作「壬寅三月十六日同人集於小閣是日敬題王奉常煙客所藏文肅公南宫墨卷予爲首作」。③凌本作「城」。④「次日」，上圖本作「是日」，此據金匱各本。

【箋注】

〔一〕款荆扉　范彦龍贈張徐州謖詩：有客款柴扉。李善曰：吕氏春秋曰：款門而謁。高誘曰：款，叩也。柴扉，即荆扉也。

〔二〕載酒　漢書揚雄傳：時有好事者載酒肴從游學。

〔三〕破夏　五燈會元：義玄禪師半夏上黄檗山，住數日，乃辭。檗曰：「汝破夏來，何不終夏去？」

其二

帝車〔一〕南指正垂芒，雲霧〔二〕江天見草堂。鶴髮〔三〕龍鍾〔四〕餘一老，烏衣〔五〕馬糞〔六〕數諸王。横經問字皆同術〔七〕，即席分題各擅場〔八〕。自愧疏慵徒捧腹〔九〕，更無衣鉢付歐陽〔一〇〕。

【箋注】

〔一〕帝車　王勃益州夫子廟碑：帝車南指，遁七曜于中階。

〔二〕雲霧　少陵嚴中丞枉駕相過詩：寂寞江天雲霧裏，何人道有少微星？

〔三〕鶴髮　庾子山竹杖賦：噫，子老矣。鶴髮鷄皮，蓬頭歷齒。

〔四〕龍鍾　東坡海市詩：豈知造物哀龍鍾。施宿曰：蘇氏演義：龍鍾，謂不昌熾、不翹舉，如藍鬖、拉搭之類。

〔五〕烏衣　世説雅量篇：角巾徑還烏衣。注曰：丹陽記曰：烏衣之起，吴時烏衣營處所也。江左初立，琅邪諸王所居。

〔六〕馬糞　南史王志傳：志家居建康禁中里馬糞巷，父僧虔，門風寬恕，志尤惇厚。兄弟子姪，皆篤實謙和，時人號馬糞諸王爲長者。

〔七〕同術　記儒行：合志同方，營道同術。

〔八〕擅場　李肇國史補：唐人燕集必賦詩，推一人擅場。

〔九〕捧腹　史記日者列傳：司馬季主捧腹大笑。

〔一〇〕歐陽　宋史歐陽修傳：宋興且百年，而文章體裁猶仍五季餘習。修得唐韓愈遺稿于廢書簏中，讀而心慕焉。苦志探頤，至忘寢食，必欲并轡絶馳而追與之並。

其三

琬琰〔一〕勳庸丙魏〔二〕如，珠囊〔三〕畢牘〔四〕在公車〔五〕。三條燭〔六〕際昇平候，千佛名〔七〕標①浩劫餘。字裏鋒芒環斗極，行間筋骨護皇輿〔八〕。婁江榮氣〔九〕浮河洛，午夜虹光夾御書。

奉常家藏神宗賜劄，御墨如新②。

【校勘記】

①鄒本、金匱本作「摽」。　②凌本無「御墨如新」四字。

【箋注】

〔一〕琬琰　陳後山南豐先生挽詞：勳庸留琬琰，形象付丹青。

〔二〕丙魏　漢書魏相丙吉傳贊：孝宣中興，丙魏有聲。

〔三〕珠囊　楊炯遂州長江縣先聖廟堂碑銘：四時玉斗，五緯珠囊。

〔四〕畢牘　爾雅釋器：簡謂之畢。郭璞曰：今簡牘也。

〔五〕公車　漢書東方朔傳：今待詔公車。

〔六〕三條燭　唐詩紀事：韋承貽策試夜紀長句於都堂云：褒衣博帶滿塵埃，獨自都堂策試回。蓬巷幾時聞吉語，棘籬何日免重來？三條燭盡鐘初動，九轉丹成鼎未開。殘月漸低人擾擾，不知誰是謫仙才？又曰：白蓮千朵照廊明，一片昇平雅頌聲。纔唱第三條燭盡，南宮風月畫難成。

〔七〕千佛名　唐語林：進士張繟，漢陽王柬之曾孫也。時初落第，兩手捧登科記頂戴之，曰：「此千佛名經也。」企羨如此。

〔八〕皇輿　離騷：恐皇輿之敗績。

〔九〕榮氣　歐陽公仁宗御飛白記：今賜書之藏於子室也，吾知將有望氣者言榮光起而屬天者，必賜書之所在也。

其四

今雨〔一〕柴門卻掃〔二〕新，清晨留客似留春。小亭布席才函丈〔三〕，竟日從容〔四〕肯欠伸〔五〕。老去敢知文曲折〔六〕，酒闌仍恐語悲辛。竹廊共賞留題句，寄謝緣溪莫問津。拂水竹廊有人題壁云：傳語東山好避秦①。

【校勘記】

①鄒本、金匱本無「傳語東山好避秦」七字。

【箋注】

〔一〕今雨　少陵秋述：杜子卧病長安旅次，多雨生魚，青苔生榻，常時車馬之客，舊雨來，今雨不來。

〔二〕卻掃　江文通恨賦：閉關卻掃，塞門不仕。

〔三〕函丈　記曲禮：若非飲食之客，則布席，席間函丈。鄭氏曰：函，猶容也，講問宜相對容丈，足以指畫也。

〔四〕從容　王子淵四子講德論：君子動作有應，從容得度。

〔五〕欠伸　記曲禮：侍坐於君子，君子欠伸，撰杖屨，視日蚤莫，侍坐者請出矣。

〔六〕曲折　何薳春渚紀聞：東坡常曰：某平生無快意事，惟作文章，意之所到，則筆力曲折，無不盡意。自謂世間樂事無踰此者。

寒夜記夢題崑銅土音詩稿

爛熳一束紙，墨淡字半刓。摩挲不辨文與字，脊脂肺腎互鬱盤。無乃是①萇弘之血〔一〕、弘演之肝〔二〕？行間悉窣手牽掣，口哦未②斷百怪攢。陰火吹風撲燈燭，鬼車〔三〕載鬼嚎簷端。須臾神鬼怒交鬭，朱旗閃爍朱輪殷。相柳〔四〕食山腥未憖③，刑天〔五〕争神舞不閒④。天吴罔兩助聲勢，海水轟立地軸〔六〕掀。孤燈明滅胸撞擊，撫枕忽漫昇天關。天門詄蕩〔七〕帝肅穆，寥陽侍晨〔八〕仍⑤舊班。有夫被髮叫無辜，撼閶摇⑥動倉琅〔九〕鐶。帝心殊慜惻，慰勞涕淚潸。趣令浴堂具湯沐，被以霞帔加星冠。湔祓頸上血，澆沃徑寸丹。日宫天子〔一〇〕命收取，化爲日中陽烏赤色鸞。淖約彼三姬，參差淚汍瀾。花愁雨泣〔一一〕不忍睹，冰心玉節誰犯干？蘂珠宫〔一二〕中傳册命，雲衣霧縠非綺紈。命從湘君夫人享秩祀，錫以湘竹〔一三〕之節聲珊珊。俄聞六丁召神官，四王⑦〔一四〕八部〔一五〕齊登壇。日矛前驅，天駟後奔。電光射目睫，霹靂穿耳根。迷離眩運揩睡眼，雷車猶掉雲旗翻。掀簾惝怳已亭午〔一六〕，白日正照紅欄杆。

【校勘記】

①鄒本、金匱本無此字。　②鄒本、金匱本作「不」。　③鄒本、金匱本作「憗」。　④凌本作「聞」。　⑤鄒本、金匱本作「伊」。　⑥凌本作「擺」。　⑦鄒本、金匱本作「五」。

【箋注】

〔一〕萇弘血　莊子外物篇：萇弘死于蜀，藏其血，三年而化爲碧。左太沖蜀都賦：碧出萇弘之血。

〔二〕弘演肝　劉向新序義勇篇：衛懿公有臣曰弘演，遠使未還，狄人攻衛，追懿公於滎澤，殺之，盡食其肉，獨捨其肝。弘演至，報使於肝，畢，因自刺其腹，納懿公之肝而死。

〔三〕鬼車　段柯古酉陽雜俎：鬼車鳥，相傳昔有十首，能收人魂，一首爲犬所噬。白澤圖謂之蒼鸆。帝嚳書謂之逆鶬。夫子、子夏所見。史迴嘗見裴瑜所注爾雅言：鶬，麋鴰，是九頭鳥也。

〔四〕相柳　山海經：共工之臣曰相柳氏，九首，以食於九山。相柳之所抵，厥爲澤谿。禹殺相柳，其血腥不可以樹五穀種。禹厥之，三仞三沮，乃以爲衆帝之臺。

〔五〕刑天　山海經：刑天與帝争神，帝斷其首，葬之常羊之山。乃以乳爲目，以臍爲口，操干戚以舞。

〔六〕地軸　木玄虚海賦：又似地軸挺拔而争迴。李善曰：地下有四柱，廣十萬里，有三千六百軸。

〔七〕詄蕩　漢書禮樂志：郊祀歌：天門開，詄蕩蕩。如淳曰：詄讀作迭。詄蕩蕩，天體堅青之狀也。

〔八〕侍晨　真誥運象篇：必三事大夫，侍晨帝躬。

〔九〕倉琅　漢書外戚趙后傳：倉琅根，宫門銅鐶也。師古曰：鐶，讀與環同。

〔一〇〕日宫天子　起世經：日宫殿中，有閻浮檀金以爲妙輦輿，高十六由旬，方八由旬，莊嚴殊勝，日天子身，及内眷屬，在彼輦中。

〔二〕花愁雨泣　李朝威柳毅傳：錢塘君歌闋，洞庭君俱起，奉觴於毅，毅踧踖而受爵，飲訖，復以二觴奉二君，乃歌曰：「碧雲悠悠兮涇水東流，傷美人兮雨泣花愁。尺書遠達兮以解君憂，哀冤果雪兮還處其休。荷和雅兮感甘羞，山家寂寞兮難久留，欲將辭去兮悲綢繆。」

〔三〕蘂珠宫　黄庭内景經：閒居蘂珠作七言。梁丘子注曰：秘要經云：仙宫中有寥陽之殿，蘂珠之闕，翠縷之房。

〔三〕湘竹　博物志：堯之二女，舜之二妃，曰湘夫人。舜崩，二妃啼，以涕揮竹，竹痕盡班。

〔四〕四王　元微之大雲寺詩：現身千佛國，護世四王軍。三世出興志：須彌山半四萬二千由旬，四天王居。東方提頭賴叉天王，此云持國，亦云治國，護持國土，居須彌黄金埵。南方毗留勒叉天王，此云增長，令自他增長善根故，居須彌琉璃埵。西方毗留博叉天王，此云雜語，能種種雜語。又廣目，又惡眼，又非報。專主罰惡，令遇菩提心，居須彌白銀埵。北方毗沙門天王，此云多聞。福德之名，聞四方故。居須彌水精埵。

〔五〕八部　翻譯名義集：八部：一天，二龍，三夜叉，四乾闥婆，五阿修羅，六迦樓羅，七緊那羅，八摩睺羅伽。

〔六〕亭午　孫興公遊天台山賦：羲和亭午。五臣曰：亭，至也。

梅村宫相五十生子賦浴兒歌十章

扶木〔一〕新枝照海東，充閭〔二〕佳氣接青蔥。懸門弧矢從來遠，遥指天山〔三〕取掛弓。

【箋注】

〔一〕扶木　山海經：黑齒之北曰湯谷，有扶木，九日居下枝，一日居上枝，皆戴烏。郭璞曰：扶木，扶桑也。天有十日，迭出運照。

〔二〕充閭　晉書賈充傳：充字公閭，父逵，晚始生充，言後當有充閭之慶，故以爲名字焉。

〔三〕天山　少陵投贈哥舒翰詩：天山早掛弓。

其二

繡紱〔一〕長依麟角裁，端門〔二〕曾爲剪蒿萊。故應晚育商瞿子〔三〕，記取尼山抱送〔四〕來。

【箋注】

〔一〕繡紱　王子年拾遺記：孔子未生時，有麟吐玉書於闕里，其文云：「水精之子孫，衰周而素王。」故二龍繞室，五星降庭。徵在賢明，知爲神異。乃以繡紱繫麟角，信宿而麟去。

〔二〕端門　公羊哀公十四年注：何休曰：得麟之後，天下血書魯端門。子夏明日往視之，血書飛爲赤烏，化爲白書。孔子仰推天命，俯察時變，卻觀未來，預解無窮。知漢當繼大亂之後，故作撥亂之法以授之。

〔三〕商瞿子　家語：梁鱣年三十未有子，欲出其妻。商瞿曰：「昔吾年三十八無子，吾母謂吾更取室。夫子使吾之齊，母欲請留，夫子曰：無憂也，瞿過四十，當有五丈夫子。今果然。吾恐子自晚生耳，未必妻之過。」從之。二年而有子。

〔四〕抱送　少陵徐卿二子歌：孔子釋氏親抱送，並是天上麒麟兒。

其三

天人也自愛文章，抱得麒麟到下方。但與誌公摩頂首，雙瞳偏喜似瑤光〔一〕。

【箋注】

〔一〕瑤光　張平子西京賦：正覩瑤光與玉繩。李善曰：春秋運斗樞曰：北斗七星，第七曰瑤光。

其四

據地初生師子兒，三年哮吼〔一〕五天知。錦繃花褓勤將護，恰是頻申〔二〕自在時。

【箋注】

〔一〕三年哮吼　傳燈録：永嘉真覺禪師證道歌：師子兒，衆隨後，三年即能大哮吼。

〔三〕頻申　大論：如師子王，清浄種中生，深山大谷中住，偃脊頻申，以口扣地，現大威勢。

其五

九子①〔一〕將雛未白頭，明珠老蚌〔二〕正相求。蘭閨自唱河中曲，十六生兒字②阿侯〔三〕。

【校勘記】

①鄒本、金匱本作「十」。　②金匱本作「似」。

【箋注】

〔一〕九子　南史何承天傳：承天年已老，而諸佐郎並名家年少，潁川荀伯子嘲之，常呼爲妳母。承天曰：「卿當云鳳凰將九子，妳母何言耶？」

〔二〕老蚌　魏志荀彧傳注：孔融與韋康父端書曰：不意雙珠近出老蚌，甚珍貴之。

〔三〕阿侯　玉臺集歌辭：河中之水向東流，洛陽女兒名莫愁。莫愁十三能織綺，十四採桑南陌頭。十五嫁爲盧家婦，十六生兒字阿侯。

其六

龍樓賜錦尚鮮妍，繡褓新綳絶可憐。玉盎①金盆甘露水，浴兒仍用五銖錢。

【校勘記】

①凌本作「盌」。

其七

月户冰輪自宛然，一枝偷折向江天。嫦娥顧兔〔一〕應相笑，誰放吴剛〔二〕倚樹眠？李長吉詩：吴剛①不眠倚桂樹。

【校勘記】

①凌本作「質」。

【箋注】

〔一〕顧兔　屈原天問：厥利維何，而顧兔在腹？

〔二〕吴剛　段柯古酉陽雜俎：月中有桂，一人常斫之，樹創隨合。人姓吴名剛，西河人，學仙有過，謫令伐樹。

其八

綈几頻繙大雅章，卷阿拜手頌朝陽。未應仙果〔一〕生來晚，爲養高梧待鳳皇。

【箋注】

〔一〕仙果　劉禹錫寄樂天詩：雪裏高山頭早白，海中仙果子生遲。

其九

湯餅盤餐錦繡堆，石榴盆裏摘楊梅。紅綾餡餅〔一〕誰争喫？自放殘牙大嚼回。

【箋注】

〔一〕紅綾餡餅　葉石林乙卯避暑録：唐御膳以紅綾餅餤爲重。昭宗光化中，放進士榜，得裴格等二十八人，以爲得人。會燕曲江，乃令大官特作二十八餅餤賜之。盧延讓在其間。後入蜀爲學士，既老，頗爲蜀人所易，延讓作詩云：莫欺零落殘牙齒，曾喫紅綾餅餤來。王衍聞知，遂命供膳，亦以餅餤爲上品，以紅羅裹之。至今蜀人工爲餅餤，而紅羅裹其外，公廚大燕，設爲第一。

其十

麻姑曾約過初筵〔一〕，笑擲丹砂〔二〕助祝延。八百更邀斟雉叟，老夫權許當彭籛。

【箋注】

〔一〕初筵　小雅賓之初筵詩：賓之初筵，左右秩秩。

〔三〕丹砂　顏真卿麻姑仙壇記：麻姑求少許米擲之，墮地即成丹砂。

贈張①敬修

懸薄②〔一〕垂簾近子城，不離闤闠〔二〕得柴荆。心温藥鼎常留火，髭拂琴絃偶作聲。齋飯烏分如伴侣，籃輿兒舁即門生。看囊〔三〕莫笑成羞澀，贏得腰纏〔四〕鶴背輕。

【校勘記】

①「張」，鄒本、金匱本作「張翁」。　②鄒本、金匱本作「部」。

【箋注】

〔一〕懸薄　莊子達生篇：有張毅者，高門縣薄無不走也。成玄英疏曰：懸薄，垂簾也。

〔二〕闤闠　崔豹古今注：闤者，市之垣也；闠者，市之門也。

〔三〕看囊　少陵空囊詩：囊空恐羞澀，留得一錢看。

〔四〕腰纏　東坡次趙德麟西湖詩：騎鶴東來獨惘然。施宿曰：世傳神仙欲度人，問曰：「汝欲仙乎？欲爲揚州牧乎？欲十萬緡乎？」答曰：「但欲腰纏十萬貫，騎鶴上揚州。」

題煙客畫扇

吹笛車箱①〔一〕去不回，人間粉本〔二〕付沈灰。空齋畫扇秋風裏，重見浮嵐暖翠來。

【校勘記】

①「車箱」，鄒本、金匱本作「居箱」。

【箋注】

〔一〕車箱　公題石谷子畫卷：黄子久居烏目西小山下，坐湖橋，看山飲酒。飲罷，投其瓶于橋下，舟子刺篙得之，至今呼黄大癡酒瓶。晚年遊華山，憩車箱谷，吹仙人所遺鐵笛，白雲滃起足下，擁之而去。

〔二〕粉本　畫斷：玄宗天寶中，忽思蜀中嘉陵江山水，遂假吴生驛遞，令往寫貌。回日奏云：「臣無粉本，並記在心。」遣於大同殿圖之，一日而畢。

嶺南黄生遺余酒譜釀荔枝酒伊人遵王各飲一觴伊人有詩率爾和之①

嶺外荔枝酒，郵傳勝鶴觴〔一〕。共看重碧〔二〕色，未許滿杯嘗。至齒俄銷緑，張子壽荔支賦：未至齒而殆銷。衝腸始汎香。還憐曲江賦，空負此瓊漿〔三〕。

【校勘記】

①鄒本、金匱本無此詩。

【箋注】

〔一〕鶴觴　洛陽伽藍記：劉白墮善能釀酒，京師朝貴，遠相餉饋，踰於千里。以其遠至，號曰鶴觴，亦名騎驢酒。

〔二〕重碧　少陵宴楊使君東樓詩：重碧拈春酒，輕紅擘荔枝。

〔三〕瓊漿　張子壽荔支賦：雖瓊漿而可軼。

秋日雜詩二十首

更殘響簷溜，始知是秋雨①。滴瀝差可人，荒階壓②蛩語。迢迢鷄後鳴③〔一〕，漏刻浩難數。重温秋衾夢〔二〕，今宵又何許？

【校勘記】

①凌本此句作「知是秋雨始」。②鄒本、金匱本作「咽」。③「後鳴」，凌本作「鳴後」。

【箋注】

〔一〕鷄後鳴　首楞嚴經：如鷄後鳴。長水疏曰：鷄第二鳴，天將曉也。

〔二〕秋衾夢　李賀還自會稽歌：臺城應教人，秋衾夢銅輦。

其二

閒愁來何從？殘夢去無緒。繙經〔一〕義未了，聊可排塵慮。老喜嘗新秔，寒思理舊絮。稽首念佛恩，焚香禮昏莫。

【箋注】

〔一〕繙經　莊子天道篇：孔子繙十二經以就老子。

其三

長夏苦毒熱，早秋怯驟涼。皇天無中氣〔一〕，端居自徬徨。昨宵颶風〔二〕作，海鳥〔三〕羣悽惶。六鶂〔四〕整毛羽，退飛正翱翔。

【箋注】

〔一〕中氣　樂天酬牛相公早秋寓言詩：七月中氣後，金與火交争。

〔二〕颶風　樂天送客春遊嶺南詩：天黄生颶母。注曰：颶母如大虹，欲大風即見。

〔三〕海鳥　國語：海鳥曰爰居，止於魯東門之外三日。展禽曰：「今兹海其有災乎？夫廣川之鳥獸，恒知避其災也。」是歲也，海多大風，冬暖。

〔四〕六鶂　左傳僖公十六年：六鶂退飛，過宋都，風也。

其四

霜風掠平蕪，秋原驕雉兔。笠夫戴皮冠〔一〕，麥場曬獵具。短袖裹老拳，悶如鎖窮袴〔二〕。

扶杖看秋空，指點呼鷹處。

【箋注】

〔一〕皮冠　左傳襄公十四年注：杜預曰：皮冠，田獵之冠也。

〔二〕窮袴　漢書外戚傳注：服虔曰：窮袴，有前後當，不得交通也。師古曰：絝，古袴字。窮袴，即今之緄襠袴也。

其五

破樹仗天風，簸頓掃我垣。風伯〔一〕不汝貰，倒穴拔其根。清晨啓蓬户，小草〔二〕仍當門。

【箋注】

〔一〕風伯　司馬相如大人賦：誅風伯，刑雨師。張揖曰：風伯，字飛廉。

〔二〕小草　世説排調篇：郝隆曰：「處則爲遠志，出則爲小草。」

其六

唐天憎杜陵，流落窮白頭。又令箋注徒，千載生瘢疣〔一〕。至今餕腐儒，鑽穴死不休。太白自長嘯，槌碎黄鶴樓〔二〕。文章亦引①業〔三〕，撫卷心悠悠。

【校勘記】

①淩本作「世」。

【箋注】

〔一〕瘢疣　五燈會元：曹山智矩禪師曰：「文字性異，法法體空，迷則句句瘡疣，悟則文文般若。」

〔二〕黄鶴樓　太白江夏贈韋南陵冰詩：我且爲君槌碎黄鶴樓，君亦爲吾倒却鸚鵡洲。赤壁爭雄如夢裏，且須歌舞寬離憂。

〔三〕引業　俱舍頌：一業引一生，多業能圓滿。釋云：引業謂總報業。但由一業，唯引一生，若許一業能引多生，時分定業應成雜亂。若此一生，多業所引，應衆同分分分差別，以業果別故。

其七

北山磨鏡翁，縛茅山之畔。繩牀背泥竈，光浄照潭面。日旰〔一〕酌白酒，自唱殘唐傳。炊茶爇松子，松風颺蕉扇。薄暮送我歸，前村指竹箭〔二〕。

【箋注】

〔一〕日旰　左傳襄公十四年：日旰不召。杜預曰：旰，晏也。

〔三〕竹箭　爾雅釋地：東南之美者，有會稽之竹箭焉。郭璞曰：竹箭，篠也。

其八

漢東涌樓閣，莊嚴永明師〔一〕。揮手棄山河，大梁一布衣〔二〕。傳家五百載，百卷宗鏡書。莫欺粟散王〔三〕，寄報良亦殊。

【箋注】

〔一〕永明師　惠洪禪林僧寶傳：智覺禪師，諱延壽，餘杭王氏子。初説法於雪竇山，建隆元年，忠懿王移之于靈隱新寺。明年，又移之于永明寺。集方等秘經六十部，西天此土聖賢之語三百家，以佐三宗之義，爲一百卷，號宗鏡録，天下學者傳誦焉。

〔二〕大梁布衣　王偁東都事畧錢俶傳：王師討江南，李煜貽書于俶，其畧曰：「今日無我，明日豈有君？一旦明天子易地酬勳，王亦大梁一布衣爾。」

〔三〕粟散王　法苑珠林人道部：以四方言之，則北鬱單越無貴無賤，彼無僕使之殊，故無貴賤。餘之三方皆有貴賤，以有君臣庶民之别，大家僕使之殊，故有貴賤别類也。總束貴賤，合有六品，一貴中之貴，謂輪王等。二貴中之次，謂粟散王等。三貴中之下，謂如百僚等。四賤中之賤，謂駘駑豎子等。五賤中之次，謂僕隸等。六賤中之下，謂姬妾等。粗束如是，細分難盡。

其九

衰晚寡末契〔一〕，但論飲食交。馮老〔二〕今則亡，餔餟傷老饕〔三〕。白首拉①紅裙，弓兵滿六橋。畫師補此景，可以當大招。

【校勘記】

①金匱本作「捃」。

【箋注】

〔一〕末契　少陵莫相疑行：晚將末契託年少，當面輸心背面笑。

〔二〕今則亡　少陵遣興詩：爽氣不可致，斯人今則亡。

〔三〕老饕　東坡老饕賦：蓋聚物之夭美，以養吾之老饕。

其十

夢得朱噣書〔一〕，旁行〔二〕寫復復〔三〕。不辨科斗文，神官爲我讀。醒聞秋窗雨，送喜聲簇簇。快哉諸天宮，下雨成珠玉〔四〕。

【箋注】

〔一〕朱噣書　樂府晉傅玄鼓吹曲伯益篇：赤烏銜書至，天命瑞周文。

〔二〕旁行　東坡紀夢詩：樂全先生夢人以詩三篇示之，字皆旁行而不可識，旁有人道衣古貌，爲讀其中一篇。

〔三〕復復　元結中興頌：復復指期。

〔四〕珠玉　東坡喜雨亭記：使天而雨珠，寒者不得以爲襦。使天而雨玉，飢者不得以爲粟。

其十一

華首〔一〕上座來，錫帶羅浮雨。秋風藏衫袂，肅肅條衣舉。俯躬道國恩，斂容稱故主。三代〔二〕去已遠，禮樂吾誰與？猥猥沸唇〔三〕兒，安知歌相鼠〔四〕？

【箋注】

〔一〕華首　華首空隱和尚弟子天然罡公，遣侍者今晛謁塔銘于公。時壬寅七月十八日也。

〔二〕三代　吴曾能改齋漫録：明道先生嘗至天寧寺，方飯，見趨進揖遜之盛，嘆曰：「三代威儀，盡在是矣。」卧龍山人王畿書：昔者明道先生見禪門行禮，嘆以爲三代威儀僅見於此。

〔三〕沸唇　白氏六帖：賈誼曰：沸唇擾塞垣之下。匈奴號也。

〔四〕相鼠　左傳襄公二十七年：叔孫與慶封食，不敬，爲賦相鼠，亦不知也。

其十二

春秋書遂滅〔一〕，齊戍屯貔貅。視彼六族民①，滅没同蜖蝣。一夕醉戍酒，刲腸穴其頭。自古斬肄餘，有此報雪不？得無齊君臣，創鉅〔二〕思愆尤？謝過三亡國〔三〕，用以伯諸侯。我欲竟此編，炷燥添膏油。秋燈吐長芒，短髮風颼颼。

【校勘記】

①鄒本、金匱本作「氏」。

【箋注】

〔一〕遂滅　左傳莊公十三年：齊人滅遂而戍之。十七年，遂因氏、頜氏、工婁氏、須遂氏饗齊戍，醉而殺之，齊人殲焉。

〔二〕創鉅　記三年問：創鉅者，其日久；痛甚者，其愈遲。

〔三〕三亡國　晉語：齊侯存亡國三，以示之施。韋昭曰：存三亡國，魯、衛、邢也。

其十三

田疇〔一〕酹①劉虞，隕絶卧草萊。身仆目猶視，沈痛徹齒骸。稱娖〔二〕羅前行，傳呼使君來。勞苦如平生②，彈指嘆且哀③。鷄酒飲噉盡，揮手還夜臺〔四〕。子春〔五〕志益堅，坐看五樓灰〔六〕。餘智滅烏丸〔七〕，少試囊底材。子年神仙人，斯言豈齊諧〔八〕？蕭辰展殘書，鳴葉掠空階。正憶幽并路，筋角④〔九〕鬪風開。

【校勘記】 ①凌本作「酎」。 ②「平生」，鄒本、金匱本作「生平」。 ③鄒本作「衰」。 ④鄒本、金匱本作「骨」。

【箋注】

〔一〕田疇　王子年拾遺記：田疇，字子春，北平人也。劉虞爲公孫瓚所害。疇追慕無已，往虞墓設鷄酒之禮，慟哭之音，動於草野。疇卧草間，忽有人通云：「劉幽州來。」疇知是虞之魂，既近而拜，泣不自支，因相與進鷄酒。虞曰：「子萬古之貞士也。」奄然不見，疇亦醉醒。

〔二〕稱娖　後漢書中山簡王傳：今五國各官騎百人稱娖前行。臣賢曰：娖，音楚角反，稱娖，猶整齊也。行，音胡朗反。

〔三〕夜臺　樂府涼州歌：夜臺空寂寞。

〔四〕子春　淵明擬古詩：聞有田子春，節義爲士雄。後漢書劉虞傳注：臣賢曰：魏志：田疇，字子春，北平無終人。

〔五〕五樓灰　魏志公孫瓚傳：瓚軍數敗，乃走還易京固守。爲圍塹十重，於塹裏築京，皆高五六丈，爲樓其上。中塹爲京特高十丈，自居焉。積穀三百萬斛。建安四年，紹悉軍圍之，爲地道突壞其樓。稍至中京，瓚自知必敗，盡殺其妻子，乃自殺。

〔六〕滅烏桓　魏志田疇傳：太祖北征烏丸，遣使辟疇，令將其衆爲鄉導。上徐無山，出盧龍，歷平岡，登白狼堆，去柳城二百餘里，虜乃驚覺。單于身自臨陣，太祖與交戰，遂大斬獲。

〔七〕囊底　晉書慕容垂傳：垂聞慕容德之策，笑曰：「且吾投老，扣囊底智，足以尅之。」

〔八〕齊諧　莊子逍遥遊篇：齊諧者，志怪者也。

〔九〕筋角　爾雅釋地：北方之美者，有幽都之筋角焉。

其十四

滔滔新莽世，人抱巾幗〔一〕醜。誰歌平陵東？東海一嫠婦。痛子誓報仇，傾貲市刀酒。升堂縛縣宰，封屠若豬狗。聚衆據海曲，亡命競奔走。吕母〔二〕稱將軍，部曲如臂肘。赤眉〔三〕青犢〔四〕兵，東海作淵藪。母死餘衆昌，漸臺蹴威斗〔五〕。我敘誅莽功，阿母實魁首。赤符〔六〕天所授，青史人誰剖？雲臺〔七〕四七人，我欲躋某某。上有劉伯升，下有吕氏母。

【箋注】

〔一〕巾幗　魏志明帝紀注：魏氏春秋曰：亮既屢遣使交書，又致巾幗婦女之飾以怒宣王。

〔二〕吕母　後漢書劉盆子傳：天鳳元年，琅琊海曲有吕母者，子爲縣吏，犯小罪，宰論殺之。吕母怨宰，密聚客，規以報仇。母家素豐，乃益釀醇酒，買刀劍衣服，少年來酤者，皆賒與之。視其乏者，輒假衣裳，不問多少。數年，財用稍盡。少年欲相與償之，吕母垂泣曰：「所以厚諸君者，以縣宰枉殺吾子，欲爲報怨耳。諸君寧肯哀之乎？」少年皆許諾。遂相聚得數十百人，因與呂母入海中，招合亡命，衆至數千。呂母自稱將軍，引兵攻破海曲，執縣宰斬之，以其首祭子冢。

〔三〕赤眉　後漢書劉盆子傳：樊英恐其衆與莽兵亂，乃皆朱其眉以相識別，由是號曰赤眉。

〔四〕青犢　後漢書光武紀：赤眉别帥與大彤、青犢十餘萬衆在射犬，光武進擊，大破之。青犢、赤眉賊入函谷關，攻更始。

〔五〕威斗　漢書王莽傳：莽就車之漸臺，欲阻池水，猶抱持符命威斗。

〔六〕赤符　後漢書光武紀：光武先在長安時同舍生彊華自關中奉赤伏符曰：劉秀發兵捕不道，四夷雲集龍鬭野，四七之際火爲主。

〔七〕雲臺　後漢書中興二十八將論：永平中，顯宗追感前世功臣，乃圖畫二十八將於南宫雲臺。

其十五

聖神①必前知，卓哉我②高皇。天文清分野〔一〕，兩戒〔二〕分鍼芒。躔度起斗牛，天街〔三〕肅垣牆〔四〕。篇終載箕尾，尾閭〔五〕慎堤坊。眇然黿魚〔六〕星③，海底沉微茫。卓犖世史〔七〕書，濬臣提正綱。戍④夏區黑白，亘古界陰陽。石室〔八〕閟光怪，化爲魚鳥章〔九〕。高秋風雨多，夜起視襲藏。

【校勘記】

①鄒本作「人」。　②鄒本、金匱本作「明」。　③凌本作「呈」。　④鄒本作「中」。

【箋注】

〔一〕天文分野　高皇詔修天文分野書，經進于洪武十七年閏十月二十有七日。傳聞此書屬藁青田，其始于斗牛吴越分者，首紹開天之神功也，而終於尾箕幽燕之分者，暗著左帶沸脣之讖。聖神前知，即一書而國運之始終係焉。

〔二〕兩戒　新唐書天文志：貞觀中，淳風撰法象志，因漢書十二次度數，始以唐之州縣配焉。而一行以爲天下山河之象，存乎兩戒。北戒自三危、積石負終南地絡之陰，東及太華，踰河，並雷首、砥柱、王屋、太行，北抵常山之右，乃東循塞垣，至濊貊、朝鮮，是謂北紀，所以限戎狄也。南戒自岷山、嶓冢負地絡之陽，東及太華，連商山、熊耳、外方、桐柏，自上洛南逾江漢，攜武當、荆山，至于衡陽，乃東循嶺徼，達東甌、閩中，是謂南紀，所以限蠻夷也。故星傳謂北戒爲胡門，南戒爲越門。

〔三〕天街　漢書天文志：畢昴間，天街也。街北，胡也。街南，中國也。

〔四〕垣牆　三氏星經：長垣四星在少微西，南北列，主界城域邑牆，防胡夷入之，即今長城是也。

〔五〕尾閭　莊子注：尾閭，海尾洩水處。爾雅釋地：東方之美者，有醫無閭之珣玗琪焉。郭璞曰：醫無閭，山名，今在遼東。

〔六〕黿魚　新唐書天文志：自渤海、九河之北，得漢河間、涿郡、廣陽及上谷、漁陽、右北平、遼西、遼東、樂浪、玄菟，古北燕、孤竹、無終、九夷之國。尾得雲漢之末派，黿、魚麗焉。

〔七〕世史　丘濬世史正綱序：其宏綱大旨，果何在哉？曰：在嚴華夷之防，在立君臣之義，在原父子之心。夫華夷之分，其界限在疆域；君臣之義，其體統在朝廷；父子之心，其傳序在世及，不可以不正也。

〔八〕石室　揚雄遺劉歆書：得觀書于石室。

〔九〕魚鳥章　書斷列傳：齊末王融圖古今雜體，有六十四書，而鳳魚蟲鳥，是七國時書。

其十六

山城瞰秋窗，雉堞〔一〕半在几。山僮放紙鳶，呼風應階戺。尚父棲石室〔二〕，垂竿尚湖〔三〕水。信國〔三〕北渡還，海道亦由此。父老都不知，但指蘄王壘。金山鼙鼓聲，殷殷潮汐①裏。

【校勘記】

①凌本作「沙」，鄒本、金匱本作「河」。

【箋注】

〔一〕雉堞　鮑明遠蕪城賦：板築雉堞之殷。李善曰：鄭玄周禮注：雉長三丈，高一丈。杜預左氏傳注：堞，女牆也。

〔二〕石室　襲仲希中吴紀聞：常熟海隅山有石室十所，昔太公避紂居之。盧知州琴川志：虞山稍北，下山腰有石室，可坐十許人，相傳太公避紂於此。

〔三〕尚湖　大明一統志：尚湖，在常熟縣西南四里，長十五里，廣九里。

〔四〕信國　襲開文宋瑞傳：北軍遣宋瑞偕祈請使俱北。宋瑞夜同其客人杜滸及廝役共十一人，宋瑞以舟西走儀真，經維揚，由泰至通州，遵海而南至温州，謁景炎新主。

其十七

尹二淡蕩人〔一〕，好爲竹枝〔二〕歌。江干殘雪後，春淺水微波。吹笛看羣山，那山出雲多？李三愛此詞，側帽長吟哦。興酣爲點染，潑墨生煙蘿。江上無兩人，風月皆蹉跎。今人則已矣，古人復如何？

【箋注】

〔一〕淡蕩人　太白古風：吾亦淡蕩人，拂衣可同調。元遺山曲阜紀行詩：我亦淡蕩人，涉世寡所諧。

〔二〕竹枝　江陰尹嘉賓，字孔昭，作江上竹枝詩：河豚雪後春猶淺，江上風來水已波。攜酒江邊吹笛坐，那山今日出雲多？公曰：李長蘅甚吟賞此詩，謂老鐵諸人無此風味。

其十八

落落湖海士，奮髯①談握奇〔一〕。三載遯聲塵，宿昔夢見之。或云赴海死，抱石〔二〕與世辭。或云盡室去，滄波逐鴟夷〔三〕。人生七尺軀，龍蠖〔四〕無端倪。弦高〔五〕爲鄭商，申公〔六〕竊夏姬。豈如縛足雀〔七〕，掣線還故枝。世界自寥廓，吾師欲居夷〔八〕。東方君子國〔九〕，宛在天一涯。

【校勘記】

①鄒本、金匱本作「然」。

【箋注】

〔一〕握奇　風后握奇經：八陣四爲正，四爲奇，餘奇爲握奇。舊注：奇讀如奇耦之奇。解云：説奇正者多矣，而握奇云者，四爲正，四爲奇，餘奇爲握奇。陣數有九，中心奇零者，大將握之，以應赴八陣之急處。

〔二〕抱石　鄒陽獄中書：徐衍負石入海。師古曰：負石者，欲速沉也。

〔三〕鴟夷　史記越王勾踐世家：范蠡浮海出齊，變姓名自謂鴟夷子皮。杜牧之杜秋詩：西子下姑蘇，一舸逐鴟夷。

〔四〕龍蠖　易繫辭：尺蠖之屈，以求信也。龍蛇之蟄，以存身也。

〔五〕弦高　左傳僖公三十三年：秦師過周，及滑，鄭商人弦高將市於周，遇之，以乘韋先牛十二犒師。

〔六〕申公　新序雜事篇：申公巫臣將使齊，私説夏姬與謀，及夏姬行，而申公巫臣廢使命道亡，隨夏姬之晉。令尹將徙其族，言之於王曰：「申公巫臣諫先王以無近夏姬，今身廢使命，與夏姬逃之晉，是欺先王也，請徙其族。」王曰：「申公巫臣爲先王謀則忠，自爲謀則不忠，是厚於先王而自薄也，何罪於先王？」遂不徙。

〔七〕縛足雀　智論：他方菩薩以先世因緣故，雖遠處生，應來聽法；譬如繩繫雀脚，雖復遠飛，攝之則還。

〔八〕居夷　後漢書東夷傳：夷有九種，曰畎夷、于夷、方夷、黄夷、白夷、赤夷、玄夷、風夷、陽夷，故孔子曰欲居九夷也。

〔九〕君子國　山海經：君子國衣冠帶劍，食獸，使二文虎在左右。其人好讓不争。

其十九

吾徒劉漁仲，漳海一怪民〔一〕。尊己卧百尺〔二〕，藐人直半文〔三〕。但求一人知，不顧舉世嗔。石齋禮法人，天刑〔四〕戒諄諄。灑泣作劉招〔五〕，未死招其魂。西陵短馮生〔六〕，卓犖亦等倫。亂世干網羅，傭雇〔七〕全其身。舉舉〔八〕鮮華子，蒙頭灰涸塵。吾衰失二子，跉踔〔九〕

嗟半人〔一〇〕。馮生盍歸來？從我東海濱。

【箋注】

〔一〕怪民　柳子厚與蕭翰林俛書：謗語轉侈，嚻嚻嗷嗷，漸成怪民。

〔二〕臥百尺　魏志陳登傳：許汜與劉備并在劉表坐，汜曰：「陳元龍湖海之士，豪氣未除。昔過下邳見元龍，無客主之意，又不相與語，自上大牀臥，使客臥下牀。」備曰：「如小人欲臥百尺樓上，臥君于地，何但上下牀之間耶？」

〔三〕直半文　王銍默記：劉貢父與王介甫最爲故舊。荆公常戲拆貢父名曰：「劉攽不值一分文。」謂其名也。貢父復戲拆荆公名曰：「失女便成宕，無宀真是妬。下交亂真如，上交誤當宁。」荆公心銜之。

〔四〕天刑　昌黎答劉秀才論史書：夫爲史者，不有人禍，則有天刑。

〔五〕劉招　漳浦劉漁仲挾策遊吴，經年不歸。黄石齋倣大招、招魂作劉招以招之。

〔六〕馮生　馮文昌，字硯祥，開之先生諸孫也。

〔七〕傭雇　史記儒林列傳：倪寬貧無資用，常爲弟子都養，及時時閒行傭賃，以給衣食。

〔八〕舉舉　昌黎送陸暢詩：舉舉江南子，名以能詩聞。

〔九〕跉踔　莊子秋水篇：夔謂蚿曰：「吾以一足跉踔而行，予無如矣。」

〔一〇〕半人　晉書習鑿齒傳：襄陽陷，苻堅素聞其名，與道安俱輿而致焉。與語，大悦，以其蹇疾，與諸鎮書：昔晉氏平吴，利在二陸。今破漢南，獲士裁一人有半耳。

其二十

旁行〔一〕側理紙〔二〕，堆積秋興編。發興己亥秋，未卜斷手〔三〕年。元和只一頌，唐雅才二篇。買菜〔四〕良自哂，終任魚蠹穿。夕陽聽漁笛，嗚咽悲遠天。相將撈魚蝦，高歌同扣舷。

【箋注】

〔一〕旁行　史記大宛列傳：畫革旁行，以爲書記。韋昭云：外夷書皆旁行，今南方林邑之徒，書皆旁行不直下也。

〔二〕側理紙　王子年拾遺記：張華造博物志，奏于武帝，帝賜側理紙萬番，此南越所獻。後人言陟里，與側理相亂。南人以海苔爲紙，其理縱横邪側，因以爲名。

〔三〕斷手　少陵寄題江外草堂詩：斷手寶應年。趙次公曰：斷手字，晉、魏以來之語。

〔四〕買菜　後漢書嚴光傳注：皇甫謐高士傳曰：侯霸奉書求報，光口授之，使者嫌少，光曰：「買菜乎？求益也。」

贈歸玄恭八十二韻戲效玄恭體

衰老寡朋舊，最愛玄恭子。玄恭亦昵余，不以老耄鄙。江村蓬藋〔一〕鄉，一歲數倒屣〔二〕。

懶病常畏人，蛛絲絡巾履。啄木〔三〕響倉琅，柴門撼馬箠①〔四〕。無乃玄恭乎？招延果然是。牽手共絶倒〔五〕，豈但蛩然喜〔六〕？過從永夕夜，笑抃移日晷。子如汗血駒，騰驤抹千里。憐我老識道，創殘〔七〕重依倚。問我誦讀法，訪我述作軌。羅網〔八〕蒐放失，鍼芒别疑似。即事難屢送〔九〕，更端〔一〇〕坐②數起。把搔著痛癢，分疏豁瘢③痞。沈吟時解帶，欣賞但撫几。黯黯梁月墮，摵摵燈花委。殘杯冷復温，村酒薄彌旨。頻看參旗横，每恨髦頭④哆。孤憤填胸臆，沈憂滯⑤骨髓。悲啼雜夜烏⑥，絮語傾漏水。有恨徒詛天，無聊且駡鬼〔一一〕。怦怦顧形影，刺刺忌僮婢。恨少只一口，較多餘兩耳。世亂苦局促〔一二〕，來趣去亦駛。相期如弦望〔一三〕，一别即弦矢。傷離對燈燭⑦，惜逝臨洲渚。思君誠無度，撫己良有恥。子爲太僕孫，家學承古始。嬉戲習丹鉛，辟咡〔一四〕慣經史。摇筆斷修蛇〔一五〕，垂芒射青兕〔一六〕。吾衰久廢學，頑疏迫濛汜〔一七〕。師丹〔一八〕事多忘，籍氏〔一九〕典失記。規矩〔二〇〕偭高曾，先疇荒耘耔。子爲魯國儒，程朱接階戺。端拜繙六經，攘臂屏二氏。摳衣兩楹奠，垂涎兩廡祀。吾老歸空門，賣身〔二一〕充佛使。貝葉開心花，明燈息意蘂。三幡〔二二〕研精微，四輪〔二三〕徵恢詭。與子異門牆，矢函〔二四〕算倍蓰〔二五〕。子負經世畧，春秋志傾否。韜鈐經握奇，扼塞圖地理。棋局畫兵符，酒旗樹戎壘。吾少不如人，況復老如此。有眼如鍼孔，有膽如芥子。常苦心懸杵，徒誇耳成市〔二六〕。杯中看影蛇〔二七〕，牀下聽鬭蟻〔二八〕。方當守要領〔二九〕，何暇共鞭弭⑧〔三〇〕。

我叨一日長〔三一〕，子勝〔三二〕無吾⑨以。資強師則弱，蓋函〔三三〕不相抵。子有百篇詩，稿本庋吾匭。元氣含從衡，冥漲失津涘。四游〔三四〕圍尺幅，八極⑩步寸跬〔三五〕。逐日〔三六〕杖不休，飲河竭⑪未止。宋玉賦大言〔三七〕，莊生⑫喻非指〔三八〕。唐衢〔三九〕哭蒼茫，賈生〔四〇〕涕重累。西音〔四一〕起促柱，易水歌變徵〔四二〕。望氣指鍾離，步天肇星紀。戲帝〔四三〕笑爭博，叫天〔四四〕苦填珥。憂來每長吟，詠罷自撫髀。臨風歌激昂，巡簷〔四五〕嘆倚徙。中夜看牛斗，角芒正邐迤。飛動防出匣，封題謹累紙。吁嗟天地間，物類各斐亹。胡然此兩人，廓落無所底。昌黎嘆雙鳥〔四六〕，聊可相比擬。各捉⑬一處囚，天公豈徒爾？共工〔四七〕觸不周，圓盤至今圮。方朔〔四八〕掉雷車，呀呀萬人死。橫爲摩竭魚〔四九〕，檣桅出口齒。豎作難陀龍〔五〇〕，須彌擺頭尾。女媧摶黃土〔五一〕，二物獨歸峗。未知何方隅，安頓我與爾？祈往⑭修羅宮⑮〔五二〕，石扉屹雙峙。逝登覩史天〔五三〕，外院隔塵滓。國土鍼端小，世界蜂窠⑯庳。徒然勞胼胝〔五四〕，何用矜爪嘴〔五五〕？言尋西王母，燕游玉山〔五六〕趾。紫海〔五七〕泥活活，黃竹〔五八〕雪靡靡。剩有不死藥〔五九〕，藏貯月宮裏。舉杯勸姮娥⑰，乞我方寸匕〔六〇〕。我年八十一，子亦五十矣。

【校勘記】

①淩本作「齒」。②鄒本、金匱本作「坐」。③鄒本、金匱本作「癥」。④「髦頭」，鄒本作「落月」，金匱本作「彗星」。⑤金匱本作「殢」。⑥鄒本作「鳴」。⑦鄒本、金匱本作「燼」。

⑧鄒本作「珥」。⑨鄒本、金匱本作「我」。⑩鄒本作「燃」。⑪金匱本作「渴」。⑫淩本作「子」。⑬鄒本、金匱本作「促」。⑭鄒本、金匱本作「住」。⑮鄒本作「宅」。⑯淩本作「巢」。⑰「姮娥」，淩本作「嫦娥」。

【箋注】

〔一〕蓬藋　左傳昭公十六年：斬蓬蒿藜藋而共處之。

〔二〕倒屣　袁宏後漢紀：崔駰詣竇憲，始及門，憲到屣迎之。

〔三〕啄木　昌黎送僧澄觀詩：丁丁啄門遺啄木。

〔四〕馬箠　漢書婁敬傳：太王以狄伐故，去豳，杖馬箠去居岐。師古曰：箠，馬策也。

〔五〕絶倒　世説賞譽篇：王平子每聞衛玠言，輒嘆息絶倒。

〔六〕蛩然喜　莊子徐無鬼篇：逃虚空者，聞人足音，蛩然而喜矣。

〔七〕創殘　昌黎張中丞傳後序：將其創殘餓羸之餘，雖欲去，必不達。

〔八〕羅網　司馬子長報任少卿書：網羅天下，放失舊聞，畧考其事。

〔九〕送難　世説文學篇：支道林、許掾共在會稽王齋頭，支爲法師，許爲都講。支通一義，四坐莫不厭心。許送一難，衆人莫不抃舞。

〔一〇〕更端　記曲禮：侍坐于君子，君子問更端，則起而對。

〔一一〕罵鬼　古文苑王延壽夢賦：臣弱冠嘗夜寢，見鬼物與臣戰，遂得東方朔與臣作罵鬼之書。

〔一二〕局促　漢書灌夫傳：上怒内史曰：「今日廷論，局趣效轅下駒。」

〔一三〕弦望　李少卿與蘇武詩：安知非日月，弦望自有時。李善曰：劉熙釋名曰：弦，月半之名也。其形一旁曲，一旁直，若張弓弛弦也。望，月滿之名也。月大十六日，月小十五日，日在東，月在西，遥相望也。

〔一四〕辟咡　記曲禮：負劍辟咡詔之。鄭氏曰：負謂置之於背，劍謂挾之於旁。辟咡詔之，謂傾頭與語。口旁曰咡。

〔一五〕修蛇　少陵送程録事還鄉詩：意鍾老柏青，義動修蛇蟄。

〔一六〕青兕　楚辭宋玉招魂：君王親發兮憚青兕。

〔一七〕濛汜　屈原天問：出自湯谷，次于濛汜。王逸曰：言日出東方湯谷之中，暮入西極濛水之涯也。

〔一八〕師丹　方回瀛奎律髓宋元憲寄子京詩：老去師丹多忘事，少來之武不如人。

〔一九〕籍氏　左傳昭公十五年：昔而高祖孫伯黶，司晉之典籍，以爲大政，故曰籍氏。及辛有之二子董之，晉於是乎有董史。女司典之後也，何故忘之？

〔二〇〕規矩　班孟堅西都賦：國籍十世之基，家承百年之業，士食舊德之名氏，農服先疇之畎畝，商循族世之所鬻，工用高曾之規矩。粲乎隱隱，各得其所。

〔二一〕賣身　五燈會元：南泉普願禪師上堂：「王老師賣身去也，還有人買麽？」一僧出曰：「某甲買。」師曰：「不作貴，不作賤，汝作麽生買？」僧無對。建康實録：陳後主乃自賣身于佛寺爲奴。

〔二二〕三幡　孫興公遊天台山賦：消一無于三幡。李善曰：三幡，色一也，色空二也，觀三也。言三幡雖殊，消令爲一，同歸於無也。郤敬輿與謝慶緒書論三幡義曰：近論三幡，諸人猶多欲，既觀色空，别更觀識。同在一有，而重假二觀，於理爲長。然敬輿之意，以色空及觀爲三幡，識空及觀亦爲三幡。

〔二三〕四輪　法苑珠林輪王篇：一金輪王，則化被四天下；二銀輪王，則政隔北鬱單，王三天下；三銅輪王，則除北鬱單及西俱耶尼，王二天下；四鐵輪王，則除唯南閻浮提，王一天下。鐵輪有二百五十輻，銅輪有五百輻，銀輪有七百五十輻，金輪有千輻。故仁王經云：道種堅德王乘金輪，王四天下。性種性王乘銀輪，王三天下。習種性王乘銅輪，王二天下。以上十善得王乘鐵輪，王一天下。

〔二四〕矢函　孟子：矢人豈不仁于函人哉？五燈會元：裴休序圭峯禪源諸詮曰：情隨函矢而遷變。

〔二五〕倍蓰　程大昌演繁露：孟子：或相倍蓰。古書罕有用蓰字者，史記周本紀：其罰倍灑。徐廣曰：五倍曰蓰。孔安國曰：倍百爲二百鍰也。

〔二六〕耳成市　山海經：有大人之市，名曰大人之堂。有一大人，踆其上，張其兩耳。郭璞曰：

踆，古蹲字。

〔二七〕影蛇　晉書樂廣傳：廣有客，飲酒見杯中有蛇，意惡之，既飲而疾。于時河南廳事壁上有角，漆畫作蛇，廣意杯中蛇即角影也。復置酒前處，謂客曰：「酒中復有所見否？」對曰：「所見如初。」廣告其所以，客豁然意解，沉疴頓愈。

〔二八〕鬭蟻　世説紕繆篇：殷仲堪父病虚悸，聞牀下蟻動是牛鬭。

〔二九〕要領　戰國策：恐其不忠於下吏，自使有要領之罪。

〔三〇〕鞭弭　段柯古酉陽雜俎：梁宴魏使李騫、崔劼，樂作，劼曰：「延陵昔聘上國，寔有觀風之美。」梁舍人賀季曰：「卿發此言，乃欲挑戰。」騫曰：「請執鞭弭，與君周旋。」季曰：「未敢三舍。」劼曰：「數奔之事，久已相謝。」季曰：「車亂旗靡，恐有所歸。」劼曰：「平陰之役，先鳴已久。」梁主客王克曰：「吾方欲館穀，而旌武功。」騫曰：「王夷師熸，將以誰屬？」遂共大笑而止。

〔三一〕一日長　世説品藻篇：顧劭嘗與龐士元宿語，問曰：「聞子名知人，吾與足下孰愈？」曰：「陶冶世俗，與時浮沈，吾不如子。論王霸之餘策，覽倚仗之要害，吾似有一日之長。」劭亦安其言。

〔三二〕子勝　陳琳爲曹洪與魏文帝書：自入益部，仰司馬、楊、王遺風，有子勝斐然之志，故頗奮文辭，異於他日。

〔三三〕蓋函　五燈會元：石柱禪師曰：「一人説得行得者，衹是函蓋相稱。」曇穎達觀禪師曰：「事如函得蓋，理如箭直鋒。」

〔三四〕四游　張茂先勵志詩：天迴地游。李善曰：河圖曰：地有四游，冬至地上行北而西三萬里，夏至地下行南而東三萬里，春秋二分是其中矣。地常動不止而人不知，譬如閉舟而行，不覺舟之運也。

〔三五〕寸跬　漢書鄒陽傳：跬步獨進。師古曰：半步曰跬。

〔三六〕逐日　博物志：夸父與日相逐走，渴飲于河渭，不足，北飲大澤。未至，道渴而死，棄其杖，化爲鄧林。

〔三七〕大言　古文苑宋玉大言賦：并呑四夷，飲枯河海。跋越九州，無所容止。身大四塞，愁不可長。據地盼天，迫不得仰。

〔三八〕非指　莊子齊物論篇：以指喻指之非指，不若以非指喻指之非指也。

〔三九〕唐衢　李肇國史補：唐衢有文學，老而無成，唯善哭。每一發聲，音調哀切，聞者泣下。嘗遊太原，遇享軍，酒酣乃哭，滿坐不樂，主人爲之罷宴。

〔四〇〕賈生　李商隱安定城樓詩：賈生年少虚垂涕。

〔四一〕西音　左太沖蜀都賦：起西音於促柱。劉淵林曰：昔周昭王涉漢中流而隕，其右辛遊靡拯王，遂卒，不復還。周乃侯其子于西翟，實爲長公。楚徙宅西河，長公思故處，始作西音。長公繼是音以處西山，秦國之風，蓋取乎此。

〔四二〕變徵　國策：荆軻至易水上，既祖取道，高漸離擊筑，荆軻和而歌，爲變徵之聲，士皆垂淚涕泣。

〔四三〕戲帝　韓非子外儲説左上篇：秦昭王令工施鉤梯而上華山，以松柏之心爲博，箭長八尺，棊長八寸，而勒之曰：「昭王嘗與天神博于此矣。」

〔四四〕叫天　左傳哀公十七年：衛侯夢于北宫，見人登昆吾之觀，被髮北面而噪曰：「登此昆吾之墟，緜緜生之瓜。余爲渾良夫，叫天無辜。」

〔四五〕巡簷　少陵迎妻子到江陵詩：巡簷索共梅花笑。

〔四六〕雙鳥　昌黎雙鳥詩：天公怪兩鳥，各捉一處囚。百蟲與百鳥，然後鳴啾啾。

〔四七〕共工　博物志：共工氏與顓頊争帝，而怒觸不周之山，折天柱，絶地維，故天傾西北，日月星辰就焉，地不滿東南，故百川水注焉。

〔四八〕方朔　昌黎讀東方朔雜事詩：方朔乃豎子，驕不自禁訶。偷入雷電室，輷輘掉狂車。王母聞以笑，衛官助呀呀。不知萬萬人，生身埋泥沙。

〔四九〕摩羯魚　翻譯名義集：摩竭，此云鯨魚。雄曰鯨，雌曰鯢，大者長十餘里。大論云：五百賈客入海採寶，值摩竭魚王開口，船去甚疾。船師問樓上人何所見，曰：「見三日及大白山，水流奔趨如入大坑。」船師云：「三日者，一是實日，二是魚目，白山是魚齒，水奔是入魚口，我曹死矣。」時船中人共稱南無佛。是魚先世曾受五戒，得宿命智，聞佛名字，即自悔責，魚便合口，衆人命存。

〔五〇〕難陀龍　長阿含經：時難陀、跋難陀二大龍王，身繞須彌，周圍七匝。以尾打水，大海浪冠須彌。忉利天曰：「修羅欲戰矣。」

〔五一〕摶黄土　御覽：風俗通曰：俗説天地開闢，未有人民，女媧摶黄土作人。劇務，力不暇供，乃引繩于絙泥中，舉以爲人。故富貴者，黄土人也；貧賤者，絙人也。

〔五二〕修羅宫　西域記：婆毘吠伽論師静而思曰：「非慈氏成佛，誰決我疑？」於觀自在菩薩像前誦隨心陀羅經涉三年，菩薩乃現身曰：「何所志乎？」對曰：「願留此身，待見慈氏。」菩薩曰：「人命難保，宜修勝善生覩史多天，乃見慈氏。」對曰：「志不可奪。」菩薩曰：「若其然者，宜往馱那羯磔迦國城南山巖執金剛神所，至誠誦持執金剛陀羅尼者，當遂此願。」論師於是往而誦焉。三載之後，神出問曰：「汝何所願？」對曰：「願留此身，待見慈氏。」神又謂曰：「此巖石内有修羅宫，如法行請，石壁當開，開即入中，可以見也。」論師受命，專精誦持，又經三載，乃呪芥子以擊石壁，石壁乃開。論師與六人入石壁裹，入已，石壁還合。

〔五三〕覩史天　西域記：阿踰陀國城西南有故伽藍，是阿僧伽菩薩諸聖導凡之處。無著菩薩夜昇覩史天宫，於慈氏菩薩所受瑜伽師地等論。晝則下天，爲大衆講授妙理。

〔五四〕胼胝　世説言語篇：王右軍與謝太傅共登冶城，王謂謝曰：「夏禹勤王，手足胼胝，文王旰食，日不暇給。」

〔五五〕爪嘴　昌黎嘲魯連子詩：魯連細兒黠，有似黄鷂子。田巴兀老蒼，憐汝矜爪嘴。

〔五六〕玉山　山海經：玉山，西王母所居也。郭璞曰：此山多玉石，因以名云。穆天子傳謂之羣玉之山。

〔五七〕紫海　别國洞冥記：東方朔之紫泥海，有紫水污衣，仍過虞淵湔洗。

〔五八〕黄竹　穆天子傳：天子筮獵苹澤，作黄竹詩三章以哀民。

〔五九〕不死藥　淮南子覽冥訓篇：羿請不死之藥於西王母，姮娥竊以奔月。

〔六〇〕方寸匕　本草：方寸匕者，作匕正方一寸，抄散取不落爲度。

埋庵老人曾孫歌

吴門老叟長眉青，清齋手寫華嚴經。八十一卷羅舍利〔一〕，筆端錯落含桃形。劫火焚燒大千〔二〕潰，妙蓮佛刹無遷代。貝葉明燈夜未央，曼花〔三〕飛雨春長在。花雨燈①雲擁蕈門〔四〕，徐家世産石麒麟。寶誌公曾記摩頂，武夷君〔五〕又唤曾孫。抱送定②有神天護，世人那得知其故？寄位應參德生法〔六〕，入胎先説童真住〔七〕。老翁彈指嘆善哉，善財〔八〕樓閣一門開。楮香葵豔繙經候，親見天童入口〔九〕來。

【校勘記】

①鄒本、金匱本作「登」。　②鄒本、金匱本作「自」。

【箋注】

〔一〕舍利　蘇易簡文房四譜：唐法師楚金，刺血寫華嚴經，筆端常有舍利。

〔二〕大千　北山録：千倍中千爲一大千。注曰：一千箇中千世界，一千箇三禪，名一大千界也。

〔三〕曼花　法華經：佛説法已，入于無罣礙三昧，是時天雨曼陀羅花。

〔四〕蓽門　左傳襄公十年：蓽門圭竇之人。杜預曰：蓽門，柴門也。

〔五〕武夷君　方輿勝覽：俗傳玉帝與太姆魏真人、武夷君建幔亭，綵屋數百間，施紅雲裀、紫霞褥，宴鄉人男女千餘人于其上，皆呼爲曾孫。酒行，命奏賓雲之曲。

〔六〕德生法　華嚴經入法界品：德生童子、有德童女告善財言：「吾等證得菩薩解脱，名爲幻住。見一切世界皆幻住，因緣所生故；一切衆生皆幻住，業煩惱所起故；一切世間皆幻住，無明有愛等展轉緣生故；一切法皆幻住，我見等種種幻緣所生故；一切三世皆幻住，我見等顛倒智所生故；一切衆生生滅、生老病死、憂悲苦惱皆幻住，虚妄分別所生故；一切國土皆幻住，想倒心倒見倒無明所現故；一切聲聞、辟支佛皆幻住，智斷分別所成故；一切菩薩皆幻住，能自調伏教化衆生諸行願法之所成故；一切菩薩衆會、變化、調伏、諸所施爲皆幻住，願智幻所成故。善男子！幻境自性不可思議。」

〔七〕童真住　華嚴經十住品云：何謂菩薩童真住？此菩薩住十種業。何者爲十？所謂身行無失，語行無失，意行無失，隨意受生，知衆生種種欲，知衆生種種解，知衆生種種界，知衆生種種業，知世界成壞，神足自在、所行無礙。是爲十。首楞嚴經：十身靈相，一時具足，名童真住。

〔八〕善財　華嚴經入法界品：爾時善財童子敬遶彌勒菩薩，合掌白言：「惟願大聖開樓觀門，令我得入。」彌勒菩薩即彈右指，門自然開。善財即入，入已，還閉。

〔九〕入口　贊寧宋高僧傳：惟慤受舊相房公融宅請，出經函云：「相公在南海，躬親筆受首楞嚴經一部留家供養。今筵中正有十僧，每人可開題一卷。」慤坐第四疏經，見富樓那問生起義，覺其文婉，其理玄，發願撰疏。及歸院，寫文殊菩薩像，别誦名號計十年，厥志堅強。忽夢妙吉祥乘狻猊自慤之口入，由茲下筆，若大覺之被善現談般若焉。及將徹簡，於卧寐中見由口而出，在乎華嚴宗中，文殊智也。勒成三卷，于今盛行。

題滕相士寫真

絳節〔一〕朝元昔夢稀，金箱猶疊五銖衣〔二〕。玄裳縞袂人誰識？只道横江一鶴〔三〕飛。

【箋注】

〔一〕絳節　少陵玉臺觀詩：上帝高居絳節朝。

〔二〕五銖衣　李商隱聖女祠詩：無質易迷三里霧，不寒常著五銖衣。

〔三〕一鶴　東坡後赤壁賦：適有孤鶴横江東來，翅如車輪，玄裳縞衣，戛然長鳴。須臾客去，予亦就睡，夢一道士羽衣翩躚，問其姓名，俛而不答。嗚呼噫嘻，疇昔之夜飛鳴而過我者，非子也耶？道士顧笑，予亦驚悟。

方生行送方爾止還金陵

方生弱冠〔一〕來造余，銀鉤〔二〕傳致①鍾陽〔三〕書。曲江〔四〕憶念看花後②，東觀〔五〕誇張視草餘〔六〕。七年戎馬躪齊魯，大夫死綏〔七〕士死鼓〔八〕。孺人愛妾胥國殤，碧血清流照終古。誦君歷下詩慘悽，陰風怪雨生尺蹏〔九〕。鋪陳杜老詩中史，曲折睢陽傳後題。因之遍覽餘篇什，采掇元家篋中集〔一〇〕。贈策〔一一〕每嗤天帝醉，移盤〔一二〕欲共仙人泣。方生憐我賞其詩，越人山木〔一三〕心自知。一别傷心③循鬢髮，重來執手看鬚眉。衰老殘軀存兩臂〔一四〕，兩耳雙聾苦瑱④珥〔一五〕。仲車〔一六〕笑人但聳聽，子瞻〔一七〕代口空畫字〔一八〕。年來傾耳〔一九〕輒雺巾，無耳何辭作廢人？鴟歌〔二〇〕魯國誰來往？鶴語〔二一〕堯年自苦辛。山窗歷歷古祠墓，日夕看君登幾度？稚孫黄犢〔二二〕健追陪，老我青羊⑤〔二三〕倦遲暮。聚首茫茫塵劫前，我髭君腹兩皤然〔二四〕。共嗟梵志〔二五〕還家日，卻笑彭公〔二六〕觀井年。哺雛軒頭掛弧矢，白鶴靈芝神告爾。

即看抱送頌⑥商瞿，何妨富貴誇翁子〔二七〕。歌罷將雛賦遠遊，削成如案覽青丘〔二八〕。東馬重看日出處，呼鷹直盡海東頭。我有羊城〔二九〕荔支酒，故人嶺表來稱壽。瓶眉〔三〇〕聊可謝世人，缸面〔三一〕祗應飲好友。經年封固爲君開，莫惜臨岐盡一杯。憑君鑒我區區意，卻寄青州從事〔三二〕來。

【校勘記】

①「銀鈎傳致」，鄒本、金匱本作「手持尺素」。②鄒本、金匱本作「候」。③鄒本、金匱本作「魂」。④鄒本、金匱本作「填」。⑤「青羊」，鄒本作「香羊」。⑥鄒本、金匱本作「慰」。

【箋注】

〔一〕弱冠　班固漢書述：賈生矯矯，弱冠登朝。

〔二〕銀鈎　東坡答王定民詩：開緘奕奕滿銀鈎。

〔三〕鍾陽　桐城張公，諱秉文，字含之，別號鍾陽，萬曆庚戌進士。崇禎戊寅十二月，遼騎過都城，薄濟南府。公時爲山東大方伯，嬰城死守，捍禦半月。己卯元旦，城陷，公中一矢先殞城上。夫人方氏，名孟式，字如耀，即爾止之姊也，同一妾投大明湖中。爾止作大明湖歌，詳載其事。

〔四〕曲江　李肇國史補：進士大讌于曲江亭子，謂之曲江會。

〔五〕東觀　後漢書和帝紀：十三年，帝幸東觀，覽書林，閱篇籍，博選藝術之士以充其官。

〔六〕視草　樂天中書連直因懷元九詩：誠知視草貴，未免對花愁。

〔七〕死綏　任彦升奏彈曹景宗文：將軍死綏。李善曰：司馬法曰：將軍死綏。注云：綏，却也。有前一尺，無却一寸。杜預左氏傳注曰：古名退軍爲綏。

〔八〕死鼓　吕氏春秋審分覽：管仲謂齊侯曰：「鼓之，三軍之士視死如歸，臣不若王子城父。」

〔九〕尺蹏　漢書外戚傳：赫蹏書。孟康曰：蹏，猶地也。染紙素令赤而書之，若今黄紙也。應劭曰：赫蹏，薄小紙也。

〔一〇〕篋中集　文獻通考：篋中集一卷，陳氏曰：唐元結次山録沈千運、趙微明、孟雲卿、張彪、元季川、于逖、王季友七人詩二十四首，盡篋中所有次之。

〔一一〕贈策　張平子西京賦：昔者大帝説秦穆公而覲之，饗以鈞天廣樂，帝有醉焉，乃爲金策，錫用此土，而剪諸鶉首。

〔一二〕移盤　李賀金銅仙人辭漢歌：移盤獨出月荒涼，渭城已遠波聲小。

〔一三〕山木　説苑：越人歌：山有木兮木有枝，心悦君兮君不知。

〔一四〕兩臂　東坡次秦太虚見戲耳聾詩：晚年更似杜陵翁，右臂雖存耳先聵。

〔一五〕瑱珥　楚語：其又以規爲瑱也。韋昭曰：規，諫也。瑱，所以塞耳，而又以規諫爲之。

〔一六〕仲車　王偁東都事畧卓行傳：徐積，字仲車，耳聵甚，畫地爲字，乃始通語。終日面壁坐，不與人接，而四方事無不周知其詳。常語蘇軾曰：「自古常有功，獨稱大禹之功，自古皆有才，獨稱周公之才，以其有德以將之故爾。」軾然其言。

〔一七〕子瞻　首楞嚴經蒙鈔佛頂宗録參會公案：萬松云：蘇子瞻與聾人説話，畫字而已，復笑云：「我與彼皆異人也，我以手爲口，彼以眼爲耳，佛言六根互用，信也。」東坡志林：蘄州龐安常善醫而聵，與人語，以指畫字始能曉，東坡笑曰：「吾與君皆異人也。吾以手爲口，君以眼爲耳，非異人乎？」

〔一八〕畫字　少陵水宿遣興詩：耳聾須畫字。

〔一九〕傾耳　記孔子閒居：傾耳而聽之，不可得而聞也。

〔二〇〕鴝歌　左傳昭公二十五年：鸜鴿來巢。師己曰：「童謡有之：鸜鴿鸜鴿，往歌來哭。」

〔二一〕鶴語　白氏六帖：異苑曰：晉太康二年，南州人見二鶴語曰：「今兹寒，不減堯崩年。」

〔二二〕黄犢　少陵百憂集行：憶年十五心尚孩，健如黄犢走復來。

〔二三〕青羊　樂史寰宇記：益州華陽縣青羊肆，蜀本記云：老子爲關令尹喜著道德經，臨别曰：「後于成都郡青羊肆尋吾。」今爲青羊觀也。

〔二四〕皤然　左傳宣公二年：城者謳曰：「睅其目，皤其腹。」韻畧曰：皤，老人鬢白。

〔二五〕梵志　肇法師物不遷論：梵志出家，白首而歸。鄰人見之曰：「昔人尚存乎？」梵志曰：「吾猶昔人，非昔人也。」鄰人皆愕然。

〔二六〕彭公　記纂淵海：東坡文曰：俗言彭祖觀井，自繫大木之上，以車輪覆井，而後敢觀。

〔二七〕翁子　漢書朱買臣傳：買臣，字翁子。家貧好讀書。妻求去，買臣笑曰：「我年五十當富貴，今已四十餘矣，女苦日久，待我富貴報女功。」

〔二八〕青丘　少陵歡喜口號：削成如案抱青丘。樂史寰宇記：青丘在青州千乘縣。齊景公有馬千駟，田於青丘。此是也。

〔二九〕羊城　樂史寰宇記：廣州南海縣五羊城。按續南越志云：舊説有五仙人騎五色羊，執六穗秬而至，至今呼五羊城是也。

〔三〇〕瓶眉　漢書陳遵傳：揚雄酒箴：觀瓶之居，居井之眉。師古曰：眉，井邊地，若人目上之有眉。

〔三一〕缸面　張彦遠法書要録：蕭翼見辨才，設缸面酒，江東云缸面，猶河北稱甕頭，謂初熟酒也。

〔三二〕青州從事　世説術解篇：桓公有主簿善别酒，有酒輒令先嘗。好者謂青州從事，惡者謂平原督郵。青州有齊郡，平原有鬲縣，從事言到臍，督郵言在鬲上住。

放歌行爲絳趺堂主人姚文初作

闔廬城〔一〕頭晝①吹角，比屋穹廬〔二〕似幽朔。長洲茂苑〔三〕何處是②？清廟廻塘〔四〕已非昨。有人來③話吴趨〔五〕里，文姚蘭錡〔六〕俱頽剥。石經閣已斷④縑緗，絳趺堂又摧⑤花蕚。蠆尾〔七〕法書隳禁扁〔八〕，烏頭〔九〕表門掩榱桷〔一〇〕。他人入室主何之？訣别詩成淚雙落。

失巢朱鳳聲慘悽，避風海鳥〔一一〕影廻薄。誰言⑥蓋頭無一茅〔一二〕？尚喜隨身有雙⑦腳〔一三〕。自從感今⑧懷昔心悄然，白頭老客和淚眠。殘書枕籍⑨〔一四〕唐家曆〔一五〕，天寶元和在眼前。自從延秋〔一六〕啼白烏，王侯第宅颺灰煙。金雀〔一七〕銅人〔一八〕互凋換⑩，青芧〔一九〕朱户〔二〇〕争飛騫。功臣甲第〔二一〕觚稜並，權倖飛甍歌吹連。金玉兩杯〔二二〕讖成毀，乾龍五岡⑪〔二三〕圖蜿蜒。韓家南莊〔二四〕蒲苻茂，白傅〔二五〕新居水竹妍。親仁〔二六〕康崇誰得占？奉誠〔二七〕芸輝〔二八〕殊可憐。鷄坊小兒〔二九〕依佛⑫舍，津陽里⑬老〔三〇〕逢堯年。君不見修羅戰敗藕絲〔三一〕藏，帝釋表賀得勝堂。千梁萬科容一綖，七寶嚴飾咸相當。目連〔三二〕噴火變煨燼，萬千天女空徬徨。須臾安⑭坐受懺禮，妙法廣説常無常。毘閣延殿〔三三〕宛如舊⑮，琉璃寶地發浄光。浄名〔三四〕老病棲繩牀，諸天列座⑯羅成行。陶輪世界〔三五〕手斷取，衆生安坐⑰如處囊〔三六〕。華藏十三一小界，局促何異蜂蝟房。世間⑱變化豈終極，東海那得長栽桑。又不見絳趺屋烏聲唶唶，爲我謂烏且爲客。餘杭美⑲酒盛琥珀〔三七〕，痛飲莫量油囊〔三八〕窄。閶門飛閣屋欲流〔三九〕，毒霧腥⑳風暗阡陌。麻姑自識揚塵〔四〇〕候，重過胥門蔡經宅〔四一〕。

【校勘記】

①凌本作「畫」。②鄒本作「似」。③鄒本、金匱本作「過」。④鄒本作「新」。⑤鄒本、金匱本作「凋」。⑥鄒本、金匱本作「云」。⑦鄒本、金匱本作「兩」。⑧凌本作「人」。⑨鄒

本、金匱本作「席」。⑩「凋换」，凌本作「雕焕」。⑪「乾龍五岡」，鄒本、金匱本作「乾崗五龍」。⑫鄒本、金匱本作「僧」。⑬凌本作「俚」。⑭鄒本、金匱本作「升」。⑮鄒本、金匱本作「故」。⑯「列座」，鄒本作「布座」、金匱本作「布席」。⑰鄒本、金匱本作「住」。⑱「世間」，鄒本、金匱本作「天地」。⑲鄒本、金匱本作「好」。⑳鄒本作「塵」。

【箋注】

〔一〕闔廬城　陸廣微吴地記：地名甄胄，水名通波，城號闔閭，臺曰姑蘇，隩壤千里，是號全吴。

〔二〕穹廬　漢書匈奴傳注：師古曰：穹廬，旃帳也。其形穹隆，故曰穹廬。

〔三〕長洲茂苑　左太沖吴都賦：佩長洲之茂苑。范成大吴郡志：長洲在姑蘇南，太湖北岸，闔閭所遊獵處也。長洲苑，舊經云在縣西南七十里。孟康曰：以江水洲爲苑。韋昭云：長洲在吴東。枚乘説吴王濞云：「漢修治上林，雜以離宫，佳麗玩好，圈守禽獸，不如長洲之苑。」則知劉濞時嗣葺吴苑，其盛尚如此。

〔四〕廻塘　少陵壯游詩：嵯峨閶門北，清廟映廻塘。

〔五〕吴趨　范成大吴郡志：吴趨坊，皋橋西。

〔六〕蘭錡　左太沖吴都賦：陳兵而歸，蘭錡内設。冠蓋雲蔭，閭閻闐噎。

〔七〕蠆尾　張彦遠法書要録索靖傳：張芝草書形異，甚矜其書，名其字勢曰銀鈎蠆尾。

〔八〕禁扁　何平叔景福殿賦：爰有禁楄，勒分翼張。李善曰：楄，署也。扁從户册者，署門户也，扁與楄同。

〔九〕烏頭　程大昌演繁露：登州義門王仲昭六代同居，其旌表有廳事步欄，前列屏樹、烏頭，正門閥閱一丈二尺，二柱相去一丈，柱端安瓦桶墨染，號爲烏頭。築雙闕一丈，在烏頭之南三丈七尺，夾街十有五步，槐柳成列。

〔一〇〕榱桷　爾雅釋宫：桷謂之榱。郭璞曰：屋椽。

〔一一〕海鳥　國語：海鳥曰爰居，止魯東門之外三日。展禽曰：「今兹海其有災乎？夫廣川之鳥獸，恒知避其災也。」是歲也，海多大風，冬暖。

〔一二〕一茅　傳燈録：雲居問洞山：「如何是祖師西來意？」師曰：「闍黎他後有一把茅蓋頭。」

〔一三〕雙脚　東坡次孔毅夫久旱甚雨詩：不如西州楊道士，萬里隨身惟兩膝。

〔一四〕枕籍　漢書敘傳：枕籍經史。

〔一五〕唐家曆　唐詩紀事：舒元輿八月五日中部官舍讀唐曆天寶已來追愴故事詩云：將尋國朝事，静讀柳芳曆。八月日之五，開卷忽感激。正當天寶末，撫事坐追惜。

〔一六〕延秋　少陵哀王孫：長安城頭頭白烏，夜飛延秋門上呼。

〔一七〕金雀　班孟堅西都賦：上觚稜而棲金爵。李善曰：三輔故事曰：建章宫闕上有銅鳳皇。然金爵則銅鳳也。

〔一八〕銅人　西都賦：立金人于端闈。李善曰：史記：始皇大收天下兵器，鑄金人十二，重各千斤，置宫中。

〔一九〕青茅　蔡邕獨斷：封東方諸侯，則割青土，藉以白茅，授之以立社，謂之茅土。

〔二〇〕朱户　韓詩外傳：諸侯有德，天子錫之。一錫輿馬，再錫衣服，三錫虎賁，四錫樂器，五錫納陛，六錫朱户，七錫弓矢，八錫鈇鉞，九錫秬鬯，謂之九錫也。

〔二一〕功臣甲第　長安志：天寶中，京師堂寢已極宏麗，而第宅未甚踰制，然衛國公李靖廟已爲嬖人楊氏廐矣。乃安、史二逆之後，大臣宿將競崇棟宇無界限，立第極侈，人謂之木妖。少陵收京詩：功臣甲第高。

〔二二〕金玉兩杯　長安志：安邑坊李吉甫宅，盧氏雜説曰：泓師謂其地形爲玉杯，牛僧孺宅爲金杯，云玉杯一破無復全，金杯或傷重可完。僧孺宅在新昌里，本天寶中將作大匠康䛒宅，䛒自辨圖阜，以其地當出宰相，每命相，䛒必引頸望之。宅卒爲僧孺所得。吉甫宅至德裕貶，其家滅矣。

〔二三〕乾龍五岡　通鑑：寶曆二年，裴度自興元入朝，李逢吉之黨百計毁之。長安城中有横亘六岡，如乾象。度宅偶居第五岡，張權輿上言：「度名應圖讖，宅占岡原，不召而來，其旨可見。」上雖年少，悉察其誣謗，待度益厚。胡三省注曰：六岡横亘，如乾卦六畫之象。裴度平樂里第，偶居第五岡。程大昌曰：宇文愷之營隋都也，曰朱雀街，南北盡郭。有六條高坡，象乾卦六爻。故於九二置宫殿，以當帝王之居；九三立百司，以應君子之數；九五貴位，不欲常人居之，故置玄都觀及興善寺以鎮其地，劉禹錫賦看花詩即此也。裴度宅在朱雀街東，自北而南，則爲第四坊，名永樂坊，畧與玄都觀東西相對，而其第之比觀基，蓋退北兩坊，不正相當也。唐實録：裴度在興元，自請入覲，李逢吉之黨有張權輿者排之，以爲度名應圖讖，宅據乾岡，不召而來，其意可見。蓋權輿之所謂宅據乾岡者，即龍首第五坡之餘勢也。然度之所居，張説第在其西，尤與玄都觀相近，而張嘉貞之第正在坊北，何獨指度爲占據乾岡也？小人挾私欺君皆此類。

〔二四〕韓莊　張籍哭退之詩：去夏公請告，養疾城南莊。籍時官休罷，兩月同遊翔。移船入南溪，東西縱篙撐。長安志圖説：韓莊在韋曲之東，退之與孟郊賦詩，又送其子讀書之所也。

〔二五〕白傅　樂天池上篇：十畝之宅，五畝之園。有水一池，有竹千竿。

〔二六〕親仁　楊氏六帖補：郭子儀歲入官俸無慮二十四萬緡，宅居親仁里四分之一，中通永巷，家人三千相出入，不知其名。前後賜良田美器良園田館不可勝紀。安禄山事蹟：舊宅在道政坊，玄宗以其隘陋，更於親仁坊選寬爽之地，出内庫錢更造院宇，帷帳幔幙，充牣其中。天寶九載，禄山獻俘至京，命入新宅。

〔二七〕奉誠　元微之奉誠園詩：蕭相深誠奉至尊，舊居求作奉誠園。秋來古巷無人掃，樹滿空牆閉戟門。注曰：馬司徒舊宅。

〔二八〕芸輝　蘇鶚杜陽雜編：元載造芸輝堂於私第。芸輝，香草名也，出于闐國，其香潔白如玉，入土不朽爛，春之爲屑以塗其壁，故號爲芸輝。

〔二九〕鷄坊小兒　陳鴻東城父老傳：賈昌七歲解鳥語，玄宗樂鬭鷄，召入，爲鷄坊五百小兒長，當時號爲神鷄童。禄山陷洛，以千金購昌，昌變姓名，依于佛舍。

〔三〇〕津陽俚老　鄭嵎津陽門詩：兩逢堯年豈易偶，願君頤養豐膚肌。

〔三一〕藕絲　觀佛三昧經：阿修羅王往攻帝釋，於虚空中有四刀輪自然而下當阿修羅上，耳鼻手足，一時盡落。時阿修羅即便驚怖，遁走無處，入藕絲孔中。

〔三二〕目連　宗鏡録第六十四卷：帝釋與修羅戰勝，造得勝堂。七寶樓觀，莊嚴奇特。梁柱榰棉，皆容一綖，不相著而能相持。天神之妙力能如此。目連飛往，帝釋將目連看堂，諸天女皆羞目連，悉隱逃不出。目連念帝釋著樂，不修道本，即變化火燒得勝堂，爀然崩壞，仍爲帝釋廣説無常。帝釋歡喜，後堂儼然，無灰煙色。

〔三三〕毘闍延殿　雜阿含經：帝釋宫中有毘闍延堂，有百一樓觀，觀有七重，重有七房，房有七天后，后各七侍女。尊者大目犍連遊歷千小世界，無有如是堂觀端嚴如毘闍延堂者。

〔三四〕净名　僧肇維摩詰經注：維摩詰，秦言净名也。

〔三五〕陶輪世界　維摩詰經：斷取三千大千世界，如陶家輪，著右掌中，擲過恒沙世界之外。

〔三六〕處囊　首楞嚴經：或于空中，安坐不動。或入瓶内，或處囊中。

〔三七〕琥珀　太白客中行：蘭陵美酒鬱金香，玉椀盛來琥珀光。

〔三八〕油囊　葛洪神仙傳：方平以千錢與餘杭姥，求其酤酒，須臾信還，得一油囊酒五斗許。

〔三九〕瓦欲流　李商隱陳後宫詩：茂苑城如畫，閶門瓦欲流。

〔四〇〕揚塵　葛洪神仙傳：方平曰：「聖人皆言海中行復揚塵也。」

〔四一〕蔡經宅　陸廣微吴地記：蔡經宅，在吴縣西南五十步。經，後漢人，有道術，煉大丹，服菖蒲，得仙。今蔡仙鄉，即其隱處也。

老藤如意歌有序①

余年八十，靈巖和上持天台萬年藤如意爲壽。余識之，曰：「此金華吴少君遺物也。」歌以記之。

天台老藤作如意，破瓢道人〔一〕手礱治。三尺搜從虎豹羣，萬年文闇蛟龍字。老僧珍重如朵雲，愛我不惜持贈君〔二〕。唾壺〔三〕擊缺非吾事，指顧或可麾三軍〔四〕。

【校勘記】

①鄒本、凌本、金匱本無「有序」二字。

【箋注】

〔一〕破瓢道人　蘭谿吴孺子，字少君，常遊天台，過石梁，採萬年藤爲如意。以數縑市一大瓢，摩挲鑪錫，暗室發光。過荆溪，爲盜所碎，抱而泣累日。王元美爲作破瓢道人歌。

〔二〕持贈君　本事詩：梁高祖問弘景山中何所有，弘景賦詩曰：山中何所有？嶺上多白雲。只可自怡悦，不堪持贈君。

〔三〕唾壺　世説豪爽篇：王大將軍自目高朗疏率，學通左氏。王處仲每酒後輒詠「老驥伏櫪，志在千里。烈士暮年，壯心不已」，以如意打唾壺，壺口盡缺。晉書王敦傳：每酒後輒詠魏武帝樂府，以如意打唾壺，邊盡缺。

〔四〕麾三軍　南史韋叡傳：元英自率衆來戰，叡乘素木輿，執白角如意以麾軍，一日數合。英憚其彊。五代史後蜀世家：王昭遠兵始發成都，昶遣李昊等餞之。昭遠手執鐵如意指揮軍事，自比諸葛亮。

題梅仙書舫小像二絶句

楊柳蒹葭面面垂，輕舟自信野風吹。殘書堆積爲長枕，棹①向中流讀楚詞〔一〕。

【校勘記】

①鄒本、凌本作「抽」。

【箋注】

〔一〕楚詞　靖難初，有雪菴和尚者，不知何許人，往來白龍諸山。山有松柏灘，時時擢舟中流朗誦楚詞。讀竟一葉，即投之于水，投已輒哭，哭已又讀，終卷乃止。人不知也。

其二

稻蟹〔一〕吳儂計渺然，王孫持酒但流涎。扁舟不屬監州①〔二〕管，且泊松江蟹舍邊。

【校勘記】

①鄒本作「舟」，金匱本作「軍」。

【箋注】

〔一〕稻蟹　國語：稻蟹不遺種。韋昭曰：蟹食稻。

〔二〕監州　東坡跋李留臺與二錢唱和絶句：欲問君王乞符竹，但憂無蟹有監州。歐陽公歸田録：諸州置通判，常與知州争權，舉動爲其所制。有錢崑少卿者，家世餘杭人也。杭人嗜蟹，崑嘗求補外郡，人問其所欲何州，崑曰：「但得有螃蟹無通判處則可矣。」

卷十四

東澗集下起癸卯，盡一年

迎神曲十二首有序①

吴人喧傳稼軒②留守降靈於③城西，相率詣東臯招魂，塑像迎請上任。聾騃道人驚喜嗚咽，放言作絶句十二首，用代里社迎神送神之曲。

月斧〔一〕雷車〔二〕夾道開，帝令巡省舊都來。人間不曉天符急，嘆息争看華表〔三〕迴。

【校勘記】

①鄒本、金匱本無此題。凌本無「有序」二字。②「稼軒」，鄒本、金匱本作「瞿稼軒」。③鄒本、金匱本作「郡」。

【箋注】

〔一〕月斧　山谷再答徐天隱詩：執斧修月輪。

〔二〕雷車　段柯古酉陽雜俎：柳公權侍郎嘗見親故，説元和末，止建州山寺，中夜覺門外喧鬧，因潛於窗櫺中觀之，見數人運斤造雷車如圖畫者。久之一噫氣，忽斗暗，其人兩目遂昏焉。

〔三〕華表　續搜神記：遼陽東城門華表一日有白鶴歌曰：「有鳥有鳥丁令威，去家千歲今始歸。城郭猶是人民非，何不學仙冢纍纍？」辛卯十月二日，留守孫昌文奉靈輀東歸，先三日前有二白鶴棲止文懿公之桂坊，戛然高鳴，里人咸指爲華表歸來之兆。

其二

玉帝親頒赤伏符〔一〕，神官權①位治姑蘇。中央丹篆雲雷護，天上詞頭與世殊。

【校勘記】

①凌本作「懽」。

【箋注】

〔一〕赤伏符　後漢書光武紀：光武先在長安時同舍生彊華自關中奉赤伏符曰：「劉秀發兵捕不道，四夷雲集龍鬭野，四七之際火爲主。」羣臣因復奏符瑞之應。於是即皇帝位。

其三

靈旗畫卷畫廊新，寂歷東山賭弈辰。驅使八公閒草木〔一〕，也應談笑掃苻秦①。

【校勘記】

①「苻秦」，鄒本作「兵塵」。

【箋注】

〔一〕八公草木　晉書苻堅載記：堅入寇，會稽王道子以威儀鼓吹求助於鍾山之神，奉以相國之號。及堅北望八公山草木，皆類人形，神若有力焉。堅軍敗，遁還，聞風聲鶴唳，皆謂晉師之至。

其四

歌舞閭閻换歲時〔一〕，傳芭〔二〕伐鼓漫傷悲。吴兒好唱迎神曲，一局楸枰〔三〕千①字詩〔四〕。

【校勘記】

①凌本作「十」。

【箋注】

〔一〕换歲時　少陵謁先主廟詩：閭閻兒女换，歌舞歲時新。

〔二〕傳芭　楚辭屈原九歌：成禮兮會鼓，傳芭兮代舞。王逸曰：芭，巫所持香草名也。巫持芭而舞訖，以復傳與他人更用之也。

〔三〕楸枰　己丑九月十六日，公寄瞿留守書楸枰三局一通，文見投筆集中。

〔四〕千字詩　辛卯六月朔日，公哭留守相公詩一千一百字，書遺孝子伯申曰：「爲我曼聲朗誦，申告几筵，即焫而焚之。萇弘之血，三年化碧，此詩方可流播人間也。」

其五

被髮〔一〕騎龍〔二〕事渺然，欒公立社〔三〕自年年。臂鷹〔四〕老手還餘我，伏臘鷄豚〔五〕掠社錢〔六〕。

【箋注】

〔一〕被髮　昌黎雜詩：翩然下大荒，被髮騎騏驎。

〔二〕騎龍　東坡韓文公廟碑：公昔騎龍白雲鄉，手抉雲漢分天章。

〔三〕欒公社　史記欒布傳：燕、齊之間，皆爲欒布立社，號曰欒公社。

〔四〕臂鷹　元遺山還冠氏詩：少日騫飛掣臂鷹，只今癡鈍似秋蠅。

〔五〕鷄豚　陸放翁春盡自娱詩：鷄豚雜遝祈年社。

〔六〕掠社錢　元遺山家山歸夢圖詩：春晴門巷桑榆緑，猶記騎驢掠社錢。

其六

廟門巫覡醉蛛絲〔一〕，八翼〔二〕天關卻傍誰？要約魁星頻奏事〔三〕，鴻都道士〔四〕不曾知。

【箋注】

〔一〕醉蛛絲　少陵諸葛廟詩：蟲蛇穿畫壁，巫覡醉蛛絲。

〔二〕八翼　晉書陶侃傳：侃少時夢生八翼飛而上天，見天門九重，而登其八，唯一門不得入。閽者以杖擊之，因墮地，折其左翼。

〔三〕魁星奏事　荃翁貴耳三集：徽考實録宮設醮，一日嘗親臨之，其道士伏章，久而方起。上問其故，對曰：「適至帝所，值魁宿奏事方畢，章始達。」上問曰：「魁宿何神？」答曰：「即本朝蘇軾也。」上大驚。

〔四〕鴻都道士　柳子厚龍城録：開元六年，上皇與申天師、道士鴻都客，八月望日夜，因天師作術，三人同在雲上，遊月中。

其七

真誥稽神未許論，伯昌〔一〕位業並曹孫。攝山靳尚〔二〕如相遇，切莫懷沙〔三〕問屈原。

【箋注】

〔一〕伯昌　真誥闡幽微：文王爲西明公，領北帝師。魏武帝爲北君太傅，孫策爲東明公賓友。

〔二〕攝山靳尚　慧皎高僧傳：釋法度，少出家。高士明僧紹隱居琅琊之攝山上，捨所居山爲棲霞精舍，請度居之。經歲許，忽聞人馬鼓角之聲，俄見一人持名紙通度，曰靳尚。度前迎之，尚形甚都雅，羽衛亦嚴。致敬已，乃告曰：「弟子王有此山七百餘年，法師道德所歸，謹捨以奉給。并願受五戒，永結來緣。」度爲設會，受戒而去。

〔三〕懷沙　史記屈原傳：上官大夫短屈原於頃襄王，頃襄王怒而遷之。屈原乃作懷沙之賦。楚辭東方朔七諫：懷沙礫而自沈兮，不忍見君之蔽壅。

其八

社鬼城神〔一〕也論資，西園諧價〔二〕付冥司。憑君一笑如包老〔三〕，瓦石讙譁〔四〕奪印〔五〕時。

【箋注】

〔一〕城神　先是，洞庭富人之子妄稱其父爲長洲城隍神，鼓樂儀從，喧闐送迎，吴人競以爲笑。公詩蓋指之也。

〔二〕西園諧價　後漢書宦者張讓傳：當之官者，皆先至西園諧價，然後得去。臣賢曰：諧，謂平論定其價也。

〔三〕包老　沈括筆談：包孝肅天性峭嚴，未嘗有笑容。人謂包希仁笑比黄河清。

〔四〕瓦石讙譁　昌黎貝州司法參軍李君墓誌銘：李翺祖考楚金在貝州，其刺史不悦於民，將去官，民相率讙譁，手瓦石，胥其出擊之，刺史匿不敢出，州縣吏由别駕已下不敢禁。司法君怒，立木而署之曰：刺史出，民有敢譁者，殺之木下。民聞皆驚，相告散去。

〔五〕奪印　昌黎永貞行：一朝奪印付私黨。

其九

三年蜀血〔一〕肯銷沉，我所思兮在桂林。卻望蒼梧量淚雨，湘江何似五湖深？

【箋注】

〔一〕蜀血　莊子外物篇：萇弘死于蜀，藏其血，三年而化爲碧。

其十

日蝕麒麟格鬭〔一〕餘，山河兩戒〔二〕眇愁余。蘭滄〔三〕渡後無消息，且坐前潮〔四〕伴子胥。

【箋注】

〔一〕麒麟鬭　淮南子天文訓篇：麒麟鬭則日月蝕。

〔二〕兩戒　新唐書天文志：貞觀中，淳風撰法象志，因漢書十二次度數，始以唐之州縣配焉。而一行以爲天下山河之象，存乎兩戒。北戒自三危、積石負終南地絡之陰，東及太華，踰河，並雷首、砥柱、王屋、太行，北抵常山之右，乃東循塞垣，至濊貊、朝鮮，是謂北紀，所以限戎狄也。南戒自岷山、嶓冢負地絡之陽，東及太華，連商山、熊耳、外方、桐柏，自上洛南逾江漢，攜武當、荆山，至于衡陽，乃東循嶺徼，達東甌、閩中，是謂南紀，所以限蠻夷也。故星傳謂北戒爲胡門，南戒爲越門。

〔三〕蘭滄　新唐書張柬之傳：昔漢歷博南山，涉蘭倉水，更置博南、哀牢二縣，蜀人愁苦，行者作歌曰：「歷博南，越蘭津，度蘭倉，爲他人。」蓋譏其貪珍奇之利，而爲蠻夷所驅役也。

〔四〕前潮　吴越春秋：越王葬文種于國之西山，葬一年，伍子胥從海上穿山脅而持種去，與之俱浮于海。故前潮水潘侯者，伍子胥也，後重水者，大夫種也。

其十一

魂衣①篝縷〔一〕刻分毫，深目鳶肩〔二〕見二毛。麟閣即圖〔三〕詞可繼，宗臣〔四〕遺像肅清高②。

【校勘記】

①鄒本、金匱本作「兮」。　②「清高」，鄒本作「前朝」。

【箋注】

〔一〕篝縷　楚辭宋玉招魂：秦篝齊縷，鄭綿絡些。王逸曰：篝，絡。縷，綫也。綿，纏也。絡，縛也。言爲君魂作衣，乃使秦人織其篝絡，齊人作綵縷，鄭國之工纏而縛之，堅而且好也。

〔二〕深目鳶肩　淮南子道應訓篇：盧敖游乎北海，見一士焉，深目而玄鬢，淚注而鳶肩，豐上而殺下，軒軒然方迎風而舞。

〔三〕即圖　柳子厚南府君睢陽廟碑：洛陽城下，思鄉之夢，儻來麒麟閣中，即圖之詞可繼。漢書趙充國傳：成帝時，西羗嘗有警。上思將帥之臣，追美充國，乃召黄門郎楊雄即充國圖畫而頌之。師古曰：即，就也。於畫側而書頌。

〔四〕宗臣　漢書蕭曹傳贊曰：位冠羣臣，聲施後世，爲一代宗臣。師古曰：言爲後世之所尊仰，故曰宗臣也。

其十二

真王異姓〔一〕指河山，簫鼓叢祠〔二〕報賽閒。咫尺靈飛〔三〕催後命，紅雲仍押祝融〔四〕班。

【箋注】

〔一〕異姓　少陵入朝口號：神靈漢代中興主，功業汾陽異姓王。

〔二〕叢祠　史記陳涉世家：又間令吴廣之次近所旁叢祠中。張晏曰：戍人所止處也。叢，鬼所憑焉。

〔三〕靈飛　漢武内傳：上元夫人曰：「求道益命，千端萬緒，皆須五帝六甲靈飛之術，六丁六壬名字之號，得以請命益算，長生久視，驅策衆靈，役使百神者也。」

〔四〕祝融　左傳昭公二十九年：顓頊氏有子曰犂，爲祝融。杜預曰：祝融，明貌。司馬相如大人賦：祝融警而蹕御兮。張揖曰：祝融，南方炎帝之佐也。獸身人面，乘兩龍。

答新安方望子投詩枉訪

藹穴〔一〕鷄窠〔二〕正怯寒，清晨剥啄響闌干。采詩舊觸中原怒，和曲新添①下里〔三〕讙。無酒治聾〔四〕心悒怏，有文起躄〔五〕興蹣跚〔六〕。方干莫漫輕三拜〔七〕，老病吾愁再拜〔八〕難。

【校勘記】

①鄒本作「緣」。

【箋注】

〔一〕藹穴　陳禹謨説儲：慧達晝在高塔説法，夜入蠶藹中。

〔二〕鷄窠　程大昌演繁露：蘇易簡著，本朝使人至西番，見有老人消縮如小兒，在梁上鷄窠中，乃其見存子孫九代祖也。

〔三〕下里　新序：客有歌於郢中者，其始曰下里巴人，國中屬而和者數千人。

〔四〕治聾　石林詩話：世言社日飲酒治聾，不知其何據。五代李濤有春社從李昉求酒詩云：社公今日没心情，乞爲治聾酒一瓶。惱亂玉堂將欲徧，依稀巡到第三廳。昉時爲翰林學士，有月給内庫酒，故濤從乞之。社公，濤小字也。唐人在慶侍下，雖官高年大，皆稱小字。

〔五〕起躄　枚乘七發：當是之時，雖有淹病滯疾，猶將伸傴起躄，發瞽披聾而觀望之也。況直眇小煩懣，酲醲病酒之徒哉？

〔六〕蹣跚　史記平原君列傳：民家有躄者，槃散行汲。

〔七〕方三拜　唐詩紀事：干爲人質野，每見人，設三拜，曰：「禮數有三。」識者因呼爲方三拜焉。王定保唐摭言：王大夫廉問浙東，干造之，連跪三拜，因號方三拜。

〔八〕再拜　少陵有客詩：老病人扶再拜難。

新安潘子倫故人景升之孫也年六十矣方望子索詩爲壽

舊隱城西深柳堂，潘髯張戟〔一〕坐胡牀。每思吾谷〔二〕看紅葉，頻向天都〔三〕問白楊。十里青樓〔四〕傳麗藻，百年黄海繼詞章。長筵勸酒聊題句，游射〔五〕偏驚大父行。

【箋注】

〔一〕張戟　南史褚彦回傳：山陰公主謂彦回曰：「君鬚髯如戟，何無丈夫氣？」

〔二〕吾谷　海虞文苑張應遴虞山記：自西關出，有周氏虞溪書院，稍西而上，有吴王夫差廟，里許，爲沈氏園亭，過此爲孫氏墓，名吾谷，楸梧合圍，冬時丹楓滿目，最堪駐憩。

〔三〕天都　山海經海内南經：三天子鄣山。郭璞曰：今在新安歙縣東，今謂之三王山，黄帝曾遊此，即三天子都也。

〔四〕青樓　杜牧詩：十年一覺揚州夢，赢得青樓薄倖名。

〔五〕游射　漢書郊祀志：李少君常從武安侯宴，坐中有年九十餘老人。少君廼言與其大父游射處，老人爲兒時從其大父識其處，一坐盡驚。

楊枝挑牙杖①歌

象鬟剔齒搜宿風，老夫寶②愛裝銀筒。蘭滄不渡職貢絶，欲採③寸鬣無由通。西方楊枝利漱盥〔一〕，東國新裁牙杖短。拘尼〔二〕楊柳都相似，此物流傳屬誰管？

【校勘記】

①鄒本無「杖」字。　②淩本作「實」。　③鄒本作「操」。

【箋注】

〔一〕利漱盥　翻譯名義集：象堅窣堵波，北山巖下有一龍泉，是如來受神飯已，及阿羅漢於中漱口嚼楊枝。毘奈耶云：嚼楊枝有五利：一口不臭，二口不苦，三除風，四除熱，五除痰癊。四分：不嚼楊枝有五過：口氣臭，不善别味，熱癊不消，不引食，眼不明。

〔二〕拘尼　翻譯名義集：尼拘律陀，又云尼拘盧陀，義翻楊柳，以樹大子小似此方楊柳，故以翻之。宋僧傳云：拘律陀樹，即東夏楊柳，名雖不同，樹體是一。

和馮定遠〔一〕初會詩三首①

定遠帥諸英妙結社賦詩，武伯以初會詩見眎②。寒窗病氣，聊蘸藥汁屬和。勞人之歌，不中玉律，聊以代邪許〔二〕而已。

【校勘記】

①鄒本題作「和成社第一會詩序」。金匱本作「和成社第一會詩」，且題下另注「有序」二字。②凌本無「武伯以初會詩見眎」八字。

【箋注】

〔一〕馮定遠　君諱班，字定遠，平生淩厲荒忽，排奡狂肆，粗服亂頭，時時跉跰路歧，獨行獨語，不知其所云何，人呼之爲二癡，君欣然自喜，命友人錢頤仲刻「二癡」圖記，印之帖尾書頭。然學殖淵源，與良朋析疑答難，類籍談之數典，思乙乙其若抽也。君之尊人嗣宗先生績學碩儒，稱海内毛詩名家，而時不稱志，坎壈失職，每頌「馮公豈不偉，白首不見招」之句，輒爲泣下泥泥。阮籍、唐衢、謝翱以後，千載無哭聲，而嗣宗先生繼之。嘗與魏君叔子飲里社，席上一妓目挑少年，調之不顧，叔子恚甚，即席口占斷句云：「今昔人情大不同，朝來殘媪亦嗔儂。紅裙無分青衫老，痛哭窮途向嗣宗。」兩人相持大慟，滿座興向隅之感，其風致殊可想見也。定遠善哭，如其尊人，世路偪側，胸次鬱盤，長謡短吟，弗足舒其輪囷萌折之氣，借一慟聊申其塊壘，非徒以眼淚洗面也。伊余讀禮之年，與君晨夕相共，攤書隱几，剔抉古人心髓于行墨之中，時多啓予所未逮。草堂夜蛩，竹屋秋聲，殘燈明滅，於講誦之餘，遮莫鄰鷄下五更，三年同一日也。定遠語予：詩家譌謬種子，莫甚於宋之嚴羽，尤莫甚於嚴羽之以禪喻詩。其謂漢、魏、盛唐爲第一義，大曆以還爲小乘禪，晚唐爲聲聞、辟支果，不知聲聞、辟支果即小乘禪也。初非小乘之外，别有權乘，其舛錯一也。謂學漢、魏、盛唐爲臨濟宗，大曆以下爲曹洞宗，似以曹洞爲小乘，次之於臨濟下矣。不知臨濟玄、洞山价、曹山章三禪師雖機用不同，均是最上一乘，初無勝劣，其舛錯二也。謂宗有南北，而詳其下文，都不指喻何事，只云臨濟、曹洞兩宗，抑知達摩東來震旦，五傳至忍禪師，下分二派，南能北秀，其徒各自祖其師。北自普寂以後無聞焉。曹溪下又分兩派，兩派下又分五宗。臨濟出後南嶽，曹洞出後青原，俱是能祖兒孫。今滄浪混指臨濟、曹洞爲南北宗，其舛錯三也。又云不落言筌，不涉理路，此二語誤人最甚。夫迷悟相覺，必假言以爲筌，邪正相背，斯循理而得路，迷者既覺，則向來之言還歸無言，邪者既返，則後來之路未嘗涉路，是以經教紛紜，寔無一法可説。此在教乘已自如此，則教外别傳，絶塵而奔，非世智凡心可測，吾不敢問焉。至於詩者，言也。言之不足，故長言之，長言之不足，故詠歌之，安得有不落言筌者乎？主文譎諫，憑理而發，則怨誹者不亂，好色者不淫，故曰思無邪。或么絃獨響，截斷衆流，與尋常文筆之談理不同，亦安有不涉理路者乎？滄浪浮光掠影，無知譫語，其舛錯四也。又云須參活句，勿參死句。不知禪宗當機煞活，有時提唱，有時破除，有時如擊石火閃電光，有時如拖泥帶水，若刻舟求劍，死在句下，不得轉身之路，便是死句。至詩人各具性情，與禪家絶不相關，豈可借彼喻此？夫詩有活句，隱秀之詞也。隱者，興在像外，言盡而意不盡；秀者，章中迫出之句，意像生動，蓋所謂驚心動魄，幾乎一字千金也。滄浪掠妙悟一言欺世之無識者，承謁踵僞，胥天下同歸墨穴中，其舛錯五也。定遠之針砭嚴氏詩病若此，眼明如月，宋、元以來藝林無此一老。惜乎牧翁暮年，予不獲同君過胎仙閣，抵掌揚搉其議論以表章之，迄於今冥冥夜臺，窮塵遺恨，千載而下，愧此良友，是余之罪也夫！是余之罪也夫！壬申除夕。

〔三〕邪許　淮南子道應訓：今夫舉大木者，前呼邪許，後亦應之。此舉重勸力之歌也，豈無鄭、衛激楚之音哉？然而不用者，不若此其宜也。

長至日文讌①

至日羣英會草堂，老人卻爲閉關忙。頻開緹幕看葭候②〔一〕，細畫爐灰紀線長〔二〕。望盡日華〔三〕塗北户，書殘雲物〔四〕墁東牆。劇憐文酒招尋處，近局〔五〕鷄豚自一鄉。

【校勘記】

①鄒本、金匱本題作「和長至日文讌」。②鄒本、金匱本作「動」。

【箋注】

〔一〕葭候　後漢書律曆志：候氣之法，爲室三重。户閉，塗釁必周，密布緹幔。室中以木爲案，每律各一，内庳外高，從其方位，加律其上，以葭莩灰抑其内端，案曆而候之。氣至者，其灰動。其爲氣所動者，其灰散；人及風所動者，其灰聚。

〔二〕線長 荆楚歲時記：冬至日量日影，按晉魏間宫中以紅線量日影，冬至後日影添長一線。

〔三〕日華 少陵題瀼西新賃草屋詩：波亂日華遲。

〔四〕雲物 左傳僖公五年：凡分至啟閉，必書雲物，爲備故也。杜預曰：分，春秋分；至，冬夏至；啟，立春、立夏；閉，立秋、立冬。雲物，氣色災變也。

〔五〕近局 淵明歸園田居詩：漉我新熟酒，隻鷄招近局。

臘梅①

本自梅同譜〔一〕，其如豔質成。不堪馳驛使〔二〕，只合傍簾楹。梔貌〔三〕迎粧出，檀心〔四〕插鬢傾。花房傳麗句，偏攬白頭情。

【校勘記】

①鄒本、金匱本題作「和臘梅」。

【箋注】

〔一〕梅同譜 放翁荀秀才送蠟梅詩：與梅同譜又同時。

〔二〕驛使 學齋佔畢：荆州記謂陸凱與范蔚宗相善，凱自江南遺使寄梅花一枝詣長安與蔚宗，并贈詩云：「折梅逢驛使，寄與隴頭人。江南無所有，聊贈一枝春。」後世紛紛舉用，皆以陸、范爲證，不知劉向説苑已載越使諸發執一枝梅遺梁王，梁王之臣曰韓子者，顧左右曰：「烏有一枝梅，乃遺列國之君？」則折梅遺使始此矣。

〔三〕梔貌　尤延之蠟梅詩：梔貌寧欺我輩人。

〔四〕檀心　東坡蠟梅詩：玉蕊檀心兩奇絶。

燒香曲①

下界伊蘭〔一〕臭不收，天公酒醒玉②女愁。吴剛〔二〕盜斫質多樹〔三〕，鸞膠鳳髓傾十洲〔四〕。玉山〔五〕岢峨珠樹〔六〕泣，漢宫百和〔七〕迎仙急。王母不樂下雲車，劉郎猶倚少兒③〔八〕立。異香如豆〔九〕著銅鐶，曼倩偷桃④爇博山〔一〇〕。老龍怒鬬搜象藏〔一一〕，香雲罨靄籠九關。鷺⑤香長者〔一二〕迷處所，青蓮花藏〔一三〕失香譜。靈飛〔一四〕去挾返魂香〔一五〕，玉杖金箱〔一六〕茂陵土。煙銷鵲尾〔一七〕佛燈紅，夢斷鐘殘鼻觀〔一八〕通。雜⑥林〔一九〕香市〔二〇〕經遊處，衫袖濃熏盡逆風〔二一〕。

【校勘記】

①鄒本、金匱本題作「和燒香曲」。②凌本作「天」。③「少兒」，鄒本作「小兒」。④凌本、金匱本作「把」。⑤鄒本作「籠」。⑥鄒本作「鷄」。

【箋注】

〔一〕伊蘭　首楞嚴經：若香臭氣，必生汝鼻。則彼香臭二種流氣，不生伊蘭及旃檀木。

〔二〕吴剛　段柯古酉陽雜俎：月中有桂，一人常斫之，樹創隨合。人姓吴名剛，西河人，學仙有過，謫令伐樹。

〔三〕質多樹　翻譯名義集：三十三天有波利質多羅樹，其根入地深五由旬，高百由旬，枝葉四布五十由旬，其華開敷，香氣周徧五十由旬。

〔四〕十洲　東方朔十洲記：鳳麟洲多鳳麟，仙家煮鳳喙及麟角合煎作膏，名之爲續弦膠，亦名連金泥。武帝天漢三年，西國王使至，獻此膠四兩。帝幸華林園，射虎而弩弦斷，使者上膠一分，使口濡以續弩弦。帝驚曰：「異物也。」使武士數人共對掣引之，終日不脱，如未續時。

〔五〕玉山　山海經：玉山，西王母所居也。郭璞曰：此山多玉石，因以名云。穆天子傳謂之羣玉之山。

〔六〕珠樹　淮南子墬行訓篇：崑崙墟中，有增城九重，上有木禾。珠樹、玉樹、琁樹、不死樹在其西，沙棠、琅玕在其東，絳樹在其南，碧樹、瑶樹在其北。

〔七〕百和　漢武内傳：七月七日，設坐殿上，以紫羅薦地，燔百和之香，張雲錦之帳，然九光之燈，設玉門之棗，酌蒲萄之酒。帝盛服立於陛下，以待雲駕。

〔八〕倚少兒　少陵宿昔詩：落日留王母，微風倚少兒。

〔九〕異香如豆　漢武故事：七月七日，有青鳥從西來。東方朔曰：「西王母暮必降。」上乃施帷帳，燒具末香，香乃兜具國所獻也。香大如豆，塗宫門，香聞百里。張華博物志：有西國使獻香者，漢制，獻香不滿斤不得受。使乃私去，著香如大豆許在宫門上，香聞長安四面十里，經月不歇。

〔一〇〕博山　葛洪西京雜記：丁緩作九層博山香鑪，鏤以奇獸怪禽，皆自然能動。吕大臨考古圖：其爐象海中博山，下盤貯湯，使潤氣蒸香，以象海之回環。陳敬香譜：漢武帝有博山爐，蓋西王母遺帝者。

〔一一〕象藏　華嚴經入法界品：人中有香名大象藏，因龍鬭生，若燒一丸，興大光網雲，覆甘露味國，七日七夜，降香水雨。

〔一二〕鬻香長者　華嚴經入法界品：於此南方，有一國土，名爲廣大。有鬻香長者，名優鉢羅華。

〔一三〕青蓮花藏　華嚴經入法界品：阿那婆達多池邊，出沉水香，名蓮花藏。其香一丸，如麻子大，若以燒之，香氣普熏閻浮提界。

〔一四〕靈飛　真誥運象篇：北元中玄道君李慶賓之女，太保玉郎李靈飛之小妹，受書爲東宫靈照夫人，治方丈臺第十三朱館中。

〔一五〕返魂香　任昉述異記：聚窟洲有返魂樹，伐其根心，於玉釜中煮取汁，又熬之令可丸，名曰驚精香，或名震靈丸，或名返生香，或名卻死香，死尸在地，聞氣即活。

〔一六〕玉杖金箱　漢武内傳：帝冢中有玉杖金箱，是西胡康渠王所獻，帝甚愛之，故入梓宫中。其後四年，有人於扶風市買得此二物。帝未崩時，詔以書四十餘卷殮于棺内。至延康二年，河東功曹李友入上黨抱犢山採藥，於巖室中得所葬之書，盛以金箱。武帝時，典書中郎冉登見之，流涕曰：「是帝殯殮時物，不知何緣得出？」其茂陵安完如故，而書箱玉杖忽出地外，又物尚鮮盛無點污，見之者亦甚惑，而不能名之矣。

〔一七〕鵲尾　法苑珠林：香爐有柄可執者曰鵲尾爐。松陵集皮日休寄潤卿詩：鵲尾金爐一世焚。注曰：陶貞白有金鵲尾香爐。

〔一八〕鼻觀　東坡和魯直燒香絶句：不是聞思所及，且令鼻觀先參。

〔一九〕雜林　法苑珠林三界篇：依順正理論云：帝釋所都大城，城外四面四苑莊嚴，是彼諸天共游戲處。一衆車苑，謂此苑中隨天福力種種車現。二麤惡苑，天欲戰時，隨其所須甲仗等現。三雜林苑，諸天入中，所玩皆同，俱生勝喜。四喜林苑，極妙欲塵，雜類俱臻，歷觀無厭。

〔二〇〕香市　法苑珠林三界篇：忉利天有七市，第一穀米市，第二衣服市，第三衆香市，第四飲食市，第五華鬘市，第六工巧市，第七婬女市。處處並有市官，是諸市中天子天女，往來貿易。具市廛法，以爲戲樂。

〔二一〕逆風　世説文學篇：林公曰：「白旃檀非不馥，焉能逆風？」成實論曰：波利質多天樹，其香則逆風而聞。

和遵王述懷詩①四十韻兼示夕公敉先②

自古文章事，真能困白顛〔一〕。書倉〔二〕湛玉府〔三〕，學海〔四〕洑珠淵〔五〕。安許窺籬落〔六〕，粗能曉③陌阡。深慚初學陋，委信古人賢。文字期從順〔七〕，源流屬泝沿〔八〕。餘波〔九〕騰綺麗，大體戒琱鐫。筆墨留元氣〔一〇〕，升沉託化權〔一一〕。千秋衣鉢〔一二〕在，一代瓣香〔一三〕專。丹漆〔一四〕應隨夢，珠囊〔一五〕豈浪傳？濫觴〔一六〕謀酌海，用④管學窺天〔一七〕。北地〔一八〕紆前轍，弇山〔一九〕定晚年。問津資玉茗〔二〇〕，入室仰松圓⑤〔二一〕。禆販〔二二〕徒張耳〔二三〕，猖披〔二四〕肯息肩〔二五〕。争言馬背腫〔二六〕，翻笑鵠頭玄⑥〔二七〕。敢射斐旻虎〔二八〕，空蜚墨翟鳶〔二九〕。中原方熇熇，下里亦諓諓。博易如搏黍〔三〇〕，輸贏只意錢〔三一〕。穴仍同鳥鼠〔三二〕，足各異夔蚿〔三三〕。牛角〔三四〕從他食，鷄窠且自全。衰宗〔三五〕餘玉葉，長律⑦播朱絃〔三六〕。二十〔三七〕辭條〔三八〕富，三千〔三九〕掌故〔四〇〕駢。錦舒〔四一〕潘岳筆〔四二〕，花浣⑧〔四三〕蜀江牋。羣從傳芳〔四四〕並，比鄰掞藻〔四五〕聯。朝華〔四六〕文絡驛〔四七〕，春草〔四八〕夢連綿。老馬〔四九〕塗曾識，鄉人〔五〇〕酌每先。別裁〔五一〕風雅近，嗤點〔五二〕後生偏。莫漫輕津筏，衹應老槧鉛。養珠〔五三〕須月滿，采玉〔五四〕候冰堅。腸胃〔五五〕頻反刮，瑕疵必棄捐。寸心千載後，隻手百靈〔五六〕前。蚊睫〔五七〕聞螟語，車輪〔五八〕覩虱懸。筆雲〔五九〕朝綵集，書月〔六〇〕夜光圓。婉孌西崑〔六一〕體，凄清湘瑟〔六二〕篇。嚶鳴〔六三〕千響叶，花蕚〔六四〕一家妍。敢謂斯文付〔六五〕，私於老我便。懷龍〔六六〕温昔夢，吐鳳〔六七〕理新編。蟹舍看朝穗〔六八〕，漁灣聽刺船。風光宜掩冉，花月稱嬋娟〔六九〕。西向〔七〇〕三年笑〔七一〕，南詢〔七二〕一指禪〔七三〕。寒燈聊點筆，小飲竟醺⑨然。

【校勘記】

①「述懷詩」，鄒本作「述懷感德」，金匱本作「述懷感德詩」。②鄒本無「敕先」二字。③金匱本作「識」。④鄒本作「川」。⑤金匱本此兩句作「襟期同鄭老，師匠並臨川」。⑥鄒本作「圓」。⑦金匱本作「句」。⑧鄒本、金匱本作「涴」。⑨金匱本作「頹」。

【箋注】

〔一〕白顛　後漢書蔡邕傳：釋誨：華顛胡老。臣賢曰：顛，頂也。華顛，謂白首也。

〔二〕書倉　王子年拾遺記：曹曾，魯人也。天下名書，上古以來文篆訛落者，曾皆刊正，垂萬餘卷。及世亂，曾慮先文湮没，乃積石爲倉以藏書，故謂曹氏家爲書倉。

〔三〕玉府　穆天子傳：羣玉山，先王藏書之所，謂之策府。

〔四〕學海　拾遺記：京師謂康成爲經師，何休爲學海。

〔五〕珠淵　抱朴子祛惑篇：探明珠不于合浦之淵，不得驪龍之夜光也。

〔六〕籬落　元遺山學東坡移居詩：直以論詩文，稍稍窺藩籬。

〔七〕從順　昌黎樊紹述墓誌銘：文從字順各識職，有欲求之此其躅。

〔八〕泝沿　陸士衡文賦：或因枝以振葉，或沿波而討源。

〔九〕化權　放翁遺興詩：粗識詩中造化權。

〔一〇〕餘波　少陵偶題詩：前輩飛騰入，餘波綺麗爲？

〔一二〕元氣　揚子雲解嘲：太玄五千文，枝葉扶疏，獨説數十餘萬言，深者入黄泉，高者出蒼天，大者含元氣，細者入無閒。李商隱韓碑詩：公之斯文若元氣，先時已入人肝脾。

〔一三〕衣鉢　東坡次韻毛滂法曹感雨詩：公子豈我徒，衣鉢傳一簞？定非郊與島，筆勢江河寬。

〔一三〕瓣香　陳後山觀六一堂圖書詩：向來一瓣香，敬爲曾南豐。任淵曰：皆以自表，見其不忍更名他師也。

〔一四〕丹漆　劉勰文心雕龍序：予齒在踰立，嘗夜夢執丹漆之禮器，隨仲尼而南行。

〔一五〕珠囊　孔穎達易經正義序：秦亡金鏡，未墜斯文。漢理珠囊，重興儒雅。

〔一六〕濫觴　家語：孔子謂子路曰：「夫江始出於岷山，其源可以濫觴。」王肅曰：觴所以盛酒者，言其微也。

〔一七〕管窺　東方朔答客難：以管窺天，以蠡測海，以莛撞鐘，豈能通其條貫，考其文理，發其音聲哉？

〔一八〕北地　弘正之間，北地李夢陽侈談復古，謂漢後無文，唐後無詩，一時耳食之徒希風附和。百五十年以來，墮落空同雲霧中，學者不能自拔。公别裁僞體，昌言排擊，一代瓣香于茲得所屬矣。

〔一九〕弇山　王世貞弱冠與濟南李攀龍以詩文號召一世，于鱗没，弇州聲價日高，迨乎晚年，心漸細，氣漸平，霜降水涸，自悔其少壯之非。其書李西涯樂府後云：余作藝苑巵言時，年未四十，與于鱗輩是古非今，此長彼短，未爲定論。行世已久，不能復秘，姑隨事改正，勿誤後人而已。其贊歸太僕畫像則云：千載有公，繼韓歐陽。余豈異趨，久而自傷。元美之虛懷悔悟，不自護前如此。公安袁伯修曰：「弇州才卻大，第不奈頭領牽掣，不容不入他行市，然自家本色，時時露出，畢竟非歷下一流人。」今人徒知詆訶王、李，公取其晚年論定者以推明之，是亦元美之志也。儒者專愚成病，奉巵言爲金科玉條，刻舟人已去，而謂延津之劍尚在，不亦傎乎？

〔二〇〕玉茗　義仍休官歸里，居玉茗堂，以文史蕩滌情志。值弇州壇墠盛時，標塗其文，流傳白下。元美見之，無以爲難。嘗與公揚搉今古昭代文章，斷以潛溪爲指南。自北地之學沿習既久，王、李復噓其焰，能穿穴霧雺而力爲解駁者，臨川、公安寔嚆矢也。

〔二一〕松圓　公少時熟爛空同、弇山之書，中年與松圓老人游，聞歸熙甫之緒言，學力於是大定，問津入室。公於師資相長之間，不忘原本如此。

〔二二〕裨販　張平子西京賦：裨販夫婦。李善曰：朝市，商賈爲主。夕市，販夫販婦爲主。

〔二三〕張耳　山海經大荒東經：有大人之市，名曰大人之堂。有一大人，踆其上，張其兩耳。郭璞曰：踆，古蹲字。

〔二四〕猖披　離騷：何桀紂之昌披？

〔二五〕息肩　左傳定公六年：陽虎若不能居魯而息肩于晉。趙岐孟子題辭：嘗息肩馳擔于濟岱之間。

〔二六〕馬背腫　弘明集牟子理惑論：牟子曰：諺云：少所見，多所怪。覩橐駝，言馬腫背。

〔二七〕鵠頭玄　莊子天運篇：夫鵠不日浴而白，烏不日黔而黑。黑白之朴，不足以爲辯。

〔二八〕裴旻虎　李肇國史補：裴旻善射，嘗一日斃虎三十有一。因憩山下，有一老父至曰：「此皆彪也，似虎而非。將軍若遇真虎，無能爲也。自此而北三十里，往往有之。」旻躍馬而往，次蘩薄中，果有真虎騰出，狀小而勢猛，據地而吼，山石震裂。旻馬辟易，弓矢皆墜，殆不得免。自此慚懼，不復射虎。

〔二九〕墨翟鳶　韓非子外儲説左上篇：墨子爲木鳶，三年而成，蜚一日而敗。弟子曰：「先生之巧，至能使木鳶蜚。」墨子曰：「不如爲車輗者巧也。用咫尺之木，不費一朝之事，而引三十石之任。致遠力多，久於歲數。今我爲鳶，三年成蜚，一日而敗。」惠子曰：「墨子大巧，巧爲輗，拙爲鳶。」

〔三〇〕摶黍　吕氏春秋：今以百金與摶黍以示兒子，兒子必取摶黍矣。以和氏之璧與百金以示鄙人，鄙人必取百金矣。以和氏之璧與道德之至言以示賢者，賢者必取至言矣。

〔三一〕意錢　後漢書梁統傳：梁冀能意錢之戲。何承天纂文曰：詭億，一曰射意，一曰射數，即攤錢也。

〔三二〕鳥鼠　山海經：鳥鼠同穴之山。郭璞曰：今在隴西首陽縣西南。山有鳥鼠同穴，鳥名曰鵌，鼠名曰鼵。鼠在内鳥在外而共處。

〔三三〕夔蚿　莊子秋水篇：夔憐蚿。成玄英疏曰：夔是一足之獸，其形如鼓，足似人脚，而迴踵向前也。蚿，百足蟲也。夔以少企多，故憐蚿也。

〔三四〕牛角　開燕常談：大觀中，薛紹明和御製詩，有曰：歡聲似鳳來銜詔，喜氣如鷄去揭竿。韓子蒼戲爲更之曰：窘如老鼠入牛角，難似鮎魚上竹竿。時稱的對。

〔三五〕衰宗　世説夙慧篇：顧公曰：「不意衰宗，復生此寶。」

〔三六〕朱絃　記樂記：清廟之瑟，朱絃而疏越，一倡而三嘆，有遺音者矣。

〔三七〕二十　少陵贈從姪醉歌行：陸機二十作文賦，汝更小年能綴文。

〔三八〕辭條　文賦：普辭條與文律，良余膺之所服。

〔三九〕三千　史記滑稽列傳：東方朔初入長安，至公車上書，凡用三千奏牘。公車令兩人共持舉其書，僅然後勝之。人主從上方讀之，止，輒乙其處。讀之二月乃盡。

〔四〇〕掌故　史記鼂錯傳：以文學爲太常掌故。應劭曰：掌故，主故事也。

〔四一〕錦舒　世説文學篇：孫興公云：「潘岳文爛若披錦。」

〔四二〕潘岳筆　晉書樂廣傳：廣善清言，而不長於筆。將讓尹，請潘岳爲表作二百句語，述己之志。岳因取次，便成名筆。時人咸云：「若廣不假岳之筆，岳不取廣之旨，無以兼成斯美也。」

〔四三〕浣花　李商隱送崔珏往西川詩：浣花箋紙桃花色，好好題詩詠玉鈎。

〔四四〕傳芳　宋宣獻公傳芳集序：錢氏傳芳集者，今樞密尚書彭城公纂其宗門歌詩之作也。

〔四五〕掞藻　班孟堅答賓戲：摛藻如春華。韋昭曰：藻，水草之有文者。左太沖蜀都賦：摛藻掞天庭。

〔四六〕朝華　陸士衡文賦：謝朝華于已披，啓夕秀于未振。

〔四七〕文絡繹　太白上安州裴長史書：李白之文，清雄奔放，名章俊語，絡繹間起。

〔四八〕春草　南史謝惠連傳：靈運嘗于永嘉西堂思詩，竟日不就，忽夢見惠連，即得「池塘生春草」，大以爲工，嘗云：「此語有神助，非吾語也。」

〔四九〕老馬　韓非子説林上篇：桓公伐孤竹，春往冬返，迷失道路。管仲曰：「老馬之智可用也。」乃放老馬而隨之，遂得道。

〔五〇〕鄉人　孟子：酌則誰先？曰：先酌鄉人。

〔五一〕别裁　少陵戲爲六絶句：别裁僞體親風雅。

〔五二〕嗤點　少陵戲爲六絶句：今人嗤點流傳賦，不覺前賢畏後生。

〔五三〕養珠　左太沖吴都賦：蚌蛤珠胎，與月虧全。劉淵林曰：吕氏春秋曰：月望則蚌蛤實，月晦則蚌蛤虚。五臣曰：月滿則珠全，月虧則珠缺。

〔五四〕采玉　五代史四夷附録：于闐三河，皆有玉而色異，每歲秋水涸，國王撈玉于河，然後國人得滂玉。

〔五五〕腸胃　南史荀伯玉傳：若許某自新，必吞刀刮腸，飲灰洗胃。

〔五六〕百靈　少陵蘇侍御訪江浦記異詩：百靈未敢散，風破寒江遲。

〔五七〕蚊睫　列子湯問篇：江浦之間生麽蟲，其名曰蟭螟。羣飛而集于蚊睫，弗相觸也。棲宿去來，蚊弗覺也。

〔五八〕車輪　列子湯問篇：紀昌學射于飛衛，昌以氂懸虱于牖南而望之。旬日之間，浸大也，三年之後，如車輪焉。乃以燕角之弧、朔蓬之簳射之，貫虱之心，而懸不絶。

〔五九〕筆雲　昭明錦帶書：神游書帳，性縱琴堂，談叢發流水之源，筆陣引崩雲之勢。

〔六〇〕書月　世説文學篇：北人看書，如顯處視月。東坡弔李臺卿詩：看書眼如月。

〔六一〕西崑　楊億西崑酬唱集序：余景德中忝佐修書之任，得接羣公之遊。時錢君希聖、劉君子儀不我遐棄，寘之同聲。更迭唱和，互相切劘。凡五七言律詩二百四十七章。其屬而和者，又十有五人。析爲二卷，取玉山策府之名，命之曰西崑酬唱集云爾。

〔六二〕湘瑟　唐詩紀事：錢起，吴興人。初從鄉薦，居客舍，聞吟于庭中曰：「曲終人不見，江上數峯青。」視之無所見。明年崔暐試湘靈鼓瑟詩，起即用爲末句，人以爲鬼謡。

〔六三〕嚶鳴　小雅伐木詩：嚶其鳴矣，求其友聲。謝宣遠于安城答靈運詩：嚶鳴悦同響。

〔六四〕花蕚　傳芳集序：趙郡以花蕚名篇，僅同昆仲之次。唐詩紀事：李乂，字尚真，趙州人。年十二工屬文。薛元超曰：「是子且有海内名。」沈正方雅，識治體，時稱有宰相器。初爲黄門侍郎，開元初，姚崇爲紫微令，乃薦爲侍郎，外託引重，實去其糾駮權，畏乂明切也。未幾，卒於刑部尚書。兄尚一、尚正俱有名，同爲一集，號李氏花蕚集。

〔六五〕斯文付　東坡祭歐陽文忠公文：十有五年，乃克見公。公爲拊掌，歡笑改容。「此我輩人，餘子莫群。我老將休，付子斯文。」

〔六六〕懷龍　葛洪西京雜記：董仲舒夢蛟龍入懷，乃作春秋繁露詞。

〔六七〕吐鳳　葛洪西京雜記：楊雄著太玄經，夢吐鳳凰集玄之上。

〔六八〕朝穗　陸魯望蟹志：稻之登也，率執一穗以朝其魁，然後從其所之。

〔六九〕嬋娟　孟郊嬋娟篇：花嬋娟，泛春泉。竹嬋娟，籠曉煙。妓嬋娟，不長妍。月嬋娟，真可憐。

〔七〇〕西向　桓譚新論：人聞長安樂，則出門西向而笑。

〔七一〕三年笑　左傳昭公二十八年：昔賈大夫惡，娶妻而美。三年不言不笑，御以如皋，射雉獲之。其妻始笑而言。

〔七二〕南詢　華嚴經入法界品贊：福城東際，童子南詢。

〔七三〕一指禪　李濟翁資暇録：俱胝和尚被兩尼勘云：「道得下笠子，道不得不下。」俱胝無語。後問天龍，天龍舉一指示之，遂大悟。自後凡有問者，只舉一指，自云得天龍一指禪。

病榻消寒雜詠四十六首有序①

癸卯冬，苦上氣〔一〕疾，卧榻無聊，時時蘸藥汁寫詩，都無倫次。昇平之日，長安冬至後，内家戚里競傳九九消寒圖〔二〕，取以詺②〔三〕詩，志夢華之感焉。亦名三體詩者，一爲中麓體，章丘李伯華少卿罷官後，好爲俚詩，嘲謔雜出。今所傳閒居集是也。其二爲少微體，里中許老秀才好即事即席爲詩，杯盤梨栗③，坐客趙李，臚列八句中，李本寧序其詩，殊似其爲人。其三爲怡荆體。怡荆者，江村劉老，莊家翁不識字，衝口〔四〕哦詩，供人姍笑，間④有可爲撫掌者。有詩一册，自謂詩無他長，但韻腳熟耳。余詩上不能託寄⑤如中麓，下亦不能絶倒如劉老。揆諸季孟⑥〔五〕之間，庶幾似少微體，惜無本寧描畫耳。或曰：「三人皆准敕惡詩〔六〕，何不近取佳者，如⑦歸玄恭爲四體耶？」余囅然笑曰：「有是哉！」並識其語於後。臘月廿八日東澗老人⑧戲題。

【校勘記】

①鄒本、金匱本、凌本無「有序」二字。　②上圖本、凌本、鄒本、金匱本皆作「銘」，過日集作「名」，此從注。　③鄒本、金匱本作「棗」。　④鄒本作「聞」。　⑤「託寄」，鄒本、金匱本作「寄託」。

⑥「季孟」，凌本作「孟季」。　⑦凌本作「加」。　⑧「老人」，鄒本、金匱本作「遺老」。

【箋注】

〔一〕上氣　周禮天官冢宰：疾醫：冬時有嗽上氣疾。鄭氏曰：上氣，逆喘也。

〔二〕九九消寒圖　長安中十一月，司禮監刷印九九消寒圖。每九詩四首，自「一九初寒纔是冬」起，至「日月星辰不住忙」止。相傳年久，遵爲故事。

〔三〕銘　廣韻：詺目，或單作名，音彌正切。

〔四〕衝口　東坡思堂記：言發于心而衝于口。

〔五〕孟季　月泉詩社誓詩壇文：能雄萬夫，定羞與絳、灌等伍，如降一等，乃待以季孟之間。

〔六〕准敕惡詩　李肇國史補：杜太保在淮南，進崔叔清詩百篇。德宗謂使者曰：「此惡詩，焉用進？」時呼爲准敕惡詩。

儒流〔一〕釋①部〔二〕空閒身，酒户〔三〕生疏藥市〔四〕親。未肯掉頭〔五〕抛白髮〔六〕，也容折角〔七〕岸烏巾〔八〕。國殤〔九〕急鼓多新鬼〔一〇〕，廟社靈旗〔一一〕半故人〔一二〕。年老成精君莫訝，天公也自②辟頑民〔一三〕。年老成精，見首楞嚴經③。

【校勘記】

①鄒本、金匱本作「什」。　②鄒本作「有」。　③「首楞嚴經」，凌本作「楞嚴經」。

【箋注】

〔一〕儒流　漢書藝文志：儒家者流，蓋出於司徒之官，助人君順陰陽、明教化者也。

〔二〕釋部　孔德璋北山移文：談空空於釋部。李善曰：釋部，内典也。

〔三〕酒户　陸務觀深居詩：病來酒户何妨小，老去詩名不厭低。

〔四〕藥市　後漢書韓康傳：康常採藥名山，賣於長安市，口不二價。

〔五〕掉頭　趙璘因話録：楊巨源年老，頭數掉，人言吟詩多致得。

〔六〕抛白髮　少陵樂遊園歌：數莖白髮那得抛？

〔七〕折角　後漢書郭太傳：林宗嘗于陳、梁間行，遇雨，巾一角墊，時人乃故折巾一角，以爲林宗巾。

〔八〕烏巾　司空圖修史亭絶句：烏紗巾上是青天。

〔九〕國殤　楚辭屈原九歌國殤注：王逸曰：謂死於國事者。小爾雅曰：無主之鬼謂之殤。

〔一〇〕新鬼　左傳文公二年：吾見新鬼大，故鬼小。

〔一一〕靈旗　漢書郊祀志：以牡荆畫幡日月北斗登龍，以象太一三星，爲泰一鋒旗，命曰靈旗。

〔一二〕故人　崇禎乙亥，慈月夫人降乩示公，應山、江陰俱爲冥官。今稼軒留守又有降神之事，廟社故人，非荒言也。

〔一三〕頑民　世説言語篇：蔡洪赴洛，洛中人問曰：「君亡國之餘，有何異才，而應斯舉？」蔡答曰：「聖賢所出，何必常處？昔武王伐紂，遷頑民於洛邑，得無諸君是其苗裔耶？」

其二

栗烈〔一〕凝寒爐火增，抱薪〔二〕擁絮〔三〕轉凌兢〔四〕。漆身吞炭〔五〕依稀①是，爛頞焦頭〔六〕取次能。兒放空拳〔七〕窗裂紙，婢伸赤腳〔八〕被添冰。長安九九消寒夜，罷褥〔九〕丹衣〔一〇〕疊幾層？

【校勘記】

①凌本作「然」。

【箋注】

〔一〕栗烈　國風七月：二之日栗烈。毛萇傳曰：栗烈，寒氣也。

〔二〕抱薪　國策魏語：譬猶抱薪而救火也。

〔三〕擁絮　淵明與子儼等疏：敗絮自擁。

〔四〕凌兢　揚子雲甘泉賦：馳閶闔而入凌兢。師古曰：入凌兢者，言寒涼戰栗之處也。

〔五〕漆身吞炭　史記刺客列傳：豫讓漆身爲厲，吞炭爲啞。戰國策：豫讓又漆身爲厲，滅鬚去眉，自刑以變其容，爲乞人而往乞，其妻不識，曰：「狀貌不似吾夫，其音何類吾夫之甚也？」又吞炭爲啞，變其音。

〔六〕爛熲焦頭　漢書霍光傳：曲突徙薪亡恩澤，燋頭爛額爲上客。

〔七〕空拳　段柯古酉陽雜俎：石旻尤妙打彄，與張又新兄弟善。暇夜會客，因試其意彄，注之必中。張遂置鉤於巾襞中，旻笑曰：「盡張空拳，鉤在張君幞頭左翅中。」其妙如此。彄，口平聲。荆楚歲時記：歲前爲藏彄之戲。按周處風土記曰：醇以告蜡，竭恭敬於明祀。乃有藏彄。臘日之後，叟嫗各隨其儕爲藏彄，分二曹以較勝負。辛氏三秦記以爲鉤弋夫人所起。

〔八〕赤腳　昌黎寄盧仝詩：一婢赤腳老無齒。

〔九〕罽褥　王子年拾遺記：靈王起昆昭之臺，設狐腋素裘、紫罽文褥。罽褥是西域所獻，施於臺上，坐者皆温。

〔一〇〕丹衣　拾遺記：晉太康元年，羽山之民獻火浣布萬疋。其國人稱羽山有文石，生火，煙色以隨四時而見，名爲浄火。有不潔之衣，投於火石之上，雖滯污漬涅，皆如新浣。當虞舜時，其國獻黄布。漢末獻赤布，梁冀製爲衣，謂之丹衣。

其三

耳病雙聾眼又昏，肉消分半〔一〕不堪捫。液湯〔二〕蜇鼻醫方苦，參附充腸〔三〕藥券頻①。好友禱嵩求益算，惡人詛岱請②收魂〔四〕。兩家剝啄知誰勝？憑仗蒼穹〔五〕自討論。

【校勘記】

①上圖本、淩本作「煩」，此據金匱本。②淩本作「爲」。

【箋注】

〔一〕肉消分半　南史沈約傳：約與徐勉書：老病百日，數圍革帶，常應移孔。以手握臂，率計月小半分。

〔二〕液湯　史記扁鵲傳：上古之時，醫有俞跗，治病不以湯液醴灑，鑱石撟引，案扤毒熨。

〔三〕充腸　少陵發秦州詩：充腸多薯蕷。

〔四〕收魂　劉公幹贈五官中郎將詩：常恐游岱宗，不復見故人。李善曰：援神契曰：太山，天帝孫也，主召人魂。

〔五〕蒼穹　爾雅釋天：穹蒼，蒼天也。郭璞曰：天形穹窿，其色蒼蒼，因名云。

其四

徑寸〔一〕難分聹聳〔二〕形，方言云：聹聳，聾也。聹，音宰。方言州部〔三〕比玄經。人間若有治聾酒〔四〕，天上應無附耳星〔五〕。鬭蟻〔六〕軍聲酣乍止，鳴蛙〔七〕戰鼓怒初停。一燈遥禮潮音洞〔八〕，梵唄從今用眼聽〔九〕。

【箋注】

〔一〕徑寸 荀子勸學篇：小人之學也，入乎耳出乎口，口耳之間則四寸耳，曷足以美七尺之軀哉？

〔二〕聹聳 揚雄方言：聳，聹，聾也。梁、益之間謂之聹。秦、晉之間聽而不聰，聞而不達，謂之聹。生而聾，陳、楚、江、淮之間謂之聳。荆、揚之間及山之東西，雙聾者謂之聳。聾之甚者，秦、晉之間謂之䏿。吴、楚之外郊，凡無耳者亦謂之䏿。其言䏿者，若秦晉中土謂墮耳者明也。

〔三〕州部 太玄經：方州部家，三位疏成。范望曰：言陰陽乘三統，爲方州部家。大數則三統之位，乃大成也。唐王涯説玄：四位之次曰方，曰州，曰部，曰家。最上爲方，順而數之，至於家。家一一而轉，而有八十一家。部三三而轉，故有二十七部。州九九而轉，故有九州。一方二十七首而轉，故有三方。三方之變，歸乎一者也。

〔四〕治聾酒 祝誠蓮堂詩話：晉李濤，小字社公，爲兵部時，李公昉爲翰林學士，月給内醖，兵部因春社寄昉詩云：社公今日没心情，爲乞治聾酒一瓶。蓋俗云社日酒治耳聾。治當作持，平聲。

〔五〕附耳星 三氏星經：石申氏曰：畢星左腳邊一星曰附耳，星動摇，有讒臣亂國在君側。

〔六〕鬭蟻 世説紕繆篇：殷仲堪父病虚悸，聞床下蟻動是牛鬭。

〔七〕鳴蛙　南史孔珪傳：門庭之内，草萊不剪，中有蛙鳴。或問之曰：「欲爲陳蕃乎？」答曰：「我以此當兩部鼓吹。」王晏嘗鳴鼓吹候之，聞羣蛙鳴，曰：「此殊聒人耳。」珪曰：「我聽鼓吹，殆不及此。」

〔八〕潮音洞　補陀洛伽山補志：潮音洞，菩薩示現之所。巉巖瞰海，四顧無畔岸，人跡所不及。

〔九〕眼聽　洪覺範觀世音贊：龍本無耳聽以神，蛇本無耳聽以眼。六根互用乃如此，聞不可遺豈理哉？五燈會元：僧問台州寶相元禪師：「一切諸佛及諸佛阿耨多羅三藐三菩提，皆從此經出。如何是此經？」師曰：「長時誦不停，非義亦非聲。」曰：「如何受持？」師曰：「若欲受持者，應須用眼聽。」

其五

病多難訴乳山翁〔一〕，不但雙荷〔二〕睹賽聾。喑訝仲長〔三〕還有口，痺愁皇甫〔四〕不關風。畏寒塞向〔五〕專塗北，負日〔六〕循牆〔七〕只傍東。莫謂豳人徒改歲，老能熏鼠豈無功？答乳山道士問病。

【箋注】

〔一〕乳山翁　金陵林古度，自號乳山道士。

〔二〕雙荷　楊慎禪林鈎玄：六根，眼如蒲桃朶，耳如時新荷。鼻如雙垂瓜，舌如初偃月。身如腰鼓顙。首楞嚴經：耳體如新卷葉。

〔三〕仲長　新唐書王績傳：仲長子光，亦隱者也，無妻子，結廬北渚。績愛其真，徙與相近。子光瘖，未嘗交語，與對酌，歡甚。

〔四〕皇甫　晉書皇甫謐傳：謐以著述爲務，自號玄晏先生。後得風痺疾，猶手不輟卷。

〔五〕塞向　國風七月詩：穹窒熏鼠，塞向墐户。毛萇傳曰：向，北出牖也。墐，塗也。

〔六〕負日　列子楊朱篇：宋國有田父，自曝于日，不知天下之有廣夏隩室，綿纊狐貉。顧謂其妻曰：「負日之暄，人莫知者，以獻吾君，將有重賞。」

〔七〕循牆　左傳昭公七年：循牆而走。

其六

稚孫仍讀魯春秋，蠹簡還從屋角〔一〕搜。定以①孤行〔二〕推杜預，每於敗績〔三〕笑②何休〔四〕。懸車束馬〔五〕令支捷，蔽海牢山〔六〕仲父謀。聊與兒曹攤故紙〔七〕，百年指掌話神州〔八〕。

【校勘記】

①凌本作「似」。　②鄒本作「唤」。

【箋注】

〔一〕屋角　吕居仁亂後雜詩：籬根留敝屨，屋角得殘書。

〔二〕孤行　晉書杜預傳：預耽思牘籍，爲春秋左氏經傳集解，又參考衆家譜第，謂之釋例。摯虞賞之曰：「左丘明本爲春秋作傳，而左傳遂自孤行。釋例本爲傳設，而所發明何但左傳，故亦孤行。」

〔三〕敗績　何休公羊序：至使賈逵緣隙奮筆，以爲公羊可奪，左氏可興。恨先師觀聽不決，多隨二創。此世之餘事，斯豈非守文持論，敗績失據之過哉？疏曰：敗績者，争義似戰陳，故以敗績言之。

〔四〕笑何休　後漢書鄭玄傳：任城何休好公羊學，遂著公羊墨守、左氏膏肓、穀梁廢疾。玄乃發墨守、鍼膏肓、起廢疾。休見而嘆曰：「康成入吾室，操吾矛，以伐我乎？」

〔五〕懸車束馬　漢書郊祀志：齊桓公曰：「寡人北伐山戎，過孤竹，西伐大夏，束馬縣車，上卑耳之山。」應劭曰：伯夷國也。在遼西令支。師古曰：令音郎定反，支音神祇之祇。韋昭曰：將上山纏束其馬，縣鈎其車也。

〔六〕蔽海牢山　國語：管子曰：「使海於有蔽，渠弭於有渚，環山於有牢。」賈侍中曰：海，海濱也。有蔽，言可依蔽也。韋昭曰：牢，牛羊豕也。言雖山險，皆有牢牧也。一曰：牢，固也。

〔七〕故紙　傳燈録：古靈禪師一日在窗下看經，蜂子投窗紙求出。師曰：「世界如許廣闊，不肯出，鑽他故紙。」

〔八〕神州　世説輕詆篇：桓公登平乘樓，眺矚中原，慨然曰：「遂使神州陸沈，百年丘墟，王夷甫諸人不得不任其責。」

其七

懶學初無識字憂〔一〕，不多肝肺戒雕鎪〔二〕。少知誦讀皆緣木〔三〕，老解詞章盡刻舟〔四〕。扶養心神〔五〕朝碧落〔六〕，招廻氣母〔七〕守丹丘〔八〕。病瘖何敢方河渚，摇筆居然頌獨遊〔九〕。

【箋注】

〔一〕識字憂　東坡石蒼舒醉墨堂詩：人生識字憂患始，姓名粗記可以休。

〔二〕雕鎪　昌黎贈崔立之詩：勸君韜養待徵招，不用雕琢愁肝腎。

〔三〕緣木　温庭筠秋病書懷詩：定爲魚緣木，曾因兔守株。

〔四〕刻舟　吕氏春秋察今篇：楚人有涉江者，其劍自舟中墜于水，遽刻其舟曰：「是吾劍之所從墜。」舟止，從其所刻者入水求之。

〔五〕心神　獨異志：北齊侍御史李廣，博覽羣書，修史，夜夢一人曰：「我心神也。君役我太苦。」辭去，俄而廣疾卒。

〔六〕碧落　劉禹錫望賦：日轉黄道，天開碧落。

〔七〕氣母　莊子大宗師篇：伏羲得之，以襲氣母。

〔八〕丹丘　黄庭經：丹田之中精氣微，玉池清水上生肥。

〔九〕獨遊頌　東皋子仲長先生傳：先生諱子光，字不曜，洛陽人。往來河東。開皇末始菴河渚間以息焉。守令至者皆親謁，先生辭以瘖疾。著獨遊頌及河渚先生傳以自喻，識者有以知其懸解也。

其八

直木〔一〕風來①自古憂，不材〔二〕何意縱尋矛〔三〕。羣蜉〔四〕枉撼盆池樹〔五〕，積羽〔六〕空沉芥子舟〔七〕。説易累伸箕子難〔八〕，編書頻訪大航頭〔九〕。白頭②炳燭〔一〇〕渾無暇，魯酒〔一一〕吴羹〔一二〕一笑③休。

【校勘記】

①鄒本、金匱本作「摇」。②鄒本、金匱本作「顛」。③鄒本作「味」。

【箋注】

〔一〕直木　莊子山木篇：直木先伐，甘泉先竭。

〔二〕不材　莊子養生篇：匠石之齊，至乎曲轅，見櫟社樹，不顧，曰：「是不材之木也。」

〔三〕尋矛　左傳文公七年：諺所謂「庇焉而縱尋斧焉」者也。

〔四〕羣蜉　昌黎調張籍詩：李杜文章在，光燄萬丈長。不知羣兒愚，那用故謗傷？蚍蜉撼大樹，可笑不自量。

〔五〕盆池樹　昌黎盆池絶句：老翁真箇似童兒，汲水埋盆作小池。

〔六〕積羽　史記張儀傳：積羽沉舟，群輕折軸。

〔七〕芥子舟　莊子逍遥遊篇：覆杯水於坳堂之上，則芥爲之舟，置杯焉則膠，水淺而舟大也。

〔八〕箕子難　漢書儒林傳：蜀人趙賓好小數書，後爲易，飾易文。以爲箕子明夷，箕子者，萬物方荄兹也。賓持論巧慧，易家不能難，皆曰非古法也。

〔九〕大航頭　書舜典：正義曰：昔東晉之初，豫章内史梅賾上孔氏傳，猶闕舜典。自此「乃命以位」已上二十八字，世所不傳，多用王、范之注補之。而皆以「慎徽五典」已下爲舜典之初。至齊蕭鸞建武四年，吴興姚方興於大航頭得孔氏傳古文舜典，亦類太康中書，乃表上之。事未施行，方興以罪致戮。至隋開皇初，購求遺典，始得之。

〔一〇〕炳燭　説苑建本篇：晉平公問師曠曰：「吾年七十，欲學恐已暮矣。」師曠曰：「臣聞之，少而好學，如日出之陽；壯而好學，如日中之光；老而好學，如炳燭之明。炳燭之明，孰與昧行乎？」

〔一一〕魯酒　莊子胠篋篇：魯酒薄而邯鄲圍。

〔一二〕吴羹　宋玉招魂：和酸若苦，陳吴羹些。

其九

詞壇①稂莠遞相仍〔一〕，嗤點前賢莽自矜。北斗〔二〕文章誰比並，南山〔三〕詩句敢憑陵〔四〕？

昔年鮫鰐〔五〕猶知避，今日蚍蜉恐未勝。夢裏孟郊〔六〕還拊手，千秋丹篆尚飛騰。

【校勘記】

①鄒本、金匱本作「場」。

【箋注】

〔一〕相仍　鮑明遠白頭吟：猜恨坐相仍。李善曰：仍，因也。

〔二〕北斗　新唐書韓愈傳贊：自愈没，其言大行，學者仰之，如泰山北斗云。

〔三〕南山　公跋石田翁手抄吟窗小會云：今之妄人，中風狂走，斥梅聖俞不知比興，薄韓退之南山詩不佳。又云張承吉金山詩是學究對聯，公然批判，不復知世上復有兩眼。雖其愚而可愍，亦良可爲世道懼也。

〔四〕憑陵　左傳襄公二十五年：介恃楚衆，以憑陵我敝邑。

〔五〕鮫鰐　新唐書韓愈傳：愈至潮州，問民疾苦，皆曰惡溪有鱷魚。愈令其屬秦濟以一羊一豚投谿水而祝之。祝之夕，暴風震電起谿中，數日，水盡涸，西徙六十里。自是潮無鱷魚患。

〔六〕夢裏孟郊　龍城録：退之常説少時夢人與丹篆一卷，令强吞之，旁一人撫掌而笑。覺後亦似胸中如物噎，經數日方無恙，尚能記其一兩字，非人間書也。後識孟郊，似與之目熟，思之乃夢中旁笑者。信乎相契如此。

其十

聲氣〔一〕無如文字親，亂餘斑白尚①沉淪〔二〕。春浮精舍營堂斧〔三〕，春浮，蕭伯玉家園，今爲葬地。越絶新書徵宛委〔五〕，指山陰徐伯調。東壁高樓東楚薪②〔四〕。東壁樓，在德州城南，盧德水爲余假館。秦碑古字訪河濱〔六〕。指朝邑李叔則。嗜痂〔七〕辛苦王煙客，摘槧懷鉛〔八〕十指皴③〔九〕。

【校勘記】

①鄒本、金匱本作「向」。②「東楚薪」，有學集文鈔補遺作「委劫塵」。③有學集文鈔補遺此詩附答王煙客書後，另題作「寒夜卧病懷王煙客奉常」。

【箋注】

〔一〕聲氣　漢書公孫弘傳：氣同則從，聲比則應。

〔二〕沉淪　後漢書孟嘗傳：沉淪草莽，好爵莫及。

〔三〕堂斧　記檀弓：吾見封之若堂者矣，見若斧者矣。鄭氏曰：封，築土爲壟。堂形四方而高。斧形旁殺刃上而長。

〔四〕楚薪　揚之水詩：不流東薪，不流東楚。

〔五〕宛委　吴越春秋：禹思聖人所記，在于九山東南天柱，號曰宛委。因夢見玄夷蒼水使者，登山發金簡之書。

〔六〕河濱　姚寬西溪叢話：漢靈帝熹平四年，蔡邕以古文篆隸三體書五經，刻石於太學。至魏正始中，又爲一字石經，相承謂之七經正字。唐志又有今字論語二卷，豈邕五經之外，復有此乎？隋經籍志凡言一字石經，皆魏世所爲。有一字論語二卷，不言作者之名，遂以爲邕所作，恐唐史誤。北齊遷邕石經于鄴都，至河濱，岸崩，石没于水者幾半。

〔七〕嗜痂　宋書劉邕傳：邕性嗜食瘡痂，以爲味似鰒魚。嘗詣孟靈休，靈休先患灸瘡，瘡痂落牀，邕取食之。靈休大驚，未落者悉褫取以飴邕。邕去，靈休與何勗書曰：劉邕向顧見噉，遂舉體流血。南康國史二百許人，不問有罪無罪，遞互與鞭，鞭瘡痂常以給膳。

〔八〕摘槧懷鉛　葛洪西京雜記：楊子雲常懷鉛提槧，訪殊方絶域之語，以爲裨補。

〔九〕十指皴　梁書武帝紀：每至冬月，四更竟，即敕把燭看事，執筆觸寒，手爲皴裂。

其十一

柏寢〔一〕梧宫〔二〕事儼然，富平一叟記登①延。牽絲〔三〕入仕陪元宰，執簡排場見古賢。蚤歲光陰頻跋燭〔四〕，百年人物遞當筵。舉杯欲理滄桑語②，兒女讙呶擁膝前。余五六歲，看演鳴鳳記，見孫立庭袍笏登場。庚戌登第，富平爲太宰延接，如見古人，迄今又五十四年矣。

【校勘記】

①鄒本、金匱本作「真」。　②鄒本、金匱本作「話」。

【箋注】

〔一〕柏寢　漢書郊祀志：少君見上，上有故銅器，問少君，曰：「此器齊桓公十年陳於柏寢。」已而按其刻，果齊桓公器。一宫盡駭，以爲少君神，數百歲人也。

〔二〕梧宫　任昉述異記：梧桐園在吴宫，本吴王夫差舊園也。一名鳴琴川。語云：梧宫秋，吴王愁。

〔三〕牽絲　靈運初去郡詩：牽絲及元興。李善曰：牽絲，初仕也。應璩詩曰：不悮牽朱絲，三署來相尋。

〔四〕跋燭　記曲禮：燭不見跋。鄭氏曰：跋，本也。

其十二

硯席〔一〕書生倚稚驕〔二〕，邯鄲一部夜呼囂。朱衣蚤作臚傳識〔三〕，青史翻爲度曲訞。炊熟黄粱新剪韭，夢醒紅燭舊分蕉。衛靈石槨〔四〕誰鐫刻？莫向東城〔五〕嘆市朝〔六〕。是夕又演邯鄲夢。

【箋注】

〔一〕硯席　漢書張湯傳：安世小男彭祖，又小與上同席研書。

〔二〕稚驕　莊子列御寇篇：人有見宋王者，錫車十乘，以其十乘驕穉莊子。

〔三〕臚傳讖　萬曆三十八年庚戌，命吏部侍郎蕭雲舉、王圖爲考試官，取中舉人韓敬等三百名。時同考試官翰林湯賓尹、南師仲、張邦紀、張以誠、孫承宗、王家植、駱從宇、張鳳彩、雷思沛、丘禾嘉、陳五昌、彭雲霄，給事中曹于汴、胡忻、胡應台，吏部朱世守，兵部徐鑾，工部張濤，知貢舉者，禮部署部事右侍郎吴道南也。三月廷試策士，賜韓敬、馬之騏、錢謙益等進士及第，出身有差。箋曰：湯賓尹嘗避跡西湖，韓敬具贄執經，情好最密。己酉，敬中順天鄉榜。庚戌會試，敬卷在徐鑾房，已加塗抹，賓尹以敬故，徧往各房搜閲，識其文，攜歸洗刷，重加評定，取中首卷。復于各房多所更换以亂其跡，吴公道南動色相争，榜出後，吴公欲發其事，福清止之而止。及廷試，道呈閣擬公第一人。湯、韓密謀，輦四萬金通内，神宗拔敬第一，次公第三。三十九年辛亥，湯羅察典，敬詣王公圖求解，王曰：「第一款即兄之事。」敬語塞而退。四十年壬子，御史孫居相直發科場大弊，疏參湯、韓，下部看議，部覆韓敬應照不謹例閒住。湯臨川嘗語公曰：「邯鄲夢作於前，曲中先有韓盧之句，竟成庚戌臚傳之讖。此曲似乎爲韓而作，亦可異也。」

〔四〕衛靈石槨　莊子則陽篇：衛靈公死，卜葬於故墓，不吉，卜葬於沙丘而吉。掘之數仞，得石槨焉，洗而視之，有銘焉，曰：不馮其子，靈公奪而埋之。

〔五〕東城　後漢書薊子訓傳：人于長安東霸城見子訓與一老翁共摩挲銅人，相謂曰：「適見鑄此，而已近五百歲矣。」

〔六〕市朝　謝玄暉和伏武昌登孫權故城詩：參差世祀忽，寂漠市朝變。李善曰：古出夏北門行曰：市朝易人，千載墓平。

其十三

紗縠襌衣〔一〕召見新，至尊自賀得賢臣〔二〕。都將柱地〔三〕擎天〔四〕事，付與搔頭〔五〕拭舌〔六〕人。内苑御舟恩①叵匝，上尊〔七〕法酒〔八〕賜逡巡。按圖休②問盧龍塞〔九〕，萬里山河博易頻。壬午五日，鶵籠公〔一〇〕有龍舟御席之寵。

【校勘記】

①鄒本作「思」。　②鄒本作「付」。

【箋注】

〔一〕紗縠襌衣　漢書江充傳：初，充召見犬臺宫，自請願以所常被服冠見上，上許之。充衣紗縠襌衣，曲裾後垂交輸。冠襌纚步摇冠，飛翮之纓。師古曰：紗縠，紡絲而織之也。輕者爲紗，縐者爲縠。襌衣，制若今之朝服中襌也。漢官儀曰：武賁中郎將衣紗縠襌衣。襌音單。

〔二〕得賢臣　漢書佞幸傳：董賢年二十二，雖爲三公，常給事中，領尚書，百官因賢奏事。明年，匈奴單于來朝，怪賢年少，以問譯。上令譯報曰：「大司馬年少，以大賢居位。」單于廼起拜，賀漢得賢臣。

〔三〕柱地　陸倕新刻漏銘：業類補天，功均柱地。

〔四〕擎天　張説姚崇神道碑：八柱承天，高明之位定。四時成歲，亭育之功存。

〔五〕搔頭　後漢書李固傳：飛章虚誣固罪曰：固獨胡粉飾貌，搔頭弄姿。

〔六〕拭舌　後漢書宦者吕強傳：羣邪項領，膏唇拭舌。

〔七〕上尊　漢書平當傳：賜上尊酒十石。如淳曰：律，稻米一斗得酒一斗爲上尊，稷米一斗得酒一斗爲中尊，粟米一斗得酒一斗爲下尊。師古曰：稷即粟也。中尊者，宜爲黍米，不當言稷。

〔八〕法酒　史記叔孫通傳：復置法酒，諸侍坐殿上，以尊卑次起上壽。師古曰：法酒者，猶言禮酌，謂不飲之至醉。

〔九〕盧龍塞　魏志田疇傳：疇曰：「豈可賣盧龍之塞以易爵禄哉？」

〔一〇〕鵝籠公　謂陽羨也。

其十四

鼓妖〔一〕鷄戩〔二〕史頻書，孛入杓中〔三〕自掃除〔四〕。人訝九頭〔五〕能互①嗽，天教一首解横飛②〔六〕。鐘沉禁漏紗燈〔七〕杳，水冽寒泉〔八〕露井虚。閒向四游〔九〕論近遠，高空寥廓轉愁余。病中撰許司成墓誌，輟簡有感。

【校勘記】

①鄒本作「並」。②鄒本、金匱本作「噓」。

【箋注】

〔一〕鼓妖　漢書五行志：君嚴猛而閉下，臣戰栗而塞耳，則妄聞之氣發于音聲，故有鼓妖。天啟七年丁卯八月上即位，將就寶座，大聲發于殿之西，若天崩地塌，然識者曰此鼓妖也，西方其有事乎？崇禎七年七月，敘州母豬龍洞銅鼓聲聞一日一夜。

〔二〕鷄毦　漢書五行志：于易巽爲鷄，鷄有冠距，文武之貌。不爲威儀，貌氣毀，故有鷄毦。崇禎九年十月朔，淮安新城東門民家牝鷄，振羽啼躍而化爲雄。十年，京師宣武門外斜街民家白鷄羽毛鮮好，喙距純赤，重四十斤。慈溪孝廉應廷吉見之，愀然曰：「此鷟也，所見之處國亡。」

〔三〕孛入杓中　漢書五行志：星孛入于北斗。董仲舒以爲，孛者，惡氣之所生也。謂之孛者，言其孛孛有所妨蔽，闇亂不明之貌也。劉向以爲，君臣亂於朝，政令虧於外，則上濁三光之精，五星贏縮，變色逆行，甚則爲孛。北斗，人君象，孛星，亂臣類，篡殺之表也。

〔四〕掃除　漢書李尋傳：洪水乃欲盪滌，流彗迺欲掃除。

〔五〕九頭　楚辭宋玉招魂：雄虺九首，往來儵忽，吞人以益其心些。王逸曰：雄虺一身九頭，常喜吞人魂魄以益其心，賊害之甚也。

〔六〕一首横飛　王子年拾遺記：東方有解形之民，使頭飛於南海，左手飛於東山，右手飛於西澤。自臍已下，兩足孤立。至暮，頭還肩上，兩手遇疾風飄於海外，落玄洲之上，化爲五足獸，則一指爲一足也。其人既失兩手，使旁人割裏肉以爲兩臂，宛然如舊。

〔七〕紗燈　東坡贈寫御容妙善師詩：迎陽晚出步就坐，絳紗玉斧光照廊。野人不識日月角，髣髴尚記重瞳光。

〔八〕寒泉　易井卦：九五，井洌寒泉食。王弼曰：洌，潔也。正義曰：必須井潔而寒泉，然後乃食，以言剛正之主不納非賢，必須行潔才高而後乃用，故曰井洌寒泉食也。

〔九〕四游　爾雅釋天：正義曰：二十八宿之外，上下東西，各有萬五千里，是謂四游之極。又地與星辰俱有四游升降，四游者，自立春地與星辰西游，春分，西游之極，地雖西極，升降正中。從此漸漸而東，至春季復正。自立夏之後北游，夏至，北游之極，地則升降極下，至夏季復正。立秋之後東游，秋分，東游之極，地則升降正中，至秋季復正。立冬之後南游，冬至，南游之極，地則升降極上，至冬季復正。此是地及星辰四游之義也。又立春星辰西游，日則東游；立夏星辰北游，日則南游；春分星辰西游之極，日東游之極，日與星辰相去三萬里；夏至則星辰北游之極，日南游之極，日與星辰相去三萬里。以此推之，秋冬倣此可知。

其十五

羊腸〔一〕九折〔二〕不堪書，箭直刀横血肉餘。牢落技窮修月斧〔三〕，顛狂心癢掉雷車〔四〕。伶仃㤄影〔五〕依枝〔六〕鴿，吸呷呼人〔七〕貫柳〔八〕魚。補貼〔九〕殘骸惟①老病，折枝〔一〇〕摩腹夢迴初。

【校勘記】

①鄒本、金匱本作「推」。

【箋注】

〔一〕羊腸　樂史寰宇記：玄武縣覆船山，益州記云：中有七里坂，一名羊腸坂，屈曲有壁立難昇之路。

〔二〕九折　漢書王尊傳：王陽至邛崍九折阪，嘆曰：「奉先人遺體，奈何數乘此險？」

〔三〕修月斧　段成式酉陽雜俎：鄭仁本表弟與王秀才游嵩山，見一人方眠熟。呼之起，曰：「君知月乃七寶合成乎？月勢如丸，其影，日爍其凸處也。常有八萬二千户修之，予即一數。」因開襆，有斤鑿數事。

〔四〕掉雷車　昌黎讀東方朔雜事詩：方朔乃豎子，驕不加禁訶。偷入雷電室，輷輘掉狂車。

〔五〕㤄影鴿　傳燈録：鷂子趁鴿子，飛向佛殿闌干上顫，有人問僧：「一切衆生在佛影中常安常樂，鴿子見佛爲什麽顫？」

〔六〕依枝　孟浩然東寺詩：禪枝㤄鴿棲。

〔七〕呼人魚　李復言續幽怪録：薛偉任蜀州青城縣主簿，病七日，奄然若往，而心頭微熱，家人不忍殮。經二十日，忽起坐曰：「羣官方食鱠，言吾已蘇，有奇事，請罷筯來聽。」羣官皆停餐而來，薛曰：「羣公求魚乎？向殺之鯉，我也。吾初疾困，爲熱所逼，出遊江畔，有思浴意。脱衣入水，且曰：人浮不如魚快，安得攝魚而健遊乎？旁有一魚曰：爲足下圖之。去未頃，有魚頭人騎鯢來，宣河伯詔，可權充東潭赤鯉。聽而自顧，則已魚服矣。於是放身而遊，俄而饑甚，忽見趙幹垂鈎，其餌芳香，遂食之。幹收綸以出，連呼不應，以繩貫我腮。既而張弼來曰：裴少府買魚，自於葦間尋得。偉謂弼曰：我是汝縣主簿。弼不聽，提之而行，罵亦不顧。入見縣吏，大聲呼之，畧無應者。既入階，促命付廚。我大叫而泣，三君不顧，付鱠手王士良，我又叫士良，亦若不聞者，按吾頭於砧上而斬之。彼頭適落，此亦醒悟，遂奉召耳。」諸公大驚，並終身不食鱠。

〔八〕貫柳　石鼓文：其魚維何？維鱮維鯉。何以貫之，維楊與柳。

〔九〕補貼　樂天追歡偶作：補貼平生得事遲。

〔一〇〕折枝　孟子：爲長者折枝。趙岐曰：折枝，按摩折手節，解罷枝也。

其十六

氈毹①〔一〕重圍四浹旬〔二〕，奴囚②〔三〕并命付灰塵。三人纆③索〔四〕同三木〔五〕，六足鈎牽有六身。伏鼠盤頭遺宿溺，饑蠅攢口嘬餘津。頻年風雨鷄鳴候④，循省顛毛〔六〕荷鬼神。記丁亥羈囚事。

【校勘記】

①「氈毳」，鄒本作「縲絏」，金匱本作「犴狴」。　②「奴囚」，鄒本作「僕僮」，金匱本作「奴郎」。　③鄒本、金匱本作「纏」。　④淩本作「事」。

【箋注】

〔一〕氈毳　周禮天官冢宰：羊冷毛而毳羶。漢書王褒傳：荷旃被毳者，難與道純綿之麗密。

〔二〕浹旬　左傳成公九年：浹辰之間，而楚克其三都。杜預曰：浹辰，十二日也。

〔三〕奴囚　丁亥歲，公偕二童囚系北獄，鉗鎖甚緊。童鄧國用默誦觀世音菩薩名號六七晝夜，鎖杻拉然有聲。忽伸一臂出械外，似有人解之者。公嘆異不敢言。未幾，遂得釋。

〔四〕纆索　莊子駢拇篇：約束不以纆索。

〔五〕三木　後漢書范滂傳：滂等皆三木囊頭，暴於階下。注曰：三木，項及手足皆有械，更以物蒙覆其頭也。

〔六〕顛毛　東坡東堂詩：多病顛毛卻未華。

其十七

頌繫〔一〕金陵憶判年〔二〕，乳山道士日周旋。過從漫指龍門〔三〕在，束縛真愁虎穴〔四〕連。桃葉春流亡國恨〔五〕，槐花秋踏故宮煙〔六〕。於今敢下新亭〔七〕淚，且爲交游一惘然。事具戊子秋槐集。

【箋注】

〔一〕頌繫　漢書惠帝紀：有罪當盜械者，皆頌繫。如淳曰：頌者，容也。言見寬容，但處曹吏舍，不入狴牢也。古者頌與容同。

〔二〕判年　少陵重過何氏詩：相留可判年。判年，猶半年也。

〔三〕龍門　世説德行篇：李元禮高自標持，後進之士有升其堂者，皆以爲登龍門。

〔四〕虎穴　漢書酷吏傳：尹賞修治長安獄，穿地方深各數丈，致令辟爲郭，以大石覆其上，名爲虎穴。

〔五〕亡國恨　杜牧之泊秦淮絶句：商女不知亡國恨，隔江猶唱後庭花。

〔六〕故宮煙　明皇雜録：天寶末，賊陷西京。禄山大會凝碧池，梨園弟子欷歔泣下。樂工雷海青擲樂器，西向大慟，賊支解于試馬殿。王維拘于菩提寺，賦詩曰：「萬户傷心生野煙，百官何日再朝天？秋槐葉落空宮裏，凝碧池頭奏管絃。」

〔七〕新亭　世説言語篇：過江諸人每至美日，輒相邀新亭，藉卉飲宴。周侯中坐而嘆曰：「風景不殊，正自有山河之異。」皆相視流淚。唯王丞相愀然變色曰：「當共戮力王室，克復神州，何至作楚囚相對？」

其十八

忠驅義感國恩賒，板蕩〔一〕憑將赤手遮。星散〔二〕諸侯屯渤海〔三〕，飆廻〔四〕子弟走長沙〔五〕。神愁玉璽〔六〕歸新室①，天哭銅人〔七〕别漢②家。一云：共和〔八〕六載仍周室，章武〔九〕三年亦漢家③。遲暮自憐長塌翼〔一〇〕，垂楊古道數昏鴉。記癸未④歲與羣公謀王室事。

【校勘記】

①鄒本作「代」。②鄒本作「故」。③鄒本、金匱本無此注。④上圖本、凌本作卯，此據金匱本。

【箋注】

〔一〕板蕩　劉孝標辨命論：自金行不競，天地板蕩。

〔二〕星散　少陵新安吏詩：歸軍星散營。

〔三〕渤海　後漢書袁紹傳：紹遂以渤海起兵，以從弟後將軍術、冀州牧韓馥、豫州刺史孔伷、兗州刺史劉岱、陳留太守張邈、廣陵太守張超、河内太守王匡、山陽太守袁遺、東郡太守橋瑁、濟北相鮑信等同時俱起，衆各數萬，以討卓爲名。

〔四〕飆廻　後漢書光武紀贊：九縣飆廻。

〔五〕長沙　吕温題陽人城詩：忠驅義感即風雷，誰道南方乏武才？天下起兵誅董卓，長沙子弟最先來。

〔六〕玉璽　漢書元后傳：初，高祖入咸陽，子嬰奉上始皇璽。及即天子位，因御服其璽，世世傳受，號曰漢傳國璽。以孺子未立，璽藏長樂宮。莽即位，使安陽侯舜求璽。太后涕泣而言，出璽投地以授舜。舜奏之，莽大説。

〔七〕銅人　魏志明帝紀注：魏畧曰：景初元年，徙長安諸鐘簴駱駝銅人承露盤，盤折，銅人重，不可致，留于霸城。漢晉春秋曰：帝徙盤，盤折，聲聞數十里，金狄或泣，因留于霸城。

〔八〕共和　史記周本紀：厲王出奔于彘，召公、周公二相行政，號曰共和。

〔九〕章武　蜀志後主傳：章武三年夏四月，先主殂於永安宮。五月，後主襲位於成都，大赦改元，是歲魏黄初四年也。

〔一〇〕塌翼　陳孔璋豫州檄：方畿之内，簡練之臣，皆垂頭塌翼，莫所憑恃。

其十九

蕭疏寒雨打窗遲，愕夢驚廻黯黯思。箕斗〔一〕每遭三尺喙〔二〕，攝提猶列兩行眉〔三〕。抛殘短髮身方老，著盡枯棋局始知。顧影〔四〕有誰同此夕？焚枯〔五〕撥芋〔六〕夜談時①。

【校勘記】

①鄒本作「詩」。

【箋注】

〔一〕箕斗　古詩：南箕北有斗，牽牛不負軛。良無磐石固，虚名復何益？

〔二〕三尺喙　莊子徐無鬼篇：丘願有喙長三尺。

〔三〕攝提眉　漢書翟方進傳：提揚眉。服虔曰：提，攝提星也。揚眉，揚其芒角也。白氏六帖：珠星示象運斗建於雙視。春秋元命苞曰：天有攝提，人有兩眉，爲人表候。陽立於二，故眉長二寸。注曰：攝提兩星頗曲，人眉似之也。

〔四〕顧影　淵明飲酒詩序：偶有名酒，無夕不飲。顧影獨盡，忽焉復醉。

〔五〕焚枯　應璩百一詩：田家何所有？酌醴焚枯魚。

〔六〕撥芋　袁郊甘澤謡：李泌衡嶽寺中讀書，察懶殘所爲，曰：「非凡物也。」中夜潛謁焉。懶殘撥牛糞火出芋啖之，取所啖之半授李公，曰：「慎勿多言，領取十年宰相。」

其二十

呼鷹臺〔一〕下①草蒙茸，扶杖登臨指斷蓬。倚伏我應占北叟〔二〕，興亡君莫問南公〔三〕。藥欄〔四〕迸②坼疏籬外，鷄柵〔五〕欹斜細雨中。種罷蕪菁〔六〕還失笑，莫將老圃算英雄〔七〕。

【校勘記】

①鄒本、金匱本作「畔」。　②過日集作「近」。

【箋注】

〔一〕呼鷹臺　樂史寰宇記：呼鷹臺在襄陽鄧城縣東南一里，劉表所築。表往登之，鼓琴作樂，有鷹來至，因名。

〔二〕北叟　班孟堅幽都賦：叛廻穴其若兹兮，北叟頗識其倚伏。李善曰：淮南子曰：塞上之人，有馬亡入胡，人皆弔之。其父曰：「何遽不爲福？」居數月，其馬將胡駿馬而歸。人皆賀之。其父曰：「何遽不爲禍乎？」其子好騎，墮而折髀。人皆弔之。其父曰：「何遽不爲福乎？」居一年，胡人大出，丁壯者控弦而戰，死者十九，此獨以跛足故，父子相保。故福之爲禍，禍之爲福，變化不可測。

〔三〕南公　史記項羽本紀：南公，楚人也，善言陰陽。

〔四〕藥欄　少陵有客詩：乘興還來看藥欄。箋注曰：藥欄者，花藥之欄檻耳。李濟翁資暇集謂藥即欄也，引漢書池籞爲説。不知籞音御，與藥異音。

〔五〕鷄柵　少陵有催宗文樹鷄柵詩。

〔六〕種蕪菁　蜀志先主傳注：胡沖吴歷曰：曹公數遣親近密覘諸將，備時閉門，將人種蕪菁。曹公使人闚門，既去，備謂張飛、關羽曰：「吾豈種菜者乎？」開後柵，與飛等俱輕騎去。

〔七〕英雄　蜀志先主傳：曹公謂先主曰：「今天下英雄，唯使君與操耳。」

其二十一

龍嶼〔一〕鷄籠〔二〕錯小洲，秦皇纜繫〔三〕刹江〔四〕頭。煙消貝闕常①開市〔五〕，風引蓬萊〔六〕且放舟。魚鱉星〔七〕微沉後浪，黿鼉梁〔八〕闊駕中流。天涯地少雲多處，縱步期爲汗漫〔九〕遊。

讀元人島夷志作②。

【校勘記】

①金匱本作「當」。　②鄒本此注作「讀元人彝志」、金匱本作「讀元人島夷志」。

【箋注】

〔一〕龍嶼　元汪煥章島夷志：龍涎嶼值天清氣和，羣龍遊戲，時吐涎沫於其上，故以得名。涎微有腥氣，用之合諸香，味尤清遠。此地前代無人居之，間有他番之人，用完木鑿舟，駕使以拾之，轉鬻於他國。

〔二〕鷄籠　樂史寰宇記：赤土國，在萬安州南，渡海便風十四日，經鷄籠島即至其國。亦海中之一洲。黄省曾西洋朝貢典録：爪哇國在占城南可一千里，由占城而往，鍼位取靈山，靈山之水可六十托。又五十更爲蜈蜞之嶼，由嶼尾礁而西，五更平冒山，又十更望東蛇龍之山，貫圓嶼、雙嶼之中，經羅幃之山，山之水十有八托。又五更取竹嶼，又四更取鷄籠之嶼，又十更至勾欄之山，可以治薪水。

〔三〕繫纜　王象之輿地紀勝：繫纜石在西湖。陸羽武林山記云：自錢塘至秦皇繫船石，俗呼爲西石頭。

〔四〕刹江　輿地紀勝：秦望山近東南，有大石崔嵬，横接江濤，呼爲羅刹石。

〔五〕開市　東坡登州海市詩：蕩摇浮世生萬象，豈有貝闕藏珠宫。序曰：予聞登州海市舊矣，父老云常出于春夏，今歲晚，不復見矣。予到官五日而去，以不見爲恨，禱于海神廣德王之廟，明日見焉。

〔六〕蓬萊　漢書郊祀志：自威、宣、燕昭使人入海求蓬萊、方丈、瀛州。此三神山者，其傳在勃海中，去人不遠，蓋嘗有至者，諸仙人及不死之藥皆在焉。其物禽獸盡白，而黄金銀爲宫闕，未至望之如雲，及到，三神山反居水下，水臨之。患且至，則風輒引船而去，終莫能至。

〔七〕魚鱉星　三氏星經：魚一星，在箕南河中。鼈十四星，在斗南。

〔八〕黿鼉梁　江文通恨賦：駕黿鼉以爲梁。李善曰：紀年曰：周穆王三十七年，伐荆，大起九師，東至于九江，叱黿鼉以爲梁。

〔九〕汗漫　淮南子道應訓篇：盧敖遊北海，見一士方捲龜殼而食蛤蜊，與之語，鶱然笑曰：「吾與汗漫期于九垓之外，吾不可以久駐。」舉臂而聳身，遂入雲中。

其二十二

推蓬〔一〕剪燭〔二〕夢悠悠，舊雨〔三〕依稀記①昔遊。南國梟盧誰劇孟〔四〕，北平鷄酒有田疇〔五〕。

霜前啼烏皆朱噣〔六〕，月下飛烏盡白頭〔七〕。病樹枝顛天一握〔八〕，爲君吹笛〔九〕上高樓。廣陵人傳研祥北訊②。

【校勘記】

①牧齋詩鈔作「憶」。②鄒本、金匱本作「信」。

【箋注】

〔一〕推蓬　懷麓堂詩話：維揚周岐鳳坐事亡命，扁舟野泊，無錫錢曄投之以詩，有「一身爲客如張儉，四海何人是孔融？野寺鶯花春載酒，河橋風雨夜推篷」之句。岐鳳得詩，爲之大慟。江南人至今傳之。

〔二〕剪燭　李義山夜雨寄北詩：何當共剪西窗燭？卻話巴山夜雨時。

〔三〕舊雨　少陵秋述：杜子卧病長安旅次，多雨生魚，青苔生榻。常時車馬之客，舊雨來，今雨不來。

〔四〕劇孟　漢書遊俠傳：劇孟以俠顯，吴、楚反時，條侯至河南，得劇孟，若一敵國。劇孟好博，多少年之戲。

〔五〕田疇　王子年拾遺記：田疇，北平人也。劉虞爲公孫瓚所害。疇追慕無已，往虞墓設鷄酒之禮，慟哭之音，動於草野。疇卧草間，忽有人通云：「劉幽州來。」疇知是虞之魂，既近而拜，泣不自支，因相與進鷄酒。虞曰：「子萬古之貞士也。」奄然不見，疇亦醉醒。

〔六〕朱噣　謝皋羽西臺慟哭記：招魂詞曰：化爲朱鳥兮，有噣焉食？

〔七〕白頭　少陵哀王孫：長安城頭頭白烏，夜飛延秋門上呼。

〔八〕天一握　玉堂閒話：興元之南，有路通於巴州，其路則深谿峭巖，捫蘿摸石，一上三日，而達於山頂。行人止宿，則以緪蔓繫腰縈樹而寢，不然則墮於深澗也。復登措大嶺，蓋有稍似平處，路人徐步而進，若儒之布武。其絶頂謂之孤雲兩角。彼中謡云：孤雲兩角，去天一握。淮陰侯廟在焉。昔漢高祖不用韓信，信遯歸西楚，蕭相國追之，及於兹山，故立廟貌，至今存焉。

〔九〕吹笛　向子期懷舊賦：鄰人有吹笛者，發聲寥亮。追思曩昔遊宴之好，感音而嘆。

其二十三

中年招隱〔一〕共丹黄，栝柏猶餘翰墨香。晝裏夜山秋水閣，鏡中春瀑耦耕堂。客來蕩槳聞朝詠①〔二〕，僧到支筇話夕陽。留卻中州青簡恨，堯年鶴語〔三〕正悲涼。孟陽議倣中州集體例，編次列朝詩。

【校勘記】

①上圖本、凌本作「尋閒詠」，此從金匱本。②「列朝詩」，鄒本、金匱本作「前朝人書」。

【箋注】

〔一〕招隱　左太沖招隱詩：杖策招隱士，荒塗横古今。

〔二〕聞詠　山莊舊有聞詠亭，取老杜「詩罷聞吴詠」之句得名。

〔三〕堯年鶴語　徐堅初學記：劉敬叔異苑曰：太康二年冬，大寒，南州人見二白鶴于橋下曰：「今兹寒，不減堯崩年。」於是飛去。

其二十四

至後京華淑景〔一〕催，紫宸朝散夜傳杯。緑窗銀燭消寒去，朱邸〔二〕金盤送雪〔三〕來。板簇歌心遲漏轉，花漂酒面〔四〕逗春廻。殘燈欲話昇平樂，腰鼓〔五〕勾闌〔六〕不盡哀。

【箋注】

〔一〕淑景　少陵紫宸殿退朝口號：花覆千官淑景移。

〔二〕朱邸　少陵奉漢中王手札詩：入期朱邸雪，朝傍紫微垣。

〔三〕送雪　周憲王送雪詩：天山一色凍雲垂，罨畫樓臺綴玉時。準備暖金香盒子，明朝送雪與相知。注曰：汴中風俗，每歲遇初雪，則以盒子盛雪，送與親知，以爲喜慶。置酒設席，相請歡飲。亦昇平之樂事。宫中尤尚之。

〔四〕酒面　樂天贈晦叔憶夢得詩：酒面浮花應是喜，歌眉斂黛不關愁。

〔五〕腰鼓　荆楚歲時記：十二月八日爲臘日。諺言臘鼓鳴，春草生。村人並繫細腰鼓，戴胡公頭，及作金剛力士以逐疫。樂府共戲樂曲：時泰民康人物盛，腰鼓鈴柈各自競。

〔六〕勾闌　太和正音譜：雜劇，俳優所扮者，謂之娼戲，故曰勾欄。所扮者，隋謂之康衢戲，唐謂之梨園樂，宋謂之華林戲，元謂之昇平樂。

其二十五

望崖〔一〕人遠送孤藤，粟散金輪〔二〕總不應。三世版圖〔三〕歸脱屣〔四〕，千年宗鏡〔五〕護傳燈〔六〕。聚沙塔〔七〕涌旛幢影，墮淚碑〔八〕磨贔屭〔九〕稜。莫嘆曾孫〔一〇〕鬚頳盡，大梁仍是布衣〔一一〕僧。讀黄魯直先忠懿王像贊①。

【校勘記】

①鄒本、金匱本「贊」下有「有感」二字。

【箋注】

〔一〕望崖　黄山谷忠懿王贊：送君者自崖而反，以安樂其子孫。

〔二〕粟散金輪　法苑珠林人道篇：若以四方言之，則北鬱單越無貴無賤，彼無僕使之殊，故無貴賤。餘之三方皆有貴賤，以有君臣庶民之别、大家僕使之殊，故有貴賤别類也。總束貴賤，合有六品。一貴中之貴，謂輪王等；二貴中之次，謂粟散王等；三貴中之下，謂如百僚等；

四賤中之賤，謂駘駑豎子等；五賤中之次，謂僕隸等；六賤中之下，謂姬妾等。粗束如是，細分難盡。

〔三〕版圖　長編紀事本末：太平興國三年四月，吴越王請歸本道，上不許。崔仁冀曰：「大王不速納土，禍且至。」左右争言不可，俶獨與仁冀决策，上表獻所管十三州一軍。上御乾元殿受朝，俶朝退，將吏僚屬始知。

〔四〕脱屣　漢書郊祀志：天子曰：「誠得如黄帝，吾視去妻子如脱屣耳。」

〔五〕宗鏡　惠洪禪林僧寶傳：智覺禪師，諱延壽，餘杭王氏子。初説法於雪竇山，建隆元年，忠懿王移之于靈隱新寺。明年，又移之于永明寺。集方等秘經六十部，西天此土聖賢之語三百家，以佐三宗之義，爲一百卷，號宗鏡録，天下學者傳誦焉。

〔六〕傳燈　五燈會元：德山慧遠禪師開堂示衆曰：昔時聖人互出，乃曰傳燈；爾後賢聖扇美，故曰繼祖。是以心心相傳，法法相印。道宣續高僧傳：奘師表：識乖龍樹，謬忝傳燈之榮。才異馬鳴，深愧寫瓶之敏。

〔七〕聚沙塔　法華經方便品：乃至童子戲，聚沙爲佛塔。志磐佛祖統紀：吴越忠懿王世家云：忠懿王天性誠厚，夙知敬佛，效阿育王造八萬四千塔，用金銅精鋼，中藏寶篋印心呪經，布散部内，以爲填寶，凡十年而訖功。

〔八〕墮淚碑　東坡送表忠觀道士歸杭詩：墮淚行看會祠下，挂名争欲刻碑陰。

〔九〕贔屭　張平子西京賦：巨靈贔屭。薛綜曰：贔屭，作力之貌也。

〔一〇〕曾孫　方輿勝覽：武夷君建幔亭，宴鄉人于其上，皆呼爲曾孫。

〔一一〕大梁布衣　李燾長編：開寶七年十一月戊子，吴越王俶遣使修貢，謝招撫制置之命，并上江南國主所遺書，其畧云：「今日無我，明日豈有君？明天子一旦易地酬勳，王亦大梁一布衣耳。」

其二十六

石語〔一〕無憑響卜虚〔二〕，强留春夢慰蕭疏。侲童背索〔三〕催年去，王母傳籌〔四〕報歲除。耳聵卻欣聽妄語〔五〕，眼昏猶解摸殘書〔六〕。莫嗟杖晚〔七〕如彭老，兩腳①隨身〔八〕且閉廬。

【校勘記】

①鄒本作「眼」。

【箋注】

〔一〕石語　左傳昭公八年：石言于晉魏榆。晉侯問于師曠，對曰：「石不能言，或憑焉。」

〔二〕響卜　摭言：畢諴及第年，與一二同人聽響卜。夜艾人稀，久無所聞。俄遇人投骨於地，羣犬争趨，又一人曰：「後來者必啣得。」韋甄及第年，事勢固完全矣，然未知名第高下，志在鼎甲，未免撓懷，俄聽於光德里南街，忽覩一人叩一版門甚急，良久門開，呼曰：「十三官尊體萬福。」既而甄果是第十三人矣。朱弁曲洧舊聞：王建集有鏡聽詞，謂懷鏡于通衢間，聽往來之言以卜休咎。近世人懷杓以聽，亦猶是也。又有無所懷而直以耳聽之者，謂之響卜，蓋以有心聽無心耳。

〔三〕侲童背索　後漢書禮儀志：先臘一日大儺，謂之逐疫。選中黄門子弟年十歲以上、十二以下，百二十人爲侲子。皆赤幘皂製，執大鼗。方相氏黄金四目，蒙熊皮，玄衣朱裳，執戈揚盾。十二獸有衣毛角，中黄門行之，冗從僕射將之，以逐惡鬼于禁中。張平子東京賦：爾乃卒歲大儺，敺除羣癘。方相秉鉞，巫覡操茢。侲子萬童，丹首玄製。薛綜曰：侲子，童男童女也。

〔四〕王母傳籌　漢書哀帝紀：建平四年，關東民傳行西王母籌。

〔五〕聽妄語　葉石林乙卯避暑録：子瞻在黄州及嶺表，每旦起，不招客相與語，則必出而訪客。所與游者，亦不盡擇，各隨其人高下，談諧放蕩，不爲畛畦。有不能談者，則強之使説鬼。或辭無有，則曰：「姑妄言之。」聞者無不絶倒。

〔六〕摸殘書　隋書藝術傳：盧太翼本姓章仇氏，博綜羣書，尤善占候算曆之術。其後目盲，以手摸書，而知其字。

〔七〕杖晚　莊子逍遥遊篇：陸德明音義云：王逸注楚辭天問：彭祖至七百歲，猶曰悔不壽，恨杖晚而唾遠。黄山谷以虎臂杖送李任道詩：八百老彭嗟杖晚。

〔八〕兩腳隨身　東坡次孔毅夫久旱詩：不如西州楊道士，萬里隨身唯兩膝。

其二十七

由來造物忌安排〔一〕，遮莫〔二〕殘年①事事乖。無藥堪能除老病〔三〕，有錢不合買癡獃〔四〕。未論我法〔五〕如何是？且道卿言〔六〕亦自佳。漫説趙州〔七〕行脚事，雲門〔八〕猶未辨青鞋。

【校勘記】

①鄒本、金匱本作「生」。

【箋注】

〔一〕忌安排　放翁北齋書志詩：百年從落魄，萬事忌安排。注曰：徐仲車聞安定先生莫安排之教，所學益進。

〔二〕遮莫　少陵書堂飲絶句：遮莫鄰鷄下五更。舊注曰：遮莫，俚語，猶言儘教也。

〔三〕除老病　放翁春晚雨中詩：方書無藥醫治老，風雨何心斷送春？

〔四〕買癡獃　高德基平江紀事：吴人自相呼爲獃子。每歲除夕，羣兒遶街呼叫云：「賣癡獃，千貫賣汝癡，萬貫賣汝獃。見賣盡多送，要賒隨我來。」蓋以吴人多獃，兒輩戲謔之耳。

〔五〕我法　晉書庾敳傳：王衍不與敳交，敳卿之不置。衍曰：「君不得爲爾。」敳曰：「卿自君我，我自卿卿。我自用我家法，卿自用卿家法。」

〔六〕卿言　世説言語篇注：司馬徽别傳曰：徽在荆州，知劉表性暗，必害善人，乃括囊不復談議時人。有以人物問徽者，初不辯其高下，每輒言佳。其婦諫曰：「人質所疑，君宜辯論。一皆言佳，豈人所以咨君之意乎？」徽曰：「如卿所言，亦復佳。」其婉約遜遁如此。

〔七〕趙州　公石林長老七十序：趙州年一百二十八，十方行脚。

〔八〕雲門　少陵劉少府山水障歌：若耶溪，雲門寺，吾獨何爲在泥滓？青鞋布韈從此始。

其二十八

寒爐竟日畫殘灰〔一〕，情緒禁持未破梅。躲避病魔無複壁〔二〕，逋逃文債少高臺〔三〕。生成窮骨難抛得，自鎖愁腸且放開。慚愧西堂分衛〔四〕畢，旋傾齋鉢送參來。小盡夜①靈巖長老送參。

【校勘記】

①鄒本、金匱本作「日」。

【箋注】

〔一〕畫灰　南史陶弘景傳：陶弘景以荻爲筆，畫灰中學書。陳摶師麻衣學仙，引至石室，但用銅柱畫字于灰中以傳之。

〔二〕複壁　後漢書趙岐傳：岐逃難四方，安丘孫嵩藏岐複壁中數年，因赦乃出。

〔三〕高臺　御覽：帝王世紀曰：周赧王雖居天子之位，爲諸侯所侵逼，與家人無異，貰于民，無以歸之，乃上臺以避之。故周人因名其臺曰逃債臺，故洛陽南宮簃臺是也。

〔四〕分衛　翻譯名義集：分衛，善見論云：此云乞食。僧祇律云：乞食分施僧尼，衛護令修道業，故云分衛。

其二十九

兒童逼歲趂喧闐，岳廟①〔一〕星壇〔二〕言子阡〔三〕。夢裏挨肩爭爆竹〔四〕，忙來哺飯〔五〕看秋千。氣蒸籬落辭年〔六〕酒，餤罨星河祭竈〔七〕煙。老大荒涼餘井邑〔八〕，半龕佛②火一翁禪。

【校勘記】

①「岳廟」，鄒本作「兵廟」。　②鄒本作「殘」。

【箋注】

〔一〕岳廟　盧知州琴川志：東嶽行祠在縣治西虞山南麓，依山高聳，規模雄偉。歲久摧圮，屢經再新。然創造之由，無碑誌可考。

〔二〕星壇　海虞文苑張應遴虞山記：致道觀，庭列虛皇壇。七星古檜，亦昭明所植，天師以神力移之。屈蟠夭矯，如龍如虬，其三猶蕭梁時物。

〔三〕言子阡　范成大吳郡志：言偃宅，蘇州記云：在常熟縣西。吳地志云：宅有井，井邊有洗衣石，周四尺，皆其故物。輿地志云：梁蕭正德爲郡太守，將石去，莫知所在。

〔四〕爆竹　俞弁山樵暇語：唐士綱夢餘録云：古人爆竹必于元旦鷄鳴之時，今人易以除夜，似失古意。張燕公守歲詩云：竹爆好驚眠。乃知唐時除夜爆竹，其來久矣。

〔五〕哺飯　漢書高帝紀：輟飯吐哺。師古曰：哺，口中所含養也。音步。

〔六〕辭年　荆楚歲時記：歲暮家家具肴蔌，詣宿歲之位，以迎新年，相聚歡飲。

〔七〕祭竈　荆楚歲時記：以豚酒祭竈神。按禮記云：竈者，老婦之祭也。許慎五經異義云：竈神姓蘇，名吉利。婦姓王，名搏頰。范石湖臘月村田樂府序：臘月二十四夜祀竈，其説謂竈神翌日朝天白一歲事，故前期禱之。

〔八〕井邑　易井卦：改邑不改井。正義曰：井體有常，邑雖遷移，而井體無改。

其三十

衰殘未省似①今年，窮鬼揶揄〔一〕病鬼纏。典庫替支賒藥券，債家折算賣書錢。陸機去國三間屋〔二〕，伍員運②〔三〕躬耕二③耜〔四〕田。嘆息古人曾似我，破窗風雨擁書眠〔五〕。

【校勘記】

①「省似」，鄒本作「醒若」，牧齋詩鈔作「省若」。②鄒本、金匱本、凌本無此注。③鄒本作「一」。

【箋注】

〔一〕窮鬼揶揄　南史劉損傳：損同郡宗人有劉伯龍者，少而貧薄，及長，歷尚書左丞、少府、武陵太守，貧寠尤甚。常在家慨然，召左右，將營什一之方。見一鬼在旁撫掌大笑，伯龍嘆曰：「貧窮固有命，乃復爲鬼所笑也。」遂止。

〔二〕三間屋　世説賞譽篇：蔡司徒在洛，見陸機兄弟住參佐廨中，三間瓦屋，士龍住東頭，士衡住西頭。

〔三〕伍員　史記吴太伯世家：伍員知光有異志，乃求勇士專諸見之。光喜，乃客伍子胥。子胥退而耕於野，以待專諸之事。

〔四〕二耜　周禮冬官考工記：匠人爲溝洫，耜廣五寸，二耜爲耦。

〔五〕擁書眠　王臨川莫疑詩：一燈岑寂擁書眠。

其三十一

雀羅〔一〕門巷隘荆薪，上相傳呼訪隱淪〔二〕。豈敢低廻遲伏謁，即看扶①服②〔三〕出城闉。霜風壓頂寒欺骨，冰雪生膚卧浹旬。多謝台星〔四〕猶照户，燒船〔五〕病鬼去逡巡。戲擬老杜客至之作。

【校勘記】

①鄒本、金匱本「扶」下另注「匍」。　②鄒本、金匱本「服」下另注「匐」。

【箋注】

〔一〕雀羅　史記鄭當時傳：下邽翟公爲廷尉，賓客闐門，及廢，門外可設雀羅。

〔二〕隱淪　顔延年五君詠：尋山洽隱淪。李善曰：桓子新論曰：天神人五，二曰隱淪。

〔三〕扶服　揚子雲長楊賦：扶服蛾伏。李善曰：扶服與匍匐音義同。漢書霍光傳：中孺扶服叩頭。師古曰：服，蒲北反。

〔四〕台星　隋書天文志：三台六星，兩兩而居，一曰天柱，三公之位也。

〔五〕燒船　昌黎送窮文：主人於是垂頭喪氣，上手稱謝，燒車與船，延之上座。

其三十二

高枕匡牀白日眠，閒看世態轉頹然。湛河不信多爲石〔一〕，賣鬼還愁少得錢〔二〕。鑿空〔三〕去聲①舊能雕混沌〔四〕，舞文〔五〕新擬案丁零〔六〕音顛連②。睡餘偶憶柴桑集，畫扇〔七〕蕭疏仰昔賢。示遵王、敕先。

【校勘記】

①鄒本、金匱本無「聲」字。　②鄒本、金匱本無此注。凌本無「顛」字。

【箋注】

〔一〕湛河爲石　水經注：子朝篡位，與敬王戰，乃取周之寶玉沈河以祈福。後二日，津人得之于河上，將賣之，則變而爲石。及敬王位定，得玉者獻之，復爲玉也。

〔二〕賣鬼得錢　列異傳：南陽宋定伯夜行逢鬼，問之，言：「鬼。」鬼問：「汝復誰？」定伯誑之言：「我亦鬼。」行數里，鬼言：「步行太遲，共遞相擔何如？」鬼便先擔定伯，言：「卿太重。」定伯言：「我新死，故身重耳。」定伯因復擔鬼，鬼畧無重。定伯言：「我新鬼，不知何所惡忌？」鬼答：「唯不喜人唾。」共行遇水，鬼渡無音，定伯渡，漕漼作聲。定伯曰：「新死不曾渡水故耳，勿怪我也。」行欲至宛市，定伯便擔鬼著肩上，鬼大叫索下，不復聽之。徑至宛市中，下地化爲一羊，便賣之。恐其變化，唾之，得錢千五百乃去。時石崇言：「定伯賣鬼，得錢千五百文。」

〔三〕鑿空　漢書張騫傳：騫鑿空。蘇林曰：鑿，開也。空，通也。騫始開通西域道也。師古曰：空，孔也。猶言始鑿其孔穴也。

〔四〕雕混沌　莊子應帝王篇：南海之帝爲儵，北海之帝爲忽，中央之帝爲混沌。儵與忽時相與遇于混沌之地，混沌待之甚善。儵與忽謀報混沌之德，曰：「人皆有七竅，以視聽食息。此獨無有，嘗試鑿之。」日鑿一竅，七日而混沌死。

〔五〕舞文　漢書汲黯傳：好興事舞文法。如淳曰：舞猶弄也。

〔六〕案零丁　後漢書孔融傳：操討烏桓，融嘲之曰：「大將軍遠征蕭條海外，昔肅慎不貢楛矢，丁零盗蘇武牛羊，可并案也。」御覽曰：丁，音顛。零，音連。

〔七〕畫扇　淵明集有扇上畫贊。

其三十三

老病何當賦子虚，形容休訝列仙〔一〕如。黄衣牒〔二〕授劉中壘，瓊笈圖〔三〕歸董仲舒。籬桂冬榮〔四〕疑月地，瓶梅夜落想雲居。笑他脈望〔五〕空乾死，絳帕蒙頭〔六〕讀道①書。聞馮定遠②讀道書，戲示。

【校勘記】

①鄒本作「好」。　②「馮定遠」，鄒本、金匱本作「定遠」。

【箋注】

〔一〕列仙　漢書司馬相如傳：相如以爲列仙之儒，居山澤間，形容甚臞，此非帝王之仙意也。乃遂奏大人賦。

〔二〕黄衣牒　王子年拾遺記：劉向校書天禄閣，夜有老人著黄衣，登閣而進，云是太一之精。乃出懷中竹牒，有天文地圖之書：「余以授子焉。」

〔三〕瓊笈圖　漢武内傳：上元夫人語帝曰：「阿母今以瓊笈妙藴，發紫臺之文，賜汝八會之書。

五嶽真形，可謂至珍且貴，上帝之玄觀矣。」王母曰：「汝欲授五嶽真形者，董仲舒似其人也。」帝承王母言，以元封二年七月齋戒，以五嶽真形圖授董仲舒登受。

〔四〕冬榮　曹子建朔風詩：桂樹冬榮。李善曰：桂以冬榮，可以喻性。楚辭曰：麗桂樹之冬榮。

〔五〕脈望　段柯古酉陽雜俎：何諷常買得黄紙古書，卷中得髮卷，規四寸，如環無端。何因絶之，斷處兩頭滴水升餘，燒之作髮氣。諷嘗言於道者，吁曰：「蠹魚三食神仙字，則化爲此物，名曰脈望。夜以規映當天中星，星使立降，可求還丹，取此水和而服之，即時换骨上昇。」因取古書尋義讀之，皆神仙字。諷方哭伏。

〔六〕絳帕蒙頭　吴志孫策傳注：江表傳曰：道士琅琊于吉往來吴會，立精舍，焚香讀道書，作符水以治病。策令收之，諸將陳乞。策曰：「昔南陽張津爲交州刺史，常著絳帕蒙頭，鼓琴燒香，讀邪俗道書，卒爲南夷所殺。此甚無益，諸君但未悟耳。」即催斬之。事之者尚不謂其死，而云尸解焉。

其三十四

老大聊爲秉燭遊，青春渾似在紅樓。買回世上千金笑〔一〕，送盡生年①百歲憂〔二〕。留客笙歌圍酒尾，看場神鬼〔三〕坐人頭。蒲團歷歷前塵〔四〕事，好夢〔五〕何曾逐水流？追憶庚辰冬半野堂文讌舊事。

【校勘記】

①「生年」，鄒本、金匱本作「平生」。

【箋注】

〔一〕千金笑　鮑照白紵歌：千金顧笑買芳年。

〔二〕百歲憂　古詩：生年不滿百，常懷千歲憂。晝短苦夜長，何不秉燭遊？

〔三〕看場神鬼　公云文讌時，有老嫗見紅袍烏帽三神坐絳雲樓下。

〔四〕前塵　首楞嚴經：若分別性，離塵無體，斯則前塵，分別影事。

〔五〕好夢　陸友仁吳中記事：姑蘇雍熙寺，每月夜向半，常有婦人往來廊廡間歌小詞，聞者就之，輒不見，其詞云：滿目江山憶舊遊，汀花汀草弄春柔，長亭艤住木蘭舟。好夢易隨流水去，芳心空逐曉雲愁，行人莫上望京樓。

其三十五

一翦金刀〔一〕繡佛前，裹將紅淚灑諸天。三條裁製蓮花服〔二〕，數畝誅鋤穲稏田〔三〕。朝日粧鉛〔四〕眉正嫵〔五〕，高樓點粉〔六〕額猶鮮。橫陳嚼蠟〔七〕君能曉，已過三冬枯木禪〔八〕。二首①爲河東君入道而作。

【校勘記】

①「二首」，鄒本、金匱本作「同下二首」。

【箋注】

〔一〕一剪金刀　元遺山紫牡丹詩：金刀一剪腸堪斷，緑鬢劉郎半白生。

〔二〕蓮花服　翻譯名義集：真諦雜記云：袈裟，是外國三衣之名。名含多義，或名離塵服，由斷六塵故。或名消瘦服，由割煩惱故。或名蓮華服，服者離著故。

〔三〕穲稏田　杜牧之郡齋獨酌詩：穲稏百頃稻，西風吹半黄。注曰：穲稏，稻名。

〔四〕粧鉛　中華古今注：自三代以鉛爲粉，秦穆公女弄玉有容德，感仙人蕭史，爲燒水銀作粉與塗，亦名飛雲丹。

〔五〕眉嫵　漢書張敞傳：長安中傳張京兆眉憮。蘇林曰：憮，音嫵。師古曰：本以好媚爲稱。

〔六〕點粉　雜寶藏經：佛在迦毗羅衛國，入城乞食，到弟孫陀羅難陀舍，會值難陀與婦作粧香塗眉間，聞佛門中，欲出外看。婦共要言：「出看如來，使我額上粉未乾頃便還入來。」

〔七〕横陳嚼蠟　首楞嚴經：我無欲心，應汝行事。於横陳時，味如嚼蠟。

〔八〕三冬枯木禪　五燈會元：昔有婆子，供養一庵主，經二十年。常令一二八女子送飯給侍。一日，令女子抱定，曰：「正恁麼時如何？」主曰：「枯木倚寒巖，三冬無暖氣。」女子舉似婆。婆曰：「我二十年秖供養得箇俗漢。」遂遣出，燒却庵。

其三十六

鸚鵡疏窗晝語長，又教雙燕話雕梁。雨交澧浦〔一〕何曾濕，風認巫山〔二〕別有香〔三〕。初著染衣〔四〕身體澀，乍抛綢髮〔五〕頂門涼①。縈煙飛絮三眠柳〔六〕，颺盡春來未斷短②腸。

【校勘記】

①鄒本、金匱本此兩句作「斫卻銀輪蟾寂寞，擣殘玉杵兔淒涼」。②鄒本、金匱本無「短」字。

【箋注】

〔一〕澧浦　中山經：洞庭之山，帝之二女居之。是常游于江淵。澧、沅之風，交瀟、湘之淵。

〔二〕巫山　五色線：征途記曰：蕭聰曾遇洛神女，相見後至葭萌，逢雨，認得香氣，曰：「此雲雨從巫山來，獨我知之。」襄陽耆舊傳：赤帝女名曰瑶姬，未行而卒，葬於巫山之陽，故曰巫山之女。

〔三〕別有香　郭茂倩樂府：李義府堂堂詞：春風別有意，密處也尋香。

〔四〕染衣　華嚴經梵行品：依如來教，染衣出家。

〔五〕綢髮　小雅都人士詩：彼君子女，綢直如髮。

〔六〕三眠柳　唐詩紀事：李商隱賦云：豈如河畔牛星，隔歲只聞一過。不及苑中人柳，終朝剩得三眠。注曰：漢武苑中有人形柳，一日三起三倒。

其三十七

夜静鐘殘换夕灰，冬釭秋帳〔一〕替君哀。漢宫玉釜①〔二〕香猶在，吴殿金釵〔三〕葬幾迴。舊曲風淒邀笛步〔四〕，新愁月冷拂雲堆〔五〕。夢魂約畧歸巫峽，不奈琵琶〔六〕馬上催。和老杜「生長明妃」一首。

【校勘記】

①鄒本、金匱本作「斧」。

【箋注】

〔一〕冬釭秋帳　江文通别賦：春宫閟此青苔色，秋帳含兹明月光。夏簟青兮晝不暮，冬釭凝兮夜何長？

〔二〕漢宫玉釜　東方朔十洲記：聚窟洲有神鳥山，多大樹，花葉香聞數百里，名爲返魂樹。伐其木根心，於玉釜中煮取汁，更微火煎如黑餳狀，令可丸之，名曰驚精香，或名爲震靈丸，或名爲返生香，或名爲震檀香，或名爲人鳥精，或名爲却死香。一種六名，斯靈物也。香氣聞數百里，死者在地，聞香氣即活，不復亡也。以香薰死人，更加神驗。

〔三〕吴殿金釵　沈亞之異夢録：王炎，元和初夢入侍吴王久，聞宫中出輦，鳴笳吹簫擊鼓，言葬西施。王悲悼不止，立詔詞客作挽歌。炎應教詩曰：西望吴王國，雲書鳳字牌。連江起珠帳，擇地葬金釵。滿路紅心草，三層碧玉階。春風何處所？悽恨不勝懷。詞進，王甚嘉之。及瘖，能記其事。王本太原人也。

〔四〕邀笛步　王象之輿地紀勝：邀笛步，在上元縣，乃王徽之遇桓伊吹笛之處。

〔五〕拂雲堆　樂史寰宇記：拂雲堆在榆林縣北百七十里。杜牧之木蘭廟詩：幾度思歸還把酒，拂雲堆上祝明妃。

〔六〕琵琶　石季倫王昭君詞序：昔公主嫁烏孫，令琵琶馬上作樂，以慰其道路之思。

其三十八

秦淮池館御溝通，長養嬌饒①〔一〕香界〔二〕中。十指琴心傳漏月〔三〕，千行珮響從去聲②翔風〔四〕。柳矜青眼舒隋苑，桃惜紅顏墜漢宮。垂老師師〔五〕度湘水，縷衣檀板未爲窮。和劉屏山③「師師垂老」絶句。

【校勘記】

①「嬌饒」，鄒本、金匱本作「妖嬈」。②鄒本、金匱本無「去聲」二字，凌本無「聲」字。③「屏山」，鄒本、金匱本作「平山」。

【箋注】

〔一〕嬌饒　少陵春日戲題惱郝使君詩：佳人屢出董嬌饒。玉臺新詠宋子侯有董嬌饒詩，毛晃韻新增嬈字，誤引杜詩作妖嬈，非也。

〔二〕香界　首楞嚴經：因香所生，以香爲界。

〔三〕漏月　楊慎襌林鉤玄：漏月事見燕丹子。漏月傳意於秦王，果脱荆軻之手。相如寄聲於卓氏，終獲文君之身，皆絲桐傳意也。秦王爲荆軻所持，王曰：「乞聽琴聲而死。」琴女名漏月，彈音曰：「羅縠單衣，可掣而絶。三尺屏風，可超而越。鹿盧之劍，可負而拔。」王如其言，遂斬荆軻。

〔四〕翔風　王子年拾遺記：石季倫愛婢曰翔風，特以姿態見美。妙别玉聲，巧觀金色。言西方北方玉聲沉重而性温潤，佩服者益人性靈；東方南方玉聲輕潔而性清凉，佩服者利人精神。崇常使美容姿相類者十人，使翔風調玉以付工人，爲倒龍之佩，融金爲鳳冠之釵，欲有所召，不呼姓名，悉聽珮聲，視釵色，玉聲輕者居前，金色艷者居後，以爲行次而進。

〔五〕師師　劉屏山汴京紀事絶句：輦轂繁華事可傷，師師垂老過湖湘。縷衣檀板無顔色，一曲當時動帝王。

其三十九

編蒲〔一〕曾記昔因緣，蒲室蒲菴〔二〕一様便。寬比鵝籠〔三〕能縮地〔四〕，温如蠶室〔五〕省裝綿〔六〕。燈明龍蟄含珠睡，風暖鷄棲伏卵〔七〕眠。鍼孔〔八〕藕絲〔九〕渾未定，于今真學鳥窠新製蒲龕成。

禪〔一〇〕。

【箋注】

〔一〕編蒲　漢書路温舒傳：温舒取澤中蒲截以爲牒，編用寫書。五燈會元：睦州陳尊宿織蒲鞋以養母，故有陳蒲鞋之目。

〔二〕蒲菴　宋景濂蒲菴禪師贊：師名來復，字見心。兵起，避地會稽山慈溪，與會稽鄰壤，中有定水院，師主之，爲起其廢。尋以干戈載塗，不能見母，築室寺東澗，取陳尊宿故事名爲蒲菴，示思親也。

〔三〕鵝籠　吴均續齊諧記：陽羨許彦，于綏安山行，遇一書生，云腳痛，求寄彦鵝籠中。籠亦不更廣，書生亦不更小，宛然與雙鵝並坐，鵝亦不驚。彦負籠而去，都不覺重。

〔四〕縮地　神仙傳：費長房有神術，能縮地脈，千里存在目前。放之，復舒如舊也。

〔五〕蠶室　漢書張湯傳注：師古曰：凡養蠶者，欲其温而早成，故爲密室蓄火以置之。

〔六〕裝綿　少陵遊何將軍山林詩：衣冷欲裝綿。

〔七〕龍珠鷄卵　希夷五龍甘卧法：修仙之人，心要如如不動，如龍之養珠，鷄之抱卵。

〔八〕鍼孔　古文苑宋玉小言賦：載氛埃兮乘剽塵，體輕蚊翼，形微蚤鱗。聿遑浮踊，凌雲縱身。經由鍼孔，出入羅巾。飄妙翩綿，乍見乍泯。

〔九〕藕絲　觀佛三昧經：修羅驚怖，遁走無處，入藕絲孔。

〔一〇〕鳥窠禪　傳燈録：道林禪師見秦望山有長松，枝葉繁茂，盤屈如蓋，遂棲止其上。故時人謂之鳥窠禪師。復有鵲巢于其側，自然馴狎，人亦目爲鵲巢和尚。

其四十

信筆塗鴉〔一〕字不齊，叢殘〔二〕篇什少詩題。心情癢癢〔三〕如中酒，手腕〔四〕騰騰欲降乩〔五〕。搜索句窮翻壁蠹〔六〕，喔咿吟苦伴鄰鷄。才華〔七〕自分龍褒〔八〕並，未敢囊詩〔九〕付小奚。

【箋注】

〔一〕塗鴉　盧仝示添丁詩：忽來案上翻墨汁，塗抹詩書如老鴉。

〔二〕叢殘　江文通雜體詩：袖中有短書。李善曰：桓子新論曰：若其小説家，合叢殘小語，近取譬論，以作短書。

〔三〕癢癢　國風二子乘舟詩：中心癢癢。傳曰：癢癢然憂不知所定。

〔四〕手腕　譚賓録：蘇頲爲中書舍人，年少初當劇任，文詔填委，而頲手操口對，無毫釐差失。主書韓禮、譚子陽轉書詔草，屢謂頲曰：「乞公稍遲，禮等書不及，恐手腕將廢。」李嶠嘆曰：「舍人思若泉涌，嶠等所不測也。」

〔五〕降乩　宋景文公筆記：唐玄宗始以隸楷易尚書古文，今儒者不識古文，自唐開元始。予見蘇頲撰朝覲壇頌，有「乩虞氏」字，館閣校讎官輒點乩字，側云「疑」，不知乩即稽字。

〔六〕壁蠹　少陵歸來詩：散帙壁魚乾。東坡賜得紫薇絶句詩：壁中蠹簡今千年。

〔七〕才華　顔氏家訓：北齊并州有士族，好爲可笑詩賦，輕蔑邢、魏諸公，衆共嘲弄，虚相稱讚，必擊牛釃酒延之。其妻明鑒人也，泣而諫之。此人嘆曰：「才華不爲妻子所容，何況行路。」

〔八〕龍褒　唐詩紀事：權龍褒景龍中爲左武將軍，好賦詩，而不知聲律。嘗吟夏日詩：嚴雪白皓皓，明月赤團團。皇太子援筆譏之曰：龍褒才子，秦州人士。明月晝耀，嚴雪夏起。如此詩章，趁韻而已。

〔九〕囊詩　李商隱李賀小傳：恒從小奚奴騎駏驉，背一古破錦囊，遇有所得，即書投囊中。

其四十一

落木蕭蕭吹竹風，紙窗木榻與君同。白頭聾聵無三老，青鏡①鬢眉似一翁〔一〕。行藥②〔二〕每於參禮後，安禪〔三〕即③在墓田中。永明百卷丹鉛約〔四〕，少待春燈爛熳紅。懷落木菴主。

【校勘記】

①鄒本作「鬢」。　②鄒本、金匱本作「樂」。　③鄒本作「只」。

【箋注】

〔一〕一翁　太白贈潘侍御論錢少陽詩：雖無二十五老者，且有一翁錢少陽。

〔二〕行藥　鮑照行藥至城東橋詩注：五臣曰：因疾服藥，行而宣導之。

〔三〕安禪　少陵登惠義寺詩：瀟灑共安禪。樂天寓言題僧絶句：清涼山下且安禪。李商隱上杜僕射詩：安禪合北宗。

〔四〕永明丹鉛約　徐元嘆見公所著宗鏡提綱，歡喜贊嘆，欲相資問，故有春燈之約。落木菴，元嘆之居也。

其四十二

丈室〔一〕挑燈餞歲餘①，披衣步屧〔二〕有相於〔三〕。詩詮麗藻〔四〕金壺墨〔五〕，謂編次唐詩。史覆神逵〔六〕玉洞書。余將訂武安王集。窮以文章爲苑囿〔七〕，老將知契託蟲魚〔八〕。無終〔九〕路阻重華〔一〇〕遠，自合南村訂卜居。除夜定遠、夕公、遵王見過。

【校勘記】

①鄒本、金匱本作「除」。

【箋注】

〔一〕丈室　道誠釋氏要覽：唐顯慶年中，敕差外尉寺丞李義表前融州黃水令王玄策往西域充使至毗耶梨城東北四里許，維摩居士宅示疾之室，遺址疊石爲之。玄策躬以手板縱橫量之，得十笏，故號方丈。

〔二〕步屧　少陵田父泥飲詩：步屧隨春風，村村自花柳。

〔三〕相於　少陵贈李秘書詩：良友昔相於。相於，猶相與也。

〔四〕麗藻　陸士衡文賦：游文章之林府，嘉麗藻之彬彬。

〔五〕金壺墨　王子年拾遺記：浮提之國，獻神通善書二人，出肘間金壺四寸，上有五龍之檢，封以青泥。壺中有黑汁如淳漆，灑地及石，皆成篆隸科斗之字，記造化人倫之始，佐老子撰道德經垂十萬言。及金壺汁盡，二人刳心瀝血以代墨焉，遞鑽腦骨，取髓代爲膏燭。及髓血皆竭，探懷中玉管，中有丹藥之屑，以塗其身，骨乃如故。老子曰：「除其繁紊，存五千言。」及至經成工畢，二人亦不知所在。

〔六〕神逵　張平子思玄賦：神逵昧其難覆兮，疇克謀而從諸。舊注曰：九交道曰逵。覆，審也。

〔七〕苑囿　班孟堅答賓戲：婆娑乎藝術之場，休息乎篇籍之囿。

〔八〕蟲魚　昌黎書皇甫湜園池詩：爾雅注蟲魚，定非磊落人。

〔九〕無終　淵明擬古詩：辭家夙嚴駕，當往志無終。注曰：田疇，字子春，北平無終人。

〔一〇〕重華　淵明詠貧士詩：重華去我久，貧士世相尋。

其四十三

繙經點勘〔一〕判年工，頭白書生硯削〔二〕同。豈有鈎深能摸象〔三〕，卻愁攻苦類雕蟲〔四〕。牢籠〔五〕世界蓮華〔六〕裹，磨耗生涯貝葉〔七〕中。歲酒酌殘兒女閙，犍椎〔八〕聲殷一燈紅。

【箋注】

〔一〕點勘　退之秋懷詩：不如覷文字，丹鉛事點勘。

〔二〕硯削　後漢書蘇竟傳：竟與龔書曰：以摩研編削之才，與國師公從事出入，校定祕書。臣賢曰：削謂簡也。一曰削書刀也。

〔三〕摸象　永明禪師心賦：達觀象之明目。注曰：大涅槃經：明衆盲摸象，各説異端，不見象之真體，亦況錯會般若之人，依通見解，説相似般若。九十六種外道，及三乘學者，禪宗不得旨人，並是不見象之真體，唯直下見心性之人，如晝見色，分明無惑。具已眼者，可相應矣。

〔四〕雕蟲　法言吾子篇：「童子雕蟲篆刻。」俄而曰：「壯夫不爲也。」

〔五〕牢籠　王元長三月三日曲水詩序：牢籠天地，彈壓山川。

〔六〕蓮華　華嚴經華藏世界品：有世界名寶蓮華莊嚴，形如半月，依一切蓮華莊嚴海住，一切寶華雲彌覆其上。

〔七〕貝葉　翻譯名義集：多羅，舊名貝多。西域記云：南印建那補羅國北不遠有多羅樹林三十餘里，其葉長廣，其色光潤，諸國書寫，莫不採用。

〔八〕犍椎　翻譯名義集：犍椎，音地，聲論翻爲磬，亦翻鐘。資持云：若諸律論，並作犍槌，或作犍椎，今須音槌爲地。又羯磨疏中直云犍地，未見椎字呼爲地也。後世無知，因茲一誤，至於鈔文，一宗祖教，凡犍槌字並改爲稚，直呼爲地。請尋古本及大藏經律考之，方知其謬。今須依律論并作犍槌。至呼召時，自從聲論。增一云：阿難升講堂擊犍椎者，此是如來信鼓也。

其四十四

滿堂歡笑解寒冰〔一〕，紅燭青煙暖氣凝。婦子報開新凍飲〔二〕，兒童催放隔年燈〔三〕。舊朝左个〔四〕憑宵夢，蚤拜東皇〔五〕戒夙興。銀牓〔六〕南山煩遠祝，長筵朋酒〔七〕爲君增。歸玄恭送春聯云：居東海之濱，如南山之壽。

【箋注】

〔一〕解寒冰　昌黎贈張籍詩：喜氣排寒冰。

〔二〕新凍飲　楚辭宋玉招魂：挫糟凍飲，酎清涼些。王逸曰：凍，冰也。

〔三〕隔年燈　武林舊事：自去歲九月賞菊燈之後，迤邐試燈，謂之預賞。一入新正，燈火日盛。

〔四〕左个　記月令：孟春之月，天子居青陽左个。

〔五〕東皇　屈平九歌東皇太乙：五臣曰：太乙，星名，天之尊神。祠在楚東，以配東帝，故曰東皇。少陵留別章使君詩：隨雲拜東皇。

〔六〕銀牓　神異經：東明山有宫，牆面一門，門有銀牓。

〔七〕朋酒　國風七月詩：朋酒斯饗。傳曰：兩尊曰朋。

其四十五

新年八十又加三，老耄於今始學①憨。入眼歡娛應拾取，隨身煩惱好辭擔〔一〕。山催柳緑先含翠，水待桃紅欲放藍。看取護花旛〔二〕旋動，東風數上日到江潭。甲辰元旦二首②。

【校勘記】

①鄒本作「覺」。　②鄒本、金匱本此注作「元日二首」。

【箋注】

〔一〕辭擔　大智度論釋初品中共摩訶比丘僧：五衆麁重常惱故，名爲擔。諸阿羅漢此擔已除，以是故言棄擔。

〔二〕護花旛　谷神子博異志：崔玄微春夜獨處一院，三更後忽有女伴過，曰姓楊、曰姓李、曰陶氏，一緋衣小女曰姓石名阿措。坐未定，報封家姨來，命酒，各歌以送之。十八姨持盞翻，酒污阿措衣。阿措拂衣而起。十八姨曰：「小女子弄酒。」皆起，至門外別。明夜又來，阿措曰：「諸女伴皆住苑中，每歲被惡風所撓，常求十八姨相庇。昨阿措不能依迴，應難取力。處士見庇，必有微報。每歲歲日與作一朱幡，上圖日月五星之文，于苑東立之。今歲已過，但請于此月二十一日平旦微有東風即立之，可免于患。」處士許之，依其言立幡。是日東風振地，苑中繁花不動。乃悟諸女皆衆花之精。阿措即安石榴，封十八姨，乃風神也。後數夜，諸女來謝，各裹桃李花數斗勸崔生服之，可延年却老。

其四十六

排日〔一〕春光不暫停，憑將笑口破沉冥〔二〕。苔邊鶴跡尋孤衲，花底鶯歌拉小伶。天曳酒旗〔三〕招緑醑〔四〕，星中參宿〔五〕試紅燈〔六〕。條風〔七〕未到先開凍，閒殺淩人〔八〕問斬冰。

【箋注】

〔一〕排日　放翁小飲梅花下詩：排日醉過梅落後，通宵吟到雪殘時。

〔二〕沉冥　法言問明篇：蜀莊沉冥。吴秘曰：晦迹不仕，故曰沉冥。

〔三〕酒旗　三氏星經：酒旗三星，在軒轅左角南。

〔四〕緑醑　樂天戲招諸客詩：黄醅緑醑迎冬熟，絳帳紅爐逐夜開。

〔五〕參宿　吕氏春秋孟春紀：孟春之月，日在營室，昏參中，旦尾中。高誘曰：參，西方宿。尾，東方宿。是月昏旦時，皆中於南方。

〔六〕紅燈　吴儂諺語：初七夜裏無參星，元宵月下看紅燈。

〔七〕條風　史記律書：條風居東北，主出萬物。條之言條治萬物而出之，故曰條風。内閣書抄：周易通卦驗曰：自立春條風至。宋均注曰：條風者，條達萬物之風也。

〔八〕凌人　周禮天官冢宰：凌人：掌冰。歲十二月，令斬冰，三其凌。鄭氏曰：凌，冰室也。鄭司農曰：三其凌，三倍其冰也。

牧齋詩補遺

贈舊令①鍾黃初

兒童竹馬鬧江鄉，枳棘重看下鳳凰。去日扁舟餘片石，來時東壁有胡牀。意珠尚灑行車雨，心燭猶分比屋光。老病未由攀轍跡，摩挲庭樹想甘棠。

【校勘記】

①「舊令」，佚叢作「邑侯」，丁校牧齋外集作「舊父母」。

秋日遇廣陵顧舍人於虎丘別後卻寄①

蕭蕭短髮下晨流，公子停車問昔遊。四世聲塵惟一老，二陵風雨又三秋。金鐃②酒暖悲龍塞，鐵壁花③寒弔虎丘。鹿苑露殘鈴索引，夢迴猶憶鳳池頭。

【校勘記】

①佚叢題下有「丁酉」二字。丁校牧齋外集另有校：苦海彙編題作「贈螺舟」。②丁校牧齋外集作「鏡」。③佚叢本作「光」。

長筵

長筵鋪席海塵開，錦字麻姑信卻迴。家有兩朝新棨戟，身爲三代舊尊罍。其家多藏古器。寒禁翠幄將辭柳，春候紅幡欲報梅。寶髻珠衣齊獻壽，不知誰捧紫霞杯？

婁江謡

海宇瞪瞢暗劫灰，天荒俄爲使君開。争看身是光明燭，又説心如照世杯。

其二

軺車信宿下東倉，脚底陽春信許長。要使蒼生安蔀屋，先教白筆掃風霜。

其三

兒童盡笑使君獃，只飲婁江水一杯。不道使君心赤苦，嚼冰嚙蘗此中來。

其六

珣玗琪玉并瑶琨，彼美東南竹箭論。遼海文光矚東海，醫閭重見賀黄門。

其九

使君威望叶熊羆，横海縱他候火馳。海若天妃齊拱扈，三江午夜卷靈旗。

長句爲巽公詞丈七十初度①

鼓篋傳經閲歲年，枕書應笑腹偏偏。王維自愛詩中畫，蘇晉兼逃醉後禪。鳴磬鳥分亭午食，拂琴鶴應半牀②絃。吴門近説麻姑過，擲得丹砂莫浪傳。

【校勘記】

①邃本補遺題作「壽友人」。「巽公」，丁校牧齋外集作「與公」，另有校：别本外集「與公」作「巽公」，此本目録亦作「巽公」，集外詩則作「輿公」。②邃本補遺作「林」。

贈陳于到六十壽二首

秋風瓜圃會比鄰，昔①酒長筵燕喜新。走②馬看花論壯歲，關③門種菜笑閒身。塵中度世非今我，劫外觀河是昔人。狼五山中④仙侣在，朱顔應與駐餘春。

【校勘記】

①邃本補遺、佚叢作「旨」。丁校牧齋外集另有校：「昔」一作「宿」。②邃本補遺「老」。③佚

叢作「閉」。　④「山中」，遼本補遺作「中山」。

其二

琴心閒静鶴身輕，塵榻茶煙一縷清。映日珠簾①看氣象，摩天銅柱想風聲。江妃解誦②觀濤賦，雲將能知食蛤情。卻羡孔璋飛檄手，肯抛書劍事躬耕？

【校勘記】

①丁校牧齋外集、佚叢作「囊」。　②丁校牧齋外集、遼本補遺、佚叢作「頌」。

壽①張伯起六十

蟹舍牛闌伴侣同，呼鷹臺畔②老英雄。百錢羞貯奚囊裏，一飯頻分複壁中。眼底操蛇嗤北叟，尊前逐鹿問南翁。杏花麥飯③治聾酒，笑指桑田見海東。

【校勘記】

①五大家詩鈔、佚叢作「贈」，遼本補遺無「壽」字。　②遼本補遺、佚叢作「下」。　③「杏花麥飯」，遼本補遺作「杏仁麥飯」，丁校牧齋外集、佚叢作「杏花麥粥」。

贈閩帥①王振宇

擎天一柱仰純忠，節鉞人瞻郭令公。八陣龍蛇開壁壘，萬靈風雨護元戎。箭傳析木蠻煙净②，弓掛扶桑海日紅。河鼓將星朝斗極，即看芒角照江東。

【校勘記】

①佚叢作「將」。②佚叢作「静」。

喜鶴如上人還破山寺①

應器浮囊總息機，孤雲還往本無依。即看白鶴凌空去，又見青猿洗鉢歸。席上龍參三諦法，階前虎守七條衣。禪房花木渾如故，莫道滄桑劫已非。

【校勘記】

①五大家詩鈔題作「贈友還山」，邃本補遺題作「邁公還山」。

壽鶴如五十①

如蓮半偈一燈遥，雪被冰床護寂寥。石壁寒雲人世在②，禪房花木劫塵銷。枝頭怖鴿依潭影，盉裏龍眠應海潮。天眼定中常③不昧，金輪時見鬼神朝。

【校勘記】

①江左三大家詩鈔題作「鶴如五十」，邃本補遺題作「邁公壽」，佚叢題下有注：「邁公」。②「世在」，朱藏牧齋外集作「在世」，此從邃本補遺。③佚叢作「人」。

次沈石田韻壽葉白泉二首

竹柏高標豈易零，北窗晞髮理星星。任教物論②鼂爲乙，猶記生年③斗指丁。命侶許浮新釀綠，攤書唯賸舊氊青。杖藜容與神仙樂，服食寧須草木靈？

【校勘記】

①「沈石田」，邃本補遺作「白石翁」。②邃本補遺作「理」。③「生年」，邃本補遺作「平生」。

其二

貞元朝士總凋零，南極芒寒見一星。天地烽煙猶帶甲，衣冠鄉里但呼丁。宣雲古鎮旌麾赤，菉竹高齋汗簡青。檻外玉山常對酒，移文不媿草堂靈。

贈友①

扁舟蕩漾錦峯文，細雨②冥冥翠靄分。有客藏身如橘叟，何人度世似桐君③？魚麗平聲丁水浮兵氣，咮響庚臺叫陣雲。何事狂奴空咄咄，昆陽龍戰不知聞？

【校勘記】

①五大家詩鈔題作「贈袁重其兼示吴門諸君子時甲午小至日」。②遼本補遺作「細」。③「桐君」，遼本補遺作「湘君」。

鄧母六十壽詩①

節母清喬②帝子遺，賢郎能補③白華詩。百年黄鵠羈棲日，七夕青鸞燕喜時。霜鬢如銀明漢水，冰心化石傍機絲。表門雙闕烏頭在，莫訝桑田變海遲。

【校勘記】

①遼本補遺題作「鄭母六十壽」，佚叢題作「壽鄧母六十」。丁校牧齋外集另有校：集外詩題作「鄧母六十」，一作「鄧母六十七夕壽」。②遼本補遺作「貞」。③丁校牧齋外集另有校：「補」一作「誦」。

贈孫子長五十二首①

荷衣蕙帶想②風流，少日聲華在鳳樓。得句標題新甲子，著書削藁舊陽秋。昭明臺畔龍吟杳，齊女墳前鳳吹愁。北陌東阡共還③往，莫臨陳跡感悠悠。

【校勘記】

①五大家詩鈔題作「贈子長七十」，邃本補遺、佚叢題下有注：「丁亥秋。」②朱藏牧齋外集作「相」，此從邃本補遺。③丁校牧齋外集另有校：「還」一作「來」。

其二

持螯把菊好行盃，眼底滄桑付劫灰。越國自驚①章甫異，吴儂漫詫好冠來。空傳石馬嘶唐去，誰見金人别漢迴？明想②天台應有③賦，江關莫作子山哀。

【校勘記】

①丁校牧齋外集另有校：「驚」一作「矜」。②「明想」，丁校牧齋外集另有校云：「明」一作「吟」。五大家詩鈔作「明哲」。③丁校牧齋外集另有校：「有」一作「作」。

壽①彦博七十

清琴濁酒傍林泉，城北徐公世并②傳。企腳胡牀閒歲月，過頭拄杖小神仙。妻儲斗粟供炊餉，兒昇③籃輿候醉眠。卻喜黄楊常遇閏，從他桃李自芳年。

【校勘記】

①遼本補遺「壽」下有「徐」字。②遼本補遺作「共」，丁校牧齋外集作「拜」。③遼本補遺作「舁」。

贈①楊子常七十生子

明珠光照海東偏，仙子生遲事果然。此日講堂看鱣集，他年②玄草得烏傳。楊梅已綻③君家果，湯餅兼開七十筵。抱送不須誇孔釋，老夫摩頂是彭籛。

【校勘記】

①遼本補遺作「賀」。②遼本補遺作「時」。③遼本補遺作「託」。

贈□將軍①

玉帳牙旗細柳營，戟門南②面具區清。旄倪萬衆③歡聲湧④，組練千羣紀律明。傳檄狼煙消尺幅，端居卉服仰長城。自今東海無驚浪，手挽天河洗甲兵。

【校勘記】

①邃本補遺題作「贈某將軍」，佚叢題作「贈張將軍」。丁校牧齋外集另有校：集外詩題作「贈張將軍」，苦海彙編作「寧撫臺三首」。②邃本補遺作「高」。③丁校牧齋外集另有校：「衆」一作「象」，又作「億」。④邃本補遺作「誦」。

秋日小敘

叢桂淮南招隱新，秋風瓜圃會嘉賓。經年種菜青春老，前度看花紫陌塵。九日正憐吹帽客，黄花猶賦漉巾人。酒闌不盡英雄思，跨下橋邊酹①一尊。

【校勘記】

①五大家詩鈔作「酬」。丁校云：「酹」一作「醉」。

余宗老蘭泉居士貧老耽詩以賦遠湖詩得名諸孫嘏字梅仙好古能詩畫書舫小像余爲題于圖右

吾家宗老際休明，放飲狂歌了一生。留與孫枝無長物，傳來詩骨有餘清。半篷落日天邊坐，兩岸新秋鏡裏行。蘭泉句。書舫只應題此句，長吟因見古人情。

和陸彥修改歲之作八首①乙未

金輪世界委沙塵②，麥飯清明痛甲申。燕子楊花如昨日，年年愁殺渡江人。

【校勘記】

①遼本補遺題作「和陸彥修孝廉徵君乙未改歲漫興之作」。②五大家詩鈔此句作「茫茫滄海久揚塵」。

其二

孤山何處宋人家，放鶴亭前馬枊①斜。還向岳王墳北望，南枝不是舊梅花。

【校勘記】

①佚叢「枊」下有注：「魚浪切。」

其三

圖史横披忘判年，三間老屋墨莊①鮮。倦來自寫皇輿志，燕有昭余鄭圃田。

【校勘記】

①邃本補遺作「牀」。

其四

但見愁雲不見山，掉頭迎望日①車還。可應坐甲巢車候，博換燈窗半日閒。

【校勘記】

①邃本補遺作「白」。

其五

黄紙紅牋昔夢遥，欹①傾席帽記先朝。長明燈下支頤坐②，猶似三條燭未銷。

【校勘記】

①邃本補遺作「歌」。　②邃本補遺作「畔」。

其六

猿猴猶自惱王孫，蜀魄花殘古帝魂。風雨鷄鳴誰唱曉①，有人蹴踏舞②荒村。

【校勘記】

①佚叢作「晚」。　②邃本補遺作「到」。

其七

檻外扶桑是漢家，初陽北户照梅花。東南日出高樓畔，紅袖當風玉袖斜。

其八

照眼鶯花惜晚①春，風饕雪虐總無因。長筵纔酌餘杭酒，猿鶴沙蟲又一新。

【校勘記】

①邃本補遺作「暮」。

江右蔡中丞新建滕王閣寄題四首①

高閣臨江著永徽，中天金碧又翬飛。參差鶴嶺增朝爽，廻抱龍沙長夕暉。舊館②笙蕭雲外駐，長洲鸞珮月中歸。吾衰亦似③昌黎老，登望何當與願違。

【校勘記】

①邃本補遺無「寄題」二字。江左三大家詩鈔題作「寄題新滕王閣詩文集」。　②江左三大家詩

鈔題作「管」。③丁校牧齋外集另有校：「似」一作「是」。

其二

登高能賦起遐思，勝餞争傳絶妙詞。聳翠流丹仍此地，物華天寶又何時。千年劍氣龍來遠，半夜簫聲鴈去①遲。宴罷使君仍弔古，蝸横②苔緑訪殘碑。

【校勘記】

①江左三大家詩鈔作「起」。②江左三大家詩鈔、邃本補遺作「黄」。

其三

雕闌朱檻俯南昌，萬井烽煙擁豫章。五老過①雲流②几席，九江去鴈接帆檣。仙家鐵柱凌灰劫，帝子珠簾送夕陽。卻憶道園燈火夜，隔籬呼酒説干將。

【校勘記】

①邃本補遺作「遏」。②丁校牧齋外集另有校：「流」一作「依」。

其四

綈①構争傳蔡撫軍，飛樓傑閣起氤氲。檻簷②小試擎天手，礎碣平看拄③地勳。雨霽西山邀落日，虹銷南浦數飛雲。襜帷棨戟君何有④？佇看千秋琬琰文。

【校勘記】

①遼本補遺作「崇」。②丁校牧齋外集另有校：「檻簷」一作「簷爐」。③遼本補遺作「柱」。④丁校牧齋外集另有校：「有」一作「在」。

桃源澗佛日①癸卯

隨喜出郊廛，欣同浴佛緣。可應三劫後，重記二莊年。夏日明金像，春城湧②法筵。灌瓶分大海，澡豆雨諸天。鳥語參歌笑，人聲夾管絃。看場支項背，游女踏歌③纏。巢燕營林木，棲烏集豆田。新歌淥水外，舊曲白楊邊。華表虛傳鶴，枝頭怯④聽鵑。且扶春病去，歸擁一燈眠。

【校勘記】

①遼本補遺題作「浴佛十韻」，佚叢題作「癸卯佛日隨喜桃源澗贈睿公講席十韻」。②遼本補遺作「誦」。③佚叢、丁校牧齋外集作「行」。④遼本補遺作「恰」。

壽葉母張夫人七十

陽和門開春日長，三泉水洌春醪香。清時化日産麟鳳，蒼崖白石潛鰱魴。共知賢星聚庭户，還見孫枝成棟梁。蔡經宅畔仙車響，擘脯沽酒丹砂長。樓鯖不數①五侯尊，堂饘自兆三公象。君家阿母今上壽，輕軒板輿誠何有？眉紺瞳碧顔桃花，骨青髓緑筋楊柳。緑浪紅闌②圖畫中，綵衣玉筆摇春風。幾枯天下蓬萊水，長駐人間冰雪容。

【校勘記】

①佚叢作「茹」。②佚叢作「茹」作「蘭」。

壽史辰翁八十

蠹辟螢乾鶴髮翁，褎衣應杖信飄蓬。聚書尚比銜蘆雁，識字渾如蝕木蟲。倚徧桂枝嗟月老，拾來酸棗笑天窮。史家讁籍人知否？記取飛書①向碧空。

【校勘記】

①丁校牧齋外集另有校：「書」一作「來」。

子羽攜文孫孝直過訪口占爲贈

褎衣戍削表青綾，老眼摩挲見未曾。人物蚤看千頃水，官銜終羨一條冰。白沙汗血花驄馬，素練愁胡玉爪鷹。卻笑含飴成故事，客兒還記謝公稱。

題漢聞陳君引兒走馬看桃花小像

挾策横經自妙年，陳琳書記本翩翩。白猿劍術枝頭授，黄石兵符圯上傳。玉雪佳兒遺虎爪，臙脂侍女拭①龍泉。若耶溪畔春游日，萬樹桃花照錦韉。

【校勘記】

①佚叢作「試」。

送蘭陔大行①

絳節②朱衣驛路香，桃花細雨帶恩光。使臣計日趨薇省③，才子行春上柏梁。風暖螭頭吟芍藥，塵清豹尾賦長楊。漢庭更祝班聯近④，雲母屏深御座旁。

【校勘記】

①江左三大家詩鈔題作「送王楚仙大行」，邃本補遺、佚叢題作「送王楚先大行」。佚叢題下有注：「一作蘭陔，係其字」。丁校牧齋外集另有校：集外詩題作「送王楚先大行」，苦海彙編作「送王公子北上」。②丁校牧齋外集另有校：「絳節」一作「玉珮」。③丁校牧齋外集另有校：「使臣計日趨薇省」一作「郎君異日趨閣省」。④丁校牧齋外集另有校：「漢庭更祝班聯近」一

作「班聯而喜玄成近」。

孫孝若三十初度

吾谷梅椒①壓酒香，華堂玉律轉新陽。風塵聖水荒燒尾，雲物②昌門叶夢腸。人柳旋如青眼媚，筆花應共翠眉長。餘杭醖美吴歌緩，閒殺珠簾午夜霜。

【校勘記】

①丁校牧齋外集另有校：「椒」一作「花」。②朱藏牧齋外集作「霧」，此從邃本補遺。

和楊曰補①幽居圖韻贈管調陽

雲北雲南祇一山，偶緣施藥到人間。清琴濁酒知吾意，流水桃花相對閒。燕玉種來成白璧，辰砂煉就養朱顏。度生擬著千金論，龍子持方早②扣關。

【校勘記】

①邃本補遺作「古農」。②邃本補遺作「到」。

壽①顧仲白六十

君不見堯年九州十日出，火雲②突兀焦金石。苦思赤腳踏層冰，旋見牛目雪三尺③。白晁黄鵠紛廻换，玉兔金烏恣跳躑。昨日少年今老翁，等閒寒暑相促逼。尊前不放朱顔酡，鏡裏其如華髮何？君看海畔栽桑地，曾是滔滔東逝波。齊頭六十但飲酒，啓期樂事良云多。

【校勘記】

①遼本補遺、佚叢無「壽」字。　②遼本補遺、佚叢作「輪」。　③遼本補遺此句作「旋見牛耳三日雪」。

十月望日西山掃墓過孟芳故居慨然有作

草木餘生似轉蓬，龍鍾拜掃已成翁。昔年廬墓憐同調，今日登山①悵異蹤。羨爾先知逃劫外，悔予後②死羈去聲塵中。長松見落重擡手，揾淚含悽過故宫。

【校勘記】

①佚叢作「高」。　②丁校牧齋外集作「從」。

陳漢聞四十壽詩①

幕府優②閒笑③陸沉，蒯緱彈罷每長吟。蘭亭墨搨臨池妙，禹穴書窺宛委深。劍術白猿傳篋笥，兵符黄石付韜鈐。東南竹箭如君幾，松④隱無煩賦入林。

【校勘記】

①遼本補遺無「壽詩」二字，佚叢題作「題陳漢聞四十壽詩」。 ②丁校牧齋外集另有校：「優」一作「清」。 ③遼本補遺作「歎」。 ④遼本補遺作「招」。

爲汪然明題沈宛仙女史午睡圖

卧君沉檀之方牀，嗅君天棧之名香。釵掛袖拂羅帶地，文簟玉枕齊鋪張。腰疏①欲融倚無力，黛銷②曼睩圖③褪黄。楊花燕子相勾引，栩栩一夢隨春陽。護惜④依然守窮袴，寵嚱⑤誰敢褰羅裳？陽臺雲雨無處所，横陳何以⑥留君旁。留君旁兮魂周章，我⑦所思兮在高唐。身外有身君不見，夢中説夢誰能詳？牀⑧頭侍女莫相妒，妾身自遇⑨楚襄王。

【校勘記】

①佚叢作「蘇」。 ②丁校牧齋外集另有校：「銷」一作「淺」。 ③遼本補遺作「圍」。 ④朱本牧齋外集、遼本補遺作「情」，此從佚叢本。 ⑤丁校牧齋外集另有校：「嚱」一作「夢」。 ⑥遼本補遺作「似」。 ⑦遼本補遺作「何」。 ⑧遼本補遺作「回」。 ⑨丁校牧齋外集作「過」。

贈義翁①父母五十初度四首②

曲江風度美琳琅，通德標名閥閱長。浴日亭臺占氣象，粘天碑版見文章。千秋金鏡③徵玄鑑，萬里珠匣毓夜光。南斗近來占德耀，遥從鶉尾借星芒。

【校勘記】

①遼本補遺「翁」下有「張」字。②丁校牧齋外集另有校：一、二首苦海彙編作「鄭方伯廣東入」，三、四首作「□□方伯」。③丁校牧齋外集另有校云：「鏡」一作「鑑」。

其二

隼旟①熊軾掛金章，玉尺冰壺姓字香。行省台階推右轄，諸侯符節領東方。褰帷淮水飛春雨，卧閣鐘山對夕陽。靈谷早梅千②萬樹，盡從庾嶺借餘芳。

【校勘記】

①遼本補遺作「輿」。②佚叢「千」下有注：「一作春」。

其三

金章紫綬擁朱旛，管轄江南第一藩。綸綍遥連東壁府，台階近接太微垣。徽輪①百②里通③青海，杼軸千家省白門。自昔中書出行省，鋒④車徵馬⑤仰殊恩。

【校勘記】

①佚叢、丁校牧齋外集作「書」。②丁校牧齋外集另有校：「百」一作「萬」。③丁校牧齋外集

另有校：「通」一作「傳」。④遼本補遺作「緯」，佚叢作「絳」。⑤丁校牧齋外集作「爲」，另有校：「爲」一作「拜」。

其四

醫閭文譽重琨璜，遼海神珠覺夜明。牛斗恩波覃半壁，卯金藜火照西京。端居皓月臨鍾阜，坐嘯光風滿石城。官燭宵焚簾閣静，銅籤猶應①讀書聲。

【校勘記】

①丁校牧齋外集另有校：「應」一作「聽」。

懷長姑夫人二首①

列戟毬門繡幰開，春風②先到鬱孤臺。洗粧渌净章江水，顧影紅鶯大庾梅。紫玉簫③頭鶯乍囀，碧油幢裏燕初廻。采蓮夜奏西湖曲，畫角鐃歌取次催。

【校勘記】

①牧齋詩鈔題作「代懷長姑夫人二首」。佚叢題下有注：「時蔡爲贛撫。」②遼本補遺作「光」。③遼本補遺作「梢」。

其二

乳燕將雛集杏梁，卷簾如坐鬱金堂。紅箋共養芙蓉粉，彩筆雙棲翡翠牀。遶逕珠蘭銜雪放，編籬茉莉逆風香。江村顛頷頻西笑，酸棗穹①天此一方。

【校勘記】

①遼本補遺、佚叢、丁校牧齋外集作「窮」。

辛卯初夏辱朗翁社兄過我話舊贈此

格法巍峨老蒯緱，文章聲價壓江州。尊前國器添黄口，翁年六十六①喜添寧馨。海内門生半白頭。百日②冰銜唐判③事，五湖龍卧漢留侯。泥牛竹馬成塵夢，好④向那伽定裏求。

【校勘記】

①丁校牧齋外集另有校：「六十六」一作「六十」。②朱藏牧齋外集作「口」，此從遼本補遺。③丁校牧齋外集另有校：「判」一作「從」。④遼本補遺作「請」。

朗翁攜紫輕再過①小飲時將判②袂賦此志感

名場戰地謝驅馳，禪榻茶煙颺鬢絲。君似少陵辭幕府，予慚吉甫賦銅池。嘗餐兔藥抄雲子，自轉③鶯歌教雪兒。翁教④小史度曲⑤。失笑結童皆白首，莫教攜手又臨歧。

【校勘記】

①遼本補遺作「造」。②「將判」，遼本補遺作「判」，佚叢作「將分」。③遼本補遺、牧齋詩鈔作「囀」。④遼本補遺「教」下有「紫輕」二字。⑤牧齋詩鈔無此注。

佟中丞壽詩八首①有序

匯白佟公②，秉鉞閩、虔，移旌江、浙，當元戎啓行之候，正皇覽初度之辰。蓬矢桑弧，應周弓之錫予；雕軒文駟，媲晉馬之便蕃。共悦嚶鳴，聊申燕賀。改十四州爲四十，何妨花醉滿堂；由八百歲而八千，應見塵飛滄海。心乎愛矣，歌以言之。戒中堂且勿諠，聽初筵之致語。善頌善禱，以獻以酬。壽千金而奉萬年，喜逾雀躍；稱未晞而言既醉，歡極烏棲。戲後樵歌，固當叶于鼓③吹；功成飲至，庶可被之管絃。

斗牛餘孛尚論兵，臨遣元戎仗鉞行。蕩節星移龍尾道，牙璋風發虎頭城。鮫人蜑户横戈數，海若天吴列隊迎。羽扇指麾談笑裏，征南仍是舊書生。

【校勘記】

①百名家詩選、江左三大家詩鈔題作「贈佟中丞匯白」，下有小注：「時繇閩、虔移旌江、浙，啓行

之候正值初度」，無詩序。②丁校牧齋外集另有校：「匯白佟公」一作「大中丞」。③朱藏牧齋外集作「歌」，此從邃本補遺。

其二

數卷圖書一水①香，鬱孤臺畔②理新裝。江梅并詠新詩卷，海月長懸舊印牀。桃葉後庭紅豆曲，梨花前隊緑沉槍。壽筵攜得天廚酒，千里何須走鶴觴？

【校勘記】

①丁校牧齋外集另有校：「水」一作「瓣」。②百名家詩選、江左三大家詩鈔作「裏」。

其三

玉帳牙旗累策勳，黑頭麟閣早知聞。三方節鉞推開府，一半江山屬使君。閩海舊諳魚鳥陣，越江新領鸛鵞軍。懸弧正應彤弓賜，遥①指醫閭拜五雲。

【校勘記】

①丁校牧齋外集另有校：「遥」一作「進」。

其四

六琯陽回朔氣和，燭花①如月酒如波。金章競奏清風頌，鐵騎齊揮挽日戈。一宿崇朝朝紫極，雙星永夕②傍銀河。碧桃午夜開花遍，遼鶴争知幾度過？

【校勘記】

①丁校牧齋外集另有校：「花」一作「光」。②丁校牧齋外集另有校：「夕」一作「夜」。

其五

鋒車鄭重詔東巡，紫誥黄封燕喜頻。天上小紅花不夜，人間重碧酒長春。客如彭叟羹斟雉，家有麻姑脯擘麟。記取良常開宴候，嘉平終古是芳辰。

其六

華筵綺席逼除開，玉律青陽應候催。斗下彤雲籠棨戟，河中碧落寫尊罍。寒禁翠幄先舒柳，春逗紅幡早綻梅。最是轅門多送喜，鐃歌鼓吹已如雷。

其七

魚鑰金壺莫漫①催，齊眉親送紫霞杯。合歡樹倚三眠柳，燭夜花傾四照梅。戴勝杖從金母授，羽衣曲自月妃來。當筵介壽多詩筆，授簡逡巡避玉臺。

【校勘記】

①佚叢作「浪」。

其八

長筵開罷即長征，飲至論功在此行。銀箭頻傳籌整暇，金杯數舉令分明。酒旗走馬晨催陣，火樹飛鴉夜點營。莫笑書生歌命將，憑將笳鼓壯先聲。

袁孝子五十①

袁子奉節母，顧養刻骨肌。硯田具②甘旨，節腹自忍飢。古稱庶人孝，於今真見之。今當而慕年，索我介壽辭。我喜欲點筆，執簡仍齎咨。親在不言老，經義良可思。高堂有壽母，稱壽非所宜。五十未舉子，商瞿豈無兒？側聞徵蘭信，吉夢惟熊羆。明年蚌生珠，呱呱慰衰慈。我爲賀充閭，侑以南陔詩。

【校勘記】

①佚叢題下有注：「己亥。」 ②佚叢作「供」。

嘉定潘雨臣六十

江天猶喜少微明，鄉里衣冠見老成。問事長頭①無後輩，裒衣皤腹似先生。石壕吏去青門在，花信風來白袷輕。莫向麻姑問東海，且開春酒看春耕。

【校勘記】

①佚叢作「鬚」。

壽王庸若七十二首①

古稀強半是殷頑，嘉遯林泉豈等閒？奕葉槐陰風氣厚，自然仁者壽如山。

【校勘記】

①「二首」，佚叢作「二絶句」。

其二

東晉蘭亭號墨王，輞川妙畫冠三唐。而翁兼擅停雲法，舉止端方貌古蒼。

壽周母郟夫人

君家老嫛今大家①，相夫教子世所無。年踰古稀神愈王，白髮朱顏卻杖扶。佳兒不失呼②老萊，斑衣舞彩日幾回？山中金母稱大耋，方瞳炯炯顏如孩。今年清秋届帨辰，門前③雜沓車轔轔。萼緑雙成連袂至，金莖特④進祝長春。

【校勘記】

①佚叢作「姑」。②丁校牧齋外集另有校：「呼」一作「喚」。③佚叢作「庭」。④佚叢作「持」，另有注：「一作特。」

壽淳化禪師

天上烏飛兔能走，世人玄髮旋皓首。始信空門意味長，萬年一念亦何有？布衲時聞戒定香，繩牀肯醉聲聞酒？刹塵説法誰共聞，爲憑塔鈴舉似人。

朱璞庵遊虞賦贈①

儒者風流百代尊，紫陽奕業有聞孫。菁莪久擅虞庠譽，苜蓿仍銜豐芑恩。夢裏褒衣猶魯衛，懷中素簡自乾坤。好從言子盟壇蹟，歸與諸生共討論。

【校勘記】

①邃本補遺題作「紫陽朱璞庵來遊虞山賦贈」。

題族孫遵王破山斷句詩後二首①

籠望②琉璃映望奇，詩中心③眼幾人知？思公七尺屏風上，合④寫吾家斷句詩。

【校勘記】

①邃本補遺題作「跋遵王絶句」，另有注：「丙申中秋十二日。」②邃本補遺、佚叢作「眼」。③朱藏牧齋外集作「新」，此從邃本補遺。④朱藏牧齋外集作「今」，此從邃本補遺。

其二

高樓額粉笑如雲，還鉢休隨①慶喜羣。大叫曾孫莫驚怖，老夫還②是武夷君。

【校勘記】

①佚叢作「題」。 ②邃本補遺作「仍」。

每觀吴越間名流詩，句字襞績，殊苦眼中金屑。秋燈夜雨，泊舟吴門，從扇頭得遵王新句①，不覺老眼如月。因語郭指曰：「詩家之鋪陳攢儷，裝金抹粉，可勉而能也。靈心慧眼，玲瓏漏穿，本之胎性，出乎②毫端，非有使然也。「莫③取琉璃籠眼界，舉頭爭忍見山河④」，取出世界妙義，寫出世間感慨，如⑤忉利天宫殿樓觀，影現琉璃地上。殆亦⑥所謂非子莫證，非我莫識也。」正欲摘取時人清詞麗句，隨筆鈔略，取次諷詠，以自娱樂，遂鈔此詩壓卷，名爲⑦吾炙集。復戲題二絶句⑧於右⑨。

【校勘記】

①「新句」，丁校牧齋外集、佚叢作「破山斷句十二首」。 ②「出乎」，丁校牧齋外集作「出之」，佚叢作「出於」。 ③丁校牧齋外集、佚叢「莫」上有「如」字。 ④「山河」，佚叢作「河山」。 ⑤丁校牧齋外集、佚叢「如」上有「正」字。 ⑥丁校牧齋外集無「亦」字。 ⑦邃本補遺作「曰」。 ⑧「二絶句」，丁校牧齋外集作「二絶」。 ⑨邃本補遺作「後」。

族姪用佛六十

傲兀人間六十秋，飆風劫火任悠悠。牀頭已盡吾生在，甕面常新萬事休。斟雉何須求亭帝，持螯不用畏監州。長亭莫惜千杯醉，八百行年是酒籌。

坐雨胎仙閣偶懷覺凡上人漫賦小詩寄贈

梅花深處一蘧①廬，中有孤僧誦梵書。幽鳥無聲山寂寂，殿門終日避軒車。

【校勘記】

①朱藏牧齋外集作「籧」，此從佚叢本。

長筵①

一飲瓊漿便得仙，丹砂擲地變桑田。羊家舊贈看條脱，茅氏新宫傍易遷。金母玉妃爲伴侶，星娥月姊是齊年②。飆③輪降處花千朵，歷亂官梅插壽④筵。

【校勘記】

①佚叢、丁校牧齋外集題作「題壽圖」，丁校牧齋外集另有校：集外詩題作「題壽圖」，苦海彙編作

「女壽詩之二」。②佚叢、丁校牧齋外集作「肩」。③邃本補遺作「晝」。④朱藏牧齋外集、佚叢作「素」，此從邃本補遺。

贈不二仙翁

玉顏金骨碧方瞳，亦有妻孥與世同。好住千年如寶掌，更添六百即彭翁。三盃入手常邀月，兩腳隨身只御風。塵壒啁啾何足算？共君遊戲玉壺中。

程九如徵君五十

衖中佳氣識金銀，歷落鬚眉見偉人。坐向鷄鳴感風雨，卧看麟閣動星辰。松枝爲路丹臺月，竹葉如船黄海春。記取篁墩有家史，故應重記宋遺民。

和伊菴七十自壽詩二首

盛代含香自昔年，至今袍笏大瓜縣。家居不礙秦源隱，身放何期雒鼎遷。樂志仲長疏後沼，達生莊叟泛虚船。他年定兆飛熊夢，久把綸竿笠澤邊。

其二

燕喜時時夜度歌，春風偏拂後堂多。仙家日月留朱户，帝杍雲霞曳絳河。禹柱秖看三極近，朔桃不畏六丁訶。嵩高特爲生申祝，寧待斜陽一挽戈？

菊花詩并①序

源之胡兄，新安産也。高懷遠韻，推重士林，於我故友孟陽有渭陽之誼，其淵源漸漬遠矣。且精於蓺菊，邑中名流多爲詩篇以頌美之，余亦屬和焉，惜不得孟陽一品題也。泚筆慨然，情見乎詞。

新安形勝天下奇，名家傑出多師資。自從孟陽舍我去，山水良朋縈夢思。孟陽有甥安定裔，玉潤珠輝姿穎異。故人不見見伊人，虎賁中郎可無媿。胡爲逸氣不可當，一生心事爲花忙？種花但種霜前蕊，笑他桃李空芬芳。高秋氣候何蕭爽，千枝萬朵諧心賞。入門步步聞幽香，爛熳庭除陋盆盎。吾聞胡君愛苦吟，詩篇盈軸等兼金。安得唤起孟陽作賦手，老夫與爾共招尋。

【校勘記】

①佚叢作「有」。

爲金爾支題孝章墨梅一絶①

兔苑叢殘少一枝，羅浮消息早春知。江南驛使空相憶，憑仗高樓玉笛吹。

【校勘記】

①邃本補遺無「一絶」二字。

爲范郎戲題妓館①偕馮雲將觀妓傅園，見陸麗京贈范郎詩，用范蠡、西施事，戲題絶句。四首之一、二②

蓬藋荒池桃李姿，争將梳掠并西施。盤龍玉鏡君須掛，早拂雙蛾看掃眉。

【校勘記】

①佚叢題下有「之一二」三字。②佚叢此句在詩末，作「紅豆三集所載二首，是其三、四。此則删去之一、二也」，丁校牧齋外集作「紅豆三集中共四首，此其一、二」。

其二

多少黄衫問酒壚，目成誰惜解明珠？越王枉用黄金鑄，只道人間范蠡無？

虎丘同王德操諸君賦

登臨佳日淡忘歸，況復招尋興不違。返照故隨游客騎，落霞偏散美人衣。紅顏想像孤墳是，白石荒涼講席非。千古銷沉向誰問？晚山黄葉亂烏飛。

題青牛老子圖

髮鬚如雪跨牛青，墨盡金壺筆未停。攜到流沙惟一卷，囊中那有化胡經？

題達摩偈①

隻②履西飛且暫停，天容道貌儼丹青。袈裟藤葛無多許，只有楞伽四卷經。

【校勘記】

①佚叢作「像」。　②丁校牧齋外集另有校：「隻」一作「雙」。

桂殤七言斷句①原稿之九、十

破窗凍②雨灑寒灰，孤櫬誰將尺土埋。欺迸不須防夜鬼，料無人送紙錢財。

【校勘記】

①佚叢題作「桂殤七言斷句之九十」。　②佚叢作「風」。

心香一縷炳高穹，無計營齋恨老窮。百日已餘還漢臘，只彈雙淚與東風。

先生東潛在云：九、十絶句，城中纖兒指老窮、尺土等字譏誚豚兒，不覺發風動氣，旋亦付之一笑。又云：細閲九、十兩絶句，殊亦淡率，無怪乎纖人以爲口實，因易以「銅山」、「大野」二首，屬潛在改刻焉。

贈馮闓之

緩帶褒衣鼓篋餘，草玄①人比子雲居。博②文定許過袁豹，識字還能辨魯魚。蕙帳風和③方丈室，竹窗月照半牀書。老人不淺三冬興，汗簡相從計未疎。

【校勘記】

①「草玄」，丁校牧齋外集作「問奇」。　②丁校牧齋外集作「論」。　③丁校牧齋外集作「清」。

贈某使君①

月波水并使君清，鼙鼓停桴卧治城②。興到横琴惟素③壁，憂來緩帶爲蒼生。桃花淅米埋羹熟，薤葉裁書④判⑤牘精。官燭膏焚鈴索静，銅籤猶應讀書聲。

【校勘記】

①佚叢、丁校牧齋外集題作「贈某明府」，丁校牧齋外集另有校：苦海彙編作「嘉興刺史之一」。

②「治城」，佚叢作「治成」。③邃本補遺作「赤」。④朱藏牧齋外集、邃本補遺作「詩」，此從丁校牧齋外集。⑤邃本補遺作「到」。

伏波弄璋歌二首①

曼延都盧百戲場，弓腰舞女踏春陽。參差竹馬兒郎②笑，便③跨初平舊叱羊。

【校勘記】

①佚叢題下另有注：「即敬他老人集中删餘之作。」②丁校牧齋外集另有校：「郎」一作「童」。

③佚叢作「須」。

其二

照①日珠衣珮委風，金缸銜璧燭花紅。洞房齊唱將雛曲，十二明珠在掌中。

【校勘記】

①丁校牧齋外集另有校：「照」一作「欵」。

程以中移居二首

篁墩家世播清芬，傾蓋流風自①昔聞。摇筆天都千嶂月，横琴虞嶺一牀雲。龍沙舊署登真籙，虹景新披度世文。從此石城論大隱，千秋高獲可同羣。

【校勘記】

①丁校牧齋外集另有校：「自」一作「似」。

其二

招真仙治近西偏，共羡移家似雉川。絳雪玄霜無長物，丹書緑字有新編。腰間雙劍猿公授，肘後千金龍子傳。欲向青黏求服食，懸蛇早已識車前。

贈邑尊張誾然①

冬日秋霜并一天，循良蒼赤頌蒲鞭。意珠分雨流滄海，心燭舒光照列廛。齋閣卧看三疊石，鳴禽坐撫七條絃。丹書緑字留遺愛，片石招真許并鐫。

【校勘記】

①佚叢題作「贈邑侯張闇公」，另有注：「一作然。」

孫迁公移居詩

清泠詩髀天放閒，移居是處愛看山。南州百六新從事，西竺多羅舊閉關。玩世無機①塵鞅脱，懷人有句雁鴻還。卷簾自對溪邊樹，楓葉偏誇霜雪顔。

【校勘記】

①丁校牧齋外集另有校：「機」一作「羈」。

贈土①開府誕日三首

休光籍籍著②蘭臺，爲靖全吴特簡來。千里行師如枕席，南方③生聚出栽培④。擎天共仰霜中檜，愛日催開雪後梅。聞道仙喬殊⑤未散，相將一泛紫霞杯。

【校勘記】

①朱藏牧齋外集、邃本補遺作「某」，此從佚叢。②丁校牧齋外集另有校：「著」一作「出」。③邃本補遺作「來」。④「栽培」，丁校牧齋外集作「培栽」。⑤丁校牧齋外集另有校：「殊」一

作「珠」。

其二

即看玉燭幾廻調，騶輜輕塵絳節遥。輿誦新傳晉開府，雄風舊數漢嫖姚。樂郊寒近時驅馬，挾纊情深好賜貂。爲報懸弧春正永，緗①衣釋杖教吹簫。

【校勘記】

①佚叢作「湘」。

其三

兩年節鉞惠吾吴，袍血初乾待剖符。南國競騰①慈母頌，西京遥望慶雲呼。訓功指水稱如帶，獻壽增山儗佩壺。會待黄金看鑄像，誰容畫入五湖圖？

【校勘記】

①佚叢作「傳」。

以上輯自清鈔本牧齋外集，朱彝尊舊藏。

甲申端午感時十四首①

蕭條節序夕陽斜，草莽淒然憶翠華。熒入斗南驚下殿，髯攀天上泣升遐。迎風空惜蒲如劍，向日深慙葵有花。憔悴不須憐澤畔，故宮離黍正如麻。

【校勘記】

①佚叢題作「甲申端陽感懷十四首」。

其二

三百年來歷未過，如何闕下起風波？無端拍案心俱碎，有恨填胸劍欲磨。雲暗燕山迷玉鼎，雨淋宗社咽銅駝。普天蒙恥終須雪，望望英雄早荷戈。

其三

日日憂勤誦智臨，堂堂四海百神欽。數當窮處山河碎，妖正興時天地沉。佐命升朝名士事，銜哀閉户老人心。西風幾點包胥淚，吹向秦庭作短吟。

其四

貔貅千①萬積如山，鵷鷺盈朝列近班。誰主逆謀歌楚曲？坐看宗社②泣秦關。普天蒼赤皆流涕，四海英雄盡厚顔。莫道衰孱空恤③緯，頑民今日老尤頑。

【校勘記】

①佚叢作「十」。②佚叢作「廟」。③佚叢作「惜」。

其五

日月荒涼天①地昏，山川悲嘯百神奔。楚囚空灑新亭淚，蜀望誰招故主魂？厲鬼一朝終殺賊，蒼生百歲敢忘恩？憂勤十七年心事，定有英靈護子孫。

【校勘記】

①佚叢作「大」。

其六

連①年郊壘兩眉嚬，恐恐干戈漸震鄰。今日神京嗟失守，争教薄海不揚塵。白頭豈有埋身處，黄口誰爲活路人？燈下老妻相對語，淒然回首欲霑巾。

【校勘記】

①佚叢作「年」。

其七

一統山河百二重，等閒小醜忽乘墉。英明見忌臣憎主，奸禍成羣蟻食龍。新市絳袍除莽亂，建炎泥馬拓堯封。矧今狂逆干天討，海内人人恨滿胸。

其八

四國無援百雉危，六龍抱憤入崦嵫。管絃凝碧天銜恨，麥飯唐陵我獨悲。渺渺身家飄似梗，紛紛世界戰如棋。朋奸縱賊真堪痛，董筆千秋肯放誰？

其九

文武充廷悞九重，天王獨立守孤墉。帑虛無計儲庚癸，兵散何人衛鼎鐘？羞殺北轅空見辱，氣凌南渡自從容。雷霆日月山河在，靈魄何慙見祖宗？

其十

聖明遭變亦希聞，萬户愁心入莫雲。漢德即今論率土，殷頑濱死憶先君。龍臨四七應爲主，虎旅三千蚤策勳。倉卒滹沱休退轉，佇看熊耳甲紛紛。

其十一

曩日文皇靖難時，金川直入①盡離披。太孫謙弱原無過，今上仁②明更有爲。事去天崩如一轍，兵臨内潰有同悲。新蒲細柳依稀是，重詠當年長樂詩。

【校勘記】

①佚叢作「日」。②丁校牧齋外集另有校：「仁」一作「神」。

其十二

滿朝食肉①衣②華裾，殉節區區二十餘。名誼居平多慷慨，身家倉卒自躊躇。當年靖難屠忠義，今日捐軀愧革除。方景鐵黄生氣在，一回瞻拜一欷歔。

【校勘記】

①「食肉」，佚叢作「肉食」。　②佚叢作「曳」。

其十三

紫微雲掩頓生災，羣小開門揖盜來。九廟逡巡遭漢厄，六宫慷慨付秦灰。血書點點蒼生淚，正氣轟轟天上雷。成敗世情何足論，皇靈千古自昭回。

其十四

喜見陪京宫闕開，雙懸日月照蓬萊。漢家光武天潢近，江左夷吾命世才。地自①龍興留勝概，人乘虎變勒雲臺。王師指日梟凶逆，露布高標慰九垓。

【校勘記】

①佚叢作「目」。

贈王石谷①

烏目山頭問隱淪，陰林席箭喜長貧。畫矜王宰留真跡，人説黄公是後身。拂水千巖爲粉本，小山一畝作比鄰。何妨爛醉湖橋月，撈得長瓶付酒人。

【校勘記】

①佚叢題作「贈石谷大雅」。

王嬾髯五十①

高士墻東舊擅聲，君今避世擁書城。恥因人熱一氈冷，厭逐時驅四壁清。興至尋山忘曳屐，饑來看畫廢煨鑪。百年檢點應知過②，晏起科頭閲半生。

【校勘記】

①「五十」，佚叢作「四十」。②邃本補遺本作「遇」。

高孝子詩

純孝能令衆慕之，蕭然夏葛與冬絺。松楸漬淚澆醽酒，稻黍傷心供粉餈。賃屋但懸新署匾，講堂應廢舊歌詩。慈烏夜夜飛三匝，偏揀荒墳宿一枝。

贈繆母壽①

瑶碧璿瑰入望重，紫泥香②水著③花濃。人間乞食憑雙鳥，天上聽歌記二龍。榆樹早移④

銀漢種，槐眉應徙玉山封。枝頭戴勝仙郎見，扶侍何勞九節筇？

【校勘記】

①佚叢題作「贈許母壽」，「許」下另有注：「一作繆」。丁校牧齋外集另有校：集外詩「繆」作「許」，苦海彙編作「女壽詩之二」。②丁校牧齋外集作「海」，此從佚叢。③丁校牧齋外集另有校：「著」一作「看」。④丁校牧齋外集另有校：「移」一作「攜」。

上梁提督壽 翀霄①

戴斗崆峒事不誣，懽聲喜氣滿東吳。八方象緯瞻龍節，萬乘風雷應虎符。鯨海風②煙天際静，狼星芒角日邊孤。降神崧嶽知今日，莫展稱觴媿老夫。

【校勘記】

①佚叢「翀霄」下另有「名化鳳，江南提督。甲辰仲春」十一字。②佚叢作「風」。

贈管提督懷赤二首

帝遣元侯出禁庭，擎天隻手鎮南溟。扶桑日暖臨師壘，太白秋高護將星。龍虎新軍環棨戟，麒麟高閣畫丹青。横江自此無傳箭，胙土分茅蚤勒銘。

其二

琨琪自昔産醫閭，玉帳牙旗仗鉞殊。命將出師周召虎，一匡九合管夷吾。八方象緯瞻龍節，萬乘風雷①應虎符。野老扶藜迎馬首，德星今②喜照東吳。

【校勘記】

①「風雷」，丁校牧齋外集作「風雲」，此從佚叢。②丁校牧齋外集作「久」，此從佚叢。

贈郎制臺二首①

牙旗玉帳指江鄉，絳節朱函載路光。澤②國九秋常潤露，水村十月不飛霜。粘天蜃氣消烽燧，薄海狼星斂角芒。野老未能迎馬首，但歌蔽芾拜甘棠。

【校勘記】

①佚叢題下另有注：「一柱，名廷佐。」②佚叢作「里」。

其一

頻年杖屨①滯蘆②鄉，鈴閣③迢遥想末光。傳食後車④違雨露，徵歌前席阻星霜。歲寒江國⑤資繻袴，夜静台階吐翼芒。别後桂陽凡幾樹？攀援今比召甘棠。

【校勘記】

①佚叢作「履」。②佚叢作「江」。③佚叢作「客」。④佚叢作「人」。⑤佚叢作「閣」。

贈高元侯振生

傳箭牙旗肅雁翎，江村①萬户仰神鈴。天狼角短徵師律，太白芒寒護將星。龍虎新軍雄桀戟，麒麟高閣畫丹青。鳳毛②早著箕裘美，争羨春風孔雀屏。

【校勘記】

①佚叢作「天」。②丁校牧齋外集作「凰」，此從佚叢。

以上輯自清鈔本牧齋外集，丁祖蔭批校。

陳確菴六十

棄繻南國早知名，被褐居然守玉貞。陳氏家風何媿長，蘭陵儒者故高卿。然藜學以傳經著，繁露書先對策成。莫道平津猶未遇，五絲吾以劵鄒生。

贈蔡總河二首

臺階星指斗牛躔，旌節重臨比潁川。半壁東南收蜑户，長淮西北走狼煙。雲帆鐵甕千艘集，羽檄金堤萬戟傳。鈴閣蕭閒尋舊許，胡牀猶向後堂懸。

其二

三年龍節離淮陽，野老扶筇暗自傷。茅屋秋風懷廣廈，蓽門春樹守甘棠。白頭漫許題鸚鵡，青女頻催典鷫鸘。數日向公開口笑，車茵醉吐莫辭狂。

贈周邑侯

拂袖風清海國塵，下車立見六條新。秋霜已肅無言教，冬日争看有腳春。心燭吐花垂蔀屋，意珠飛雨潤黎民。東南藉甚循良譽，召杜於今并一人。

施母胡太君六十壽

釣渭歸來已二年，菊花香裏坐瓊筵。瑶池宴罷人稱母，函谷車迴客是籛。萬歲觴開雛養鳳，百城書在蝨生氈。神仙授我長生藥，分餉麻姑玉乳泉。

和元微之雜憶詩十二首

春燈試罷早梅開，風景催①人次第來。憶得隔牆明月夜，滿身花露②立蒼苔。

【校勘記】

①遼本補遺作「吹」。　②江左三大家詩鈔、五大家詩鈔、遼本補遺作「霧」。

其二

黄綾方勝繫紅絲，裹疊相思在此時。憶得玉環初解贈，叮嚀記我耳邊垂。

其三

愁到無愁恨轉生，侍兒欲唤卻忘名。憶得阿圓來送酒，隔樓聞詠玉臺①聲。

【校勘記】

①五大家詩鈔、遼本補遺作「樓」。

其四

粧成忽報櫨聲催，欲別堂前首重廻。憶得徘徊難寄語，向人佯道幾時來。

其五

雁頭箋杳卻三秋，惆悵佳晨似水流。憶得早寒鬟未整，爐香親送一停眸。

其六

經年信①隔似銀河，一見相看掩翠娥。憶得門前方問訊，憑欄低語淚痕多。

【校勘記】

①邃本補遺作「阻」。

其七

相思無地恨偏長，斂衽纖纖拜覺皇。憶得證明通姓氏，因緣都仗一爐香。

其八

全憑雙鯉寫相思，二六時中數寄詞。憶得封緘編甲乙，要予①裁報莫參差。

【校勘記】

①佚叢作「餘」，此從遼本補遺。

其九

情魔難遣病魔侵，不謂陽明變厥陰。憶得良醫多未識，凡方何用寫黄岑？

其十

姊妹行中笑語稀，春懷都被野蜂知。憶得掩關寒食夜，月明人静兩相疑。

其十一

曉涼天氣麥秋時，手折花枝慰所思。憶得奚奴傳好信，平安欲報幾驚疑。

其十二

香焦金鴨是離情，三月花開百媚城。憶得樓中人乍起，曉鶯殘月半天明。

以上輯自清光緒三十三年（一九〇七）鉛印本佚叢甲集。

題楊無補小像

卻掃焚香意，倏然輪鞅邊。畫常疑失妙，詩到欲參禪。盤礴形骸外，風流吐納先。舊題團扇句，應任老夫傳。

以上輯自清宣統邃漢齋鉛印本有學集補遺。

謁方希直墓祠四絶句

侍講祠堂歲享烝，西山遜帝隴誰昇？忠臣一樣南枝恨，墓草千年對孝陵。

其二

一著麻衣哭太孫，孤臣十族死啣恩。燕王孫子今天子，珍重春秋祭墓門。

其三

冢中碧血不成灰，蕭瑟寒梅傍冢栽。悵望金川曾失守，忠臣怕上雨花臺。

其四

怯步何心門花雨，年年掛紙泣琵琶。行人尚説前朝事，女種依稀似鐵冢。方家女事，見湯臨川集。

以上輯自有學集卷八金陵雜題絶句二十五首繼乙未春留題之作錢曾箋注。

題顧茂倫像

靈巖江上兩禪翁，偈贊鏘然拄箭鋒。卷上先有繼起上人、張大司農静涵題句。開展都盧還一笑，長松之下有清風。

以上輯自清康熙刻本江左三大家詩鈔。

吴趨秋水張子以湘蘭舊扇倩河東君補畫其背書一絶以誌

幽草化煙香在扇，柔條垂緑繫新絲。前生變相今生影，證與菩提喝棒時。

以上輯自民國鉛印本琴志樓編年詩録卷十八題蘭蘭柳柳合璧扇面小序。

嗣隆姪孫起自孤生育於祖母劉克有成立娶於趙生子皆秀美而文辛卯閏二月五十初度詩以祝焉

阿隆生辰閏二月，閏月今逢五十週。遺腹子能如父在，藐諸孤亦號婆留。連城白璧咸歸趙，奕葉青編總報劉。司曆爲君專置閏，百壺莫惜醉添籌。

次前韻祝嗣隆六十

昔年單閼爲君壽，彈指俄看甲子週。世事總如青史换，春光長爲緑尊留。千絲鐵網沉吴越，萬樹紅芳贈阮劉。卻笑仙人學蒙叟，也蒐窮韻慶添籌。

以上輯自錢仲聯先生標點牧齋雜著，原出虞山瞿氏舊藏苦海集鈔本。

甲辰立春日口占

立春日，早誦金剛經一卷，適河東君以棗湯餉余，座談鎮日。檢趙文敏金汁書蠅頭小楷楞嚴經示余，余兩眼如蒙霧，一字不見，腕中如有鬼，字多舛謬。歎筋力之衰也，口占一絶，并誌跋後。

老眼模糊不耐看，繙經盡日坐蒲團。東君已漏春消息，猶覺攤書十指寒。

以上輯自錢仲聯先生標點牧齋雜著，原出虞山瞿氏舊藏蒙叟墨跡。

寒夜同汪遺民兄弟張叔維集顧小侯第作

渡江十日故人期，選勝邀歡百不辭。隋苑風煙殘柳報，揚州詩興早梅知。歌徵白苧將花發，燭檢青藜帶雪吹。但是觀濤能起色，諸侯兄弟政相思。

以上輯自西泠印社拍賣公司拍品蒙叟所書扇面。

詩贈胡玉鉉父母希政

二淛推君第一流，卻來丸邑試吴鈎。滿城花柳陽春色，兩袖清風冰玉修。高才不讓張仙尉，戮力堪追祖豫州。虞山蒼蒼水淼淼，甘棠奕葉頌千秋。

以上輯自上海工美拍賣有限公司拍品蒙叟所書鏡心。

馮隱畬像贊

金壇佳氣鍾建業，夔龍步武遥相接。丕續南唐著令名，大樹垂枝榮五葉。五葉蟬聯迄宋元，崛起惟公緜世澤。明經夙負匡濟才，大廷獨對天人策。司鐸孤城示楷模，頹波砥柱多風節。學宗洙泗淵源，教推安定追前哲。譜系於今炳日星，流風遺韻昭文德。楚楚衣冠俛仰間，千秋古道照顔色。

以上輯自桐鄉馮氏宗譜，「學宗洙泗」一句有脱字。

履之弟見示四十自序詩依韻和答

吾家群從凋傷日，如爾伶仃信可憐。慈母艱貞宜有後，孤童刻勵更誰先？風儀鵠立衣冠羨，堂宇翬飛里巷傳。禄以代耕仍舊業，昬而不宦亦前緣。焚香掃地那容唾，潑墨書裙詎忍湔？每聽風聲常墐户，偶觀雲色爲占田。愁潘瘦沈看君似，怨李恩牛笑我然。静坐自諳調馬法，閒庭小試鬬雞篇。三分毻毨寧非福，一室團圞已是禪。濁酒過墻欣共醉，青宵襆被抵同眠。山青水緑中吳地，麥秀鶯啼半夏天。弟勸兄酬莫虚度，從今排日慶餘年。

以上輯自錢謙貞懷古集卷下。

登報恩寺塔感述

文皇起藩服，提劍事誅討。喋血遍四海，迴心禮三寶。琳宫逼諸天，窣波直雲表。既顯人王力，不禁孽火燎。三界風輪轉，彌天劫灰掃。煨燼百年餘，孤塔尚縹緲。朝拱孝陵尊，襟帶江流小。回首雙闕間，依稀舊輦道。登臨王氣出，還顧憂心摽。猶憶燕師入，金川痛失保。闔宫玉石燔，禁殿戈鋋擾。以彼一炬威，窮此人天好。須臾報恩刹，煙燄亦圍繞。恠矣災相尋，幸哉塔光紹。熒熒萬歲燈，長照舊宫草。

以上輯自天啟重刻朱鷺建文書法儗埘編上。

秋夜過夷令詞兄鷗社玩月

與鷗同泊待清暉，户滿金波冷照衣。石勢蒼蒼雲則暇，松蕤策策鶴多歸。星田夜動摇斜白，露氣宵留濕翠微。虚影在杯難問別，殘弦輕暈兩相依。

以上輯自張灝學山題詠。

江上宿繆西谿從野堂故人及諸郎君置酒感歎作

瓦燈布翣野風吹，碧血銷沉山鬼知。兩字銘旌還有日，一棺窀穸尚無期。丁寧笑語追筵几，戌削衣裳憶履綦。老淚綆縻揮不得，江天雲濕雨如絲。

以上輯自江陰東興繆氏宗譜卷四十一。

長歌送友人北上

顧生别我向燕市，半是壯游半客子。中夜置酒金昌亭，坐客凄其但相視。顧生酒酣忽慨慷，自言少小憎紈綺。墮地昂藏似宿因，束髮經奇苦無比。讀書涉獵羞成誦，摇筆飛揚能滿紙。齊名二陸頗易豪，减價三張浪稱美。賈生太息真少年，終童矜奮徒爲爾。跌宕長看千古空，滅没今人詎足齒？傲骨飜從名下藏，雄心偶向酒中使。洛下老生總側目，吴中兒子供長跪。摧頹不分歲月非，侵尋空覺頭顱是。二十騫騰已較遲，只今三十尚如此。三十蹉跎可若何，薊門燕市俱奔波。奇數誰能分虎鼠，高名不辨變龍蛇。自厭半生成落魄，拼將四體付沉疴。衣冠攝體履襪懈，枕簟經旬蟣虱多。一家骨肉寒暄改，一室親朋笑語差。淹留病鬼慰寂莫，潦倒牙儈相經過。長令骨節經偃蹇，豈有文章阻嘯歌。折莫西山採薇蕨，乍可東門壞拉攞。顧生語罷三歎息，摇風忽起北斗匿。坐中龔何慘不言，陸生掩袂更悽惻。余也聞之心欲死，俯仰天地何偪側。與君婉孌纔經年，與君傾倒自夙昔。憶我初從都下歸，黑貂敝盡無顏色。骯髒不禁世人殺，低迴苦爲妻孥抑。垂頭仰面百不稱，對君往往抽胸臆。呼酒粗澆目睫愁，挑燈細解膏肓惑。鬚眉數子能位置，項領兒童任翻覆。悠悠不受路鬼憐，咄咄争知造化逼。我愁君病興逾狂，强顏闌入少年場。把臂半成游治子，酒壚移向狹邪旁。盧家少婦牽衣坐，半老徐娘貰酒嘗。厭厭夜雨呼盧醉，熒熒初日畫眉長。更有嬌童解歡笑，輕衫短袖相扶將。枉殺閨中呼蕩子，儘教陌上唤兒郎。爲歡日淺苦不足，絲肉欲奮柱已促。浮沉苦樂心自知，深情豈向旁人告。才名十載曾詛楚，遇合今朝俱望蜀。游戲徉登傀儡場，從横真鬬梟盧局。歌舞由來多苦辛，煙花是處饒榮辱。丈夫眼前耐顛倒，英雄腕下難拘束。掩抑寧隨雞犬行，奮飛終識神龍欲。即今别離詎幾許，長歌短泣黯相屬。寸心自可敵風塵，血淚那堪灑奴僕。吾曹不作游子悲，夫君豈爲長安粟？長安世事難具陳，漢家有黨秦無人。相將扼腕歎當局，相期策足據要津。看君彈冠碣石館，遲我高歌易水濱。五陵王氣鬱葱甚，感激應須蚤致身。

以上輯自張應遴海虞文苑卷四。

附録

牧齋有學集序

鄒式金

傳稱三不朽，太上立德，其次立功，其次立言，古之人三合爲一。今仁義道喪，事勳希微，獨有立言耳，而言亦難矣。剽竊之儒，繩規而矩步，得其象貌，失其精神；踸踔之士，恃聰而騁明，始乎離奇，終乎淺陋，兩者交譏，遞相勝負，而莫知所主。神而明之，存乎其人。牧齋先生産於明末，乃集大成。其爲詩也，擷江左之秀而不襲其言，竝草堂之雄而不師其貌，間出入於中、晚、宋、元之間，而渾融流麗，别具爐錘，北地爲之降心，湘江爲之失色矣。其爲文也，仰觀雲霞之變，俯察山川之奇，中究人物品類之盛。本之六經，以立其識；參之三史，以練其才；游之八大家，以通其氣；極之諸子百氏稗官小説，以窮其用。文不一篇，篇不一局，如化工之肖物，縱横變化而不出乎宗。又如景星卿雲，光怪陸離，世所希見，而不自知其所至。信藝苑之宗工，詞林之絶品也。

近世論文者率云：寧爲真布帛，勿爲僞綺羅。然才短則氣局不雄，境僻則章施不爛。若富有日新從心不踰矩，不得不以此事相推矣。先生目下十行，老而好學。每手一編，終日不倦。尤留心於明史，博詢旁稽，纂成一百卷，惜燬於絳雲一炬，豈天喪斯文耶？或所論之人爲造物忌而靳之耶？抑如龍門是非有謬於聖而不欲傳之耶？

幸初學集已經付梓，得留人間。晚年名益高，望益重，頹然應酬，亦自病其濫觴。易簀時乃以手訂有學集授遵王。余子漪①爲及門，故得見而知之。合之而先生之文盡，千古之文亦盡於此。或有以字句②過求先生者，世祖嘗曰：「明臣而不思明者，即非忠臣。」大哉王言！聖朝不以文字錮人久矣。學者覽先生之文，即當諒先生之志。縱或訾先生之人，不能不服先生之文③，吾所謂不朽者立言耳，他何知焉？

康熙甲寅陽月，梁溪後學鄒式金序④。

【校勘記】

①金匱本作「弟」。②「以字句」，金匱本作「執尺寸」。③金匱本無「世祖嘗曰」至「先生之文」五十九字。④金匱本此二句作「康熙甲辰陽月，范陽後學鄒鎡序」。

訂定牧齋先生有學集偶述凡十則

秦松期

牧齋先生初學集①之刻，屬稼軒瞿公手定，行世已久，傳誦海内。今觀有學集先詩後文②，詩以年序，文以體分，出自先生手編③，而本初集舊例④，故訂定而俱仍之。

先生留心史事，其詩文莫非⑤史也。自絳雲燼而青簡銷，往往借題撥悶，如序建文年譜，便⑥與初集史氏致身録考二篇互相發明。劉文端、李忠毅、許石門諸公誌銘，李忠文公碑，與初集楊、左、高、葉諸公墓文一意連絡。與松陵二友書，便⑦與初集太祖實録辨證及開國羣雄事畧序等篇互見異同。凡此類，須合二編參讀之。

先生覃精經學，如序刻十七史，而曰先經後史。與杜氏論文而曰六經史之宗統，六經之中皆有史，不獨春秋三傳。序賴古堂文選，則又指陳經學三謬，而各舉其人以實之。非究極源流，何以得此？至與顧氏論三百篇，與嚴氏論春秋，與歸氏論易圖、説洪範，尤先儒所未發。

集中多微辭，詩尤有讔謎。如鵝籠四絶，非爲弔歎青樓。觀棋諸篇，詎止消磨白晝？在善讀者自得之而已。

先生論明文，前祖宋文憲，後宗歸太僕。蓋二公不爲顓家之學，各蓄經世之志，先生所竊自比也。故其行文出入莊、騷，縱横儒、釋。變化之妙，不可端倪。讀是集者，先問津於是，思過半矣。

逃禪是先生末路，作宗門文字，幾當是集之什三。然運水擔柴之偈，固堪悟禪；吃飯屙尿之云，殊爲傷雅，故於此種文字⑧稍有删節。

先生兼通二教，博極羣書。使事多僻，用字亦奇⑨，有⑩後生淺學所⑪未詳者。聞初刻頗急遽，故多亥豕魯魚之誤，甚至脱簡於此，錯簡於彼，覽者茫然不能成句讀，何暇研求文字耶⑫？會余兄弟避暑家園，燕談及此，遂相與施長案，展全篇，細加磨對。刻本有疑，則取録本正之；録本有疑，則取别本正之；别本有疑，則又就已見質衆論而參正之⑬。閲月而竣，庶幾一字無訛⑭。

諸題跋之文，峥泓⑮蕭瑟，言短味長，方諸近賢，直⑯超董文敏而上之，況先生於詩友松圓，於畫友檀園，於書法友華亭及西田，相遇賞音，尤有一唱三歎者乎？集中惟題跋一種，卷帙⑰較多以此。

增入⑱詩文，俱⑲分綴各卷之後，餘有題跋、雜文，則倣補遺之法⑳，另編卷目，附諸末簡。

從來贋本亂真，歎欺有識，然玉杯、繁露之製，本廣川外篇㉑；微雲疎雨之聯，非襄陽莫辨，亦何必盡出集中哉？是刻續録多㉒至一百念㉓餘篇，有取諸抄本者，有取諸手澤者，更有取諸他刻者。如與梅村先生書，原刻梅村集之前。贈吴門袁生詩，原刻文讌詩之後，邵母九旬五代贈言序及壽詩，原刻梓里集中，故採入之。其他借銜盜姓氏之作，闕而不録㉔。

康熙乙丑徂暑，梁溪金匱山房主人漫述㉕。

【校勘記】

①「牧齋先生初學集」，邃本作「先生是集」。②邃本無「今觀有學集先詩後文」九字。③邃本無「出自先生手編」六字。④「而本初集舊例」，邃本作「其例本初集」。⑤「莫非」，邃本作「皆」。⑥邃本無「便」字。⑦邃本無「便」字。⑧邃本無「文字」二字。⑨「使事多僻用字亦奇」，邃本作「故用字多奇僻」。⑩邃本無「有」字。⑪邃本作「有」。⑫「聞初刻頗急遽，故多亥豕魯魚之誤，甚至脱簡於此，錯簡於彼，覽者茫然不能成句讀，何暇研求文字耶」，邃本作「聞初刻急遽多誤，甚至脱謬錯簡，俾覽者不能成句讀，又何暇研求文字耶」。⑬「刻本有疑，則取録本正之；録本有疑，則取别本正之；别本有疑，則又就已見質衆論而參正之」，邃本作「刻本有疑，則取正録本。别疑無正，則就已見質衆論而參正之」。⑭邃本作「差」。⑮邃本作「嶸」。⑯邃本無「直」字。⑰邃本無「一種卷帙」四字。⑱「增入」，邃本作「所增」。⑲邃本無「俱」字。⑳「則倣補遺之法」，邃本作「倣補遺法」。㉑邃本作「編」。㉒邃本無「多」字。㉓「一百念」，一本作「一百二十」。㉔「闕而不録」，邃本作「俱闕而不録也」。㉕邃本此句作「歲在庚子，東倉宋賓王續録，梁溪金匱山房主人述并文」。

牧齋有學集箋注序

凌鳳翔

錢遵王注其牧齋宗伯初學集詩二十卷，予爲序而版行之，既復卒業，其有學集詩注而再序之如左。

余惟宗伯先生以文章通顯，歷神、熹、思三朝，名重天下。會熹廟時，巨璫竊柄，摧陷正人，先生則削籍歸里。及思皇登極，召起田間，未及柄用，旋復放歸。已而權姦下石，身幽囹圄，以垂白之老，苟延殘喘，甘受桎梏之辱而不辭者，以曾在史局撰神宗實録，身任一代文獻之重，未藏名山而傳諸其人，如司馬子長所云，則一死所繫豈等鴻毛哉？

余①生後時，不獲見其所著史，今即就其詩而論。自天啓甲子後迄於本朝初年，有詩如干篇，時賢共稱其昌大宏肆，奇怪險絶，變幻不可測者，洵煌煌乎一代大著作手。采苓懷美人，風雨思君子，其憫時憂世，三致意焉，宜其可傳也夫。

當冀北龍去蒼梧之日，以及江東駿游黄竹之年，石馬晨嘶，金鳧夜出，一二遺老，類皆沉淪竄伏，耄遜於荒，其他凋謝磨滅，墓木已拱，而文采弗彰，可勝道哉，可勝惜哉！先生獨傷心抆淚，奮其筆舌，含垢忍恥，輒復苟活。既師契而匠心，不代斲以傷手，俾後之覽者，如登高臺以望雲物，上巢車而撫戰塵，莫不耳目張皇，心胸開拓。顧其時際滄桑，有難察察言者，非好學深思，心知其意，爲之詮解而闡幽發潛，亦孰知宗伯之詩可以備漢三史、作唐一經，其關係重大有若此也哉！河東子有言：每思報國，惟以文章。此宗伯先生志也。故并序而梓之，以公同好云②。

【校勘記】

①邃本作「翔」。　②邃本篇末有「苕南後學凌鳳翔謹序」九字。

邃漢齋牧齋全集校印例言

是書計初學集一百十卷、有學集五十卷、有學集補遺二卷、投筆集一卷，都爲一百六十三卷，蒙叟詩文盡於是矣，故以全集名之。

初學、有學集之詩，自以遵王箋注本爲善，蓋不獨詳其典實，而當時之朝章國故備焉。是刻悉依原本，而詩則加以遵王之箋注，較之原本，卷帙溢出不少。

原本之詩，與箋注本略有出入，詞句亦互有異同（有學集爲多）。茲特兩相對斠，或爲原本有而箋注本所無者，或箋注本有而原本所無者，概行增入，以蘄完備，并加按語，俾易區別。至詞句之同異，則主原本，而以箋注本列注中。

舊鈔本之有學集補遺，係何義門先生舊藏，朱墨燦然，并有圖記。間有與正集重出者，茲特删去，俾免重複。

投筆集之名，不見於正集，僅見於遵王箋注本之目中。遵王箋注有學集詩目，投筆集編次在第十二卷，下注「慎不敢鈔」四字。至翻槧本，則以下二卷之東澗集分爲三卷，不列其目，當時止有鈔本也可知。茲特取舊鈔本附諸卷末，以爲全璧。

校印者識。

百名家詩選錢牧齋小引

魏　憲

魏子曰：虞山先生以大宗伯閉門掃軌，潛修三十年，甚介；歸命本朝，知天意攸歸，甚哲；坐擁百城，著書等身，嫺然如素士，甚簡；延攬名士，遞及術數，不惜贈言，甚廣；選列朝詩，有大書特書之旨，甚嚴；築我聞室，與柳夫人如是長齋繡佛，甚快；且沉酣載籍，登作者之堂，晚年耽僻，間出入于釋典，不曰英雄欺人，則託而逃焉，甚宏以肆；至其爲詩，率乎性，止乎情，總漢魏唐宋元明諸家，而探其旨趣，始猶彿少陵，終且放而之香山，甚宕以縱。

余辛丑之秋，汎舟大泖，掛帆九峯，讀先生詩于陳徵君草堂。漏將三下，忽風伯雨師交臂震呼，如欲劈窗攫虞山詩以去者。從遊客抵掌大笑曰：「古人詩能泣鬼神、撼山嶽，虞山詩且能驅風雨矣。豈子平日快誦其詩，多所寱語，故三尺靈光挾天地噫氣以入？」余亦彷徨不敢即安，覺四壁殘熒摇摇欲滅，中有皤皤黄髮呼之或出者，豈其仙耶？其佛耶？抑古之人耶？急取虞山集藏之敝簏，壓以古龍精，將達旦始息，信乎其有神靈阿護，非僅僅比興之陳，使天下尋聲逐影者曰：「虞山虞山在是也。」兹先拔其秀色者，付剞劂氏。

牧齋詩鈔序

沈炘如

忠孝王孫，風流才子，虞山丙舍，勝地江南。竹里柳溪，世家湖右。搴桂林之金粟，正在丁年；噉杏苑之紅綾，旋居甲第。芝扃覆錦，遲日影于花磚；芸閣含香，散霞光于彩筆。羽儀振鷺，星列尚書，黼黻群龍，門標建禮。值夫轂洛交鬬，欃槍刺天，焰王甫之兇璫，煽趙嬈之妖姆。正人氣喪，咸血濺而肉飛；君子道消，悉投閒而置散。左獿右虎，助虐如焚；喑雁啞羊，含沙似蜮。錫嘉名以浪子，指碩望爲黨魁。犬吠雪而聲狺，梟伺辰而目睒。既而冰山旋倒，日御初舒，先生方攬轡還朝，清流亦彈冠慶沐，而又釁開枚卜，夢悮形求。頓來鷹隼之猜，永棄鸞鵷之舊。斯時也，敬通抵舍，但對孺人，子瞻去官，只攜藍袖。燈前擁髻，共算殘棋，雪夜烹茶，肯誇金帳。澧蘭江芷，念自結于美人；玉宇瓊樓，心不違夫天室。蠹居蝕木，大廈安支？鼠穴憑城，延秋易圮。翟泉鵝出，時事可知，天津鵑啼，國步斯蹙。普天皆土，舍我其誰？笛裏關山，搔首淒涼之曲；兵前草木，拊心哀怨之篇。雖顱頷其何之乎，顧國家于我已矣。遂使虞淵日墜，炎井煙消。采石片磯，大江東全非赤壁；金陵一角，小朝廷不及臨安。狂馬晨馳，閣府擅椒房之寵；媚狐宵聚，樞臣奏燕子之箋。留守無過河之思，娘子絶提桴之壯。蘆牌荻筏，横浦浮江，代馬北韃，凌波渡水。嗤諸公之仡仡，負一老之番番。挽日無戈，補天少石。金人辭去，清淚如鉛；銅狄製成，長歌當泣。自時厥後，謂我何求。石馬玉衣，吞聲餘燼；龍髯馬角，讕語殘灰。以釣瀨爲西臺，朱噣銜哭；指月波爲厓海，魚腹騰哀。嗐碧血於同時，皦丹心於終古。又況兼年累月，悵切南冠；弔影悲魂，私修漢臘。春歌溺笑，擊撞心胸；夢囈病吟，槎枒肺腑。聽秦淮商女之曲，簾外六朝；按湖湘紅豆之歌，尊前隔世。内人紅袖，傷水閣之落花；王子白衣，惜長衢之寶玦。和陶甲子，托栗里以同心；弔屈庚寅，規長沙而異恨。洎乎五溪雲斷，野哭斜暉；八桂香殘，夜啼幽谷。止矣，真止矣，悲不自勝；思之，再思之，泣將何及？而今而後，靡瞻靡依。夢樹既沈，梵花欲吐。思拔毛以沃海，將剖芥以藏山。禪榻鬢絲，不做遊仙之夢；木魚經卷，聊爲退院之僧。而願結因芽，情生心樹。念遺山有野史之任，矧宗伯爲舊禮之司。傳著傳疑，匪僅指南之録；習聞習見，不專盟北之書。紅粉西泠，訪麥飯冬青之故事；絳雲東閣，集秋槐凝碧之新辭。楚國未亡人，能知振萬；上陽白頭女，忍没開元。乃復千劫飛灰，六丁肆錟。西清玉軸，怒作轟雷；東觀瑯函，笑爲閃電。天乎已矣，悲也何如！文不在兹，天并不憐夫後死；身將奚贖，臣實自厭其餘生。然後病榻消寒，命祝宗以祈死；殘年投筆，擬少陵之悲秋。其志潔，其行芳，没齒於冰崖雪谷；其情長，其言短，報恩於蓮舌檀脣。斯則血性霜肝，生生世界；皮紙骨筆，萬萬恒沙者矣。弋獲餘編，綱求軼製。碑銜石闕，不語悽愴；水入淮流，無聲嗚咽。前集則愛君憂國，既一飯而不忘；後集乃飲恨吞聲，雖九死而未悔。以及遺珠滄海，或落鮫盤；暨夫埋劍豐城，遂騰龍氣。用廣蒐羅之志，略書讎較之端。敢以論世爲知人，吾生已晚；姑擬讀騷而把酒，其嘯也歌。

康熙辛卯正月望日，桐鄉沈炘如書。

牧齋詩鈔題詞

金俊明

託旨遥深，庀材宏富。情真而體婉，力厚而思沈，音雅而節和，味濃而色麗。其於歷代名家都不沾沾規擬，而能并有其勝，斯固杜老所云「别裁僞體」、「轉益多師」，「近風雅」而「攀屈宋」者與？晚乃禪悦簡棲，心空味外。妙香薰染，益振新暉。冥想靈沖，有非塵步所能追跂者矣。

投筆集跋

沈曾植

蒙叟投筆集二卷，凡詩一百八首，題爲後秋興，用杜韻者，十三疊一百四首，自題前後四首。前二疊國姓攻金陵時作，後七疊皆爲永明王作，中間三四五疊作於國姓兵敗後。情詞隱約，似身在事中者。其書晚出，流布市井，士大夫不樂觀，疑近人僞造。然以選詞用事察之，誠是叟筆，非他人所能爲也。

明季固多奇女子，沈雲英、畢著，武烈久著聞於世。黔有丁國祥，皖有黄夫人，浙海有阮姑娘，其事其人，皆卓犖可傳。而黄、阮皆與柳如是通聲氣。蒙叟通海，蓋若柳主之者，異哉！黄夫人見廣陽雜記，余别有考。阮姑娘見劫灰録，云甲午正月，張名振兵至京口，參將阮姑娘殁於陣。此第三疊「娘子繡旗營壘倒」注云：「張定西謂阮姑娘：吾當使汝抱刀侍柳夫人。阮喜而受命。舟山之役，中流矢而殞，惜哉！」京口、舟山，殁地不同，當以詩爲得實。阮之官爲參將，正與沈雲英官遊擊同，其稱曰姑娘，蓋女子未嫁者，亦與沈、畢同。張定西與蕩湖伯阮進合兵，姑娘其阮家屬與？

詩又云：「破除服珥裝羅漢。」注云：「姚神武有先裝五百羅漢之議，内子盡橐以資之，始成一軍。」又云：「將軍鐵矟鼓音違。」注云：「乙未八月，神武血戰死崇明城下。」考徐氏小腆紀年：「順治癸巳三月，明定西侯張名振以朱成功之師入長江，破京口，截長江，駐崇明。平原將軍姚志倬、誠意伯劉孔昭以衆來依。甲午正月，名振復以朱成功之師入長江，祭孝陵，敗於崇明。仁武伯平原將軍姚志倬戰死。」詩注「神武」即「仁武」音譌。當時以姚、劉歸張，壯張軍勢，而姚軍藉柳如是橐資以成，如是所經營，不可謂小。定西欲使阮姑娘侍之，宜也。

嘉興沈曾植跋。

佚叢甲集牧齋集外詩跋

丁淑照

丁未之春，雙公將搜輯佚詩文詞彙刊上海，出舊鈔牧齋集外詩屬余校理。牧齋遺著散佚多矣，世間藏本大抵傳寫異同，舛錯滋多。故篋中藏有補遺詩及外集各一卷，取以互勘，得詩三十三首，都十一題，皆爲刊本所不載者，録之以附卷尾。送趙秋屋遠遊以下録自補遺詩，石濤上人致蕭伯玉書以下則録自外集也。其餘字句間有互異處，并取而識別之。

淑照主人識。

四部叢刊牧齋有學集跋

姜殿揚

有學集五十卷本，康熙甲辰第一刻也，鄒跋云出牧翁手編遺稿，蓋皆入清前後所作。集中行文仍奉明朔，有弘光紀元而無順治年號，内明外清，顯觸時忌。觀此知此老臨文不屈，降志可哀。其不死也，實以遺山、太朴自負，欲完有明一代史稿耳。絳雲一炬，悒悒逃禪，卒與吴梅村草間苟活，同一飲恨。後世因文見志，略迹原心，未嘗不深惜之，此鄒氏當日所以不顧一切爲之毅然刊行也。板成遠禍，始漸刊落。後二十年，流綺子弟復有金匱山房五十一卷定本之刻，弘光、大明字面抹削殆盡。墓誌類標題凡初刻大書明代封階者，咸冠明字，清故碑誌舊題故某官者，悉易皇清字，盡失牧翁原本之真。他若四十七卷題紀伯紫詩引，用放翁家祭必告語，暗寓恢復中原之旨，初板已剜者，重定本轉復補完，明順暗犯，或者當時以滿人不諳漢文，校者故作狡獪歟？此兩刻得失大概也。

書重初刻，猶之獄貴初情，無他，真而已矣。清初違礙書目凡有錢氏一序，即在禁燬之列，於此可覘一代文字慘獄之因果。禁網燼餘，讀者著眼有在此，四部叢刊所以有取乎初刻五十卷本也。原有抄配五卷（卷二十七至卷三十一），不若刻本之可信，初印因以金匱本代之，自視欿然，終思一覯真面。張菊生先生頻年蒐訪，昨冬始於東京静嘉爵邸見之，手校所易五卷異同以歸。歸過吴門，復從潘君博山所獲覩其書，乃滂憙齋世守之祕也。因請借印，屬余互勘，補完前闕。今重印觀成，獲彌此憾，可謂歷盡求書之甘苦已。或謂金匱山房本重訂詩文多所是正，爰有校補之輯，俾讀者兼收兩本之長，書有不盡，以多爲貴者，此類是也。前輯書録於板本取舍略而未及，恐閲者得魚忘筌，轉昧纂録者，收印初刻之真際，敢不憚辭費而書其後？

己巳霜降，吴縣姜殿揚。

牧齋有學集詩注附札

宗廷輔

來書止閲得投筆一卷，訛字頗多，至忌諱處均已改過，然亦有未改者，其不可解處亦未能注明。昨過趙次公，見之，云舊山樓所藏有精抄本，未知如何也。遵王注各若干卷，祈示知。此書海虞藝文目録頗諱之。

佛嬾。

牧齋有學集跋

黄丕烈

初有箋注，有抄、刻兩本流傳。初有刻本，似又有原、翻兩種。向見一刻本，未知是原與翻。因見此鈔本，因留鈔去刻，彼時粗一對勘，似鈔勝于刻。今取刻勘鈔（所勘的係翻本，惜前易去之刻本未知是原與否），知彼此各有損益處，抄既潦草不可信，即刻本亦訛謬不可通，擬校一定本，殊難也。始當據刻之勝於鈔本處録上，既知一事而生兩歧，且多未解處。引用釋典，素不明此，未敢據以校入。聊著于此，以見讀書之難如此。書魔識。

牧齋外集跋

丁祖蔭

有學集有初刻、二刻本，初刻爲五十卷，初刻亦有已删、未删兩本。二刻爲五十一卷。二刻即金匱山房本。初刻有梁谿後學鄒式金序，二刻有范陽後學鄒鎡序，序文略同，「余子漪爲及門」，鎡序作「余子弟爲及門」。「或有以字句過求先生者，世祖嘗曰：明臣而不思明者，即非忠臣。大哉王言！聖朝不以文字錮人久矣。學者覽先生之文，即當諒先生之志。縱或訾先生之人，不能不服先生之文」，鎡序無。前十字作「或有執尺寸過求先生（者）」。年與名均異。式金序題康熙甲寅，鎡序題康熙甲辰。論年代則鎡序在前。而二刻本金匱山房主人所訂凡例又題康熙乙丑，已逡甲寅十一年。或以流綺漪字僞序興訟，相傳鄒刻假作吴興祚伯成序文，吴告其僞，遂燬板。事在康熙初年。再刻時易其名并易其年代歟？初刻本已不多見，假校一過，詩多三題，文多七首，金匱山房本則增益詩二十一題、文三十一篇，并紀其目如左。

乙卯孟春，初我校畢手識。

國粹叢書投筆集跋

鷄鳴子

蒙叟投筆集一書，世未有刊本，則以當時文網甚密，而此書微吟深諷，易觸忌諱，故秘而未刊。然江南藏書家多有寫本，東南人士之留心文獻、不忘故國者，恒以一得見其書爲快，故傳鈔殆遍。鈔既多，則魯魚亥豕觸目皆是。此本爲陽湖鄒夢并（异）所藏，傳是老人嘗借鈔校勘一過，後歸儀徵劉氏。劉氏亦重校一過，乃其譌誤之處，仍不能盡免。其原闕者，則以後人有所諱而删之，今苦無别本可補，仍從其闕。其誤者，亦不能以意爲是正，祇仍其原文刊之。錢氏以中朝大老，身事二姓，前爲黨魁，後逃禪悦，其心跡有未可白於天下者，世人多以反覆譏之，宜矣。然其繫心宗國，不忘欲返，乃託之吟詠以抒其憤激，猶可謂慘怛而思反本者。以詩論，沉鬱悲涼，哀麗欲絶，亦不愧草堂之作也。今附録餘杭章氏㫋書别録一則於後，讀其詩者，可以哀其志矣。

鷄鳴子跋。

集既刻成，訪得山陰諸氏藏有精鈔本，假借對勘一過，誤者正之，闕者補之。其兩本有異同之處，難定其孰是者，則姑仍其舊。

國粹叢書附録訄書別録一則

章炳麟

錢謙益字受之，常熟人也。仕明及清，再至尚書。初，明中世自李夢陽、王世貞務爲詰詘瑰異之辭以相高，其失模效秦、漢而無情實。謙益與艾南英訟言排拒，學者風靡，然其體最搊孅。謙益爲人，徇名而死權利。江南故黨人所萃，己以貴官擅文學爲其渠率自憙也。鄭成功嘗從受學，既而舉舟師入南京，皖南諸府皆反正。謙益則和杜甫秋興詩爲凱歌，且言新天子中興，己當席藁待罪。當是時，謂留都光復在俾倪間，方偃卧待歸命，而成功敗。後二年，吴三桂弑末帝於雲南，謙益復和秋興詩以告哀，凡前後所和幾百章，編次爲投筆集。其悲中夏之沉淪，與犬羊之俶擾，未嘗不有餘哀也。康熙三年，卒。

初，明之亡，有合肥龔鼎孳、吴吴偉業，皆以降臣善歌詩，時見憤激，而偉業辭特深隱，其言近誠。世多謂謙益所賦，特以文墨自刻飾，非其本懷。以人情恩宗國言，降臣陳名夏至大學士，猶拊頂言不當去髪，以此知謙益不盡詭僞矣。是時蕭山毛奇齡當南都傾覆，以布衣參西陵軍事。軍敗，走山寺爲浮屠。永曆六年，人或構之清率，亡命爲王士方，展側山谷間，卒得脱。乃徧遊齊、楚、梁、宋、鄭、衛，作續哀江南賦萬餘言。過禹州，寓故懷慶王邸，作白雲樓歌，事侵尋聞於順天怨家，欲陷之，亡去，匿土室。康熙時禁網解，奇齡竟以制科得檢討。吴世璠死，爲平滇頌以獻。君子惜其少壯苦節，有古烈士風，而晚節不終，媚於旃裘。全祖望藉學術以譴訶之，其言特有爲發也。自是以後，士大夫争以獻諛爲能事，神聖之號，溢于私家記録。然猶有戴名世、吕葆中、查嗣庭、汪景祺、胡中藻等，雖仕滿洲爲侍從，筆語及詩，時時有所彈射。名世推明末帝爲共主，意至銀欵。其他或爲失職怨望而作，然觀其所詆娸，猶明於種類之大齊者。自乾隆中年以後，士益媮嫺，變風絶矣。

錢謙益投筆集校本題辭

潘重規

牧齋投筆集，傳世極稀。四十年前，張公溥泉以所藏抄本示先師黄君，曾於侍坐頃一見之。結想逾深，時縈魂夢。往歲觀書「國立中央圖書館」，乃獲覩抄本投筆集二帙。一在牧齋有學集補遺中，有焦氏藏書印。一爲陳仁槭手校本，卷尾題記云：「戊辰二月望，以錢遵王箋注本手校一過」，末鈐陳仁槭朱印。戊辰爲康熙二十七年，知陳氏所見有學集箋注底本，投筆集確在其中。惟遵王印行箋注時，慎不敢刻。今有學集卷十紅豆二集之末，有後秋興八首，注云：「八月初十日，小舟夜渡惜別作」，殆刪而未盡，或有意攙入，未敢質言。然觀有學集卷十二秋日雜詩云：「旁行側理紙，堆積秋興篇。發興己亥秋，未卜斷手年。」是牧齋明以和杜自爲一集，始於反攻，而欲成於復國也。陳抄字頗工整，又以朱筆點記字側，書所校誤字於眉端。焦氏藏本較草率，亦頗饒勝處。因取與陳抄相校，勘正訛誤，勒成清本。每一長吟，輒覺聲情激越，摩戛蒼穹，大地山河，一時震動，百世之下，有餘哀焉。

癸丑元日，婺源潘重規寫定記於九龍又一村鷦鷯一枝之室。

投筆集跋

楊學詩

此吾鄉錢牧齋詩也。牧齋降清，尋悔之，乃結士謀舉義以自洗。其弟子瞿文忠公起田在西粤，鄭延平王成功據臺灣，錢皆走使人通消息、獻方畧。順治十六年己亥，延平王與兵部尚書張煌言以舟師入長江，搗金陵，所至克捷，金陵幾下。煌言所部且克蕪湖，是時蘇、皖已傳檄而定，而成功輕敵，疏戒備，爲清將梁化鳳間道掩襲，遂致敗績。成功不肯收拾餘兵據險自固，而遽揚帆出海，此大失計也。獨煌言孤軍轉戰，猶思入屯英、霍山寨，震動中原，卒以援絶兵少而潰，具見蒼水集中。再造明室之機，喪於輕退，責在成功，煌言無與也。錢是時居常熟白茆紅豆山莊，去江絶近。舟師之入，錢蓋與其事。後秋興「八月初十日，小舟夜渡惜别而作」，是成功退師過白茆時也。錢以降清之失，不爲世諒，復以文字爲清帝所惡，著作禁絶，名字他見者，亦刓削殆盡。直至清末，初學、有學集始稍稍復行於世。此集想鈔於清時，故猶弗敢著撰人名氏也。字極劣，且多譌，他時當校正之。

辛卯仲春二十二日，至北局觀土改展覽會，偶得此於冷攤。楊學詩記於葑溪借園。

予嘗謂牧齋得師有孫承宗，得弟子有瞿式耜、鄭成功，皆戮力明室，而已則玷於降清，真蜂腰矣。晚雖圖蓋，而已不及。士君子出處，可不愼與？然其詩雄遒偉亮，要是一代作手。舍人論詩，固足爲當時領袖矣。

猶記兩年前見初版初學、有學二集於上海來薰閣書店，繙閲移晷，不忍釋手，囊空不能買，歎息而已。

宗舜年刻本投筆集跋

鄭文焯

當康熙①朝禁毁虞山著作，此集故佚而不傳。今從抄本録出，宗氏因栞於家集中，略可攷見勝朝故實，及牧翁晚節，亦足多焉。

鶴記。

【校勘記】

①「康熙」當作「乾隆」。

有學集殘本跋

吴晉德

按蒙叟詩文，當時即刊爲初、有學全集，箋後人遵王曾又從而箋釋之，第其中更易字句，暨全篇删去者不一而足。兹得秋槐小稿至絳雲燼餘等集計一百三十八葉，乃牧翁自訂藁，較之初學、有學兩集之意義更致，則魚目夜光，諒博雅者知所寶焉。閱畢誌此告夫後之讀牧齋詩者。

養恬主人書於姑蘇舟次。

書有學集後

錢澄之

余往過虞山拂水山莊，弔之以詩曰：「半生出處滋多議，一代文章定許傳。」而虞山自言其詩文載在有學者遠過初學集，今一再讀之，似不盡然，而吾轉疑其詩文之未必能傳也。

虞山於詩所以闢何李、王李諸家者不遺餘力，而尊少陵至矣。其詩聲調之和雅，詞藻之葩流，故實之詳核，對仗之工巧，間有規模乎白、陸，要之不失爲温、李之遺響，以語於少陵未也，極詆嚴羽、劉辰翁分别四唐是矣。而不信詩有悟入一路，由其生長華貴、沉溺綺靡，兼以腹笥富而才情贍，因題布詞隨手敏給，生平不知有苦吟之事，故不信有苦吟後之所得耳。吟苦之後，思維路盡，忽爾有觸，目然而成，禪家所謂絶後重甦，庸非悟乎？少陵云：「語不驚人死不休」，驚人者，悟後句也，要自苦吟得之。虞山不事苦吟，宜其無驚人句矣。

至於文章，其佳者在魏晉、六朝之間。文之波瀾曲折，矩度安詳，近代作者未能或之先也。而吾有惜焉，惜其詞勝而義掩也。譬之金屋麗人，姿本絶世，而粉膩脂香無時離手，雖欲洗盡濃華，任其本色，而習之已慣，固有所不忍耳。韓退之爲文，惟陳言之務去，蓋戛戛乎其難之。若虞山於陳言固有不能舍然者，非沿襲之陳言，而虞山自有之陳言也。蘊之既久，役之甚便，其來也有不知其然而然者，惟不知其然而然，所由與昌黎戛戛之務去者異也。若謂取法於歸太僕，太僕文根本六經，以歐、曾之筆演周、程之理；若虞山，猶是詞章之學也。其所引經，惟考據經文耳，未嘗窮經理也。惟理不明，故見不穩，不能辨别古今之是非得失，自出一論，雖有論説，依傍而已。且不窮理，則不足以通人之情，盡物人心足以感發其志氣者鮮矣，由理不明而情不至也，若是則亦何以遠軼於何、李諸家哉？之變，審時位之殊態，識古今之異宜。故其爲詩，緣飾藻繢，徒爲雍容爾雅之章，而能深入

有學集詩注序

黄之雋

虞山先生當有明之時，文章稱科名，聞譽配官階，卓犖乎完人哉。初學集可覩已，以甲申止其集者，著書於是終也。昔江醴陵自宋、齊入梁，老而才盡。虞山入國朝，婆娑六十餘老人矣。假而其才亦盡，則有學集烏能復作。有學集以乙酉起者，著書復於是始也。他文無暇論，讀其詩若干卷，閎博瑰麗，雄奇激悍，不知其非少年。伐索縋墳，泛濫佛老，析而釋之，秘隱發露，讀其注，不知其非異書。白髮龍鍾之叟，而胠腹笥、扛健筆，以霸視天下者復二十年，知其人未能以畫蛇得酒已也。泉明一令也，而詩爲晉詩；廉夫一提舉也，而詩爲元詩。嗚呼，虞山則實可奉爲我朝之詩之弁冕，以霑丐後學、饜飫儉腹，使人仰流風而趨，爲宗匠者矣。

聞順治中，公過雲間，倡和高會堂，有金處士是瀛者，贈詩曰：「畫舫滄江載酒行，山川滿目不勝情。漢宫一閉千官散，無復尚書舊履聲。」虞山詠數過，頰發赤，明日引舟去。或謂其衷有不獲已者，故時時見於歌吟，冀後人之因文以察情，蓋一篇之中得什七焉，則

吾不能知也。

是集有刻本，遵王之注無刻本。今海寧朱君梅將攜往廣東刻之，而姚君炎先取而鈔之，且求序之。注中如弘光、左寧南等事，及矯駁王、李處，淋漓刻酷，疑虞山自注。昔者雄如北地、博如成都，不滿於震川；峻如濟南、大如瑯琊，不滿於虞山，然而虞山之詩與諸子竝馳騁可也，相掩蝕非也。

書錢牧齋有學集後

張貞

聞此書鈔本行世已久，每以不得一見爲恨。乙卯秋，予應試長安，偶過王阮亭先生邸舍，始見散帙于其案上。爾時雖以試期偪人，無暇借覽，而心竊喜其有刻本矣。丙辰七月，予燕游東歸，道出稷下，乃從書賈購得之，繙閱數日不輟。丁巳秋冬之際，老母抱恙，忽忽三月，予藥裹縈身，食寢都廢，聊抽此帙遣懷，因加丹黃焉。以神識憒眊，點次句讀謬誤遂多，不復賡之，欲他時開卷勿忘此日苦況耳。

十月廿六日雨窗漫識。